日本古典文學大系86

愚管抄

岡見正雄
赤松俊秀 校注

岩波書店刊行

監修者

高木市之助
西尾実
久松潜一
麻生磯次
時枝誠記

題字　柳田泰雲

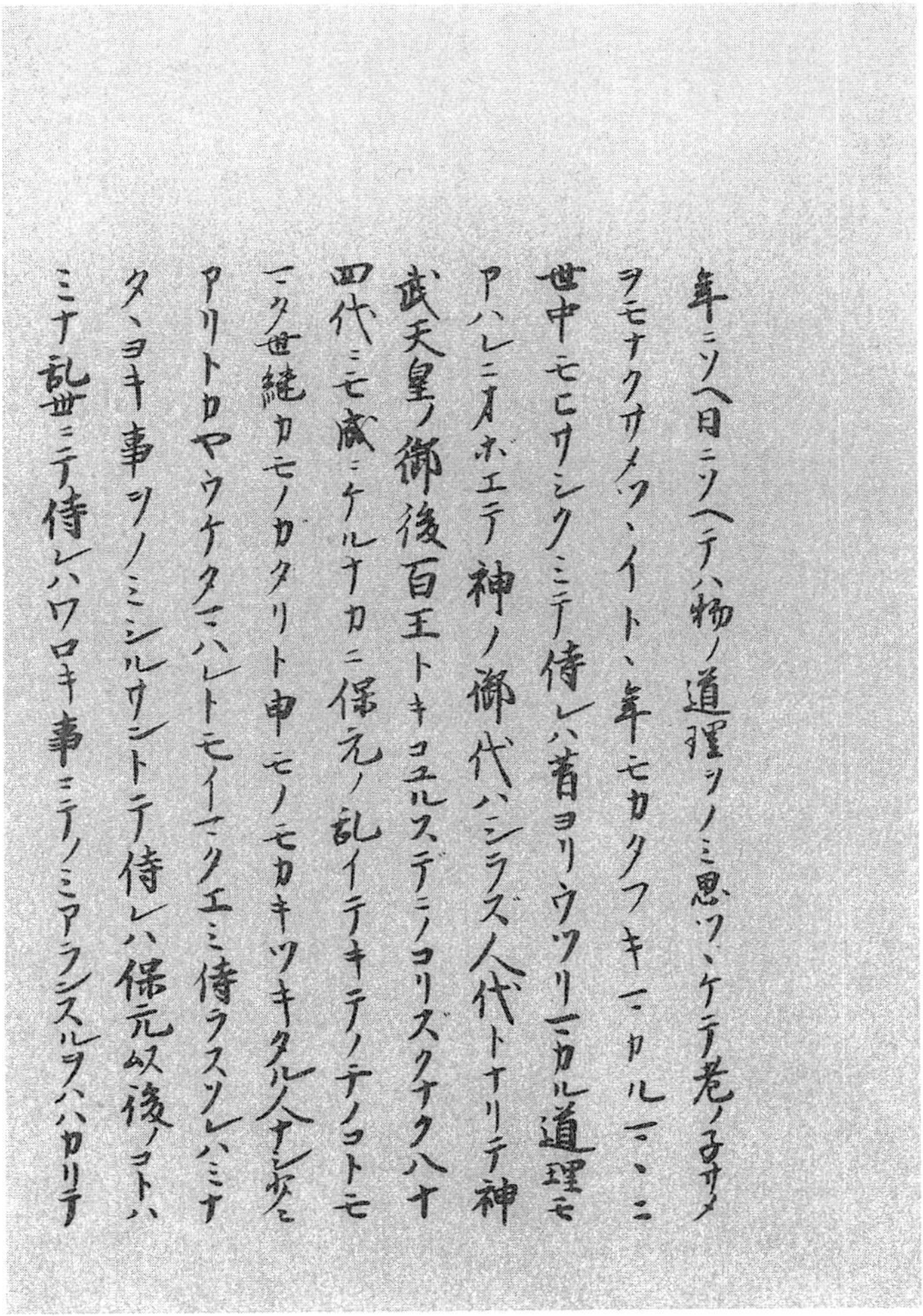
年ニソヘ日ニソヘテハ物ノ道理ヲノミ思ツヽケテ老ノネサメ
ヲモナクサメツヽイトヽ年モカタフキマカルマヽニ
世中モヒサシクミテ侍レハ昔ヨリウツリマカル道理モ
アハレニオホエテ神ノ御代ハシラス人代トナリテ神
武天皇ノ御後百王トキコユルステニノコリスクナク八十
四代ニモ成ニケルナカニ保元ノ乱イテキテノチノコトモ
マタ世継カモノカタリト申モノモカキツキタル人ナシ少々
アリトカヤウケタマハレトモイマタエミ侍ラスソレハミナ
タヽヨキ事ヲノミシルサントテ侍レハ保元以後ノコトハ
ミナ乱世ニテ侍レハワロキ事ニテノミアランスルヲハヽカリテ

愚管抄　巻第三　島原市公民館蔵

目次

解説

I　慈円著述が確認されるまで

当初著者を秘す　愚管抄が天台座主慈円《じえん》の著書であることは、高等学校日本史の教科書ならば必ずといってよいほど記載されていて、今では教養ある国民の常識となっている。また漢語・仏語・俗語をまぜ用いた独特な文体は難解ではあるが、教科書・参考書に当時の史料の例として引用されることが多く、延久元年(一〇六九)の記録所設置の条などは大学入試問題にしばしば出たこともあって、現代の青少年には案外に親しいものとなっている。しかしそれはあくまで戦後に新しい歴史教育が始まって以来のことである。戦前では、後鳥羽上皇の鎌倉幕府打倒を是認しその意義を高唱するように教育方針が厳重に定められていたから、上皇の計画を未然に察知してこれを諫止する意図で著わされた愚管抄が教材として歓迎されなかったのは当然であった。

戦前、愚管抄に関する知識があまり普及しなかった原因について、今一つあげなければならないことは、長く著者が判明せず、慈円と確定したのは大正九年(一九二〇)であった、という事実である。愚管抄が著書として書目にあげられたのは意外に早い。弘安・正応(一二七八―一二九二)ごろの編集と推定されている本朝書籍目録に「愚管抄　六巻」と見えるのが初見である。しかし本朝書籍目録は著者について何も触れなかった。また愚管抄自体もその著者を明記していない。そのために著者は故三浦周行博士の考証によって慈円著述説が確定するまで長く不明のままに打ち過ぎた。愚管抄があまり人に知られなかったのは、当然のことであった。

慈円著者説のひろまり　しかし、「一切ノ法ハタヾ道理ト云二文字ガモツナリ。其外ニハナニモナキ也」(三二四頁)という、他書にはあまり類を見ない独自の主張を持つこの書の存在が徐々に注目されるようになり、当初は厳重に秘せられた著者も次第に明らかとなったこともまた自然であった。十五世紀の中ごろに後崇光院貞成親王が著わした「椿葉記」には「慈鎮和尚(慈円)のかきおかれたるものにも、よろづの事は、道理といふ二のもん字におさまるよし見え侍れば」とあり、同じく十五世紀の末に成った一条兼良の「樵談治要」にも、これと同旨のことが述べられている。当時は、嘉吉の変以後、動乱が続いた時であり、ことに樵談治要は兼良が応仁・文明乱中に将軍義尚に進覧する目的で著述したものである。愚管抄に対する関心がこの時に高まったのも首肯されるものがある。それにしても当時は慈円の死後二百二十年以上も経過している。この時に慈円著述説が流布しはじめたことは、慈円生家の九条家(一条家をも含む)、慈円が住持した青蓮院を中心にして、その伝承が保存されていたことを示すものである。

否認論(黒川春村)　このように自然に広まり始めた慈円著述説も、近世に入って愚管抄の本文が書写されることが多くなり、その内容が次第に知られるようになったことと、考証学的研究法が文学・史学の両分野で著しく発達したことによって、吟味を受けるようになった。江戸時代末期の著名な考証学者黒川春村(慶応二年=一八六六没)は、所蔵の愚管抄の包紙に次のようにその所見を書いた。

> 此書の作者の事、慈鎮和尚といふ説も聞えたれど、そは一向に跡かたもなき僻説なり。皇代記の巻末なる、此僧正の天台座主四箇度還補の論よりはじめて、そならぬ証ども巻々に多かり。たゞし其座主の次第ども委しく記せる、又すべて詞づかひの高上なるなどを思へば、いづれにもやむ事なき山僧の書る物なるべし。

黒川春村が慈円著述説否定の第一の論拠にあげた天台座主四箇度還補の論とは、巻第二の皇帝年代記、順徳天皇(一二二頁)にしるされているものである。歴代の天台座主のなかで、前大僧正慈円が四度まで座主になっては辞したことこそ、理解しがたいことはなく、あきれるほどである。これほどに辞すものを上よりはどうして任命されたのであるか。また慈円もこのように辞任するならば、どうしてなってはやめ、またなったりしたのであるか。愚管抄のこのところの主旨は以上のとおりであるが、春村は、慈円の座主還補のことが本人以外の立場で書かれている、と判断して、慈円著述説を否認した。春村がこの考証をなしたのは、故三浦博士によると、天保十五年(一八四四)四月であった。

肯定論(伴信友)　春村の否定説に対して、同時代の国文学者伴信友は、はじめ春村と同じく否定説を取ったが、のちに肯定説に変じた。信友が当初否定説を信じたことは、その著の「比古婆衣」十三所収の栄花物語の解題で判明する。信友は愚管抄成立年代を貞応二年(一二二三)ごろとし、慈円の著述というのは誤りである、と主張した。しかし信友はその後、弘化三年(一八四六)正月に書いた「読愚管抄」という論文(「比古婆衣」十六所収)において、前説を改めて慈円著述説を肯定した。信友は愚管抄の中から慈円関係の記事を抄出し、そのどれもが慈円自身の言葉になっていないことは、慈円をもって愚管抄の著者と見なし得ないようではあるが、これらの文章の前後を注意して吟味すると、愚管抄の著者が歴代政治の推移を論じて著者当時の後鳥羽上皇にまで及んだことをはばかって、ことさらに自分の名を現わさずに所見を明らかにして憤慨の意を示し、他人の言を借りて自己の事績を説いた、と主張した。かれはまた次のように論じた。

されど其中にはおぼえずとりはづして、他人より云へるにはあらで、みづからの言ときこゆる事もおのづから交れり。そは本書をかへす〳〵よくよみあぢはひて悟るべし。

信友はまた、慈円の歌集拾玉集所収の和歌に桑門時貞以下の仮名のもとによんだものが多いことに注意し、愚管抄に自分のことを記して他人の作に擬した心ばえを思い合わせるべきである、とし、特に「おほけなくうき世の民におほふかな我立杣に墨染の袖」という、慈円壮年時の和歌を引用して、次のごとく慈円のこの書の著述動機を理解した。

こは世にきこえたかき歌にして、そのかみ世に歌読といはるゝ人々のごとき作歌のたぐひにはあらず。はやくよりさばかりあつき志ありて此抄も書しるされけむ、とさへおもひ合せらるゝなり。さて又此書に記せる、そのかみのありさま、又其世にありて論へる趣の、げにさることゝ、ことわりにきこゆるに、仏教に依りていへる説どもの、少からぬは、あかぬこゝちせらるれど、記者のもとよりたてたる道なれば、難むべきにあらず。もはら皇朝の御稜威の衰たまひて世の乱れゆくを慷慨、悲しめるあまりの真心より一向に志をいだして論へる事どもの、懇切なる趣をよく読あぢはふれば、ほとほと涙もおちぬべし。

最後に信友は、愚管抄の本文は誤字が多いので諸本を校訂したことを述べている。この校訂本は今のところ所在が確認されていない。

西洋史学研究法導入　明治維新の直後、詔書によって正史編集が開始されたが、西洋史学の綿密な研究法をも取り入れて着実な考証が学界に盛んになるにつれて、正史編集より、まず史料の収集・整理・批判を徹底的に行なうことの急務なることが痛感されるようになった。明治三十四年(一九〇一)に第六編が公刊された大日本史料の編纂はこのようにして着手された。愚管抄は、その記事内容からすると、第三編末から第四編全部に関係する部分が史料として特に重要な意味を持っている。第四編の編集主任として、その編がいち早く完成するように鋭意努力した故三浦周行博士は愚管抄の史料的価値に特に注目した。博士が明治四十年に執筆公刊した日本時代史鎌倉は、愚管抄の記事を自在に駆使して、幕府成立当初の微妙な朝幕関係を解明している。しかし博士は愚管抄の著者については断定を避けた。博士は、信友の自叙説を傾聴に値する、としながら、それに従って慈円著述説を取らなかったのは、信友が自叙の論拠を明確にしていないからであった。

遺文の発見　三浦博士の日本時代史鎌倉が公刊された直後、『国学院雑誌』巻十四の二(明治四十一年二月公刊)に発表された故萩野懐之氏論文「愚管抄の著者及脱文」は、慈円の法孫に当たる青蓮院門主尊円法親王編集の門葉記によって、慈円が著者であることと、現存の愚管抄には所見しない逸文を紹介したことで注目される。この逸文は補注(2-二四二)にその全文を収めたが、尊円法親王の注記を信頼すると、いまは散逸して現存しない第七の一部ということになる。

愚管抄本文の編巻については、のちに述べるが、本朝書籍目録が早く六巻とするのに対して、現存本は七巻の編巻となっていること、しかも現存の巻第七が門葉記所収の逸文が当初あったという巻七と同一の巻とはとても考えられないことは、特に注意を要する。萩野懐之氏の論文が慈円著述説を一歩前進させたことは確実であるが、これらの点についていま一つ明確な説明を欠いた点があったために、慈円著述を確認するまでにならなかった。なおこの逸文については、のちに再説する。

慈円著者確認(三浦周行)　三浦博士が大正九年になって論文「愚管抄の研究」(「日本史の研究」所収)を発表し、慈円著述確認に踏切られたのは、それまでに慈円著述を裏付ける確実な史料が連続して青蓮院の宝庫から発見されたことによる。博士がまず史料に用いられたのは、門葉記所収の西園寺公経あての慈円消息写と承久三年(一二二一)五月十八日すなわち承久の乱突発三日後に慈円が近江国坂本の日吉社に納めた告文の写であった。この両史料はともに大正五年公刊の大日本史料第四編之十五(七一九・九七五頁)に収められている。特に重要なのは公経あての消息であるが、補注(3-四四・3-五一・7-七)に本文の一部を掲載した。

公経あての消息が発信の年月日を欠いているのに特に重要と認められるのは、その主旨が愚管抄特に第七のそれに一致するものがあること、尊円法親王の注記によって承久二年の発信であることがほぼ確定していることによる。慈円はこの消息のなかで、公経に対して、まず右大臣藤原師輔創建の延暦寺横川楞厳《りょうごん》三昧院の興隆を勧めたが、師輔の発願を記した部分は愚管抄巻第三(一五七頁)の記事とほぼ同文である。また慈円は消息のなかで承久元年の頼経東下に触れ、近衛基通が頼経の東下を評して父九条道家の恥と言ったのに対して上皇が同感されたことを述べているが、これもまた愚管抄巻第七(三三六頁注六以下)と同旨である。これらの一致がある以上、愚管抄が慈円の著述であることは明確である。日吉社に納めた告文も、天照大神が天孫降臨の時に天児屋根命・天太玉命に勅して殿内に侍りてよく防護をなせと命じたことをあげているが、これまた愚管抄巻第三(一四〇頁注九)で強調されている。

三浦博士が次に慈円著述確認の史料としてあげられたのは、青蓮院で当時発見された慈円自筆消息断簡七通と、同じく慈円の消息であるが自筆ではなく後世の写二十八通であった。これらの史料は慈円著述確認には重要であるが、事情によって現在の所在が確かめられないので、十八年前に赤松が作製した写によりその本文を「参考Ⅰ・Ⅱ」として補注の末尾に掲載した(原本との校合が不可能のために、誤りは当然あると思うが、他日の訂正を期する)。

さて三浦博士が特に重視されたのは、自筆消息断簡のうちに延久元年記録所設置・摂関家所領調査に触れたところがあり(補注参考Ⅰ-4・3)、その文章が愚管抄巻第四(一九四頁注一二以下)とほぼ一致すること、写の消息のなかで(貞応三年)五月一日の日付をもつものに、愚管抄の返還を求める記事が見いだされた(補注参考Ⅱ-17)ことであった。愚管抄の著述が慈円であることはそれによって確定を見た。それに対して博士が明確にしておられないのは、慈円はだれがこの愚管抄を読むことを期待して著述したかということである。それを究明するためには、愚管抄の著作年時・動機・内容などについてまず明らかにする必要がある。

Ⅱ　著作年時と巻次編成

著作年時論の意義　三浦博士の慈円著述確認は、古来の伝称が正しいことを確実な史料の裏付けによって立証されたので、発表以来今日まで全然異論がない。それに対して批判が繰返されるのは、同時に発表された乱前脱稿説である。博士以前は伴信友の承久二年起稿、貞応三年完成説が長く信奉された。博士は愚管抄の本文を詳細に検討された結果、巻第二の皇帝年代記の追記(一二三頁一三行目以下)の部分を除いて、本文全部は承久二年、おそくとも翌三年四月二十日の順徳天皇譲位以前の脱稿と認められることを提唱された。周知のように、順徳天皇譲位後一月も経過しない承久三年五月十五日に承久の乱が起き、鎌倉幕府討伐を企てた後鳥羽上皇側の惨敗に終った。そのように重大な時期であるから、承久二年脱稿と、同年起稿、四年後の貞応三年脱稿とでは、その差はわずか四年であるが、愚管抄の歴史的評価は大きく変わる。そこに愚管抄の成立年代が繰返し議論される理由がある。

承久乱後論（伴信友）　伴信友の論拠は、巻第二の皇帝年代記、順徳天皇の部分の奥書に「承久二年十月之比記レ之了。後見之人此趣ニテ可二書続一也」（一二三頁注三三）とあるのは起稿の時日を示したものとし、同じく巻第二の貞応三年六月十九日の北条時房東下の記事のあと、「此皇代年代之外ニ、神武ヨリ去々年ニ至ルマデ、世ノウツリ行道理ノ一トヲリヲカケリ」（一二六頁注二〇）とあるのは、愚管抄の本文の記事内容が神武天皇に始まって、貞応三年から見て去々年すなわち貞応元年まで及んだことを示すと解したことにある。承久二年起稿、貞応三年説はこのような論拠から主張された。

信友説の弱点は、承久二年十月の奥書が今後の年代記書継ぎを予定しており、事実から言っても仲恭天皇・後堀河天皇の部分がそれぞれ別に書継ぎされた形跡を残していることを見落したこと、問題の「去々年」には「承久二年ナリ」の傍注があることに少しも配慮しなかったことである。

乱前論（三浦周行）　三浦博士の批判は、これらの事実の検討から始まった。博士によると「承久二年ナリ」の傍注は愚管抄の本文記事年時の下限が承久二年であったことを示すものである。その点から「此皇代年代之外ニ、神武ヨリ去々年ニ至ルマデ」以下の本文は承久四年すなわち承久乱後の追記と博士は推測し、巻第一と巻第二の年代記のうち神武天皇から順徳天皇までの部分と、巻第三以後巻第七までの本文とは、承久二年、おそくとも承久三年四月二十日以前脱稿という説を立てられた。もちろん博士は「承久二年ナリ」の傍注だけを論拠としたのではなく、巻第三以後の本文検討の結果、「神武ヨリ承久マデノコト」（三二二頁）を初めとして承久年間の成稿であることを物語る記事が多いこと、承久三年四月二十日譲位の順徳天皇を「当今」（一五七頁注七二・二九九頁注三四）としていること、正治元年六月二十二日当時摂政であった近衛基通の嫡子で、のち承久二年当時は関白であった家実が右大臣に任ぜられたことを記して、「近衛殿ノ当摂政ナルガ嫡子、当時ノ殿」（二八五頁注五〇・五一）と記していることなどをあげて、論証のささえとされた。しかし博士自身が疑問とされたのは、愚管抄の本文記載のうちには、承久二年著述とすると記述がそれに一致しないものが見いだされることである。その最たるものは「コノ東宮、コノ将軍ト云ハワヅカニ二歳ノ少人ナリ」(三四二頁注一一・一二)である。懐成親王・藤原頼経が二歳であったのは承久元年である。慈円は三歳と書くべきを誤記したのか、それとも頼経が将軍に迎えられた承久元年当時二歳であったことを主として、親王も同年二歳であったので、このように並記したのか、と博士は解釈された。慈円の記述には博士も指摘されたように、誤記と認むべきものが他にも存することは事実である。それについては判明し得るかぎり、注釈で明らかにしたが、東宮・将軍の年齢についての記事は、あまりにも重大なことなので、誤記とは言い得ないものがある。博士の承久二年脱稿説が批判を受けた一つの理由は、このような点をよく説明されなかったことにある。

乱後論(**津田左右吉**)　三浦博士の乱前脱稿説発表五年以前に、既に乱後成稿説を公表されていた故津田左右吉博士は、その立場から三浦博士の説を批判された。大正十三年九月発行の雑誌『思想』に掲載された論文「愚管抄の著作年代についての疑」(「日本文芸の研究」所収)において、津田博士は次のように主張された。

慈円が愚管抄のなかで、国初以来皇室の地位の変遷、政権の推移ならびに王法と仏法との関係などを歴史的に観察した根本の意図は批評にあって、政治上の抱負を述べたものではなく時務策を講じたものでもない。津田博士がこのような立場を基本的に取ったのは、慈円の当時に時務策を立てるならば当局者に対する直接の進言または献策として提出されなければならないのに、愚管抄は著者の名すら明らかにせず、ことさらに自己を三人称で記しているのに不審を感じたからである。慈円の根本思想は、博士によると、すべての歴史的事実を道理の現われたものとして正当視することである。愚管抄が天皇の廃立・幽閉を断行した臣下の行為を是認しているのは、承久の乱後に鎌倉幕府が行なった天皇の廃立、三上皇の配流という事実を経験したのち、この事実を正当化する理論を過去の事実から帰納しようとしたものである。博士の乱前仮託乱後起稿説はその認識から出発するが、文証としては、三浦博士も用いられた「去々年」の傍注

「承久二年ナリ」を同じく愚管抄の本文記事年時の下限を示すものとし、そこから愚管抄全部の起稿を貞応元年とされた。三浦博士が承久二年脱稿説の論拠とされた本文記載の仕方について、津田博士はすべて慈円の仮託とされた。しかし博士によると、慈円は巧みに仮託をしたが、そのうちには承久二年を去々年としたように、貞応元年脱稿を暴露したところもある。仮託は満足にしとおせるものではない。慈円がことさらに著者を秘し乱前起稿であるかのように仮託したのは、承久の乱のすべての責任を後鳥羽上皇に帰したことに対する遠慮からである、とされた。

乱前論（村岡典嗣）　津田博士の乱前仮託乱後成稿説に対して故村岡典嗣博士が乱前起稿を強く主張された。愚管抄についての博士の論文は昭和二年（一九二七）四月脱稿の「愚管抄考」、昭和十年十一月成稿の「愚管抄の著作年代編制及び写本」（ともに「増訂日本思想史研究」所収）の二篇である。論及の範囲は広範囲に及んでいるが、ここではまず津田博士の乱後起稿説に対する批判を紹介する。

村岡博士は三浦博士の承久二年説を支持する立場から津田博士の仮託説を批判された。博士は問題の本文記事について一々これを検討し、津田博士の疑いには妥当な根拠がないことを指摘された。博士が特に強調されたのは、津田博士が巻第二末の「神武ヨリ去々年ニ至ルマデ」以下の文章と巻第三以下の文章は同時に書かれたと推知したことについてである。村岡博士はそれを津田博士の考察の明らかな失当とし、巻第二の問題の文章は巻第七の初めの文章が書かれたのちに、著者がわざわざ追記約説したものと主張された。その立場が、この条の記載を貞応元年とする三浦博士と同一であることは改めていうまでもないが、村岡博士は承久二年成稿説の論拠となる本文記事を三浦博士が指摘された以外にもいくつかあげられた。そのなかでも重要なのは巻第七の「スデニ後白河院ウセサセヲハシマシテ後、承久マデスデニ廿八年ニナリ侍リヌル也」（三三三頁注五三・五四）の「承久」は、後白河法皇崩御の建久三年から二十八年めに当たる承久元年であること、同じく巻第七の「人ハ十三四マデハサスガニヲサナキホド也。十五六バカリハ心アル人ハ皆ナニゴトモワキマヘシラルヽコト也。コノ五年ガアイダ」（三五〇頁注一二・一三）の「五年」を「五十年」の誤記、または転写の間の誤写としたことである。承久二年慈円は六十六歳であった。村岡博士の指摘によって承久二年成稿説はいよいよ確実になった。村岡博士はまた三浦博士が疑問とした懐成親王・藤原頼経の年齢の記載についても妥当な解釈を提示された。それによると、愚管抄の成稿が承久二年であることは疑いないが、慈円は記述の終点を、その前年である承久元年におくことに特に心を持って記述した、というのである。その論拠は、本文記載の内容が承久元年まで終って二年にわたらないことを主とし、さらに傍証としては、東宮・将軍の年齢の記載が不自然でなくなること、津田博士が意味不通とした「コトシ承久マデ」(三一八頁注八)なども承久元年をさしたものとして、より自然になることなどである。博士はさらに進んで、愚管抄全編成立の順序についても推論し、巻第三以下巻第七がまず初めに書かれ、その時期は承久二年の始め、巻第一・二の年代記が書き添えられ、愚管抄全編が完成したのは承久二年十月であった、とされた。三浦博士説の難点はそれによって解け、承久二年成稿説はいよいよ有力となった。

乱前論確認　昭和二十年に赤松が青蓮院で発見した貞応三年の慈円自筆四天王寺聖霊院願文(「鎌倉仏教の研究」二八三頁以下)によって、愚管抄著述の根本動機は、貞応三年から八年前の建保四年(一二一六)に慈円が聖徳太子・日吉社新宮から霊告を得たことであることが確かめられ、承久二年再度霊告を得て同年完成したことが明らかとなった。戦後、福井康順博士・友田吉之助氏によって津田博士の仮託説の復活が提唱されているが、確たる文証を欠いているので、広く学界の承認を得ていない。

巻第二追記年時　最近発見せられて本大系で底本とした島原市公民館蔵本(以下、島原本という)は、近世の写本であるが、現存写本のうちで最古の宮内庁書陵部蔵文明八年写本(以下、文明本という)系統の完本であり、文明本では欠けている巻第二がそろっている善本である。島原本によると、巻第二の問題の「去々年」の傍注は「承久三年也」となっている。他本の「承久二年」とは一年の違いであるが、それによる影響は大きい。いずれが原注と一致するかは、文明本は巻第二が欠け、他は島原本を含めていずれも近世書写であるので、写本の古さのみからは断言できないが、三年のほうが原注と一致すると考えられるのは次の理由による。もしこの傍注が従来の研究でひとしく考えられたように本文記載年時の下限を示すために書かれたものとすると、承久元年と記されているのが本来でなければならない。なぜかというと、前記の村岡博士の論で明らかになったように、本文記載年時の下限も基準も明白に承久元年と認められるからである。それが諸本は承久二年、島原本は承久三年と注しているとなると、原注が承久元年であり、二年または三年はそれぞれ誤記であった、とは考えがたくなる。そこで考え直さなければならないのは、従来この傍注を本文記載年時の下限もしくは基準と解釈してきたことである。村岡博士の承久元年基準説と新出の島原本の傍注を論拠とすると、この傍注は巻第二の問題の部分の追記の年時が承久三年であることを示したものとするのが最も妥当な解釈となる。傍注の問題はそれによって解決したが、残っているものは、承久三年のいつの追記かということである。前に指摘したように、承久三年は五月十五日に乱が起きており、それ以前の追記であるか否かによって、その意味は異なってくるからである。ことに追記の内容は巻第七の巻頭と主旨が一致している。津田博士の仮託説の根本の論拠もその事実に重点がある。しかし今のところ五月十五日以前か以後かの決定は文証がなく容易になしがたいが、慈円は乱の直後は病が重く、とてもこのような追記をなし得る健康状態ではなかったので、乱前であった、とするのが妥当である。おそらく皇帝年代記の仲恭天皇の部分が追記されたと同時の記入であろう。故塩見薫氏は島原本発見以前に既にこのことを主張した(論文「愚管抄の研究」)。慈円の追記は、巻第二の皇帝年代記に限ってその後、元仁二年(一二二四)にも行なわれた。後堀河天皇の貞応三年六月までの部分がそれである。

巻次・編成　村岡博士が提示された問題でなお明確に解決していないのは、この書の編成、すなわち巻次の編成についてである。本朝書籍目録に早く「愚管抄　六巻」と所見していることは前述したが、現存の写本は例外なく七巻の編成となっている。伴信友は「読愚管抄」でこの食い違いを取上げ、愚管抄は末尾の「附録」を合わせて七巻であるが、本朝書籍目録は「附録」を欠いた一本をあげたものとした。信友はまた「附録」と「別記」(一二三頁注三四)と同一とした。

村岡博士が論文「愚管抄の著作年代編制及び写本」を書かれた昭和十年十一月当時までの学界の定説は信友の解釈と同一であって、巻第一・二は年代記、巻第三・四・五・六は本文、第七は附録としていた。昭和五年刊行の新訂増補国史大系本も現にその編成に従っている。

故和田英松博士は、本朝書籍目録考証のなかで愚管抄は本来六巻であったとされ、その論拠として巻第二末の「此一帖ノ奥ヲバ」（一二八頁注一五）をあげ、巻第一・二の年代記が当初一巻であった、と認められる所見を明らかにされた。博士の論拠は六巻説のそれとしては、なお十分ではないが、現在諸本の巻第一・二の編成が本によっては異なるものがあることは、このことを考える上に重要な意味を持っている。島原本は、桓武天皇をもって巻第一を終わり、巻第二は平城天皇で始まっている。しかし現存愚管抄のなかでも最も古い写本である文明本の巻の別け方は島原本とは異なって、第一巻は朱雀天皇にまで及び、それも中途できれ、そのあとを欠いている。これはその底本が既にこの部分を欠く残欠本であったことを示すもので、当初の原本が発見されると、和田博士が提唱されたように年代記の部分が一巻であったことが明らかになるかもしれない。島原本以外の諸本が朱雀天皇以下の年代記を巻第二とするのは、文明本書写以後の事実であろう。それに対して島原本は別本として巻第一がいま一冊あり、その内容は文明本と同じである。底本に用いた巻第一は、桓武天皇で終っている。この桓武・平城で年代記を分けるのは阿波本以外に他に類を見ない。島原本のこのような分巻がいつ始まったのか、阿波本以外に他に支証となるものを見いだし得ないので、軽々には決め得ない。

別帖・別記　さて村岡博士は和田博士の説を引用して原本六巻説を強調し、さらに重要な所見を提示された。博士によると、信友が附録と別記と同一視して論を進めたのは失考である。信友は、本書の五三・七〇・七一・一〇四・一〇九・一一一・一一二・一一六・一一七頁に所見する「別帖」が別記と表現が似ているので、別記と同一と考え、「委在二別帖一」とあるのは、詳しい記述が別帖すなわち附録に所載されている、とした。然し、それは誤りである。頭注でも注釈しているように、該当箇所の不明な白河天皇時代の園城寺焼却（一〇四頁注六）を除いて、あと全部は巻第三以下巻第六までの諸巻をさし示している。「附録」に当たるという巻第七をさし示したものは一箇所もない。村岡博士はこの事実を指摘したのち、慈円が巻第二の第一次の奥書において「不レ能二外見一」とした「別記」(一二三頁注三四)は、いわゆる「附録」でもまた「別帖」でもなく、故萩野懐之氏が紹介した逸文(補注2-二四二)がその一部に当たることを主張された。この逸文は延暦寺の勧学講興隆について慈円が頼朝から越前国藤島荘の寄進を得たことなどを記したものであるが、尊円法親王の注によると、最初に記したように愚管抄第七の一部という。親王の注がもし事実に当たっているとすると、愚管抄には、巻第七として延暦寺を主題とした「別記」または「一帖」があったことになる。

原本・編成　村岡博士の論は上記の範囲にとどまっているが、博士が指摘された愚管抄の本文・年代記の成稿順、現存最古の写本である文明本とその系統に属する島原本(巻第二は別)が外題・内題などに巻次の表記を欠いている事実を考え合わすと、当初の愚管抄の巻次は、ことによると、巻第三が巻頭にあり、したがって、巻第七が巻五となり、巻第一・二が巻六、「山門ノ一帖」が巻七であったかもしれない。もちろんこれは推測に過ぎず、巻第二末尾「カク心得テ是ヨリツギ〳〵ノ巻ドモヲバ此時代ニ引合ツヽ見ルベキ也」(一二八頁)はその反証であるとも考えられる。それは十分に知っているが、巻第二のこの部分は承久三年四月ごろの追記とすると、それ以前の脱稿当初の原本は、右のような巻の編成であったろう、と主張することは許されるであろう。

著述直接動機　愚管抄の著者・著作年時の疑問が解決したことによって、著述の直接動機はいよいよ明らかになった。三浦博士は主として巻第七を論拠として次のように説かれた。慈円が乱前に愚管抄を著わしたのは、後鳥羽上皇に鎌倉幕府討伐の計画があることを察して、将軍には上皇にそむく意図がないこと、討幕が無謀の挙であるばかりではなく皇室の祖神の神慮にも違背すること、平清盛・源義仲が後白河法皇に対して取った先例によると討幕の遂行が上皇の将来の運命に重大な影響を及ぼすかもしれないことを明らかにするためであった。慈円はまた、承久元年当時二歳に過ぎない東宮・将軍の成長に望みをかけ、天下の興廃はそれらが成人する以後二十年にかかっているとし、その間は朝廷と幕府とで紛争を絶対に回避すべきである、と論じた。慈円が討幕に反対したのも、真の動機は、このような観点に基づくものであった。

愚管抄著述について残っている問題は、だれが読むことを期待して書いたか、ということであるが、これはのちに触れることにする。

III　著者としての体験と思想

略歴　慈円が愚管抄を著述した直接の動機は明確になったが、愚管抄の史観をはじめとして本文の記事内容をよりよく理解するためには、著者としての生涯の重要な体験を詳しく知る心要があり、特に著述の動機については、愚管抄の本文に所見している以上に掘り下げて究明しなければならない。

慈円は周知のように関白藤原忠通を父、皇嘉門院女房加賀局(太皇太后大進藤原仲光娘)を母として久寿二年(一一五五)四月十五日に生まれた。この年は慈円が「保元以後ノコトハミナ乱世」(一二九頁注七)とする保元の乱突発の前年に当たっている。慈円の母加賀局は忠通に深く愛され、兼実・兼房・信円・慈円の四人の男子を生んだが、慈円を生んだ翌年の二月十二日に三十二歳で死んだ(兵範記)。忠通は長寛二年(一一六四)二月十九日に六十八歳で薨去した(百錬抄)。当時十歳であった慈円は翌年出家して延暦寺青蓮院門主覚快法親王の弟子となった。出家の動機は父母を失って孤児になったことであるが、現存の肖像画によると慈円の鼻が異様に大きかったことも、早く出家することになった動機の一つかもしれない。慈円の出家は以上のような動機に基づいていただけに延暦寺での修行は真剣であった。ことに注目されるのは、安元元年(一一七五)二十一歳の時に千日入堂の苦行を始めたことである。慈円の伝記である慈鎮和尚伝はひたすらな修行ぶりを伝えているが、かれにとっての不幸は、修行中に学侶と堂衆の争いが激化して、本来和合の場であるべき寺院が隅々まで憎悪の渦まく世界と変わり果てたことである。慈円は修行の学侶も退散した無動寺でひとり行法に励んだが、治承三年(一一七九)三月二十四日に満願に達すると、四月二日に兄兼実を尋ね、世間無益であるから隠居する、と申し出た(玉葉)。

対立抗争が次第に激化する世間の情勢に関連して世間無益の認識を深め西山善峰寺に隠居した慈円が、一転して仏法興隆・政道純化を念願して真剣に行法に精励するように心境が変化したのは、治承五年六月から近江国葛川明王院にこもり荒行に努め倶利迦羅《くりから》の出現を感見するという霊験を経験して以来のことである(玉葉、治承五年八月十日)。慈円はそれによって仏法興隆の器であることの自信を深めた。そこに中世人としての慈円の思想・行動の特色が明確に現われているが、このことはまた愚管抄の著述にも深い関連を持っている。

兄兼実は源頼朝の推挙によって文治元年(一一八五)十二月二十八日に内覧の宣旨を受け(玉葉)、翌二年三月十二日に宿望の摂政となった(玉葉)。慈円は兼実の擁護のもとに建久三年(一一九二)十一月二十六日に天台座主となった。頼朝は建久元年十二月と同六年三月の両度上京したが、慈円は再度上京の時に頼朝と面接して数多くの和歌を贈答した(拾玉集。慈円全集第三〇五一—三一二七号)。慈円が頼朝から越前国藤島荘の寄進を受け延暦寺内に勧学講開設を思い立ったのもこの時である。勧学講は、承元二年(一二〇八)二月に慈円が定めた天台勧学講縁起(門葉記、巻二)に明らかにしているように、末法の仏法修学の道が衰微したのを憂い、衣食のささえを用意しなければ仏法を習学するもののないことを歎いて、設立したものである。しかし建久七年十一月二十五日の政変によって慈円が天台座主を辞任すると、この講も中止されたが、建仁元年(一二〇一)二月十九日に慈円が天台座主に還補されると、復活した。萩野懐之氏が発見紹介した愚管抄巻七の逸文は、この講開設の事情を書いたものである。

霊告　愚管抄著述にとって重要な事実は、建仁三年六月二十二日の暁に慈円が奇夢を見たことである。その詳細は別に紹介したので(「鎌倉仏教の研究」三一七頁以下)、ここで詳説するのは避けるが、要は、天皇の宝物とされている三種神器のうち、神璽は玉女であって妻后の体である、天皇は清浄の玉女の体に入って交会するので、能・所ともに罪はない、よって神璽は清浄の玉である、という内容のものであった。当時の慈円は三種神器について正確な知識がなかったばかりではなく、日本書紀神代巻も知らなかった。そのためにこの奇夢を判じ得なかったが、後鳥羽上皇に奏上し摂政九条良経とも話合い神代巻や神器の勘文など見て、初めてその意味を会得した、と考えた。慈円の省察は、壇の浦で神璽の箱が開かれその正体が知られたこと、宝剣が海中に沈んだことにまで及び、宝剣がなくなったあとに、武士の征夷大将軍が日本全国を支配して、その意志のままに諸国の地頭を補任し、朝廷がこれに干渉するを認めず、地頭設置の当初に勅許を得ていることを主張していることに思い当たった。慈円が保元の乱以後は乱世である、との認識を深めたのは、この奇夢を見たことがきっかけであり、愚管抄巻第五の宝剣紛失論(二六五頁)の根幹は、この時に成立した。慈円は、その後建保四年(一二一六)正月と承久二年(一二二〇)の二度にわたって聖徳太子・日吉十禅師権現から霊告を得た。その詳細を記した夢想記などは今のところ見いだされていないが、おいの九条良経の娘で順徳天皇中宮の立子の皇子出産、その皇子の即位に関するものであったようである。愚管抄の論の一つの特色である君臣合体論は、このような霊告がささえになって成立した。

怨霊　愚管抄の内容を考察するにあたって逸してならないことは、慈円が怨霊の活動について認識を深めたいきさつである。怨霊の活躍を信じ、その鎮静を念じて祈禱にあけくれたのは、中世人の常であって、慈円もその例外ではなかった。元久三年(一二〇六)三月六日に、おいの九条良経が変死すると、慈円は保元の乱後、不遇の環境で満たされない思いで死んだ祖父忠実の怨霊の所為と考え、愚管抄でもそれに言及したが(三九〇頁注一六)、その認識は良経変死の直後既に高まっており、同年に青蓮院内に建立した大懺法院の発願文のなかで欽明天皇の時代に仏法が渡来してからは、仏法をもって一向に王法を守ることになったこと、廃帝となった陽成天皇の悪政、延喜・天暦の善政を知らないものはないこと、保元の乱以後の混乱が続いている現在、怨霊が一天に満ちているのに、それを救済する善政が行なわれていないこと、この怨霊を救い朝廷を助けるのは仏法の法力以外にはないことを強調した。慈円は怨霊の活躍を媒介として、行法に精励する間にも次第に日本の歴史の推移に深く沈思するようになった。

愚管抄史論　愚管抄は、このような慈円の複雑な体験と実朝急死、頼経東下、討幕計画進展という慈円としては思いもよらなかった事態の連続発生に強く刺激されて著わされた。そのためにその論が摂関家特に九条家に偏した保守的なものとなり、霊告に刺激されたために、論理が飛躍し、歴史の進展をあまりにも合目的的に理解する誤りを犯していることは、三浦博士以来既に指摘されている。しかし村岡博士が詳細に明らかにされたように、その歴史観は成住壊空の四劫観や正像末三時思想に基づく末世的時勢観を基調としたが、その説く道理は、無理非道に対する規範的なものだけではなく、歴史的事件の因果関係の過程に内在する、自然・必然の理も含まれている。注目されるのは、道理において規範的なものが自然・必然の理に優越する、と慈円が強調したことである。末法思想に伴う退化主義の宿命論だけでは、歴史は単なる必然的退化の過程であって、なんの発展もない。歴史的展開を可能ならしめるものは、道徳的意味における因果の応報であり、意志の自由を前提とする善悪である。慈円が滅罪生善・遮悪持善の理を重んじ、四劫観などと考え合すべきことを主張したのは、かれがそのことを意識していたことを示している。愚管抄の史論が今日注目されるのは十三世紀の初頭という早い時期にこれを強調したことである。

Ⅳ　参照書籍・著述目標

簾中抄　本来は仏教者であった慈円が霊告や時勢の推移に刺激されて愚管抄を執筆した時に既存の歴史書をどの程度まで参照したか。その究明の重要なことは早くから意識されながら、今までのところ徹底してはなされていない。本書ではその点の詮索に力を注ぎ判明したものは頭注・補注にあげた。詳細はそれに譲るが、巻第一・二の皇帝年代記で注目されるのは、天皇・后妃・皇子に関する記事では簾中抄を参照して文を作ったことが多く、六国史などの正史を参照する、という今日では当然と考えられる手続きを必ずしも取っていないことである。簾中抄は本朝書籍目録にも所見し、和田英松博士の考証でも明らかなように、藤原資隆が編集して、慈円・兼実と交渉の深かった八条院暲子内親王に進上したもので慈円の壮年時代に成立している。慈円が六国史などよりは簾中抄を多く用いたことは、その意味で注目される。もちろん慈円は簾中抄だけを利用したのではなく、扶桑略記・歴代皇紀などを参照したことはいうまでもない。

世継物語　次に注目されるのは、栄花物語・大鏡・今鏡・水鏡などの世継物語と愚管抄との関係である。慈円が栄花物語・大鏡の存在を知っていたのは確実であるから当然参照したと考えられるし文証も存する。今鏡・水鏡はともに慈円の在世中に成立したものであって、あまりに近いことなので、確かに参照したかどうかは明言できない。しかし本文検討の結果によると、慈円はこの両書を利用したことは確実のように思われる。

戦記物語　世継物語についで重要なのは、同時代に成立した保元・平治・平家の三物語と愚管抄との関係である。保元物語と愚管抄の記事に一致するものがあることは、早く野村八良博士が著書「鎌倉時代文学新論」(大正十一年刊、一二五頁以下)で指摘した。問題は愚管抄・保元物語成立年代の前後、直接参照の有無であるが、保元物語成立年時は愚管抄ほど明確でなく、愚管抄より早く成立した可能性が考えられているに過ぎないので(保元物語。本大系本三九頁)、断言はできない。平治物語も同様である(「鎌倉時代文学新論」一二六頁)。それに対して今度の愚管抄本文検討によって初めて明確になったのは、愚管抄と平家物語との関係である。野村博士は、つとにこのことに注目して「鎌倉時代文学新論」(一五三頁)のなかで鹿谷事件についての両書の記述が合致することを指摘した。また故後藤丹治博士は、白河天皇皇子出生の際の頼豪祈りの記事(二〇〇頁注八以下)が平家物語、巻第三、頼豪(本大系本、上二二五頁以下)のそれと一致することを指摘し、現在の平家物語は、延慶本の原本を除いて、少なくとも流布本や源平盛衰記ははるかに後世の作であるから、愚管抄が平家物語より先出と論じた(後藤丹治著「戦記物語の研究」昭和十一年刊、二七頁以下)。今のところ両書の関係については後藤博士の説が有力であるが、冨倉徳次郎博士は「平家物語研究」(昭和三十九年刊、八一頁)で愚管抄巻第五と平家物語の関係に特に注目し、両書の記事は近似しているが、先後の関係は明言しがたい、としている。

平家物語との関連　最近の平家物語の研究が以上のような段階であるのに対して、今度の愚管抄本文の逐一検討の結果、明確になったことは、慈円が愚管抄を執筆した時に平家物語を参照し、その文章をそのまま、もしくは少し直して愚管抄の本文としたことがあること、平家物語の記事を前提としてそれに応じた文章を作ったと推定される部分さえあって、平家物語を参照しなければ文意が明確にならないこと、平家物語所見の記事を虚構として指摘していることなどである。詳細なことは、それぞれ頭注・補注で明らかにするが、平家物語が集中的に参照されているのは、冨倉博士も既に注目している巻第五である。しかし博士がこのことに気づかれなかったのは、比較検討に用いた平家物語が流布本系であったからである。流布本ではせいぜい近似ぐらいしか確かめられない。愚管抄と記事が一致する平家物語は延慶本とその系統に属する長門本・源平盛衰記である。延慶本は故山田孝雄博士によって平家物語のなかで鎌倉時代の語法を保っている唯一の本文と言われながら(山田孝雄著「平家物語考」明治四十四年刊、五一一頁)、最近では、日本古典文学大系本の解説(下一五頁)で強調されているように、延慶本を最後出本とする見解が有力になっている。この両説のいずれが正しいかの論争は後日のこととして、愚管抄との一致が最も顕著なのは、延慶本第一本、八、主上々皇御中不快之事、付二代ノ后ニ立給事の上賀茂社での呪咀露顕、平時忠の過言、蓮花王院造立供養などをめぐる二条天皇と後白河上皇との対立の記事であって、愚管抄では、本書二三八頁注一七―三五(補注5-八七)、二三九頁注五四―二四〇頁注一二(補注5-九九)がそれに対応し、両書ほぼ同文である。この一致はすでに参考源平盛衰記が長門本を引用して明白に指摘している(改定史籍集覧本、上九三頁)。

平家物語先出　愚管抄と延慶本等、いわゆる後期増補本系と本文一致が見られることについて、この際指摘しておかなければならないことは、従来の多くの研究者が考えたように、愚管抄が先出し延慶本などは愚管抄によってその本文を増補したと考えるならば、それは誤りということである。なぜかというと、愚管抄は平家物語を参照してその文章を作ったために、平家物語の記事を前提にしないかぎり、文意を正しく理解し得ないところがあるからである。その顕著な例は巻第五の源頼政園城寺参向の条の「頼政三井寺へ廿二日ニ参テ、寺ヨリ六波羅へ夜打イダシタテ、アル程ニ、オソクサシテ松坂ニテ夜明ニケレバ、コノ事ノトゲズシテ」（二四九頁注六〇—六三）である。これに関係があるのは、延慶本第二中、十五、三井寺ヨリ六波羅へ寄トスル事、流布本巻第四、永僉議であるが、愚管抄の「オソクサシテ」は平家物語にいう一能房（流布本、一如房）心海の永僉議が原因であり、愚管抄ではその説明が脱落しているために難解となっている。このような脱落は、他の本の文章を要略して成文する場合に往々に見られるところである。愚管抄のこの部分が平家物語を参照して文章が作られたことは疑いない。

第三の証である、平家物語所見の記事を虚構としているのは、頼朝挙兵の直前に僧文覚が伊豆国から摂津国福原に赴き後白河法皇側近の藤原光能を介して法皇から頼朝あての平氏追討の院宣を得たという所伝を記して「又光能卿院ノ御気色ヲミテ、文覚トテアマリニ高雄ノ事ス、メスゴシテ伊豆ニ流サレタル上人アリキ。ソレシテ云ヤリタル旨モ有ケルトカヤ。但コレハヒガ事ナリ」（二五二頁注九—一五）と明白に否定していることをさす。平家物語では延慶本第二末、八、文学京上シテ院宣申賜事、流布本巻第五、福原院宣がそれに当たるが、愚管抄が「ヒガ事」として否定しているのは、平家物語と断定しても異議はないであろう。慈円が愚管抄巻第五を起稿するにあたって特に平家物語それも延慶本の祖本とも思われるものを参照して、それによって文をなしたことが多かったことは、これで明確になった、と思われる。

慈円と平家物語　愚管抄と平家物語との関連がこのように密接であることが判明すると、当然有力になるのは、平家物語の作者は慈円の援助を受けた信濃前司行長であり、成立の時期は「後鳥羽院の御時」すなわち承久の乱前という徒然草（本大系本二七一—二七二頁）の所伝である。愚管抄の乱前脱稿は確定しているので、その起稿の時に参照された平家物語がそれ以前に成立しているのは自明といわなければならない。事実から言っても、山田博士が早く指摘されたように、延慶本第一本、六、八人ノ娘達之事に近衛基通のことを「近衛入道殿下」と記していることで、その成立年時の上限が承元二年(一二〇八)にまでさかのぼり得ることが明らかとなっている。もちろん現在の延慶本には、明白に承久の乱後の増補・加筆と認むべき文章や語句が多く存在しており、全部が承久の乱前そのままというのではない。乱後の加筆・増補を認めながら、大綱は乱前成立のものをそのままに保存している、というのである。

延慶本の大綱は承久の乱前に成立していた、として、愚管抄との関連で当然に問題になるのは、源中納言雅頼青侍の夢想内容であろう。この夢想は菅茶山以来、平家物語成立の時期を示すものとして注目されている。延慶本第二中、卅四、雅頼卿ノ侍夢見ル事では、春日大明神が現われて、八幡大菩薩から源頼朝に授けられた節刀を自分の孫に与えることを要望し藤原氏の大将軍の出現を予言している。この部分が承久元年の将軍実朝殺害・頼経東下以後の加筆増補を含んでいることは確実である。注目すべきはこの奇夢を解説したのが、高野宰相入道成頼とされていることで、これはどの系統の平家物語でも同一であり、春日大明神が現われないために承久元年の実朝殺害以前の平家物語の原形を最も多く残していると認められている屋代本も同様である。成頼が愚管抄との関連で問題になるのは、巻第五で「成頼入道ガ出家ニハ物語ドモアレド無益ナリ」(二四三頁)としていることである。その文意からすると、慈円が無視しているのは成頼出家の動機についての物語であるが、補注(5-一二)で触れたように、成頼がこの奇夢を是認し解説したと平家物語が説くことをさしたかもしれない。なぜかというと、慈円としては、国家の政治のあり方を決定する宗廟の諸神の神意が、このような形で顕現した、とすることには当然反対であった、と考えられるからである。慈円は平家物語の作者行長を扶持しながら、物語の内容には厳正に是々非々の態度を取った。このことは、今後の愚管抄・平家物語双方の研究において重視しなければならない事実と考えられる。

幕府関係記事　巻第六で注目されるのは、鎌倉幕府関係の記事で吾妻鏡とは内容の異なるものが多く見いだされることである。建仁三年八月に頼家が危篤に陥ってから翌元久元年(一二〇四)七月十七日に修禅寺で殺されるまでの記事(二九九頁注四八—三〇一頁注四五)はそのなかでも最たるものである。吾妻鏡では将軍頼家と比企能員が北条時政を討つことを密議したのを政子が聞き、時政にこれを知らせたことになっている。愚管抄では家督が一万と決定し外祖父の能員が幕府を支配するようになることを恐れた時政の先制攻撃であったことが明確に現われている。実朝の殺害でも公暁を扇動したのは三浦義村であったかのように記しているのが注目される。

愚管抄著述の目標　著者・著作年時・巻次編成・著者体験と思想・参照書籍をあげてきて、最後に残っている問題は、愚管抄はだれに読ませることを考えて執筆したのか、ということである。三浦博士はまず西園寺公経を考えておられた。そのことは、慈円が承久二年の公経あての消息のなかで、伊勢大神宮と鹿島すなわち春日大明神とが約諾した道理一巻を書き進めた、と書いたことを指摘して、これは慈円が愚管抄を公経に見せたことを示す、と解されたことで判明する。現在の研究も三浦博士の説以上には進んでいない。

しかし慈円が公経を究極の目標として愚管抄を著わしたのでないことは、その内容から当然に推測される。後鳥羽上皇の倒幕計画を諫止するという著述の動機から推すと、公経のように本来幕府と親しい関係のものに読ませても、その目的を達するに何も貢献しないからである。慈円としては、後鳥羽上皇がこれを読み倒幕計画の無謀なことを反省してそれを放棄することを最も深く願ったに相違ない。もし公経に愚管抄を読ませたことがあった、とすれば、慈円から公経に送られた消息に示されているように、幕府側という立場を離れて忠正な動機から上皇の倒幕計画をいさめることを期待したからであろう。しかし朝廷と幕府の対立が深刻になりつつあった承久二年の当時に、公経にこのように至難なことの実行を要望しても、その実現は困難であったはずである。公経あての消息に言われている「大神宮鹿島の約諾道理一局」は、愚管抄としては重要な八幡大菩薩の名がないので、果たして愚管抄をさしたのかどうか、疑えば疑える。

愚管抄関係慈円消息あて先　慈円の愚管抄著述について現在残っている最後のなぞを解くかぎは、三浦博士が紹介された慈円消息写にある(補注参考Ⅱ-13・17)。この消息が慈円の愚管抄脱稿・清書・進覧を報じ、返還を要望したものとして注目されることは三浦博士の言われたとおりであるが、これらの消息のあて先が判明すると、愚管抄執筆の究極目標が明らかになるはずである。残念なことにいずれも、あて名を書いていないので、容易に確定し得ない。三浦博士は、脱稿・清書・進覧を報じたのは公経、返還を求めたのは延暦寺僧阿妙と推測されたが、ともに確かな根拠がなく、消息の文意から推測されたに過ぎない。あて名が明記されていない消息の受信人を考証するには、文意からの推測はもちろん必要であるが、それだけでは不十分であって、そのほかに書札礼などを重視する必要がある。問題の消息に初めからあて名が書かれていないのは、受信人の身分が発信者と同等か、むしろより高いことを示している。公経ならば、承久二年の消息に明確に現われているように、「右大将殿」とあて名を明記すべきである。したがって問題の二十八通の消息は公経にあてたものではない。もちろん阿妙ではない。書札礼が同一のこと、二十八通一巻として写が作られたことから推測すると、いずれも同一人にあてた、とすべきである。消息の本文には行法に関係する語句が散見する。受取人が僧侶であることはまず誤りないであろう。以上のことから帰納すると、受取人は慈円と親しい延暦寺の僧侶であって、慈円よりはむしろ身分の高いものということになる。後鳥羽上皇の皇子であって幼少の時から慈円が指導し、承元四年(一二一〇)十月と建暦三年(一二一三)二月の二度にわたって譲状を書いた朝仁親王(道覚法親王)がその人に当たることは万々誤りないであろう。

朝仁親王　親王は後鳥羽上皇の愛を集めて、仁和寺以外に先例のない入道親王の宣旨を与えられた、と言われる。ところが親王を養育した二位法印尊長が上皇の近臣として倒幕計画の中心であり承久の乱当時の瀬田の合戦で延暦寺側兵力の総帥であったために、乱後、北条政子・義時は慈円に対して、尊長が養育した親王を弟子とし、これに青蓮院の法流を継がすことを中止することを要求した。慈円はやむなくかねての計画を放棄し、承久の乱直後の八月一日に書いた遺言状も当初は親王に申し置く予定であったのを改めて、良経の子の良快とした。しかし親王に対する慈円の愛情は少しも変動せず、入滅にさきだって嘉禄元年(一二二五)五月二十三日に置文を作り、将軍頼経成人ののち、慈円の遺言として、その遺跡は良快のあと親王、そのあとは頼経の兄弟で延暦寺僧であるものが継ぐように定めたほどである。

討幕計画の中心である後鳥羽上皇・法印尊長と親しい関係にある親王に進覧する目的で愚管抄が書かれたことは、親王がこれを上皇・尊長に伝えることを慈円は期待したのである、と考えても、推測に過ぎるとは評されまい。果たして上皇・尊長が愚管抄を見たかどうかを確める方法はない。慈円の意気込みはあまりにも強かったのであるが、そのかいなく、討幕は実行され上皇側の惨敗に終ったことは、慈円にとっても打撃であった。乱後の慈円は健康悪化もあって一時は虚脱の状態であったが、みずからの反省と思索とによって徐々にそれを克服した。その過程についても述べるべきであるが、紙幅に余裕がないので差控えることにする。興味あるかたは赤松の書いたもの(「正続鎌倉仏教の研究」所収)を見られたい。

最後に指摘したいのは、慈円が後鳥羽上皇に寄せた親愛の情の深さである。愚管抄の本文からそれを汲み取るのは容易でないが、歌集拾玉集所収の多くの和歌がそれを明らかにしている。故筑土鈴寛・多賀宗隼両氏の多年にわたる研究はそれを手にとるように示している。

V　諸本

現在所在が知られているなかでは、宮内庁書陵部所蔵本三部・東京大学史料編纂所所蔵本一部・伊勢神宮文庫所蔵本二部・国会図書館所蔵本一部・天理大学附属図書館所蔵本一部・内閣文庫所蔵本十二部・長崎県島原市公民館所蔵本一部・東京大学文学部所蔵本などが重要である。そのなかで本書の校合に多く用いた本を次に解説する。

文明本　宮内庁書陵部所蔵　六帖　袋綴

本文片面十二行書写であって、片かなで書かれているが、平がなが混用されている部分もある。第六帖の末尾に左記のように文明八年(一四七六)書写の奥書があり、書風も古体を保ち当時の書写と認められるので、本書では文明本と呼ぶことにした。現存諸本のうちでは最古の写本である。

以上六巻畢。

文明第八暦書写之畢。

古本奉㆔与㆓奪唐橋殿㆒之。

文中の唐橋殿は当時の九条家の家司を勤めた家であって、当主は唐橋在綱であった。古本すなわち底本を唐橋殿に譲り与えた、と注していることから推すと、おそらくこの写本は九条家の関係者によって製作されたものであろう。この本の特色は、巻次編成の解説のなかでも触れたが、巻次の標記がないこと、巻第一の皇帝年代記は朱雀天皇の部分が初め二十七字までであって、以下全部を欠いていることである。文中まま異本との校合が注されている。

文明本の価値は、現存諸本中最古の写本であるばかりではなく、巻次編成などから推して、皇帝年代記を醍醐・朱雀天皇でわかつ諸本はすべてその系統に属すると認められることである。刊本としては、新訂増補国史大系本が校注もっとも厳密であるが、若干の本文の誤写、校注の失当も見うけられる。

河村本　宮内庁書陵部所蔵　二帖　袋綴

本文片面十一行書写であって、平がなで書かれている。各巻内題があり、それぞれに巻次の標示がある。現在は巻二から巻四までが上帖、巻五・六と附録が下帖となっている。もと江戸城内紅葉山文庫にあって、幕府崩壊ののちに皇室に引継がれた。附録末尾に次記の奥書があり、天明四年(一七八四)尾張藩学者河村秀根が書写したことを示している。本書では河村本と呼ぶことにした。

按ニ㆓仁和寺書目録ヲ㆒曰㆓愚管抄六巻慈鎮抄ト㆒。今所ㇾ得原本末ニ加㆓附録ヲ㆒、通有㆓七巻㆒。和尚名ハ慈円、初云㆓道快ト㆒。法性寺関

白太政大臣藤忠通弟子也。学究《メ》二顕密《ヲ》一智行兼備、天台六十二代《ノ》座主、任《ズ》二大僧正《ニ》一。又善《シ》二和歌《ニ》一、当時六歌仙之其一也。集《ヲ》曰二拾玉《ト》一。辞二座主《ヲ》一結二菴《ヲ》東山《ニ》一称二吉水和尚《ト》一。嘉禄元年九月二十五日寂《ス》。嘉禎三年三月八日賜レ諡《ヲ》曰二慈鎮和尚《ト》一。斯書也、時属《シ》二澆季《ニ》一世遭二衰乱《ニ》一大《ニ》歎《ジテ》二王道之陵遅《ヲ》一而所二著述《スル》一也。其志可二嘉尚一。於レ戯古之典籍泯没不レ少。斯書全伝《ル》二于今《ニ》一者、亦不二大幸《ナラ》一乎。然転写之誤、難解者多《シ》。自書写、以二朱書《ヲ》一而加二僻案《ヲ》一。冀《クハ》后君子訂《セヨ》焉。

天明四甲辰四月廿三日　　蓬菴河村秀根

校注はさして多くないが、まま本文校訂に参考となるものがある。

天明本　宮内庁書陵部所蔵　七帖　袋綴

本文片面十行書写であって、かなは平がなである。巻首の内題・尾題には巻数が標示され、巻七の末尾に文明本の文明八年書写古本与奪の奥書を写したあと、次の奥書を収めている。

愚管抄七巻、原本謬誤居多、仮名乱雑、不レ可レ読也。亦啻一二耳哉。今以二三本一校正、一過畢。猶不可解亦不レ為レ尠。且仮名等、以二国史及万葉・和名抄等古様式一悉質正。或難解及レ両可者闕如。姑書以竢二他日善本一訂讐云爾。

宝暦十年庚辰十一月廿二日　　伴宿禰　浚（花押）

以二三本一校合畢。

天明八年戊申九月　　藤原忠寄

それによると、この本は宝暦十年（一七六〇）十一月二十二日に伴宿禰（山岡浚明）が三本をもって校合したものを底本として、天明八年（一七八八）九月に藤原忠寄なるものが写したものである。浚明は幕末の考証学者であって類聚名義考の編者として知られている。愚管抄の本文に誤りが多く、読み得ないので、三本を校正したとのことであるが、文明本以外の拠本は判明しない。校注の出典が不明なのは惜しまれるが、文明本の誤りがそれによって直されているところはかなり多い。浚明自身の説も欄外に注出されている。そのなかには卓抜のものがあり、早く慈円著述にも疑いを表明している。

刊本としては明治三十三年刊行の史籍集覧に収められたのが早い。新訂増補国史大系は校合に史籍集覧本を用いており、この本を直接に参照していない。愚管抄の注釈として最初の中島悦次氏の「愚管抄評釈」の底本も、この本であるが、中島氏がこの本の原本を見たかどうかは明記されていない。

史料本　東京大学史料編纂所所蔵　七帖　袋綴

本文片面十二行書写であって、原則として平がなを用いているが、巻によって片かなを用いているものもある。巻第一が漢家年代から始まって朱雀天皇の頭初二十七字で終っていることは、文明本と同じである。巻第二は天明本等と同じく改めて朱雀天皇から始まっている。この巻は片かなを用い末尾に次の奥書がある。

以㆓五条中納言菅為庸卿家蔵本㆒写㆑之。
　延宝戊午歳　洛陽新謄本
愚管鈔固所㆓世罕有㆒也。適蔵㆑之者、少者二冊、多者六冊、未㆑見㆓其全㆒。惟此一冊更復希者也。今貸㆘黄門為庸所㆓自写㆒之本㆖、而謄録、附以為㆓漆策㆒。

それによると延宝六年(一六七八)当時、愚管抄巻第二は得がたい希少本となっていた。この奥書の作者は不明であるが、五条中納言為庸から蔵本を借りてこの本を写した。五条為庸は菅原氏であり九条家に属していた。しかし史料本は延宝当時の書写ではなく、江戸時代後期の書写であることは、その筆致から推測される。巻第三は平がな、巻第四は片かなを用いている。内題はあるが巻次の標示がない。

阿波本　東京大学文学部所蔵　二帖　袋綴

村岡博士によって某家所蔵阿波国文庫本として紹介されたのであるが、戦後東京大学文学部の所蔵に帰した。残欠本であって、上巻は漢家年代から始まって皇帝年代記、桓武天皇で終っている。下巻は巻第三全部を収めている。本文片面九行書写であって、片かなを用いている。この本が注目されたのは、上下帖それぞれに次の旧奥書が収められていることである。

(上帖)
此巻、自二中比一紛失歟。仍以二写本一所二書加一也。定有二魯魚之誤一歟。為レ之如何。

正和二年六月十日記レ之。　尊―十六歳

(下帖)
貞治六年六月廿五日、以二正本一一校畢。　之盛

上帖奥書の署名は一部省略になっているが、年齢から判断すると、天台座主百二十一世伏見天皇皇子尊円法親王として誤りない。親王の奥書によると、正和二年(一三一三)当時、年代記の部分が紛失しており、親王は写本をもって書写した。紛失した部分が年代記の全部か、それとも桓武天皇までの部分かは判明しないが、正和二年以後、年代記を桓武・平城天皇の間で分巻する写本も現われたことは当然に推測される。愚管抄の巻次編成の推移を考えるのにこの事実は重要である。

下帖の奥書によると、貞治六年(一三六七)に之盛が正本おそらく慈円自筆本であろうが、それをもって校合したことが知られる。之盛はだれであるかわからないが、村岡博士が早く指摘されたように、阿波本の本文は文明本と十箇所相違するところがある。詳細は、この本が戦後東京大学文学部に帰したことを紹介した益田宗氏の報告(「新訂増補国史大系」昭和三十九年版月報)に譲るが、文明本の本文が必ずしも慈円脱稿当時のままでないことは、今後の研究に新しい問題を投げるものである。なお阿波本の書写は貞治当時ではなく近世に入ってのことと認められる(本書巻末「附載」参照)。

島原本(本書底本)　長崎県島原市公民館所蔵松平文庫　八帖　袋綴

島原藩主松平家の旧蔵本であって、戦後、市公民館の所蔵に帰して初めて所在が知られた写本である。本文片面九行書写であって、原則として片かなを用い、まま平がながまじっている。

島原本が注目されるのは、巻第一は二本あって、一本は朱雀天皇頭初で終り、その後の部分を欠いていることは文明本と同じであるが、いま一本は阿波本と同じく桓武天皇で終っており正和二年の尊円法親王の奥書もそなわっていることである。この本の書写年代は奥書がないために正確なことは不明であるが、筆致より推すと江戸時代前期をさかのぼらないことは確実である。本書がこのように新しい写本を底本としたのは、本文は文明本を直写した、と思われるほどに近似しながら、まま相違するところがあり、阿波本とも一部ではあるが、一致するところがあって、ことによると、文明本よりは古体を伝えているのではないかと推測されるところも見うけられるからである。本書が島原本の複刻を厳密に行なったのはそれに基づく。詳細は頭注に譲るが、多年疑問とされた巻第二の追記の年時が確定したのも、島原本の傍注に負うところが多いことは、さきに指摘した。

もちろん愚管抄本文についての諸問題が島原本によってすべて解決した、というのではない。意味が通じない語句もなお多く存するし、その底本が今ひとつ明確にならないことも、この本の評価を困難にしている。将来さらに善本が紹介されて、これらの諸問題が一つでも多く解決されることを期待して、解説を終わる。

参考文献

テキスト

近藤瓶城校訂　愚管抄(改定史籍集覧)　近藤出版部　明33

田口鼎軒校訂　愚管抄(国史大系)　経済雑誌社　明34

黒板勝美校訂　愚管抄(新訂増補国史大系)　吉川弘文館　昭5

平泉　澄校訂　愚管抄(大日本文庫)　春陽堂　昭10

丸山二郎校訂　愚管抄(岩波文庫)　岩波書店　昭24

竹下直之校訂　愚管抄(いてふ本)　三教書院　昭28

Miscellany of personal views of an ignorant fool (Gukwan-shō), translated by J. Rahder, *Acta Orientalia*, No. 15, 1936.

単行本(著書)

中島悦次　愚管抄評釈　林六合館　昭6

西田直二郎　日本文化史序説　改造社　昭7

筑土鈴寛　慈円、国家と歴史及び文学　三省堂　昭16

〃　復古と叙事詩　青磁社　昭17

松本彦次郎　日本文化史論　河出書房　昭17

間中富士子　慈鎮和尚の研究　森北書店　昭18

多賀宗隼　慈円全集　七丈書院　昭20

村岡典嗣　日本思想史上の諸問題　創文社　昭32

赤松俊秀　鎌倉仏教の研究(正続)　平楽寺書店　昭32―昭41

坂本太郎　日本の修史と史学(日本歴史新書)　至文堂　昭33

多賀宗隼　慈円(人物叢書)　吉川弘文館　昭34

雑誌論文

萩野懐之　愚管抄の著者及び脱文　国学院雑誌14-2（中島悦次「愚管抄評釈」及び「日本教育文庫・学校篇」所収）　明41

三浦周行　愚管抄の研究　史林6-1（「日本史の研究」所収）　大10

神田喜一郎　旧鈔本慈鎮和尚伝　史林7-3　大11

津田左右吉　愚管抄の著作年代についての疑　思想35（日本の文芸）　大13

村岡典嗣　愚管抄考　思想67（日本文化研究）（「日本思想史研究」所収）　昭2

中島悦次　愚管抄雑考　国学院雑誌35-11・12　昭4

風巻景次郎　慈鎮和尚の歌に対する態度について　水甕（「新古今時代」所収）　昭5

堀　勇雄　社会情勢の推移に重点を置く「愚管抄」の再吟味　歴史教育6-9・10　昭6

筑土鈴寛　異本拾玉集に就いて　文学2-1(随筆文学号)　昭9
中村　光　愚管抄にきく　国民精神文化1-1　昭10
平泉　澄　愚管抄と神皇正統記　史学雑誌47-9　昭11
遠藤元男　愚管抄とその世界観　古典研究1-2　昭11
中島悦次　愚管抄著者の時代とその心境　〃　〃
中村　光　愚管抄の歴史観　〃　〃
圭室諦成　愚管抄の宗教的立場　〃　〃
高田米吉　慈円の政治論　〃　〃
左門三郎　慈鎮和尚評伝　〃　〃
藤田克明　愚管抄の成立及び背景　〃　〃
阪口玄章　愚管抄の道理観と解深密教(「日本文学論攷」所収)　昭13
小田泰正　慈円　史潮9-2・3　昭14
植松雅俊　愚管抄における摂関政治論　歴史地理73-5　昭14
田中久夫　鎌倉時代の二つの「道理」　歴史地理74-4　昭14
津田左右吉　愚管抄及び神皇正統記に於ける支那の史学思想(「本邦史学史論叢」所収)　昭14
村岡典嗣　愚管抄の著作年代編制及び写本　史潮9-4(「増訂日本思想史研究」所収)　昭14
東伏見邦英　青蓮院について　史林26-1　昭16
多賀宗隼　「愚管抄」管見　歴史学研究89　昭16
多賀宗隼　慈円僧正の精神生活について―拾玉集を中心として―　歴史学研究114・115　昭18・19
赤松俊秀　愚管抄について　ビブリア2(「鎌倉仏教の研究」所収)　昭23
佐佐木信綱　五巻本拾玉集と慈円の歌について　日本学士院紀要7-3　昭24
西尾陽太郎　末法燈明記と愚管抄　日本歴史29　昭25
浅井了宗　愚管抄の一考察―特に萩野氏紹介による脱文に就いて―　竜谷史壇35　昭26
重松明久　愚管抄の時代区分　日本歴史50　昭27
望月兼次郎　愚管抄の道理について　日本歴史51　昭27
多賀宗隼　六家集本拾玉集について　日本歴史52　昭27
村田正志　慈円入寂後における青蓮院門跡の相承　国史学59　昭28
〃　青蓮院吉水蔵に於ける慈円史料　歴史地理84-1　昭28
赤松俊秀　慈円の顔　歴史地理84-1　昭28
小田泰正　愚管抄の執筆時代　史潮48　昭28
友田吉之助　愚管抄の著作年代について　史学雑誌62-10　昭28
〃　愚管抄皇帝年代記の原拠について　島根大学論集(人文科学)3　昭28
〃　愚管抄の史料と史料的価値　島根大学論集(人文科学)4　昭29
望月兼次郎　愚管抄より見たる天皇制の日本歴史　白山史学　昭29

塩見　薫　愚管抄の研究　史学雑誌64-10　昭30
〃　岩波文庫本〃愚管抄〃について　日本歴史81　昭30
菊池勇次郎　西山派の成立　歴史地理85-3・4　昭30
田中　稔　史学史における愚管抄　商船大学研究報告5　昭30
池永二郎　愚管抄の成立年代に関する考察　国史学64　昭30
重松明久　没落期における摂関政治の道理―愚管抄をとおして―　名古屋大学文学部研究論集11　昭30
大森志郎　平等院の建立と愚管抄の史観―末世末法観における三時と四劫―　文化20-5　昭31
高橋　功　没落期における古代貴族の歴史思想について―愚管抄解釈の一視角―　北海道学芸大学紀要(第一部)6-2　昭31
友田吉之助　愚管抄の成立年代についての池永氏の批判に答えて　島根大学論集(人文科学)6　昭31
中村一良　愚管抄雑考―特にその道理と時代区分について―　お茶の水女子大学人文科学紀要8-2　昭31
原田隆吉　愚管抄の論理　文化20-5　昭31
多賀宗隼　慈円の顔について　歴史地理88-1　昭32
赤松俊秀　慈鎮和尚夢想記について(「鎌倉仏教の研究」所収)　昭32
田中信夫　慈円の念仏観　弘前大学国史研究　昭32
塩見　薫　愚管抄の校訂―特に傍書「承久二年也」と「世滅松二」について―　奈良女子大学研究年報1　昭32
〃　内閣文庫の『愚管抄』写本―とくに「紅葉山文庫本」と「昌平坂学問所本」―　歴史地理89-1　昭33
多賀宗隼　拾玉集諸本と成立―青蓮院本を中心として―　史学雑誌67-4　昭33
久木幸男　証空と慈円　仏教史学7-2　昭33
太田次男　慈円論　史学31-1・2・3・4合併号　昭33
波多野述麿　天命と末法の世界―愚管抄の倫理思想―　東京学芸大学研究報告9　昭33
多賀宗隼　皇覚および枕双紙について　金沢文庫研究61　昭35
〃　慈円と密教思想　日本歴史149・150　昭35
〃　愚管抄の所見について　歴史地理89-3　昭35
塩見　薫　愚管抄のカナ(仮名)について　史林43-2　昭35
多賀宗隼　法橋観性について　歴史地理90-1　昭36
〃　慈円と良尋　史学雑誌70-8　昭36
〃　慈円と密教思想(続々)―女性観を中心として―　日本歴史153　昭36
〃　慈円と密教思想―毘盧遮那別行経私記について―　日本歴史162　昭36
赤松俊秀　鎌倉文化(岩波講座「日本歴史中世Ⅰ」所収)　昭37
〃　頼朝とその娘―愚管抄の一節―　史学雑誌73-10(「続鎌倉仏教の研究」所収)　昭39
多賀宗隼　愚管抄　日本歴史194　昭39
古川哲史　愚管抄の一考察　国語と国文学41　昭39
石井紫郎　中世の天皇制に関する覚書―愚管抄と神皇正統記を手がかりとして―　国家学会雑誌79-5・6合併号　昭41

凡　例

一、本書は、島原市公民館蔵本(略称「島原本」)を底本とし、左の諸写本を以て校合した。

別本…島原市公民館蔵別本　文明本…宮内庁書陵部蔵文明八年写本　河村本…宮内庁書陵部蔵天明四年河村秀根奥書本　天明本…宮内庁書陵部蔵天明八年写本　史料本…東京大学史料編纂所蔵本

なお、右のほか、東京大学文学部蔵本(阿波国文庫本。略称「阿波本」)・国会図書館(旧上野図書館)蔵本(略称「上野本」)・旧林崎文庫蔵本(略称「林崎本」)などを参照した。

一、本文は、底本を忠実に翻刻することに努めたが、読解の便をはかり、次のような校訂方針を採った。

1　適宜段落を設け、句読点・並列点を施し、また会話などには「　」を付して構文を明らかにした。

2　校合によって本文を改めた場合は、底本の原態と依拠した校合本を注記した。ただし校合本の三本以上が同一である場合は「諸本」とした。

3　「別本」による補入は〔　〕を用いた(本書巻第二、朱雀条まで)。

4　「別本」以外の校合本、または校注者の意によって補入した場合は(　)を用いた。

5　校注者が、史実に照らし、或いは文意によって底本の字句を改めた場合は、当該個所の底本の原態を注記した。

6　底本の明らかな誤写と認められるものは正しい文字に改めた。

〔例〕　遺ハス→遺ハス　　名薄→名簿　　絶→絁《あしぎぬ》　　ヤコト→ヤマト

7　底本の文字には大字・小字の二様があるが、内容に応じ、適宜、大字を小字に組んだ部分がある。

8　底本の巻第四には一部平仮名書きの個所があるが、すべて片仮名に改めた。

9　底本には濁点のある仮名がままある。今、校注者が意によって適宜加除した。

10　底本の古体・異体・略体等の漢字は、原則として通行の正字体に改めた。また変体仮名や合字は、通行の文字に改めた。

〔例〕　尒↓爾　祢↓禰　𩠐↓頭　㝡↓最　𦬇↓菩薩　𦬊↓菩提　迯↓逃　𠮿↓畢　弃↓棄

　　昪↓昇　閇↓閉　盖↓蓋　躰↓體　号↓號　条↓條　〆↓シテ

11　底本における記載順序の誤りは内容に応じて改めた。その場合、当該個所に＊を付した。

〔例〕　元年二十即位壬子五十五↓元年壬子＊　二十即位　五十五

12　底本には「イ・ヰ―ヒ」「エ・ヱ―ヘ」「オ・ヲ」「ハ・ワ」など、いわゆる歴史的仮名遣いとの相違が多数あるが、すべて底本のままとした。ただし意味のとりにくい場合は、「ワレハ」は「我は」の意」のように注記した。

13　反復記号は原則として底本通りとした。ただし読みにくい場合は文字を充て、反復記号は右傍に記した。なお漢字の反復に用いられる「ゝ」は「々」に改めた。

〔例〕　ナドヲヽコナイテ↓ナドヲヲコナイテ　カケテハミチ〳〵テハカクル↓カケテハミチ、ミチテハカクル

　　崩御々年廿↓崩御。御年廿　人ゝ↓人々

14　(1)底本にある振仮名及び漢文の送り仮名には〈　〉を付した。

(2)校注者が通読の便宜のため施した振仮名は平仮名を用いた。漢文の送り仮名は片仮名で加えた。なお漢文の返り点のないものには新たに校注者が施したが底本にある返り点と区別するために記号を付けるなどの煩は避けた。

〔例〕　淳名底中姫《〈ヌナソコ〉なかつひめ》　受《〈ウク〉》レ禅《〈ユヅリヲ〉》　黄帝求仙道避位如脱屣↓黄帝求《メテ》二仙道《ヲ》一避《クルコト》レ位《ヲ》如《シ》レ脱《グガ》レ屣《くつヲ》。

15　字遣いは底本通りとしたので、活用語尾・助詞などが通行のものにくらべて不足している場合が多い。その際は振仮名によって適宜その不足部分を補った。

〔例〕　思《おもひ》テ　申付候《まうしつけさふらひ》テ　或《あるいは》　世《の》中　数万《の》武士　命婦《が》腹

16 底本にある傍記は、原則として原態を保持したが、内容上頭注に記載した場合もある。
17 底本には文字を充てるべき個所を略符で示すことがある。この場合には、その略符を文字に変えた。
〔例〕 元―辛卯↓元年辛卯　白河、ハ―↓白河院ハ　保元三・八・十一・↓保元三年八月十一日

一、1 頭注・補注は新字体を用い、引用文を除き、原則として新仮名遣いによった。
2 引用文中の〈 〉は原典にある振仮名、または小字であることを示す。
3 補注番号は巻ごとに一より起こした。「補注2－一二三」は巻第二の補注一二三であることを示す。

一、頭注・補注において使用した書籍の略称の主なるものは次の通りである。
記―古事記　紀―日本書紀　紀略―日本紀略　後紀―日本後紀　今昔―今昔物語　座主記―天台座主記　釈紀―釈日本紀　紹運録―本朝皇胤紹運録　続紀―続日本紀　続後紀―続日本後紀　字類抄―伊呂波字類抄　世紀―本朝世紀　尊卑―尊卑分脈　貞丈―貞丈雑記　日葡―日葡辞書　補任―公卿補任　編年記―帝王編年記　御堂―御堂関白記　文粋―本朝文粋　略記―扶桑略記　ロ師文典―ロドリゲス日本大文典　和名抄―類聚和名抄　（吾妻鏡は東鑑とした）

一、補注末尾に「参考」として、Ⅰ 愚管抄関係慈円自筆消息(断簡)・Ⅱ 慈円消息写を載せた。

一、巻末に「附載」として「阿波国文庫本愚管抄下」(本書巻第三にあたる)を掲載した。

一、本書の執筆分担は次の通りである。
巻第一・巻第二(土御門条まで)・巻第三・巻第四――岡見正雄
巻第二(順徳条以下)・巻第五・巻第六・巻第七――赤松俊秀
解説は赤松俊秀が執筆した。

一、本書を校注するにあたって、岡見・赤松の両人が各方面から受けた御援助・御好意はひとかたならぬものがあった。まず底本として選んだ島原本について長崎県島原市公民館、特に元館長松永永之助氏の御好意に浴したこと、また校

合に用いた諸本について、宮内庁書陵部・東京大学史料編纂所・同文学部国語研究室・国会図書館の当局、また特に菊地康明・斎木一馬・山中裕・益田宗・朝倉治彦の諸氏の御援助を得たこと、本文の清書に高尾稔・青木晃、校正で川端善明・堀竹忠晃・笹川祥生・上横手雅敬・熱田公・石田善人の諸氏をわずらわせたことは、その最たるものである。記して深謝の意を表明する。

愚管抄

愚管抄巻第一[一]

[二]〔漢家年代

[三]盤古《ばんこ》　天地人定ル後之首君也。

[四]三皇《さんくわう》　天皇子《てんくわうじ》　地皇子《ちくわうじ》　人皇子《じんくわうじ》

又三皇　伏羲《ふくぎ》　神農《しんのう》　黄帝《くわうてい》

[五]五帝　小昊《せうかう》　顓頊《せんぎよく》　高辛《かうしん》　堯《げう》　舜《しゆん》

[六]三王《さんわう》　夏《か》　殷《いん》　周《しう》　夏[七]　十七王　四百三十二年。殷[八]曰フレ商ト　三十（王）　六百十八年。周[九]　三十七王　八百六十七年。

[一〇]十二諸侯　鄭《〈テイ〉》　曹《〈サウ〉》　宋《〈ソウ〉》　晉《〈シン〉》　衞《〈エイ〉》　秦《しん》　齊《〈セイ〉》　燕《〈エン〉》　魯《〈ロ〉》　蔡《〈サイ〉》　楚《〈ソ〉》　陳《〈チム〉》　呉《〈ゴ〉》不レ入ラ二諸侯ニ一。

[一一]六國《りつこく》　[一二]元王ノ時六國強《〈コハシ〉》。　韓《〈カン〉》　魏《〈グヰ〉》　趙《〈テウ〉》　齊　燕　楚

[一三]秦《しん》　六帝　五十六年。

[一四]漢《かん》　十二帝　二百十四年。[一五]王莽《わう〈マウ〉》　十四年。[一六]更始《〈カウシ〉》　三年。

一「管」は管見。愚かで狭い自己の見解と謙遜の意。「但冲旨既邈(はるかなり)愚管難レ覃(および)」(文粋、八)。二〔　〕内は島原文庫本別本により補う。三中国で天地開闢の始めに世に出た天子。四五帝と並べられる中国古代の伝説的な三人の天子。「一説三皇謂二天皇地皇人皇一。為二三皇一」(史記、三皇本紀)とも伏羲(庖犠)・神農・黄帝(尚書序)とも諸説がある。五中国古代の五人の聖天子、少昊金天・顓頊高陽・帝嚳高辛・唐堯・虞舜をあげる説(尚書序・帝王世紀・口遊等)。六「三王、夏・殷・周」(編年記)。三代の意。七禹が建てた中国最古の王朝。十七王・四百三十二年(帝王世紀・漢書、律歴志)とも四百三十一年(今本竹書紀年)、四百四十年(歴代帝王年表)等諸説がある。史料本「四百卅二〈一歟〉年」。→補注1-一。八成湯が夏の桀を伐ち建てた国、商。底本「殷四商三十」。諸本「殷曰商三十主(王イと傍記)」。→補注1-二。九武王発が殷の紂王を亡ぼし建国、赧王延の時秦の昭襄王が滅す。「皇甫謐曰、周凡三十七王八百六十七年」(史記、周本紀集解)が通説(編年記、三)。一〇春秋時代の強国。下記の鄭より陳までの国を指す、以外の呉を史記により列挙する。→補注1-三。一一戦国時代の韓・魏等の六強国。一二周二十七代目の天子(前四七五—前四六九)。元王元年を以て史記六国年表はその表を始める。→補注1-四。一三戦国七雄の一。六国と周を滅し統一。→補注1-五。一四前漢は十四帝、或は十二帝とも。治世二百十四年(前二〇六—後八)。口遊は「高祖。恵。文。景。武。照(昭)。宣。元。成。哀。平〈謂之前漢十一帝〉」。→補注1-六。一五前漢の平帝を殺し、国を新と号した人。更始元年九月敗死。十四年は新の治世の年(九—二三)。一六後漢光武帝が王莽を破り、淮陽

[一]後漢《ごかん》　十二帝　百九十五年。

[二]三雄　魏《ぎ》　呉《ご》　蜀《しょく》

魏　五帝　四十五年。

呉　四帝　四十九年。

蜀　二帝　四十三年。

[三]晋《しん》　十五帝　百五十五年。

[四]僞位《ぎゐ》　惠帝以後。

南燕　後涼　後秦　後蜀　僞夏　西秦　南涼　[女]前秦　前涼　前燕　後趙《こうてう》

[五]代　[六]魏　北涼　西涼　北燕　後燕

[七]南朝　北朝

宋　八帝　五十九年。

後魏　十四帝　百三十九年。　　南齊　七帝　三十三年。

西魏　三帝　二十三年。　　東魏　一帝　十六年。

梁　四帝　五十五年。　　後周　五帝　二十四年。

陳　五帝　三十三年。　　北齊　七帝　二十八年。

[八]隋　三帝　三十七年。

王劉玄が殺された後更始三(二五)年即位。

一 後漢は十二帝、百九十六年(三五—三二〇)(文献通考)。「光。明。章。和。殤。安。順。質。冲。桓。霊。献〈謂之後漢十二帝〉」(口遊)ともする。→補注1-七。

二 後漢末期に鼎立した魏等の三国。→補注1-八。 三 司馬炎(武帝)が魏の禅譲で建国。西晋。→補注1-九。

四 西晋恵帝の光熙元年(三〇六)匈奴の劉淵が漢王と称し僭位(前趙)、以後五胡十六国時代となる。五胡十六国の中、前趙・後秦を挙げず、代と魏を挙げる。文明本「偽位〈イヰ〉」。→補注1-一〇。

五 鮮卑の拓跋猗盧《たくばついろ》が晋から代王に封ぜられ(三一五)、西晋の滅後拓跋珪(道武帝)が東晋の時帝を称し(三八六)、魏と号す。北魏、後魏。後に東魏と西魏になる。

六 冉魏《ぜんぎ》か。後趙を倒し冉閔が建国(三五〇—三五二)。

七 東晋の後、宋・斉(南斉)・梁・陳が南朝(漢人)、鮮卑族の北魏・西魏・東魏・北斉・北周(後周)が北朝、宋の建国から隋が陳を滅すまで(四二〇—五八九)。→補注1-一一。

八 後周の禅譲で楊堅(文帝)が帝を称し(五八一)南北を統一建国した帝国(五八九—六一八)。「隋…三主、三十七年」(拾芥抄)。「隋三主。…合三十八年」(編年紀、八)。

九 隋の禅譲で建てられた大帝国。李淵(高祖)が隋の恭帝から禅譲、哀帝まで二十世(則天武后は数えぬ。文献通考)、二百八十九年(六一八—九〇六)。「大唐…合廿一主、二百八十九年」(拾芥抄)。史料本「廿(廿一歟と傍記)帝二百八十九(四歟と傍記)年」。一〇 唐が亡び宋が興り統一するまでの間の時代(九〇七—九五九)。後梁・後唐・後唐（九） 廿帝　二百八十九年。

五代（一〇）

梁　三帝　十六年。　唐　四帝　十三年。

晋　三帝　十二年。　漢　二帝　三年。

周　三帝　九年。

大宋（一一）　至ル二當今《たうぎん》一十三帝。至ル二今年ニ一二百六十三年。

承久二年（一二）注スレ之ヲ。〕

一　踐祚《せんそ》（一三）ハ即位。祚ハ阼也云云。阼ハジメ　踐祚フムハジメ

一　脱屣《だつし》（一四）ハ避ルレ位ヲ也。黄帝（一五）求メテ二仙道ヲ一避クルコトレ位ヲ如シレ脱グガレ屣《くつ》ヲ云云。

一　國王（一六）ノ治天下ノ年ヲ取《とる》事ハ受禪ノ年ヲ棄《すて》テ次年ヨリ取也。踰年法《ゆねんはふ》也。

受禪ハ讓位。禪〈ユヅリ〉讓〈ユヅル〉　受〈ウク〉レ禪〈ユヅリヲ〉。

〔神武（一七）　綏靖　安寧　懿徳　孝昭　孝安　孝靈　孝元〈ゲハン〉　開化　崇神《しゆじん》　垂仁　景行　日本武尊《やまとたける》　仲哀　應神　隼總《はやぶさ》（一八）皇子　男大迹《をほと》王　私斐《しひ》王　彦主人《ひこあるじ》王　繼體《けいてい》

欽明（一九）　敏達《びんだつ》　忍坂大兄《おしさかのおほえ》（二〇）皇子　舒明　天智　施基《しき》（二一）皇子　光仁　桓武　嵯峨　仁明《にんめい》　光孝　宇多　醍醐　村上　圓融　一條　後朱雀　後三條　白川　堀川〕

晋・後漢・後周の五王朝が華北に興亡(九〇七—九五九)。その間各地に十国が割拠、五代十国ともいう。↓補注1—一一。

一一 趙匡胤が後周の恭帝の禅譲を受け建国(九六〇)、太祖から十三代目(北宋九代・南宋四代目)は寧宗、建国から二六三年目は貞応元年(一二二二)に当る。

一二 二六三年と承久二年(一二二〇)編集とは両立しないが、二六三年は書直し。

一三 天子の位につくこと。「祚」は天子の位、「阼」は東の階《きざはし》。即位の祭祀の際に東の階から昇る意。

一四 位を惜しげもなく捨てる事。「屣」はわらじ、草履の類、脱躧。「吾誠得如黄帝、吾視去妻子如脱躧耳」(史記、封禅書)。

一五 黄帝は五帝の一。黄帝軒轅氏。史記、封禅書に竜が髯を垂れて黄帝を迎えに来、帝は竜に乗り昇天したと見える事を指していよう。↓補注1—一三。

一六 国王の在位の年を数える事は位をゆずり受けた年より数えずに翌年から数えるやり方。↓補注1—一四。

一七 神武から成務まで十三代は皇子が父の皇位を継いだが、十四代の仲哀は景行の孫(日本武尊の子)として即位した。この列記は神武から堀川までの世代が四十代であることを示す。

一八 「隼総別〈ハヤブサワケ〉皇子」(応神紀)。応神帝の皇子、仁徳帝の異母弟。古事記・仁徳紀、四十年に庶妹雌鳥皇女と密に通じ、仁徳帝に殺された話が見える。隼総皇子の子孫は記紀に所見なく、継体の父彦主人王も継体紀に応神四世の孫としてのみ見える。↓補注1—一五。↓五六頁注一〇。

一九 欽明は三十代。敏達は欽明の皇子。「敏達〈ビムダツ〉天皇」(釈日本紀)。Bindat Tenvǒ(ロ師文典)。

二〇 敏達天皇の皇子、舒明天皇の父。

二一 志貴皇子。天智天皇第七皇子。田原天皇ともいう。光仁天皇の父。万葉歌人。↓七三頁。

〔皇帝年代記〕

第一 神武天皇[一] 七十六年[二] 元年[三]辛酉歳《かのととりのとし》〔五十二即位〕 御年百廿七。

[四]彦波瀲武鸕鷀草葺不合尊《ひこなぎさたけうがやふきあはせずのみこと》第四子。正月[五]一日庚辰《かのえたつ》。〔令メレ生マ給フ云々。〕

[六]今御母玉依姫《たまよりひめ》。海神《わたつみ》少大イ女。此時[七]ヨリヤガテ始テ祭主ヲ置《おき》テヨロヅノ神ヲ祭リ玉フ。[八]此國ヲ秋津島《あきづしま》ト名云《なづけ》フ。

大和國橿原《かしはら》宮。元年辛酉歳《かのととりのとし》、[九]如來ノ滅後二百九十年ニ相當ス云々。又相二當ス周世第十六代主僖王《きわう》三年ニ一云々。一説以テ二周惠王《けいわう》十七年辛酉ヲ一當ツレ之ニ。此説ヲ爲スレ吉ト。

至リ二當時ニ一無キ二相違一之故歟《か》。

第二 綏靖天皇 卌三年[一〇] 元年庚辰《かのえたつ》* 五十二踐祚《せんそ》 御年八十四。

神武第三子。[一一]神武四十二年正月甲寅《きのえとら》日爲ス二東宮ト一。十九。[一二]母タヽライ五十《い》鈴姫《すずひめ》。

コトシロヌシノ神《かみの》ムスメ也。[一三]神武天皇ウセ給《たまひ》テ四年トイフニ即位。

[一四]大和國葛木高岡《かづらきのたかをか》宮。

[一五]后一人。皇子一人。

神武ニ三人ノ御子ヲワシマシケリ。第一ノ御子ハ[一六]手研耳《たぎしみみ》命。第二ハ神八井耳《かむやゐみみ》命。第三ハ東宮、綏靖天皇也。神武天皇崩御後、[一七]諒闇《りやうあん》之間、太郎ノ御子ニ世

一 以下、水鏡・略記・歴代皇紀・簾中抄と関係の深い文詞が多い。
二 治世七十六年の意。「神武天皇治七十六年、御年百廿七」(簾中抄)。治世につき以下挙証略。
三 「辛酉年春正月庚辰朔、天皇即二帝位於橿原宮一。是歳為二天皇元年一…七十有六年春三月甲午朔甲辰天皇崩二于橿原宮一。時年一百廿七歳」(神武紀)。「辛酉のとし正月一日位につき給、御とし五十二」(水鏡)。
四 「神日本磐余彦天皇。…彦波瀲武鸕鷀草葺不合〈ヒコナギサタケウガヤフキアハセズノ〉尊第四子也。母曰二玉依姫一。海童之小女也」(神武紀)。Vgaya fuquiauaxezuno micoto(ロ師文典)。
五 「父のみかどの御世庚午のとしむまれ給」(水鏡)。「庚午歳誕生」(歴代皇紀)。「神代庚午正月一日〈庚辰〉降誕」(皇年代略記)とする。
六 「今」は令の誤りか。「令生給フ云々」の令が入った。傍注イ本に大女とあるは姉娘の意。「海神之大女〈アネムスメ〉也」(帝王編年記)。「母曰玉依姫海大女也」(歴代皇紀)。「海神〈ワタツミ〉の大女〈オホムスメ〉」(簾中抄)。史料本「海神大女」。↓補注1―一六。
七 「(戊午年)九月…是夜自祈而寝。夢、有二天神一訓之曰、…而敬二祭天神地祇一、…天皇祗承二夢訓一依以将行」(神武紀)。「戊午歳九月。始祭二諸神一云々。天皇始置二祭主一云々」(略記)。「此御時はじめて祭主をおきてよろづの神をまつり奉らる」(簾中抄)。
八 神武紀、三十一年に国見(廻二望国状一)をして、秋津洲の号が出来た事が見える。略記同じ。「この国あきづしまと名づくる事は此御時よりなり」(簾中抄)。水鏡同じ。
九 「釈迦仏涅槃に入り給て後二百九十年にあたり侍し」(水鏡流布本)による。「周恵王十七年」は、底本「周恵王七十年」。諸本により改める。↓補注1―一七。

ノ事ヲ申付《まうしつけ》給ケルニ、此太郎ノ御子オト、二人ニタチマチニ害心ヲオコシ給フ。此心ヲ天皇シロシメシテ、中《の》御子ニ可キ二射殺シ給フ一由ヲス、メ給フニ、弓箭《ゆみや》ヲトリナガラ其手フルヒテイル事ヲエズ。其時コノ東宮ソノ弓箭ヲトリテアヤマタズ射コロシ給ヒケリ。其後中ノ御子ハワガ〔受禪ノ〕此器量《きりやう》タエザル事ヲノベ給フ。東宮ハ「アニナレバ」ト申サレケル。カクタガヒニユヅリテ四年ガ間ダ卽位ナシ。四年トイフニツキニ兄ノス、メニヨリテ此天皇位ニツカセ給ニケリ。[一八]此事ヲ思フニ、一切ノ事ハカクハジメニメデタクアラハシオカル、ナルベシ。兄ヲコロスハ悪ニ似タレドモ、ワガ位ニツカンレウニ射コロシ給フニハアラズ。[一九]大方《おほかた》ノ悪ヲ被ル二對治セ一心也。サテノコリ給フ兄ヲマタ猶位ニツキ給ヘトス、メ玉フ。コレヲ思フニ只[二〇]道理ヲ詮《せん》トセリ。父王此[二一]器量ヲハカリテ、第三ノ皇子ヲ東宮ニタテ給ヒケリ。[二二]此ハジメ〔ニ〕テ後ヲ顧《かへりみる》ニ、仁徳ト宇治太子トノ例ハ、此中ノ御子ト東宮トノ正道ノ御心ニテタガヒニユヅリ給フ事ヲアラハス也。終《つひ》ニ兄ニ論ジマケテ令メレ卽カレ位ニ給フ事ハ、[二三]仁賢・顕宗ノヨロシキニ随《したがひ》テ、人ノハカラヒニシタガヒ給シ例也。兄ノ太郎ノ御子ヲ射コロシ給シハ、スベテ悪ヲシリゾケテ善ニ帰スル〔心〕也。[二四]聖徳太子ノ時、崇《そう》峻《じゆん》天皇モコロサレ、[二五]天武ニハ又大友皇子モウタレ給ヒ、此例ハ[二六]下《しも》ザマ、デ

一〇 治世三十三年。その元年は庚辰。「元年庚辰或記云五十二即位。治世卅三年」(歴代皇紀)。底本は、元年干支・天皇即位・崩御年齢の順序が混乱しているが、一々注出せず正記する。以下＊を付す。一一「神武天皇の御よ四十二年正月甲寅日東宮にたち給、御とし十九」(水鏡)。神武紀、年齢無し。一二「神淳名川耳天皇、神日本磐余彦天皇第三子也。母曰二媛蹈鞴五十鈴媛命一。事代主神之大女也」(綏靖紀)。簾中抄も同文。一三 神武天皇七十六年(丙子、前五八五)崩御後、綏靖元年(庚辰、前五八一)まで空位四年。「神武うせ給ひて後四年ありて位につき給ふ」(簾中抄)。一四「都二葛城一。是謂二高丘宮一」(綏靖紀)。一五 皇后は五十鈴依姫、皇子は磯城津彦玉手看(しきつひこたまてみ)尊、後の安寧天皇。「皇后一人皇子一人」(簾中抄)。一六「庶兄手研耳〈タキシミミノ〉命」(綏靖紀)の反逆は記紀共に見えるが、古事記では三弟を殺そうと謀った話になる。水鏡を直接の出典とするか。→補注1―一八。一七 天子が喪に服している間の称。一八 綏靖即位の事を考えると、歴史の事件はすべてそれが生起する筋道があることを初めにこのように結構に明らかにしておかれたものである。一九 おおよその立場から悪を征服される気持である。二〇 筋道を立てる事を最後の目的としている。二一 才能の程度を推量して。二二 この綏靖天皇の最初の例で、同じ様な後世の出来事をふり返って見ると、仁徳天皇と菟道稚郎子が互に皇位をゆずりあった例(五一頁注二七)は神八井耳命と当時皇太子の綏靖天皇が正道を守る御心で互にゆずりあわれた精神が顕われ働いたのである。二三 仁賢天皇と顕宗天皇が人々の適宜と思われる意見に従った例と同じである。二四 →六一頁注一五。二五 →六六頁。二六 後世。

モ多カリ。[一]一番ニミナノ事ヲシメサル丶也。

一 三
安寧天皇　卅[二]八年　元年壬子《みづのえね》＊[三]癸丑　二十即位　五十五。
綏靖ノ太子。綏靖[四]廿五年正月戊子《つちのえね》爲《ス》二東宮《ト》一。十一《廿イ》。[五]母皇太后五十鈴依姫《いすずよりひめ》。コトシロヌシノオトムスメ。
[六]同國片鹽浮穴《かたしほうきあな》宮。
[七]后三人。皇子四人。

一 四
懿徳《いとく》　卅[八]四年　元年辛卯《かのとう》＊　卅四即位　七十七。
[九]安寧第二子。或[一〇]三。安寧十一年東宮トス。母皇太后渟名底《〈ヌナソコ〉》中姫《なかつひめ》。コトシロヌシノ孫。
[一一]同國輕曲峽《〈カルノマガリワノ〉》宮。
[一二]此時卅二年、孔子卒《ス》云々。或ハ孝昭七年云々。
[一三]后三人。皇子一人也。

一 五
孝昭天皇　八十三年　元年[一四]丙寅《ひのえとら》＊乙丑歟　卅二即位　百廿。
懿徳太子《〈ノ〉》廿二年東宮トス。[一五]母皇太后天豐津媛《あまとよつひめ》。息石耳《おきいしみみ》命ノ娘。
[一六]同國掖上池心《わきのかみいけこころ》宮。
[一七]后三人。皇子二人。

一 最初にすべての筋道を示した。
二 底本傍注「癸巳」。文明本により改む。安寧元年は癸丑。壬子（綏靖三十三年）は即位年。即位当時天皇十九歳。二十歳にて癸丑即位の説は水鏡に所見。 三 崩御年齢五十五歳は誤りで、別本注記の異本所見の如く五十七歳。
四 「綏靖天皇ノ御世廿五年正月戊子日春宮ニ立給フ。御年十一」（水鏡）。 五 「母曰二五十鈴依媛命一事代主神之少女也」（安寧紀）。「母皇太后宮五十鈴依姫ことしろぬしのおと女」（簾中抄）。
六 「二年遷二都於片塩一。是謂二浮孔宮一」（安寧紀）。
七 「后三人皇子四人」（簾中抄）。→補注1-一九。
八 治世三十四年、四十四歳で即位とすべき。「卅四年九月八日（崩）、年七十七」（水鏡）。
九 「磯城津彦玉手看天皇第二子也。母曰二渟名底仲媛命一。事代主神孫、鴨王女也。磯城津彦玉手看天皇十一年春正月壬戌立為二皇太子一、年十六」（懿徳紀）。 一〇 底本「或云」。諸本により改む。「安寧第三子」（簾中抄）。「安寧第三子。或云四十四即位。母皇太后渟名底姫事白主孫女」（歴代皇紀）。 一一 「二年春正月…遷二都於軽地一。是謂二曲峡宮一」（懿徳紀）。 一二 「卅二年と申ししにぞ孔子は失せ給にけると承りし」（水鏡）。懿徳三十二年は周敬王四十一年（前四七九）、四月孔子卒。→補注1-二〇。 一三 「后三人皇子一人」（簾中抄）。→補注1-二一。 一四 孝昭元年は丙寅。乙丑は父天皇崩御の翌年で空位。三十二歳即位は懿徳紀、二十二年の年十八立太子と合うが、崩御年齢百二十歳は誤り。水鏡・歴代皇紀の百十四歳が正。簾中抄は百二十歳。 一五 底本「母皇太子…命嫂」を改む。「母皇太后天豊津姫息石耳命の女」（簾中抄）。 一六 「元年…秋七月遷二都於掖上一。是謂二池心宮一」（孝昭紀）。 一七 「凡生二男後宮三人」（歴代皇紀）。紀は皇后世襲足媛

一六 孝安天皇　百二年[一八]　元年己丑《つちのとうし》　三*十六即位　百歲或百卅七。

孝昭第二子。同六十八年爲《ス》㆓東宮《ト》㆒。[一九]母皇太后世襲足《〈ヨソタラシ〉》媛《ひめ》。尾張連上祖《をはりむらじのかみつおや》(瀛《おき》)津世襲足《つよそたらし》媛《ひめ》之妹《いろと》也。

[二〇]同國室秋津島《むろあきつしま》宮。
[二一]后三人。皇子一人。異本ニ二人ト有《あり》。

一七 孝靈天皇　七十六年　元年[二二]庚午《かのえうま》　五*十三即位　百十或百廿八。
孝安太子。同七十六年爲《ス》㆓東宮《ト》㆒。[二三]母皇太后姉押姫《おしひめ》。天足彦國押人《あまたらしひこくにおしひと》命娘。
[二四]同國黑田《くろだ》廬戸《〈イホトノ〉》宮。
[二五]后五人。男女御子六人。

一八 孝元天皇　五十七年[二六]　元年丁亥《ひのとゐ》　六十即位　百十七《イ六》。
孝靈帝《〈ノ〉》太子。同卅六年爲《ス》㆓東宮《ト》㆒。[二七]母皇后細媛《くはしひめ》。磯城縣主大目《しきあがたぬしおほめ》ガ娘也。
[二八]同國輕境原《かるさかひはら》宮。
[二九]后三人。男女御子五人。

一九 開化《かいくわ》天皇　六十年　元年[三〇]癸未《みづのとひつじ》(甲申イ)　五十一即位　百十五。
孝元天皇第二子。同廿二年爲《ス》㆓東宮《ト》㆒。[三一]母皇太后鬱色謎《〈ウチシコメノミコト〉》命。穗積臣遠祖鬱色雄命《ほづみのおみのとほつおやうつしこを》ガ妹也。

の外に一云として渟名城津媛・大井媛をあげる。一八 孝徳紀、八年に皇太子となり、年二十。三十六で即位。崩御の年は百三十七。一九「母曰㆓世襲足媛㆒尾張連遠祖瀛津世襲之妹也」(孝安紀)。「孝昭第二子。母皇太后世襲足姫尾張連上祖津世襲之姉(妹カ)也」(歴代皇紀)。底本「上祖津世襲足媛」。河村本により改む。二〇「二年冬十月遷㆓都於室地㆒。是謂㆓秋津島宮㆒」(孝安紀)。室は御所市の南方二キロメートル、御所市室。二一「后三人皇子一人」(簾中抄)。二二 孝霊元年は辛未、庚午は孝安百二年。孝安七十六年皇太子、二十六(紀)とすると百二十八で崩御(歴代皇紀)。二三 紀には「姪〈メイ〉押姫」。「母皇太后姉押姫命天足彦国押人命の女」(簾中抄)。二四「(庚午)冬十二月…皇太子遷㆓都於黒田㆒。是謂廬戸宮」(孝霊紀)。歴代皇紀同じ。二五 →補注1-二二。二六 孝霊三十六年皇太子、十九歳(紀)。即位の年は六十、崩御の年は百十六。歴代皇紀・水鏡は百十七。簾中抄「御年百十七(六イ)」。二七「母曰㆓細媛命㆒、磯城県主大目之女也」(孝元紀)。「母皇后細媛磯城県主大目女」(歴代皇紀)。二八「四年春三月…遷㆓都於軽地㆒。是謂㆓境原宮㆒」(孝元紀)。二九「后三人男女の御子五人」(簾中抄)。三〇 その元年は甲申、癸未はその前年(孝元五十七年)。「(五十七年)冬十一月…太子即天皇位」(開化紀)。孝元二十二年太子十六歳(紀)、五十一即位、百十一で崩御のはず。書紀の注・水鏡・簾中抄は百十五。「崩百十一歳或百十五」(歴代皇紀)。文明本・史料本「開化〈カイクワ〉」。Caiqua Tenvǒ(ロ師文典)。三一「母皇太后鬱色謎〈ウチシコメ〉姫命穂積臣上祖鬱色雄命のいもうと也」(簾中抄)。「母曰㆓鬱色謎〈ウチシコ〉命㆒穂積臣遠祖鬱色雄〈ウチシコヲ〉命之妹也」(開化紀)。底本振仮名「ヲチチ□ロヌノミコト」を改む。

[一]同國春日《かすが》率川《〈イサワカハ〉》宮。

[二]后四人。男女御子五人。

[三]已上九代時臣《おみ》不レ記《サ》。

十 崇神《しゆじん》天皇　六十八年　[四]元年甲申《きのえさる》　五十二[*]卽位　百廿或十九ト異本ニ有《あり》。

開化天皇第二子《〈ノ〉》。同廿八年爲《ス》ニ東宮《ト》一。[五]母皇太后伊香色謎命《いかしこめ》。大綜麻杵《おほへそき》ガ娘也。

[六]同磯城瑞籬宮《〈シキノミヅガキ〉》。

[七]此御門《みかど》位ノ後病死スル物多シ。コレニヨリテ天照太神《あまてるおほんがみ》ヲカサヌヒノ里ニマツリ奉ル。又諸國ニ社ヲ置《おき》テ神々ヲアガム。其後世治リ民ユタカ也。オホヤケニ御ツギ物ヲ備ヘ、諸國ニ池ヲ堀《ほり》、船ヲ作リナドスル事、此御時ナリ。

[八]后四人。男女御子十一人。

[九]遣《リテ》ニ使《ヲ》四道《ニ》一。平《グ》下不《ル》レ從《ハ》ニ皇化《ニ》一人等《ヲ》上。然《レドモ》無《シ》ニ臣《おみ》・[一〇]連《むらじ》之號一。

十一 垂仁天皇　九十九年　[一一]元年壬辰《みづのえたつ》　四十三[*]卽位　百卅或百一又百五十一。

[一二]崇神天皇第三子。同四十八年爲《ス》ニ東宮《ト》一。[一三]母皇太后御間城姫《みまきひめ》。大彦命《おほひこ》ノ娘。

[一四]同國卷向珠城宮《〈マキムクノタマキ〉》。

[一五]后四人。男女御子十一人。

[一六]此御時太神宮ヲ伊勢國五十《い》鈴川《すずがは》ノ河上《かはかみ》ニイハヒ奉ル。神ノ御ヲシヘニヨリテ

一「元年…冬十月、…遷ニ都于春日之地一。…是謂ニ率川宮一」(開化紀)。二「後宮四人男女五人」(歴代皇紀)。これは記の所伝と合い、紀とは合わぬ。三「已上九代時臣不見」(歴代皇紀)に依ったか。「臣」は執政の臣の意。四 開化紀、二十八年に皇太子、十九歳とすると即位五十二、崩御の年は百十九(水鏡)のはず。崇神紀、六十八年に百二十歳で崩ずと。歴代皇紀・簾中抄も百二十。Xujin Tenvǒ(ロ師文典)。五「母曰ニ伊香色謎命一。物部氏遠祖大綜麻杵之女也」(崇神紀)。底本「大綜麻杼」。天明本・河村本により改む。六「三年秋九月、遷ニ都於磯城一。是謂ニ瑞籬宮一」(崇神紀)。七 崇神紀、五年・六年・七年・十七年・六十二年及び簾中抄参照。→補注1-二三。八「凡六男五女後宮四人」(歴代皇紀)。「后四人男女御子十一人」(簾中抄)。九 十年、四道将軍、大彦命を北陸に、武渟川を東海、吉備津彦を西道に、丹波道主を丹波に派遣した事を指す。「遣使四道。平不従皇化人等。然無臣連之号」(歴代皇紀・補任)。一〇 古代の姓(かばね)の一。「臣・連」共に朝政にあずかる貴族。一一 垂仁紀には九十九年崩御、年百四十歳。崇神二十九年誕生(紀)とすると四十一で即位、百三十九で崩御。崇神紀、四十八年に二十四とあるによれば四十五で即位、百四十三で崩御。水鏡は百五十一、歴代皇紀は百四十。一二 崇神紀、四十八年に帝が兄豊城命と活目尊(垂仁)の何れが位につくべきか、夢占で皇太子を定めた話が見える。一三「崇神第三子。母皇太后御間城姫大彦命女」(歴代皇紀)。一四「二年…冬十月更都ニ於纏向一、是謂ニ珠城宮一」(垂仁紀)。一五「后六人男女の御子十三人」(簾中抄)。一六 以下の条は簾中抄によるか。伊勢斎宮の起りは垂仁紀、二十五年条参照。→補注1-二四。一七 垂仁紀、三十二年に皇

也。齋宮《さいぐう》モ是ヨリハジマル。昔[一七]ハ人ノ死スル墓ニツカハシ人《びと》ヲ生キナガラ土ニホリウヅミケリ。此御時ヨリトヾメテ土ニテ人カタヲツクリテ籠《こも》ラレケリ。[一八]此御時トコヨノ國ヨリ菓《クダモノ》ヲタテマツル。今ノ橘《たちばな》是ナリ。唐[一九]ヘ初テ人ヲツカワス。[二〇]新羅《しらぎ》ヨリ始テ使ヲマイラス。

[二一]阿陪臣等五代ノ祖ノ、奉《うけ》テレ詔ヲ議スレ政ヲ。而惣《すべて》稱シ二卿《まうちぎみ》等ヲ一猶無シ二臣號《おみのがう》一。

十二 景行天皇　六十年[二二]　元年辛未《かのとひつじ》　*四十四即位或ハ七十一　百六或百卅三又ハ百卅。

垂仁第三子。同卅七年爲ス二東宮ト一。[二三]母皇(太)后日《ひ》葉《は》州《す》媛《ひめ》命。丹《たに》波《は》(道《みち》)主王《ぬしのおほきみ》娘。

[二四]同國纏向日代《まきむくのひしろ》宮。

[二五]后八人。男女御子八十人。

[二六]此御時武内宿禰《たけうちのすくね》ヲ始テ大臣《おほおみ》トス。[二七]國々ノ民ノ姓ヲ給フ。

[二八]棟梁臣《とうりやうのしん》　武内宿禰。棟梁臣起ルレ自リレ此。

十三 成務天皇　六十一年[二九]　元年辛未　*四十九即位　百七。

景行天皇第四子。同五十一年爲ス二東宮ト一。[三〇]母皇太后八坂入姫《やさかいりひめ》命。八坂入彦《いりひこ》皇子女。

[三一]近江國志賀高穴穂《しがのたかあなほ〈ノ〉》宮。是ヨリ前ニハ皆大和國也。

[三二]此御時諸國ノ境ヲ被ルレ定メ。

[三三]后一人。御子ナシ。

后日葉酢媛命の葬に出雲国の土部《はじべ》に埴《つはに》を造り、生きた人に代えた事が見える。一八 垂仁紀、九十年に田道間守に命じ常世国から非時香菓(ときじくのかくのみ)を求めさせた。「今謂レ橘是也」。崩御の翌年常世国より持ち帰るとある。一九「或云倭使始通漢国」(歴代皇紀、垂仁)。二〇 新羅王子天日槍が垂仁八十八年に来朝した事を指す。二一「五代」は五氏の誤り。↓補注1―二五。二二 垂仁三十七年皇太子年二十一(景行紀)とすると八十四で即位、景行六十年百四十三歳のはず。景行紀には六十年百六歳で崩御と。「六十年崩。年百卅三」(水鏡)。二三「垂仁第三子。母皇后日葉洲媛命丹波王(主ィ)子女」(歴代皇紀)。底本「母皇后…丹波主王娘」。諸本により改む。二四「四年…冬十一月、…則更都ニ於纏向一。是謂ニ日代宮一」(景行紀)。二五「後宮八人凡生男女八十人皆散諸国」(歴代皇紀)。二六 景行紀に「(五十一年)秋八月…是日命ニ武内宿禰一、為ニ棟梁之臣一」。「此御時武内宿禰を大臣とす。是大臣のはじめ」(簾中抄)。二七「又国々の民の姓をさだめらる」(簾中抄)。「十三年五月賜姓諸国百姓等」(歴代皇紀)。「十三年癸未五月。諸国平民始賜ニ百姓一了」(略記)。二八 家の棟《むね》や梁《うつばり》の様な一国を背負う重臣。「棟梁之臣。私記曰。可レ謂ニ大臣之始一歟」(釈日本紀、景行)。「棟梁之臣武内宿禰称臣之名初起此時」(歴代皇紀)。「称臣之名。初起於此時」(補任)。二九 治世六十年、崩御後空位一年、六十年崩御に年百七歳(紀)とすると四十八で即位。成務紀には景行四十六年皇太子、二十四歳、但し景行紀には五十一年皇太子。三〇「景行第四子母皇太后八坂入姫命八坂入彦王子女」(歴代皇紀)。三一「志賀高穴穂宮におはします、是は近江国なり。これよりさきはみなやまとの国におはします」(簾中抄)。「近つ淡海の志賀の高穴穂宮に坐しまして」(古事記)。三 成務紀、五年九月条参照。「国々のさかひを定めらる」(簾中抄)。亖「后一人御子はなし」(簾中抄)。

一 成務紀、三年条参照。「大臣武内宿禰。三年正月己卯。為大臣(年五十)大臣之号於此而起。大臣与天皇同日生之。故有異寵」(補任)。底本「同日也」。諸本により改む。二 底本「童籠」。諸本により改む。特別の寵愛。三 成務四十八年太子となり、年三十一(仲哀紀)とすると即位は四十五歳、崩御五十三歳。仲哀紀、九年に五十二歳で崩御とすると四十四歳即位。四「景行孫日本武尊第二子。母皇太后両道入姫命活目天皇女」(歴代皇紀)。五「二年…九月興二宮室于穴門一而居之。是謂二穴門豊浦宮一」(仲哀紀)。六「后三人皇子四人」(簾中抄)。七 仲哀紀、二年九月条参照。「此御時皇后とよらの宮にて如意宝珠を得玉へり。海の中よりいできたれり」(簾中抄)。八「大臣武内宿禰、大連大伴健持連、大連之号始於此也」(歴代皇紀)。「同年(壬申)以二大伴宿禰武持一始任二大連一云。大伴宿禰武時初補二大連一。大連者大臣之号。大連之称此時始レ之」(略記)。補任参照。九「小碓尊亦名日本武尊。…尾張熱田明神是也」(本朝皇胤紹運録)。一〇 気長足姫尊(神功紀)。「女帝はこの時始まりしなり」(水鏡)。仲哀天皇の崩後、辛巳の年十一月摂政、六十九年(己丑)稚桜宮で崩ず、「時年一百歳」(神功紀)。補任には神功天皇。Iingū quōgū(ロ師文典)。一一「開化五世孫息長宿禰女、母葛木高額媛」(歴代皇紀)。開化天皇…彦坐王命(丹波氏祖)—山代之大筒木真若王—迦邇米雷王—息長宿禰王—気長帯比売命(古事記)。愚管抄は系図の途中を落している。なお釈日本紀、帝皇

[一]大臣《おほおみ》武内宿禰。大臣號起レ自レ此。大臣與二天皇一同日(生)也。故有二[二]異寵《いちよう》一云々。

十四 仲哀天皇　九年[三]　元年壬申《みづのえさる》　四十四即位　御年五十二。

景行天皇ノ孫、日本武尊《やまとたける》第二子。[四]母〔皇〕太后兩道入姫命《〈フタヂイリヒメノ〉》。活目《いくめ》天皇ノ御姫也。垂仁ノ御事也。成務四十八年東宮トス。

[五]長門國穴戸《あなと》豐浦《とよら》宮。

[六]后三人。王子四人。

[七]此御時皇后トヨラノ宮ニテ如意寶珠《によいはうじゆ》ヲ得給ヘリ。海ノ中ヨリ出《いで》キタリ。

[八]大臣武内宿禰。

大連《おほむらじ》大伴健持連《おほとものたけもつのむらじ》。大連起レ自レ此。

[九]此仲哀ノ御父ノ日本武尊ハ今尾張國ノ熱田《あつた》大明神是也。

十五 [一〇]神功皇后《じんぐう》　攝政《せつしやう》六十九年　元年辛巳《かのとみ》　*卅二即位　御年百。

仲哀天皇ノ后ナリ。[一一]開化御子ニ彦生命《ひこいますのみこと》皇子。此御子ニ大筒城眞稚《おほつつきまわか》、此御子ニ息長宿禰《おきながのすくね》、此御子ニ神功皇后也。母葛木高額媛《かづらきのたかぬかひめ》。

[一二]大和國磐余稚《〈イハレワカサクラノ〉》櫻宮。

大臣武内宿禰。

[一三]男ノスガタヲシテ新羅《しらぎ》、高麗《こま》、百濟《くだら》三ノ國ヲ討取《うちとり》テ、應神天皇ヲウミタテマ

ツリ、武内ヲモテ為ス㆓後見《うしろみ》ト㆒。一四應神ノ兄ノ御子タチ謀反《むほん》ノ事有ケリ。此武内大臣皆ウチ勝テケリ。此事サノミハ代々注《しるし》ツクシガタシ。

十六 一 應神天皇　一五四十一年　元年庚寅《かのえとら》　七十*一即位　百一或十歳。

一六仲哀天皇第四子。皇后三年為ス㆓東宮ト㆒。御母神功皇后。

一七大和國輕島明《かるしまのあかり》宮。

一八后八人。男女御子十九人。

一九今八幡大菩薩《いまはちまんだいぼさつ》ハ此御門《みかど》也。

二〇百濟國ヨリキヌヽフ女・色々ノ物師・博士ナドワタス。經典《きやうてん》・馬等マイラセタリ。

大臣二一武内宿禰。

十七 一 仁德天皇　二二八十七年　元年癸酉《みづのとり》　二*十四即位　百十。

二三應神天皇第四子。同四十年為ス㆓太子ノ輔《たすけ》ト㆒之、令ム㆑知ラ㆓國ノ事ヲ㆒。二四母皇太后仲姫《なかつひめ》命。

二五五百木入彦《いほきいりひこ》皇子ノムマゴ。

攝津國難波高津《つのくになにはのたかつ》宮。

二六后三人。男女御子六人。

二七兄弟即位互ニ讓《ゆづり》、空ク經ルコト三年、委《くはしく》ハシモニ註セリ。二八仁德ノ御弟ヲ春宮《とうぐう》ニハタ

系図参照。底本・文明本「真雅」。史料本により改む。一二 後、履中帝の都。「三年春正月…立㆓誉田別皇子㆒為㆓皇太子㆒。因以都㆓於磐余㆒〈是謂㆓若桜宮㆒〉」(神功紀)。「磐余稚桜朝」(古語拾遺、神代)は神功朝を指す。一三 簾中抄参照。「盤余稚桜宮大和国高市郡」(歴代皇紀)。→補注1-二六。 一四 この話は神功紀、摂政元年に見える。仲哀妃大中姫の子麛坂(かごさか)王・忍熊(おしくま)王両皇子が謀反を起したが、兄皇子は祈狩(うけいがり)をして赤き猪に食い殺され、弟皇子は武内宿禰等に討ち亡ぼされた事を指す。略記・水鏡参照。

一五 応神四十一年明宮に崩ず、年一百十歳(応神紀)。その後空位三年。 一六「仲哀第四子。母神功皇后」「神功三年為東宮」(歴代皇紀)。 一七 記に「軽島之明宮に坐します」。「軽島豊阿岐羅宮御宇天皇」(摂津風土記逸文)。「軽島明宮大和国高市郡」(歴代皇紀)。 一八「后八人、男女のみこ十九人」(簾中抄)。 一九「いまの八幡宮は此御門におはします」(簾中抄)。 二〇 →補注1-二七。

二一 底本「武内とヽ」。諸本により改む。

二二 八十七年崩ず。崩御の年は紀に記さず歴代皇紀・簾中抄・水鏡等百十歳とする。ただし応神紀、十三年に帝(大鷦鷯尊)の名見え、百十歳以上で崩じたはず。

二三「四十年…甲子、立㆓菟道稚郎子㆒為㆑嗣〈ヒツギ〉。即日任㆓大山守命㆒令㆑掌㆓山川林野㆒、以㆓大鷦鷯尊㆒為㆓太子輔㆒之、令㆑知㆓国事㆒」(応神紀)。

二四「応神天皇第四子…母皇大后仲姫命五百木入彦皇子のむまご也」(簾中抄)。

二五「元年…都㆓難波㆒。是謂㆓高津宮㆒」(仁徳紀)。

二六「后三人男女の御子六人」(簾中抄)。

二七 この話は一三一―一三二頁参照。「正月即位。兄弟逓譲国已経三載弟自死」(歴代皇紀)。

二八 菟道稚郎子(うじのわきいらつこ)。

テマツラセラレタリケリ。此説宜《キ》歟。

一大臣武内宿禰、此大臣帝六代御ウシロミニテ二百八十餘年ヲ經タリ。カクレタルトコロヲシラズ。

二此御時氷室《ひむろ》始《ル》。三又鷹出《いで》キテ有《リ》二御狩一云々。四コノ御門《みかど》ハ平野大明神也。

十八

一　履仲天皇　五六年　元年庚子《かのえね》　*六十二即位　七十。

六仁徳天皇第一子。同卅一年爲《ス》二東宮《ト》一。母皇(太)后磐之媛命《いはのひめ》。葛城襲津彦《かづらきそつひこ》ガ女。

*大和國七磐余稚櫻宮《いはれのわかざくら》。

八后四人。男女御子四人。

九此御時采女《〈ウネメ〉》イデキタリ。大臣始四人云云。一〇諸國ニ藏ヲ造《つくる》事此御時也。

一一執政平群竹宿禰《へぐりづくすくね》。執政起《ル》レ自《リ》レ此。

宗我滿知《そがまちの》宿禰。

物部伊久佛《もののべいくふつ》。一二

一三大連葛木圓使王《かづらきのつぶらのおみ》。武内《ノ》宿禰曾孫。

十九

一　反正《はんせい》天皇一四　六年　元年丙午《ひのえうま》　*五十五即位　一五六(十)年。

一六仁徳第三子。履中二年爲《ス》二東宮《ト》一。母履中同母。

一七河内國丹比柴籬宮《〈タヂヒノシバカキ〉》。

一「同年(仁徳五十五年)、大臣武内宿禰春秋二百八十二歳薨。歴二六代朝一二百卌四年也」(略記)。「武内大臣此御時まで六代の御門の御後見をして二百八十余年をへたり。其後かくれたる所を知らず」(簾中抄)。六代は景行・成務・仲哀・神功・応神・仁徳。補任には春秋二百九十五年とする。二「氷室」は氷をおさめ置く室。仁徳紀、六十二年条参照。「この御時よりひむろはじまれり」(簾中抄)。三仁徳紀、四十三年条参照。「又はじめてたかかひ参りて御狩などし玉ふ」(簾中抄)。四「今平野大明神此天皇(仁徳)也」(帝王編年記、五)。「平野大明神是也」(本朝皇胤紹運録)。五履中六年稚桜宮に崩ず、年七十(履中紀注)。仁徳紀、七年に大兄去来穂別皇子の為に壬生部を定むとあるに従えば八十七歳か、履中即位前紀に仁徳三十一年皇太子、十五とあるによれば七十七歳。「即位六十四歳」(歴代皇紀)。六「仁徳第一子、母皇后磐之媛命、葛城襲津彦女」(歴代皇紀)。底本「母皇后」。文明本により改む。七底本「磐余稚桜宮大和国」とあるが諸本により改む。「元年春二月…皇太子即二位於磐余稚桜宮一」「(二年)冬十月都二於磐余一」(履中紀)。八「后四人、男女の御子四人」(簾中抄)。「後宮四人男女四人」(歴代皇紀)。九「倭直等貢二采女一。蓋始二于此時一歟」(履中即位前紀)。「此御時より采女いできたり大臣四人を置て世のまつりごとをせさせらる。国々に倉をつくらるゝ事是よりはじまる」(簾中抄)。一〇→補注1-二八。一一「二年…当二是時一、平群木菟宿禰・蘇賀満智宿禰・物部伊莒弗大連・円大使主共執二国事一」(履中紀)。「物部伊久仏或伊莒仏」(歴代皇紀)。「竹」は「木菟」のための借音字か。一二底本「伊久沸」。天明本・文明本により改む。一三「執政葛城円使主、武内曾孫。一

書云葛城襲津彦孫玉田宿禰子也」(歴代皇紀)。
一四 崩御の年は記に六十歳。「六年辛亥正月天皇六十崩」(略記)。「治六年御年六十」(簾中抄)。Fanxei Tenvǒ(ロ師文典)。一五 底本「六年」。諸本により改む。一六「履中同母弟第三子…履中二年為二東宮一」(歴代皇紀)。一七「元年…冬十月、都二於河内丹比一。是謂二柴籬宮一」(反正紀)。「丹比柴籬宮河内国」(歴代皇紀)。一八「後宮二人男女御子四人」(歴代皇紀)。一九 四十二年春正月崩、八十一(允恭紀)。水鏡・略記・簾中抄、八十歳で崩御。「癸巳年崩歳八十一或八十」(歴代皇紀)。
二〇「仁徳第四子、母履中とおなじ」(簾中抄)。
二一「弟、男浅津間若子宿禰命坐二遠飛鳥宮一、治二天下一也」(允恭記)。「都二大和国高市郡遠明日香宮一。一云河内国飛鳥宮」(略記)。二二「後宮二人男女九人衣通姫此帝后也。応神孫」(歴代皇紀)。「后二人御子九人そとをりひめはこの御門の后也。応神天皇のむまごとぞ」(簾中抄)。允恭紀、七年に衣通姫は皇后の妹弟姫の別名とし、容姿絶妙で帝が召喚した物語がある。記では允恭帝の皇女軽大郎女のまたの名を「衣通郎女」とする。「衣通姫〈允恭天皇寵姫〉」(二中歴、名人歴、女室)。二三「大連大伴室屋連」(歴代皇紀)。「大伴室屋大連」(姓氏録、河内神別)。二四「治三年御年五十六」(簾中抄)。記・帝皇編年記・歴代皇紀も五十六歳。その元年は甲午、允恭四十二年が癸巳。略記に癸巳年五十三で即位。二五「允恭第二子、母皇太后忍坂大中姫、稚渟毛二派皇子の女」(簾中抄)。底本「忍坂大中臣姫」。文明本により改む。二六「四十二年…遷二都于石上一。是謂二穴穂宮一」(安康紀)。「穴穂宮大和国山辺郡」(歴代皇紀)。二七「大臣葛木円大臣」(歴代皇紀)。
二八 →補注1-二九。二九 →補注1-三〇。
三〇 巻三(一三六頁)に見える。解説一四頁参照。

一八 后二人。男女御子四人。
執政葛木圓使王。
二十一　允恭《いんぎよう》天皇　一九 四十二年　元年壬子《みづのえね》　卅*九即位　八十。
二〇 仁徳天皇第四子。イ五 母履中同母。
二一 遠明日香〈トヲツアスカノ〉宮。
二二 后二人。男女御子九。衣通姫〈ソトオリヒメ〉此帝后〈ノ〉也。應神御孫云々。
二三 大連大伴室屋連《おほとものむろやのむらじ》。
廿一　安康天皇　二四 三年　元年癸巳《みづのとみ》 甲午イ　五十三即位　五十六。
二五 允恭天皇第二子。母皇太后忍坂大中姫《おしさかのおほなかつひめ》。稚渟毛二派《わかぬけふたまた》皇子ノ女。
二六 大和國山邊郡石上穴穗宮《やまのべぐんいそのかみのあなほ》。
二七 大臣葛木圓大臣。
二八 安康三年八月眉輪王《まよわ》殺シ二〔天〕王ヲ一逃レ入ル二圓〈ツブラ〉大臣ノ家ニ一。因リテレ此ニ為ニ二大泊瀬《おほはつせ》皇子ノ一所ナリレ殺ス。
大連大伴室屋連。
二九 兄ノ東宮ヲ殺シテ十二月十四日ニ五十三ニテ位ニツキ給《たまふ》。又ヲヂノ大草香《おほくさか》ノ御子ヲ殺シテ、其妻ヲ取テ為スレ后ト。今ノ眉輪王其子也。仍《よつて》親ノカタキナリトテ此事〔アリ〕。委細ニハ在リ二別帖ニ一。三〇

[廿二]一　雄略天皇　廿二年[一]　元年丙申《ひのえさる》丁酉　七十*即位　百四。
[二]允恭天皇第四子。母安康同母。
[三]大和國泊瀬《はつせ》朝倉《あさくら》宮。
[四]后四人。男女御子五人。
[五]浦島《うらしま》ノ子ガ釣《つり》タル龜女ト成テ仙《せん》ニ登（レ）リ、此御時也。
[六]大臣平群眞鳥臣《へぐりのまとりのおみ》。
物部目連《もののべのめのむらじ》。執政伊久佛ノ子。

[廿三]一　清寧天皇　五年[七]　元年庚申《かのえさる》　卅九即位或卅七。[一イ]
[八]雄略第三子。母皇太（后）夫人韓媛《からひめ》。葛木圓大臣ノ女。
同國磐[九]余甕栗《（イハ）れのみかくり》宮。
[一〇]此御門《みかど》シラガオヒテ生《うまれ》給ヘリ。故ニ御名ヲシラガトツケタテマツル。父ノ御門アヤシミカシヅキテ東宮ニ立テ給《たまふ》云々。御子ヲハシマ〔サ〕ズ。仍《よつて》履中ノ御孫《むまご》ヲ二人ヨビトリテ子ニシ給ヘリ。安康ノ世ノ亂ニヨリテ丹波國ニカクレテオハシケリ。
[一二]大臣大連如レ上《シノ》。

[廿四]一　顯宗天皇　三年[一三]　元年乙丑《きのとうし》　卅六*即位　四十八。

一 その元年は丁酉、丙申は安康三年。「治二十二年御年百四」（簾中抄）。「治廿三年」「己未年崩年百廿四」（歴代皇紀）。「御年七十。世をしり給こと廿三年也」（水鏡）。
二 「允恭第四子、母安康におなじ。世のみだれをしづめて位につき給へり」（簾中抄）。
三 「十一月壬子…設ニ壇於泊瀬朝倉ニ即天皇位。遂定レ宮焉」（雄略紀）。「泊瀬朝倉宮大和国城上郡」（歴代皇紀）。
四 「后四人男女御子五人」（簾中抄）。
五 雄略記、二十二年条参照。「仙」は蓬莱山。「浦しまの子がつりたるかめの女と成て仙にのぼりたるは此御時なり」（簾中抄）。
六 「大臣平群真鳥臣元年十一月為大臣。大連大伴室屋記同時為大臣。物部目連同時為大臣連。薨年未詳、伊久仏子也」（歴代皇紀）。補任参照。底本「伊久沸」。五二頁注一二により改む。
七 「治五年御年四十二」（簾中抄）。「五年春正月…天皇崩ニ于宮ニ、時年若干」（清寧紀）。
八 「雄略第三子、母皇大夫人韓媛、葛城円大臣の女」（簾中抄）。皇太夫人は皇太后夫人が正。
九 「元年設ニ壇場於磐余甕栗ニ陟天皇位」（清寧紀）。「盤余甕栗宮大和国十市郡」（歴代皇紀）。
一〇 「天皇生而白髪、長而愛レ民、大泊瀬天皇於ニ諸子中ニ特所ニ霊異ニ、廿二年立為ニ皇太子ニ」（清寧紀）。→補注1-三一。
一一 履中帝の孫、億計王（仁賢）・弘計王（顕宗）。父市辺押磐皇子を雄略帝が殺した時、丹波国余社（余謝）郡に難を避けた（顕宗紀）。簾中抄による文。 一二 「大臣平群真鳥臣、大連大伴室屋連」（歴代皇紀）。
一三 「丁卯年崩歳四十八」「正月即位年四十六」（歴代皇紀）。「治三年、御年四十八」（簾中抄）。記・水鏡は三十八歳。

一四 履中ノ孫。市邊《いちべ》押羽《おしは》皇子ノ第三子。母荑媛《はえひめ》。蟻臣《ありのおみ》ノムマゴ。
一五 近明日香八釣宮《チカアスカノヤツリノ》。
一六 后一人。御子ナシ。
一七 曲水宴《ごくすゐのえん》此時ハジマレリ。
一八 大臣大連如《シ》レ上《ノ》。

廿五 一　仁賢天皇　一九 十一年　元年戊辰《つちのえたつ》　五十。
二〇 顯宗ノ兄母同《ジ》。清寧三年東宮トス。
二一 大和國山邊郡《やまのべぐん》石上《いそのかみの》廣高《ひろたか》宮。
二二 后二人。男女御子八人。
二三 此兩天皇御事委《クハ》在《リ》レ下《ニ》。兩所互《ニ》讓《リ》給《フ》之間、二四 御姉妹ノ女帝ヲ奉《ル》レ立《テ》云々。號《ス》二飯《いひ》豐《とよ》天皇《ト》一云々。二月卽位十一月崩御シ給云々。二五 常之皇代記略《ス》レ之《ヲ》歟。二六 此二代殊《ことに》世オサマレリ。田舍ニオハシマシテ、民ノ愁《うれへ》ヲヨク知食《しろしめし》テ政《まつりこと》ヲオコナハレケレバニヤ。
二七 左大臣平群眞鳥大臣。
二八 平群眞鳥大臣、此御時ニ大伴金村連《おほとものかなむらのむらじ》ガ爲ニコロサレヌ。此大臣五代ノ御門ノ大臣也。

一四「履中孫市辺忍歯皇子〈三子〉也。母荑媛蟻臣女」(歴代皇紀)。「荑媛」は顕宗紀に荑媛とある。底本「押明皇子」。別本により改む。

一五「於二近飛鳥八釣宮一即天皇位」(顕宗紀)。「近明日香八釣宮大和国高市郡」(歴代皇紀)。

一六「后一人、みこなし」(簾中抄)。

一七 三月三日に曲り流れる庭園の水で文人等が盃を流し、自分の前を盃が過ぎないうちに詩を賦し合う遊戯。「二年春三月上巳幸二後苑一曲水宴」(顕宗紀)。「曲水宴此時始之」(歴代皇紀)。

一八「大臣平群真鳥臣、大連大伴室屋連、大連行事。此時以後無見書。薨年未詳」(歴代皇紀)。補任参照。

一九 水鏡・歴代皇紀・簾中抄に五十歳で崩。

二〇「顕宗同母兄」「清即位歳卅九〈寧〉三年為東宮、先以弟即位」(歴代皇紀)。

二一「元年春正月…皇太子於二石上広高宮一即天皇位」(仁賢紀)。「石上広高宮大和国山辺郡」(歴代皇紀)。

二二「後宮二人男女八人」(歴代皇紀)。

二三 →一三四頁。底本「互譲給也間」。別本により改む。

二四「天皇姉飯豊青皇女」(顕宗紀)。飯豊青皇女。略記・水鏡には飯豊天皇とし、二十四代とする。→補注1-三一。

二五「是不注諸王系図。依和銅奏聞入之可有年中歟可尋記」(歴代皇紀)。「此御門をば系図などにも入れ奉らぬとかやぞ承る」(水鏡)。

二六「此あにおとゝ二代の御時世おさまり民くるしみなし。これは井中に久しくおはしまし農人のうれへなげきをよく御覧じしろしめせるゆへなり」(簾中抄)。

二七「平群真鳥大臣此御時大伴金村連がためにころされぬ。此大臣は五代の御門の大臣也」(簾中抄)。「大臣平群真鳥五代大臣天皇十一年十二月為小泊瀬天皇所誅、大伴連金村殺之」(歴代皇紀)。

二八 底本「平郡」。別本により改む。

大臣大伴金村連。

[廿六]一　武烈《ぶれつ》天皇　八年　元年[一]戊寅《つちのえとら》《己卯イ》　十*歳即位　御年十八或五十七。
[二]仁賢太子。同七年東宮トス。母皇后春日《かすがの》大娘《おほいらつめ》皇女。
[三]泊瀬列城《はつせなみき》宮。
[四]后一人。御子ナシ。
[五]限ナキ惡王也。人ヲコロスヲ御遊ニセラレケリ。眞鳥大臣殺サル丶、事モ[六]金村ニ御心ヲ合《あはせ》テシ給フ。仍《よつて》金村ヲ大臣ニナサル丶ト也。

[廿七]一　繼體《けいてい》天皇　[七]廿七《五》年　元年丁亥《ひのとゐ》　五十八即位　八十二。
[八]應神天皇五世ノ孫《むまご》、彦主人《ひこあるじ》王ノ御子也。母振媛《ふるひめ》。イクメノ御門《みかど》ノ七世ノ孫ノムスメ也。[九]活目《いくめ》ノ御門トハ垂仁天皇也。[一〇]應神五世ノ孫者《は》應神・隼總《〈ハヤブサ〉》皇子・男太迹《〈ヲホトノ〉》王・私斐《しひ》王・彦主人王《〈ヒコアルジノ ホキミ〉》・繼體天皇　已上如《シ》レ此《クノ》。但私斐王ハ異說歟《か》云云。五世トトル事ハ、應神ヲ加《くはへ》テ數《かぞふ》ル歟。除《ク》レ之《ヲ》歟。神功皇后ヲモ開化天皇ノ五世孫云々。其ハ一《いち》定《ちやう》開化ヲ加テ　定《さだむる》也。若然《しかれ》バ私斐王僻說《へきせつ》歟。慥《たしかニ》可《シ》レ檢二知《ス》之《ヲ》一。
[一一]大和國磐余玉穗《いはれのたまほ》宮。山城國（ヘ）遷都《せんと》云々。依而猶遷二都《スト》大和國《ニ》一云々。
[一二]此時百濟國ヨリ五經《ごきやう》博士ヲ奉ル。

一 その元年は己卯、戊寅は仁賢十一年。その崩御の年は水鏡・略記は十八歳。歴代皇紀・簾中抄は五十七歳。武烈紀に「(八年)冬十二月…天皇崩二于列城宮一」とあるのみ。「去年十二月即位歳四十九」(歴代皇紀)。二「仁賢太子、母皇后春日大娘皇女、仁賢七年為東宮」(歴代皇紀)。三「設二壇場於泊瀬列城一、陟天皇位」(武烈紀)。「泊瀬列城宮大和国城上郡」(歴代皇紀)。
四「后一人御子なし」(簾中抄)。「皇子皇女已無。後宮一人皇后春日娘女天皇母儀仁賢后也」(歴代皇紀)。五→補注1-三三。六 大伴連語(かたり)の子。「是日以大伴金村為大連」(武烈紀)。「真鳥の大臣ころす事も金村と御心を合て志給へり。金村大臣となる」(簾中抄)。七「治廿五年」「辛亥年崩歳八十二」(歴代皇紀)。紀に八十二で崩ずとするも武烈天皇八年に五十七歳と継体即位前紀に見えるから八十四歳で崩御のはず。
八「応神天皇五世の孫也。隼総別皇子の末彦主人王の子、母振媛いくめのみかどの七世のむまごの女」(簾中抄)。「誉田天皇(応神)五世孫彦主人王之子也。母曰二振媛一、振媛活目天皇七世之孫也」(継体紀)。底本「御門ノ五世」とあるが「五」は「七」の誤り。諸本「七」となる。
九 垂仁天皇を活目入彦五十狭茅天皇という。
一〇→補注1-三四。底本振仮名「ハヤヲサ」。河村本・史料本により改む。一一「磐余玉穂宮におはします。…山城国に宮うつりぬるといへども猶又大和へ帰り玉ひぬ」(簾中抄)。「五年冬十月遷二都山背筒城一」「十二年春三月…遷二都弟国一」「廿年秋九月…遷二都磐余玉穂一」(継体紀)。底本「山城国遷都」。天明本により改む。
一二 五経(易経・詩経・書経・礼記・春秋)の内容に精通している博士。「七年夏六月百済…貢二五経博士段楊爾一」(継体紀)。「此御時百済国よ

一三 武烈ノ後王胤絶了《エル》。越前國ヨリ此君ヲ迎取《むかへとり》マイラセタリ。群臣ノ沙汰也。粗委記《ス》レ下《ニ》。

一四 后九人。御子廿一人。男九人。女十二人。

一五 大臣巨勢《こせ》男《を》(人《ひと》)大臣。武内《ノ》子。天皇廿年九月薨。

大連大伴金村連《おほとものかなむらのむらじ》。

物部麁鹿火大連《もののべのあらかびのおほむらじ》。

廿八 一 安閑《あんかん》天皇　一六 二年　元年癸丑《みづのとうし》　六十八*即位　七十。

一七 繼體第二ノ嫡子。母目子媛《めのこひめ》。尾張連草香加娘《をはりのむらじくさかがむすめ》。

一八 大和國勾《まがり》金橋《かなはし》宮。

一九 后四人。御子ナシ。

二〇 無《シ》二大臣一。

大連同《ジ》レ前《ニ》。

廿九 一 宣化天皇　四年 二一　元年乙卯《きのとう》　六十九*即位　七十三。

二二 繼體第二子。母安閑同母。

二三 大和檜隈《ひのくま》宮。

二四 后二人。男女御子六人。

り五経はかせを奉れり」(簾中抄)。一三 →一三四頁。一四「后九人、御子二十一人〈男九人女十二人〉」(簾中抄)。一五「是日即天皇位、以二大伴金村大連一為二大連一、許勢男人大臣為大臣、物部麁鹿火大連為二大連一並如レ故」(継体紀)。男人は継体二十三年九月薨(紀)。「廿三年九月薨。武内宿禰四世孫」(歴代皇紀)。武内の子は誤り。「大臣巨勢男人大臣…武内宿禰之子。巨勢小柄宿禰四世孫。父河上臣也」(補任)より誤ったか。底本「巨勢男大臣」。諸本により改む。一六 その元年は安閑紀甲寅とし、継体紀に二十五年に継体帝崩御とすると空位二年(壬子・癸丑)、但し継体紀に或本云とし二十八年甲寅崩御ともする。「元年甲寅」(歴代皇紀)。「癸丑歳二月生年六十八即位」(略記)をそのまゝうけて即位、即ち元年としたか。安閑帝は二年(乙卯)冬十二月崩、年七十(安閑紀)。一七 継体帝の長子のはず。「継体第一〈或二〉子、母目子媛尾張連草香女也」(歴代皇紀)。一八「元年春正月、遷二都于大倭国勾金橋一因為二宮号一」(安閑紀)。「勾金橋〈橋ォ〉宮(大和国高市)」(歴代皇紀)。底本「金橋宮」。諸本により改む。一九「太子不立。皇子皇女凡無、後宮四人。皇后春日山田皇女仁賢女也。残三人不注之」(歴代皇紀)。「后四人、御子なし」(簾中抄)。二〇「大伴大連金村」(安閑紀)。「大連大伴金村大連物部麁鹿火大連」(補任)。二一 宣化元年は丙辰。「元年丙辰」(歴代皇紀)。乙卯はその前年で即位の年、「乙卯歳十二月、生年六十九即位、明年丙辰為元年」(略記)。二二「継体第二子、母は安閑とおなじ」(簾中抄)。二三「元年春正月遷二都于檜隈廬入野一因為二宮号一也」(宣化紀)。「檜隈廬入野宮(大和高市)」(歴代皇紀)。二四「皇子二人皇女四人後宮三人」(歴代皇紀)。「后二人男女御子六人」(簾中抄)。

一大臣蘇我稲目宿禰《そがのいなめのすくね》。満智《まちの》宿禰ノ(子)。

大連同ジレ前ニ。

—卅

欽明《きんめい》　卅二年　二元年癸亥《みづのとゐ》庚申イ　三御年六十三。

四繼體第三子。母皇太后手白香《たしらか》皇女ト申。仁賢ノ御女。

五磯城島《しきしま》宮。

六后六人。御子廿五人。男女十六人。女九人。

七大臣稲目宿禰。卅一年三月薨ズ。

大連金村麿《かなむらまろ》。

物部尾輿連《もののべのをこしのむらじ》。

八此御時百濟國ヨリ始テ佛經ヲ渡セリ。御門《みかど》是ヲアガメ給フ。此間國ニアヤシキ病オコレリ。九物部大臣《もののべのおほおみ》奏シテ云フ、此國ハ昔ヨリ神ヲモテ宗《むね》トス。今改テ佛ヲ敬《うやまふ》。是ニヨリテ神イカリヲナシ給フニヤ。是ニヨリテ佛像ヲ難波《なには》ノホリ江ニ流システ、立《たてる》寺ヲ燒拂《やきはらふ》。然《しかる》間空ヨリ火クダリテ内裏《だいり》ヲヤク。海ニ光ル物アリ。日ノ光ニ過タリ。人ヲツカハシテ御覽ズレバクスノ木海ニ浮ベリ。是ヲ取テ佛ヲ作リ給《たまふ》。吉野ノ光像是也。

一〇此天皇終リノ年聖徳太子ハ生給《うまれたま》ヘリ。

一「大臣蘇我稲目宿禰、天皇元年為大臣…満智宿禰之曾孫韓子之孫高麗之子也。大連大伴金村大連元物部麁鹿火、元年七月薨、在官卅年」(歴代皇紀)。稲目宿禰は補任にも「満智宿禰之曾孫」とある。二その元年は庚申、癸亥は欽明四年。略記の誤りの記事によるものか。↓補注1-三五。「卅二年…是月(四月)天皇遂崩于内寝。時年若干」(欽明紀)。「治三十二年御年六十三」(簾中抄)。三諸本「御年未勘注可尋之」。四「継体の嫡子也。母皇太后手白香皇女仁賢天皇むすめ」(簾中抄)。諸本「継体嫡子或三子…」とあり、兄に安閑・宣化帝があり、欽明帝は「是嫡子而幼年於二兄治後、有其天下」(継体紀)。底本「手日香」。別本により改む。五「(元年)秋七月…遷都倭国磯城郡磯城島。仍号為磯城島金刺宮」(欽明紀)。「磯城島みこ廿金刺宮(大和国山辺郡)」(歴代皇紀)。六「后六人五人(男十六人女九人)」(簾中抄)。「皇子十六人皇女九人後宮五人」(歴代皇紀)。七「大臣蘇我稲目宿禰元在官卅五年、天皇卅一年三月薨。…大連大伴金村麿在官四十年…天皇三年薨。物部尾輿元年(一書云正月)為大連如元」(歴代皇紀)。八↓補注1-三六。九物部大連尾輿・中臣連鎌子が我国は天地社稷百八十神を春夏秋冬祭るのに、今蕃神を拝むと国神の怒りを致そうと奏した(欽明紀)。一〇水鏡、敏達天皇条に「壬辰のとし四月三日位につき給ふ。…今年正月一日ぞ聖徳太子はむまれたまひし」とある。太子伝暦の如く推古二十九年二月遷化、年四十九とすると敏達二年の生れ。↓補注1-三七。一一その崩御の年は紀には「(十四年)秋八月…天皇病弥留、崩于大殿」(敏達紀)とあり不明。「治十四年御年四十八」(歴代皇紀)。「治十四年御年四十八月天皇崩卅八」(簾中抄)。「同年(十四年)八月十五日。天皇

卅一
一　敏達《びんだつ》天皇[一一]　十四年　元年壬辰《みづのえたつ》　廿*四即位　八十二或卅七《八歟》或廿八。

[一二]欽明第二子。欽明十五年爲《ス》ニ東宮《ト》一。母皇太后石姫《いしひめ》皇女。宣化ノ御娘。

[一三]大和國磐余譯語田〈イハトサシタノ〉宮。

[一四]后四人。御子十六人。男六人。女十人。

[一五]大臣蘇我馬子宿禰《そがのうまこのすくね》。

大連物部弓削守屋連《もののべのゆげのもりやのむらじ》。

[一六]此御時、百濟《くだら》ヨリ佛經・僧尼ワタセリ。守屋大臣佛像ヲ燒《やき》、法師ヲ追スツ。此日天ニ雲ナクシテ雨フル。王臣以下[一七]惡瘡《あくさう》國內ニミチタリ。佛經ヲ令《ムル》レ滅《セ》故也。蘇我大臣一人[一八]舍利《しゃり》ヲ行ヒ、信《ジ》ニ佛法《ヲ》一行《フ》レ之《ヲ》。

[一九]高麗《こま》ヨリ烏《からす》ノ羽ニ文ヲカキテ參ラス。船史祖王《ふねのふびとのみおつおや》是ヲヨム。

卅二
一　用明天皇　二年　[二〇]元年乙巳《きのとみ》丙午《ひのえうま》イ。

[二一]欽明第四子。母堅鹽姫《きたしひめ》。蘇我稻目大臣娘。

[二二]大和國池邊列槻〈イケベナミツキノ〉宮。

[二三]后三人。男女御子七人。

[二四]左大臣同《ジ》レ前《ニ》。

[二五]大連守屋被《レ》レ誅《セ》畢《ル》。

春秋廿四歳崩」(略記)。「十四年崩、年廿四」(水鏡)。文明本「敏達〈ヒンタツ〉十四年元、壬辰廿四」とある。一二「欽明第二子、母皇太后石姫皇女宣化天皇の御女渟名倉太珠敷と申」(簾中抄)。一三「(四年)遂営ニ宮於訳語田一。是謂ニ幸玉宮一」(敏達紀)。「盤余訳語田宮(大和国十市郡)」(歴代皇紀)。「いはれをさだの宮」と訓ずべき。一四 后四人、御子十六人〈男六人女十人〉」(簾中抄)。一五「大臣蘇我馬子宿禰天皇元年(一書云四月三日)為大臣即位日一書云稲目宿禰子也子島大臣。大連物部弓削守屋連…元年為大連…大連尾輿子也」(歴代皇紀)。一六 この辺の記事、敏達紀、六年十一月・十三年九月・十四年三月、及び略記、敏達条参照。直接の出典は簾中抄か。底本「仏経ヲ焼」。別本により改む。→補注1-三八。一七 瘡は皮膚にかさぶたの出来る病。ここは天然痘の類か。「十四年…属ニ此之時一、天皇与ニ大連一卒患於瘡〈カサヤミタマフ〉…是焼ニ仏像一之罪矣」(敏達紀)。一八 仏の遺骨。一九 敏達紀、元年条参照。高麗の上表疏が烏の羽に書いてあり、文字が読めなかったのを船史祖辰爾が飯の気で蒸して帛(ねりきぬ)を羽に押し、その文字を写し読み釈いたと見える。「元年五月高麗表書烏羽三日不読船史祖王辰尓能読」(歴代皇紀)。簾中抄も同じ。二〇 元年は丙午。「元年丙午」(歴代皇紀)。乙巳は敏達十四年で、この年用明即位。歴代皇紀に「一書云元年四月天皇即位」とある。二一「欽明第四子。母堅塩姫蘇我稲目大臣の女、橘豊日と申」(簾中抄)。「欽明第四子、母堅塩娘大臣蘇我稲目宿禰女也」(歴代皇紀)。二二「(敏達)十四年…八月…天皇即天皇位。宮ニ於磐余一、名曰ニ池辺双槻宮一」(用明紀)。二三「皇子六人。皇女一人後宮三人」(歴代皇紀)。「后三人男女御子七人」(簾中抄)。二四 別本「左大臣」の「左」なし。

一 天皇四月崩御《シ》給《フ》。入レ棺《ニ》不レ奉《ラ》レ葬《シ》レ之《ヲ》。

二 五月、守屋聖德太子ト合戰。蘇我馬子大臣ト太子兩ハ御同心。守屋ガ首ヲ取《とり》テ皆ホロボシテ、其後佛法盛也。

同七月（三）天皇御葬送アリ。

卅三 一 崇峻《そうじゆん》天皇　五年　三 元年丁未《ひのとひつじ》 戊申《つちのえさる》　六十七即位　七十二。

四 欽明第十五子。母小姉君《をあねのきみ》娘。稲目大臣娘。

五 大和國倉橋《くらはし》宮。

六 后一人。御子二人。

七 大臣馬子如《シ》レ前《ノ》。

八 百濟國ヨリ佛舎利ヲ渡ス。

九 此天皇ハ馬子大臣ニコロサレ給ヒニケリ。

卅四女帝 一 推古天皇　卅六年　一〇 元年壬子《みづのえね》 癸丑《みづのとうし》イ　四十即位 三十八イ　御年七十三或八十三。

一一 欽明ノ中女。敏達天皇ノ后也。母用明同母。

一二 大和國小墾田《をはりた》宮。

一三 大臣馬子如《シ》レ前《ノ》。卅四年五月薨《ズ》。

蘇我蝦夷《えみし》ノ臣。同年任《ズ》二大臣《ニ》一。號《ス》二豐浦《とよらト》一。

三五「大臣、蘇我馬子…大連物部弓削守屋連。元年四月天皇即位。是日為大連。二年七月蘇我大臣与廐戸皇子。討大連殺之」(補任)。

一「二年四月…癸丑天皇崩二于大殿一。…秋七月…葬二于磐余池上陵一」(用明紀)とあり、その間に守屋を誅する事件があったので「入棺不奉葬之」と書いたか。二→補注1-三九。三 その元年は戊申、丁未は用明二年、その八月崇峻天皇は即位、五年蘇我馬子が天皇を弑す。崩御の年は七十二(水鏡・略記)とも七十三(簾中抄・歴代皇紀)とも。文明本「崇峻〈ソウシユン〉」。Sōjun Tenvŏ(ロ師文典)。四「欽明第十五子、母小姉君姫蘇我稲目大臣女」(簾中抄)。「欽明天皇第六(五イ十六オ)子、母小姉君娘蘇我宿禰女也」(歴代皇紀)。崇峻紀・聖徳太子伝略・略記には欽明第十二子。底本「小姉君娘」は「小姉君姫」の意か。五「(用明二年)是月(八月)宮二於倉梯一」(崇峻紀)。「倉橋宮(大和国十市郡)」(歴代皇紀)。六「后一人御子二人」(簾中抄)。「皇子一人皇女一人後宮妃手子娘大伴連糠手女也」(歴代皇紀)。七「大臣蘇我馬子宿禰」(補任)。八 崇峻紀、元年に百済が使と僧恵摠・令斤・恵寔等を遣り、仏舎利を献じたと見える。「此御時百済より仏舎利をわたせり」(簾中抄)。九「此御門蘇我大臣にころされたまひぬ」(簾中抄)。一〇 その元年は癸丑、壬子は崇峻五年。推古三十六年崩御、年七十三(一本七十五)(推古紀)。一一 欽明天皇の次女(姉は磐隈皇女)。「欽明中女、母堅塩娘敏達天皇納為皇后」(歴代皇紀)。一二 崇峻五年豊浦宮で即位、十一年冬十月小墾田宮に遷ると見える。「小墾田宮(大和国高市郡)」(歴代皇紀)。「額田部小墾田宮におはします」(簾中抄)。一三「大臣蘇我馬子宿禰卅四年五月薨。在官五十五年。蘇

[一四]崇峻コロサレ給テ相計《あひはかり》テ位ニツケ奉ル。
[一五]馬屋戸《うまやと》ノ皇子ヲ東宮トス。世ノ[一六]政《まつりこと》ヲアヅケ奉ル。此東宮ハ用明ノ御子也。
是聖徳太子也。[一七]太子十七ケ條憲法ヲ書テ奉ル。[一八]冠位《かうぶりくらゐ》ノシナ〴〵ヲ被ル二定メ置カ一。
[一九]世中《よのなか》ノ事ヲシルシオカル。[二〇]太子失《うせ》給テ後、世ヲトロヘ民トモシト云ヘリ。
[二一]暦《こよみ》・天文ノフミ百濟國ヨリ渡セリ。[二二]僧正・僧都此御時ニナシハジメラル。寺々僧尼ノ事ヲ定メラル。

卅五
一　舒明天皇　[二三]十三年　元年己丑《つちのとうし》　卅七即位　御年四十九。

[二四]敏達ノ孫、忍坂大兄《おしさかのおほえ》皇子ノ子也。母糠手《ぬかて》姫《ひめ》皇女。敏達御姫也。
[二五]大和國高市崗本《たけちをかもと》宮。
御[二六]諱《いみな》田村也。コレヨリサキ〴〵ノ國王ノ御名ハ世ニ文字多《おほし》、人モ沙汰セズ。
[二七]世ニモ慥《たしか》ナラネバカヽズ。此後ハ文字スクナヽレバ今ハ注加《しるしくはふ》ベキ也。
[二八]后五人。男女御子八人。
[二九]大臣蘇我蝦夷臣。
此御時伊豫國ノユ[三〇]ノ宮ヘ行幸アリ。[三一]推古カクレ給テ後、此田村王御時群議《ぐんぎ》ニシタガハヌ輩《やから》、此トヨラノ大臣《おとど》軍ヲオコシテ打ハラヒテ後、大臣ノ子入鹿《いるか》國ノ政ヲシテ勝ル二於父大臣ニ一云々。

我蝦夷臣卅四年任。字豊浦大臣」(補任)。一四「崇峻天皇ころされ給ひて後百官あひはからひて位につけ奉れり」(簾中抄)。一五 聖徳太子。「(元年)夏四月…立二廐戸豊聡耳皇子一為二皇太子一。仍録摂政、以二万機一悉委焉。橘豊日天皇第二子也。母皇后曰二穴穂部間人皇女一」(推古紀)。一六 この辺以下簾中抄によるか。→補注1-四〇。一七「(十二年)夏四月…皇太子親肇作二憲法十七条一」(推古紀)。一八「(十二年)春正月…始賜二冠位於諸臣一各有レ差」(推古紀)。一九「(廿八年)是歳、皇太子、島大臣共議之、録二天皇記及国記、臣連伴造国造百八十部幷公民等本記一」(推古紀)。二〇 →補注1-四一。「民トモシ」は「民乏し」。二一 推古紀、十年十月条参照。「此御時百済よりこよみの本天文地理のふみどもを奉れり」(簾中抄)。二二 推古紀、三十二年四月条参照。僧正・僧都は僧官の名。律師と共に僧綱職とする。この時観勒を僧正とし、鞍部徳積を僧都とし、阿曇連を法頭とする。「初て僧正僧都をなして世の中寺と僧尼の事をしりさたせらる」(簾中抄)。二三 舒明紀には崩御の年を記さず。「治十三年御年四十九」(簾中抄)。二四「敏達天皇の御むまご忍坂大兄皇子の子也。母糠手姫皇女敏達の女なり」(簾中抄)。二五「(二年)冬十月…天皇遷二於飛鳥岡傍一、是謂二岡本宮一」(舒明紀)。「高市岡本宮(大和高市)」(歴代皇紀)。二六 諱は実名。「謂諱避也。言皇祖以下名、諱而避也」(令義解)。「諱田村」(歴代皇紀)。「息長足日広額と申。又いみな田村と申」(簾中抄)。二七 文明本「ミミモタシカ一ラネハカヽス」。二八「后五人男女御子八人」(簾中抄)。「皇子四人葛城皇子余不注之。皇女四人後宮五人」(歴代皇紀)。二九「大臣蘇我蝦夷推古天皇崩之後嗣位未定之間已為大臣」(歴代皇紀)。

卌六女帝

一　皇極《くわうぎよく》天皇　三年　元年壬寅《みづのえとら》。

一御諱寶《たから》。敏達曾孫。前ノ帝舒明ノ妻后也。敏達御子ニ押坂大兄皇子《おしさかのおほえ》。此皇子御子ニ茅渟《ちぬ》王。此王ノ御子也。御母吉備姫《きびひめ》女王。舒明天皇孫云々。

二大和國明日香河原宮《あすかのかはら》。

大臣蘇我蝦夷臣。

三二年十二月子息入鹿事ニヨリテ自死了《シル》。

四此御時大臣左右大臣ヲナサル。但次代歟《か》。

豐浦《とよら》大臣ノ子蘇我入鹿世ノ政ヲ執《と》レリ。其振舞宜《ふるまひよろし》カラズ。王子タチ亂ヲ興《おこ》スト云ヘリ。此時中大兄皇子《なかのおほえ》。天智天皇也。中臣鎌子《なかとみのかまこ》。大織冠也。是二人シテハカリテ入鹿ヲ誅セラレヌ。父豐浦ノ大臣家ニ火ヲサシテ焼死ヌ。又日本國ノ文書ヲ此家ニテ皆焼ヌト云ヘリ。

五此大臣大鬼トナレリ。

六此女帝三年ノ後弟ニ位ヲ譲リ給フ。

卌七

一　孝德天皇　十年　七元年甲寅《きのえとら》。乙巳イ

八御諱輕《かる》。天豐田イ。皇極弟也。同母也。

九乙巳《きのとみ》年六月十四日庚戌《かのえいぬ》卽位。同日次《テ》中大兄皇子立《ツ》二東宮《ニ》一。天智天皇也。

三〇 底本「内ノ宮」は湯ノ宮の誤り。別本・阿波本「ユノ宮」。文明本「湯ノ宮」。「ゆ」を「内」と誤ったのであろう。「(十一年)十二月…壬午、幸二于伊予温湯宮一」(舒明紀)。「此御時伊与国湯宮有行幸」(歴代皇紀)。「此御時伊与国のゆの宮へ行幸あり」(簾中抄)。 三一 →補注1-四二。 底本「庠議」。諸本により改む。

一 皇極天皇は宝皇女(舒明紀)。「天豊財重日足姫諱宝」(歴代皇紀)。「敏達曾孫。押坂大兄皇子孫茅渟王女也。母吉備姫女王舒明立為皇后」(歴代皇紀)。 二「(二年)四月…丁未自二権宮一移二幸飛鳥板蓋新宮一」(皇極紀)。「明日香川原宮(大和高市)」(歴代皇紀)。「都二大和国飛鳥宮一一云二川原板葺宮一」(略記)。 三 子息は山背大兄王。聖徳太子子息とすべき。「二年十二月。大臣男入鹿臣謀率兵殺山背大兄。大臣聞之。嘆曰。我已不久」(補任)。「大兄王…遣二斑鳩宮一、辛卯日、自死」(略記)。 四 この辺、簾中抄によるか。補任には孝徳帝の時、「左右大臣従此而始也」とする。→補注1-四三。 五「爰大臣蝦夷大怒。焼二天皇記幷国記珍宝等一。船史恵尺走取二焼残国記等一献二天皇一。蝦夷臨レ誅自殺年□十六。堕二大鬼道一」(略記)。「大臣おほきにいかりてみづからいのちをほろぼして大鬼道におちて」(水鏡)。「父豊浦大臣身づから火におちてしぬ。大鬼となれり」(簾中抄)。 六 四年、位を弟の軽皇子に譲り、中大兄皇子が皇太子となった。その四年は乙巳、大化元年。 七 乙巳は大化元年、甲寅は白雉五年で孝徳崩御の年。 八「皇極のおとゝ也。母おなじ。あねのゆづりにてつき給ふ。天万豊日と申。いみな軽と申」(簾中抄)。「天万豊日諱軽」(歴代皇紀)。 九「乙巳年六月十四日庚戌。天皇即位。同日以二中大兄皇子一。立二皇太子一」(略

一〇 攝津《つのくに》難波《なには》長柄豊崎《(ナガラトヨサキノ)》宮。
一一 后三人。皇子一人。
一二 左大臣阿倍倉橋麻呂《あべのくらはしまろ》。五年三月七日薨。
一三 大紫一四(巨《こ》)勢德《せのとこ》大臣。大化五年四月廿日任左大臣。
右大臣蘇我山田石川麿《そがのやまだいしかはまろ》。馬子大臣子。一五 大化五年謀反得誅自死。
大紫大伴長德《おほとものながとこ》連。一六 大化五年四月任。白雉《はくち》二年七月薨。
一七 内大臣大錦上中臣鎌子《なかとみのかまこ》連。大化元年任。一名鎌足《かまたり》。天兒屋根《あめのこやね》尊廿一世孫。小德冠中(臣御《み》)食子《けこ》卿之長男也。大化元年六月三日。誅入鹿。即賜恩賞。授内大臣。詔曰、社稷《しやしよく》獲安。寔《まことに》頼公力。仍《よつて》拜大錦冠授内大臣、封二千戸。軍國機要任公處分云々。
一八 此時年號始テアリ。大化五年。白雉《はくち》五年。
一九 八省百官ヲ定置《さだめおく》。二〇 國々之堺《さかひ》ミツギ物ヲ定《さだむ》。二一 自唐文書寶物多《おほく》渡セリ。
二二 此御門《みかど》殊ニ佛法ヲアガメテ、神事ニモスギタリ。二千餘人僧尼ニテ一切經ヲヨマシム。其夜二千餘燈〔ヲ〕宮中ニトモセリ。
二三 白雉五年正月鼠多大和國ヘムレ行。遷都《せんと》ノ前相《ぜんさう》ト云ヘリ。
一 卅八女帝重祚 齊明《せいめい》天皇　七年　元年乙卯《きのとう》。

記)。一〇「(大化元年)冬十二月、…天皇遷都難波長柄豊碕。老人等相謂之曰、自春至夏、鼠向難波、遷都之兆也」(孝徳紀)。一一「后三人皇子一人」(簾中抄)。一二 阿倍内麻呂。「号大鳥大臣。大鳥大臣子云々。…五年三月十七日薨。…左右大臣従此而始也」(補任)。一三 大紫冠。推古十一年冠位十二階を定め、更に孝徳、大化三年に七色十三階、織冠(大小)・繡冠(大小)・紫冠(大小)・錦冠(大小)・青冠(大小)・黒冠(大小)・建武の十三に分け、また大化五年には冠十九階に改めた。一四 底本「勢徳大臣」。諸本により改む。「左大臣大紫巨勢徳大臣大化五年四月廿日…任左大臣」(補任)。一五「大化五年三月被人告謀反。得誅自死」(補任)。一六「同(大化五年)四月廿日任右大臣。白雉二年七月薨(在官三年)」(補任)。一七 内大臣は内臣の誤り。「以大錦冠授中臣鎌子連為内臣」(孝徳紀、即位前紀)。「内臣大錦上中臣鎌子連。大化元年任。一名鎌足。内臣之始于時也。天児屋尊廿一世孫。小徳冠中臣御食子卿之長子也(年三十二)。大化元年六月三日謀殺入鹿。即賜恩賞授内臣。詔曰。社稷獲安。寔頼公力。仍拝大錦冠。授内臣。封二千戸。軍国機要。任公処分云々」(歴代皇紀)。底本「小徳冠中食子卿」。河村本により改む。一八 →補注1-四四。一九 大化五年二月に八省(中務・式部・治部・民部・兵部・刑部・大蔵・宮内)百官を置いた。二〇 孝徳紀、大化二年八月条に「凡調賦者可収男身調…宜観国々壃堺或書或図、持来奉示」云々とある。なお大化二年正月の詔にも田之調、庸の規定や畿内や郡制の規定等が見える。二一 孝徳紀、白雉五年に西海使が唐国の天子の所に行き文書宝物を多く得たとある。「(白雉五年)七月。遣唐使長丹等多得文書宝

[一]皇極再ビ位ニ卽《つき》給ヒ、大和國岡本宮ニオワシマス。先ヅ飛鳥川原《あすかのかはら》宮遷幸。

[二]此女帝始ニハ用明[三]ノムマゴ高向《たかむこ》ノ王ニ具シテ一子ヲ生ミ給ヒ、後ニ又舒明ノ后トシテ御子三人オワシマス。

[四]此御時ノ末ニ人多死《おほくしに》ケリ。豊浦《とよら》ノ大臣ノ靈ノスルト云ヘリ。[五]其靈龍ニ乗リ空ヲ飛ビテ人ニ見《みえ》ケリ。此天皇葬《はぶり》ノ夜ハ大笠ヲキテ、世間ヲ見アリキケリ。

[六]左大臣大紫巨勢徳《こせのとこ》大臣。四年正月薨ズ。

内大臣大錦中臣鎌子《なかとみのかまこ》連。

一[卅九] 天智天皇　十年　元年壬戌《みづのえいぬ》[七]。

諱葛城《かづらき》。舒明第一子。母ハ皇極天皇。

[八]近江國大津ノ宮。

[九]后九人。男女御子十四人。

[一〇]太政大臣大友《だいじやうだいじんおほとも》皇子。天皇第一子。太政大臣始ルレ自リレ此。

[一一]内大臣大織冠《たいしよくくわん》藤原鎌子。天皇八年十月十五日為ル二内大臣一ト。姓藤原氏。同十六日薨。年五十六。在官廿五年。

[一二]此外左右大臣等有リ二六人一。[一三]此御門孝養《けうやう》ノ御心深クシテ、御母齊明天皇失給《うせたまひし》後、七年マデ御卽位シ給ハズ。

物一帰朝」(略記)。三「尊二仏法一軽二神道一」(孝徳紀、即位前紀)。白雉二年七月二千百余の僧尼に一切経を読ませ、この夕二千七百余燈を朝庭の内に燃し、安宅土側等の経を読ませた。亖「五年春正月戊申朔夜、鼠向二倭都一而遷…(十二月)老者語之曰、鼠向二倭都一遷レ都之兆也」(孝徳紀)。「五年正月衆鼠従二難波一遷二倭国一、是遷都瑞也」(歴代皇紀)。

一「元年春正月…皇祖母尊即二天皇位於飛鳥板蓋宮一」「(冬十月)是冬災二飛鳥板蓋宮一。故遷二居飛鳥川原宮一」「(二年)是歳於二飛鳥岡本一更定二宮地一。…遂起二宮室一天皇乃遷、号曰二後飛鳥岡本宮一」(斉明紀)。「皇極のふたたび位につき給へる也。後岡本宮におはします」(簾中抄)。「後岡本宮(元飛鳥板蓋宮)」(歴代皇紀)。二 この前後、簾中抄参照。→補注1-四五。三「皇極重即位也。天皇前適二用明孫高向王一而生二漢皇子一後適二舒明一而生二二男一女一」(歴代皇紀)。四「(七年)五月…、亦見二宮中鬼火一、由レ是大舎人及諸近侍病死者衆」(斉明紀)。「七年辛酉夏。群臣卒爾多死。時人云豊浦大臣霊魂之所為也」(略記)。五 斉明紀、元年五月条参照。「同(乙卯)元年五月。空中有二乗レ竜者一。貌似二唐人一。着二青油笠一。自二葛城嶺一。馳而隠二胆駒山一。及レ至二午時一。従二住吉松之上一。西向馳去。時人言。蘇我豊浦大臣之霊也」(略記)。六「左大臣大紫巨勢徳大臣四年正月薨(六十六)在官十年。内臣大錦上中臣鎌子連」(補任)。七 元年壬戌は皇太子称制の元年、即位は七年。「天命開別諱葛城…舒明太子(第一)母皇極天皇也」(歴代皇紀)。八「(六年)三月…遷二都于近江一」(天智紀)。「於岡本宮(和国)摂政五年、於大津宮(近江国)御守五年」(歴代皇紀)。九「后九人男女御子十四人。みこ大友皇子

御子ノ大友皇子ヲ太政大臣トス。一四又諸國ノ百姓等ヲ定メ民ノ烟《カマドイ》ヲシルス。一五又東宮ノ御時漏刻《ろうこく》ヲツクラル。鎌足ヲ内大臣ニナシテ始テ藤原ノ姓ヲ給フ。齊明天皇ノ位ニツカセ給フ處ニテハ、七年ノ後トモ見エズ、相續シテ不レ絕《エ》ト見タリ。一六失《うせ》給テ後七年マデ國王モオハシマサヌニハ非ザルニヤ。七年トアルハ天智ノ御卽位アルベキヲ、猶御母ノ女帝ニ重祚《ちようそ》ヲセサセ參ラセテ、七年ノ後崩御、其後御卽位アルカト心得ラル丶。

四十一　天武天皇　一七十五年　元年壬申《みづのえさる》。

諱大海人《おほあま》。舒明第三子ニテ天智同母。

一八大和國飛鳥淨御原《あすかのきよみはら》宮。

一九天智七年ニ東宮トス。天智崩御ノ後、位ヲ讓リ給《たまふ》ト云ヘドモ、請取《うけとり》給ハズ。サテ后ヲモ大友皇子ヲモツケ給フベキ由被レ申《サ》テ、セメテ其御心ナシトシラセムトテ、出家ヲシテ、吉野山ニ入籠《いりこもり》給ヘリ。其ヲ猶大友皇子、軍ヲ發《おこ》シオソヒ奉ラルベシト御ムスメ二〇大友皇子ノ妃ナリ。ヒソカニツゲ給ヘリケレバ、「コハイカニ我ハ我トカク振舞ニ」トヤ思食《おぼしめし》ケム。伊勢ノ方ヘ逃下《にげくだり》テ、太神宮ニ申サセ給テ、美濃・尾張ノ軍ヲ催《もよほし》テ、近江ニテ戰ヒ勝給テ、御卽位アリテ世ヲ治給《をさめたま》ヘリ。其軍《いくさ》ノ事ドモ人皆知レリ。

を太政大臣とす」(簾中抄)。一〇 天智十年正月太政大臣。「太政大臣従此而始」(補任、天智条大友皇子)。一一「内大臣〈内大臣始〉大織冠藤原鎌足。初為内臣如故。八年十月十五日為内大臣。賜姓藤原氏。同十六日薨。年五十六。在官廿五年」(補任)。一二 左大臣蘇我赤兄臣・右大臣中臣金連・御史大夫蘇我果安臣・巨勢比登臣・紀大夫臣と大臣蘇我連子臣を指すか。一三 天智七年正月三日即位。「天智天皇元年壬戌元年天皇諒闇。至孝不レ称二即位一経二六年一云々」(歴代皇紀)。簾中抄参照。→補注1-四六。一四 諸国の人民を調べ、民の戸籍を記した。天智九年に戸籍を造った。庚午年籍(こうごねんじゃく)といい、戸籍の始とする。「九年(庚午)…二月造二戸籍一断二盗賊与一浮浪二」(天智紀)。「此時定諸国百姓注置民煙」(歴代皇紀)。一五「十年夏四月丁卯朔辛卯置二漏剋於新台一、始打二候時一動二鍾鼓一。始用二漏剋一。此漏剋者天皇為二皇太子一時始親所二製造一也」(天智紀)。「十年…四月始置新台漏剋(東宮時造之云々)」(歴代皇紀)。一六 底本「国主」。諸本により改む。底本「オハシマス」を別本により改む。→補注1-四七。一七「治十五年(或十四)」(歴代皇紀)。即位は癸酉であるが、紀は壬申を元年とする。「舒明第二子、御母皇極天皇也。天智とひとつ腹也。天渟名原瀛真人と申。いみな大海人」(簾中抄)。「舒明天皇第三男」(略記)。一八「二年二月…即二帝位於飛鳥浄御原一」(天武紀)。一九 以下壬申の乱の事実を述べる。天智帝の崩後、皇太弟の大海人皇子と太政大臣大友皇子の間の対立が原因で、大海人皇子は病と称し出家吉野に入ったが、壬申の年吉野から伊勢・美濃方面に退き拠り、近江に攻め入り、朝廷方を破り、大友皇子を自殺させた。簾中抄参照。→補注1-四八。二〇 大友皇子の妃は十市皇女、天武天皇の皇女、葛野王を生む(懐風藻)。「世伝云、大友皇子之妃。是天皇女也。竊以二謀事一隠通二消息一」(略記)。「大伴の王子の御めはこのみかどの御むすめなりしかば、みそかにこの事の有様を御消息にて告げ申給へり」(水鏡)。

一 天武天皇と皇后の姉大田皇女との間の皇子、第三子、天武崩御後、朱鳥元年十月新羅僧行心に欺かれ謀反し死を賜う。年二十四(懐風藻・持統紀参照)。大津皇子は「及レ長辨有二才学一尤愛二文筆一、詩賦之興、自二大津一始也」(持統紀)。↓補注1-四八。 二「元年八月被配流(年五十)。依大友皇子事也(在官二年)号蔵大臣」(補任)。 三「元年八月被誅。在官二年。…八月右大臣金連等八人刑被誅」(補任)。 四「元年八月改御史大夫官号為大納言。八月坐事伏誅。在官二年」(補任)。 五「元年改御史大夫官号為大納言」(歴代皇紀)。蘇我果安臣・巨勢比登臣・紀大人臣・大伴望陀連・五位舎人王の五人が大納言(補任)。「已上号大納言歟」(歴代皇紀)。 六 この記述によると天武元年(壬申)が朱雀元年。二年が白鳳元年、従って白鳳元年は癸酉のはず。ただし日本紀には朱雀・白鳳の年号見えず。↓補注1-四九。 七 朱鳥は八年の内、天武朝が一年。↓補注1-五〇。 八 天武十年二月。草壁皇子は皇后(持統)との間に生れた長子、日並知皇子尊。天武帝及び持統帝の皇太子。持統帝三年四月薨。追尊して岡宮御宇天皇という(続日本紀、文武)。 九 ↓補注1-五一。 一〇「其二曰二…鸕野皇女一、及レ有二天下一居二于飛鳥浄御原宮一、後移二宮于藤原一」(天智紀)。 一一 浄広は位階の一。天武天皇十四年正月、明位二階(各々大広あり)・浄位四階(各々大広あり)、合十二階を定め、諸王以上の位とし、その下に諸臣の位四十八階を制した。

[一]又大津ノ皇子ハ御門《みかど》ノ御子也。世ノ政ヲシ給フト云ヘリ。此皇子カラノ文ヲ好《このみ》テ、始テ詩賦《しふ》ヲ作リ給フ人也。

[二]左大臣大錦上蘇我赤兄《あかえ》臣。元年八月被ル二配流セ一。

[三]右大臣大錦上中臣金連《かねのむらじ》。元年八〈月〉被ルレ誅セ。

[四]大納言蘇我果安《はたやす》。元年八月坐シレ事ニ被ルレ誅セ。[五]大納言起ルレ自リレ此。于時五人云々。

又年號アリ。[六]朱雀《しゆじやくハ》一年。元年壬申《みづのえさる》。白鳳《はくほうハ》十三年。元年壬申《みづのえさる》。支干《えと》同ジレ前ニ。年内改元歟《か》。[七]朱鳥《しゆてうハ》八年。内一年。

[八]天武十年ニ太子草壁《くさかべ》ノ皇子ヲ東宮トス。

大友ノ皇子合戦ノ後、左右大臣等被レレ誅セ了ル。其後大臣不ルレ見エ也。

四十一 女帝 一 持統 十年 元年丁亥《ひのとゐ》。

諱[九]莵野《うの》。天智第二娘。天武ノ妻后也。母越智《をち》娘。蘇我大臣山田石川麿《いしかはまろ》女也。

[一〇]大和國藤原《ふぢはら》宮。

太政大臣[一一]淨廣一《じやうくわういち》[一二]高市《たけち》皇子。天武ノ第三息。四年七月五日任ズ。十年七月十三日薨〈ユ〉ズ。

[一三]中納言起ルレ自リレ此云々。此外右大臣大納言在リレ之。

[一四]東宮オハシマセドモ、先御母ノ后位ニ卽《つき》給ヌ。サテ此東宮ノ御子輕《かる》[一五]皇子ヲ又東宮ニ立《たて》給ヌ。

一二「四年七月五日任太政大臣(年卅七)、十年七月十三日薨(年四十二。或四十三)。…天武天皇第三息」(補任)。一三 底本「中納言…此云々」を高市皇子の注としているが、本文に改める。↓補注1-五二。一四 草壁皇子が持統三年四月に薨じたが、持統天皇の即位は四年正月。「先御母ノ后位ニ即給ヌ」は臨朝称制。一五 軽(珂瑠)皇子は草壁皇子の第二子。持統十一年二月に皇太子となる(釈日本紀述義・続紀、文武・略記)。その経緯は懐風藻、葛野王の項に見える。一六 ↓補注1-五三。一七 →注一。一八 ↓補注1-五四。一九「ウヅエ(卯杖)」は正月初卯の日に大学寮から奉った桃などの木の杖。五色の糸で巻く。邪気をはらうという。「三年己丑正月朔乙卯日。大学寮始献㆓卯杖㆒。以為㆓恒例㆒」(略記)。「踏歌」は正月の始に宮中で行われた一種の舞踏行事。「七年癸巳正月。漢人始奏㆓踏歌㆒」(略記)。二〇 天皇が譲位されてから太上皇・太上天皇と尊称で呼ぶ。持統十一年譲位(持統紀・続紀、文武)。「大化三年八月一日譲位於軽太子、尊号曰太上皇。凡太上皇之号始此時也」(歴代皇紀)。「八月一日甲子天皇譲㆓位軽皇子㆒。号㆓太上天皇㆒。生年五十歳」(略記)。二一 大宝二年十二月二十二日、譲位後六年で崩御。「大宝二年十二月十日崩。遜位六年。曰広野姫」(歴代皇紀)。二二「天津足根大父諱軽」(歴代皇紀)。↓補注1-五五。二三 崩御の年は二十五歳(懐風藻・略記・水鏡)。「元年丁酉歳八月一日甲子生年十五即位都㆓大倭国高市郡藤原宮㆒」(略記)。二四 后(夫人)は藤原不比等朝臣宮子娘、紀朝臣竈門娘・石川朝臣刀子娘が妃(続紀)。御子は聖武天皇。二五 大化三年は文武元年(丁酉)とすると、元年は戊戌でない。文武帝は丁酉年二月(持統十一年)皇太子となる。「大化三年二月に東宮とす」

一六 此御時年號アリ。

一七 此御時ノ始ニ大津皇子謀反《むほん》ノ事アリテ被レ㆑殺サ給ニケリ。

一八 朱鳥ノノコリ七年。大化ハ四年。元年乙未《きのとひつじ》。

一九 ウヅエ踏歌《たふか》ナド云事此御時ハジマル。

二〇 大化三年ニ位ヲ東宮ニ讓リタテマツリテ、太上《だいじやう》天皇ノ尊號ヲ給ハリ給フ。是ヨリ始也。二一 其後四年ヲハシマス。

四十二 一 文武《もんむ》　十一年　元年丁酉《ひのととり》。

二二 諱輕《かる》。十五即位。二三 御年廿五。或七十八。天武孫。東宮草壁《くさかべ》皇子第二御子。御母元明天皇也。

同藤原《ふぢはら》宮。

二四 后二人。御子一人。

二五 大化三年　元年戊戌《つちのえいぬ》。二月爲ル㆓東宮ト㆒。

二六 知太政官事刑部《おさかべ》親王。二七 天武第九子。大寶《たいはう》三年正月廿日任。慶雲二年五月七日薨メ。

大納言藤原不比等《ふひと》。大織冠二男。二八 大寶元年任。

参議大伴安麿《おほとものやすまろ》。二九 参議始ル㆑自リ㆑此レ。

三〇 大化殘ハ一年。無年號三年。三一 大寶ハ三年。元年辛丑《かのとうし》。三月廿一日改元也。年號此後相續不《シテ》レ絶《エ》。

一律令《りつりやう》ヲ被《ル》レ定《メ》。官位二ニ隨《したがひ》テ装束ヲ定メラル。冠《かうぶり》ヲタマヘケルヲ《留テ歟》。位記《ゐき》ヲ作リ給フ。

四十三女帝
三慶雲《きやううん》ハ　四年。元年甲辰《きのえたつ》。五月七日改元。

一　元明《げんめい》　七年。

四諱阿閇《あべ》。慶雲四年六月十五日受禪《じゆぜん》。五四十六。御年六十一。天智第四娘ニテ文武御母。草壁太子女御也。母宗我嬪《そがひめ》。蘇我《そが》山田大臣ノ女。

六大和國平城《なら》宮。

七知太政官事穗積《ほづみ》親王。

八左大臣石上麿《いそのかみまろ》。

九右大臣藤原不比等《ふひと》。和銅元年三月十一日任。

一〇和銅《ハ》七年。元年戊申《つちのえさる》。正月十一日改元。

四十四女帝
一一文武失給《うせたま》ヒテ聖武イマダオサナクオハシマセバ、先位ニ即カセタマフ。

元正《げんせい》　九年。

一二諱氷高《ひたか》。卅五即位。東宮草壁皇子御子。文武天皇ノ姉ナリ。母元明天皇。文武御同母也。

二六 太政官の長官、後世の太政大臣。「知太政官事始」(補任)。二七「正月廿日任。或本以知太政官事。列大臣天武天皇第九子」(補任、大宝三年)。二八 補任には大宝三年に大納言。二九「五月十七日任三木」「参議始」(補任、大宝二年)。三〇 大化三年が文武天皇元年(六九七)であるが、その後、三年年号が無く、大宝元年(辛丑。七〇一)となるの意か。ただし大化は前に四年間の年代とする。→補注1-五四。三一 辛丑の年三月対馬島が金(略記等には白銀)を貢したので大宝元年とした(続紀)。「自レ是以後年号相続不レ絶」(略記)。

一 大宝律令である。「律」は今の刑法に当る。「令」は官職制度の規定。大宝元年八月、刑部親王等に撰定させた(続紀)。二 大宝元年三月改めて官名位号を制した。「始停レ賜レ冠、易以二位記一、…又服制」(続紀、文武)。「此時律令ヲ定、随官位定装束、又賜位記」(歴代皇紀)。三 五月十日改元、「五月甲午…西楼上慶雲見、詔大赦天下、改レ元為二慶雲元年一」(続紀、文武)。Quiŏun(ロ師文典)。四「日本根子天津御代豊国成姫諱阿閉」(歴代皇紀)。「天智第四女、母宗我嬪、蘇我山田大臣女。日本根子天津御代豊国成姫と申。いみな阿閉、平城宮におはします」(簾中抄)。五「慶雲四年六月十五日即位於大極殿年四十七」(歴代皇紀)。養老五年六十一歳で崩御。四十六歳受禅が正しい。六「元年始造平城宮」(歴代皇紀)。七 慶雲二年より和銅八年まで知太政官事。「正月七日叙一品。七月十三日薨。労十一年」(補任、和銅八年)。八「三月三日薨(年七十八)」(補任、霊亀三年)。底本「石川麿」。諸本により改む。九 慶雲五年(和銅元年)より養老四年まで右大臣、養老四年薨。「正月七日叙正二位。

一三 同平城宮。
知太政官事穂積親王。一四 靈龜《れいき》元年七月十三日薨《ズ》。
一五 舍人《とねり》親王。浄御原《きよみはら》天皇第三子。養老四年八月一日任。
左右大臣如《シ》レ前《ノ》。
一六 中納言藤原武智《むち》(麿《まろ》)。
一七 参議同房前《ふささき》。此二人淡海公《ノ》息等也。
一八 靈龜二年。元年乙卯《きのとう》。九月三日改元。此日御即位也。
一九 養老七年。元年丁巳《ひのとみ》。十一月十七日改元。
不比等大臣ハ養老四年八月三日薨。年六十二。二〇 諡號《しがう》淡海公。聖武ノ外祖ニテ病ニ臥給《ふしたまふ》ヨリヲモクコトニモテナサレ給。贈《ルト》二太政大臣《ヲ》一云々。
聖武《しやうむ》 四十五 廿五年。二一 廿五即位。御年五十八。
二二 天璽國排開豐櫻彦天皇《アメシルシクニヲシヒラキトヨサクラヒコノ》云々。文武太子。和銅七年爲《ル》二東宮《ト》一。
二三 母夫人藤原宮子《みやこ》。淡海公不比等女。
同平城宮。
二四 后四人。男女御子六人。
二五 知太政官事舍人親王。天平七年十一月十四日薨《ズ》。年六十。同廿二日贈《ル》二太政大臣《ヲ》一。天平寶字《はうじ》

三月十二日(或同月十一日)任右大臣(元大納言。年五十)」(補任、慶雲五年)。一〇 慶雲五年正月十一日改元。武蔵国秩父郡から和銅を献じたので和銅元年とした(続紀)。「戊申和銅七年正月十一日武蔵国貢熟銅。仍為瑞改之」(歴代皇紀)。
一一 聖武天皇は大宝元年(七〇一)に生れ、文武帝の崩御の年、慶雲四年(七〇七)は七歳。「文武うせ給へるとき聖武いまだおさなくおはしますによりて先位につかせ給へり」(簾中抄)。和銅七年六月聖武は元服と同時に皇太子、十四歳(続紀)。
一二 「日本根子高瑞浄足姫諱氷高或飯高」「文武同姉也」(歴代皇紀)。一三 「治九年、平城宮諸楽宮」(歴代皇紀)。一四 →注七。一五 「八月四日任。天武天皇第三子」(補任、養老四年)。一六 中納言藤原武智麿。「南家始。元非三木。正月十一日任。不歴三木。贈太政大臣不比等一男」(補任、養老五年)。底本「藤原武智」。天明本により改む。一七 「北家始」「右大臣不比等第二子」(補任、霊亀三年)。一八 和銅八年九月二日に元正天皇は即位、同日霊亀元年と改元した。「乙卯霊亀二年九月三日左京人高田久比麿献霊亀。仍為瑞改元」(歴代皇紀)。一九 霊亀三年十一月十七日改元して養老元年とした。「丁巳養老七年十一月十一日美濃国醴泉。仍改元」(歴代皇紀)。二〇 養老四年十月十日太政大臣を贈る。「贈太政大臣正一位。謚曰文忠公…天平宝字四年八月七日勅曰。…追以近江国十二郡為淡海公」(補任、養老四年)。
二一 即位の年は二十四歳(七二四)。崩御の年は天平勝宝八年、五十六歳。二二 「天瑞国押開豊桜彦命諱豊桜彦」(歴代皇紀)。二三 「文武の太子、母夫人藤原宮淡海公不比等の女」(簾中抄)。二四 「后四人みこ男女四人」(簾中抄)。歴代皇紀は五人を数え、帝王編年記・本朝皇胤紹運録は六人。
二五 天武天皇第三子。「十一月十四日乙丑薨。年

二年六月追號。崇道《すだう》天皇。

[一]同知太政官事鈴鹿《すずか》王。太政大臣高市《たけち》親王ノ三男。天平九年九月任。同十七年九月十一日薨。

[二]左大臣長屋《ながや》王。依リ二謀反一ニ被レ誅セ畢ル。遣ス二宇合《うまかひ》等ヲ一云々。高市皇子一男也。

[三]左大臣橘諸兄《もろえ》。敏達《びんだつ》末孫也。改メ二葛城王ヲ一爲ス二諸兄ト一云々。

[四]右大臣武智麿《むちまろ》。天平六年正月十七日任。九年七月廿五日薨ズ。年五十八。贈ル二太政大臣ヲ一。

[五]中納言豐成《とよなり》。武智一男。中衛大將。

[六]神龜ハ五年。元年甲子《きのえね》。二月四日改元。此日即位。

[七]天平ハ廿一年。元年己巳《つちのとみ》。八月五日改元。

[八]天平廿一年五十ノ御年七月二日位ヲオリサセ給テ御出家。法諱勝満《ほふきはしようまん》ト申。其後八年オハシマス。[九]東大寺ヲ作ラセ給フ。コマカニハ別帖[一〇]ニカケリ。

[一一]参議房前《ふささき》。天平二年任ズ二中衛大將ニ一。大將始也。同九年四月十七(四イ)日薨ズ。五十七。

此年兄弟四人。四家ノ曾祖《そうそ》也。[一二]武智、一男。房前、二男。宇合、三男。麿《まろ》。四人也。三人ハ参議也。[一三]一年ノ中ニ死去。赤疱發リ二天下ニ一、八月五日。七月十三日。沒スル者不レ可カラ二稱計ス一云々。

四十六女帝
孝謙《かうけん》　十年。

[一四]諱阿閉《あべ》。三十即位。聖武御娘。母光明皇后。是同淡海公女也。

六十。在官十六年。同廿二日贈太政大臣。…天平宝字三年六月追称崇道尽敬天皇」(補任、天平七年)。→注一五。

一「九月二日薨。在官九年。式部卿」(補任、天平十七年)。二 神亀二年より左大臣。神亀六年(天平元年)二月に謀反の罪ありと讒せられ、藤原宇合等に宅をかこまれ、自殺。「天武天皇孫。太政大臣一品高市親王之第一子。母近江天皇女」(補任、和銅二年)。続紀・懐風藻・万葉集参照。三 橘氏の祖先。天平十五年左大臣、「訳語田天皇(敏達也)皇子難波親王之四世孫」(補任、天平三年)。「改葛城王為橘諸兄」(補任、天平八年)。四 天平六年正月十七日には右大臣(続紀・補任)。天平九年七月左大臣。「同(七月)廿七日薨(五十八)。…以贈太政大臣不比等為淡海公之次」(補任、天平九年)。五「正月日兼中衛大将。兵部卿如元」(補任、天平十二年)。中衛府は大宝令制定後置かれた禁中を守る役所。後の右近衛府に当たる。六 聖武帝は養老八年(甲子。七二四)即位、神亀と改元。「甲子神亀五年二月四日左京人化家禅於大和国白髪池得白亀献之。仍改元」(歴代皇紀)。七 神亀六年八月五日改元、天平元年とする。「己巳天平廿年八月五日左京職献亀。其背有文。天王貴平。仍改元」(歴代皇紀)。八 天平勝宝元年七月孝謙帝に位を譲る。なお、この年正月十四日太上天皇は行基を戒師として受戒、勝満と法名をつけられる(略記)。「太上天皇沙弥勝満」(続紀、天平勝宝元年閏五月)。九 天平十五年聖武天皇の勅願により始め紫香宮に盧舎那仏を作ろうとし、後に平城宮に遷し、天平勝宝四年開眼供養した大仏を本尊とする寺。一〇 →巻三(一四四頁)。一一 房前は天平二年より中衛大将。「四月十七日薨。年五十七(三木廿一年。中衛大将八年。或云前三木云々)。贈太政大臣不比等二男」(補任、天平九年)。「大将補始」(歴代皇紀)。一三 武智麿は南家、房前は北家、宇合は式家、麿は京家を開き、のち北家が栄える。一三 天平九年四月十七日房前薨ず。宇合は九年八月五日、麿は九年七月十三日に薨ず。天平七年に豌豆瘡(天然痘)で夭死せる者多しと続紀に見え、天平九年四月に大宰管内諸国に疫瘡が行われ百姓が多く死すとも、「(七月)乙未、…比来緣レ有二疫気多発一」云々(続紀)とも見える。「九年四月以後亦疱瘡発疫」(歴代皇紀)。底本「赤胞」。意により改む。一四「治十年。聖武の御女、母は光明皇后。是も淡海公の女也。高野姫と申。いみなは阿閉又法基となづく。御出家の御名也。平城宮におはします」(簾中抄)。一五 天平勝宝八年に七十三歳、その前年言辞に礼なく謀反の意ありと讒言せられ(続紀、天平宇元年六月条)引退、天宝勝宝九年正月六日薨。「二月日上表致仕。詔許之(在官十九年)」(補任、天平勝宝八年)。一六 仲麿の兄。天平二十一年(天平勝宝元年)「四月十四日任右大臣」(補任)。天平勝宝九年(天平宝字元年)「五月十九日叙正二位。同日任左大臣。七月二日坐事左降。太宰員外帥。称病留難波」(補任)。一七 淡路廃帝(淳仁帝)を立てた当時の有力者。孝謙上皇の寵を得た道鏡を除こうとして天平宝字八年殺される。一八 孝謙天皇の時に設けられた内外軍政を治める官職。押勝(仲麿)が誅せられた時廃される。続紀、天平宝字元年五月条参照。「五月十九日任紫微内相。元大納言。詔曰。令外別置紫微内相一人。令掌内外諸兵事。其官禄皆准大臣。兼中衛大将。近江守」(補任、天平勝宝九年)。一九 右大臣の改称。「八月廿五日任大保。勅加姓中恵美両字。改名仲麿為押勝。擬右大臣官。給功封三千戸功封田

同平城《なら》宮。

左大臣[一五]橘諸兄。天平勝寶八年二月上表致仕《ちしス》。

右大臣[一六]藤豐成《とよなり》。同勝寶元年四月十四日任。寶字元年轉レ左。同七月二日坐レ事左遷。爲レ賞二仲麿一也云々。

大保[一七]藤惠美押勝《ゑみのおしかつ》。本名仲麿《なかまろ》。武智二男。寶字元年五月十九日任二右大臣一。[一八]紫微内相《しびないしやう》。准《じゆん》大臣。中衛大將如レ元。同二年改二右大臣一稱二[一九]大保一。八月廿五日任レ之。同日勅云、姓中加二惠美二字一。以二仲麿一爲二押勝一。封戸百町云々。

[二〇]天平感寶元年。七月二日即位。

天平勝寶八年。元年己丑《つちのとうし》。[二一]天平寶字内二年。元年丁酉《ひのととり》。[二二]八月二日改元。[二三]此天平感寶ハ四月十四日ニカク改元アリケレド、其年ノ七月二日又天平勝寶トカワリニケレバニヤ、常ノ年代記ニハ此年號ヲバカキモラセルナルベシ。

[二四]東〔大〕寺ニテ萬僧會《まんぞうゑ》アリ。[二五]内裏ニハスベロニ天下太平ト云フ文イデ來《きたれ》リ。

此君以後事多《おほく》ハ在[二六]二別帖一。

四十七

[二七]淡路廢帝《はいたい》　六年。

[二八]諱大炊《おほゐ》。廿六即位。天武孫。舍人《とねり》親王第七子。母夫人山背《やましろ》。上總守當麻老女《かづさのかみたいまのおゆ》。

平城宮。

一百町。兼聴鋳銭挙稲及用恵美家印」(補任、天平宝字二年)。二〇 孝謙天皇は天平感宝元年(七四九)七月二日即位。天平勝宝と改元。二一 天平宝字は八年間(七五七—七六四)であるが、孝謙天皇の御代は二年まで。二二 改元は八月十八日。「丁酉天平宝字八年〈八月十八日〉元年駿河国献蚕成字」(歴代皇紀)。二三 天平感宝は己丑年(七四九)四月十四日改元。天平勝宝は七月二日の改元。二四 天平勝宝四年四月乙酉東大寺に行幸、大仏の開眼式があり、「請二僧一万一」(続紀)。二五 ↓補注1-五六。二六 ↓巻三(一四四頁注一八)。二七 ↓補注1-五七。二八 ↓補注1-五八。

一 太政大臣の改称。続紀、天平宝字二年八月条に「太政大臣曰二太師一、左大臣曰二大傅一、右大臣曰二大保一、大納言曰二御史大夫一」云々と改めた事が見える。↓補注1-五九。二「正月七日叙従一位、同十一日転大師(太政大臣官)。賜随身」(補任、天平宝字四年)。三「甲子幸二大保第一以二節部省絁綿一賜二五位已上及従官主典已上一各有レ差」(続紀、天平宝字四年正月)。四 節部省の誤り。節部省は大蔵省の改称。五「九月十二日止官位」(補任、天平宝字八年)。六 押勝が殺された後、天平宝字八年九月大臣禅師に任ず。「出家人任大臣例」「九月十三日為大臣。…元少僧都。天平宝字七九十一任之。河内国人。俗姓弓削宿禰。…常侍禁掖。甚被寵愛」(補任、天平宝字八年)。七 僧都は僧正に次ぐ僧官。大少の別がある。八 押勝の乱後、天平宝字八年また右大臣にかえった。翌天平神護元年十一月薨。宝字四年左大臣に転ずとあるは宝字元年の誤り。「九月十三日更任右大臣。…元蒙罪左降大宰員外帥。被優也。元前右大臣。号難波大臣」(補任、天平宝字八年)。底本「仍被優也」。意により改む。

[一]大師藤押勝《おしかつ》。寶字四年正月十一日自二大保一任二大師一。[三]天皇幸二大保第一。以二草部省[四]絁《あしぎぬ》一賜二主典已上一、有レ差。號二太政大臣一、賜二隨身《ずゐじん》一。同八年九月[五]十一日謀反。除二姓字一、勅解官除二藤原姓一被レ誅。

大臣道鏡禪師《だうきやうぜんじ》。[六]寶字八年任。賜二姓弓削《ゆげ》一。元[七]少僧都《せうそうづ》。

右大臣藤豐成。寶字四年轉二左大臣一。[八]寶字八年四月還任《げんにん》。無レ咎蒙レ罪。左降。仍被レ復也。

天平寶字八年。[九]元年戊戌《つちのえいぬ》。八月二日改元。[一〇]元年爲二東宮一。二年八月一日即位。

惠美大臣ト同心被レ奉レ背《そむ》二孝謙一之間、[一一]廢二淡路國一。於二彼國一三年之後崩御。

稱德[四十八]　五年。御[一二]年五十三。

孝謙重祚《ちようそ》也。[一三]五十三[四十七]即位。五十七[五十三歟]崩御也。春秋五十七云々。

[一四]天平寶字九年正月一日重祚。

[一五]太政大臣道鏡禪師。天平神護二年授二法皇位一。

[一六]右大臣吉備眞吉備《きびまきび》。右衛士少尉《うゑじのせう》下道朝臣國勝男。中衛大將。

[一七]大納言藤眞楯《またて》。房前三男。天平神護《じんご》二年三月十六日薨。

[一八]天平神護二年。元年乙巳《きのとみ》。正月七日改元。

[一九]神護景雲三年。元年丁未《ひのとひつじ》。八月十八日改元。

[二〇]三年八月四日崩御云々。

二一 道鏡法皇事、和氣清丸《わけのきよまろ》勅旨。

太神宮八幡等御託宣事。

天平寶字元年丁酉《ひのとのとり》也。

二二 廢帝《はいたい》元年戊 戌《つちのえいぬ》歳也。不能委記。在人口歟。

四十九 光仁　十二年。

二三 諱白壁《しらかべ》。本大納言。

二四 神護景雲四年庚戌《かのえいぬ》八月四日 癸巳《みづのとみ》群臣以大納言白壁王立皇太子攝萬機政。年六十二。高野天皇遺詔曰、宜以大納言白壁王立皇太子等云々。

二五 同十月一日 己丑《つちのとうし》即位於大極殿云々。

天智天皇孫。施基《しき》皇子第六子。母橡姫《とちひめ》。紀諸人《きのもろひと》女。

平城《なら》宮。

二六 后五人。御子男女七人。

二七 左大臣藤原永手《ながた》。寶龜二年二月廿一日(薨)。六十八。

二八 (右大臣)大中臣清麿。

二九 左大臣藤原魚名《うをな》。房前五男。近衛大將。

三〇 內大臣藤原良繼《よしつぎ》。本名宿名麿《すくなまろ》。式部卿宇合《うまかひ》二男。

九 天平宝字元年は丁酉。戊戌は二年。但し淳仁即位は天平宝字二年だから、即位の元年との混淆か。八月十八日改元。 一〇 天平宝字元年橘諸兄の薨後、三月皇太子道祖《ふなど》王を廃し、藤原仲麿は大炊王を皇太子とし、翌二年八月朔日即位。→補注3―一五・一六。 一一 淡路廃帝は孝謙太后により天平宝字八年廃され、淡路に流されたが、翌年天平神護元年十月二十二日幽憤に勝(た)えず逃亡を企て翌日薨じた(続紀)。「三年之後崩御」というは簾中抄による誤りか。「高野天皇いくさをおこして位をおしとりて親王とす。あはぢの国にうつし奉らる。かしこにてうせ給ぬ。ゐみの大臣とひとつ心にて謀反をおこしたりとてかくながし奉らる。あはぢに三年おはしましけり」(簾中抄)。「淡路、天平神護元年九月薨。遜位一年、号淡路公。或記住淡路三年」(歴代皇紀)。 一二 諸本「五十二〈八ィ或三〉」とある。 一三 その崩御の年は神護景雲四年八月四日、春秋五十三。即位した天平宝字八年は四十七歳。「治五年御年五十二」(簾中抄)。 一四 天平宝字八年十月九日重祚、称徳天皇。「宝字九年正月一日即位」(歴代皇紀)。 一五 天平神護元年閏十月二日太政大臣禅師に任ぜられ、朝廷の首位となる。翌二年十月二十日法皇の位を授けらる(続紀)。「十月廿三日授法皇位。事非恒典」(補任、天平神護二年)。 一六 天平神護二年右大臣となる。「中衛大将如元」(補任)。 一七 房前の三男。天平神護二年大納言。「三月十六日薨。贈太政大臣、三木十五年中納言五年大納言一年」(補任)。 一八 「宜下改二年号一以三天平宝字九年一為中天平神護元年上」(続紀、天平神護元年)。 一九 その改元は八月十六日が正しい(続紀)。「丙午神護景雲三年八月十八日」(歴代皇紀)。 二〇 称徳天皇の崩御は神護景雲四年八月四日。 二一 「道

一参議藤百川《ももかは》。宇合ノ八男。寶龜十三年七月七日薨。四十八。

寶龜ハ十一年。元年庚戌《かのえいぬ》。十月一日改元。

天應ハ二年。元年辛酉《かのととり》。正月一日改元。

高野天皇稱徳也。失《うせ》給《たまひ》テ後、大臣以下群卿ハカラヒテツケ奉レリ。二天應《てんおう》元年四月ニ位ヲ東宮ニユヅリ奉テ十二月ニウセ給《たまふ》。御年七十三。

五十　桓武《くわんむ》　三廿四年。

四諱山部《やまべ》。

天應元年四月三日受禪。四十五。五光仁御子。寶龜四年爲ス二東宮ト一。卅七。母高野《たかの》氏。

新笠乙繼《にひかさおとつぎ》朝臣女。

六先長岡宮《ながをか》遷都《せんと》。後平安宮。山城國。今此京《みやこ》也。

七后女御十六人。男女卅二人。

八左大臣藤魚名《うをな》。延暦元年六月十四日坐シレ事ニ配流。稱シレ病ト留ル二難波ニ一。二年五月還ルレ京ニ。七月廿五日薨。贈ル二本官ヲ一。燒ス二却流罪詔等ヲ一云々。六十三。

九右大臣藤田麿。宇合五男。近衛大將。

一〇藤是公《これとも》。武智孫。参議乙麿子。延暦二年七月十九日任。同八年九月十九日薨。

一一藤繼縄《つぐなは》。豐成男。中衛大將。延暦九年二月廿七日任。同十五年七月十九日薨。七十。

鏡を太政大臣とす。後又法王の位をさづけて」(簾中抄)。神護景雲三年宇佐八幡の神託に道鏡を皇位に即かしめば天下太平ならんとありと朝廷に奏上したので、和気清麻呂が宇佐八幡宮に使し、「天日嗣必立二皇緒一」云々という託宣を奏し、道鏡の野望を排した。二二 淡路廃帝元年は天平宝字二年(戊戌)の意。二三 天智天皇の孫、田原天皇(施基皇子)第六皇子(続紀)。補任によると天平神護二年より大納言。「諱白壁王」(続紀)。「いみな白壁。…高野天皇のゝち位につくべき人なきによりて大臣以下はからひて大納言白壁を東宮として即位につけ奉れる也」(簾中抄)。二四 神護景雲四年八月四日称徳天皇が崩御、「神護景雲四年庚戌八月四日癸巳。群臣以二大納言白壁王一立二皇太子一。摂二万機政一。年六十二。高野天皇遺詔曰。宜三大納言白壁王立二皇太子一。是諸王之中年歯長上。有二先帝功一故可レ立二皇太子一」(略記)。二五「宝亀元年冬十月己丑朔即二天皇位於大極殿一、改レ元宝亀」(続紀)。「天智のむまご、施基皇子第六子、母橡姫紀諸人がむすめ」(簾中抄)。二六「后五人みこ男女七人」(簾中抄)。二七 房前の二男。「永田〈ナガタ〉」(東松本大鏡、裏書)。底本「永平」。別本ほか諸本「永手」。歴代皇紀、称徳条にも永平と誤る。天平神護二年より左大臣、宝亀二年二月二十二日薨、五十八(補任・続紀)。二八 宝亀二年に右大臣(補任)。底本「右大臣」なし。諸本「左大臣」。右大臣が正しい。二九 本名魚麿。養老五年生(補任、神護景雲二年)、宝亀十二年に左大臣。三〇 宝亀八年に内大臣、九月十八日薨、六十二歳(補任)。

一 宇合の八男。永手・良継の弟。光仁帝を擁立し、その信任の厚かった人。その女旅子は桓武帝の夫人。宝亀十年七月九日薨、四十八歳

一二神王《みわのわう》。天智天皇孫。榎井親王子。延暦十七年八月任。

一三中納言藤内麿《うちまろ》。房前孫。大納言眞楯三男。延暦十七年八月十六日任。

一四延暦ハ廿四年。元年壬戌《みづのえいぬ》。八月十九日改元。

傳教大師。依リ二一五無動寺相應和尚《さうおうくわしやう》ノ奏一ニ、一六慈覺大師同日有リ二傳敎大師號一。一七延暦七年中堂建立。一八同廿三年入唐《につたう》。同廿四年歸朝。弘仁十三年六月四日入滅。五十六。

一九此御時山城國長岡ノ京ヘウツラセ給フ。其後程ナク此平《たひら》ノ京ニ定マリヌ。此後無シ二遷都一。

二〇傳教・弘法兩大師ノ渡唐ハ此御時ノ末也。此御門文《みかどぶん》ヲコノマセ給ハズ、武ヲムネトシ給ヒケルト云ヘリ。二一坂上〈ノ〉田村丸大將軍トシテエビスヲウチ平グ。二二今ノ平氏ハ此御門ノ末《すゑ》也。

二三本ニ付紙
延暦元年壬戌當ル二唐德宗建中三年一ニ也。今年黄河清キコト七年。傳敎大師草二創根本中堂一。十三年遷ス二都ヲ平安宮ニ一。十五年建ス二立東西兩寺ヲ一。廿三年七月傳教・弘法入唐ス。同十二年癸酉正月十五日始造二平安城一。東京。愛宕郡。又謂フ二左京ト一。唐名洛陽。西京。葛野郡。又謂フ二右京ト一。唐名長安。南北一千七百五十三丈

(補任)。宝亀十三年は宝亀十年とあるべき。二 天応元年四月三日皇太子受禅即位、十二月二十三日崩御、七十三歳(続紀)。「天応元年四月位を東宮にゆづりたてまつられぬ。其年十二月にうせ給」(簾中抄)。三「治廿五(四カ)年」(歴代皇紀・簾中抄)。四「日本根子皇統弥照或柏原天皇諱山部」(歴代皇紀)。五「光仁第一子。母皇太夫人高野氏。諱新笠。贈正一位乙継朝臣女」(歴代皇紀)。「宝亀四年東宮とす。三十七」(簾中抄)。六「(延暦)三年十一月遷幸長岡京」「四年八月幸平城宮」(歴代皇紀)。七「后女御十六人男女のみこ卅二人」(簾中抄)。八 延暦元年閏正月の氷上川継の謀反に連座し、配流の途中、摂津で病と称し留り、翌年京都で薨じ、本官を贈られる。「号川辺大臣」(補任)。九 天応二年右大臣。「近衛大将如元」「号蜷淵大臣」(補任)。一〇 延暦二年右大臣。「号牛屋大臣」(補任)。一一 延暦九年右大臣。「号桃園右大臣」(補任、延暦十五年)。続日本紀撰者の一人。一二 延暦十七年右大臣、延暦二十五年薨。「右神王。従二位元大納言。天智天皇孫榎井親王男。延暦十七年八月任」(歴代皇紀)。一三「大納言真楯三男」「勝宝七年丙申生」(補任、延暦十三年)。一四 天応二年八月十九日を延暦元年とする。一五 比叡山四明岳の東南にある寺、不動堂。相応和尚が開山。相応は慈覚大師円仁の弟子。一中歴、名人歴の「験者」の中に入る。一六 貞観八年七月十二日、相応和尚が上奏して相応の先師円珍と共に伝教、慈覚の諡名をした(叡岳要記、貞観八年七月十二日官符。初例抄、下・濫觴抄・天台座主記参照)。一七 根本中堂は比叡山に立てた根本の堂。根本一乗止観院。「根本中堂。初号二比叡山寺一。後称二一乗止観院一。亦曰二中堂一」「此堂者三宇各別。…薬師堂以レ在レ中故曰二中堂一」(山門堂舎記)。

除二大路小路一。東西一千五百八十丈除二大路小路一。通計東西兩京。是歳傳敎大師造《ル》二延暦寺《ヲ》一。同十三年甲戌根本中堂供養。同年十月廿一日辛酉車駕遷《ル》二于新京《ニ》一。同十四年改《メテ》二山背國《ヲ》一爲《ス》二山城國《ト》一。

「ことし(延暦七年)伝教大師ひえの山に根本中堂をたて給ひき」(水鏡)。「或記云延暦七年戊辰伝教立薬師堂於叡山。凡延暦寺草創在此年云々」(歴代皇紀)。一八 最澄・空海は延暦二十三年難波を発し、翌年七月九州より遣唐使の船で入唐。最澄は二十四年七月遣唐使と共に帰朝す。弘仁三年六月四日比叡山中道院で寂。「十三年入滅」とあるのは誤り。ただし歴代皇紀は「弘仁十三年六月四日辰時於叡山中通(道イ)院右脇而入寂滅年五十六」(裏書)とする。一九「此御時ならの京へみやこうつりあり。そのゝち程なくあらためてたいらの京にさだまりぬ」(簾中抄)。「延暦十三年甲戌十月廿一日辛酉自葛野京車駕遷于新京。平安京是也」(歴代皇紀)。二〇「弘法大師伝教大師唐へわたり玉へり。此御時のすゑなり。御門文をこのまず武をむねとす。坂上田村麿大将軍にてえびすをおほくうちたひらげ、いまの平氏は此御門の末なり」(簾中抄)。「此帝不好文好武。坂上田村麿為大将軍多打平夷国云々」(歴代皇紀)。二一 坂上苅田麻呂の子。延暦二十年には征夷大将軍。「丙戌。征夷大将軍坂上宿禰田村麿等言。臣聞。云々。討二伏夷賊一」(紀略、延暦二十年九月)。二二 平氏は桓武天皇の子孫と称す。二三 以下は愚管抄には元来ない付け加えである。「延暦…入唐」迄は帝王編年記、巻十二目録に同文。「同十二年…造二延暦寺一」は帝王編年記、延暦十二年条と同文。以下は帝王編年記、延暦十三年・十四年の省文。省いたのは干支と中堂供養の願主・檀主・導師名のみ。平安遷都は十月二十二日であるが、二十一日とするのも帝王編年記に同文。

愚管抄一巻終。

一 底本「西京」。意によって改む。

愚管抄巻第二

五十一 平城《へいぜい》　四年。

一諱安殿《あて》。二延暦廿五年三月十八日十七イ受禪。三十三。桓武ノ太郎。三同四年十一月爲ル二東宮一ト。十二。四母皇后乙牟漏《おとむろ》。内大臣藤原良繼《よしつぎ》女。

五后三人。男女御子七人。

六右大臣神王《みわのわう》。大同元年六月廿四日薨。

七藤内麿《うちまろ》。左近衛大將。元近衛大將。大同元年五月十九日任。同二年四月廿二日爲ル二左近衛大將一ト。

大同四年。元年丙戌《ひのえいぬ》。五月十八日改元。

八左右大將此御時始ル也。元ハ近衛中衞也。改メテ二近衛ヲ一爲シ二左近衛一ト、改メテ二中衞ヲ一爲ス二右近衛一ト。九坂上田村麿任ズ二右近衛大將一ニ。同日任也。

一〇大同四年四月一日讓位。皇太子神野《かみの》踐祚。此日高丘御子《たかをかのみこ》立坊。天皇御不豫《ごふよ》。

仍《よつて》被ル レ行ハ二是等ノ事ヲ一云云。

一「日本根子天推国高彦天皇、天皇諱安殿〈テア〉」(後紀)。

二延暦二十五年三月十七日桓武は七十歳で崩御、五月十八日平城が即位(後紀)。「延暦廿五年三月十八日嗣祚」(歴代皇紀)。「卅三にて位につかせ給ふ」(簾中抄)。

三延暦四年九月二十八日皇太弟早良親王を廃し(紀略)、十一月二十五日安殿親王を皇太子とす(後紀)。「延暦四年に東宮とす。十二」(簾中抄)。

四「桓武の太郎。母皇后乙牟漏、内大臣藤原良継女也」(簾中抄)。

五「后三人。男女のみこ七人」(簾中抄)。

六平城即位後大同元年四月二十四日、「是日右大臣従二位神王薨」(後紀)。

七内麿は北家の人、真楯の子、冬嗣の父。延暦十六年参議兼近衛大将、南家の雄友を超え、(大同元年)四月十八日大納言、五月十九日任右大臣、近衛大将如元、大同二年四月二十二日左近衛大将(補任)。

八大同二年四月二十二日、「己卯。詔云々。近衛府者為二左近衛一。中衛府者為二右近衛一」(紀略)。

九大同二年右近衛大将となる。「四月廿二日改中衛大将為右近衛大将。按察使。征夷大将軍。八月十四日兼侍従。十一月十六日兼兵部卿。大将軍等兼官如元」(補任、大同二年)。

一〇病気で大同四年四月朔日心ならずも譲位、四月十三日皇太弟神野即位、十四日高丘親王を皇太子(紀略)。「大同四年御病おもきによりて位を東宮にゆづり、高岳のみこを東宮にたてらる。おりゐのみかどにて、十四年おはします。御年五十一。弘仁元年七月十五日崩御。御とし五十九。ならのみかどゝ申。猶ならにおはします故なり。」(簾中抄)。

オリヰノ御門《みかど》ニテ十四年オワシマス。一五十一ニテ崩御。天長元年七月五《七イ》日也。

五十二猶奈良ニオワシマス。仍奈良ノ御門ト申《まうす》也。二業平《なりひら》中將ハ此御孫《おんむまご》也。

嵯峨《さが》　十四年。

三諱賀美能《かみの》。或神野。四大同四年四月一日受禪。廿四。同元年爲ル二東宮一ト。廿一。桓武ノ第二子。母平城ニ同ジ。

五后女御九人。男女御子四十七人。

右大臣六藤内麿。左大將。弘仁三年七月六日薨。五十七。

七藤園人《そのひと》。＊贈左大臣　房前《ふささき》嫡孫。參議大藏卿楓麿《かへでまろ》男。弘仁三年十二月五日任。同九年(十二月)十九日薨。六十三。

八藤冬嗣《ふゆつぎ》。左大將。内麿三男。弘仁十二年六月九日任。

九弘仁ハ十四年。元年庚寅《かのえとら》。九月廿七日改元。

修禪云々　天台座主内供《ないぐ》義眞《ぎしん》。一〇弘仁十三年四月五日官牒《くわんてふ》。一一年四十四。治山十一年。座主治山ノ年ヲ取《とる》事ハ、終ノ年ヲバ棄《すて》テ屬スル二新任ノ人ニ一也云云。天長十年七月四日入滅。五十五。

此御時内宴《ないえん》一二始マレリ。

又文《ふみ》一三ヲ作ラセ給《たまふ》。

一 その崩御は天長元年七月七日(紀略)。 二 平城天皇の皇子阿保親王の子。「在五中将業平は此むまごなり」(簾中抄)。 三 「諱賀美能。或本諱神野」(歴代皇紀)。 四 →補注2-一。 五 「后女御九人。男女のみこ四十七人。此内男十六人、女十四人、姓を給てたゞ人となり玉へり」(簾中抄)。 六 →補注2-二。 七 北家の人。大同四年中納言、翌年大納言に任。「東宮傅。十二月十九日薨。同日贈正一位左大臣。号前山科大臣」(補任、弘仁九年)。底本「同九年十九日薨」。意により改む。 八 北家の内麿の二男。大同五年薬子の乱の際、三月十日、巨勢野足と共に蔵人頭に任じられ、枢機に参じたのが蔵人所の初め。弘仁十二年正月九日右大臣。→八〇頁注一。 九 大同五年九月十九日改元、「宜下改二大同五年一為中弘仁元年上」云々(後紀、弘仁元年九月十九日)。「九月廿五日改為弘仁元年」(補任、大同五年)。「〈庚寅〉弘仁十四年八月廿七日」(歴代皇紀)。 一〇 修禅大師は義真の私諡号。晩年修禅院に居た。最澄に随い入唐、天長十年七月四日入滅、春秋五十六(座主記)。或は五十五とも。→補注2-三。なお「内供」は宮中の内道場(真言院)に供奉し修法する僧の職名。十人あるから十禅師ともいう。 一一 「官牒」は太政官の牒状。「天台座主次第。皇代系記曰。弘仁十三年四月五日始被レ補二天台座主一。義真和尚其始也。以二官牒一補レ之」(僧官補任)。「修禅大師、治山十二。内供奉、天長伝教弟子相共入唐」(二中歴)。 一二 宮中の仁寿殿で文人に題を賜わり、詩を作り御前で講ぜさせる内々の節会。正月二十一・二十二・二十三日の頃、子の日に行う。→補注2-四。 一三 嵯峨天皇は漢詩文にすぐれ、『凌雲集』『文華秀麗集』等にその詩作が見える。また能書であった(二中歴)。

[一四]王子十六人。女王十四人。皆姓ヲ賜《たまひ》テ[一五]只人《ただのひと》トナリ給フ。スベテ男女御子四十七人云々。

[一六]先帝御不和云々。仍先帝兵ヲ起シテ[一七]東國ヘ御下向云々。仍[一八]大納言田村参議綿丸《わたまろ》等ヲツカハシテ、トヾメマイラスル間ニ、太上天皇《だいじやうてんわう》ノ御方《みかた》ノ大將軍仲成《なかなりヲ》打取畢《をはる》。又[一九]内侍《ないし》ノカミ同《おなじく》死《しに》畢。ス、メニテ此事アリト云云。上皇ノ御出家オハリヌ。東宮[二〇]高丘《たかをか》親王ヲトヾメテ、[二一]大伴御子《おほとものみこ》ヲ東宮トス。

高丘親王出家得度。弘法《こうぼふ》大師御《の》弟子ニ成《なり》給フ。入唐《につたう》シテカシコニテ[二二]遷化《せんげ》シ給。眞如親王ト申《まうす》ハ是也。或《あるひは》唐ヨリ猶天竺ヘ渡リ給《たまひ》、[二三]流沙《りうさ》ニテウセ給ト云ヘリ。

[二四]天台座主《てんだいざす》此御時始《はじめ》テナサレタリ。

[二五]御脱屣《だつし》後十九年、御年五十七、承和九年七月十五日崩御。

五十三 淳和《じゆんわ》　十年。

[二六]諱大伴《おほとも》。[二七]弘仁十四年四月十七日受禪。卅八。同元年月日東宮トス。廿五。[二八]桓武ノ第三子。母贈皇太后旅子《たびこ》。参議藤百川女《ももかは》。

[二九]后女御六人。男女御子十三人。

一四 ↓注五。 一五 臣籍に降下された。類聚三代格、十七巻、弘仁五年八月八日付及び紀略、弘仁五年五月八日参照。嵯峨源氏の人をいう。 一六 薬子の乱を指す。↓一五〇頁。↓補注2-五。 一七 底本「東宮」。諸本により改む。 一八 坂上田村麿は弘仁元年大納言正三位。太上天皇側として捕えられていた文室(ふんや)真人綿麿に坂上田村麿の奏請で正四位上、参議を授け、綿麿は歓喜踊躍兵馬に預した(後紀)。 一九 当時、藤原種継の女薬子が平城上皇の寵を得、従三位尚侍になった。「内侍ノカミ」は内侍司の長の意、尚侍をいう。内侍司は尚侍二人、典侍四人、掌侍四人から成る。後宮十二司の一。↓補注2-六。 二〇 弘法十大弟子の一人。↓補注2-七。 二一 大伴親王。嵯峨天皇の弟。「大伴、桓武第三子。弘仁元年九月立之。歳廿五」(歴代皇紀)。 二二「遷化」は高僧の死去をいう。 二三 西域地方の沙漠。 二四 義真が天台座主になった事をいう。「天台座主義真和尚第一座主也」(歴代皇紀)。天長元年になったとしたら淳和天皇の時。以下「王法牛角」の意を含めて天台座主の歴代を皇帝年代記に各天皇代毎に列記。 二五 嵯峨天皇の譲位は弘仁十四年四月十六日。承和九年七月十五日嵯峨院で崩御。春秋五十七(紀略)。「おりさせ給て十九年おはします。御年五十七。承和九年七月十五日」(簾中抄)。 二六「日本根子高天譲弥遠。諱大伴」(歴代皇紀)。 二七 弘仁十四年四月二十七日即位(紀略)。薬子の乱の時、弘仁元年九月十三日詔して東宮とする(紀略)。「弘仁十四年四月十七日受禅。同廿八日即位于太極殿。歳卅八。元東宮」(歴代皇紀)。 二八「桓武第三子。御母贈皇太后宮旅子、参議藤原百川女」(簾中抄)。歴代皇紀も同文。 二九「后女御六人。みこ十三人」(簾中抄)。

[一]左大臣藤冬嗣《ふゆつぎ》。左大將。天長二年轉《ズ》二左大臣一《ニ》。同三年七月十四日薨。五十三。在官六年。

[二]藤緒嗣《をつぎ》。百川ノ長男。贈太政《だいじやう》大臣。

[三]右大臣清原夏野《なつの》。左大將。舍人《とねり》親王曾孫。御原《みはら》王孫。正五位下小倉《をぐら》王男。天長九年十一月二日任。

[四]天長十年ハ。元年甲辰《きのえたつ》。正月十五日改元。

[五]元年七月五日平城天皇崩御。五十一。

内裏[六]佛名《ぶつみやう》此時始《はじま》レリ。[七]脱屣之後七年、五十七或五十九。承和《じようわ》七年五月八日崩御。此時太上天皇《だいじやうてんわう》二人オワシマス間、嵯峨ハ前《さきの》太上天皇ト申《まうし》、淳和ヲバ後《のちの》太上天皇ト申ケリ。

五十四 仁明《にんめい》 十七年。

[八]諱正良《まさら》。深草御門《ふかくさのみかど》ト申。[九]天長十年二月廿八日受禪。廿四。[一〇]弘仁十四年四月十九日 壬寅《みづのえとら》 立坊。十四。嵯峨[一一]ノ第二子。母皇太后 橘嘉智子《たちばなのかちこ》。内舍人《うどねり》清友女。

[一二]后女御更衣《かうい》九人。御子廿四人。其中[一三]ニ七人ハ姓ヲ賜フ。

左大臣藤緒嗣。承和十年致仕《ちし》。

[一四]源常《ときは》。左大將男。嵯峨第三子。承和七年八月七日任《ズ》二右大臣一《ニ》。同十一年七月二日轉《ズ》レ左《ニ》。

右大臣清原夏野。左大將。承和四年七月七日薨。五十六。

一 →七八頁注八。北家をおこす基をなした人。勧学院を設け興福寺に南円堂を建てる。天長二年四月五日左大臣。同三年七月二十四日薨、贈正一位。「嘉祥三・七・十七・贈太政大臣」(補任)。「七月十四日薨」は七月二十四日の誤り。諸本も十四日。薨年は五十二歳(紀略・補任)。

二 承和十年七月二十三日薨、左大臣(補任)。「閑院大臣〈冬嗣〉天長三・七」(二中歴、名臣)。「贈太政大臣」は「百川」につくべき詞句。

三 元の名は繁野。令義解を撰進した編者の総裁。天長九年十一月二日右大臣。承和四年七(続後紀「十」)月七日薨、五十六歳(補任)。

四 弘仁十五年正月五日改元。「乙卯(五)…詔曰云々。可下改二弘仁十五年一為中天長元年上」(紀略、天長元年正月五日)。 五 天長元年七月七日平城天皇崩御、五十一歳(紀略)。 六 仏名懺悔。御仏名ともいう。十二月十五日より十七日まで(後には十九日より)清涼殿で過現未の三千仏の名号を唱えて罪障を懺悔する法会。承和五年僧静安が勅により修して宮中の恒例となる。「此御時内裡にて仏名あり」(簾中抄)。 七 承和七年五月八日淳和院に崩御、五十五歳(続後紀)。紀略には五十九歳。「又おりゐのみかどにて七年おはします。御年五十七(五イ)。承和七年五月崩後、太上皇と申。嵯峨をば前の太上皇と申。院のふたりならびておはしましければ前後となづけ奉れり。また西院のみかどゝ申」(簾中抄)。

八 「日本根子天璽豊聡恵。諱正良」(歴代皇紀)。深草御陵に葬ったので深草御門ともいう。底本「正官」。諸本により改む。 九 「天長十年二月廿八日受禅。元東宮。三月六日即位於太極殿。年廿四」(歴代皇紀)。 一〇 「同(弘仁)十四年皇太子十四歳」(歴代皇紀)。「皇太子正良。嵯峨二男。弘仁十四年四月十八日立之。年十四」(歴代皇紀、

藤三守《みもり》。[一五]参議巨勢《こせ》孫。阿波守眞作子。承和五年正月十日任。同七年七月七日薨。五十六。

橘氏公《うぢとも》。[一六]贈太政大臣清友三男。承和十一年七月二日任。同十四年十二月十九日薨。六十五。

藤良房《よしふさ》。[一七]冬嗣男。右大將。嘉祥《かじやう》元年正月十日任。

承和十四年。[一八]元年甲寅《きのえとら》。正月三日改元。

七年五月八日淳和崩御。御年〔々〕五十九〔五イ〕。九年七月十五日嵯峨崩御。御年〔々〕五十七。

嘉祥三年。[一九]元年戊戌《つちのえいぬ》。六月十三日改元。

[二〇]三年三月廿一日〔十九イ〕崩御。御年〔々〕四十一。

[二一]天台座主圓澄《あんちよう》。承和元年三月十六日官牒。六十一。治三年。同三年十月廿三日卒。七十四。

[二二]此御門ハ深草御門ト常ニ人申《まうし》ケリ。陵《みささぎ》ノ名也。御葬ハテ、[二三]遍昭《へんじやう》僧正出家ト云《いふ》事アリ。少將良岑《よしみね》ノ宗貞《むねさだ》トテ近ク候《さふらひ》ケル人ナリ。

承和九年七月十五日ニ嵯峨院カクレサセ給ヒニケリ。コレ〔ヨリ〕サキニ淳和院、承和七年ニカクレ給ヒヌ。仁明御位ニツキ給《たまふ》トキ、淳和御子恒貞《つねさだ》[二四]親王ヲバ東宮ニ立《たて》マイラセケレド、[二五]兩院ウセ給ヒテ後ニ、[二六]東宮御方人《とうぐうのおんかたうど》謀反《むほん》ノキコエ有《あり》テステラレ給ヒニケリ。

淳和)。壬寅は年では弘仁十三年であるが、四月十八日が壬寅であることからの誤記か。

一二「嵯峨天皇第二子。母太皇太后橘嘉智子、内舎人贈太政大臣正二位清友女也」(歴代皇紀)。橘嘉智子は檀林皇后という。

一三 大宝令によると后は後宮の最高位、次は夫人であるが、桓武天皇の頃に、その下に女御・更衣が設けられたらしい。「后女御更衣九人。みこ廿四人、姓を給はれる七人おはします」(簾中抄)。「皇子八人、賜姓王子七人。皇女九人。後宮十人」(歴代皇紀)。一三 仁明源氏の皇子多・冷・光・覚・効・登、皇子人康親王の御子に源氏を賜ったのを指そう。

一四 嵯峨源氏、仁明天皇の弟。日本後紀の編纂に藤原緒嗣と共に関係した。東三条大臣という。斉衡元年六月十三日薨。→八二頁注七。

一五 檀林皇后の妹安子を妻としていた、南家の人。「参議従三位式部卿巨勢麿之孫。従四位下阿波守真作四男」(補任、弘仁七年)。『弘仁格式』の編纂者の一人。「五十六。皇太子傅。七月七日薨、贈従一位。号後山科大臣」(補任、承和七年)。

一六「号井手右大臣」(補任、承和十四年)。檀林皇后嘉智子の弟。一七 その母美都子は三守の姉。その娘明子は道康親王(文徳天皇)妃。清和天皇の母。一八「〈甲寅〉承和十四年〈正月三日〉」(歴代皇紀)。「承和上下呉音」(中家実録)。

一九「戊辰嘉祥三年六(正イ)月十二日」(歴代皇紀)。二〇 嘉祥三年三月二十一日仁明天皇清涼殿にて崩御(文徳実録)、四十一歳。→補注2-一八。

二一 天台座主の第二世。→補注2-一九。

二二「ふかくさの御門と申。これ御さゝぎの名也」(簾中抄)。二三 →補注2-一〇。

二四 →補注2-一一。二五 嵯峨上皇と淳和上皇。

二六 承和の変をいう。→補注2-一二。

此御時承和二年三月廿一日弘法大師一入定《にふちやうの》事。御年六十二。

二五十五 文徳《もんどく》　八年。

三諱道康《みちやす》。四嘉祥三年三月廿一日受禪。廿四。承和九年八月四日立坊。十六。同二月廿六日御元服云云。仁明ノ長子。母皇太后宮藤原順子。左大臣冬嗣ノ女。五條后ト申。

五女御六人。御子廿九人。十四人ハ姓ヲ賜ハリ給フ。

六太政大臣良房。左大將。天安元年二月十九日任ズ二太政大臣ニ一。左大將如シレ元ノ。

左大臣源常《ときは》。七左大將。齊衡元年六月十日薨。四十四。

八源信《まこと》。嵯峨帝第一源氏。天安元年二月十九日任。

九右大臣藤良相《よしみ》。冬嗣五男。右大將同日任。同六年正月轉ズ二左大將ニ一。

一〇仁壽《にんじゆハ》三年。元年辛未《かのとひつじ》。四月廿八日改元。齊衡《さいかうハ》三年。元年甲戌《きのえいぬ》。十一月廿九日改元。

一一天安二年。元年丁丑《ひのとうし》。二月廿日改元。

二年八月廿七日崩御。四イ卌二。

慈覺大師
天台座主内供奉圓仁《ないぐぶゑんにん》。一二

仁壽四年四月三日官牒。六十一。治十年。承和三年爲ス二入唐ノ一。遣唐使參議右大辨常嗣《つねつぎ》相共出京、待ツ二順風ヲ一之間、逗二留シ宰府ニ一送ル二三ケ年ヲ一。同五年六月十三日解キレ纜ヲ。同十四年歸朝也。貞觀《ちやうぐわん》六年正月十四日御遷化《せんけ》。

一「入定」は禅定に入る事。身口意の三つの所業を断ち心を一所に落ちつかせ乱さない意。弘法大師は死せず、高野山の奥院の廟で禅定に入ったとする。→補注2-一三。二底本「五十四」を改む。三「或云田村天皇。諱道康」(歴代皇紀)。四→補注2-一四。五「女御六人。みこ廿九人。十四人は姓を玉はれり」(簾中抄)。六斉衡四年(天安元年)二月十九日人臣で最初の太政大臣。承和十一年藤氏長者。「このおとゞは左大臣冬嗣の二郎也。天安元年丁丑二月十九日太政大臣になり給ふ」(大鏡)。七→八〇頁注一四。「〈四十三〉…六月十三日薨。十四日贈正一位。号東三条左大臣」(補任、斉衡元年)。「斉衡元年六月十三日薨。年四十四」云々(歴代皇紀)。八良房と親しかった。貞観十年閏十二月二十八日薨(補任)。「皇太子傅。元大納言。同日(天安元年二月十九日)任。年四十八。嵯峨天皇第一源氏」(歴代皇紀)。「北辺大臣」(補任・二中歴)。九斉衡四年(天安元年)二月任右大臣。右大将(補任)。天安二年左大将(補任)。「同六年正月」は「同年四月」の誤りか。貞観九年十月十日薨。一〇「〈辛未〉仁寿三年〈四月廿八日〉」「〈甲戌〉斉衡三年〈十一月廿九日〉」(歴代皇紀)。斉衡改元は十一月辛亥(三十日)(文徳実録)。一一「〈丁丑〉天安二年〈二月廿一日〉〈或廿日〉」(歴代皇紀)。天安改元は二月二十一日(文徳実録)。一二天台座主第三世。入唐した人。『入唐求法巡礼行記』の著がある。→補注2-一五。一三斉衡二年五月二十三日東大寺毗廬舎那大仏の頭が地に落ちた(文徳実録・紀略)。「此御時東大寺の大仏のみぐしすゞろに地におちけり」(簾中抄)。「二年五月東大寺大仏頭落」(歴代皇紀)。一四「又云水尾天皇。諱惟仁」(歴代皇紀)。一五「天安二年八月廿七日嗣祚。元東宮。十二月

[一三]此御時東大寺大佛御グシスベロニ地ニ落《おち》タリケリ。

五十六 清和　十八年。

諱[一四]惟仁《〈コレ〉ひと》。水尾《みづのを》御門ト申。[一五]天安二年八月廿七日受禪。九。[一六]嘉祥三年月日立坊。一歳。文德ノ第四子。[一七]貞觀六年正月一日元服。[一八]母皇太后藤原明子《あきらけいこ》。忠仁公女。染《そめ》殿《どの》ノ后ト申。

[一九]后十三人。御子十八人。賜ハルレ姓ヲ人四人。

攝政太政大臣藤良房。[二〇]忠仁《ちゆうじん》公。白川《しらかは》殿。日本國幼主攝政《せつしやう》此時始ル也。天安二年十一月七日即位ノ日也。五十五。[二一]貞觀八年八月十九日攝政詔云云。(可)シレ勘フレ之ヲ。[二二]貞觀十四年九月二日薨。六十九。

此後代々之間、大臣等不シテレ能ハレ記シ畢ル。[二三]攝政外無キニ其要一歟。但少々取リテレ要ヲ可シレ加フレ之ヲ。

右大臣良相。[二四]貞觀九年十月十日薨。五十七。勞十一年贈ルニ正一位ヲ一。

[二五]右大臣基經《もとつね》。良房養子。實ハ[二六]中納言長良《ながら》三男。長良ハ良房舍弟、冬嗣一男也。

貞觀八年九月廿二日、流スニ大納言[二七]伴善男《ともよしを》ヲ於伊豆國ニ一。閏三月十日夕、燒クニ[二八]應天門《おうてんもん》幷左右腋門《わきもん》等ヲ一罪也。

[二九]貞觀十八年ハ。元年己卯《つちのとう》。四月廿五日改元。

金輪院座主內供奉安惠《あんゑ》[三〇]。貞觀六年二月十六日宣命。五十五。此時改メテ[三一]官符ヲ一爲スニ[三二]宣命ト一。慈覺大師遺奏《ゐそう》之

七日即位於太極殿。年九歳」(歴代皇紀)。
一六「皇太子惟仁。帝四男。嘉祥三年十一月廿五日立之。歳一歳。但誕育九月」(歴代皇紀、文徳)。
一七「貞観六年正月一日帝御元服。年十五」(歴代皇紀)。
一八「文徳天皇第四子。母太皇太后宮(染殿后)藤原明子、太政大臣良房女」(歴代皇紀)。「染殿」は良房邸。「右大臣藤原朝臣良房於二東都第一…往年先皇有レ聞二大臣家園桜樹甚美一…」(文徳実録、仁寿元年三月十日)とある邸。「正親町北京極西二町、忠仁公家、或本染殿、清和院同所」(拾芥抄)。
一九「女御十三人。みこ十八人、姓を給はる四人あり」(簾中抄)。「御子十八人云々。賜姓皇子四人」(歴代皇紀)。
二〇 忠仁公は諡名(太政大臣を勤めたものは薨後諡名をする)。↓補注2-一六。
二一 ↓補注2-一七。
二二 ↓補注2-一八。
二三 文明本・天明本等「摂籙臣」とあるも摂籙も摂政の意。
二四 ↓補注2-一九。労は年功。
二五 ↓補注2-二〇。
二六「長良中納言〈本名八束〉」(二中歴、名臣)。底本「中納言長男三男」。諸本により改む。「長良舎兄」とあるべきも諸本「良房舎弟」。
二七 応天門の変をいう。↓補注2-二一。
二八 大内裏八省門の正門。南門で左右に棲鳳楼・翔鸞楼が接続する。
二九 天安三年四月十五日改元(三代実録)。「〈己卯〉貞観十八年〈四月十五日〉」(歴代皇紀)。
三〇 天台座主第四世。↓補注2-二二。
三一 太政官よりその部下(八省等)に出す公文書。太政官牒は部下でない所に出す。底本「政官符」。諸本により改む。
三二「故是以、彼座主乃平生爾定申之随爾、座主爾治賜布事乎白左倍止宣勅命乎白」(三代実録、貞観六年二月十六日)。「従此以後。任二座主一事被レ下二宣命一」(座主記)。

故也。治四年。同十年四月三日入滅。五十八。

智證大師 内供奉圓珍《ゑんちん》[一]。權少僧都《ごんのせうそうづ》。贈法印《ぞうほふいん》。同十年六月三日宣命。五十四。治廿四年。仁壽三年七月九日入唐。天安二年六月十七日歸朝。寛平《くわんぴやう》三年十月廿九日入滅。七十八。

此御時ヨリ攝政始マル。

[二]貞觀十八年ニ位ヲオリサセ給《たまひ》テ、三年アリ〔テ〕、元慶《ぐわんぎやう》二年五月八日御出家。

法名素眞《そしん》。[三]同十二〔月四〕日崩御。卅一。御所清和院《せいわゐん》。

[四]此御時八幡大菩薩《はちまんだいぼさつ》、男山《をとこやま》ヘウツリワタラセ給。[五]大安寺《たいあんじ》ノ僧行教《ぎやうけう》祈請《きしやう》奉ルレ渡シレ之ヲ。

五十七 陽成《やうぜい》　八年。

[六]諱貞明《〈サダアキラ〉》。貞觀十八年十一月廿九日受禪。九。同十一年月日立坊。清和太子。

[七]元慶六年正月二日御元服。[八]母皇太后藤原高子《たかこ》。中納言長良《ながら》二女。

[九]御子九人。皆院之後御子也。

攝政太政大臣基經《もとつね》。[一〇]受禪同日攝政、後、關白。貞觀十八年依リテ二先帝ノ詔ニ一攝政。元慶元年二月辭ス二大將ヲ一。同[一一]二年七月十七日賜ヘリ二[一二]内舎人《うどねり》二人・左右近衛各六人ヲ一[一三]隨身兵仗《ずゐじんひやうぢやう》トス。[一四]同四年十一月八日、詔シテ為ス二關白ト一。同十二月十四日、任ズ二太政大臣ニ一。元右大臣。年四十六。同六年二月一日有リ[一五]レ勅、任爵准三后如シ二忠仁公ノ故事ノ一。

元慶八年。元年丁酉《ひのととり》。四月十六日改元。

一 →補注2-二三。二 譲位したのは貞観十八年十一月二十九日、落飾したのは元慶三年五月八日が正しい(三代実録)。諸本誤る。「位さりて三年ありて御くしおろさせ給。法名素真と申。清和院におはします」(簾中抄)。「八日丁酉。是夜太上天皇落飾入道。于レ時権少僧都法眼和尚位宗叡侍焉。為二出家師一。法諱素真。時年三十」(略記、元慶三年五月)。三 →補注2-二四。四 →補注2-二五。五 大安寺は南都七大寺の一。行教が宇佐八幡を石清水に勧請した事は元亨釈書、巻十参照。六 →補注2-二六。七 →補注2-二七。八 基経の妹。業平とのロマンスで有名。寛平八年五十五歳で僧善祐との恋愛で廃后。→補注2-二八。九「みこ九人、みな院にて後の御子也。后たてられず」(簾中抄)。一〇 基経は貞観十八年十一月二十九日清和天皇が譲位し、陽成天皇が九歳で即位すると同時に摂政となる。関白となるのは光孝天皇元慶八年六月五日の詔によりなったとすべき。→補注2-二九。一一 →補注2-三〇。一二「内舎人」は中務省に属する禁中を守る官。摂政関白の随身になる者を内舎人随身という。→補注2-三一。一三 上皇・摂関・大臣・納言等それぞれ所定の近衛府の舎人が警備のために勅宣に依ってつき従うのを随身兵仗という。底本「兵杖」。諸本により改む。一四 元慶四年十二月四日に太政大臣(三代実録)。補任、元慶四年に関白太政大臣四十五歳。歴代皇紀に「太政大臣基経元慶四年十二月十四日任。十一月関白」。一五「任爵」は「任人賜爵」とあるべき。→補注2-三二。一六 天暦三年九月二十九日八十二歳、冷然院で崩御(紀略・九暦)。一七「いみな時康。小松の帝とも申」(簾中抄)。一八「小松殿〈大炊御門北町東、光孝天皇御誕生所〉」(二中歴)とあるが、「同九月二日壬申葬山城国葛野郡小松山陵」(大鏡、裏書)したのでいう。一九 陽成天皇は邪気で、十七歳にして基経に廃され、当時基経女の女御佳珠子の生んだ貞辰親王も居たが、又恒貞親王も固辞し、基経の意にしたがい時康親王が擁立された。五十五歳。母沢子と基経の母乙春とは姉妹。「元慶八年二月四日以式部卿親王受禅。同廿三日即位太極殿。年五十五」(歴代皇紀)。二〇 →補注2-三三。二一「執政臣」は摂政関白の意。元慶八年六月五日に事実上関白となる。↓補注2-三四。二二「於レ内」を底本「於レ同」。諸本により改む。↓補注2-三五。二三 →補注2-三六。二四 →補注2-三七。二五 おやりになる事が論外のひどい事である。二六「女御四人。男女のみこ四十一人。此内源氏卅五人」(簾中抄)。二七「俗云亭子院諱定省〈サダミ〉」(歴代皇紀)。二八「亭子院〈寛平法皇御所七条坊門南油小路東〉」(二中歴)。「洛陽城内。有二離宮一竹樹泉石。如二仙洞一爾。蓋世之所謂亭子院焉」(文粋、八)。二九 基経の推挙で渡定省は即位した。↓一五三頁。「仁和三年八月廿五日為親王、廿六日為皇太子即受禅。或四年十一月十七日即位太極殿。年廿一」(歴代皇紀)。三〇 →補注2-三八。三一 →補注2-三九。三二 天慶八年六月二日天皇皇子男女二十九人に源姓を賜わり、左京一条に戸を構えさせる(三代実録)。「女御五人。みこ廿人、姓を玉はる一人」(簾中抄)。「賜ラセ給」を諸本「タマハル」。三三 →補注2-四〇。三四 底本「百官物等也」。諸本により改む。「百官総レ己」(論語、憲問)。政治に関する細い事柄、多くの官吏が、己の職掌をまとめた事は皆太政大臣に申しあげて後、下々に申伝える事は前例の通りである。

二年十二月四日清和天皇崩御。卅一。

一六此御門《みかど》八十一マデ御命長クテ、天暦三年ニウセサセ給ニケリ。

五十八 光孝　三年。

一七諱時康《ときやす》。一八小松御門《こまつのみかど》ト申。一九元慶八年二月四日受禪。御年五十五。二〇仁明ノ第三子。承和三年十二月二日元服。〔母〕贈皇太后藤原澤子。紀伊守總繼《ふさつぎ》女。

二一執政《しっせい》ノ臣昭宣公基經。二二元慶八年十二月廿五日帝於テレ内ニ賀スニ大臣ノ五十算ヲ云云。

仁和四年。元年乙巳《きのとみ》。二月廿一日改元。

二三三年丁未《ひのとひつじ》八月廿六日丁卯《ひのとう》、巳《みの》ニ刻《こく》崩御。五十八。

二四陽成院御物氣《もののけ》強シ、二五於テレ事ニ勿論ノ御事也。仍外舅《ぐわいきう》昭宣公大臣以下相談シテ此御門ヲ位ニ卽《つけ》マイラセラル。

二六女御四人。男女御子四十一人。此内源氏卅五人云云。

五十九 宇多　十年

二七諱定省〈サダミ〉。二八亭子院《ていじのゐん》。又寛平《くわんびやう》法皇。二九仁和三年八月廿六日受禪。廿一。同年月日立坊。三〇光孝ノ第三子。三一母皇太后宮班子女王。式部卿仲野親王女。

三二女御五人。御子廿人。姓ヲ賜ラセ給《たまふ》一人。

關白太政大臣基經。仁和三年十一月十九日詔。三三萬機《ばんき》巨細《こさい》三四百官惣《すべ》テレ己ヲ、皆先關白《あづかりまうシ》、然ル後ニ奏下ス。

[一]如二故事一。寛平三年正月十三日薨。五十七。天皇甚哀悼、詔賜二正一位一、
[二]食封《じきふ》資人《しじん》並如二生故大臣一又如レ故。在官廿年。

[三]仁和殘一年。寛平九年。元年己酉《つちのととり》。四月廿七[四イ]日改元。
虚空藏山座主內供[四]惟首《ゐしゅ》。二年五月廿一日宣命。六十六。治一年。同年二月廿九日卒。六十七。

持念堂內供[五]猷憲《ゆうけん》。五年三月廿五日宣命。七十三。治六ケ月。同年同月日卒。

覺心房權律師[六]阿闍梨《あざり》康濟《かうさい》。六年九月十二日宣命。六十七。治三年。昌泰二年二月八日卒。七十二。

[七]此御門ノ御元服ハ慥《たしか》ニモ人知ラズ、元慶年中トバカリ也。ソノカミノ御事ニアレバニヤ。[八]寛平九年御脱屣。三十一。[九]昌泰三年月日御出家。三十四。法名金《こん》剛覺《がうかく》。[一〇]承平九年崩御。六十五。院ニテ三十四年マデオワシマシケリ。

[一一]此御時賀茂臨時祭《りんじのまつり》始マレリ。

六十 醍醐　三十三年。

[一二]諱敦仁《あつひと》。寛平九年丁巳《ひのとみ》[一三]七月五日戊寅《つちのえとら》受禪。十三。同五年四月二日立坊。九。
[一四]宇多第一子。[一五]寛平七年正月十九日御元服。十一。或受禪當日云々。但此說非歟。
〔母〕贈皇太后藤原胤子《たねこ》。[一六]內大臣高藤《たかふぢ》女。高藤ハ受禪之時、中納言、昌泰二年任二大納言一。

左大臣(藤)時平《ときひら》。[一七]內覽《ないらん》。[一八]號二本院《ほんゐん》大臣一。昌泰二年二月十四日任。[一九]延喜九年四月四日薨。年卅九[七イ]。

五日贈太政大臣正一位。

一↓補注2-四一。**二**「食封資人置如故生大臣又如故。号堀川大臣。在位廿年。諡曰昭宣公。此後此御宇無関白」(歴代皇紀)、「食封資人並如二生存一。是日葬二於山城国宇治郡一」(紀略、寛平三年正月十五日)とあり、この所愚管抄の本文乱れる。「食封」は皇族・諸臣が位階勲功によって賜わる封戸(ふこ)。それぞれ五千戸とか三千戸とか定められ、そこから納められる租庸調の全部を個人に給する。「資人」は皇族・貴族に位階・職に応じて給せられる近侍の雑務に使われる者。**三**仁和四年は宇多天皇の代。翌寛平は四月二十七日改元(紀略)。「〈己酉〉寛平九年〈四月廿四日〉」(歴代皇紀)。**四**↓補注2-四二。**五**底本「献憲」。諸本により改む。↓補注2-四三。**六**天台座主第八世。↓補注2-四四。**七**「元服同(元慶)八年四月十三日賜源朝臣姓。年十八」(大鏡、裏書)。**八**「寛平九年七月三日天皇譲位於皇太子。十三日即位」(歴代皇紀)。略記は五日譲位。**九**昌泰二年が正しい。↓補注2-四五。**一〇**承平元年七月十九日崩(朱雀の条にも見える)。↓補注2-四六。**一一**寛平元年十一月二十一日に始まった。↓補注2-四七。**一二**「諱敦仁。本名維城」(歴代皇紀)。**一三**「同(寛平)九年七月三日受禅。同十三日即位太極殿。年十三」(歴代皇紀)。大鏡にも同じ。七月五日戊寅受禅の説は略記に「一云」として記す。紀略は五日を「始レ政」の日とする。**一四**「宇多天皇第一子。母贈皇太后藤原胤子。内大臣贈太政大臣従一位藤高藤女」「寛平元年十二月廿八日為親王。年五」「同五年四月十二日為皇太子。年九」(歴代皇紀)。**一五**「寛平七年乙卯正月十九日皇太子加二元服一」(略記、宇多)。大鏡も同じ。受禅当日元服の説は紀略にみえる。**一六**寛平九年に六十歳、中納言参議。昌泰二年

右大臣菅原[二〇]——。内覧。昌泰四年 辛酉《かのととり》 正月廿五日左遷《させん》ノ御事。延喜三年 癸亥《みづのとゐ》 二月廿五日
於テ二太宰府ニ一薨ジ給フ。御年六十。

内大臣藤高藤。冬嗣孫。内舎人正六位上良門二男。昌泰[二一]三年正月廿八日任。同三月十三日薨。
六十三。

右大臣源光《ひかる》。仁明天皇第三皇子。延[二二]喜元年正月廿六日任。同十三年三月十三日薨〆。六十八。

[二三]右大臣藤忠平。左大將。延喜十四年八月廿五日任ス二右大臣ニ一。延長二年正月七日轉スレ左ニ。

内歟 右大臣藤定方。故贈太政大臣高藤二男。延長二年正月廿二日任。五十二。

昌泰ハ三年。元年 戊午《つちのえうま》。四月十六日改元。延喜ハ廿二年。元年 辛酉《かのととり》。七月十五日改元。延長ハ八年。元年 癸未《みづのとひつじ》。閏[二四]四月十一日改元。

天皇ハ八年九月廿九日崩御。四十六。

山座主阿闍梨《あざり》[二五]長意[二六]。法橋《ほつけう》[二七]。贈僧正昌泰二年十月八日宣命。七十二。治七年。延喜六年七月三日卒。七十九。同八年[二八]贈位。

谷 内供奉増命《ぞうみやう》[二九]。法務[三〇]僧正諡ス二號ヲ靜觀《じやうくわん》ト一。延喜六年十月十七日宣命。六十四。治十六年。
延長五年十一月十一日卒。八十三。辭退之後六ケ年云々。

谷 内供良勇[三一]。同廿二年八月五日宣命。六十八。治一年。同三年三月六日卒。六十九。

花山 内供玄鑒《げんかん》[三二]。法橋。延長元年七月廿二日宣命。六十二。治三年。同四年二月十一日卒。

二月十四日に大納言(補任)。 一七 太政官が天皇に奏上する或は奏下する文書を天皇の御覧を経ない中に内見するのを許されること。関白には必ずこの内覧の宣旨が下される例と後になる。内覧は時平と道真に万機を奏させたのが初めである。「七月三日天皇譲位皇太子。同十三日即位。七月三日先帝宣命云。少主未長間。万機之政大納言藤原朝臣権大納言菅原朝臣宣行」(補任、寛平九年)。 一八「本院〈中御門北堀川東時平大臣家〉」(二中歴)。 一九 昌泰二年二月十四日に左大臣(補任)。「左大臣正二位藤時平〈三十九〉。左大将。四月四日辰刻薨。五日贈正一位太政大臣。号本院大臣。生年貞観十三年辛卯」(補任、延喜九年)。 二〇 菅原道真。「正月廿五日左遷太宰員外帥」「三年二月廿五日薨於任所(御年五十九)。廿三年四月廿日贈右大臣正二位」(補任、昌泰四年)。 二一「正月廿八日任。三月十二日薨。十四日贈正一位太政大臣。号勧修寺内大臣」(補任、昌泰三年)。 二二「正月廿五日任」(補任、昌泰四年)。「三月十二日薨(六十九歳)。十八日贈正一位。号西三条右大臣」(補任、延喜十三年)。 二三 時平の弟。時平の死により延喜九年四月九日氏長者。延喜十四年右大臣。 二四 底本「同四月」を意により改む。 二五 台密東密の真言の秘法を伝授する職位。 二六 →補注2-四八。 二七「法橋」は僧綱位の一。法印・法眼・法橋の三位が貞観六年に定められた。法印は僧正、法眼は僧都、法橋は律師に相当する(光台一覧、巻四)。「法橋始。長意、号二露地和尚一慈覚大師弟子」(初例抄)。 二八 底本「八日」を意により改む。 二九 →補注2-四九。 三〇 僧綱中の法務を司る者、天台では増命が始という。「増命〈延長元・五・廿〉」(二中歴、法務)。 三一 →補注2-五〇。 三二 →補注2-五一。

六十五。
内供[一]法性房尊意《そんい》。法印。贈僧正。延長四年五月十一日宣命。六十六。治十四年。天慶三年二月廿三日卒。八十三。

[二]延喜元年正月日菅[三]丞相《くわんしようじやう》ノ御事有《あり》ケリ。其[四]間《かんの》日記皆ヤカレニケリ。[五]延長八年六月廿六日[六]清涼殿ニ雷落《おち》テ、[七]大納言清貫《きよつら》・右中辨希《まれ》世両人蹴殺《けころ》シテケリ。[八]御門常寧殿《みかどじやうねいでん》ニウツリヰサセ給。

[九]延長八年九月廿二日脱屣。同月廿九日丑時御出家。法名寶金剛。其後ヤガテ崩御。御年四十六。

[一〇]后女御更衣等廿一人。男女御子卅六人。此内源氏六人。

[一一]此御時彗星《ははきぼし》タビ〳〵出ケレドモ、度ゴトニ目出《めでた》ク[一二]徳政《とくせい》ノオコナワレケレバ、事モナクテノミ過《すこし》ケルト申《まうし》ツタヘタリ。大寶年號ハジマリテ後、タヾ此御時ヲゾ見アフグナルベシ。[一三]北野ノ御事モ權者《こんじや》ノ末代ノ爲トテノ事ト心得ヌル上ハ、彌《いよいよ》メデタシ。

六十一 朱雀《しゆじやく》　十六年。
諱[一四]寛明《〈ユタアキラ〉》。延長八年九月廿二日受禪。八。[一五]同三年月日立坊。醍醐天皇ノ[一六]第十一御子。承平七年正月四日御元服。十五。母皇太后宮藤原穏子。昭宣公四女。

一 天台座主第十三世。密教に通じ祈禱に霊験があった人。醍醐・朱雀帝の帰依を受ける。↓補注2-五二。 二 延喜元年正月二十五日、道真は左遷され大宰権帥、大納言源光を右大臣に任じた。「延喜元年正月菅丞相の御事あり。延長八年六月廿六日清涼殿に神鳴りおちて大納言清貫右中弁希世をころしつ。みかど常寧殿にうつりゐさせ給ふ」(簾中抄)。 三 「丞相」は大臣の意。「菅丞相〈カンセウジヤウ〉」(京大本運歩色葉集)。 四 延長元年四月二十日に大宰権帥の菅原道真を本官の右大臣に復し、昌泰四年正月二十五日詔書を棄てるべしとの詔が下った(紀略)。「廿三年四月廿日詔。贈本官右大臣…。令焼却昌泰四(正)廿五宣命。賜宣命加一階。正暦四・五・廿贈正一位左大臣(依託宣)。同閏十月廿七日贈太政大臣。奉号菅贈太政大臣。天暦元・六・九奉移北野宮云々」(補任、昌泰四年)。 五 ↓補注2-五三。 六 天皇の日常の御座所。紫宸殿の西北。 七 「参議従四位上保則朝臣四男」(補任、延喜十年)。「大納言正三位藤清貫。六十四。民部卿。六月廿六日於清涼殿為雷公被震薨逝」(補任、延長八年)。 八 貞観殿の南にある内裏の一殿。皇后・中宮・女御等の居る所。 九 ↓補注2-五四。 一〇 「女御更衣廿一人。御子卅六人、此内源氏六人」(簾中抄)。 一一 略記、裡書、延喜五年四月条「十五日癸卯。此夜月食十分之七食。宛如㆓三日月㆒。又乾方見㆓彗星㆒。十六。十八。十九日。同見㆓彗星㆒」などしばしば見える。また同裡書、延喜十八年十月十五日条・一代要記、延喜十八年十月一日条等にも彗星の出た記事がある。 一二 仁政。↓補注2-五五。 一三 権者は、仏が衆生済度の為に仮にこの世に姿をかえて現われた者。北野天神である菅原道真が太宰府に流された事も仏が仮にこの摂政太政大臣忠平。[一七]受禪同日攝政詔ノ。承平六年八月十九日任メ㆓太政大臣㆒ニ。天慶四年七月廿日辭ス㆓攝政ヲ㆒。同十一月廿八日爲ス㆓關白ト㆒。

右大臣藤實頼《さねより》。忠平長男。天慶七年四月九日任。

[一八]承平七年。元年辛卯《かのとう》。四月十六日改元。

元年七月十九日宇多院崩御。御年六十五。

[一九]天慶九年。元年戊戌《つちのえいぬ》。五月廿三日改元。

[二〇]山座主權律師義海《ぎかい》。少僧都。天慶三年三月廿五日宣命。六十八。治五年。同九年五月十日卒。七十四。

[二一]平等房 權律師延昌《えんしやう》。僧正。諡ス㆓號慈念ト㆒。同九年十二月卅日宣命。六十七。治十八年。應和三年正月十五日卒。八十五。

[二二]賀茂社行幸此御時始マレリ。[二三]石清水《いはしみづ》臨時祭始マレリ。

[二四]將門・純友謀反ノ事。[二五]平貞盛・[二六]橘遠保等ウチテ奉ル。

[二七]叡山根本中堂《こんぽんちゆうだう》燒亡《ぜうまう》。

[二八]天慶九年四月脱屣。[二九]天暦六年八月十五日崩御。御年三十。

[三〇]女御后二人。姫宮一人。

[六十二]村上 廿一年。

世にあらわれ末法の世に衆生を救う為にやられた事と理解すると一層めでたく思われる。一四「諱寛明」「同(延長八年)九月廿三日(二歳)受禅、歳八。同十一月即位於大極殿」(歴代皇紀)。紀略によると九月二十二日「天皇逃㆑位譲㆓於皇太子寛明親王㆒。…今上八」。一五「同三年十月廿一日為皇太子。歳三」(歴代皇紀)。一六「童醍醐第十一子也。母皇太后藤穏子。太政大臣基経四女也」(歴代皇紀)。一七 朱雀帝即位と共に摂政。→補注2-五六。一八 承平元年は四月二十六日改元。「四月十六日」は誤記。「〈辛卯〉承平七年〈四月廿六日〉」(歴代皇紀)。一九 天慶元年は「五月廿二日改元。依地震也」(補任)。「〈戊戌〉天慶九年五月廿三(二イ)日」(歴代皇紀)。略記は二十三日、紀略は二十二日の改元。二〇 →補注2-五七。二一 天台座主第十五世。西塔平等房に居た(本朝法華験記)。→補注2-五八。二二 →補注2-五九。二三 天慶五年四月、純友の乱が平げられ、伊勢・宇佐・香椎・石清水に奉幣した。→補注2-六〇。二四 平将門と藤原純友は承平の乱、天慶の乱の張本人。「三年将門為官兵秀郷貞盛等被射殺」「五年純友等逃至太宰府庫焼即為遠保被殺」(歴代皇紀)。補注2-五八・五九参照。二五 藤原秀郷と共に平将門が叛いたのを亡ぼした人物。→補注2-六一。二六 伊予警固使で純友を討った人物。「為㆓警固使橘遠保㆒被㆑擒」(略記、天慶三年十一月二十一日)。「伝㆓賊徒藤原純友幷重太丸頭㆒。或云、橘遠保誅㆓純友㆒」(紀略、天慶四年七月七日)。二七 承平五年三月六日に焼けた。→補注2-六二。二八 天慶九年四月二十日譲位(歴代皇紀)。「天皇逃㆓位於皇太弟成明親王㆒。詔止㆓太上天皇号㆒。遷㆓御綾綺殿㆒。〈年廿四。今上廿一〉新帝上表再謝推譲。勅不㆑許」(紀略、天慶九年四月二十日)。

[一]諱成明《ナリアキラ》。天暦御門《のみかど》ト申。[二]天慶九年四月十三日受禪。廿一。同[三]七年月日立坊。

十九。醍醐[四]ノ十四子。天慶三年十月一日御元服。十五。御母朱雀院同母。

關白太政大臣忠平。[五]天慶九年五月廿日關白。准三宮。[六]天暦三年正月廿一日賜フ二度者五十人ヲ一。又修ス二諷誦《ふうじゆ》[七]於[八]十五大寺ニ一。爲メニ救フ二大臣之病ヲ一也。八月八日臥シテレ病ニ不レ起。[九]十四日詔シテ賜フ二度者卅人ヲ一。又大ニ赦ス二天下ニ一。爲メニ救フレ病ヲ也。是日戌刻薨ズ。七十。十八日詔シテ遣シテ二[一〇]清蔭中納言元方參議庶明等ヲ一、就キ二其柩前ニ一、贈ル二正一位ヲ一。封ジ二信濃國ヲ一、爲ス二信濃公ト一。諡シテ曰フ二貞信公ト一。

左大臣實頼。忠平一男。左大將。天暦元年四月廿六日任ズ二左大臣ニ一。天徳元年三月廿一日。辭ス二大將ヲ一。四月五日勅シテ授ク二帶劍ヲ一。同三年三月日聽ス二[一一]輦車ヲ一。

右大臣[一二]師輔《もろすけ》。同二男。右大將。天暦元年四月廿六日任。同九年六月十七日辭ス二大將ヲ一。七月廿二日勅シテ授ク二帶劍ヲ一。天徳四年五月二日出家。五十三。同四日薨。在官十四年。

[一三]天暦ハ十年。元年丁未《ひのとひつじ》。四月十四日改元。

三年九月廿九日陽成院崩御。八十一。六年八月十五日朱雀院崩御。

天徳ハ四年。元年丁巳《ひのとみ》。十月廿七日改元。應和ハ三年。元年辛酉《かのととり》。二月十六日改元。

康保ハ四年。元年甲子《きのえね》。七月十日改元。

[一四]天皇ハ四年五月廿五日崩御。御々年四十二。

歴代皇紀には四月三日譲位。[二九]「天暦六年壬子八月十五日。朱雀太上法皇春秋卅崩。葬二愛宕郡山一。…依二遺詔一不レ建二山陵一、不レ入二国忌一」(略記)。[三〇]「女御二人。姫君一人」(簾中抄)。

[一]「諱成明」(歴代皇記)。「天暦の御門と申」(簾中抄)。[二]紀略によれば四月二十日受禅。ただし歴代皇紀には「同九年四月十三日受禅、廿一。廿八日即位於大極殿」。「天慶九年丙午四月十九日受禅践祚〈一云十三日〉」(略記)。[三]皇太弟成明親王の立坊は七年四月二十二日。「天慶七年四月廿二日為皇太子、年九」(歴代皇紀)。[四]「諱成明。醍醐天皇第十四之子也。母同二朱雀院一」(紀略、村上)。二月十五日元服(紀略・大鏡)。[五]「五月廿日詔関白如元。一如旧典。又賜内舎人二人。左右近衛各四人。為随身兵仗。任人賜爵並准三宮如元」(補任、天慶九年)。[六]「今日給二度者五十人於太政大臣家一。為レ除二其所悩一也。又修二諷誦於十五大寺一。依レ救二大臣病一也」(紀略、天暦三年正月二十一日)。「度者」は得度した僧。[七]経文偈文の類をよみ誦する事。[八]十五大寺は東大寺・興福寺・元興寺・大安寺・薬師寺・西大寺・法隆寺の七大寺に大后寺・不退寺・新薬師寺・唐招提寺・超証寺・京法華寺・宗鏡寺・弘福寺を加えたもの(二中歴参照)。[九]天暦三年八月十四日薨。『貞信公記』は忠平の日記。↓補注2-六三。[一〇]底本「清藤」を改む。紀略・補任は「清蔭」。[一一]輦車に乗って宮門(中の重門)を出入する事を許される事。輦車《てぐるま》の宣旨を蒙るという。「輦車是為三公一人ノ蒙二勅免一乗ル車也。但輦車ハ手シテ輓行者也」(故実拾要)。[一二]第一女安子は「村上の先帝の御時の女御」(大鏡)。その日記に『九暦』がある。この子孫が後に栄え、兼家・道長が出る。「五

[一五]山座主權大僧都鎭朝《ちんてう》。入道云々。俗名橘高影《たかかげ》。應和四年三月九日宣命。七十九。治七ケ年。
同十月五日卒。
[一六]三昧 權少僧都喜慶《ききやう》。康保二年二月十五日宣命。七十七。治一年。同三年七月十七日卒。
御廟 權律師良源《りやうげん》[一七]。法務大僧正。諡二號慈惠《スじゑト》一。同三年八月廿七日宣命。五十五。治十九年。
永觀三年正月三日御遷化。七十三。
[一八]天德四年九月廿三日大内燒亡《ぜうまう》。都ウツリノ後始《はじめ》テ燒亡云々。[一九]内侍所ノ溫明殿《うんめいでん》ノ灰ノ中ニ御體[二〇]神鏡スコシモ損シ給ハデオワシマシケレバ、翌日ノ朝ニ職曹《しきのざう》[二一]司《し》ニウツシマイラセテ、[二二]内藏寮《くらのれう》奉幣アリケリ。或[二三]大葉《おほば》椋木《むくのき》ニ飛出テカヽリ給フトモ云《いふ》メリ。其日記ハタシカナラヌニヤ。
[二四]康保四年五月廿五日崩御。御年四十二。
[二五]后女御十人。男女御子十九人。
[二六]天暦三年以後此御時一代無《シ》二關白一。[二七]小野宮《をののみや》・[二八]九條殿爲《リ》二左右大臣《ト》一被《ル》レ行《ハ》レ政《ヲ》也。
六十三 冷泉《れいぜい》　二年。

諱憲平〈ノリヒラ〉。[二九]康保四年五月廿五日受禪。十八。天暦四年月日立坊。一歳。村上二子《ノ》。

應和三年二月廿八日御元服。十四。[三〇]母皇后藤原安子。九條右大臣師輔公女。

關白太政大臣實頼。[三一]康保四年六月廿二日關白。十月五日聽《ス》二牛車《ヲ》一。十二月十三日任《ズ》二太政大

月四日薨(五十三)。先二日出家。依病也。号九条右相府。又号坊城大臣。(在官十三年)。生延木八年戊辰」(補任、天徳四年)。「九条殿師輔五十二」(二中歴、名臣)。一三 四月二十二日改元。「廿二日丁丑。詔改二天慶十年一為二天暦元年一。依二天祚改一也」(紀略、天暦元年四月二十二日)。ただし「〈丁未〉天暦十年〈四月廿四日〉」(歴代皇紀)。略記も二十四日。「四月十四日」は誤記。一四 →補注2―六四。一五 底本「鎮明」を改む。一六 底本「三條」を改む。天台座主第十六世。→補注2―六五。天台座主第十七世。→補注2―六六。一七 天台座主第十八世。慈恵大師。世に元三(がんざん)大師・角(つの)大師・降魔大師。比叡山中興の祖。傍注の御廟(みみょう)は横川にある良源の大師廟から出た称。→補注2―六七。一八 →補注2―六八。一九 内侍所のある温明殿の意。内侍所は天照大神の霊代の神鏡を奉安してある宮殿。平安初期には温明殿に奉安。温明殿は内裡の内、紫宸殿の東北、綾綺殿の東の殿。温明は鏡の意。二〇 →補注2―六九。二一 大内裏の内にあって中宮職の局があった所。二二 中務省に属し、主上の装束や諸社に奉納の幣物、仏事の布施等を司る役所。二三「大葉」は大庭の意。→補注2―七〇。「云メリ」は諸本「云ナリ」。二四 →補注2―七一。二五「后女御更衣十人。男女の御子十九人」(簾中抄)。二六 天暦三年の忠平の死後、摂関は村上天皇の御代には無い。「此後無摂政関白。或本云、左大臣実頼天暦七年万機政触左大臣行之」(歴代皇紀)。二七 小野宮実頼。→補注2―七二。二八 藤原師輔。→補注2―七三。二九 →補注2―七四。三〇「諱憲平。村上天皇第二之子也。母故皇后藤原安子。故右大臣師輔朝臣之女也」(紀略、冷泉)。底本「藤原女子」。諸本により改む。三一 六月二十二日に左大臣実頼に万機を関

一右大臣藤師尹《もろただ》。貞信公五男。小一條左大臣。

安和ハ二年。元年戊辰《つちのえたつ》。八月二十三日改元。

三安和二年月日脱屣。廿。其後四十餘年オワシマス。

六十四 圓融　十五年。

諱守平〈モリヒラ〉。安和二年八月十三日受禪。十一。四康保四年月日立坊。八。村上ノ第五子。

五天祿三年正月三日御元服。十四。六母冷泉院同。

七關白太政大臣實頼。清愼公《せいしんこう》。安和二年八月十二日爲ル二關白一ト。天祿元年五月八日（四月十八日イ）薨。年七十一。

八攝政左大臣伊尹《これただ》。天祿元年正月任ズ二右大臣一ニ。左大將如シレ元ノ。同五月廿一日爲ル二攝政一ト。七月辭ス二大將一ヲ。賜フ二兵仗一ヲ。九同二年十一月二日任ズ二太政大臣一ニ。一〇同三年十一月一日薨。年四十九。

一一關白太政大臣兼通《かねみち》。天祿三年二月廿七日（十一イ）任ズ二內大臣一ニ。元中納言。不レ歷ヘ二大納言一ヲ。十二月廿八日一二爲ル二延曆寺檢校一ト。一三天延二年三月廿六日爲ル二關白一ト。一四貞元二年十一月四日（准三宮、同八日）薨ズ。年五十三。諡シテ曰フ二忠義公一ト。

一五關白太政大臣頼忠《よりただ》。一六貞元二年十月十一日爲ル二關白一ト。天元二年十月二日任ズ二太政大臣一ニ。

白させた。「詔令下左大臣関中白万機上。大内記成忠草レ詔」（紀略、康保四年六月二十二日）。

一 師輔の弟。「任大臣。以二左大臣一為二太政大臣一。以二右大臣一為二左大臣一。以二大納言師尹朝臣一為二右大臣一」（紀略、康保四年十二月十三日）。安和二年源高明を大宰権帥に貶し、左大臣となる。その年十月十四日薨。二 略記・歴代皇紀は十三日、紀略は十五日。三 冷泉帝は皇太子の時から精神病（邪気。物の怪）であったらしく、栄花物語、月宴には元方大納言の霊が東宮についたと見え、大鏡その他から狂気であった事が察せられるが、治世二年で安和二年八月十三日皇太弟の守平親王が襲芳舎で受禅。弟師貞親王を皇太子とした（師貞の母は一条摂政伊尹の女）。以後冷泉院に居り、四十三年の後、寛弘八年（一〇一一）十月二十四日崩御、六十二歳。→補注2－七五。四 康保四年九月一日。村上帝の后安子の皇子憲平（冷泉）・為平・守平の三人の中から為平を越えて守平を皇太子とした。守平は九歳。為平の妃は源高明女、「立二先皇第五皇子守平親王一為二皇太弟一。年九」（紀略、康保四年九月一日）。五「天皇於二紫宸殿一加二元服一。御年十四」（紀略、天禄三年正月三日）。六「童。村上天皇第五子。母同冷泉天皇師輔女也」（歴代皇紀）。

七 円融天皇は九月二十三日即位するが、冷泉院の禅位の八月十三日摂政となる。「詔令下太政大臣藤原朝臣輔二佐幼主一摂中行政事上。如二貞信公故事一」（紀略、円融院）。翌年天禄元年五月十八日薨、七十一歳。「五月十八日薨。贈正一位。諡云清慎公。封尾張国。関白二年。摂政二年。号小野宮」（補任、安和三・天禄元年）。八 実頼の薨後代って摂政。時に四十七歳。その女懐子は花山天皇の母。→補注2－七六。九 右大臣から一七右大臣兼家《かねいへ》。天元元年十月二日任。

天禄三年《ハ》。元年庚午《かのえうま》。三月廿五日改元。

三年正月三日御元服。

天延三年《ハ》。元年癸酉《みづのととり》。十二月廿日改元。貞元《ていげんハ》二年。元年丙子《ひのえね》。七月十三日改元。

天元五年《ハ》。元年戊寅《つちのえとら》。一八四月十五日改元。永観《えいくわんハ》二年。元年癸未《みづのとひつじ》。四月十五日改元。

一九八幡平野《ひらの》行幸此御時ヨリ始マレリ。

二〇永観二年八月廿七日脱屣。廿六。二一寛和元年三月廿九日御出家。御悩。廿七。法名金剛法。二二正暦三年二月十三日崩御。御年卅四。

二三女御后五人。皇子一人。

二四此御時内裏焼亡《ぜうまう》タビ〳〵アリ。北野ノ御ユヘナド云傳《いひつたへ》タリ。二五貞元元年五月十一日丁丑《ひのとうし》、内侍所ハ不㆓損減《セ》㆒。但無《ク》ㇾ光、其色黒云《シ》々。天元三年十一月廿二日半減《シ》給云々。同五年十一月十七日今度ハ皆焼《やけ》ウセサセ給フ。焼タルカネヲ取《とり》アツメテマイラセタリ。此後モ霊験《れいげん》ハアラタナリトゾ。

六十五 花山《くわさん》　二年。
諱師貞《モロサダ》。永観二年八月廿七日受禅。十七。二六安和二年月日立坊。冷泉院《れいぜいゐんノ》第一子。

一躍太政大臣となる。「天皇御㆓南殿㆒。任㆓大臣㆒。太政大臣伊尹・左大臣兼明・右大臣頼忠、各有㆓大饗㆒」(紀略、天禄二年十一月二日)。一〇 太政大臣になった翌年薨じる。一一 師輔の二男、伊尹の弟、兼家の兄。天禄三年伊尹が薨去した後、十一月二十六日関白宣旨を受け大納言を経ず一躍即日内大臣に任じられ、兼家と権を争った事で有名。一六〇頁にその描写が面白く見える。→補注2-七七。一二「(天禄三年)十二月二十八日為延暦寺検校」(一代要記)。一三 二月八日氏長者、二十八日太政大臣となる。三月二十六日旧の如く万機を関白せしめた。→補注2-七八。一四 →補注2-七九。一五 小野宮実頼の子、敦敏の弟、公任の父。「大臣のくらゐにて十九年、関白にて九年、此生きはめさせ給へる人ぞかし」(大鏡、頼忠)。一六 大鏡(流布本系)、兼通及び栄花、花山巻によると、兼通は死ぬ間際に弟の兼家を排して従弟の頼忠に関白職を譲ったのである。愚管抄の一六二—一六三頁にもこの最後の除目を行った事が見える。→補注2-八〇。一七 →補注2-八一。一八 略紀は「十一月廿九日(一云四月十五日)改元」、紀略は十一月二十九日。一九 平野社は山城国葛野郡(京都市北区平野宮本町)にある神社。今木神・久度神・古開神・比咩神の四座の祭神を祭る。→補注2-八二。二〇 →補注2-八三。二一 出家されたのは八月二十九日が正しい。「後太上天皇依ㇾ病落髪。法名金剛法」(紀略、寛和元年八月二十九日)。二二「正暦三年」は二年の誤記、御年三十三。→補注2-八四。二三「后女御五人。皇子壱人」(簾中抄)。二四 →補注2-八五。二五 →補注2-八六。二六 円融天皇受禅の日、安和二年八月十三日皇太子、二歳。

[一]天元五年二月十九日御元服。十五。母[二]贈皇太后藤原懐子《くわいし》。一條攝政女。

關白太政大臣頼忠。[三]關白可キレ如クナルノレ故之由、自リ二先帝一被ルレ奏セ二新帝ニ一。

左大臣兼家。

中納言義懐《よしちか》。[四]一條攝政五男。永觀二年十月十日敍ス二從三位ニ一。二階。同十四日[五]正三位。依ル二外舅ニ一也。[六]越ユ二道隆ヲ一。寛和元年九月[七]十四日任ズ二參議ニ一。同十一月廿一日敍ス二從二位ニ一。同廿五日任ズ二中納言ニ一。年廿九。[八]同二年六月廿六日扈コシ二法皇ニ一御出家。太政大臣雖モレ有リト二關白之號一、[九]委ス二萬機ヲ於義懐ニ一云云。

[一〇]山座主權僧正尋禪《じんぜん》。謚シ號ス二慈忍ト一。永觀二年二月廿七日宣命。四十二。治四年。正曆元年二月廿七日卒。四十六。

寛和二年。元年乙酉《きのととり》。四月廿七日改元。

[一一]此御門、寛和二年六月俄《にはかに》道心《だうしん》ヲ發《おこ》サセ給《たまひ》テ、内裏ヲ出テ花山[一二]ニオワシマシテ御出家。法名入覺《にふかく》ト申奉《まうしたてまつ》ル。其後廿二年オワシマス。寛弘五年ニウセサセ給フ。

[六十六]一條　廿五年。

諱懐仁《〈カネ〉ひと》。寛和二年六月廿三日ニ受禪。七。[一三]永觀二年八月廿七日立坊。圓融院ノ第一子。永祚二年正月五日御元服。十一。[一四]母東三條院詮子《せんし》。大入道殿兼家女。

一　底本「十二月十九日」。諸本により改む。天元五年二月十九日南殿で元服(大鏡、裏書・紀略・百錬抄)。「天元五年十二月十九日加元服年十五」(歴代皇紀)。二「謙徳公女…同(天延)三年四月三日卒。年卅一。永観二年十二月十七日贈皇大后宮」(大鏡、裏書、懐子)。三 ↓補注2-八七。四 花山天皇の母懐子は義懐の妹。「一条摂政殿の御男子花山院の御時みかどの御舅にて義懐の中納言ときこえし、少将たちのおなじはらよ。その御時はいみじうはなやぎ給ひし」(大鏡、伊尹)とあり、花山院の治世に時めく。五 底本「正二位」を改む。六 ↓補注2-八八。七「九月十四日任三木」(補任、永観三年)。八 永観三年九月十四日参議、正三位。十二月二十七日権中納言従二位。「権中納言従二位藤義懐〈二十九〉。十二月廿七日任」(補任、永観三・寛和元年)。↓補注2-八九。九 花山天皇の即位と共に昇進がめざましく、事実上義懐が権力をにぎっていた。↓補注2-八八。一〇 天台座主第十九世。九条師輔(師輔は良源に帰依していた)の子、良源の弟子。天延二年一身阿闍梨となる。一身阿闍梨の初例。↓補注2-九〇。一一 ↓補注2-九一。一二 花山寺(元慶寺)。山城国宇治郡山科字北花山にあり、遍昭僧正の居た寺。一三 花山院即位と共に皇太子、五歳。一四 母は皇太后藤原詮子、兼家の二女。一五 即位の日頼忠は関白を止め、遂に兼家が摂政となる。永延三年六月二十六日太政大臣頼忠が薨じると十二月二十日兼家が太政大臣(補任)。↓補注2-九二。一六「年官」は毎年除目に自分の位官の俸禄の外に国司の掾・目・史生(掾三分、目二分、史生(博士・医師も同じ)一分)を申任する権利を与えられること。「年爵」は叙位の際に一定の人員が従五位下に叙せられる事を申請する権利を与えられる事で、

攝政太政大臣兼家。一五寛和二年六月廿三日爲攝政。七月十四日辭右大臣。八月廿二日勅、一六年官年爵准三后。但年官年爵固辭不受。一七永延二年三月廿五日宣旨、宜聽乘輦出入宮門陣省。一八正暦元年五月五日依病上表、辭攝政爲關白。同八日出家。法名如實。十日以二條京極家地、永爲佛寺。號法《ほ》一九興院《こゐん》。同七月二日薨。六十二。

二〇攝政內大臣道隆《みちたか》。正暦元年五月八日關白。同廿五日聽牛車。二一廿六日攝政。六月一日辭大將。賜兵仗。二二同六年七月廿四日辭內大臣。二三同四年四月廿七日辭攝政爲關白。二四長德元年三月依病辭關白。同四月六日出家。十日薨。四十三。

關白右大臣道兼。長德元年四月廿七日爲關白。二五同五月五日薨。卅五。號七日關白。

太政大臣賴忠《よりただ》。二六永祚《えいそ》元年六月十六日薨。六十六。贈正一位。諡廉義《れんぎ》公。

二七藤爲光《ためみつ》。九條殿九男。寛和二年七月廿日任右大臣。正暦二年九月七日任太政大臣。同三年六月六日薨。五十一。贈正一位。諡恒德公。

左大臣道長。二八長德元年五月十一日蒙內覽宣旨。于時大納言。二九同年六月十九日任右大臣。越內大臣伊周《これちか》。同二年閏七月廿日任左大臣。三〇同八月辭左大將。三一以童子六人爲隨身。十月九日勅、左右近衛府生各一人・近衛各四人爲隨身。但止童《わらは》隨身。三二長德四年三月十三日上表返上隨身近衛幷內覽事等、勅許之。三三長保元年十二月

給主はその官位を希望する者をつのり、その任料・叙料を徴して自己の所得にする一種の売官制度。一分と二分と合せて「三分」とすることも行われ、これを二合という。

一七 底本「宮門陣者」。天明本により改む。→補注2-九三。一八 →補注2-九四。

一九 「法興院〈二条北京極東兼家公東抄元号東二条殿天暦母后〉」(二中歴)。二〇 兼家の長男。兼家の死によって関白となる。「同日詔令三内大臣藤原朝臣道隆関白万機一」(紀略、正暦元年五月八日)。二一 「詔以関白内大臣改関白摂行政事。如昭宣公。貞信公故事」(紀略、正暦元年五月二十六日)。二二 底本「同六年」は誤記。「摂政内大臣上表。請罷大臣職。勅答許之。但摂政如元」(紀略、正暦二年七月二十三日)。二三 「摂政上表。即有勅答。詔止摂政。為関白万機。如天慶故事」(紀略、正暦四年四月二十二日)。二四 →補注2-九五。二五 五月八日、三十五歳で薨じた。この年四・五月は疫癘が流行した。→補注2-九六。二六 →補注2-九七。二七 その女は花山院の女御忯子。寵愛を受けていたが、寛和元年七月十八日卒。法住寺を建て住む。正暦二年九月七日に太政大臣。正暦三年六月十六日薨。→補注2-九八。二八 →補注2-九九。

二九 道長は兼家の五男、道隆・道兼の同母弟。道隆・道兼の死により六月十九日右大臣、氏長者となり、翌年長徳二年伊周の左遷と共に左大臣となる。三〇 「八月九日辞大将。以童六人為随身。十月九日停童為左右近衛府生各一人。近衛各四人」(補任、長徳二年)。

三一 童子で随身する者。→補注2-一〇〇。

三二 →補注2-一〇一。三三 底本「長徳元年」。諸本により改む。→補注2-一〇二。

十六日重賜ニ隨身一如レ元。

内大臣伊周《これちか》。[一]正暦五年八月廿八日、越ニ御堂一。年廿一。長徳元年三月八日宣旨云、太政大臣并殿上令ニ奏下一文書等、關白病間、暫觸ニ内大臣一奏下者。同年四月十日服解[二]。同日賜ニ左右近衛各四人一、爲ニ隨身一。同[三]二年四月廿四日左ニ降太宰權帥《だざいのごんのそつ》[四]一。詔云、内大[五]臣藤伊周朝臣、權中納言藤原朝臣隆家《たかいへ》、去[六]正月十五日夜、花山法皇御所乎奉ニ射危一云々。東三條院[七]、玉體不豫《ふよ》シテ獻ニ厭魅《えんみ》[八]一呪咀云々。須[九]法律乃仁ニ罪ベシ。然而有レ所レ思、内大臣乎太宰權帥ニ、隆家乎出雲權守ニ退《きらひ》賜云々。年廿三。在レ官三年。[一〇]長徳四年閏十二月十六日敍ニ本位一。依ニ東三條院御惱大赦之次《ついで》一也。寛弘七年二月廿五日宣旨、列ニ大臣下一可ニ朝議一者。

[一一]内大臣藤原公季《きみすゑ》。

永延二年。元年丁亥《ひのとゐ》。四月五日改元。永祚一年。元年己丑《つちのとうし》。八月八日改元。正《しやう》暦《りやく》五年。元年庚寅《かのえとら》。十一月七日改元。

圓融院二年十[一二]二月崩御。御年卅四。

長徳四年。元年乙未《きのとひつじ》。二月廿二日改元。長保五年。元年己亥《つちのとゐ》。正月十三日改元。

寛弘八年。元年甲辰《きのえたつ》。七月廿日改元。

[一三]天皇八年六月廿二日崩御。御年三十三。

一 伊周は道隆の一男（二男ともいう）。↓補注2-一〇三。 二 父母の喪に服している期間、現任の官職を解かれること。 三 伊周は更に叔父の七日関白道兼の死後、道長と関白を争うが、五月五日伊周の内覧を止め、五月十一日道長に内覧の宣旨が下り、翌二年に遂に花山法皇を射申し、大宰権帥に左遷される。 四 大宰府の職員。権帥は帥の下。「為ニ大臣ニ之人左遷之時任ニ権帥一。而不レ可レ知ニ府務一也」（職原抄）。Dasai no sot（ロ師文典）。 五 伊周は太政大臣為光の三女に通っていた時、花山院は四女（一七二頁には二女）に通っていたのを誤解して、弟隆家と共に威嚇の矢を射、袖に矢が通るという事がおこり、遂に四月二十四日の除目に伊周は大宰権帥、隆家は出雲権守と左降される。 六 紀略・略記・百錬抄によれば正月十六日。 七 円融帝の后詮子、東三条院。一条天皇の母后、兼家の二女。↓補注2-一〇四。 八「厭魅」はのろい、まじなう（禁厭）意。↓補注2-一〇五。 九「法律乃仁」は「法律ノ任」の誤りか。河村本「法律之任」。「法律のままに」と訓ずるか。↓補注2-一〇六。 一〇 ↓補注2-一〇七。底本「任東三条院」。史料本により改む。 一一「師輔の十一郎君」（大鏡、公季）。伊周の左遷の後長徳三年七月五日内大臣、寛仁元年三月四日右大臣。 一二 ↓九三頁注二二。「十二月」は、二月が正しい。 一三 寛弘八年六月二十二日一条法皇崩御。三十二が正しい。「太上皇崩ニ一条院中殿一。春秋三十二」（紀略、寛弘八年六月二十二日）。 一四「今夜亥刻、華山法皇崩〈年四十一〉」（紀略、寛弘五年二月八日）。 一五「冷泉院太上皇崩ニ于南院一。春秋六十二」（紀略、寛弘八年十月二十四日）。 一六 天台座主として永祚元年任命されるも三ヶ月にして辞す。寺門派のため。正暦二年入滅。

[一四]花山院ハ五年二月八日崩御。御々年四十一。
[一五]冷泉院ハ八年十月廿四日崩御。御々年六十二。
三井 観音院 山座主権大僧都餘慶《よけい》[一六]。諡シ號ス二智辨ト一。権僧正。[一七]永祚元年九月廿九日宣命。七十一。同十二月廿六日辭退。山僧不ルレ用ヒ之故也。[一八]此後智證大師門人トキヽシハ座主ナレドモナガク不二寺務セ一。
竹林院 前少僧都陽生《やうしやう》[一九]。権大僧都。永祚元年十二月廿七日宣命。八十二。治一年。正暦元年九月廿八日辭退。同三年七月廿日卒。八十三。
本覺院 権少僧都暹賀《せんが》[二〇]。権僧正。正暦元年十二月廿日宣命。七十七。治八年。長保四年八月一日卒。八十五。
東陽 権大僧都覺慶《かくきやう》[二一]。大僧正。長保四年十月廿九日宣命。七十一。治十六年。長和三年十一月廿二日卒。八十七。
[二二]春日・大原野《おほはらの》[二三]・松尾《まつのを》[二四]・北野[二五]、已上四社[二六]へ行幸此御時始《はじま》レリ。
[二七]帥《そつノ》内大臣流刑事。
[二八]寛弘八年月日脱屣。
[二九]后女御五人。御子五人。
三條[六十七]　五年。

余慶は験者として有名で、その験力に関する説話が伝わる。↓補注2−一〇八。
一七 これが永祚の宣命といわれる事件。↓補注2−一〇九・4−二九。
一八 この後、第二十九世座主明尊・第三十一世源泉・第三十四世覚円・第三十九世増誉・第四十四世行尊・第四十七世覚猷・第五十世覚忠・第五十八世俊堯・第六十世公顕等は寺門派で入山しなかった。一九 天台座主第二十一世。慈念の弟子。竹林院出身。底本「湯生」。諸本により改む。↓補注2−一一〇。二〇 天台座主第二十二世。慈恵の弟子。↓補注2−一一一。
二一 天台座主第二十三世。↓補注2−一一二。
二二 大和国春日野にある社。藤原氏の氏神。「天皇行ニ幸春日社一」(百錬抄、永祚元年三月二十二日)。「春日行幸先一条院の御時よりはじまれるぞかしな」(大鏡、道長)。↓補注2−一一三。
二三 山城国乙訓郡にあり、長岡遷都の時、春日明神を勧請して出来たという。平安時代に藤原氏及び朝廷の尊崇が厚かった。「十一月廿七日…初幸ニ大原野社一」(百錬抄、正暦四年十一月二十七日)。「御門この京に遷らしめ給ひては又近くふり奉りて大原野と申す」(大鏡、道長)。
二四 山城国葛野郡(京都市右京区)松尾山にある神社。祭神は大山咋神。「天皇行ニ幸松尾社一」(紀略、寛弘元年十月十四日)。
二五 山城国葛野郡(京都市上京区)にある菅原道真を祭る神社。「行ニ幸平野北野両社一」(紀略、寛弘元年十月二十一日)。 二六 ↓補注2−一一三。
二七 藤原伊周。大宰権帥に左降された内大臣の意。「帥内大臣伊周ながされ給」(簾中抄)。
二八 寛弘八年六月十三日一条天皇は病により皇太弟居貞親王に譲位。↓補注2−一一四。
二九「后女御五人。御子五人」(簾中抄)。

諱居貞《〈キヤ〉〈ウキ〉》。寛弘八年六月十三日受禪。卅五[一]。寛和二年七月六日立坊。十一。此日御元服ナリ。冷泉院第二子。母贈皇后超子。大入道殿兼家第一女。

左大臣道長。[二]寛弘八年八月廿三日聽ス二牛車ヲ一。內覽如シレ元ノ。

長和五年。元年壬子《みづのえね》。十二月廿五日改元。

[三]後三昧山座主大僧正慶圓《きやうゑん》。長和三年十二月廿六日宣命。治五年。寛仁三年九月三日卒。七十五。

[四]長和五年脫屣。四十。寛仁元年四月廿九日御出家。同五月九日ウセサセ給《たまひ》ニケリ。

六十八 後一條　廿年。

諱敦成《あつなり》。長和五年正月廿五日受禪[五]。九。寛弘八年月日立坊[六]。一條院ノ第二子。

寛仁二年正月三日御元服。十一。母上東門院彰子《しやうし》。御堂關白ノ第一女[七]。

攝政左大臣道長。[八]長和五年正月廿九日爲ル二攝政ト一。[九]同六月十日准ズ二三宮ニ一。又勅シテ、室家從一位源[一〇]朝臣倫子賜フ二封戶《ふこ》年爵內外官[一一]三分ヲ一。[一二]十一月七日辭ス二左大臣ヲ一。[一三]寛仁元年三月廿六日依リテレ請ニ罷ム二攝政ヲ一。[一四]同年十二月任ズ二太政大臣ニ一。[一五]同六年正月三日中重ノ[一六]內聽ス二輦車ヲ一。二月五日上表シテ辭職ス。[一七]同三年三月廿一日出家。五十四。法名行觀《ぎやうくわん》。同年五月八日詔シテ准ズル二三宮ニ一如シレ元ノ。同年月日改ム二法名行覺ト一。四年三月廿二日供ス二養新造ノ[一八]無量壽院ヲ一。[一九]治安三年十月十七日參ス二向紀伊國金剛峯(寺)路次七大寺ニ一。[二〇]十月

一 三十六が正しい。寛和二年七月十六日外祖摂政兼家の南院で居貞親王は元服、十一歳、皇太子となる(紀略)。歴代皇紀は「寛和二年七月六日為皇太子、十一。此日於南殿元服」と七月六日とする。二「六月十三日聴勅授。八月廿三日蒙可知太政官文書宣旨。同日聴牛車」(補任、寛弘八年)。三 底本「後三條」を改む。天台座主二十四世。↓補注2‐一一五。四 三条帝は眼病の為と道長のそれを口実の強要で遂に「心にもあらで」長和五年正月二十九日枇杷第で譲位。寛仁元年四月二十九日出家、法名金剛浄。五月九日崩御、四十二歳。五 略記・紀略・百錬抄など二十九日。六 寛弘八年六月十三日一条天皇が譲位された日に、一条天皇の第二子である敦成親王が道長の勢力を背景に第一皇子敦康親王、三条天皇の皇子敦明(小一条院)をおいて皇太子となる。時に四歳。即位の翌々年寛仁二年正月三日に元服(紀略・百錬抄)。七 道長を御堂関白という。ただし関白にはならない。八 長和五年三条天皇の譲位の日、正月二十九日詔して摂政となる。五十一歳。九 ↓補注2‐一一六。一〇 ↓補注2‐一一七。一一 小右記には「給年官年爵幷本封外別給三百戸」と見える。↓補注2‐一一七。一二「今日摂政左大臣上表請罷大臣勅許之」(紀略、長和五年十一月七日)。一三 道長が長子頼通(時に内大臣)に摂政を譲ったのは三月十六日(百錬抄・紀略)。一四 頼通に摂政を譲り十二月四日太政大臣となる。翌年の後一条元服のために備えた。一五 底本「同六年」は「同二年」の誤記。「今日太政大臣蒙下乗二輦車一出二入宮中一之宣旨上」(紀略、寛仁二年正月三日)。一六「中重〈ナカノヘ〉」(名目鈔)。内裏の外郭の宮門、建礼門・春華門・修明門・建春門・宜秋門・朔平門・式乾門をいう。

二一 攝政左大臣頼通《よりみち》。十三日於二天台一受二菩薩戒一。萬壽四年十二月四日薨。六十二。後關白。寛仁元年三月四日任二內大臣一。年廿六。同十六日攝政。廿二日辭二大將一。賜二兵仗一。又聽二牛車一。二二 同三年十二月廿二日辭二攝政一爲二關白一。二三 治安元年任二左大臣一。

二四 太政大臣公季。長元二年十月十七日薨。七十三。賜二正一位一。諡二仁義公一。

二五 左大臣顯光。治安元年五月廿五日薨。先レ是出家。七十八。

二六 右大臣實資《さねすけ》。右大將清愼公三男。實參議齋敏《ただとし》三男。治安元年七月廿五日任。

二七 內大臣教通《のりみち》。左大將同日任。

寛仁四年。元年丁巳《ひのとみ》。四月廿三日改元。

同元年五月九日三條院崩御。四十二。

治安三年。元年辛酉《かのととり》。二月二日改元。萬壽四年。元年甲子《きのえね》。七月十三日改元。

長元九年。元年戊辰《つちのえたつ》。七月廿五日改元。

同九年四月十七日崩御。廿九。

浄土寺 山座主僧正明救《みやうぐ》。二八 寛仁三年十月廿日宣命。七十四。治一年。同四年七月五日卒。七十五。

西方院 法印院源《ゐんげん》。二九 法務大僧正。同四年七月十七日宣命。六十七。治八年。萬壽五年五月廿四日卒。七十九。

一七 ↓補注2-一一八。一八 ↓補注2-一一九。一九 治安三年は道長五十八歳。道長は晩年信仰生活をおくり、高野山の大師廟に参った(治安三年)。「入道太政大臣巡二礼大和国七大寺一。参二詣紀伊国金剛峯寺一」(紀略、治安三年十月十七日)。「入道前大相国詣二紀伊国金剛峰寺一。則是弘法大師廟堂也」(略紀、同日)。底本「金剛峯」。諸本により改む。二〇 ↓補注2-一二〇。二一 ↓補注2-一二一。二二 頼通二十八歳。関白となる。「摂政内大臣上表。謝二摂政一。即詔停二摂政一。令レ関二白万機一」(紀略、寛仁三年十二月二十二日)。二三 寛仁五年二月二日改元して治安元年。七月二十五日左大臣に任じられ、弟の教通が内大臣となる。二四「九条殿(師輔)の十一郎君」(大鏡、公季)。治安元年七月二十五日に太政大臣として法成寺金堂供養の日、頼通の上座にいる(補任)。↓一七九頁。六十五歳。長元二年十月十七日薨。七十三歳。「贈正一位封甲斐国諡曰仁義公」(大鏡、裏書)。二五 兼通の「太郎君、長徳二年七月廿一日、右大臣にならせ給にき。御年七十八にてやうせおはしましけん、うせ給てこの五年ばかりにやなりぬらん。悪霊の左大臣殿と申つたへたる、いと心うき御名なりかし」(大鏡、兼通)とあるが、長徳二年七月二十日右大臣、寛仁元年三月四日左大臣(紀略・補任)。その女延子は小一条院敦明親王の御息所。後に道長の女、小一条院女御寛子に悪霊となりつき煩らわせたという(大鏡、兼通・栄花、嶺の月)。顕光は「堀川左大臣」(補任)とも「号広幡」「号悪霊大臣」(尊卑)とも。↓一八五—一八六頁。二六 ↓補注2-一二二。二七 頼通の弟。治安元年内大臣。「七月廿五日任。同廿八日左大将如元」(補任)。二八 補注2-一二三。二九 ↓補注2-一二四。

無動寺 権僧正慶命《きやうみやう》。一 萬壽五年六月十九日宣命。六十四。治十一年。長曆二年。九月七日卒。
七十五。

ニ長元九年四月十七日崩御。廿九。

三后一人。女皇二人。

四小一條院東宮ニテオワシマスガ此御時辭サセ給フ。


六十九 後朱雀《ごしゆじやく》　九年。

諱敦良《アツヨシ》。長元九年四月十七日。乙巳《きのとみ》。受禪。廿八。五寛仁元年月日立坊。九。一條院第三子。寛仁三年八月廿八日御元服。十一。母上東門院《じやうとうもんゐん》。

六關白左大臣頼通。

右大臣藤實資。右大將。

内大臣藤教通。左大將。

長曆三年。元年丁丑《ひのとうし》。四月廿一日改元。長久四年。元年庚辰《かのえたつ》。十一月十日改元。

寛德二年。元年甲申《きのえさる》。十一月廿四日改元。

二年正月十八日崩御。卅七。

東尾 山座主權大僧都教圓。七 長曆三年三月十二日宣命。六十一。治九年。永承二年六月十日卒。七十。


一→補注2-一二五。ニ長元九年四月十七日崩御されたが喪を秘し、皇太弟後朱雀天皇に昭陽舎で譲位の式を行う(左経記・紀略)。三「后一人。女宮二人」(簾中抄)。后は中宮威子、道長女。「号藤壺」(尊卑)。女皇子は章子・馨子内親王。四敦明親王。三条天皇の皇子。藤原済時《なりとき》女娍子を母とする。「小一条院はこの御時の東宮にておりさせ給」(簾中抄)。後一条天皇が即位された長和五年正月二十九日立坊したが、道長側の圧迫で翌寛仁元年八月九日皇太子を辞し、敦良親王(母は上東門院彰子)が立坊、八月二十五日小一条院の号幷に年官年爵を賜った。永承六年正月八日崩御、五十八歳。

五「寛仁元年丁巳八月九日為太弟、歳九。同三年己未八月廿八日元服、歳十一」(歴代皇紀)。なお長元九年は丙子。乙巳でない。諸本「乙丑」。六頼通は続いて関白左大臣。依然として権をほしいままにした。

七天台座主第二十八世。慈覚門下。「東尾房、治山九年」「長暦三年己卯三月十二日宣命(年六十一。臈)。永承二年丁亥六月十日入滅。(六十九)」(座主記)。八十六日譲位、十八日出家、法名精進行、同日崩御。この時後朱雀帝の二男尊仁が皇太子。→補注2-一二六。

九「女御五人。男女御子七人」(簾中抄)。

一〇長暦元年八月十七日皇太子となる。その年七月二日元服、十三歳(百錬抄・略記)。

一一道長の四女、母倫子。寛仁二年十一月十五日尚侍(内侍督)、治安元年二月一日東宮に入り、万寿二年八月五日卒、十九歳(大鏡、裏書)。「後朱雀院第一皇子、母贈皇太后嬉子。入道太政大臣道長女也」(百錬抄、後冷泉)。「御母尚侍嬉子、御堂のおとむすめ」(簾中抄)。

一二「后三人。御子なし」(簾中抄)。后は二条院章

八 寛徳二年正月十六日脱屣。

九 后五人。御子七人。

七十 後冷泉《ごれいぜい》 廿三年。

諱親仁《〈チカ〉ひと》。寛徳二年正月十六日受禪。廿一。一〇 長暦元年八月十一日立坊。十三。後朱雀院ノ第一子。長暦元年七月二日御元服。十一。母一一 内侍督《ないしのかみ》嬉子。御堂ノ乙女《〈ヲ〉とむすめ》。

一二 后三人。御子オワシマサズ。

關白太政大臣頼通。一三 康平五年九月二日辭ス二左大臣一ヲ。一四 同七年十二月十三日讓ル二藤氏長者於左大臣一ニ。猶爲リ二關白一。一五 治暦三年七月七日准ズ二三宮一ニ。一六 同年十二月五日辭ス二關白一ヲ。一七 延久四年正月廿九日於テ二宇治一ニ出家ス。法名寂覺《じやくかく》。年八十一。大臣後五十六年。同六年二月二日薨。八十三。

一八 關白左大臣教通。康平三年七月任ズ二左大臣一ニ。同七年十二月十三日爲ル二藤原ノ長者一ト。治暦四年四月十七日爲ル二關白一ト。

右大臣實資《さねすけ》。一九 永承元年正月八日薨。九十。

二〇 頼宗《よりむね》。右大將。康平三年七月十七日任。治暦元年正月五日依リレ病ニ出家。七十三。二月三日薨。

二一 師實《もろざね》。左大將。康平三年七月十七日任ズ二内大臣一ニ。十九。治暦元年六月三日轉ズレ右ニ。

子(母道長女威子)・歓子(教通女)・寛子(頼通女)。一三 康平五年は七十一歳。前年十二月十三日太政大臣に任ぜられた(略紀)が、この年九月二日太政大臣を罷める。左大臣ではない。一四 十二月十三日教通が氏長者印を請けた(補任)。一五 十月五日頼通の居る平等院に行幸。七日還幸し准三宮。「十月五日行幸宇治平等院。同七日勅。年官年爵准三宮。…十一月五日上表固辞。六月勅答不許。廿九日重以上表。十二月五日勅答許之。但政巨細悉可諮詢者」(補任、治暦三年)。一六 治暦三年十二月五日に教通に関白職を譲るべく辞し、以後宇治にこもる。今鏡、第四、梅の匂には「後三条院位に即かせ給ひてぞ年ごろの御心よからぬ事どもにて宇治にこもりゐさせ給ひて」。この時嫡子の師実(当時二十六歳、右大臣・左大将)に将来関白職を譲る約束であったらしい(古事談、二)。この時から頼通と教通が不和になる。

一七 頼通はこの後宇治別荘平等院でくらし、延久四年正月二十九日出家する。→補注2−一二七。一八 康平三年七月十七日右大臣より左大臣に転じ、七年十二月十三日氏長者となり、六十九歳。治暦四年四月十七日関白となる。七十三歳(補任)。一九 小野宮実資は正月十八日薨(略記・補任・大鏡、裏書)が正しい。

二〇 道長の二男、母は源高明女明子、その女子延子は後朱雀院麗景殿女御、その女子昭子は後三条天皇の女御。康平三年六十八歳で右大臣、治暦元年二月三日薨。堀河右大臣という。和歌に巧みであった。

二一 頼通の「三男。母贈従三位藤祇子」(補任、天喜三年)。「康平三年〈庚子〉内大臣…藤師実〈十九〉。七月十七日任」「治暦元年〈乙巳〉右大臣…藤師実〈二十四〉。六月三日転任」(補任)。

一 内大臣師房。右大將。具平《ともひら》親王三男。治暦元年六月三日任。五十八。同六日兼ヌニ左大臣ヲ一。
永承ハ七年。元年丙戌《ひのえいぬ》。四月十四日改元。天喜ハ五年。元年癸巳《みづのとみ》。正月十一日改元。
康平ハ七年。元年戊戌《つちのえいぬ》。八月廿九日改元。治暦ハ四年。元年乙巳《きのとみ》。八月二日改元。
二 治暦四年四月十九日天皇崩御。四十四。
滋賀 山座主法務大僧正明尊《みやうそん》。三 永承三年八月十一日宣命。七十八。
三井 西明房 權少僧都源心《げんしん》。四 權大僧都。同三年八月廿一日宣命。七十八。治五年。天喜元年十月十一日卒。八十三。
三井 權僧正源泉《げんせん》。五 天喜元年十月廿六日宣命。七十八。
梨本 權大僧都明快《みやうくわい》。六 大僧正。天喜元年十月廿五日宣命。六十七。治十七年。

七十一 後三條　四年。

七 諱尊仁。治暦四年四月十九日受禪。卅五。八 寛徳二年月日立坊。十二。後朱雀院ノ第二子。永承元年十二月十九日御元服。十三。母陽明門院《やうめいもんゐん》禎子。三條院第三女。
九 關白太政大臣教通。
一〇 左大臣藤師實。
延久ハ五年。元年己酉《つちのととり》。四月十三日改元。
蓮實房 山座主權大僧都勝範《しょうはん》。一一 僧正。延久二年五月九日宣命。七十五。治七年。承保四年正月廿七

一 村上源氏、初名は資定。「為字治関白猶子云々」(尊卑)。治暦元年六月三日内大臣に、後三条天皇治暦五年(延久元年)八月二十二日右大臣となる(補任)。後三条天皇に用いられた。「同六日兼左大臣」は「六日兼右大将」の誤り。二「卯剋、天皇崩ニ于高陽院一。関白左大臣以下諸卿参入。酉剋、大臣以下奉レ渡ニ璽剣於東宮一。御年卅五。同院」(世紀、治暦四年四月十九日)。三 →補注2-一二八。四 天台座主第三十世。「西明房。治山五年」「院源座主甥」「永承三年戊子八月廿二日宣命〈年七十八〉。天喜元年癸巳十月十一日入滅〈八十三〉」(座主記)。五 天台座主第三十一世。智証門徒のため入山出来なかった。天喜元年平等院落慶供養の際の導師。天喜二年平等院検校。→補注2-一二九。六 天台座主第三十二世。「梨下。治山十七年」「天喜元年癸巳十月廿九日宣命〈年六十九〉。延久二年庚戌三月十八日入滅〈八十六〉」(座主記)。梨下は梶井門跡の系譜。「明快大僧正〈梶井元祖〉」(梶井略系譜)。七 後冷泉天皇の弟、母は三条天皇の皇女陽明門院禎子内親王(道長の二女中宮研子を母)。藤原氏を外戚としない天皇。八 寛徳二年正月十六日後冷泉天皇の即位の日、皇太子、十二歳(後朱雀天皇は尊仁親王を頼通の弟能信大納言の口添えで東宮に決めた、と今鏡、一、司召に見える)。「後朱雀院依ニ御薬危急一被レ奉レ譲ニ位於春宮一之時。新帝御事。并新春宮御事等。宇治殿ニ被ニ仰置一之処。春宮御事被レ仰之時者。不下令レ申ニ御返事一給上。有ニ不受之色一云々」(古事談、一)。九 頼通に代って治暦四年四月十七日関白となる。一〇 師実は後三条天皇治暦五年八月二十二日左大臣。代って源師房を右大臣とする。一一 天台座主第三十三世。この座主の頃から山と寺の争いは一層はげしくなる。↓

日卒。八十二。

[一三]八幡放生會《はうじやうゑ》此御時ハジマル。日吉《ひえ》[一三]稲荷《いなり》[一四]等行幸同始《はじま》レリ。

[一五]延久四年十月六日脫屣。同五年四月廿一日[一六]御出家。法名金剛行。五月七日崩御。

四十。

[一七]后三人。男女御子七人。

七十二
白河　十四年。

諱貞仁《〈サダ〉ひと》。延久四年十月六日[一八]受禪。廿。同元年月日立坊。十七。後三條院ノ[一九]第一

子。治曆元年十二月九日御元服。十三。母贈皇太后藤原茂子。權大納言能信女。

實ニハ公成中納言女也。

關白教通。[二〇]承保二年九月廿五日薨。八十。

[二一]關白左大臣師實。承保二年九月廿六日內覽。十月三日藤氏長者。同十五日關白。永保六年[二二]正

月十九日辭ス二大臣一。

[二三]內大臣師通。左大將。同日任。廿二。

承保ハ三年。元年甲寅《きのえとら》。八月廿三日改元。

[二四]元年十月三日上東門院崩。八十七。

承曆ハ四年。元年丁巳《ひのとみ》。十一月十七日改元。永保ハ三年。元年辛酉《かのととり》。二月十日改元。

補注2−一三〇。一三 延久二年八月十五日に石清水八幡宮に行われ、以後毎年八月十五日行われた法会。奉幣使が立てられ、公卿以下が参り、諸式行幸に准じる。「放生会」は魚鳥等の人に捕え殺されるのを買い集め修法して放ちやる法会。元正天皇養老四年石清水で行ったのが初め。↓補注2−一三一。一三 同三年十月二十九日日吉・山王社に行幸。近江国坂本にある比叡山の地主神。↓補注2−一三二。一四 延久四年三月二十六日初めて稲荷祇園両社に行幸。「行二幸稲荷祇園一。別当阿闍梨行禅為二権律師一。此二社幷日吉社行幸此時始之」(略記、延久四年三月二十六日)。一五 百錬抄によると在位四年で延久四年十二月八日(略紀・簾中抄など同じ)白河天皇に御譲位、是日実仁親王(延久三年二月十日誕生)を皇太子とする。一六 ↓補注2−一三三。一七「后女御三人。男女みこ七人」(簾中抄)。一八 延久四年十二月八日受禅、二十歳。延久元年四月二十八日皇太子。一九 ↓補注2−一三四。二〇 ↓補注2−一三五。二一 師実は承保二年教通の薨逝後関白となる、三十四歳。教通は自分の子の内大臣信長を関白にしたかったが、中宮賢子(師実は賢子の養父)が帝に嘆いて関白の宣旨が忽ち左大臣に下った(古事談、二)。↓補注2−一三六。二二 底本「永保六年」は誤記。永保三年正月十九日左大臣師実は上表して左大臣を辞し聴される。「大殿辞関白表勅答」(続文粋、二)。二三 師実の長子、「正月廿六日任。廿七日左大将如元」(補任、永保三)。二十二歳。二四 ↓補注2−一三七。

一 天台座主第三十四世。頼通の第六子、母は進命婦(古事談、二)。智証門徒明尊の弟子。康平六年園城寺長吏。↓補注2−一三八。二 天台座主第三十五世。↓補注2−一三九。三 ↓補注

應徳三年[八]。元年甲子《きのえね》。二月七日改元。

宇治 三井 山座主法務大僧正覺圓《かくゑん》[一]。承保四年二月五日宣命。五十七。

金剛壽院 權大僧都覺尋《かくじん》[二]。權僧正。同年同月七日宣命。六十六。治四年。永保元年十月一日卒。

七十一。

[三]今年六月四日山門大衆《だいしゆう》燒二失スル三井寺ヲ一事。依テ[四]此座主ニ被レ拂ハ二山門ヲ一畢ル。山座主《やまのざす》被ルル拂ハ事此時ニ始《はじま》レリ。後々大略流刑[五]歟。委[六]旨ハ在リ二別帖ニ一。永保元年四月十五日燒ク二三井寺ヲ一。

權大僧都良眞[七]。大僧正。永保元年十月廿五日宣命。嘉保三年五月十三日卒。七十六。

[八]應徳三年十一月廿六日脱屣。嘉保三年八月九日御出家。四十四。大治四年七月七日崩御。七十七。世ヲ知食《しろしめす》事五十餘年。

[九]后女御二人。男女御子九人。

[一〇]後三條院オリサセ給《たまひ》テ後、世ヲ知食サントスル程ニ、程ナクカクレサセ給フ。

[一一]此時ヨリカク太上天皇ニテ世ヲ知食事久《ひさしき》也。

[一二]法勝寺《ほつしようじ》ヲ立《たて》ラレテ大乘會《だいじようゑ》等多《おほく》ノ御佛事ヲオカル。國王ノ氏寺《うぢでら》[一三]ニテ今ニアガメラル。此大乘會[一四]、講師《こうじ》[一五]ハ慈覺智證門人隔年爲リ二講師一。御齋會《さいゑ》[一六]・維摩會《ゆゐまゑ》[一七]以テ二南京僧ヲ一爲ス二講師ト一也。

2-一四〇。四 この時の座主は覚尋であるが、続類従本天台座主記には(永保元年)六月四日「大衆切払定心房追却山門」とあり、歴代皇紀、裏書、天台座主の項には「権僧正覚尋。承保四年二月七日宣命。永保元年六月四日伐払本口房幷衆判取印鎰預二綱了。号定心坊。治五年」と見える。五 底本「流刑」は天明本・史料本「流例」とある方がよいか。六 この別帖は「山門ノ事ヲ此奥ニ一帖カキアラハシ侍ル也」とある別記でなかったか。巻三、巻四にはこの事は見えない。永保元年四月十五日は、日吉祭に三井の法師が大津の御供を抑留した日。これより六月九日に園城寺は焼かれた(座主記)。七 天台座主第三十六世。西京座主。→二〇一頁。寛治七年八月六日山徒に逐出され、房舎を毀されたために八月二十日座主職を辞退。→補注2-一四一。八 →補注2-一四二。九「后女御二人。男女みこ九人」(簾中抄)。一〇 後三条天皇は在位四年で譲位、その直後延久四年十二月二十一日(院庁)を開始(為房卿記)されている。しかし延久五年五月七日間もなく崩御。藤原氏を抑えるため院政開始の意図があったという説もあるが、はっきり判らぬ。「世ヲ知食サントスル」は院政の意。慈円は後三条院にその意図があったとする。一一 白河院以後院政が始った。一二 京都市左京区岡崎の辺にあった寺。六勝寺の一。→補注2-一四三。一三「氏寺」は一族の菩提寺。その氏族の冥福を祈る。二〇六頁に「白河ニ法勝寺タテラレテ、国王ノウヂデラニコレヲモテナサレケルヨリ」。一四 →補注2-一四四。一五 法会などに経の講釈をする人。一六 金光明会ともいう。毎年正月八日より十四日まで七日間、大極殿(八省)で高僧を召し、金光明最勝王経を講じ国家の安泰を祈る法会(三宝絵参照)。三会(大極殿康和ニ五十ノ御賀アリケリ。[一八]此御時院中ニ上下《しやうか》ノ北面[一九]ヲオカレテ、上ハ諸太夫《しよだいぶ》[二〇]下ハ衛府《ゑふ》[二一]所司《しよし》[二二]允《のすけ》[二三]オホク候《さふらひ》テ、下北面《げほくめん》、御幸《ごかうの》御後ニハ矢オイテツカフマツリケリ。後ニモ皆其例也。

七十三
堀河　廿一年。

諱善仁《よしひと》。應德三年十一月廿六日受禪[二四]。此同日先ツ為ス東宮ト。嘉承二年七月十九日崩御。廿九。后[二五]二人。御子三人。白川院[二六]ノ第二子。寛治三年正月五日御元服。十一。母皇后宮賢子[二七]。京極大殿師實女。實ニハ六條右大臣顯房《あきふさ》女。

[二八]攝政太政大臣師實。後ニ關白。寛治二年十二月十四日任ズ太政大臣ニ。嘉保元年三月十九日辭ス關白ヲ。康和二年正月廿九日出家。同二月三日薨ズ。

[二九]關白内大臣師通。嘉保元年三月十九日為ル關白ト。年卅三。同十一日為ル氏長者ト。同廿二日給フ兵仗ヲ。同三年正月五日敍ス從一位ニ。康和[三〇]元年六月廿八日薨。卅八。

[三一]右大臣忠實。康和元年八月廿八日大納言之間内覽。藤氏長者[三二]。廿二。同二年[三三]七月十七日任ズ右大臣ニ。長治[三四]二年十二月廿五日關白。廿八。

寛治ハ七年。元年丁卯《ひのとう》。四月七日改元。嘉保ハ二年。元年甲戌《きのえいぬ》。十二月十五日改元。永長ハ一年。元年丙子《ひのえね》。十二月十七日改元。承德ハ二年。元年丁丑《ひのとうし》[三五]。十一月廿一日改元。康和ハ五年。元年己卯《つちのとう》。八月廿八日改元。長治ハ二年。元年甲申《きのえさる》。二月十日

御斎会・興福寺維摩会、薬師寺最勝会)の一。一七 毎年十月十日より十七日まで南都興福寺で維摩経を講ずる法会。↓補注2-一四五。一八 康和四年三月十八日、鳥羽殿で白河法皇の五十賀を行わせられ、堀河天皇の行幸があった。↓補注2-一四六。一九「北面」は上皇の御所を警衛する武士。院の北面。白河上皇の院政と共に創始という。↓補注2-一四七。二〇 摂政関白大臣の家に祇候して大・中納言まで進むことが出来る家筋。四位・五位に叙せられる。二一「衛府」は左右兵衛・左右衛門・左右近衛の六衛府。二二「所司下北面之中、器用譜代之輩被レ仰之」(名目鈔)。二三 検非違使尉か。為俊(千寿丸)の如き白河院北面(尊卑)は検非違使左兵衛尉として車後に候す(例えば中右記、寛治六年四月二十日条に「御車後、加賀守為房、検非違使左兵衛尉平為俊」とある)。「北面人々任二廷尉一事」(東鑑、文治三年八月二十七日)とあり、北面は検非違使に任ぜられたらしい。二四 受禅の時八歳。二五「后女御二人。みこ男女五人」(簾中抄)。御子は、五人(一代要記・皇代記)、六人(紹運録)。二六 兄は敦文親王。承保元年十二月二十六日誕生、承暦元年八月六日薨。二七 関白師実の養女、村上源氏源師房の子の顕房の娘。二八 師実は頼通の一男。↓補注2-一四八。二九 父の譲を受けて嘉保元年三月九日関白。十一日に氏長者として朱器台盤・長者印・荘園の券等を譲り渡された(中右記)。「(三月)廿二日賜随身兵仗。不被下一座宣旨」(補任、嘉保元年)。三〇 ↓補注2-一四九。三一 師通の長子。父の死により祖父師実の養子となった。↓補注2-一五〇。三二 氏長者となったのは十月六日(中右記、目録等)。三三 ↓補注2-一五一。三四「皇太子傅。十二月廿五為関白(廿八)」(補任、長治二年)。三五 底本「丁子」

改元。嘉承《かしよう》ハ二年。元年丙戌《ひのえいぬ》。[一]四月十日改元。

[二]二年七月十九日崩御。御年廿九。

山座主〔一乗房〕僧正[三]仁覺《にんかく》。大僧正。寛治七年九月十一日宣命。五十。治九年。康和四年三月廿八日卒。六十。

法印〔寂場房〕權大僧都[四]慶朝。康和四年閏五月廿三日宣命。七十六。治三年。嘉承二年九月廿四日卒。八十二。

[五]僧正〔一乗房三井〕增譽。長治二年閏二月十四日宣命。七十四。

法印〔理智房〕[六]仁源《にんげん》。權僧正。同年同月廿七日宣命。四十八。治四年。天仁二年三月九日卒。五十二。

[七]尊勝寺被ルニ建立セ一。同ジク立ツニ[八]灌頂堂ヲ一。[九]胎金《たいこん》兩部灌頂隔年被ルレ行ハレ之ヲ。慈覺智證門徒ヲ爲スニ灌頂阿闍梨ト一。[一〇]弘法大師門流仁和寺觀音院被ルレ置カセ之ヲ。有リニ議定一、如クレ此ノ被レレ定メ畢ル。

[一一]長治二年十月卅日、山大衆《のだいしゆう》日吉《ひえ》神輿ヲグシマイラセテクダリケル事ノ始也。[一二]季仲帥《のそつ》ト[一三]八幡別當光清ト同意シテ[一四]竈《かまど》門社神輿ヲ奉ルレ射。專當《せんだう》[一五]圓德法師殺害ノ訴也。先[一六]京極寺ニ下テ奉ルレ振リニ大内ノ[一七]待賢門ニ一云々。季仲被レニ流罪セ一了ル。光清ハ同一日解ニ[一八]却セラル見任ヲ一。又[一九]八幡宮ノ訴ヘ申ス之間、同三日還着シ了ル。[二〇]寛治六年始《はじめ》テ此風聞《ふうぶん》

を意により改む。

一 長治三年四月九日嘉承と改元。底本「四月十日」は誤記。二 七月十九日堀河院で崩御。鳥羽天皇践祚、五歳。三 天台座主第三十七世。源師房の子。→補注2-一五二。四 →補注2-一五三。五 →補注2-一五四。→二〇四頁。六 天台座主第四十世。藤原師実の息。→補注2-一五五。七 六勝寺の一。後三条天皇の円宗寺、白河天皇の法勝寺にならい、法勝寺の西に建立。堀河天皇の御願で康和四年七月二十一日供養。長治元年三月二十四日尊勝寺行幸があり、結縁灌頂を行わせられた。以後毎年三月二十四日に行う事となった。四灌頂(東寺・観音院・尊勝寺・最勝寺)の一(拾芥抄)。「行ニ幸尊勝寺一始行ニ灌頂一」(百錬抄、長治元年三月二十四日)。八 →補注2-一五六。九 灌頂堂(灌頂院)にかかげる胎蔵界曼荼羅・金剛界曼荼羅。胎蔵界は大日如来の理、金剛界は大日如来の智をあらわす。一〇 →補注2-一五七。一一 →補注2-一五八。一二 藤原季仲は権中納言経季の子。→補注2-一五九。一三 石清水八幡祠官系図によると、二十五代別当、保延三年九月二十四日入滅、五十四、寺務三十五年、頼清の子。歌人小大進(小大君)は光清の妻となった(今物語)。一四 筑前国筑紫郡(御笠郡)御笠村内山(今は太宰府町北谷字宝満)の竈門山(宝満山)にあった神社。天台宗竈門山寺(有智山寺)が供僧寺であった。一五 寺院では別当の下にあり、雑務を行い、妻帯を許されていた下級法師らしい。→補注2-一六〇。一六 「諸社根源記曰、京極寺三条京極云々」(山城名勝志、二)。「高陽親王が建てた寺」(今昔、二十四の二)。一七 大内裏十二門の一。中門ともいう。内裏の東面、郁芳門の北、ただし実際は陽明門

アリケレドモサモナシ。嘉保二年十二月ニ中堂マデ奉ル二振リ立テ一云々。其[二一]モ下洛ハナシ。寛治ニハ[二二]為房ト訴《うつたへ》、[二三]嘉保ニハ[二四]義綱ヲ訴ケリ。

七十四 鳥羽　十六年。

諱宗仁《むねひと》。嘉承二年七月十九日受禪。五。[二五]康和五年八月日立坊。一歳。保安四年正月廿八日脱屣。廿一。[二六]保元元年七月二日崩御。五十四。堀河院ノ第一子。[二七]天永四年正月一日御元服。十一。[二八]后三人。御子十四人。母贈皇后藤原苡子《しし》。大納言實季女。

攝政太政大臣忠實。[二九]天永三年本ノママ十二月十四日任ズ二太政大臣ニ一。[三〇]永久元年四月十四日辭スレ之ヲ。嘉承二年七月十九日為ル二攝政一ト。[三一]保安元年二月廿三日辭ス。

[三二]關白左大臣忠通《ただみち》。保安二年三月五日為ル二關白一ト。廿四。聽ス二牛車一ヲ。[三三]同四年十二月十七日任ズ二左大臣ニ一。元内大臣。

天仁ハ二年。元年戊子《つちのえね》。八月三日改元。[三四]天永ハ三年。元年庚寅《かのえとら》。七月十六日改元。

[三五]永久ハ五年。元年癸巳《みづのとみ》。七月十二日改元。元永ハ二年。元年戊戌《つちのえいぬ》。四月三日改元。

保安ハ四年。元年庚子《かのえね》。四月十日改元。

教王房 座主法印[三六]賢暹《けんぜん》。天仁二年二月廿日宣命。八十一。治一年。天永三年十二月廿三日卒。八十五。

に振り込んだらしい。一八 現在任じられている職務をとかれた。一九 →補注2―一六一。二〇 →補注2―一六二。二一 神輿は京都に入京しなかった。底本「下路」。史料本により改む。二二 左少弁藤原為房。寛治七年六月二十六日帰京を聴された(補任)。但馬守隆方一男。永久三年薨。二三 →補注2―一六三。二四 源頼義の次子、義家の弟。加茂二郎と称す。二五 宗仁親王は康和五年八月十七日高陽院に遷り、皇太子となる。二六 白河法皇の崩御後、鳥羽上皇は院政を行い、崇徳・近衛・後白河の三代に院政。後白河天皇保元元年七月二日崩御、五十四歳。二七 底本「天承」を改む。二八「后三人、みこ十六人」(簾中抄)。「後宮三人。御子十四人」(歴代皇紀)。藤原苡子→二〇二頁注五。二九 底本「天承」を改む。鳥羽天皇の受禅の日、嘉承二年七月十九日関白右大臣、「七月十九日改関白為摂政(依受禅也)」(補任、嘉承二年)。天永三年十二月十四日摂政太政大臣。底本「嘉承…為摂政」を先に出すべき。三〇 天永四年(永久元年)三十六歳。→補注2―一六四。三一 底本「保安、、二月」。白河法皇の仰せで保安元年十一月十二日内覧を停められた(今鏡、四、宇治の川瀬)。これは娘の泰子入内の事に関し法皇の怒をかったからで、保安元年二月二十二日関白を辞し、子の忠通がなった。三二 忠実の一男。→補注2―一六五。三三 底本「同四年」は誤記。保安三年十二月十七日関白左大臣。右大臣雅実が太政大臣、内大臣忠通を左大臣、大納言家忠を右大臣、権大納言源有仁を内大臣に任じた(補任)。三四 天仁三年七月十三日天永と改元(百錬抄)。十五日(歴代皇紀・一代要記)とも。三五 天永四年七月十三日永久と改元(百錬抄)。三六 天台座主第四十一世。→補注2―一六六。

南勝房 權大僧都仁豪《にんがう》[一]。權僧正。天仁三年五月十二日宣命。六十。治十一年。保安二年十月四日卒。七十二。同元年六月日燒ニ三井寺、第二度。

大乘房 權僧正寛慶《くわんけい》[三]。保安二年十月六日宣命。七十八。治二年。

[四]最勝寺御建立。始メテ置ク兩部灌頂等尊勝寺ニ云々。

[五]仁平ニ五十賀アリケリ。

[六]御熊野詣《みくまのまうで》ニ、中院《なかのゐんの》[七]右大臣、花園《はなぞのの》[八]左大臣御供ニテ、右大臣ニ胡飲酒《こんじゅ》[九]マハセラレテ、[一〇]我御笛、左大臣笙吹《ふき》テ、イヒシラヌ程ノ事ニテ有《あり》ケリ。資賢《すけかた》[一一]大鼓ニ候《さふらひ》ケリ。

七十五 崇徳《しゅとく》　十八年。

諱顯仁《あきひと》。[一二]保安四年正月廿八日受禪。五。無シ立坊。永治元年十二月七日脱屣。

鳥羽院ノ第一子。大治四年正月一御元服。十一。母待賢門院《たいけんもんゐん》璋子。白河院御女。實ニハ大納言公實女也。

[一三]前關白忠實。保延六年二月中重内聽ス輦車ヲ。六月五日准ズ三宮ニ。同十月二日出家。法名圓理。年六十三。應保二年六月十八日薨。八十五。

攝政太政大臣忠通。後關白。[一四]大治三年三月任ズ太政大臣ニ。同四年四月十日辭ス之ヲ。

[一五]內大臣藤頼長。左大將。保延二年十二月任。十七。

一 天台座主第四十二世。山の大衆が難じたため天永四年六月二十八日上表して座主職を辞そうとしたが許されず。↓補注2－一六七。
二 保安二年三井寺衆徒と延暦寺の山徒との間に争いが数回おこり、閏五月二日山徒は三井寺を襲撃して堂塔僧坊を焼いた。これは永保元年六月九日以来二度目の三井寺焼失であった。「(保安)二年閏五月三日叡山僧三井寺塔僧房等焼払。不残一宇」(歴代皇紀)。
三 天台座主第四十三世。↓補注2－一六八。
四 最勝寺は元永元年十二月十七日白河法皇・鳥羽天皇臨幸、永縁を導師とし落慶供養される。なお「尊勝寺」は「最勝寺」の誤りか。最勝寺の灌頂は四灌頂の一。↓補注2－一六九。
五 仁平二年三月七日鳥羽南殿で鳥羽法皇五十の賀をした(今鏡、二、鳥羽の賀)。
六 鳥羽院は熊野詣を二十一度されているが、右大臣源有仁が供奉したのは長承三年正月十三日出発して二月六日還御された時である(中右記、長承二年九月十五日参照)。七 中院右大臣は源雅定。源雅実の二男。長承三年は中納言左衛門督。花園左大臣有仁は、長承三年は右大臣。八 天治二年八月十日あまりのころ、源有仁は中御門右府宗忠と野宮に参り、女房の箏に合せて、有仁が琵琶をひき、宗忠が催馬楽をうたって遊んだ話が十訓抄、巻十に見える。九 雅楽の曲名。胡人が酒を飲む姿を模して舞曲としたもの。↓補注2－一七〇。一〇 ↓補注2－一七一。
一一 源資賢。有賢の子。底本「大皷」。諸本により改む。↓補注2－一七二。
一二 ↓補注2－一七三。一三 ↓補注2－一七四。
一四 崇徳天皇の即位と共に保安四年「正月廿八日改関白為摂政」(補任)、大治三年十二月十七日太政大臣(中右記、目録)、大治四年四月十日天治二年。元年甲辰《きのえたつ》。四月三日改元。大治五年。元年丙午《ひのえうま》。正月廿二日改元。

一六同四年七月七日白河院崩御。御年七十七。

天承一年。元年辛亥《かのとゐ》。正月廿九日改元。一七長承三年。元年壬子《みづのえね》。八月十四日改元。

保延六年。元年乙卯《きのとう》。四月廿七日改元。一八永治一年。元年辛酉《かのととり》。七月廿八日改元。

平等院 三井 座主僧正行尊《ぎやうそん》一九。保安四年十二月十八日宣命。六十九。同廿三日京都拜賀云々。則日辭退。

二位 法印仁實二〇。僧正。同年同月卅日宣命。卅三。治七年。天承元年六月八日卒。四十。

法印權大僧都忠尋二一。法務大僧正。大治五年十二月廿九日宣命。六十六。治八年。保延四年十月十四日卒。七十四。

鳥羽 大僧正覺猷《かくいう》二二。法務。保延四年十月廿八日宣命。八十六。

三井 法務權僧正行玄《ぎやうげん》二三。大僧正。同年同月廿九日宣命。四十二。治十八年。久壽二年十一月五日入滅。五十九。

二四保延六年四月十四日燒《クコト》二三井寺《ヲ》一第三度。

二五永治元年十二月七日脱屣ノ後、スベテ鳥羽法皇ノ御心ニカナハセオワシマサヾリケルニヤ、法皇崩御ノ後ノ事ドモ細《こまか》ニ二六別帖ニアリ。御在位ノ間二七成勝寺ヲ被《ル》レ立《テ》。

七十六 近衛《このゑ》 十四年。

第三度上表、勅して聴され、七月一日摂政を辞し、勅して関白とする。一五 忠通の弟。大治五年忠通の猶子として昇殿する、十一歳。天承元年十三歳にして非参議従三位、右中将。長承四年(保延元年)十六歳にして権大納言、「二月八日任右大将」(補任)、保延二年十二月九日に内大臣、「同十三日右大将如元」(補任)。一六 白河法皇崩御の後は鳥羽院の院政時代。↓補注2-一七五。一七 天承二年八月十一日長承と改元(百錬抄)。一八 保延七年七月十日永治と改元(百錬抄)。一九 天台座主第四十四世。三井寺平等院に住す。↓補注2-一七六。二〇 天台座主第四十五世。大納言公実の二男。「後寂場房。治山七年」「保安四年癸卯十二月廿日宣命〈年三十三。臈二十三〉。四十未満座主初例也。天承元年辛亥六月八日入滅〈四十一〉」(座主記)。二一 ↓補注2-一七七。二二 天台座主第四十七世。画僧としても有名。鳥羽の証金剛院に住す。宇治大納言隆国息。智証流覚円の弟子。「法輪院号二鳥羽僧正一。歴二三ケ月一」「保延四年戊午十月廿七日宣命〈八十六〉。同廿九日辞退。同六年庚申九月十五日入滅〈八十八〉」(座主記)。二三 天台座主第四十八世。京極大殿師実の息。「青蓮院。治山十七年」「保延四年戊午十月廿九日宣命〈年四十二〉。久寿二年乙亥十一月五日入滅〈五十九〉」(座主記)。「青蓮院根本加無動寺并横川三昧院」(続類従座主記)。二四 保延六年四月十四日に大津新宮の祭に三井寺の慶仁の子が山門の下僧を殺した事から閏五月二十五日に延暦寺衆徒は園城寺に発向、寺院房舎を焼き、二十八日及び七月十六・十七日重ねて又焼いた(僧綱補任・台記等)。二五 ↓補注2-一七八。二六 巻四をさす。二七 崇徳天皇の御願寺。保延五年十月二十六日落慶供養、上皇天皇の御幸があった。

諱體仁《（ナリ）ひと》。永治元年十二月七日受禪。三。保延五年八月十七日立坊。一歳。鳥羽院第八子。久安六年正月四日御元服[一]。十二。加冠法性寺殿《かくわんほつしやうじ》[二]、理髪[三]宇治左府。[四]能冠《のうくわん》[五]光頼權右中辨云々。母美福門院《びふくもんゐん》[六]得子。中納言長實女。贈左大臣。久壽二年七月廿三日崩御。十七。

攝政忠通。後二關白一。[七]久安六年九月廿六日停ム二藤氏ノ長者ヲ一。十二月九日爲ル二關白ト一。

[八]太政大臣實行。公實二男。久安五年八月廿七日任ズ二右大臣ニ一。七十。同六年八月廿一日任ズ二太政大臣ニ一。

[九]左大臣頼長。久安五年七月廿八日任ズ二左大臣ニ一。卅。同六年九月廿六日請フ二藤氏ノ長者印ヲ一。同七年正月十日蒙ル二内覧ノ宣旨ヲ一。

[一〇]左大臣源有仁。輔仁親王男。右大將。後轉ズレ左ニ。保安三年十二月十七日任ズ二内大臣ニ一。天永元年十二月廿二日任ズ二右大臣ニ一。保延六年十二月九日轉ズレ左ニ。[一一]久安三年二月三日出家。四十五。同十三日薨。

康治二年。元年壬戌《みづのえいぬ》。四月廿八日改元。[一二]天養一年。元年甲子《きのえね》。二月廿二日改元。

久安六年。元年乙丑《きのとうし》。七月廿二日改元。仁平三年。元年辛未《かのとひつじ》。正月廿六日改元。

久壽二年。元年甲戌《きのえいぬ》。十月廿八日改元。

[一三]同二年七月廿六日崩御。

一 元服の日は、天皇は正月元旦より五日迄の間に行う。二 冠を加える役。引入ともいう。三 加冠の前に髪の端を切り、元結で髪を結ぶ役。四 櫛で総角を解き、元結で髪を結んで、髪の末を切る役。五 顕頼の子、藤原光頼。久安四年十月十三日権右中弁。六 長実は顕季の子。長承二年八月十九日薨。美福門院の母は堀河左大臣俊房女。七 父忠実を退け、鳥羽天皇保安三年三月関白になった事が原因で、崇徳天皇の代に父が内覧に復活すると父と不仲になり、久安六年氏長者を止められた。「三月十三日上表謝大臣。勅許之。九月廿六止氏長者。十二月八日上表辞摂政。同九日勅答許之。即日蒙関白宣旨」(補任、久安六年)。八 公実の二男。久安五年七月二十八日右大臣、七十歳。久安六年八月二十一日太政大臣(補任)。九 忠通から氏長者印を忠実は奪い、頼長に与える。「九月廿六日請氏長者印(請取朱器大盤)」(補任、久安六年)。更に法皇に忠実は請い、久安七年正月十日内覧の宣旨を受け鳥羽法皇の寵を得る。「宮中雑事先触二左大臣一宜二奉行一者〈左府頭弁先参院。承レ勅参陣。頭弁不レ奏二主上一。又不レ触二申関白一。依二上皇御直宣下一云々〉」(世紀、仁平元年正月十日)。正月二十二日随身兵仗を賜わる(世紀)。「末には御心どもたがひてこの弟の左のおとどを院と共にひき給ひて藤氏の長者をもとりて、これになしたてまつり給ふ」(今鏡、五、かざり太刀)。一〇 後三条院の皇子の輔仁親王の第二皇子。臣籍に降下、花園左大臣と号す。詩歌・管絃・書に巧みであった。一一 底本「久寿三年」を改む。「久安三年二月十三日薨(法名成覚)」(補任、久安三年)。一二 康治三年二月二十三日天養元年と改元。一三 久寿二年七月二十三日近衛殿で崩御、十七歳。「天皇崩于近衛皇居〈春秋十七。年来御不予延[一四]勝寺ヲ被《ル》レ立《テ》。此後代々如《キ》レ此《ノ》大伽藍御願寺[一五]キコヘズ。五代ノ御門、此五勝寺ヲ立《たて》ラル、ニ、待[一六]賢門女院ノ圓勝寺ヲ加《くはへ》テ六[一七]勝寺トイフ。此御時鳥羽院ノ御沙汰ニテ、宇治左大臣頼長公內[一八]覽《の》宣旨ナド云《いふ》事出キテ、大[一九]《だい》亂逆《らんげき》キザシテケルニヤ。此後ノ事ドモ細[二〇]《カニ》在《リ》二別帖《ニ》一。

七十七
後白河　三年。

諱雅仁。久[二一]壽二年七月廿二日己巳《つちのとみ》受禪。廿九。無《シ》二立坊一。保元三年八月十一日脫屣。卅二。鳥羽院《ノ》第四子。保延五年十二月廿七日御元服。十三。母崇德院《ニ》同《ジ》。

關白忠通。保[二二]元々年七月十一日更《ふたたび》藤氏《ノ》長者。應[二三]保二年六月八日出家。六十六。長寬二年二月十九日薨。六十八。

太政大臣實行。保[二四]元々年八月九日辭退。

左大臣頼長。內覽。藤氏《ノ》長者。保[二五]元々年七月十一日合《ス》二戰官軍《ト》一。同十六日薨。卅七。

保元三年《ハ》。元年丙子《ひのえね》。四[二六]月廿四日改元。

保[二七]元々年七月二日鳥羽院崩御。五十四。

座[二八]主權僧正(最雲)。無品親王。元法印《ほふいん》。久壽三年三月卅日宣命。五十二。治六年。應保二年二月十六日卒。

嘉[二九]應元年六月御出家。四十二。法名行眞。建[三〇]久三年三月十三日崩御。六十六。

也〉。空三王位二一日」(百錬抄、久寿二年七月二十三日)。一四 近衛天皇の御願寺。久安五年三月二十日落慶供養。遺跡は左京区岡崎延勝寺町。一五 勅願寺。天皇、皇后等の願により建てられた寺。一六 大治三年三月十三日鳥羽天皇の后待賢門院璋子の御願寺円勝寺が落慶供養。一七 白河天皇御願の法勝寺・堀河天皇御願の尊勝寺・待賢門院御願の円勝寺・鳥羽天皇御願の最勝寺・崇徳天皇御願の成勝寺・近衛天皇御願の延勝寺。↓補注2―一七九。一八 頼長が内覧宣旨を受けたのは久安七年正月十日。↓注九。一九 保元の乱。二〇 ↓巻四(二一七頁以下)。二一 七月廿四日の誤記。↓補注2―一八〇。二二 後白河天皇の御代になると忠通は鳥羽法皇に信用され、保元元年の乱に頼長が七月十一日の合戦に受けた傷がもとで死ぬと藤氏長者となる。「七月十一日依宣旨更為藤氏長者」(補任、久寿三年)。二三 保元三年八月十一日関白を辞し、嫡子基実に譲り、応保二年六月八日出家する。「六月八日於法性寺別業出家。同十八日父喪。長寛二・二・十九入滅(六十八)。法名円観(摂政卅八年)」(補任、応保二年)。二四 「八月九日上表辞退(年七十八)」(補任、保元二年)。二五 保元元年二月二日に頼長は還任されたが、七月十一日の合戦後、傷により奈良坂で死ぬ。↓補注2―一八一。二六 改元は、四月二十三日(百錬抄)、同二十七日(一代要記・皇代紀)。二七 ↓補注2―一八二。二八 天台座主第四十九世。堀河院の皇子。梶井門跡。「円融房。治山六年」「久寿三年丙子三月卅日宣命〈五十三〉。応保二年壬午二月十六日入滅〈五十九〉」(座主記)。二九 「嘉応元年六月十七日御出家。四十二」(歴代皇紀)。戒師は園城寺長吏覚忠。御法名行真(百錬抄)。三〇 建久三年三月十三日六条殿で崩御(百錬抄)。

御願ニハ、法住寺《ほふぢゆうじ》[一]ニ千手観音千體[二]、御堂[三]號ニ蓮華(王)院一、此御建立也。閼伽《あか》[四]水《みづ》涌出、有ニ靈験事等一云々。一向此御時、連々亂世、具《つぶさ》[五]ニ在ニ別帖一。此君ハ一[六]身阿闍梨《あざり》ニ成《なり》テ、終ニ入壇灌頂《にふだんくわんちやうとげ》遂サセ給。御師ハ公顯[七]大僧正也。

智證大師門流也。

[七十八] 二條　七年。

諱守仁《もりひと》。保[八]元三年八月十二日受禪。十六。同[九]元年九月廿三日立坊。十三。後白河第一子。久壽二年十二月九日御元服。母女御懿子。大納言經實女。

[一〇] 關白左大臣基實《もとざね》。讓位日蒙ニ關白詔一。十六。平[一一]治元年八月十一日任ニ左大臣一。[一二]長寛二年閏十月十七日辭ニ左大臣一。

平治一年[八]。元年己卯《つちのとう》。四月廿日改元。永暦[八]一年。元年庚辰《かのえたつ》。正月十日改元。應保[八]二年。元年辛巳《かのとみ》[一三]。九月四日改元。

[一四] 二年六月十八日知足院殿薨。

長寛[八]二年。元年癸未《みづのとひつじ》。三月廿九日改元。

[一五] 同二年(二月)[本ノママ]十九日法性寺入道殿下薨。六十八。

[一六] 崇德院[八]二年八月廿六日崩御。四十六。

永萬[八]一年。元年乙酉《きのととり》。六月五日改元。

一 法住寺は一条天皇の朝に藤原為光の建立。「法住寺〈法性寺北太政大臣為光建立〉」(拾芥抄)。

二 千手千眼観世音。黄金色で二十七面と千手千眼(四十手あり、一手ごとに二十五有を救うから千手という、毎手一眼)で、一切の衆生を救うという。底本「千手観音千体ニ」。天明本により改む。

三 長寛二年後白河上皇は平清盛に備前国の成功を以て御願寺蓮華王院を造営させ、十二月十七日落慶供養し、重盛は正三位に叙せられた。↓二三九頁。底本「蓮華院」。諸本により改む。↓補注2—一八三。

四 仏前に供える浄水。↓補注2—一八四。

五 巻五に平治の乱についての記述がある。巻五を指そう。

六 承安二年十月十一日後白河法皇は前大僧正覚忠から一身阿闍梨職を受けられた。↓補注2—一八五。

七 ↓補注2—一八六。

八 保元三年八月十一日昭陽舎で践祚(百錬抄)。

九 久寿二年九月二十三日に皇太子。↓補注2—一八七。

一〇 二条天皇即位と共に保元三年八月十一日父忠通に代り、十六歳で右大臣基実が関白となり、随身兵仗を賜わり、忠通は朱器台盤を譲った。基実は忠通の一男、「号六条殿又梅津殿又中殿」(尊卑)。↓補注2—一八八。

一一 底本「平治元年」は誤記。平治二年(永暦元年)八月十一日左大臣となる。↓補注2—一八九。

一二 弟基房、閏十月二十三日左大臣。↓補注2—一九〇。

一三 底本「癸巳」を改む。

一四 藤原忠実は保元の乱に子の頼長側に立ち、乱後忠通のとりなしで知足院に幽閉されていたが、応保二年六月十八日薨。「知足院入道薨。八十五」(百錬抄、応保二年六月十八日)。

一五 底本「同二年十九日」。河村本により改む。「法性寺入道忠通入滅。六十八」(百錬抄、長寛二年二月十九日)。

[一七]元年七月廿二日崩御。廿二[イ三]。六月御脱屣。

長谷
座主權僧正覺忠[一八]。法務大僧正。應保二年二月卅日宣命。四十五。

三井
禪智房
權僧正重輸《ぢゆうゆ》[一九]。同二年閏二月三日宣命。六十八。治一年。長寛二年正月十二日卒。

後本覺院
權僧正快修[二〇]。法務大僧正。同年五月廿九日宣命。六十五。治二年。同三年[二一]九月二日燒ニ三井寺一、第四度。

權僧正俊圓[二二]。長寛二年閏十月十三日宣命。五十六。治二年。仁安元年八月廿八日卒。

七十九
六條　三年。

諱順仁〈ノブ〉《ひと》。[二三]永萬元年六月廿五日受禪。仁安三年脱屣[二四]。四。安元二年七月十九日崩御。御年十三。終ニ御元服ナシ。二條院ノ御子也。母不ニ分明一ナラ[二五]。異ニ云。中宮育子。右大臣藤公能女云々。妻后中宮ノ御子ノ由ニテ御受禪アリケリ。密事ニハ大藏大輔伊岐[二六]宗遠女子云々。

[二七]攝政基實。永萬二年七月廿六日薨。廿四。

[二八]攝政基房。永萬二年七月廿七日攝政。同十一月四日辭ニ左大臣一。

[二九]太政大臣伊通《これみち》。長寛三年二月日依ニ所勞一辭退。同十一日出家。七十三。十五日薨。

[三〇]平清盛。刑部卿《ぎやうぶきやう》忠盛一男。永萬二年十一月十一日任ニ內大臣一。仁安二年二月十一日任ニ太政大臣一。同年月日辭。

一六 保元乱後讃岐に配流されていた崇徳院は長寛二年八月二十六日崩御。「讃岐院崩ニ于配所一。四十六。太上皇無ニ服仮之儀一」(百錬抄、長寛二年八月二十六日)。一七 永万元年六月二十五日御不予の為に六条天皇(第二皇子順仁親王)に譲位。七月二十八日押小路洞院の第で崩御。

一八 →補注2−一九一。一九 重愉とも。天台座主第五十一世。→補注2−一九二。二〇 天台座主第五十二世。妙法院門跡。長寛二年十月五日座主を山門から追い払い、その本房をこわした。→補注2−一九三。二一 応保三年(長寛元年)三井寺戒壇問題が尾を引き、六月九日延暦寺衆徒は三井寺を攻め、その堂塔房舎を焼き、山城国愛宕郡岩倉村の長谷(ながたに)・石蔵(いわくら)(余慶僧正開基の観音院があった)も焼いた。→補注2−一九四。

二二 →補注2−一九五。二三 二条天皇は御不予のため第二皇子順仁親王に永万元年六月二十五日譲位、六条天皇は土御門高倉第で受禅、当時二歳。→補注2−一九六。二四 仁安三年二月十九日に清盛の妻時子の妹建春門院(平滋子。時信の女、時忠の妹)を母とする後白河院の皇子憲仁親王が八歳で受禅、四歳の六条天皇が譲位する。

二五 →補注2−一九七。二六 底本「岐伊」を「伊岐」に改む。二七 永万元年六月二十五日六条天皇即位の日摂政となったが、翌永万二年七月二十六日薨、二十四歳。「七月廿六日薨(痢病)。…贈太政大臣正一位。摂門九年。号六条」(補任、永万二年)。二八 基実の弟、忠通の二男。基実薨去の翌七月二十七日基通幼少のため左大臣基房は代って摂政氏長者となり、十一月四日左大臣を辞す。二十三歳。

二九 平治二年八月十一日より太政大臣。「二月三日依病上表辞職。同十一日出家。十五日薨」(補任、長寛三年)。三〇 →補注2−一九八。

一左大臣經宗《つねむね》。永萬二年十一月十一日任。

二右大臣兼實《かねざね》。兵仗。同日任。

三內大臣藤忠雅《ただまさ》。右大將。家忠孫。中納言忠宗男。仁安二年二月廿一日任。

仁安三年。元年丙戌《ひのえいぬ》。八月四廿六日改元。

五座主僧正快修。還補《げんぽ》始例也。仁安元年九月二日宣命。治一年。承安二年六月十二日卒。避ルレ職ヲ之後六ケ年。

六法印明雲《めいうん》。法務大僧正。仁安二年二月十五日宣命。五十二。治十年。安元三年五月日配《はい》流《る》。於テ二勢多ニ一、山門ノ大衆抑留了。相具シ登山シ畢ル。

八十高倉　十二年。

諱憲仁。仁安三年二月十九日受禪。八。七同二年十一月七日立坊。七。後白河ノ第五子。嘉應三年正月三日御元服。十一。治承四年二月廿一日脱屣。母建春門院滋子。

八攝政基房。後ニ關白。承安二年十二月廿七日關白。九治承三年十一月十六日停ム二關白氏ノ長者ヲ一。同(十)八日左ニ遷シ太宰ノ權帥ニ一、同月同日赴キ二西海ニ一之間、於テ一〇(川尻)ノ邊ニ一出家ス。卌五。一一其後留ル二備前國ニ一。一二同五年月日被レ召シ返サ一聽サル二歸京ヲ一。

一三關白內大臣基通《もとみち》。治承三年十一月十四日任ズ二內大臣ニ一。元二位中將。同十六日爲ル二關白藤氏ノ長者ト一。

一 中御門経宗。師実―経実―経宗。二条天皇の舅に当る。「故正二位行大納言経実卿四男」(補任、久安五年)。二 永暦元年十二歳にして非参議、正三位。→補注2-一九九。三 花山院忠雅。師実の子孫。師実―家忠―忠宗―忠雅。→補注2-二〇〇。四 二十七日(百錬抄・一代要記・皇代記)。五 天台座主第五十四世。天台座主五十二世であった人。また還補された。「仁安元年丙戌九月一日還補〈六十七〉。還補初例也。承安二年壬辰六月十二日入滅〈七十三〉」(座主記)。六 天台座主第五十五世。→補注2-二〇一。七 高倉天皇は後白河院と清盛の妻の妹建春門院滋子(故兵部大輔平時信女。母は故民部卿顕頼女(山槐記、応保元年九月三日条))との間に生れ、仁安元年十月十日六条天皇二歳の時、六歳で皇太子。底本「同二年十一月七日立坊。〈七〉」は誤記か。八 高倉天皇代も引続き摂政であるが、承安二年十二月二十七日上表して摂政を辞し、「詔為関白。廿八日又宣旨云。除目官奏等准摂政儀行之」(補任、承安二年)。九 清盛は後白河院を中心とした反平家勢力を倒す決心をし、治承三年十一月十四日福原より突如入京、十五日関白基房を罷める事を奏請、右近衛中将基通(当時二十歳)を内大臣・関白とし、十八日基房を大宰権帥に左降し、前太政大臣師長を尾張に流すなど四十人以上の法皇方の公卿を追放し、二十日法皇の院政を罷め、鳥羽院に後白河法皇を押しこめた。「十一月十七日解官。同十八日任大宰権帥。配流宰府。同廿一日出家。改宰府配備前国。号松殿」(補任、治承三年)。→補注2-二〇二。一〇 底本「於辺出家」。意により改む。川尻は今の尼崎市の辺(摂津国河辺郡)。神崎川の河口で瀬戸内海に出る要港であった。大川尻ともいう。→補注2-二〇三。一一「遠流廿。

太政大臣忠雅《ただまさ》。一四仁安三年八月十日任。嘉應二年十一(月)日辭ス。

一五師長《もろなが》。承安五年十一月十日任ズ二內大臣ニ一。安元三年三月五日任ズ二太政大臣ニ一。治承三年十一月十七日辭スレ官ヲ。坐シレ事ニ配二流セラル於尾張國ニ一。出家。

一六左大臣經宗《つねむね》。

一七右大臣兼實《かねざね》。兵仗。

內大臣源雅通《まさみち》。右大將。大納言顯通一男。雅定猶子《いうし》。仁安三年八月十日任。一八承安五年二月廿七日薨。五十八。

平重盛。左大將。一九安元三年三月五日任。六月五日辭ス二大將ヲ一。治承三年三月十一日辭ス。同二〇五月廿五日(出家)。八月一日薨。本ノマヽ

嘉應二年。元年己丑《つちのとうし》。四月八日改元。承安四年。元年辛卯《かのとう》。四月廿一日改元。二一

治承四年。元年丁酉《ひのととり》。八月四日改元。

二二座主阿闍梨覺快《かくくわい》親王。安元三年五月十一日宣命。四十四。治二年。治承三年十一月十七日辭退。任始日改補云々。不レ知ラ二此事ヲ一云々。養和元年十一月六日入滅。辭退之後三ケ年。

僧正明雲。二三治承三年十一月十六日宣命。六十五。治四年。壽永二年十一月十九日卒。六

の人の道にて出家しつるをば約束の国へは遣はさぬ事である間、始は日向国へと定められたりしかども、御出家の間、備前国府の辺、井ばさまと云ふ所に留め奉る」(平家、三、大臣流罪)。「又曰、前関白自淡路已渡備前給云々、備前国者前大納言邦綱卿知行国也、仍申請禅門奉渡也」(山槐記、治承三年十二月十三日)。三 治承四年十二月四日召還、十六日京都に還る。「今夜松殿自備前令二入洛一給」(山槐記、治承四年十二月十六日)。一三 近衛基実の一男。清盛の娘盛子が養母。↓補注2-二〇四。一四 仁安三年八月十日に太政大臣、嘉応二年六月六日に辞した(補任)。底本「嘉応二年十一日」。諸本により改む。一五 ↓補注2-二〇五。一六 大納言経実の四男。一七 永万二年十一月十一日左大臣に任ず。一七 永万二年十一月十一日右大臣となる。「兵仗」は弓箭を帯した近衛の舎人、即ち随身の供奉を許されること。永万二年十月二十一日に内大臣兼実に随身兵仗を賜い、帯剣を聴した(兵範記)。「右大将。八月廿七転左大将。十月十日兼皇太子傅。同廿一日上状辞左大将。即日以左右近衛番長各一人近衛各三人為随身。同日授帯剣」(補任、永万二年)。一八「二月廿七日於久我別庄薨(多年宿病。自嘉応元籠居)」(補任、承安五年)。一九 安元三年内大臣。「三月五日任。同日大将如故。六月五日辞大将。勅許之」(補任、安元三年)。二〇 ↓補注2-二〇六。二一 次に「安元二年。元年乙未。七月廿八日改元」とあるべき。二二 天台座主第五十六世。↓補注2-二〇七。二三 清盛がクーデターを行った治承三年十一月十五日の翌日還任し、天台座主となる。明雲は清盛の授戒の師僧であった。寿永二年十一月十九日の法住寺合戦に法皇方に加わり、殺される。↓二五九頁。「座主明雲合戦之日於二其場一被二切殺一了。

十九。[一]横死之様、可ツレ謂フ二勿論ト一。

[二]承安元年月日、母后建春門院御堂[三]最勝光院供養大法會。導師《だうし》[四]覺珍、呪願《じゆぐわん》[五]明雲。

[六]安元三年月日、[七]大極殿《だいごくでん》焼亡《ぜうまうの》事。後三條聖主造ラセ給《たまひ》テ後、保元ニ修理セラレテ此年焼《やけ》ニケリ。樋口《ひぐち》京極《きやうごく》邊ヨリ出キタリケル火、思《おもひ》モヨラヌニ飛付《とびつき》テ焼ニケル也。中ノ邊ハ焼ズ。此君御脱屣之後、[八]安藝國イツクシマヘ御幸アリケリ。平相國《へいしやうごく》入道世ヲ取《とり》テ遷都[九]ナドキコエシ時、グシマヒラセテト聞《きこ》ヘキ。[一〇]神筆ノ御願文《ぐわんもん》アソバシテ、御佛事アリケリ。[一一]漢才《かんざえ》殊ニ、御學問アテ、詩作リ[一二]雑筆ナド好ミテ、[一三]女房ノ申文《まうしぶみ》ナドイヒテ遊《あそば》シタル物オホカリケリ。

八十一
安德　三年。

諱言仁《〈トキ〉ひと》。[一四]治承四年二月廿一日受禪。三。[一五]同二年十二月日立坊。高倉院ノ長子。

[一六]母中宮德子。入道太政大臣平清盛女。

[一七]攝政基通。

[一八]内大臣平宗盛。

養和ハ一年。元年辛丑《かのとうし》。七月十四日改元。壽永ハ二年。元年壬寅《みづのえとら》。[一九]五月十七日改元。

[二〇]此時遷都ノ事有《あり》ケリ。委クハ在リ二別帖ニ一。

又八条円恵法親王於二華山寺辺一被二伐取一了」(玉葉、寿永二年十一月二十二日)。

一 普通でない死に方をしたのはあきれた事である。 二「建春門院御願最勝光院供養、有二行幸一」(百錬抄、承安三年十月二十一日)。 三 底本「御室」を改む。建春門院滋子の御願で建てられた寺。東山今熊野の近くであった(明月記、嘉禄二年六月五日)。「此日新御堂供養也〈名二最勝光院一、建春門院御堂也〉」(玉葉、承安三年十月二十一日)。 四 興福寺別当第四十一世。「承安三年七月廿九日任。治二年。安元元年十月廿四日化。七十六」(興福寺寺務次第)。 五 →補注2-二〇八。 六 安元三年四月二十八日に樋口富小路辺より火が出て大火になった。→補注2-二〇九。 七 大極殿八省院(朝堂院)の北部中央にあった正殿。賀正・即位等の礼を行う所。→補注2-二一〇。 八 →補注2-二一一。 九 治承四年六月二日清盛は福原に行幸を奏し請い、後白河法皇(一院)・高倉上皇(新院)・安徳天皇は共に京都から摂津に赴かれる(平家、五、都遷)。百錬抄・玉葉も。 一〇「神筆」は宸筆。なお九月二十一日厳島御幸の際、新院御宸筆の御願文は平家、五、富士川・盛衰記、二十三にのせてある。なお普賢寺殿基通が清書した。→補注2-二一二。 二 →補注2-二一三。「アテ」は「有りて」の意。 三 雑録。 一三「申文」は叙位・任官を朝廷に申請する願書。ここは高倉院が著わされた雑筆の題が女房の申文となっていた意か。 一四 →補注2-二一四。 一五 治承二年十一月十二日誕生。一ヶ月後の十二月十五日に立太子(百錬抄・簾中抄)。二十五日とも(歴代皇紀)。 一六 →補注2-二一五。 一七 安徳天皇受禅の治承四年二月二十一日関白基通は摂政となる。→補注2-二一此天皇ハ、二一壽永二年七月廿五日ニ、外祖ノ清盛入道殿反逆之後、外舅内大臣宗盛、源氏ノ武士東國北陸等セメノボリシカバ、城《ミヤコ》ヲ落《おち》テ西國ヘグシマイラセテ後、終ニ二二元暦二年三月廿四日ニ長門國二三モジノ關ダムノ浦ニテ、海ニ入《いり》テ失《うせ》サセ給ケリ。七歳。二四寶劍ハシヅミテウセヌ。神璽《しんじ》ハ筥《はこ》ウキテ返《かへり》マイリヌ。又二五内侍所《ないしどころ》ハ二六時忠トリテマイリニケリ。此不思議ドモ二七細カニ在リ二別帖ニ一。

八十二 二八後鳥羽　十五年。

諱尊成《タカナリ》。二九壽永二年八月廿日受禪。四歳。三〇建久九年正月十一日脱屣。高倉院ノ第四子。文治六年正月三日御元服。十一。三一加冠攝政太政大臣兼實。理髪左大臣實定、能冠内藏頭範能。

三二攝政基通。壽永二年十一月廿一日止ム二攝政藤氏ノ長者ヲ一。廿四。

三三攝政内大臣師家。壽永二年十一月廿一日任ジ二内大臣ニ一爲ス二攝政ト一。元大納言。年十二。同三年正月廿二日止ム二攝政氏ノ長者ヲ一。

内大臣實定。三四重服之間令シテ後日可シ二還任ス一。

基通。三五壽永二年正月廿二日爲ル二攝政ト一。廿五。三六文治二年三月十二日止ム二攝政氏ノ長者ヲ一。

攝政太政大臣兼實。三七文治元年十二月廿八日内覽。于レ時攝政猶内覽。三八同二年三月廿二日爲ル二攝政ト一。三九同五年十二月十四日任ズ二太政大臣ニ一。四〇建久二年十二月十七日關白。四一同

六。一八 清盛の三男(補任)。→補注2-一一七。
一九 養和二年五月二十七日改元(百錬抄)。
二〇 治承四年六月二日福原へ行幸。巻五参照。
二一 寿永二年安徳天皇・建礼門院を奉じ、平宗盛は西海に赴く。
二二 壇の浦合戦は元暦二(文治元)年三月二十四日。安徳天皇は八歳。
二三 豊前国企救郡門司関。
二四 →補注2-一一八。
二五 賢所に安置してある八咫鏡。
二六 平時信の子、清盛の妻時子(二位尼)及び建春門院滋子の兄。→補注2-一一九。
二七 巻五(二六四頁)参照。
二八「後鳥羽」は後人の追記。
二九 安徳天皇が西海に赴かれて後、後白河法皇の詔で寿永二年八月二十日閑院で践祚。高倉天皇の四宮(玉葉、寿永二年八月十七日)。「同じき廿日、都には法皇の宣命にて四宮閑院殿にて位に即せ給ふ」(平家、八、名虎)。
三〇 建久九年正月十一日為仁親王を皇太子として御譲位、時に後鳥羽天皇十九歳。
三一「此日天皇御元服也、加冠余、理髪左大臣実定、能冠内蔵頭範能朝臣」(玉葉、文治六年正月三日)。
三二 木曾義仲は入道関白基房と謀り、法皇に強要し、十一月二十一日摂政基通・内大臣実定を罷めて、藤原師家を内大臣摂政にし、自分は院厩別当となる(平家、八、法住寺合戦・玉葉、寿永二年十一月二十一日)。→補注2-一二〇。
三三 →補注2-一二一。
三四「四月五日任内大臣」「十一月廿一日停内大臣左大将」(補任、寿永二年)。「重服」は父母の喪に服すること。
三五 寿永三年正月二十二日摂政師家を止め、前摂政基通が還任。文治二年三月十二日摂政幷藤氏長者を止め、兼実が摂政となる。
三六 三月十二日、基通は頼朝の指図で摂政を止める。→補注2-一二二。
三七 →補注2-一二三。
三八 三月十二日摂政となる。→補注2-一二四。

三九 底本「同三年」。天明本・河村本により改む。太政大臣になるのは文治五年十二月十四日。文治六年四月十九日第三度上表辞退(補任)。
四〇「摂政被レ上二復辟表一。次有二関白詔一。又被レ下下准二摂政一由宣旨上」(百錬抄、建久二年十二月十七日)。
四一 →補注2-二二五。

一 →補注2-二二六。「五十四」を底本「六十四」。文明本により改む。二 建永二年四月五日薨ず、六十歳。三 忠通の四男、兼実の弟。文治六年(建久元年)七月十七日大納言より内大臣となる。三十八歳。建久二年三月二十八日太政大臣、建久七年十一月二十五日兄が関白を罷めた時、二十八日上表(補任)。四 寿永三年十一月十七日・十八日の大嘗会には内弁。なお輦車を聴されたのは寿永元年十一月二十三日の大嘗会叙位の日。→補注2-二二七。五 底本は次に「文治二年任右大臣。同五年七月十日任左大臣。同六年月日辞左大臣」とある。実定の項と重復。六 文治二年十月二十九日右大臣。文治五年七月十日左大臣。文治六年「七月十七日辞職。以男左中将公継申任三木」(補任、文治六年)。五十二歳。七 公教公三男。右大臣に「(文治五年)七月十日任。同日左大将如元。十二月日辞大将」(補任)。八 底本「右大臣」を改む。左大臣に建久元年(文治六年)七月十七日。「三月廿三日依病上表」(補任、建久七年)。九 建久八年、兼実の子の良経は内大臣、頼実は権大納言。建久九年には頼実は「右大臣正二位…〈四十四〉。十一月十四日任(超内大臣)。同日右大将如元」(補任)。一〇 後京極良経。一一 兼実の一男、良経の兄。元暦二年権大納言右大将、翌文治二年十月二十九日内大臣。十一月二十七日兼左大将。文治四年二月二十日頓死、法名増道(玉葉、文治四年二月

七年十一月廿五日止ム二關白氏ノ長者ヲ一。一建仁二年正月廿七日出家。五十四。

二建永二年四月五日薨。五十九。

基通。建久七年十一月廿五日爲ル二關白氏ノ長者ト一。廿七。

三太政大臣兼房。文治六年十月十七日任ズ二內大臣ニ一。建久二年三月廿三日任ズ二太政大臣ニ一。同七(年)月日上表。

左大臣經宗。四壽永三年十一月十七日聽ス二輦車ヲ一。同十八日聽ス二牛車ヲ一。直ニ聽ス二牛車ヲ一事、先例不二分明ナラ一。仍ソ先聽ス二輦車ヲ一、是レ依テ二大嘗會ニ步行ニ一也。宿老行步不ル レ堪ヘ故也。五

實定。六文治二年任ズ二右大臣ニ一。同五年七月十日任ズ二左大臣ニ一。同六年月日辭ス二左大臣ヲ一。

實房。七公教男。文治五年七月十日任ズ二右大臣ニ一。同六年七月十七日任ズ二八左大臣ニ一。建久七年三月廿三日辭ス。五十。四月十六日出家。

兼雅。忠雅一男。文治五年七月十日任ズ二內大臣ニ一。同六年七月廿七日任ズ二右大臣ニ一。建久九年十一月十四日轉ズ二左大臣ニ一。

九右大臣頼實《よりざね》。右大將經宗ノ男。建久九年十一月十四日任。越ユ二一〇後京極殿ヲ一。

一一內大臣良通。左大將。左右。文治二年十月廿九日任。廿。同四年二月廿日頓死。

忠親。忠雅弟。一二建久二年三月廿三日任。同五年十二月十五日出家。同六年三月十二日薨。

一三良經。左大將。建久六年十一月十日任。廿七。同九年正月廿九日止ム二大將ヲ一。

前右大將頼朝。左馬頭義朝男。一四文治元年四月廿七日、依リ下擁メ二進ムル前内大臣ヲ一賞ユ上、叙ス二従二位ニ一。一五元

前兵衛佐正四位下。同六年十一月十日權大納言。元散位。同廿五日兼ヌ二右大將ヲ一。

十二月三日辭ス二兩職ヲ一。

元暦ハ一年。元年甲辰《きのえたつ》。四月十六日改元。

安德天皇(八)二年三月廿四日崩御。

文治ハ五年。元年乙巳《きのとみ》。八月十四日改元。建久ハ九年。元年庚戌《かのえいぬ》。四月十一日改元。

一六後白河院ハ三年三月十三日崩御。六十六。

五智院 座主權僧正俊堯。一七壽永二年十一月廿三日宣命。治二ケ月。同三年正月廿日被レ追二却セ山門ヲ一畢ル。

桂林院 前權僧正全玄。一八法務大僧正。壽永三年二月三日宣命。七十二。治六年。

三井 前大僧正公顯。一九法務。文治六年三月四日宣命。

辭退。

大原 法印顯眞。二〇權僧正。同年同月七日宣命。六十。治二年。建久三年十一月日卒。六十二。

二一 權僧正慈圓。法務大僧正。建久三年十一月廿九日宣命。卅八。治四年。同七年十一月日

加治井 阿闍梨承仁親王。二二同七年十一月卅日宣命。廿八。治一年。但五ケ月。同八年四月廿七

日入滅。

二三 法印辨雅。同八年五月廿一日宣命。六十三。治四年。建仁元年二月十七日卒。六十六。

二十日)。二十二歳。一三 底本「三月廿三日」は誤記。建久二年三月二十八日任大臣節会に大納言より内大臣。一三 兼実の二男。「正月十九日止大将」(補任、建久九年)。一四「非参議従二位源頼朝〈三十九〉。四月廿七日叙。前右兵衛権佐(召進前内大臣平朝臣賞。其身在相摸国」(補任、文治元年)。「正四位下源頼朝朝臣依二追討賞一叙二従二位一」(百錬抄、文治元年四月二十七日)。

一五「〈不経三木納言任大納言例〉権大納言正二位源頼朝〈四十四〉。十一月九日任(加七人)。同日聴勅授(勲功賞)。同廿四日兼右大将。十二月四日辞両職」(補任、文治六年)。一六 建久三年三月十三日六条殿で崩御。「十三日乙酉寅時法皇崩二于六条殿一。准二仁明例一可レ有二亮陰一之由被二召仰一了」(百錬抄、建久三年三月十三日)。一七 天台座主第五十八世。↓補注2-二二八。一八 天台座主第五十九世。「桂林房。治山六年」「寿永三年甲辰二月三日宣命〈七十二〉。建久三年壬子十二月十三日入滅〈八十〉」(座主記)。建久三年壬子十二月十三日入滅〈八十〉」(座主記)。一九 天台座主第六十世。智証門徒で四日で辞退。「本覚房。歴二四ケ日一」「文治六年庚戌三月四日宣命〈八十一〉。同七日辞。建久四年癸丑九月十七日入滅〈八十四〉」(座主記)。二〇 天台座主第六十一世。↓補注2-二二九。二一 本書の著者。天台座主第六十二世。覚快法親王の弟子(法名道快)で、全玄から灌頂を受ける。座主全玄入滅の時も候補にあげられたが、兼実の工作もあり、頼朝の支持もあり、建久三年十一月二十九日権僧都并座主護持僧に任じられる、三十八歳。建久七年兼実の失脚の十一月二十五日座主法務権僧正護持僧を辞し、籠居。「青蓮院。治山四年」「建久三年壬子十一月廿九日宣命〈三十八〉。同七年丙辰十一月廿五日辞〈四十二〉」(座主記)。二二 天台座主第六十三世。↓補注2-二三〇。二三 天台座主第六

此君ハ、安德西海ヘ落《おち》サセ給《たまひ》テ後ニ、(後)白川法皇ノ宣命ニテ御受禪アル也。鳥羽院モ堀川院ハ宣命之御沙汰モナカリケルニヤ。白河法皇ノ宣命トキコユ。サキ〴〵モ加様ナルニコソ。御脱屣ノ後、承元元《々》年月日御堂《みだう》供養アリ。號《ス》ニ最勝四天王院《ト》一。此御時、北面ノ上ニ西面ト云事《いふこと》ハジマリテ、武士ガ子ドモナド多《おほく》メシツケラレケリ。弓馬ノ御遊ビアリテ、中古以後ナキ事多クハジマレリ。

八十三 土御門《つちみかど》　十二年。

諱爲仁《ためひと》。建久九年正月十一日受禪。四。無《シ》ニ立坊一。承元四年十二月日脱屣。後鳥羽院太子《ノ》。元久二年正月三日御元服。母承明門院。内大臣通親女。實ニハ能圓法印娘ナリ。

攝政基通。如《シ》レ元。建仁二年十二月廿七日止ニ攝政氏長者一。四十三。承元二年十月五日出家。四十九。貞永元年五月廿九日薨。七十四。

攝政太政大臣良經。建仁二年十二月廿七日。卅四。同十一月廿七日先内覽氏長者宣下云々。元久三年三月七日薨。卅八。

正治二年。元年己未《つちのとひつじ》。四月廿七日改元。建仁三年。元年辛酉《かのととり》。二月十三日改元。

元久二年。元年甲子《きのえね》。二月廿日改元。建永一年。元年丙寅《ひのえとら》。四月廿七日改元。承

十四世。「金剛寿院。治山四年」「建久八年丁巳五月廿一日宣命〈年六十三。﨟五十一〉。去年喪母一期中也。正治三年辛酉二月十七日入滅〈年六十七〉」(座主記)。

一 底本「白川法皇」。諸本により改む。→二五六頁注三〇。「高倉院第四皇子〈尊成〉践祚〈御年四歳、閑院〉。左大臣於ニ太上法皇御所一令レ勘ニ日時一。奉ニ法皇詔一。召ニ大内記光輔一。仰下可レ令レ作ニ伝国宣命一之由上。摂政藤原朝臣如レ元。不レ伝ニ剣璽一践祚之例。今度始之」(百錬抄、寿永二年八月二十日)。「次大臣召ニ大内記一〈内記光輔〉仰ニ宣命事一、可レ載ニ太上法皇詔旨一之旨、可レ仰ニ下之一、又摂政事可レ載レ之」(玉葉、寿永二年八月二十日)。 二 底本「キコエ」。諸本により改む。 三 →補注2-二三一。 四 後鳥羽院の院政時代に設けられ、院御所の西面に詰めていた武士。 五「隠岐院天皇は文章に疎にして弓馬に長じ給へり」(六代勝事記)。 六 →補注2-二三二。 七 元久二年正月三日大内裏で元服(百錬抄)。 八 土御門帝の母は土御門通親の子、在子、実は通親の室高倉範子の先夫能円の実子。承明門院の院号を建仁二年正月十五日に奉る。正嘉元年七月五日崩、八十六歳。 九 土御門通親は久我雅通の一男。兼実と対立し、建久九年正月五日後鳥羽院別当として、また土御門帝別当として権力をふるう。建久十年(正治元年)六月二十二日内大臣。建仁二年十月二十一日薨、五十四歳。 一〇 治承三年四月二十三日尊勝寺執行より法勝寺執行となる。藤原顕憲の子。平時忠・時子同母。壇の浦合戦に捕われ、元暦二年五月二十日備中に流される。後鳥羽院(四宮)を養君としていた(平家、八)。 一一 通親が建仁二年十月二十一日に薨去した後、摂政基通は「十一月廿七日

元《ハ》四年。元年丁卯《ひのとう》。十月廿五日改元。

座主前權僧正慈圓。[二〇]還補《げんぽ》。建仁元年二月十九日宣命。四十七。治一年。同二年七月七日辭退。

[二一]法印實全。權僧正。同二年七月十三日宣命。六十三。治一年。同三年八月日山門《ノ》學徒堂衆等合戰之間改易《シ》畢《ル》。

[二二]僧正眞性。大僧正。同年同月廿八日宣命。卅七。治二年。元久二年十二月日辭退。大講堂等燒失之故歟。

[二三]法印承圓。法務僧正。元久二年十二月十三日宣命。廿六。治七年。建暦元年十二月日辭退。惣持院燒亡《ぜうまう》。又日吉《ひえ》社邊(八)王子宮以下拂《ヒテ》㆑地燒亡云々。如《キ》㆑此《ノ》故歟。

此君ハ[二四]タヘタル彗星《ははきぼし》出テ數夜失セズ、消《きえ》テ後、又[二五]程ナク出ケレバ、ヤウ〳〵ニ[二六]御(祈)請アリテ[二七]オリサセ給ニケリ。[二八]御母カタ、ウチタヘ、[二九]アラハナル法師ノ孫位ニツカセ給事ハナシトゾ世ニ沙汰シケル。サレドモ御位ハ十年ニモアマリニケリ。

八十四 [三〇]順德　十一年。

諱守成《もりなり》。[三一]承元四年十一月廿五日受禪。十四。[三二]正治二年四月十五日立坊。四歲。[三三]後鳥羽院《ノ》第二《三イ》子。[三四]承元二年十二月廿五日御元服。十二。[三五]母修明門院、贈左大臣[三六]範季女。[三七]現存ニハ從二位。

止㆓氏長者㆒。十二月廿五日止㆓摂政㆒」(補任、建仁二年)。代って左大臣良経が十一月二十七日内覧宣旨、氏長者、十二月二十五日摂政となる。一二 良経は建仁四年十二月十四日太政大臣になるが、元久三年三月七日俄に死去。「三月七日摂政太政大臣〈良経〉頓死」(六代勝事記)。一三「建久十年四月廿七日為㆓正治元年㆒。依㆓代始㆒也」(百錬抄)。一四 底本「二月」。諸本により改む。一五「正治三年二月十三日為㆓建仁元年㆒。依㆓辛酉㆒也」(百錬抄)。一六 底本「三月」。諸本により改む。一七「建仁四年二月廿日為㆓元久元年㆒」(百錬抄)。一八「元久三年四月廿七日改元。依㆓赤斑瘡㆒也」(百錬抄)。一九 底本「永元」。諸本により改む。「建永二年十月廿五日改元。依㆓三合㆒也」(百錬抄)。二〇 天台座主第六十五世。↓補注2-一三三。二一 天台座主第六十六世。↓補注2-一三四。二二 天台座主第六十七世。↓補注2-一三五。二三 天台座主第六十八世。↓補注2-一三六。二四「タヘタル」は「絶えたる」の意。↓二九七頁注四八。承元四年九月三十日始現の彗星をいう。二五 承元四年十一月十一日再現。↓二九八頁注六。二六 底本「御請」。諸本により改む。二七 承元四年十一月二十五日譲位。↓二九八頁注九。二八 皇母承明門院在子の方の人は全部死に絶えた。↓補注2-一三七。二九 僧の明白な孫である皇子の即位は例がない。↓補注2-一三八。三〇 順徳の諡号が決定したのは建長元年七月二十日(百錬抄)。慈円脱稿当初は「今上」か「当今」、次は「佐渡院」の傍注が加えられたはず。三一 ↓補注6-四三。三二「十五日庚子、是日有㆓立坊事㆒。院第三御子〈親王守成、四歳〉母範季卿女也」(猪熊関白記、正治二年四月)。三三「後鳥羽院」は後人の加筆、当初は「院」、のちに「隠岐院」のはず。第三子が正しい。

[一]關白家實。承久三年四月廿日止攝政氏長者。四十三。
[二]建曆二年。元年辛未《かのとひつじ》。三月九日改元。[三]建保六年。元年癸酉《みづのととり》。十二月六日改元。
[四]承久三年。元年己卯《つちのとう》。四月十二日改元。
座主前大僧正慈圓。[五]又還補。建曆二年正月十六日宣命。五十八。治一年。同(三)年正月十一日讓[六]公圓法印又辭退畢。此日先以公圓被任權僧正。其後被下座主宣命云々。

權僧正公圓。同年同月日宣命。四十六。治十ケ月。同年十一月[七]南京衆徒山門衆徒清水寺相論事出來。仍辭退云々。

前大僧正慈圓。[八]猶還補四ケ度也。同三年十一月十九日宣命。五十九。治一年。建保二年六月十日又辭退。[九]同年四月十三日燒三井寺、第五度。

前權僧正承圓。[一〇]還補。同年同月十二日宣命。

已上代々攝政臣之外大臣ハ取要書之。[一一]ツクシテ皆ハ不書也、心ウベシ。[一二]此山座主《やまのざす》ノ間ニ前大僧正慈圓ノ四度マデ成《なり》テ、カク辭《じし》ケル事コソ心得ガタク[一三]アサマシキ様ナレ。カウホド辭申《じしまうす》人ヲバ[一四]上ヨリモイカニ[一五]成タビケルニヤ、又[一六]下ニモカウ辭申ベクバ、イカニシテ又[一七]ナリ〱ハセラレケルニヤ。イカニモ〱是ハ[一八]様アルベキ事ニヤ。カヤウノ事ハ[一九]山門ノ佛法、王法ト相對スル、

三四 →補注2-二三九。三五 藤原重子。→補注2-二四〇。三六 藤原氏貞嗣孫。三七 範季の生存中の官位は非参議従二位であった。

一 近衛基通の一男。元久三年三月十日摂政、建永元年十二月八日関白。「関白従一位藤家実〈四十三〉。四月廿日止関白。依譲位也」(補任、承久三年)。二「三月九日改元〈改承元五年為建暦元年〉」(百錬抄、建暦元年)。三「十二月六日有改元〈改建暦三年為建保元年〉」(百錬抄、建保元年)。四「四月十二日丁丑。有改元事。改建保為承久。依炎旱火災也」(百錬抄、承久元年)。五「第六十九前大僧正慈円。治山一年建暦二年壬申正月十六日還補。五十八。…同三年癸酉正月十一日辞。三ケ度還補初例也」(座主記)。底本「同年正月」。天明本・史料本により改む。六「第七十権僧正公円〈寂場房〉治山一年、建暦三年癸酉正月十一日任座主〈年四十六臈三十二〉。今日先任権僧正云々。…同(建暦三年十一月)十九日辞退座主職」(座主記)。七 興福・延暦両寺衆徒が清水寺の天台宗末寺化をめぐって衝突しかかった事件。→補注2-二四一。八「第七十一前大僧正慈円、治山一年〈八ケ月〉。建暦三年癸酉十一月十九日還任座主〈年五十九。第四度〉…同(建保二年六月)十日辞退座主職」(座主記)。九「十六日今暁山門衆徒令焼園城寺金堂已下塔堂坊舎等」(百錬抄、建保二年四月)。「十三日」は「十六日」の誤記。一〇「第七十二権僧正承円〈円融房〉治山七年、建保二年六月十二日還補座主〈年三十五。第二度〉…同(承久二年十二月)廿九日辞僧正。(承久三年)四月廿四日辞退座主職」(座主記)。一一 全部を出す。一二 天台座主のこと。一三 あきれるほどはなはだしい。一四 天皇または

佛法ノマコト見ヘテ侍《はべり》ケリ。二〇平《たひら》ノ京ニウツラル、始ニ、此山門二一建立《こんりふ》セラレテ、イカニモ〳〵ヤウアルベキ事ニテ侍《はべる》トアラハニ覺ユレバ、二二山門ノ事ヲ此奥ニ一帖カキアラハシ侍ル也。其ニ細《こまか》ニカヤウニ二三覺束《おぼつか》ナキ事ドモヲバ申ヒラカンズル也。

二四承久元年七月十三日大内燒亡《ぜうまうの》事、二五此大内炎上今度相加《あひくはへ》テ十五ケ度。二六度々大内守護二七重代右馬權頭二八賴茂《よりもち》リ在二謀反ノ聞エ一被ルルレ召サ之間及ブ二合戰放火ニ一。賴茂燒キ畢ル云々。則チ被レ誅セ了ル。二九此大内造營事殊有《(ニ)リ》二御沙汰一可シレ有ル二造營一云々。三〇白河・鳥羽兩代ハ大略棄置《すておかる》云々。三一此事不審云々。

三二建保六年月日山ノ大衆戴キテ二日吉神輿ヲ一下洛ス、代々此事甚ダク多不レ能ハ二記錄スル一、最略記ナレバ略スルレ之ヲ也。

三三承久二年十月之比記シレ之ヲ了ル。後見之人此趣ニテ可キ二書續グ一也。最略尤モ大切歟。

三四於二別記一者ハ不レ能ハ二外見スル一。

三五先帝
今上　三ケ月。

諱懷成《(カネ)なり》。三六承久三年辛巳《かのとみ》四月廿日甲戌《きのえいぬ》受禪。四歲。建保六年十一月廿八日立坊。一歲。十月十日寅時御誕生。母中宮立子。三七順德院歟土御門院太子。

三八攝政左大臣道家。受禪同日爲ル二攝政ト一。廿九。後京極殿良經ノ嫡男。三九外祖四〇外舅爲ル二大臣ト一之時無シ下不ル

上皇。一五 どうして成されたのか。一六 身分の低いもの。天皇・上皇に対して慈円をさす。一七 座主に成ってはやめ、また成ったこと。一八 子細。一九 延暦寺が伝えている仏法が国王の政治に対して持っている誠実。二〇 平安京のこと。遷都は延暦十三年。二一 延暦七年延暦寺中堂建立をさす。二二 山門を取扱った一帖は現在散逸し、一部逸文として伝わる。→補注2-二四二。二三 はっきりしない。二四 →三一六頁注一〇以下。二五 大内裏焼失の最初は天徳四年→補注2-二四三。二六「大内守護」は内裏を警備する役職。二七 祖先から代々伝えていること。頼茂は祖父頼政から父頼兼を経て大内守護に補任。二八 清和源氏。満仲—頼光—頼国—頼綱—仲政—頼政—頼兼—頼茂。二九 承久元年十二月十八日に梁年内裏造営を定め(百錬抄)、翌二年三月二十二日木作始(玉蘂)、十月十八日諸門上棟(百錬抄)。以後不明。三〇 白河・鳥羽両上皇院政下では大内裏造営をそのままにして顧みなかった。三一 おそらく承久二年の大内裏造営をさしたのであろう。三二 建保六年九月二十一日のこと(百錬抄)。三三 皇帝年代記を第一次に脱稿した年時。三四 注二二の一帖をさしたと考えられる。解説、巻次編成参照。三五 仲恭天皇のこと。明治三年七月二十四日謚号決定以前、後廃帝・九条廃帝と称した。この部分以下は第一次追記。追記の時期は承久三年七月八日以前。三六 →補注2-二四四。三七 傍注の通り順徳院の誤記。ただし傍注は慈円以外のものの記入。土御門の院号は承久三年五月十五日以前決定と推測。おそらく当初記入は「新院」。三八 九条良経一男。母一条能保女、懐成親王母立子の兄。建保六年十二月二日左大臣昇任。三九 母の父母。四〇 妻の父。この場合は母の兄弟をさす。

レ居二攝政一之例上、道理必然。被レ載二宣命一云々。同廿六日爲二藤氏長者一。兵仗・勅授・一座・牛車等任レ例宣下。此日有二兵仗拜賀一。
同廿六日新院初御二幸一院御所、賀陽院一。去廿三日太上天皇尊號云々。本ノ新院ヲバ土御門院云々。太上天皇三人初例云々。法皇ニテ令レ置給事ハ先例多シト云々。

今上 後堀川 十一。

諱茂仁。承久三年辛巳《かのとみ》七月九日辛卯《かのとう》受禪。十歳。同年十二月一日庚辰《かのえたつ》於テ二官廳一即位。孫王ノ即位、光仁以後無シ二此ノ例一云々。高倉院ノ御孫。入道守貞親王御子。後有リ二太上天皇ノ尊號一。母北白河院。中納言基家ノ女也。同四年正月三日御元服。

攝政家實。受禪前日、七月八日、以テ二前帝ノ詔ヲ一還任スト云々。其後已上無シ二沙汰一云々。受禪當日、無ク二節會《せちゑ》一、無ク二宣命一、無ク二警固一、無シ二固關《こげん》一云云。世以テ爲スレ奇ト歟。及ビ二八九月ニ先帝之攝政詔ヲ施行スベキ由ヲ有リ二沙汰一。外記《げき》仰天云云。花山院脱屣夜コソサル不思議ニテ有《あり》ケレド、翌日ニ攝政ノ詔ハ大入道殿ニ下サレニケリ。節會ハナカリケレド、固關ノ事ナドハ行ナハレケリ。今度ノ事ムゲノ事カナトゾ世ニハ申《まうし》ケル。

左大臣家通。攝政家實嫡男。左大將。

一 譲位宣命。現存しないが、前頁注三九以下、「道理必然」まで譲位宣命所載の文言。二「四月廿六日庚辰。被レ仰二摂政(道家)氏長者并一座牛車兵仗事一、更被レ申二拝賀一」(百錬抄、承久三年)。三 勅授帯剣の略。中納言以上の公卿が参内の時に帯剣を許されること。四 第一の上席。摂政関白はその官位によらず宣旨により公卿中の首席を占めた。五 親王摂籙らが勅許により牛車乗車のまま宮門を出入すること。六「兵仗」は誤入か。七「今夕新院(順徳)初御二幸高陽院一」(百錬抄)。八 後鳥羽上皇のこと。九 高陽院とも書く。桓武天皇皇子賀陽親王邸で後世まで伝えられた。西洞院西、堀河東、大炊御門北、中御門南。一〇 この時に尊号を受けたのは順徳上皇(百錬抄)。一一 以前。一二 土御門院の号は百錬抄、承久三年五月十五日所見。一三 →補注2-二四五。一四 以下第二次追記。時期は元仁元年。ただし「後堀川」の傍注と「十一」の在位年数は後人の記入。一五「七月九日辛卯。持明院入道宮(守貞)御子〈御歳十歳〉。有二御践祚事一。関東申二行之一」「十二月一日。即二位于太政官庁一〈十歳〉」(百錬抄、承久三年)。一六「庚辰」は「庚戌」の誤記。一七「孫王の位に即給事、光仁天皇より後絶えて久しくなれり」(五代帝王物語)。→補注2-二四六。一八 高倉天皇第二皇子。→補注2-二四七。一九 →一二六頁注四-六。二〇 藤原陳子のこと。→一二六頁注一五。二一 →補注5-一五〇。二二「正月三日壬子、今日皇帝(後堀河)御元服也」(師季記、承久四年)。二三 →補注2-二四八。二四-二六 →補注2-二四九。二七 底本「固開」。天明本により改む。→補注2-二四八。二八 他の史料に無所見。二九 太政官で少納言の下にあって詔勅・上奏文の起草、記録等に当る官人。三〇 寛和二年六月二十二日夜。→一六六頁注六

[三七]右大臣藤原公繼。[三八]還任始例云々。[三九]實定公例不レ似レ之云々。[四〇]兼ニ大將一。同年閏十月十日任。

[四一]内大臣藤原公經。右大將。同日任。同年閏十月十日大饗云々。任大臣夜如レ例云々。

[四二]貞應二年。元年壬午《みづのえうま》。四月十三日改元。

天台座主權僧正[四三]圓基。承久三年八月廿七日宣命。

承久三年四月ニ、[四四]入道親王尊快年十八ナルヲ被レ補ニ天台座主一由キコエキ。サレドモ[四五]大嘗會《だいじやうゑ》以前ニ[四六]宣命ヲ下サル、事例ナシ。木曾義仲ガ時ニコソ[四七]俊堯座主ハ宣命アリケレド、例モヨカラズトテ[四八]未レ被レ下ニ宣命一之間、[四九]五月十五日ニ亂起リテ六月ニ武士打入《うちいり》テ、[五〇]此座主師弟等ニゲマドヒナドシケレバ、十八歳ノ天台座主、[五一]佛法・王法ノカヽリケル表示《へうじ》カナトゾ世ノ人ハイヒケル。サテ圓基僧正[五二]攝政ノ弟トテ成《なり》ニケルナルベシ。サレバ尊快親王ヲバ[五三]座主ノ數ニモ書《かき》入《い》レマジキニヤ。今年天下有ニ内亂一。コレニヨテ、俄ニ[五四]主上執政臣改易《かいえき》、[五五]世人迷惑云云。

一院[五六]遠流《をんる》セラレ給、隱岐國。[五七]七月八日於ニ[五八]鳥羽殿一御出家、[五九]十三日御下向云々。但ウルハシキヤウハナクテ令ニ首途一給云々。御共ニハ[六〇]俄入道[六一]清範只一人、[六二]女房兩三云々。則[六三]義茂法師參《まゐり》カハリテ清範歸京云々。土御門院幷新院・[六四]六條宮・[六五]冷泉《れいぜい》宮、皆被レ行ニ流刑一給云々。[六六]新院同月廿一日佐渡國、冷泉宮同廿五日備前

以下。 三一 天皇が譲位の儀礼を行わず秘密に内裏を出て出家したことをさす。 三二 底本「摂政ェ詔」。天明本により改む。 三三 藤原兼家のこと。 三四 底本「固開」。河村本により改む。 三五 全くひどい。 三六 →補注2-二五〇。 三七 →補注2-二五〇。 三八 前大臣復任の初例。 三九 →二六一頁注四六。 四〇 公継は大将を兼任せず。誤記か。 四一 公季孫。→補注2-二五〇。 四二 →補注2-二五一。 四三 →補注2-二五二。 四四 →補注2-二五三。 四五 天皇が即位のあと大嘗宮で新穀を神に供えて相嘗する祭りで、即位礼の最重要の行事。 四六 天台座主補任の宣命。 四七 →一一九頁注一七。俊堯の座主宣命は大嘗会が行われた元暦元年十一月十七日より一年前。 四八 →補注2-二五三。 四九 →補注2-二五四。 五〇 →補注2-二五三。 五一 仏法・王法の関係が変ったことの現われ。 五二 近衛家実のこと。 五三 尊快親王は事実天台座主のなかに数えられていない。 五四 仲恭天皇退位、摂政道家更迭。 五五 →補注2-二五五。 五六 流刑の中で最も重く伊豆・安房・常陸・佐渡・土佐・隠岐の六国に流される。 五七 「八日庚寅。…今日一院(後鳥羽)幷修明門院(重子)於ニ鳥羽殿一御出家云々。…十三日乙未。一院自ニ鳥羽殿一遷ニ御隠岐国一」(百錬抄、承久三年七月)。 五八 京都市伏見区鳥羽に遺跡がある。応徳四年二月五日竣功、白河上皇初御幸(中右記)。 五九 御下向は御幸としてりっぱな様子はなく出発された。→補注2-二五六。 六〇 急に発心して仏道に入った人。 六一 藤原氏貞嗣孫。貞嗣―高仁―保蔭―道明―尹文―永頼―能通―実範―季綱―友実―能兼―範兼―範光―清範。「従五上、内蔵頭」(尊卑)。 六二 後鳥羽法皇に随行した女房は西御方と伊賀局。→補注2-二五七。 六三 能茂とも書く。 藤原氏藤成孫。藤成―豊沢

國小島、六條宮同廿四日但馬國、土御門院ハ其比《こころ》スギテ、同年閏十月[一]土佐國ヘ又被《レ》二流刑《セ》一給《フ》。其後同四年四月改元[二]。五月比阿波國ヘウツラセ[三]給フ由聞ユ。三院、兩宮皆遠國ニ流サレ給ヘドモ、ウルハシキ儀ハナシトゾ世ニ沙汰シケル也。

[四]承久三年八月十六日大王[五]御尊號アリ。日本國ニ此例[六]イマダナキニヤ。漢高祖[七]ノ父ノ太公ノ例ヲ、是ニハ似タルベキナド世ニ沙汰シケル。國母《こくも》[八]ノ御院號ノ事ハ、貞應元年[九]四月十三日從三位准三宮云々。御名ハ陳子ト申。[一〇]コゾノ春御出家ノ御身ニテ其例モナキニヤ。但鎌倉ノ二位政子右大將賴朝卿ノ後家三位[一一]セラレシ例トカヤ。其例[一二]ハ又イヅレノ例ニテ侍《はべる》ベキニヤ。加樣ノ事、末代[一三]ザマニハ何トナキ事ニテアルニコソ。世ノ末コソ誠ニアハレナル事ニテ侍レ。貞應ノ改元ハ、ヤガテ[一四]此十三日也。同年[一五]ノ七月十一日准后《じゆごう》陳子院號ノ定メ、北白川院ト申。二年五月十四日太上法皇[一六]崩御畢《シル》。如《レ》夢〳〵。天下諒闇《りやうあん》[一七]。三年六月十三日關東武士將軍度々後見義時朝臣死去了《シル》[一八]。同十七日夕[一九]、息男武藏守泰時下《シ》二向關東《ニ》一畢《ル》。同十九日舍弟相模守時房[二一]承久三年也同下向了《シル》。此皇代年代之外ニ[二〇]、神武ヨリ去々年ニ至ルマデ、世ノウツリ行《ゆく》道理ノ一トヲリヲカケリ。是ヲ能々心得テミン人ハミラルベキ也。偏ニ假名ニ書《かき》ツクル事

—村雄—秀郷—千常—文脩—兼光—頼行—兼行—孝綱—秀基—秀忠—秀宗—秀能—能茂。「秀能猶子。実者行願寺別当法眼道提子。隠岐御所御共参。出家法名西蓮」(尊卑)。→補注2-二五八。㊃ 後鳥羽天皇皇子雅成親王のこと。母修明門院重子。㊄ 後鳥羽天皇皇子頼仁親王のこと。母藤原信清女(西御方)。㊅「廿一日癸卯。六新院(順徳)遷二御佐渡国一云々。廿四日丙午。六条宮遷二御但馬国一云々。廿五日丁未。冷泉宮遷二御備前小島一云々」(百錬抄、承久三年七月)。

一「閏十月十日庚寅。土御門院幸二土佐国一」(承久三年四年日次記、承久三年)。二 →補注2-二五一。三 土御門上皇阿波国遷幸年時は諸説あるが、愚管抄は当時の記録であるから、信頼すべきである。→補注2-二五九。四「八月十六日入道三品守貞親王太上天皇尊号詔書」(補任、承久三年)。五「大王」は太上天皇の誤記か。天明本「天皇」。六 入道親王が太上天皇の尊号を受けた初例。七 →補注2-二六〇。八 皇后のこと。転じて后位になくとも所生の皇子が帝位についた時、御母の尊称。北白河院陳子をさす。九「四月十三日辛卯。…以二藤原陳子〈国母〉一叙二従三位准三后一」(承久三年四年日次記、貞応元年)。一〇「抑母儀(陳子)本無二御名字一、又出家人也」(改元部類記、大外記師季記、承久四年四月十三日)。出家の日時不明。一一 →三一〇頁注五。一二 政子叙位の時はどこの例を先例にしたのか。一三 末代の時代では政子の叙位はなんでもない臣下のこととして定めたのであるが、それが先例となって国母の叙位が決定される世の末こそまことに悲しい。一四 とりもなおさず。一五「七月十一日丁巳、国母准后〈陳子〉為二北白河院一」(承久三年四年日次記、貞応元年)。一六 底

ハ、是モ道理ヲ思ヒテ書《かけ》ル也。先是《まず》ヲ[二二]カクカヽント思《おもひ》ヨル事ハ、物シレル事ナキ人ノ料[二三]也。此末代ザマノ事ヲミルニ、文[二四]簿ニタ[二五]ヅサワレル人ハ、高キモ卑《いやしき》モ、僧ニモ俗ニモ、[二六]アリガタク學問ハサスガスル由ニテ、僅ニ眞名《まな》[二七]ノ文字ヲバ讀《よめ》ドモ、又其義[二八]理ヲサトリ知レル人ハナシ。男[二九]ハ紀傳《きでん》[三〇]・明經《みやうぎやう》[三一]ノ文[三二]ヲホカレドモ、ミシラザルガゴトシ。僧ハ經[三三]論章疏アレドモ、學スル人スクナシ。[三四]日本紀以下律令《りつりやう》[三五]ハ我國ノ事ナレドモ、今スコシ讀《よみ》トク人アリガタシ。假名ニカクバカリニテハ倭《やま》[三六]ト詞《ことば》ノ本體ニテ文[三七]字ニエカ(ヽ)ラズ。假名ニ書タルモ、猶ヨミニクキ程ノコトバヲ、ム[三八]ゲノ事ニシテ人是ヲワラフ。ハ[三九]タト・ム[四〇]ズト・シ[四一]ヤクト・ド[四二]ウト、ナドイフコ[四三]トバドモ也。是コソ此ヤマトコトバノ本體ニテハアレ。此詞ドモノ心ヲバ人皆是ヲシレリ。ア[四四]ヤシノ夫《ぶ》[四五]ト[四六]ノヰ人マデモ、此[四七]コトノハヤウナルコ[四八]トグサニテ、多事《おほくのこと》ヲバ心エラルヽ也。是[四九]ヲオカシトテカヽズハ、タヾ眞名ヲコソ用イルベケレ。此道理ドモヲ思ツヾケテ、是ハカキ付《つけ》侍リヌル也。サ[五〇]スガニ此國ニ生レテ、是程ダニ國ノ風[五一]俗ノナレルヤウ世ノウツリ行《ゆく》ヲモムキヲ、ワキマヘシラデハ又アルベキ事ニモアラズト、思ハカラヒ侍ゾカシ。カ[五二]キオトス事申《まうし》タキ事ノ多サハ、是ヲカク人ノ心ニダニ殘ル事ハ多ク、アラワス事ハ少クコソ侍レバ、マシテスコシモゲ[五三]ニ〳〵シ

本「太子天皇」天明本により改む。「五月十四日、太上天皇(後高倉)崩二于持明院一、御年四十五」(岡屋関白記、貞応二年)。一七 天子が父母の喪に服する期間。一八「六月十七日。前陸奥守従四位下義時朝臣去十二日頓病、翌日死去之由風聞」(百錬抄、貞応三年)。一九 ↓補注2―二六一。二〇 皇帝年代記のこと。以下第一次追記。二一 承久元年をさす。解説、追記年時参照。二二 かなで書こうと思いつく。二三 ため。二四「文籍」の誤記か。書籍のこと。二五 底本「タ、サワレル」。天明本により改む。二六 めったにない。二七 漢字。二八 正しい筋道。二九 在俗の男子。三〇 正しくは紀伝道。史記・漢書など伝記書を学ぶこと。三一 正しくは明経道。周易・論語など経書を学ぶこと。三二 底本「文オヲオカルレトモ」。天明本により改む。三三 釈尊の教の綱要を書き集めたのが経、教を研究したものが論、経論を篇章にわけて論ずるのが章、経論の文句を通釈するのが疏。三四 日本書紀のこと。「以下」は続日本紀等の国史をさす。三五 刑律と法令。日本でこの二つがそろって制定されたのは大宝元年が初め。三六 日本語の根本的事実として。三七 底本「文字ニエカラス」。天明本「文字へかゝらず」により改む。漢字へ関係しない。三八 なんとも言いようのない。三九 物を打ったり蹴ったりする音の形容。にらみつけるさま。急に。しっかり。四〇 急に力をこめて。はばからず押しきって。四一 語義不明。音の形容か。四二 物が倒れるさま。四三 底本「ナトイフコトハトハトモ也」。天明本により改む。四四 見苦しい。見慣れずいやしい。四五 人夫。四六 宮中・役所などに泊って仕事や守衛をする人。四七 このことばのような。四八 話題の文句。四九 倭詞。五〇 なんといってもやはり。五一 古くから行われているしきたり。

キ才人ノ目ニサコソハミルベケレド、[一]サノミカキ侍ラバ、ヲホカタノ文ノオモテ[二]ヨダケク多ク成《なり》テ、[三]ミル人モアルマジ。[四]アカレヌベケレバ皆トヾメツ。又無益ノ事ドモ[五]書《かき》グシタリト[六]アリヌベキハ、皆思《おもふ》トコロ侍《はべる》ベシ。心アラン人ノ[七]目ヲトヾメン時ハ、[八]心ヲツクルハシトナリ、道理ヲワキマウルミチト成ヌベキ事ヲノミカキテ侍ル也。[九]才學メカシキカタハ是ヨリ心ツキテ我今更ニ學問セラルベキ也。又人語リツタフル事ハ皆タシカナラズ、[一〇]サシモナキ口辯ニテマコトノ[一一]詮意趣ヲバ[一二]イヒノケタル事ドモノ多ク侍レバ、其[一三]ウタガヒアル程ノ事ヲバエカキトヾメ侍ラヌ也。カク心得テ是ヨリツギ〳〵ノ巻ドモヲバ此[一四]時代ニ引合ツヽ見ルベキ也。

[一五]此一帖ノ[一六]奥ヲバ今四五代モカクバカリトテ料紙ヲ[一七]オキテ、カクカケルヲモ、イマ物モアラジトテ[一八]思ヨラデ見ノコス人モ侍ランズラン。奥ニテカヤウノ物ニハカク書ツクル事モアランカシナド思ヒテ、[一九]ヒラキ〳〵シテ文ヲミル程ノ心アルベクモ侍ラヌ世ニテ、今ハ人ノ心ムゲニスクナク成ハテヽ侍レバ、是モカク書ツクル事ヲバ道理カナト[二〇]見ナサルベキ也。

三二 著書に書きもらしたこと、書きたいと思うことは多い。 三三 もっともらしい。

一 そう一概に。思うだけのことを全部書くと。
二 仰々しい。
三 天明本「知人」。
四 天明本「書れぬべくは」。読みあきられそうなので。
五 書きそえる。
六 思われること。
七 眼をつける、注目する。
八 心をとめる。執着する。
九 才能や学問らしい方面。
一〇 それほどでもない。
一一 終局。
一二 説破する。
一三 語り伝えたことでも真実の終局意趣を説破した疑いのあるもの。
一四 天明本「時代時代」は誤写。現在をさす。
一五 年代記全体をさす。解説、巻次編成参照。
一六 書物や手紙の終りのところ。
一七 設ける。
一八 思いつかずに。
一九 底本「ヒキリ〳〵シテ」。河村本により改む。
二〇 考えられるべきである。

愚管抄(巻第三)

年[一]ニソヘ日ニソヘテハ、物ノ道理ヲノミ思《おもひ》ツヾケテ、老ノネザメヲモナグサメツヽ、イトヾ、[二]年モカタブキマカルマヽニ、世中《よのなか》モヒサシクミテ侍レバ、[三]昔ヨリウツリマカル道理モアハレニオボエテ、[四]神ノ御代ハシラズ、人代トナリテ神武天皇ノ御後、百王トキコユル、スデニノコリスクナク、八十四代ニモ成《なり》ニケルナカニ、[五]保元ノ亂イデキテノチノコトモ、マタ世繼《よつぎ》ガモノガタリト申《まうす》モノモカキツギタル人ナシ。[六]少々アリトカヤウケタマハレドモ、イマダエミ侍ラズ。ソレハミナタヾヨキ事ヲノミシルサントテ侍レバ、[七]保元以後ノコトハミナ亂世ニテ侍レバ、ワロキ事ニテノミアランズルヲハバカリテ、人モ申《まうし》ヲカヌニヤトヲロカニ覺《おぼえ》テ、[八]ヒトスヂニ世ノウツリカハリオトロヘクダルコトハリ、ヒトスヂヲ申サバヤトオモヒテ思ヒツヾクレバ、[九]マコヽニイハレテノミ覺ユルヲ、[一〇]カクハ人ノオモハデ、道理ニソムク心ノミアリテ、イトヾ世モミダレヲダシカラヌコトニテノミ侍レバ、[一一]コレヲ思《おもひ》ツヾクル心ヲモヤスメント思テカキツケ侍《はべる》也。

一 年がたつにつけ、日がたつにつけ、物の道理ばかりを思いつづけて過し、年をとって行き、老の寝ざめがちな夜もその事を思い、気持を慰めながら。
二 年も終りに近づいてゆくままには、自分は世間の事を一層色々と見て来ましたから。
三 昔から世の中がうつってゆく道理も心にしみじみと感じることがあったので。
四 以前の事はわからないが、人間の天皇の代となっては、神武天皇の後、百代までつづくということを聞いていますが、既にその残りが少なくなって、現在の天皇は八十四代(順徳)にもなってしまった事の中で。↓補注3-一。
五 保元の乱が発生した後の事などは、また世継の物語(大鏡)と申すものの後を書きついだという人はない。
六 少々はあるという事を聞いているが(今鏡などを指す)。
七 保元の乱以後の事は皆乱世の事であるからわるい事ばかりであろう事を嫌って、人も物語として残して置かないのであろうかと馬鹿馬鹿しい事だとおもわれて。「一向此御時連々乱世」(一一二頁)。
八 世の中が一途にすすみおとろえてしまった道理の一本道を、ここに申して見たいと思って思いつづけると。
九 本当に道理がたっているようにばかり思われるのに。
一〇 世間一般の人はそのように思わないで、この道理にそむく(反対する)意志のみがあって、それにより、世の中も一層乱れ、穏やかでない事だけがあるのだから。
一一 この世の中を思いつづける自分の心を休めたいと思って、この物語を書きつけるのである。

[一]皇代年代記アレバヒキアワセツヽミテフカク心ウベキナリ。

神武ヨリ成務天皇マデハ十三代、御子ノ[二]王子ツガセ給ヘリ。[三]第十四ノ仲哀ハ景行ノ御ムマゴニテゾツガセ給《たまひ》ケル。成務ハ御子オハシマサデ、[四]成務四十八年ニゾ仲哀ヲバ東宮ニタテ給ケル。[五]景行ノ御子ノフタ子ニテムマレオハシマシケル次郎ノ御子ヲバ日本武尊ト申《まうし》ケル。[六]御年卅ニテシロキトリニ[七]ナリソラヘノボリテウセ給ニケリ。仲哀ハソノ御子ナリ。コノ仲哀ノ后ニハ神功皇后ヲゾシタマヒケル。[八]コノ皇后ハ開化天皇五世ノムマゴ息長《おきなが》ノ宿禰《すくね》ノムスメナリ。應神天皇ヲハラミ給テ、[九]仲哀天皇ノ(御時ノ神ノ)御ヲシエニヨリテ、仲哀ウセ給テノチ「シバシナムマレ給《たまひ》ソ」トテ、女ノ御身ニテ男ノスガタヲツクリテ、新羅・高麗・百濟ノ三國ヲバウチトリ給テ後ニ、筑紫ニカヘリテ[一〇]ウミノミヤノ[一一]槐《ゑんじゅ》ニトリスガリテゾ、應神天皇ヲバウミタテマツリ給ケル。サテ[一二]神功皇后、仲哀ノ後、應神ヲ東宮ニタテヽ、六十九年ガアイダ攝政シテ世ヲバオサメテウセ給テ後、應神位ニツキテ四十一年、御年ハ百十歳マデオハシマシケリ。仲哀ハ神ノ御ヲシヘニテ新羅等ノ國ヲウチトラントテ、ツクシニオハシマシテニワカニウセ給ニケリ。[一三]マヅコノ次第ヲ思ヒツヾクルニ、最《もつとも》道理ハ十三代成務マデ、繼體《けいてい》正道ノマヽニテ、[一四]一向國王世ヲ一人シテ輔佐ナクテ事カケザルベシ。[一五]仲哀ノ御ト

一 巻一・巻二の皇帝年代記をいう。ここまでが序。二 皇子。三 →五〇頁。景行―日本武尊―仲哀。四 「仲哀天皇。…日本武尊の第二子…成務四十八年に東宮とす」(簾中抄)。「卌八年春三月…立二甥足仲彦尊一為二皇太子一」(成務紀)。五 「此御門の御子太郎次郎ふた子にてむまれ玉へり。その次郎のみこをやまとたけの尊といふ。とし卅七(歳か)にてうせ給ふ。しろき鳥となりて空にのぼり給ひぬ」(簾中抄)。「其大碓皇子小碓尊、一日同胞而双生」(景行紀)。六 「既而崩二于能褒野一。時年卅」(景行紀)。「此帝太郎次郎二子ヲ生給。其次郎日本武尊ト申ス。卅歳デ薨。成白鳥昇天給。是仲哀御父也」(歴代皇紀、裏書)。七 底本「ノリ」。諸本により改む。阿波本「シロキトリニノ(ナイと傍記)リ」。八 「開化天皇五世のむまご息長宿禰女也」(簾中抄)。「気長足姫尊、稚日本根子彦大日日天皇之曾孫、気長宿禰王之女也」(神功紀)。九 「時年五十二。即知下不レ用二神言一而早崩上」(仲哀紀)とあり、仲哀天皇に神託があった。ここは簾中抄等から考えると脱文がある。上野図書館本「仲哀の」の次に書入傍注「御時の神のイ」。「仲哀神のをしへによりて新羅をうたむがため竹紫におはします間俄にうせ玉ひぬ。皇后みづから軍をおこして渡らんとし玉ふに、うみ月にあたれるによりて、いしをとりて□かへりて後うまれ玉へとちかひ玉ふに、忽におとこの形となりて新羅へ渡り玉ひぬ。さて新羅高麗百済三の国をうちとりてかへり給ひて後、竹紫にて応神天皇はむまれさせ給ひぬ。その幼くおはします程皇后世のまつりことをして武内大臣をうしろみとせり」(簾中抄)。一〇 「生二誉田天皇於筑紫一。故時人号二其産処一曰二宇瀰一也」(神功紀)。「故号二其御子生地一謂二宇美一也」(記)。「ウミノミヤ(宮)」は筑前国粕屋

キ、國王御子ナクバ孫子ヲモチキルベシトイフ道理イデキヌ。仲[一六]哀神ノヲシヘヲカウブラセオハシマシナガラ、其節《そのふし》ヲトゲズシテニハカニウセ給ニケリ。コレハ如キレ是ノアイダ、神ノヲシヘヲ信ゼサセ給ハヌ事オホクテ、ウセ給ニケリトナン。サテ皇后ハ女身ニテ王子ヲハラミナガラ、イクサノ大將軍セサセ給ベシヤハ。ムマレサセ給テ後マタ六[一七]十年マデ、皇后ヲ國主ニテオハシマスベシヤハ。コ[一八]レハナニ事モサダメナキ道理ヲヤウ〳〵アラハサレケルナルベシ。男[一九]女ニヨラズ天性ノ器量ヲサキトスベキ道理、又母后《ぼごう》[二〇]ノオハシマサンホド、タヾソレニマカセテ御孝養《けうやう》アルベキ道理、コレラノ道理ヲ末代ノ人ニシラセントテカ[二一]ヽル因縁ハ和合スル也。コノ道理ヲ又カクシモ、サトル人ナシ。次ニ成務ノサキ、景行ノ御時、ハ[二二]ジメテ武内大臣ヲヲカル。コレマタ臣下イデクベキ道理ナリ。武内ハ第八ノ孝元天皇ノヤ[二三]シハ子《こ》ナリ。

サテ應神ノ御ノチ清寧マデ八代ハ、皇子々々ツガセ給フ。仁[二四]徳ノ御子ハ三人マデ位ニツカセ給フ。顯宗ノ御時、コレハ又履中ノムマゴナリ（顯宗ノ事ナリ）。仁[二五]徳天皇ハ、應神ウセオハシマシテノチ、御[二六]在生ノ時太子ニ立給《たちたま》フ宇[二七]治皇太子也。ソレコソハ則《すなはち》即位セサセ給《たまふ》ベカリケンニ、仁徳ハアニ、テオハシマシケレバニヤ、仁徳ヲ「位ニツカセ給ヘ」ト申サセ給ケリ。仁徳ハ「太子ニ立給タリ。イカデサ

郡宇美村という。一一 槐にとりすがったとあるのは八幡縁起に見えた事柄。槐は豆科の落葉喬木。↓補注3-二。

一二 底本「神宮皇后」。文明本により改む。

一三 まずこの間の順序を考えると、最も道理が通っているのは十三代の成務天皇までで、天皇が位を皇子に伝え継ぐ事は正しい道の通りであり。継体は天子の位を継ぐ事、あとつぎ。「自レ古受レ命帝王及継体守文之君」(史記、外戚世家)。

一四 ただひたすら天皇一人で世を統治して、助ける臣がなくても差支えないのであろう。

一五 仲哀天皇は「景行天皇ノ孫」(五〇頁)。

一六 仲哀天皇は新羅を征伐せよという神の教えを受けながら、その事業をなしとげず、俄に崩御なされた。↓注九。

一七 「神功皇后。摂政六十九年」(五〇頁)とある。

一八 これは何事にも特定の道理がないという事を段々と示されたのであろう。

一九 男女の区別なく、うまれつきの才能を第一とすべきであるという道理。

二〇 母后の在世される間は、その母后の考えにまかせて、孝行をすべきであるという道理。

二一 こういう因縁が結果として生じたのである。↓補注3-三。

二二 「此御時武内宿禰を大臣とす。是大臣の始也」(簾中抄)。二三 玄孫。孫の孫。つつこ。景行紀によると、孝元天皇—彦太忍信命—屋主忍男武雄心命—武内宿禰となり、玄孫ではない。「或記武内者孝元天皇玄孫云々」(歴代皇紀、景行)とある。「孫〈ヤシハコ。曾孫子為——〉」(字類抄)。Yaxiuago(日葡)。

二四 履仲天皇・反正天皇・允恭天皇の三人。

二五 仁徳天皇が皇位につかれた由来を尋ねると。

二六 ↓補注3-四。二七 菟道稚郎子(うぢのわきいらつこ)。

ルコト候ハン」ト、互《たがひに》位ニツカントイフアラソヒコソアル事ヲ、コレハワレハツカジ〳〵トイフアラソヒニ、三年マデムナシク年ヲヘニケレバ、宇治ノ太子カクノミ論ジテ國王オハシマサデトシフル事、民ノタメナゲキナリ、我《われ》身ヅカラ死ナントノタマヒテウセ給《たまひ》ニケリ。コレヲ仁徳キコシメシテ、サハギマドヒテワタラセ給タリケレバ、[一]三日ニナリケルガタチマチニイキカヘリテ御物ガタリアリテ、猶ツイニウセ給ニケリ。其後仁徳ハ位ニツキテ八十七年マデオハシマシケリ。コノ次第コソ心モコトバモヲヨバネ。[二]人トイフモノハ、身ヅカラヲワスレテ他ヲシルヲ實道トハ申侍《まうしはべる》也。[三]コノ宇治太子ノ御心バヘヲアラワサンレウニ、太子ニ立《たて》マイラセラレケルニヤトコソ推知セラレ侍レ。[四]應神ナドノ御アトノコトハ、サダメテカヾミオボシメシケン、日本國ノ正法《しやうぼふ》ニコソ侍メレ。

ソノヽチ[五]御子タチ三人ミナ御位ニツカセ給フ。[六]武内大臣コノ御時マデ候ヘケリ。二百八十四年ヲヘテカクレタル所ヲシラズトコソ申ヲキタレ。ツギ〳〵ニ履中・反正《はんせい》・允恭《いんぎよう》ト、三人アニヨリヲトヽザマヘ御位ニテ、安康ハ允恭ノ第二皇子ニテオハシマシケルガ、[七]第一ノ太子ヲコロシタテマツリテ位ニツカセ給ニケリ。[八]ユヽシノ仁徳ノ御ムマゴナガラ、ニサセ給ハズナドアサマシク覺ユルモシルク、三年ノホドニ、[九]マヽコノ眉《（マユ）》輪王トテ七歳ニナラセ給ケルトゾ申ツタヘ

一 既に死して三日後に生き返る物語をしたとあるのは、書紀・略記・簾中抄に見えるが、宇治皇太子の自決の決意が大山守皇子の謀反にあることを記さないのは簾中抄だけであるから、愚管抄は簾中抄を直接に参照したものと思う。「天皇与二宇治皇太子一。遁譲不レ即二皇位一。空経二三年一。爰大山守皇子欲レ奪レ国。便謀被レ誅矣。宇治皇太子歎曰。我知二兄皇子之志不一レ可レ奪。豈久生而令レ煩二天下一。不レ如二早死一。乃辞二皇位一。自薨矣。已経二三日一。天皇聞レ之。馳レ従二難波一。到二宇治宮一。三呼曰。我弟皇子。乃応レ時更活。遂葬二于菟道山上一」(略記、二)。「応神のかくれさせ給ひてのち、東宮おとゝの御子に国をゆずりて位につき玉はず。おとゝ、又いかでかさることあらむとてき玉はず。さるあひだ三年までおほやけおはしまさず。さるほどに、おとゝのみこうせ玉ぬときゝて、東宮なにはの宮よりいそぎいでゝとぶらひ玉ふに、いきかへり給て物語してなをうせ給ぬ。其後に東宮位につき給ける。さて民をあはれみ人をめぐみ玉ふによりて世おさまり国とめり」(簾中抄)。

二 人間というものは自己中心でなく、他人を理解するのが、実道というものなのである。

三 この菟道稚郎子の心持をはっきりと示す為に(道理の力が働き)、皇太子に立て申したのであろうかと推察される。

四 応神天皇などは自分の後の事をきっと道理に照してお考えになっていたのでしょう、という意か。

五 →一三一頁注二四。 六 →五二頁注一。 七 木梨軽太子。→五三頁注二九。 八 すぐれておられる仁徳天皇の孫でありながら、似ておられないとあきれたが、果してその通り。 九 「三年…八月壬辰日。天皇意将二沐浴一。幸二于山宮一。遂以登レ楼。飲レ酒肆レ宴。情

タル、コノ眉輪ノ王ニコロサレ給ニケリ。又スナハチ[一〇]圓〈ツブラ〉ノ大臣ノ家ニテ眉輪モツブラモコロサレニケリ。[一一]ワヅカ二三年ノホドノ亂逆《らんげき》、コレモ世ノスヱヲ又コトノハジメニヲシヘヲケルニヤ。マユワノ王ノチ（弟子ノイ）、大草香《おほくさか》（透イ）ノ皇子ハ、[一二]安康ノヲト、ナリ。コノヲト、ヲコロシテソノメヲトリテ后ニシテ、樓ノウヘニタノシミテモノガタリシテ、コノマ、コノマユワオトナシクナリテ、思《おもふ》トコロヤアランズラント、ヲホセラレケルヲ、ロウノシタニテキ、テ、母ノヒザヲマクラニシテ、サケニヱヒテフシ給ケルヲ、ハシリノボリテ御カタハラニアリケルタチヲトリテ、クビヲウチキリタテマツリテ、ツブラノ大臣ノ家ヘニゲテオワシタリケリト申ツタヘタリ。カヘス〴〵コノ事ハ思ヒ知ルベキ事ドモカナ。

ソノ次ニ雄略天皇ハ安康ノヲト、ニテ、位ニツキテ世ヲオサメタマヘリ。次ニ[一三]清寧天皇ハ雄略ノ御子ニテツガセ給タリケルガ、皇子ヲエマウケ給ハデ、履中天皇ノ御マゴ二人ヲムカエトリテ子ニシテ、アニノ仁賢ヲ東宮ニタテ、、ヲト、ノ顯宗ハ皇子ニテオハシマシケリ。コノ二人ハ安康ノ世ノ亂ニオソレテ、播磨・丹波ナドニニゲカクレテオハシケルヲ、タヅネイダシタテマツリケルガ、清寧ウセ給テ、[一四]兄ノ東宮コソハツガセ給ベキヲ、カタク辭シテヲト、ノ顯宗ニユヅリ給ケルアヒダニ、[一五]タガヒニタワマズオハシマシケレバ、[一六]イモウトノ女帝

楽優遊之。談二皇后一言。汝有レ所レ思乎。后対云、被二天皇之厚恩一。何有レ所レ思哉。前夫大草香皇子之男眉輪王。常養二宮中一。時年七歳。遊二楼下一。天皇不レ知二其小子之近遊一。詔二皇后一曰、朕恒有レ所レ畏。此眉輪王成人之日。若知三朕殺二其父皇子一。定為二邪心一歟。爰眉輪王竊聞二此言一。天皇枕二皇后膝一。昼寝酔臥。于レ時眉輪王伺二其酔一。取二傍所レ置大刀一。乃斬二天皇頸一。逃二入大臣葛城朝臣円之家一」(略記、二)。水鏡もほぼ同文。

一〇 ↓五三頁注二七。

一一 安康天皇が元年に大草香皇子を殺し、大草香皇子の子眉輪王が三年八月天皇を弑したので、二、三年間の反乱と言った。「乱逆」は謀反・反乱の意。 一二 安康の叔父が正しい。本文「楼ノウヘニ…」以下、水鏡に似る。↓補注3-五。

一三「清寧天皇…みこおはしまさぬによりて、履中のむまご二人をよびとりて子にしたまへり。その二人は安康の御時世みだれたるによりて丹波国にうられ(かくれイ)給へるをむかへ奉る也」(簾中抄)。「天皇之父市辺押磐皇子、穴穂天皇三年為二大泊瀬天皇一見レ殺。於レ是、天皇与二兄億計王一逃避。至二于丹波国余社郡一。尚恐レ見レ誅。天皇勧二於兄億計王一。向二播磨赤石郡一。倶改二其字一。号二丹波少子一。仕二於屯倉首一」(略記、顕宗)。 一四「顕宗天皇…あにのみこ東宮にておはしますといへども、あひゆづりて位につき給はず、おとゝつゐにたち給ひぬ。兄は猶東宮と申」(簾中抄)。 一五 互に気持をまげず皇位につかれなかったから。

一六「飯豊天皇。…市辺押磐皇子女。去来穂天皇孫。母荑〈ハエ〉姫也。甲子歳春二月。生年四十五即位。顕宗天皇。仁賢天皇。兄弟相譲。不レ即二皇位一。仍以二其姉飯豊青姫一。令レ秉二天下之政一矣」(略記、二)。

ヲ二月ニ位ニツケタテマツリテアリケルガ、其年ノ[一]十二月ニウセサセ給《たまひ》ニケレバニヤ、ツネノ皇代記ニモミエズ、人モイトシラヌサマ也。飯豊《いひとよ》天皇トゾ申《まうし》ケル。コレハ甲子《きのえね》[二]ノトシトゾシルセル。

サテ次年《つぎのとし》ノ乙丑《きのとうし》[三]ノ歳ノ正月一日、顯宗天皇位ニツカセ給ヌ。アニノ東宮ナルヲヲキテ、ヲトヽノタヾノ皇子ニタテヽオハシマスヲ、サノミタガヒニユヅリテモイカヾハ、群臣タチモコトニスヽメ申ケレバ、アニノ御命《みこと》、臣下ノハカラヒニシタガヒテ、ツキニツカセ給ニケリ。サレドワヅカニ三年ニテ崩御アリケレバ、ツギニ皇太子ノ仁賢天皇位ニテ、十一年ニテカクレサセ給ニケリ。コレヲ思フニ、カナラズ位ノ御運ヲノ〱オハシマシケルニ、ヲトヽハ御命《おんいのち》ミジカク、アニハ御命ノナガケレバ、ソノ運命ニヒカレテカクハアリケルニコソ。人[四]ノ命ト果報トハ、カナラズシモツクリアハセヌ事也。末代ザマニコソツギ〱ノ職位マデコノコトハリハミエ侍レ。

サテ仁賢ノ太子ニ武烈[五]天皇ト申《まうす》、イフバカリナキ惡王ノイデキテ、十[六]ニテ位ニツキ、十八マデオハシマシケレバ、群臣ナゲクヨリ外ノ事ナカリケルホドニ、皇子モマウケタマハデウセ給ニケレバ、國王ノタネナクテ世ノナゲキニテ、臣下アツマリテ越前國ニ應神[七]天王ノ五世ノ皇子オハシマシケルヲ、モトメイダシ

一「十一月」が正しい。「同年冬十一月。天皇春秋卌五崩。葬二于大和国葛木埴口丘陵一」(略記、二)。仁賢条にも「十一月崩御シ給」(五五頁)。

二 甲子の歳は清寧天皇五年に当たる。正月清寧天皇が崩じ、顕宗・仁賢天皇の姉飯豊青皇女が政をとった。「夏四月、立二億計王一為二皇太子一。立二天皇一為二皇子一」。五年春正月、白髪天皇崩。是月、皇太子億計王与二天皇一譲レ位、久而不レ処。由レ是天皇姉飯豊青皇女於二忍海角刺宮一、臨朝秉政、自称二忍海飯豊青尊一…冬十一月、飯豊青尊崩」(顕宗即位前紀)。扶桑略記等には二十四代とする。↓補注1-三二。

三「乙丑年正月一日己巳。生年三十六即位」(略記、顕宗)。

四 人の命と前生の業による報いとは必ずしもうまくゆかぬものなのである。

五「本朝安康武烈仁賢顕宗人皆知善悪文書所載也」(大懺法院条々起請事)。「限ナキ悪王也。人ヲコロスヲ御遊ニセラレケリ」(五六頁)。

六 即位・崩御の年については諸説があるが、水鏡に近い。↓五六頁注一。「御子も御座せざりしなり」(水鏡)。

七 ↓五六頁注一〇。「此御門もと越前国にすみ玉へるを武烈天皇いたくあしくおはしましてつひにうせ給ひぬ。其後つくべき人なきによりて大臣各あひはからひてむかへとりて位につけたてまつれり」(簾中抄)。↓補注1-一五・三四。

八 兄二人はその在位が短かかった。安閑は治

世二年、宣化は治世四年。
九 聖徳太子はこの欽明天皇の治世の末に、欽明天皇の孫としてうまれなさってより。↓補注3-六。
一〇 十八代の履中天皇から二十九代の宣化天皇までの間は、位について治められていた期間が幾程もないが、允恭天皇だけは四十二年の永い間治世が続いた。
一一 顕宗天皇と仁賢天皇は仁徳天皇と菟道稚郎子とが互に位を譲りあわれた例を考えて、互に譲りあわれて、よく治った御立派な治世であったが、その期間は短かった。
一二 この事を考えて見ると、一つの区限、一つの段階として世が衰える代替りにあるのでしょう。
一三 人代の最初の神武天皇から十三代の成務天皇まではすらすらと皇子達が皇位を継承され、正法が行われたと思われる。
一四 神功皇后はまた開化天皇の五世の孫で、女帝の始まりであり、応神天皇が即位されて、日本国はその頃から神代の気分がなくなったのでしょう。
一五「アシニテ」は「悪しにて」の意。
一六 代々の天皇の御命が短くて。
一七 天皇の子孫をさがし求めなどして(継体天皇を指す)。
一八 国王だけで国を治める事が出来にくくて。

一 仏法をうけいれる事を喜ばなかった物部守屋を聖徳太子が十六歳で(守屋が殺された丁未の年に聖徳太子は十六歳とすると、前にある如く、欽明天皇の崩御の年の翌、敏達天皇の一年壬辰に生れた事となる。この時は十四歳か)。↓六〇頁注二。

マイラセテ位ニツケマイラセタル。繼體《けいてい》天王ト申テコノサキ〳〵ヨリハ久シク廿五年タモチ給テ、トシゴロヰナカニテ民ノ様ヲモヨク〳〵シロシメシテ、コノ御時コトニ國モヨクオサマリテ、皇子三人ミナ次第ニ位ニツカセ給ニケリ。安閑・宣化・欽明ナリ。[八]アニ二人ハホドモナシ。欽明天皇ノ御時ハジメテ佛法コノ國ニ渡《わたり》テ、[九]聖徳太子、スヱニ御ムマゴニテムマレ給シヨリ、コノ國ハ佛法ニマボラレテ今マデタモテリトゾミヘ侍ル。

仁徳天皇八十七年タモタセ給テノチ、[一〇]履中ヨリ宣化マデ十二代、無下《むげ》ニ位ノ御治天下《ちてんか》程ナシ、允恭《いんぎょう》ゾ四十二年久シクオハシマス。此《この》十二代ノ間ニハ安康・武烈ナノメナラズアシキ御代ナリ。[一一]顯宗・仁賢ハ仁徳ト宇治太子トノ例ヲオボシメシテメデタケレドマタ程ナシ。[一二]コレヲハカリミルニ、一期《いちご》一段ノヲトロフルツギメニコソ。[一三]人代ノハジメ成務マデ、サワ〳〵ト皇子〳〵ツガセ給テ正法トミエタリ。仲哀ハハジメテ國王ノムマゴニテツガセ給フ。[一四]神功皇后、又開化ノ五世ノ女帝ハジマリテ、應神天皇イデオハシマシテ、今ハ我國ハ神代ノ氣分アルマジ、ヒトヘニ人ノ心タヾ[一五]アシニテオトロヘンズラン、オボシメシテ、佛法ノワタランマデトマモラセ給ケレドモ、[一六]代々ノ聖運ホドナクテ、允恭・雄略ナド王孫モツヾカズ、[一七]又子孫ヲモトメナドシテ、其後佛法ワタリナドシテ[一八]國王バカリハ治天下《ちてんか》相應シガタクテ、聖徳太子東宮ニハ立《たち》ナガラ、推古天皇女帝ニテ卅六年ヲオサメオハシマシテ、崇《〈ス〉》峻天皇コロサレ給フコトナドイデキナガラ世ヲオサメ、一佛法ヲウケヨロコバザリシ守屋ノ臣ヲバ、聖徳太子十六ニテ蘇我大臣ト同心シテ、タヽカヒウシナヒテ佛法ヲオコシハジメテ、ヤガテイマニイタルマデサカリナリ。

コノ崇《〈ス〉》峻天皇ノ、馬子ノ大臣ニコロサレ給《たまひ》テ、二大臣スコシノトガモヲコナワレズ、ヨキ事ヲシタルテイニテサテヤミタルコトハイカニトモ、昔ノ人モコレヲアヤメサタシヲクベシ。イマノ人モ又コレヲ心得ベシ。日本國ニハ當時國王ヲコロシマイラセタル事ハオホカタナシ。又アルマジトヒシトサダメタルクニナリ。ソレニコノ王ト安康天皇トバカリ也。ソノ安康ハ七歳ナルマヽコノ眉輪ノ王ニコロサレ給ニケルハ、ヤガテマユワノ王モソノ時コロサレニケレバイカヾワセン。ソノ眉輪モ七歳ノ人也。マヽコニテオヤノカタキナレバ、道理モアザヤカナリ。又安康ハ一定《いちぢやう》アニノ位ニツクベキ東宮ニテ三オハシマス、コロシテ位ニツキテ、ワヅカニ中一年ノ程ニ眉輪ノ王ノチヽヲモコロシテ眉輪ノ母ヲトリナドシチラシテ、四アラハニドシタヽカヒニテ、サルフシギモアリケレバ、コレハヲボツカナカラズ。五此崇峻ノコロサレ給フヤウハ、時ノ大臣ヲコロサント

二 馬子の大臣に少しの罰も行われず、善行をした事としてそのままで終わったのは、どうした事であろうと昔の人も噂し、この事を怪しんでいるようである。「アヤメ」はあやしむ意。底本「アカメ」。諸本により改む。
三 阿波本「オハシマスヲコロシテ」、文明本「ヲハシマスヲコロシテ」。
四 はっきりとした、内輪同士の争いであって、そんな不思議な事もあったが、これは殺された理由が明白である。阿波本「アラハマト(ニシイと傍記)ヒタ、カヒニテサルフシキモアリケレハコレハヲボツカナカラニ」。→補注3-七。
五 この崇峻天皇の殺されなさった事情は、その時の大臣の馬子を殺そうと思われたのを、前以て察知して。「カザドリテ」は、かぎつけて、察知しての意か。阿波本も「カザドリテ」。
六 それだのに、少しの咎もなくて、平然としていてよかろうか。
七 聖徳太子はどうしてそのまま御処置もなくて、そのまま馬子と同心でおられたかと、この上もなく合点がゆかない事である。
八 それで、こういう国王を殺した例があるからといって、後世にこれを通例と考える人は殆どない。九 結局は仏法で王法を守ろうとする為であるよ。
一〇 仏法が渡来したからには、仏法が無くては王法は存在するはずがないという筋道をはっきりと示す為と、また物の筋道には必ず軽重の差があり、重い筋道(仏法)を取って軽い筋道(王法)を捨てるのだという理由の二つをはっきりと示されたのである。「アラハカス」は「アラハス」の肥厚形。「チラスーチラカス」「オドスーオドカス」のごとし。
一一 観音が仮に変化し、人間となった聖徳太子

オボシケルヲキヽカザドリテ、ソノ大臣ノ國王ヲコロシマイラセタルニテアリ。[六]ソレニスコシノトガモナクテ、ツヽラトシテアルベシヤハ。ナカニモ聖德太子オハシマスオリニテ、[七]太子ハイカニ、サテハ御サタモナクテヤガテ馬子トヒトツ心ニテオハシマシケルゾト、ヨニ心エヌ事ニテアルナリ。[八]サテ其後カヽリケレバトテ、コレヲ例ト思フヲモムキツヤ〳〵トナシ。

コノコトヲフカク案ズルニ、タヾ[九]センハ佛法ニテ王法ヲバマモランズルゾ。[一〇]佛法ナクテハ、佛法ノワタリヌルウヘニハ、王法ハヱアルマジキゾトイフコトハリヲアラハサンレウト、又物ノ道理ニハ一定輕重《けいちよう》ノアルヲ、オモキニツキテカロキヲスツルゾト、コノコトハリトコノ二ヲヒシトアラハカサレタルニテ侍《はべる》ナリ。コレヲバタレガアラハスベキゾトイフニ、[一一]觀音ノ化身《けしん》聖德太子ノアラハサセ給《たまふ》ベケレバ、カクアリケルコトサダカニ心得ラルヽナリ。其故ハ、[一二]イミジキ權者《ごんじや》トハ其人ウセテノチニコソ思ヘ、聖德太子イミジトハ申セド[一三]ン其時ハタヾノ人ニコソ思《おもひ》マイラセテアルガ、[一四]オサナクテサスガニオサナ振舞ヲモシテコソハオハシマスニ、ワズカニ十六歳ノ御時マサシク佛法ヲコロシケル守屋ヲウタルヽモ、[一五]オトナシキ大臣ノ世ニ威勢アリテ、我身タリタル馬子大臣ノヒトツ心ニテサタセシコソ、[一六]太子ノセンノ御チカラニハナリニシカ。[一七]佛法ニ歸《き》シタル

が明示されたのであろうから。「聖德太子大職冠北野天神慈恵和尚皆是観世音化現、施無畏方便也」(貞応元年啓白文)。「権化人歌。聖德太子、救世観音化身。級照るや片岡山の飯に飢てうせる旅人哀おやなし」(袋草紙、上)。「飢人は文殊なり。太子は救世観音なれば、皆御心のうちに知りかはしてよませ給ひけるにや」(俊頼髄脳)。「本地救世観世音也。前生在二支那一則南岳之恵思禅師也」(下学集)。

一二 仏菩薩が仮に衆生を救う為に変化した尊い方だとは、その人が亡くなられた後に思うので。

一三 「申セドン」は「申せども」の意。「摂政関白必しも漢才不候ねとんやまとだましひだにかしこくおはしまさば天下はまつりごたせ給なん」(中外抄、下)の「とん」は「ども」の意。

一四 そうはいうものの、幼年時代は幼児らしい行動をしていらっしゃったが、僅かに十六歳の時ちゃんと仏法を亡ぼした守屋を討たれたのも。守屋を亡ぼした用明天皇二年は、推古天皇二十九年に聖德太子が四十九歳で薨じた(略記・伝略)とすると、逆算して十五歳。ただし欽明条には「此天皇終リノ年聖德太子ハ生給ヘリ」(五八頁)とすると、この時は十七歳か。敏達元年(但し即位前)誕生とすると十六歳。

一五 年長の大臣で、世間に権力があり、聖德太子の味方である馬子大臣が一致協力してやったのか。「我身タリタル」は文明本「ワカミタリタル」、史料本「わか身たりたる」、天明本「我みかたたる」に従い、一応我味方たると解した。

一六 太子の結局の力とはなったのである。「センノ」は詮。阿波本「大菩薩ハセンノ御チカラニハナリニシガ」。

一七 この馬子の大臣は仏法に帰依した大臣の模範であるとはっきりしている。

大臣ノ手本ニテコノ馬子ノ臣ハ侍《はべり》ケリトアラハナリ。コノ大臣ヲ、スコシモ徳モオハシマサズタヾ欽明ノ御子トイフバカリニテ位ニツカセ給《たまひ》タル國王ノ、コノ臣ヲコロサントセサセ給フ時、馬子《の》大臣佛法ヲ信ジタルチカラニテ、カヽル王ヲ我ガコロサレヌサキニウシナヒタテマツリツルニテ侍レバ、[一]唯コノヲモムキ也。[二]サラバ守屋ガヤウニ、コノ國ノ佛法ヲ令《メ》レ滅《ボサ》給フユエトテカクアレカシトイフベキハ、ソレハ[三]ヱサアルマジキ也。[四]佛法ト王法トヲヒタハタノカタキニナシテ、佛法カチヌトイハン事ハ、カヘリテ佛法ノタメキズ也。守屋等ヲコロスコトハ佛法ノコロスニハアラズ。王法ノワロキ臣下ヲウシナヒ給也。王法ノタメノ寶ヲホロボス故也。[五]モノヽ道理ヲタツルヤウハコレガマコトノ道理ニテハ侍也。

ツギニ世間ノ道理ノ輕重《けいちょう》ヲタツルニ、[六]欽明ノ御子ニテ敏達《びんだつ》、推古、[七]イモウトセウトニテシカモ妻后ニテ推古天王ノオハシマス。イカニイモウトヲバ妻ニハシ給ヒケルゾト云《いふ》コトハ、其比《そのころ》ナドマデハ是ヲハヾカルベシト云事ナカリケルナルベシ。加様ノ禮義者《は》ノチザマニ、コトニ佛法ナドアラハレテ後定《さだめ》ラルヽ也。其《それ》ニ[八]神功皇后ノ例モ有《あり》。推古ノヤガテ御即位ハアルベキナリ。サレド[九]用明ハ太子ノ御チヽニテモトモシカルベシトテツギ給ヌ。[一〇]サレド二年ニテ程ナシ。[一一]太子

一　仏法がわたった上は王法は存在し得ないという道理の方向から唯こういうふうに解釈されるのである。
二　だから物部守屋のように、この日本国の仏法を亡ぼしたから、殺してしまうべきであるというのは、それはそうあってはならないのである。底本「…コノ王ノ仏法ヲ」。阿波本により改める。
三　阿波本は「ソレハエサルマシキ也」。
四　仏法と王法を正反対の敵にして仏法が勝ったという事は、かえって仏法のため迷惑な事である。「ヒタハタ」は正反対の意か。
五　物の道筋がちゃんと説明出来るのが、これが本当の道理というものなのである。
六　推古天皇は欽明天皇の御子であって、敏達天皇と推古天皇は妹兄の間柄で、しかも妻后でいらっしゃいます。推古は「年十八歳、立為二淳中倉太珠敷天皇之皇后一」(推古紀)。
七　諸本「妹にて」とあるのは意が通じない。「セウト」は妹兄、即ち兄弟の間柄での意。「セウト」は妹から兄をいう称。
八　神功皇后が位につかれた例もある。
九　用明天皇は聖徳太子の御父なので最もよかろうとて、即位された。
一〇　だがその在位は二年の短い間である。
一一　聖徳太子はその短い事を前以て知見していられたのであろう。阿波本「太子カヽミ給ケン」。
一二　その上、崇峻天皇を抑制する方法がなくて、また即位されたが、聖徳太子はその人相を占い、在位は短いであろう、その上、兵厄も御身におこるでしょう、御眼にしかじかの相が出ております。「同冬(元年)天皇召二廐戸皇子一曰。汝有二神意一。復能相レ人。宜レ相二朕体一。皇子奏言。陛下玉体。実有二仁君相一。然恐非命忽至。伏請。

カクミ給ケン。一二ソノウエハ又崇峻ヲヲサエラルベキヤウナクテ、マタツギ給《たまへ》ド、太子相《さう》シマイラセテ、程アラジ、一三兵ヤクモオハシマスベシ、一四御マナコシカ〳〵也ナド申サレヌ。ソレヲ信ジ給《たまは》デ、猪ノ子ヲコロシテ、アレガヤウニワガニクキ者一五イツセンズラント仰《おほせ》ラレヌ。コノ王ウセ給バ、推古女帝ニツキテ太子執政シテ、一六佛法王法守《まもる》べキ道理ノヲモサガ、一七其時ニトリテヒキハタラカザルベクモナキ道理ニテアリケルナリ。本闕ソレヲコロシツル事ハ、コノ馬子大臣ヨキコトヲシツルヨトコソ、世ノ人思《おもひ》ケメ。シラズ一八又推古ノ御氣色《けしき》モヤマジリタリケントマデ、道理ノオサル、ナリ。一九コノ佛法ノカタ王法ノカタノ二道ノ道理ノカクヒシトユキアヒヌレバ、太子ハサゾカシトテモノモイハデ、臣下ノ沙汰ヲ御ランジケンニ、コノ道理ニオチタチヌレバ、サゾカシニテアリケルヨトユルガズ見ユル也。二〇ソノスヂニテ、其後佛法ト王法ト中アシキ事ツユナシ。二一カ、レバトテ國王ヲオカサントイフ心オコス人ナシ。二二コトガラハ又イマ〳〵シキコトナレバ人コレヲサタセズ。二三若《もし》サタセント思ハヾ、コノ道理アザヤカナリニテ侍《はべり》ケルナルベシト心エヌル也。二四コレニツキテ、馬子ニトガヲ行《おこな》ハレバ、コノ災《わざはひ》ヲ常ノサイニモテナスニナランコト本意ナカルベシ。タヾヲシハカルベシ。二五父ノ王ノシナセ給ヒタルヲキテ、サタモセズシテ守屋ガクビヲキリ、多《おほく》ノ合戦ヲシ

能守ニ左右一。勿レ容ニ姧客一。天皇問言。何以知レ之。皇子答曰。赤文貫ニ眸子一。是為ニ傷害相一」(略記、崇峻。この記事は水鏡にも見える)。

一三 兵厄。一四 ひとみに赤い模様があったことを指す。→注一二。一五 何時か殺してやろう。「何時如レ断ニ此猪之頸一」と崇峻紀にある。→補注3-八。一六 「欽明天皇御宇仏法将来之後一向以仏法守王法以来」(天台宗勧学縁起)。一七 その時にとって、働かざるを得ない(重い)筋道であったのだ。一八 また推古天皇の御意向も交っていたのであろうと筋道が推測されるのである。

一九 この仏法の方面と王法の方面とから冥々に働く筋道がぴったりと一致したから、聖徳太子はもっともであると思われて、だまって臣下のやる事(馬子が天皇を弑した事)を御覧になったろうに、こういう筋道に落着したから、もっともなことだと確かに理解されるのである。

二〇 そういう筋道で、その後仏法と王法とは仲が悪いことはいささかもない(王法・仏法牛角である)。二一 こういうふうに馬子が天皇を弑したからといって、国王を犯そうという心をおこす人はその後ない。二二 また事件は言うをはばかるような事であるから、人はこの噂をしない。

二三 また噂をしようとする時は、この筋道がはっきりと示されているということになるのであろうと了解されるのである。

二四 これに関して馬子に処罰を行なったならば、この不祥事件を普通の不幸な出来事として扱うようになるのは、不本意なことであろう。

二五 父の用明天皇が死なれたのを放って置いて処置もせずして、物部守屋の首を斬り、多くの合戦をし人を殺した後に葬送などがあろうか、出来ない。二年四月崩御、五月より物部守屋との戦が起る。七月に用明は磐余池上陵に葬られた。

テ人ヲコロシテ、其後御サウソウナドアルベシヤハ。[一]佛道ヲカクフタギタレバ、ソレヲウチアケテコソヲクリマイラセメトオボシメシケン道理コソ誠ニ目出《めでた》ケレ。[二]權者ノシヲカセ給《たまふ》コト又ワロキ例ニナルベシヤハ。サテ世ノスヱニマタコレニタガハヌコトイデコバ、サコソハ又アランズランメ。[三]太子ノオハシマスランン世ニハカヽルコトハアルマジ。太子ノオハシマシナガラ、カヽルコトニテスギニシカバコソ、ソレガアシキ例ニハナラネ。[四]コヽヲカク心ウベキ也。[五]大方カウホドノ事ニ、トガナドヲヲコナハレナバ、サハサルコトノアルベキカト世ノ常ノ因果ノ道理ナランコト道理カナハズ。[六]中〳〵カヽル國王ハ、カクナラセ給コソ道理ヤトテアレバコソ、コノ世マデモ沙汰ノ外ニテハ、アルコトナレ。[七]マメヤカノ道理ノ是ホドキハマラン時ハ、又イマモ〳〵ヨロヅハヲソルベキコト也。[八]ヨノスヱノ國王ノ、我《わが》玉體ニカギリテツヨ〳〵シカラズオハシマスハ、造意至極ノ、トガヲ國王ニアラセジト、大神宮ノ御ハカラヒノ有《あり》テ、カヤウノコトハイデコヌゾト心得ベキ也。

サテコノヽチ、臣家ノイデキテ世ヲオサムベキ時代ニゾ、ヨクナリイル時マデマタ[九]天照大神《あまてるおほんがみ》アマノコヤネノ春日《かすが》ノ大明神ニ同《ク》侍《ヒテ》二殿内《ニ》一能《ク》爲《セ》二防護《ギルコトヲ》一ト御一《いち》諾《だく》ヲハリニシカバ、臣家ニテ王ヲタスケタテマツラルベキ期《ご》イタリテ、[一〇]大織冠《たいしよくくわん》

一 仏道がこういうふうに邪魔されているから、その障害をはらって後、葬送をしようと思われた筋道は誠に結構な事である。
二 仏の変化され、仮に人間となった方のなさる事は、またわるい例になろうか、ならぬ。
三 聖徳太子がおられる世に、こういう事はおこるはずがない。阿波本「太子ノオハシマサヽラン世」。
四 この点をこういうふうに理解すべきである。
五 大体これ位の事に処罰などを行なったなら、それはそんな事があってよかろうかと世間普通の因果の道理で判断することになり、筋道にかなっていない(国王を弑した事も仏法の立場から許される)。
六 かえってこんな非道な国王は、こういう結果になるのが筋道であるよということであるから、現在まで言語道断で、噂にもされないのである。
七 底本「ナメヤカ」。諸本により改む。真実の筋道がこれほどにせっぱづまる場合は、大変な時世なのであり、また今の世でも万事につけ、恐れかしこまらなければならない事なのである。
八 末世の国王が自分の身体にかぎって病弱であらせられるのは、天照大神の御はからいが働き、罪とがを国王の上にあらせるという事はおこらないのだと了解されるのである。
九 神代紀、下、天孫降臨の条に「復勅二天児屋命太玉命一、惟爾二神亦同侍二殿内一善為二防護一」とある。天児屋(根)命は春日神社の祭神の一であるから「アマノコヤネノ春日ノ大明神」と言った。「春日祭…春日四所の大明神と申奉るは第一の御殿は武甕槌ノ命…第三の御殿は天津児屋根命」(公事公根、第四)。「抑天下之摂録者尊神之約諾也」(慈円表白)。「この大やまとの国の天照るおほん神の御国なれば」「頼むぞよ天照神

ハ聖徳太子ニツヾキテ生レ給テ、又女帝ノ皇極天皇《の》御時、天智天皇ノ東宮ニテオハシマスト、二人シテ、一一世ヲヲシヲコナイケル入鹿ガクビヲ一二節會《せちゑ》ノニハニテ身ヅカラキラセ給ヒシニヨリ、唯國王之威勢バカリニテコノ日本國ハアルマジ、タヾミダレニミダレナンズ、臣下ノハカラヒニ佛法ノ力ヲ合《あはせ》テ、トオボシメシケル、コトノハジメハアラハニ心得ラレタリ。一三サレバソノヲモムキノマヽニテ、今日マデモ侍《はべる》ニコソ。

皇極ト申《まうす》ハ、敏達《びんだつ》ノヤシハゴ、一四舒明ノ后ニテ、天智天皇ヲウミタテマツリテ一五東宮ニタテヽ、ヤガテ位ニツキテオハシマシケルハ、神功皇后ノ例ヲ、ヲハレケルトアラハニミエ侍リ。次ニハ天智位ニツカセ給《たまふ》ベケレドモ、一六孝德天皇、天智ノオヂニテ皇極ノ御ヲトヽ、ナリケルガ、王位ノ御運モ有リ、其德モオハシマシケレバニヤ、ソレヲサキダテヽ、一七位ニツケマイラセテ十年、其後猶、御母ノ皇極ヲ重祚《ちようそ》ニテ又七年、コノタビノ御名ハ齊明〈セイメイ〉ト申ケリ。重祚ノハジマルコトモコノ女帝ノ時也。天智ハ孝養《けうやう》ノ御心フカクテ、御母ノ御門《みかど》ウセオハシマシテ後、ナヲ七年ノ後ニ位ニツカセ給ニケルニ、大織冠ハ一八ヒシト御マツリコトヲタスケテ、藤原ノ姓ヲハジメテ給《たまは》リテ、一九内大臣ト云《いふ》事モコレニハジマリテオハシマシケリ。天智ハ十年タモチ給フニ、第八年ニ大織冠ウセ給時、行幸成《なり》テナクナク

の春の日に契りし末は何かくもらむ」(拾玉集)。
一〇 藤原鎌足。「大織冠・淡海公の御事はあげて申すに及ばず」(平家、巻一、殿下乗合)。「大織冠〈タイショクワン〉」(運歩)。「大織冠〈ショクワン〉」(東松本大鏡、巻一)。
一一 政治を勝手にとっていた。「世ヲヲシヲコナイケル」は入鹿に係る。
一二 節会は「天子出御ありて、御前にて臣下に御饗応を下され御酒宴あるを云。元旦の節会、白馬の節会、豊明節会、立后節会、立坊節会、任臣節会などゝてさまぐ\あり」(貞丈、巻四)。ただし日本書紀等によれば皇極天皇四年六月、三韓が調を進める日、天皇が大極殿に出た時に、中臣鎌子・中大兄が入鹿を殺したとある。
一三 だから仏法の冥々の力に合わせて臣下の協力というやり方に従って今日まで続いているのである。 一四 玄孫。→一三一頁注二三。
一五 天智天皇を東宮に立てて。
一六 皇極は天智天皇の母であるから、皇極の弟の孝徳天皇は天智の母方の叔父。

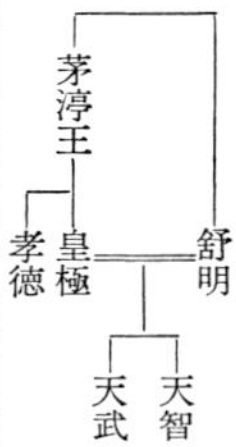

一七 孝徳天皇の在位は十年、皇極は重祚して斉明として七年。
一八 緊密な関係で政治の輔佐をして。
一九 →六四頁注一一。天智八年冬十月に「藤原内大臣薨。…甲子天皇幸二藤原内大臣家一」(紀)。内大臣は太政官の官人で、大宝令以前では左右大臣の上にあり、初め内臣と言った。「初為内臣如故。八年十月十五日為内大臣賜姓藤原氏。同十六日薨。年五十六」(補任、天智、鎌足)。

ワカレヲオシミ、イトモカシコクカタジケナキ御ナサケニテコソ侍《はべり》ケレ。サテ又天智ノ御ヲトヽ、[一]ハラモヤガテ齊明天王ニテオハシマシケル天武天皇ヲ、東宮トシテ御位ヒキウツシ給《たまふ》ベカリケルヲ、天智ノ御子大友王子トテオハシケルヲバ[二]大政《だいじやう》大臣ニナシテオハシマシケルガ、御心ノウルハシカラザリケルヲヤ天武ハ御ランジケン、位ヲ(辭)[三]シ給テ御出家有《あり》テ、吉野山ニコモリヰサセ給ケレバ、天智大ニナゲキナガラ崩御ヲハリテ後、[四]大友皇子イクサヲオコシテ芳野山ヲセメタテマツラントスルトキ、[五]大友皇子ノキサキニテハ、ヤガテ天武天皇ノ御ムスメノオハシマシケレバ、御父《てて》ノヤガテコロサレ給ハン事ヲカナシミヤオボシメシケン、カヽルコトイデキタルヨシヲ、シノビヤカニ芳野山ヘツゲマイラセラレタリケルトゾ申《まうし》傳ヘタル。是ヲキヽテ「コハイカニ我ハ我トヨシナク思《おもひ》テ出家ニ及《および》テ〔入イ〕トリコモリタルヲ、[六]カクセメラレバコソ」トテ吉野山ヲ出《いで》テ出家ノカタチヲナヲシテ、伊勢太神宮ヲオガミタマヒテ、美濃・尾張ノ勢ヲモヨホシオコシテ、近江國ニ大友皇子イクサヲマウケ給タリケルニヨセタ〔玉イ〕ヽカヒテ、天武天皇ノ御カタカチニケレバ、大友皇子ノクビヲトリテ、其時ノ左右大臣、[七]大友皇子ノ御方ニテ有リケルヲモ、オナジククビヲトリ、或《あるひは》流シナドシテ、ヤガテ位ニツキテ世ヲオサメ給テ十五年オハシマシケルニモ、[八]大織冠ノ御子孫

一 腹。天武天皇の母は天智と同じく斉明(皇極)天皇。

二 →六四頁注一〇。太政大臣は「大政〈ジヤウ〉大臣〈ジン〉」(下学集)のように「大」字を書く事がある。 三 底本「本闕」の貼紙あり。諸本により「辞」を補う。この所、巻一、天武条と記述がやや異る。巻一では天智の崩御の後、位を辞するとする(六五頁)が、巻三では、日本書紀の記述の如くする。

四 「元年壬申五月。大友皇子既及二執政一。左右大臣等相共発レ兵。将レ襲二於吉野宮一…世伝云。大友皇子之妃。是天皇女也。竊以二謀事一隠通二消息一〈已上〉。於レ是吉野宮言。譲レ位遁レ世。是為二治レ病全愈一也。然今不レ図之外。其禍招レ身。何黙止哉」(略記、天武)。

五 大友皇子の妃は、十市皇女。その内通のことは略記・水鏡にも記す。→六五頁注二〇。

六 このように攻められるのならば(そのままにいるわけにゆかぬ)。「位を譲り世を遁るゝ事は病をつくろひ命を保たむとこそ思ひつるに思はざるに御身を失ふべからむにとりてはいかでかうちとけてもあるべき」(水鏡、天武)。

七 巻一、天武条参照。「大友ノ皇子合戦ノ後、左右大臣等被レ誅了。其後大臣不レ見也」(六六頁)とある。

八 この時大織冠の子孫は若くて輔佐にはならない。「後(値壬申之乱)従二芳野一向二東土一歎曰、若使二大臣生存一吾豈至二於此困一哉」(鎌足伝)。

タチコソハ、偏《ひとへ》ニ輔佐《ほさ》ニハ候ハセ給ケメ。[九]淡海公《たんかいこう》ハ無下《むげ》ニマダシクヤオハシマシケン。[一〇]加様ノ次第ヲバ、カクミチヲヤリテ正道ドモヲ申ヒラクウヘハ、ヒロクシラント思ハン人ハカンガヘミルベキ事也。

イカニモ〳〵天武ノ御心バヘハ、スグレタル人ニオハシマシケリ。[一一]無益《むやく》トオボシメス方ハ、宇治ノ太子ノゴトシ。[一二]ナヲソレヲサヘモチヰヌ人ニアワセ給《たまふ》時ハ、我國ウセナンズトツヨクオボシメシテ、ウチカタセタマウ方ハ又唐ノ[一三]太宗ニコトナラズオハシマシケレバニヤ、天智天王モ我御子ノ大友皇子ヲサシヲキテ、世ノヌシニハトオボシメシケリ。[一四]天智ノ御遺誡《ゆゐかい》コソマコトニ[一五]スヱトヲリケレバ、女帝モ二人マデ[一六]持統・元明マデ位ニオハシマスメリ。ツギニ持統天皇位ニツカセ給。是ハ女帝ナリ。天智ノ第二ノ御女《むす》メナリ。ヤガテ天武ノ后ニテオハシマシケルガ王子ヲウミ給ヘリケル、[一七]草壁《くさかべ》ノ王子ト申ケルヲ東宮ニ立テ、マヅ例ノ事ニテ御母位ニツキテオハシマシケル程ニ、草壁ノ皇子東宮ニテ程ナクウセ給ニケレバ、カナシミナガラ其御子ヲ東宮ニ又タテ給ケルハ、即《すなはち》文武天皇ナリ。コノ文武ノ御時ヨリ[一八]大寶ト云《いふ》年號ハイデキテ、其後ハ年號タエズシテイマヽデ有《ある》也。文武 位《くらゐの》後、[一九]太上天皇《だいじやうてんわう》ト云尊號給《たまは》リテ、太上天皇ノハジマリハ、コノ持統ノ女帝ノ御時也。文武ノ王子ニテ聖武天皇ハイデキテオハシマセドモ、

九 藤原不比等(六五九—七二〇)。天武天皇の一年には十五歳。補任によると文武天皇の大宝元年辛丑に中納言として初めて名が見える。

一〇 こういうふうに順々になってゆく歴史の次第を順を追って、正しい道を申し明らめる上は、広く歴史を知ろうとする人は参照し、反省して見るべきである。

一一 自分を役に立たぬ無用の者と思われ、謙遜される性格は宇治の太子(菟道稚郎子)と同じである。

一二 そういうふうにへり下る性格の人でも、正道を支持しない人に会う時は、わが国が亡びると固く信じて、正道を支持しない人に打ち勝つのは、また唐の太宗とちがわないのである。

一三 李世民。高祖李淵の次子。皇太子の兄の李建成と弟の斉王李元吉が太宗をねたみ、太宗を排撃しようと企てたので、房玄齢・長孫無忌等のすすめで、遂に武徳九年(六二六)六月に長安城の北門の玄武門で李建成と李元吉を襲い殺した。玄武門の変という。この後、海内を統一したので、壬申の乱の天武天皇に比した。

一四 天智天皇は病が重かった時、東宮の大海人皇子を召し、「朕疾甚、以二後事一属レ汝」と帝位をつぐ事を懇請した事が天智紀に見える、その詔を「遺誡」と言ったか。

一五 後まで筋道が通っているから。

一六 持統・元明は天智天皇の娘。

一七 天武天皇の九年皇太子となり、持統天皇の三年ニ薨ず。

一八 「大宝三年…年号此後相続不レ絶」(六七頁)。

一九 文武天皇元年、持統は初めて太上天皇となる。「庚午、太上天皇幸二吉野離宮一」(続紀、大宝元年六月)。

二人女帝ヲツケタテマツル。元明《げんめい》・元正《げんせい》也。元明ハ天智ノ御女《むすめ》、文武ノ御母ナリ。元正ハ文武ノアネ、ヤガテ御母ハ元明天皇也。聖武《しやうむ》ハシバラク東宮ニテ、[一]御母ハ大織冠ノムマゴ不比等ノ大臣ノムスメナリ。是ヨリ大織冠《の》子孫ミナ國王ノ御母トハナリニケリ。[二]ヲノヅカラコト人マジレドモ、今日マデニ藤原ノウヂノミ國母《こくも》ニテオハシマスナリ。聖武ノ東宮ニテ、世ヲバオサメタマフ、[三]元明ノ時ハヲサナクオハシマス。[四]スエザマニハ世ヲヲコナヒ給《たまふ》。元正ノ御時ハ偏《ひとへ》ニ東宮ノ御マヽニテ、[五]コノ御時百官ニ笏《さく》ヲモタセ、[六]女人ノ衣装ヲサダメ、[七]僧尼ノ度《ど》者《しや》ヲ給《たまは》セナドスルコトハコノ御時也。サテ[八]聖武ハ廿五ノ御歳、養老八年甲子《きのえね》二月四日甲午《きのえうま》[一〇]大極殿ニテ御即位有リケリ。廿五年タモタセ給。[九]コノ御時佛法ハサカリナリ。吉備《きび》大臣・[一一]玄昉《げんばう》僧正等入唐《につたう》シテ、五千巻《の》一切經ヲワタサル。[一二]東大寺作ラレタリ。[一三]行基菩薩諸國ノ[一四]國分寺ヲツクル。カヤウニシテ佛法ハコノ御時ニサカリニキコユ。[一五]皇子オハシマサデ皇女ニ位ヲユヅリテ、天平勝寶ノトシオリサセ給テ八年オワシマス。孝謙天皇是也。コノ御時、[一六]八幡大菩薩、託宣有《たくせんあり》テ、東大寺ヲオガマセ給ンタメニ宇佐ヨリ京ヘオワシマスト云《いへ》リ。コノ時、[一七]太上天皇・主上・皇后、皆東大寺ヘマイラセオワシマシタリケリ。[一八]内裏ニ天下大平ト云文字[一九]スヾロニイデキタリケリ。

一 藤原宮子。→補注3-九。二 后妃に自然と他姓の人が混じることがあるが、藤原氏だけが今日まで天皇の母でいらっしゃるのである。底本「ヲノツラ(カ歟と傍記)ラ」。三 元明の和銅七年に聖武は十四歳。→補注3-一〇。
四 元正天皇養老三年六月皇太子として政治をとられた。「六月丁卯、皇太子始聴二朝政一焉」(続紀、養老三年)。五「二月壬戌、初令二天下百姓右レ襟、職事主典已上把レ笏、其五位以上牙笏、散位亦聴レ把レ笏。六位已下木笏」(続紀、養老三年)。「養老三年二月百官主典已上始令把笏五位已上牙笏六位已下木笏」(歴代皇紀)。
六「戊子、始制二定婦女衣服様一」(続紀、養老三年十二月)。「十二月始制婦女衣服」(歴代皇紀)。
七「度者」は得度を受けた人。年分度者と言い、諸宗諸大寺に毎年一定数の度者を許し、試験して後沙弥行を修せしめた。→補注3-一一。
八「養老八年甲子二月四日甲午。生年廿五。於二大極殿一即位」(略記、聖武)。九 →補注3-一二。
一〇 吉備真備。本姓は下道氏。霊亀二年入唐し、滞在十九年(実在は十七年)の長きにわたり、帰朝後唐文化の移植につとめた。宝亀六年十月壬戌(二日)薨。八十三歳。
一一 法相宗の僧。義淵僧正の弟子。霊亀二年入唐し、天平七年に帰る。在唐二十年、帰朝後僧正に任ぜられ宮廷で活躍したが、藤原広嗣の乱後藤原仲麿によって天平十七年筑紫観世音寺の造営の任に太宰府を追われ、十八年任地で寂す。
一二 →七〇頁注九。一三 和泉国出身。民間の布教につとめた僧。天平二十一年八十二歳で没す。この所、慈鎮は簾中抄の記事を誤読して行基が諸国の国分寺を造るとしたか。→補注3-一三。
一四 天平十三年、聖武天皇が国ごとに国分尼寺(法華滅罪の寺)と共に建てられた寺。金光明四聖武天皇ハ位オリサセ給テ、太上天皇ニテ八年マデオワシマシテウセサセ給ケル後、[二〇]御遺勅ニテ孝謙天皇ノ御サタニテ、天武天皇孫、[二一]一品新田部《にひたべ》親王御子式部卿道祖王《ふなどのわう》ト申《まうし》ケルヲ立太子有《あり》ケルホドニ、イカニオハシマシケルニカ、聖武御追善以下《の》事モ無下《むげ》ニ思《おもひ》イレ給ハズ、コトニヲキテ勅命ニモカナワヌ事ニテ有リケレバ、東宮ヲトヾメテコト人ヲ立《たて》マイラセント、公卿ドモニオホセアワセケル中ニ、[二二]大炊王《おほゐのわう》ト申ケルヲ東宮ニタテテ位ヲ又ユヅリ給ケルホドニ、又其大炊王惡《あし》キ御心オコリテ、[二三]ヱミノ大臣ト[二四]一心ニテ、孝謙ヲソムキ給ケレバ、王位ヲカヘシトリテ淡路國ニナガシマイラセテ、重祚《ちようそ》シテ位ニカヘリツキ給ニケリ。淡路ノ廢帝《はいたい》ト云《いふ》帝王ハ是也。

孝謙ヲバコノタビ稱德天王ト申ケル。[二五]此女帝道鏡《だうきやう》ト云法師ヲ愛セサセ給テ、[二六]法王ノ位ヲサヅケ、法師ドモニ俗ノ官ヲナシナドシテ、サマアシキコトオホカリ。ヱミノ大臣ノオボエモ道鏡ニトラレテアシザマニナリニケルニヤ。タヾ人ニハオワシマサズ。[二七]西大寺ノ不空羂索《けんじやく堂》ノモノガタリモ有リ。コレラハミナイヒフリタル事ドモナリ。カウホドノコトハ後ノ例ニモナラズ。[二八]イカニモ權化ノ事ドモト、コノサカヒノコトヲバ心得ベキ也。コノタビハ位五年ニテ、御歳五十三ニテウセ給ケル。

天王護国の寺という。

一五 聖武天皇は天平二十一年、即ち天平勝宝元年に位をおりて後に八年間在世、天平勝宝八年崩御。皇太子は光明皇后が神亀四年閏九月丁卯出産の皇子が十一月皇太子となったが、翌年九月丙午日薨二歳。「親王諱基王、神亀四為二太一」。同五九薨」(紹運録)。他に孝謙天皇(諱阿閉)・井上内親王・不破内親王がある。安積皇子は天平十六年閏六月薨、十七歳(続紀)。暗殺か。

一六 →補注3—一四。一七「天皇(孝謙)・太上天皇(聖武)・太后(光明)」(続紀・簾中抄)とあるべき。

一八 →七一頁注二五。一九 何ということなく。

二〇 →補注3—一五。二一 →補注3—一六。

二二 →七一頁注二八。二三 恵美押勝、藤原仲麿のこと。武智麿の子。→七一頁注一七。二四「あはぢの国にうつし奉らる。かしこにてうせ給ぬ。ゑみの大臣とひとつ心にて謀反をおこしたりとてかくながし奉らる。あはぢに三年おはしましけり」(簾中抄、淡路廃帝)。二五 →補注3—一七。

二六「孝謙の又つかせ給へる事大炊天皇をながして我また位にゐさせ給へり。道鏡を太政大臣とす。後又法王の位をさづけて法師をみなかんだちめなどになさる。ゆげの法王といふ是なり」(簾中抄、称徳)。→補注3—一八。

二七 不空羂索は七観音の一。多くは三面八臂、手に羂索を持つ。衆生の魚を釣り、菩提の彼岸に送るをあらわす。ただし西大寺の不空羂索は四天王の誤りか。この時に西大寺の金銅の四天王を鋳た話が略記及び水鏡・元亨釈書に見える。次注参照。底本「不空侚(羂ィと傍記)索」。阿波本「不空羂索ト御モノカタリ」。→補注3—一九。二八 ほんとうに仏が普通の人間に仮になられた方のやられた事とこのような事の方面も了解すべきである。

後ニ位ニツクベキ人ナクテ、ヤウ〱ニ群臣ハカラヒケル中ニ、房前《ふささき》[一]・宇合《うまかひ》ノ子タチニテ永手《ながた》・百川《ももかは》トテヌキイデタル人々有《あり》テ、天智天皇ノ御ムマゴニテ施基《しき》ノ皇子ノ御子ニテ王大納言[二]トテオハシケルヲ、位ニハツケタテマツリタリケル。光仁天皇ト申《まうす》ハ是也。先帝高野天皇[三]詔《シテ》曰《ク》、宜《シク》《ベシ》下以《テ》二大納言白壁王《ヲ》一立《ツ》中皇太子《ニ》上云々。是ハ百川ハカル處也。則《すなはち》位ニツキテ十二年タモチテ、其御子ニテ桓武天皇ハ東宮ニテ位[四]ヒキウツシテ、此平安城タイラノ京ヘ初《はじめ》テ都ウツリ有《あり》テ、此桓武ノ御後、コノ京ノ後ハ、女帝モオハシマサズ、又ムマゴノ位ト云《いふ》事モナシ。ツヾキ〱シテアニヲトヽ、ツガセ給《たまひ》ツヽ、國母《こくも》[五]ハ又ミナ大織冠ノナガレノ大臣ドモノ女《むす》メニテ、ヒシト國オサマリ、民アツクテメデタカリケリ。今日マデモソノマヽ、ハタガハヌヲモムキ也。是ハ此御時延暦年中ニ、傳教・弘法ト申《まうす》兩大師、唐ニワタリテ天台宗ト云、無二無三[六]、一代教主[七]尺迦《さか》如來ノ出世ノ御本懷ノ至極《しごく》無雙《むさう》ノ敎門、眞言宗トテ又一切眞俗二諦《にたい》[八]ヲサナガラ一宗ニコメタル三世諸佛ノ己證《こしよう》ノ眞言宗トヲバ、コノ二人《の》大師ワタシ給テ、兩人灌頂《くわんちやう》[九]道場ヲオコシ、天台宗菩薩戒[一〇]ヲヒロメ、後七日《の》法[一一]ヲ眞言院トテ大内《だいだい》[一二]ニ立テハジメナドセラレタル、シルシ[一三]ニテ偏《ひとへ》ニ侍《はべる》也。ツヾキテ慈覺大師、智證大師、又々ワタリテ熾盛光法《しじやうくわうほふ》[一四]、尊星王法《そんしやうわうほふ》[一五]ナドヲヲコナイテ君ヲ守リ、國オサマリテ侍也。

一 永手は房前の二男、百川は宇合の八男。底本「永乎」を改む。↓補注3‐二〇。二 天皇の子孫で大納言であったから、王大納言という。「諱白壁、本大納言」(七三頁)。三 ↓補注3‐二一。四「位」は「都」の誤りか。五 底本「国母又八」。諸本により改む。六 成仏の道の唯一の道、即ち法華経を指した語。↓補注3‐二二。七 成仏から入滅まで一代の間に諸教を説かれた主である釈迦如来が、この世にうまれて説かれた教えの中で一番本意とする、他に比べもののない宗旨。「法華は是最第一、三世の諸仏出世の本懐、衆生成仏の直道なり」(謡曲、梅枝)。八 一切の絶対的な真理(真諦)と世間的な真理(俗諦)をそのまま一つにし、過去・現世・未来の諸仏が自分で心の内にさとった境地を示した真言宗。「己証」は内証と同じ。自己の心の中にさとること。密教の教えは如来内証の法門であるとする。九 宮中で天皇の玉体安穏や年中行事の加持祈禱する真言道場。↓補注3‐二三。一〇 菩薩の行を修する人が受戒すべき戒律。梵網経に説く十重禁戒や四十八軽戒をも含み、円頓戒をいう。大乗戒として天台宗で説く。伝教大師は奈良の小乗戒を棄てて、大乗戒を立てる決意を弘仁九年暮春にし、奈良の僧綱の反論に対して、その後顕戒論で反駁。↓補注3‐二四。一一 正月八日から十四日の七日間東寺の阿闍梨が宮中にある真言院に参じ、金剛界・胎蔵界の法を隔年に修するを後七日の法という。真言院は安元三年に焼け、東寺において行われるようになった。↓補注3‐二五。一二 大内裏。天皇のおられる内裏と区別し諸官省の所在した土地の称。宮城。↓補注3‐二六。一三 国が治まり、民が安心して生活しているのはこの効験なのである。一四 大熾盛光法・熾盛其後ヤウ〳〵ノイラン一六ハオホカレドモ、王法佛法ハタガヒニマモリテ、臣下ノ家一七魚水合體《がってい》ノタガウコトナクテ、カクメデタキ國ニテ侍レドモ、次第ニオトロヘテ、今ハ王法佛法ナキガゴトクナリユクヤウヲ、サラニ又コマカニ申侍《まうしはべる》ベキ也。一八大方ハ日本國ノヤウハ、ヨク〳〵心得テ佛法ノ中ノ深義《じんぎ》ノ大事ヲ悟リテ、菩提心ヲオコシテ佛道ヘハイルヤウニ、スコシモタガハズ、コノ世間ノ事モ侍ルヲ、ソノ儘ニタガエズ心ウベキニテ有ルヲ、ツヤ〳〵トコノ一九韻ニ入《いり》テ心得ントスル人モナシ。二〇サレバ又エ心得デノミ侍レバ、カクハ又ウセマカル也。コレ又二一法爾《ほふに》ノ様ナレバ、力ハヲヨバネドモ、佛法ニミナ二二對治《たいぢ》ノ法ヲトク事也。又世間ハ一二三蔀《ボウ》ト申テ一蔀ガホドヲバ六十年ト申、二四支干オナジ年ニメグリカヘルホドナリ。二五コノホドヲハカラヒ、次第ニオトロヘテハ又オコリ〳〵シテ、オコルタビハ、オトロヘタリツルヲ、スコシモチオコシ〳〵シテノミコソ、今日マデ世モ人モ侍ルメレ。タトヘバ二六百王ト申《まうす》ニツキテコレヲ心得ヌ人ニ心得サセンレウニタトヘヲトリテ申サバ、百帖ノカミヲヲキテ、次第ニツカフホドニ、イマ一二デウニナリテ又二七マフケクワフルタビハ、九十帖ヲマフケテツカヒ、又ソレヲツキテマウクルタビハ八十帖ヲマフケ、或ハアマリニオトロヘテ又オコルニ、タトヘバ一帖ノコリテ其一帖イマハ十枚バカリニナリテ後、九十四五帖ヲモマウ

光仏頂法ともいう。→補注3-二七。

一五 北斗七星を尊星王、妙見菩薩ともいう、その尊星王を祭る修法。特に智証系三井寺、寺門派で行う。→補注3-二八。 一六 違乱。

一七 魚と水のような君臣の親密な仲。水魚の交、魚水の契などという。 一八 大体日本国の世の中の俗的な事柄は、よくよく注意して仏法の中の深い意味を持つ最も重大な事柄を悟って、悟りの心をおこして仏道へ入ってゆくのと少しも違わず、その通りに了解すべきであるのに、一向こういう境界に入って了解しようとする人もない。 一九「韻」は様子、おもむきの意か。上野本「韻(趣と傍記)」。 二〇 だから(道理にそむく心があって)心得ようとしないばかりであるから、こういうふうに正しい道理がなくなるのである。

二一 為作造作がなく、自然とそうなるようであるが。「法爾」は自然とそうなること。唯識にいう四種道理の一、法爾道理。「末法ハ法爾トシテ正法毀壊ス」(末法燈明記)。 二二 それぞれ、衆生の器に随って種々の法を説くことである。「対治」は対治悉壇の意。仏の説法のやり方の一、病に応じて薬を与える様に貪欲の人に対しては不浄観を説くなど、それぞれに応じて法を説くやり方。四悉壇の一(大智度論、一)。

二三 底本「部」。諸本により改む。「蔀」は普通七十六年(後漢書、律暦志下)という。→補注3-二九。 二四「えと」が同じ年に廻り返ってくる期間である。「支干」は十干(甲乙丙丁戊己庚辛壬癸)と十二支(子丑寅卯辰巳午未申酉戌亥)。

二五 この期間を考慮して、次第に衰えては又おこりかえりして(例えば)おこる時は、衰えたのを少しでもおこそうとしてこそ、今日まで世も人もたれて来たのであろう。

二六 →一二九頁注四。 二七 準備して加える時は。

ケナンドセンヲバ、オトロヘキハマリテ殊ニヨクオコリイヅルニタトウベシ。或《あるひは》七八十帖ニナリテツカウホドニ、イマダミナハツキズ、六七十帖ツキテ、今十二十帖モノコリタルホドニ、四五十帖ヲ又マウケクハヘンヲバ、[一]イタクオトロヘハテヌサキニ、又イタウ目出《めでた》カラズヒキカヘタルニハアラデヨキサマニ[二]ヲキ《チイ》タチタランニタトフベキニテ侍《はべる》也。詮ズル所ハ、唐土モ天竺モ、[三]三國ノ風儀、[四]南州ノ盛衰《じやうすゐ》ノコトハリハ、オトロヘテオコリ、[五]オコリテハオトロヘ、カク次第ニシテ、ハテニハ[六]人壽《にんじゆ》十歳ニ減ジハテヽ、劫末《こふまつ》ニナリテ又次第ニ[七]オコリイデ〳〵シテ、人壽八萬歳マデオコリアガリ侍也。ソノ中ノ百王ノアヒダノ盛衰モ、ソノ心ザシ道理ノユクトコロハ、コノ定ニテ侍也。是ヲ晝夜毎月ニ顯《あらは》サントテ、月ノヒカリハカケテハミチ、ミチテハカクルコトニテ侍也。コノ道理ヲヒシト心得ルマヘニハ、一切《いつさいの》事ノ證據《しようこ》ハミナカクノミ侍也。[八]盛者必衰《じやうしやひつすゐ》[九]會者定離《ゑしやぢやうり》ト云《いふ》コトハリハ、是ニテ侍也。是ヲ心得テ法門ノ佛道ニ皆イル、マデサトリ侍ベキ也。コノ心ヲ得テ後々ノヤウモ御覧ズベキニヤ。

神武ヨリ成務マデ十三代ハ、ヒシト正法ノ王位ナリ。自リ二仲哀一光仁マデ三十六代ハ、[一〇]トカクウツリテヤウ〳〵ノコトハリヲアラハスニテ侍也。コノアヒダ女帝イデキテ重祚《ちようそ》トテ、フタヽビ位ニツカセ給《たまふ》コトモ、女帝ノ皇極ト孝謙トニ

一 大変おとろえてしまわない中に、又あんまり結構でなく引変えたのではなくて、相当の程度におこしたてたのに例えられるべきである。二 底本「ヨキサマナリ」。阿波本「ヨキサマニ」により改む。三 天竺・中国・日本の様子。結局の所、中国も印度も、三国の様子、南閻浮洲の盛衰の筋道は、衰えては興り、興っては又衰え、こうして次第に時が立ち、最後は人の命が十歳にへってしまい、劫末になって、又段々と興り始め、興り始めして、人の命が八万歳に迄興りあがるのである。四 南閻浮洲。須弥山四洲の一。十六の大国、五百の中国、十万の小国がありとし、この人間の住む世界とする。五 底本「オゴリ〳〵テハオトロヘ」。六 この辺、仏教の「劫」を説く。↓補注3-三〇。七 底本「オゴリイテ〳〵シテ人寿八万歳マテオゴリアガリ侍也」。八 盛なるものは必ず衰えるという道理をあらわした語。仁王経護国品・般若波羅密経、第五護国品・賢愚経、第十一・六度集経、第四などに見える詞句。九 会う者は必ず別れるという詞句。「夫盛必有レ衰、合会有二別離一」(涅槃経、巻二)などと見える。一〇 何とか糊塗して色々の筋道をあらわすのである。一一 女人が出て、この国をうまく治めることをしとげるのだと申し伝えたのはこれでございます。「入眼〈ニュガン〉と云詞古書にあり、物事の成就したる事を入眼と云なり。是は画工が絵を書より出たる詞也。人形鳥獣等を画く時に眼の中に瞳を点ぜずして彩色ことごとく終て後に眼中に瞳子を入る也。又木偶〈デク〉人なども其形を作り彩色終て瞳子を入る也。仏像に瞳子を入る開眼と云是又入眼也。これらに准じて物事の成就したる事を入眼と云也」(貞丈、巻十四)。「入眼〈ジュガン〉日本ノ世話ニ成就ノ義也」

テ侍ルメリ。[一一]女人此國ヲバ入眼《じゆがん》スト申《まうし》傳ヘタルハ是也。其故ヲ佛法ニイレテ心得ルニ、人界《にんがい》ノ生《しやう》ト申《まうす》ハ、母ノ腹ニヤドリテ人ハイデクル事ニテ侍也。コノ母ノ苦、イヒヤル方ナシ。此苦ヲウケテ人ヲウミイダス。コノ人ノ中ニ因果善惡アヒマジリテ、惡人善人ハイデクル中ニ、[一二]二乘、[一三]菩薩ノヒジリモ有リ、[一四]調達《でうだつ》、クガリノ外道《げだう》モ有リ。是ハミナ女人母ノ恩ナリ。是ニヨリテ母ヲヤシナヒウヤマヒスベキ道理ノアラハル、ニテ侍也。妻后母后ヲ兼ジタルヨリ、神功皇后モ皇極天王モ位ニツカセオハシマス也。ヨキ臣家(下イ)ノヲコナフベキガアルトキハ、ワザト女帝ニテ侍ベシ。神功皇后ニハ武内、推古天王ニハ聖德太子、皇極天皇ニハ大織冠、カクイデアハセ給《たまひ》ニケ(ナイ)ン。本闕

サテ桓武ノ後ハ、ヒシト大織冠ノ御子孫臣下ニテ[一五]ソイタマフト申ハ、ミナマタ妻后母ト申ハ、コノ大臣ノ家ニ妻后母后ヲヲキテ、誠ノ女帝ハ末代アシカランズレバ、其ノ后ノ父ヲ[一六]內覽ニシテ令《メ》レ用《ヒ》タランコソ、[一七]女人入眼ノ、孝養《けうやう》報恩ノ方モ兼行シテヨカラメトツクリテ、末代ザマノ[一八]、トカクマモラセ給《たまふ》ト、ヒシト心得ベキニテ侍也。サテ又王位ノ正法ノ、末代ニ次第ニウセテ、國王ノ御身ノフルマヒニテ、[一九]萬機ノ沙汰ノユカヌヤウニナルトキ、[二〇]脫屣《だつし》ノ後ニ大上天皇ナガラ、主上ヲ子ニモチテ、[二一]ミダリガハシクハヾカラズ世ヲシラントイフハカラヒ

(塵芥)。「入眼〈ジュガン〉日本ノ世俗成就之〈ノウ〉義也」(下学集、一)。 一二「二乗」は覚(さとり)の道に至る四聖の内、声聞(乗)と縁覚(乗)をいう。声聞は釈迦の教えを聴聞した者の義で阿羅漢ともいう。目連尊者・舎利弗・富楼那(ふるな)など。縁覚は仏の教えによらず、自ら十二因縁を観じ悟った者。共に小乗の聖者で二乗という。その上が菩薩と仏。 一三 大乗教の修行者。仏の境地に入ろうとする大心があって仏道に入り、四求誓願をおこし、上菩提を求め、下衆生を化す人。地蔵菩薩・観音菩薩など。「ヒジリ」は聖人の意。 一四 調達は提婆達多のこと。阿難の兄で、釈迦の従弟。釈迦の弟子となったが、五百の弟子をひきい、伽耶山に別立し、仏をねたみ、阿闍世王と結託して父王を殺させ、釈迦を追放殺害しようと企て、遂に病死した。「クガリ」は瞿伽離、悪時者、牛守と訳す。提婆達多の弟子の比丘で信無くして悪道に堕ちた(智度論、一)。「外道」は仏教以外の異端邪説をいい、それを修めた人にもいう。「調達〈デウダツ〉ガ三逆」(平家、巻十一、重衡被斬)。

一五「ソイ」は「添い」。 一六 ↓八六頁注一七。太政官から公文書を天皇に奏聞する前に下見すること。内覧の宣旨を被り、次いで摂政・関白となるのが普通。醍醐天皇代の時平・道真、円融天皇代の兼通などがなる。兼通はその女媓子を皇后にする。 一七 女人が出てこの国の政治をうまく成就してゆくことと、また孝養をつくすという方面も兼ねて行うことが出来てよかろうというので、そうして。底本「謙行」。諸本により改む。 一八 底本「ノ」を傍記。阿波本なし。 一九 もろもろの政治をとることが出来なくなる時。 二〇 位から去った後。「屣」はわらじ、草履の類を意味する語。 二一 形を破り、遠慮せず、政治をとるということも。

ヲモ、後三條天皇ハシ[一]イダサセ給《たまふ》也。コレハミナ王法ノオトロフルウヘニ又オコシタツルツギメ〳〵ニ、ヤウカハリテメヅラシクテ、シバシ〳〵世ヲオサメ《定イ》ラルベキ道理ノアラハルルナリ。本闕

サテ桓武ノ御子[二]三人、平城・嵯峨、御中コトノハジメニアシカリケリ。ミヤコウツリノアヒダ、イマダヒシトモ[三]オチヰヌホド、御心々ニテアシクナリヌ。ソレモ平城ノ内侍督《ないしのかみ》[四]薬子ガ處爲《そゐ》トイフ。アシキコトヲモ女[五]人ノ入眼《じゆがん》ニハナル也。[六]嵯峨東宮ノアヒダ、平城國主ノ時、東宮ヲ可《キ》レ奉《ル》レ廢《シ》レ之《ヲ》ヨシ沙汰有リケリト、[七]後《のちの》中書王ノ御物語アリケリ。ソレハ[八]傅《めのとの》大臣冬嗣申《まうし》スヽメテ、「事火急ニ候、可《シ》下令《メ》レ申《サ》二宗廟《ニ》一(給《フ》上)」トテ、桓武ノ聖廟《せいべう》ヲ拜シテ東宮 訴申給《うつたへまうしたまひ》シカバ、[九]天下ミダレユキテ、平城コノ御ヒガ事ヲ思《おもひ》カヘラセ給ニケリトナンカタラセ給ニケリ。

一番ニミナ末代ノヲモムキヲバアラハサルヽナリ。

次《つぎに》淳和《じゆんわ》ト嵯峨トハ、[一〇]アヤニクニ御中ヨクテ、二人脱屣《だつし》ノ後ハ、ユキアヒツヽ、[一一]神泉《しんせん》ニテアソバセ給ケリ。サテ仁明ハ嵯峨ノ御子ニテ位ニ付《つき》テ、又淳和ノ御子ヲ[一二]東宮ニタテラレテアルホドニ、淳和ハ承和七年五月八日ニカクレ給ヌ。嵯峨ハ又同九年七月十五日ニ崩御ヲハリニケリ。コノ二人ノ太上[一三](天)皇ノウセ

一 院政を指す。但し後三条に院政の意志があったかどうか議論がある。二 三人は平城・嵯峨・淳和天皇。三 落着しないうちに。↓補注3-三一。四 ↓補注2-六。五 女人が最後に入ってそれをやりとげるのである。六 ↓補注3-三二。七 村上天皇の第七皇子、具平親王(九六四―一〇〇九)。この事についてのちに後中書王が何か書かれたものがあったか。八 底本「…可令申宗廟トテ」。天明本・河村本により改む。↓補注3-三三。九 この所、文明本等「天下ニクレユキテ」とある方が意通じるか。天下がくらくなって、夜の如くなった意であろう。補注3-三二所引の水鏡に「俄かに煙世の中にみちて、夜の如くになりしかば」とあるを指す。一〇 平城天皇と嵯峨天皇の仲の様かと思うと、そうではないお気の毒様、仲がよくて。「嵯峨院はみかどの御おや、淳和院は東宮のおやにてゆきあひつゝあそばせ給ひけり」(簾中抄、仁明)に依った。一一 神泉苑。京都市の二条城の南にある池。周文王霊囿に擬して作った(太平記、巻十二)。↓補注3-三四。一二 恒貞親王(その伝は三代実録、元慶八年九月二十日条参照)。のち、嘉祥二年正月出家。一三 底本「太上皇」。諸本により改む。一四 この東宮の肩を持たれた人の陰謀が発覚した事があったが。承和の変を指す。「己酉…是日春宮坊帯刀伴健岑、但馬権守従五位下橘朝臣逸勢等謀反事発覚。令三六衛府固二守宮門幷内裏二」(続後紀、承和九年七月十七日)。「方人」は伴健岑(とものこわみね)・橘逸勢(たちばなのはやなり)を指す。↓補注2-一一。水鏡にこの話が見える。一五 早くも中一日を置いて。「中一日」とあるのは嵯峨天皇の崩御が十五日、その中一日置いた十七日の意。この日阿保親王の密書が皇太后のもとにとどく。阿保親王は平城天皇の皇子。当今(今上天皇)の

サセ給ヲヤマタレケン、一四コノ東宮ノ御方人《おんかたうど》發覺ノ事アリケルヲ、其後イツシカ一五中一日アリテ、十七日ニ阿保《あほ》親王ノ、當今《たうぎん》ノ仁明ノ御母ニツゲマイラセラル、事アリケリ。東宮ノ一六タチハキ健〈コハ〉峯《みね》ト云《いふ》モノマイリテ申タリケル。一七ワガ、タ人ニナント思ケルニヤ。一八但馬權守橘《たちばなの》逸勢〈トシナリ〉・一九大納言藤原愛發〈ヨシチカ〉・二〇中納言同吉野ナドイフ人々謀反《むほん》オコシテ、東宮イソギ位ニツケタテマツラント云コトヲ、オコストイフ事イデキテ、大皇太后宮イソギ中納言良房ヲメシテ、カヽル事ト仰《おほせ》ラレアハセテ、コノ人〳〵皆ナガサレニケリ。橘逸勢〈トシナリ〉伊豆ノ島ヘナドツカハサレテ、大納言ヨシチカ解官《げくわん》ノトコロニ二一良房ハ大納言ニナラレニケリ。東宮ハ十六ニナラセ給ケレバ、我御心ヨリハオコラズモアリケン。コノ東宮ヲバ恒貞《つねさだ》親王トゾ申ケル。二二太子ノ冷泉院《れいぜい》ニオハシマスヘマイラレタリケルニ申サレケレバ、ワレシラズト二三仰ラレケレド、コノ御レウニコレラガ支度スル事アラハレニケレバ、二四参議正躬《まさみ》王ニ勅シテ、東宮ヲバ送廢シマイラセラレニケリ。サテ同四日二五道康《みちやす》親王ト云ハ文德《もんどく》天皇也。是ヲ東宮ニ立《たて》マイラセラレニケリ。アハレ〳〵カマヘテ仁德ノ御世マデコソナカラメ、二六仁德ハ平野大明神也、二七仁賢・顯宗ノ御心ゾカヒニテアラバヤ、二八嵯峨ト淳和トハ、スコブルソノヲモムキオハシケルトゾ申傳《まうしつたへ》テ侍レ。

仁明の母即ち太皇太后宮は橘嘉智子。水鏡に詳しい。一六「タチハキ」は帯刀。東宮付の武官の称。その長を先生《せんじよう》という。↓補注3-三五。一七 健岑は阿保親王を自分の方の味方と思ったのだろうか。一八 ↓補注3-三六。一九 冬嗣の弟。「前大納言正三位藤愛発〈五十五〉七月免官」(補任、承和九年)。尊卑に「チカナリ・ヨシアキラ」と両訓。「大納言藤原朝臣愛発《あらち》乎波廃レ職天京外仁中納言藤原朝臣吉野乎波大宰員外帥仁」(続後紀、承和九年七月二十三日)。承和十年九月十六日薨(補任)。「愛発〈ヨシチカ〉大納言」(二中歴、名臣歴)。二〇 藤原宇合流、縄継の子。「前中納言正三位同(藤)吉野〈五十七〉大宰権帥。七月左降」(補任、承和九年)。「承和十三・八・十二薨。嘉祥元也」(尊卑)。「前中納言正三位藤吉野〈六十二〉大宰権帥。八月十二日薨(或云嘉祥元・八・十三薨云々。続日本後紀同之」(補任)。

二一 七月二十五日良房は大納言となる(補任)。二二「于レ時天皇権御ニ冷然院一、皇太子従レ之」(続後紀、承和九年七月二十三日)。水鏡には冷泉院行幸の時(八月三日とする)、再び文が投げ入れられて、健岑と東宮の謀議が密告され、その結果東宮は廃せられたと記す。二三「この事健岑と但馬権守橘逸勢と謀れりける事にて東宮は知り給はざりけり」(水鏡)。「我身ハ知ヌ御事ナルヲカクト聞食テ」(前田本水鏡)。二四 承和九年八月恒貞親王を廃す。「甲戌遣ニ参議正躬王一送ニ廃太子於淳和院一」(続後紀、承和九年八月十三日)。二五 仁明天皇の長子。母は良房の妹順子。承和九年八月四日立太子(続後紀)。二六「仁徳天皇平野大明神是也」(皇胤紹運録)。「平野大明神〈ヒラノメイミヤウジン〉乃仁徳天皇也」(運歩)。二七 仁賢・顕宗天皇のような互に譲りあわれるような気のくばり様であって欲しい。二八 ↓補注3-三七。

サテ文徳ノ王子ニテ清和イデキ給《たまふ》。[一]コノトキ山ノ惠亮和上《ありやうわじやう》（尚歟）ハ、御イノリシテ[二]ナヅキヲ護摩《ごま》[三]ノ火ニイレタリナド申傳《まうしつたへ》タリ。一歳ニテ東宮ニタヽセ給ケリ。九歳ニテ位ニツカセ給ケレバ、幼主[四]ノ攝政ハ日本國ニハイマダナケレバ漢家《かんか》ノ成[五]王ノ御時ノ周公旦《たん》ノ例ヲモチヰテ、母后ノ父ニテ忠仁公良房ヲハジメテ攝政ニヲカレケリ。其後攝政關白トイフコトハイデキタルナリ。ソレモハジメハタヾ内覽臣《の》ニヲカレテ、マコトシク攝政ノ詔クダサルヽコトハ、七年ヲヘテ後、貞《ぢやう》[六]觀《ぐわん》八年八月十九日ニテアリケルトゾ日記ニハ侍《はべる》ナル。[七]コノ御時伴《ともの》大納言善男《よしを》、應天門ヤキテ信《まこと》[八]ノ大臣ニ仰《おほせ》[九]テ、スデニナガサレントシケルコト、ソノアヒダニハ良相《よしみ》[一〇]ト申《まうす》右大臣ハ良房ノヲトヽニテ、イリコモラレテ後天下ノマツリコト良相（房イ）ニウチマカセテアリケルニ、天皇伴大納言ガ申コトヲマコトヽオボシメシテ、カウ〳〵トオホセラレケルヲウタガヒオモハデ、ユヽシキ失錯《しつさく》[一一]セラレタリケリ。ソレヲバ昭宣公藏人頭《せうせんこうくらうどのとう》[一二]ニテキヽ、オドロキテ、白川殿《しらかはどの》[一三]ヘハセマイリツゲ申テコソ善男ガコトハアラハレニケレ。コレラハ人皆シリタレバコマカニハシルサズ。

サテ清和[一四]ハ、十八年タモチテ、廿六ニテ又太子ノ陽成院《やうぜいゐん》ノ九歳ノ御年御讓位有《あり》テ、廿九ニテ御出家有リテ、三十一ニテウセサセ給ニケリ。コノ陽成院、九歳ニテ位ニツキテ八年十六マデノアヒダ、昔ノ武烈天皇ノゴトクナ[一五]ノメナラズ

一↓補注3‐三八。二 脳。「脳〈タウ・ナウ俗ナツキ〉」(黒川本伊呂波字類抄中)。「脳〈ナツキ〉」(運歩)。三 梵語 Homa の訳。智慧の火で薪を焼く意。密教の修法の一。道場にそれぞれの修法に従い、本尊を設け護摩壇に護摩木を焼く。「独鈷をもつてなづきをつきくだき、乳和して護摩にたき」(平家、巻八、名虎)。四 嘉祥三年十一月に惟仁親王立太子、天安二年十一月七日に即位(九歳)と共に良房は万機を摂行した。補任は「十一月七日宣旨為摂政」。五 周の丙戌元年成王は周公旦の輔佐で位についた。周公旦は成王の叔父。六 八月十九日から良房は名実共に摂政となる。「八月十九日重勅摂二行天下之政一者」(補任、貞観八年)。「勅二太政大臣一摂二行天下之政一」(三代実録、貞観八年八月十九日)。七 貞観八年閏三月十日「乙卯応天門火、延焼二棲鳳翔鸞両楼一」(三代実録)とあり、応天門が焼けたが、大納言伴善男は右大臣良相と謀り、信左大臣の所為として、良相は信を召そうとしたが、この時基経は近衛中将兼参議であったが、太政大臣良房にこの事を知らせ、良房はこれを止めた事が大鏡、裏書に見え、なお宇治拾遺にも見える。その後八月三日大宅鷹取が伴善男とその息伴中庸であると訴えたので、九月二十二日に善男や紀豊城等も共謀者として捕えられ処分されたと三代実録に見える。応天門の変という。八↓八二頁注八。「北辺ノ左大臣ト中ス人御座ケリ。名ヲ信トゾ云ケル。嵯峨天皇ノ御子也」(今昔、巻二十四の一)。「同(源)信〈トコ〉」(大鏡、裏書、左大臣三十人事)。九「仰テ」は「負テ」が正しい。罪を負わせての意。一〇 宇治拾遺、巻十の一、伴大納言応天門を焼く事によると、「忠仁公(良房)世の政は御弟の西三条の右大臣(良相)に譲りて、白川に籠り居給へる時にて」。阿波本

アサマシクオハシマシケレバ、[一六]オヂニテ昭宣公基經ハ[一七]攝政ニテ諸卿群儀《議イ》有テ、「是ハ御モノヽケノカクアレテ[一八]オハシマセバ、イカヾ國主トテ國ヲモオサメオハシマスベキ」トテナン、ヲロシマイラセントテヤウ／＼ニ沙汰《サタメイ》有リケルニ、仁明《王イ》ノ御子ニテ時康《ときやす》親王[一九]トテ式部卿宮ニテオハシマシケルヲムカヘトリテ、位ニツケマイラセラレニケリ。コレハ光孝天皇ト申也。五十五ニテ位ニツカセ給テ、三年アリテ五十八ニテウセサセ給ケリ。

サテソノ御子ニテ宇多天皇ト申寛平《くわんぴやう》法皇ハ、廿一ニテ位ニツキテオハシマシケル。此小松ノ御門《みかど》、御病ヲモリテウセサセ給ケルニハ、[二〇]御子アマタオハシマシケレドモ、位ヲツガセンコトヲバサダカニモエオホセラレズ、イマ我カク[二一]キミトアフガルヽコトモ、コノオトヾノシワザナレバ、又イマハカラヒ申テントオ《仰イ》ボシメシケルニヤ、御病ノムシロニ昭宣公マイリ給テ、「位ハタレニカ御譲リ候《さふらふ》ベキ」ト申サレケルニ、「ソノ事也、唯御ハカラヒニコソ」ト仰《おほせ》ラレケレバ、[二二]寛平ハ王ノ侍從トテ、第三ノ御子ニテオハシマシケルヲ、[二三]「ソレニテオハシマスベク候、ヨキ君ニテオハシマスベキ」ヨシ申サレケレバ、カギリナクヨロコバセ給テ、ヤガテヨビマイラセテソノヨシ申サセ給ケリ。[二四]寛平ノ御記《ごき》ニハ、左ノ手ニテハ公ガ手ヲトリ、右ノ手ニテハ朕ガ手ヲトラヘサセ給テ、ナ

「良相ニウチマカセテ」。良相は大鏡、裏書、右大臣五十七人事に「同(藤原)良相〈ヨシ〉」。

二 失策。**三** 基経。貞観八年は三十一歳、「参議」「左中将。伊予守。正月七日従四上。三月廿三日正四下。十二月「廿」(恐衍)八日従三位。即任中納言」、また「中納言従三位藤基経〈三十一〉十二月八日任(超七人)」(補任)。この時の事は大鏡、裏書に見え、基経の行動があり、近衛中将兼参議だったらしい。蔵人頭ではない。↓補注3-三九。**一三**「白川の左大臣」(大鏡、巻二)。

一四 清和天皇は貞観十八年十一月二十九日譲位、二十七歳(基経がその日摂政となる)、元慶四年十二月四日薨、三十一歳。**一五** 並大抵ならず、あきれた状態でいらっしゃったから。内裏で常規を逸した行動が多く、古事談、巻二には「陽成院依₂邪気₁不₂普通₁御坐之時」などと書かれる。↓補注2-三七。**一六** 陽成天皇の母は中納言長良女、二条后。基経も長良の三男で寛平三年薨、五十六歳。陽成の伯父。**一七** ↓補注2-一九。

一八 荒れておはしませば。**一九**「同(貞観)十八年二月廿六日式部卿にならせ給。御年四十六」(大鏡、巻一、光孝)。**二〇**「女院四人男女のみこ四十一人。此内源氏卅五人」(簾中抄)。**二一** 陽成不予、次帝を定める際に、源融の帝位の志を基経がとどめたことが大鏡・古事記に見え、また諸親王の中から光孝(小松の御門)を撰んだ次第も古事談に見える。**二二**「この帝のたゞ人になり給ほどなど、おぼつかなし。よくもおぼえはべらず。御母、洞院の后と申。このみかどの源氏にならせ給事、よくしらぬにや、「王侍従」とこそ申けれ」(大鏡、巻一、宇多)。**二三** その方が帝位につくべきでございます。大変よい方でございます。

二四 寛平法皇の日記は今に伝わらない。中津広昵が遺文を抄録編纂(続々群書類従、第五所収)。

一 基経のお蔭は大変なものである。よくよくこの事を銘記なさいませと申し置いたという事を書かれたという事です。二 こんなに寛平御記を見ない人まで噂に漏れ聞いた事の一端を書付けて置いたのを、本当にその御記を見た人も参照されると、自分の事の様に感じられて感動されるのです。三 ↓補注3-四〇。四 基経は宇多天皇即位と共に仁和三年十一月十七日関白。五 仁和三年(八八七)十一月から、基経が薨じた寛平三年(八九一)正月までは四年目。なお、その在位年数は仁和四年からとすると寛平九年まで十年。六 時平は基経の長男。七 菅原道真。「菅丞相〈カンセウ／ジヤウ〉」(運歩)。八 時平と道真が内覧になったのは宇多天皇が退位して醍醐天皇の昌泰元年、時平は大納言、道真は権大納言(補任)、翌年左大臣、右大臣とそれぞれなるが、昌泰四年正月二十五日に道真は左遷、大宰員外帥。↓補注3-四一。九 寛平御遺誡の全文は今伝わらず、群書類従、雑部に収められる逸文中に「左大将藤原朝臣(時平)者。功臣之後、其年雖レ少已熟二政理一。先年於二女事一有レ所レ失。朕早忘却不レ置二於心一。朕自二去春一加二激励一令レ勤二公事一。又已為二第一之臣一。能備二顧問一而泛二其輔道一。新君慎レ之」「右大将菅原朝臣是鴻儒也。…新君慎レ之云々」。一〇 醍醐帝は十三で。↓補注3-四二。一一 菅原道真。「松梅は殊に天神の御慈愛」(謡曲、老松)。「天満大自在天神」(北野根本縁起)。「勅号二火雷天神一」(略記)。一二 諸家や太政官の外記の書いた日記。↓補注3-四三。一三 諸家や外記の日記を焼いた事は実は分らぬが、紀略、延長元年四月二十日「廿日甲子。詔。故従二位大宰権帥菅原朝臣復二本官右大臣一兼贈二正二位一。宣レ棄二昌泰四年正月廿五日詔書一」、略記、延喜三年四月二十日「棄二去昌泰四年正月廿五日宣命一

ク〱「[一]公ガ恩マコトニフカシ、ヨク〱是ヲシラセ給ヘ」ト申《まうし》ヲカレケルヨシコソカヽセ給《たまひ》タンナレ。中〱カヤウノコトハ、[二]カク其御記ヲミヌ人マデモレキク事ノカタハシヲカキツケタルヲ、マサシク御記ヲミン人モミアハセタラバ、ワガ物ニナリテアハレニ侍《はべる》ナリ。

サテ寛平ハ位ニツカセオハシマシケルハジメヨリ、「[三]我身ハ無下《むげ》ニ聖主ノ器量ニアラズ」トテ、「トクオリナン」トツネニ昭宣公ニオホセアハセケルヲ、「イカデカサル事候《さふらは》ン」トノミ申サレケレバ、「[四]サラバ一向ニ世ノマツリコトヲシテタベ」トウチマカセテオハシマシケル程ニ、十年タモチオハシマシケル[五]第六年カニ、昭宣公ウセ給ニケレバ、[六]ソノ太郎ノ時平ト[七]菅丞相《くわんしようじやう》トヲ[八]内覧ノ臣ニサダメラレテ、[九]遺誡《ゆゐかい》カヽセ給テ三十一ニテオリサセ給テ、延喜ノ御門《みかど》ハ醍醐天皇ト申ニ御譲位アリケレバ、[一〇]十三ニテイマダ御元服モナカリケルヲ、今日只元服ヲシテ位ニツカントテ、ニハカニ御元服アリテ攝政ヲモチヰラレズ、寛平ノ御遺誡ノマヽニ時平ト[一一]天神《てんじん》トニ、マツリコトヲオホセアハセテアリケルホドニ、十七ノ御歳、延喜元年ニ北野ノ御事ハイデキニケリ。ソノ事ハ、御門《みかど》ユヽシキワガ御ヒガ事、大事ヲシイダシタリトヤオボシメシケン、スベテ北野ノ御事、[一二]諸家、官外記《げき》ノ日記ヲミナヤケトテ、被[一三]レ焼カニケレバ、タシカニコノ事ヲシレ

ル人ナシ。[一四]サレドモ少々マジリテミユル處モアリ。又カウホドノコトアレバ、人ノ口傳《くでん》ニイヒツタヘ／＼シタルコトニテアレバ、[一五]事ノセンハミナミエルニヤ。權者《ごんじや》タチノムマレテ、カヽルコトハアリケルニヤ。サレドコト[一六]人ヲ權者ト云《いふ》コトハナシ。天神ハウタガヒナキ[一七]觀音ノ化現《けげん》ニテ、末代ザマノ王法ヲマヂカクマモラントオボシメシテ、カヽルコトハアリケリトアラハニ知ル事也。[一八]時平ノ讒言ト云事ハ一定《いちぢやう》也。[一九]淨藏法師傳ニモ見《みえ》タリ。サリナガラ[二〇]八年マデハヱトラセ給ザリケルニヤ。[二一]天神ノ靈ノ時平ニツカセ給タリケルヲ、淨藏ガ加持《かぢ》シテ、シタヽカニセメケレバ、佛法威驗《ゐげん》ニカチガタクテ、淨藏ガ父ノ善宰相淸行《きよゆき》存日ナリケレバ、善相公ニ汝ガ子ノ僧ヨビノケヨトネンゴロニ託宣シテオホセラレケレバ、淨藏モヲソレテサリニケル後、ツキニ時平ウセ給ニケルトコソミエテ侍メレ。コノ御心ナラバ、スベテ內覽《の》臣、[二二]攝籙《せつろく》ノ家ハ、天神ノ御カタキニテウシナハルベキニテコソアルニ、ヤガテ時平ノ弟ノ[二三]貞信公《ていしん》、[二四]家ヲ傳へ、內覽攝政アヤニクニ繁昌シテ、子孫[二五]タフルコトナク、イマヽデメデタクテスギラルヽコトヲフカク案ズルニハ、日本國《は》[二六]小國也、內覽ノ臣二人ナラビテハ一定アシカルベシ、ソノ中ニ[二七]太神宮鹿島ノ御一諾ハ、スヱマデタガフベキコトニアラズ、大織冠ノ御アトヲフカクマモラントテ、[二八]時平ノ讒口《ざんこう》ニワザトイリテ御身ヲウシナ

令焼ニ却之ニ」、補任にも同様の記事が昌泰四年条に見えるが、「令焼却昌泰四・正・廿五宣命」と、焼却とある。一四 しかし、他の文献に交って道真の事が見える。一五 大事な点は皆わかっている。一六 外のつまらない普通の人を仏の化現という事はない。一七 →補注3-四四。一八 時平の讒言という事は疑いがありません。一九 三善清行の八男で、博学多芸、天文易筮医卜にも達したが、特に加持にすぐれ、験者として種々の説話が伝わり、将門が叛した時、大威徳の法を修するなどした。康保元年十一月二十一日東山雲居寺で寂、七十四歳(元亨釈書、巻十、雲居寺浄蔵)。二〇 八年目まではとり殺せなかった。八年までというのは延喜九年の時平が薨去した年までをいうが、延喜三年の道真薨去の年から七年目が正しい。二一 時平が薨じたのは延喜九年四月四日であるが、略記によると、時平が病気の時、三善清行が息子の浄蔵に加持させると、道真の霊が尊閣のいさめを用いず、左遷されたが、今天帝の許しを得て怨敵を抑えようと思うが、尊閣の息の浄蔵が加持をしているが、制止をすべきであると言ったが、浄蔵が退出した時に時平は薨じたとある。→補注3-四五。
二二 底本「摂録」。諸本により改む。以下も同様。
二三 藤原忠平。基経の四男。四月九日時平の薨去で氏長者となり、延長八年九月二十二日天皇の譲位と共に摂政。二四 この所、北野縁起と関係がある。→補注3-四六。二五 絶えることなく。
二六 粟散国。二七 →一四〇頁注九。天児屋根命は鹿島神社祭神。二八 時平の讒言にわざとおちいって。「近くは北野大明神方便御利生にもひしと叶候覧、北野天神の時平ニ被損給て、而又覧家摂録之臣ヲ令守護給、御方便ハ覚知しすまして候」(門葉記、慈鎮被遣西園寺大相国書状)。

ヒテ、シカモ攝籙ノ家ヲマモラセ給《たまふ》ナリ。[一]アザ〳〵トハ、時平コソカク心モアシケレ、貞信公ハ弟ニテ、菅丞相《くわんしようじやう》ノツクシヘオハシマシケルニモ、ウチ〳〵ニ[二]貞信公ハ御音信《いんしん》有リテ、申《まうし》カヨハシナドセラルレバ、ソレヲバイカヾハアタミ思ハント云《いふ》ヲモムキ也。コレモスナハチコトノ眞實ヲコソイヘ。[三]賢ガ子、賢ナラズトコソ云ヘ。オホカタノ内覽臣《の》、攝籙ノ家ヲカタキニトランコトハ世間ノ愚者ノ法也。[四]眞實ヲコソトオボシメス、スヂノトヲサルヽ事ヲ、カクトモマメヤカニ心得《こころうる》人ナシ。コレラヲ返々《かへすがへす》[五]マコトノ道理ニイレテ、カク心得ベキナリ。サレバマヂカクコノ[六]大内《だいだい》ノ北野ニ、[七]一夜松オヒテワタラセ給テ、[八]行幸ナル神トナラセ給テ人ノ無實ヲタヾサセオハシマス。コトニ攝籙ノ臣ノフカクウヤマヒ、フカク頼ミマイラセラルベキ神トコソアラハニハ心得侍レ。カヤウノ[九]方便教門《はうべんけうもん》ノ化導《けだう》ナラデ、ヒトエニ劫初劫末《こふしよこふまつ》ノマヽニテハ、南州《なんしう》衆生ノ果報ノ勝劣モ、壽命《の》長短モ、カクテコソ[一〇]敬神歸佛緣フカクシテ、出離成佛《しゆつりじやうぶつ》ノ果位ニハ至ルベケレドモ、カヤウノサカヒニ入《いり》テ心ウル日ハ、一々ニソノフシ〳〵ハタガフコトナシ。

サテ寛平《くわんびやう》ハ卅一[一一]ニテ御出家アリテ、[一二]弘法大師門流眞言ノ道ヲキハメテ、承平九年ニ御年六十五ニテ御入滅トコソ承ハレ。北野ノ御事ノトキ、内裏ニマイラ

一 時平こそは、はっきりとこんなに心が悪かったが。 二 憎く思おうかという趣旨である。 三 「堯の子の堯ならむやうに」(栄花、巻一、月の宴)と同じ意の諺。「丹朱之不肖、舜之子亦不肖」(孟子、万章上)。 四 天神が真実を通そうと思われて、筋道を通された事をこうだと本当に了解している人がない。「カクトモ」は文明本「カクトン」。 五 真実の道理の働いている世界から了解すべきである。 六 大内は大内裏址、内野(うちの)の辺の称。北野は大内の北の部分に当たるからの称。「内裏〈宮城トタイリ〉大内〈同タイタイ〉」(黒川本字類抄)。 七 「良種このよしの御託宣を身にそへて右近馬場に来りて朝日寺の住僧最鎮法儀鎮世等にむかひて子細を相議しける間に、一夜の中にぞ数十本の松は生出て、たちまちに数歩の林とぞなりにける」(建久本北野縁起)とあり、略記、天暦九年三月十二日の条に近江国比良宮禰宜、神良種の男太郎丸に託宣があったと見えるから、この時に一夜に松が生えたとの伝説が生じたか。猶この時に行幸したとは見えない。↓補注3-四七。 八 北野行幸の始めは一条天皇の寛弘元年十月。以後屢々あった。底本「タ、セハオハシマス」。諸本により改む。 九 こういうふうに仮に神となって衆生を導くというやり方でなくて、ただ劫初劫末の四劫循環の理法のままでは、南閻浮洲の衆生の現世における果報が勝っている事、劣っている事、寿命の長い、短いの差もわからず、こういうふうに北野天神があって道理を教えてくれるので、一層神仏を信仰する縁をみちびき、俗世間から脱して成仏するという結果にもなろうが、こういうふうに了解する時に、一々の事柄が道理に皆かなっているのである。 一〇 底本「敬神帰仏像」。文明本「敬神帰仏」。天明本「敬神帰仏(縁ィ)と

セオハシマシテ、イカニカヽルコトヲバト申サレケレドモ、國ノマツリコトヲユヅリタマヒテノチハ、シラセオハシマスマジトコソサダメラレテ候ヘトテ、[一三]キヽ入《いれ》サセオハシマサズトコソハ申傳《まうしつたへ》テ侍《はべる》メレ。ツキニエ申イレサセ給ハズ。申ツグ人ナカリケリトゾ又申《まうす》メル。[一四]ソレモ心ハタヾコノ御心ニテヲコナハレケルナリケリ。[一五]昔ヨリオリヰノ御門《みかど》ニナリテ、ヨノ事《コイ》シラセ給コトハナキナリ。[一六]ヨノスエニナリテカクナルベシトイフコトモ、イマダオボシメシヨラザリケン。[一七]君ハ臣ヲウタガヒ、臣ハ君ヲヘツラフ《疑イ》コトノイデキタリテ、中ニ大上天皇世ヲシロシメス也。メデタクウツリユクナルベシ。コノ北野ノ御事ハ[一八]日藏ガ夢記《ゆめのき》人モチヰネドモ、又ヒガコトニハアラヌナルベシ。延喜ハ卅三年マデタモタセ給タリ。其後ハ三十年ニヲヨビテヒサシキ御位ハナシ。

コノ貞信公《の》御子ニ[一九]小野宮・[二〇]九條殿トテオハスメリ。此事ドモハ、[二一]ヨツギノ鏡ノ巻ニコマ〴〵トカキタレバ申ニヲヨバネドモ、[二二]ツジ〳〵ノアフトコロヲバ申ベキニヤ。弟ノ九條《の》右丞相、アニノ小野宮殿ニサキダチテ一定ウセナンズトシラセ給テ、「我身コソ[二三]短祚《たんそ》ニウケタリトモ、我子孫ニ攝政ヲバ傳《つたへ》ン、又我子孫ヲ帝ノ外戚《げしやく》トハナサン」トチカヒテ、[二四]觀音ノ化身ノ叡山ノ[二五]慈惠大師ト[二六]師檀ノ契フカクシテ、[二七]横川ノ峯ニ[二八]楞嚴三昧院《りようごんさんまいゐん》ト云寺ヲ立テ、九條殿ノ御存日ニハ法《ほつ》

傍記)」。河村本「敬神帰仏縁」。一一 宇多天皇は昌泰二年、三十三歳、十月二十四日に仁和寺で出家。益信が三帰十善戒を授け、法名を空理と申し、のち延喜元年東寺灌頂を受けて金剛覚と法名を改めた。元亨釈書、巻十七、寛平皇帝・同書、巻二十四、資治表、昌泰皇帝参照。巻一には昌泰三年三十四歳出家(八六頁)。一二 延喜元年十二月十三日、東寺灌頂院で益信から伝法灌頂職位を受け、空海よりの法流を伝え、法名金剛覚と号し、その流は法皇より、寛空―寛朝(法皇の孫で敦実親王の子。真言広沢流の祖)と伝わる。仁和寺御室の開祖、弘法大師五世。↓補注3-四八。一三 ↓補注3-四九。一四 このように菅原道真が流されたのも、実は天皇自身の御心で行われたのである。一五 昔から位を降りられた天皇が政治をとられる事はないのである。一六 末世になって、上皇が政治をとられる院政になるであろうという事もまだ思いつかれなかったのであろう。一七 天皇は臣下を疑い、臣下は天皇におべっかをいうような事が出て来て、その間に太上天皇が政治をとられるのである。これはめでたく、自然と推移したのであろう。一八 ↓補注3-五〇。一九 藤原実頼。忠平の一男。二〇 藤原師輔。忠平の二男。二一 大鏡。二二 要所要所の問題になる点を申しましょうか。二三 短命。「其上我身ハ短祚者也」(門葉記、慈鎮被遺西園寺大相国書状)。↓補注3-五一。二四 ↓補注3-五二。二五 師輔は忠平が慈恵大師良源に帰依したのを継ぎ、一層帰依、天暦九年十月十八日、横川に法華三昧院を建て発願した(大鏡、裏書)。師輔の子尋禅は良源の弟子、天台座主。↓補注3-五三。二六 師僧と檀越。二七 比叡山三塔の一。東塔の北。西塔の北東。↓補注3-五四。二八 法華三昧堂ともいう。↓補注3-五五。

華堂《けだう》バカリヲマヅツクリテ、ノボリテ大衆ノ中ニテ火ウチ[一]ノ火ヲウチテ、「我ガ此願成就スベクバ三度ガ中ニツケ」、トテウタセ給《たまひ》ケルニ、一番ニ火ウチツケテ法華堂ノ常燈《じやうとう》ニツケラレタリ。イマニキエズト申《まうし》傳ヘタリ。サレバソノ御女ノ腹ニ、[二]冷泉・圓融兩帝ヨリハジメテ、後冷泉院マデ、[三]繼體守文《けいていしゆぶん》ノ君、内覽攝籙ノ臣アザヤカニサカリナリ。其後、[四]閑院ノ大臣ノカタニウツリテ、又[五]白川・鳥羽・後白川、太上天皇ナガラ世ヲシロシメス君ニハオハシマス。後白川ノツギニハ、[六]當院傳《つたへ》テオハシマスモ、中關白道隆ノ[七]スヂナリ、コノ[八]日本國觀音ノ利生方便《りしやうはうべん》ハ、聖德太子ヨリハジメテ、大織冠・菅丞相・慈惠大僧正《大師イ》カクノミ侍ル事ヲフカク思《おもひ》シル人ナシ。アハレ〱王臣ミナカヤウノ事ヲフカク信ジテ、聊《いささか》モユガマズ、正道ノ御案ダニモアラバ、劫初劫末《こふしよこふまつ》ノ時運ハ不レ及《バ》力、中間ノ不運不慮ノ災難ハ侍ラジモノヲ。サレバ[九]ヨクヲコナハル、世ハミナ夭《えう》ハ德ニカタズトテノミコソ侍レ。ソノ九條《の》右丞相ノ世《よの》ヲボヘハ、ナラブ人モナカリケレバニヤ、[一〇]延喜ノ御ムスメ、村上ノ内裏ニ御同宿ニテアリケルヲ、ハジメハシノビヤカナレドモ後ニハアラハレニケリ。内親王ニテ[一一]弘徽殿《こきでん》ニスヘマイラセラレタリケル也。[一二]閑院ノ大政大臣公季《きみすゑ》ト申ハソノ御ハラナリ。[一三]閑院(ヲ)コトナル華族《くわしよく》ノ人トヨニ云《いふ》コトハコノ故ナリトコソ申メレ。サテコノ九條右丞相師輔ノ

一 燧石の火を打ち出し。→補注3-五六。二 冷泉天皇・円融天皇の母安子は村上天皇の后で、師輔の女。後冷泉天皇の母嬉子は道長の女。その間、花山・一条・三条・後一条・後朱雀の母は皆師輔の子孫。→補注3-五七。三 後をつがれる天皇、また摂政関白は皆師輔の子孫がはっきりと繁栄している。継体守文は天子の位を継ぐ後つぎの君。皇太子。守文は先王の法度を守る意。→補注3-五八。四 師輔の子、公季。→補注3-五九。五 後三条天皇の母は「陽明門院禎子。三条院第三女」(一〇二頁)であるが、白河天皇の母は公成の女。また公成の子実季の女茨子は鳥羽天皇の母。公成は公季の子孫。後白河の母は、公実の女、璋子。→補注3-六〇。

六 後鳥羽院。母は七条院殖子。→補注3-六一。

七 底本「スヂナク(リィと傍記)」。八 この日本国で観音が衆生を利せんが為に、方便を以て人間となったので、聖徳太子から始めて、藤原鎌足・菅原道真・慈恵大師と皆この観音の化身である事を深く察知する人がない。ああ本当に主君も臣下もこういう利生方便という事を深く信じて、少しも曲った道をとらず、政道に正しい筋道を守ることのみ考えるならば、劫初劫末のめぐりあわせはどうすることも出来ないが、その中間の不運とか、思わざる災難はないはずであるのに。

九 よく政治が行われる世には災難がおこっても徳の力でそれを克服することが出来る。底本「ミナ夭(妖ィと傍書)ハ」とある。「妖」は「夭」の草字。阿波本も「夭」。「臣聞、妖不レ勝レ徳、帝之政其有レ闕与」(史記、殷本紀)。一〇 醍醐天皇の女康子内親王。→補注3-六二。一一 清涼殿の北にある後宮の居る宮殿。

一二「閑院」は元来冬嗣公の邸の称。公季・基房

公《きみ》ノ家ニ攝籙ノ臣ノツキニケル事ハ、[一四]小野宮殿ウセ給テ、九條殿ノ嫡子[一五]一條攝政伊尹《これただ》攝政ニナリ、又コレハ圓融院ノ外舅《ぐわいきう》ニテ右大臣ニテ有レバ、九條殿ハ攝籙セザリシカバ、[一六]ナニトテカタヲナラブベキモノナクテ、カクハ侍《はべる》ナリ。地體ハ[一七]藤氏長者トイフコトハ、上ヨリナサル丶コトナシ。家ノ一《いち》ナル人ニ次第ニ朱《す》[一八]器《き》臺盤《だいばん》・印[一九]ナドヲワタシ〳〵スルコトナリ。ソノ人又オナジク[二〇]內覽ノ臣トハナル也。關白攝政ト云コトハ、必《かならず》シモタエズナルコトニハアラズ。[二一]攝政ハ幼主ノ時バカリナリ。[二二]忠仁公ノ後ハ、タヾ藤氏長者內覽ノ臣ニナリヌルヲ[二三]一《いち》ノ人《ひと》トハ申ナリ。內覽モカナラズシモナキコト也。關白ハ[二四]昭宣公攝政ノ後ニ關白ノ詔ハハジマリケリ。[二五]漢ノ宣帝ノ時、[二六]霍光《くわくくわう》ガマヅアヅカリキカシメテノチニ奏セヨト、ウケタマハリケル例ナルベシ。[二七]小野宮殿ノ攝政ヲヘズシテ關白詔ハジマリケルヲバ、ヲソレ申サレケリ。サレバ延喜ノ御時、時平ウセ給テノチト、[二八]天暦ノ御時ニハ內覽臣《の》ダニナシ。マシテ攝政關白ト云ツカサモナサレズ、唯藤氏長者、[二九]一《いち》ノカミニテ、延喜ノ御時ハ貞信公、後ニコソ[三〇]朱雀院八ニテ御位ナレバ攝政ニナラセ給へ。村上ニハハジメハ貞信公[三一]關白如《シ》レ元《ノ》トテ有リケレド、ウセサセ給テ後ハ、左大臣ニテ小野宮殿コソハタヾ一《いち》ノ上《かみ》ニテ事ヲコナヒテ、冷泉院御時、直《ただちに》關白ノ詔有リケリ。時ノ君ノ御器量ガラニテ、カツハヲカル丶コト也。ヨ

へと伝領した。後世閑院内裏となる。↓補注3-六三。一三 底本「閑院コトナル」。諸本により改む。一四 藤原実頼。忠平の長子。天禄元年五月十八日薨。実頼の後摂関が絶えず置かれる。一五 実頼の薨後、伊尹は天禄元年五月二十一日摂政。伊尹の妹が村上后、冷泉・円融両天皇の母、即ち母方の伯父、外舅に当たるが、右大臣で摂政となり、氏長者となる。一六 何者とても肩を並べるものがなく、こういうふうに摂政となり、師輔の家系が繁栄したのである。一七 但し、保元の乱直後、藤氏長者が宣旨に依り忠通に復されているがこれは違例(兵範記)。↓補注3-六四。一八 藤原氏の伝世の宝器。大饗に用いる朱器と節供に用いる朱器・台盤に分れ、氏長者が管理。↓補注3-六五。一九 氏長者の印、その他務斤(はかり)と殿下渡領が授与された。↓補注3-六六。二〇 ↓補注3-六七。二一「保二輔幼主一摂二行天子政一如二忠仁公故事一」(紀略、貞観十八年十一月二十九日)。二二 藤原良房。二三「執政必蒙二一座宣旨一故称二一人一(又云二一所一)」(職原抄)。二四 藤原基経。二五 ↓補注3-六八。二六 漢代の人。武帝の遺詔を受け、幼主を輔佐し、昭帝の崩後、昌邑王賀を立てたが廃し、宣帝を立てた。「諸事皆先関二白光一然後奏二御天子一」(前漢書、巻六十八、霍光伝)。↓補注3-六九。二七 藤原実頼。村上天皇崩御(康保四年五月二十五日)まで左大臣、六月二十二日摂政を経ずして左大臣から関白。「小野宮、大炊御門南、烏丸西、惟喬親王家、定頼伝二領之一、清慎公伝領」(拾芥抄)。二八 村上天皇。二九 左大臣。↓補注3-七〇。三〇 延長八年九月二十二日朱雀(八歳)即位と共に忠平は摂政。三一 天慶九年「五月廿日詔関白如レ元」(補任)。忠平は天暦三年八月十四日薨。その時実頼は左大臣。

ノスヱハ、ミナ君モ昔ニハニサセ給《たまは》ズ、マコトノ聖主ハアリガタケレバ、イマハ様ノ事ト攝政關白ノ名ハタフルコトナシ。ソレモ御堂ノハジメ、一條院、三條院、知足院殿《ちそくゐんどの》ノハジメ、堀川院、コノフタヽビハ内覽バカリニテ、關白ニハナラセ給ザリケリ。ヤサシキコト也。

貞信公ノ御事ハ、イカニモ〳〵タヾウチアル人ニハオハセズ。將門《まさかど》ガ謀反《むほん》ノ時、禁中ニ仁王會《にんわうゑ》アリケル。コトヲコナヒ給ケルニ、コエバカリニテヲコナヒ給テ、身ハ人ニミエ給ハザリケリ。隱形《おんぎやう》ノ法ナド成就《じやうじゆ》シタル人ハ、カクヤト覺《おぼえ》ケルハ、タシカニイヒツタヱタルコト也。又小野宮ドノヽウセラレタリケル時、トブラヒノタメ門ニ人オホクキタリアツマリタリケルガ、昔ハ德有ル人ノウセタルニハ、擧哀《こあい》トイヒテ、アツマレル人、聲ヲアゲテ哀傷スルコトアリケレド、今ハサル人モナキニ、コノ時門外ニアツマレル貴賤上下、擧哀ノ聲ヲノヅカライデキテカナシミケルコソ、天下ニナゲクベキコトキハマリニケリト人ハ申《まうし》ケレ。カヤウノコトヲバ思《おもひ》シルベキコト也。

九條殿ノ御子ニテ堀川ノ關白兼通《かねみち》、法興院殿《ほこゐんどの》兼家、コノフタリ次第タガヒタルコトヾモニテ、ナカアシクオハシケリ。兼通ハアニナガラ弟ノ兼家ニコエラレテ、オヒタヽレタルコトハ、サダメテ様アリケン。オロ〳〵人ノヲモヒナラ

一 きまった事柄として。「タフル」は「絶ゆる」。
二 道長は一条天皇の長徳元年、道兼が五月八日薨去の後、五月十一日大納言で内覧宣旨(補任)、六月十九日右大臣で氏長者となる(補任)。
三 藤原忠実。堀河天皇の康和元年(承徳三年)八月二十八日、権大納言で内覧宣旨。→補注3-七一。四 殊勝な事である。
五 一寸そこらにある人ではない。
六 →補注3-七二。七 隠形法は摩利支天の隠形の印を結んで、その陀羅尼真言を修すること。摩利支天は摩利支天経に説く仏教の天女。これを念ずると身を隠すことが出来るという。但し、忠平の仁王会における逸話は不明。
八 「小野宮殿薨給之時。京中諸人集二門前一悲歎云々。此事見二一条摂政記一云々」(古事談、第二)。「凡小野宮ハイシク御坐シケル人ニコソ□メレ。令薨給時。京中諸人門前ニ来集テ、歎合テ挙哀スト」(富家語談)。九 弔問。一〇 中国で葬式や納棺の際、棺の側で泣声をあげる礼。わが国では御大葬の時、八省院朝集堂の前で諸臣が挙哀という事をやり、泣く礼をした(内裏儀式、巻十)。一一 官位の昇進の順序がちがう事などで。
一二 →補注3-七三。一三 後から追って昇進していった事はきっとわけがあったのでしょう。
一四 ぼんやりと人が推察していることとは。
一五 冷泉・円融両帝の母は藤原安子、師輔の女で、兼通・兼家は安子の兄、両帝の伯父に当たる。一六 兼通は兄であるから冷泉院の東宮の坊官であったが、どんな事があったのでしょうか、天皇の御機嫌を損じて。「立太子」は皇太子。
一七 春宮坊には大夫一人、その下に亮・大進・少進がある。一八 兼家。「大入道殿建二法興院一」(江談抄、一)。康保四年五月二十五日冷泉天皇受禅践祚、兼家は六月十日蔵人頭。一九 積極的

ヒタルコトハ、冷泉・圓融兩帝ハ、此ノ人々ノヲヒニテオハシマセバ、ヲヂニ[一五]テ立太子ノ坊官ドモニナラレケルニ、アニナレバ先《まづ》冷泉院ノニテ堀川殿ハ候ハ[一六]ル、ホドニ、イカナルコトカアリケン、御氣色《けしき》ヨロシカラデ、東宮亮《とうぐうのすけ》[一七]ヲトヾメラレニケリ。ソノ處ニ法興院[一八]殿ハナリテ、ヤガテ[一九]受禪ノトキ藏人頭《くらうどのとう》ニナリテコエ給ニケル也。大方兼家ハヨロヅニツケテヲシガラノカチタル人ニテ、藏人頭[二〇]モ中納言マデカケテオハシケリ。大納言[二一]大將ニテオハシケルトキニ、兼通ハ中納言ニテ有《あり》ケルニ、圓融[二二]院位ノ御時、一條攝政所勞《しよらう》[二三]大事ニナリヌトキヽテ、假《か》名《な》ノフミヲ持《もち》テマイリテ、鬼《おに》[二四]ノ間《ま》ニタヽセ給タリケルトキ、マイラセラレタリケルヲヒキヒロゲテ御覽ジケレバ、「攝籙[二五]ハ次第ノマヽニ候《さふらふ》ベシ」トカヽレタリケリ。御母ノ中宮ノ御手ニテアリケル。ウセサセ給《たまひ》ヌルヲ思ヒイデツヽコイマイラセサセ給ケルオリフシ、カヽルフミヲ御母ノ皇后ニカヽセマイラセテモタレタリケルヲマイラセテ、イミジクカシコカリケル人カナトヨニモ申《まうし》ケリ。是ヲ御覽ジテ、一條攝政ノ病カギリニナリニケレバ、左右ナク中納言ナル人ニ内覽ヲ仰《おほせ》ラレテ、大納言[二六]ヲヘズシテ中納言ヨリ弟ノ大納言ノ大將ヲコエテ内大臣ニナリテ、天延[二七]二年ニ關白ノ詔クダリタリケルナリ。法興院殿ハ、是ヲヤスカラヌコトニ思ヒキラレタリケルホドニ、貞元[二八]二年ニ關白病ヲモリテスデニト

な、勝気な性質の人で。「肝太クシテ押柄ニナム有ケル」(今昔、巻二十八の二十三)。「すべてかけやうにおしがらありて、ゆゝしかりける人なり」(続古事談、第一)。二〇 蔵人頭は四位の殿上人がなる。↓補注3-七四。二一 円融天皇天禄三年に兼家は権大納言正三位で、「正月廿(四)日任。右大将如元。転正」(補任)であったが、その時兼通は参議、従三位で、「宮内卿、美濃権守。閏二月廿九日任権中納言」(補任)。二二 この辺、古事談、第二と関係があるか。↓補注3-七五。二三 病気が大変な事になったと聞いて。一条摂政藤原伊尹は天禄三年十月十日「摂政太政大臣依レ病上表辞レ職」(紀略)、十一月一日薨。二四 天皇が鬼の間に立たれた時に。鬼の間は清涼殿の西廂にあり、南壁に白沢王が五鬼を斬る図を描く。殿上の間の北隣にあり、そこに公卿・殿上人は日常伺候する。天皇がその側に来られる時をねらって奏上した。二五 関白は兄弟の順序になるべきです。「取二出先后御書一令レ覧、件状云、関白者次第ノマヽに可レ候云々。円融院御二覧之一涕泣給」(古事談、第二)(なお流布本大鏡にもこの事が見える)とあり、母安子の筆であった。↓補注3-七六。二六 天禄三年十一月一日伊尹の薨後、「十一月廿七日詔為関白。今日任内大臣」「十月廿七日宣。太政大臣不従事之間宜勤行公務者。即日又召御前曰。朕未堪其事。汝可輔佐者。十一月廿七日任内大臣。即為関白」(補任、天禄三年)。二七 天延二年三月二十六日に詔が下った。「詔。令三太政大臣関二白万機一。又賜二内舎人左右近衛等一為二随身兵仗一」(紀略、天延二年三月二十六日)。二八 貞元二年九月兼通は病になった。「今日太政大臣上表。十一月二十八日太政大臣正二位。二月二十八日太政大臣上表。」

キコエケルニ、[一]トリツクロヒテ、[二]法興院《ほこゐん》大入道殿ハ大將大納言ニテ内裏ヘマイラレケルヲ、人ノ「コノヤマイノトブラヒニ、コレハオハスルカ」トイヒケルハ、[三]サモヤトオモハレケルホドニ、ハヤウ參内トイヒケルヲキヽテ、病ノムシロヨリニワカニ内ヘマイラントテマイラレケル。トモノモノマデ「コハイカニ」トアヤシミ思《おもひ》ケレバ、[四]四人ニカヽリテタヾマイリニマイラレケレバ、内裏ニハ「[五]殿下《でんか》ノ御出」トノヽシリケルヲ、弟ノ大將、「スデニシヌルトキク人タヾイマ參内ヒガ事ナラン」トオモハレケルホドニ、マコトニマイラレケレバ、サワギテイデラレニケリ。マイリテ[六]御前ニサブラヒテ、「最後ニ[七]除目《ちもく》申《まうし》ヲコナヒ候《さふらは》ント思給《おもひたまひ》テマイリテ候也。ヤヽ人マイレ。[八]チカキ公卿モヨヲセ、除目ノアランズルゾ」トアリケレバ、アヤシミ思テ人々マイレリケルニ、少々事ドモ申テ、「[九]右大將ハキクワイノモノニ候。メサレ候ベキ也。大將所望ノ人ヤ候。ハヾカラズ申セ」トタカクイハレケルニ、タレカハサウナク申サン。ヲソレテアリケルニ、小一條大臣[一〇]師尹《もろただ》ハ、九條殿ノ御弟ナリ。ソノ人ノ子ニ濟時《なりとき》トテ中納言ナル人アリケリ。コノ人オモヒケルヤウ、「コノトキナラデハ、イツカワレ大將ヲユルサレン、申《まうし》テン」ト思《おもひ》テ、カサネテ、「イカニ大將所望ノ人ノ候ハヌカ、タヾ申セ」トイハレケルタビ、濟時トタカク名ノリイダシタリケレバ、

一 部屋を片付けて。「サモヤトオモハレケルホドニ」にかかる。「おほとの籠りたる所、ひきつくろひなどして入れ奉らむと待ち給ふに」(流布本大鏡、兼通)。二 兼家は大納言、四十九歳。「右大将。按察使。十月十一日坐事停右大将。遷民部卿」(補任、貞元二年)。三 もしやと思っていたところ、早くも参内したと言ったのを聞いて、兼通は。四「忽被レ扶二四人一参内」(古事談、第二)。五 関白殿が来られます。

六 天皇の前に伺候して。

七 諸臣を任官すること。ここは臨時の除目。

八 近所の公卿を召集せよ。

九 右大将(兼家)はけしからん奴でございます。官位を剝奪すべきでございます。「十一日戊辰。太政大臣上表。請レ罷二関白一。勅許レ之。今日早旦、太政大臣自二桂芳坊一参二御在所一。巳刻還二著同坊一。午時、左大臣頼忠参入。次権中納言藤原済時参入。著二桂芳坊一。権大納言朝光召二外記一、令レ固二諸陣一。於二桂芳坊一有二除目一。右近大将藤原兼家任二治部卿一。権中納言藤原済時任二右近大将一。…奏二除目一了。太政大臣召二大内記菅原資忠一仰云。以二左大臣(頼忠)一可レ為二関白万機一者。奏二覧詔書一之後召二中務輔一給レ之」(紀略、貞元二年十月)。なお栄花物語、巻二、花山たづぬる中納言参照。→補注3-七七。一〇 師尹は師輔の弟。その子済時は貞元二年に権中納言、従三位。「右大将。正月七日正三位」、十月二日中納言に転(補任、貞元三年)。紀略によれば貞元二年十月十一日に「権中納言藤原済時任右近大将」。小一条は「小一条、近衛南、東洞院西、師尹公家、一云山吹殿、清和天皇誕生所、貞信公家、坤角有宗像社」(拾芥抄)。「おほきおとゞ(良房)の小一条の家」(大鏡、巻一)とあるが師尹が伝領した。→補注3-七八。一一 結構結構、早く早く。

「[一一]メデタシ〳〵、トク〳〵」トテ、右大将ニ濟時トカキテゲリ。[一二]執筆《しゆひつ》ハタレニカアリケン。ソレマデノ日記ナキニヤ。タヾシ、[一三]マサシキ除目ハ直盧《ちきろ》ニテヲコナハレケルニヤ。サテ、「關白ニハ頼忠其仁ニアタリテ候大臣ニテ候。異儀候マジ。ユヅリ候也」トテ、ヤガテ關白[一四]《の》詔申下サレケレバ、主上ハ「コハイカニ」ト[一五]返々《かへすがへす》ヲソロシクオボシメシテ、又申サル丶事イタクヒガコトナラズヤオボシメシケン、申《まうす》マヽニヲコナハレニケリ。故皇后ノ御フミニ次第ノマヽトアリケルハタガヒタレド、コノツギオナジ事ゾ、ナドヤ(オ)[一六]ボシメシケン。コノ冷泉・圓融ノ御母ハ[一七]安子中宮トテ、九條殿ノ御女ナリ。大方ハ一條攝政病ノアヒダ、御前ニアニヲト丶二人候《さふらひ》テ、コノツギノ攝籙ヲコトバヲイダシツヽイサカヒ論《ろん》ゼラレケル。[一八]濟時大將ガ日記ニハ、各[一九]放言《はうげん》ニヲヨブナドカキタルトカヤ。最後除目ハ[二〇]オボツカナケレド、ヲコナハレタル様ハ疑《うたがひ》ナシ。[二一]カヤウノ意趣《いしゆ》、ヨノタメ人ノタメ、國ノオトロエ、道理ノトホラヌコトナレドモ、コノ頼忠[二二]三條關白、ヨニユルサレ、ヨキ人ニテ、小野宮殿ノ子ニテ、ソノ運ノアリケルガ、[二三]カヤウナラデハカナフマジキ因縁ドモノカク和合スルミチハ、コレモ道理ナル方侍《はべる》ベキニヤ。サテ三條關白頼忠《よりただ》ハ貞元二年[二四]《天イ》十一月十一日、關白ノ詔クダリテ、一條院位ニツカセ給ケルマデ、十年歟オハシケル程ニ、一條院踐祚《せんそ》ノトキ、ツ

一二 書記役は誰でしたろう、そんな事までを書いた日記はないのでしょうか。
一三 正式の除目は直盧で行われたのでしょうか。「直盧」は宮中における大臣や大納言出仕の時の宿直や休息の詰所。
一四 十月十一日詔により関白となる。「以二左大臣一可レ為二関白万機一者。奏二覧詔書一之後。召二中務輔一給レ之」(紀略、貞元二年十月十一日)。「関白正二位同(藤)頼忠〈五十四〉。十一(十の誤)月十一日詔令関白万機。同日再為氏長者」(補任、貞元二年)。
一五 底本「遍と」。文明本により改む。
一六 底本「ナドヤボシメシケン」。諸本により改む。
一七 底本「案子」。諸本により改む。
一八 済時の日記は不明。「小一条記一局」(通憲入道蔵書目録)は済時の日記か。
一九 荒い言葉を出して互に相争ったとか。
二〇 はっきりしないけれども。
二一 こんな恨みは、世の為にもまた人の為にも、国が衰え、正しい筋道が行われていない事(を証しているの)であるが。
二二 「三条よりは北、西洞院より東に住み給ひしかば三条殿と申」(大鏡、巻二、頼忠)。
二三 こういうふうに関白にならないではかなわない因縁がこのように生じて来たのは、これも正しい筋道と言える方面があるのでしょうか。
二四 貞元二年十月十一日が正しい(九二頁)。頼忠は貞元三年十月二日には太政大臣にもなる。貞元二年(九七七)より花山天皇の禅譲の寛和二年(九八六)まで十年間。ただし花山天皇の即位の永観二年八月二十七日「不従公事」(補任)で、政治には関与せず、「花山院の御時のまつりごとはたゞこのとの(伊尹の子、義懐、天皇の外叔父)と惟成(これしげ)の弁として行ひ給ひければ」(大鏡、巻三、義懐)という状態。

ヒニ大[一]入道殿ハ、サウナキ道理ニテ攝籙ニナラレニケレバ、チカラヲヨバデアリケリ。

抑《そもそも》[二]圓融院ノ華山院《くわさんゐん》ニ御讓位アリケリ、大方ハコノ攝籙《の》臣《の》ムマゴニテ、アニヲトヽミナオハシマス、位ヲ其ノ弟ニ讓《ゆづら》セ給フトキハ、ヤガテアニノ皇子ヲ太子ニ立《たて》テ、東宮トシテノミ、ノチ〳〵モオホク侍《はべる》メリ。冷泉院オリサセ給《たまひ》テ、圓融院位ニツカセタマヘバ、ヤガテ冷泉院ノ御子花山院ヲ東宮ニタテマイラセテ、花山院ニ又位ヲユヅラセ給フトキハ、圓融院《の》太子《の》[三]一條院ヲ東宮ニハタテラレケルニナン。[四]此大入道殿ハ、アニノ堀川殿ノ爲ニ[五]ヲヒコメラレテノチハ、[六]治部卿ニナサレテ、サテ花山院ト申《まうす》ハ、御母ハ[七]一條攝政ノムスメ冷泉院ノ后也。コノ時法興院《ほこゐん》ドノハ、ヤガテ攝籙セント思ハセ給ケレドモ、[八]猶關白如《シ》レ元《ノ》ト云《いふ》仰《おほせ》ニテアリケレバ、法興院ドノハ右大臣ニテ、前日[九]固關事《こげんこと》ヲコナヒ給ケルニ、關白如《シ》レ元《ノ》トキヽ給テ、ヤガテ出仕ヲトヾメテ、[一〇]節會《せちゑ》ノ[一一]内辨《ないべん》モヲコナハレザリケルアヒダニ、ツギノ人ヲコナフベカリケルヲ、左大臣ト弟ノ大納言ト、[一二]雅信・重信ノ二人ハ、[一三]服氣《ぶくき》ニテ出仕ナカリケリ。[一四]爲光・朝光兩大納言ハ、サハリヲ申《まうし》テイデニケレバ、濟時コソハ、ナヲ四大納言ニテヲコナヒ侍ケレ。コノ濟時ハ大入道殿ノタメニハ、ハヾカラヌ人ニコソ。[一五]ソレモ道理ノユクトコロナレバ、

一 兼家は文句のない筋道で摂政となった(一条天皇の母は兼家の女、東三条院詮子)から、何ともいたし方なくしておられた。頼忠は花山院の禅位の寛和二年六月二十二日の翌日、「六月廿三日止関白随身等(皇太子受禅日)。太政大臣如元」(補任)。以後薨去の永延三年まで太政大臣。大入道殿は兼家、後入道殿は道隆(二中歴)。

二 円融天皇は頼家の女遵子を天元五年三月十一日中宮としたが、兼家は怒り参内せず、遂に天皇は譲位を決し、兼家女詮子の腹の懐仁親王を皇太子とす。三 懐仁親王。当時永観二年五歳。

四 兼家。法興院殿。永祚二年五月八日出家。「号法興院入道殿」(尊卑)、「東三条大臣といふ。又法興院入道とも云〈法名如覚〉大入道殿と云是也」(簾中抄)、なお道長を入道殿という事がある。底本「故大入道殿」。天明本により改む。

五 圧迫されて。六 治部省の長官。兼通は最後の除目で兼家を治部卿に下げた。↓補注3-七九。七 伊尹女、懐子。康保四年九月四日女御。

八 頼忠は永観二年八月二十七日天皇即位の時、「天皇禅譲之日載宣命関白。…天皇譲位之宣命云。関白随身如元。并昨日皇太子受禅。雖然不従公事」(補任)。九 譲位・崩御の際に三関(近江の逢坂、美濃の不破、伊勢の鈴鹿)に使を遣わし固めること。↓補注3-八〇。一〇 大嘗会の際の辰・巳両日の節会と午の日の豊明節会。

一一 花山天皇の践祚の永観二年八月二十七日、上卿は右大臣兼家で、内弁は権大納言済時。醍醐・村上・冷泉・円融各帝の践祚には上卿と内弁は同一人なのが例(践祚部類抄)。この時左大臣は源雅信、大納言は藤原為光・源重信、権大納言は藤原朝光で、済光は四番目の大納言(補任)。「禁中公事を行はるゝ日の奉行を内弁と云、即ち上卿の事也」(貞丈、巻四)。↓補注3-八一。

ニクカルベキニアラズ。一六忠仁公、清和ノ御門《みかど》日本國ノ幼主ノハジメ、外祖ニテハジメテ攝政モヲカレテノチ、コノ攝政ノ家ニ帝ノ外祖外舅《ぐわいそぐわいきう》ナラン大臣ノアランガ、カナラズ〳〵執政ノ臣ナルベキ道理ハ、一七ヒシトツクリカタメタル道理ニテ、一度モサナキコトハナシ。此花山院ニハ一八義懐《よしちか》中納言コソハ、外舅ナレバ執政スベケレドモ、踐祚ノ時ハ藏人頭ニコソ、ハジメテ一九四位侍從ニテ任ジテ、ヤガテトク二〇中納言ニナリテ、三條關白ハ如《シ》㆑元《ノ》トテオハシケレドモ、國ノ政ハ二一ヲサエテ義懷ヲコナヒケルホドニ、ワヅカニ中一年ニテ二二不可思議ノヤウイ《コトイ》デキニケレバイフバカリナシ。大入道殿二三コノツギメニト日比《ひごろ》ノ遺恨ヲオボシケメドモ、外祖外舅ニモアラズ。二四小野宮殿ノ子、九條殿ノ子タヾオナジコトナレバ、二五モト宿老ニナリテ、關白ナランヲカウベキヤウナシトオボシメシケルモ道理ニテ、コノトキハヤミニケルホドニ、花山院ハ十九ニテ二六爲光ノムスメ最愛ニオボシメシケル后ニヲクレサセ給テ、カギリナク道心ヲオコサセ給テ、ヨニモアラジトオボシメシテ、二七ウチナガメツヽオハシケルニ、大入道殿ノ運ノオソキコトヲ常ニナゲカセ給ケル、二八二郎子《じらうこ》ニテ粟田殿七ヨ關白トイハルヽ人ハ、ソノ時二九五位藏人・左少辨トテ、時ノ三〇職事《しきじ》ナレバ、チカクミヤヅカヒテオハシケルニ、「世ノアヂキナク出家シテ佛道ニ入《いり》ナント思フ」トノミ仰《おほせ》ラレケルヲキヽテ、オリヲ

一二 雅信は宇多源氏、敦実親王の子。重信は雅信の弟。一三 底本「眼気」。阿波本により改む。服紀・服忌と書き、親属の喪に服する期間をいう。一四 為光は兼家の弟。その女忯子は永観二年十月十八日入内。朝光は兼通の子、閑院の大納言。一五 それも筋道のゆくことなのだから憎く思うべきではない。一六 良房。一七 ちゃんと厳重にきまった筋道で。一八 伊尹の子。その妹懐子が花山天皇の母だから、外舅。「外舅」は母の兄弟、伯叔父。義懐は永観二年、非参議、従三位、二十八歳。→補注3-八二。一九 侍従は中務省に属す。侍従八人がおり「相㆓当従五位下㆒」、三人は少納言兼任。「四位以上任㆑之別儀也」(職原抄、上)。永観二年花山即位の年十月十四日従三位。二〇 寛和元年十二月二十七日権中納言(補任)と異常な昇進。二一 この時、義懐は惟成と共に実権を握る。「延喜天暦の二朝にも恥ぢず、義懐惟成が三年にも超えたり」(平治、巻上)。二二 寛和二年六月二十二日夜の天皇が禁中を脱出した事件。二三 花山天皇の即位の機会。二四 小野宮の子の頼忠も九条殿師輔の子兼家も同じ様に外祖外舅でないから。二五 元来長老となるべきで関白となる事を請うべき法がないと。二六 忯子。弘徽殿女御という。花山天皇の寵愛を受けた事は栄花に詳しい。永観二年十月十八日入内、「花山院在位女御御懐妊八ケ月崩。寛和元・七・十八云々。天皇御発心為之云々」(尊卑)。→補注3-八三。二七 物思いにふけっていらっしゃったのに。二八 道兼。兼家の二男で当時二十六歳。→補注3-八四。二九 五位蔵人は三人で名家重代のうち器量を選び任ず。→補注3-八五。三〇 蔵人の別称。また特に弁官(太政官の丞)で蔵人を兼ねた者にもいう。→補注3-八六。

エタリトコソハ思ハレケメ。昔モ今モ心キヽテハカリゴトアル人ハ、我トダニコソ不可思議ノ事ヲモ思《おもひ》ヨリツヽシイダスコトナレ。コレハ君ノサホドニオボシメス御氣色ナレバ、タガヒニワカキ心ニ、又[一]青道心《あをだうしん》トテ、[二]ソノ比ヨリコノ比マデモ、人ノ心バヘハ只オナジコトニヤ。ソレモカヽルオリフシ侍《はべる》べシ。コノ比ハムゲニアラヌ事也。

[三]寛平《くわんぴやう》マデハ上古正法《じやうこしやうぼふ》ノスヱトオボユ。延喜・天暦ハソノスヱ、中古《ちゆうこ》ノハジメニテ、メデタクテシカモ又[四]ケ《ダイ》チカクモナリケリ。冷泉・圓融ヨリ、白川・鳥羽ノ院マデノ人ノ心ハ、タヾオナジヤウニコソミユレ。後白川御スヱヨリムゲニナリヲトリテ、コノ十廿年ハ[五]ツヤ〳〵トアラヌコトニナリケルニコソ。サレバ[六]花山院青道心ヲコシ給《たまひ》ケンモ、ミナヲシハカラル。粟田殿ノ同心シテ申《まうし》スヽメラレケンモアラハナリ。[七]一定カク申サレケルトハキカネドモ、カヤウノコトハ道理キハマリテ、ソノコトバヲツクルコトハ、天竺・唐土ノコトヲコヽニテロキキタル説經師《せつきやうし》ノ申《まうす》ニナレバ、カノ國々ノコトバニテハナケレドモ、道理ノ詮ノタガハヌホドノコトハ、ゲニ〳〵トイフヲコソハ正説《しやうせつ》トハ申コトナレバ、サコソ申サレケメ。[八]惠心僧都ノ道心ゴロニテ、[九]嚴久《げんきう》僧都ト申人アリケル。ソノ人ナドメサレテ道心發心《はつしん》ノヤウナドタヅネラレンニハ、サコソ申《まうし》ケメ。「經文ニ

一 俄に道心をおこすこと。二 その花山天皇の頃からこの頃までも人の気質はただ同じことなのであろうか。その気質にはこういうふうにふっと急に道心をおこすことがあるのだろう。尤もこの頃はそんな事は滅多にない事であるが。三 宇多天皇の頃。四 阿波本「ケチカクモナリケリ」。五 一向に意外なことになってしまったのである。六 花山天皇が俄道心をおこされたのも、その気持は十分に推察される。七 確かにかく申されたとは聞かないが、こんな事はきまって筋道をつくしてうまい言葉を使うことは、丁度印度や中国の事件を日本で口達者な説経師の口にかかると、その国の言葉でないが、筋道の肝要な点は間違っていない程度で、要領よく、もっともらしくいうのを正しい説だとするのであるから、説経師が言うように、花山天皇に対しても筋道をつくして説き、まるめこんだのであろう。八 丁度その頃は恵心僧都が道心を説かれた頃で。↓補注3-八七。九 恵心僧都の弟子(初例抄)。「説経を常に花山の厳久阿闍梨を召されつゝさせ給」(栄花、花山尋ぬる中納言)。↓補注3-八八。一〇「妻子珍宝及王位、臨二命終一時無二随者一。唯戒及施不放逸、今世後世為二伴侶一」(大集経、十六)とある偈頌。死出の山路には持戒と布施と放逸ならざることが、その伴侶となるのみという意。↓補注3-八九。一一「悉捨二王位一、亦随出家、発二大乗意一、常修二梵行一、皆為二法師一」(法華経、序品)。「常臨梵行」は阿波本も底本と同じ。文明本「常修梵行」とあるがよい。一二 提婆達多品。法華経、巻五の最初の品の名。↓補注3-九〇。一三「時有二仙人一、来白レ王言、我有二大乗一、名二妙法蓮華経一。若不レ違レ我、当二為宣説一。王聞二仙言一、歓喜踊躍、即随二

ハ、[一〇]妻子珍寳及王位、臨二命終時一不レ隨者トコソハ申テ候ヘ。法華經ノ序品ニモ、[一一]悉捨二王位一、今隨二出家一、發二大乘意一、常臨二梵行一トトキテ候ニハ候ハズヤ。[一二]提婆品《だいばぼん》ニハ、[一三]時有二阿私仙一、來白二於大王一、我有二微妙法一、世間所二希有一、即便隨二仙人一、供二給於所須一トコソハ申テ候《さふらへ》。尺迦《さか》佛モ[一四]我小出家得二阿耨菩提《あのくぼだい》一トコソハ我御身ノ事ヲモトカセ給ヘ。カヽル御心ヲコリ候時、難レ入キ《リ》佛道ヘハイラセタモフベキニ候。[一五]オボシメシカヘルトイフトモ、御發心ノ一念ハクチ候マジ。[一六]妙法ニスギタル教門候ハズ。[一七]不輕《ふきやう》ノ縁ダニモツヰニハ得道シテコソ候ヘ。[一八]菩薩戒《ぼさつかい》コソセンニテハ候ヘ。[一九]ヤブレドモナヲタモツニナリ候ゾカシ。サレバコソ、受法《ずほふ》ハアレド捨法《しやほふ》ハナシトハ申候ヘバ、タヾマコトシクオボシメシタチ候ハヾ、トク〳〵トゲサセ給ヘ」ナドコソハ、アサユフ申サレケメ。其上ハ、〔ニイ〕「君一定御出家ニヲヨビ候ハヾ、ヤガテ道兼モ出家シテ、佛法修行ノ御同行トハナリマイラセ候べシ。縁ノフカクオハシマセバコソ、[二〇]王臣ノカタマデモ、〔ニイ〕ケフハ君ニツカヘ候ヘ」ナド申サレケレバ、イトヾ[二一]御心モヲコリテ、時イタリテ[二二]寛和二年〔平イ〕六月廿二日庚申《かのえさる》夜半ニ、藏人左少辨道兼、嚴久法師ト二人御車ノシリニノセテ、大内裏ヲイデサセ給ケルニハ、[二三]縫殿陣《ぬひどののぢん》ヨリトコソハ申スメレ。[二四]モノガタリニハ、スデニナニ殿トカヤノホドニテ、「イタクニハカナリ。ナヲシバ

仙人一、供二給所須一(法華経、提婆達多品)。

一四 この所、底本「我小出家得阿釈菩薩」とあるも、菩提「𦬇」を「廾」とした誤りであろう。文明本・史料本「我小出家得阿耨𦬇」、阿波本「我小出家得阿釋(耨イと傍記)菩薩」。法華経、寿量品に「為二是人一、説二我少《ワカクシテ》出家《シテ》得二阿耨多羅三藐三菩提一。然《ルニ》我実成仏已来《ヨリ》、久遠若レ斯《シ》」とあり、釈迦が若い時に成仏したというのは本当でなく、久遠の昔に成仏し、さとりを得ているという、法華経の中心思想。

一五 後に出家なさる事を思いとどまっても出家しようとされた気持だけでも成仏いたします。無駄になりません。→補注3-九一。

一六 妙法蓮華経にまさる教えはありません。

一七 常不軽菩薩が礼拝した縁だけでも遂に皆成仏したのでございます。→補注3-九二。

一八 菩薩の行をする人の保つ戒。十重禁戒、四十八軽戒などの摂律儀戒、摂善法戒(八万四千の法門)、摂衆生戒(六度行の如き)の三聚浄戒、即ち天台宗の戒、円頓戒、正依法華傍依梵網の戒をいう。

一九 →補注3-九三。

二〇 忠臣が自分の身を捨て主君の為に難儀し、つくす有様で。「王臣蹇蹇。匪二躬之故一」(易経、下経、蹇)に依った詞句。阿波・文明本「王臣ノカタニテモ」。この方がよいか。

二一 阿波本「御心ヲゴリテ」。

二二 →補注3-九四。

二三 朔平門を縫殿陣とも北の陣(兵衛府の詰所があった)ともいう。内裏の北にある門、縫殿寮の近くであった。「朔平〈サクヘイ〉門三門云二縫殿陣一謂二之宮一、北面僻仗中門」「縫殿ノ陣〈朔平門云北ノ陣〉」(拾芥抄)。「天皇密々出二清涼殿一忽以二縫殿陣有レ車」(世紀、寛和二年六月二十三日)。「去二縫殿陣一参二元慶寺一」(略記、寛和二年六月二十二日)。

二四 物語は大鏡を指す。→補注3-九五。

シ案ズベキニヤ」ト仰《おほせ》ラレケレバ、道兼ハ、「璽劔《じけん》スデニ東宮《の》御方ヘワタサレ候《さふらひ》ヌルニハ候ハズヤ。イマハカナヒ候ハジ」ト申サレケレバ、「マコトニ〳〵」トテイデサセ給《たまひ》ケルトコソハ申《まうし》ツタエタレ。スデニトオボシメシケルトキ、道隆・道綱コノ人タチヲマウケテ、[一]「イマハ璽劔ワタサルベクヤ」ト申テ、道隆・道綱、[二]兩種ヲモチテ東宮一條院御方[三]凝花舎《ぎようくわしや》ヘマイラレリケレバ、右大臣マイリテ諸門ヲトヂテ、[四]御堂ノ兵衛佐《ひやうゑのすけ》ニテオハシケルヲ頼忠ノモトヘハツカハシテ、「カヽル大事イデキヌ」トハツゲ給[五]テゲリ。サテ立王ノ儀ニナリニケレバ、トカクイフバカリナシ。一條院七歳ニテオハシマセバ、[六]攝政ニナリテコノタビハ此右大臣兼家ハ外祖ナレバ[七]頼忠ハ思ヒヨラヌコトニテ、ヒシト世ハヲチヰニケリ。サテ花山ト云《いふ》ハ、[八]元慶寺《ぐわんぎやうじ》ニテ御グシオロサレニケレバ、ヤガテ[九]道兼モ出家センズトオボシメシケルヲ、ナク〳〵、「イマ一度オヤヲミ候ハヾヤ。ワガスガタヲモイマ一度ミエ候ハヾヤ。サ候ハズハ不孝《ふけう》ノ身ニナリ候ハヾ三寶モアヤシトヤオボシメスベクヤ候ラン。君ノ御出家トウケ給ハリ候ナバ、道兼ヲトヾムルコト候マジ。程ナクカヘリマイリ候ハン」トテタヽレケレバ、「イカニ我ヲスカシツルナ」ト仰ラレケレバ、「イカデカサルコト候ハン」トテ鞭ヲ揚《あげ》テカヘリニケリ。ナニシニカハ又マイルベキ。コノコトヲ聞《きき》テ[一〇]中納言義懷《よしちか》・左中辨惟《これ》

一 待ちうけ、世話をして。 二 剣(草薙剣)と璽(八坂瓊曲玉)。 三 梅壺ともいう。飛香舎の北、襲芳舎の南にある殿舎の一。一条帝の母詮子は「梅壺の女御」(栄花、花山尋ぬる中納言)。 四 道長。当時二十一歳。「永観二・二・一、右兵衛権佐」(補任)。 五「テゲリ」は底本の通り。 六「右大臣正二位藤兼家、六月廿四日為摂政。七月廿日辞右大臣」(補任、寛和二年)。「右大臣藤原朝臣摂㆓行万機㆒。如㆓忠仁公故事㆒」(紀略、寛和二年六月二十三日)。 七 頼忠は意外な事で急に政権を失ってしまった。「一条院位につかせ給ひしかば、よそ人にて関白のかせ給ひにき」(大鏡、巻二、頼忠)。底本「思ヒヨラレヌコトニテ」。諸本により改む。 八 花山寺ともいう。貞観十年陽成天皇の降誕の際遍昭が発心誓願して建てた寺。京都市東山区山科北花山にあった。 九「粟田殿は「罷り出でゝおとゞにも変らぬ姿を今一度見え、かくと案内申て、必ず参り侍らん」と申給ひければ、「我をばはかるなりけり」とてこそ泣かせ給ひけれ」(大鏡、巻一、花山院)。 一〇「外舅中納言藤原義懐卿・蔵人権左中弁藤原惟成等、相次出家。義懐卿法名悟真。惟成法名悟妙」(紀略、寛和二年六月二十三日)。↓補注3-九六。 一一 底本「飯宝」。諸本により改む。ただし諸本「飯室ノ安楽寺ノ僧」とあるのは誤り。「飯室ノ安楽五僧」は叡岳要記、下に「飯室谷〈慈忍僧正建立〉妙香院阿弥陀仏像〈仏師相覚〉。安楽五僧〈安和元年。入道中納言顕基等定㆓置五僧式㆒云々〉」とあり、横川飯室谷で尋禅僧正の下で布薩(ふさ)の安楽(後の安楽律院か)五僧になっていた意か。底本のみの文詞であるが誤りでない。飯室は横川の別所であり、その一つに安楽谷があった。そこに義懐は居たのだろう。↓補注3-九七。 一二「ワサヅノ」は鹿杖。「わさづ

成《しげ》ハ、ヤガテ華山ニマイリテスナハチ出家シテ、コノ二人ハイサヽカノキズナク佛道ニ入《いり》トホリニケリ。義懐ハ[一一]飯室《いひむろ》ノ安樂五僧〔寺イ〕ニナリニケリ。惟成ハ賀茂祭[一二]ノワサヅノヒジリシテワタルホドニナリニケリトコソハ申侍《まうしはべる》メレ。花山法皇ハ[一三]ノチニハサマアシク思《おもひ》カヘリテオハシマシケレド、又ハジメモノチ〳〵モメデタクヲコナハセオハシマスオリ〳〵アリケレバ、サダメテ佛道ニハイラセ給ニケンカシ。本闕

カクテ一條院ハ位ノ後、コノ大入道殿ヒシト世ヲトラレニケルノチ〳〵、宇[一四]治殿マデヲ見ルニ、サラニ〳〵イフバカリナク、一《いち》[一五]ノ人《ひと》ノ家ノサカリニ世モノ〔ヲイ〕タシク、人ノ心モハナレハテタル〔イイ〕サマニ、アシキコトモナク、正道ヲマモリテ世ヲオサメラレテ、一門ノ人々モワザトシタランヤウニ、トリ〴〵ニヨキ人ドモニテ、四納言《なごん》[一六]ト云モ三人ハ一門也。カクテ世ハオサマリケルトミユ。サテ大入道殿ハ永祚[一七]〔元イ〕二年五月四日出家シテ、嫡子内大臣[一八]道隆ニ關白ユヅリテ、同七月〔三イ〕二日ウセ給ニケリ。道隆ハ中關白《なかのくわんばく》[一九]ト申。ソノ子伊周《これちか》[二〇]帥内大臣《そちのないだいじん》ト云。ナガサレテ後、儀同三司《ぎのどうさんじ》[二一]ト云。コノ人ニ內覽ノ宣旨ヲ申《まうし》ナサレタリケレドモ、ヲトヽノ道兼ハ右大臣[二二]、コノ伊周ハ內大臣ニテアリケル。一條院ノ御母ハ東三條院[二三]ト申ハ、女院ノハジメハコノ女院也。コレハ兼家ノムスメニテ、圓融院ノ后也。コ[二四]

のを肩にかけたる皮衣今日のみあれを待わたりけり」(夫木抄、巻七、加茂祭、衣笠内大臣)とあり、所謂阿弥陀の聖(ひじり)が持って歩いた「鹿ノ角ヲ付タル杖」(今昔、巻二十九の九)で、「ひじりの好むもの、木の節わさづの、鹿の皮」(梁塵秘抄、巻二)などと見えるが、加茂の御阿礼祭に横川の別所の聖が鹿杖を持って随行して渡ったか。惟成は飯室谷の別所の聖で、「横川の聖」(康資王母集)というその聖であったのだろう。
一三 体裁のわるいことに仏道に入ることを翻意するような行いがあっていらっしゃったが(花山天皇は風流な、なかなかの熱情家で、その事件は後に見える)。 一四 頼通。
一五 摂政関白。 一六「斉信・公任・行成・俊賢〈謂二之一条院時四賢一(手、俊賢行成云々謂二之一条院時四納言一云々)〉」(二中歴、名臣歴)。俊賢のみ源氏。四納言はすべて道長の意志のもとにあった。斉信・行成は彰子入内に活躍、公任・俊賢は三条帝譲位のことを策した。俊賢は道長第二夫人明子の兄、公任の女は道長二男教通を婿、行成の女は道長の子、長家を婿。
一七 兼家は永祚二年五月五日関白、八日出家して関白を返した。七月二日薨、六十二歳。↓補注3-九八。 一八 ↓補注3-九九。 一九 兼家と道長の間の関白の意という。↓補注3-一〇〇。
二〇 伊周が内大臣となったのは正暦五年八月二十八日の大臣召(紀略)で、道隆は摂関の地位を伊周に譲るつもり。翌長徳元年三月九日の頃(正式には十日)、道隆の病により、内覧宣旨。後に大宰帥となったから帥内大臣という。↓補注3-一〇一。 二一 底本「義同三司」。諸本により改む。伊周は長徳三年三月二十五日の大赦の詔により四月十七日召し返され(紀略)、「大臣に准ふる宣旨」(大鏡、巻四、道隆)を受け、自ら「儀

ノ女院ノ御ハカラヒノマヽニテ世ハアリケントナン申《まうし》ツタエタリ。道兼同《おなじく》御[一]セウトニテ、ナニトナク、[二]花山院ノアヒダノコトモ、ワガ結構ナラネド、時ニアヒテ[三]チ《ティ》ヽノタメイミジカリケン。[四]右大臣上臈《じやうらふ》ナレバ、内大臣伊周《これちか》人ガラ[五]ヤマト心バヘハワロカリケル人ナリ、[六]唐才《からざえ》ハヨクテ詩ナドハ、イミジクツクラレケレド、右大臣ヲコユベキナラネバ、[七]右大臣關白ニハナリニケレド、長德元年四月廿七日ニナリテ、五月八日ウセラレニケレバ、[八]ヨノ人七日關白トイヒケリ。

其後、内大臣ニテ伊周、モト内覽ノ宣旨カウブリタル人ニテアリケルニ、大納言ニテ御堂ハオハシケルハ、道兼・道隆ノ弟ナリ。[九]ヲヂノ大納言ソノ器量拔《ばつ》群《くん》(ニ)シテ、[一〇]ヨモ人モユルシタリケリ。我身モコノトキ、「伊周執政ノ臣タラバ、世ハミダレウセナンズルガ、[一一]身ヲ攝籙ノ臣ニヲカレナバ、ヨハヲダシカルベキ」ト、[一二]サメ《ハイ》〳〵トオホセラレケリ。[一三]イモウトノ女院、當今《たうぎん》ノ母后ニテ、ヒシトカクオボシメシタリケルヲ、[一四]主上ノ思フヤウニモ御ユルシナクテアリケルホドニ、イタク申サレケルヲウルサクヤオボシメシケン、[一五]アサガレヒヲタヽセ給《たまひ》テ、[一六]ヒノ御座《おまし》ノカタニオハシマシテ、[一七]藏人頭俊賢《くらうどのとうとしかた》ヲ御マヘニメシテ、御モノガタリアリケル處ヘ、[一八]ヨルノヲトヾノツマドヲアケテ、[一九]女院ハ御目ノヘンタヾナラデ、「イカニヨノタメ君ノタメヨク候《さふらふ》ベキコトヲカク申候ヲバ、キコシメ

同三司」と称した(職原抄)と。「儀同三司〈寛弘年月日以前、内大臣藤原伊周叙レ之、列二大臣下大納言上一云云」(拾芥抄、中、公卿濫觴部、第十一)。元来中国の漢代の開府儀同三司から来た称。「延元元年拝二鄧騭車騎将軍儀同三司一」(後漢書、鄧騭伝)。→補注3-一〇二。三 伊周が内大臣となると共に道兼は内大臣から右大臣に転じた。三 詮子。円融上皇の崩御後、正暦二年九月十六日病により出家、皇太后宮の職号を停止し、東三条院と称し、女院庁が置かれた(紀略・院号定部類記)。→補注3-一〇三。
四 「近臣執二国柄一母后又専二朝事一無縁之身処二何為一乎」(小右記、長徳三年七月五日)。

一 兄。二 花山院との間におこった事件は、自分が計画してやった事ではないが、何ということもなく、時宜を得ており、父兼家にとっても大変よかったのであろう。→補注3-一〇四。三 父の為。四 「右大臣上臈ナレバ」は「右大臣関白ニハナリニケレド」に係る。五 「やまとごころかしこくおはする人」(大鏡、巻四、道隆条の隆家評)、「唐の文をも博く学び、やまと心もかしこかりけるにや」(今鏡、巻三、内宴)とあり、学問的な漢才に対して、現実の政治、世務などを処理裁決する智恵、世才の働きを「大和心ばえ」と言ったのだろう。六 →補注3-一〇五。七 底本「左(右ィと傍記)大臣関白」。八 →九五頁。「関白の宣旨かぶらせ給ひて今日七日にぞならせ給」(栄花、巻四、見はてぬ夢)。「大臣の位にて五年、関白と申して七日こそおはしまししか」(大鏡、巻四、道兼)。「粟田殿 道兼大入道殿四男、長保元年四月関白、関白十二日号町尻殿 一云俊関白、世謂之七日関白」(二中歴、第一)。九 文明本「コノヲチノ大納言」。底

シイレヌサマニハ候ゾ。コノギニ候ハヾイマハナガクカヤウノコトモ申候マジ。心ウククチオシキコトニ候《侍イ》モノカナ」ト申サセ給ケルトキ、キナヲラセ給テ、「イカデカコレホドニオホセラレンコトヲバ、イナビ申候べキ。ハヤクオホセクダシ候ハン」ト、内[二〇]ノ御氣色モマメヤカニナリテオホセラレケレバ、女院ノワタラセ給ト心エテ、御前ニ候ケル俊賢タチノキケルヲ、「[二一]サラバヤガテ藏人頭俊賢候メリ、メシオハシマセ。申キカセ候ハン」ト申サセ給ケレバ、「ヤ、トシカタコレヘマイレ」トメシケレバマイリタリケルニ、女院ノ、「[二二]大納言道長ニ太政官文書《のもんじよ》ハ奏セヨト、トクオホセクダセ」ト仰《おほせ》ラレケレバ、俊賢タカク[二三]キセウシテマカリタチテ、ヤガテ仰下《おほせくだし》ケレバ、女院ハアサガレイノ方へカヘラセ給テ、御堂ハ大納言ノ左大將ニテ、コノ左右《さう》ウケタマハラントテ、候《さふらひ》マウケテオハシケルニ、女院ハ御袖ニテハ御涙ヲノゴヒテ、御目ハナキ御口ハエミテ、「ハヤク仰下サレヌルゾ」トオホセラレケレバ、カシコマリテイデサセ給ニケリ。シバシ大納言ニテ内覽臣《の》ニテ、[二四]ヤガテソノ年程ナク右大臣ニナラレニケリ。内覽臣《の》ナレバ内大臣ヲコニラレニケルナリ。

長徳二年四月[二五]ニ、伊周内大臣トヲトヽノ隆家トハ左遷セラレテ、内大臣ハ太《だ》宰權帥《さいのごんのそつ》、中納言隆家ハ出雲權守《いづものごんのかみ》ニナリテ、ヲノ〱ナガサレニケルコトハ、

本「抜群シテ」。天明本・河村本により改む。
一〇「たゞ今御位もあるが中にいと浅く、御年などもよろづの御おとうとにおはすれど如何なるふしをか、見奉るらん、世の人、此三位殿をやむことなきものにぞ、同じ家の子の御中にも人ごとに申し思ひたる」(栄花、巻三、様々の悦び)。
一一 自分を摂政関白としたならば、世間は穏やかに治まるだろう。↓補注3-一〇六。
一二 こまごまと。一三 東三条院詮子。但し詮子は姉、長保三年十二月二十二日崩、四十歳。応和二年(九六二)の生、道長(九六六生)より姉。↓補注3-一〇七。一四「入道殿の世を知らせ給はんことを、みかどいみじうしぶらせ給けり」(大鏡、巻五、道長)。一五 朝餉の間。清涼殿の夜御殿(よるのおとど)の西、台盤所の北にある所で、主上が朝餉の御膳(おもの)を食される所。
一六 日の御座。「昼の御座」とも書く。清涼殿の天皇の日中に出御の御座所。清涼殿の母屋で御帳台・御厨子・大床子などが置かれている。朝餉の間の東南。一七 源俊賢。↓補注3-一〇八。
一八 日の御座の北にある天皇の御寝所。「四方有㆓妻戸㆒南大妻戸一間也」(禁秘抄)と、妻戸即ち開戸があった。一九 この辺の事柄、大鏡、巻五、道長の条に見える。↓補注3-一〇九。
二〇 一条天皇も真面目な顔になって仰せられたから。二一 それならば蔵人頭俊賢が伺候しております、すぐお召しなさいませ。
二二 太政官文書は道長の手を経て奏せよと早く命令を出せ(道長が内覧になった意)。
二三 称唯して(ハァとおそれかしこまって平伏した様)。↓二〇三頁注二一。二四 同年六月十九日右大臣。↓補注3-一一〇。
二五 ↓九六頁注三以下。四月二十四日大宰権帥に左降。中納言隆家は出雲権守に左降。

[一]華山院ヲ射マイラセタリケルナリケリ。ソノ事ノヲコリハ、[二]法住寺《ほふぢゆうじ》太政大臣為光ハ恒徳公トゾ申《まうし》、コノ人ニ三人ムスメアリケリ。[三]一女ハ花山院ニ道心ヲコサセマイラスル人ニテ、ウセ給《たまひ》テノチ道心サメサセ給《たまひ》テ、其中ノムスメニカヨハセ給ニケルニ、又[四]三ノムスメヲ伊周《これちか》ノ大臣カヨヒケルヲ、「コノ院ノヤガテコノ三ノムスメノ方ヘモオハシマス」ト人ノイヒケルヲ、ヤスカラズ思《おもひ》テ、ヲトヽノ隆家《の》帥ハ[五]十六ニテアリケルニ、「イカヾセンズル。ヤスカラズ」トイヒケルホドニ、隆家ノワカク、[六]イカウキヤウナル人ニテ、ウカヾヒテユミヤヲモチテ射マイラセタリケレバ、御衣ノ袖ヲツ[七]ヒヂニイツケタリケリ。アヤウナガラニゲサセ給テ、[八]コノ事ヲバヒシトカクシタリケルヲ、ヤウ〱披露シテ、サホドノコトイカデカサテア[九]ルベキトテ、サタドモアリテ、コノコトハアリケルトイヒツタヘタリケレド、[一〇]小野宮ノ記ニハ、ヤガテソノ夜ヨリキコエテ正月十三日除目ニ内大臣圓座トラレタリケリ。[一一]モトモシカルベシト時ノ人イヒケリ。コマカニソノ日記ニハ侍レバソレヲミルベキ也。コノトガナレド、[一二]御堂ノ御アダウカナト人思ヒタリケレバ、返々《かへすがへす》イタマセ給ケリ。[一三]ヲノ〱ノチニハメシカヘサレテ、内大臣ハ[一四]儀同三司《ぎのどうさんじ》ト云《いふ》位ヲタマハリ、[一五]隆家ハ帥ニナリテクダリナンドシテ、富有《ある》人ニナンイハレケリ。帥ニナリテツクシヘクダリテ、イヒシラズト[一六]

一「同(野略抄)長徳二年正月十六日、右府消息云、花山法皇・内大臣・中納言隆家相遇故一条太政大臣家有闘乱之事、御童子二人殺害取首持去云々」(三条西家重書、古文書一)。なお、この辺栄花物語、巻四に依るか。↓補注3-一一。
二 正暦二年九月七日太政大臣、正暦三年「六月十六日薨。謚曰恒徳公…詔贈正一位。号後一条太政大臣。又法住寺(建立此寺)」(補任)。
三 藤原怟子。弘徽殿女御という、寛和元年七月十八日卒。四 花山院は第四女に通っていたのを、伊周は第三女に通ずと誤解。「一条の太政大臣は六月十六日に失せさせ給ひぬ。…女君達今三所一つ御腹におはするを、三の御方をば寝殿の上と聞えて、又なうかしづき聞え給ふ。四・五の御かた〲もおはすれど、故女御と寝殿の御方とをのみぞ、いみじきものに思ひ聞え給ひける」「かの殿の女君達は鷹司なる所にぞ住み給ふに、内大臣殿忍びつゝおはし通ひけり」「かゝる程に、花山院この四の君の御許に御文など奉り給ひ、けしきだたせ給けれど、けしからぬ事とて聞き入れ給はざりければ、たび〲御自らもおはしましつゝ、今めかしうもてなさせ給ひけることを」(栄花、巻四、見果てぬ夢)。五 隆家は長徳二年十八歳。六「イカウ」は「厳く」の音便で、ひどくとか乱暴なの意か。「キヤウ」は「軽」か。阿波本「イカラキヤウナル人」。七 築地。八 この事件を厳重に隠しておいたが、段々と知られてしまって、法皇を射奉るような事はどうしてそのままほうっておかれようかと僉議があって、この流罪の処置があったと言い伝えたが。↓補注3-一二。九 底本「アルベキニ(トィと傍記)テ」。一〇 小野宮記は小野宮実資の記をいうか。父の実頼は天禄元年薨であるから、その日記は水心記(清慎公記)でクツキテノボリタリケルニ、イツシカ御堂ヘマイリタリケルニ、イデアハセ給タリケレバ、イトモ申《まうす》事ハナクテ一七名符《なづき》（薄イ）ヲカキテ、フトコロヨリトリイダシマイラセテイデニケリ。イミジク心カシコナリケル人ナリトコソウケタマハレ。

カヽリケルホドニ、一條院一八ウセサセ給《たまひ》テ後ニ、御堂ハ御遺物ドモノサタアリケルニ、御手箱ノアリケルヲヒラキ御覽ジケルニ、一九震筆ノ宣命メカシキ物ヲカヽセオハシマシタリケルハジメニ、二〇三光欲シレ明ナラント　覆ヒテ二重雲ヲ一大精暗シトアソバサレタリケルヲ御覽ジテ、次ザマヲヨマセタマハデ、ヤガテマキコメテヤキアゲラレニケリトコソ、二一宇《う》治《ぢ》殿《どの》ハ二二隆國宇治大納言ニハカタリ給ケルト、隆國ハ記シテ侍《はべる》ナレ。大方御堂御事ハ、タトヘバ唐ノ太宗ノ世ヲヲコシテ、我ハ堯舜ニヒトシトマデオモハセ給タリケルト申ヤウニ、御堂ハ二三昭宣公ニモ大織冠《たいしよくくわん》マデニモ（ティ）ヲトラヌホドニ、正道ニ理ノ外ナル御心ナカリケルトミユ。ワガ威光威勢トイフハ、サナガラ君ノ御威《おんゐ》也。王威ノスヱヲウケテコソカクアレト、ワタクシナクオボシケルナリ。ソノ證據《しようこ》ハ、二四萬壽四年十二月四日ウセサセ給ケル御臨終ニアラハナリ。思《おもひ》ノゴトク出家シテ多年、九體ノ丈六堂二五法成寺ノ無量壽院ノ中堂（尊イ）ノ御前ヲ閉眼ノ所ニシテ、屛風ヲタテヽ、脇足《けふそく》ニヨリカヽリテ、法衣《ほふえ》ヲタヾシクシテヰナガラ御閉眼アリケルコトハ、ムカシモイマモカヽル臨終ノタメシアルベ

なく小右記を指すか。ただし伊周の円座（公卿のすわる座）をとった事は見えない。また紀略によると正月十六日の事件で正月十三日の除目は小右記等に見えず、十三日に円座をとる事があったとすると、それ以前の事件となるが、如何。正月二十五日の誤りとすべきか。補任や長徳二年大間書・除目大成抄によると、正月二十五日に県召除目があった。一一「モトモ」は「尤も」。一二 道長の仲間がやったな、と人が思っていたので、ひどく主上は心をいたませられたの意か。「御アダウ」は「御阿党」か。阿波本「御アタウ（ケイと傍記）」。→補注3-一一三。一三 長徳三年三月二十六日皇太后詮子の病気の為の大赦が出、四月五日許され、隆家は五月十三日、伊周は十二月入京した。伊周は寛弘二年二月二十五日大臣の下、大納言の上の席次となり、五年正月十六日大臣に准じた。封戸を賜わった。→補注3-一一四。一四 底本「義同三司」。一五 隆家は、長和二年から眼疾を患い、大宰府に「唐人の目つくろふがあなるに見せむ」（大鏡、巻四、道隆）と大宰大弐の闕が出来た時なので、自ら望んでなって筑紫に下る（栄花、巻十二、玉の村菊）。下ったのは長和四年四月二十四日頃らしい。→補注3-一一五。一六 徳。財産の意。大宰府の役人となると外国貿易のため財産が出来たのだろう。→補注3-一一六。一七 姓名を書いた札。「薄」は底本のまま。一八 寛弘八年六月二十二日。一九 宸筆。二〇「三光」は日・月・星。天子の徳にたとえた。三光云々は出典不明。→補注3-一一七。二一 藤原頼通。「宇治殿御出家之後御坐于宇治」（古事談、第一）。二二 源隆国。俊賢の二男。その叔母源高明女明子が道長の妻であったから頼通と親しかっ

シトヤハ。一十二月四日ナルニ、十二月ハ神今食《じんこんじき》ノ神事トテキビシケレバ、閏《じゆん》朔日《さくじつ》其ノ齋《とき》イミジクキビシクテ、攝政關白公家同事ニテアルニ、二法成寺ノ御八講トテ南北二京ノ竪義《りふぎ》ヲカレタルニ、大伽藍ノ佛前ノ法會ニ、三氏長者・關白攝政ナル、カナラズ公卿引率シテ令ニ参詣一テ、四竪義《りゆうぎ》、例講御聴聞《れいこうごちやうもん》一切ニハヾカラル、事ナシ。伊勢太神宮是ヲユルシオボシメスナリ。コレコソハ人間界ノ中ニソノ人ノ徳ト云《いふ》手本ニテ侍《はべる》メレ。カヽル徳ハスコシモワタクシニケガレテ、爲ニ朝家ニ不忠ナラン人アリナンヤ。返々《かへすがへす》ヤンゴトナキコト也。コレハ一條院モアルマヽニ御覽ジシラセ給ハデ、カヽル宣命メカシキモノヲカキヲカセ給《たまひ》テ、トクウセサセ給《たまひ》ニケルニ、御堂ハ其後久シクタモチテ、子孫ノ繁昌、臨終正念タグヒナキヲ、御心ノ中ニ是ヲフカクミトホシテ、五「イカニゾヤ、惡心モヲコサジ。ワレトヾマリテカク御追福イトナム。タカキモイヤシキモ御心バヘノニズモアル。又イカニゾヤ、キカフコトハスコシモイカニトオモフベキコトナラズ」トテ、マキコメテ、ヤキアゲサセ給ヒケンヲバ、伊勢大神宮・八幡大菩薩モアハレニマモラセ給ケントコソアラハニサトラレ《サトラレイ》侍レ。サレバコソ其後萬壽ノ歳マデヒサシクタモチテ、サル臨終ヲモ人ニハキカレサセ給へ。

た。承保四年七月九日没。『宇治大納言物語』の著者という。原『宇治大納言物語』の著者か、この事はそれに出ていたか。二三 基経。二四 万寿四年十二月四日、道長は法成寺の阿弥陀堂で薨去。出家は寛仁三年三月二十一日、院源を戒師として法名行観(後に行覚)。万寿四年の前年から病み始めていたらしい。九体の丈六堂は法成寺の阿弥陀堂で丈六の阿弥陀仏九体と観音・勢至各一体を安置、寛仁四年三月二十二日落慶供養、無量寿院と号。「多年」は多年をかけて造ったの意。二五 道長の臨終については、栄花、鶴の林に「日頃にならせ給へば、「本意のさまにてこそは同じくは」とて阿弥陀堂に渡らせ給。もとの御念誦の間にぞ御しつらひしておはします。高き屛風をひき廻して立てさせ給」「その日になりて辰の時ばかりに行幸あり。昨日御髪など削らせ給ひて、御袈裟・衣など奉らせ給て、世の常の御有様にて御脇息に押しかゝりておはします」などと見えるのに依った記述。

一 臨終は十二月四日であるが、十二月は神今食の神事と言い、厳重な神事が行われるから、閏月や一日には物忌をきびしくして、摂政関白や朝廷は皆同じ様な状態であるのに。神今食は六月十一日・十二月十一日の月次祭の夜、八省中和院の神嘉殿に行幸されて、大床子の座で主上自ら火を改め、旧穀を炊き、神膳を供す。その神事はその月の一日から始まって関与する者は斎戒沐浴する。「この神今食の義は年に二度也。伊勢天照大神を勧請申されて天子自ら神饌を供せさせ給ふにや」(公事根源)。又「十二月一日内膳司供ニ忌火御飯一。神祇官奉ニ御贖物一月次神今食以前僧尼重軽服人不レ可ニ参内一事」(拾芥抄)、「十二月十一日まで神事一日あが物いむ

本云

貞治六年六月廿五日以正本一校畢

之盛

火十一日月なみの祭神今食」(簾中抄)とあり、十一日以前には朝廷などで斎戒したらしい。

二 十一月晦日から十二月四日まで法成寺で行われる年中行事の法華八講。道長の死んだ翌長元元年十二月四日法成寺で心誉を導師として曼陀羅供を修した(左経記)のに始まる。なお、その際竪義をすることは応徳二年十二月に始まった(濫觴抄、下)とするが、歴代皇紀によれば長元七年十二月。ただしこの時は法華十講であった。

三 氏長者である関白摂政である人が、必ず公卿を引率して参詣しなさり、論義や、いつもきまりの法華経の講義を皆聴聞され、少しもはばかる事がありません。↓補注3-一一八。

四 論義のこと。法会の際に表白経釈などの後、宗義に関する問題を提出し、問答議論する行事。題目が算木(南都の寺院では短冊という)に記せられ提出され、探題(次に座主となるような一宗の学匠がなる。精義・証義ともいう)により提出され、講師がその題目について講述すると、問者(難者)がそれにつき難批・質問し、第一問以下三重七重と問答を重ね探題はそれについて判断を下す。今日では竪義は比叡山や南都に形式的に残るが、仏教が生きていた時代には竪義は真剣に行われた。慈鎮が「比叡の山竪義や近くなりぬらん夜半に冴えたる問答の声」と拾玉集に詠じているのは竪義に一生懸命な僧の姿が浮かんでくる歌。

五 どうだい、悪心もおこさなかったものを。自分はかく生き残って一条院の御追善をいとなむのは。人というものは、身分の高低によらず、その気質が案外なものだ。また誓ったことはちっとも違わず、その通りになった。「キカフコトハ」は「チカフコトハ」の誤りか。

愚管抄(巻第四)

一條院ハ七《なゝつ》ニテ位ニツカセタマヒテ、廿五年タモタセヲハシマシテ、卅二[一]ニテ寛弘八年六月廿二日カクレサセヲハシマシケリ。六月十三日ニ[二]御譲位、十九日御出家、御戒師[三]慶圓座主《きやうゑんざす》ナリケリ。三條院ハ卅六[四]ニテ位ニツカセ給。御母[五]ハ大入道殿ノ御ムスメナレバ、御堂《みだう》ハ外舅《ぐわいきう》サウイナシ。一條院位ニツカセ給《たまひ》テノチニ、三條院ヲ東宮ニ立マイラセラレケルコソ、イカナリケルニカ[六]。當今《たうぎん》ハ七歳ニテ、イマダ御元服モナクテ、寛和[七]二年六月廿二日受禪ナリ。東宮[八]ハ十一歳ニテ、ヤガテソノ七月ノ十六日ニ御元服ナリテ東宮ニタヽセ給。サテ廿五年ガ間三條院ハ東宮ニテ、一條院ノ廿五年タモチテ卅ニテウセサセ給フ時、三條院ハ卅六ニテマチツケテ位ニツカセ給ニケリ。ソレモ五年、程ナクテ、御目ニコ[九]トアリテ位ヲヽリサセ給テ[一〇]、次ノ年御出家アリケリ。コノ次第イト〳〵心エガタキ事也。サレドモ世ノ人ノ思ヒナラヘルコトハ、大入道殿スコシノ御ハタク[一一]シモナク、メデタクハカラハセ給ケルニヤ。九條殿[一二]ノメデタキ願力《ぐわんりき》ニコタヘテ、

一 三十二が正しいが九六頁に「卅三」。二「御譲位六月十三日なり。十四日より御心地重らせ給。若宮(敦成)春宮に立ゝせ給ぬ。世の人驚くべくもあらず、あべい事と皆思ひたりつれど…かくて院の御悩いと重ければ、御髪下させ給はんとて、法性寺座主院源僧都召して仰せらるゝ事どもいみじう悲しともおろかなり。…かくて御髪六月十九日辰の刻に下しはてさせ給て…」(栄花、巻九、岩蔭)。底本「六月十三日(ヒと傍記)、二」。諸本により改む。三 戒師は出家の際戒律を授ける主役の僧、戒和尚、三師(教授師、羯磨師と)の一。慶円(三昧和尚)は後に天台座主二十四世。「御堂ハ三昧和尚」(三三八頁)。この時は「戒師慶円僧正、阿闍梨院源僧都、唄律師懐寿・実誓、奉剃御頭尋光・隆円・尋円等」(御堂、寛弘八年六月十九日)。四 三十六が正しいが九八頁は「卅五」。五 三条院の母は兼家の一女、超子、道長の姉。六 東宮の方が天皇より年長なので「イカナリケルニカ」と疑う。七 一条は寛和二年六月二十三日、花山帝が花山寺で落飾と共に受禅、七歳。底本「寛弘」を改む。八「冷泉院第二(宮)居貞親王於二外祖摂政南院第一加二元服一〈年十一〉。今日立二親王一為二皇太子一。即任二坊官一」(紀略、寛和二年七月十六日)。九 長和三年から天皇は眼病になり、翌年には更に病状が進み、薬や祈禱も効なく、四年八月頃には殆んど失明、この間道長は屢ゝ退位をせまる(小右記)。↓補注4-一。一〇 遂に長和五年正月二十九日、枇杷殿(道長の有)で三条は譲位、一条の皇子敦成親王が九歳で即位。翌寛仁元年四月二十九日出家。「寛仁元・四・十九(廿九が正しい)出家〈四十二〉。法諱金剛浄。同年五・九崩」(紹運録)。一一 私なく。一二 九条殿師輔が大願を発した事は一五七頁参照(九暦)。

冷泉院《れいぜいゐん》イデキテヲハシマセド、天暦《てんりやく》第一ノ皇子[一]廣平親王ノ外祖ニテ[二]元方大納言アリケルガ、コノ[三]安子ノ中宮ニヲサレマイラセテ、冷泉・圓融ナド出《いで》キ給《たまひ》テ、[四]廣平親王ハカイナキ事ニテアリケルヲ、ヲモヒ死ニシテ惡靈《あくりやう》トナリニケルニヤ、[五]冷泉院ハ御物怪《おんもののけ》ニヨリテ、中一年ニテヲリサセ給ヌ。サテ[六]圓融院ノ御方メデタケレド、花山院《くわさんゐん》ノ御事ナドアサマシト云モコトヲロカナリ。[七]ソノ御弟ニテ三條院ヲハシマスヲ、イタヅラニナシマイラセントヲモヒテ、カヽルヤウドモハ出キケルニヤ。[八]サテ冷泉院・花山院ハアヤニクニ御命バカリハ長〳〵トシテヲハシマシケリ。三條院ノ位ノ御時、御年六十二ニテ、冷泉院ハウセサセ給ハントシケルニ、[九]行幸ナルベキニテアリケルヲ、御堂《みだう》ハ「先參リテ見マイラセ候ハン」トテマイラレタリケルニ、見シラセ給ハヌホドニナラセ給ニケレバ、「イマハイフカヒナク候。猶御物ノケノユクヱモヲソロシク候」トテ、行幸ヲバ申《まうし》トヾメラレニケリ。サリナガラ三條院[一〇]弟ノ兄ノアトヲツガンヤウニ、天道ノ御ハカラヒ、スコシモサフイナクテ、位五年ノ後ヲリサセ給ヒニケレバ、後一條院ハカハリテ御踐祚《せんそ》アリケレバ、九歳ニテツガセ給ヘバ、長和ニ[一一]宇治殿ハ、御堂ノ嫡子ニテ攝政ニナサレ給ニケリ。[一二]コノ國母ハ又上東門院也。御堂ノ嫡女ゾカシ。ソノ後御堂ハ[一三]入道ニテ萬壽四年マデ立《たち》ソイテヲハシケル。メデタサ申《まうす》カギリナ

一 天暦帝村上天皇の皇子。「〈三品〉兵部卿広平親王事、村上天皇第一皇子、母更衣藤原祐姫、民部卿元方卿女、天禄二年九月十日薨〈年廿二〉」(大鏡、裏書)。 二 元方は南家武智麻呂流、菅根の男(大鏡、裏書)。元方の霊が中宮安子の血統に祟った事は栄花物語、月の宴や大鏡に見える。「母石見守従五下氏江女天暦七・三・廿一薨、五十六〈イ六十六〉為春宮怨霊」(尊卑)。「大納言正三位同(藤原)元方〈六十六〉。民部卿。三月廿一日卒(六十六。三木四年。中納言十年。大納言三年)」(補任、天暦七年)。 ↓補注4-二。 三 中宮安子の威力に押されなさって、冷泉天皇、円融天皇などが生まれ給い、広平親王は帝位にもつかず、つまらない事であったが、思い死にをして、悪霊となったのであろうか。底本「安子ノ中中宮」。「中」一字衍。 四 底本「広明親王」。諸本により改む。 五 ↓補注4-三。 六 円融院の方は御運がめでたかったが、冷泉院の御子の花山院は突然退位なさるという事件なんかがあり、あきれはてたと言っても並大抵ではない。 七 花山院の弟。 八 冷泉院は寛弘八年十月二十四日崩御、六十二歳(栄花、巻十、日蔭のかづら・紀略)。花山院は寛弘五年二月八日崩御、四十一歳(栄花、巻八、初花・紀略)。 九 ↓補注4-四。 一〇 弟が兄の後を継ぐ様に、在位五年の後、譲位したから。造物主の計らいは少しの間違いなく、在位の短かかった事をいう。兄花山が二年、弟三条が五年。 一一 頼通。長和六年(寛和元年)三月十六日、道長が摂政を罷め、内大臣頼通が摂政。 一二 後一条院の母は道長女、上東門院彰子。 一三 寛仁三年三月二十一日道長は出家。 一四 法成寺金堂供養は治安二年七月十四日。栄花、巻十七、音楽に詳しい。 一五 あまりにも何もかも一時

シ。[一四]法成寺《ほふじやうじ》ツクリタテ丶供養セラレケルニハ、[一五]アマリニ何モカモ一ツ御事ニテ、無興ナルホドナレバ、[一六]閑院ノ太政大臣公季《だいじやうだいじんきみすゑ》ノ、九條殿ノ御子ニテ、年タカクシラガヲヒテノコラレタリケルヲ請《しやう》ジイダシ申テ、御堂ハ御出家ノ身ニテ法服ヲタゞシクシテ、一座ニツカセ給ヘリケルニ、[一七]太政大臣ニテ攝籙臣《せつろくのしん》ナル宇治殿ノカミニツケラレタリケレバ、相國《しやうごく》ノ面目キハマリテ、入道殿ニハウシロヲサシマカセテウルハシキ着座、氣色《けしき》モナクテ、宇治殿ニムカヒタル様ニヰラレタリケルヲバ、イミジキ事カナトコソ時ノ人申ケレ。

一條院ノ御時、[一八]四納言トノ丶シル[一九]ヌキマダラモナキ四人ハ、齊信《ただのぶ》・公任《きんたふ》・俊《とし》賢《かた》・行成《ゆきなり》トテ、四人大納言マデニテ、ツヰニ大臣ニハヱナラズ。[二〇]俊賢コソ、[二一]西宮左大臣、延喜《の》御子、一世ノ源氏ニテ、[二二]凡人《ただびと》ニナリテ、ユ丶シキ人ナリケル、ソノ子ニテ侍《はべり》ケレバ、ソノ西宮左大臣ナガサレケルコトモ大切ナレバ、コノ次《ついで》ニ申べキナリ。村上皇子三人、安子ノ中宮ノ御腹ニ、第一ハ冷泉院、第二ハ爲平親王、第三圓融院ナリ。西宮左大臣ハ延喜ノ御子ニテ、ヤガテ北方ハ[二三]九條殿ノ娘ナリ。カ丶リケレバコノ高明《たかあきら》左大臣ノムスメヲ、爲平王ニハマイラセテ、高明ノムコニテオハシマシケルヲ、[二四]冷泉院即位ノ[二五]スナハチ、アニノ爲平ヲヲキテ、オト丶ノ圓融院ヲ東宮ニタテ丶、オハシマス。コレハ康保四年九月一日ト云

にその盛大な事を言わなければならず、それを一々述べるとかえって面白くないから。
一六 公季は師輔の「十一郎君」(大鏡)で、閑院家を冬嗣から伝領、閑院家の祖となる。治安元年から太政大臣として頼通の上座に居り、治安二年には六十六歳(補任)、この時七月十四日に兵仗を賜う(補任・大鏡、裏書)。→補注4-五。
一七 公季は太政大臣で、関白左大臣である頼通の上座に座ったから、太政大臣にとってこの上もない面目のある事で、道長には背中を向けて、ちゃんと礼儀正しく着座して居られる様子は臆する気色もなく居られて、頼通に向い合って居られたのを、大した事だと当時の人は噂しました。「相国」は太政大臣。底本「摂録臣」。天明本により改む。以下同じ。→補注4-六。
一八 →補注4-七。 一九 →補注4-八。
二〇 俊賢(万寿四年六月十三日薨)は源高明の子で、母は師輔女三君、兼家と同母、惟賢・俊賢の母に当る。その妹明子は道長の側室。俊賢は道長の協力者であった。 二一 源高明・西宮左大臣・西宮殿という。『西宮記』の著者。「延喜天皇第一源氏。母右大弁従四位上源唱女(更衣従四位下周子)」(補任、天慶二年)。
二二 臣下の身分、高明は延喜二十年十二月二十八日源朝臣の姓をうける(紀略・類聚符宣抄第四)。 二三 高明の妻は師輔の女、高明の女は為平親王(式部卿宮)を婿とした。猶高明は師輔女定子の中宮大夫(補任・栄花、月の宴)。
二四 狂気の冷泉天皇が康保四年五月受禅される(十八歳)と延臣の予想と異り、遺詔により、すぐに九月一日、為平の弟の守平親王を立てて皇太弟とし、坊官を任じた(紀略・略記等)。これは恐らく藤原氏の策動があった為という。
二五 即ち。即座に。

メリ。[一]安和二年三月ノコロ、[二]コノ左大臣高明謀反《むほん》ノ心アリテ、ムコノ爲平ヲトヲモヒケルナルベシ。[三]冷泉院ホドナク御物怪《おんもののけ》ニテ御藥《くすり》シゲヽレバ、何トナク[四]タヂロキケルコロニヤ。[五]左馬助源満仲《みつなか》、[六]武蔵介藤善時《よしとき》ナド云《いふ》、時ノ武士ノサヽヤキ告《つげ》ケルコト出キテ、三月廿六日ニ[七]左大臣ハ左遷セラレテ、大宰権帥《だざいのごんのそつ》ニ成《なり》テナガサレケレバ、ヤガテ出家シテケリ。僧連茂《れんも》・中務《の》少輔橘敏延《としのぶ》・左近衛大尉源連《つらなる》・前相模介藤千晴《ちはる》ナド、[八]遠流《をんる》ニミナヲコナハレニケリトシルセルハ、[九]此スヂニ満仲ナンドモカタラハレケルニヤ、武士ニテユカリツヽカハレテ、推知シテツゲ申《まうし》タリケルニヤ、カヽルコト出キニケリ。サレド[一〇]天祿三年五月ニメシカヘサレニケリ。コレヲバ[一一]世ノ人ノサタシケルコトハ、コトニ[一二]小一條左大臣師尹《もろただ》、九條殿ノ子ドモ三人、小野宮ノ子ドモヽ、コノ人ニカクハシナシツルゾナドヲモヘリケルナルベシ。[一三]ソレモイカヾハトガナカランヲバサハアルベキ。[一四]サテモワレヤガテ出家セラレニケリ。[一五]ネブカクサヲモフトモ、シフベキコトナラネバ、人モカクサタスナドヲモイテ、メシカヘサレニケルナメリ。

イマソノ子俊賢《としかた》[一六]ハ又コトニ〳〵御堂ニハシタシク候《さふらひ》テ、イササカモアシキ意趣ナカリケリ。ヨキ人ニナリヌレバ、[一七]ヒガコトハ思ヘレドモ、ヤガテ思ヒカヘシ、又ムヤクノアシキ意趣ナドヲフカクムスブコトヲセヌナリ。[一八]サテコソワレ

一 安和の変。安和二年三月二十五日左馬助源満仲・藤原善時が橘敏延(としのぶ)(紀略には繁延)・源連・藤原千晴(秀郷の子)等の謀反を訴え、二十六日左大臣高明は大宰権帥、橘敏延等は配流(百錬抄・略記等)。二 →補注4-九。三 冷泉院はまもなく御健康がすぐれず、危なかったから。→補注4-一〇。四 世の中がざわざわ動揺している頃だったのか。五 経基の子、多田源氏の祖、長徳三年八月二十七日卒、八十五歳。法名満慶(尊卑)。六 →補注4-一一。七 →補注4-一二。八 →補注4-一三。九 この人達のグループに満仲なんどもさそわれたのであろうか、武士として縁故があり、形勢を察知して告げ口をしたのであろうか。「ユカリツヽカハレテ」は意味がはっきりしない。→補注4-一四。一〇 天禄三年四月二十日帰京。一一 世間の人の噂(沙汰)しあったことは、師尹・師輔の子、又小野宮実頼の子達もこの高明に対してこういう風に流されるように計画したのだと思っているのでしょう。→補注4-一五。一二 →補注4-一六。一三 でも、どうして罪がないのを、そういう目にも会おうか。一四 そういうわけで御自分もすぐに出家されました。一五 心の中深くには、そういう魂胆があったとしても(はっきりした証拠もないのに)無理押しをするべき事ではないから、世間の人も(「むりおしだ」などと)噂しているなどと思って、召し返されたのでしょう。一六 →補注4-一七。一七 間違いを心の中に思うこともあるが、すぐに反省し、又つまらない悪いし返しなどは人と契約するような事はしないものなのである。一八 そうしてこそ自分も他人も穏かな、中正の筋道を踏んでいると言われることなのであります。一九 「人誰無レ過。過而能改善莫レ大焉」(左氏伝、宣公二年)。二〇 古典に出て居り、

モ人モヲダシキ正道トハ云コトナレ。[一九]アヤマレルヲアラタムル善ノ、コレヨリヲホキナルナシト云明文[二〇]ハ、カヤウノコトナルベシ。[二一]大方御堂ノ御世ニハ、ヨロヅノ人ソノ心ノヲハシケルアリサマノ、スク〳〵ト私ナク、當時タヾヨカルベキヤウノホカニ、又ヤウモナクハカライサダメヲハシケルニ、ヨロヅ皆キヽテ、人モナビキ歸シ申タリケルヨト、アラハニミユルナリケル。[二二]一《いち》ノ人《ひと》モアルマジ。コレヲ又カクミシリテモチイル臣家モアルマジ。[二三]カヽル器量ドモノアイ〳〵ヌル世ヲ、ナドミザリケントノミシノバルレドモ、サラニ云カイナキスヘノ世ナレバ、思ヒヤルカタナシ。

[二四]齊信《ただのぶ》ハ爲光太政大臣《だいじやうだいじんの》子、[二五]公任《きんたふ》ハ三條關白《の》子、[二六]行成《ゆきなり》ハ一條攝政ノムマゴ、義《のり》孝《たか》少將《の》子ナリ。和漢ノ才ニミナヒデテ、[二七]ソノ外ノ能藝《のうげい》トリ〴〵ニ人ニスグレタリ。サレド[二八]宇治殿左大臣、小野宮實資右大臣、[二九]大二條殿内大臣ニテ、ミナサシモ[三〇]命ナガクテオハシケレバ、力オヨバヌコトニテアリケルナルベシ。

四納言サカリノトキ、[三一]テル中將、ヒカル少將ト(テ)、殿上人《てんじやうびと》ノメデタキアリケルハ、中將ノテヽハ[三二]兵部卿ノ宮、[三三]母ハタカツカサ殿ノアネニテアリケレバ、御堂ノ御子ニ[三四]ナリテ成信《なりのぶ》トゾナハ申ケル。少將ハ[三五]アキミツノ左大臣ノ子ナリ。重家トゾ申ケル。コノ二人[三六]仗儀《ぢやうぎ》ノアリケルヲ立聞《たちきき》テ、四納言ノ我モ〳〵ト才覺《さいかく》

典拠となる文詞。二一 大体道長の時代には、あらゆる人が、その心の持ち様がま正直で私的な心がなく、その当時にはただひたすら物事がよい様に運ぶ外は、何物もなく計らい定めていらっしゃったが、万事につけ、皆やった事が効果があり、うまくはこび、人々も服した事だとはっきりわかるのである。二二 今は摂政関白になり得るような器量の人も居りますまい。又その人の才能をかくと理解して使う臣家も居りますまい。底本「一ノ人モモ」。「モ」一字衍。二三 こんな器量のある人達が沢山居あわせた世をどうして見ないのだろうとばかり、その世の事が追憶されるが、一向つまらない末法の世であるから、想像のしようがない。↓補注4-一八。

二四 ↓補注4-一九。二五 公任は廉義公三条太政大臣藤原頼忠の子。↓補注4-二〇。二六 一条摂政伊尹の孫、右少将義孝(袋草子に「ノリタカ」と訓ず)の子。その娘に道長の子長家が婿となる。↓補注4-二一。二七 ↓補注4-二二。二八 頼通。二九 教通。師通を後二条殿、教通を大二条殿という。二条東洞院に居た(古事談、六)。三〇 頼通は八十三、実資は九十、教通は八十まで生きる。三一 テル中将は源成信、ヒカル少将は藤原重家。底本「ヒカル少将ト殿上人」。諸本により改む。↓補注4-二三。三二 致平親王。「号明王院宮又号法三宮四品兵部卿」「天元三・五・十一・出家法名悟円(廿九歳)住三井」(尊卑)とあり、三井寺に居られた。「テ、」は父。三三 教実親王の子、源雅信、号鷹司(尊卑)の女が成信の母(尊卑、成信)、道長の妻倫子と姉妹(続古事談)。倫子は鷹司殿(今昔、十二の二十四)。三四 底本「アリテ」。天明本・河村本により改む。三五 底本「アキミチ」。天明本により改む。三六 陣の座に於ける公卿の評定。↓補注4-二四。

ヲハキツツサダメ申《まうし》ケルヲ聞《きき》テ、[一]「ワレラ成《なり》アガリナン後アレラガヤウニアランズルガ、ヲトリテハ世ニアリテモ無益《むやく》ナリ。イザ佛道ト云《いふ》道ノアンナルヘイリナン」トテ、[二]カイナシテ、二人ナガラ長保三年二月[三]三日出家シテ、少將入道ハ[四]大原ノ少將入道寂源トテ、[五]池上ノアザリノ弟子ニテ聞ヘタル人ナリ。中將入道ハ三井寺ニテ、御堂ノ御薨逝《こうせい》ノ時ニモ、善知識ニ候ハレケルナドコソ申ツタヘタレ。トニモカクニモヨキコトノミ侍《はべ》リケル世ニコソ。

一條院ハ伊周《これちか》ノ[六]イモウトヲハジメノ后《きさき》ニテ、最愛ノ女御ニテヲハシケルガ、イツシカ長保元年主上廿ノ御年ニヤ、王子ヲウミマイラセタリケルハ敦康《あつやす》親王ナリ。[七]三條院、老東宮ニテヲハシマセバ、御ヤマイヲモクテ卅二ニテスデニウセナントセサセ給フニ、東宮ハ卅六ナレバ、[八]カヽルサカサマノマウケノ君、當《たう》今《ぎん》御ヤマイマチツケテヲハシマセバ、[九]次ノ君ハサウナシ。ソノ時コノ一條院ノ皇子東宮ニタヽセ給《たまふ》ベキコトヲオボシメシテ、返々《かへすがへす》コノ一宮敦康親王ヲトヲボシメシケレド、御堂ノ御ムスメ[一〇]上東門院モテナシメデタクテ、スデニ二人マデ皇子ウミテ、後一條・後朱雀ヲハシマス間、[一一]ハギリヲボシメシワヅラフテ、行成ハ中納言ニテ、コノ一宮敦康王ノ[一二]勅ノ別當ニテアリケルヲ、[一三]御病ノユカヘチカクメシヨセテ、東宮ニハタレトカ遺言スベキト、フカクヲボシメシワヅライ

一 自分達が官位が進んでから、あの人の様に才能がありたいが、才能が無くては世間に居ってもつまらない、さあ仏道という道があるというが、そこへ入ろう。 二 「カイ(戒)ナシテ」は受戒しての意。「先到二霊山寺一剃レ頭之後、共在二三井寺一云々。或説於二三井寺慶祚阿闍梨室一剃レ之云々」(古事談、巻一)。 三 二月四日が正しい。 四 大原少将入道寂源は重家と別人、元亨釈書、巻十一、寂源によると俗名時信。「左僕射雅信之子」、池上皇慶に従い、顕密を学ぶ。底本「少将入道舜源」。天明本により改む。→補注4-二五。 五 皇慶は比叡山東塔南谷井ノ坊に居た台密の大学匠、谷阿闍梨皇慶と言われる、台密十三流の一、谷流を伝えた。谷阿闍梨伝(大江匡房撰)参照。 六 中宮定子、正暦元年十月中宮、長保元年十一月七日に敦康親王を誕生、長保二年二月二十五日皇后、十二月十五日崩御。定子は栄花、巻五、浦々の別れに「御心ざし昔にこよなげなり。此比候給ふ女御達の御覚えいかなるにかと見えさせ給ふ」とあり、一条院の御寵愛が特別、長徳二年四月落飾後、又還俗して長徳三年六月職御曹司に入られるという有様。 七 三条院は年をとった東宮であるから(寛弘八年六月に)一条院が重病で三十二歳で既に亡くなられようとされた時に。 八 こんな年齢が逆の世継の君が病になり、寿命がつきるのを一条院は待ちもうけていらっしゃるから。 九 次の天皇は問題でない。その時この一条院の皇子、敦康親王が位に立たれなさるはずの事と思われて。 一〇 道長の娘の上東門院彰子へのお取り扱いも丁重になされて。 一一 文明本「ハカリヲホシメシワヅラフテ」(はかり思召し煩うて)の誤りか。 一二 親王家や斎院に勅旨により任ぜられる事務官の長。「被レ仰二勅別当〈納言〉於大臣一大臣又如

タルサマニ仰合《おほせあはせ》ラレケルニ、一四「サラニ〳〵思食《おぼしめし》ワヅラハルマジク候。一五二宮ニヲハスベキニ候。サ候ハデハ、スヱアシキコトニテ一定《いちぢやう》為レ朝為レ君アシク候ベシ」トハカライ申タリケルナリ。二宮ト申ゾ後一條院ニテヲハシマス。コノ事後《のち》ザマニモレキコヘテ、行成マメヤカニメデタキ人ナリトゾ世ニモ云ケル。一六イカニモ〳〵叡慮ニコノ趣フカクキザシテ、御堂ノ御事ナドソノ時ハサテヲハシマセドモ、伊周ナガサレナドシテアルモ、トガハチカラヲヨバネドモ、アシキ事ノミユキアイツヽ、御心モトケザリケレバ、サヤウノ御告文《こくぶん》ドモヽアリケルニヤ。御堂ト云《いふ》誠ノ賢臣ソノ世ニヲハセズハ、アヤウカルベカリケル世ニヤ。

大方コノ一條院ノ御時、世ノ中ノ一七一《ひと》ツギメニテ、一蔀《いちぼう》ノ運イカニモ〳〵アルベカリケルニヤ。一八寛和二年七ニテ御位ノ後、次《の》年號永延三年六月下旬ニ、一九彗星《ははきぼし》東西ノ天ニミヘケルヨリ、八月ニ改元、二〇永祚ノ風サラニヲヨバヌ天災ナリ。一年ニテ次ノ年正暦ニカハリテ、二一山門ニ智證・慈覺門《の》人《に》大事イデキテ、二二智證門徒千光院ミナハライハテタリ。二三正暦五年、二四長徳元年ツヾキテ、大疫癘《だいえきれい》ヲコリテ都鄙ノ人ヲホク死ニケリ。己ニヽ二五長徳元年ニハ入マデ人ノウセタル事、ムカシモ今モナキ事ナレバ尤《もつとも》アザヤカニシルシ侍ルベシ。

大納言朝光《あさみつ》　前左大將。二六三月廿八日、年四十五ニテウセケルヨリ、

レ始仰二下之一(江家次第、十七、当代親王宣旨事)。一三→補注4-二六。一四 底本「サラニ〳〵ニ」。「ニ」一字衍。一五 底本「二宮ニヲハマスベキ」。「マ」一字衍。一六 どうあろうとも一条院はこの敦康親王を位につけたいという御考えがもともと根深く存して、御堂関白が内覧宣旨などを蒙った時の事などはその時はそうして容認していらっしゃったが、伊周が流された罪などは仕方がないとしても悪い事ばかりぶつかり、道長に対して悪感情を持たれ、御心が解けなかったから、そんな告文(神仏に願意、祈誓の意をあらわした文書)を書かれたのだろうか。「告文」は「震筆ノ宣命メカシキ物」(一七三頁)を指すか。一七 一つの変り目で、暦の上で一蔀の周期にあたり、そのめぐり合せが色々とある筈であったのでしょうか。「一蔀」は一四七頁注二三参照。底本「一部」。河村本により改む。一八 一条院即位は寛和二年六月二十三日。一九→補注4-二七。二〇 永祚元年八月十三日、夜にかけて近畿一帯を襲った大暴風、後世まで「永祚の風」と言われた猛台風であったらしい。→補注4-二八。二一 正暦四年八月の頃、智証門下と慈覚門下は争う。→九七頁注一八。猶この事は「山門ノ事ヲ此奥ニ一帖カキアラハシ」(一二三頁)て、別記で詳説したと考えられる。→補注4-二九。二二 智証門徒は皆千光院を引き払った。→補注4-三〇。二三「千光院」は千手院の誤りか。智証大師は千手院と号す。坊の名。→補注4-三一。二四 正暦四年秋の頃からも疱瘡等が流行し、更に正暦五年の四月頃からも流行し、朝光を始め多くの人が死んだ。→補注4-三二。二五 長徳元年に至っても春から疫病は流行した。→補注4-三三。二六 三月二十日が正しい。朝光は兼通の四男、閑院の大将という。→補注4-三四。

一　四月十日薨、但し疫病のためではない。↓九五頁注二〇。
二　小一条大将済時は師尹の子、村上女御芳子の兄。三「五月五日薨。卅五」(九五頁)が正しい。
四　六条左大臣重信は敦実親王の子、雅信の弟。
五「号桃園中納言」(尊卑)。「年七十二、或説云、九日薨」(紀略)。六「号山井大納言」(尊卑)。「春秋廿五」(小右記)。底本「六月十一日道隆」。文明本・天明本により改む。
七　五月二十二日薨、五十八歳(紀略)。
八　入内は長保元年十一月一日、十二歳(栄花、巻六、輝く藤壺)。
九　清涼殿で毎年五月中に五日間、東大寺・興福寺・延暦寺・園城寺の「四箇の大寺」の高僧を請じ金光明最勝王経の講釈論義を開き、天下太平を祈る法会。↓補注4-三五。
一〇　論外である。
一一　この話は類話が大鏡、巻四、道隆にあり、又古事談、第二にも見える。↓補注4-三六。
一二　この酒盛がなかったら、さびしい事だろう。
一三　一体彗星という変事は世の中がよくなろうとするので、おこる災が必ずあるのを、あらわしている天変かと心得られます。「彗星〈セイセイ・ハ、キホシ、示歳妖星也〉」(字類抄)。
一四　こんな物語でありながら、而も人がうまいこと言った、うそ話でないものは、折々につけて幾らもありません。
一五　お互に官位を超えようと競争しあった様子なんかもよい物語の種であるが。
一六　又必要もない事である。「用ジ」は用事か。
一七　ただ事の端々に真実に身のためになって、この真心のこもった事を聞いては、この上に一層悟りを開く縁となりそうな事どもを書き続けるのである。
關白道隆[一]　四月十日、四十三。
大納言左大將濟時《なりとき》[二]　同廿三日、五十五。
關白右大臣道兼[三]　右大將、五月八日、卅四、未レ避二大將一云云。
左大臣源重信《しげのぶ》[四]　同日、七十四。
中納言保光[五]　同日、七十三、モヽソノ、中納言、中務ノ代明親王子《の》ナリ。
大納言道頼[六]　六月十一日、(廿)、道隆關白二男也。山井大納言ト云《いふ》。
中納言右衞門督源伊渉《これたか》[七]　十一月(日)、五十九。

年ノ内ニカクウセニケリ。サテ次ニ長保トカハル。又寛弘トコノ長保ニ、上東[八]門院入内《じゆだい》之後、寛弘ニ最勝講《さいしようこう》[九]ナドハジメヲカレテ後、御堂又マジリ物モナク世ヲヲサメ給《たまひ》テ、世ハヒシト落居《おちゐ》ニケリトミユ。コノ八人ウセタル人ハ、皆時ニトリテヨクモナカリケル人ニコソ。シゲノブノ公ナドハ七十ニヲホクアマリニケレバ、沙汰[一〇]ニヲヨバズ。中關白《の》[一一]ハアサミツ・ナリトキノ《の》二人左右大將ト、アケクレ酒モリヨリホカノコトモナクテスギラレケリ。僧ノ極樂淨土ノメデタキ由トキケルヲ聞《きき》テ、極樂イミジクトモ、朝光・濟時ハヨモアラジ。[一二]コレナクハツレ〱ナリナントイハレケルナドコソハカタリツタヘタレ。[一三]大方彗星《ははきぼし》ト云《いふ》變ハ、世ノヨクナランズルユヘニヨクナラントテヲコル災《わざはひ》ノカナラズアルヲ、アラハス變ニヤトゾ心ヱラレ侍ル。天變モ何モ智惠フカヽラン人ヨク案ジ思ヒアハスベキ事ニテ侍ルナリ。[一四]カヤウノ物語ノ、シカモ人ノ利口、ソラ事ナラヌハ、ヲリ〳〵ニイクラトモナシ。四納言ガ[一五]コヘアイケルヤウナンドモ、ヨキ物語ドモナレド、サノミハカキツクシガタシ。又[一六]用ジモナキ事ナリ。[一七]タヾ事ノフシ〴〵ニマメヤカニナリテ、コノマコト共ヲ聞テハ、コノ上ノサトリヲヒラク縁トナリヌベキ事ドモヲ、カキツケハベルナリ。

[一八]後一條院廿年、後朱雀《ごしゆじやく》院九年、コノ二所《にしよ》ハ、上東門院ノ御腹ニテヲハシマセバサウナシ。サテ一條院ノキサキニ、[一九]顯光《あきみつ》大臣ノムスメヲマイラセラレタルハ、[二〇]皇子ヲモヱウマズ。サテ三條院ノ御子、東宮ニタテ給ヒタルハ[二一]小一條院ナリ。コノ東宮ノ女御ニ、又顯光大臣ノムスメヲマイラセタリケルガ、東宮ノ、一條院ノ御子ニ、後一條・後朱雀ナド出《いで》キ給ニシウヘハ、我《わが》御身[二二]モテアツカハレナントヲボシメシテ、[二三]東宮ヲ辭シテ院號ヲ申《まうし》テ、小一條院ト申テヲハシマシケル。御[二四]有心《うじん》メデタクテ、御堂コレヲイトヲシミモテナシ申サレケルアマリニ、[二五]ムコニトリマイラセラレケレバ、モトノ女御、顯光ノヲトヾノムスメ、ヱマイラヌヤウニナラセ給ケルヲ、[二六]心ウクカナシク思ヒナガラ、ナグサメ申サントテ我《わが》ムスメニ、「世ノナラヒニ候ヘバ、ナゲカセ給《たまひ》ソ」ナド申サレケレバ、物モ仰セラレ

一八 上東門院の御腹の子であるから文句がない。↓九八・一〇〇頁。
一九 元子。長徳二年十一月十四日に参内(紀略・栄花、巻四、見果てぬ夢)。十二月二日女御となる(紀略)。承香殿の女御という。
二〇 長徳四年二月頃懐妊、六月頃異常な出産で皇子が出来なかった。栄花、巻五、浦々の別れに詳しい。
二一 三条天皇の皇子、敦明親王。↓一〇〇頁注四。母は済時女、娍子。敦明の御息所となったのが、顕光の女元子の妹延子、堀河の女御という。小一条院は「近衛南東洞院西」(拾芥抄)、師尹から済時へと伝領。 二二 (東宮である自分の身分を)処置にこまるだろうとお考えになり。前の「東宮ノ」は「我御身…ヲボシメシテ」にかかる。
二三 敦明は(道長側の策動のためらしい)寛仁元年八月九日皇太子を辞し(二十四歳)、一条院の三宮敦良(後朱雀)が皇太子。八月二十五日に敦明に小一条院の院号と年官年爵を賜う。「敦明親王波霧露相侵志天」(立坊部類記、寛仁元年八月九日)。
二四 敦明は物の情を解する人であって、道長も気の毒に思い、棄てて置けずと思った結果。敦明親王は「宮達と申し折よろづにあそびならはせ給て、うるわしき御有様いとくるしく」(大鏡、巻二、師尹)とか、「時々につけての花も紅葉も御心にまかせて御覧ぜしのみ恋しく、「いかでさやうにてありにしがな」とのみおぼしめさるゝ御心」(栄花、巻十三、木綿四手)とあり、風流人であったらしい。
二五 寛仁元年十一月二十二日に道長の女、御匣殿寛子の婿となる(御堂関白記・大鏡三、兼通・栄花、巻十三、木綿四手)。 二六 延子の悲しみに就いては栄花、巻十三、木綿四手参照。

ズシテ、御火[一]ヲケニムカイテヲハシケルガ、火ヲケノ火ノ、灰ニウヅモレリケルガ、シ[二]ハリ〳〵トナリケル。涙ノヲチサセ給イケルガ、火ニカヽリテナリケルヨトミテ、アナ心ウヤトカナシミフカクテ、ヤガテ悪霊《あくりやう》[三]トナリニケリトゾ人ハカタリ侍ルメル。サモアリヌベキ事ナリ。サレバ御堂ノ御アタリニハ、コノ靈ハヤウ〳〵ニコトモアリケレドモ、サ[四]マデノ大事ハヱナキニヤ。コレラハ御堂ノ御トガトヤ中《まうす》ベカランナレド、コ[五]レマデモスコシモ我《わが》アヤマチニハアラズ。タヾ世ノ中ノアルヤウガ、カクテヨカルベクテ、ナリユクトゾ、ウラ〳〵トコソハ御堂ハヲボシメシケンヲ、アサクヲモイテ悪靈モイデクルナルベシ。

後朱雀院[六]、東宮ニカハリイテ、其御子ニ後冷泉院ハ、又御堂ノヲトムスメ内[七]侍ノカミニテマイラセラレタリケルガウミマイラセラレタリケレバ、サ[八]ウナキコトニテ、ヤガテ位ニツカセ給《たまひ》ニケルナリ。顯光《あきみつ》ハ悪靈ノヲトヾトテ、コ[九]ワキ御物《おんもの》ノケドモニテアリケル。サテ後冷泉又廿三年マデタモタセ給ヒケレバ、宇[一〇]治殿ハ後一條・後朱雀・後冷泉三代ノミカドノ外舅《ぐわいきう》ニテ、五[一一]十年バカリ執政臣ニテヲハシケリ。後冷泉ノスヱニ、攝籙《せつろく》[一二]ヲ大二條殿ト申ハ教通《のりみち》、宇治殿ノ御ヲトヽナリ。テテノ御堂モヨキ子トヲボシテ、宇治殿ニモヲトラズモテナサレケルガ、年七十ニテ左大臣ナリケルヲ、ワガ御子ニハ通房《みちふさ》[一三]ノ大將トテカギリナク

一　火桶。火鉢の類。二　じゅっじゅっと鳴った。三　「此顕光公は死後に怨霊となりて御堂殿辺へはたゝりをなされけり。悪霊左府と名づく」(宇治拾遺、巻十四の十)。↓補注4—三七。四　それ程の大事件はなかったのでしょう。五　この程度の事件ならちっとも自分のあやまちではない。ただ世間のなりゆきがこうするのがよいと思ってしたのが、ああいう結果になってしまったのだと呑気に道長は思って居られたのを、あさはかに考えて怨霊が出て来たのでしょう。六　後朱雀院(敦良)が代って寛仁元年八月九日に東宮となり。七　内侍督(尚侍)嬉子。↓一〇一頁注一一。八　問題のない事ですぐに後冷泉院が位に即きなさったのである。九　手ごわい怨霊であった。一〇　頼通(九九二—一〇七四)は後一条・後朱雀の母、上東門院彰子(九八八—一〇七四)の弟、後冷泉の母嬉子(一〇〇七—一〇二五)の兄に当るから外舅(母方の叔父、伯父の意、元来は妻の父をいう)とする。一一　頼通の摂政となったのが二十六歳、関白を治暦四年に辞したのが七十七歳。一二　底本「教道」。諸本により改む。↓一〇一頁一八。「摂籙ヲ」は次頁「ユヅラセ給ヒケルヲ」につづく。↓補注4—三八。一三　通房は長久五年四月二十四日薨、二十歳、権大納言、右大将(補任・栄花、巻三十五、蜘蛛の振舞)。↓補注4—三九。一四　師実は長久三年の生れ。天喜三年に十四歳で補任に非参議従三位として名が見える。一九一頁に母は「進ノ命ブ」とある。「関白左大臣三男母贈従三位藤祇子」(補任)。一五　康平三年に師実は内大臣となる。「超上﨟八任内大臣」(補任)。康平八年には右大臣頼宗の薨後、六月三日右大臣として、左大臣教通の次座、当時二十四歳。一六　陽明門院禎子。三条院第三女、道長の二女

ミメヨク人モチイタリケル御子ノ、廿ニテウセラレニケルノチ、[一四]京極《きやうごく》ノ大殿師《おほとのもろ》實《ざね》ハムゲニワカキ人ニテアリケルニ、[一五]コサレム事ノイタマシクヲボサル、ホドノ器量ニテ大二條ドノアリケレバ、ユヅラセ給ヒケルヲ、ヨノ人宇治ドノ、御高名《かうみやう》、善政ノ本體トヲモヘリケリ。

サテ後三條ハ後冷泉ノ御ヲト、ナレド、御母ハ陽[一六]明門院ナリ。コノ女院ハ三條院ノ御ムスメ、御母ハ御堂ノ二ノムスメナリケレドモ、スコシノ[一七]キナリケリ。後冷泉ノキサキニ、宇治殿ノ御ムスメ[一八]四條宮ト申《まうす》ヲマイラセラレケルガ、王子ヲツイニウミマイラセラレヌニヨリテ、ソノ、チモ一《いち》ノ人《ひと》ノムスメ、キサキニハタチナガラ、王子ヲウマセタマハデ、久シクタヱタリケリ。サテ[一九]後朱雀ノ御ヤマイヲモクテ、後冷泉ニ御讓位アリケルコトヲ、宇治殿マイリテ[二〇]申《まうし》サタシテタ、セ給ケルニ、後三條ノ御事ノナニトモサタモナカリケルニ、御堂ヲト子ノ中ニ[二一]能信ノ大納言トイフ人アリケリ。閑院ノ公成中納言ノムスメヲ[二二]子ニシテアリケルヲ、後三條ノキサキニハマイラセタル人ナリ。宇治殿タ、セ給ケルア、ニマイリテ、「[二三]二宮御出家ノ御師ノ事ナリ。コノ次《ついで》ニヲ、セヲカルベクヤ候《さふらふ》ラン」ト申タリケレバ、「コハイカニ。二宮ハ東宮ニタ、ンズル人ヲバ」ト勅答アリケルヲキ、テ、「サテハケフソノ御サタ候ハデ、イツカハ候ベキ」ト申タ

中宮姸子が母、嘉保元年正月十六日薨、八十三歳。一〇二頁の後三条の条参照。↓補注4-四〇。
一七 遠縁。藤氏腹でなかった。後三条院が東宮になった時、「累代東宮の渡物」である壺切の剣を入道殿(頼通?)は二十三年間譲られなかった、「藤氏腹東宮之宝物ナレバ何此東宮可ニ令レ得給一乎云々」(江談抄、第三)、後に大二条関白(教通)が後冷泉院の崩後奉った(続古事談、第一)。
一八 四条宮寛子、頼通は養女嫄子を後朱雀中宮として送り込んだが、皇女のみにて皇子を生まず、長暦三年死す。更に長女寛子を後冷泉の后に送り込んだが、皇子は出来ず、うまくいかない。↓補注4-四一。
一九 後朱雀院は寛徳元年十二月二十七日病が重く、二年正月十六日譲位、後冷泉院親仁が受禅、尊仁が皇太子となる。この時頼通は尊仁の皇太子に就いて「不レ受之色」があったという。猶この辺今鏡、巻一、司召の文章と関係があるか。補注4-三九参照。↓補注4-四二。
二〇 底本「申スサタシテ」。文明本・天明本により改む。
二一 能信は道長の第五子。後朱雀院代、寛徳二年「正月十六日兼春宮大夫(冊命日)。皇后宮大夫」(補任)。康平八年「二月九日薨。延久五年五月六日贈太政大臣正一位(帝外祖)」(補任)。末弟で頼通とは仲があまりよくなかったらしい。↓補注4-四三。
二二 「春宮には左兵衛督(公成)の姫君(茂子)、春宮の大夫殿の御子にし奉り給、参らせ奉り給へり」(栄花、巻三十六、根合)。茂子が参った事は後出。能信の妻は公成の妹。「大姫君は今の中宮権大夫殿(能信)の北の方、今一所は源大納言俊賢卿、これも民部卿ときこゆ、その御子の只今の頭中将顕基の君の御北方におはすめる」(大鏡、巻三、公季)。
二三 二宮は後冷泉院親仁弟、尊仁(後三条)。↓補注4-四四。

リケレバ、「マコトニ思《おもひ》ワスレテ、ヤマイヲモクテ」トヲホセラレテ、宇治殿メシ返シテ、譲位ノ宣命《せんみやう》ニ皇太子ノヨシノセラレニケリ。能信ヲバ閑院東宮大夫トゾ申ス。コノ申《まうす》ヤウコソフカシギナレト人ヲモヘリ。白川院ノツネニ能信ヲバ、「[一]故東宮大夫殿ヲハセズハ、我身ハカヽル運モアラマシヤ」トヲホセラレケルニハ、カナラズ〳〵殿ノ文字ヲツケテヲホセラレケリ。ヤムゴトナキ事也。

[二]サテ世ノスヘノ大《おほい》ナルカハリメハ、後三條院世ノスヱニ、ヒトヱニ臣下ノママニテ、攝籙臣《の》世ヲトリテ、内ハ幽玄ノサカイニテヲハシマサン事、末代ニ人ノ心ハヲダシカラズ。脱屣《だつし》ノ、チ太上天皇トテ政《まつりごと》ヲセヌナラヒハアシキコトナリトヲボシメシテ、カタ〳〵ノ道理サシモヤハヲボシメシケン。クハシクハシラネドモ、道理ノイタリヨモ叡慮ニノコルコトアラジ。[三]昔ハ君ハ政理カシコク、攝籙ノ人ハ一念ワタクシナクテコソアレ。世ノスヘニハ、君ハワカクテ幼主ガチニテ、四十ニアマラセ給《たまふ》ハキコヘズ。御政理サシモナシ。[四]宇治殿ナドハヲホクワタクシアリトコソハ御覧ジケメ。太上天皇ニテ世ヲシラン、當今ハミナワガ子ニテコソアランズレバトヲボシメシケル間ニ、ホドナククラヒヲヲリサセ給テ、[五]延久四年十二月八日御譲位ニテ、[六]同五年二月廿日住吉詣《まうで》トテ、陽明門院グシマイラセテ、關白御《おん》トモシテ、天王寺・八幡ナド

一「白河院はまことにや、大夫どのとぞ仰せられける」(今鏡、巻一、司召)。能信の一言がなかったら後三条・白河は位に即かなかった。
二 さて世が末世となって、大変な変動の区切りの時は、後三条院の御代で、今までのように、ただひたすら臣下の言うままになり、摂政の臣下が政治をとって、天皇はおく深い宮廷の内にこもっている事は、末代の人の心にふさわしくない。退位ののち、太上天皇と言って政治をとらない事はわるい事だとして、一方では筋道からもそうするのが当然だと思われたのでしょうか、はっきりした事は知らないが、筋道がそうなったのはよもや後三条院の考えをはずれてそうなったのではありますまい。
三 昔は天皇は政治をとるのに、賢明に筋道を立ててとられ、摂政の人も一途に私心がなく仕えたのに、末世になると、天皇は年が若く、幼い天皇が多く、四十を出られた年の方は聞きません。だから政治にも筋道というものが大してありません。→補注4-四五。
四 頼通なんかは多く依怙贔屓があると御覧になったのでしょう。太上天皇で政治をとろう、当代の天皇は皆自分の子(白河院など)であるはずだからと思ったので、間もなく四年で譲位され、延久四年十二月八日白河院に譲位をされ。
五→補注4-四六。六→補注4-四七。
七 底本「マタイケリ」。諸本により改む。
八→補注4-四七。九→補注4-四八。
一〇→補注4-四九。
一一 延久五年四月二十一日病気が重く、後三条院は出家、法皇となられる(略記)。
一二 こんな太上天皇で政治をとるという心のおこったのも、天皇に私心の政治が多かったからでしょう。しかし、御自身は位を去った後、し

ヘマイリメグラセタマイケリ。〔七〕住吉ニテ和歌會アリテ、御製ニハ、

〔八〕イカバカリ神モウレシト思ラン〔九〕ムナシキ船ヲサシテキタレバ

トアリケリ。ソノ中ニ經信ノ歌ニ、

〔一〇〕ヲキツ風フキニケラシナ住吉ノ松ノシヅエヲアラウシラ浪

トヨメルハコノタビナリ。サテ同〔一一〕四月廿一日ヨリ御悩《こなう》大事ニテ、五月七日御トシ四十ニテウセサセ給ニケリ。カ〔一二〕ヽル御心ノヲコリケルモ、君ノ御ワタクシヤヲホカリケン。我御身ハシバシモ御脱屣《だっし》ノヽチ世ヲバヲコナヒ給ハズ。事〔一三〕ノダウリハ又世ノスヱニハ尤《もっとも》カヽルベケレバ、白川院ハウケトラセヲハシマシテ、太上天皇ノヽチ七十七マデ世ヲバシロシメシタリケリ。

後三條院ノ位ノ御時、〔一四〕公卿ノ勅使タテラレケルニ、〔一五〕震筆《しんぴつ》宣命ヲアソバシテ、〔一六〕御侍讀《じどく》ニテ〔一七〕匡房《まさふさ》江《がうの》中納言《ちゆうなごん》ハアリケルニ、ミセサセヲハシマシケルニ、ヒガコトセズト云《いふ》ヨシアソバシタリケル所ヲ、〔一八〕ヨミサシテアリケレバ、イカニ〱ヒガ事シタル事ノアルカト仰《おほせ》ラレケルヲ、カシコマリテ申サヾリケレバ、タヾイヘ〱トセメ仰ラレケレバ、「〔一九〕實政《さねまさ》ヲモチテ〔二〇〕隆方《たかかた》ヲコサレ候《さふらひ》シコトハイカヾ候べカラン。ヲボシメシワスレテ候ヤラン」ト申《まうし》タリケレバ、御顔ヲアカメテ、告《こく》〔二一〕文《ぶん》ヲトリテ内へイラセ給ヒニケリ。コレハ東宮ノ御時、實政ハ東宮學士《がくし》ニテ祭〔二二〕

ばらくも政治をとられず(半年間で)崩御されました。

一三 物事の筋道は、末世にもっともこうあるべきであるから、白河院は後をつがれて、太上天皇になられ、太上天皇になられた後、七十七歳(大治四年七月七日崩御)まで政治をとられました。

一四 この話は続古事談によると、伊勢大神宮への勅使である。「宣命紙、伊勢ニハ用二青紙一」(拾芥抄、下)とあり、宇佐と共に勅使には特別の故事があった(江家次第、巻十二・伊勢公卿勅使参照)。

一五 御自筆(宸筆)の宣命を書かれて。宣命は「是神社、山陵、節会等ノ勅宣ヲ云、又大内記是ヲ草案シテ清書猶又調之也」(故実拾要、第二)。続古事談の同じ話によると、「後三条院宸筆ノ宣命ヲカキテ太神宮ヘタテマツラムトセサセ給ケル時」とあり、伊勢神宮への告文であった。↓補注4-五〇。

一六 天皇に紀伝道・明経道などの学問を授ける師範役、東宮の時は学士二人がこれに当った(令義解、二)。「坊時学士得レ之又雖レ非二学士一専一人候之例也御書始御侍読二人也」(禁秘抄、中)。

一七 ↓補注4-五一。

一八 匡房は読みかけて、止めて居られたから。

一九 藤原資業の三男。永承五年十一月二十五日「遷東宮学士」(補任、承暦四年)。なお、実政を隆方の上に位せしめた話は今鏡、第一、司召の話と少し異る。続古事談、第一(補注4-五〇)と同じ。↓補注4-五二。

二〇 ↓補注4-五三。 二一 底本「告文ヲヽトリテ」。「ヽ」一字衍。↓補注4-五四。

二二 加茂祭の使。今鏡によると、東宮の春日の使(二月と十一月に行われる大和の春日祭に先立って未の日に近衛中・少将が使に立つ)。

ノ使シテワタリケルヲ、隆方《たかかた》[一]ガサジキヲシテ見ケルガ、タカラカニ[二]「マチザイハイノシラガコソ見グルシケレ」ト云《いひ》タリケルヲキヽテ、マツリハテヽイソギ東宮ニマイリテ、「マサシク隆方ガカヽル狂[三]言ヲコソキヽ候《さふらひ》ツレ」ト申タリケルヲ、キコシメシツメテ、位ノ後御マツリコトニ、隆方ハ右中[四]辨ナリケルニ、左中辨アキタルニスグニコシテ、實政《さねまさ》ヲ左中辨ニクハヘラレタリケルナリ。コレヲ世ノ人、實政ハイカデカ隆方ヲコヘント思ヱリケル事ヲ申《まうし》タリケリトコソ世ノ人申ケレ。[五]又我御身ニ仰《おほせ》ラレケルハ、隆國ガ二男隆[六]綱ガ年ワカクテ、[七]ヲヤバカリノ者ドモヲコヘテ、宰相中將ニテアル事ハ、[八]宇治殿(ノ)マツリコトユヽシキヒガコトヽヲモイシ程ニ、[九]大神宮ノウタヘ出キテ、神宮ノ邊ニテキツネヲイタルコトアリケルサダメニ、[一〇]參議ノ末座ニマイリテ、[一一]定メ文當座ニカキケルニ、射タレドモ射殺《いころし》タリト云《いふ》コトハタシカナラズ、ソノツミハイカヾナンド申人々アリケルヲ、雖《モ》レ聞〈ト〉〈ノマシムル〉〈ハヲ〉ニ飲[一二]レ羽之由一〈ヲ〉、[一三]未〈ダ〉レ知ニ〈ラ〉丘首〈ツカヲマクラニスル〉之實一〈ヲ〉トカキタリケルヲ御覽ジテハ、カギリナクホメヲボシメシテ、「隆綱ガ昇進過分ナリト思ヒシハヒガ事ナリケリ。カウ程ノ器量ノ者ニテ有《あり》ケルトコソシラネ。道理ナリケリ」トコソ仰ラレケレ。[一四]大方理非クラカラヌ君ハ、カクヒガコトヽヲボシメスヲモ、マタカクコソ仰コトアリケレ。[一五]禮記《らいき》文《の》ニキツネシヌルトキハ、ツカヲマクラニ

一 桟敷を構えて見物していたが。加茂祭には一条通などに桟敷を構え見物する。
二 東宮の将来を期待して自分にもお鉢が廻ってくるのを待っているが、その白髪姿ではとてもとても、見苦しい事ですよ(東宮も実政も年をとっていたのをあてこすった)。実政は承暦四年六十二歳(補任)とすると後冷泉院の代の末の事か。今鏡には「待ち幸ひ」。続古事談には「実政ハ多年ノ春宮ノ学士老者ナリケレバ云ケル也」。
三 ざれごと。
四 太政官の弁官の一、弁に左・右の大・中・小弁がある。実政は延久四年十二月に左中弁(文章博士、近江守)となり、隆方の上に位する。
五 この話は古事談に見える。↓補注4-五五。
六 ↓補注4-五六。
七 親位の年の者を超えて、宰相中将であることは。補任によると後三条治暦五年にはその次位の藤原良基は四十六歳、隆綱は二十七歳。↓補注4-五七。
八 底本「宇治殿マツリコト」。文明本・天明本により改む。
九 ↓補注4-五八。
一〇 陣の定の参議の末座の席。
一一 仗議の際の決定書。↓補注4-五九。
一二 「羽」は矢の羽、矢の羽に達するぐらい深くささったが。
一三 まだはっきり死んだかどうかわからないの意。↓補注4-六〇。
一四 大体物事の道理の正否がはっきり判る天子は、このように間違いと思われる事をも、後から又訂正してこういうふうに仰せられたものなのである。
一五 ↓補注4-六一。
一六 羽。矢の羽。

スト云フコト、又将軍[一六]ハヲノマシムル[一七]威ナド云コトヲ、[一八]文章ヱタル者ハ思ヒ出《いで》アハセテ、ヤス〳〵トカキアラワシタル事ヲ、世ノ人[一九]シアリガタキ事トヲモヘリケリトゾカタルメル。

大方ハ[二〇]宇治殿ヲバフカク御意趣ドモアリケルニヤ[二一]トゾ人ハ思ヒナラヒタル。ソノユヱハ、後朱雀院ノキサキニテ、陽明門院ヲハシマスハ、三條院ノ御ムスメ、御母ハ御堂ノ二女ナリ。[二二]ソレニ後ニ一條院ノ御子ノ式部卿《の》宮敦康《あつやす》親王ノ御ムスメハ、御母ハ具平《ともひら》親王ノ御女ナリ。宇治殿ハ具平親王ノ[二三]ムコニトラレテ、ソノ御ムスメ北政所《きたのまんどころ》ニテヲハシマシケレド、ツイニムマズメニテ、御子ノイデコザリケレバ、[二四]進《しん》ノ命《みやう》ブトテ候ケル女房ヲヲボシメシテ、ヲ、クノ御子ウミタテマツリケルヲ、イタクネタマセ給《たまひ》テ、ハジメ[二五]三人ヲバ別ノ人ノ子ニナサレニケリ。ハジメノ[二六]定綱ヲバ經家ガ子ニナサレニケリ。大ハリマノカミト云ハ定綱ナリ。ツギノ忠綱ヲバ大納言信[二七]家ノ子ニナサレニケリ。忠綱ハ中宮亮《のすけ》ニナサレニケリ。第三ノ[二八]俊綱ヲバ讃岐守橘俊遠《としとほが》子ニナサレタル。フシミノ修理《しゆり》大夫《たいぶ》俊綱ト云名人コソナリ。大ハリマ定綱ガムコニ花山《くわさん》院ノ家[二九]忠ノヲトヾハナリテ、花山院ハツタヘラレタルナリ。花山院ハ[三〇]京極《きやうごく》ノ大殿《おほとの》ノ家ニテアルヲ、定綱御所ツクリテマイラセタリケルカハリニ、[三一]花山院ヲバタビタリケルナリ。フルキ家

一七 漢の将軍李広が石を虎と誤り、射て鏃を没した話などから言ったか。
一八 文章に達した者は思い出し、参照して。
一九 為しにくい、珍らしい事と思ったということですよと語り伝えているようです。
二〇 大体頼通に対して深く含まれる所があったと世間の人は思い込んでいます。↓補注4-六二。
一一。二一 底本「トフ人ハ」。天明本・河村本により改む。
二二 それにつけ加えて、後に後朱雀院の后に、一条院の御子である敦康親王の娘の嫄子という、御母は倶平親王の娘であるのがなられたが。長元十年正月七日入内(栄花、巻三十四、暮まつ星)、長暦元年三月一日中宮。「そのさきに式部卿のみこの女君を子にし奉りて後朱雀院の御時奉らせ給へりしは、弘徽殿の中宮嫄子と申しき」(今鏡、第四、雲のかえし)。この詞句、次頁に「陽明門院ヲバ内裏ヘモイレマイラセラレザリケリ」とある事を説明するために言い出し、次に、説明を種々して、文章が続かない。恐らく聞書的な成立のために、こういう文詞がしばしば出て来るのか。次頁に「サテソノ敦康ノ親王ノ御ムスメハ」とある。
二三 具平親王の娘の隆姫の婿となる(栄花、巻八、初花)。「ムマズメ」は不産女。
二四 進命婦(三条殿祇子)、天喜元年五月十九日逝去(栄花、巻三十六、根合)。↓補注4-六三。
二五 底本「三人ヲ万ノ人ノ」。河村本により改む。
二六 ↓補注4-六四。
二七 ↓補注4-六五。
二八 ↓補注4-六六。
二九 ↓補注4-六七。
三〇 師実のこと。
三一 ↓補注4-六八。

タヾ一《ひとつ》ノコリテ、花山院トテアルナリ。大原[一]長宴僧都《ちやうえんそうづ》[二]葉衣《えふえ》ノ鎮シタル家ナリ。サテ通房大將ウセテ後、命婦《が》腹ニ京極ノ大殿ハ[三]小ワラハニテヲハシケルヲ、北政所「サル者アリトコソキケ。ソレヲトリヨセヨカシ」トイワレケレバ、ユルサレカフムリテヨロコビテ[四]ムカヘヨセテ、[五]我子ニハアラワレテ家ツガセ給《たまひ》タル也。通房ノ母ハ爲平親王ノ子ニ、三位ニテ[六]右兵衛督憲定《のりさだ》ト云《いふ》人ノムスメ也。ソレヲバ北政所モマメヤカニ御子ナケレバユルシテ、[七]ナノメナラヌミメヨシニテ、モテナサレケルガウセテ、[八]京極《の》大殿ト云運者《うんじや》又殊勝ノ器量ニテ、白河院ヲリ居ノ御門ニテ、ハジメテ世ヲオコナハセ給ニ、アイ〳〵マイラセテメデタクアル也。[九]サテソノ敦康《あつやす》ノ親王ノ御ムスメハ、御堂ノ四ノ御ムスメ、御堂ノ御存日《ぞんじつ》ニ十九ニテ後冷泉院ヲウミマイラセテ後ウセサセタマイニケリ。後ニ[一〇]陽明門院ハ又中宮トテヲハシマスヲ、ヤガテ皇后宮ニアゲテ、敦康王ノムスメ[一一]嫄子ヲ中宮ニナシテ、[一二]陽明門院ヲバ内裏へモイレマイラセラレザリケリ。コノ中宮モヲボヘニテヒメミヤ二人ウミテヲワシマシケレドモ、中一年ニテ程ナクコノ[一三]中宮ウセサセ給ニケレバ、其後コソ又陽明門院ハ、禎子《ていし》トゾ申《まうす》。[一四]カヘリイラセヲワシマシテ侍リケレ。[一五]カヤウノユヘハ、コノ敦康ノ親王ノ母ハ、道隆ノ關白ノムスメニテ、タヾノ親王ニテ位ハ思《おもひ》モヨラズ。[一六]サレド御前ニテハ、又具平親王ノ

一 ↓補注4-六九。　二 ↓補注4-七〇。
三 小童。通房が長久五年四月二十四日に死んだ時に師実は三歳、天喜元年四月二十一日元服十二歳(補任)。　四 隆姫が引取った時日は不明。
五 我子としてはっきり表立って判り、家を継がせたのである。　六 ↓補注4-七一。
七 なみなみならぬ器量よしであって。「形有様人にすぐれ給へり」(栄花、巻三十四、暮まつ星)。
八 師実という運のよい人が、またすぐれた才能の人で、白河院が上皇として始めて政治を行う時に廻りあわせて、協力して政治をとり、その間柄は結構であった。
九 さてその敦康親王の女嫄子に就いて言うと(前頁に「ソレニ後ニ一条院ノ御子ノ式部卿宮敦康親王ノ御ムスメハ」云々とあるを承けた文詞)、まず道長の四女の東宮妃尚侍嬉子は道長の生きている時に、十九歳で万寿二年八月五日、後冷泉院を産み、亡くなられた。臨月の上、赤もがさを患い、親仁(後冷泉)を生み崩ず(栄花、巻二十五、嶺の月・同巻二十六、楚王の夢・小右記)。　一〇 三条院皇女(母は道長女皇太后妍子)一品宮禎子(十五歳)は東宮妃(後朱雀院の妃、十九歳)として万寿四年三月二十三日参内(栄花、巻二十八、若水・小右記等)。
一一 底本「娍子」。河村本にて改む。頼通の養女嫄子、長暦元年正月入内女御となり、三月一日禎子を皇后に、嫄子を中宮とする(栄花、巻三十四、暮待つ星)。　一二 ↓補注4-七二。
一三 中宮嫄子は祐子を長暦二年四月二十一日、禖子を長暦三年八月十九日生んで、九日目の二十八日に崩ず、二十四歳(略記)。
一四 また再び内裏へ帰って入られたのである。
一五 そのわけは、この敦康親王の母は関白道隆の女の定子であって、ただ普通の親王で天皇と

御ムスメニテアリケレバ、宇治殿ノ北政所ヲバ[一七]高倉ノ北政所ト申ニヤ、アサマシク命ナガクテムゴマデヲハシケリ。コノ北政所ノ弟ニテ、コノアツヤスノゴゼンニテヲハシケレバ、ソノ御ムスメニテ[一八]嫄子ノ中宮ハヲハシマスニヨリテ、宇治殿ノ子ニシテ姓モ藤原氏ノ中宮ニテ、入内立后《じゆだいりつごう》モアリケルナリ。カクアレバニヤ、後三條院ノ、陽明門院ノ御母ナルヲ、後冷泉院ニ讓位ノ時[一九]ナニトナクテアリケルニ、能信ガフトマイリテ、[二〇]御出家ノ御師ト申事ハ、又御堂ノ御子ノ中ニコノ[二一]能信ヲ陽明門院ノ御ウシロミニツケテヲハシマシケリ。女院ノ御母、御堂ノ御ムスメナレバ、女院皇后宮ノ時ノ大夫ニテ、ヤガテコノ御腹ノ王子、後三條院ノ御ウシロミニテアリケルガ、御元服ノ時[二二]ヨノスケモナクテ、春宮御元服アレド、女御ニハマイラセタリケルナリ。九條殿ノ子孫攝籙ノカタヲハナレテ、[二三]閑院ノカタザマニ[二四]繼《けい》テイノキミノナラセ給フハジメバカリコソミユレ。コノユヘニ能信ハサハ申テ申エタリケルナリ。カヤウナル事ニテ宇治殿ハ、テヽノ[二五]御堂ヲホクノ勸賞《けんじやう》ドモアリケルヲ、能信ニモタビタリケルガ、[二六]スコシ昇進シニクキ事[二七]書タリケルニハ、御堂ニムカイマイラセテ、能信モキヽケルニ、「御子ナレバトテスエズエマデ御勸賞ナドヲタビ候トキニ、カヽルハヅライモ候ゾカシ」ト、[二八]ヲトヽノ事ヲソノ座(ニ)ヲキテ、テヽ(ノ)トノニ申サレケレバ、

して位に即くことなどは思いもかけなかった。けれども北の方は具平親王の御むすめであったから、頼通の夫人―この人は高倉の北政所と申すとかいうが、あきれる程長寿で、際限のない長生であった。この高倉の政所の妹で敦康の夫人はあったから、敦康の子の中宮嫄子をば頼通の養女にして、藤原氏の中宮として入内立后もあったのである。

一六 史料本「サレト御前ハ」とある方がよい。
一七 隆姫。→補注4-七三。「ムゴ」は無期。
一八 底本「婟子」。河村本により改む。
一九 (東宮になられるなどいう噂はなく)どうということもなく居られたのに。 二〇 一八七頁にこの事が見える。 二一 能信は後朱雀天皇の践祚の長元十年三月一日に皇后宮大夫(補任)。
二二 世間の後援者もなく、東宮は御元服されたが、女御には茂子を参入させたのである。→補注4-七四。 二三 閑院家流、公季の家系。

公季―実成―公成┬実季
　　　　　　　　├頼仁
　　　　　　　　└茂子(後三条女御 白河院母)

二四 継体の君。 二五 父の道長が多くの褒美などをされた折に、能信にも賜わったが、少し昇進しにくい事を書いてあった時には、道長に対して能信も聞いているのに、「自分の御子であるからと言って、ずっと末弟の者迄、褒美なんかをやられるから、こんなうるさい事がおこるのですよ」。底本「能信ハモ」。文明本・天明本により改む。 二六 →補注4-七五。 二七 文明本「出キ」。この方がよいか。「出」の書体を「書」の草体と誤ったか。 二八「ヲト丶」は「オトド(大臣)」とも「オトト(弟)」ともとれる。底本「ソノ座ヲキテテ丶トノニ」。天明本により改む。

御堂ハ物モ仰《おほせ》ラレザリケリナド云《いひ》ツタヘタルコトニテ侍レバ、[一]カヤウノコトヾモノ下ニツヨクコモリタリケルナリ。[二]サレバトテモマタゾヲロカナラズアシキコトモナカリケリ。サレバ又後三條院モヨク〱人々ノ器量《きりやう》ヲモ御覧ジツヽ、終ニハ[三]京極《の》大殿ニハ、ムスメ白河院ノキサキニマイラセサセテ、[四]ヲダシクテコソハ侍レ。ソノ[五]賢子ノ中宮ヲ、白河院東宮ノ御時ヨリヲボシメシタリケル。[六]ヲボエガラノタグヒナク、無《む》二《に》無《む》三《さん》ノ御コトニテ、トカク人云バカリナクメデタカリケル間ニ、[七]二條殿ノ子ノ信長太政大臣《のぶながだいじやうだいじん》ナドノ方ザマエヤ、ウツランズランナド人思ヒタリケルモ、サモナキ事ニテヤミニケルナリ。

コノ後三條位ノ御時、[八]延久ノ宣旨斗《せんじばかり》ト云物サタアリテ、今マデ其《それ》ヲ本《もと》ニシテ用ヒラルル斗《はかり》マデ御沙汰アリテ、斗サシテマイリタレバ、清涼殿ノ庭ニテスナゴヲ入《いれ》テタメサレケルナンドヲバ、[九]「コハイミジキコトカナ」トメデアフグ人モアリケリ。又、[一〇]「カヽルマサナキコトハ、イカニ目ノクルヽヤウニコソミレ」ナド云人モアリケリ。コレハ[一一]内裏ノ御コトハ幽玄ニテヤサ〱トノミ思ヒナラヘル人ノ云ナルベシ。

[一二]延久ノ記録所トテハジメテヲカレタリケルハ、諸國[一三]七道ノ所領ノ[一四]宣旨《せんじ》[一五]官符《くわんぷ》モナクテ[一六]公田《くでん》ヲカスムル事、[一七]一天四海ノ巨害《こがい》ナリトキコシメシツメテアリケルハ、

一 こういういきさつがあったから、下心に強く含んで、能信は尊仁親王の御出家の師をどうしましょうとわざと反対の事を後朱雀院に申しあげて、皇太子に即かれるようにしむけたのです。 二 こういう依怙贔屓をしたからと言って、愚かでもなく、悪い事もなかったの意。但しこの処少し意が通じない。天明本「またく」。河村本「又も」。 三 師実。京極大殿・大殿ともいう。「大殿〈師実、宇治殿二男、永保三年関白、応徳三年十一月摂政廿年、堀川院外祖、号西北院〉」(二中歴)。 四 天皇との間柄は穏かであった。 五 賢子。→一〇五頁注二七。師実は養女としていた。父顕房の母は道長女。→補注4―七六。 六 底本「ヲホエカラノタクヒナリ」。諸本により改む。寵愛の程度がくらべものがなく。→補注4―七七。 七 →補注4―七八。 八 (延久四年九月二十九日に)延久の宣旨斗というものを決められて。→補注4―七九。 九 「これはすばらしい事だわい」と賞し後三条院を尊敬する人もあった。 一〇 「こんなつまらない事はまるで目がくらくらするように思う」などという人もあった。 一一 宮中に関する事柄は、上品でおやさしくなくてはならないと思いこんでいる人がいうのでしょう。 一二 延久の記録荘園券契所といって、始めて置かれたのは。→補注4―八〇。 一三 東海・東山・北陸・山陰・山陽・南海・西海の七道。 一四 天皇の勅旨を内侍から蔵人の職事に伝え、蔵人から上卿が受け伝えた形式になっている文書。 一五 底本「官府」。文明本により改む。太政官から八省及び大宰府、諸国国司等の被官に出す正式の公文書。太政官印が必ず押してある。 一六 国家の有となっている田地。位田、職田、賜田以外の土地。国衙領などをいう。元来口分田

スナハチ[一八]宇治殿ノ時[一九]一《いち》ノ所ノ御領〳〵トノミ云テ、[二〇]庄園諸國ニミチテ[二一]受領《ずりやう》ノツトメタヘガタシナド云ヲ、キコシメシモチタリケルニコソ。サテ宣旨ヲ下サレテ、諸人領知ノ庄園ノ文書ヲメサレケルニ、宇治殿ヘ仰ラレタリケル御返事ニ、「[二二]皆サ心エラレタリケルニヤ、五十餘年君ノ御ウシロミヲツカウマツリテ候《さふらひ》シ間、所領モチテ候者ノ[二三]強縁《がうえん》ニセンナド思《おもひ》ツヽ[二四]ヨセタビ候ヒシカバ、サニコソナンド申《まうし》タルバカリニテマカリスギ候キ。ナンデウ文書カハ候べキ。タヾソレガシガ領ト申候ハン所ノ、シカルべカラズ、タシカナラズキコシメサレ候ハンヲバ、イサヽカノ御ハヾカリ候べキコトニモ候ハズ。カヤウノ事ハ、カクコソ申《まうし》サタスべキ身ニテ候ヘバ、カズヲツクシテタヲサレ候べキナリ」ト、サハヤカニ申サレタリケレバ、アダニ御支度サウイノ事ニテ、[二五]ムゴニ[二六]御案アリテ、別ニ宣旨ヲクダサレテ、コノ記録所ヘ文書ドモメスコトニハ、前《の》太相國ノ領ヲバノゾクト云宣下《せんげ》アリテ、中〳〵ツヤ〳〵ト御沙汰ナカリケリ。コノ御サタヲバイミジキ事哉トコソ世ノ中ニ申ケレ。

サテ又當時[二七]氏《うぢ》ノ長者ニテハ大二條殿ヲハシメケルニ、延久ノコロ[二八]氏寺領《うぢでらりやう》、國司ト相論《の》事アリケル。大事ニヲヨビテ御前ニテ[二九]定《ぢやう》ノアリケルニ、國司申《まうす》カタニ[三〇]裁許アラントシケレバ、長者ノ身《み》面目ヲウシナフ上ニ神慮又ハカリガタシ。

以外の土地の称、乗田とも言った。
一七 日本国にとって大害であると聞し召して居られたからであって、その置かれた理由は即ち頼通の時に…したからである。 一八 頼通。
一九 摂政関白。→補注4-八一。
二〇 →補注4-八二。 二一 →補注4-八三。
二二 「皆がそういうふうにやって了解していたのですよ、五十年間、君の御後見役として関白をしていた間に、所領を持っている者が縁故を結び、寄進してくれたから、そうかと言って受けとって通して来ました。どうして証拠の文書(券契)がありましょうか。そんなものは全然ありません。ただ私の領地と言っている所の不当であり、はっきりしないと思われる所をば、少しの御遠慮もいりません。こういう荘園を整理なさるという事は、関白の自分が進んでこちらからすべき身なのであるから、皆片っ端から廃止なさるべきである」ときっぱりと返答をなされたから、あらかじめの計画が齟齬し、無駄に終って、何時迄も御思案があって、この記録所へ文書等を徴する際に頼通の領をばのぞくという宣旨があって、かえって少しも御指示がありませんでした。 二三 「強縁」は権門に関係を求め、縁を結ぶこと、又その人。→補注4-八四。
二四 →補注4-八五。 二五 無期に。いつまでも。
二六 御思案。 二七 教通が氏の長者であったのは、康平七年十二月十三日から、承保二年九月二十五日薨迄。→補注4-八六。
二八 氏寺は山階寺(興福寺)、氏寺の紛争には氏長者が関与した。但しこの国司との争論の事実は明らかでない。続古事談には興福寺関係の事で後三条院と教通が衝突し、後三条院が折れた事が見える。→補注4-八七。 二九 評定。
三〇 裁定して元の通り許可があったから。

タヾ聖斷ヲアヲグベシ。フシテ神ノ告《つげ》ヲマツトテ、スナハチ座ヲタヽレニケリ。藤氏ノ公卿舌ヲマキ口ヲトヂテケリ。其後[一]ヤマシナ寺ニ如《ク》レ本《ノ》裁許アリケレバ、衆徒サラニ又[二]長講《ぢやうごう》ハジメテ國家ノ御祈シケリト、[三]親經《ちかつね》ト申《まうし》シ中納言、儒卿《じゆきやう》コソ[四]サイカクノ物ニテカタリケレ。[五]解脱房《げだつばう》ト云《いひ》シヒジリモ説經ニシケルトカヤ。[六]宇治殿ノユヅリヲヱテ、コトニキカレタテマツランナドヲモハレケルニヤ。

又[七]アル日記ニハ、延久二年正月、[八]除目終頭、關白攀縁《へんえんシ》、起《チテ》二座敷《ヲ》一出《ヅ》二殿上《ニ》一、此《ノ》間事止《ムコト》數剋《ナリ》、依《ツテ》二頻《ニ》召《スニ》一歸參《スト》云云。[九]ナニ事ユヘトハナケレドモ季綱ユゲイノスケニナリケル事ニヤ。[一〇]世間ノサタカヤウニウチキキテ、宇治殿ハ年八十ニ成《なり》テ宇治ニコモリイテ、御子ノ京極ノ大殿ノ左大臣トテヲハシケルヲ、「內裏ヘ日參セヨ。サシタルコトナクトモ、[一一]日ヲカヽズマイリテホウコウヲツムベキゾ」トヲシヘ申サレケレバ、ソノマヽニマイリテ殿上ニ候《さふらひ》テ、イデ〳〵セラレケルニ、主上ハツネニ[一二]藏人《くらうど》ヲメシテ、「殿上ニタレ〳〵カ候〳〵」ト、日ニ二三度モトハセヲハシマシケルニ、タビゴトニ、「左大臣候」ト申テ、日ゴロ月ゴロニナリケルホドニ、アル日ノタベニ御タヅネアリケルニ、又、「左大臣候」ト申ケルヲ、「コレヘトイヘ」トヲホセノアリケレバ、藏人マイリテ、「御前ノメシ候」ト申ケレバ、「メヅラシキ事カナ。何ゴトヲホセアランズルニカ」トヲ

一 興福寺。元来その旧名。山城国山階にあったのを、不比等の時奈良に移す。
二 長日にわたり、法華経の講讃の法会をすること。この長講の事実は不明、康平元年十一月二十三日(後冷泉院代)一乗院長講が始められている(興福寺略年代記)。但し興福寺の長講会は忠仁公藤原良房が始め、七月二十四日から九月四日迄四十日間行うとする(興福寺縁起)。
三 親経は俊経卿二男、承元四年十一月十一日薨。建久元年八月「廿六日為侍読」、建久五年「十一月廿七日文章博士」(補任、正治二年)とあり、学者であったので儒卿と書く。建久四年「二月一日兼造興福寺長官」(補任、正治二年)。
四 才覚の者。学才知識のある者。
五 この解脱房を貞慶(建保元年二月三日寂、六十歳)とすると慈円と同時代の人、従って後の「宇治殿ノユヅリヲヱテ」は、この詞句を承けているとすると意味が通じない。
六 頼通に所領(氏寺領)を譲ってもらって、感謝の意で、長講を催し、特別に聞いてもらおうと思われたのであろうかの意。
七 この日記不明。
八 除目の終頃、関白は怒って、座敷を立って殿上に出た、この間に除目が止むことは数剋で頻りにお召しになるので、帰参したという。除目は正月には国司を任命する。「教通が何か気に入らないことがあってすねたものであろう」(中島悦次著『愚管抄評釈』二六〇頁)。天明本「除目終《ル》頃〈ニ〉」。文明本・河村本・史料本は底本と同じ。「攀縁」は怒る意。↓補注4-八八。
九 どうという理由はないけれども、藤原の季綱が靫負の佐になった頃であろうか。季綱は、信西の祖父、藤原季綱か。「参河・越前・備前等守。大学頭、従四上、右衛門権佐」(尊卑)とあ

ボシテ、心[一三]ヅクロイセラレテ御裳束ヒキツクロイテマイラレタリケレバ、「チカクソレヘ」ト仰《おほせ》ラレテ、ナニトナキ世ノ御物ガタリドモアリテ、夜モヤウ〳〵フケユキケルヲハリツカタニ、「ムスメヤモタレタル」ト仰イダサレタリケレバ、「[一四]コトヨウニ候《さふらふ》メノワラハ候」ト申サレケル。ワガムスメハナカリケルヲ、師房ノ大臣ノ子ノ顕房ノムスメヲ、[一五]チノ中《うち》ヨリ子ニシテモタセタマヘリケル也。宇治殿ハ後《のちの》中書王具平ノ[一六]ムコニテ、ソノ御子[一七]土御門ノ右府《うふ》師房ヲ子ニシテヲハシケリ。コノユカリニテ、宇治殿ノ御子ニシテ、師房ヲモソノ子ノ[一八]仁覚《にんかく》僧正ト云山ノ座主モ、[一九]一身アザリニナシナドシテヲハシケリ。又コトニハヤガテ京極殿ハ、土御門右府師房ノ[二〇]第三ノムスメヲ北政所ニシテヲハシケレバ、顕房ノムスメハ北政所ノメイナレバ、子ニシテ[二一]ヲホシタテ給ヒケルナリ。カヤウノユカリニテ、[二二]源氏ノ人〳〵モヒトツニナリテヲハシケルユヘニ、ソノムスメヲヒトヘニ我子ニハシテヲハスルナリケリ。コレヲキコシメシテ、「サヤウノムスメモタラバ、トク〳〵[二三]東宮ヘマイラセラルベキナリ」ト仰ラレケルヲ、ウケ給ハリ[二四]カシコマリテ、ヤガテ御前ヲタチテ、[二五]世間モヲボツカナカリツルニ、イマハ[二六]ヒシト世ハヲチイヌルコト、イソギ宇治殿ニキカセマイラセントヲボシテ、内裏ヨリ夜フケテヤガテ宇治ヘイラレケレバ、「人ハシラセテウヂノ[二七]カケカ

る。儒学にも達していた。靫負の佐は衛門府、督の下の次官。底本「秀綱」。文明本により改む。
一〇 世間で噂するのをこんなふうに聞きながらの意か。この所少し解しにくい。
一一 毎日伺候して勤務の功を積むべきですよ。
一二 天皇の起居に仕え、宮中の雑事一切を掌る官人。 一三 特別に気を配って、衣冠束帯をちゃんとして参候した所。
一四 特別に目をかけている女童が御座います。「コトヨウ」は異様。賢子のこと。
一五 乳。
一六 具平の女隆姫の婿。補注4−七六系図参照。
一七 村上天皇の孫で、具平親王の一男、「関白左大臣頼通為子」「元服日本名資定、同日改名」(補任、万寿元年)。承保四年二月十七日薨。土右記はその日記。
一八 天台座主第三十七世。康和四年三月二十八日入滅、五十八歳(座主記)。→一〇六頁注三。
一九 名門の出であることを尊び、官符を下し、一代を限り、伝法灌頂職を授けられた人。「而貴種之人、別而限二其身一、某可レ授二伝法灌頂職位一之由被レ下二官符一。以レ之称二一身阿闍梨一」(釈家官班記)。但し仁覚の一身阿闍梨の事不明。
二〇 従一位麗子(よしこ)。信家が幼い時から子にしていた(栄花、巻三十六、根合)。康平二年三月二十日のころ師実と結婚したらしい。麗子は永久二年四月三日薨。
二一 師房は村上源氏。 二二 育てなさったのである。 二三 東宮は後の白河院。
二四 底本「申シコマリテ」。諸本により改む。
二五 世の中の状態も藤原氏にとって悪いようになってゆかぬかと心配であったのに。
二六 ちゃんと藤原氏の天下に落ちついたと。
二七 底本「カケカヘノ所候ヘ」。文明本により改む。牛車の牛をかけ替える所々への意か。

ヘノ所々ヘ、ヒキカヘノ牛マイラセヨ」トテ、宇治ヘヲモムカセ給《たまひ》ケリ。[一]身モタヘ心モスクヨカナルホドヲシハカラレテアリケルニ、ウヂニハ又入道殿ハ[二]小松殿トイフ所ニヲハシケルガ、ナニトナク目ウチサマシテ、「心ノサハグヤウナル」トテ、御前ニ火トモシテ、「京ノ方ニナニゴトカアルラン」ナドヲホセラレケレバ、ソノ時マデ宇治ノヘンハ、人モ居《ゐ》[三]クロミタルサマニテモナクテ、[四]コハタ[五]岡ノヤマデモハルバルトミヤラレテアリケルニ、人マイリテ、「京ノ方ヨリ火ノヲヽクミヘ候」ト申《まうし》ケレバ、アヤシミヲモヘルニ、[六]「ヨクミヨ」ト仰《おほせ》ラレケルホドニ、「タヾヲホニヲホクナリ候《さふらひ》テ、宇治ノ方ヘモフデキ候」ト申ケレバ、「左府ナドノクルニヤ。夜中アヤシキコトカナ」トテ、「ヨクキケ。ミヨ」ナドヲホセラレケルホドニ、[七]随身《ずゐじん》ノ[八]サキノコヘカスカニシケレバ、カウカウト申ケレバ、サレバヨトヲボシテ、[九]「火シロクカ、ゲヨ」ナド仰ラレテアリケリ。随身ノサキハミナ馬上ニテ、ミナカヤウノヲリハ[一〇]ヲフコトナリ。[一一]魔縁モヲヅルコトゾナドイヒナラヘルナルベシ。サテイラセ給ヲ御覧ズレバ、束帯ヲタヾシクシテ御前ニマイリテイラレケレバ、イカニモ[一二]コトアリトヲボシテ、「イカニイカニ何事ゾ」ト仰ラレケレバ、「日ゴロヲホセノゴトク参内《マ、ニイ》日ヲカヽ、ズツカウマツリ候ツルホドニ、コノユウカタ「御前ノメシ候」ト藏人キタリ申候ツレバ、マイ

一 師実は頼通がよくこの年まで堪え忍び、壮健に生きられたと思いにふけって居られたのにの意か。延久三年に頼通は八十歳。
二 小松殿は宇治殿の一つ。「小松殿、土人云有下称二小松一所上、為二茶畑一」(山城名勝志、巻十八、久世郡)。「院、皇后宮〈別御車〉御幸宇治殿、…院御所小松殿、皇后宮御所同」(中右記、保延元年十月十一日)。「宇治別業〈号二小松殿一新造〉」(百錬抄、同日)。「以二宗久一可レ寄二小松殿一之由所レ被二仰遣一也」(台記、保延二年十一月八日)。
三 群れかたまっている様子でもなくて。
四 木幡。京都市東山区山科六地蔵町の辺、宇治路の途中。
五 岡屋。木幡と宇治の間の地名。「伏見過ぬ岡の屋にとゞまらで」(山家集)。
六 底本「ヨリミヨ」。諸本により改む。
七 勅宣に依り上皇・摂関・大臣等を弓箭を帯して供奉、護衛した近衛府の武人(舎人)。
八 前駆の声。貴人の行列の前で警蹕の声を出し、先払いをすること。「追レ前事。…此外院、関白、大将、随身追レ之。随身ノ前ト云是也」「警蹕事。…院、親王、関白、大臣、大中納言、大将在レ之。以上車副唱レ之。一町三町可レ追レ之」(門室有職抄)。
九 底本「火シロクカヽレヨ」。天明本・史料本により改む。火を明るくかかげよ。
一〇 追う。先払いをする。
一一 悪魔。「警蹕の声には変化の物もおそれ退くよし源氏の河海抄又は台記等にみえたり。後世に至てはおうと高くいはず微声にけいひつと云ふ也。是故実を取りうしなひし也。声高くきびしくおうといひてこそ其いきほひに人も鬼もおそるべきなれ」(貞丈、巻四)。
一二 底本「ユトアリト」。諸本により改む。

リテ候ツルホドニ、コマヤカニ御物ガタリドモ候テ、「ムスメアラバ東宮ヘトクマイラセヨ」ト云勅定《ちよくぢやう》ヲ眼前ニウケ給候ツレバ、イソギマイリテ申候ナリ」ト申サレケレバ、コレヲキカセ給テ、宇治殿ハ[一三]サウナクハラ〳〵ト涙ヲオトシテ、「世中《の》ヲボツカナカリツルニ、アハレナヲコノ君ハメデタキミカナ。[一四]トク〳〵イデタチテマイラセラレヨ」トテ、[一五]ヒシ〳〵トサタアリテ、東宮ト申ハ白河院ナリ、[一六]東宮ノ女御ニマイラセラレニケリ。クライニツカセ給テハ、中宮ト申《まうし》、[一七]立后アリテ、イマニ賢子ノ中宮トテ、ホリカハノ院ノ御母コレナリ。ヒトヘニ一《いち》ノ人《ひと》ノ御子ノキサキノ例ニケフマデモモチイレドモ、又源氏之ムスメニテ、ホリカハノ躋御位ノ御トキハ、[一八]近習《きんじふ》ニテハコノ人〳〵ヲホク候ハレケリ。[一九]後三條ノ聖主ホドニヲハシマス君ハ、ミナ事ノセンノスヱ〴〵ニヲチタヽンズル事ヲ、ヒシト結句ヲバシロシメシツヽ、御サタハアル事ナレバ、攝籙ノ家關白攝政ヲ[二〇]スヾロニニクミステントハ何カハヲボシメスベキ。タヾ器量ノ淺深、道リノ輕重ヲ[二一]コソト(ヲ)ボシツヽ、御沙汰ハアル事ナルヲ、スヱザマニハ王臣中アシキヤウニノミ近臣愚者モテナシ〳〵シツヽ、世ハカタブキウスルナリ。王臣近臣、[二二]世ニアラン緇素《しそ》男女《なんによ》、コレヲヨク〳〵心ウベキ也。内〳〵ノスヱザマノ人ノ家ノヲサムルヤウモ、[二三]タヾヲナジコトニテ、隨分〳〵ニハアル事ゾカ

一三 すぐにはらはらと涙をこぼして(頼通の家に対して後三条は悪感情を持っていたと思ったのに、この処置に感激した)。

一四 急いで支度をしてさしあげよ。「十日にだに足らぬ程に、年頃人の思急がんにも勝りて、御しつらゐ迄も、女房の装束にても、少し飽かぬ事なくめでたくて参らせ給こそ常の御有様も思やられてめでたき御勢ひなれ」(栄花、巻三十八、松のしづえ)。一五 急いでゆるみなく手筈をして。

一六 賢子、延久三年三月九日東宮御息所となる。

一七 承保元年七月二十日中宮。「立后節会〈女御ノ中ヲ選、后ニ立テ給フ也〉」(禁中方名目鈔)。

一八 →補注4-八九。

一九 後三条院ほどの徳のすぐれた天皇は、皆事柄の結果が将来どういうふうになるだろうという事をちゃんと見とどけて、御処置なされる事であるが。

二〇 漫然と憎み棄てようとはどうしてお思いになるだろう。ただ人の才能の浅深の差、筋道の軽い重いという事を標準にして、第一に考えつつ御処置はある事であるのに、末世には天皇と臣下の仲がわるいように、近臣、愚者が扱って、世間は衰え亡びるのである。

二一 底本「コソトホシツ、」。諸本により改む。

二二 世に時めいている僧俗男女は器量、道理に依って処置するという事をよくよく心得べきである。「緇」は黒衣、僧の意、「素」は白衣、俗人。

二三 ただ同じ事で才能に依ってそれぞれ相応の用い方がある事ですよ。だから今日までそういうふうに行われて大体は間違いがないのである。しかし、その中でも微細な点は人の心によって異るのであるのに、末世の様子は、その人の心の中に物の筋道というものがくらく、詳しからずなって。

シ。サレバケフマデモ大ムネハタガフ事ナシ。ソノ中ノ細《こまか》ナリノ事ハ、ミナ人ノ心ニヨル事ナルヲ、末代ザマハソノ人ノ心ニ物ノ道《だう》リト云《いふ》モノヽ、クラクウトクノミナリテ、[一]上ハ下ヲアハレマズ、下ハ上ヲウヤマハネバ、聖德太子イミジクカキヲカセ給フ[二]十七ノ憲法モカイナシ。ソレヲ本ニシテ昔ヨリツクリヲカレタル[三]律令格式《りつりやうきやくしき》ニモソムキテ、[四]タヾウセニ世ノウセマカル事コソ、コハイカヾセンズルトノミカナシキ事ナレドモ、[五]猶百王マデタノム所ハ、宗廟社稷《そうべうしやしよく》ノ神〳〵ノ御メグミ、三寶諸天ノ利生《りしやう》ナリ。コノ[六]冥衆《みやうしゆう》ノ利生モ、又ナカバ、人ノ心ニノリテコソ、機緣ハ和合シテ、事ヲバナスル事ニテ侍レ。ソレモ心エガタクフカシギノ事ノミ侍ルベシ。ソノ中ニコノ[七]白河法皇御位ノ後、コノ賢子中宮ニイカデカ王子ヲウマセ給《たまふ》ベキトフカクヲボシメシテ、時ニトリテ三井ノ門徒ノ中ニ[八]頼豪アザリト云タウトキ僧アリケレバ、コノ御祈ヲ仰《おほせ》ツケテ、成就シタラバ勸賞《けんじやう》ハ申サンマヽニト仰アリケルニ、心ヲツクシテイノリ申サレケルホドニ、[九]王子ヲウミマイラセラレタリケレバ、頼豪ヨロコビテ、「コノ勸賞ニ[一〇]三井寺ニ戒壇ヲタテヽ、年(來)《としごろ》ノ本意《ほい》ヲトゲン」ト申《まうし》ケルヲ、「コハイカニ、[一一]カヤウノ勸賞トヤハヲボシメス。一度ニ僧正ニナラントモ云ヤウナル事コソアレ、コレハ山門ノ衆徒訴《うつたへ》申テ、兩門徒ノアラソイ、佛法滅盡ノシ

一「四曰、…上不レ礼而下非レ斉。下無レ礼以必有レ罪」「六曰、…亦佞媚者対レ上則好説二下過一、逢レ下則誹二謗上失一」など十七条憲法に見える。

二 推古天皇十二年四月聖徳太子が制定せられた十七条の条令、後世の建武式目十七条、貞永式目五十一条などはこれに倣ったもの。

三 国家の法令。律令は大宝律令など。「律」は今の刑法、令の違犯行為を規定したもの。「令」は法令、今の行政法、民法、訴訟法等に当る。「格」は律令の臨時に改正し補ったもの、弘仁格など。「式」はその施行の細則、延喜式など。

四 世の中が衰えに衰え失せてゆく事こそ、これはどうした事かと悲しい事ですけれど。

五 百代の天皇まで頼みとする所は皇祖の御祖の神(伊勢大神宮)や宇佐や春日等の国家で祭る神々の御恵や仏・諸天神の御利益である。

六 神仏の御利益も、半分は人の心によって、衆生の機根が因縁とうまく合って、物事が成就するのである。

七 延久四年十二月八日白河院受禅と同時に後三条院の皇子実仁が二歳で皇太子となっていた(母は准后源基子)。更に延久五年正月十九日第三皇子の輔仁(三宮)が生れた。実仁親王は応徳二年十一月八日、十五歳で薨じた。後三条はその生前輔仁を東宮にすることを白河に申入れたと(盛衰記)。白河は自分の皇子を皇太子にしたかった。

八 頼豪は長門守藤原有家の子、三井寺の心誉の弟子という。応徳元年五月四日寂(華頂要略)。但し賢子の御産に祈った事は歴史的事実としては不明。↓補注4-九〇。

九 承保元年十二月二十六日、敦文親王が誕生(栄花、巻三十九、布引の滝・略記)。

一〇 当時天台宗系の僧は戒を受けるためには比

ルシヲバ、イカデカヲコナハレン」トテ勅許ナカリケレバ、頼豪、「コレヲ思テコソ御祈ハシテ候へ。カナイ候《さふらふ》マジクハ、今ハ思ヒ死《じに》ニコソ候ナレ。シニ候ナバ、イノリ出シマイラセテ候王子ハ、[一二]トリマイラセ候ナンズ」トテ、三井ニ帰リ入《いり》テ、[一三]持佛堂ニコモリ居ニケリ。コレヲキコシメシテ、「[一四]匡房《まさふさ》コソ[一五]師檀ノチギリフカヽランナレ。ソレシテナグサメン」トテ、匡房ヲメシテツカハサレケレバ、イソギ三井寺ノ房へユキムカヒテ、「マサフサコソ御使ニマイリテ候へ」トテ縁ニシリヲカケテアリケルニ、持佛堂ノ[一六]アカリ障子[一七]ゴマノケブリニフスボリテ、ナニトナク身ノ毛ダチテヲボヘケルニ、シバシバカリアリテ、アララカニアカリ障子ヲアケテ出タルヲミレバ、目ハクボクヲチイリテ[一八]面《おもて》ノ性モミヘズ。シラガノカミナガクヲホシテ、「ナンデウ仰ノ候ハンズルゾ。申キリ候ニキ。カヽル口惜シキ事ハイカデカ候ラン」トテカヘリイリニケレバ、匡房モ力ヲヨバデカヘリ参《まゐり》テ、コノヨシ奏シケル程ニ、頼豪ツイニ死テ、ホドナク[一九]王子又三歳ニナラセ給フ、ウセヲハシマシニケレバ、コノウヘハトテ山ノ[二〇]西京座主良眞ヲメシテ、「カヽルコトイデキタリ。イカヾセンズル。タシカニ又王子イノリイデマイラセヨ」ト勅定アリケレバ、「ウケ給リ候ヌ。我《が》山《の》[二一]三寶山王大師《の》御力、イカデカコノウヘハヲヨバデ候ハン」ト申テ、[二二]堀川院ハイデキサセオハシマシ

叡山で受戒せねばならず、余慶の頃に山を下って袂を分っていた三井寺は戒壇を立てる事を後朱雀天皇の長暦三年五月朝廷に請い願うなど、以来三井寺側の宿願であり、山徒はこれに反対し、遂に永保年間三井寺焼撃がおこるほど。底本「年ノ本意」。文明本により改む。

一一 朕はこんな勧賞を行おうと思おうか、思いはしない。一ぺんに僧正になりたいという願いならともかく、比叡山の僧達が強訴して、叡山、三井寺の僧が争うのは、仏法が亡びるしるしであるから、どうして戒壇を立てることを許可しよう。「オボシメス」は天皇の自敬表現。

一二 命をとってさしあげようと思う。

一三 自分が日ごろ信仰し、守本尊とする仏を祭った堂。 一四 大江匡房。 一五 師匠と檀越。

一六 明り障子。襖でなく、現代の障子に近いもの。

一七 密教の祈禱の護摩の煙にくすぼって。

一八 延慶本平家、第二の十二、白河院三井寺頼豪ニ皇子ヲ被祈事条「齢九十有余ナル僧ノ白髪長ク生テ目クボ〴〵ト落入テ顔ノ正体モミヘワカズ」と似た表現。

一九 承暦元年(一〇七七)九月六日敦文は四歳で薨じた。頼豪はずっと後の応徳元年(一〇八四)寂。↓補注4-九一。 二〇 三十六世の天台座主。小松天皇の末葉兵部丞源通輔の子。「山座主ニハ良真学生真言貴人也」(富家語談)。↓補注4-九二。

二一 比叡山の守り神である山王権現の力がどうして働かないで居られようかと言って祈って。「山王大師」は山王権現、比叡山の地主神。

二二 承暦三年七月九日第二皇子善仁(堀河院)誕生。東宮実仁の死後、応徳三年十一月二十六日皇太子とし、即日受禅八歳。後三条院皇子三宮輔仁が当時十三歳であったが、東宮にしなかった。

テ御位ニハツカセ給《たまひ》テ、ヤガテ[一]鳥羽院又出《いで》キオハシマシテ[二]繼體《けいてい》タエズヲハシマスナリ。コノ事ハ[三]スコシモカザラヌマコトドモナレバ、山法師ハ一定《いちぢやう》ヲモフトコロフカヽランカシ。

[四]鳥羽院踐祚《せんそ》ノ時、御母ハ[五]實季《さねすゑ》ノムスメナリ。東宮大夫[六]公實《きみざね》ハ[七]外舅《ぐわいきう》ニテ攝籙ノ心アリテ、「家スデニ[八]九條右丞相《うじやうしやう》ノ家ニテ候。身《み》大納言ニテ候。イマダ[九]外祖《ぐわいそ》外舅ナラヌ人、踐祚ニアヒテ攝籙スルコト候《さふら》ハズ。[一〇]サ候ハヌタビ〳〵ハ大臣・大納言ナドニソノ人候ハヌ時コソ候ヘ」ト白川院ニセメ申《まうし》ケリ。ワガ御身モ[一一]公成ノムスメノ腹ニテ、ヒキヲボシメス御心ヤフカヽリケン。ヲボシワヅライテ御案アラントヤヲボシメシケン。御前ヘ人ノマイル道ヲ[一二]三重マデカケマハシテ、御トノゴモリケリ。ソノ時ケフスデニソノ日ナリ。イマダ[一三]モヨヲシナンドモナシ。コハイカニトヲドロキ思《おもひ》テ、ソノ時ノ御ウシロミ、[一四]サウナキ院別當ニテ[一五]俊明大納言アリケレバ、[一六]束帯ヲタヾシクトリサウゾキテマイレリケル。御前ザマノ道ミナトヂタリケレバ、コハイカニトテアララカニ引《ひき》ケルヲウケ給リテ、カケタル人イデキテ、カウ〳〵トイヒケレバ、「世間ノ大事申サントテ俊明ガマイルニ、猶カケヨト云仰《いふおほせ》ハイカデカアラン。タヾアケヨ」トイヒケレバ、ミナアケテケリ。チカク マイリテ[一七]ウチシハブキケレバ、「タソ」トトハセ給ニ、「俊

一 康和五年正月十六日宗仁(鳥羽院)誕生。母は実季女茨(苡)子。承徳二年十二月八日女御(中右記)。二 底本「継体たらぬ」。天明本により改む。三 少しも修飾しない、ありのままの事実であり、祈禱の力でこうなったのであるから比叡山の僧達は感慨が深いことでしょう。四 鳥羽院(宗仁)は嘉承二年七月十九日、堀河院崩御と共に践祚、五歳。五 大納言実季女茨子。承徳二年十月二十九日入内。「按察大納言実季卿女子〈故従三位経平女也〉」(中右記、承徳二年十月二十九日)。「十二月八日女御、下知〈名藤茨子〉」(同、承徳二年十二月八日)。尊卑には「苡子」とする。

師輔―公季(閑院)―実成―公成―実季―公実
　　　　　　　　　　　　　　　　　　├保実
　　　　　　　　　　　　　　　　　　├仲実
　　　　　　　　　　　　　　　　　　└茨子(堀河妃 鳥羽母)
　　　　　　　　　　　　　　├頼仁
　　　　　　　　　　　　　　├慶信
　　　　　　　　　　　　　　└茂子(白河母 能信猶子)
　　　　　　　　　└女子(能信妻)

六 公実は嘉承二年、鳥羽院践祚の年、「権大納言正二位」「〈五十五〉春宮大夫。七月十九日止大夫(依受禅也)。十一月十四日薨」(補任、嘉承二年)とあり、これは七月十九日頃の事であろう。七 茨子の兄であるから外舅。八 九条右大臣師輔。九 妻の父。一〇 摂籙にならない折というのは、大臣・大納言などにその人が居らない時なので御座います。一一 公成の女茂子の腹であるから、贔屓する御心が深かったのであろうか。一二 戸を三重にかけ廻して御やすみになった。一三 会議(陣の定めか)などをすることもない。一四 文句のない白河院の別当であって。一五 源隆国の三男、院の近臣。嘉承二年に「大納言正二位」「〈六十四〉民部卿。大宮大夫。按察使」(補任)。永久二年十二月二日薨、「心性甚直、為朝之重臣」(中右記)。一六 衣冠を正しく着、正式の

明」トナノリケレバ、「何事ゾ」トオホセアリケレバ、「御受禪ノ間ノ事イカニ候《さふらふ》ヤラン。日モタカクナリ候ヘバ、ウケ給リニマイリ[一八](候)。イカヾ」ト申ケレバ、「ソノ事ナリ。[一九]攝政ハサレバイカナルベキゾ」トオホセアリテ、「無ク㆓左右㆒[二〇]如シㇾ元ノトコソハアルベケレ」トオホセラレケルヲ、[二一]タカ〴〵トサウナク稱唯《ゐしよう》シテ、ヤガテ[二二]ソクタイサヤハラトナラシテタチケレバ、ソノウエヲヱトモカクモヲホセラレズ。ヤガテ[二三]殿下《でんか》ニマイリテ、「[二四]例ニマカセテトクヲコナハレ候ベキヨシ御氣色《けしき》候」ト申テ、ヒシ〳〵トヲコナハレニケリ。[二五]如シㇾ元ノトコソハアルベケレドモ、「公實が申ヤウハ。ナドヲホセラレン」トヲボシメシケルヲ、アマリニ、コハイカニアルベクモナキコトカナトカザドリテ、「イカデカサル事候ベキ」トヲモイケルニヤ。[二六]九條ノ右丞相ノ子ナレドモ、公季《きみすゑ》ヲモヒモヨラデ、ソノ子ムマゴ實成、公成、實季ト五代マデタヱハテヽ、ヒトヱノ凡夫ニフルマイテ代々ヲヘテ、攝政ニハサヨウノ人ノイルベキホドノツカサカハ。サル事ハ又ムカシモイマモアルベキコトナラズト、[二七]親疎、遠近、老少中年、貴賤、上下、思ヒタルコトヲ、イサヽカモヲボシメシハヾカラフハアサマシキコトカナト思ケルナルベシ。[二八]サリトテ又公實ガラノ、和漢ノ才ニトミテ、北野天神ノ御アトヲモフミ、又知足院殿《ちそくゐんどの》ニ人ガラヤマト[二九]ダマシイノマサリテ、識者モ實資《さねすけ》[三〇]ナドヤウニ思ハレ

装束をして。 一七 わざと咳払いをしたから。 一八 底本「マイリイカ、」。天明本により改む。 一九 この時、嘉承二年まで、忠実が関白右大臣。「七月十九日改関白為摂政(依受禅也)」(補任)。 二〇 勿論元の通りあるべきである。忠実は鳥羽院践祚後摂政となる。 二一 高声に文句なく、はあとうけたまわって。称唯は「称唯〈イセウ〉セウイト書テ、サカサマニヨム也。唯ハ仰ヲ領承了詞也」(宣胤卿記、永正四年正月九日)。 二二 束帯をさやさやと衣ずれの音をさせて席を立ったが、それ以上のことをどうとも仰せられない。 二三 忠実の所に参上して。殿下は摂政・関白・将軍の称。 二四 いつもの例の通り施行せよとの御指図がありましたと言い、ずんずんと実行された。 二五 元の通りにとあるはずであるが、公実が言うようにはなどと仰せ出されようと俊明は思われていたが、白河院が躊躇されている様子だったので、意外にこれはどうもそんな事があるはずがないと形勢を察知して、どうしてそんな事があろうかと俊明は思われたのだろうか。 二六 師輔の子で公季はあるが、摂政関白にはとてもなれなくて、その子の実成、孫の公成、実季と五代まででしっかりした人物は絶え果てて、一途に普通の公卿として振舞って、世々を経過して、公実の世となったのであるから、摂政の官位にはそんな人がなるべきであろうか。 二七 親しい人もうとい人も遠縁の人も近縁の人も、老少・中年、貴賤、上下あらゆる階級の人が皆同じように思った事を少しでも白河院が思い煩われるのはあきれた事と俊明は思われたのであろう。 二八 どうあっても、公実の人柄の和漢の学才に豊かで、菅原道真公の後をおそい、又忠実に人柄や世間的な才能が勝って、見識ある人からも小野宮実資などのように思わ

れる事があったであろうか。「思ハレタラバヤアランズル」の辺、意少し解しにくい。二九「ヤマト心バヘ」(一七〇頁)に同じ。一三七頁注一三参照。三〇 小野実資。「賢人右府」(十訓抄、六・発心集、七)と言われた。小右記の筆者。

一 ちゃんとした摂関の子、孫位の隔りで、ただ外舅になっただけの人が多い(この所誤脱があるか)。二 どうして公実もそんなに思い込んだのであろうか。三 この物語は内緒事として、おおっぴらに人が知り噂する事ではないらしい。四 底本「サタル事ニテハ」。諸本により改む。五 けれどもせめて一仕事なりと思って、家をおこそうと思ったのも、当人の身にとってみれば、(公実は)本当に大臣・大納言の上臈などで、又外祖外舅であって、摂関の子孫である人が、摂政関白として政治をとらないという事は一度もないから、自分もと思いよったのであろうか。六 ひろく世間に口外されている事ではないけれども、こういうふうにひそかに申伝えている。七 白河院は堀河院を応徳三年十一月二十六日、東宮となし、即日受禅、当時八歳、即位を急いだのは当時後三条院皇子三宮輔仁親王が居られたためという。八 師通。父師実は堀河天皇寛治八年三月九日五十三歳で関白を辞し、十一日朱器台盤、長者の印、庄々送文(殿下渡領の渡文)等が師通(当時三十三歳)に渡された(中右記)。師通の母は源師房女麗子、師通は康和元年六月二十八日三十八歳で早く薨ず。「後二条殿〈師通。大殿一男。嘉保元年三月以関白々々六年〉」(二中歴、第一)。九 心の張った人で(強情な事。むしろ、き真面目な事か。大変な学者であった)。底本「後二条院」。諸本により改む。→補注4-九三。一〇 白河院にも師実にもあんまり相談し

タラバヤアランズル。[一]タヾ外舅《ぐわいきう》ニナリタルバカリニテ、マサシキ攝籙ノ子ムマゴニダニヘヌ人コソヲホカレ。[二]イカニ公實モサホドニハ思ヒヨリケルニカ、又君モヲボシメシワヅラフベキ程ノコトカハニテ、[三]コノ物語ハミソカ事ニテ、ウチマカセテヨノ人ノシリテサタ[四](ス)ル事ニテハ侍ラヌナメリ。[五]サレドセメテ一《ひと》節《ふし》ヲ思《おもひ》テ家ヲオコサント思ハンモ、我身ニ成《なり》ヌレバ誠ニ又大臣・大納言ノ上臈《じやうらふ》ナドニテ、外祖《ぐわいそ》外舅ナル人ノ攝籙ノ子ムマゴナルガ、執政《の》臣ニモチイラレヌコトハ一度モナケレバ、サホドニモ思ヨリケルニヤ。[六]アマネキ口外ニハアラネドモカクコソ申《まうし》ツタヘタレ。

[七]白河院ハ堀川院ニ御讓位アリテ、京極《きやうごく》ノ大殿《おほとの》ハ、又[八]後二條院ニ執政ユヅリテヲハスル程ニ、堀川院御成人、後二條殿又事ノホカニ引[九]ハリタル人ニテ、世ノマツリコト、[一〇]太上天皇ニモ大殿ニモ、イトモ申サデセラル丶事モマジリタリケルニヤトゾ申スメル。白川院《の》御ムスメニ[一一]郁芳門院《いうはうもんゐん》ト申女院ヲハシマシケルガ、云フバカリナクカナシフヲモイマイラセラレケルニ、猶三井ノ頼豪ガ靈ノツキテ、御モノ丶氣ノヲコリケルヲ、三井ノ[一二]增譽《ぞうよ》、[一三]隆明《りゆうめい》ナドイノリ申ケレドカナハザリケレバ、山ノ[一四]良眞《りやうしん》ヲメシテ、中堂ノ[一五]久住者《くぢゆうしや》二十人グシテ參リテ、イミジク祈ヤメマイラセテ、ヨロコビヲボシメシケル程ニ、ニハカニウセサセ給《たまひ》ニケリ。

ヲドロキカナシミテ、[一六]ヤガテ御出家アリケルニ、[一七]ホリカハノ院ウセ給テケル時ハ、[一八]重祚《ちようそ》ノ御心ザシモアリヌベカリケルヲ、御出家ノ後ニテ有リケレバ、鳥羽院ヲツケマイラセテ、[一九]陣ノ内ニ仙洞ヲシメテ世ヲバヲコナハセ給ニケリ。[二〇]光信・[二一]爲義・[二二]保清三人ノケビイシヲ朝夕ニ[二三]内裏ノ(宿《との》)直《ゐ》ヲバツトメサセラレケルニナン。ソノアイダニイミジキ物ガタリドモアレドモ、大事ナラネバカキツケズ。クライノ御時[二四]三宮輔仁《すけひと》親王ヲオソレ給ケルナドイヘリ。行幸ニハ[二五]義家・義綱ナドミソ(カ)ニ御コシノ邊《あたり》、御後ニツカウマツラセラレケレバ、義家ハウルハシクヨロイキテサブライケリナドコソ申スメレ。

サテホリカハノ院ノ御時、[二六]山ノ大衆《だいしゆう》ウタヘシテ日吉ノ御《み》コシヲフリクダシタリケル。返《かへす》〳〵キクハイナリトテ、後二條殿サタシテ射チラシテ神輿《しんよ》ニヤタチナドシテアリケリ。[二七]友實トイフ禰宜《ねぎ》キズヲカフムリナンドシタリケレバ、ソノタヽリニテ[二八]後二條殿ハトクウセラレニケリ。[二九]仁源理智房ノザストイフハ兄弟ナリ。[三〇]ヲホミネナドトホリテ、世ニ[三一]シルシアルモノナレバ、イノラレケルニ、「イデ〳〵[三二]ヤメミセン」トテ、[三三]ヨリマシガフトコヨリ[三四]クロ血ヲフタ〳〵トトリイダシタリケレバ、アラタナルコトニテ、ヲソレヲナシテノチハ、理智房ノザスモイノラレズナリテ、ツイニウセ給ニケルトゾ申ツタヘタル。サレバ京極ノ大

ないでなさる事もまじったと申すようです。
一二 白河院の皇女媞子、母は中宮賢子、永長元年八月七日崩ず。「女院者諱媞子、太上皇第一最愛之女、今上同産妹也」(中右記)。「郁芳〈ユウハウ〉門」(拾芥抄、中)。→補注4-九四。
一三 →補注4-九五。 一四 →補注4-九六。
一五 →補注4-九七。 一六 →補注4-九八。
一七 →補注4-九九。 一八 堀河院は嘉承二年七月十九日崩御したが、その前、その皇子宗仁(鳥羽)がやっと藤原実季女茨子(承徳二年十一月二十九日入内、十二月八日女御)に康和五年正月十六日、顕隆の五条高倉亭で誕生、白河院は悦び「皇子之事多年之思只在此一事、今已相叶、誠是勝事之由、有御気色」(中右記、康和五年正月十七日)という有様。 一八 →補注4-一〇〇。
一九 内裏の陣の内に仙洞の御座所を占めて政治を行われた。「陣」は左近衛陣、右近衛陣をさす。陣の座は公卿が仗議を行う所。底本「仙洞ヲメシテ」。諸本により改む。 二〇 →補注4-一〇一。
二一 源為義。→補注4-一〇二。 二二 源保清か。
二三 底本「内裏ノ直ヲハ」。天明本により改む。
二四 →補注4-一〇三。 二五 底本「ミソニ」。河村本にて改む。→補注4-一〇四。 二六 →補注4-一〇五。 二七 山王権現末社八王子社の禰宜らしい。 二八 師通は康和元年六月二十八日薨。この事件の四年後。 二九 天台座主第四十世。「〈理智房無動寺〉治山四年京極大殿息母伯耆守定成女」(座主記)。 三〇 大峰山。 三一 験力。
三二 箭ヲ見せん。矢疵を見せてやろう。 三三 底本「ウトコロ」。文明本により改む。この事は平家、巻一、願立に根本中堂で童巫子が託宣したとある事を指す。「ヨリマシ」は憑坐、神がかりして託宣する巫。 三四 黒血をふところの中よりたらたらと流したから。

殿コソカヘリナラルベキヲ、二條ドノヽ子ニテ知足院[一]ドノヽ大納言ニテヲハシケルニ、内覧ノ宣旨ヲクダシテ藤氏ノ長者ニテ、關白モナクテ堀河ノ院ノホドハアリケルナリ。スヱニナリテ長治[二]ニゾ關白ノ詔クダリタリケル。

サテスヱザマニ鳥羽院十六年ノ、チニ、崇徳院[三]ニ御譲位アリテ、ヒ[四]ヽ子位ニツケテ御覧ズルマデ、白河院ハヲハシマシテ、大治[五]ニ七十七ニテゾ崩御アリケル。白河ニ法勝寺《ほつしようじ》[六]タテラレテ、國王ノウヂデラニコレヲモテナサレケルヨリ、代々ミナコノ御願ヲツクラレテ、六勝寺[七]トイフ白河ノ御堂《みだう》、大伽藍《だいがらん》ウチツヅキアリケリ。ホリカハノ院ハ尊勝寺[八]、鳥羽院ハ最勝寺[九]、崇徳院《しゆとくゐん》ハ成勝寺《じやうしようじ》[一〇]、近衛院《このゑゐん》ハ延勝寺[一一]、コレマデニテノチハナシ。母后ニテ待賢門院[一二]、圓勝寺[一三]ヲクワヱテ六勝寺トイウナルベシ。

サテ大治ノ、チ久壽マデハ、又鳥羽院[一四]、白河院ノ御アトニ世ヲシロシメシテ、保元元年七月二日、鳥羽院ウセサセ給《たまひ》テ後、日本國ノ亂逆《らんげき》[一五]ト云《いふ》コトハヲコリテ後ムサノ世[一六]ニナリニケルナリ。コノ次第[一七]ノコトハリヲ、コレハセンニ思《おもひ》テカキヲキ侍《はべる》ナリ。城外[一八]ノ亂逆合戰ハヲホカリ。日本國ハ大友王子[一九]、安康天王[二〇]ナンドノ世ノコトハ、日記[二一]モナニモ人サタセズ。大寳[二二]以後トイヽテソノヽチノコト、又コノ平《たひら》[二三]ノ京ニナリテノヽチヲコソサタスルコトニテアルニ、天慶[二四]ニ朱雀院ノ

一 康和元年(承徳三年八月二十八日改元)六月二十八日に師通が死んだ時、知足院忠実は二十二歳の若さで、権大納言、八月二十八日内覧の宣旨が下った。当時師実は前太政大臣、五十九歳。→補注4-一〇六。二 知足院忠実は長治二年十二月二十五日、二十八歳で関白、その間師通の薨じた承徳三(康和元)年から六年間、源俊房が左大臣で、関白が空席。師実は康和三年二月十三日薨。三 保安四年正月二十八日御譲位。四 曾孫。白河―堀河―鳥羽―崇徳。「若くより世を知らせ給ひて、院の後は堀河院、鳥羽院、讃岐院、御子、むまご、ひゝごうち続き三代の帝の御世、みな法皇の御まつりごとなり」(今鏡、第二、紅葉の御狩)。五「大治四年七月七日崩御」(一〇四頁)。「御在位十四年院号後四十三年政出自叡慮全不依相門」(中右記、大治四年七月十五日)という専制の有様。六「白河院法勝寺ツクラセ給テ、禅林寺ノ永観律師ニイカホドノ功徳ナラント御尋アリケレバ、トバカリモノモマウサデ、罪ニハヨモ候ハジトゾ申サレタリケル」(続古事談、第一)。→補注2-一七九。七→一一一頁注一七。八→一〇六頁注七。九→一〇八頁注四。一〇→一〇九頁注二六。一一→一一一頁注一四。なお、六勝寺は多く受領などの成功により出来た。一二 待賢門院璋子。一三→一一一頁注一六。むしろ尊勝寺、最勝寺、円勝寺は白河院の御心が加わり成ったとすべき。「凡雖尊勝寺、最勝寺、円勝寺皆出従法王御慮也」(中右記、大治四年七月十五日)。一四 鳥羽院は大治四年の白河院崩御後に院政をとるようになる。→補注4-一〇七。一五 保元の乱を指す。乱逆は叛乱。一六 武者の世。一七 こういうふうになった順序の筋道をこの本は一番の重要な点と考えて書いたのです。「セン」は詮。一八 王城京都の外

将門ガ合戰モ、頼義ガ貞任ヲセムル十[二五]二年ノタヽカイナドイフモ、又隆家ノ帥《そつ》ノト[二六]ウイコクウチシタガフルモ、關東・鎭西《ちんぜい》ニコソキコユレ。マサシク王・臣ミヤコノ内ニテカヽル亂ハ鳥羽院ノ御トキマデハナシ。カタジケナクアハレナルコトナリ。コノ事ノヲコリハ、後[二七]三條院ノ宇治殿ヲ心ヱズヲボシメシケルヨリネハサシソメタルナリ。サ[二八]レドソレハ王・臣トモニハナレタルコトハナシ。メデタク上モ下モハカライコヽロヱテコソヲハシマセ。ソレニ白河院ノ、鳥羽院位ノハジメニ、キ[二九]サキダチアルベキニ、知[三〇]足院ドノヽムスメヲマイラセヨトヲホセアリケルヲ、カタクジヽテマイラセラレザリケリ。人コレヲ心ヱズヲモイケリ。コレヲスイ[三一]スルニ、鳥羽ノ院ハ、ヲサナクヲハシマシケルトキ、ヒ[三二]アイナル事ナドモアリテ、タキグチガ顔ニ小弓ノ矢イタテナドセサセ給ト人ヲモヘリケルヲ、(オ)[三三]ソレ給ケルニヤナドゾ人ハ申《まうし》ヌル。又公[三四]實ノムスメヲ御子ニシテモタセ給ヒタリケルヲバ、法[三五]性寺殿《ほつしやうじどの》ニムコトラントヲボシメシテ、スデニソノサタアリケルホドニ、日次《ひなみ》[三六]ナドヱラバルヽニヲヨビタリケルガ、シカルベクテサハリヲホクイデキ〳〵シテ、イマダトゲラレザリケルホドニ、知足院殿ノ、ムスメヲヱマイラセジト申サレケルニ、ア[三七]ダニ御腹ダチテ待賢門院ヲバ法性寺殿ノ儀ヲアラタメテ、ヤガテ入内《じゆだい》[三八]アリケルトゾ。トバノ院ハアヤ[三九]ニクニヲ

でおこった叛乱は多い。一九 →六四頁注一〇。二〇 →五三頁注二四。二一 日記も何も記録に書かれず、噂しません。二二 文武天皇代の年号。二三 平安京。二四 朱雀天皇天慶二年に将門が叛した。純友の叛乱とともに承平天慶の乱という。二五 →補注4-一〇八。二六 後一条院寛仁三年四月七日刀伊の賊船が壱岐九州北部、筑前国怡土郡などに襲来、この時長和三年十一月七日以来隆家は自ら希望し大宰権帥に任ぜられていたが、指揮して戦い、刀伊は四月十三日怡土郡等を掠めて去る。刀伊は女真、中国の東北地方東部に居たツングス系の民族、刀伊は朝鮮語で蛮夷の意という。二七 宇治殿頼通が後三条院と仲の悪かった事は前にも見える。二八 けれども仲が悪かったといっても、天皇と臣下と心が離反していたという事はない。天皇も臣下も協力して政務を結構に画策し、考えられていた事である。二九 后立、立后のこと。三〇 忠実の娘、高陽院泰子。→補注4-一〇九。三一 推するに。推察するに。三二 非愛、危険な事。三三 底本「ソレ給ケルニヤ」。文明本により改む。三四 公実の女は待賢門院璋子。小さい時から白河院が養女にしていたが、璋子は入内の頃或人と密通の噂があった(殿暦)。→補注4-一一〇。三五 法性寺殿は忠通、忠実の子、慈円の父。三六 日がらなどを決められている中に、然るべき理由があって、障害が度々出て来て。三七 気がふっと変って立腹されて。三八 永久五年十一月二十三日入内、正月二十六日中宮。三九 幼時はそんな非行もあったから、とんでもない暴君になられると思われるだろうが、お生憎さま、成人されては、特別立派な御気持の天子となっては居られたのですよ。「アヤニクニ」は「お気毒さま」と話しかけるような表現。

トナシクナラセヲハシマシテハ、コトニメデタキ御心バヘノ君ニヲヒナリテコソハヲハシマシケレ。サテ白河院ハカノ公實ノムスメヲトリテ御子ニシテモタセ給リケルヲ、鳥羽院ニ入内立后《じゆだいりつごう》シテヲハシマス。待賢門院ト申《まうす》コレナリ。ソノ御腹ニ王子イクラトモナシ。ハジメハ[一]崇徳院《しゆとくゐん》、次《の》二人ハ[二]ナヱミヤ、[三]目ミヤトテ、ヲヒモタヽデウセサセ給ヌ。

[四]サテ崇徳院クライニツキテヲワシマシケリ。[五]四宮、五宮ミナ待賢門院ノ御ハラナリ。サテ[六]白河院ノ御時、御《み》クマノモウデトイフコトハジマリテ、タビ〳〵マイラセヲハシマシケルニ、[七]イヅレノタビニカ、[八]信ヲイダシテ寶前ニヲハシマシケルニ、寶殿ノミスノ下ヨリメデタキ手ヲサシイダシテ、二三ドバカリウチカヘシ〳〵シテヒキ入ニケリ。ユメナンドニコソカヽルコトハアレ。アザヤカニウツヽニ、カヽル事ヲ御ランジタリケルヲ、アヤシミヲボシメシテ、[九]ミコドモヲホカリケルニ、何トナクモノヲトハレケレバ、[一〇]サラニ〳〵ゲニ〳〵シキ事ナシ。ソレニ[一一]ヨカノイタトテ、クマノヽカウナギノ中ニキコヘタル物アリケリ。[一二]ミマサカノ國ノモノトゾ申ケル。ソレガ七歳ニテ候《さふらひ》ケルニ、ハタト[一三]御神ツカセ給《たまひ》タリケル。[一四]世ノスヱニハ手ノウラヲカヘスヤウニノミアランズルコトヲ、ミセマイラセツルゾカシト申タリケルガ、カヽルフシギヲモ御《ご》ラント御覽ジタリ

一 第一皇子顕仁(崇徳)、元永二年五月二十八日誕生。二 萎宮、第三皇子君仁のこと、天治二年五月二十四日誕生、康治二年十月十九日薨か。↓補注4‐一一一。
三 第二皇子通仁が「目ミヤ」、天治元年五月二十四日誕生、目が見えなかった。大治四年閏七月十日薨。「或人密語云、二宮去夜令薨給畢、御歳六歳名道仁、従隆誕年御目不見給、坐但馬守敦兼朝臣宅也、強不風聞世人不知」(中右記、大治四年閏七月十一日)。四 白河院の考えにより、崇徳院は保安四年正月二十八日五歳で受禅。
五「四宮」は雅仁、後白河院、大治二年九月十一日誕生。「五宮」は本仁親王、大治四年閏七月二十日誕生、仁和寺御室門跡覚性法親王。
六 ↓補注4‐一一二。
七 以下の話は保元物語では鳥羽院の事とする。↓補注4‐一一三。
八 信心の心をおこして神前にいらっしゃったが、神殿の御簾の下から結構な手をさし出して、二三度ほど手をうち返しうち返ししてひっ込めた。九 巫女。一〇 一向尤もらしい事を託宣しなかった。一一 ↓補注4‐一一四。
一二 美作の国。一三 神がかりをされた。
一四 御代の末には手の裏を返すようにばかりになるでしょう事を見せ申したのですよと言ったが。一五 白河院は保安元年十月三日熊野に出発、十月二十一日に還御。
一六 鳥羽院自身の御心からおこって仰せられたが。一七 忠実は内々に喜んで立后の支度をなされた事がおこったのを。
一八「肩を振りて辞して」。肩をゆすってことわる意か。忠実は白河院のお世話では待賢門院璋子の噂もあるし、大事な娘はとてもとてもと謹んで辞退したというわけ。

ケル君ナリ。ソレニ保安元年[一五]十月ニ御《み》クマノマウデアリケルトキ、ソノ間ニ鳥羽院御在位ノスヱツカタニ、關白ニテヲハシケル智足院殿ノムスメヲ、ナヲ入内アレトウ[一六]チノ御心ヨリヲコリテヲホセラレケルヲ、ウ[一七]チ〳〵ニヨロコビテイデタヽセ給ヒケルコトイデキタリケルヲ、クマノヘアシザマニ人申タリケルニ、ハタト御ハラヲ立テ、ワガマイラセヨト云《いひ》シニハ方[一八]ヲフリテジヽテ、ワレニシラセデカクスルトヲボシメシテケリ。サテ御[一九]歸洛ノスナハチ、知足院ドノ當時關白ナルヲハタト勅勘アリテ、十一月十三日ニ内覽トヾメテ閉門セラレニケリ。

[二〇]サテ攝籙ノ臣ヲカヱントヲボシメシケルニ、大方ソノ人ナシ。花[二一]山院左府家忠、京極殿ノ子ニテ、大納言ノ大將ニテ、サモヤトヲボシメシテ顯[二二]隆ニヲホセアハセケレバ、「イ[二三]ナリマツリノサジキノ事ハ」ト申タリケリナドキコユ。家忠ノ子[二四]忠宗中納言ハ、顯[二五]季卿ガ子ノ宰[二六]相ガムコナリ。カヤウノユカリニテソノトキ顯季、家保ナドアツマリテ、サジキニテサカモリシテ、サ[二七]シカヨハサレタルナド人ソシリケルコトナリ。コレハ一定ハシラネドモ、カクゾ申《まうす》メル。ス[二八]コシモナヤウナラン人ノ、スベキ事ニテハコノ攝政關白ハナキ也。サテ内[二九]大臣ニテ法性寺殿ノヲハシケルホカニハ、イサヽカモ又サモトイフ人ナカリケレバ、チカラヲヨバデ、「ヲ[三〇]ヤハヲヤ、コハコトコソハ、ゲスモイフメレバ、執政セヨ」

一九 京都へ帰られると早速、忠実が当時関白職であるのを勘当されて、十一月十三日に内覧を止めて閉門の処置にされた。↓補注4-一一五。
二〇 さて白河院は摂関の臣を更迭しようと思われたが、ほとんど適任の人がない。
二一 花山院左府家忠が師実の子で、大納言の大将であったが、関白に任じられないかと顕隆に相談されると、「稲荷祭の桟敷での事は」と言い、躊躇されたという事です。↓補注4-一一六。
二二 白河院の寵臣。「又顕隆ときこへし中納言、世には夜の関白など聞えしも」(今鏡、第二、釣りせぬ浦々)。↓補注4-一一七。
二三 稲荷祭は四月の「上の卯の日」(公事根源)、毎年三月中の午の日に旅所に神幸し、四月上の卯の日に本社に還幸した。その祭の見物の桟敷で顕季や家保等の近臣グループが集って宴会をして、意志を疏通させ、関白の首をすげ変えようとか色々と自分に都合のよいような事を相談したというのか。
二四 忠宗は家忠の子、母播磨守定綱女、大治五年に四十四歳、参議となる。長承二年九月一日頓滅、四十七歳(補任・中右記)。
二五 六条修理大夫顕季。その母は大舎人頭藤原親国女親子で白河院の乳母。顕季は白河院と乳兄弟で、長く院の別当で近臣。後に閑院実季の猶子。保安四年九月六日薨。六十九歳。
二六 家保。↓補注4-一一八。
二七 意志を疏通させたなどと人が非難することである。
二八 この摂政関白の任命の問題などはちっともそんな人がすべき事ではありません。
二九 忠通は保安元年内大臣正二位、左大将で二十四歳(補任)。
三〇 諺。親は子に似るとは限らないとか、親と子の立場は別であるとかいうような意。「義家与光国〈共廷尉〉口論之時、…光国答云、親ハ親、子ハ子也」(古事談、第四)。

トヲホセラレケレバ、法性寺ドノハ「コノ職ヲツギ候バカリ候ハヾ、忠通ニユルサレ候《さふらひ》テ、一日父ノ[一]勅勘ヲ免ゼラレ候テ、門ヲヒラカセ候テ、代々ノ例コノ職ハ父ノユヅリヲヱ候テウケトリ候夜、ヤガテ[二]拜賀ナドスルコトニテ候ヲ、タガヘズシ候ハヾヤ。職ニ居候バカリニテ、父ノ勅勘ヱ申《まうし》免ゼズ候ハンモ、[三]不孝《ふけう》ノ身ニナリ候ハヾ佛神ノ御トガメモヤ候べカラン」ト申サレタリケレバ、コノ申サル丶ムネカヱス〲シカルベシト感思食《かんじおぼしめす》トテ、ソノ定《ぢやう》ニスコシモタガヘズヲコナイテ、ウケトラレニケリ。

法性寺ドノハ、[四]白河院陣中ニ人ノ家ヲメシテヲハシマシケルウヘ、カナラズ參内ニハ先《まづ》マイラレケルニ、[五]世ノ中ノコト先例ヲホセアハセラレケルニ、一度モトヾコヲルコトナク、カヾミニムカウヤウニ申サタシテヲハシケレバ、カバカリノ人ナシトヲボシメシテスギケルホドニ、鳥羽院ハ崇徳院《しゆとくゐん》ノ五《いつつ》ニナラセ給《たまふ》御トシ御讓位アリケリ。[六]保安四年正月ナリ。白河院[七]ヒヽ子《ご》位ニツケテ御ランジケリ。[八]大治四年正月九日攝政ノムスメ入內。同十六日女御。コレハ皇嘉門院ナ(リ)。サテソノ年ノ[九]七月七日白河院ハ崩御。御《々》年七十七マデヲハシマシケルナリ。[一〇]天承元年二月九日立后アリケリ。

サテ[一一]鳥羽院ノ御世ニナリテ、[一二]知足院ドノハコトニミヤヅカヘテトリイラセ給

一 →補注4-一一九。

二 任官叙位の際に参内して御礼を申すこと。

三 親不孝の身になったならば。

四 白河院の陣の中に他人の家を直廬としていらっしゃった上。この詞句少しおかしいが、「陣」は二〇五頁注一九に「陣ノ内ニ仙洞ヲシメテ」とあるその陣であろうか。

五 白河院は世間の雑事、先例を相談されたのに、一度も遅滞せず鏡に向うようにはっきりと処置をして。

六 保安四年正月二十八日五歳の顕仁を皇太子とし、鳥羽院は即日譲位、鳥羽院は当時二十一歳。忠通は摂政となる。当時は二十七歳。

七 曾孫。崇徳を指す。

八 忠通の女、聖子。→補注4-一二〇。

九 →補注4-一二一。

一〇 この年時は皇嘉門院の立后の年時とすると誤り。大治五年二月二十一日とすべきか。

一一 底本「鳥羽院(「院」みせけち、「殿」と傍記)」。鳥羽院が院政をとられる時代になって、忠実は特に忠勤を励んで、鳥羽院の御機嫌をとったから、鳥羽院はかねての素志を遂げようと。(白河院在世には高陽院の入内は院の怒で遂げられなかった。次注参照)。

一二 天承元年十一月十七日鳥羽院は前太政大臣忠実を召見。翌二年正月十四日には文書内覧の院宣。→補注4-一二二。

一三 →補注4-一二三。

一四 久安元年八月二十二日に待賢門院は崩御。「春秋卅二歳」(世紀)。

一五 この日、西六条の六条殿で白河院の六十の賀、十八日御賀後宴。→補注4-一二四。

一六 この時天永三年待賢門院は十三歳。

一七 仁平二年三月七日、鳥羽南殿で鳥羽法皇五十の賀。待賢門院はその七年前に崩ず。

一八 閑院流の人々はその後をも引続き、家をお

ケレバ、鳥羽院御本意トゲムトテ、脱屣《だつし》ノヽチニゾムスメノ賀陽院《かやのゐん》[一三]ハ、ナヲマイラセ給ニケル。長承二年六月廿九日上皇ノ宮ニイリ給テ、同三年三月十九日ニゾ立后アリケル。白河院ウセサセ給テノチ五年ナリ。ソレモ王子モヱウマセ給ハズ。サテ待賢門院、久安[一四]元年八月廿六日ニゾウセ給ニケル。白川院ノ天永[一五]三年三月十六日ノ御賀ハ御ランジケン。ヲ[一六]サナクテサフラハセ給ケンニ、鳥羽院ノ仁平《にんぺい》[一七]二年三月七日ノ御賀ハ、御ランゼデウセ給ニケリ。ソノ御ナゴリニ閑[一八]院ノ人々イヱヲヽコシタリ。コノ女院ハ永久五年十二月十三日ニ入内[一九]。十七日ニ女御、同六年正月廿六日ニゾ立后[二〇]アリケル。

カヽリケルホドニ知足院殿申サレケルヤウハ、「キミノ御ユカリニ不慮ノ籠《ろう》居《きよ》シ候ニシカドモ、攝籙ハ子息ニヒキウツシテ候ヘバヨロコビテ候。イマ一ド出仕ヲシテ元[二一]日ノ拜禮ニマイリ候ハン。サ[二二]テコノ關白ガ上ニ候ハン」ト申テ、天承二年正[二三]月三日ナンタヾ一度出仕セラレタリ。ソノ日ハ二[二四]男宇治左府頼長《よりなが》ノキミハ、中將ニテシ[二五]タガサネノシリトリテナドゾ物ガタリニ人ハ申ス。コノ日攝政太政大臣忠通《ただみち》、次《に》右大臣ニテ花園左府有仁《ありひと》、三[二六]宮御《の》子ナリ。次内[二七]大臣宗忠《むねただ》、家人《けにん》ナリ。ソノツギ〳〵ノ公卿サ[二八]ナガラ禮フカク家禮《けらい》ナリシニ、花園ノ大臣一人ウ[二九]ソヱミテ揖《い》シテタヽレタリシ。イミジカリキトコソ申ケレ。スベテ知足院

こしたのである。→補注4―一二五。
一九 入内は女御・后として大内に入ること。
二〇 立后は中宮・皇后となること。二一 元日の節会の小朝拝の式があるが、ここは院での拝礼。「関白大臣以下すべらぎを奉レ拝儀にて清涼殿の東庭に四位五位六位に至るまで袖をつらねて舞踏するなるべし」(公事根源、正月小朝拝)。
二二 そして、この忠通の上座に居りましょう。
二三 正月三日に院拝礼。「大殿則出御。…被仰人々云、行歩不叶也」「大殿舞踏之間、関白進寄令扶持給、万人属目、或有感涙人」(中右記、長承元年正月三日)。→補注4―一二六。
二四 頼長は天承元年非参議従三位、右中将十二歳で始めて補任に名を出す。長承元年十二月五日に読書始、「三位中将読書始」(中右記)。「左のおとゞ御母は土佐守盛実といひしが女にやおはしけん」「富家殿法性寺殿親子の御中後にこそたがはせ給へりしか、始めは左のおとゞ御子にせさせ奉り給ひける頃」(今鏡、第五、飾太刀)。
二五 下襲。束帯の時、袍、半臂の下に着る服。「シリ」は尻、その長く引いた裾。
二六 底本「三条御子」。天明本により改む。輔仁親王。その子が有仁、長承元年右大臣、右大将三十歳(補任)。「三宮の御子は、中宮大夫師忠の大納言の御女の腹に、花園の左のおとゞとておはせしこそ光源氏なども斯かる人をこそ申さまほしく覚え給しか」(今鏡、第八、花のあるじ)。
二七 中御門宗忠は長承元年内大臣、正二位、七十一歳。道長の二男頼宗の曾孫で、一族なので家人。中右記の筆者。
二八 全部礼儀正しく、敬意の礼をとられたのに。
二九 微笑して会釈をされた、やはり家柄の人はちがう、大したものだと言います。「揖」はイ、イフ。笏を持ち腰をかがめて会釈すること。

ドノハ[一]執フカキ人ニヤ。コノ拝禮ニマイリテ年ヨリヤマイアルヨシニテ、[二]イマダ公卿列立トヽノホラヌサキニ、「[三]脚病《かくびやう》ヒサシクタチテ無クレ術《ずち》候」トテ、「カツ拝《はい》サフラハン」トテ、イソギ拝セラレケリ。[四]ヲキアツカハレケレバ攝政大政大臣ヨリテタスケ申サレケレバ、諸卿ノ拝《はい》イゼンニイデラレケルニ、[五]内大臣イゲ[六]家禮《けらい》ノ人ヲホクアリケルヲモ、人ニミエントニヤト人イヒケリ。時ニトリテイミジカリケレバ、フルマイヲホセラレケリ。カヤウノ心ニテソノ靈モヲソロシ。

カヽリケルホドニ、コノ頼長ノ公、[七]日本第一大學生《のだいがくしやう》、和漢ノ才ニトミテ、ハラアシク[八]ヨロヅニキハドキ人ナリケルガ、[九]テヽノ殿ニサイアイナリケリ。一日攝籙内覽ヲ[一〇]ヘバヤ〳〵トアマリニ申サレケルヲ、一日ヘサセバヤトヲボシテ、子ノ法性寺殿ニ、「[一一]サモアリナンヤ。後ニハ汝ガ子孫ニコソカヘサンズレ」ト、タビ〳〵ネンゴロニ申サレケルヲ、法性寺殿ノトモカクモソノ御返事ヲ申サレザリケレバ、ノチニハヤスカラズヲボシテ、鳥羽院ニコノヨシヲ申《まうし》テ、「[一二]カナヘカナハズハ、ツギノコトニテ、存候ハンヤウ、カヘリゴトノキヽタク候。上ヨリ仰《おほせ》タビテ申狀ヲキカセラレ候ヘ」ト申サレケレバ、コノ由仰ラレタリケル御返事ニ、存候ムネハトテ、「[一三]手ノキハ、頼長ガ御心バヘハシカ〳〵ト候ナリ。

一 執着心の強い人なのであろうか。二 拝礼のならびの列を整えないうちに、「大略行歩而叶之間、不能立庭中、早不待人々列、先可拝上歟」と中右記、長承元年正月三日にある。三 脚気でつらくて我慢が出来ませんとて、何とかやっと拝礼をしましょうと言って。四 立ちかねていたから忠通が傍から介添をされたから。五 内大臣宗忠以下その家に多く出入している人がある事に、人に見られよう（見せよう）とであろうかと人が言ったが、その折につけて大した事であったから、仰々しく振舞って仰せられた。こんな気持であるからその怨霊も恐ろしい事である。六 その家に出入して、礼をつくして居る人。→補注4—一二七。七 日本第一の大学者で和漢の学才に富んで。→補注4—一二八。八 万事に極端な人であったが。「公私につけて何事もいみじくきびしき人にぞおはせし。道にあふ人きびしく恥がましきこと多く聞えき」（今鏡、第五、飾太刀）。九 父の忠実に大変可愛がられた。久安四年七月十七日に父から庄十八ヶ所をもらう（台記）。→補注4—一二九。一〇「ヘバヤ」は経ばや。一一 そうしてくれないか、後にはお前の子孫に返そう。一二 摂籙になれるのは次の問題で、考えている所、返事が聞きとう御座います。一三 政治的な手腕、又頼長の性格は斯く斯くで御座います。頼長が君の後見役になっては、天下が損じるで御座いましょう。一四 この忠実と忠通のやりとりは久安六年八月の頃らしく、鳥羽院が中に介在したらしい。→補注4—一三〇。一五 底本「藤氏長者君ノ」。文明本により改む。藤氏の氏長者に就いては二中歴参照。基経頃からその名が用いられ、摂関となって氏長者となったのは頼忠の再任以後、長者印、朱器台盤・蒭斤（はかり）等及殿下渡領（大和国佐保殿、備前国カレ君ノ御ウシロミニナリ候テハ、天下ノ損ジ候ヌベシ。コノヤウヲ申候ハヾ、イヨ〳〵腹立シ候ハヾ不孝《ふけう》ニモ候べシ。チヽノ申候ヘバトテ承諾シ候ハバ世ノタメ不忠ニナリ候ヌベシ。仰天シテ候」ナド申サレタリケルヲ[一四]ツカハサレタリケレバ、「カクモ返事ハアリケルハ。ナドワガ云《いふ》ニハ返事ダニナキ」トテ、イヨ〳〵フカク思《おぼし》ツヽ、[一五]藤氏長者(八)君ノシロシメサヌコトナリトテ、[一六]久安六年九月廿五日ニ藤氏長者ヲトリ返シテ、[一七]東三條ニヲハシマシテ、左府ニ[一八]朱器臺盤ワタサレニケリ。サテ院ヲトカク[一九]スカシマイラセラレケルホドニ、ミソカニ[二〇]上卿ナドモヨヲシテ、[二一]久安七年正月ニ[二二]内覧ハ[二三]ナラビタル例モアレバニテ、内覧ノ宣旨バカリクダサレニケリ。アサマシキコトカナト一天ノアヤシミニナリヌ。

サテウエ〳〵ノ御中アシキコトハ、崇徳院ノクライニヲハシマシケルニ、鳥羽院ハ[二四]長實中納言ガムスメヲコトニ最愛ニヲボシメシテ、ハジメハ三位セサセテヲハシマシケルヲ、東宮ニタテヽ、崇徳ノキサキニハ、[二五]法性寺殿ノムスメマイラレタル。皇嘉門院ナリ。[二六]ソノ御子ノヨシニテ外祖ノ儀ニテヨク〳〵サタシマイラセヨトヲホセラレケレバ、コトニ心ニイレテ誠ノ外祖ノホシサニ、サタシマイラセケルニ、「[二七]ソノ定ニテ譲位候べシ」ト申サレケレバ、崇徳院ハ「サ候べシ」トテ、[二八]永治元年十二月ニ御譲位アリケル。[二九]保延五年八月ニ東宮ニハタタセ

鹿田庄、越前国方上庄、河内国楠葉牧)等が伝えられた。一六 →補注4-一三一。一七 →補注4-一三二。一八 →補注4-一三一。一九 機嫌をとりなだめすかしている中に。二〇 (公事を行う場合の)上位の公卿を集めて。「節会儀式等ニ奉行アリ。是ヲ上卿ト云フ。コトニヨリテ大臣ノ奉行セラル丶事アリ。ソレヲバ其ノマヽ大臣ト云フ也。大納言中納言ノ奉行ヲ上卿ト云ヒ、又ナベテ大臣ノヲモ上卿ト云フ、是ハ儀ニアタラザル也」(有職袖中抄)。二一 久安六年十二月八日忠通は摂政を上表辞し、九日関白(台記・世紀)、十二月二十四日の頃鳥羽院は頼長の内覧を明春にと約束し(台記)、翌七年正月十日頼長は内覧となり、十六日内覧の慶を申す(台記・世紀)。→補注4-一三三。二二「奏書以前、其文先見二関白一。謂二之内覧一。蒙二此宣旨一内覧宣旨ト云」(禁中方名目鈔)。二三 内覧が並んだ例があるからとて。醍醐天皇の時に左大臣藤原時平と右大臣菅原道真とが並び内覧になった事をいうか。この時、久安七年には関白が忠通(五十五歳)で、頼長(三十二歳)は左大臣で、氏長者、内覧という違例。→補注4-一三四。二四 長実の娘は美福門院得子、長実は顕季の子、妻は村上源氏俊房の子、方子(大治三年十二月二十九日卒か)で、長実は白河院の近臣として威を振ったが、長承二年八月十九日卒。→補注4-一三五。二五 忠通の娘聖子。二六 その御子という事にして、忠通は外祖(妻の父)という事にして、よくよく世話し申せよと鳥羽院が仰せられたから。→補注4-一三六。二七 そういうきまりで御譲位なさいませと申しあげたから、崇徳院は、そうしましょうと言って。二八 永治元年十二月七日土御門殿で近衛帝受禅、三歳。関白忠通が摂政。二九 保延五年八月十七日。

給《たまひ》ニケリ。ソノ宣命《せんみやう》ニ皇太子トゾアランズラントヲボシメシケルヲ、皇太弟《くわうたいてい》[一](ト)カ、セラレケルトキ、コハイカニト又崇德院ノ御意趣ニコモリケリ。サテ近衞院クライニテヲハシマシケルニ、當今《たうぎん》[二]ヲトナシクナラセ給テ、頼長ノ公内覽ノ臣ニテ左大臣一《いち》[三]ノ上《かみ》ニテ、節會《せちゑ》[四]ノ内辨[五]キラ〱トツトメテ、御堂[六]ノムカシコノモシクテアリケル。節會ゴトニ主上御帳ニイデヲハシマス事ノナクテ、ヒ[七]キカウブリテトノゴモリ〱シテヒトヱニ違例ニナリテケリ。院ヨリイカニ申サセ給ヒケルモ、キカセヲハシマサズ。又關白「[八]ハガトガニ成候《なりさふらひ》ナンズ」ト、返《かへす》〱申サレケルヲモキカセ給ヌ事ニテアリケレバ、「[九]ナヲコレハ關白ガスル」トヲボシメシテ御キソクアシカリケリ。[一〇]サレド法性寺殿ハスコシモコレヲ思ヒイタルケモナクテ、備前國[一一]バカリウチシリテ、關白、内覽ヲバトドムル人モナカリケレバ、出仕《しゆつし》ウチシテヲハシケリ。其後内裏ニテ二[一二]タビアシクユキアハレタリケレバ、左府ハ昔ノゴトク家禮《けらい》[一三]シテヲヒタチケル兄ナレバナヲイラレケリ。昔[一四]ハ法性寺殿ノ子ニシテヲハシケレバ、サヤウノ事思ヒイデラレケル。アハレナリト人イヒケリ。テヽノ殿ハ「イカニ」トアリケレド、「禮[一五]ハトリカヘサズト禮[一六]記ノ文ナリ。中[一七]アシトテイカデカイザラン」トイワレケルヲバ時ノ人ノヽシリケリ。カヤウニテスグルホドニ、コノ左府、惡《あく》サフトイフ名ヲ天下ノ諸人ツ

一 底本「皇太第カ、セラレケルトキ」。天明本により改む。譲位の宣命に、皇太子とあるだろうと思われたが、皇太弟と書かせなされた時、これはどうしたことかと又崇徳院は心の中に含み恨まれる所があった(皇太弟では、天皇の父として院政を行う事が出来ぬから)。「十二月七日、天皇譲㆓位於皇太弟㆒、以㆓関白㆒為㆓摂政㆒」(百錬抄)。→補注4－一三七。

二 近衛帝が成長なされて、頼長公は(久安七年から)内覧の臣で、左大臣が第一の大臣で。

三 →補注4－一三八。

四 朝廷で公事のある日天子が出御して臣下に酒食を賜わる宴会。

五 →補注4－一三九。内弁を立派につとめて。

六 道長の昔がこのましく偲ばれた。道長は左大臣で内覧、頼長は道長に私淑していたらしき事が台記により判る。

七 ひきこもってお寝みになってばかり居り、一途に病気になってしまった。「末ざまには年のはじめの行幸などもせさせ給はずなりにければ」(今鏡、第三、虫の音)。

八 「ハガ」は我がの意。

九 やはりこれは関白がそうさせるのであると鳥羽院は思われ、御機嫌がわるかった。「御キソク」は御気色。→補注4－一四〇。

一〇 底本「サレトサレト法性寺殿ハ」。天明本により改む。

一一 備前国鹿田庄だけを領知して。→補注4－一四一。

一二 折悪しくばったり会われたから。

一三 その家に伺候しては、敬意を払い、大きくしてもらった兄であるから、やはり会釈した。「イラレケリ」は「揖ラレケリ」。揖るは笏を持ち、腰を少しかがめる動作。

一四 →補注4－一四二。

ケタリケレバ、[一八]ソノシルシアケクレノコトニテアリケルニ、[一九]法勝寺御幸《ごかう》ニ[二〇]実衡《さねひら》中納言ガ車ヤブリ、又院第一ノ[二一]寵人《ちようにん》[二二]家成中納言ガ家[二三]ツイブクシタリケレバ、[二四]院ノ御心ニウトミヲボシメシニケリ。アニノ殿ハ、[二五]「マコトニヨクイヒケルモノヲ」トヲボシメシナガラサテスギケリ。人ノ物ガタリニ申シヽハ、高松ノ中納言實衡ガ車ヤブリタルコトヲ、父《の》殿[二六]「イカニサルコトハ」トイハレケル次《ついで》ニ、「カクアシクトモ家成ナドヲバヱセジ物ヲ」ト、ハラノタタレケルニイハレタリケルヲ[二七]キヽ(ハ)サミテ、親ニモカクヲモハレタルヤスカラズトテ、無二ニアイシ寵シケル[二八]随身《ずゐじん》[二九]公春《きみはる》ニ心ヲアハセテ、家成ガイヱノカドニ下人ヲタテヽマヱヲトヲラレケルニ、[三〇]高アシダハキテアリケルヲオイイレタル由ニテ、ツイブクハシタリケルナリ。アシク心タテタリトイヽナガラ、身ヲウシナフホドノ悪事カクセラレケリ。サルホドニ主上近衛院十七ニテ[三一]久壽二年七月ニウセ給ニケルハ、ヒトヘニコノ[三二]サフガ呪咀《しゆそ》ナリト人イヽケリ。院モヲボシメシタリケリ。證《しよう》據《こ》共モアリケルニヤ。カクウセサセ給ヌレバ、「イマハワガ身ハ[三三]一人《いちのひと》内覧ニナリナン」トコソハヲモハレケンニ、例ニマカセテ大臣[三四]内覧《の》辭表ヲアゲタリケルヲ、カヘシモタマハラデノチ、[三五]次ノトシ正月ニ左大臣バカリハモトノゴトトシテアリケリ。

一五 この出典不明。→補注4-一四三。
一六 →補注4-六一。
一七 仲が悪いとてどうして会釈しないで居られよう。 一八 悪左府という名の印は明暮あった事であるのに。→補注4-一四四。
一九 この法勝寺御幸は何時か判らない、但し実衡は康治元年二月八日薨、従ってそれ以前、その前年二月九日には法勝寺千僧供養、両院御幸、或いはこの時か。→補注4-一四五。
二〇 →補注4-一四六。 二一 →補注4-一四七。
二二 鳥羽院の寵臣として権力、富力を持つ。→補注4-一四八。 二三 追捕。悪党などを追い捕えること。「追捕〈法家部 ツイフク・ツイフ〉」(黒川本色葉字類抄)。「凡追二捕罪人一所レ発人兵…」(令義解、捕亡律)。 二四 →補注4-一四九。
二五 兄の忠通は「悪左府とは誠によく言ったものだ」と思われながら、そうして時日をじっと過ごされた。
二六 「どうだろう、そんな事をするのはちっと考えものだ」と言われたついでに、「こんなわるさであってもまさか院の御寵愛の家成などにはようすまいものを」と立腹した時に言われたのを小耳にはさんで。
二七 底本「キ、サミテ」。文明本・天明本により改む。 二八 上皇・摂関・大臣・大納言の為に外出の時、随い警備した近衛府の舎人。
二九 秦公春。→補注4-一五〇。
三〇 高足駄を履いているのは無礼だとした。
三一 →補注4-一五一。
三二 当時頼長が呪詛したという噂があったらしい(台記)。→補注4-一五二。
三三 摂政関白。
三四 →補注4-一五三。
三五 底本「次ノトモ」。天明本により改む。

院ハ[一]コノ次ノ位ノコトヲヲボシメシワヅライケリ。[二]四宮《しのみや》ニテ後白河院、待賢門院ノ御ハラニテ、[三]新院崇徳ニ同宿シテヲハシマシケルガ、イタク[四]サタヾシク御アソビナドアリトテ、即位ノ御器量ニハアラズトヲボシメシテ、近衛院ノアネノ[五]八條院ヒメ宮ナルヲ女帝カ、[六]新院一宮《いちのみや》カ、コノ四宮ノ御子[七]二條院ノヲサナクヲハシマスカヲナドヤウ〳〵ニヲボシメシテ、ソノ時ハ知足院ドノ左府トイフ[八]コトハナクテ一向ニ法性寺殿ニ申《まうし》アハセラレケル。御返事タビタビ「イカニモ〳〵君ノ御事ハ人臣ノハカライニ候ハズ。タヾ叡慮ニアルベシ」トノミ申サレケルヲ、第四度ノタビ「タダハカラワセ給ヘ。コノ御返事ヲ[九]大神宮ノ仰《おほせ》ト思《おもひ》候ハンズルナリ」ト、サシツメテヲホセラレタリケルタビ、「コノ勅定ノ上ハ四宮、親王ニテ廿九ニナラセヲハシマス、コレガヲワシマサン上ハ、[一〇]先《まづ》コレヲ御即位ノ上ノ御案コソ候ハメ」ト申サレタリケレバ、「左右ナシ、其定《ちやう》ニサタセサセ給ヘ」トテアリケレバ、[一一]主上ノ御事カナシミナガラ、例ニマカセテ、雅仁《まさひと》親王新院御所ニヲハシマシケル、ムカヘマイラセテ、東三條《とうさんでう》南ノ町、[一二]高松殿ニテ、[一三]御譲位ノ儀メデタクヲコナハレニケリ。サレバ[一四]世ヲシロシメス太上天皇ト、攝籙《の》臣ノヲヤノサキノ關白殿、トモニ、アニヲニクミテヲトヽヲカタヒキ給《たまひ》テ、カヽル世中《よのなか》ノ最大事ヲオコナハレケルガ、世ノスヱノカクナルベキ時運ニツク

一 近衛帝が崩御の時、鳥羽院はその継嗣について思い悩まれていた。
二 雅仁親王。↓補注4―一五四。
三 新院は崇徳院。↓補注4―一五五。
四 評判になるほど遊芸なんかをされて(今様などを好んで、帝位に昇るとは夢にも思わず呑気に遊んでいた)。
五 近衛帝の姉暲子内親王。↓補注4―一五六。
六 崇徳院の皇子重仁親王。↓補注4―一五七。
七 守仁親王(当時十五歳、美福門院が養った)の幼くていらっしゃるのか、…を帝位につけようかなどの意。底本「…マスカホナト」。文明本により改む。↓補注4―一五八。
八 底本「コトハナリテ」。諸本により改む。近衛院の崩後、鳥羽院は忠実・頼長よりは、法性寺忠通を信用するようになる。猶事実上、美福門院が新帝を決めるのに最も関係したらしい。
九 伊勢大神宮の仰せと考えようと思いますと、強制するように仰せられた時に。
一〇「この四宮雅仁親王を位につけた上でお考えも出てくるでしょう」と申されたから、「文句ない、そのきまりで処置して下さい」と申されたから。
一一 近衛帝のことを悲しみながら、きまった例に依り、雅仁親王が崇徳院の御所に同居していらっしゃるのを迎え申して。↓補注4―一五九。
一二 京都市姉小路西洞院にあった邸、東三条殿の南。↓補注4―一六〇。
一三 久寿二年七月二十四日に譲位。「廿四日己巳有譲位事、新帝御所高松殿」(山槐記)。
一四 世を治める白河院と摂籙臣である親の忠実はともに兄の忠通を憎み、弟の頼長を贔屓して、こんな世の中の一番大事な事(天下を治める事)を行ったが、末世にはこうなるべき時の運命にめぐりあわせたから、やがて鳥羽院と忠実はと

リアハセテケレバ、鳥羽院、知足院一御心《ひとつみこころ》ニナリテシバシ天下ノアリケル(ヲ)[一五]コノ巨害《こがい》ノコノ世ヲバカクナシタリケルナリ。サレド鳥羽院ノ御在生マデハ、マノアタリ内亂合戰ハナクテヤミニケリ。

カクテ鳥羽院ハ久壽《きうじゆ》ヲ改元シテ[一六]四月廿四日ニ保元トナリニケリ。[一七]七月ノ二日ウセ給ヒケル。御ヤマイノアイダ、「コノ君ヲハシマサズハ、イカナル事カイデコンズラン」ト、貴賤老少サヽヤキ[一八]ツヽヤキシケルヲ、[一九]宗能《むねよし》ノ内大臣トイフ人、大納言カニテアリケリ。[二〇]サマデノ近習者《きんじふしや》ニモナカリケレド、思ヒアマリテ文ヲカキテ、「コノ世ハ君ノ御眼《まなこ》トヂヲハシマシナンノチハ、イカニナリナンズトカヲボシメシヲハシマス。只今ミダレウセ候《さふらひ》ナンズ。ヨク〳〵ハカライヲホセヲカルベシ」ナドヤ申《まうし》タリケン。[二一]サナシトテモ君モ思召《おぼしめし》ケン。サテ[二二]キタヲモテニハ、武士[二三]爲義《ためよし》、[二四]清盛ナド十人トカヤニ[二五]祭文《さいもん》ヲカヽセテ、美福門院ニマイラセラレニケリ。後白河法皇クライニテ、少納言[二六]入道信西《しんぜい》ト云《いふ》學生《がくしやう》抜群《ばつくん》ノ者アリケルガ、年ゴロノ御メノトニテ[二七]紀ノ二位ト云妻モチテアリケル。コレヲバ人モタノモシク思ヘリケルニ、美福門院一向母后ノ儀ニテ、攝籙ノ法性寺殿、大臣諸卿ヒトツ心ニテアルベシト申ヲカレニケリ。

サテ七月二日御[二八]支度《したく》ノゴトク、鳥羽ドノニ[二九]安樂壽院《あんらくじゆゐん》トテ御[三〇]終焉《しゆうえん》ノ御堂御所シ

…もに心をあわせて、しばらく世を治めるようになったが、この保元の乱という大きな害毒がこの世をばこんなにしたのである。けれども鳥羽院の目の黒い中は、目前で内乱合戦はなく終った。一五 底本「天下ノアリケルコノ巨害ノ」。天明本に依り改む。

一六 四月二十七日改元(兵範記)。皇帝年代記も「四月廿四日」(一一一頁)と誤る。

一七 →補注4-一六一。

一八 ささやいていたが。「ツヽヤク」は「ツヽメク」に同じ、ささやく意。「云云〈ウン〳〵、ツヽヤク〉」(黒川本字類抄)。

一九 底本・文明本「憲能ノ内大臣」。天明本「憲(実ィと傍記)能内大臣」。河村本「実能の内大臣」、史料本「実能〈ィ実・得大寺〉ノ内大臣」とあるが、当時権大納言は宗能であり、同年九月十三日に大納言に進み、七十三歳、「春宮大夫九月十三日転正」(補任)。実能は内大臣、又憲能は補任に見えない。「其上春宮大夫宗能卿鳥羽殿ニ候ケルヲ被召ケレバ、風気トテ不被参内」(半井本保元、巻上)とある。宗能の誤りか。国史大系本は「宗能」とするも意を以て変えたか。

二〇 そんなに院の側に親しく仕える者でなかったが。 二一 そうでなくてもこんな時にどんな事がおこるかも知れないと鳥羽院は思われたのであろう。→補注4-一六二。 二二 →補注4-一六三。 二三 →補注4-一六四。

二四「安芸守清盛朝臣」(兵範記、保元元年七月十日)。 二五 誓文。神仏の名にかけて誓うので告文ともいう。→補注4-一六五。 二六 →補注4-一六六。 二七 紀伊守藤原兼永女、朝子(尊卑)。→補注4-一六七。 二八 御用意。 二九 →補注4-一六八。 三〇 底本「御終為」。諸本により改む。底本「御堂御所シサカセ給」。天明本により改む。

オカセ給《たまひ》タリケルニテウセサセ給ニケリ。[一]ソノ時新院マイラセ給タリケレドモ、内ヘ入レマイラスル人ダニモナカリケレバ、ハラダチテ、鳥羽ノ[二]南殿(ノ)、人モナキ所ヘ御幸ノ御車チラシテヲハシマシケルニ、マサシキ法皇ノ御閉眼ノトキナレバ、馬車サハギアフニ、[三]勝光明院《しようくわうみやうゐん》ノマヘノホドニテ、[四]チカノリガ十七八ノホド、[五]ノリ家ガ子ニテ、[六]勘解由次官《かげゆのすけ》ニナサレテメシツカイケルガ、マイリアイタリケルヲウタセタマイケルホドニ、目ヲウチツブサレタリトノ、シリケルヲ、スデニ[七]今ハカウニテヲハシマシケルニマイリテ、最後ノ[八]御ヲモイ人ニテ候《さふらひ》ケル光安ガムスメノ[九]土佐殿トイヒケル女房ノ、「新院ノチカノリガ目ヲウチツブサセタマヒタリト申《まうし》アヒ候」ト申タリケルヲキカセヲハシマシテ、御目ヲキラリトミアゲテヲハシマシタリケルガ、マサシキ最後ニテ[一〇]ヒキイラセタマイニケリトゾ人ハカタリ侍《はべり》シ。其後チカノリ現存シテ[一一]民部卿入道トテ八十マデイキテアリシニ、「カク人カタルハイカナリシゾ」トトイ侍ケレバ、「目ハツブレ候ハズ。[一二]キコヘ候ヤウニマイリアイテ候シニ、御幸氣色《ごかうのけしき》モ候ハヾ、ヤハ車ハチラシアイ候シニ、[一三]メシツギガ[一四]ツブテニテ、ノリテ候シ車ノ[一五]モノミニウチアテ、ハタトナリ候シニ、「新院ノ御幸ゾ」ト申候シカバ、サウナク、「車ヲオサヘヨ」トタカク、[一六]車ヲヲドリヲリ候シホドニ、イカニシテ候シヤラン、車ノスダレノ

一 →補注4-一六九。 二 底本「鳥羽ノ南殿人モナキ所」。天明本により改む。鳥羽の南殿は田中殿の南、証金剛院の西、応徳三年秋から翌寛治元年にかけて最初に造られた。→補注4-一七〇。 三 →補注4-一七一。 四 平親範、永万元年(一一六五)参議、二十九歳(補任)。保元元年(一一五六)は二十歳。「故範家卿一男…仁平二・八・廿八勘次官(父辞廷尉申之)。久寿二・正・五従五上(院御給)。同三・正・廿七停伯耆。保元二・正・廿四・補蔵人(廿一)」(補任)。 五 平範家。 六 勘解由使の次官。勘解由使は「諸国諸寺等ノ未進解由〈トケヨラ〉ザルヲ勘検スル職也。タトヘバ諸国ヨリ奉ル年貢ヲ帳ニ書シテ此ノ勘解由使ニオクル也」「同次官殿上ノ四位五位任ズル也」(有職袖中鈔)。 七 「今ハカウ」は臨終の意、もう終りであるの意。 八 思い人。寵姫。 九 源光保の女子か。底本「申アイヒ候」。天明本により改む。→補注4-一七二。 一〇 底本「ヒキチラシタマイ」。文明本により改む。息を引きとられなさった。 一一 →補注4-一七三。 一二 御承知のように、そこに来あわせていましたが、上皇の御幸があったなら、よもや車は散らしあう事が出来たろうかと思っていた所、上皇の召継の者が飛礫で私の乗って居た車の物見の窓にぶつけて、はたと音がした時、「(無礼者)新院の御幸だぞ」と申しましたから。 一三 舎人とか、随身の類。「蔵人所の下にありて人をめす時にその使して召の申し次をする者なり」(安斎随筆、巻一)。 一四 飛礫。底本「ツウテ」。文明本により改む。 一五 牛車の左右にある窓。 一六 底本「車テ」。天明本により改む。 一七 縫い様に。縫ってある様に(所々が切れて血が出た様)。 一八 底本「顕文砂」。文明本により改む。紋様をはっきりと織り出した紗。紗は経糸をよ

竹ノヌケテ候シガ、目ノ下ノカハノウスク候所ニアタリテ、[一七]ヌイザマニツラヌカレテ候シ血ノ、[一八]顯文紗《けんもんしや》ノ[一九]シラアヲ、キテ候シ[二〇]カリギヌノ前ニカヽリテ候シヲミ候テ、メシツギドモウチヤミ候ニシ也。サ候ハズハ猶モウチフセラレモヤシ候ハマシ。[二一]ソノ血ノカヽリヤウハ、カヘリテ冥加《みやうが》トゾヲボヘ候ニシ」トゾカタリ侍リケル。

サテ新院ハ[二二]田中殿ノ御所ニヲハシマシケルホドニ、宇治ノ左府申《まうし》カハシケム、ニハカニ[二三]七月九日鳥羽ヲイデ、白河ノ[二四]中御門河原ニ、[二五]千體ノアミダ堂ノ御所トキコユル[二六]サジキ殿ト云《いふ》御所ヘワタラセ給ニケリ。ソレモワガ御所ニテモナキヲ、オシアケテヲハシマシニケリ。サレバヨトスデニ京ノ内ノ[二七]ダイリニ、[二八]關白、[二九]德大寺ノ左府ナドイヽシ人〳〵、ヒシトマイリツドイテ、祭文カキテマイラセタル武士ドモ候テ、警固シテヲワシマシケルニ、惡左府ハ宇治ニヲワシケル。宇治ヨリマイランズラントテ、[三〇]ノブカヌト云武士、「[三一]ヒツ河ノヘンニマカリムカイテ、ウチテマイラセヨ」トスデニ仰《おほせ》ラレニケルニ、アマリニ俄ナレバヲソクユキムカイケルホドニ、[三二]夜半ニ宇治ヨリ中御門御所ヘマイラレニケリ。サテ[三三]爲義ヲ、宰相中將[三四]教長トシゴロノ新院ノ近習者也、ソレシテタビ〳〵メシテ、爲義スグニ新院ヘマイリヌトキコエテ、子二人グシテマイリニケリ。[三五]四郎左衛門

じりあわせたうすい織物。一九 薄い水色のを着ていた狩衣の前について。「しらあをの狩衣に黒糸威の鎧きて」(保元、上)とある「しらあを」と同じ。但し「シラアヲ、キテ候シ」は少し変った言い方。二〇 狩衣。公家の常用の服、袖口にくくりがあり、指貫の袴をはく。二一 その血のかかった事がかえって冥々の加護であり、助かったと思われます。二二 鳥羽離宮の中にあった御所。→補注4-一七四。二三 →補注4-一七五。二四 中御門河原は中御門通に近い加茂川の辺をいうか、中御門通は勘解由小路(下立売通)と春日通(丸太町)の間にあった通、白河北殿の辺か。二五 千体阿弥陀仏を本尊としてある堂。百錬抄、平治元年三月二十二日条参照。二六 桟敷殿。この御殿の詳細は不明。二七「禁中〈于時高松殿〉」(兵範記、保元元年七月十日)。二八 忠通、当時六十歳。「七月十一日依宣旨更為藤氏長者」(補任、保元元年)。二九 徳大寺実能。→補注4-一七六。三〇 当時、左衛門尉(兵範記、保元元年七月九日)、久寿二年二月一日、法勝寺千僧御読経の帰途の頼長と息の兼長の車と「乗会」衝突、従者と乱闘し四月十四日解官されたが、翌久寿三年五月十九日、風雲急な時に還着、左衛門権少尉(兵範記)、保元物語によると鳥羽院の遺訓の中に「内へ可参武士ノ交名ヲ御自筆ニテ注置セ給タル」中に、信兼の名も見える。→補注4-一七七。三一 櫃河、今の山科川、「櫃河自㆓北山科㆒流出而経㆓勧修寺東醍醐西㆒木幡西而流㆓合宇治川末㆒也」(山城名勝志、巻十七)。三二 →補注4-一七八。三三 為義は頼長と主従の契約をしていたらしい。(台記、康治二年六月三十日)。→補注4-一七九。三四「正三位左京大夫教長」(兵範記、保元元年七月二十七日)。「右京大夫教長卿」(保元元年七月

ヨリカタ・[一]源八タメトモナリ。[二]サテ嫡子ノヨシトモハ、御方《みかた》ニヒシト候《さぶらひ》ケリ。トシゴロコノ父ノ中ヨカラズ。子細ドモコトナガシ。[三]サテ十一日議定アリテ、世ノ中ハイカニ〳〵トノノシリケルニ、爲義ハ新院ニマイリテ申《まうし》ケルヨウハ、「ムゲニ無勢《ぶせい》ニ候。郎従ハミナ義朝ニツキ候テ内裏ニ候。ワヅカニ[四]小男二人候。ナニゴトヲカハシ候べキ。コノ御所ニテ[五]マチイクサニナリ候テハ、スコシモ叶《かなひ》候マジ。イソギ〳〵テタダ宇治ニイラセヲハシマシテ、[六]宇治橋ヒキ候テ、シバシモヤササヘラレ候べキ。サ候ハズハ、タダ近江國へ御下向候テ、[七]カウカノ山ウシロニアテ、坂東《ばんどう》武士候ナンズ。[八]ヲソクマイリ候ハヾ、關東へ御幸候テ、[九]アシガラノ山キリフサギ候ナバ、ヤウ〳〵京中ハヱタヽヘ候ハジ物ヲ。東國ハ[一〇]ヨリヨシ・義家ガトキヨリ[一一]爲義ニシタガハヌモノ候ハズ。[一二]京中ハ誰モ〳〵コトガラヲコソウカヾイ候ラメ。[一三]セメテナラバ、内裏ニマイリテ、一アテシテ、イカニモ成候ハヾヤ」ト申シケルヲ、左府、御前ニテ、「イタクナイソギ(ソ)。只今何事ノアランズルゾ。當時マコトニ[一四]無勢ゲナリ。ヤマトノ國[一五]ヒガキノ冠者《くわざ》ト云《いふ》モノアリ。「[一六]吉野ノ勢モヨヲシテ、ヤガテイソギマイレ」ト仰《おほせ》テキ。今ハマイルラン。シバシアイマテ」トシヅメラレケレバ、「コハ以外ノ御事哉」トテ庭ニ候ケリ。爲義ガホカニハ、[一七]正弘《まさひろ》・[一八]家弘《いへひろ》・[一九]忠正《ただまさ》・[二〇]頼憲《よりのり》ナドノ候ケル。勢ズクナ

十四日)。→補注4―一八〇。
三三 為義の四男。→補注4―一八一。

一 →補注4―一八二。
二 嫡子の義朝は天皇の味方としてずっと伺候していた。→補注4―一八三。
三 保元元年七月十一日に相談があって。
四 この小男は四郎左衛門頼賢、源八為朝を指すか。(もしそうとすると)保元物語には為朝の武勇が強調されているのに、愚管抄では「小男」という表現。 五 待ち軍。
六 平等院の近く、宇治川にかけた橋。大和へ行く道が通じていた。
七 甲賀山を後にして関東武士が防いで居りましょう。甲賀山は近江甲賀郡にあった山。大岡山というと(輿地志略)。当時からも要害の地とされたらしく、天仁二年二月美濃前司源義綱が甲賀山に籠った時も為義が追捕(殿暦・百錬抄)。
八 若し遅く来るようなら関東へ御幸申して足柄山を切り塞ぐなら、段々と京都はもちこらえる事が出来ないでしょうものを。
九 →補注4―一八四。 一〇 頼義、源義家の父。
一一 →補注4―一八五。
一二 京都中は誰も皆、事の様子を観望しているでしょう。
一三 出来ることなら、せめて内裏に参って一合戦して、どうにもなりましょうか。底本「イタクナイソキ只今」。諸本により改む。
一四 軍勢が少いようである。
一五 檜垣の冠者か、何人か不明。→補注4―一八六。 一六 大和国吉野郡十津川辺の山岳武士。→補注4―一八七。
一七 平正弘、但し正弘の名は兵範記に見えぬ。
一八 →補注4―一八八。 一九 →補注4―一八九。

ナル者ドモ也。

内裏ニハ義朝ガ申アゲヽルハ、「二一イカニ、カクイツトモナクテサヽヘタル。御ハカライハ候ニカ、イクサノ道ハカクハ候ハズ。先《まづ》タヾヲシヨセテ蹴チラシ候テノ上ノコトニ候。為義、二二ヨリカタ・為朝グシテスデニマイリ候ニケリ。親ニテ候ヘドモ御方ニカクテ候ヘバ、マカリムカイ候ハヾ、カレラモヒキ候ナン物ヲ。タヾヨセ候ナン」二三トカシラヲカキテ申ケルニ、二四十日一日ニ(コ)トキレズ、ミチノリ法シ、ニハニ候テ、「イカニ／＼」ト申ケルニ、法性寺《ほつしやうじ》殿御マヘニヒシト候テ、目ヲシバタヽキテ、ウチミアゲ／＼ミテ物モイハレザリケルヲ、二五實《さね》能《よし》・公能《きみよし》以下コレヲマボリテアリケルホドニ、二六十一日ノ暁、「サラバ、トクヲイチラシ候ヘ」二七トイヽ、イダサレタリケルニ、二八下野守義朝ハヨロコビテ、日イダシタリケル紅《くれなゐ》ノ扇ヲハラ／＼トツカイテ、「義朝イクサニアフコト何ケ度ニナリ候ヌル。ミナ朝家ヲオソレテ、イカナルトガヲカ蒙《かうぶり》候《さふら》ハンズラントムネニ先コタヘテヲソレ候キ。ケフ追討《つゐたう》ノ宣旨《せんじ》カウブリテ、只今敵ニアイ候ヌル心ノスヾシサコソ候ハネ」トテ、二九安藝守清盛、手ヲワカチテ、三〇三條内裏ヨリ三一中御門ヘヨセ参リケル。コノホカニハ三二源頼政《よりまさ》・三三重成《しげなり》・三四光康《みつやす》ナド候ケリ。三五ホドヤハアルベキ、ホノ／＼ニヨセカケタリケルニ、三六頼賢・タメトモ勢ズクナニテ、ヒシト

二〇 源行国の子。「保元乱斬首号多田蔵人大夫」(尊卑)。
二一 どうしたものですか、けげんな事です、こうして何時という事なくじっと支えているのは。御計略はあるのですか、戦の方法はこんなものでは御座いません。 二二 →二一九頁注三五。
二三 焦躁の様子。
二四 底本「十日一日ニトキレス」。天明本により改む。十日一日中で評定は埒があかないで、通憲(信西)法師が庭に居て、どうだどうだと言ったが、忠通は天皇の御前に伺候して、目をぱちぱちさせ、天皇を眺め眺め物も言わなかったのを。 二五 内大臣徳大寺実能やその子中納言公能。
二六 →補注4-一九〇。
二七 忠通が言い出したので。
二八 →補注4-一九一。
二九 「清盛三百余騎自二条方、義朝二百余騎自大炊御門方、義康百余騎自近衛方」(兵範記、保元元年七月十一日)。 三〇 →補注4-一九二。
三一 中御門通、東西の通り。
三二 源三位頼政。「前蔵人源頼盛依召候南庭、同郎従数百人囲繞陣頭、此間頼政、重成、信兼等重遣白川了」(兵範記、保元元年七月十一日)。
三三 鳥羽院武者所の、佐渡源太冠者重実(尊卑)の子、多田満仲の弟の満政の孫。→補注4-一九三。
三四 「出雲守光保朝臣、和泉守盛兼、此外源氏平氏輩」(兵範記、保元元年七月五日)とある光保か。鳥羽院四天王の源光信の子。「出雲守従五下、左衛門尉」「使、昇殿」「母神祇大副輔清女、平治乱与同信頼卿永暦元十一坐事配流薩摩国於川尻被誅了」(尊卑)。 三五 一刻も猶予されようか、暁方に押し寄せた所。 三六 →補注4-一九四。底本「タメモト」。諸本により改む。

サヽヘタリケルニハ、義朝ガ一ノ[一]ラウドウ[二]鎌田ノ次郎マサキヨハ、[三]タビ〳〵カケカヘサレケレドモ、御方《みかた》ノ勢ハカリナケレバ、ヲシマハシテ火カケテケレバ、新院ハ御[四]ナヲシニテ御馬ニタテマツリテ、御馬ノシリニハ[五]ムマノスケノブザネト云者《いふもの》ノリテ、仁和寺ノ御《お》[六]ムロノ宮ヱワタラセ給ヒケリ。[七]左大臣ハ、[八]シタハラマキトカヤキテヲチラレケルヲ、誰ガ矢ニカアリケン、カホニアタリテ[九]ホウヲツヨク射ツラヌカレニケレバ、馬ヨリヲチニケリ。[一〇]小家ニカキ入テケリ。[一一]コノ日ヤガテ藤氏《の》長者ハ如《シ》レ元《ノ》ト云宣下《せんげ》アリテ、法性寺殿ニカヘシツケラレニケリ。[一二]上ノ御サタニテカクナル事ノハジメナリ。[一三]筑後ノ前司《ぜんし》シゲサダト云シ武士ハ、[一四]土佐源太シゲザネガ子ナリ。入道シテ八十ニナリシニアイテ侍《はべり》シカバ、「我ガ射テ候《さふらひ》シ矢ノマサシクアタリ申《まうし》テ候シ」トテ、[一五]カイナヲカキイダシテ、「七星《ななつぼし》ノハ[一六]、クロノカク候テ、弓矢ノミヤウガ一度モフカク候ハズ」トゾ申シ。サテ[一七]悪左府ハカツラガハノ[一八]梅ツト云所ヨリ小船ニノセテ、[一九]ツネノリナド云者ドモグシテ宇治ニテ入道殿ニ申ケレバ、「今一度」トモヲホセラレザリケリ。サテ大和ノ[二〇]般若道《はんにゃみち》ト云カタヘグシ申テクダリケレバ、次ノ日トカヤ[二一]引《ひき》イラレニケリ。コマカニ[二二]仲行ガ子ニトイ侍シカバ、「宇治ノ左府ハ馬ニノルニヲヨバズ、戦場、大炊《おほゐ》御門《みかどの》[二三]御所ニ御堂《みだう》ノアリケルニヤ、[二四]ツマドニ立《たち》ソイテ事ヲオコナイテアリケ

一郎党。二「乳母子ノ鎌田次郎正清」(半井本保元、巻上)。三 馬を駈けさせて攻めては、撃退されたけれども、味方の軍勢が沢山居るから、とり巻いて、放火した所。四 直衣、普段の平服。五 右馬助信実。保元には蔵人信実。「平信範子、蔵人下、半井本有二大夫字一」(参考保元物語注)。六「御ムロ」は御室、仁和寺のこと、仁和寺宮覚性法親王、鳥羽院の五宮、当時鳥羽院に居られた(兵範記)。↓補注4-一九五。七「上皇左府不知行方、但於左府者、已中流矢由多以称申」(兵範記、保元元年七月十一日)。「上皇幷左府存否、幷在所不分明、仍所々被追捕、知足院寺中房舎、一条北辺、公晴旧宅、検非違使季実資良等奉行之」(兵範記、保元元年七月十二日)。八 下腹巻。衣の下に着籠めにする鎧腹巻。九 頬。一〇 賤しい者の家。「小」は賤しいという程の意、小者などの小。一一「関白従一位藤忠通〈六十。七月十一日依宣旨更為藤氏長者」(補任)。一二 天皇からの御命令で藤氏長者が任命される始めである。↓補注4-一九六。一三 重成の弟、重定。清和源氏満政流佐渡源太冠者重実の子(尊卑)、「佐渡兵衛尉重貞」(本大系保元物語、一七二頁)。一四 ↓補注4-一九七。一五 二の腕をさし出し、見せて、「七星(北斗七星)のほくろがこういうふうにあって、そのお蔭で、弓矢の道に冥々の加護があり、一度も不覚が御座いません」。七曜星は魔除けとする信仰による。一六 ほくろ。ははくそ。「黒子〈コクシ〉〈ハヽクソ〉」(前田本字類抄)。「黒子〈ハウクロ〉」(枳園本節用)。一七 ↓補注4-一九八。一八 梅津。桂川に沿った松尾・嵐山の対岸。梅宮社長福寺の在る所。一九 ↓補注4-一九九。二〇 奈良市の北郊、般若坂の南の辺、般若寺の近く、山城国より道

ルニ、矢ノキタリテ耳ノシモニアタリニケレバ、門邊《かどあたり》ニアリケル車ニ藏人大夫《くらうどのだいぶ》經憲《つねのり》ト云者ノリグシ申テ、カツラ河ニ行《ゆき》テ[二五]鵜船《うぶね》ニノセ申テ、[二六]コツ河ヘクダシテ、[二七]知足院殿南都ヘイラセ給タリケルニ、「見參セン」ト申サレケレバ、「モトヨリ存《ぞんじ》タル事也。對面ニヲヨブマジ」ト仰《おほせ》ラレケル後ニ、船ノ内ニテヒキイラレケレバ、コノツネノリ・[二八]圖書允《づしよのじよう》利成・[二九]監物《けんもつ》信頼ナド云ケル兩三人、般若寺ノ大道ヨリ上リテノ方《かた》三段バカリ入テ、火葬シ申テケリトゾウケタマハリシ」ト申ケリ。カヤウノ事ハ人ノウチ云ト、マサシクタヅネキクトハカハルコトニ侍リ。カレコレヲトリ合《あはせ》ツヽキクニ一定《いちぢやう》アリケンヤウハミナシラルヽコトナリ。カクシテ[三〇]爲義ハ義朝ガリニゲテキタリケルヲ、カウ〳〵ト申ケレバ、ハヤクク、ビヲキルベキヨシ勅定サダマリニケレバ、義トモヤガテコシ車ニノセテ[三一]ヨツヾカヘヤリテ、ヤガテクビキリテケレバ、「義トモハヲヤノクビ切《きり》ツ」ト世ニハ又ノヽシリケリ。[三二]カクテ新院ヲバサヌキノ國ヘナガシタテマツラレニケリ。[三三]宇治ノ入道ヲバ又法性寺ノサタニテ、[三四]知足院ニウチコメラレニケリ。コノ十一日ノイクサハ、五位藏人ニテ[三五]マサヨリノ中納言、藏人ノ治部大輔トテ候シガ、奉行シテカケリシ日記ヲ思《おもひ》ガケズミ侍シナリ。「曉ヨセテノチ、ウチヲトシテカヘリ參《まゐる》マデ、時々剋々《じじこくこく》「只今ハ、ト候。カウ候」トイサヽカノ不審モナク、義朝ガ申

が通じる。天明本「般若寺」。→補注4-二〇〇。
二一 息を引きとられた。二二 この人物不明。
二三 白河殿をいう。
二四 妻戸。寝殿造の四隅にある開き戸。
二五 鵜飼舟、「梅津川ともす鵜ぶねのかゞり火に」云々(夫木、巻八、恵慶法師)、桂川(梅津川・大井川)の名物が鵜飼。保元物語では嵯峨から梅津まで小舟に乗せ、その上に柴を集めて爪木の舟の如くして更に下ったと。二六 木津川。古く、こつ川と言う。「桃の花咲くや三月のみかの原こつのわたりも今盛りなり」(好忠家集)。兵範記によると、「十三日於大井河辺乗船、同日申刻付木津辺、先申事於入道殿」(七月二十一日条)とあり、桂川を下り、木津川に入った。
二七「宇治入道殿聞食左府事、急令逃向南都給了云々」(兵範記、保元元年七月十一日)。二八 →補注4-二〇一。二九 この人物不明。中務省に属する役人が監物。内蔵・大蔵等の諸司の庫の出納を監察する職。三〇 →補注4-二〇二。三一 四塚。東寺、羅生門の近くの地名、鳥羽の造道の北。但し「為義・頼方・頼仲・為成・為宗・九郎、已上左馬頭義朝於船岡辺斬之、但為義　検非違使季実依勅定実検云々」(兵範記)とあり、京都の北郊船岡山であり、南の四塚ではない。
三二 →補注4-二〇三。三三 補注4-二〇三所引の如く、朝廷では忠実をも讃岐へ配流する手筈だったらしく、保元物語によると、忠通が「関白辞表を召をかるべきか」と主張したので、止むなく知足院へ忠実を渡す事となった。
三四 紫野雲林院の近くにあった寺。→補注4-二〇四。三五 源雅頼、故入道中納言雅兼卿三男。「同(長承)四・正・廿八治部大輔(九)…久寿二・八・廿三蔵人。同三・九・十七左少弁(卅)」(補任、長寛二年)、嘉応元年十二月三十日

ケルツカイハハシリチガイテ、ムカイテミムヤウニコソヲボヘシカ。ユヽシキ者ニテ義朝アリケリ」トコソ雅頼モ申《まうし》ケレ。ソノヽチ教長[一]メシトリテヤウヤウノスイモン[二]アリケル。官[三]ニメシテ、長者[四]・大夫史《たいふのし》[五]・大外記《だいげき》[六]候《さふらひ》テ、辨官[七]、職事《しきじ》[八]ニテトハレケル、昔[九]ノアトアリテ猶イミジカリケリ。コノ比《ころ》ナドサルスヂアルベシトコソミヘネ。

に権中納言(補任)。

一 ↓補注4-二〇五。

二 推問。審問すること。「或及二推問拷問拷訊等一尋捜之」(庭訓往来、八月七日)。

三 太政官庁。兵範記によると東三条の西中門廊を以て官庁に準じた。

四 官長者。小槻師経を指そう。左大史小槻師経が着座した(兵範記)。↓補注4-二〇六。

五 「大夫史」は太政官の官人、太政官の執筆役、左右大小史八人あって八史ともいう。六位相当であるが五位の者が大夫を勤める時は大夫史とも、史大夫とも言う、小槻氏が任ぜられた。「上卿の宰相、大外記、大夫史に至るまで」(平家、巻三、大臣流罪)。↓補注4-二〇七。

六 太政官の官人、外記は大外記二人、少外記二人。書記役、清原・中原氏より任じられた。↓補注4-二〇八。

七 太政官の判官、左右の大中少弁をいう。

八 蔵人をも職事というが、ここは担当の事務官の意。公事などにその事務を受持つ役人を職事という。この辺、官長者や大夫史・大外記が祗候して、弁官が受持ちの事務官として訊問した、の意。

九 昔の太政官で政治をとったおもかげがあって、殊勝のことであった。

愚管抄(巻第五)

コノ内亂タチマチニオコリテ、[一]御方《みかた》コトナクカチテ、[二]トガアルベキ者ドモ皆[三]ホド〳〵ニ[四]行ハレニケリ。[五]死罪ハトヾマリテ久《ひさし》ク成《なり》タレド、[六]カウホドノ事ナレバニヤ、行ハレニケルヲ、[七]カタブク人モアリケルニヤ。サテ後白河院ハ、佛法ノ[八]御行《おんおこな》ヒコトニ[九]叡慮ニ入《いり》タル方《かた》ヲハ(シ)マシテ、[一〇]御位《みくらゐ》ノ程《ほど》、大内《おほうち》ノ[一一]仁壽殿《じじゆうでん》ニテ、[一二]懺法行《せんぼふおこな》ヒナドセサセ給ヒケリ。偏《ひとへ》ニ信西《しんぜい》入道[一三]世《よ》ヲトリテアリケレバ、年比《としごろ》[一四]思ヒトヂタル事ニヤアリケン、大内ハナキガ如クニテ、白河・鳥羽二代アリケルヲ、[一五]有職《いうそく》ノ人ドモハ、「[一六]公事《くじ》ハ大内コソ本《ほん》ナレ。コノ二代ハステラレテ[一七]サタナシ」ト歎キケレバ、鳥羽院ノ御時、[一八]法性寺殿《ほつしやうじどの》ニ、「世ノ事一向ニトリザタセラレヨ」ト仰《おほせ》ラレケル手[一九]ハジメニ、ソノ大内造營ノ事ヲ先申《まづまうし》ザタセント企《くはだて》ラレケルヲキコシメシテ、「[二〇]世ノ末《すゑ》ニハカナフマジ。コノ人ハ昔心《むかしごころ》ノ人ニコソ」トテ叡慮ニカナハザリケレバ、[二一]引《ひき》イラレニケリ。ソレヲ信西ガ[二二]ハタ〳〵ト折ヲ得テ、[二三]メデタク〳〵サタシテ、[二四]諸國七道少シノワヅラヒモナク、[二五]サハ〳〵トタヾ[二六]二年ガ程ニツ

一 官軍。後白河天皇側をさす。二 罪となる行為。三 それぞれの程度に応じて。四 処罰する。五 死刑は薬子の乱(八一〇)以後中止された。「廿九日。源為義已下被レ行二斬罪一。嵯峨天皇以降、所レ不レ行之刑也。信西之謀也」(百錬抄、保元元年七月)。六 かくほどの音便。七 首を傾けて不思議がる。死刑復活反対の意見は保元物語、中、忠正・家弘等誅せらるる事、中院右府入道雅定の奏言に所見(本大系一四一頁)。八 仏道修行。九 天皇のお気に入った面があった。底本「ヲハマシテ」。文明本・天明本により改む。一〇 天皇としておられたころ。一一 内裏の中央、紫宸殿の北、承香殿の南にある殿舎。初めは天皇の常御殿、のちは内宴・相撲・蹴鞠等の芸能が行われた。一二 法華懺法講の略。法華経を読誦し罪障を懺悔する法会。↓補注5-一。一三 政権を握る。一四 信西が思い込む。一五 朝廷の儀礼典故に精通した人。一六 朝廷の政務儀礼は大内裏で行うのが本来。一七 大内裏使用の命令がない。一八 関白忠通のこと。忠通が関白に初任したのは鳥羽天皇の保安二年。一九 事のしはじめ。二〇 末の世であるから願いは成就しないだろう。忠通は昔かたぎの人だ。当時院政をとっていたのは白河法皇であるから、その仰せであろう。二一 引きこもる。忠通が摂政関白を辞したのは保元三年(一一五八)。しかし政界から事実上隠退したのはそれよりかなり以前。↓補注5-一二。二二 保元の乱後の好機会をつぎつぎと捕えて。二三 りっぱに取り計らって。二四 七道諸国は少しの負担もなく。二五 さっぱりと気持よく、音を立てての二義がある。後者か。二六 「大内は久く修造なくして殿舎傾危し楼閣も荒廃せり。…信西一両年が間に修造して遷幸をなしたてまつる」(平治物語、上)。↓補注5-一三。

クリ出シテケリ。ソノ間手ヅカラ終夜算[一]ヲオキケル。後夜方《ごやかた》[二]ニハ算ノ音ナリケル、コヱスミテタウトカリケル、ナド人沙汰[三]シケリ。サテヒシト[四]功程[五]ヲカンガヘテ、諸國[六]ニスクナ〳〵トアテヽ、誠ニメデタク[七]ナリニケリ。其後内宴《ないえん》[八]行ヒテ妓女《ぎぢよ》[九]ノ舞ナドシテ、コハイカニトオボユル程ニ沙汰[一〇]シケリ。サテ大内[一一]ツネノ御所ニテアリケレバ、御懺法《せんぼふ》ナドサヘアシカルベキ事ニモ候《さぶら》ハズトテ、行ハセマイラセナンドシテアリケルホドニ、保元三年八月十一日ニオリサセ[一二]給《たまひ》テ、東宮二條院[一三]ニ御譲位アリテ、太上天皇[一四]ニテ白河・鳥羽[一五]ノ定《さだめ》ニ世ヲシラセ給フ間ニ、忠隆《たゞたか》[一六]卿ガ子ニ信頼《のぶより》[一七]ト云殿上人《いふてんじやうびと》[一八]アリケルヲ、アサマシキ[一九]程ニ御寵《ちよう》アリケリ。

サル程ニ又北面《ほくめん》[二〇]ノ下臈《げらふ》[二一]ドモニモ、信成《のぶなり》[二二]・信忠《のぶただ》[二三]・爲行《ためゆき》・爲康《ためやす》ナド云者ドモ、兄弟ニテ出《いで》キナドシケレバ、信頼ハ中納言[二四]右衛門督マデナサレテアリケルガ、コノ信西ハマタ我子ドモ俊憲《としのり》[二五]大辨宰相・貞憲《さだのり》[二六]右中辨・成憲《なりのり》[二七]近衛司《このゑつかさ》[二八]ナドニナシテアリケリ。俊憲[二九]等才智文章ナド誠ニ人ニ勝《すぐ》レテ、延久《えんきうの》[三〇]例ニ記錄所[三一]オコシ立《たて》テユヽ[三二]シカリケリ。大方《おほかた》[三三]信西ガ子ドモハ、法師ドモヽ、數シラズオホカル[三四]ニモ、ミナホド〳〵ニヨキ者ニテ有《あり》ケル程ニ、コノ信西ヲ信頼ソネム心イデキテ、義朝・清盛、源氏・平氏ニテ候《さふらひ》ケルヲ、各コノ亂ノ後ニ世ヲトラント思ヘリケル、義朝ト一ツ心ニナリテ、ハタト[三五]謀反《むほん》ヲオコシテ、ソレモ[三六]義朝・信西、ソコニ意趣[三七]

一 算器で数をかぞえること。→補注5-四。 二 夜半から暁にかけて。 三 評判する。 四 しっかりと。 五 工事の段取り。→補注5-五。 六 諸国には少なく負担を課して。 七 りっぱに竣功する。 八 正月二十日または二十一—三日の中の子の日に天皇が仁寿殿に出御し内々に行う節会。→補注5-六。 九 内教坊に属し伎楽を演舞した。→補注5-七。 一〇 処置・命令する。 一一 大内裏が天皇のいつも居住する所となった。 一二「八月十一日。譲二位於皇太子一。太子参上、拝舞、退二出昭陽舎一」(百錬抄、保元三年)。 一三 後白河天皇第一皇子守仁親王のこと。 一四「被レ下二太上天皇尊号幷御随身詔勅書一云々」(兵範記、保元三年八月十七日)。 一五 白河・鳥羽両上皇の決定の通りに。 一六 藤原氏道隆孫。道隆—隆家—経輔—師家—家範—基隆—忠隆。久安四年二月一日従三位、久安六年八月三日薨。 一七 母六条顕頼女。 一八 昇殿を許された四位・五位の朝臣。 一九 あきれる。→補注5-八。 二〇 北面の武士のこと。 二一 地位の低い者。 二二 兵範記、久寿二年十二月十九日「内舎人平信成」所見。 二三 兵範記、保元元年五月十九日に「右衛門権少尉平信忠」所見。 二四 保元三年八月十日権中納言、同年十一月二十六日右衛門督。 二五 藤原通憲一男、母近江守重仲女。保元四年四月六日参議。権左中弁まで大弁にならなかった。 二六 藤原通憲二男、母近江守重仲女。平治元年五月一日権右中弁。 二七 藤原通憲三男、母従二位藤朝子。保元三年八月十日左中将。 二八 近衛府の役人。 二九 →補注5-九。 三〇 延久元年の先例によって。 三一「廿日、更置二記録所一」(百錬抄、保元元年十月)。→補注5-一〇。 三二 りっぱである。 三三 →補注5-一一。 三四 諸本「オホカルモ」。 三五 急に。 三六 謀叛を起したのも。 三七 恨みがこもる。→補コボリニケルナリ。信西ハ[三八]時ニトリテサウナキ者ナレバ、義朝・清盛トテナラビタルニ、信西ガ子ニ[三九]是憲《これのり》トテ信乃入道《しなののにふだう》トテ、[四〇]西山《にしやま》[四一]吉峰《よしみね》ノ[四二]往生院ニテ[四三]最後十念《さいごのじふねん》成就《じやうじゆ》シテ決定《けつぢやう》往生シタリト世ニ[四四]云聖《いふひじり》ノアリシガ、[四五]男ニテサカリノ折フシニシアリシヲサ[四六]ヽヘテ、「ムコニトラン」ト義朝ガ云ケルヲ、「[四七]我子ハ[四八]學生《がくしやう》ナリ。汝ガムコニ[四九]アタハズ」ト云[五〇]アラキヤウナル返事ヲシテ[五一]キカザリケル程ニ、ヤガテ程ナク當時ノ妻ノ[五二]キノ二位ガ[五三]腹ナル[五四]シゲノリヲ清盛《きよもり》ガムコニナシテケルナリ。コヽニハ[五五]イカデカソノ意趣コモラザラン。カヤウノ[五六]フカク[五七]イミジキ者モシ[五八]出《いだ》スナリ。サラニ〳〵チカラ及バヌ事ナリ。[五九]トテモカクテモ[六〇]物ノ道理ノ重キ輕キヲヨク〳〵知《しり》テ、[六一]フルマヒタガヘヌホカニハ、ナニモカナフマジキナリ。[六二]ソレモ[六三]一《ひと》カタバカリニテハ、皆シバシハ思フサマニスギラルヽナリ。二ツ三ツ[六四]サシアハセテアシキ事ノ出キヌル上ハ、ヨキ事モワロキ事モ其時[六五]コトハ切《きる》ルナリ。信西ガフルマヒ、子息ノ昇進、天下ノ[六六]執權《しつけん》、コノ[六七]充滿《じゆうまん》ノアリサマニ、義朝ト云程ノ武士ニ此意趣[六八]ムスブベシヤハ。[六九]運報ノカギリ[七〇]時ノイタレルナリ。又[七一]腹ノアシキ、難ノ第一、人ノ身ヲバホロボスナリ。[七二]ヨク腹アシカリケルモノニコソ。

カヽリケル程ニ平治元年十二月九日夜、[七三]三條烏丸ノ內裏《だいり》、院御所ニテアリケ

注5-一二。三八 当時ならぶものがない。三九「本名高伊、少納言、母同㆓俊憲㆒。平治配㆓佐渡㆒。出家、往生人」(尊卑)。四〇 京都市の西を南北に走る山脈。四一 善峰が正しい。西山連峰の一。京都市右京区大原野にある。四二 現在の三鈷寺。初め善峰寺内の一院で是憲往生所として著名。→補注5-一三。四三 死の直前に阿弥陀仏の名号を十度唱えることをなしとげた。四四 僧侶のなかでも別所などに隠遁し戒行を堅く守るもの。四五 出家以前の在俗の男子として年盛りの時。四六 つかまえる。四七 通憲が是憲をさしていう。四八 大学寮や国学に在籍して官吏になる学問を修めるもの。四九 ふさわしくない。五〇 激しい。五一 承諾しないうちに。五二 紀二位朝子のこと。五三 生んだ子。五四 清盛娘で成範に嫁することになっていた者は、のちに花山院兼雅の室となった。→補注5-一四。五五 どうして。五六 不注意。五七 りっぱなもの。五八 しでかす。五九 いずれにしても。六〇 ものごとの道理。六一 行動をまちがえない。六二 底本「ワレ」。諸本により改む。六三 一通りのことだけならば。六四 出合って一つになる。六五 ことは決定する。六六 記録所の弁官をさしたのが原義。のちに院庁別当、幕府政所別当、権勢を握っているものをさす。→補注5-一五。六七 満ち足りる。六八 結ぶべきか、結ぶべきではない。六九 まわり合わせとむくいの最後。七〇 滅亡する時。七一 心がすなおでないことは欠点の第一。七二 念入りに。七三「十二月九日夜、右衛門督信頼卿・前下野守義朝等謀反、放㆓火上皇(後白河)三条烏丸御所㆒奉㆑移㆓上皇・上西門院於一本御書所㆒」(百錬抄、平治元年)。

ルニ、信西子ドモ[一]グシテツネニ候《さぶらひ》ケルヲ押《おし》コメテ、皆ウチコロサントシタクシ[二]テ、御所ヲ[三]マキテ火ヲカケテケリ。サテ[四]中門《ちゆうもん》ニ御車ヲ[五]ヨセテ、[六]師仲《もろなか》源中納言同心ノ者ニテ、御車ヨセタリケレバ、院ト[七]上西門院《じやうさいもんゐん》ト二所ノセマイラセタリケルニ、信西ガ妻成範《しげのり》ガ母ノ紀ノ二位ハ、[八]セイチイサキ[九]女房ニテアリケルガ、上西門院ノ[一〇]御ゾノスソニカクレテ御車ニノリニケルヲ、サトル人ナカリケリ。上西門院ハ[一一]待賢門院ノ[一二]一ツ御腹ニテ、[一三]母后ノヨシトテ立后《りつごう》モアリケルトカヤ。サテ[一四]カタ〲殊ニアヒ思《おもひ》テ、一所ニツネハオハシマシケルナリ。コノ御車ニハ[一五]重成・[一六]光基・[一七]季實ナドツキテ[一八]一本御書所《いつぽんごしよどころ》ヘイレマイラセテケリ。コノ[一九]重成ハ後ニ死《しに》タル所ヲ人ニシラレズトホメケリ。俊憲・貞憲トモニ候《さぶらひ》ケルハニゲニケリ。

俊憲ハ[二〇]タヾヤケ死《しな》ント思テ、北ノ[二一]タイノ縁ノ下ニ入《いり》テアリケルガ、見マハシケルニ[二二]逃《にげ》ヌベクテ、焔ノ[二三]タヾモエニモエケルニ、ハシリイデヽソレモニゲニケリ。信西ハ[二四]カザドリテ[二五]左衛門尉《さゑもんのじよう》[二六]師光《もろみつ》・右衛門尉[二七]成景《なりかげ》・田口四郎[二八]兼光・齋藤[二九]右馬允《うまのじよう》清實《きよざね》ヲグシテ、[三〇]人ニシラルマジキ[三一]夫《ふ》コシカキニカヽレテ、大和國ノ[三二]田原ト云方《いふかた》ヘ行《ゆき》テ、[三三]穴ヲホリテカキウヅマレニケリ。ソノ四人ナガラ[三四]本鳥《もとどり》キリテ[三五]名ツケヨト云《いひ》ケレバ、西光《さいくわう》・西景《さいけい》・西實《さいじつ》・西印《さいいん》トツケタリケル。ソノ[三六]西光・西景ハ後ニ[三七]院ニメシツカハレテ候キ。西光ハ、「タヾ唐ヘ渡ラセ給ヘ。グシマイラセン」ト

一 いっしょに連れる。 二 あらかじめ計画する。 三 とりかこむ。 四 寝殿造りで対屋から泉殿・釣殿に通ずる廊の中間にある門。 五 近づける。 六 村上源氏。俊房—師時—師仲。保元四年四月六日権中納言昇任。「号二伏見源中納言一」(尊卑)。↓補注5-一六。 七 鳥羽天皇皇女統子内親王、後白河天皇同母妹。保元四年二月院号宣下。 八 せたけ。 九 貴人に仕える女の称。 一〇 御衣と書く。 一一 鳥羽天皇皇后璋子のこと。 一二 後白河上皇と同じく待賢門院から生れた。 一三 後白河天皇准母として立后。↓補注5-一七。 一四 あれやこれやと。 一五 清和源氏。経基王—満政—忠重—定宗—重宗—重実—重成。↓補注5-一八。 一六 清和源氏。満仲—頼光—頼国—国房—光国—光信—光基。↓補注5-一九。 一七 底本「秀実」。諸本により改む。文徳源氏。能有—当時—相職—惟正—兼宣—章経—公則—公貞—信季—康季—季範—季実。↓補注5-二〇。 一八 世上流布の書籍を各一部書写して内裏内で保存する所。↓補注5-二一。 一九 ↓補注5-二二。 二〇 直接に焼死する。 二一 対の屋の略。寝殿造りで寝殿の左右や後に相対させてつくる別棟の建物で、廊で泉殿・釣殿に通ずる。 二二 逃げ終えることができそうなので。 二三 ひたすら燃える。 二四 においを感ずる。 二五 宮城を警備する左衛門府の判官。 二六 藤原氏末茂孫。末茂—総継—直道—連茂—佐忠—時明—頼任—隆経—顕季—家保—家成—師光。↓補注5-二三。 二七 藤原氏良門孫。良門—利基—兼輔—守正—善理—資国—国仲—盛重—成景。↓補注5-二四。 二八 系譜未詳。平治物語は武者所師清随行とする。 二九 右馬寮の判官。清実の世系等不詳。 三〇 他人に知られるはずがない。 三一 輿かきの人夫に輿をかつがれて。

ゾ云ケル。「[三八]出立《いでたち》ケル時ハ[三九]本星命位《ほんしやうみやうゐ》ニアリ。イカニモノガルマジ」トゾ云ケル。サテ信頼ハカクシ[四〇]チラシテ大内《おほうち》ニ[四一]行幸ナシテ、二條院[四二]當今《たうぎん》ニテオハシマスヲ[四三]トリマイラセテ、[四四]世ヲオコナヒテ、院ヲ[四五]御書所《ごしよどころ》ト云所ニ[四六]スヱマイラセテ、スデニ[四七]除目《ぢもく》行ヒテ、義朝ハ[四八]四位《しゐ》シテ播磨守ニナリテ、子ノ[四九]頼朝《よりとも》十三ナリケル、[五〇]右兵衛《うひやうゑの》佐《すけ》ニナシナドシテアリケルナリ。サテ信西ハ[五一]イミジクカクレヌト思ヒケル程ニ、猶[五二]夫《ぶ》コシカキ人ニ語リテ、[五三]光康《みつやす》ト云武士コレヲ聞《きき》ツケテ、[五四]義朝ガ方ニテ、求メ出シテマイラセントテ、田原ノ方ヘ往《ゆき》ケルヲ、師光ハ、大ナル木ノアリケル、上ニノボリテ夜ヲ明《あか》サントシケルニ、穴ノ内ニテ[五五]アミダ佛タカク申ス聲ハホノカニ聞《きこ》ヱタリ。ソレニアヤシキ火ドモノ多クミヱケレバ、木ヨリオリテ、「アヤシキ火コソミヱ候ヘ。御心シテオハシマセ」ト、タカク穴ノ[五六]モトニ云イレテ、又木ニノボリテミケル程ニ、武士ドモ[五七]セイ〳〵ト出キテ、トカク[五八]見メ(グ)リケルニ、ヨクカキウヅミタリト思ケレド、穴口ニ板ヲフセナンドシタリケル、見出シテホリ出《いだし》タリケレバ、[五九]腰刀《こしがたな》ヲ持《もち》テアリケルヲ、ムナ骨ノ上ニツヨクツキ立テ死《しに》テアリケルヲ、ホリ出シテ頸ヲトリテ、[六〇]イミジガホニ[六一]以《も》テ参リテ[六二]ワタ(シ)ナンドシケリ。[六三]男《をとこ》、法師ノ子ドモ[六四]數ヲツクシテ諸國ヘナガシテケリ。コノ間ニ、清盛ハ[六五]太宰大貳《ださいだいに》ニテアリケルガ、[六六]熊野詣《くまのまうで》ヲシタリケル間ニ、コノ

三二 通憲が隠れたのは山城国綴喜郡田原。↓補注5-二五。 三三 すっかり埋まった。
三四 髪を頭の上に集めて束ねたもの。
三五 剃髪入道したのであるから法名。
三六 ↓補注5-二三。 三七 後白河上皇。
三八 通憲の答。 三九 未詳。↓補注5-二六。
四〇 底本「シテチラシ」。諸本により改む。しほうだいにする。 四一 平治元年十二月十四日という。 四二 当時在位の天皇。
四三 つかまえる。 四四 国の政治を行う。
四五 内御書所の略。↓補注5-二七。 四六 すわらせる。 四七 大臣以外の諸官職を任命する儀式。↓補注5-二八。 四八 四位になる。 四九 清和源氏。義朝の三男、母熱田大宮司季範女。久安三年生。↓補注5-二九。 五〇 皇城閤門の禁衛、宮闕の宿衛等に当たる右兵衛府の次官。 五一 巧みに。
五二 ↓補注5-三〇。 五三 清和源氏。満仲―頼光―頼国―国房―光国―光保。光保が正しい。↓補注5-三一。 五四 義朝の味方であって、通憲を探し出してあげようと。 五五 通憲が南無阿弥陀仏と高く唱える声がかすかにきこえた。 五六 ところ。 五七 多勢である形容詞。 五八 底本「見メリケル」。天明本・史料本により改む。見て歩き廻る。 五九 通憲は腰にさす小刀を持っておったが、それを胸骨の上に強く突き立て死んだ。
六〇 得意顔。 六一 底本「以テ参リテワタナント」。天明本「持て参りてわたしなと」によって補う。
六二 大路を通過する。↓補注5-三二。
六三 ↓二二六頁注三三。 ↓補注5-三三。
六四 全部。
六五 大宰府の次官。従四位下相当。清盛は保元三年八月十日に任ぜられた。
六六 熊野三山を巡礼すること。清盛は十二月四日出発。↓補注5-三四。

事ドモヲバシ出シテアリケルニ、清盛ハイマダ参リツカデ、[1]二《ふ》タガハノ[2]宿《しゆく》ト云《いふ》[3]ハタノベノ宿ナリ、ソレニツキタリケルニ、[4]カクリキ[5]ハシリテ、「カヽル事京ニ出《いで》キタリ」ト告《つげ》ケレバ、「コハイカヾセンズル」ト[6]思ヒワヅラヒテアリケリ。子ドモニハ越前守[7]基盛《もともり》ト、十三ニナル淡路守[8]宗盛《むねもり》ト、侍《さぶらひ》十五人トヲゾグシタリケル。コレヨリ[9]タヾツクシ[10]ザマヘヤ[11]落《おち》テ、[12]勢《せい》ツクベキナンド云ヘドモ、[13]湯淺ノ權守《ごんのかみ》ト云テ宗重《むねしげ》ト云紀伊國ニ武者《むしや》アリ。タシカニ三十七騎ゾアリケル。ソノ時ハ[14]ヨキ勢ニテ、「[15]タヾオハシマセ。京ヘハ入レマイラセナン」ト云ケリ。熊野ノ[16]湛快《たんくわい》ハ[17]サブライノ數《かず》ニハヱナクテ、ヨロヒ七領[18]ヲゾ弓矢マデ[19]皆具《かいぐ》[20]タノモシクトリ出《いだし》テ、[21]サウナクトラセタリケリ。又宗重ガ子ノ十三ナルガ紫革ノ[22]小腹卷《はらまき》ノアリケルヲゾ宗盛ニハキセタリケル。ソノ子ハ[23]文覺《もんがく》ガ[24]一具《いちぐ》ノ[25]上覺《じやうがく》ト云《いふ》[26]ヒジリニヤ。[27]代官ヲ立テ參《まゐり》モツカデ、ヤガテ十二月十七日ニ[28]京ヘ入《いり》ニケリ。[29]スベカラク義朝ハウツベカリケルヲ、[30]東國《とうごく》ノ勢ナドモイマダツカザリケレバニヤ、[31]コレヲバトモカクモサタセデアリケル程ニ、大方《おほかた》[32]世ノ中ニハ三條内大臣[33]公敎《きみのり》、ソノ後ノ[34]八條太政大臣以下、[35]サモアル人々、「[36]世ハカクテハイカヾセンゾ。信頼・義朝・師仲等ガ中ニ、[37]マコトシク世ヲオコナフベキ人ナシ」。主上二條院ノ[38]外舅《ぐわいきう》ニテ大納言[39]經宗《つねむね》、コトニ鳥羽院モ[40]ツケマイラセラレタリケル[41]惟方《これかた》[42]檢非違使《けびゐし》[43]別當《べつたう》ニテア

一 和歌山県西牟婁郡二川村。熊野街道上大門王子鎮座。二 宿駅。旅人の宿泊、人夫・馬継立ての施設。三 和歌山県田辺市。二川村と田辺市との距離一二キロ。四 脚力。飛脚・使者のこと。五 天明本「はせき(「しりイ」と傍記)て」。六 清盛は苦慮した。↓補注5-三五。七 清盛二男。↓補注5-三六。八 清盛三男。↓補注5-三七。九 まっすぐに。一〇 …の方角に。一一 ひそかに逃げる。一二 軍勢。一三 和歌山県有田郡湯浅本拠の豪族。氏祖不明。↓補注5-三八。一四 すぐれている軍勢。一五 まっすぐに京都へおいでなさい。一六 「熊野山別当堪快、長快子」(二中歴)。↓補注5-三九。一七 侍の人数のなかに入っていなかった。一八 衣服・甲冑の数を示す単位。一九 装束・武具などの各部分がすべてそろったもの。二〇 たよりに思われるように。二一 ためらわずに与える。二二 腹巻鎧のこと。↓補注5-四〇。二三 京都市右京区高雄神護寺再興の僧。↓補注5-四一。二四 いっしょにいる。二五 文覚に終身随侍して神護寺を再興し嘉禄元年八十歳で死んだ。二六 官僧以外の一般僧のこと。二七 清盛に代って社参するものを出発させ、清盛は熊野にまいりつかないで。二八 平治物語は十二月二十五日着京とする。二九 当然。三〇 遠江以東の諸国。三一 清盛の着京をなんとも処置しなかった。底本「…トモカクモリタセテ」。諸本により改む。三二 朝廷の内部。三三 藤原氏公季孫。公季—実成—公成—実季—公実—実行—公教。保元二年八月十九日内大臣昇任。平治二年七月九日薨去。三四 公教の父実行のこと。八条北万里小路西に邸宅があった。↓補注5-四二。三五 もっともな。三六 このようでは国政はどうすべきか。三七 底本「マユトシク」。天明本・河村本「誠しく」により改む。正しく。三八 二条天皇母懿子は経宗妹。

リケル、コノ二人主上ニハツキマイラセテ、[四四]信頼同心ノヨシニテアリケルモ、[四五]ソ、ヤキツ[四六]、ヤキツ、、「清盛朝臣[四七]コトナクイリテ、[四八]六波羅ノ家ニ有ケル」ト、[四九]トカク議定シテ、六波羅ヘ行幸ヲナサント議シ[五〇]カタメタリケリ。ソノ使ハ近衞院東宮ノ時ノ[五一]學士《がくし》ニテ、[五二]知通《ともみち》ト云[五三]博士《はかせ》アリケルガ子ニ、[五四]尹明《これあき》トテ内ノ[五五]非藏人《ひくらうど》アリケリ。惟方ハ知通ガ[五六]聟《むこ》ナリケレバ[五七]一ツニテ有ケル。コノ尹明[五八]サカシキ者ナリケルヲ使ニハシテ[五九]云カハシテ、尹明ハソノ比《ころ》ハ[六〇]勅勘ニテ内裏《だいり》ヘモヱマイラヌ程ナリケレバ、[六一]中々《なかなか》人モシラデヨカリケレバ、十二月廿五日乙亥《きのとゐ》丑《うし》ノ時ニ、六波羅ヘ[六二]行幸ヲナシテケリ。ソノ[六三]ヤウハ、清盛・尹明ニコマカニオシヘケリ。「ヒルヨリ[六四]女房ノ出《いで》ンズルレウノ車ト[六五]オボシクテ、[六六]牛飼《うしかひ》バカリニテ[六七]下《した》スダレノ車ヲマイラセテオキ候ハン。サテ[六八]夜《よ》サシフケ候ハン程ニ、[六九]二條大宮ノ邊ニ[七〇]燒亡《ぜうまう》ヲイダシ候ハヾ、武士ドモハ何事ゾトテソノ所ヘ皆[七一]マウデ來候《きさふらひ》ナンズラン。ソノ時ソノ御車ニテ行幸ノナリ候ベキゾ」トヤクソクシテケリ。

サテ内々[七二]コノ(事)シカルベキ人々相議定シテ、「清盛熊野ヨリ歸《かへり》テナ[七三]ニトナクテアレバ、一定《いちぢやう》義朝モ信頼モ[七四]ケフ〳〵ト思フ樣共《やうども》オホカラン。用心ノ堅固ニテハ[七五]物ノタカクナルモアヤムル事ナリ。スコシ心ヲ[七六]ノベテコソヨカラメ」ニテ、「清盛ガ[七七]名簿《なづき》ヲ信頼[七八]ガリヤルベキ、[七九]ソノヨシ[八〇]子細ヲ云ヘ」トテ[八一]ヤリケレバ、清

三九 保元三年二月二十一日権大納言昇任、平治二年二月二十八日解官。→一一四頁注一。四〇 付添として加える。四一 藤原氏顕隆孫。顕隆―顕頼―惟方。保元三年八月十日参議昇任、平治元年十月十日検非違使別当兼任。平治二年二月二十八日解官。→補注5-四三。四二 弘仁年中に置かれた官職で非法違法を検察した。四三 検非違使庁の長官。四四 →補注5-四四。四五 こそこそと話す。sosoyaqu(日葡)。四六 つつめくと同義。ささやく。四七 無事平穏に。四八 京都市東山区六波羅蜜寺の付近。平氏は正盛以来、ここに堂舎・邸宅を建て住した。四九 公教・経宗らが何かと議論して決定した。五〇 底本「カタメタメタリ」。諸本により改む。五一 春宮坊の一員で皇太子の教育に当たる。五二 藤原氏貞嗣孫。→補注5-四五。五三 文章博士の略。五四 →補注5-四五。五五 蔵人所に属し六位、雑用を勤める。→補注5-四六。五六 「惟方子為頼母常陸介知通女」(尊卑)。五七 一体。五八 賢い。五九 話し合う。六〇 天皇のおとがめ。六一 かえって。六二 →補注5-四七。六三 方法。六四 女官が外出するため。六五 思われるように。六六 牛飼童の略。牛車の牛を駆使する者。→補注5-四八。六七 牛車の前後の簾の内側にかけてたらす長い布。六八 夜も特におそくなったころ。六九 大内裏の東南隅に当たる。七〇 火事。七一 まいりくる。七二 底本「コノシカルヘキ」。天明本により改む。七三 何もせずに。七四 今日こそ攻撃する。七五 清盛邸内の物音が高くなるのを怪しまれる。七六 のびのびさせる。七七 貴人に臣従入門する時に証として提出する名札。七八 その人のいる所。七九 底本「ソノヨク」。天明本により改む。八〇 支障があればそれを言え。八一 使者をやり口上で言わせる。

盛ハタゞ、「イカニモ〳〵カヤウノ事ハ、人々ノ御ハカラヒニ候」ト云《いひ》ケレバ、内大臣公教ノ君ゾマサシクソノ名簿《なづき》ヲバカキタリケル。ソレヲ一《いち》ノ郎等《らうどう》[一]家定《いへさだ》[二]ニ持《もた》セテ云ヤリケルヤウハ、「カヤウニテ候《さふら》ヘバ、何トナク御心[三]オカレ候ラン。[四]サナシトテ[五]オロカナルベキニハ候ハネド、[六]イカニモ〳〵御ハカラヒ御氣色《みけしき》[七]ヲバタガヘマイラセ候マジキニ候。ソノシルシニハオソレナガラ名簿ヲマイラセ候ナリ」トイハセタリケレバ、コレハコノ行幸ノ日ノツトメテ[八]ニテアリケレバ、返事ニハ、「返《かへすがへす》々ヨロコビテ承リ候ヌ。[九]コノムネヲ存《ぞんじ》候テ何事モ申承《まうしうけたまはり》候ベシ。尤《もつとも》本意《ほい》ニ候」ト云《いひ》タリケレバ、「ヨシ〳〵」トテゾ、[一〇]有《あり》ケルシタクノゴトクニシタリケリ。

夜ニ入テ惟方ハ院[一一]ノ御書所《ごしよどころ》ニ參リテ、小男[一二]ニテ有ケルガ直衣《なほし》[一三]ニクヽリ[一四]アゲテ、フト參リテソヽ[一五]ヤキ申テ出ニケリ。車ハ又ソノ御料[一六]ニモマウケタリケレバ、院ノ御方ノ事ハサタスル人モナク、見アヤム人モナカリケレバ、覺束《おぼつか》[一七]ナカラズ。[一八]内《うち》ノ御方ニハコノ尹明候《これあきさふらひ》ナレタル者ニテ、ムシロヲ二枚マウケテ、莚道《むしろみち》[一九]ニ南殿《なでん》[二〇]ノ廻廊《くわいらう》[二一]ニ敷《しき》テ、一枚[二二]ヲ歩マセ給フ程ニ今《いま》[二三]一枚ヲシキ〳〵[二四]シテ、内侍《ないし》ニハ伊豫内[二五]侍・少輔《せうすけ》[二六]内侍二人ゾ心[二七]エタリケル。[二八]コレラ先《まづ》[二九]シルシノ御ハコ寶劍《はうけん》[三〇]トヲバ御車ニ入《いれ》テケリ。支度《したく》ノ如クニテ燒亡《ぜうまう》ノ間《あひだ》、[三一]サリゲナシニテヤリ[三二]出《いだ》シテケリ。サテ火

一　家臣。
二　家貞が正しい。桓武平氏。系譜上の問題、本大系保元物語、下、一四九頁注二一に指摘。
三　警戒する。
四　このようなこと＝名簿提出をしない。
五　粗略にする。
六　どんな事があっても。
七　御意向。
八　早朝。
九　清盛が服従を誓ったこと。
一〇　以前に立てた計画のように。
一一　後白河上皇がおられる。
一二　「別当(惟方)は極てせいちいさうおはしける」(本大系平治物語、上、二一六頁)。
一三　天皇・公卿ら平常着用の上衣。
一四　指貫の裾の紐をしめあげる。
一五　こそこそと話す。
一六　上皇御所用。
一七　不安がない。
一八　二条天皇。
一九　莚道とするために。
二〇　紫宸殿の別称。
二一　折れ曲った長い廊下。
二二　天皇が一枚の莚上を歩く。
二三　河村本「ぞ一枚」。
二四　しく動作を繰返す。
二五　内侍所の女官。天皇の側近に侍し奏請伝宣を掌る。→補注5－四九。
二六　底本「小輔」。天明本・河村本により改む。
二七　天皇脱出の計画を承知する。
二八　国史大系本は「コレヲ為レ先」としている。
二九　神璽を納めた箱。→補注5－五〇。
三〇　三種神器の一の天叢雲剣のこと。
三一　何もなかった様子で。

消《きえ》テ後、信頼ハ、「焼亡ハ別事候ハズト申サセ給ヘ」ト、[三三]蔵人シテ伊豫内侍ニ云ケレバ、「サ申候ヌ」トテ、コノ内侍ドモハ[三四]小袖バカリキテ、[三五]カミワキトリテ出ニケリ。尹明ハシヅカニ[三六]長櫃《ながびつ》ヲマウケテ、[三七]玄象《げんじやう》、[三八]スヾカ、[三九]御笛ノハコ、[四〇]ダイトケイノカラビツ、[四一]日《ひ》ノ御座《おまし》ノ御太刀、[四二]殿上《てんじやう》ノ御倚子《ごいし》ナド[四三]サタシ入《いれ》テ、[四四]追《おひ》ザマニ六波羅ヘマイレリケレバ、武士ドモ[四五]オサヘテ、弓長刀サシチガヘ〳〵シテ[四六]カタメタルニ、「誰カマイラセ給フゾ」ト云ケレバ、タカク「「[四七]進士《しんじ》蔵人尹明ガ御物持セテ参《まゐり》テ候ナリ」ト申サセ給ヘ」ト申タリケレバ、ヤガテ申テ、「トク入レヨ」トテ参リニケリ。ホノ[四八]〴〵トスル程ナリケリ。ヤガテ院ノ御幸《ごかう》、上西門院・[四九]美福門院、御幸ドモナリ合《あは》セ給《たまひ》テアリケリ。[五〇]大殿《おほとの》・[五一]関白相グシテマイラレタリケリ。大殿トハ[五二]法性寺殿《ほつしやうじどの》ナリ。関白トハソノ子、[五三]十六歳ニテ保元三年八月十一日二條院受禪《じゆぜん》ノ同日ニ、関白[五四]氏長者《うぢのちやうじや》皆ユヅラレニケル。[五五]アナワカヤト人皆思ヒタリケリ。コノ[五六]中《なか》ノ殿《との》トゾ世ニハ云メル。又六條攝政、中院《なかのゐん》トモ申ヤラン。コノ関白ハ[五七]信頼ガ妹ニムコトラレテ有ケレバ、スコシ法性寺殿ヲバ心オカンナド云コト有ケルニヤ。六波羅ニテ院・内《うち》オハシマシケル御前ニテ人々候ケルニ、[五八]三條内府清盛方《きよもりのかた》ヲ見ヤリテ、「関白マイラレタリト申。イカニ候ベキヤラン」ト云タリケレバ、清盛[五九]サウナク、「攝籙《せつろく》ノ臣ノ御事ナドハ議ニ及ブベク

三三 車を門外に送り出す。
三三 蔵人に命じて。
三四 袖の小さいふだん着。
三五 頭髪をわけて両わきに結ぶ。
三六 衣服調度を入れ棒を通して二人してかつぐ長いひつ。
三七 禁裏に代々伝来の琵琶の名器。→補注5-五一。 三八 鈴鹿と書く。禁裏に代々伝来の和琴の名器。→補注5-五二。
三九 →補注5-五四。
四〇 大刀契と書く。禁裏代々伝来の秘宝の一。契は魚符のこと。→補注5-五三。
四一 昼御座と書くのが正しい。清涼殿母屋にある天皇昼間の御座所、南端に剣を置く。
四二 清涼殿南庇の間のことで、四位以下で昇殿を許されたものがつめるところ。奥に倚子が立てられ天皇の御座にあてられた。→補注5-五四。 四三 手配する。
四四 追うようにして。
四五 尹明を押しとめる。
四六 守備を厳重にする。
四七 式部省の官人登用試験に合格した者。のちには文章生の別称。 四八 夜が明けるころ。
四九 鳥羽天皇皇后得子のこと。
五〇 貴人の当主の父。前関白忠通のこと。
五一 基実のこと。→一一二頁注一〇。
五二 →一一一頁注二二。
五三 基実「康治二癸亥誕生」(補任)。
五四 氏の上のこと。→補注2-一八八。
五五 なんとわかいことよ。→補注2-一八八。
五六 →補注5-五五。
五七 基実一男基通「母従三位忠隆(信頼父)女」(尊卑)。 五八 公教のこと。→二三〇頁注三三。
五九 ためらわず。

モ候《さふら》ハズ。マイラレザランヲゾワザトメサルベク候。参ラセ給ヒタランハ神妙《しんめう》ノ事ニテコソ候ヘ」ト申《まうし》タリケル。アハレヨク申物《まうす》カナト聞ク人思ヒタリケリ。ソノ夜中ニハ京中ニ、「行幸六波羅ヘナリ候《さふらひ》ヌルゾ〳〵」トノ[一]、シラセケリ。山ノ[二]青蓮院《しやうれんゐん》座主《ざす》行玄《ぎやうげん》ノ弟子ニテ、[三]鳥羽院ノ七宮《しちのみや》、[四]法印《ほふいん》[五]法性寺《ほつしやうじ》座主《ざす》トテオハシケル、[六]知法《ちほふ》ノオボエアリケレバニヤ、其時[七]佛眼法《ぶつげんほふ》[八]ウケ給《たまは》リテ修セラレケル[九]白河房《しらかはばう》ヘモ、夜半ニ[一〇]タヽキテ、「行幸六波羅ヘナリ候。又ヨク〳〵イノリ申サセ給ヘ」ト云《いふ》御使アリケリ。

カヽリケル程《ほど》ニ内裏ニハ信頼・義朝・師仲、南殿《なでん》ニテ[一一]アブノ目ヌケタル如クニテアリケリ。後《のち》ニ師仲中納言申ケルハ、義朝ハ其時、信頼ヲ、「日本第一ノ[一二]不覚人《ふかくにん》ナリケル人ヲタノミテ、カヽル事ヲシ出《いだし》ツル」ト申ケルヲバ、少シモ物[一三]モエイハザリケリ。[一四]紫宸殿《ししんでん》ノ[一五]大床《おほゆか》ニ立《たち》テヨロヒトリテキケル時、[一六]ダイトケイノ唐櫃《からびつ》ノ小鈎〈カギ〉[一七]守刀《まもりがたな》ニ付《つけ》タリケルヲ、師仲ハ[一八]内侍所《ないしどころ》ノ[一九]御體《ごたい》ヲフトコロニ入《いれ》テ持《もち》タリケル、[二〇]「タベ、ソノ鈎コレニグシマイラセテモタン。ソノ刀ニツケテ無益《むやく》ナリ」ト云ケレバ、「誠《まこと》ニ」トテナゲ[二一]オコセタリケレバ、取《とり》テ、[二二]「イヅチモ御身ヲハナレ申マジキゾ」トテ、[二三]アイズリノ[二四]直垂《ひたたれ》ヲゾ着タリケル。ヤガテ義朝ハ甲《かぶと》ノ緒《を》ヲシメテ打出《うちいで》ケル。[二五]馬ノシリニウチグシテアリケレド、京ノ小路《せうぢ》ニ入ニケル

一 声高く騒がす。二 天台宗三門跡寺院の一であって、開基は第四十八世天台座主行玄。↓一〇九頁注二三。↓補注5-五六。
三 覚快法親王のこと。↓一一五頁注二二。
四 法印大和尚位の略。僧位の最高。
五 京都市東山区本町現在の東福寺の寺地にあった寺院で、関白忠平が創建した。天台宗高僧が代々座主となった。↓補注5-五七。
六 密教の修法をよく知っているというよい評判。七 密教の行法で仏眼尊を本尊とする。
八 命ぜられて執行する。
九 京都白河にあった覚快法親王の房。↓補注5-五六。一〇 門を叩き来訪を告げる。
一一 目が抜けた虻のようにまごまごする。
一二 油断する人。不注意な人。↓補注5-五八。
一三 信頼はことばを発し得なかった。
一四 大内裏の正殿で、朝賀・公事・即位礼等を行う。一五 母屋の前にある広廂。
一六 ↓補注5-五九。一七 護身刀に鈎を付けたのは信頼と推測される。↓補注5-六〇。
一八 内裏温明殿内で神鏡八咫鏡を安置している所。内侍が常につめている。
一九 おからだ。この場合は神体の意。↓補注5-六一。二〇 お渡しあれ。二一 寄こす。信頼の動作。
二二 どちらも師仲の身を離れてはならない。
二三 藍で模様を摺り出した布地。
二四 公卿武士らも着た平常衣の一で、方領袖括りがあり緒紐がつく。武士は鎧の下に着た。藍摺直垂を着たのは師仲か。二五 郎等は義朝の馬のあとについた。↓補注5-六二。
二六 攻めよせる。↓補注5-六三。
二七 一度攻撃をしかける。二八 左衛門府の次官。
二九 保元二年十月二十七日左衛門佐転任、同三年八月十日遠江守兼任、平治元年十二月二十七

上ハ、散々《ちりぢり》ニウチワカレニケリ。サテ六波羅ヨリハヤガテ内裏ヘヨセケリ。義朝ハ又、「イカサマニモ六波羅ニテ尸《かばね》ヲサラサン。一《ひと》アテシテコソ」トテヨセケリ。平氏ガ方《かた》ニハ左衛門佐重盛《しげもり》 清盛嫡男・三河守頼盛《よりもり》 清盛舎弟、コノ二人コソ大《だい》将軍《しやうぐん》ノ誠ニタヽカイハシタリケルハアリケレ。重盛ガ馬ヲイサセテ、堀河ノ材木ノ上ニ弓杖《ゆみづゑ》ツキテ立テ、ノリガヘニノリケル、ユヽシク見ヘケリ。鎧《よろひ》ノ上ノ矢ドモオリカケテ各六波羅ニ参レリケル。カチテノ上ハ心モオチ居テ見物《みもの》ニテコソアリケレ。義朝ハ又六波羅ノハタ板《いた》ノキハマデカケ寄《より》テ、物サハガシクナリケル時、大将軍清盛ハヒタ黒ニサウゾキテ、カチノ直垂ニ黒革オドシノ鎧ニヌリノヽ矢オイテ、黒キ馬ニ乗《のり》テ御所《ごしよ》ノ中門《ちゆうもん》ノ廊《らう》ニ引《ひき》ヨセテ、大鍬形《おほくはがた》ノ甲《かぶと》取テ着テ緒シメ打出ケレバ、歩武者《かちむしや》ノ侍《さぶらひ》二三十人馬ニソヒテ走リメグリテ、「物サハガシク候。見候ハン」ト云テ、ハタ〳〵ト打出ケルコソ、時ニトリテヨニタノモシカリケレ。

義朝ガ方ニハ郎等《らうどう》ワヅカニ十人ガ内《うち》ニナリニケレバ、何ワザヲカハセン、ヤガテ落《おち》テ、イカニモ東國《とうごく》ヘ向ヒテ今一度會稽《くわいけい》ヲ遂《とげ》ント思ヒケレバ、大原《おほはら》ノ千束《ちづか》ガガケニカヽリテ近江《あふみ》ノ方ヘ落ニケリ。正清《まさきよ》モナヲハナレズグシタリケリ。此時内《うち》ノ護持僧《ごぢそう》ニテ山ノ重輪《ぢゆうりゆ》僧正候《さぶらひ》ケル。六波羅ニ参《まゐり》テ香染《かうぞめ》ニテ丑寅《うしとら》ノ方ニ向《むかひ》

日伊予守転任、左衛門佐兼任(補任)。三〇 保元三年十月三日三川守転任、平治元年十二月二十七日尾張守兼任(補任)。三一 真実の総大将の合戦をした。三二 矢で射させる。三三 平安京堀河通に沿った川流。→補注5-六四。三四 弓を杖としてもたれる。三五 控えの馬。norigaye(日葡)。三六 りっぱである。三七 折ったままにする。三八 落ち着く。三九 見てすばらしいと思われるもの。四〇 鰭板。家の内部が見えぬように蔽い隠す板。板塀の類。四一 黒一色に。四二 装束を着ける。四三 褐。濃い紺色。四四 緘。鎧の札を革や糸でつづったもの。四五 塗り箆。矢の柄を漆塗りしたもの。四六 背負う。四七 天皇・上皇らの行在であった六波羅亭。四八 寝殿造の東西の対の屋から釣殿・泉殿に通ずる廊。四九 近よる。五〇 甲の前立の一種で備中鍬のように二本前に出る。五一 徒歩の兵。五二 きびしいけはい。五三 ことのほかにたよりに思われる。→補注5-六五。五四 どんな行動をなし得よう。五五 ひそかに逃げる。五六 遠江以東の諸国。五七 中国春秋時代に越王勾践が呉王夫差と会稽山で戦い敗れ屈辱的講和をした恥辱を、のちにすすいだ故事。五八 現在京都市左京区大原。近江に越す峠にあたる。→補注5-六六。五九 さしかかる。六〇 義朝一の郎等鎌田正清。→二二二頁注二一。六一 夜居僧ともいう。勅命により清涼殿東二間に祇候して天皇の身体安全の祈禱をする僧。六二 重輪は乱の当時はなお法印であった。護持僧になったのは永暦二年五月二十四日。→補注5-六七。六三 丁子の煮汁で染めた薄赤黄色の衣。六四 東北方、比叡山の方角。

テ、「[一]南無叡山三寶《なむえいざんさんばう》」トテ[二]如法《によほふ》ニ立《たち》、[三]ヌカヲツキテ拝《をが》ミケルコソ、ヨニタノモシカリケレ。カヤウノ時ハ[四]サル者ノ必《かならず》候ベキナリ。又清盛ハ大内裏《だいだいり》ニ信頼ガ宿《しゆく》所《しよ》ニ昨日カキテヤリタル名簿《なづき》ヲ、ソノマヽニテ今日トリカヘシツルトテコソワラヒケレ。信頼ハ[五]仁和寺《にんなじ》ノ[六]五ノ宮ノ[七]御室《おむろ》へ参リタリケルヲ、[八]次ノ日五ノ宮ヨリマイラセラレタリケルニ、清盛ハ一家者《いつかのもの》ドモアツメテ、六原《ろくはら》ノウシロニ清水《しみつ》アル所ニ[九]平バリ[一〇]ウチテオリ居タリケル所へ、[一一]成親《なりちか》中將ト二人ヲグシテ前ニ[一二]引《ひき》スヘタリケルニ、[一三]信頼ガアヤマタヌヨシ云《いひ》ケル、ヨニ〳〵[一四]ワロク聞ヘケリ。カウ程ノ事ニ[一五]サ云バヤハ叶ベキ。清盛ハ[一六]ナンデウトテ顔ヲフリケレバ、[一七]心エテ[一八]引タテヽ[一九]六條河原ニテヤガテ頸キリテケリ。成親ハ家成《いへなり》中納言ガ子ニテ、[二〇]フヨウノ[二一]若《わか》殿上人《てんじやうびと》ニテアリケルガ、信頼ニグセラレテアリケル。[二二]フカヽルベキ者ナラネバ、トガモ[二三]イトナカリケリ。武士ドモヽ、何《いづれ》モ〳〵[二四]程々《ほどほど》ノ刑罰ハ皆行ハレニケリ。

サテ義朝ハ又馬《うま》ニモエノラズ、カチハダシニテ尾張國マデ落行《おちゆき》テ、足モハレツカレタレバ、郎等《らうどう》鎌田《かまだの》次郎《じらう》正清《まさきよ》ガ[二五]シウトニテ[二六]内海《うつみ》[二七]莊司《しやうじ》[二八]平忠致《たひらのただむね》トテ、[二九]大矢《おほや》ノ左衛門ムネツネガ末孫《ばつそん》ト云者ノ有《あり》ケル家ニウチタノミテ、カヽル[三〇]ユカリナレバ行《ゆき》ツキタリケル。[三一]待《まち》ヨロコブ由ニテイミジクイタハリツヽ、湯ワカシテ[三二]アブサントシケルニ、正清[三三]事ノケシキヲ[三四]カザドリテ、コヽニテウタレナンズヨト見テ

一 比叡大神と仏法僧に帰依する。 二 形式どおりに。 三 額。ひたい。礼拝をする。 四 すぐれた者。 五 京都市右京区御室大内所在。真言宗大本山。仁和四年八月十七日竣功(紀略)。 六 鳥羽天皇第五皇子覚性親王のこと。 七 高僧の住房。 八 「廿六日、信頼至㆓于仁和寺㆒、遣㆓常陸守経盛㆒召㆓取信頼㆒斬首」(百錬抄)。 九 天井を平たく張った幕。 一〇 柱や杭を打ち込み桟敷などを作る。 一一 藤原家成の子。↓二一五頁注二二。保元三年十一月二十六日右近衛中将昇任、同四年二月越後守兼任(補任)。 一二 すわらせる。 一三 底本「信頼カカアヤマタヌ」。文明本により改む。 一四 みっともない。 一五 そう言ったからとて願いが成就するはずがあろうか。 一六 どうして。反語の意。 一七 清盛の部下が察して。 一八 引いて立たせる。 一九 六条大路東端の賀茂川原。↓補注5-六八。 二〇 乱暴。武勇。天明本傍注「不要」。 二一 昇殿を許された者。四位・五位および六位蔵人で特に昇殿を許された者。 二二 反乱と深い関係があるはずのもの。 二三 そうたいしてなかった。↓補注5-六九。 二四 おのおの身分による刑罰。 二五 妻の父。 二六 愛知県知多郡内海町。 二七 荘園を管理する役人。 二八 桓武平氏。高望王―良茂―良正―致頼―公致―致房―行致―致俊―忠致。「長田壱岐守、平治元於㆓尾張国㆒誅㆓義朝朝臣幷正清㆒進㆓京都㆒。任㆓壱岐守㆒」(尊卑)。 二九 長田致頼―大矢致経。「右兵尉」(尊卑)。忠致は致経の弟公致の末孫。 三〇 縁。関係。 三一 忠致は喜んで待っていたということで。 三二 刀剣で人に切りつける。↓補注5-七〇。 三三 物事の様子。 三四 におい、気配を感ずる。 三五 脱出は不可能であろう。 三六 異議なし。 三七 ↓補注5-七〇。 三八 ↓二二九頁注六二。

ケレバ、「[三五]カナヒ候《さふら》ハジ。アシク候」ト云《いひ》ケレバ、「[三六]サウナシ。皆存《ぞんじ》タリ。此頸打テヨ」ト云ケレバ、正清主《シウ》ノ頸[三七]打落《うちおとし》テ、ヤガテ我身自害シテケリ。サテ義朝ガ頸ハトリテ京ヘマイラセテワタシテ、[三八]東ノ獄門[三九]ノアテ[四〇]ノ木ニカケタリケル。

ソノ頸ノカタハラニ歌ヲヨミテカキツケタリケルヲミ[四一]ケレバ、

下[四二]《しも》ツケハ木ノ上《かみ》ニコソナリニケレヨシトモミヘヌカ[四三]ケヅカサ哉

トナンヨメリケル。是《これ》ヲミル人カヤウノ歌ノ中ニ、コレ程一文字モアダナラ[四四]ヌ歌コソナケレト[四五]ノヽシリケリ。[四六]九條ノ大相國伊通《だいしやうごくこれみち》ノ公《きみ》ゾカヽル歌ヨミテ、オホ[四七]クオトシ文《ぶみ》ニカキナドシケルトゾ、時ノ人思ヒタリケル。

カクテ二條院當今《たうぎん》[四八]ニテオハシマスハ、ソノ十[四九]二月廿九日ニ、[五〇]美福門院ノ御所[五一]八條殿ヘ行幸ナリテワ[五二]タラセ給フ。後白河院[五三]ヲバソノ正[五四]月六日、八條堀河ノ顯《あき》[五五]長《なが》卿ガ家ニオハシマサセケルニ、ソノ家ニハサ[五六]ジキノアリケルニテ、[五七]大路御覽《おほちごらん》ジテ下《げ》[五八]スナンドメシヨセラレケレバ、經宗《つねむね》・惟方《これかた》ナドサ[五九]タシテ堀[六〇]河ノ板《いた》ニテ棧敷ヲ外《そと》ヨリムズ[六一]〳〵ト打ツケテケリ。カヤウノ事ドモニテ、大方《おほかた》此二人シテ世[六二]ヲバ院ニシラセマイラセジ、内《うち》ノ御沙汰ニテアルベシ、ト云ケルヲキコシメシテ、院ハ清盛ヲメシテ、「[六三]ワガ世ニアリナシハコノ惟方・經宗ニアリ。コレヲ思フ程《ほど》[六四]イマシメテマイラセヨ」トナク〳〵仰《おほせ》アリケレバ、ソノ御前ニハ法性寺《ほつしやうじ》[六五]

三九 獄舎の門。東獄＝左獄は近衛南、西洞院西(拾芥抄)。→補注5-七一。四〇 材質が悪いこと。→補注5-七一。四一 河村本「みれは」。

四二 「下野は紀伊守にこそ成にけれよしともみえぬあげつかさかな」(古活字本平治)。

四三 懸官。官を兼任すること。

四四 むだ。四五 世間がうわさをし騒ぐ。

四六 藤原氏頼宗孫。頼宗―俊家―宗通―伊通。保元二年八月十九日左大臣昇任、永暦元年八月十一日太政大臣転任。「号二九条大相国一又号二大宮一」(尊卑)。→補注5-七二。

四七 公然と言えないことを文書に書いて道路などに落すこと、その文。四八 在位の天皇。

四九 平治元年。五〇 鳥羽天皇皇后得子のこと。

五一 「廿九日行二幸美福門院八条亭一。清盛朝臣已下著二甲冑一供二奉御輿前後一」(百錬抄、平治元年)。→補注5-七三。五二 渡るの敬語、こちらから向こうへ移る。五三 「は」の意。五四 平治二年。

五五 藤原氏顕隆孫。顕隆―顕長。保元三年八月十日参議昇任。同四年四月六日皇后宮権大夫兼任、永暦元年八月十四日右兵衛督兼任、長寛二年正月二十一日権中納言昇任。→補注5-七四。

五六 見物のために高く造った床。

五七 八条大路を見物された。→補注5-七五。

五八 下衆。身分の低い者。召使。

五九 指令する。

六〇 天明本「堀川の桟敷を板にて」。→補注5-七六。六一 勢い強く。

六二 国政を後白河上皇が治めるようにさせない。二条天皇の御命令することであるべきだ。

六三 自分がこの世で勢力を保つか無視されるかは惟方・経宗の考えにある。→補注5-七七。

六四 しかる。縛る。

六五 忠通のこと。→補注5-七八。

殿《どの》モオハシマシケルトカヤ。清盛[一]又思フヤウドモ、アリケン。忠景《ただかげ》[二]・爲長《ためなが》ト云《いふ》二人ノ郎等《らうどう》[三]シテ、コノ二人[四]ヲカラメトリテ、陣頭《ぢんとう》[五]ニ御幸ナシテ御車ノ前ニ引《ひき》スヘテ、[六]オメカセテマイラセタリケルナド世ニハ沙汰[七]シキ。ソノ有サマハマ[八]ガ〱シケレバカキツクベカラズ。人皆《ひとみな》シレルナルベシ。サテヤガテ經宗《つねむね》[九]ヲバ阿波國、惟方《これかた》ヲバ長門國へ流シテケリ。

信西《しんぜい》[一〇]ガ子ドモハ又カズ[一一]ヲ盡《つく》シテメシカ[一二]ヘシテケリ。[一三]コレラカラムルコトハ永曆元年二月廿日ノ事ナリ。コレラ流シケル時、義朝ガ子ノ頼朝ヲバ伊豆國へ同《おなじ》クナガシヤリテケリ。同《おなじ》キ三月十[一四]一日ニゾ、コノ流刑《るけい》ドモハ行ハレケル。惟方ヲバ中小別當《なかのこべつたう》[一五]ト云名付《いふなつけ》テ世ノ人云サタシケリ。

サテコノ平治元年ヨリ應保二年マデ三四年ガ程ハ、院・內《うち》、申シ合《あはせ》ツヽ、同ジ御心ニテイ[一六]ミジクアリケル程ニ、主上ヲノ[一七]ロヒマイラセケルキコヱアリテ、賀《か》[一八]茂《も》ノ上《かみ》ノ宮ニ御[一九]カタチヲカキテノロヒマイラスル事見アラハシテ、實長《さねなが》[二〇]卿申《まうし》タリケリ。[二一]カウナギ男カ[二二]ラメラレタリケレバ、院ノ近習者《きんじふしや》[二三]資賢《すけかた》[二四]卿ナド云恪勤《かくご》[二五]ノ人々ノ所爲《しよゐ》[二六]トアラハレニケリ。サテソノ六[二七]月二日資賢ガ修理大夫《しゆりだいぶ》[二八]解官《げくわん》セラレヌ。又時忠《ときただ》[二九]ガ高倉院《たかくらのゐん》ノ生《うま》レサセ給ヒケル時、[三〇]イモウトノ小辨《こべん》[三一]ノ殿《との》ウミマイラセケルニ、ユヽシキ過言《くわごん》[三二]ヲシタリケルヨシ披露《ひろう》シテ、前ノ年《とし》[三三]解官セラレニケリ。カヤ

一 ↓補注5-七九。二 大隅国住人阿多忠景。↓補注5-八〇。三 郎等に命じて。四「二月廿日、院(後白河)仰㆓清盛朝臣㆒搦㆓召権大納言経宗・別当惟方卿於禁裏中㆒」(百錬抄、永暦元年)。五 内裏警備の衛士の詰所。建春・宜秋・宣陽・陰明・日華・月華の諸門にあった。陣頭はその前。六 わめく。七 評判する。八 不吉である、いまわしい。九「三月十一日前大納言経宗・入道惟方卿等配流」(百錬抄、永暦元年)。一〇 ↓補注5-一一。一一 全部。一二 通憲子息等召還決定は永暦元年二月二十二日。↓補注5-八一。一三 経宗・惟方をさす。一四 永暦元年三月十一日に頼朝も配流されたことは公卿補任、文治元年、源頼朝の注記に所見。一五 ↓補注5-八二。一六 非常に仲がよかった。一七 怨みを持つ者に禍が起るように神仏に祈ること。一八 賀茂別雷神社。京都市北区上賀茂鎮座。一九 二条天皇の御姿。↓補注5-八三。二〇 藤原氏公季孫。公季―実成―公成―実季―公実―実行―公行―実長。応保二年二月十九日中宮権大夫更任。二一「かむなぎ」の音便。神に仕え神楽を奏し神意を伺い神おろしなどをする者。二二 捕える。二三 主君のそば近く仕える者。二四 宇多源氏。↓補注5-八四。二五 底本「格近」。天明本「格勤〈きやくごん〉」。なまけずに精勤に勤めること。貴人の側近に仕える者。二六 しわざ。二七「六月二日院中人々解官〈修理大夫資賢卿・同息左少将通家・上総守雅賢等也〉」(帝王編年記、応保二年)。二八「修理職〈掌㆓宮中修理事㆒〉大夫一人〈相㆓当従四位下㆒、唐名匠作大尹〉四位以上任ㇾ之、或公卿任ㇾ之」(職原抄)。二九 桓武平氏。↓補注5-八五。三〇「三日壬申、巳刻上皇(後白河)々子誕生、母儀故兵部大輔時信女、母故民部卿顕頼女也。上西門院女房小弁局云々」(山槐記、応保元年九月)。

ウノ事ドモ、[三四]ユキアイテ、[三五]資賢・時忠ハ應保二年六月廿三日ニ流サレニケリ。

サテ長寛二年四月十日關白[三六]中殿ヲバ清盛[三七]オサナキムスメニムコトリ申テ、[三八]北政《きたのまん》所《どころ》ニテアリケリ。

サテ[三九]主上二條院[四〇]世ノ事ヲバ一向ニ行ハセマイラセテ、[四一]押小路東洞院《おしこうぢひがしのとうゐん》ニ皇居ツクリテオハシマシテ、清盛ガ一家ノ者[四二]サナガラソノ邊ニ[四三]トノヰ所《どころ》ドモツクリテ、朝夕ニ候《さふら》ハセケリ。[四四]イカニモ〳〵清盛モタレモ[四五]下《した》ノ心ニハ、コノ後白河院ノ御世《みよ》ニテ[四六]世ヲシロシメスコトヲバ、イカヾトノミオモヘリケルニ、清盛ハヨク〳〵[四七]ツヽシミテ[四八]イミジクハカラヒテ、[四九]アナタコナタシケルニコソ。[五〇]我妻《わがつま》ノ[五一]オトヽ小辨ノ殿ハ、院ノ[五二]オボヱシテ皇子ウミマイラセナドシテケレバ、ソレモ[五三]下《しも》ニ思フヤウドモアリケン。サテ後白河院ハ多年ノ[五四]御宿願《しゆくぐわん》ニテ、[五五]千手觀音千體《せんじゆくわんおんせんたい》ノ御堂ヲツクラントオボシメシケルヲバ、清盛[五六]奉《うけたまは》リテ備前國ニテツクリテマイラセケレバ、[五七]長寛二年十二月十七日ニ[五八]供養《くやう》アリケルニ、[五九]行幸アラバヤトオボシメシタリケレド、二條院ハ少《すこ》シモオボシメシヨラヌサマニテアリケルニ、[六〇]寺《てら》ヅカサノ[六一]勸賞《けんじやう》[六二]申サレケルヲモ沙汰モナカリケリ。[六三]親範《ちかのり》[六四]職事《しきじ》ニテ[六五]奉行《ぶぎやう》シテ候ケル、[六六]御使《おんつかひ》シケル。コノ御堂ヲバ[六七]蓮華王院《れんげわうゐん》トツケラレタリ。[六八]ソノ御所ニテ御前ヘ召《めし》テ、「イカニ」ト仰《おほせ》ラレケレバ、親範、「勅許候ハヌニコソ」ト申タリケレバ、御目

三一 建春門院平滋子のこと。三二 言いすごして無礼になること。→補注5-八六。三三「九月十五日、右少弁時忠已下解官、是彼妹小弁殿〈上西門院女房〉誕二上皇(後白河)皇子一之旨、世上嗷々之説云々」(百錬抄、応保元年)。三四 いっしょに起る。三五「六月廿三日、資賢卿・通家朝臣・時忠・範忠之配流、不レ勘二罪名一、人傾レ之。是奉レ呪二咀主上(二条)於賀茂社一之由、露顕之故也」(百錬抄、応保二年)。→補注5-八七。三六 基実のこと。→補注5-八八。三七 当時九歳の盛子のこと。→補注5-八八。三八 摂政関白などの正妻の敬称。三九 底本「主殿」を改む。四〇 国政。四一 応保二年三月二十八日に新造里内裏遷幸。→補注5-八九。四二 ことごとく。四三 宿直する所。四四 全くそのとおり。四五 心の中。四六 政治を行うこと。四七 用心する。四八 深く考える。四九 院と内の双方に心をくばる。五〇 清盛の妻時子。五一 弟または妹。男女どちらにも使う。五二 河村本「おほえとして」。寵愛される。五三 心の中に。五四 以前からの強い願い。五五 →補注5-九〇。五六 備前国にその費用を課する。→補注5-九一。五七「太上皇(後白河)供二養蓮華王院一〈准二御斎会一有二行幸一〉」(百錬抄)。五八 落慶供養の略。寺院の堂塔等が竣功した時に法会を行い、三宝や死者霊などに物を供え施与をすること。五九 後白河上皇は二条天皇が行幸されたならばと思われた。→補注5-九二。六〇 寺の役人。→補注5-九三。六一 功労を賞して官位を授けたり物を与えること。六二 願う。六三 桓武平氏。→補注5-九四。六四 蔵人頭または蔵人の総称。六五 命を受けて事を行うこと。六六 →補注5-九五。六七 京都市東山区三十三間堂廻り町所在。→補注5-九六。六八 法住寺殿であろう。→補注5-九六。

ニ涙ヲ一《ひ》[一]トハタウケ[二]テ、「ヤヽヽナンノニクサニ〱」トゾ仰《おほせ》ラレテ、「親範ガ[三]トガトマデオボシメサレ候《さふらひ》ニシ。[四]オソレ候テ」トゾ親範ハカタリ侍リケル。此御堂ハ、眞言《しんごん》ノ御師《おんし》ニテ[五]コマノ僧正行慶《ぎやうけい》ハ白河院ノ御子ナリ、[六]三井《みゐ》門流《もんりう》ニ[七]タウトキ人ナリシカバ、院ハ偏《ひとへ》ニタノミオボシメシタリケルガ、[八]コトニサタシテ中《ちゆう》[九]尊《そん》ノ丈六《ぢやうろく》[一〇]ノ御面相《ごめんざう》[一一]ヲ手[一二]ヅカラナヲサレケリ。萬《よろづ》ノ事ニ心キ[一三]ヽタル人トゾ人ハ云《いひ》ケル。六宮《ろくのみや》[一四]ノ御師《おんし》ナリ。

二條院ハ御出家ノ義ニテ、仁和寺《にんなじ》ノ五宮《ごのみや》[一五]ヘ[一六]ワタリハジメテオハシケルヲ、王《わう》[一七]胤《いん》ナヲ大切《たいせつ》ナリ[一八]ニテ、トリカヘシテ遂《つひ》ニ立[一九]坊アリケリ。ソノ御[二〇]ムツビニテ五ノ宮ハ位《くらゐ》[二一]ノ御時、コノ二[二二]條内裏《だいり》ノ邊ニ三[二三]條坊門烏丸《ばうもんからすま》ニ壇所《だんしよ》[二四]手ヅカラツクリテ、アサユフニヒ[二五]シト候ハセ給《たまひ》ケレバ、萬機《ばんき》[二六]ノ御口入《くにふ》[二七]モアリケリ。サテ六宮ノ天王寺《てんわうじ》[二八]別當《べつたう》トリテナラセ給テ、人々[二九]イハレサセ給ヒケリ。

サテ應保二年三月七日、又經宗《つねむね》大納言ハ[三〇]メシカヘサレテ、長寛二年正月廿二[三一]日ニハ大納言ニカ[三二]ヘリナリテ、後ニハ左大臣[三三]一《いち》[三四]ノ上《かみ》ニテ多年職者《しきしや》[三五]ニモチヰラレテゾ候ケル。コノ經宗ノ大納言ハ[三六]マサシキ京極大殿《きやうごくおほとの》[三七]ノ[三八]ムマゴナリ。人[三九]ガラ有《あり》テ[四〇]祖父ノ二位大納言經實《つねざね》[四一]ニハ似ズ、公事《くじ》[四二]ヨクツトメテ職者ガラモアリヌベカリケレバ、知足院殿《ちそくゐんどの》[四三]ノ知足院ニ[四四]ウチコメラレテ腰[四五]イテオハシケル、人マイリテツネ

一 一杯と書く。いっぱいなこと。 二 浮かす。 三 過失。 四 心配。 五 「白河院―寺僧行慶。大僧正。号二狛僧正一。又桜井。母備中守源政長女」(紹運録)。→補注5-九七。 六 園城寺中心の円珍の法流。 七 貴い。 八 行慶が特に指図した。 九 堂舎中央に安置の仏像。 一〇 丈六仏の略。身高一丈六尺の仏像。→補注5-九八。 一一 かおつき。→補注5-九九。 一二 自分の手で。 一三 注意がゆきわたる。 一四 鳥羽天皇第六皇子道恵法親王のこと。→補注5-一〇〇。 一五 鳥羽天皇第五皇子覚性法親王のこと。→補注5-一〇一。 一六 お越しになり始める。→補注5-一〇一。 一七 天皇の血筋のものは重要である。→補注5-一〇一。 一八 天明本・河村本「とて」。 一九 皇太子にすること。「坊、バウ。東宮」(字類抄)。→補注5-一〇一。 二〇 親しみ。 二一 二条天皇在位の当時。 二二 押小路東洞院皇居のこと。押小路は二条大路のすぐ南に当たるので、かくも称した。 二三 現在の御池通烏丸。二条内裏の西に接する。 二四 修法のための壇を設けた所。 二五 ぴったりとつく。→補注5-一〇二。 二六 よろずのまつりごと。 二七 口を挟むこと。 二八 覚性法親王の四天王寺検校補任は長寛二年正月十四日。→補注5-一〇三。 二九 人々に非難された。 三〇 呼び返す。「三月七日、同九日等、流人経宗卿已下被レ召二返之一」(百錬抄、応保二年)。 三一 公卿補任によると二十一日の誤記。 三二 解任されたものが再びもとの職につく。 三三 「左大臣正二位藤経宗〈四十八〉十一月十一日任」(補任、仁安元年)。 三四 「宮中事一向左大臣統領、故云二一上一」(職原抄)。 三五 物事をよくわきまえた人として。 三六 正しい。 三七 関白藤原師実のこと。 三八 「孫〈无麻古〉」(和名抄)。→一一四頁注一。

ニ[四六]世ノ事ナラヒマイラセケレバ、[四七]法性寺殿《ほつしやうじどの》ノ方《かた》ニハイヨ〳〵アヤシミ思ヒケリ。[四八]世ニハ、「二條院ノ外舅《ぐわいきう》ナリ。攝籙《せつろく》モヤ」ナド云[四九]和讒《わざん》ドモ有ケレド、イマダコノ[五〇]科《とが》ニハ及バズゾ有ケル。大方《おほかた》世ノ人ノ口《くち》ノ[五一]ニクサ、スコシモ[五二]ヨリクルヤウニノミ人ハ物ヲ云ナリ。返々《かへすがへす》コレモ心ウベキ事ナリ。又惟方《これかた》ハノチニ永萬二年三月ニゾ[五三]召《めし》カヘサレタリケル。カクテスグル程ニ法性寺殿ノ[五四]オトムスメ[五五]入内《じゆだい》[五六]立后《りつごう》アリテ、[五七]中宮《ちゆうぐう》トテオハシマシヽカドモ、[五八]ナノメナラヌオボヘナガラ、猶御懐妊《ごくわいにん》ハヱナカリケリ。サテ二條院ハ又永萬元年六月ニ御病《おんやまひ》重クテ、[五九]二歳ナル皇子ノオハシマシケル、御母ハタレトモ[六〇]サダカニキコヱズ、コノ皇子ニ御譲位アリテ、七月[六一]廿二日ニ御年廿三ニテカクレサセ給ヒニケリ。

永萬元年八月十七日ニ清盛ハ[六二]大納言ニナリニケリ。[六三]中ノ殿ムコニテ世《よ》ヲバイカニモ行ヒテント思ヒケル程ニ、ヤガテ仁安元年十一月[六四]十三日ニ内大臣ニ任ジテ、同二年二月十一日ニ[六五]太政大臣ニハノボリニケリ。サル程ニ[六六]其年ノ七月廿六日俄ニコノ攝政ノウセラレニケレバ、清盛ノ君、[六七]「コハイカニ」ト、イフバカリナキナゲキニテアル程ニ、[六八]邦綱《くにつな》トテ法性寺殿ノチカゴロ[六九]左右《さう》ナキ者ニテ、伊豫播磨守・[七〇]中宮亮《のすけ》ナドマデナシテメシツカフモノアリキ。コノ邦綱ガ清盛公《きみ》ガ許《もと》ニユキテ云ケルヤウハ、「[七一]コノ殿下ノ御アトノ事ハ、必シモミナ[七二]一《いち》ノ人《ひと》ニツク

三九 人品。品格。→補注5-一〇四。 四〇 父の誤記。 四一 「大殿(師実)の三郎にては按察の大納言経実とましておはしき。二位の大納言とぞましゝ」(今鏡、巻五)。 四二 朝廷の政務や儀礼をまじめに勤めた。 四三 関白藤原忠実のこと。 四四 押しこめる。→二〇九頁注一九。 四五 いざりになる。 四六 朝廷。国の政治。 四七 関白藤原忠通のこと。 四八 世間。 四九 他人に不利なことを言ってそのものをおとしいれること。 五〇 過失。 五一 聞き苦しいこと。 五二 動揺混乱する。 五三 「三月廿九日流人師仲・惟方帰著」(百錬抄、永万二年)。 五四 末の娘。次女。愛娘。二条天皇中宮育子のこと。→補注5-一〇五。 五五 女御・中宮・皇后がそれに決定される前に正式に内裏に参入すること。→補注5-一〇五。 五六 正式に皇后・中宮を定めること。→補注5-一〇五。 五七 当初は皇后の別称。一条天皇の代からは皇后と中宮とは区別された。→補注5-一〇五。 五八 なみなみならぬ寵愛。 五九 第二皇子順仁親王のこと。→補注5-一〇六。 六〇 はっきりと知られていない。→補注5-一〇七。 六一 「七月廿八日、新院(二条)崩、廿三。葬二香隆寺北一」(百錬抄)。底本「廿二日」は誤記。 六二 →補注5-一〇八。 六三 関白基実のこと。 六四 十一日の誤記。→補注5-一〇九。 六五 「太政大臣従一位平清盛〈五十〉二月十一日任」(補任、仁安二年)。 六六 「七月廿六日、摂政基実薨〈廿四〉」(百錬抄、永万二年)。→補注5-一一〇。 六七 これはまあなんとしたことか。 六八 藤原氏良門孫。→補注5-一一一。 六九 ならぶものがなく重用される。 七〇 中宮職の次官。 七一 関白基実の死後の家督、特に所領。 七二 摂政関白の別称。

べキ事ニモ候《さふら》ハヌナリ。[一]カタ〴〵ニワカレテコソ候《さふらひ》シヲ、知足院殿ノ御時ノ末《すゑ》ニコソ一《ひとつ》[二]ニナリテ候シヲ、法性寺殿《ほつしやうじどの》バカリコソミナスベテ[三]オハシマシ候ヘ。コノ[四]北政所殿《きたのまんどころどの》カクテオハシマス。又故[五]攝政殿《せつしやうどの》ノ[六]若君《わかぎみ》モコノ御[七]ハラニテコソ候ハネドモ、オハシ候ヘバ、[八]シロシメサ(レ)ン[九]ニヒガ事ニテ候ハジモノヲ」ト云《いひ》ケルヲ、[一〇]アダニ目ヲサマシテ聞《きき》ヨロコビテ、ソノマヽ[一一]ニ云アハセツヽカギリアルコトヾモバカリヲツケテ、左大臣ニテ[一二]松殿《まつどの》オハスレバ左右《さう》[一三]ナキ事ニテ攝[一四]政ニハナサレテ、[一五]興福寺《こうぶくじ》・[一六]法成寺《ほふじやうじ》・[一七]平等院《びやうどうゐん》・[一八]勸學院《くわんがくゐん》、又[一九]鹿田《しかだ》・[二〇]方上《かたがみ》ナド云所バカリヲ攝《せつ》籙《ろく》ニハツケテタテマツリテ、大方《おほかた》ノ家領[二一]鎮西《ちんぜい》ノシ[二二]マヅ以下、[二三]鴨居殿《かもゐどの》ノ代々ノ日記實物、[二四]東三條《ひがしのさんでう》ノ御所ニイタルマデ[二五]總領《そうりやう》シテ、邦綱北政所ノ[二六]御後見《おんうしろみ》ニテ、コノ[二七]近衛殿《このゑどの》ノ[二八]若君ナル、[二九]ヤシナヒテ、世《よ》ノ政《まつりこと》ハミナ院[三〇]ノ御サタニナシテ、[三一]建春《けんしゆん》門院《もんゐん》ハソノ時[三二]小辨殿《こべんどの》トテ候ケル、[三三]時信《ときのぶ》ガムスメ、清盛ガ妻[三四]ノ弟[三五]ナリケレバ、コ[三六]レト一《ひとつ》[三七]ニトリナシテ、後白河院ノ[三八]皇子小辨殿ウミマイラセテモチタリケルヲ、[三九]ヤガテ東三條ニ[四〇]ワタシマイラセテ、[四一]仁安二年十月十日東宮ニタテマイラセテケリ。清盛ハ同三年二月十一日、病《やまひ》ニ沈ミテ、[四二]出家《しゆつけ》シテ後《のち》[四三]ヤミニケリ。

サテ同年[四四]四歳ノ内《うち》[四五]ヲオロシマイラセテ、八歳ノ東宮 高倉院 ヲ位《くらゐ》ニツケマイラセテケリ。コノ[四六]新院《しんゐん》ヲバ六條院《ろくでうのゐん》トゾ申《まうし》ケル。ソレハ十三ニテ御元服《ごげんぷく》ダニモナク

一 あちらこちら。↓補注5-一一二。二 一人の所有となる。三 支配管理する。四 基実妻で清盛娘の盛子をさす。五 基実をさす。六 基実二男基通のこと。七 底本「ハシ」。天明本により改む。八 底本「シロシメサン」。天明本・河村本により改む。九 道理にはずれた行為。一〇 一時的に。一一 摂政関白付属と定められているものだけを摂政関白に付け与える。一二 基実の弟基房のこと。↓補注5-一一三。一三 あれこれとためらわない。一四「七月廿七日戊辰、今日被レ下二摂政詔於左府公(基房)一云々」(山槐記)。一五 奈良市登大路町所在法相宗大本山。藤原氏氏寺。一六 藤原道長創建。遺跡京都市上京区寺町通荒神口所在。一七 宇治市所在。藤原頼通天喜元年創建。一八 藤原冬嗣が氏の子弟教育のために平安京左京一坊三条北壬生西に建てた学校。一九 備前国御野郡所在興福寺領。二〇 越前国今立郡所在興福寺領。二一「鎮西〈筑紫〉」(字類抄)。↓補注5-一一四。二二 薩摩・大隅両国にわたる摂関家領。二三 鴨院ともいう。「鴨院。室町西、押小路南、有二旧井一鴨来集。仍人号二其所一為二鴨居一。俗説言二鴨院一也」(二中歴)。二四 ↓補注5-一一五。二五 盛子が全部を領有する。二六 背後にあってその世話をする者。二七 基通のこと。↓補注5-一一六。二八 幼君。二九 基通は父基実死去当時七歳、養母の盛子は十一歳。三〇 後白河上皇のこと。三一 高倉天皇御母平滋子のこと。三二 ↓二三八頁注三一。三三 桓武平氏。↓補注5-八五。三四「時信―女子従二位時子、清盛公室、建礼門院御母并宗盛公以下母」(尊卑)。三五 男女にかかわらず同じ親から生れた年下の人。三六 建春門院をさす。三七 調子を合わせる。三八 高倉天皇のこと。三九 守る。四〇 移す。↓補注5-一一七。四一 仁安元年が正しい。↓補

テウセ[四七]給《たまひ》ニケリ。邦綱《くにつな》ガムスメ嫡女《ちやくぢよ》[四八]ヲ御[四九]メノトニシタリケリ。大夫三位《たいふのさんみ》トテ成《なり》[五〇]頼《より》ガ妻ナリ。成頼《なりより》入道ガ出家ニハ物語ドモアレド無益《むやく》ナリ。二[五一]ノムスメヲバ又コノ高倉院ノ東宮ノ御メノトニナシテ別當《べつたう》ノ三位《さんみ》ト云ケリ。[五二]コノ事カクハカラヒタルメデタサ[五三]ニ、邦綱ハ法性寺殿ハ上階《じやうかい》[五四]ナドマデハオ[五五]ボシメシモヨラザリケルニ、ヤガテ藏人頭《くらうどのとう》ニナシテ三位《さんみ》・宰相《さいしやう》・東宮權大夫《とうぐうのごんのだいぶ》ニナシテ、御[五六]メノトニテ後《のち》ニハ正二位《にゐ》[五七]ノ大納言マデナシテケリ。カクテ清盛ガ子ドモ重盛・宗盛、左右大將ニナリニケリ。我身《わがみ》[五八]ハ大政大臣ニテ、重盛ハ内大臣左大將ニテアリケル程ニ、院[五九]ハ又コノ建春門院ニナリカヘラセ[六〇]給テ、日本國女人入眼《によにんじゆがん》[六一]モカクノミアリケレバ誠《まこと》ナルベシ。先《まづ》ハ皇后宮《くわうごうのみや》[六二]、ノチニ院號國母《ゐんがうのこくも》[六三]ニテ、コノ女院宗盛ヲ又子ニセサセ給テケリ。承安元年十二月十四日、コノ平太相國《たひらのだいしやうこく》入道ガムス[六四]メヲ入内《じゆだい》[六五]セサセテ、ヤガテ同二年二月十日立后《りつごう》、中宮トテアルニ、皇子ヲ生セマイラセテ、イヨ／＼帝《みかど》ノ外祖《ぐわいそ》[六六]ニテ世[六七]ヲ皆思《みなおも》フサマニトリテント思ヒケルニヤ、様々《やうやう》ノ祈《いのり》ドモシテアリケルニ、先《まづ》ハ母ノ二位[六八]日吉《ひえ》[六九]ニ百日祈《いのり》ケレドシルシ[七〇]モナカリケレバ、入[七一]道云ヤウ、「ワレ[七二]ガ祈ルシルシナシ。今見給《いまみたま》[七三]ヘ祈出《いのりいで》[七四]ン」ト云テ、安藝國嚴島《いつくしま》[七五]ヲコトニ信仰シタリケルヘ[七六]、ハヤ船[七七]ツクリテ月《つき》[七八]マウデヲ福[七九]原ヨリハジメテ祈リケル。六十日バカリノ後御懷姙《のちごくわいにん》トキコエテ、治承二年十一月十一[八〇]日六波羅

注5－一一七。四二 ↓補注5－一一八。四三 死なずにすむ。四四 六条天皇のこと。四五 退位させる。↓補注5－一一九。四六 二人以上上皇がおられる時に最も新しく上皇になられたかた。
四七 死ぬ。↓補注5－一二〇。四八 正妻が生んだ長女。↓補注5－一二一。四九 乳母。生母の代りに授乳養育する女。五〇 藤原氏顕隆孫。↓補注5－一二二。五一 藤原邦綱の女邦子のこと。↓補注5－一二三。五二 高倉天皇即位に至るまで一連の事。五三 みごとな事。五四 三位以上の位階。↓補注5－一二四。五五 お思いにもならない。
五六 娘邦子が御乳母なので。五七「廿五日…申刻見二聞書一。権大納言邦綱、左大将重盛、右大将宗盛」(玉葉、安元三年正月)。五八 清盛のこと。
五九 後白河上皇をさす。六〇 もとのところにおいでになる。寵愛がもどる。六一 除目叙位の時に官位だけを書いた文書に氏名を書き入れること。最後の仕上げ。六二 皇太后宮の誤記。↓補注5－一二五。六三 建春門院の号が定められた。↓補注5－一二五。六四 平清盛の娘徳子のこと。
六五 皇后・中宮・女御などに定まった女性が内裏に正式に入ること。↓補注5－一二六。
六六 母方の祖父。六七 天下の政治。六八 平清盛妻平時子のこと。「廿一日、臨時除目、従二位平時子」(兵範記、仁安元年十月)。六九 滋賀県大津市坂本町鎮座、日吉社のこと。↓補注5－一二七。
七〇 ききめ。七一 清盛をさす。七二 おまえ。そち。
七三 やがて。七四 祈ってききめを出す。七五 厳島神社のこと。↓補注5－一二八。七六 天明本「けるうへ、はや船」。河村本「けるそや、はや船」。林崎本「けるニヤ、船」。七七 速度の速い船。
七八 毎月社寺に参ること。↓補注5－一二七。
七九 神戸市須磨区福原。清盛の別邸があった。
八〇 十二日の誤記。↓補注5－一二九。

ニテ[1]皇子誕生思ヒノ如クアリテ、思《おもふ》サマニ入道、帝《みかど》ノ外祖ニナリニケリ。

カクテ建春門院ハ安元《あんげん》二年七月八日[2]瘡《かさ》ヤミテ[3]ウセ給ヒヌ。ソノヽチ院中アレ行《ゆく》ヤウニテ過《すぐ》ル程ニ、院ノ[4]男ノオボヘニテ、[5]成親《なりちか》トテ信頼ガ[6]時アヤウカリシ人、[7]流《ながさ》レタリシモ、[8]サヤウノ時ノ[9]師仲《もろなか》マデ、[10]内侍所《ないしどころ》、又カノ[11]コイトリタリシ小[12]鈎《かぎ》ナド持《も》テ参《まゐ》リツヽ、[13]カヘリテ忠アル由申《まうせ》シカバ、皆《みな》カヤウノ物《もの》ハ[14]メシカヘサレニケル。コノ成親ヲコトニ[15]ナノメナラズ御寵《ちよう》アリケル。信西《しんぜい》ガ時ノ[16]師光《もろみつ》・[17]成《なり》景《かげ》ハ、西光・西景トテコトニメシツカヒケリ。[18]康頼《やすより》ナド云《いふ》[19]サルガウクルイ物ナド[20]ニギ〱トメシツカヒテ、又[21]法勝寺《ほつしようじ》[22]執行《しゆぎやう》[23]俊寛《しゆんくわん》ト云者《いふもの》、[24]僧都《そうづ》ニナシ[25]タビナドシテ有《あり》ケルガ、アマリニ平家ノ[26]世ノマヽナルヲウラヤムカニクムカ、[27]叡慮《えいりよ》ヲイカニ見ケルニカシテ[28]、[29]東山《ひがしやま》邊ニ[30]鹿谷《ししのたに》ト云所ニ[31]静賢法印《じやうけんほふいん》トテ、法勝寺ノ前《さきの》執行、信西ガ子ノ法師《ほふし》アリケルハ、蓮華王院《れんげわうゐん》ノ執行ニテ深クメシツカヒケル。萬《よろづ》ノ事思ヒ知《しり》テ[32]引《ひき》イリツヽ、[33]マコトノ人ニテアリケレバ、コレヲ又院《ゐん》モ平相國《へいしやうごく》モ用《もちひ》テ、物《もの》ナド云アハセケルガ、イサヽカ[34]山荘《さんさう》ヲ造リタリケル所へ、御幸《ごかう》ノ[35]ナリ〱シケル。コノ[36]閑所《かんじよ》ニテ御幸ノ次《ついで》ニ、成親・西光《さいくわう》・俊寛ナド聚《あつま》リテ、[37]ヤウ〱ノ議ヲシケルト云事ノ聞ヱケル。コレハ一定《いちぢやう》ノ説ハ知《しら》ネドモ、満仲《みつなか》ガ末孫《ばつそん》ニ[38]多田蔵人行綱《ただのくらうどゆきつな》ト云シ者ヲ召《めし》テ、「用意シテ候へ」トテ[39]白《しろ》シルシノ[40]料《れう》ニ、[41]宇治布《うちぬの》三十段タ

一 言仁親王(安徳)のこと。二 底本「瘡カミテ」。天明本・河村本により改む。↓補注5-一三〇。三「八日…午刻許、下人云、建春門院絶入云々…人走来告云、女院只今崩給」(玉葉、安元二年七月)。四 男子として寵愛される。五 ↓5二三六頁注一一。六 最期が近い。七 下の師仲にかかる。八 信頼謀反の時。九 永暦元年三月十一日に下野国へ流罪(補任)。一〇 賢所安置の神鏡。↓二三四頁注一八。一一 師仲が信頼からもらった。↓補注5-六〇。一二 ↓補注5-六〇。一三 反対に。一四「三月廿九日流人師仲・惟方帰著」(百錬抄、仁安元年)。一五 なみなみではない。一六 ↓補注5-一二三。一七 ↓補注5-一二四。一八 平氏。↓補注5-一三一。一九 猿楽狂い。二〇 にぎやかに。二一 ↓一〇四頁注一一。二二 御願寺などに置かれる僧職で寺務を掌る。二三 村上源氏。具平親王—師房—顕房—雅俊—寛雅—俊寛。↓補注5-一三二。二四 僧綱の一で僧正に次ぐ僧官。↓補注5-一三二。二五 くださる。二六 政治が平家の思うとおりになる。二七 後白河上皇のお考え。二八 …によって。二九 京都東方の連峰。三〇 京都市左京区如意ヶ岳のふもと。三一 藤原通憲の子。↓補注5-一三三。三二 遠慮する。三三 真理を悟った人。道徳を成就した人。三四 山中の別荘。平家物語、一、鹿谷は「俊寛僧都の山庄」とする。三五 何度もお出でになる。三六 静かな場所。三七 いろいろさまざま。三八 清和源氏。満仲—頼光—頼国—頼綱—明国—行国—頼盛—行綱。「正五下、伯耆守、蔵人、多田太郎又多田蔵人」(尊卑)。「六月一日入道大相国(清盛)召二取権大納言成親一…源行綱告二言入道相国一云々」(百錬抄、治承元年)。三九 白のめじるし。源氏の白旗をさす。

ビタリケルヲ持《もち》テ、平相國ハ世ノ事[四二]シオホセタリト思ヒテ出家シテ、攝津國ノ福原《ふくはら》ト云所ニ常ニハアリケル。ソレヘモテ行《ゆき》テ、「カヽル事コソ候《さふら》へ」ト[四三]告《つげ》ケレバ、ソノ返事ヲバイハデ、布《ぬの》バカリヲバトリテ[四四]ツボニテ焼捨《やきすて》テ後《のち》、京ニ上《のぼ》リテ安元三年六月[四五]二日カトヨ、西光法師ヲ[四六]ヨビトリテ、[四七]八條ノ堂ニテ[四八]ヤ行ニカケテヒシ〳〵ト問《とひ》ケレバ、皆[四九]オチニケリ。[五〇]白状《はくじやう》カヽセテ[五一]判《はん》セサセテ、ヤガテ[五二]朱雀《すざく》ノ大路《おほぢ》ニ引《ひき》イデ、[五三]頸切《くびきり》テケリ。[五四]コノ日ハ山《やま》ノ座主《ざす》[五五]明雲《めいうん》ガ[五六]方大衆《かたのだいしゆ》[五七]西坂本《にしさかもと》マデクダリテ、カクマカリ下《くだ》リテ侍《はべ》ルヨシ[五八]云タリケリ。世ノ中ノ人アキレマドヒタルコトニテ侍《はべり》キ。コノ西光ガ頸切ル前ノ日、成親ノ大納言ヲバヨビテ、[五九]盛俊《もりとし》ト云チカラアル郎從《らうじゆう》、盛國《もりくに》ガ[六〇]子ニ(テ)アリキ、ソレシテイダキテ打《うち》フセテ、ヒキシバリテ部屋《へや》ニ押籠《おしこめ》テケリ。[六一]公卿《くぎやう》ノ座ニ重盛ト[六二]頼盛ト居タリケル所へ、[六三]「何事ニカメシノ候ヘバ参《まゐり》テ候」トテ、[六四]諒闇《りやうあん》ニテ建春門院《けんしゆんもんゐん》母后《ぼごう》ニテウセ給《たまひ》テ後《のち》ノ事ニテゾ、諒闇ノナヲシニテ、[六五]ヨニヨクテキタリケリ。[六六]「出候《いでさふら》ハンニコマカニ見參《げざん》ハセン」トテアリケルヲ、ヤガテ[六七]カクシテケレバ、重盛モ思モヨラデアキレナガラ、コメタル部屋ノモトニユキテ、[六八]コシウトノムツビニヤ、[六九]「コノタビモ御命《おんいのち》バカリノ事ハ申候ハンズルゾ」ト云ケリ。サヤウナリケルニヤ、[七〇]肥前國ヘヤリテ、七日バカリ物ヲ食《くは》セデ後、サウナクヨキ酒ヲ飲《のま》セナドシテヤガテ[七一]死亡シテケリ。俊

四〇 材料。四一 宇治産の布。古今著聞集、巻十二、強盗の棟梁大殿小殿が事に宇治布を宇治に求める説話所見。四二 やりとげる。四三 ↓補注5-一三四。四四 深くくぼんだ所。四五 西光が捕えられたのは六月一日の暁。殺されたのは夜半。↓補注5-一三五。四六 呼んで捕える。四七 玉葉、安元三年六月一日(補注5-一三五所収)では八条亭。四八 一本「ヤ竹」。矢竹は矢にする竹。↓補注5-一三六。四九 自供する。五〇 罪人が自分の犯した罪を認めた文書。五一 書きはんを書かせる。五二 京城の中央南北に通ずる大路で、北端は宮城の朱雀門、南端は羅城門。五三 「西光頸切了。於㆓五条坊門朱雀㆒切㆑之云々」(愚昧記、安元三年六月二日)。↓補注5-一三七。五四 六月一日のこと。↓補注5-一三八。五五 ↓一一四頁注六。五六 貴族出身でない僧衆。五七 比叡山西の登り口。京都市左京区一乗寺辺。五八 清盛に通告した。五九 平氏。貞盛—維衡—正度—季衡—盛国—盛俊。「主馬判官盛国・子息左衛門尉盛俊」(平治、中、待賢門の軍の事)。六〇 底本「子ニアリキ」。文明本により改む。六一 寝殿母屋にある公卿用の座席。六二 清盛の弟。当時権中納言右兵衛督。六三 成親が公卿座に着した時の挨拶。六四 天皇が父母の喪に服する期間。服装は美麗を避ける。直衣は鈍色。↓補注5-一三九。六五 非常によく着していた。六六 重盛の返事か。六七 逮捕をさす。六八 配偶者の兄弟という親しみ。成親の妹は重盛の妻。六九 平治の乱当時も助命したが今度も。↓補注5-一四〇。七〇 河村本「備前国」とする。↓補注5-一四〇。七一 「二日、成親卿送㆓備前国㆒。〈七月九日薨㆓彼国㆒〉」(百錬抄、安元三年六月)。↓補注5-一四一。

寛ト檢非違使《けびゐし》康頼トヲバ[一]硫黄島《いわうがしま》ト云所《いふところ》ヘヤリテ、カシコニテ又俊寛ハ[二]死ニケリ。

安元《あんげん》三年七月廿九日ニ[三]讃岐院ニ[四]崇徳院《しゆとくゐん》ト云名ヲバ宣下《せんげ》セラレケリ。カヤウノ事ドモ[五]怨靈《をんりやう》ヲオソレタリケリ。ヤガテ[六]成勝寺《じやうしようじ》御八講《ごはつこう》、[七]頼長《よりなが》左府ニ贈《ぞう》正一位太政大臣ノヨシ宣下《せんげ》ナドアリケリ。サテ又コノ年京中[八]大燒亡《ぜうまう》ニテ、ソノ火[九]大極殿《だいごくでん》ニ飛付《とびつき》テヤケニケリ。コレニヨリテ[一〇]改元《かいげん》、治承《ぢしよう》トアリケリ。[一一]入道《にふだう》カヤウノ事ドモ行《おこな》ヒチラシテ、西光《さいくわう》ガ白狀《はくじやう》ヲ持《もち》テ院ヘ[一二]參リテ、[一三]右兵衞督《うひやうゑのかみ》[一四]光能卿《みつよしきやう》ヲ呼出《よびいだ》シテ、「カヽル次第ニテ候ヘバカク沙汰シ候《さふらひ》ヌ。是ハ偏《ひとへ》ニ爲《ため》レ世ノ爲レ君ノニ候。我身ノ爲ハ次ノ事ニテ候」トゾ申《まうし》ケル。サテヤガテ福原ヘ[一五]下《くだ》リニケリ。[一六]下リザマノ出タチニテ[一七]參リタリケリ。コレヨリ院ニモ光能マデモ、「コハイカニト世ハナリヌルゾ」ト思ヒケル程ニ、[一八]小松内府《こまつないふ》重盛治承三年八月朔日[一九]ウセニケリ。コノ小松内府ハイミジク心ウルハシクテ、父入道ガ謀叛心《むほんしん》アルトミテ、「トク死ナバヤ」ナド云ト聞《きこ》ヘシニ、イカニシタリケルニカ、父入道ガ敎《をしへ》ニハアラデ、不可思議ノ事ヲ一《ひと》ツシタリシナリ。子ニテ[二〇]資盛《すけもり》トテアリシヲバ、[二一]基家中納言聟《もといへちゆうなごんむこ》ニシテアリシ。サテ[二二]持明院《ぢみやうゐん》ノ三位中將《さんみちゆうじやう》トゾ申《まうし》シ。[二三]ソレガムゲニワカヽリシ時、[二四]松殿《まつどの》ノ攝籙臣《せつろくのしん》ニテ[二五]御出《ぎよしゆつ》アリケルニ、忍ビタル[二六]アリキヲシテ[二七]アシクイキアヒテ、[二八]ウタレテ車ノ簾《みす》切レナドシタル[二九]事ノアリシヲ、フカク[三〇]ネタク思《おもひ》テ、[三一]關白嘉應《かおう》二年十月廿一日高

一 鹿児島県大島郡所属の火山島。↓補注5-一四二。 二 延慶本平家、二本十八、有王丸油黄島へ尋行事によると治承四年八月十三日没。 三 「八月廿六日、讃岐院(崇徳)崩ニ于配所ニ」(百錬抄、長寛二年)。 四 ↓補注5-一四三。
五 うらんで祟りをする死霊。
六 ↓補注5-一四四。 七 ↓補注5-一四三。
八 安元三年四月二十八日の大火。↓補注5-一四五。 九 大内裏朝堂院北方にある正殿。
一〇 「安元三・八・四改元、依ニ大極殿火災ニ也」(百錬抄)。 一一 平清盛をさす。
一二 参院事実不詳。↓補注5-一四六。
一三 右兵衛府の長官。
一四 藤原氏長家孫。↓補注5-一四七。
一五 清盛の福原下向日時不明。
一六 都から地方に下向する時の旅姿。
一七 院にまいる。 一八 ↓補注5-一四八。
一九 ↓補注5-一四九。
二〇 平重盛の二男。母下野守藤原親方女。
二一 藤原氏頼宗孫。↓補注5-一五〇。
二二 基家の祖父基頼が邸内に建てた持仏堂の名。以後家名となった。 二三 資盛をさす。当時十三歳という。 二四 藤原基房のこと。
二五 外出の敬語。 二六 外出。 二七 都合わるく出会った。 二八 なぐられる。 二九 ↓補注5-一五一。
三〇 重盛がにくらしく思った。 三一 基房は当時なお摂政。平家物語では、延慶本は殿下、盛衰記のみ関白とする。 三二 前から用意する。
三三 騎馬で先導するもの。 三四 たぶさ。
三五 重盛の行為を世間で問題としない。↓補注5-一五二。 三六 出仕を挙行する。
三七 ↓補注5-一五三。 三八 摂政関白になった永万二年七月二十八日以後。忠雅の婿取りにかかる。 三九 多年。 四〇 公卿などの正妻の敬称。

倉院御元服《げんぶく》ノ定《さだめ》ニ参内《さんだい》スル道ニテ、武士等ヲ[三二]マウケテ[三三]前駈《ぜんく》ノ[三四]髻《もとどり》ヲ切《きり》テシナリ。コレニヨリテ御元服《の》定ノビニキ。サル不思議アリシカド[三五]世ニ沙汰モナシ。次ノ日ヨリ又松殿モ[三六]出仕ウチシテアラレケリ。コノフシギコノ後《のち》ノチノ事ドモノ[三七]始《はじめ》ニテアリケルニコソ。コノ松殿ハ[三八]攝籙《せつろく》ノ後《のち》、[三九]年比《としごろ》ノ[四〇]北方《きたのかた》三條ノ内大臣[四一]公敎《きみのり》ノ女《むすめ》ニムコトラレテ、[四二]ソノ子ドモ[四三]實房《さねふさ》・[四四]實國《さねくに》ナド云人々トモシテ[四五]沓《くつ》トリ簾《みす》モタゲテ、[四六]法性寺殿《ほつしやうじどの》ノ存日《ぞんじつ》ヨリノ事ニテ[四七]イミジカリケルヲ、[四八]花山太相國忠雅《くわさんだいしやうこくただまさ》[四九]ムスメヲモチタリケル、攝籙ノ[五〇]北政所《きたのまんどころ》ニナシタガリテ、[五一]ムコニトリ申テケリ。世間ノユヽシキ沙汰ニテ、最愛《さいあい》ノ中《なか》ニナリテ、[五二]師家《もろいへ》ト云子ウミテ、八歳ニテ[五三]中納言《ちゆうなごん》ニナシテ、[五四]カヽル事ドモ出キニケリ。[五五]ソノ後ハ[五六]ワザト、殿下御出《でんかぎよしゆつ》トテアレバ實房ハ[五七]直《なほ》衣《し》ノ袖[五八]中門廊《ちゆうもんらう》ノ[五九]妻戸《つまど》ニサシ出スヤウニテ、[六〇]無愛《むあい》ニノミフルマヒケレバ、アレミヨナド人云ケリ。[六一]兼雅《かねまさ》ハ又カハリテ、ソノ[六二]タウコソハ[六三]家禮《けらい》ハ[六四]シケメ。アハレタヾ[六五]器量《きりやう》ト[六六]云モノ一《ひとつ》ニゾ大切ナレ。サテ[六七]白河殿《しらかはどの》ト云シ北政所モ、[六八]延勝寺《えんしようじ》ノ西ニイミジク[六九]家《いへ》ツクリテアリシモ、治承《ちしよう》三年六月十七日[七〇]ウセラレニケリ。コレハ[七一]中《なか》一年《いちねん》アリテ小松内府《こまつないふ》ハ八月朔日ウセテ後《のち》、カレガ年比《としごろ》[七二]シリケル越前國ヲ、入道ニモトカクノ仰《おほせ》モナクテ左右《さう》ナク[七三]メサレニケリ。又白河殿ウセテ[七四]一《いち》ノ所《ところ》ノ家領《けりやう》文書《もんじよ》ノ事ナド松殿[七五]申《まう》サルヽ旨アリケリ。院モヤウ〳〵御沙汰ドモアリケリナド

四一「公教―女子。従三位、母、入道関白基房北政所、家房母」(尊卑)。家房は仁安二年八月十五日出生(愚昧記)。四二 公教をさす。四三 →一一八頁注七。四四 公教三男。権中納言、寿永二年正月二日薨。四五 基房外出の時に随従し、その靴を持ち車の簾をまきあげた。四六 忠通が生存した当時。長寛二年二月十九日以前に結婚。四七 はなはだしくたいせつにする。四八 →一一四頁注三。四九 忠雅―女子。「忠子。松殿摂政(基房)北政所、師家公母」(尊卑)。五〇 摂政関白の正妻の敬称。五一 →補注5-一五四。五二 承安二年六月二十日出生。→補注5-一五五。五三 治承三年十月九日権中納言昇任(補任)。五四 →補注5-一五六。五五 基房が忠雅の婿になったあと。五六 形ばかりに。直衣の袖を出すにかかる。五七 天皇貴族常用の服。袍のように色が定まっていない。袖を廊外に出すのは存在を示す。五八 寝殿造で東西の対の屋から釣殿・泉殿に通ずる廊下。五九 建物のはしにある両開きの扉。六〇 おもしろくない、興ざめがする。六一 忠雅の嫡子。六二 党。なかま、ともがら。六三 公卿らが公事作法につき示教を受ける上位の公卿に対し特別の敬礼をすること。→補注5-一五七。六四 したらしい。兼雅はしなかった。六五 才能・人材。基房の無器量を暗にさす。六六 天明本「云(「もの」と傍記)一つの所大切なれ」。六七 関白基実室平盛子のこと。白川延勝寺西に邸宅があった。六八 白川にあった近衛天皇御願寺。→一一一頁注一四。六九 →補注5-一五八。七〇 →補注5-一五九。七一「中一月」の誤記か。それとも成親の陰謀以後の意か。おそらく後者であろう。七二 領有する。七三 とりあげる。→補注5-一六〇。七四 摂政関白の別称。七五 →補注5-一六一。

聞《きこえ》テ、[一]ヲトヽシノ事ドモフカク[二]キザシテノ上ニ、イカナルコノ外《ほか》ノ[三]ヤウカアリケン、入道福原ヨリ[四]武者《むしや》ダチテニハカニ[五]ノボリテ、我身《わがみ》モ[六]腹巻《はらまき》ハヅサズナドキコヱキ。カクシテ同《おなじ》キ治承三年十一月[七]十九日ニ解官《げくわん》ノ除目《ぢもく》、同[八]廿一日ニ任官《にんくわん》除目ト云《いふ》モノヲ行ヒテ、[九]コノ近衛殿《このゑどの》ノ二位中將《にゐのちゆうじやう》トテ年ハ二十ニテアリシヲ、[一〇]ドニ内大臣ニナシテキ。重盛ガ内大臣闕《のけつ》イマダ[一一]ナラザリシ所ナリ。サテヤガテ闕《くわん》白内覧臣《ばくないらんのしん》[一二]ニナシテキ。九條《くでう》ノ右大臣[一三]兼實《かねざね》ハ右大臣ニテ法性寺殿《ほつしやうじどの》ノ三男《さんなん》、[一四]サヽイナクテ、[一五]天下ノ事預リ㆓顧問《こもん》㆒テ、[一六]兵仗《ひやうぢやう》ノ大臣ニテ候《さぶら》ハレシヲコヱテ、シカモコノ右大臣ニ、「[一七]殊ニ扶持《ふち》シ給ヘ」トテ、子ノ二位ノ中將トテ[一八]良通《よしみち》[一九]十二ニテアリシヲ、一度ニ[二〇]コノ除目ニ中納言ノ右大將《うだいしやう》ニナシナドシテ、ヤガテ[二一]關白ヲバ備前國ヘ[二二]ナガストモナク、邦綱《くにつな》ガ沙汰ニテクダシ申《まうし》ケレバ、俄《にはか》ニ[二三]鳥羽《とば》ニテ[二四]大原《おほはら》ノ[二五]本覺房《ほんかくばう》ヨビテ[二六]出家セラレニケリ。[二七]院ノ近習《きんじふ》ノ輩《やから》散々《ちりぢり》ニ國々ヘ[二八]ヤリテ、ヤガテ院ヲバソノ廿日[二九]鳥羽殿《とばどの》ニ[三〇]御幸《ごかう》ナシテ、[三一]人ヒトリモツケマイラセズ、僅《わづか》ニ[三二]琅慶《らうけい》ト云僧一人ナド候ハスル體《てい》ニテ置《おき》マイラセテ、後《のち》ニ[三三]御思《おんおも》ヒ[三四]人浄土寺《ひとじやうどじ》ノ二位《にゐ》ヲバ、其時ハ丹後ト云シ、ソレバカリハマイラセラレタリケリ。

同四年五月十五日ニ、[三五][三六]高倉《たかくら》ノ宮《みや》トテ、[三七]院《の》宮ニ、[三八]高倉ノ三位トテ[三九]オボヱセシ女《によう》房《ばう》ウミマイラセタル御子《みこ》オハシキ。[四〇]諸道《しよだう》ノ事沙汰《さた》アリテ王位ニ[四一]御心《おこころ》カケタリ

一 二年前の成親陰謀をさす。 二 芽を出す。
三 子細。事情。 四 武装する。 五 ↓補注5-一六二。 六 腹巻鎧の略称。↓補注5-四〇。
七 十四日の誤記。↓補注5-一六三。
八 十六日の誤記。↓補注5-一六四。
九 基通をさす。↓補注5-一一六。
一〇 ↓補注5-一六四。 一一「ナル」は、できる。欠員を補充すること。 一二 ↓八六頁注一七。
一三 九条殿の号は兼実が皇嘉門院猶子として、その九条殿を伝領したことによる。
一四 些細。子細と同じ。 一五 治政のことについて諮問を受ける。 一六 随身兵仗の略。勅により摂政・関白・大臣らに与えられた近衛府舎人のことで、摂政らが外出の時に弓矢剣を帯し護衛した。兼実は仁安元年十月二十一日内大臣として兵仗を賜わった。 一七 清盛の意図。↓補注5-一六四。 一八 ↓一一八頁注一一。 一九 十三の誤記。良通は仁安二年十一月六日出生(玉葉)。
二〇 ↓注八。 二一 前関白基房をさす。 二二 底本「ナカストモナシ」。天明本・河村本により改む。↓補注5-一六五。 二三 京都市伏見区鳥羽に当たる。↓補注5-一六五。 二四 京都市左京区大原に当たる。↓補注5-一六五。 二五 縁忍。良忍の弟子で大原来迎院に住す。↓補注5-一六五。
二六 ↓補注5-一六五。 二七 後白河法皇側近者。↓補注5-一六六。 二八 派遣する。流す。
二九 ↓一二五頁注五八。↓補注5-一六七。
三〇 御幸を仰ぐ。↓補注5-一六七。 三一 ↓補注5-一六七。 三二 醍醐源氏。高明—俊賢—隆国—俊明—憲明—琅慶。 三三 愛人。 三四 高階栄子のこと。↓補注5-一六八。 三五 二行あとの「サウナクナガシ」にかかる。 三六 後白河天皇第二皇子以仁王のこと。↓補注5-一六九。
三七 後白河法皇皇子のなかで。

ト人思ヒタリキ。コノ宮ヲ[四二]サウナク[四三]ナガシマイラセントテ、[四四]頼政源三位《よりまさげんざんみ》ガ子ニ[四五]兼綱《かねつな》ト云検非違使《けびゐし》ヲ[四六]追《おひ》ツカイニマイラセテ、三條高倉ノ御所ヘマインリケルヲ、[四七]トニ逃《のがれ》サセ給《たまひ》テ、三井寺《みゐでら》ニ[四八]入《いら》セ給タリケルヲ、[四九]寺法師《てらのほふし》ドモモテナシテ道々切《きり》[五〇]フタギタリケルニ、頼政ハモトヨリ[五一]出家シタリケルガ、[五二]近衛河原《このゑかはら》ノ家ヤキテ[五三]仲綱《なかつな》伊豆守、兼綱ナドグシテ参リニケリ。宮ヲニガシマイラセタル[五四]一《ひと》スヂニヤトゾ人ハ思ヘリケル。コハイカニト天下ハ[五五]只今タヾイマトノ[五六]ヽシリキ。サテ[五七]タヾヘテオハシマスベキナラネバ、[五八]落《おち》テ吉野《よしの》ノ方《かた》ヘ奈良ヲ[五九]サシテオハシマシケル。頼政三井寺ヘ廿二日ニ参《まゐり》テ、寺ヨリ六波羅ヘ[六〇]夜打《ようち》イダシタテ、アル程《ほど》ニ、[六一]オソクサシテ[六二]松坂《まつさか》ニテ夜明《よあけ》ニケレバ、[六三]コノ事ノトゲズシテ、廿四日ニ宇治ヘ[六四]落サセ給テ、一夜《いちや》オハシマシケル。廿五日ニ平家押《おし》カケテ攻寄《せめよせ》テ[六五]戦ヒケレバ、宮ノ御方ニハタヾ[六六]頼政ガ勢誠ニスクナシ。[六七]大勢《おほぜい》ニテ[六八]馬イカダニテ宇治河ワタシテケレバ、何ワザヲカハセン。ヤガテ[六九]仲綱ハ平等院《びやうどうゐん》ノ[七〇]殿上《てんじやう》ノ廊ニ入テ自害《じがい》シテケリ。[七一]ニヱ野ノ池ヲ過《すぐ》ル程ニテ、追《おひ》ツキテ宮《みや》ヲバ打《うち》トリマイラセテケリ。[七二]頼政モウタレヌ。宮ノ御コトハタシカナラズトテ、御頸《おくび》ヲ萬《よろづ》ノ人《ひと》ニ[七三]ミセケル。御學問《ごがくもん》ノ御師《おんし》ニテ[七四]宗《むね》業《なり》アリケレバ、召《めし》テ見セラレナンドシテ一定《いちぢやう》ナリケレバ、[七五]サテアリケル程ニ、宮ハイマダオ[七六]ハシマスナド云事云《い》ヒ出シテ、不可思議ノ事ドモアリケレド、信

三八 ↓補注5―一六九。 三九 上から愛された女官。
四〇 明経・紀伝・陰陽道などのこと。 四一 底本「御心カチタリ」。文明本・天明本により改む。希望する。↓補注5―一六九。 四三 ためらわずに。
四三 ↓補注5―一七〇。 四四 ↓二二一頁注三二。頼政は治承二年十二月二十四日に従三位になった。↓補注5―一七〇。 四五 頼政弟頼行の子、頼政養子。↓補注5―一七〇。 四六 追立の使の略。犯罪人逮捕領送の命を受けた検非違使のこと。「追使官人」(玉葉、仁安二年五月十五日)。
四七「音ニ」の略か。「ツトニ」の「ツ」脱か。
四八 ↓補注5―一七〇。 四九 園城寺の僧。
五〇 通過できないようにする。
五一 治承三年十一月二十八日出家(補任)。
五二 ↓補注5―一七〇。 五三 頼政の嫡子。伊豆守に在任。↓補注5―一七〇。 五四 いちずに。
五五 いまにも滅亡する。 五六 世の騒ぎとなる。↓補注5―一七〇。 五七 何もせずに時を過ごす。以仁王のこと。 五八 ひそかに逃げる。
五九 ↓補注5―一七一。 六〇 ↓補注5―一七一。
六一 遅く派兵する。↓補注5―一七一。
六二 粟田と日岡の間。 六三 六波羅夜襲をさす。
六四 ↓補注5―一七二。 六五 ↓補注5―一七二。
六六 ↓補注5―一七二。 六七 平氏の軍勢のこと。↓補注5―一七二。 六八 馬を何頭もそろえて川に乗入れ、いかだのようにして川を渡ること。↓補注5―一七二。 六九 ↓補注5―一七二。
七〇 殿堂上の廊の意か。↓補注5―一七二。
七一 贄野池と書く。かげろふの日記、安和元年九月所見。宇治と泉河との間にあった。↓補注5―一七三。 七二 平家物語は一致して自害。山槐記・玉葉は頸を取られたとする。 七三 ↓補注5―一七三。 七四 藤原氏内麿孫。↓補注5―一七三。
七五 そのままでいる。 七六 ↓補注5―一七三。

ジタル人ノ[一]オコニテヤミニキ。サテヤガテ寺《てら》[二]ヘハ武士イレテ、堂舎《だうしや》ヲノゾキテ房々《ばうばう》ハオホクヤキハラハセテキ。

サテ宮ノ三井寺ヨリナラヘオハシマス事ハ、奈良・吉野ノ方《かた》ニウケトリマイラセント[三]支《し》度《たく》シタリケレバ、フカクヤス[四](カ)ラヌコトニシテ、南都《なんと》[五]ヲ追討《つゐたう》セントテ[六]公卿僉議《くぎやうせんぎ》行ヒケリ。[七]隆季《たかすゑ》・[八]通親《みちちか》ナド云《いふ》公卿一《ひと》スヂニ、[九]平禪門《へいぜんもん》ニナリカヘリタリケレバ、[一〇]サルベキヨシ申《まうし》ケルヲ、左右大臣《さいう》ニテ經宗《つねむね》・兼實《かねざね》[一一]多年ナラビテオハシケル、右大臣《うだいじん》オモヒキリテ、「一定《いちぢやう》謀叛《むほん》ノ證據《しやうご》ナクテ、[一二]サウナクサ程《ほど》ノ寺ヲ追討ハサラニヱ候《さふら》ハジ。[一三]就《キ》レ中《ニ》春日大明神《かすがだいみやうじん》日本第一守護《しゆご》ノ神明《しんめい》也。[一四]王法佛法《わうぼふぶつぼふ》如《シ》二牛《ノ》角《ノ》一。不《ル》レ可《カラ》レ被《ル》レ滅《サ》」之由、[一五]愚《ぐ》詞《し》申《まう》サレニケレバ、左大臣經宗ハ[一六]昔ノナラヒニオソレテヨモコレニ同ゼジト人思《おも》ヘリケルニ、「右大臣申サル、旨一言《むねひとこと》[一七]アダナラズ。ヒシトコレニ同ジ申《まうす》」ト申タリケレバ、サスガニ左右大臣申サル、旨然《しか》ルベシトテソノ時ハヤミニケリ。又治承四年六月二日忽《たちまち》ニ[一八]都《みやこ》ウツリト云《いふ》事行ヒテ、都ヲ福原ヘ移シテ行幸ナシテ、[一九]トカク云バカリナキ事ドモニナリニケリ。[二〇]乍《ラ》レ去《リ》サテアルベキ事ナラネバ、[二一]又公卿僉議行ヒテ、十一月廿三日[二二]還都《くわんと》アリテ、スコシ人モ[二三]心《こころ》オチイテ有《あり》ケルニ、猶《なほ》十二月廿八日ニ遂ニ南都ヘヨセテ[二四]燒《やき》ハラヒテキ。ソノ大將軍《たいしやうぐん》ハ三位《さんみ》中將[二五]重衡《しげひら》ナリ。[二六]アサマシト[二七]モ事モオロカナリ。

一 おろかさ。二 園城寺のこと。「廿七日、今夜々半園城寺方焼亡、及二暁天一云々。或又大津云々。廿八日、亥刻園城寺方有レ火」(山槐記、治承四年五月)。→補注5-一七四。三 用意する。四 底本「ヤスラヌ」。天明本・河村本により改む。もってのほかのこと。五 奈良の都。特に興福寺をさす。六 公卿の会議。→補注5-一七四。七 藤原氏末茂孫。→補注5-一七四。八 村上源氏。→一二〇頁注九。→補注5-一七四。九 清盛側になりきる。一〇 園城・興福両寺への報復は当然である。一一 経宗・兼実が左右大臣としてならんだのは仁安元年。この時まで十四年経過。一二 たやすく。一三 多くの中で特に。一四 王法と仏法は相互に優劣がない。→補注5-一七四。一五 自分のことば。→補注5-一七四。一六 以前からの習慣で平氏を恐れる。一七 むだ。一八 都が他の土地に移ること。→補注5-一七五。一九 あれこれと口に言い尽せない非常なこと。二〇 そのまま福原にいてもよい。二一 →補注5-一七五。二二 →補注5-一七五。二三 おちつく。→補注5-一七五。二四 →補注5-一七六。二五 桓武平氏。清盛五男、母平時子。治承四年正月二十八日蔵人頭、治承五年五月二十六日左近衛権中将従三位、寿永二年正月七日正三位、同八月六日解官。二六 あきれはてたこと。二七 …といっても表現は不十分。二八 藤原氏顕隆孫。顕隆―顕長―長方。安元二年十二月五日参議右大弁、治承三年十月九日左大弁、養和元年十二月四日権中納言、元暦二年六月二十五日出家。二九 これは。福原遷都以後の情勢をさす。三〇 治承四年十一月十二日開催をさす。→補注5-一七五。三一 清盛が帰京しようと考えている。→補注5-一七五。三二 発言する。

長方《ながかた》[二八]中納言ガ云ケルハ、「[二九]コハイカニト思ヒシニ、サラニ[三〇]公卿僉議トテアリシニ、[三一]カヘリナント思フヨト推知シテシカバ、[三二]放チレ詞ヲ、[三三]サテヨカルベキ由申《まうし》テキ」トゾ云ケル。

[三四]サテカウ程ニ世ノ中ノ又ナリユク事ハ、[三五]三條宮《さんでうのみや》[三六]寺《てら》ニ七八日オハシマシケル[三七]間《あひだ》、[三八]諸國七道ヘ宮ノ[三九]宣《せん》トテ武士ヲ[四〇]催《もよほ》サル、文《ふみ》ドモヲ、[四一]書《かき》チラカサレタリケルヲ、[四二]モテツギタリケルニ、伊豆國ニ義朝ガ子頼朝兵衛佐《ひやうゑのすけ》トテアリシハ、[四三]世ノ事ヲフカク思《おもひ》テアリケリ。平治《へいぢ》ノ亂ニ十三ニテ兵衛佐トテアリケルヲ、ソノ亂ハ十二月ナリ、[四四]正月ニ永暦《えいりやく》ト改元《かいげん》アリケル二月九日、頼盛《よりもり》ガ郎等《らうどう》ニ右[四五]兵衛尉《じよう》平[四六]宗清《むねきよ》ト云者アリケルガ、[四七]モトメ出シテマイラセタリケル。コノ頼盛ガ[四八]母ト云ハ[四九]修理權《しゆりごんの》大夫《だいぶ》[五〇]宗兼《むねかね》ガ女《むすめ》ナリ。[五一]イヒシラヌ程《ほど》ノ[五二]女房《にようばう》ニテアリケルガ、夫《をっと》ノ[五三]忠盛《ただもり》ヲ[五四]モタヘタル者ナリケルガ、保元ノ亂ニモ、頼盛ガ母ガ[五五]新院《しんゐん》ノ[五六]一宮《いちのみや》ヲ[五七]ヤシナヒマイラセケレバ、新院ノ[五八]御方《おんかた》ヘマイルベキ[五九]者ニテ有ケルヲ、「コノ事ハ一定新院ノ御方ハマケナンズ。勝《かつ》ベキヤ[六〇]ウモナキ次第ナリ」トテ、「[六一]ヒシト兄《あに》ノ清盛ニツキテアレ」トオシヘテ有ケル。[六二]カヤウノ者ニテ、コノ頼朝ハ[六三]アサマシクオサナクテ、[六四]イトオシキ氣《け》シタル者ニテアリケルヲ、「[六五]アレガ頸《くび》ヲバイカヾハ切《きら》ンズル。我《われ》ニユルサセ給ヘ」トナク〳〵[六六]コヒウケテ、伊豆ニハ[六七]流刑《るけい》ニ行ヒテケルナリ。物《もの》

三三 それでは還都するのがよい。
三四 かくまで。遷都・還都・南都焼滅をさす。
三五 以仁王のこと。邸が三条高倉にあったので高倉宮とも三条宮とも称した。 三六 園城寺のこと。 三七 期間。以仁王は五月十五日から二十五日まで園城寺に滞在したが、愚管抄では二十三日に退去したとしているので七、八日となる。
三八 通例は七道諸国と書く。畿内五国以外の諸国、東海・東山・北陸・山陽・山陰・南海・西海の七道に分つ。 三九 宣旨の略。→補注5－一七七。 四〇 集める。 四一 無造作に書く。書いてばらまく。 四二 持ち継ぎする。持参して行きつく。
四三 国内の政治情勢。 四四 平治二年正月十日改元。
四五 兵衛府の尉官。 四六 桓武平氏。維衡―正度―貞季―正季―範季―季房―季宗―宗清。
四七 頼朝を探し当てる。→補注5－一七八。
四八 平忠盛の後妻、清盛の継母。
四九 修理職の権長官。 五〇 藤原氏道隆孫。道隆―隆家―良頼―良基―隆宗―宗兼―女子。「刑部卿平忠盛朝臣後室、池尼上是也。修理大夫家盛幷大納言頼盛卿等母」(尊卑)。 五一 言うに足らぬ、身分の低い。 五二 貴人の家に仕える女性の称。
五三 桓武平氏。正盛の子、清盛の父。国司を歴任し白河・鳥羽両上皇に仕え刑部卿となる。仁平三年正月十五日没。 五四 ささえる。
五五 崇徳上皇をさす。 五六 崇徳天皇第一皇子重仁親王のこと。 五七 乳母として養育する。忠盛が親王の乳夫であったことは保元物語(本大系八〇頁注七)参照。 五八 貴人の敬称。 五九 頼盛をさす。 六〇 理由。子細。 六一 ぴったりと。
六二 頼盛母はこのように賢いもの。
六三 意外に。 六四 かわいげのある。 六五 →補注5－一七八。 六六 願望し引取る。 六七 「永暦元・三・十一配二流伊豆国一」(補任、文治元年、源頼朝)。

ノ[一]始終《しじゆう》ハ有リレ興[二]不思議ナリ。[三]其時モカヽル又打《うち》[四]カヘシテ世《よ》[五]ノヌシトナルベキ者ナリケレバニヤ、頼盛ヲモフカク[六](タ)ノミタル氣色《けしき》ニテ有《あり》ケルナリケリ。コノ頼朝、コノ宮ノ[七]宣旨《せんじ》ト云物《いふもの》ヲモテ來《きた》リケルヲ見[八]テ、「サレバヨ、コノ世ノ事ハサ思《おもひ》シモノヲ」トテ心《こころ》オコリニケリ。又[九]光能卿《みつよしきやう》[一〇]院ノ[一一]御氣色《みけしき》ヲミテ、[一二]文覺《もんがく》トテアマリニ[一三]高雄《たかを》ノ事《こと》スヽメスゴシテ伊豆ニ流サレタル上人《しやうにん》アリキ。[一四]ソレシテ云ヤリタル旨《むね》モ有ケルトカヤ。但《ただし》コレハ[一五]ヒガ事ナリ。文覺・[一六]上覺《じやうがく》・[一七]千覺《せんがく》トテ[一八]グシテアル[一九]ヒジリ流サレタリケル中、[二〇]四年同ジ伊豆國ニテ朝夕《てうせき》ニ頼朝ニ馴《なれ》タリケル、ソノ文覺、[二一]サカシキ事ドモヲ、[二二]仰《おほせ》モナケレドモ、[二三]上下《じやうげ》ノ御ノ《本ノミ》内ヲサグリツヽ、[二四]イヽイタリケルナリ。

サテ治承四年ヨリ[二五]事ヲオコシテウチ出ケルニハ、[二六]梶原平三景時《かぢはらへいざうかげとき》、[二七]土肥次郎實平《どひのじらうさねひら》、舅《しうと》ノ伊豆ノ[二八]北條四郎時政《ほうでうしらうときまさ》、コレラヲグシテ東國《とうごく》ヲウチ從ヘントシケル程《ほど》ニ、平家世ヲ[二九]知《しり》テ久《ひさし》クナリケレバ、東國ニモ[三〇]郎等多《らうどうおほ》カリケル中ニ、[三一]畠山莊司《はたけやましやうじ》、[三二]小山《こやま》田別當《だべつたう》ト云者兄弟ニテアリケリ。コレラハソノ時《とき》京ニ[三三]アリケレバ、ソレラガ子ドモノ[三四]莊司次郎《しやうじじらう》ナド云者ドモノ押寄《おしよせ》テ[三五]戰《たたかひ》テ、[三六]筥根《はこね》ノ山ニ逐《おひ》コメテケリ。頼朝[三七]ヨロヒヌグ程ニナリニケレバ、實平[三八]フルキ者ニテ、「大將軍《たいしやうぐん》ノヨロヒヌガセ給フハ、[三九]ヤウアル事ゾカシ」トテ、松葉《まつば》ヲキリテ[四〇]冑《かぶと》ノ下ニシカセテ、甲《よろひ》ヲ取《とり》テ上ニオキ

一 始めから終りまで。二 おもしろみ。三 頼朝は逮捕された時も。四 前とは変わって。五 国の支配者。六 底本「フカクノミタル」。文明本により改む。↓補注5－一七八。七 以仁王のこと。↓補注5－一七九。八 治承四年四月二十七日のこと。九 ↓二四六頁注一四。↓補注5－一八〇。一〇 後白河法皇のこと。一一 御意。一二 ↓二三〇頁注二三。一三 京都市右京区高雄神護寺のこと。↓補注5－一八一。一四 文覚に命令して頼朝に言ってやる。↓補注5－一八〇。一五 事実と異なること。一六 ↓二三〇頁注二五。一七 専覚とも書く。↓補注5－一八一。一八 つれそっている。一九 官僧以外の一般僧の意。二〇 五年かもしれない。↓補注5－一八一。二一 さしでがましい。二二 後白河法皇の命令。二三 天明本「上下の御内」の「御内」に「心の歟」と傍注がある。朝廷と平氏の心の内を推測する。二四 言っていた。二五 頼朝が謀反という事件を起す。二六 桓武平氏。↓補注5－一八二。二七 桓武平氏。↓補注5－一八三。二八 桓武平氏。↓補注5－一八四。二九 国を治める。三〇 家臣。三一 畠山重能のこと。三二 畠山重能弟有重のこと。三三 ↓補注5－一八五。三四 畠山重能子の重忠のこと。↓補注5－一八五。三五 石橋山合戦は八月二十三日に始まり、鎌倉合戦は同二十四日(平家、七)。三六 東鑑・平家物語共に杉山とする。三七 切腹するために鎧を脱ぐ。三八 年功を積む。三九 形式。かた。四〇 文明本「鎧」。四一 非常にりっぱなこと。四二 頼朝は実平らをつれて。四三 桓武平氏。↓補注5－一八六。四四 勢いがつく。四五 相模国三浦を中心にする平氏の一党。↓補注5－一八七。四六 その人のいるところに。四七 途中。四八 重忠をさす。四九 三浦党のものが頼朝の軍と

ナンドシテ、[四一]イミジキ事ドモフルマヒケルトカヤ。カクテ[四二]コレラグシテ船ニ乗《のり》テ、[四三]上總《かづさ》ノ介《すけ》ノ八郎廣經《ひろつね》ガ許《もと》ヘ行《ゆき》テ[四四]勢《せい》ツキニケル後《のち》ハ、又東國ノ者皆《ものみな》従ヒニケリ。[四五]三浦黨《みうらたう》ハ頼朝ガ[四六]リキケル[四七]道《みち》ニテ[四八]畠山トハ戰ヒタリケリ。ソレヨリ一所《いつしよ》ニア[四九]ツマリニケリ。

[五〇]北國《ほつこく》ノ方《かた》ニハ、[五一]帯刀先生《たちはきせんじやう》[五二]義方《よしかた》ガ子ニテ、[五三]木曾冠者《きそのくわざ》義仲《よしなか》ト云者ナド[五四]オコリアヒケリ。[五五]宮《みや》ノ御子《みこ》ナド云人[五六]クダリテオハシケリ。清盛ハ三條ノ以仁ノ[五七]宮ウチトリテ、[五八]彌《いよいよ》心オゴリツヽ、[五九]カヤウニシテアリケレド、東國ニ源氏《げんじ》オコリテ國ノ大事ニナリニケレバ、小松内府嫡子三位中將[六〇]維盛《これもり》ヲ大將軍ニシテ、[六一]追討《つゐたう》ノ宣旨下《くだ》シテ頼朝ウタントテ、治承四年九月廿一日下[六二]リシカバ、[六三]人見物《ひとけんぶつ》シテ有シ程ニ、駿河ノ[六四]浮島原《うきしまばら》ニテ合戰ニダニ及バデ、東國ノ武士グシタリケルモ、[六五]皆落《みなおち》テ敵ノ方ヘユキニケレバ、カヘリノボリケルハ逃《にげ》マドヒタル姿ニテ[六六]京ヘ入《いり》ニケリ。其後《そののち》平相國入道《へいしやうごくにふだう》ハ同五年閏二月五日、[六七]溫病大事《をんびやうたいじ》ニテ程《ほど》ナク薨逝《こうせい》シヌ。ソノ後《のち》ニ法皇ニ國ノ政[六八]カヘリテ、[六九]内大臣宗盛ゾ家ヲ嗣《つぎ》テ沙汰シケル。

高倉院ハ先立《さきだち》テ正月十四日ニウセ[七〇]給ヒニキ。カクテ日[七一]ニソヘテ、東國、北陸道ミナフタガリ[七二]テ、コノイクサニ[七三]カタン事ヲ沙汰シテアリケレド、上下諸人ノ心ミナ源氏ニ成《なり》ニケリ。[七四]次第ニセメヨスルキコヘドモ有ナガラ、入道ウセテ後、

いっしょになったことをさす。→補注5-一八七。五〇 北陸道の諸国。五一 東宮帯刀舎人先生の略。帯刀舎人は宝亀七年に春宮坊に始置。先生はその長。「帯刀者、撰二重代侍一補レ之。自二公家一被レ補レ之。昔者源平重代武士多補レ之。長二人、近来一人、先生是也」(職原抄、下、春宮坊)。五二 義賢が正しい。清和源氏。「為義―義賢〈号二帯刀先生一〉」(尊卑)。義賢は久寿二年八月六日没。五三 木曾谷で元服した少年の意。→補注5-一八八。五四 大勢で立ちあがる。五五 以仁王の王子で義仲のもとにいた木曾宮をさす。→補注5-一八八。五六 都から地方へ行く。五七 底本「宮宮」。文明本・河村本により改む。五八 得意になる。五九 福原遷都などの強圧策をとったことをさす。六〇 平重盛の一男。養和元年十二月四日従三位、右近衛権中将。寿永二年八月六日解官。追討の宣旨発令当時は右近衛権少将。六一 討手を向けて征伐せしめることを明らかにした天皇の命令。→補注5-一八九。六二「廿三日…右少将維盛朝臣已下、追二討関東凶賊一之使等入洛〈一昨日出二福原一昨日宿二小屋一今日入二故京一〉」(玉葉)。→補注5-一八九。六三 →補注5-一八九。六四「浮島原〈甲斐与二駿河一之間、広野云々〉」(玉葉、治承四年十一月五日)。→補注5-一八九。六五 ひそかに逃げる。→補注5-一八九。六六 治承四年十一月五日のこと。六七 瘟病とも書く。疫病・伝染病のこと。清盛は閏二月四日に没した。→補注5-一九〇。六八 後白河法皇の院政再開をさす。→補注5-一九〇。六九 宗盛は当時前右大将前権大納言、内大臣昇任は養和二年十月三日。七〇 →補注5-一九〇。七一 日増しに。七二 不通になる。→補注5-一九一。七三 源氏との合戦に平氏側が勝つこと。七四 源氏が次第に攻めよせる風聞。

壽永二年七月マデハ三年[一]ガ程《ほど》スギケルニ、先ヅ北陸道[二]ノ源氏ス、ミテ近江國ニ[三]ミチケリ。コレヨリサキ越前ノ方《かた》ヘ家《いへ》[四]ノ子《こ》ドモヤリタリケレド、散《さん》〴〵ニ追《おひ》カヘサレテヤミニケリ。[五]トナミ山ノイクサトゾ云フ。カヽリケル程ニ七月廿四[六](日)ノ夜、事火急《ことくわきふ》[七]ニナリテ、六ハラ[八]ヘ行幸ナシテ、一家ノ者ドモアツマリテ、[九]山シナガタメニ大納言[一〇]頼盛ヲヤリケレバ再三辭シケリ。頼盛ハ、「治承三年冬ノ比《ころ》アシザマナル事[一一]ドモ聞《きこ》エシカバ、ナガク弓箭《ゆみや》[一二]ノミチハステ候《さふらひ》ヌル由故入道《よしこにふだう》[一三]殿《どの》ニ申《まうし》テキ。遷都《せんと》[一四]ノコロ奏聞シ候キ。今ハ如キレ此ノ事ニハ不レ可カラ二供奉ス一」ト云《いひ》ケレド、内大臣宗盛[一五]不ルレ用ヒ也。セメフセラレケレバ、[一六]ナマジイニ山シナヘムカイテケリ。カヤウニシテケフアス義仲・東國武田《たけだ》[一七]ナド云モイリナン[一八]ズルニテアリケレバ、サラニ京中ニテ大合戰アランズルニテヲノヽ[一九]キアイケル程ニ、廿四日ノ夜半《よは》ニ法皇《ほふわう》ヒソカニ法住寺殿《ほふぢゆうじどの》[二〇]ヲイデサセ給ヒテ、鞍馬《くらま》[二一]ノ方《かた》ヨリマハリテ横川《よかは》[二二]ヘノボラセヲハシマシテ、アフミノ源氏[二三]ガリコノ由仰《おほせ》ツカハシケリ。タヾ北面下《ほくめんげ》[二四]﨟《らふ》[二五]ニトモヤス、ツヽミノ兵衛ト云男《いふをとこ》御輿《みこし》カキナンドシテゾ候ケル。曉《あかつき》ニコノ事アヤメ[二六]出シテ六ハラサハギテ、辰巳午《たつみうま》[二七]兩三時《じ》バカリニ、ヤウモナク[二八]内ヲグシ[二九]マイラセテ、内大臣宗盛一族[三〇]サナガラ鳥羽《とば》ノ方《かた》ヘ落《おち》[三一]テ、船ニノリテ四國《しこく》ノ方ヘムカイケリ。六ハラノ家ニ火カケテ燒《やき》ケレバ、京中ニ物トリト名付《なづけ》タル者イデ

一 満二年半ほど。二 義仲を主師とする。三「六月十三日、源氏等已打二入江州一、筑後前司重貞単騎逃上云々」(吉記)。四 一門の子弟や家臣。五 底本「トナミ山山ノイクサ」。文明本・天明本により改む。↓補注5-一九二。六 底本「七月廿四ノ夜」。天明本・河村本により改む。七 ↓補注5-一九三。八 事実は法住寺殿。↓補注5-一九三。九 京都市東山区山科に当たる。京都との間に東山がある。↓補注5-一九四。一〇 頼盛の権大納言昇任寿永二年四月五日。一一 治承三年十一月十五日政変の原因となった関白基房の行動に頼盛も同調したと疑われたこと。↓補注5-一九四。一二 軍事に関係しない。↓補注5-一九四。一三 清盛をさす。一四 福原遷都をさす。↓補注5-一九四。一五 天明本「不用して」。一六 しいて行きたくないのに。一七 当時の史料には武田勢無所見。延慶本平家、三末三十四に「甲斐信乃尾張の源氏共此両人(義仲・行家)に相共て入洛す」。一八 京都に入る。一九 おそれてふるえる。二〇 ↓補注5-一九五。二一 京都市左京区鞍馬に当たる。二二 比叡山延暦寺三塔の一。首楞厳院等がある。二三 そのもののいるところ。二四 院御所北面につめる武士の下級のもの。二五 知康と書く。左衛門尉。「知康(法皇近日第一近習者也)」(玉葉、治承五年正月七日)。鼓兵衛は知康の俗称。↓補注5-一九五。二六 平氏側が不思議に思う。↓補注5-一九六。二七 午前八時から正午まで。二八 しかたなく。二九 底本「内ヲクミ」。天明本により改む。安徳天皇を伴う。三〇 全部。三一 密かに逃げる。乗船地点は不明。三二 平氏の都を退去する間。三三 都退去のことを知らせない。↓補注5-一九六。三四 頼盛は平氏

キテ、火ノ中ヘアラソイ入《いり》テ物トリケリ。[三二]ソノ中《なか》ニ頼盛ガ山シナニアルニモツ[三三]ゲザリケリ。[三四]カクト聞《きき》テ先子《まづこ》ノ兵衛佐[三五]爲盛《ためもり》ヲ使《つかひ》ニシテ鳥羽ニヲ[三六]ヒツキテ、「イカニ」ト云ケレバ、返事《へんじ》ヲダニモヱセズ、[三七]心モウセテミヱケレバ、[三八]ハセカヘリテソノ由云ケレバ、ヤガテ[三九]追様《おひざま》ニ落ケレバ、心ノ内ハトマラント思[四〇]ヒケリ。又コノ中ニ三位中將資盛《すけもり》ハソノコロ院[四一]ノオボヱシテサカリニ候ケレバ、御[四二]氣色《みけしき》ウカヾハント思《おもひ》ケリ。コノ二人鳥羽ヨリ打《うち》カヘリ法[四三]住寺殿ニ入リ居ケレバ、又京中地[四四]《ち》ヲカヘシテアリケルガ、山[四五]ヘ二人ナガラ事由《ことのよし》ヲ申タリケレバ、頼盛ニハ、「サ聞食《きこしめし》ツ。日比《ひごろ》ヨリサ思食《おぼしめし》キ。[四六]忍《しのび》テ[四七]八條院邊《はちでうゐんのへん》ニ候ヘ」ト御返事 承《うけたまは》リニケリ。モトヨリ八條院ノ[四八]ヲチノ宰相ト云[四九]寛雅《くわんが》法印ガ妻ハシ[五〇]ウトメナレバ、女院ノ御ウ[五一]シロミニテ候ケレバ、[五二]サテトマリニケリ。資盛ハ申[五三]イル丶者モナクテ、御返事ヲダニ聞カザリケレバ、[五四]又落テアイグシテケリ。サテ廿五日[五五]東塔《とうたふ》[五六]圓融房《ゑんゆうばう》ヘ御幸[五七]ナリテアリケレバ、[五八]座主《ざす》明雲《めいうん》ハ[五九]ヒトヘノ平氏ノ[六〇]護持僧《ごぢそう》ニテ、[六一]トマリタルヲコソワロシト云ケレバ、山《やま》ヘハ[六二]ノボリナガラヱ[六三]マイラザリケリ。サテ京ノ人サナガラ攝籙《せつろく》ノ[六四]近衞殿《このゑどの》ハ一定《いちぢやう》グシテ落ヌラント人ハ思ヒタリケルモ、チガイテト[六五]ヾマリテ山ヘ参リニケリ。[六六]松殿入道《まつどのにふだう》モ九條右[六七]大臣モ皆[六八]ノボリアツマリケリ。ソノ刹[六九]《せつ》那《な》京中ハタガイニ[七〇]ツイブクヲシテ物モナク成《なり》ヌベカリケレバ、「殘《のこり》ナク平氏ハ

の都退去を聞いて。三五「頼盛―為盛〈右兵佐、紀伊守〉」(尊卑)。三六 平氏の群に追いつく。

三七 思慮がなくなる。宗盛のこと。

三八 走り帰る。為盛のこと。

三九 あとを追って。宗盛のこと。

四〇 頼盛のこと。四一 後白河法皇にかわいがられ勢いが盛んであった。↓補注5－一九六。

四二 後白河法皇の御意を聞いてみる。

四三 吉記によると蓮華王院。↓補注5－一九六。

四四 天と地をひっくりかえすような騒ぎをして。

四五 後白河法皇が御幸の比叡山。

四六 人目をさける。四七 鳥羽天皇皇女暲子内親王のこと。四八 御乳と書く。乳母のこと。↓補注5－一九七。四九 村上源氏。俊寛の父。↓二四四頁注二三。五〇 ↓補注5－一九七。

五一 背後にあってその人を助け世話する者。

五二 そのままに。五三 後白河法皇に取次ぎをする。

五四 ↓補注5－一九六。

五五 比叡山延暦寺三塔の一。根本中堂等がある。

五六 円徳院の本房で円仁の弟子承雲が初祖。

五七 ↓補注5－一九五。五八 ↓一一四頁注六。

五九 むやみやたらに平氏を支持する。

六〇 内裏に参候して天皇の身体安全を祈禱する高僧。明雲は治承四年四月二十八日安徳天皇の護持僧となる(吉記)。

六一 平氏に同行せずに京にとどまったこと。

六二 ↓補注5－一九八。

六三 後白河法皇のもとに参候しなかった。

六四 基通のこと。六五 ↓補注5－一九六。

六六 基房のこと。

六七 兼実のこと。

六八 ↓補注5－一九五。

六九 瞬間。当時。

七〇 略奪すること。↓補注5－一九六。

落《おち》ヌ。ヲソレ候マジ」ニテ、廿六日[一]ノツトメテ御下京《ごげきやう》アリケレバ、近江ニ入《い》リタル武[二]田先《まづ》マイリヌ。ツヾキテ又義仲ハ廿六日[三]ニ入リニケリ。六條《ろくでう》堀川ナル八條院ノハ[四]ヽキ尼ガ家《いへ》ヲ給《たまは》リテ居《ゐ》ニケリ。

カクテヒシメ[五]キテアリケル程ニ、イ[六]カサマニモ國王[七]ハ神璽《しんじ》[八]・寶劍《はうけん》[九]・内侍所《ないしどころ》[一〇]アイグ[一一]シテ西國《さいごく》ノ方《かた》ヘ落給《おちたま》ヒヌ。コノ京ニ國主《こくしゆ》[一二]ナクテハイカデカアラント云《いふ》サタニテアリケリ。「父[一三]法皇ヲハシマセバ、西國王《にしのこくわう》[一四]安否之後《のち》歟」ナドヤウ[一五]〱ニサタアリケリ。コノ間《あひだ》ノ事ハ左右《さいう》大臣、松殿入道《まつどのにふだう》ナド云人ニ仰合《おほせあはせ》ケレド、右大臣ノ申[一六]サルヽ、ムネコトニツマビラカ也トテ、ソレヲゾ用ヒラレケル。サテイカニ[一七]モ〱踐祚《せんそ》[一八]ハアルベシトテ、高倉院ノ王子三人ヲハシマス。一人[一九]ハ六[二〇]ハラノ二《に》位《ゐ》ヤシナイテ船[二一]ニグシマイラセテアリケリ。イマ二人ハ京ニヲハシマス。ソノ[二二]御中《おんなか》ニ三宮《さんのみや》[二三]・四宮《しのみや》[二四]ナル[二五]ヲ法皇[二六]ヨビマイラセテ見マイラセラレケルニ、四宮御ヲ[二七]モギライモナクヨビ[二八]ヲハシマシケリ。又御ウラ[二九]ニモヨクヲハシマシケレバ、四宮ヲ壽永二年八月廿日御受禪《ごじゆぜん》[三〇]ヲコナハレニケリ。ヨロヅ新儀[三一]ドモナレド、仰《おほせ》合《あはせ》ツヽ、右大臣コトニ申《まうし》[三二]ヲコナヒテ、國王コヽニ出キサセヲハシマシテ、世《よ》[三三]ハサレバイカニ落居《おちゐ》[三四]ナンズルゾト、日本國《にほんこく》ノナレル様《やう》[三五]今ハカウニコソトテ、攝籙《せつろくの》臣《しん》コソ如キレ此ノ事ハサタ[三六]スルコトヲ、山ヨリクダラ[三七]セ給フマヽニ、近衛殿《このゑどの》[三八]攝籙モト

一 二十六日の早朝は二十七日昼の誤り。↓補注5-一九八。二 ↓二五四頁注一七。三 二十八日の誤り。↓補注5-一九八。四 伯耆と書く。八条院女房伯耆局のこと。↓補注5-一九八。五 押し合って騒ぐ。六 何としても。七 安徳天皇をさす。八 三種神器の一の八坂瓊曲玉のこと。九 三種神器の一の神剣。一〇 三種神器の一の神鏡のことで、内裏温明殿に安置。一一 ↓補注5-一九六。一二 ↓補注5-一九九。一三 祖父法皇の誤り。一四 西にいる安徳天皇が無事かどうか判明したのちに新主践祚を決める。一五 いろいろに。一六 ↓補注5-一九九。一七 何としても。一八 ↓四三頁注一三。一九 高倉天皇第二皇子守貞親王のこと。↓補注2-二四七。二〇 平清盛妻時子のこと。時子が守貞親王を養育した事情↓補注5-一九九。二一 平氏が都を退去した時から壇の浦で敗戦するまで同行したことをさす。↓補注5-一九九。二二 三人の皇子のなかで。二三 高倉天皇第三皇子惟明親王のこと。↓補注5-一九九。二四 高倉天皇第四皇子尊成親王のこと。↓補注5-一九九。二五 おいでになる。二六 ↓補注5-一九九。二七 幼児が見知らぬ人をきらって泣くこと。二八 河村本「こび」。二九 うらないのこと。↓補注5-一九九。三〇 天子の位を譲り受ける。↓補注5-一九九。三一 ↓補注5-一九九。三二 処置する。三三 世間。朝廷。三四 落ち着く。三五 状態。事情。三六 処置する。三七 後白河法皇が比叡山から下山するやいなや。三八 基通の後鳥羽天皇摂政発令は践祚当日。内定はそれ以前。↓補注5-一九九。三九 世情の落着、国情の推移のこと。四〇 はっきりしない。四一 基通は治承三年十一月関白就任当初から兼

ノゴトシト被レ仰《せ》ニケリ。一定《いちぢやう》平氏ニグシテ落《おつ》ベキ人ノトマリタレバニヤ。又イカナルヤウカアリケン。サレド近衛殿ハカヤウノ事申《まうし》サタスベキ人ニモアラズ。スコシモヲボツカナキ事ハ右大臣ニ問《とひ》ツヽコソヲハシケレバ、タヾ名《な》バカリノ事ニテ、庄園文書マヽ、母ノ我ヨリモ弟ナリシガ手ヨリヱタル由ニテ、清盛ニカクシナサレタル人ニテアルガ、猶カクテアラ(ハ)ルヽ。イカニモ〳〵人ハ心ヱヌコトニテアリシヲバ皆心ヱラレタリ。カウ程ニミダレン世ハ何事モイハレタル事ハアルマジキ時節《じせつ》ナルベシ。大方《おほかた》攝籙臣ハジマリテ後《のち》コレ程ニ不中用《ふちゆうよう》ナル器量《きりやう》ノ人ハイマダナシ。カクテコノ世ハウセヌル也。贈《ぞう》左大臣範季《のりすゑ》ノ申シケルハ、「スデニ源氏ハ近江國ニミチテ六ハラサハギ候之時、院《ゐん》ハ今熊野《いまくまの》ニコモラセ給テ候《さふらひ》シニ、近習《きんじふ》ニメシツケラレテ候シカバ、ヒマノ候シニ、「イカニモ〳〵今ハ叶《かなひ》候マジ。東國武士ハ夫〈フ〉マデモ弓箭《ゆみや》ニタヅサイテ候ヘバ、此平家《へいけ》カナヒ候ハジ。チガハセヲハシマス御沙汰ヤ候ベカラン」ト申テ候シカバ、ヱマセヲハシマシテ、「イマソノ期《ご》ニコソハ」ト仰ノ候シ」トカタリケリ。モトヨリ(ノ)御案ナリケリ。コノ範季ハ後鳥羽院《ごとばゐん》ヲヤシナイタテマイラセテ、践祚ノ時モヒトヘニサタシマイラセシ人也。サテ加階《かかい》ハ二位マデシタリシカドモ、當今《たうぎん》ノ母后《ぼごう》ノチヽナリ。サテ贈位《ぞうゐ》モタマハレリ。範季ガメイ刑部卿《ぎやうぶきやう》ノ三位《さんみ》ト云シハ

実の後援を依頼し指導を受けた(玉葉、同月二十三日)。四二 摂籙臣も名目だけのこと。四三 義母の白川殿平盛子のこと。四四 事実は四歳若い。四五 ↓二四二頁注二九。四六 ↓二四七頁注七五。↓補注5-一六一。四七 基通が清盛の力によって関白・摂政にしてもらったことをさす。四八 底本「アラル、」。河村本により改む。四九 隠れていた事が表面に出る。五〇 普通の人には理解し得ないこと。基通の才能がおとっていることをさす。五一 もっともなこと。筋が立つこと。五二 時代。五三 だいたい。五四 役に立たない。五五 才能。五六 滅亡する。五七 藤原氏貞嗣孫。↓補注2-一四〇。範季は承安五年正月二十五日式部権少輔、元暦二年正月二十日木工頭遷任。五六 後白河法皇のこと。五七 新熊野神社のこと。京都市東山区今熊野所在。後白河法皇勧請。法皇は寿永二年六月七日から十六日まで、七月六日から十四日まで当社に参籠した(吉記)。五八 主君の側近で奉仕する者。五九 呼び出す。範季は後白河院別当(玉葉、寿永二年八月二十八日)。六〇 どんなことがあっても。六一 不可能であろう。六二 夫役を負担する庶民。六三 かかわりを持つ。六四 平氏をのがれる。六五 後白河法皇はほほえむ。六六 時。六七 底本「モトヨリ御案」。諸本により改む。六八「後鳥羽院」は書き直し。当初は四宮か。六九 ↓補注5-一九九。七〇 範季の位が高くなること。七一「非参議従二位藤範季〈七十六〉五月十日薨」(補任、元久二年)。七二 現在在位の天皇。順徳天皇をさす。承元四年十一月二十五日から承久三年四月二十日まで在位。七三 修明門院重子のこと。↓補注2-一四〇。七四 範季は左大臣贈官といっしょに正一位贈位。七五 藤原範子のこと。範季兄範兼の娘。範子の三位昇叙は正治二年閏二月十六日以前(明月記)。

[一]能圓《のうゑん》法師ガ妻也。能圓ハ[二]土御門院《つちみかどゐん》ノ母后[三]承明門院《しようめいもんゐん》ノ父ナリ。コノ[四]僧ノ妻ニテ刑部卿三位ハアリシ、ソノ[五]腹《はら》也。[六]ソノ上御メノトニテ候《さふらひ》シカドモ、能圓ハ[七]六ハラノ二位ガ子ニシタル者ニテ、御メノトニモ[八]ナシタリキ。[九]落《おち》シ時アイグシテ平氏ノ方《かた》ニ[一〇]アリシカバ、其後《そののち》ハ刑部卿ノ三位モヒトヘニ範季ヲヂニ[一一]カヽリテアリシナリ。ソレヲ[一二]通親《みちちか》内大臣又[一三]思《おもひ》テ、子ヲイクラトモナク[一四]ムマセテ有《あり》キ。故[一五]卿《きやう》ノ二位ハ刑部卿三位ガ弟ニテ、[一六]ヒシト[一七]君ニツキマイラセテ、カヽル[一八]果報《くわはう》ノ人ニナリタルナリ。

カヤウニテスグル程ニ、コノ[一九]義仲ハ頼朝ヲ敵《かたき》ニ思ヒケリ。平氏ハ[二〇]西海《さいかい》ニテ京ヘカヘリイラント思ヒタリ。コノ平氏ト義仲ト[二一]云《いひ》カハシテ、一《ひとつ》ニナリテ[二二]關東《くわんとう》ノ頼朝ヲ[二三]セメント云事出キテ、[二四]ツヽヤキサヽヤキナドシケル程ニ、是モ[二五]一定《いちぢやう》モナシナドニテアリケルニ、[二六]院《ゐん》ニ候[二七]北面《ほくめん》下臈《げらふ》[二八]友康《ともやす》・[二九]公友《きみとも》ナド云者、[三〇]ヒタ立《たて》ニ武士ヲ立テ、頼朝コソ猶[三一]本體《ほんたい》トヒシト思テ、[三二]物《もの》ガラモ[三三]サコソキコヘケレバ、ソレヲ[三四]ヲモハヘテ頼朝ガ打《うち》ノボランコトヲマチテ、又義仲[三五]何ゴトカハト思ケルニテ、[三六]法《ほふ》住寺殿《ぢゆうじどの》院御所ヲ城《しろ》ニ[三七]シマハシテ[三八]ヒシトアフレ、源氏山々寺々《やまやまてらでら》ノ者《もの》ヲ[三九]モヨホシテ、山ノ座主《ざす》明雲《めいうん》参リテ、山ノ悪僧グシテヒシト[四〇]カタメテ候ケルニ、義仲ハ又今ハ思ヒキリテ、[四一]山田・[四二]樋口《ひぐち》・[四三]楯《たて》・[四四]根《ね》ノ井《ゐ》ト云[四五]四人ノ郎従《らうじゆう》アリケリ、[四六]我勢《わがせい》ヲチナン

一 ↓一二〇頁注一〇。二 ↓一二四頁注一二。三 源在子のこと。↓一二〇頁注八。四 能円をさす。五 その女から生れること。在子のこと。六 範子は能円の妻であってさらに尊成親王の乳母。七 平清盛妻時子のこと。時子と能円は同母。八 時子が範子を尊成親王の乳母とした。九 平氏が都を退去した時。一〇 ↓補注5-一九。一一 よりかかる。たのみとする。一二 ↓一二〇頁注九。内大臣昇任は正治元年六月二十一日、建仁二年十月二十一日没まで在官。一三 範子を愛する。一四 文明本・天明本「ウマセテ」。一五 藤原兼子のこと。寛喜元年八月十六日死去。「故」は後補。一六 底本「ヒトシト」。諸本により改む。一七 後鳥羽天皇をさす。一八 幸運。一九 ↓補注5-二〇〇。二〇 西海道の略。九州のこと。二一 語り合う。二二 関所より東の意。古くは逢坂関以東、後世は箱根関以東。二三 ↓補注5-二〇〇。二四 つぶやく。二五 決定したことはない。底本「アリケルニテアリケルニ」。諸本により改む。二六 後白河法皇の御所をさす。二七 北面の武士の位の低いもの。二八 知康が正しい。↓二五四頁注二五。二九 公朝が正しい。大江氏。「七日。…兵衛尉公友等自二禅門(清盛)之許一被二捕取一了」(玉葉、治承五年正月)。三〇 ひたすらに。三一 武士の真の姿。三二 頼朝の人がら。三三 さぞかしよい。三四 予期する。三五 どんなことをするか、しないの意。三六 ↓補注5-九六。三七 御所全部を城にする。三八 人が密着していっぱいになる。三九 召集する。↓補注5-二〇一。四〇 堅く守る。四一 義仲の郎従で「山田次郎」(平家、九、生ずきの沙汰)。今井(四郎兼平)の誤記。四二 「樋口次郎兼光」(平家、七、火打合戦)。四三 「楯の六郎親忠」(平家、七、主上都落)。四四 「ねの井の小野太海野の行親」(平

ズ、落ヌサキニトヤ思ヒケン、壽永二年[四七]十一月十九日ニ、法住寺殿ヘ千騎[四八]内《うち》五百餘キナントゾ云ケルホドノ勢ニテハ[四九]タトヨセテケリ。義仲ガ方ニ三郎先生《さぶらうせんじやう》[五〇]ト云源氏アリケルモ、カ[五一]ク成《なり》ニケレバ皆御方《みかた》[五二]ヘマイリタリケルガ、猶義仲ニ心ヲアハセテ、最勝光院《さいしようくわうゐん》[五三]ノ方ヲカタメタリケル山ノ座主ガ方ニアリケルガ内ヨリ、座主ノ兵士《ひやうじ》[五四]ナニバカリカハアランヲ、ヒ[五五]シ〳〵ト射《い》ケルホドニ、ホロ〳〵ト落[五六]ニケリ。散《さん》〴〵ニ追《おひ》チラサレテ、シカルベキ公卿殿上人宮《くぎやうてんじやうびとみや》[五七]ナニカ皆武士ニト[五八]ラレニケリ。殿上人已上ノ人ニハ美乃守信行《のぶゆき》[五九]ト云者ゾ當座《たうざ》ニコロサレニケル。ソノホカハ死去《しきよ》ノ者ハ上臈《じやうらふ》[六〇]ザマニハサスガニナカリケリ。サ[六一]ルヤウナル武士モ皆ニゲニケリ。院ノ御幸ハ清淨光院《しやうじやうくわうゐん》[六二]ノ方ヘナリタリケリ。武士參リテウ[六三]ルハシク六條《ろくでう》[六四]ノ木曾ガ六條ノカタハラニ信成《のぶなり》[六五]ガ家アルニス[六六]ヱマイラセテケリ。當時ノ六[六七]條殿ハコレナリ。サテ山ノ座主明[六八]雲、寺[六九]ノ親王八條宮《はちでうのみや》[七〇]ト云院ノ御子《みこ》、コレ二人ハウタレ給《たまひ》ヌ。明雲ガ頸《くび》ハ西洞院河《にしのとうゐんがは》ニテモトメ出《いだし》テ顯眞《けんしん》[七一]トリテケリ。カヽリケルホドニソ[七二]レニグシテ見タル者ノ申《まうし》ケルハ、「我《わが》[七三]カタメタル方落《かたおち》[七四]ヌト聞《きき》テ、御所《ごしよ》ニ候[七五]ケルガ、長絹《ちやうけん》[七六]ノ衣《ころも》ニ香《かう》[七七]ノケサゾキタリケル、コ[七八]シカキモ何モカ[七九]ナハデ馬ニノセテ弟子《でし》少々グシテ、蓮花王院ノ西ノツイ[八〇]ヂノキハヲ南ザマヘ逃《にげ》ケルニ、ソノ程ニテヲヽク射カケヽル矢ノ、鞍ノシ[八一]ヅハノ上ヨリ腰ニ立《たち》タリケルヲ、ウ

家、六、廻文)。四五「今井・樋口・楯・禰井とて木曾が四天王」(平家、九、樋口討罰)。四六 衰える。四七 底本「二、ナ十一、」。諸本により改む。四八 →補注5-二〇一。四九 突然に。五〇 源義広のこと。為義の子。→補注5-二〇一。五一 義仲の法住寺殿攻撃をさす。五二 後白河法皇の味方。五三 法住寺内の一院。延慶本平家によると山法師が固めたのは「西面八条が末の門」。五四 どれほどかはいたであろうが。五五 少しも手心を加えずに。五六 座主方兵士が逃げる。五七「など」の意。五八 →補注5-二〇一。五九 藤原氏道隆孫。→補注5-二〇一。六〇 方面。六一 相当りっぱな武士。→補注5-二〇一。六二 藤原通憲妻で後白河天皇乳母朝子の建立。法住寺殿近辺所在。安元元年十二月四日再建供養(百錬抄)。六三 →補注5-二〇一。六四 六条西洞院の義仲邸。→補注5-一九八。六五 信業が正しい。→補注5-一九八。六六 事実は五条東洞院の基通亭に入御。→補注5-二〇一。六七 六条通以北西洞院通以西。六八「伝聞、座主明雲合戦之日、於二其場一被二切殺一了」(玉葉、寿永二年十一月二十二日)。六九 園城寺をさす。七〇 後白河天皇皇子円恵法親王のこと。「八条円恵法親王於二華山寺辺一被二切取一了」(玉葉、同月二十二日)。七一 第六十一世天台座主。「前美作守藤原顕能息、最雲親王弟子、明雲大僧正入室、相実法印灌頂弟子」(座主記)。七二 明雲をさす。七三 明雲側の兵士が守った最勝光院。七四 攻め取られる。七五 明雲のこと。七六 絹布の一種。堅く張りがあり筍皮の裏のような光沢がある。七七 織物の一種。縦糸・横糸ともに濃い黄色みを帯びた香色で織る。七八 輿をかつぐもの。七九 思うように得られない。八〇 土塀のそば。八一 後輪のこと。鞍骨のうしろの高い部分。

シロヨリ引《ひき》ヌキケル。[一]ク丶リメヨリ血ナガレ出デケリ。[二]サテ[三]南面ノスヱニ田井[四]ノアリケル所ニテ馬ヨリ落《おち》ニケリ。武者《むしや》ドモ弓ヲヒキツ丶追《おひ》ユキケリ。弟子ニ院ノ宮、後ニハ[五]梶井《かぢゐ》宮トテキト[六]座主《ざす》ニナラレタリシハ、十五六ニテ有《あり》ケルハ、カシコク「ワレハ宮ナリ」ト名ノラレケレバ、生《いけ》ドリニ取《とり》テ武者ノ小家《こいへ》ニ唐櫃《からびつ》ノ上ニスヱタリケリ」トゾ聞《きこ》ヘシ。

八條宮ハグシタリケル人[七]アシク、衣《ころも》ケサナンドヲヌガセ申《まうし》テ、[八]コンノカタビラヲキセタテマツリタリケレバ、[九]ハシリカ丶リテ武者ノキラントシケルニ、ウシロニ[一〇]少將房トテチカクツカハレケル僧ハ、[一一]院ノ御所ニ候《さふらふ》源[一二]馬助俊光《みなもとのうまのすけとしみつ》ト云《いふ》ガアニ也、ソノ僧ノ、「アニ」ト云テ手ヲヒロゲタリケル[一三]カイナヲ、打落《うちおと》スマデハ見キト申者アリケリ。山座主《やまのざす》ガ頸《くび》ヲトリテ木曾ニカウ〳〵ト云ケレバ、[一四]「ナンデウサル者」ト云ケレバ、タヾ西洞院川ニ[一五]ステタリケルナメリ。「院ノ御《ご》[一六]前《ぜん》ニ[一七]御室《おむろ》ノヲハシケル、一番ニ逃給《にげたま》ヒニケリ。[一八]口惜《くちをし》キ事也」トゾ人申《まうし》シ。明雲ハ山ニテ座主アラソイテ[一九]快修《くわいしう》トタ丶[二〇]カイシテ、雪ノ上ニ[二一]五佛院ヨリ[二二]西塔マデ四十八人コロサセタリシ人ナリ。スベテ[二三]積惡《しやくあく》ヲ丶カル人ナリ。西光《さいくわう》ガ頸キラル丶[二四]日ハ、山大衆《のだいしゆう》西坂本ニクダリテ、「コレマデ候」ナドイハセテ、平入道《へいにふだう》ハ、「庭ニタ丶ミシキテ、大衆大《おほ》[二五]ダケヘカヘリノボラセ給フ火ノミヱ候シマデハ、ヲガ

一　装束の紐や帯をくくったところ。
二　底本「サテサテ」。諸本により改む。
三　南方の築地の端。
四　田に引く水をためたところ。
五　後白河天皇皇子承仁法親王のこと。↓一一九頁注二二。逮捕状況↓補注5-二〇一。
六　ちょっと。
七　判断が悪い。
八　直衣などの下に着る単衣。
九　飛びかかる。
一〇　底本「小将房」。天明本により改む。
一一　後鳥羽上皇をさす。
一二　宇多源氏。↓補注5-二〇二。
一三　うで全体をさす。
一四　なんでそんなものを。義仲の発言。
一五　↓補注5-二〇一。
一六　後白河法皇のこと。
一七　喜多院御室守覚法親王のこと。法皇皇子。↓補注5-二〇一。
一八　不本意、残念。
一九　↓一一三頁注二〇。
二〇　仁安二年正月一日・十六日のこと。↓補注5-二〇三。
二一　延暦寺東塔の一院。仁安二年の争の時、東塔の衆徒はこの院を城とした。↓補注5-二〇三。
二二　延暦寺三塔の一。釈迦堂等がある。
二三　悪を積むこと。
二四　↓二四五頁注五五—五七。
二五　比叡山の大峰のこと。
二六　法住寺殿合戦の日をさす。
二七　武士として行動する。
二八　首をかしげて考える。↓補注5-二〇一。
二九　円恵法親王のこと。
三〇　北斗七星を勧請して長寿息災を祈る行法。
三一　後白河法皇に取り立てて重大なことがあるべきならば代ってその難を受けてさしあげる。↓補注5-二〇一。
三二　神事仏事の時に神仏にその主旨をつげる文。
三三　以仁王が園城寺に逃げ込んだ時のこと。
三四　↓補注5-一七〇。
三五　深山に住むと想像された妖怪の動物。兼実も合戦当時同じことを述べた。↓補注5-二〇一。
三六　天狗が荒だち乱れないように押える。
三七　わるくなり頂点に達する。

ミ申候キ」ナド云ケルトゾ聞ヘシ。カヤウニテ[二六]今日《けふ》ハ又コノ[二七]武者シテ候コトコハイカニト、サスガニ世ノ末ニモフカクカ[二八]タブク人多カリケリ。[二九]寺《てら》ノ宮《みや》ハ[三〇]尊星《そんしやう》王法《わうほふ》ヲコナハレケリ。[三一]院事《ゐんこと》ヲハシマスベクハカハリマイラセント[三二]祭文《さいもん》ニカヽレタリケリトゾ申シ。又[三三]三條宮寺ニヲハセシヲ、[三四]追イダス方《かた》ノ人ナリキナドモ申キ。イカニモ〳〵コノ院ノ木曾ト御タヽカイハ、[三五]天狗《てんぐ》ノシワザウタガイナキ事也。コレヲ[三六]シヅムベキ佛法モカク人ノ心[三七]ワロクキハマリヌレバ、[三八]利生《りしやう》ノウツハ物ニアラズ。[三九]術《すべ》ナキ事ナリ。

サテ義仲ハ、[四〇]松殿《まつどの》ノ子十二歳ナル[四一]中納言、八歳ニテ中納言ニナラレテ[四二]八歳ノ中納言ト云[四三]異名《いみやう》アリシ人ヲ、ヤガテ[四四]内大臣ニ成《な》シテ[四五]攝政長者《せつしやうちやうじや》ニナリ、又大臣ノ闕《けつ》モナキニ[四六]實定《さねさだ》ノ内大臣ヲ暫《しばし》トテ[四七]カリテナシタレバ、世ニハ[四八]カルノ大臣ト云異名又ツケテケリ。サテ松殿[四九]世ヲオコナハルベキニテ有リキ。サシモ[五〇]平家ニウシナハレ給《たまひ》テシカバ、[五一]コノ時ダニモナド云心《こころ》ニコソ。サテ[五二]除目《ぢもく》オコナヒテ善政《ぜんせい》ト[五三]ヲボシクテ、[五四]俊經宰相《としつねさいしやう》ニナシナドシテアリシ程ニ、カヽル[五五]次第ナレバ、[五六]一《いち》ノ所《ところ》ノ家領文書《けりやうもんじよ》ハ松殿皆スベテ[五七]サタセラルベキニテ、近衛殿《このゑどの》ハ[五八]ホロ〳〵ト成リヌルニテアリケレバ、法皇ノ[五九]近衛殿ヲイカニモ〳〵[六〇]イトヲシキ人ニ思ハセ給テ、[六一]賀《か》陽院《やゐん》方ノ領ト云ハ、近衛殿ノテヽノ[六二]中殿《なかどの》賀陽院ノ御子《みこ》ニナリテ[六三]ツタヘ(給ヘ)ル

三八 神仏のめぐみを受ける容器ではない。人心をさす。 三九 どうしようもない。
四〇 基房のこと。
四一 師家のこと。↓一一七頁注三三。師家は寿永二年八月二十五日以来権大納言。
四二 ↓二四七頁注五三。
四三 あだな。「或人告云、入道関白(基房)息八歳、中納言師家〈生年十二歳〉直可レ加二左大将一云々」(玉葉、寿永二年八月二十五日)。
四四 「廿二日。…権大納言師家任二内大臣一可レ為二摂政一之由、被二仰下一了云々。昨夜丑刻云々」(玉葉、寿永二年十一月)。
四五 氏長者のこと。
四六 ↓一一八頁注六。寿永二年四月五日内大臣昇任。 四七 「廿三日。…伝聞、内大臣(実定)非二解官一借用云々。凡闕官ハ三也。所レ謂死闕(転任)辞退也。借官始レ之」(玉葉、寿永二年十一月)。
四八 「新摂政殿(師家)をばかるの大臣とぞ申ける。」(平家、八、法住寺合戦)。↓補注5－二〇四。
四九 朝廷の政治を行う。↓補注5－二〇五。
五〇 平氏によって摂政関白の地位を失った。
五一 せめてこの時だけでも。
五二 寿永二年十二月十日行われた。
五三 お思いになる。
五四 藤原氏内麿孫。↓補注5－二〇五。
五五 基房が朝政を主宰する状態。
五六 摂政関白の別名。 五七 支配する。↓補注5－二〇五。
五八 基通のこと。 五九 木の葉が散るようにばらばらに。 六〇 かわいい人。↓補注5－一九九。 六一 高陽院とも書く。鳥羽天皇皇女泰子のこと。↓二一一頁注一三。高陽院領↓補注5－二〇五。 六二 基実のこと。泰子猶子説↓補注5－二〇五。 六三 底本「ツタヘル方」。文明本・天明本により改む。

方《かた》ナレバ、ソレバカリヲバ近衛殿ニ[一]ユルサルベシヤト、ソノ世[二]ニモ猶院《ゐん》ヨリ仰《おほせ》ラレタリケルヲ、シカルベカラヌヤウニ返事ヲ[三]申サレタリケル、[四]クチヲシクヲボシメシタリケル也。松殿ナンド程ノ人モ、カクテ木曾ガ世[五]ニテ、世ヲナガク[六]シランズトヲボシケルニヤト返返《かへすがへす》クチヲシキ事也。[七]九條殿ハ[八]ウルセク、ソノ時《とき》[九]トリイダサレズシテ松殿ニナリケルヲバ、事ガラモ十二歳ノ[一〇]ヲモテ方コソ[一一]アサマシケレド、松殿ノ返《かへ》リナリタルニテコソアレ、[一二]イミジ〱トテ、我《わ》レノガレタルヲバ佛神ノタスケト[一三]ヨロコバレケリ。

カヽル程ニヤガテ次ノ年正月ノ廿日、頼朝[一四]コノ事[一五]キヽテ、弟ニ[一六]九郎ト云ヒシ者ニ、土肥實平《どひのさねひら》・梶原景時《かぢはらのかげとき》・[一七]次官親能《すけのちかよし》ナド云者《いふもの》サシノボセタルガ、左右《さう》ナク[一八]京ヘ打《うち》イリテ、[一九]ソノ日ノ内《うち》ニ打取《うちとり》テ頸[二〇]トリテキ。ソノ時スデニ[二一]坂東武者《ばんどうむしゃ》セメノボルト聞《きき》テ、義仲ハ郎等《らうどう》ドモヲ、[二二]勢多《せた》・宇治《うぢ》・[二三]淀《よど》ナンドノ方ヘチラシテフセガセントヽ手ビロニクハダテヽ有《あり》ケルホドニ、[二四]スヽドニ宇治ノ方ヨリ、九郎、チカヨシハセ入リテ[二五]川原ニ打立《うちたち》タリトキヽテ、義仲ハワヅカニ四五騎ニテカケ出デタリケル。ヤガテ落《おち》テ勢多ノ手ニクハヽラント大津《おほつ》ノ方ヘヲチケルニ、九郎[二六]ヲヒカヽリテ大津ノ田中ニヲイ[二七]ハメテ、[二八]伊勢三郎ト云《いひ》ケル郎等、打テケリトキコヘキ。頸モチテ参リタリケレバ、法皇ハ御車《おくるま》ニテ御門《ごもん》ヘイデヽ、[二九]御覽《ごらん》ジケリ。

一 領有を認める。 二 時、おり。 三 基房が言った。 四 後白河法皇が残念に思われた。 五 時代。 六 治める。 七 藤原兼実のこと。→二四八頁注一三。 八 かしこい。 九 摂政として選び出されない。 一〇 仮面。師家が基房の代役であること。 一一 あきれて興がさめる。 一二 よい。 一三 「廿二日壬子…余(兼実)免㆓今度事㆒第一之吉慶也」(玉葉、寿永二年十一月)。 一四 法住寺殿合戦をさす。 一五 →補注5-二〇六。 一六 源義経のこと。義朝九男。 一七 中原氏。「斎院次官親能者〈前明法博士広季子〉頼朝之近習者」(玉葉、寿永三年二月一日)。 一八 「廿日庚戌。今日辰刻、坂東武士源義経等自㆓宇治路㆒入洛。伊予守義仲朝臣、下㆓随兵㆒雖㆓合戦㆒無㆑程敗績、於㆓大津辺㆒義仲被㆑討畢」(百錬抄、寿永三年正月二十日)。 一九 二十日の内に義仲を撃ち殺す。 二〇 底本「トリテ木曾ノ時」。天明本により改む。 二一 関東武士。 二二 滋賀県栗太郡瀬田町。瀬田川沿岸で橋があり、中古関所も置かれ軍事上の要地。 二三 京都市伏見区淀。瀬田・木津・保津川の合流点で交通上の要地。 二四 鋭く敏活に。 二五 賀茂河原。→補注5-二〇六。 二六 追跡する。 二七 落し込む。 二八 義経郎等で文治二年七月二十五日捕えられ梟首(玉葉)。→補注5-二〇六。 二九 →補注5-二〇六。 三〇 安徳天皇のこと。 三一 あらかじめの計画。→補注5-二〇六。 三二 「平氏率㆑具㆓主上㆒着㆓福原㆒畢」(玉葉、寿永三年二月四日)。 三三 →補注5-二〇七。 三四 向かって行く。攻撃する。 三五 神戸市須磨区内。「播磨摂津二ケ国の堺両国サテ平氏宗盛内大臣ハ、[三〇]我主《わがしゆ》トグシタテマツリテ、義仲ト一《ひとつ》ニナランズル[三一]シタクニテ、西國ヨリ上洛セシメテ、[三二]福原ニツキテアリケル程ニ、同壽永三年二月[三三]六日ヤガテ此頼朝ガ郎從《らうじゆう》等ヲシカケテ[三四]行《ゆき》ムカイテケリ。ソレモ[三五]一《いち》ノ谷《たに》ト云フ方ニ、[三六]カラメ手ニテ、九郎ハ義經《よしつね》トゾ云ヒシ、[三七]後《のち》ノ京極殿《きやうごくどの》ノ名ニ[三八]カヨヒタレバ、後《のち》ニハ[三九]義顯《よしあき》トカヘサセラレニキ、コノ九郎ソノ一ノ谷ヨリ打イリテ、平家ノ[四〇]家《いへ》ノ子《こ》東大寺ヤク大將軍[四一]重衡《しげひら》イケドリニシテ、其外《そのほか》十人バカリソノ日[四二]打取テケリ。[四三]教盛《のりもり》中納言ノ子ノ[四四]通盛《みちもり》三位、[四五]忠度《ただのり》ナド云者ドモナリ。サテ船ニ[四六]マドイノリテ宗盛又ヲチニケリ。

其後ヤガテ壽永三年四月[四七]十六日ニ、崇德院《しゆとくゐん》幷[四八]宇治贈太政大臣[四九]寶殿《はうでん》ツクリテ[五〇]社《しや》[五一]壇《だん》春日河原《かすがかはら》保元戰場ニ[五二]シメラレテ、[五三]範季《のりすゑ》朝臣[五四]奉行《ぶぎやう》シテ[五五]靈蛇《れいじや》出キタリ。又[五六]預《あづかり》ニナサレタル[五七]神祇權大副《じんぎごんのおほすけ》[五八]卜部《うらべ》兼友《かねとも》[五九]夢相《むさう》アリナンドキコヘキ。コノ事ハコノ木曾ガ法住寺《ほふぢゆうじ》イクサノコト、偏《ひとへ》ニ天狗《てんぐ》ノ所爲《しよゐ》ナリト人ヲモヘリ。イカニモコノ[六〇]新院《しんゐん》ノ[六一]怨靈《をんりやう》ゾナド云事ニテ、タチマチニコノ事出キタリ。新院ノ[六二]御ヲモイ人ノ[六三]烏丸殿トテアリシ、イマダイキタリケレバ、ソレモ[六四]御影堂《みあいだう》トテ[六五]綾小路河原《あやのこうぢかはら》ナル家ニツクリテ、[六六]シルシドモ有リトテヤウ[六七]〳〵ノサタドモアリキ。

カヤウニテ平氏ハ西國ニ海ニウカビツヽ、國々領シタリ。坂東《ばんどう》ハ又[六八]アキタレド

の内には第一の谷にて候間、一の谷と申候」(延慶本平家、五本二十)。
三六 敵の裏面を攻める軍勢。
三七 九条良経(よしつね)のこと。本邸が中御門京極殿であったによる。 三八 似る。
三九 「義行(義経)改名之間事、余(兼実)所レ案之名義顕尤宜之由、兼光申也」(玉葉、文治二年十一月二十四日)。
四〇 一門の子弟。 四一 ↓二五〇頁注二五。
四二 撃ち殺す。↓補注5-二〇七。 四三 桓武平氏。忠盛三男、母大宮権大夫家隆女。寿永二年四月五日権中納言昇任、同年八月六日解官。
四四 寿永二年二月二十一日従三位昇叙、同年八月六日除名。 四五 桓武平氏。忠盛男。正四位下、薩摩守。 四六 あわてる。
四七 十五日が正しい。↓補注5-二〇八。
四八 藤原頼長のこと。↓二四六頁注七。
四九 神殿。 五〇 神社の敷地。
五一 春日通(現在丸太町通)端の賀茂川原。↓補注5-二〇八。 五二 敷地とする。
五三 ↓二五七頁注五五。
五四 主君の命令を受けて事を執行すること。
五五 ↓補注5-二〇八。
五六 平野社春日社等に早く置かれた神職。
五七 神祇官の次官の一。
五八 卜部兼時子。平野社預が本務。
五九 夢の中で神仏のさとしを受けること。
六〇 崇徳上皇をさす。
六一 底本「怨望ノナト」。河村本により改む。
六二 愛人。 六三 未詳。↓補注5-二〇八。
六四 崇徳上皇の肖像を安置する堂。
六五 綾小路通(四条通の南の東西小路)端の賀茂川原。 六六 霊験。
六七 いろいろ。 六八 ひまになる。

[一]未ダ二落居セ一ズ、京中ノ人[二]アザミナゲキテアル程ニ、元暦二年三月廿四日ニ船イクサノ[三]支度《したく》ニテ、イヨ〳〵カクト聞《きき》テ、頼朝ガ武士等カサナリキタリテ西國ニヲモムキテ、長門ノ[四]門司關《もじのせき》[五]ダンノ浦ト云フ所ニテ[六]船ノイクサシテ、[七]主上ヲバ[八]ムバノ二位《にゐ》宗盛母イダキマイラセテ、神璽《しんじ》・寶劍《はうけん》[九]トリグシテ海ニ入リニケリ。[一〇]ユヽシカリケル女房《にようばう》也。内大臣宗盛以下[一一]カズヲツクシテ入海《にふかい》シテケル程ニ、宗盛ハ水《すい》[一二]練《れん》ヲスル者ニテ、ウキアガリ〳〵シテ、[一三]イカント思フ心《こころ》ツキニケリ。サテイケドリニセラレヌ。主上ノ母后《ぼごう》[一四]建禮門院ヲバ海ヨリトリアゲテ、トカクシテ[一五]イケタテマツリテケリ。神璽・内侍所《ないしどころ》ハ同《おなじ》キ四月廿五日ニ[一六]カヘリイラセ給《たまひ》ニケリ。[一七]寶劍ハ海ニシヅミヌ。ソノ[一八]シルシノ御ハコハウキテ有《あり》ケルヲ、武者《むしや》トリテ[一九]尹明《これあき》ガムスメノ[二〇]内侍ニテアリケルニ[二一]ミセナンドシタリケリ。内侍所ハ、大納言[二二]時忠《ときただ》トテ[二三]二位ガ[二四]セウト有リキ、[二五]グシテアル者ドモノ中ニ、[二六]時信子《ときのぶのこ》ニテツカヘシ者ニテ、[二七]サカシキコトノミシテ、[二八]タビ〳〵ナガサレナンドシタリシ者、[二九]トリテモチタリケリ。コレ皆トリグシテ京ヘノボリニケリ。[三〇]二宮《にのみや》モトラレサセ給テ[三一]上西門《じやうさいもん》院《ゐん》ニヤシナハレテヲハシケリ。寶劍ノ[三二]沙汰《さた》ヤウ〳〵ニアリシカド、終《つひ》ニ[三三]ヱアマモカヅキシカネテ出デコズ。其間《そのあひだ》ノ次第ハイカニトモカキツクスベキ事ナラズ。タベヲシハカリツベシ。大事《だいじ》ノ[三四]フシ〴〵ナラヌ事ハソノ[三五]詮《せん》モナケレバ書《かき》ヲトス

一 おちつかない。頼朝・義経の不和をさす。
二 驚きあきれる。
三 前からの計画。→補注5-二〇九。
四 現在の門司市にあった関所。
五 現在下関市の海峡沿岸。
六 →補注5-二〇九。 七 安徳天皇のこと。
八 「うば」と同じ。老婆。祖母。
九 とりそろえて持つ。
一〇 勇ましい。 一一 全部。 一二 水泳。
一三 生きる。 一四 平徳子のこと。養和元年十一月二十五日、院号(玉葉)。
一五 天明本「いけ□(生捕イと傍記)奉り」。いかす。 一六 「此日神鏡神璽御入洛」(玉葉)。
一七 →補注5-二〇九。
一八 璽御筥のこと。八坂瓊曲玉を納める。
一九 →二三一頁注五四。
二〇 内侍司の女官。
二一 →補注5-二〇九。
二二 →二三八頁注二九。寿永二年正月二十二日権大納言昇任、同八月十六日解官。
二三 平宗盛母従二位時子。
二四 女にとって同母の兄弟。
二五 宗盛・時子らが連れているもの。
二六 時忠は時信子ということで平氏に仕えた。
二七 りこうぶった。
二八 応保二年六月二十三日(二三八頁注三五)・嘉応元年十二月二十八日(玉葉・兵範記)の出雲国配流をさす。
二九 →補注5-二〇九。
三〇 高倉天皇第二皇子守貞親王のこと。
三一 後白河天皇同母妹統子内親王。文治五年七月二十日崩御。
三二 →補注5-二〇九。
三三 海女も潜水しかねて、宝剣は出てこなかっ

コトノミ有リ。其後《そののち》コノ主上ヲバ[三六]安徳天皇トツケ申《まうし》タリ。海ニシヅマセ給ヒヌルコトハ、[三七]コノ王《きみ》ヲ平相國《へいしやうごく》[三八]イノリ出シマイラスル事ハ、安藝ノ[三九]イツクシマノ明《みやう》神《じん》ノ[四〇]利生《りしやう》ナリ、コノイツクシマト云フハ[四一]龍王《りゆうわう》ノムスメナリト申ツタヘタリ、コノ御神《おんかみ》ノ、[四二]心ザシフカキニ[四三]コタヘテ、我身ノコノ王《きみ》ト成《なり》テ[四四]ムマレタリケルナリ、サテ[四五]ハテニハ海ヘカヘリヌル也トゾ、コノ子細シリタル人ハ[四六]申ケル。コノ事ハ誠《まこと》ナラントヲボユ。

抑《そもそも》コノ寶劔ウセハテヌル事コソ、[四七]王法《わうぼふ》ニハ[四八]心ウキコトニテ侍《は》ベレ。コレヲモ[四九]コヽロウベキ道理サダメテアルラント[五〇]案ヲメグラスニ、コレハヒトヘニ、今ハ[五一]色《いろ》ニアラハレテ、[五二]武士ノキミノ御マモリトナリタル世ニナレバ、ソレニカヘテウセタルニヤトヲボユル也。ソノユヘハ太刀《たち》ト云フ剣《つるぎ》ハコレ兵器ノ本《もと》也。コレハ武《ぶ》ノ方《かた》ノヲホンマモリ也。[五三]文武《ぶんぶ》ノ二道《にだう》ニテ國主ハ世ヲオサムルニ、文ハ[五四]繼體《けいてい》守文《しゆぶん》トテ、國王ノヲホン身ニ[五五]ツキテ、東宮ニハ[五六]學士《がくし》、主上ニハ[五七]侍讀《じとく》トテ[五八]儒家《じゆか》トテヲカレタリ。武ノ方ヲバコノ御マモリニ、[五九]宗廟《そうべう》ノ神モ[六〇]ノリテマモリマイラセラル、ナリ。ソレニ今ハ[六一]武士大將軍《ぶしのたいしやうぐん》[六二]世ヲヒシト取《とり》テ、國主、武士大將軍ガ心ヲ[六三]タガヘテハ、ヱヲハシマスマジキ[六四]時運《じうん》ノ、色《いろ》ニアラハレテ出キヌル世ゾト、大《だい》神宮八幡大菩薩《じんぐうはちまんだいぼさつ》モ[六五]ユルサレヌレバ、今ハ寶劔モ[六六]ムヤクニナリヌル也。高倉院ヲ

た。三四 個条。
三五 効果。
三六「廿三日甲午。権大納言実家卿参入、行二尊号事一〈先帝号二安徳天皇一〉」(百錬抄、文治三年四月)。 三七 安徳天皇をさす。
三八 祈ってききめを出す。誕生祈願に成功したことをさす。
三九 →二四三頁注七五以下。
四〇 神仏のめぐみ。
四一 娑伽羅竜王のこと。→補注5-二一〇。
四二 清盛が厳島明神を尊信する誠意。
四三 感ずる。
四四 天明本・河村本「生まれ」。
四五 最後。 四六 →補注5-二一〇。
四七 仏教から国王の法令政治をさす語。
四八 なさけない。
四九 底本「コ、ロウベテ」の「テ」に「キ」と傍記。 五〇 考え。
五一 表情・態度。
五二 武士が天皇の守護者。
五三 学問・芸能と武芸・軍事の二面。
五四 祖先の遺体を継ぎ成法に従って武力を用いない。
五五 つき従う。 五六 →二三一頁注五一。
五七 天皇に侍して学問を教授する博士・尚復をさす。
五八 儒教を信じ講義するを職とする家。
五九 皇室の祖先の霊を祭る所。伊勢神宮。石清水八幡宮を加えることもある。
六〇 乗り移る。とりついて離れない。
六一 征夷大将軍の略。武士の棟梁として勅任。
六二 国の政治をしっかりと握る。
六三 そむきはずす。 六四 時のめぐりあわせ。
六五 認める。 六六 役に立たないこと。

バ平氏タテマイラスル君ナリ。コノ[一]陛下《へいか》ノ兵器ノ御マモリノ、終《つひ》ニコノヲリカクウセヌル事コソ、[二]アラハニ心エラレテ[三]世ノヤウアハレニ侍《はべ》レ。大方《おほかた》ハ上下《じやうげ》ノ人ノ[四]運命モ[五]三世《さんぜ》ノ時運《じうん》モ、[六]法爾自然《ほふにじねん》ニウツリユク事ナレバ、[七]イミジクカヤウニ思ヒアハスルモ、[八]イハレズトヲモフ人モアルベケレド、三世ニ[九]因果《いんぐわ》ノ道理ト云《いふ》物《もの》ヲヒシトヲキツレバ、ソノ道理ト法爾ノ時運トノモトヨリヒシトツクリ[一〇]合《あは》セラレテ、[一一]ナガレクダリモエノボル事ニテ侍《はべる》ナリ。ソレヲ智フカキ人ハコノコトハリノアザヤカナルヲヒシト心ヘツレバ、[一二]他心智《たしんち》[一三]未來智《みらいち》ナドヲエタランヤウニ、スコシモタガハズ[一四]カネテモシラル丶也。[一五]漢家《かんか》ノ[一六]聖人《せいじん》ト云孔子・[一七]老子ヨリハジメテミナコノ[一八]定《ぢやう》ニカネテイ丶アツルナリ。コノ世ニモスコシカシコキ人ノ物ヲオモヒハカラフハ、[一九]隨分《ずゐぶん》ニハサノミコソ候《さふら》ヘ。[二〇]サル人ヲモチイラル丶、世ハヲサマリ、サナキ人ノ、[二一]タヾサシムカイタルコトバカリヲノミ[二二]サタスル人ノ、世ヲトリタル時ハ、世ハ[二三]タヾウセニヲトロヘマカルトコソハウケ玉《たま》ハレ。

サテ[二四]九郎ハ[二五]大夫尉《たいふのじよう》ニナサレテ、イケドリノ宗盛公、[二六]重衡ナドグシテ、五月七日[二七]頼朝ガ[二八]リクダリニケリ。[二九]二人ナガラ又京ヘノ[三〇]ボセテ、内大臣宗盛ヲバ[三一]六月廿三日ニ、コノ[三二]セタノ邊《へん》ニテ頸キリテケリ。重衡ヲバ、マサシク東大寺大佛ヤキタリシ[三三]大將軍《だいしやうぐん》ナリケリ、カク佛ノ御敵ウチテマイラスル[三四]シルシニセントテ、ワ[三五]

一 天子宮殿のきざはしの下、転じて天皇・皇后らの敬称。 二 明らかに理解される。
三 時の流れの様子。 四 めぐりあわせ。
五 過去・未来・現在のこと。
六 法のたてまえとしておのずからしからしむるの意。 七 このようにはなはだ明確に合目的に思いあたる。 八 理由がない。
九 すべての現象の生滅変化は偶然に起るのでなく、すべて原因があって結果が生ずるとする仏教の教理。 一〇 調和するように作る。
一一 時の流れが定められた道をたどるとは限らずにそれと逆行することもある。
一二 他人の心とその働きを知る智。
一三 未来を悟る智。 一四 前もって。
一五 シナのこと。 一六 儒教で最上の理想的人物。
一七 周代の哲学者で道教の祖。孔子と同時代人。姓は李、名は耳、字は伯陽。
一八 真理。 一九 分際に応じて。
二〇 しかるべき。 二一 現に当面している。
二二 処置する。 二三 ひたすら滅びるように。
二四 源義経のこと。
二五 五位の検非違使の尉官のこと。義経の任官叙位は元暦元年。「八月六日九郎義経は一谷合戦の勧賞に左衛門尉に成さる。即使の宣旨を蒙て九郎判官とぞ申ける。九月十八日義経は五位尉に留て大夫判官とぞ申ける」(延慶本平家、五末三十)。 二六 宗盛息清宗の誤記。重衡は、前年三月十日に下向(玉葉)。 二七 その人のいる所。
二八「七日己丑、早旦大夫判官義経相㆓具前内府(宗盛)〈乗㆓張藍摺輿㆒〉幷前右衛門督清宗及生虜輩㆒下㆓向関東㆒」(吉記)。
二九 宗盛・清宗父子のほかに重衡を含む。
三〇 宗盛らの鎌倉出発元暦二年六月九日(東鑑)。
三一 宗盛の斬首は六月二十一日(東鑑)。↓補注ザト泉《いづみ》ノ木津《こつ》[36]ノ邊ニテ切《きり》テ、ソノ頸ハ奈良坂[37]ニカケテケリ。前内大臣[38]《の》頸ヲバ使《し》[39]廳《ちやう》ヘワタシケレバ、見物《けんぶつ》ニテ院[40]モ御覽ジケリ。重衡ヲバ頼政入道ガ子ニテ頼兼《よりかね》[41]ト云者ヲソノ使《つかひ》[42]ニサタシノボセテ、東大寺ヘグシテユキテ切《きり》テケリ。大津《おほつ》[43]ヨリ醍醐[44]トヲリ、ヒツ川[45]ヘイデ、宇治橋[46]ワタリテ奈良ヘユキケルニ、重衡ハ、邦《くに》[47]綱《つな》ガヲトムスメ[48]ニ大納言《の》[49]スケトテ、高倉院ニ候《さふらひ》シガ安徳天皇ノ御メノトナリシニムコトリタル[50]ガ、アネノ大夫三位《たいふのさんみ》[51]ガ日野[52]ト醍醐トノアハイ[53]ニ家ツクリテ有リシテ居タリケル、コノモトノ妻ノモトニ便路《びんろ》[54]ヲヨロコビテヲリテ[55]、只今死ナンズル身ニテ、ナク〳〵小袖《こそで》[56]キカヘナドシテスギ[57]ケルヲバ、頼兼モユルシテキセサセ[58]ケリ。大方積惡《おほかたしやくあく》[59]ノサカリハコレヲニクメドモ、又カヽル時ニノゾミテハキク人カナシミノ涙ニヲボ(ホ)ユル[60]事ナリ。範源《はんげん》[61]法印トテ季通《すゑみち》入道ガ子〈ヨ〉アリキ。天台宗碩學《せきがく》[62]題者《だいしや》[63]ナリ。ソノカミ[64]吉野山《よしのやま》ニカヨフ事アリケルハ、相人《さうにん》[65]ニテヨク人相スルヲボヱアリキ。ソレガ吉野ヨリノボリケルニ、クヌ木原[66]ノ程ニコノ重衡アイタリケレバ、「コレハ何事ゾ」トトハセケルニ、カウ〳〵ト云ニケンバ、只今死ナンズト云者ノ相《さう》コソヲボツカナケレ[67]、見テント[68]思ヒテ、輿ヨリヲリテソノ邊ニ武士ワリゴ[69]ナンドノレウ[70]ニ馬ドモヤスメケル所ニテ、スコシチカクヨリテ見ケルニ、ツヤ〳〵[71]ト死相[72]ミヘズ。コハイカニト思ヒテタチマ

5-二一一。三二 滋賀県栗太郡瀬田町。東鑑は篠原で斬首。三三 総大将。三四 証拠。
三五 わざわざ。三六 京都府相楽郡木津町。
三七 奈良市の北部般若寺から木津町までの坂路。
三八 宗盛のこと。三九 検非違使庁の略。
四〇 後白河法皇のこと。
四一 清和源氏。「頼政―頼兼。大内守護、蔵人、従五下」(尊卑)。
四二 護送する使者。→補注5-二一一。
四三 滋賀県大津市。四四 京都市伏見区醍醐。
四五 櫃河と書く。醍醐寺西境。「一、醍醐寺四至…西者櫃河」(醍醐雑事記、巻五)。
四六 京都府宇治市宇治川に架かる古代以来の橋。
四七 →二四一頁注六八。四八 末の娘。次女。
四九 大納言典侍。「邦綱―輔子〈三位中将重衡室、安徳天皇御乳母、号二大納言典侍一〉」(尊卑)。
五〇 重衡が聟となったことをさす。
五一 成子のこと。→補注5-二一二。
五二 京都市伏見区日野。五三 あいだ。
五四 通りがかりの道。五五 車・輿などから下車する。五六 →補注5-二一一。五七 時間がたつ。
五八 小袖を着用させる。五九 悪事を盛んに行なっている時は。六〇 底本「ヲホユル」。文明本により改む。沈む。六一 藤原氏頼宗孫。「道長―頼宗―俊家―宗通―季通―範源〈山〉」(尊卑)。
六二 すぐれた学者。六三 宗の論議をする時の出題をする者。探題ともいう。
六四 昔。六五 人相を見てその人の未来を予言する者。六六 くぬ木が生えている野原のあたり。
六七 よく知らない。
六八 きっと見てしまおう。
六九 破籠と書く。檜の白木の折箱で仕切があり、中に食物を入れる。転じて旅行中の食事をいう。
七〇 ため。七一 少しも。七二 死が近い人相。

ハリツヽミケレド、ヱ見イダサデスギニキ。フカシギノ事カナトコソ申《まうし》ケレ。相《さう》ト云物《いふもの》ハイカナルベキニカ。[一]頼朝カヤウノサタドモヨノ人[二]舌《した》ナキヲシテアフギタリケリ。頼兼ハ頼政ヲツギテ猶[三]大内《おほうち》ノ守護《しゆご》セサセラレキ。久《ひさし》クモナクテヱ思フヤウナラデ[四]ウセニキ。ソレガ子《〈コ〉》トテ[五]頼茂《よりもち》ト云者ゾ又ツギテ大内ニ候《さふらひ》ケル。

カヤウニテ今ハ世ノ中[六]ヲチ居《ゐ》ヌルニヤトヲモイシホドニ、元暦二年七月九日午時バカリ[七]ナノメナラヌ[八]大地震アリキ。古キ堂ノ[九]マロバヌナシ。所々ノ[一〇]ツイガキクヅレヌナシ。スコシモヨハキ家ノヤブレヌモナシ。山ノ[一一]根本中堂《こんぽんちゆうだう》以下ユガマヌ所ナシ。事モナノメナラズ龍王動トゾ申シ。平相國《へいしやうごく》[一二]龍ニナリテフリタルト世ニハ申《まうし》キ。[一三]法勝寺九重塔《ほつしようじくぢゆうたふ》ハ[一四]アダニハタウレズ、カタブキテ[一五]ヒエンハ重《ぢゆう》ゴトニ皆ヲチニケリ。ソノヽチ九郎ハ[一六]検非違使五位尉[一七]伊與守ナドニナサレテ、關東ガ鎌倉ノ[一八]タチヘ[一九]クダリテ、又[二〇]カヘリ上リナドシテ後《のち》、[二一]アシキ心出《いで》キニケリ。サテ頼朝ハ次第ニ、[二二]國《くに》ニアリナガラ、[二三]加階シテ正二位[二四]マデナリニケリ。サテ平家知行所領[二五]カキタテヽ、[二六]沒官ノ所ト名付《なづけ》テ[二七]五百餘所[二八]サナガラツカハサル。東國・武藏・相模ヲハジメテ、[二九]申ウクルマヽニタビテケリ。

義仲京中ニイリテトリクビ[三〇]ラントセシハジメニ、頼盛大納言ハ頼朝ガ[三一]リクダリニケリ。二日《ふつか》ノ道コナタヘ頼朝ハ[三二]ムカイテ如クレ父ノモテナシケル。又頼朝ガイ

一 頼朝が重衡をこのように待遇すること。
二 下泣きのことか。心の中で泣くこと。「舌ナキ」は舌打ちのこと。
三 内裏を警備する役職。源頼光以来源氏が多くそれに当たる。頼政の大内守護は尊卑分脈に所見するが、平家物語、四、鵼にも出る。頼兼の在任は東鑑、文治四年六月四日・同六年六月二十六日所見。底本「守護セセサセラレキ」。文明本により改む。
四 死亡する。頼兼の没年時不明。
五 →一二三頁注二八。
六 落ち着く。→補注5-一一一。
七 なみなみならぬ。
八 →補注5-一一二。
九 倒れる。
一〇 「築垣、ツイガキ」(名義抄)。土塀のこと。
一一 延暦寺東塔所在。薬師如来像等を安置する中心の堂。
一二 →補注5-一一二。
一三 「九日庚寅…法勝寺九重塔頽落、重々垂木以上皆落レ地、毎層柱扉連子被二相残一。露盤八所、其上折落」(山槐記)。
一四 むだに倒れない。
一五 飛簷垂木の略。地垂木の先につけた垂木。軒に近く上方に反りがある。
一六 →二六六頁注二五。
一七 伊予守が正しい。義経の任官文治元年八月十六日(玉葉)。
一八 貴人の邸宅。
一九 元暦二年五月七日下向以外にない。→二六六頁注二八。
二〇 →二六六頁注二九・三〇。
二一 頼朝にそむく決意をしたことをさす。
二二 地方、田舎。
二三 位階が加わること。
二四 寿永二年十月九日本位復旧(玉葉)、寿永三年三月二十七日正四位下(百錬抄)、元暦二年四月二十七日従二位(百錬抄)、文治五年正月五日正二位昇叙(補任)。
二五 書立ての日時不明。寿永二年七月平氏都落以後、翌三年四月六日以前。→補注5-一一三。
二六 謀反などの重罪を犯した者への付加刑として所有田宅資財を没収して官有とすること。
二七 →補注5-一一三。

モウト、云女房一人アリケルヲ、[三三]大宮權亮能康《おほみやごんのすけよしやす》ト云フ人ノ妻ニシテ年來《としごろ》アリケリ。コノユヘニヨシヤス又妻グシテ鎌倉ヘ[三四]クダリニキ。カヤウニ[三五]シカルベキ者ドモクダリアツマリテ、京中ノ人ノ[三六]程ドモ何モヨク〳〵頼朝シリニケリ。サテ頼朝ガカハリニテ京ニ候《さふらふ》コノ九郎判官《はうぐわん》、タチマチニ頼朝ヲ[三七]ソムク心ヲオコシテ、[三八]同文治元年十一月三日、頼朝可キ㆓追討ス㆒[三九]宣旨給《たまは》リニケリ。[四〇]人〳〵ニ被レ㆓仰セ合セ㆒ケレバ、當時ノヲソレニ[四一]タヘズ皆可シ㆑然ルト申ケル中ニ、九條右府一人コソ、追討宣旨ナド申事ハ依リ㆓其ノ罪過ニ㆒候事也、頼朝罪過ナニゴトニテ候ニカ、イマダ其罪ヲシラズ候ヘバ、トカクハカライ申ガタキ[四二]由申サレタリケレ。コノ[四三]披露《ひろう》ノ後《のち》、頼朝郎從《らうじゆう》ノ中ニ[四四]土佐房ト云フ法師アリケリ、[四五]左右《さう》ナク九郎義經ガモトヘ[四六]夜打《ようち》ニイリニケリ。九郎[四七]ヲキアイテヒシ〳〵トタヽカイテ、ソノ害ヲノガレニケレド、[四八]キスサヘラレテハ[四九]カ〴〵シク勢《せい》モナクテ、宣旨ヲ[五〇]頸ニカケテ、文治元年十一月三日、西國方《がた》ヘトテ船ニノリテ出ニケリトキコヘシニ、ソノ夜京中コトニ[五一]サハギケリ。人[五二]ヒトリシチニヤトランズラント思ヒケレド[五三]タヾゾ落《おち》ニケル。[五四]川尻《かはじり》ニテ頼朝ガ方ノ郎從ドモヲ[五五]イカヽリテ、チリ〴〵ニ[五六]ウセニケリ。十郎藏人[五七]行家《ゆきいへ》トテアリシハ木曾義仲ニ[五八]グシタリシ。[五九]ソレト又ヒトツニテアリシモハナレテ、[六〇]北《きた》石藏《いはくら》ニテウ[六一]タレテソノ頸ナンド云者キコヘキ。九郎ハシバシハトカクレツヽア[六二]

二八 全部頼朝に与えられた。↓補注5-二一三。
二九 申出て請い受ける。頼朝の家人武田義信が武蔵守に任ぜられたのは元暦元年六月五日(東鑑、同月二十日)、同大内惟義の相模守叙任文治元年八月十六日(玉葉)。
三〇 捕え絞殺する。↓補注5-二一四。
三一 その人のいるところに行く。「伝聞、去十八日頼盛卿逐電、京中又鼓騒」(玉葉、寿永二年十月二十日)。
三二 ↓補注5-二一四。
三三 「大宮権亮能保〈頼朝妹夫也〉」(玉葉、寿永二年閏十月二十三日)。↓補注5-二一四。
三四 ↓補注5-二一四。
三五 中原広元・同親能・三善康信らをさす。
三六 様子。
三七 補注5-二一五。
三八 この日は義経都退去の日。
三九 十月十八日公布。
四〇 左大臣経宗・右大臣兼実・内大臣実房ら。
四一 底本「タラス」。河村本により改む。
四二 ↓補注5-二一五。
四三 公表する。↓補注5-二一五。
四四 法名昌俊。三上家季兄(東鑑、文治元年十月九日)。
四五 ためらわずに。
四六 ↓補注5-二一五。
四七 起きて敵と戦う。
四八 「疵障へらる」か。↓補注5-二一五。
四九 はかばかしい軍勢。
五〇 出陣の時に宣旨を頸にかけるのは当時の慣習。「今日新三位中将資盛卿…雑色懸二宣旨於頸一…発向」(吉記、寿永二年七月二十一日)。
五一 ↓補注5-二一五。
五二 約束を実行する保証としてとるもの。
五三 ひとり。
五四 淀川の河口。
五五 追って攻めかかる。↓補注5-二一五。
五六 義経らは逃げた。
五七 清和源氏。為義の子。「十郎蔵人行家〈本名義俊云々〉」(玉葉、治承五年三月十三日)。↓補注5-二一六。
五八 ↓補注5-二一六。
五九 義経をさす。
六〇 所在不明。↓補注5-二一六。
六一 ↓補注5-二一六。
六二 あちこち動く。↓補注5-二一七。

リキケル。[一]无動寺《むどうじ》ニ[二]財修《ざいしう》トテアリケル[三]堂衆ガ[四]房《ばう》ニハ、暫《しばし》カクシヲキタリケルトノチニ聞《きこ》ヘキ。ツイニミチノクニノ[五]康衡《やすひら》ガモトヘ[六]逃《にげ》トヲリテ行《ゆき》ニケル。[七]ヲソロシキ事ナリト聞ヘシカドモ、[八]ヤスヒラウチテコノ由頼朝ガリ[九]云《いひ》[一〇]ケルヲバ、「[一一]ソレニモヨラジ、ワロキコトシタリ」トゾカノ國[一二]ニモイヒケル。

[一三]同《おなじき》十二月廿八日ニ九條右大臣ニ[一四]内覽《ないらん》宣旨[一五]クダサレニケリ。コノ頼朝追討ノ[一六]宣旨クダシタル人〳〵、皆[一七]勅勘《ちよくかん》候ベキ由[一八]申シタリケリ。藏人頭光雅《くらうどのとうみつまさ》[一九]・[二〇]大夫史《たいふのし》[二一]隆職《たかもと》ナド解官《げくわん》セラレニケリ。[二二]上卿《しやうけい》ハ左大臣經宗《つねむね》ナリ。ソレヲバトカクモ[二三]申サヾリケレド[二四]議奏ノ[二五]上卿トテ申《まうし》タリケルニハ、左大臣ヲバカキイレザリケリ。コレニテ[二六]サヨト人ニ思ハセケリ。[二七]コレマデモイミジクハカライタリケルニヤ。又院《ゐん》ノ[二八]近習者《きんじふしや》[二九]泰經三位《やすつねさんみ》ナド皆[三〇]ヲイコメテケリ。同二年十一月[三一]廿六日ニ、又九郎《くらう》ヲ可《キ》㆓搦《メ》進《ム》㆒之由[三二]宣下アリケリ。[三三]アサマシキ次第ドモ也。又其後《そののち》[三四]文治五年七月十九日ニ鎌倉ヲイデヽ、[三五]奥《おく》イリトテ、終《つひ》ニミチノ國ノ[三六]ヒデヒラガ[三七]アトヤスヒラト云、打《うち》トラント頼朝ノ將軍思ヒケリ。[三八]尤《もつとも》イハレタリ。[三九]カレハ誰《たれ》ニモシタガハヌヤウニテ、ミチノ國ホドノ國ヲヒトヘニ領《りやう》シテアレバ、イカデカ[四〇]我物《わがもの》ニセザラン。ユヽシク出デタチテセメイリテ、同九月[四一]三日ヤス〳〵ト[四二]打ハライテケリ。サテミチノ國モ皆郎從ドモニ[四三]ワケトラセテ、コノ[四四]由上《よしうへ》ヘ申テウルハシク[四五]國司ナサレ

一 延暦寺の別院。東塔所在。貞観七年相応創立。当時慈円管領。 二 →補注5-二一七。

三 延暦寺などで学侶に所属し雑役等に従う下級僧侶。 四 僧房。僧侶の起居する建物。

五 泰衡が正しい。藤原氏。陸奥守秀衡の子。

六 逃げとおす。→補注5-二一七。

七 驚くべきこと。 八 文治五年閏四月三十日のこと。→補注5-二一七。 九 底本「頼朝カク」。文明本により改む。 一〇 頼朝にその報が達したのは五月二十二日(東鑑)。

一一 それにも限るまい。 一二 陸奥国をさす。

一三 文治元年のこと。 一四 →九五頁注二八。

一五 「廿八日丁丑、右大臣(兼実)蒙㆓内覧宣旨㆒。従㆓関東㆒議奏云々」(百錬抄)。

一六 文治元年十月十八日発布(玉葉、同月十九日)。→補注5-二一八。 一七 天皇のおとがめ。

一八 →補注5-二一八。 一九 藤原氏顕隆孫。→補注5-二一八。 二〇 五位の太政官史。→二四四頁注五。 二一 小槻氏。→補注5-二一八。

二二 朝廷の政務儀礼で奉行として主宰する公卿。経宗は追討宣旨の上卿。

二三 頼朝は経宗の解官を要求しなかった。

二四 頼朝が、この時に公卿の中で特定のものを選んで重要政務審議を命じたもの。

二五 公卿の誤記。 二六 そのように。

二七 それほどまでに頼朝はよく考えた。

二八 主君の側近く仕えるもの。

二九 高階氏。峯雄―茂範―師尚―良臣―敏忠―業遠―成経―泰仲―重仲―泰重―泰経。寿永二年二月二十一日従三位昇叙、同年十一月二十八日大蔵卿皇后宮亮解官。

三〇 罪人などを家にとじこめる。

三一 廿五日の誤記。

三二 「今日被㆑下㆓義顕(義経)追討事㆒上卿左大臣

テ、年比《としごろ》ニモニズ國司ノタメモヨクテアリケリ。ヒデヒラガ子ニ母《はは》太郎・父《ちち》太郎トテ子二人アリケリ。ヤスヒラハ母太郎也。ソレニ[四六]ツタヘテ[四七]父太郎ハ[四八]別ノ所《ところ》ヲコシエテアリケル。父太郎ハ[四九]武者ガラユヽシクテ、イクサノ日モヌケ出テ[五〇]アハレ物ヤト見ヘケルニ、[五一]コナタヨリアレヲ打トラント心ヲカケタリケルニモ、[五二]庄司次郎重忠コソ[五三]分入《わけいり》テヤガテ[五四]落合《おちあひ》テ[五五]クビトリテ参《まゐり》タリケレ。スベテ庄司次郎ヲ頼朝ハ一番ニハ[五六]ウタセ〳〵シテアリケリ。ユヽシキ武者ナリ。終ニイカナル[五七]納涼《なふりやう》ヲシケルニモ、[五八]カタヘノ者チカク膝ヲクミテ居ル事ヱセデヤミケル者トゾキコユル。頼朝ハ鎌倉ヲ打出《うちいで》ケルヨリ、片時[五九]モトリ弓セサセズ、弓ヲ身ニハナツ事ナカリケレバ、郎従ドモヽナノメナラズ[六〇]ヲヂアイケリ。[六一]手ノキヽザマ狩ナドシケルニハ、大鹿ニハ[六二]セナラビテ角《つの》ヲトリテ手ドリニモトリケリ。

太郎[六三]頼家《よりいへ》ハ又昔今[六四]フツニナキ程ノ[六五]手キヽニテアリケリ。[六六]ノクモリナクキコヱキ。

(経宗)」(玉葉、文治二年十一月二十五日)。
三三 あきれること。
三四 「十九日丁丑。巳尅二品(頼朝)為㆔征㆓伐奥州泰衡㆒発向給」(東鑑)。
三五 陸奥国に入ること。
三六 藤原氏。基衡の子。陸奥守。
三七 家督。 三八 もっともである。
三九 泰衡をさす。
四〇 頼朝が自分のものとしないことがあろうか。
四一 「三日庚申、泰衡…此間相㆓恃数代郎従河田次郎㆒…河田忽変㆓年来之旧好㆒令㆔郎従等相㆓囲泰衡㆒梟㆑首」(東鑑)。 四二 平定する。
四三 文治五年九月二十日のこと(東鑑)。わけ与える。 四四 朝廷へ報告する。文治五年九月八・十八日東鑑に奏状所収。
四五 国司となる。文治五年十二月六日東鑑所見。
四六 家を伝える。家督とする。
四七 秀衡の嫡子国衡のこと。
四八 平泉以外のところを居館として作った。
四九 武者としての品格。
五〇 あっぱれりっぱなもの。 五一 頼朝側。
五二 畠山重忠のこと。→二五二頁注三四。
五三 押し分けて進む。
五四 出会う。 五五 →補注5-二一九。
五六 先頭の騎馬をさせる。 五七 すずむこと。
五八 そば。 五九 弓の弦をはずさせる。
六〇 おそれる。 六一 腕前の程度。
六二 背をならべる。
六三 頼朝の長男で二代将軍。
六四 絶えてない。 六五 腕きき。
六六 天明本「と。くもりなく」。

愚管抄(巻第六)

[一]九條ノ右大臣ハ、文治二年三月十二日、[二]ツイニ攝政詔《せつしやうのせう》、[三][四]氏長者《うぢのちやうじや》ト仰セ下サレニケリ。去年十二月廿九日ヨリ[五]内覧臣許《ないらんのしんばかり》ニテ、ワレモ人モ[六]何《なに》トモナク思《おもひ》テアリケルニ、カクサダマリニケレバ、世ノ中ノ人モ、[七]ゲニ〳〵シキ攝籙臣《せつろくのしん》コソ出《いで》キタレト思ヘリケリ。サテ右大臣イハレケルハ、「治承三年ノ[八]冬ヨリ、イカナルベシトモ[九]思ヒワカデ、佛神ニイノリテ攝籙ノ[一〇]前途ニハ必ズ達スベキ[一一]告《つげ》アリテ、[一二]十年ノ後《のち》[一三]ケフマチツケツル」[一四]トイワレケリ。十六日ヤガテ[一五]拜賀セラレニケリ。ソノ夜コトニ雨フリタリケリ。サテノチ法皇ニハ心シヅカニ[一六]見参《げざん》ニ入《いり》テアリケレバ、「ワレハカクナ[一七]ニトナキヤウナル身ナレド、[一八]世ヲバ久《ひさし》ク見タリ。ハヾカラズタヾヨカランサマニヲコナハルベキ也」ナド仰《おほせ》アリテ、[一九]ヲボヘノ[二〇]丹後ト云《いふ》ハ淨土寺二位、[二一]宣陽門院ノ御母ナリ、[二二]イデアハセサセナドシテアリケリ。又頼朝關東ヨリヤウ〳〵ニメデタク申《まうし》ヤクソクシテ、[二三]世ノヒシトヲチヒヌト世間ノ人モ思テスギケリ。[二四]去年十月廿八日ニ嫡子ノ良通大納言大將ハ、任内大臣、大《たい》[二五]

一 九条兼実のこと。
二 「今夜被㆑下㆓摂政詔㆒、藤氏長者同宣下」(山槐記)。
三 「謂、詔書勅旨、同是綸言。但臨時大事為㆑詔、尋常小事為㆑勅也」(公式令義解)。
四 氏族の長。宗家として一族を統率して朝廷に仕え祖神の祭祀・氏人の叙爵推薦などを掌った。藤原氏の氏長者が宣旨により決定するのは忠通以来。→二二二頁注一二。
五 内覧の宣旨を受けただけで摂政氏長者の宣下がない。
六 なにかにつけて変に。
七 もっともらしい。
八 清盛が関白基房以下をやめさせ後白河法皇を鳥羽殿に幽閉した時。→二四八頁注七以下。
九 判断がつかないので。
一〇 その家筋で昇進できる最高の官職。
一一 仏神のしらせ。→補注6-一。
一二 治承三年から文治二年まで八年間。
一三 待ってその幸運に会う。
一四 摂政宣下が内定した三月十一日慈円兼実訪問(玉葉)。 一五 任官叙位などの時に朝廷・神仏・上位貴族に参り礼を申すこと。当日降雨(玉葉)。
一六 おめにかかる。日時不明。→補注6-二。
一七 別に取り上げて言うことがない。
一八 国の政治を長く監督した。 一九 寵愛の。
二〇 高階栄子のこと。→二四八頁注三四。
二一 後白河法皇皇女覲子内親王のこと。養和元年十月五日誕生(女院小伝)。 二二 面会する。 二三 国の政治はしっかりと安定した。→補注6-一。
二四 文治二年十月二十九日のこと。「廿九日壬寅。…此日有㆓任大臣事㆒。権大納言兼右近衛大将良通任㆓内大臣㆒」(玉葉)。 二五 任大臣当日、宣下の内弁以下その邸に招き饗応すること。

饗《きやう》イミジクヲコナイナドシテ、同《おなじき》四年[一]正月ニ春日《かすが》マウデセラレケリ。家嫡《かちやく》ニテ良通内大臣ハ[二]グセラレケレバ、先例マレナルコトニテ、如ク二長者ノ一[三]御サキグシテ[四]一員《いちゐん》ニテアリケリ。御サキト云《いふ》ハ、[五]大外記《だいげき》・[六]大夫史《たいふのし》・[七]辨・[八]少納言ヲクルマノ[九]ヤカタグチニ[一〇]ウタスル也。[一一]ユヽシキ事ニテアリケリ。カク[一二]二人ナラブ時ハ一方ハ[一三]タヾノ史・外記ナリ。[一四]二人ヅヽ五位史・外記出《いで》キニタレバ、サアラン時ハ今スコシ嚴重ニヤ。

サテソノ二月ノ廿日ノ曉《あかつき》、コノ内大臣[一五]ネ死《じに》ニ頓死ヲシテケリ。コノ人ハ[一六]三《みつ》ノ舟ニノリヌベキ人ニテ、[一七]學生《がくしやう》[一八]職者《しきしや》、[一九]和漢ノ才ヌケタル人ニテ、[二〇]廿一ナル年ノ人トモ人ニヲモハレズ。スコシセイ[二一]チイサヤカナレド、[二二]容儀身體ヌケ出テ、人ニホメラレケレバ、父《てて》ノ殿モ[二三]ナノメナラズヨキ子《（コ）》モチタリト思ハレケリ。[二四]皇嘉門《くわうかもん》院《ゐん》ニヤシナイタテラレテ、ソノ[二五]御アトサナガラツギタル子ニテアリケル。カヽル死ヲシテケレバ、ヤガテ[二六]イミニケガレテ、ソノ由《よし》[二七]院《ゐん》ニ申《まうし》テアリケル程ニ、[二八]「我ヨシナシ。ウケガタキ人ニ生レタルト云ハ、佛道コソ本意ナレ。經《（フ）》ベキ家ノ前途ハトゲツ。出家シテン」ト思フ心フカク付《つき》ナガラ、ソノ[二九]イモウトニ女子《によし》ノマタヲナジク最愛ナルヲハシケリ。イマノ[三〇]宜秋門院《ぎじうもんゐん》ナリ。ソレヲ昔ノ[三一]上東門《じやうとうもん》院《ゐん》ノ例ニカナイ、[三二]當今《たうぎん》御元服チカキニアリ。八ニナラセ給《たまふ》、十一ニテ御元服ア

一 二十七日のこと。「廿七日癸亥。天晴。此日余(兼実)氏長者之後、始参二詣春日御社一」(玉葉)。 二 従う。 三 良通も先払いをするものを連れた。 四「一員、於二近衛府一者将監・将曹・府生是也」(名目抄)。 五 →二二四頁注五。 六 →二二四頁注六。 七 →一九〇頁注四。 八 太政官の判官。小事奏宣、官印監守侍従兼任が職務。 九 家型覆付牛車の乗り口。 一〇 馬に乗って行く。 一一 すばらしい。 一二 外記と史が二人列ぶ。 一三 普通の。この場合は非五位。 一四 現在は五位の史・外記が二人できている。 一五 寝たまま死ぬこと。→補注6-四。 一六 詩・和歌・管弦の三芸にすぐれた才能の人。 一七 →二二七頁注四八。 一八 故実を知った人。 一九 和学と漢学の才能にひいでる。 二〇 二十二歳の誤記。 二一 小さい。 二二 立居振舞。 二三 ひととおりでない。 二四 崇徳天皇皇后聖子、兼実の姉。→補注6-五。 二五 皇嘉門院遺領全部を相続する。→補注6-五。 二六 兼実は良通の死に会い、その穢れに触れ子の喪に服した。「イミニケガレル」は穢れに触れたことと忌に服したことの双方をさす。 二七 後白河法皇のこと。 二八 自分はこのままこの社会にいても意義がない。容易に与えられない人間に生れたのは、仏の説いた教を実践することが本来の意思である。摂関家出身として最高の官職である摂政になり得た。出家する。→補注6-四。 二九 良通の妹任子のこと。承安三年九月二十三日出生(玉葉)。当時十六歳。 三〇 後鳥羽天皇中宮。兼実娘任子。正治二年六月二十八日院号。暦仁元年十二月二十八日崩。 三一 藤原道長長女彰子が長保元年十一月一日十二歳で入内女御、翌二年二月二十五日に中宮となった先例。 三二 後鳥羽天皇のこと。文治四年当時九歳。

三三 任子をさす。三四 皇后・中宮・女御、および女御にきまったものが正式に内裏に入ること。三五 正式に皇后を立てること。三六 底本「フカケレハ(トと傍記)」。天明本により改む。三七 後白河法皇は嘉応元年六月十七日出家(玉葉)。三八 宣陽門院覲子内親王、養和元年十月五日誕生。三九 大姫・乙姫の二人。↓補注6-六。四〇 任子の入内立后という本来の志望をなし遂げる。四一 死者が次の生を受けるまでその霊が迷う四十九日間。四二 底本「二心ナリ」。天明本・史料本により改む。四三 志望を実現する神仏のしらせ。↓補注6-七。四四 心をおちつける。四五 内裏の唐名(簾中抄、唐名)。四六 政務や儀礼。四七 盛んにする。四八 ↓補注6-八。四九 ↓補注6-九。五〇 処理する。五一 「三日戊午、天晴。此日天皇(後鳥羽)御元服也。加冠余(兼実)」(玉葉)。五二 「十一日丙寅。…此日有㆓入内事㆒〈余(兼実)長女、生年十八、余四十二〉蓋依㆓長保永久例㆒行㆑之」(玉葉)。五三 「七日丁巳。天晴。時々風吹。此日源二位頼朝卿入洛、申刻着㆓六波羅新造亭㆒云々」(玉葉)。五四 語義不明。五五 遺跡。↓補注6-一〇。五六 中に入れる。五七 建築し用意する。五八 「六日丙辰。雨下。…頼朝卿今日入洛、而依㆓道虚衰日㆒、延㆓引明日㆒云々」(玉葉)。五九 勢多と書くのが正しい。↓二六二頁注二二。六〇 ↓補注6-一一。六一 底本「ウタセチ」。諸本により改む。六二 頼朝をさす。六三 順序なくいりまじること。六四 底本「ウラ水干」。東鑑記事により改む。紺青丹三色の、砧打ちで光沢を出した水干。六五 夏の鹿毛皮で作った前袴のようなもの。六六 雄大である。六七 底本「ソ後」。天明本により改む。頼朝は十一月九日に初参院参内(玉葉・東鑑)。六八 たぐいないもの。

ランズランニ、[三三]コレヲ入内《じゆだい》[三四]立后《りつごう》[三五]セント思フ心[三六]フカケレド、法皇モ御出家[三七]ノ後《あと》ナレド、丹後ガ腹ニ[三八]女王《によわう》ヲハス、頼朝モ[三九]女子アムナリ、思《おもふ》サマニモカナハジト思《おもひ》テ、又コノ[四〇]本意《ほい》トグマジクバ、タヾ出家ヲコノ[四一]中陰《ちゆういん》ノハテニシテント思テ、[四二]二《ふた》心《ごころ》ナク祈請《きせい》セサセラレケルニ、又アラタニトゲンズル[四三]ツゲノアリケレバ、思ヒ[四四]ノドメテ、善政トヲボシキ事、[四五]禁中《きんちゆう》ノ[四六]公事《くじ》ナドヲ[四七]コシツツ、攝籙《せつろく》ノハジメヨリ諸卿ニ[四八]意見メシナドシテ、[四九]記録所殊ニ[五〇]トリヲコナイテアリケリ。文治六年正月三日主上御[五一]元服ナリケレバ、正月十一日ニヨキ日ニテ、上東門院ノ例ニ叶《かなひ》テ、ムスメノ[五二]入内思《おもひ》ノゴトクトゲラレニケリ。

　サテスグルホドニ、文治ハ六年ト云《いふ》四月十一日ニ、改元ニテ建久ニ成《なり》ニケル。元年十一月七日頼朝ノ卿ハ[五三]京ヘノボリニケリ。ヨノ人[五四]ヲソニタチテマチ思ケリ。六波羅平相國《へいしやうごく》ガ[五五]跡《あと》ニ、二町ヲ[五六]コメテ[五七]造作《ざうさく》シマウケテ京ヘイリケル。[五八]キノフトテ有《あり》ケル、雨フリテ[五九]勢田《せた》ノ邊ニトヾマリテ、思《おもふ》サマニ雨ヤミテ、[六〇]七日イリケルヤウハ、三騎〳〵ナラベテ武士[六一]ウタセテ、[六二]我ヨリ先ニタシカニ七百餘騎アリケリ。後《〈ウシロ〉》ニ三百餘騎ハ[六三]ウチコミニアリケリ。[六四]コムアヲニノウチ水干ニ[六五]夏毛ノムカバキマコトニ[六六]トヲ白クテ、黒キ馬ニゾノリタリケル。[六七]ソ(ノ)後院《ゐん》・内《うち》ヘマイリナンドシテ、院ニハ[六八]左右《さう》ナキモノニナリニケリ。ヤガテ右大將ニナサレニケリ。

十一月九日先《まづ》任ズ二權大納言一[一]。参議・中納言ヲモヘズ直ニ大納言ニ任ズル也。同《おなじき》廿四日ニ任ズ二右大將一[二]、[三]同日拝賀、十二月三日[四]兩官辭退シテキ。[五]モトヨリフシ〱ニ[六]正二位マデノ位ニハ玉《たま》ハリニケリ。[七]大臣モ何モニテアリケレド、ワガ心ニイミジクハカライ申《まうし》ケリ。イカニモ〱末代ノ將軍ニ[八]アリガタシ。[九]ヌケタル器量ノ人ナリ。大將ノ[一〇]ヨロコビ申《まうし》ニモ、[一一]イミジクメヅラシキ式ツクリテ、前駈《ぜんく》[一二]十人ハミナ院ノ北面《ほくめん》[一三]ノ物給ハリテ、隨身《ずゐじん》[一四][一五]カネヨリガ太郎カネヒラ給《たまは》リテ、公卿ニハ能保《よしやす》、[一六]イモウトノ男《をとこ》〔夫〕ニテ、ヤガテ次第ニ[一七]ナシアゲタレバ、[一八]中納言ニテ、ソ[一九]レ一人グシテ、[二〇]ヤガテソノ[二一]イモウトノ腹ノムスメニ、ムコニトリタリシ公經《きみつね》[二二]中將、[二三]又イトコヲ子ニシタル、[二四]モト家ノ[二五]中納言ガ子ノ保家[二六]少將、コレラヲゾグシタリケル。我車ノ[二七]シリニ七騎ノ武士ヲヨロイキセテ、カブトハキズ、タヾ七人グシタリキ。ソノ名[二八]ドモハタシカニモヲボヘネバ略シヌ。見ル人コハユ[二九]、シキ見物カナト申《まうし》ケリ。サテ内裏《だいり》[三〇]ニマイリアイテ、殿下《でんか》[三一]ト世ノ政《まつりこと》ノ作《なす》ベキヤウハナドフカク申承《まうしうけたまはり》ケリ。

院[三二]ヘモタビ〱マイリケリ。經房《つねふさ》[三三]大納言ハジメヨリ京ノ[三四]申次《まうしつぎ》ニセント定申《さだめまうし》テアリケレバ、[三五]ノボリテモ六ハラヘ行《ゆき》ムカイツヽ、イミジキ程ニ一番ニ院ヘマイリケルハ、[三六]ヤガテツクリテマイラセタル[三七]六條殿指圖《さしづ》[三八]ヨリ〱シテ、[三九]ナゲシノ上

一「九日己未。…此夜被レ行二小除目一頼朝被レ任二大納言一也。雖レ辞推而任レ之云々」(玉葉)。二「廿四日甲戌。天晴。…此夜有二除目一頼朝卿任二右大将一」(玉葉)。三「十二月一日辛巳。…此日右大将頼朝拝賀也」(玉葉)。「同日」は誤記。四「三日癸未、右大将家(頼朝)令レ上二両職辞状一給」(東鑑)。五 底本「モトヲリ」。天明本により改む。以前からおりおりに。六 頼朝従二位昇叙元暦二年四月二十七日、正二位文治五年正月五日(補任)。七 ↓補注6-一二。八 めったにない。九 ひいでる。一〇 任官のお礼を言上すること。一一 底本「メツラシキ或」。諸本により改む。↓補注6-一三。一二 騎馬で行列を先導するもの。一三 天明本は「北面の者」。一四 近衛府舎人で上皇・摂関・大臣・大将など外出の時に護衛のために帯剣し随従するもの。一五 秦兼頼のこと。玉葉、仁安二年十月二十一日所見。一六 頼朝の妹の夫。一七 官に任じ昇進させる。能保は寿永三年三月二十七日左馬頭兼任、文治二年十二月十五日右兵衛督、同五年七月十日参議兼任。一八 能保の権中納言昇任建久二年三月二十八日。一九 能保一人を扈従につれる。二〇 ほかならぬ。二一 頼朝の妹が生んだ娘。二二 藤原氏公季孫。↓一二五頁注四一。二三 基家と能保父通重は兄弟。能保と保家は従兄弟。二四 当時前権中納言。↓二四六頁注二一。二五 底本「中納言ア子ノ」。諸本により改む。二六 基家嫡子、母平頼盛女。文治五年七月十日右近衛少将任。二七 うしろ。二八 ↓補注6-一三。二九 すばらしい。三〇 頼朝が参内し兼実と懇談したのは十一月九日。↓補注6-一四。三一 兼実をさす。三二 頼朝の参院は十一月九日・十九日・二十三日・二十九日、十二月一日・八日・十一日の七度。三三 藤原氏高藤孫。↓補注6-一五。

下マデ[四〇]サタシモチテ、[四一]モトヨク参《まゐり》ナレタルヤウニフルマイテ、人ニモホメラレ
ント思ヒケルホドニ、[四二]先《さき》ニ立《たち》テ道《みち》ビケトゾイワンズラント思《おもふ》ニ、[四三]サモイハズス
ク〱ト参ケルニ、シリニ立《たち》テ、白晝《はくちう》ナレバヲ[四四]ボツカナカルベクモナキニ、「ソ
コハナゲシノ上《ニ》候《フ》下《ニ》候《フ》」ナニカト、天性《てんせい》[四五]口ガマシキナンアリケル人ニテ、云《いひ》カ
ケヽリ。[四六]後物《のちもの》ニ心エヌ人ニコソトゾ云《いひ》ケル。カヤウニ在京ノ間《あひだ》人ニホメラレテ、
[四七]イクホドモナシ、[四八]八幡《やはた》・[四九]東大寺・[五〇]天王寺《てんわうじ》ナドヘ参メグリテ、十二月十[五一]八日カヘ
リテクダリニケリ。前ノ日[五二]大功田《だいこうでん》百町宣下《せんげ》ナド給《たまひ》ケリ。院ニ申《まうし》ケル事ハ、「ワ
ガ[五三]朝家《てうか》ノタメ、君ノ御事ヲ私ナク身ニカヘテ思候《おもひさふらふ》シルシハ、[五四]介《すけ》ノ八郎ヒロツ
ネト申候《まうしさふらひ》シ者ハ東國ノ[五五]勢人《せいにん》、頼朝ウチ出候《いでさふらひ》テ、君ノ御敵シリゾケ候ハントシ
候シ[五六]ハジメハ、ヒロツネヲ[五七]メシトリテ、[五八]勢《せい》ニシテコソカクモ[五九]打《うち》エテ候シカバ、
功アル者ニテ候シカド、「[六〇]トモシ候ヘバ、ナンデウ朝家ノ事ヲノミ[六一]身グルシク
思《おもふ》ゾ。タヾ坂東《ばんどう》ニカクテアランニ、誰カハ[六二]引ハタラカサン」ナド申テ、謀反心《むほんしん》
ノ者ニテ候シカバ、カヽル者ヲ郎従《らうじゆう》ニモチテ候ハヾ、頼朝マデ[六三]冥加《みやうが》候ハジト思
ヒテ、[六四]ウシナイ候ニキ」トコソ申ケレ。ソノ介《すけ》八郎ヲ[六五]梶原景時《かげとき》シテウタセタル
事、景時ガ[六六]カウミヤウ云《いふ》バカリナシ。[六七]雙六《すごろく》ウチテ、[六八]サリゲナシニテ盤《ばん》ヲコヘテ、
ヤガテ頸ヲカイキリテモテキタリケル、マコトシカラヌ程ノ事也。コマカニ申

三四 京都にいて幕府と朝廷とをとりつぐ者。↓補注6-一五。 三五 頼朝が上京し六波羅亭に向っても、驚くほどす早くまず最初に法皇御所に伺候したのは。 三六 法皇の命に対し即刻に頼朝が造り進上した。 三七 後白河法皇の当時の御所。↓二五九頁注六七。文治四年四月十三日焼亡(玉葉)、頼朝造営担当(東鑑、同年六月九日)、同年十二月十九日法皇移徙(山槐記)。
三八 天明本「指図よく〱して」。頼朝が六条殿の設計図を詮議したことをさす。
三九 母屋と廂を境するために柱間に横にわたした材木。上下は座席を示す。 四〇 詮議し続ける。
四一 天明本・史料本「もとより」。頼朝は以前にたびたびに参院しそれに慣れているように行動した。 四二 経房が六条殿で頼朝の行く前に立ち手引きをせよと頼朝から命令される。
四三 頼朝はそうも言わずにすげなく進んだ。
四四 はっきりしないはずがない。 四五 くちやかましい欠点。 四六 のちに経房は心得のない人であるといった。 四七「十二月十八日カヘリテ」にかかる。 四八「十一月十一日辛酉。…此日新大納言頼朝卿参二詣八幡一云々」(玉葉)。
四九・五〇 史料なし。建久六年の事実を誤記か。
五一「十四日甲午。…今日前大将(頼朝)帰国了」(玉葉)。「十八日」は誤記。 五二 ↓補注6-一六。
五三 皇室。 五四 ↓二五三頁注四三。
五五 権勢・勢力のある人。 五六 挙兵当初のこと。
五七 呼び出す。 五八 軍勢。
五九 敵を撃ち滅ぼし得た。
六〇 広常が頼朝についている。 六一 みっともなく。
六二 引き動かす。 六三 神仏の助け。
六四 殺す。広常殺害は寿永二年冬のこと。
六五 ↓二五二頁注二六。 六六 功名。武功のこと。
六七 双六をする。 六八 そんな様子もなく。

サバ、サルコトハヒガ事モアレバ、コレニテタリヌベシ。コノ奏聞《そうもん》ノヤウ誠《まこと》ナラバ、返々《かへすがへす》マコトニ朝家ノタカラナリケル者カナ。

同《おなじき》三年三月十三日ニ[一]法皇ハ崩御アル。[二]マヘノ年ヨリ御ヤマイアリテ、スコ[三]シヨロシクナラセ給《たまふ》ナドキコヘナガラ、[四]大腹水痟《だいふくすいせう》ト云《いふ》御悩《ごなう》ニテ、御[五]閉眼《へいがん》ノ前日マデ、御足ナドハ[六]スクミナガラ、[七]長日護摩《ちやうにちごま》御[八]退轉《たいてん》ナクヲコナハセヲハシマシケリ。[九]御イミノ間《あひだ》ノ御佛事ナドハチカゴロハキカズ、アマリナルマデニゾキコヘケル。大方《おほかた》コノ法皇ハ[一〇]男《をとこ》ニテヲハシマシヽ時モ、袈裟《けさ》[一一]タテマツリテ護摩ナドサヘヲコナハセ給《たまひ》テ、[一二]御出家ノ後《のち》ハイヨ〳〵[一三]御行《おんおこなひ》ニテノミアリケリ。法華經ノ[一四]部《ぶ》數《すう》ナド、數萬部ノ内二百部ナドニモヲヨビケリ。ツネハ舞《まひ》・[一五]猿樂《さるがう》ヲコノミ、セサセツヽ、ゾ御覽ジケル。御イモウトノ[一六]上西門院《じやうさいもんゐん》モ[一七]持經者《ぢぎやうじや》ニテ、イマスコシハヤクヨマセ給ケレバ、ツネハ讀《よみ》アイマイラセンナド仰《おほせ》ラレケリ。御悩ノ間《あひだ》[一八]行幸ナリツヽ、[一九]世ノ事ミナ主上ニ申《まうし》ヲカレテケレバ、[二〇]太上天皇モヲハシマサデ、白川・鳥羽・[二一]此院ト三代ハ、[二二]ヲリ居《ゐ》ノ御門《みかど》ノ御世《みよ》ニテアリケレバ、メヅラシク[二三]後院《ごゐん》ノ廳務ナクシテ、[二四]院ノ尊勝陀羅尼供養《くやう》ナド云《いふ》コトモ、[二五]法勝寺《ほつしようじ》ニテヲコナハレナドシテ、[二六]殿下《でんか》、カマ倉《くら》ノ將軍仰《おほ》セ合《あはせ》ツヽ、世ノ御政《おんまつりごと》ハアリケリ。

ソノ始《はじめ》ニ、播磨國・備前國ハ[二七]院分《ゐんぶん》ニテアリシヲ、[二八]上人(二人)ニタビテ、「[二九]成《なり》

一→二一九頁注一六。 二 病態が著しく悪化したのは建久二年十二月二十日ごろ。「廿五日己亥。…法皇御不食自㆓去廿日㆒有㆓御増気㆒、又御脚腫給、痛㆓御灸治㆒御心地六借御云々」(玉葉)。 三「三月三日乙亥。…此七八日無㆓御増㆒御手腫減了。御足頗減、無㆓御辛苦㆒夜快有㆓御寝㆒」(玉葉)。 四 腹腔に水がたまり腫れ咽喉が乾き排尿が困難となる病気。 五 眼を閉ずる。死ぬこと。 六 こわばって動かなくなる。 七 不動明王を本尊とし火炉で乳木を焼き煩悩消滅を祈念する行法。 八 中絶。 九 人の死後、近親者が一定期間、集まって喪に服すること。後白河法皇仏事、明月記三月十七日から五月二日まで連日所見。 一〇 出家しないもの。 一一「着す」の謙譲語。 一二 嘉応元年六月十七日のこと(玉葉)。 一三 仏道修行、仏前勤行。 一四 読経した数。法華経一部は開経結経各一巻共に十巻。 一五 物まねや軽口などを主とする戯芸。 一六→二二八頁注七。 一七 常に仏典特に法華経を読む者。 一八 建久三年二月十八日のこと。→補注6-一七。 一九 国政のこと。 二〇 後白河法皇の崩御により後鳥羽天皇の世は上皇がいないことになった。 二一 後白河法皇をさす。 二二 上皇が国政を治める時代。 二三 天皇の譲位後の御所として即位後まもなく指定される離宮。後院庁が置かれ別当等の職員が定められるが、既に上皇がある場合は後院は指定されない。 二四 朝臣が書き院に進めた尊勝陀羅尼供養のために御所に僧を招いて行う法会。毎年二、三月ごろに一日行われる。 二五 建久四年二月七日法勝寺尊勝陀羅尼供養(玉葉)。 二六 九条兼実をさす。 二七 後白河法皇の分国、法皇が国司収入を領有している諸国。 二八 底本「上人ニ」。文明本により改む。重源・文覚の両人に与える。

モヤリ候ハヌ[三〇]東大寺イソギ造營候ベシ。[三一]東寺ハ弘法大師ノ御建立、[三二]鎮護國家《ちんごこっか》[三三]無ク二左右一候、寺モナキガゴトクニ成リ候ヲツクラレ候ベシ。其《それ》ニスギタル[三四]御追《つい》善《ぜん》ヤハ候ベキ」トテ、東大寺ノ[三五]文學房《もんがくばう》、東大寺ノ[三六]俊乘坊《しゆんじようばう》ニ、[三七]播磨ハ文學、備前ハ俊乘ニ給ハセテケリ。東大寺ニハモトヨリ周防國ハ[三八]ツキテアリケレバト、事モナリヤラズトテ、クハヘ給ハル、也。文學ハ[三九]ソノカミ[四〇]同ジ國ニナガサレテアリケル時、[四一]アサ夕〈ユウ〉ニユキアイテ、佛法ヲ信ズベキヤウ、王法《わうぼふ》ヲオモクマモリタテマツルベキヤウナド云聞《いひきか》セケリ。カクテハツベキ世中《よのなか》ニモアラズ、[四二]ウチ出《いづ》ル事モアラバナド、[四三]アラマシゴトモヤクソクシケルガ、ハタシテ思フマヽニ叶《かな》ヒニケレバ、[四四]高雄寺《たかをでら》ヲモ[四五]東寺ヲモ[四六]ナノメナラズ興隆シケリ。文學ハ[四七]行《ぎやう》ハアレド學ハナキ上人《しやうにん》ナリ。[四八]アサマシク人ヲノリ惡口ノ者ニテ、人ニイハレケリ。天狗《てんぐ》ヲマツルナドノミ人ニ云《いはれ》ケリ。サレド[四九]誠《まこと》ノ心ニカヽリケレバニヤ、[五〇]ハリマヲモ七年マデシリツヽ、カクコウリウシケルニコソ。

サテ九條殿ハ[五一]攝籙[五二]本意《ほい》ニカナイテ、[五三]物モナカリシ興福寺《こうぶくじ》[五四]南圓堂ノ御本尊[五五]不空《ふくう》羂索《けんじやく》等[五六]丈六佛像・[五七]大伽藍《がらん》、東大寺ト、[五八]ハナヲナラベテツクラレケレ。

同五年九月廿二日[五九]興福寺供養也。[六〇]甚《はなはだしき》雨ナリケリ。前ノ日殿《との》ハ[六一]春日詣《かすがまうで》セラレケリ。中納言已下騎馬トキコヘキ。[六二]御堂御時《みだうのおんとき》ヨリハジマレル例ニヤ。[六三]アマリ

二九 成就する。三〇 当時の東大寺は大仏殿などを造営中であった。三一 京都市南区九条町にある真言宗寺院。もと官大寺、弘仁十四年空海に勅賜。三二 仏教の教法により国家を鎮め護ること。三三 比類がない。三四 死者の冥福を祈り法会などの功徳を行うこと。東大寺・東寺両寺の興隆は後白河法皇の念願。三五 文覚が正しい。→二三〇頁注二三。三六 法名重源。「春乗房上人と申は右馬大夫季重孫、右衛門大夫季能子也。上醍醐法師也。東大寺造営の勧進」(延慶本平家、六本卅七)。三七 →補注6-一八。三八 そなわる。三九 昔。四〇 頼朝と同じ伊豆国。四一 →補注6-一九。四二 出陣する。四三 予測し得ることを頼朝は文覚に約束した。四四 神護寺のこと。→二五二頁注一三。四五 →補注6-一八。四六 ひととおりではない。四七 僧尼が所定の勤めや業を行うこと。四八 あきれるほどはなはだしく人を非難する。→補注6-二〇。四九 誠実が心を覆う。五〇 建久十年二月十四日に文覚が逮捕され佐渡国に流されるまでの七年間播磨国を知行した。五一 底本「摂六」。天明本・河村本により改む。五二 もとからの志望が実現する。五三 治承四年焼失によりなにもない。五四 底本「南面堂」。天明本・史料本により改む。藤原冬嗣弘仁四年建立。五五 観音の一。慈悲のなわで衆生を救うのが本誓。兼実再興の木像は康慶作、現存。五六 仏身高を一丈六尺とし座像の時はその半分の高さ八尺とする。五七 寺院建造物のこと。この場合は興福寺。五八 接近する。五九 →補注6-二一。六〇 竣功を祝って仏などに物を供え法会を行うこと。六一 →補注6-二一。六二 道長のこと。何時の参社か不明。六三 度を過ごす。

ナル事ナリト人思《おもひ》ケリ。

同《おなじき》六年三月[一]十三日東大寺供養《くやう》、行幸、[二]七條院御幸《ごかう》アリケリ。[三]大風大雨ナリケリ。コノ東大寺供養ニ[四]アハムトテ、頼朝將軍ハ三月四日又[五]京上《きやうじやう》シテアリケリ。供養ノ日東大寺ニマイリテ、武士等《ら》[六]ウチマキテアリケル。大雨ニテアリケルニ、武士等[七]ハレハ雨ニヌルヽトダニ思ハヌ[八]ケシキニテ、ヒシトシテ居《ゐ》[九]カタマリタリケルコソ、中〳〵[一〇]物ミシレラン人ノタメニハ[一一]ヲドロカシキ程ノ事ナリケレ。内《だい》裏《り》ニテ又タビ〳〵[一二]殿下見參《でんかげざん》シツヽアリケリ。コノタビハ萬《よろづ》[一三]ヲボツカナクヤアリケム、[一四]六月廿五日ホドナククダリニケリ。

コノ年八月[一五]八日、中宮《ちゆうぐう》御産[一六]トノノシリケリ。イカバカリカハ、[一七]御祈前代ニモスギタリケリ。サレド[一八]皇女ヲウミマイラセラレテ、[一九]殿《との》ハロヲシクヲボシケリ。[二〇]八條院ヤガテヤシナイマイラセテ、[二一]タテバヒカル、イレバヒカル程ノ、末代、上下貴賤《じやうげきせん》ノ女房《にようばう》カヽル御《おん》[二二]ミメナシ。「[二三]御《み》グシナドノヨ[二四]ダケ、サコソ」トゾ世ニハ云《いひ》ケル。[二五]院モ、「アマリナルホドノムスメカナ」トヲボシメシテ、ツネニ[二六]ムカヘタテマツリテ見マイラセテハ、[二七]御心《みこころ》ヲユカシ給《たまひ》ケリ。後《のち》ニハ院號アリテ[二八]春花門院ト申《まうし》ケリ。コノ門ノ名ヲゾ人[二九]カタブキケル。

サテ同七年冬[三〇]ノ比《ころ》コト共出《どもいで》キニケリ。攝籙《の》臣[三一]九條殿ヲイコメラレ給ヌ。關白

一 建久六年三月十二日の誤記。↓補注6-二二。 二 後鳥羽天皇御母藤原殖子のこと。建久元年四月二十二日院号宣下(玉葉)。 三 ↓補注6-二二。 四 出席する。 五 上京と同じ。↓補注6-二二。 六 とりまく。 七 天明本「我は」。 八 そぶり。 九 集って一団となり居る。↓補注6-二二。 一〇 物事を見てその意味を理解し得る人。 一一 ぎょうぎょうしい。 一二 九条兼実のこと。三月二十七日・三十日、四月十日・二十一日・二十二日、六月二十四日頼朝参内(東鑑)、頼朝兼実面談三月三十日、四月十日。 一三 うとうとしい。 一四 「廿五日戊寅。時々雨降。将軍家(頼朝)関東御下向也」(東鑑)。 一五 十三日の誤記。「八月十三日乙丑。雨脚猶滂沱。…御産気緩怠、猶同前也。御誦経等無レ隙、御卜亦及二数度一。随二御卜之趣一有二御祈等一。…及二巳刻一平安遂御、皇女也」(三長記、建久六年)。 一六 騒ぐ。 一七 ↓補注6-二三。 一八 昇子内親王、春花門院のこと。 一九 九条兼実をさす。 二〇 「十二月五日乙卯。晴。今夜姫宮(昇子)行二啓于八条院一。御猶子之儀也。於二女院一可レ奉二養育一也」(三長記)。 二一 立ちあがっても坐っていても一段とぬきんでてみえる。 二二 容貌。 二三 貴人の髪に対する尊敬語。 二四 ことごとしさ。 二五 後鳥羽上皇をさす。 二六 御所に招く。 二七 心持を愉快にする。 二八 「四月廿五日。皇后宮(昇子)自二八条殿一行二啓京極殿一、今日皇后宮有二院号事一為二春花門院一」(百錬抄、承元三年)。 二九 非難する。 三〇 ↓補注6-二四。 三一 九条兼実が家に押しこめられ関白を免職になった。 三二 関白には基通を復任した。 三三 兼実女任子のこと。 三四 長女大姫のこと。↓補注6-六。 三五 後鳥羽天皇に進上して后妃とする。 三六 頼朝の心を離れない。

ヲバ[三二]近衛殿《このゑどの》ニカヘシナシテ、[三三]中宮モ内裏ヲ出デ給ヒヌ。コレハ何事ゾト云《いふ》ニ、コノ頼朝ガ[三四]ムスメヲ[三五]内《うち》ヘマイラセンノ心フカク[三六]付《つき》テアルヲ、[三七]通親《みちちか》ノ大納言ト云《いふ》人《ひと》、[三八]コノ御メノトナリシ[三九]刑部卿《ぎやうぶきやう》三位ヲ[四〇]メニシテ子ドモ生《ムマ》セタルヲ、[四一]コメヲキタリシヲ、サラニ[四二]ワガムスメマイラセムト云文《いふふみ》カヨハシケリ。[四三]明雲《めいうん》ガ弟子ノ[四四]梶井《かぢゐ》ノ宮ト云人、[四五]木曾ガ時イケドリニセラレタリシ、[四六]ヲトナシク成《なり》テ[四七]内《うち》ヘ日々ニ参リナドシテ侍リシニ、又[四八]浄土寺ノ二位[四九]密通ノキコヘアリキ。コレラガ云《いひ》アハセツヽ、[五〇]法皇ウセヲハシマシケルトキ、ニハカニ[五一]大庄《だいしやう》ヲハリマ・備前ナドニタテラレタルヲタヲサレニキ。[五二]成經《なりつね》・[五三]實教《さねのり》ナド云《いふ》[五四]諸大夫《しよだいぶ》ノ家、[五五]宰相中將ニナリタル、トヾメナンドセラレシ事ハ、皆頼朝ニ云アハセツヽ、カノマ[五六]引《びき》ニテコソアリト、誠《まこと》ニモコレ善政《ぜんせい》ナリトヲモハレタレバ、カヤウノ事ヲ浄土寺ノ二位モ[五七]トガメテ、梶井ノ宮ニサヽヤキツヽ、通親ヲモ[五八]云ヒスヽムルナリケリ。[五九]内《うち》ノ御氣色《みけしき》ヲウカガフニ、[六〇]又イタフ[六一]事《こと》ウルハシクテ、善政〳〵トノミ云テ、[六二]御遊《ぎよいう》ドモハ[六三]ヾカラシクヲボシメシケンヲモ見マイラセテ、[六四]コヽニテハ頼朝ガ氣色カウト申《まうし》、關東ヘハ[六五]君ノ御氣色ワロク候ト云テ、ヲモテヲ[六六]何トナクシ成シテ、又[六七]一定《いちぢやう》ヲトハンヲリハ、兩方ニ[六八]會尺《ゑしやく》ヲマウクル由ノ案ドモニテ、コレハ[六九]サダマレル奇謀ノナラヒナレバ、カクシテ又佛神ノ加護モエアルマジキ時イタリニケレバ、同七年ノ[七〇]十

三七 ↓一二〇頁注九。権大納言昇任建久六年十一月十日(補任)。 三八 後鳥羽天皇の乳母。
三九 藤原範子のこと。↓二五七頁注七五。
四〇 妻。 四一 隠し置く。 四二 頼朝が自分の娘を天皇に進上しようという手紙を通親に通じた。
四三 ↓一一四頁注六。 四四 承仁法親王のこと。↓一一九頁注二二。 四五 義仲の法住寺殿攻撃の時。 四六 おとなびてくる。建久三年後白河法皇崩御当時承仁法親王二十四歳。
四七 「廿八日癸卯。今日聖護院宮(承仁)又毎日参給」(三長記、建久七年十一月)。 四八 高階栄子のこと。
四九 男女がひそかに情を通ずること。
五〇 後白河法皇崩御の時。 五一 ↓補注6-二四。
五二 藤原成親子。↓二三六頁注一一。建久元年十月二十六日参議右中将昇任、同四年十二月九日辞退(補任)。↓補注6-二四。 五三 藤原家成子。↓二一五頁注二二。文治四年十月十四日参議右中将就任、建久四年十二月九日辞退、左兵衛督遷任(補任)。↓補注6-二四。 五四 ↓一〇五頁注二〇。成経・実教は六条顕季の子孫。↓二〇九頁注二四。 五五 ↓補注6-二四。 五六 頼朝のめくばせ。 五七 非難する。 五八 説き勧める。
五九 後鳥羽天皇の御心持。 六〇 「痛く」と同じ。はなはだしく。 六一 兼実の政治はきちんとしている。 六二 内裏や院御所での遊楽。
六三 後鳥羽天皇が遊楽を遠慮しようと思っているらしいのを栄子らは見た。 六四 後鳥羽天皇に対しては頼朝の心持はこのようと言う。
六五 後鳥羽天皇の兼実に対する御心持。
六六 別になんともないように作り立てる。
六七 確実なことを調べる。 六八 「会釈」と同じ。言いのがれを考えておく。 六九 「サダマレル」は「ナラヒ」にかかる。 七〇 ↓補注6-二四。

一月廿三日ニ、中宮ハ八條院ヘイデ給ヒニケリ。廿五日ニ、[一]前攝政ニ關白氏長者ト宣下セラレヌ。[二]上卿[三]通《しやうけいみち》(親《ちか》)・[四]辨親國《べんちかくに》・[五]職事《しきじ》朝經《ともつね》トキコヘケリ。ヤガテ流罪《るざい》ニヲヨバント、コノ人〳〵[六]申《まうし》ヲコナイケレドモ、ソレヲバ、[七]ツヨク御氣色エアラジトヲボシメシタリケレバ、[八]云《いひ》ツグベキ[九]罪過ノアラバヤハ、サシテモ申《まうす》ベキナレバ、サテヤミニケリ。カヽリケレバ[一〇]九條殿ノ弟山《やま》ノ座主《ざす》ニテアリケル、何モ皆[一一]辭シテケレバ、ソノ所ニ梶井《かぢゐ》ノ宮[一二]承仁《しようにん》ハ座主ニナサレタリケル、次ノ年ノ[一三]四月ニ[一四]拜堂シケルヨリ、ヤガテ病《やまひ》ツキテ[一五]入滅セラレニケリ。[一六]アラタナル事カナト人云《いひ》ケリ。慈圓僧正座主辭シタル事ヲバ、賴朝モ[一七]大《おほい》ニウラミヲコセリ。

カヽル程ニ同《おなじき》九年正月十一日ニ、通親[一八]ハタト讓位ヲオコナイテ、コノ刑部卿《ぎやうぶきやう》三位ガ[一九]腹《はら》ニ、[二〇]能圓《のうゑん》ガムスメニテ、コノ[二一]承明門院《しようめいもんゐん》ヲハシマス腹ニ、[二二]王子ノ四《よつ》ニナラセ給《たまふ》ヲ[二三]踐祚《せんそ》シテ、[二四]コノ院モ今ハ[二五]ヤウ〳〵意ニマカセナバヤトヲボシメスニヨリテカク行《おこなひ》テケリ。關東ノ賴朝ニハ[二六]イタウタシカナルユルサレモナカリケルニヤ。賴朝モ手ニアマリタル事カナトモヤ思ヒケン。コレラハシレル人モナキ[二七]サカイノ事也。サテ[二八]帝《みかど》ノ外祖ニテ能圓法印現存シテアリシカバ、人モ[二九]イカニト思ヒタリシ程ニ、ホドモナク病《やみ》テ[三〇]シ(ニ)ヽキ。ヨキ事ト世ノ人思ヘリケリ。

一　近衛基通のこと。文治二年三月十二日摂政辞退。↓二七三頁注二。
二　朝廷で政務の決定、典礼の執行の際に公卿としてその奉行をなすもの。
三　底本「通弁親国」。天明本により改む。
四　右少弁平親国のこと。時信―親信―親国。↓二四二頁注三三。
五　蔵人藤原朝経のこと。藤原氏顕隆孫。為房―朝隆―朝方―朝経。
六　処置する。
七　後鳥羽天皇の御心持では、兼実の流罪はあり得ないと強く考えられた。
八　言い続ける。
九　罪過があれば流罪を申すべきであるが、ないから申せない。
一〇　底本「九条殿ヲ弟ト、山」。天明本・河村本により改む。慈円のこと。↓一一九頁注二一。
一一　↓一一九頁注二一。
一二　↓一一九頁注二二。
一三　正月の誤記。建久八年正月二十八日拝堂(座主記)。
一四　僧侶が寺院に入寺した時に行う礼仏の儀式。座主等新任後に行うのを特に言う。
一五　↓一一九頁注二三。
一六　神仏の霊験が著しいこと。
一七　恨み心を盛んにした。
一八　急に譲位を断行した。
一九　その女の腹に生れた人。
二〇　↓一二〇頁注一〇。
二一　源在子のこと。↓一二〇頁注八。
二二　為仁親王、土御門天皇のこと。建久六年十一月一日誕生。↓一二〇頁注六。
二三　皇位を継承すること。↓四三頁注一三。
二四　後鳥羽上皇のこと。

能保卿《よしやすきやう》ハ中納言[三一]別當《べつたう》ナドニ成《なり》テ、終《つひ》ニ病ヲモクテ[三二]出家シテ、ヨクナリテ内《うち》ナドヘ参《まゐり》シカドモ、[三三]コノ事ドモアキレテモアリケン。九條殿ノ御子[三四]後京極《ごきやうごく》ノ攝政、カノ[三五]頼朝ガメイノ能保卿ノ嫡女ナリシニ[三六]アハセ申テ、執聟《とりむこ》ノ儀イミジクシテアリシ也。終ニ同八年十月十三日ニヨシヤス入道ハ[三七]ウセニケル程ニ、コノ年ノ七月十四日ニ、京ヘマイラスベシト聞《きこ》エシ頼朝ガ[三八]ムスメ久《ひさし》クワヅライテウセニケリ。京ヨリ[三九]實全《じつぜん》法印ト云《いふ》[四〇]驗者《げんじや》[四一]クダシタリシモ、全ク[四二]シルシナシ。頼朝ソレマデモ[四三]ユ、シク心キ、テ、ヨロシク成《なり》タリト披露シテ[四四]ノボセケルガ、イマダ京ヘノボリツカヌ先ニ、ウセヌルヨシ聞ヘテ後、京ヘイレリケレバ、祈《いのり》コロシテカヘリタルニテヲカシカリケリ。能保ガ子[四五]高能《たかよし》ト申シ、ワカクテ公卿ニ成テ参議兵衛督《ひやうゑのかみ》ナリシ、サハギクダリナンドシテアリシ程ニ、頼朝コノ後《のち》京ノ事ドモ聞《きき》テ、猶《なほ》[四六]次ノムスメヲグシテノボランズト聞ヘテ、建久九年ハスグル程ニ、九月十七日高能卿ウセニキ。

カヽルホドニ人思ヒヨラヌホドノ事ニテ、[四七]アサマシキ事出《いで》キヌ。同十年正月ニ關東將軍[四八]所勞《しよらう》不快トカヤホノカニ云《いひ》シ程ニ、ヤガテ正月十一日ニ出家シテ、同十三日ニウセニケリト、十五六日ヨリ[四九]キコヘタチニキ。夢カ[五〇]ウツ、カト人思《おもひ》タリキ。「今年[五一]必シヅカニノボリテ世ノ事サタセント思ヒタリケリ。萬《よろづ》ノ事

二五 ようやく思いのままに行動したいとお考えになった。
二六 非常に確実な承認。→補注6-二五。
二七 境地。
二八 土御門天皇のこと。
二九 僧が天皇の外祖であるのはどうかと。
三〇 底本「シ、キ」。文明本により改む。→補注6-二五。
三一 検非違使別当のこと。能保の在任は建久二年四月一日から同年十二月二十八日まで。
三二 能保出家、建久五年閏八月二日(仲資王記)。
三三 兼実失脚等の事態をさす。
三四 九条良経のこと。→二六三頁注三七。
三五 頼朝の姪で能保の長女。「能保―女子〈後京極摂政(良経)北政所、光明峯寺殿(道家)母、母同二高能一。母左馬頭源義朝女〉」(尊卑)。
三六 夫婦とする。「六月廿五日壬寅。…此日左大将(良経)渡二別当能保卿一条室町亭一也」(玉葉、建久二年)。 三七 死ぬ。 三八 大姫のこと。
三九 →二一一頁注二一。
四〇 加持祈禱をして霊験を現わす行者。
四一 京都から地方＝鎌倉に遣わす。
四二 ききめ。 四三 勇ましく気をきかす。
四四 実全を京都に送った。
四五 能保嫡子、母左馬頭源義朝女。建久七年十二月二十五日二十一歳で参議となり右兵衛督兼任。 四六 乙姫のこと。三幡という。「蒙二女御宣旨一」(尊卑)。 四七 意外な。 四八 病気がよくない。
四九 「正月十八日早旦閭巷説云、前右大将(頼朝)所労獲麟、去十一日出家之由、以二飛脚一夜前被レ申レ院。…廿日、前将軍去十一日出家、十三日入滅。大略頓病歟。…其後隆保朝臣参入、申二必定入滅之由一。来云々」(明月記)。 五〇 現実。
五一 「必」は心の誤記か。

存ノ外《ほか》ニ候」ナドゾ、[一]九條殿ヘハ申《まうし》ツカハシケル。コノ後《のち》[二]イツシカ正月廿日ヂモクオコナイテ、[三]通親ハ右大將ニ成《なり》ニキ。[四]故攝政ヲバ後京極殿《ごきやうごくどの》ト申《まうす》ニヤ、ソノ[五]内大臣ナリシヲコシテ、[六]頼實《よりざね》大相國入道ヲバ右大臣ニナシテキ。コノヨリザネハ[七]右大將ヲ辭セサセテ、ソノ所《ところ》[八]ニナリニキ。[九]コノ除目《ぢもく》ニ頼トモガ家ツギタル嫡《ちやく》子《し》ノ[一〇]頼家《よりいへ》ヲバ、左中將ニナシテキ。

其比《そのころ》不カ思議ノ風聞アリキ。能保《よしやす》入道、高能《たかよし》卿ナドガ跡《あと》[一一]ノタメニ[一二]ムゲニアシカリケレバ、ソノ郎等ドモニ[一三]基清《もときよ》・[一四]政經《まさつね》・[一五]義成ナド云《いふ》[一六]三人ノ左衞門尉《さゑもんのじよう》アリケリ。頼家ガ世ニ成テ、[一七]梶原ガ太郎左衞門尉ニノボリタリケルニ、[一八]コノ源《げん》大將ガ事ナドヲイカニ云《いひ》タリケルニカ、ソレヲ又、「カク[一九]コレラガ申候《まうしさふらふ》ナリ」ト告《つげ》タリケルホドニ、ヒシト[二〇]院ノ御所ニ參リ籠《こもり》テ、「只今マカリ出《いで》テハコロサレ候《さふらひ》ナンズ」トテ、[二一]ナノメナラヌ事出《いで》キテ、頼家[二二]ガリ又[二三]廣元《ひろもと》ハ[二四]方人《かたうど》ニテアリケルシテ、[二五]ヤウ〳〵ニ云テ、コノ三人ヲ[二六]三右衞門トゾ人ハ申《まうし》シ、コレラヲ院ノ御前《おんまへ》[二七]ワタシテ、[二八]三人ノ武士タマハリテ流罪《るざい》[二九]シテケリ。サテ頼朝ガ拜賀[三〇]ノトモシタリシ公經《きみつね》[三一]・[三二]保《やす》[三三]家《いへ》ヲヒコメラレニケリ。能保コトニ[三四]イトヲシクシテ左馬頭《さまのかみ》ニナシタリシタカヤ[三五]スト云シ者ナド流[三六](サ)レニケリ。二月十四日[三七]ノ事ニヤトゾ聞《きこ》ヘシ。又[三八]文學《もんがく》上人播磨玉《たま》ハリテ思フマヽニ[三九]高雄寺《たかをでら》建立《こんりふ》シテ、[四〇]東寺イミジクツクリテアリシモ、[四一]使《し》

一 頼朝が兼実に言いやった。これは臨終に際してか、それともその以前かは不明。
二 意外にも早く。
三 →補注6-二六。
四 九条良経のこと。→一二〇頁注一二。
五 良経は建久六年十一月十日内大臣昇任、翌七年十一月政変後も在任。
六 →一一八頁注九。
七 →補注6-二六。
八 あいたところの意。
九 建久十年正月二十日の臨時除目の事。→補注6-二六。
一〇 →二七一頁注六三。
一一 家の跡目。高能の嫡子頼氏のこと。→補注6-二七。
一二 極端に悪い。
一三 藤原氏秀郷孫。
一四 中原氏。
一五 小野氏。
一六 三人ともに能保の郎等。
一七 梶原景時の嫡子景季のこと。景季の左衛門尉任官は元暦二年四月十五日の東鑑に所見。→補注6-二七。
一八 源通親のこと。
一九 三人の左衛門尉のこと。
二〇 通親は後鳥羽上皇の御所にとじこもって出ない。→補注6-二七。
二一 ひととおりでない非常な事態。
二二 その人のいるところへ。
二三 中原氏。→補注6-二七。
二四 広元は通親の味方であった。→補注6-二七。
二五 広元に依頼して頼家にいろいろ言ってやった。
二六 三左衛門の誤記。
二七 罪人などを引き渡すこと。
二八 基清・政経・義成をさすか。
二九 →補注6-二七。
三〇 →二七六頁注三。
三一 →二七六頁注二一。
三二 →二七六頁注二六。
三三 家に押しこめられる。朝廷への出仕をとめられる。→補注6-二七。
三四 かわいがる。
三五 村上源氏。具平親王―師房―師忠―師隆―師経―隆保〈左馬頭、正四下、母熱田大宮司季範女〉」(尊卑)。隆保と能保室は従兄姉。
三六 底本「流レニケリ」。天明本・河村本により改む。→補注6-二七。
三七 三左衛門逮捕の日。
三八 正しくは文覚。
三九 神護寺のこと。
四〇 →二七九頁注三一。
四一 検非違使庁のこと。→補注6-二七。

聽檢非違使《ちやうけびゐし》ニテマモラセラレナドスル事ニテアリケリ。三左衛門モ通親公ウセ[四二]テ後ハ、皆メシ返[四三]サレテメデタクテ候《さふらひ》キ。

カヽル程ニ院[四四]ノ叡慮《えいりよ》ニ、サラニ〳〵ヒ[四五]ガ事御偏頗《へんぱ》ナルヤウナル事ハナシ。タヾヲボシメシモ入《いら》ヌ事ヲ作者《さくしや》[四六]ノスルヲ、ヱシロシメサズサトラセ玉《たま》ハヌ事コソチカラヲヨバネ。カヤウニテアレド内[四七]大臣良經ハ、(内大臣ハ)サスガニイマダトラレヌヤウニテオハセシヲ、院ヨク〳〵オボシメシハカラヒテ、右大臣頼實《よりざね》ヲ太政大臣ニアゲテ、正治元年六月廿[四八]二日任大臣オコナハレケリ。兼雅《かねまさ》[四九]公辭退ノ所《ところ》ニ、左大臣ニ故攝政ヲナシテ、近[五〇]衛殿ノ當攝政ナルガ嫡子、當[五一]時ノ殿《との》ヲ右大臣ニナシテ、通親ハ内大臣ニナリニキ。頼實ノ公ア[五二]サマシク腹立《たて》テ、土[五三]佐國辭《じし》テ入リコモリテ人ニイハレケリ。通親ガ我《われ》内大臣ニナラントテシタル事ト思[五四]ヒケリ。九[五五]條殿ノ左右《さう》[五六]ナキ御ウシロミ宗頼《むねより》[五七]ハ大納言ニテ、コノ卿《きやう》[五八]二位ガヲト[五九]コニテアリシヲ、イミジキ事ニテ九條殿ハア[六〇]ラレケリ。サレドモ心[六一]バヘヨキバカリニテ、ツヨ[六二]〳〵シキ事モナカリケリ。サル程ニ、ツネニ院ノ御所ニハ和歌會・詩會ナドニ、通親モ良經モ左大臣、内大臣トテ、水無瀬殿《みなせどの》[六三]ナドニテ行《いき》アヒ〳〵シツツ、正治二年ノ程ハスギケルニ、コノ年ノ七[六四]月十三日ニ左府ノ北方ハウセニケリ。十日産ヲシテソノ名殘《なごり》トキコヘキ。サルホドニ松殿ノム[六五]スメヲ、サヤ

四二 建仁二年十月二十一日のこと。↓二八六頁注四。 四三 基清らの赦免日時不明。 四四 後鳥羽上皇のお心持。 四五 道理にはずれた行為。 四六 詩歌文章などを作る人。この場合は天皇の背後で陰謀を計画する者の意。 四七 底本「内大臣良経ハサスガニ」。文明本・天明本により改む。

四八「廿二日天晴。任大臣日也。…太政大臣頼実、左大臣良経、右大臣家実、内大臣通親」(明月記)。

四九 ↓一一八頁。 五〇 基通のこと。基通は正治元年六月二十二日当時は摂政在任。 五一 近衛家実のこと。愚管抄執筆の承久二年当時は関白。↓一二二頁注一。 五二 あきれて興がさめる。

五三「廿四日天晴。…人云、太政大臣(頼実)不㆑被㆑仰㆓可㆑任之由㆒。俄推任、聞㆓此事㆒閉門云々。或云、土佐国務同辞㆑之。相国上表云々。無㆓兼宣旨㆒之条、勝事歟」(明月記)。頼実は知行国の土佐国を辞して隠退した。天明本「土左国へ辞て入籠りて」。 五四 頼実が誤解した。

五五 兼実のこと。 五六 比類がない。

五七 藤原氏顕隆孫。↓補注6-二八。

五八 藤原兼子のこと。↓二五八頁注一五。

五九 情夫。宗頼の場合は夫。

六〇「ある」の敬語。兼実の宗頼重視は玉葉、文治二年正月二十七日所見。

六一 気だて。 六二 ひどく強い。 六三 大阪府島本市広瀬所在後鳥羽上皇離宮。現在水無瀬神宮。そこでの和歌会・詩会。↓補注6-二九。

六四「七月十一日天晴。夜前深更〈夜半許〉大臣殿(良経室)御産了。…十三日丁卯。天晴。暁鐘之程車馬喧。令㆓尋問㆒。大臣殿御前令㆓絶入㆒給云々。…火急御之由被㆑示㆑之。小時又帰参、遂以一定云々」(明月記)。

六五 基房娘寿子。「基房―女子〈寿子、従二位、後京極摂政室、基家母〉」(尊卑)。

ウニモイワレケレバ、次ノ年建仁元年十月三日[一]ムカヘラレニケリ。年[二]ハ廿八トキコヘキ。ソノ年十二月九日母[三]ノ(北)政所ウセラレヌ。

建[四]仁二年(十月)廿一日ニ、通親公等《ら》ウセニケリ。頓死《とんし》ノ體《てい》ナリ。フカシギノ事ト人モ思ヘリケリ。承明門院ヲゾ母[五]ウセテ後ハアイシマイラセケル。カヽリケル程ニ、院ハ範季《のりすゑ》[六]ガムスメ[七]ヲオボシメシ[八]テ三位[九]セサセテ、美福門院[一〇]ノ例ニモニテアリケルニ、王子[一一]モアマタ出《いで》キタル。御[一二]アニヲ東宮ニスエ[一三]マイラセントオ[一四]ボシメシタル御ケシキナレバ、通親ノ公申サタシテ立坊《りつばう》[一五]アリテ、正治二年四月十[一六]四日ニ東宮ニ立《たて》テ、カヤウニテスグル程ニ、九條殿ハ又[一七](北)政所ニヲクレテ出[一八]家セラレニケリ。サル程ニ、院ノ御心ニゾフカク、世[一九]ノカハリシ我ガ御心《みこころ》ヨリヲコラズト云《いふ》コトヲ、人ニモシラレントヤオボシメシケン、建仁二年十一月廿七日ニ左大臣ニ内覽・氏《の》長者ノ宣旨[二〇]ヲクダシテ、ヤガテ廿八日[二一]ニ熊野御進發ナリニケリ。母[二二]北政所重服、コノ十二月バカリニテアリケリ。サテ熊ノヨリ御歸洛ノ後、十二月廿七日[二三]ニ攝政詔《せつしやうのせう》クダサレニケリ。サテ正月一日ノ拝禮ノサキニ[二四]ヨロコビ申《まうし》セラレニケレバ、ヨノ人ハ、「コハユヽシク目出《めでた》キコトカナ」ト思《おもひ》ケリ。宗頼大納言ハ成頼《なりより》[二五]入道ガ高野《かうや》ニ年比《としごろ》[二六]オコナイテアリケル、入滅シタル服[二七]ヲキルベキヲ、眞ノオヤノ光頼ノ大納言ガヲバ[二八]、成頼ガヲキムズレバトテキ[二九]

一　妻として招く。　二　承安四年五月十八日出生(玉葉)。　三　底本「母ノ政所」。文明本・天明本により改む。「十日丙戌。天晴。前関白(兼実)北方去夜早世云々。左大臣(良経)母儀也」(猪隈関白記)。　四　底本「建仁二年廿一日」。文明本・天明本により改む。→補注6-三〇。　五　「八月五日戊子。降雨。昨日刑部卿三位早世云々。主上(土御門)外祖母、院(後鳥羽)御乳母、内大臣(通親)妻也」(猪隈関白記、正治二年)。　六　→一二一頁注三六。　七　修明門院重子のこと。→一二一頁注三五。　八　愛するの敬語。　九　「修明〈藤重子、本範子、後鳥羽后〉建久九・十二・七叙二従三位一〈十七〉、同廿九叙二従二位一」(女院次第)。

一〇　鳥羽天皇皇后得子が当初は三位に叙せられたことをさす。→一二三頁注二四。

一一　修明門院所生皇子、守成・雅成・尊快。

一二　守成親王のこと。　一三　位につかせる。

一四　後鳥羽上皇がお考えになっている御様子。

一五　立太子と同じ。「坊、バウ、東宮」(字類抄)。

一六　十五日の誤記。→一二一頁注三二。

一七　底本「又政所」。諸本により改む。

一八　「正月廿九日乙亥。晴。或云、前関白〈兼実〉一昨日出家云々。年五十四」(猪隈関白記、建仁二年)。→補注6-三一。　一九　国の政治が変ったのは。建久七年の政変をさす。　二〇　「廿七日丁酉。…或人云、左大臣良経〈重服〉今夜為二氏長者一并蒙二内覧宣旨一云々」(猪隈関白記)。　二一　「廿九日己亥。晴。上皇(後鳥羽)此暁御進発云々」(猪隈関白記)。　二二　良経は生母の死による重い一年の喪に服した。その期間は建仁二年十二月まで。　二三　二十五日の誤記。「廿五日乙丑。晴。今日左大臣(良経)有二摂政詔一云々」(猪隈関白記)。　二四　任官のお礼を言上すること。「正月一日辛未、今日摂政(良経)申レ慶云ザリケリ。コレハ又アマリニ[三〇]世ニアイテイトマヲオシガリテキズ。サテ親モナカリケル者ニナリヌルコトヲ、人モ[三一]カタブキケルニヤ。カク熊ノ、御幸ノ御トモニマイリテ、[三二]松明《たいまつ》ノ火ニテ足ヲヤキタリケルガ、サシモ大事ニナリテ、正月[三三]卅日ウセニケリ。其後、卿二位ハ夫《〈ヲトコ〉》ヲウシナイテ又トカクアンジツヽ、コノ太相國ヨリザネノ[三四]七條院邊ニ申《まうし》ヨリテ候《さふらひ》ケルニ申《まうし》ナドシテ、又[三五]夫ニシテヤガテ[三六]院ノ御ウシロミセサセテ候ケル。

[三七]後京極殿ハ、院モイミジキ關白攝政カナト、[三八]ヨニ御心ニカナイテ、ヨキ事シタリト、[三九]ヒシトヲボシメシテアリケリ。山ノ座主《ざす》[四〇]慈圓僧正ト云《いふ》人アリケルハ、九條殿ノ[四一]ヲトヽ也。[四二]ウケラレヌ事ナレド、[四三]マメヤカノ歌ヨミニテアリケレバ、攝政トヲナジ身ナルヤウナル人ニテ、「[四四]必《かならず》マイリアヘ」ト御氣色モアリケレバ、ツネニ候《さふらひ》ケリ。院ノ[四五]御持僧《ごぢそう》ニハ昔ヨリタグヒナクタノミヲボシメシタル人ト聞《きこ》ヘキ。サテ宇治《うぢ》ニメデタキ[四六]御所ツクリテ御幸ナドナリテケルガ、程ナク[四七]ヤケニケリ。攝政ハ主上[四八]御元服ニアイテ、[四九]テヽノ殿ノ例モチカシ、又昔ノ[五〇]例共《ども》モワザトシタランヤウナレバ、[五一]ムスメヲホクモチテ、ミシヤスガムコニナリテ、イツシカマウケラレタリシ嫡女《ちやくぢよ》ヲ、又ナラブ人モナク[五二]入内《じゆだい》セントテ、院ニモ申ツヽ、[五三]イトナマセケル程ニ、卿二位フカク申ムネアリケリ。大相國[五四]モトノ妻ノ腹ニ[五五]ヲ

々」(猪隈関白記)。二五 宗頼の養父。↓二四三頁注五〇。二六 仏道を修行する。二七「閏十月養父成頼卿薨、不二服解著服一。先年光頼卿薨時、又為レ孫不レ著レ服」(補任、建仁二年、宗頼)。二八 …のもの。この場合は光頼の喪服。二九 着るであろう。三〇 時世に合って栄える。三一 非難する。三二 松の脂多い部分や竹・葦などを束ねて火をつけて照明としたもの。↓補注6-三二。三三 二十九日の誤記。↓補注6-三二。三四 後鳥羽上皇御母殖子のこと。頼実が七条院に接近したことは↓補注6-三三。三五 次の夫。↓補注6-三三。三六 後鳥羽上皇の後見。三七 九条良経のこと。三八 非常に。三九 底本「ヒトシ」。文明本・天明本により改む。四〇 ↓一一九頁注二一。四一 弟または妹。四二 信用されない事。四三 本格的。四四 和歌会にはきっと参会せよとの後鳥羽上皇の御心持。四五 護持僧と同じ。↓二五五頁注六〇。慈円の護持僧初度拝任は建久三年座主宣下と同時。四六「十二月四日。上皇(後鳥羽)御二移徙宇治新御所一」(百錬抄、建仁三年)。四七「閏七月四日。去夜宇治新御所焼失。放火云々。若是天令レ然歟」(明月記、元久二年)。四八 土御門天皇元久二年正月三日御元服。↓一二〇頁注七。四九 父兼実が後鳥羽天皇元服直後に娘任子を入内させたこと。五〇 天皇元服と同時に摂政関白の娘が入内したのは一条天皇の永祚二年正月五日御元服、同二十五日内大臣道隆娘定子入内、五月八日道隆関白就任。崇徳天皇の大治四年正月一日御元服、同九日摂政忠通娘聖子入内以後、後鳥羽天皇までない。五一 尊卑分脈所載の良経娘は嫡女立子一人。他にも娘があったことは能保娘の夫人が七人の子女の母であったことから推測される。五二 ↓二四一頁注五五。五三 支度する。五四 頼実旧妻従二位藤原

ノコゴハエナクテ、[一]女御代《にょごだい》トテムスメヲモチタリケルヲ入内《じゆだい》ノ心ザシフカク、又太政大臣ニヲシナサレテ、[二]左大臣ニカ[三]ヘリナリテ一《いち》[四]ノ上《かみ》シテ、如ク父經[五]宗ノナラバヤト思ヒケリ。サテ卿二位ガ夫《をとこ》ニモヨロコビテ成《なり》ニケル程ニ、[六]左大臣ノ事申《まうし》ケルハ、大臣ノ下登《したのぼり》[七]ムゲニメヅラシク、アルベキ事ナラズトオボシメ[八]シテ、[九]ヱ申《まうし》ヱザリケレバ、[一〇]コノ入内ノ事ヲ、殿[一一]ノムスメ参《まゐり》テ後《のち》ハカナフマジ、是《これ》マイリテ後ハ、殿ノムスメ参ラン事ハ、例モ道理モハヾカルマジケレバ、[一二]一日《ひとひ》コノ本意《ほい》トゲバヤト卿二位シテ殿下《でんか》[一三]ニ申ウケ[一四]ヽリ。殿《との》ハ院ニ申アハセラレケルヲ、院ハ[一五]コノ主上ノ御事ヲバ、[一六]トクヲロシテ東宮ニタテヽヲハシマス[一七]修明門院ノ太子ヲ位ニツケマイ[一八]ラセタ(ラ)ン時、殿ノムスメハマイラセヨカシトオボシメシケリ。人コレヲシラズ。[一九]申アハセラレケル時、イサヽカコノ趣《おもむき》キアトノアリケルヤラントゾ人ハ推知シケル。[二〇]サテサリテ頼實ノムスメヲ[二一]入内立后《りつごう》ナド思《おもひ》ノゴトクニシテケリ。

殿《との》ハ[二二]マチザイハイオボツカナク、當時ハウラ山《やま》シクモヤオボシケン。人目《ひとめ》ハ[二三]ヨクトシテ、[二四]サラレタルモヨシニテスギケルホドニ、[二五]中御門京極《なかみかどきやうごく》ニイヅクニモマサリタルヤウナル家[二六]ツクリタテヽ、山水池水峨々《がが》[二七]タル事ニテメデタクシテ、元久三年三月十三日トカヤニ、絶《たえ》タル[二八]曲水《ごくすゐ》ノ宴ヲコナハントテ、[二九]鸚鵡坏《あうむはい》ツクラ

隆子、定隆娘。三五 男の子はない。

一 幼少の天皇の即位大嘗会御禊の時に臨時に選ばれる女御。頼実娘麗子(隆子所生)は建久九年十月二十七日の土御門天皇御禊に奉仕(自暦記)。二 その意に反して太政大臣に任命された。

三 復任する。

四 左大臣の異称。一の上の宣下を受けて太政官を統領する。

五 頼実父経宗は仁安元年十一月十一日から文治五年二月十三日まで二十三年間左大臣在任。

六 左大臣復任のこと。申入先は良経か。

七 降任。八 後鳥羽天皇がお考えになる。

九 良経は天皇に申し得なかった。

一〇 麗子の入内。「殿下ニ申ウケヽリ」にかかる。

一一 良経の娘が入内する。

一二 ある日、または一日でも。

一三 九条良経のこと。

一四 申し出て請い受ける。

一五 土御門天皇のこと。一六 退位させる。

一七 修明門院所生の皇子の意。修明門院は重子

↓一二一頁注三五。

一八 底本「マイラセタン時」。天明本・河村本により改む。

一九 麗子の入内が話し合われた時に、少しこの主旨の痕跡があった。

二〇 諸本同じ。「サテアリテ」の誤記か。

二一 「四月七日。天晴。今夜従三位麗子入内云々。七月十一日立后云々」(明月記、元久二年)。

二二 待ち設ける幸福は不安。

二三 善く、避くの二義。避けるが妥当か。

二四 ことわられる。

二五 現在京都市上京区松蔭町がその遺跡という。

↓補注6-三四。

セナドシテ、イミジクヨノ人モマチ悦《よろこび》テ、松殿ノム[三〇]スメヲ北政所ニセラレタリ、攝籙ノヤ[三一]ガテ攝籙ノムコニナルモア[三二]リガタキ事ニテアリケレバ、サ[三三]キノ入道殿下ヲ二人ナガラヲヤシウトニテモタレタレバ、公事《くじ》[三四]ノミチ職者《しきしや》[三五]ノ方《かた》キハメタル人ノ、昔ニスギタル詠[三六]歌ノ道ヲキハメテ、コノ宴ヲオコサル、シカルベシト人モ思ヒツヽ、心[三七]ヲトキ目耳ヲタテツヽ、アリケル程ニ、三月七日ヤ[三八]ウモナクネ[三九]死ニセラレニケリ。天下ノヲドロキ云《いふ》バカリナシ。院カ[四〇]ギリナ(クナ)ゲキオボシメシケレド云《いふ》ニカイナシ。サテチカラヲヨバデコノタビハ近衞殿《このゑどの》[四一]ノ子〈コ〉、當時左大臣ニテモトヨリアレバ關[四二]白ニナラレニケリ。

コノ春三星合《さんせいがふ》[四三]トテ大事ナル天變ノアリケル。司天《してん》[四四]ノ輩大《おほい》[四五]ニヲヂ申《まうし》ケルニ、ソノ間《あひだ》慈圓僧正五辻《いつつじ》[四六]ト云《いひ》テシバシアリケル御所《ごしよ》ニテ、ト[四七]リツクロイタル藥師ノ御《み》修法《しゆほふ》ヲハジメラレタリケル修中《しゆちゆう》ニ[四八]コノ變ハアリケリ。太白《たいはく》[四九]・木星《もくせい》・火星《くわせい》[五〇]トナリ、西ノ方《かた》ニヨ[五一]ヒ〳〵ニスデニ犯分《はんぶん》[五二]ニ三合[五三]ノヨリアイタリケルニ、雨フリテ消《きえ》ニケリ。又ハレテミヱケルニ、ミヘテハヤガテ雨フリテキヱ〳〵四五日シテ、シバシハレザリケレバ、メデタキコトカナニテアリケル程ニ、ソノ雨ハレテナヲ犯分ノ[五四]カヌ程ニテ現ジタリケルヲ、サテ第三日ニ又クモリテ朝ヨリ夜ニ入《い》ルマデ雨[五五]ヲオシミテアリケリ。イカバカリ僧正モ祈念シケンニ、夜ニ入《いり》テ雨シ[五六]メ〳〵

二六「十一日天晴。…殿下(良経)御移徙也」(明月記、元久二年十月)。
二七 山や岩が角ばってそびえていて、りっぱに造った。天明本傍注「山水木敷」。
二八 三月三日に文人らが曲折した流水に盃を流して詩を賦す遊宴。→補注6-三五。
二九 南海の貝で作った酒杯。形がおうむに似る。
三〇 →二八五頁注六五。
三一 そのまま。三二 めったにない。三三 この場合は前関白で入道した兼実・基房のこと。
三四 朝廷の政務や儀礼の道理。三五 故実に通じ物事をよくわきまえた人。三六 天明本「詩歌」。
三七 むすぼれた心をときほぐす。この場合は研ぐかもしれない。心をみがくこと。
三八 底本「ヤウモナリ」。天明本・史料本により改む。三九 寝たまま死ぬこと。→補注6-三五。
四〇 底本「カキリナケキ」。天明本・史料本により改む。
四一 近衛基通の子家実。元久元年十二月十四日左大臣昇任。四二「三月十日被㆑下㆓摂政詔㆒。十二月八日被㆑下㆘摂政(家実)為㆓関白㆒詔書㆖」(百錬抄、元久三年)。四三「廿二日、依㆓三星合変㆒於㆓五辻殿㆒修㆓薬師法㆒。〈勧賞行寛・玄弁等叙㆓法橋㆒。承元々年五月廿三日僧事有㆓其沙汰㆒〉」(門葉記、一、慈鎮和尚、元久三年二月)。
四四 底本「伺天」。諸本により改む。天文を掌るもの。四五 恐れる。四六 元久元年八月八日竣功、後鳥羽上皇移徙。「八日。…秉燭初参㆓五辻殿㆒…〈件御所五辻南、大宮西、当㆓櫛笥末㆒也〉」(三中記)。四七 飾りたてる。四八 九条良経の急死をさす。四九 金星の異名。五〇 となり合うの意。
五一 宵ごとに。五二 分野を犯し乱すこと。
五三 三星合の略。五四 しりぞかない。五五 雨が降りそうで降らない。五六 しっとりとぬれること。

トメデタクフリテ、[一]ツトメテ、「消エ候《さぶらひ》ヌ」ト奏シテケリ。ソノ雨ハレテ後ハ、犯分トヲクサリテ、コノ大事變ツイニ消エニケリ。サテホドナクコノ[二]殿《との》ノ頓死《とんし》セラレニケルヲバ、[三]晴光《はるみつ》ト云《いふ》[四]天文博士《てんもんはかせ》ハ、「一定《いちぢやう》コノ三星合ハ[五]君《きみ》ノ御大事ニテ候ツルガ、ツイニ[六]カラカイテ消《きえ》候ニシガ、[七]殿下ニトリカヘマイラセラレニケルニ」トコソタシカニ申《まうし》ケレ。コノヲリフシニ[八]サシアハセ、怨靈《をんりやう》モチカラヲエケントオボユルニナン。[九]ソノ御修法《みしゆほふ》ハコトニ叡感《えいかん》アリテ、[一〇]勸賞《けんじやう》ナドオコナハレニケリ。

サテイカサマニモコノ殿下ノシナレタルコトハ、世ノ末ノ口ヲシサ、カヽル人ヲエモ[一一]タフマジキ[一二]時運カナシキカナト人思ヘリケリ。大方《おほかた》故内大臣良通、コノ攝政、カヽル死ドモセラレヌル事ハ、猶《なほ》[一三]法性寺《ほつしやうじ》殿ノ[一四]スヱニカヽリケルコトノ人ノイデクルヲ、[一五]知足院《ちそくゐん》殿ノ[一六]惡靈ノシツルゾトコソハ人ハ思ヘリケレ。法性寺殿ヨリコノ攝政マデ[一七]七人ニ成リヌルニコソ。[一八]其靈《そのりやう》ノ後世菩提《ごせぼだい》マメヤカニタスケトブラフ心シタル人ダニアラバ、今ハカウホドノ事ハヨモアラジカシ。アハレ[一九]コトノ道理マコトシク思ヒタル臣下ダニモ二三人世《よ》ノ中ニアラバ、スコシハ[二〇]タノモシカリナンモノヲ。

カヽリケル程ニ、院ニハモトヨリ[二一]ウセタル攝政ノ事フカク[二二]シノビヲボシメシケレバ、家實攝政ニナリテ左大將[二三]アキケルトコロニ、[二四]中納言中將道家《みちいへ》ヲバ左大

一 早朝。 二 九条良経のこと。 三 安倍氏。「主税頭安倍晴光」(三長記、建永元年八月九日)。 四 陰陽寮の職員。天文気色を掌り異変があれば密奏し天文生を教育するのが職務。 五 天子。この場合は主として後鳥羽上皇。 六 押したり返したりする。争う。 七 九条良経をさす。 八 加わって。 九 慈円が行なった三星合祈念の薬師法。 一〇 功労を賞して官位を授け物を賜うこと。↓二八九頁注四三。 一一 持ちこたえる。 一二 時のまわりあわせ。 一三 藤原忠通のこと。 一四 子孫。 一五 藤原忠実のこと。 一六 「故殿(良経)頓死後白川院御所為之由、彼狂女(仲国妻)称レ之」(三長記、建永元年五月十五日)。忠実の所為とした史料は見当らない。 一七 忠実以後に摂政関白になったのは忠通・基実・基房・基通・師家・兼実・良経の七人。 一八 忠実の悪霊の生れ変わる世で仏の悟りを得ることを誠実に助けその霊を慰める心を持つ人。 一九 世に起こる事象についての道理をまじめに考える。 二〇 心強い。 二一 死ぬ。 二二 思い慕う。 二三 「三月廿八日己酉。晴。摂政殿(家実)大将御辞状也」(摂関詔宣下類聚、元久三年)。 二四 ↓一二三頁注三八。道家元久二年三月九日権中納言昇任、左中将兼任。 二五 底本「建久」。諸本により改む。「廿六日」は十六日の誤記。「十六日丙寅。…今日可レ有ニ臨時除目一也。任人事有ニ沙汰一中納言中将道家任ニ左大将一」(猪隈関白記)。 二六 がまんをして。あえて。 二七 ために。 二八 死ぬ。 二九 兼仲とも書く。橘氏。 三〇 藤原氏公季孫。実国の子。↓二四七頁注四四。承元三年八月十九日出家、前参議従二位、承久二年四月二十三日薨。 三一 召使の男。 三二 後白河法皇。 三三 乗り移る。とりつく。 三四 慎み祭る。

将ニナサレニケリ。[二五]建永元年六月廿六日也。攝政關白程ノ人ノ名、カクハバカラズ[二六]ヲサヘテカキ〳〵シタル事ハ、ワザトアザヤカナラン[二七]レウニカキテ侍《はべる》ナリ。

又フカシギノ事ドモアリキ。後白河院[二八]ウセサセ給《たまひ》テ後《のち》ニ、建久七年ノコロ、[二九]兼《かね》中《なか》ト[三〇]云公時《いふきみとき》二位入道ガウシロミニツカイケル[三一]ヲトコアリキ。ソレガ妻《め》ニ[三二]故院[三三]ツキシマセヲハシマシテ、「[三四]我祝《〈イワ〉》ヘ、社《やしろ》ツクリ、[三五]國ヨセヨ」ナド云コトヲ云《いひ》イダシテ、[三六]沙汰ニノリテ兼中妻夫《めをと》、妻《め》ハ安房、夫《をとこ》ハ隠岐ヘ[三七]流罪《るざい》セラレナドシタル事ノ出キタリシ也。[三八]シバシハ人信ゼザリケレド、[三九]ヨシヤスノ中納言出家スル程ニ、一定《いちぢやう》[四〇]死ナンズルニテアリケルコロ、[四一]スマ〳〵ト云テ生《いき》ニケルニ、[四二]アダニ[四三]信ジタリケルニ、[四四]後ノタビ又サヤウニ云ケレバ、[四五]申《まうす》ヤウニサタアルベシナド、[四六]浄土寺ノ二位申ナドシケルヲ、七日[四七]ヨビトリテ置《おき》テ、一定事《こと》ガラノマコトソラコトヲミントテ、[四八]入道ヨビトレト云事《いふこと》ニテ、七日ヲキタリケルニ、[四九]ムゲニ云事モナク、[五〇]シルシダチタル事ノナカリケレバ、[五一]正體《しやうたい》ナキコトカナトテ、ヤガテ[五二]狂惑《きやうわく》ニナリテ流サレニキ。

又七八[五三]年ヲヘテ、建永元年ノコロ[五四]ヲヒ、[五五]仲國《なかくに》法師ハ、[五六]コトナル光遠《みつとを》法師ガ子ニテ、[五七]故院ニハ朝夕ニ候シガ、[五八]妻《め》ニ[五九]ツカセ給テ、又、「我レイワヘ」ト云事出キテ、浄土寺ノ丹後ノ二位ナドツネニ[六〇]アヒテ、ナク〳〵コレヲモテナシナドシテ、

三五 国司得分を付す。三六 その処置が評議にのぼる。三七「三月之比、蔵人大夫橘兼仲幷妻女依二謀計事一被レ配二流国々一。…前斎院式子内親王〈後白川院皇女〉同二意此事一之間、不レ可レ座二洛中一之由、雖レ有二沙汰一有レ議被レ止了」(皇帝紀抄、建久八年)。

三八 兼仲らがいい出してからしばらく。

三九 前権中納言能保出家は建久五年閏八月二日。

四〇 能保が重態であった時期は不明であるが、病で出家してのち、翌六年頼朝上京ののち、五月二十日の四天王寺参拝に同行の計画があった。重態はそれ以前かもしれない。

四一 語義不明。四二 一時的に。四三 底本「信シタリケルニ信シタリケルニ」。諸本により改む。

四四 のちの時、その時は不明。四五 兼仲らが申すように。四六 高階栄子。四七 呼び寄せ、そのままにとどめる。四八 公時をさしたのであるが、建久八年当時公時はまだ未出家。四九 全く。

五〇 霊験が明らかになる。五一 本体がない。

五二 心が狂乱すること。五三 建久七年から七、八年めは建仁二、三年。建永元年は十一年め。

五四 ごろ。五五 宇多源氏。敦実親王―雅信―時方―仲舒―仲頼―仲棟―仲親―光遠―仲国。「後鳥羽院細工所、正五下、備後・若狭・伊勢守、木工頭、刑部大輔」(尊卑)。五六 世間周知の光遠とは別人の光遠。周知の光遠は、おそらく後鳥羽上皇北面源光行の父をさしたのであろう。

五七「件仲国者後白河院近習者也」(猪隈関白記、元久三年四月二十一日)。→補注6-三六。

五八 仲国妻。文徳源氏、季景女。

五九 後白河法皇がのりうつる、とりつく。

六〇「去比仲国妻〈二品(栄子)縁者〉奉レ託二後白川院一世間事種々雑言、怨望述懐等称レ之。其事粗世間風聞云々」(明月記、正治二年十二月十五日)。

院[一]ヘ申《まうし》テ公卿僉議《くぎやうせんぎ》[二]ニ及《および》テ、[三]スデニイハヽレントスル事アリケリ。萬《よろづ》ノ人皆、「サ候ベシ」ト申タリケルニ、今ノ[四]前右府《徳大寺》公繼《きみつぐ》ノ公ゾ、スコシイカヾナド申タルト聞《きこ》エシヲ、[五](サ)カシク慈圓[六]僧正院ニコトニタノミヲボシタリケレバニヤ、大相國頼實《よりざね》、卿《きやう》ノ二位[七]ヲトコノモトヘ一通ノ文《ふみ》[八]ヲカキテヤリケル。「カヽル事聞《きこ》ヘ候ハ、コハイカニ候事哉。先《まづ》如《キノ》レ此ノ事ハ怨靈《をんりやう》[九]トサダメラレタル人ニトリテコソサル例多ク候ヘ。[一〇]故院ノ怨靈ニ君ノタメナラセ給フニナリ候《さふらひ》ナンズルハ。又八幡大菩薩體《てい》[一一]ニ宗廟《そうべう》[一二]神ノ儀ニ候ベキニヤ。[一三]アラタナル瑞相《ずゐさう》候ニヤ。タヾ野犴天狗《やかんてんぐ》[一四]トテ、人ニツキ[一五]候《さふらふ》物ノ申事《まうすこと》ヲ信ジテ、カヽルコト出《いで》キ候ベシヤハ。ソレハサ[一六]ル事ニテ、スデニ京中ノ諸人コレヲ承《うけたまはり》テ、近所ニ[一七]タチテ候趣、コレヲ聞キ候ニ、故院ハ下臈《げらふ》[一八]近ク候《さふらひ》テ、世ノ中ノ狂《くる》[一九]ヒ者ト申テ、[二〇]ミコ・カウナギ・舞《まひ》・猿樂《さるがう》[二一]ノトモガラ、又アカ[二二]金《がね》ザイク何カト申候トモガラノ、[二三]コレヲトリナシマイラセ候ハンズルヤウ見ルコヽチコソシ候ヘ。[二四]タヾ今世ハウセ候ナンズ。猶《なほ》[二五]サ候ベクバ誠《まこと》シク御祈請《ごきせい》候テ、眞實ノ冥感《みやうかん》[二六]ヲキコシメスベク候」ト云《いふ》ヨシヲ申タリケルヲ、ヤガテ院[二七]キコシメシテ、「我モサ思フ。メデタク申タル物《もの》カナ」トテ、ヤガテヒシトコノ事ヲ仰合《おほせあはせ》テ、「仲國ガ夫妻流刑ニヲコナウベキカ」ト[二八]仰セ合セラレタリケレバ、僧正又申ケルヤウハ、「コノ事ハツヤ〳〵[二九]トキツネタヌキモ

一 後鳥羽上皇のこと。
二 公卿が内裏・院の殿上に集まり評議すること。
三 ↓補注6-三六。
四 藤原氏公季孫。左大臣実定の一男。↓一一八頁注六。元久三年三月二十八日大納言昇任、同年四月三日春宮大夫兼任。建暦元年十月四日右大臣昇任、建保三年十月九日辞任。承久三年閏十月十日還任、元仁元年十二月二十五日左大臣昇任。↓補注6-三六。
五 底本「ヲカシク」。文明本・天明本により改む。慈円はりこうぶって。大相国頼実にかかる。
六 河村本「慈円僧正は院ことにたのみ」。
七 情夫、ここでは夫。
八 ↓補注6-三六。
九 怨霊になると定められた人。
一〇 後白河法皇が後鳥羽上皇の取扱によって怨霊になられたということはどういうことか。
一一 …のように。
一二 皇室の祖神。
一三 神仏の霊験が著しい前兆。
一四 文明本・天明本「野干」。狐に似た獣で木によく登る。
一五 のり移る。とりつく。
一六 もっともなこととして。
一七 評判になる。
一八 官位身分の低い者が側近くいた。
一九 「ミコ・カウナギ・舞・猿楽」等にかかる。
二〇 神に仕えて神楽を舞い託宣を伝える。「カウナギ」も同じ。
二一 ↓二七八頁注一五。
二二 銅細工。
二三 仲国妻が伝えた託宣に調子を合わせる。
二四 狂女の託宣を信じて廟を建立するならば、

ツキ候ハデ、我心《わがこころ》ヨリ申イデタルニテ候ハヾ、尤《もつとも》〳〵流刑《るけい》ニモヲコナハレ候べシ。ソレガ[三〇]人《ひと》不思議ノ者《もの》ニテ候ト申ナガラ、ソレハ[三一]ヨモサハ候ハジ。先《さき》ニ兼仲《かねなか》ト申候シ者ノ妻《め》モカヽル事申イデ候ケリ。ソレモ物《もの》グルハシキ[三二]ウツハ物ノ候ニ、必《かならず》狐天狗《きつねてんぐ》ナド申物《まうすもの》ハ又候コトナレバ、サヤウノ物ハ、[三三]ヨノマコトシカラズ成《なり》テ、我ヲマツリナドスルヲ[三四]一ダン本意《ほい》ニヲモイテ、カク人ヲタブラカシ候事ハ、昔今《むかしいま》ノ物語ニモ候。[三五]又サ候べキ事ニテモ候ナリ。ソレガ[三六]ツキテサル病ヲシ出《いだ》シテ候ニテコソ候へ。病《やま》ヒストテ上《かみ》ヨリ罪ニヲコナハルべキニテモ候ハネバ、タヾキコシメシ入ラレ候ハデ、片角《かたかど》ナンドニヲイコメテヲカレテ候ハヾ、サル狐狸《こり》ハサヤウニ成《なり》候へバ、ヤガテ[三七]ヒキ入リテ[三八]ヲトモシ候ハヌニ候。サテタヾ事ガラヲヤ御覽候べク候ラン」ト申サレタリケレバ、「イミジク申タリ」ニテ、ソノ[三九]定《ぢやう》ニ御サタ有《あり》テ、[四〇]ヲイコメラレタリケレバ、[四一]ツノ國ナル山寺《やまでら》ニ[四二]仲山《なかやま》トカヤニ居《ゐ》テアリケル程ニ、又[四三]二《ふた》メニ物ツキタリト云事モナクテ、[四四]ミソ〳〵トシテサテヤミニケリ。心アル人ハコレヲカンゼズト云コトナシ。浄土寺ノ二位モ[四五]シラケ〳〵トシテヤミニケリ。カヽル不思議コソ侍《はべり》ケレ。仲國ハ後ニハ[四六]フルサレテ、卿《きやう》二位ガウシロミニツカイテアン也。コレヲ思フニ、コノ[四七]院ノ御事ハヤ[四八]ムゴトナクヲハシマス君也。ワガ御心《みこころ》ニハ是ヲ[四九]正義《せいぎ》トノミヲボシメシケルナルべシ。

この世はじきに滅びるであろう。
二五 廟を建立するならば。
二六 神仏の感応。
二七 後鳥羽上皇のこと。
二八 →補注6-二六。
二九 決して。
三〇 仲国夫妻のひとがらは奇怪。
三一 自分の考で計略をして申しているのではまさかあるまい。
三二 器量。
三三 国の政治が真実でなくなる。
三四 いっそう本来の志望と思う。
三五 物語だけではなく現実にもそうあるべきことである。
三六 のり移る、とりつく。
三七 ひっこむ。
三八 音もしない。
三九 それと定まったこと。
四〇 仲国夫妻をおしこめる。
四一 天明本「摂津国」。
四二 兵庫県宝塚市の一部。中山寺がある。
四三 二度めに。
四四 ひそひそとしてひっこみ、そのまま中止。
四五 まがわるくなる。
四六 見捨てられる。あるいは「ユルサレテ」の誤記か。赦免日時不明。子三人は建永元年十月十一日赦免出仕(明月記)。
四七 後鳥羽上皇のこと。
四八 この上なくすぐれている、貴い。
四九 正しい道理。

ソレガ[一]アサマシキ人々ノミ[二]世ニアリテ、口《くち》〳〵ニ申《まうす》ニナレバ、又[三]サモヤトヲボシメスナルベシ。サレバアヤウキ事ニテ、モシカヽル[四]サカシキ人モナクバ、[五]サハフシギモトゲラレテ、一旦《いつたん》ノ[六]己國ハ[七]邪魔ニセラレナンズルハト、アサマシクコソ。此天狗ツキ共ハ赦免セラレテイマダ生《〈イキ〉》テ侍《はべる》也。

又建永ノ年、[八]法然房《ほふねんばう》ト云《いふ》[九]上人《しやうにん》アリキ。[一〇]マヂカク京中ヲスミカニテ、[一一]念佛宗ヲ立テ[一二]専宗念佛《せんじゆねんぶつ》ト號シテ、「[一三]タヾ阿彌陀佛トバカリ申《まうす》ベキ也。ソレナラヌコト、[一四]顯密ノツトメハナセソ」ト云事《いふこと》ヲ云《いひ》イダシ、[一五]不可思議ノ[一六]愚癡無智《ぐちむち》ノ尼入道《あまにふだう》ニヨロコバレテ、[一七]コノ事ノタヾ繁昌《はんじやう》ニ[一八]世ニハンジヤウシテツヨクヲコリツヽ、ソノ中ニ[一九]安樂房《あんらくばう》トテ、[二〇]泰經《やすつね》入道ガモトニアリケル侍《さむらひ》、入道シテ専修《せんじゆ》ノ[二一]行人《ぎやうにん》トテ、又[二二]住蓮《ぢゆうれん》ト[二三]ツガイテ、[二四]六時禮讃《ろくじらいさん》ハ[二五]善導和上《ぜんだうわじやう》ノ行《おこなひ》也トテ、コレヲタテ、[二六]尼ドモニ[二七]歸《き》[二八]依渇仰《えかつがう》セラルヽ者出《いで》キニケリ。[二九]ソレラガ[三〇]アマリサヘ云《いひ》[三一]ハヤリテ、「コノ[三二]行者《ぎやうじや》ニ成《なり》ヌレバ、[三三]女犯《によぼん》ヲコノムモ魚鳥ヲ食《くらふ》モ、阿彌陀佛ハスコシモトガメ玉《たま》ハズ。[三四]一《いつ》向《かう》専修ニイリテ念佛バカリヲ信ジツレバ、一定《いちぢやう》最後ニムカヘ玉フゾ」ト云《いひ》テ、京田舎《いなか》[三五]サナガラコノヤウニナリケル程ニ、[三六]院ノ小御所《こごしよ》ノ女房、仁和寺《にんなじ》ノ[三七]御ムロノ御母[三八]マジリニコレヲ信ジテ、[三九]ミソカニ安樂ナド云物《いふもの》ヨビヨセテ、[四〇]コノヤウトカセテキカントシケレバ、又グシテ行向《いきむかふ》[四一]ドウレイタチ出《いで》キナンドシテ、夜《よ》ルサ

一 さもしい。卑劣な。あきれる。 二 朝廷。 三 あるいはそうかと。 四 賢い人。暗に慈円をさす。 五 そのように不思議なことも実現される。 六 語義不明。なにか誤写であろう。 七 仏道修行を妨げる悪魔。 八 法名源空。漆間時国の子で延暦寺に入り浄土宗を開く。建暦二年正月二十五日入滅。八十歳。 九 智徳のすぐれた僧。 一〇 あわいが近いこと。「念仏宗ヲ立テ」にかかる。 一一 称名念仏を主として行う宗派。「有二一沙門一、世号二法然一立二念仏之宗一勧二専修之行一」(興福寺奏状)。 一二 専修念仏が正しい。称名念仏をのみ専ら行うこと。 一三 阿弥陀仏の名号だけを申すべきである。 一四 顕教・密教の読経・礼拝などの行。 一五 異様な。 一六 理非のわからぬこと。 一七 専修念仏をさす。 一八 ことのほかに。 一九 法名遵西。外記中原師秀子俗名師広。「出家…為二法然上人弟子一、依二専修念仏弘通一為二後鳥羽院仰一被レ刎レ首畢」(諸家系図纂)。 二〇 高階氏。→二七〇頁注二九。泰経出家建久八年九月六日、薨去建仁元年十一月二十三日。 二一 修行僧。 二二 清和源氏。満仲—頼親—頼房—頼俊—頼風—頼安—信実—玄実—実遍—住蓮。 二三 二つ以上が組合う。 二四 一昼夜を六分し晨朝・日中・日没・初夜・中夜・後夜に仏を礼拝して懺悔すること。 二五 初唐の僧。観経疏等を著し浄土教の教義を大成した。六時礼讃はその著『往生礼讃』に則して行われる。 二六 言い出す。 二七 仏菩薩や高僧に心を傾けその威徳にたよること。 二八 渇して水を思い山に対して高きを仰ぐように深く仏道を信仰すること。 二九 尼どもをさす。 三〇 その上に。 三一 言いふらす。 三二 修行者。 三三 僧が不邪婬戒を犯して女性と肉交すること。 三四 専修念仏と同じ。 三五 すべて。 三六「院小御所女房伊賀局」(仁和寺日次記、承久元年八月十一

ヘトゞメナドスル事出《いで》キタリケリ。[四二]トカク云《いふ》バカリナクテ、終《つひ》ニ[四三]安樂・住蓮頸《くび》キラレニケリ。[四四]法然上人ナガシテ京ノ中ニアルマジニテヲハレニケリ。カヽル事モ[四五]カヤウニ御沙汰ノアルニ、スコシカヽリテヒカヘラルヽトコソミユレ。サレド法然ハアマリ方人《かたうど》[四六]ナクテ、[四七]ユルサレテ終ニ大谷《おほたに》ト云東山《いふひがしやま》ニテ入滅シテケリ。ソレモ[四八]往生〳〵ト云《いひ》ナシテ人《ひと》アツマリケレド、サルタシカナル事モナシ。臨終《りんじゆう》[四九]行儀《ぎやうぎ》モ[五〇]増賀《ぞうが》上人ナドノヤウニハイワルヽ事モナシ。[五一]カヽルコトモアリシカバ、コレハ昨今《さくこん》マデ[五二]シリビキヲシテ、猶《なほ》ソノ魚鳥女犯ノ専修ハ大方《おほかた》エトゞメラレヌニヤ、山《やま》ノ大衆《だいしゆう》[五三]ヲコリテ、空《くう》[五四]アミダ佛ガ念佛ヲイチラサントテ、ニゲマドハセナドスメリ。大方《おほかた》東大寺ノ俊乗房《しゆんじやう》ハ、阿彌陀ノ化身《けしん》[五五]ト云《いふ》コト出《いで》キテ、ワガ身ノ名ヲバ南無阿彌陀佛ト名[五六]ノリテ、萬《よろづ》ノ人ニ上《かみ》[五七]ニ一字ヲキテ、空阿彌陀佛、法アミダ佛ナド云《いふ》名ヲツケヽルヲ、マコトニヤガテ我名《わがな》ニシタル尼法師ヲヽカリ。[五八]ハテニ法然ガ弟子トテカヽル[五九]事ドモシイデタル、誠《まこと》ニモ佛法ノ滅相《めつさう》[六〇]ウタガイナシ。コレヲ心《こころ》ウルニモ、魔《ま》ニハ順魔逆魔《じゆんまぎやくま》[六一]ト云《いふ》、コノ順魔ノカナシウカヤウノ事ドモ[六二]ヲシフル也。[六三]彌陀一敎利物偏増《いつけうりぶつへんぞう》ノマコトナラン世ニハ、罪障マコトニ消《きえ》テ極樂ヘマイル人モアルベシ。[六四]マダシキニ眞言止觀《しんごんしくわん》[六五]サカリニモアリヌベキ時、順魔ノ敎ニシタガイテ得脱《とくだつ》[六六]スル人ハヨモアラジ。カナシキコトゞモナリ。

日)。三七 道助法親王のこと。俗名長仁。母は後鳥羽上皇妃坊門局、内大臣藤原信清娘。三八 まじった状態で。三九 ひそかに。四〇 専修念仏の様を説明させて聞く。四一 同輩。四二 あれやこれやと、ことばに言い尽されない。四三「被レ行二死罪一人々…二番住蓮房・四番安楽房、二位法印尊長之沙汰也」(歎異抄、奥書)。四四「承元々年二月十八日源空上人〈号二法然房一〉配二流土佐国一。依二専修念仏事一也」(皇帝紀抄)。四五 このように後鳥羽上皇の御処置があったのに、それにすがって引きとめる。土佐国流罪が讃岐国に改まり事実は勝尾寺に移ることになったことをさすか。四六 味方。河村本「方人多くて」。四七 建暦元年十一月十七日赦免、翌二年正月二十五日入滅(教行信証後序)。↓補注6-三七。四八 底本「法性〳〵」。文明本・天明本により改む。「云ナシテ」は、そうでないことをそうらしくいう。四九 いまわのきわの行動。五〇 底本「僧賀」。諸本により改む。↓補注6-三七。五一 臨終行儀が注目されたこと。五二 乗馬や舟を後方に引き下がらせること。この場合は後に影響すること。五三 大勢が立ち上がる。五四 源空門弟。姓名不明。多念義を勧む。安貞二年正月十五日入寂。↓補注6-三八。五五 神仏が形をかえて人間としてこの世に現われ衆生を救うこと。五六 ↓補注6-三九。五七 底本「紙ニ」。天明本・河村本により改む。五八 最後に。五九 魚鳥女犯をさす。六〇 四相の一で現在の位から過去の位へ滅せしめるもの。六一 ↓補注6-三九。六二 教える。六三 弥陀一仏の教のみが広まり、その教に従うことによって得られる益のみが増す。六四 まだその時期に達しない。六五 陀羅尼を唱えること、雑想を止めて心を一の対象に注ぎ、それにより正しい智慧を起して対象をみること。六六 解脱を得ること。

サテ九條殿ハ、念佛ノ事ヲ法然上人ススメ申《まうし》シヲバ信ジテ、[一]ソレヲ戒師《かいし》[二]ニテ出家ナドセラレニシカバ、仲國ガ妻《め》ノ事アサマシガリ、法然ガ事ナドナゲキテ、其《その》建永二年ノ四月五日、[三]久シク病《やまひ》ニネテ起居モ心ニカナハズ、臨終ハヨクテウセニケリ。

サテ故攝政ノ[四]ムスメハイヨ〳〵ミナシ子《こ》ニ成《なり》テ、ヨロヅコトタガイテ、イカニト人モ思ヒタリケレドモ、サヤウニ[五]ヲボシメシキザシテアリケル上《うへ》ニ、春日《かすが》大明神モ八幡《はちまん》大菩薩モ[六]カク、皇子誕生シテ世モ治マリ、[七]又祖父ノ[八]社稷《しやしよく》ノミチ心ニイレタルサマハ、[九]一定《いちぢやう》佛神モアハレニテラサセ給ヒケント、人皆思ヒタル方《かた》[一〇]ノスエトヲル事モアルベケレバニヤ、承元三年三月十[一一]日、十八ニテ東宮ノ[一二]御息《みやすん》所《どころ》ニマイラレニケリ。[一三]セウトニテ今《いま》[一四]ノ左大將、ヲトナニハ遙《はる》カニマサリテ、何ゴトモテ[一五]ヽノ殿《との》ニハスギタリトノミ人思ヒタレバ、メデタクサタシテマイラセ給ニケルナリ。

サテ又[一六]ユヽシキ事ノ出《いで》キタリケリ。承元二年五月十五日、[一七]法勝寺《ほつしようじ》ノ九重塔ノ上ニ雷《かみなり》ヲチテ火付《つき》テ[一八]焼《やけ》ニケリ。[一九]アサマシキコトニテアリケリ。ホカヘハ[二〇]カシコクウツラズ。ソノ時院ノ、「[二一]御ツヽシミヲモシ。[二二]シルシアリナントヲボエン法《ほふ》マイリテヲコナヘ」ト慈圓僧正ニ仰《おほせ》ラレタリケレバ、「[二三]法華經ヲオコナイ候ハ

一 源空をさす。 二 受戒の時に伝戒師となるもの。→補注6-三一。 三「五日庚戌。戌刻許九条禅定殿下(兼実)薨逝云々。春秋五十九歟。日来御不食云々」(仲資王記)。→補注6-四〇。 四 九条良経嫡女立子。 五 後鳥羽上皇が東宮守成親王の御息所にとお考えになりかけている。 六 このようにしての意か。立子の入内実現をさす。 七 立子の祖父兼実をさす。 八 朝廷の政道に深く心をとめる。 九 八幡大菩薩と春日大明神を暗にさす。 一〇 実現する。 一一 二十三日の誤記。 一二 皇太子・親王の妃。「廿三日。此日故摂政前太政大臣(良経)長女(立子)有二入宮事一。〈名立子。生年十八。与レ余(道家)同腹〉」(玉蘂)。 一三 女から見て同腹の兄弟。道家をさす。 一四 立子入宮当時。道家左大将在任。 一五 父の良経。 一六 一通りでないこと。 一七 ↓一〇四頁注一二。 一八「十五日癸丑。午時許雷雨。有レ暫共止。東方有二火事一。法勝寺九重塔為二雷火一焼亡云々。或人云、御幸已成了云々」(猪隈関白記)。 一九 驚くべきこと。 二〇 ありがたいことに。 二一 重い危難が予測され、それを避けるために行動を慎むこと。「ヲモシ」は重し。 二二 効果。 二三「五月六日、於二賀陽院御所一被三始二修法花法一、十三日結願」(門葉記天台勧学講縁起)。 二四 伴僧と同じ。修法で阿闍梨を援助する僧。 二五 七日間が終わりになる。 二六 修法のために院御所にいたうち。 二七 修法の最中。 二八 法勝寺九重塔焼失をさす。 二九 移る。 三〇 現世の罪障を滅ぼし後世に善い報いを作ること。 三一 ↓一二五頁注四一。公経権大納言承元元年十月二十九日、大納言昇任建保六年十月八日、右大将兼任承久元年十一月十三日。内大臣昇任承久三年閏十月十日。 三三「十五日。…或

人云、大納言〈公経卿〉已被ㇾ承ニ造塔事ㇾ云々。是又早速歟」(明月記)。三三 ふさがれる。伊予国が造塔料のために充当され、そのために国の政治で大事なことが欠ける。三四 台密の一派の名で穴太(あなふ)流の分派を葉上流といい、その祖、栄西の房の号。賀陽氏。永治元年に生まる。延暦寺で学び、二度入宋し、臨済宗を伝え、建仁寺・寿福寺創立。建保三年入滅。三五 奥儀を会得する才能。三六 栄西は造東大寺勧進として建永元年十月以来造東大寺料国の周防国を知行し東大寺東塔造営に当った。三七 藤原氏高藤孫。↓補注6-四一。三八 造東大寺のことを処置する。三九「五月十五日。法勝寺九重塔為ニ雷火ㇾ焼失。執行章玄法印見ㇾ之、立顚倒、逝去〈年八十六〉」(皇帝紀抄)。

四〇 底本「滅シ」。天明本により改む。

四一 起工七年め。「御供養」にかかる。事実は六年め。起工承元二年十月十四日(百錬抄)。栄西が法勝寺造営に参与したのは承元三年八月(元亨釈書)。

四二 組み上げる。

四三「四月廿六日丁酉、法勝寺九重塔供養、有ニ行幸ㇾ、上皇(後鳥羽)・七条院・修明門院臨幸」(仁和寺日次記)。

四四「正月十五日癸亥。…又有ニ僧事ㇾ。葉上々人(栄西)自ニ律師ㇾ叙ニ法印ㇾ歟」(業資王記、建暦二年)。四五「五月四日甲辰。以ニ栄西律師ㇾ任ニ権僧正ㇾ。〈九重塔供養勧進賞〉。可ㇾ賜ニ大師号ㇾ之由雖ニ申請ㇾ有ニ沙汰ㇾ無ニ裁許ㇾ」(仁和寺日次記、建暦三年)。四六 後鳥羽上皇のこと。四七 高僧に対しておくり名として朝廷から授ける号。日本では、生前に贈られた例はないが中国では多い。「サマアシキ事」とは生前自己申請をさす。

四八「彗星、ハ丶キホシ」(名義抄)。


ン」トテ、[二四]助衆《じよしゆう》二十人グシテ、院ノ御所ニテ七日[二五]ハテ、出《いで》タリケル後、ホドナクコノ塔ノヤケニケルヲ、僧正イミジク案ジテ、「[二六]御所ニ候《さふらひ》シホド[二七]修中ニ焼《やけ》タラバイカニ遺恨ナラマシ。但《ただし》コノ事ハ一定君ノ御ツヽシミノアルベカリケルガ、[二八]コレニ[二九]轉《てん》ジヌルヨ」ト思《おもひ》テ、「ナ歎《なげき》ヲボシメシ候《さふらひ》ソ。コレハヨキ事ニテ候。タヾシヤガテイソギツクラル丶御沙汰ノ候べキ也。當時ヤケ候ヌルハ御死《おんし》ノ轉ジ候ヌルゾ。ヤガテツクラレ候ナンズレバ、御[三〇]滅罪生善《めつざいしやうぜん》ニ候べシ」ト申サレタリケレバ、ヤガテ伊豫ノ國ニテ[三一]公經《きみつね》大納言[三二]ツクレトテ、ホドナクツクリ出《いで》ントシタクシケルヲ、是《これ》ニ伊豫[三三]フタゲラレテヨノ御大事モカケナン。[三四]葉上《えふじやう》ト云《いふ》上人《しやうにん》ソノ[三五]骨《こつ》アリ。唐ニ久シクスミタリシ物也トテ、葉上ニ[三六]周防ノ國ヲタビテ、[三七]長房《ながふさ》宰相奉行《ぶぎやう》シテ[三八]申《まうし》サタシタリケリ。塔ノ焼《やく》ヲ見テ[三九]執行章玄《しゆぎやうしやうげん》法印ヤガテ死ニケリ。年八十ニアマリタリケル。人[四〇]感ジケルトカヤ。サテ[四一]第七年ト云《いふ》ニ、建暦三年ニク[四二]ミ出《いだし》テ、[四三]御供養《くやう》トゲラレニケリ。其〈ノ〉時葉上僧正ニナラントシイテ申テ、カネテ[四四]法印ニハナサレタリケル、[四五]僧正ニ成《なり》ニケリ。[四六]院ハ御後悔アリテ、アルマジキ事シタリトヲホセラレケリ。[四七]大師號ナンド云《いふ》サマアシキ事サタアリケルハ、慈圓僧正申トヾメテケリ。猶《なほ》僧正ニハ成ニケルナリ。

サテスグル程ニ、承元四年九月卅日、[四八]ハハキ星《ぼし》トテ、久シク絶《たえ》タル、天變ノ中ニ第一ノ變[一]ト思ヒタル彗星《すゐせい》[二]イデヽ、夜ヲ重《かさ》ネテ久《ひさし》ク消エザリケリ。ヨノ人イカナル事カトヲソレタリケリ。御祈ドモアリ。[三]慈圓僧正ナド熾盛光法《しじやうくわうほふ》[四]ヲコナイナドシテイデズ[五]ナリタレド、御ツヽシミ[六]ハイカヾニテアルホドニ、同十一月十一日ニ又出《いで》キニケリ。ソノタビ司天[七]ノトモガラモ大《おほい》ニ驚キ思ヒケル程ニ、「上皇信《しん》[八]ヲイタシテ御祈念ナドアリケルニ御ユメノ告《つげ》ノアリケルニヤ」トゾ人ハ申《まうし》ケル、忽《たちまち》[九]ニ御讓位ノ事ヲヲコナハレテ、承元四年十一月廿五日ニ受禪《じゆぜんの》事アリケリ。サテ東宮ノミヤス所《どころ》ハ、ヤガテ承元五年正月廿[一〇]五日立后《りつごう》アリテ、東宮[一一]ト申テヲハシケル程ニ大相國[一二]ノムスメノ中宮ハ、其後《そののち》、內[一三]ヲリサセヲハシマシテ新院トテヲハシマスニマイラセ[一四]給ベキヲ、「今ハサナクテアリナン」ト、院[一五]ノ御氣色アリケレバ、院號蒙《かうぶ》[一六]リテ陰明門院《いんめいもんゐん》トテヲハシマシケリ。

〔當今〕サテ大嘗會《だいじやうゑ》[一七]ヲコナハレントシケルニ、朱雀門《しゆじやくもん》[一八]俄《にはか》ニクヅレ[一九]ヲチタリケル上ニ、春花門院《しゆんくわもんゐん》[二〇]ウセサセ給《たまひ》テ、御服假《おんぶくか》[二一]モイデキニケレバ、次[二二]ノ年ニノビニケリ。大嘗會ノ御禊《ぎよけい》ノ行幸[二三]ノ日ニテ、朱雀門ノクヅレハヨノ人モギヨトヲモヘリ。サレドモ御禊バカリニテノビ[二四]タル例ノアルトテノビニケルナリ。ヨノ人イカニゾヲモヘリケレド、別ニアシキ事モナクテ、次ノ年朱雀門[二五]ハツクリイダサレテ、コトナクオコナ[二六]ハレニケリ。誠《まこと》ニモ彗星コノ御讓位ノ事ニテアリケレバニヤ、上皇

一「彗星者第一之変也」(玉葉、治承二年正月十八日)。二→補注6-四二。三 文明本「アリテ」。四→一四六頁注一四。「慈鎮和尚。同(承元四)年十月四日為二彗星御祈一於二大成就院一修二熾盛光法一」(門葉記)。五 彗星が出なくなった。六→二九六頁注二一。七 底本「司夫」。諸本により改む。→二八九頁注四四。八 信をつくす。九→補注6-四三。一〇 二十二日の誤記。「廿二日丙午。天晴。是日女御(立子)立后〈中宮〉」(猪隈関白記)。一一 順徳天皇のこと。一二 大炊御門頼実娘麗子。→二八八頁注二一。一三 土御門天皇の事。一四 参上する。一五 後鳥羽上皇の御心持。一六 女院の尊号を受ける。土御門天皇在位中の承元四年三月十九日のこと。「今日有二院号定一中宮(麗子)為二陰明門院一」(百錬抄)。一七 →補注6-四四。一八 大内裏外郭十二門のうちの正門で、朱雀大路に南面する重閣門。一九「十月廿二日。…今日戌時許、朱雀門無レ風俄顚倒了云々」(業資王記、建暦元年)。二〇「十一月八日丙辰。…人走来云、女院(昇子)已崩御了云々」(玉蘂、建暦元年)。二一 ふくといとま。ともに喪に関する。春花門院は順徳天皇准母。「十六日被レ奏二前春花門院遺令一今夕主上著二御錫紵一」(百錬抄)。二二「八日丙辰。…議二大嘗会延否之間事一無二異儀一可三延二引明年一事也」(玉蘂)。二三 十月二十二日(玉蘂)。二四 大嘗会延引。二五「五月廿九日。於二院御所一被三議二定大嘗会御禊女御代有無幷…修造朱雀門事一」(百錬抄、建暦二年)。十月十九日ごろ竣功掲額詮議(玉蘂)。二六「十一月十三日大嘗会、仍天皇御二幸廻立殿一」(百錬抄、建暦二年)。二七 大炊御門頼実。二八「正月廿九日己亥。…今日中宮(麗子)行二啓於春日社一」(猪隈関白記、承元二年)。中宮春日社行啓初例。二九 →二四八頁注一六。「十二月五日被三宣二下皇太弟傅(頼

ノ御ツヽシミハイトモナクテヤミニケルナリ。サテ大相國[二七]ハコノ陰明門院中宮ノ御時、春日《かすが》[二八]ノ行啓ト云事《いふこと》、先例モイトナカリケル事ヲ思フゴトクオコナイテ、我身兵仗給《ひやうぢやうたまはり》[二九]テ、一《いち》[三〇]ノ人《ひと》ノゴトクニテ、グシマイラセテマイリナドシテ、後《のち》ニ出家[三一]シテ大政入道《だいじやうにふだう》トテ候ハルヽ也。人ハ隨分《ずゐぶん》[三二]ニ皆、我本意《わがほい》ハトグル事ナルヲ、[三三]スグル案ヲタヾヨク〱ヒカフベキ事也。

サテ當今《たうぎん》[三四] 佐渡院 御母[三五]ハ、建永二年六月七日院號[三六]アリキ。立后《りつごう》ハナシ。二位[三七]セサセ給テ、キト准后《じゆごう》ノ宮ニナリ給テ、修明門院《しゆうめいもんゐん》ト云《いふ》院號アリケリ。コノ例ハ八《はち》[三八]條院《でうゐん》ノ御時ヨリハジマリケルトゾ。又東宮御即位ノ後、院號近例[三九]カナラズアル事也。サレバ又範季《のりすゑ》ノ二位モ贈[四〇]左大臣ニ成《なり》ニキ。出家イトヨ[四一]ニスベカリシ人ノ、コノ事ヲ思《おもひ》テ出家モセズシテウセ[四二]ニシガ、ハタシテカヽレバメデタキ事也。サテ左大將ハ又建曆二年六月廿九日ニ任[四三]ジ㆓内大臣ニ㆒ニケリ。

サテ又關東將軍ノ方《かた》ニハ、頼家又敍[四四]シ㆓二位ニ㆒、左衛門督[四五]ニ成《なり》テ、頼朝ノ將軍ガアトニ候《さふらひ》ケレバ、範光《のりみつ》[四六]中納言辨ナリシ時、御ツカイニツカハ[四七]シナドシテ有《あり》ケル程ニ、建仁三年九月[四八]ノコロヲイ、大事ノ病ヲウケテスデニ死《しな》ントシケルニ、比企《ヒキ》[四九]ノ判官能員《はうぐわんよしかず》 阿波國ノ者也 ト云《いふ》者ノムスメ[五〇]ヲ思テ、男子ヲウマセタリケルニ、六《むつ》ニ成ケル、一萬《いちまん》[五一]御前ト云《いひ》ケル、ソレニ皆家《いへ》[五二]ヲ引《ひき》ウツシテ、能員[五三]ガ世ニテアラン

実）兵仗事㆒」（百錬抄、建永元年）。三〇 摂政関白の異称。三一 建保四年正月二十八日出家、嘉禄元年七月五日薨（補任）。三二 身分相応に。三三 程度を過ぎる。三四 順徳天皇のこと。「佐渡院」は承久三年七月以後の加注。三五 藤原重子のこと。↓二八六頁注九。三六 ↓一二一頁注三五。三七 二位昇叙。↓二八六頁注七。准后宣下↓補注2-二四〇。三八 暲子内親王のこと。↓二一六頁注五。八条院号宣下応保元年十二月十六日（百錬抄）。「八条院」は誤記か。七条院とするが妥当であろう。建久元年四月十九日百錬抄等参照。三九 天皇の生母が院号宣下を受ける近例。土御門天皇生母在子が承明門院宣下。↓一二〇頁注八。四〇 「廿六日有㆓贈官位事㆒〈範季卿〉。少納言源顕平持㆓宣命幷位記等㆒行㆓向彼墓所㆒」（百錬抄、建暦元年五月）。四一 全く。四二 元久二年五月十日薨（明月記、翌日）。四三 「廿九日癸卯、左大将道家任㆓内大臣㆒」（仁和寺日次記）。四四 三位の誤記。四五 「非参議従三位源頼家、十月廿六日叙〈元従四上〉、同日任㆓左衛門督㆒」（補任、正治二年）。四六 藤原氏。↓補注6-四五。四七 底本「ツカハシナントシテ」、「ン」みせけち。四八 八月が妥当。「廿五日。…去夜上皇（後鳥羽）還御、世間有㆓大事㆒云々。…左衛門督頼家卿重病、前後不覚之聞云々」（明月記）。四九 源頼朝乳母比企尼甥で養子、妻は頼家乳母。武蔵国比企郡が名字の地（東鑑、寿永元年十月十七日）。能員は正治二年二月二十六日の頼家鶴岡八幡宮参拝には、「次廷尉新判官能員」として随従（東鑑）。五〇 「廷尉能員以㆓息女㆒〈将軍家（頼家）妾若公母儀也。元号㆓若狭局㆒〉」（東鑑、建仁三年九月二日）。五一 「御長子一幡君〈六歳〉」（東鑑、建仁三年八月二十七日）。五二 祖先以来家長が継承して統轄する血族団体。この場合は源家。五三 能員が

トテシケル由ヲ、母方ノヲヂ[一]北條時政《ほうでうときまさ》、遠江守ニ成《なり》テアリケルガ聞《きき》テ、頼家ガヲト、[二]千萬御前トテ頼朝モ愛子ニテアリシ、[三]ソレコソト思《おもひ》テ、同九月[四]廿日能員ヲ[五]ヨビトリテ、ヤガテ[六]遠カゲ入道ニ[七]シテイダカセテ、[八]新田《にった》四郎ニサシコロサセテ、ヤガテ武士ヲヤリテ、頼家ガヤミフシタルヲバ、自《リ》レ元[九]廣元《ひろもと》ガモトニテ病《やま》セテソレニ[一〇]スエテケリ。サテ[一一]本體《ほんたい》ノ家ニナラヒテ子ノ一萬御前ガアル、人ヤリテウタントシケレバ、[一二]母イダキテ小門ヨリ出《いで》ニケリ。サレドソレニ籠《こも》リタル程ノ郎等ノハヂアルハ出ザリケレバ、皆ウチ殺《ころし》テケリ。其中ニ[一三]カスヤ有末ヲバ、「由ナシ。出《いだ》セヨ〱」ト敵モヲシミテ云《いひ》ケルヲ、ツイニ出サズシテ敵八人トリテ打死《うちじに》シケルヲゾ、人ハナノメナラズヲシミケル。其外笠原ノ十郎左衛門[一四]親景《ちかかげ》、澁河ノ刑部《ぎやうぶ》[一五]兼忠《かねただ》ナド云《いふ》者ミナウタレヌ。ヒキガ子共、ムコノ[一六]兒玉黨《こだまたう》ナド、[一七]アリアイタル者ハ皆ウタレニケリ。コレハ建仁三年九月二日ノ事ナリ。同五日、[一八]新田四郎ト云者ハ、頼家ガコトナル[一九]近習《きんじふ》ノ者ナリ、頼家マデカヽルベシトモシラデ、能員ヲモサシコロシケルニ、コノヤウニ成ニケルニ、本體ノ頼家ガ家ノ[二〇]侍《さむらひ》ノ西東《にしひがし》ナルニ、[二一]義時《よしとき》ト二人アリケルガ[二二]ヨキタ、カイシテウタレニケリ。サテ其《その》[二三]十日頼家入道ヲバ、伊豆ノ[二四]修禪寺云《しゆぜんじといふ》山中ナル堂ヘ[二五]ヲシコメテケリ。頼家ハ[二六]世《よ》ノ中心《なかごこ》チノ病ニテ、八月[二七]晦《みそか》一カウニテ[二八]出家《しゆつけ》シテ、廣元ガモトニスエタル程ニ、

幕府を支配する時期。

一 桓武平氏。高望王―国香―貞盛―維将―維時―直方―聖範―時直―時家―時方―時政。時政の娘政子は頼家の母。正治二年四月一日遠江守任官(東鑑、九日)。二「舎弟千幡君〈十歳〉」(東鑑、建仁三年八月二十七日)。三 千万御前こそ家をつぐべきと思った。四 二日の誤記。

五 そば近くに呼ぶ。六 天明本「遠景」。藤原氏乙麿孫。「遠景。天野藤内左兵衛尉、民部丞、法名蓮景」(尊卑)。東鑑、九月二日に能員討手の一人として所見。七 天明本「シテ」なし。

八 文明本「日田四郎」。東鑑、九月二日には能員討手の一人「仁田四郎忠常」。

九 →二八四頁注二三。頼家が広元亭で療病したことは東鑑無所見。一〇 そこに居らせる。

一一 根本の家。家督がいる家の意。東鑑によると、一幡が当日いたのは小御所。

一二 東鑑では一幡は小御所で焼死。一三 糟屋有季のこと。藤原氏糟屋荘司久綱子。比企能員聟(諸家系図纂)。有季の奮戦は東鑑無所見。

一四 比企能員聟(東鑑)。一五 比企能員舅(東鑑)。

一六 武蔵上野国境にわたって私的に盟約した武士の集団。武蔵七党の一。一七 居あわせる。

一八 文明本「日田」。一九 建仁二年九月二十一日・翌三年六月一日の伊豆・駿河両国の狩倉に頼家の近習として活躍(東鑑)。

二〇 侍所の略。当時の幕府には東西二侍があり家人出仕。二一 北条時政一男。二二 東鑑は九月六日とし加藤次景廉に殺されたとする。

二三 東鑑によると、この日は実朝将軍擁立決定。

二四 修善寺にある古い寺院。空海開創という。

二五 東鑑によると頼家の修禅寺への出発は九月二十九日。二六 流行病のこと。

二七 二更。午後十時および前後の二時間。
二八 東鑑は九月七日とする。
二九 する。三〇 当座、その時。東鑑では九月五日から頼家の病状は好転。三一 東鑑によると頼家が一幡攻撃を知ったのは九月五日。三二 病の余勢で戦うことは実際にできない。三三 母の政子が頼家にすがりつく。東鑑では二日頼家と能員が時政襲撃を内談しているのを政子が立聞きして時政に内報。政子は建久十年に剃髪した。
三四 頼家を護衛させる。三五 逮捕するものを配置する。三六「十一月三日義時使藤馬允誅二万公一了」(武家年代記、裏書)。三七「十九日己卯。酉刻伊豆国飛脚参著、昨日…左金吾禅門(頼家)〈年廿三〉於二当国修禅寺一薨給之由、申レ之云々」(東鑑)。三八 きびしく攻めつける。三九「ヲ」は糸・紐などをいう。四〇 陰嚢。四一 しかえし。四二 はなはだしく強くとも。頼家のこと。四三 能員は比企郡で父の党の行時の娘を妻にした。四四 行時は武蔵七党系図に所見するが、「ミセヤ」かどうか不明。
四五 だれをさすか不明。死んだ親景らのことか。
四六 →二五二頁注二六。景時妻が頼家の乳母であったことは東鑑無所見。四七 はなはだしく。
四八 軽んずる。東鑑には中傷の例が多い。失脚直接の原因は結城朝光中傷(東鑑、正治元年十月二十七日)。
四九 正治元年十月二十七・二十八日三浦義村等連盟訴訟し、頼家は十二月十八日景時に対して鎌倉退去を命令した(東鑑)。
五〇 故郷のこと。景時の故郷は相模国一宮。
五一 景時は正治二年正月二十日駿河国清見関にて殺された(東鑑)。
五二 殺されなかった子供は一人もなくの意。景時のほか景季・景高ら子息も討死した(東鑑)。

出家ノ後ハ一萬御前ノ世ニ成ヌトテ、皆中ヨクテカクシ[二九]ナサルベシトモヲモハデ有《あり》ケルニ、ヤガテ出家ノス[三〇]ナハチヨリ病ハヨロシク成タリケル。九月二日カク一萬御前ヲウツト聞《きき》[三一]テ、「コハイカニ」ト云《いひ》テ、カタハラナル太刀《たち》ヲトリテフト立《たち》ケレバ、病[三二]ノナゴリ誠《まこと》ニハカナハヌニ、母[三三]ノ尼モトリツキナドシテ、ヤガテ守《まも》[三四]リテ修禪寺ニヲシコメテケリ。カナシキ事也。サテソノ年ノ十一月三日、ツイニ一萬若ヲバ義時ト[三五]リテヲキテ、藤馬《とうま》ト云郎等ニテサ[三六]シコロサセテウヅミテケリ。サテ次ノ年ハ元久元年七月十八日ニ、修禪寺ニテ又頼家入道ヲバサシ[三七]コロシテケリ。トミニヱ[三八]トリツメザリケレバ、頸ニ[三九]ヲヲツケ、フグリヲ[四〇]取《とり》ナドシテコロシテケリト聞《きこ》ヘキ。トカク云《いふ》バカリナキ事ドモナリ。イカデカ〳〵ソノム[四一]クイナカラン。人ハイ[四二]ミジクタケクモ力ヲヨバヌ事ナリケリ。ヒ[四三]キハ其郡ニ父ノタウトテ、ミセヤノ大夫行時《ゆきとき》[四四]ト云者ノムスメヲ妻《め》ニシテ、一萬御前ガ母ヲバマウケタルナリ。其行時ハ又兒[四五]玉タウヲムコニシタル也。

コレヨリ先ニ正治元年ノコロ、一《いち》ノ郎等《らうどう》ト思ヒタリシ梶原景時《かぢはらかげとき》[四六]ガ、ヤガテメノトニテ有ケルヲ、イタク[四七]我バカリト思ヒテ、次〳〵ノ郎等ヲアナヅリケ[四八]レバ、ニヤ、ソレニウタ[四九]ヘラレテ景時國《くに》[五〇]ヲ出テ京ノ方《かた》ヘノボリケル道ニテウタ[五一]レニケリ。子共[五二]一人ダモナク、鎌倉ノ本體ノ武士カヂハラ皆ウセニケリ。コレヲバ頼家ガフカク[一]ニ人思ヒタリケルニ、ハタシテ今日《こんにち》[二]カヽル事出キニケリ。

カクテ京ヘカク[三]リキノボセテ、千萬御前元服[四]セサセテ、實朝《さねとも》ト云名《いふな》モ京ヨリ給ハリテ、建仁三年十[五]二月八日、ヤガテ將軍宣旨申《まうし》クダシテ、祖父ノ北條[六]ガ世ニ關東ハ成《なり》テ、イマダヲサナク若キ實朝ヲ面《おもて》ニ立テスギケル程ニ、將軍ガ妻《め》ニ可《キ》ㇾ然《ル》人ノムスメア[七]ハセラルベシト云事出《いふこといで》キテ、信清《のぶきよ》[八]大納言、院ノ御外舅《ぐわいきう》[九]、七條院ノ御弟ナリ。ソレガムスメヲホカル中ニ、十[一〇]三歳ナルヲイ[一一]ミジク(シ)立テ、關東ヨリ武士ドモムカエニマイラセテクダリケルハ、元久元年十[一二]一月三日ナリ。法勝寺ノ西ノ小[一三]路ニ御サジキツクラセテ御[一四]覽ジケリ。其御サジキハ延[一五]勝寺執《しゆ》[一六]行《ぎやう》[一七]増圓法印トテアリシ者ゾ、承《うけたまはり》テツクリタリケル。

サテ信清ハ一定《いちぢやう》死ナンズトシタシキウトキ思《おもひ》タル重病久シクワ[一八]ヅライテ、ヤ[一九]ミイキテ終《つひ》ニ大[二〇]臣ニナサレテ、建保三年二月十八日ニ出[二一]家シテ、同四年二月十[二二]五日ニウセニケリ。カヤウニ人ノ事ヲ申《まうし》侍レバ、年月ヘダツルヤウニ侍《はべる》也。カクテ關東スグル程ニ、時[二三]正ワカキ妻ヲ設ケテ、ソレガ腹ニ子共設ケ、ムスメ多クモチタリケリ。コノ妻《め》ハ大[二四]舎人允《おほどねりのじよう》[二五]宗親《むねちか》ト云《いひ》ケル者ノムスメ也。セ[二六]ウトヽテ大岡判官時親《ときちか》トテ五位尉《じよう》ニナリテ有《あり》キ。其宗親、頼盛《よりもり》[二七]入道ガモトニ多年ツカイ

一 不覚。失敗。二 北条時政の能員・頼家殺害をさす。三 脚力。飛脚のこと。「九月七日壬申。関東征夷大将軍従二位行左衛門督源朝臣頼家去朔日薨去之由、今朝申ㇾ院云々。日来所労云々。……件頼家卿一﨟舎弟童年十二云々。今夜任㆓征夷大将軍㆒叙㆓従五位下㆒、名字実朝云々。自ㇾ院(後鳥羽)、被ㇾ定云々」(猪隈関白記)。四 東鑑によると実朝元服は建仁三年十月八日。五 九月の誤記。宣下は九月七日夜。六 時政が支配する時代。七 めあわす、夫婦にする。八 藤原氏道隆孫。道隆―隆家―経輔―師信―経忠―信輔―信隆―信清。建仁三年正月十三日権大納言昇任、同四年正月十三日辞退。九 原義妻の父。当時の用例、母の兄弟(玉蘂、建暦元年九月二十五日)。一〇「信清―女子〈母、右大臣実朝公室、文永十一・九・十入滅、八十二〉」(尊卑)。没年齢を基にすると、建久四年出生、元久二年十三歳となる。一一 底本「イミシク立テ」。諸本により改む。一二 十二月十日の誤記。→補注6-四六。一三 大路の誤記か。一四 後鳥羽上皇が御覧になった。一五 →一一一頁注一四。一六 寺院の事務を総括する僧職。一七 →補注6-四六。一八 承元三年八月十三日玉蘂参照。一九 病気がなおること。二〇「十月四日壬午。信清卿任㆓内大臣㆒」(仲資王記、建暦元年)。二一「二月十八日丁未、前内大臣(信清)於㆓嵯峨別業㆒出家」(仁和寺日次記)。二二 三月十四日の誤記。「三月十四日丁卯。入道前内大臣(信清)薨」(仁和寺日次記)。二三 正しくは時政。若き妻は「牧御方」(東鑑、寿永元年十一月十日)。二四 大舎人寮の允。七位相当。「謂、大舎人、是供奉之人」(令義解、職員)。二五 藤原氏道隆孫の宗兼子、諸陵助宗親と同一人か。「牧三郎宗親」(東鑑、寿永元年十一月十日)。二六 女から見て同腹の兄弟。二七 →二三五

頁注三〇。頼盛母は諸陵助宗親姉。二八 駿河郡所在。「池大納言(頼盛)沙汰…大岡庄〈駿河〉」(東鑑、寿永三年四月六日)。二九 しらした。知行させた。三〇 底本「出クルシキノ事」。諸本により改む。大岡牧と同じく八条院領の駿河国益頭荘地頭は時政(東鑑、文治四年六月四日)。三一 政範のこと。「遠江左馬助(政範)去五日於二京都一卒去之由、飛脚到著。是遠州(時政)当時寵物牧御方腹愛子也」(東鑑、元久元年十一月十三日)。三二「時政—女子〈右兵佐朝政妾、後中納言国通室〉」(尊卑)。三三 朝政が正しく、朝雅とも書く。→補注6-四七。三四 惟義と書く。清和源氏。三五「十月三日戊戌。武蔵守朝政為二京都警固一上洛。西国有二所領一之輩為二伴党一可レ令二在京一之旨、被レ廻二御書一云々」(東鑑、建仁三年)。三六 騎射の一。「笠懸。最初懸レ笠射レ之。後用二皮的一也。」(下学集)。→補注6-四七。三七 底本「ツハセ」。天明本により改む。「使ふ」の敬語か、「番はす」、夫婦とするの意か。三八 他のむすめ。→補注6-四七。三九 →補注6-四七。四〇 実朝母政子のこと。四一 桓武平氏。高望王—良茂—良正—公義—為次—義次—義明—義澄—義村。四二 実朝をつれて。四三 天明本「わざと」。四四 陣を張ること。四五 以前、或は本拠。四六「丑時義成申云、自二関東一実朝加判示送状云、朝雅謀反者也。在京武士駈二畿内家人一可二追討一者。仍馳二参院御所一云々」(明月記、元久二年閏七月二十六日)。四七「廿六日辛亥。晴。右衛門権佐朝雅候二仙洞一未二退出一之間、…小舎人童走来、招二金吾(朝政)一告二追討使事一金吾更不二驚動一…早可レ給二身暇一之旨奏訖、退二出于六角東洞院宿廬一之後、軍兵五条判官有範…已下襲到。暫雖二相戦一朝雅失レ度逃亡。遁二松坂辺一」(東鑑)。四八 →二五四頁注九。
テ、駿河國ノ[二八]大岡ノ牧《まき》ト云所《いふところ》ヲ[二九]シラセケリ。武者ニモアラズ、カヽル物ノ中ニ
カヽル果報《くわはう》ノ[三〇]出クル(フ)シギノ事也。
[三一]其子《そのこ》ヲバ京ニノボセテ馬助《うまのすけ》ニナシナドシテ有《あり》ケル、程ナク死ニケリ。ムスメ
ノ[三二]嫡女ニハ、[三三]トモマサトテ源氏ニテ有ケルハ[三四]コレ義ガ弟ニヤ、頼朝ガ猶子トキ
コユル、コノ[三五]友正ヲバ京ヘノボセテ、院ニマイラセテ、御[三六]カサガケノヲリモ参
リナンドシテ、[三七]ツ(カ)ハセケリ。[三八]コトムスメ共モ皆公卿《みなくぎやう》・殿上人《てんじやうびと》ドモノ妻《め》ニ成
テスギケリ。サテ關東ニテ又實朝ヲウチコロシテ、コノ[三九]友正ヲ大將軍ニセント
云コトヲシタクスル由《よし》ヲ聞《きき》テ、母ノ[四〇]尼君《あまぎみ》サハギテ、三浦ノ[四一]義村ト云ヲヨビテ、
「カヽル事聞《きこ》ユ。一定《いちぢやう》也。コレタスケヨ。イカヾセンズル」トテアリケレバ、
義村ヨキハカリ事《こと》ノ物ニテ、[四二]グシテ義時ガ家ニヲキテ、何トモナク[四三]テカザト郎
等ヲモヨヲシアツメサセテ、[四四]イクサ立《たち》テ、「將軍ノ仰《おほせ》ナリ」トテ、コノ祖父ノ時
正ガ鎌倉ニアルヲヨビ出シテ、[四五]モトノ伊豆國ヘヤリテケリ。サテ京ニ朝政ガア
ルヲ、京ニアル武士ドモニウテト云《いひ》仰セテ、コノ由ヲ[四六]院奏シテケリ。京ニ[四七]六角
東洞院ニ家作リテ居《ゐ》タリケル、武士ヒシト巻《まき》テ攻《せめ》ケレバ、シバシハ戰ヒテ終《つひ》ニ
家ニ火カケ、打出《うちいで》テ大津《おほつ》ノ方ヘ落《おち》ニケリ。ワザトウシロヲバアケテ落《おと》サントシ
ケルナルベシ。[四八]山科ニテ追《おふ》武士共モ有ケレバ、自害シテ死《しに》ケル頸ヲ、伯耆國守

護武士ニテカナモチト云者《いふもの》アリケル、取《とり》テモテマイリタリケレバ、院ハ御車ニテ門ニ出テ御覧ジケルト[一]聞《きこ》ヘキ。コレハ元久二年後七月廿六日ノ事也。

カクシテ[二]北條ヲバ追《おひ》コメテ、子共ト云《いふ》ハ實朝ガ母[三]頼朝ガ後家《ごけ》ナレバ[四]サウナシ。義時又ヲヤナレバ、[五]今ノ妻《め》ノ方《かた》ニテカヽルヒガ事ヲスレバ、[六]ムマゴガ母方《かた》ノ祖父ノ我《わ》レコロサントスルヲ[七]追《おひ》コムル也。サレバ實朝ガ世ニヒシト成《なり》テ沙汰シケリ。時正ガムスメノ、實朝・頼家ガ母イキ殘リタルガ[八]世ニテ有《ある》ニヤ。義時ト云《いふ》時正ガ子ヲバ奏聞《そうもん》シテ、又フツト[九]上臈《じやうらふ》ニナシテ、[一〇]右京權大夫《うきやうのごんのだいぶ》ト云《いふ》官ニナシテ、[一一]此《この》イモウトセウトシテ關東ヲバヲコナイテ有《あり》ケリ。京ニハ[一二]卿二位ヒシト世ヲ取《とり》タリ。[一三]女人入眼《によにんじゆがん》ノ日本國イヨ〳〵マコト也ケリト云ベキニヤ。

カクテスグル程ニ、時政ガ時、關東ニ勢《せい》モアリ、[一四]サモスコシ[一五]ムツカシカリヌベキ武士、[一六]荘司二郎重忠《しげただ》ナド以下皆ウチテケリ。重忠ハ武士ノ方《かた》ハノゾミタリテ[一七]第一ニ聞《きこ》ヘキ。サレバウタレケルニモ、ヨリツク人モナクテ、終《つひ》ニ[一八]ワレトコソ[一九]死ニケレ。平氏ノアト方《かた》ナキホロビヤウ、又コノ源氏頼朝將軍[二〇]昔今有難《むかしいまありがた》キ器量《きりやう》ニテ、ヒシト天下ヲシヅメタリツルアトノ成行《なりゆく》ヤウ、人ノシワザトハヲボヘズ。[二一]顯《けん》ニハ武士ガ世ニテ有《ある》ベシト、[二二]宗廟《そうべう》ノ神モ定メヲボシメシタルコトハ、今ハ道理ニカナイテ必然ナリ。其上《そのうへ》ハ平家ノ多ク怨靈《をんりやう》モアリ、只[二三]冥《みやう》ニ[二四]因果ノコ

一「申時許又人々云、朝雅首已以到来。金持と云武士追得、打取之、是又私有二意趣一云々。持二参院御所一於二大炊御門面一御覧訖」(明月記)。
二 時政をさす。三 後家は未亡人。政子のこと。
四 ためらわない。五 時政の後妻牧御方をさす。
六 まご。実朝をさす。七 罪人などを家に押しこめる。八 実朝母の政子が支配する時代であろうか。九 上席の意。
一〇 右京職の権長官。義時の任官は建保五年正月二十八日(武家年代記)。
一一 妹の政子と兄の義時とで。
一二 藤原兼子のこと。一三 →二四三頁注六一。
一四 いかにも。一五 うっとうしい。わずらわしい。
一六 畠山重忠のこと。→二五二頁注三四。
一七 第一の武士と評判された。
一八 自分こそは信じて。一九 元久二年六月二十二日のこと。→補注6-四八。
二〇 めったにない。二一 眼に見える世界では。
二二 国家の祖神。二三 眼に見えない世界では。
二四 因果応報の道理が感応して進む。
二五 底本「実頼卿」。河村本・史料本により改む。
二六 成人する。二七 自分自身で。二八 国の政治。
二九 宇多源氏。仲国の弟。→二九一頁注五五。
三〇 仲章はもと左衛門尉で、建久二年十一月五日の除目により検非違使となり(都玉記)、蔵人をも兼ねた。儒門に入った時期は不明であるが、建仁四年正月五日の叙位で「正五下源仲章〈策〉」(明月記、六日)の沙汰があり、同十二日に鎌倉で将軍実朝の読書始に相模権守として侍読の役を勤めた(東鑑)。三一 菅原氏。道真―高視―雅規―資忠―孝標―定義―是綱―宣忠―長守。建仁三年十一月十三日卒。七十五歳。三二 縁故。
三三 →注三〇。三四 実朝は格別に武芸よりは文学

タヘユクニヤトゾ心アル人ハ思フベキ。

カヤウニテアカシクラス程ニ、關東ノ方《かた》ノコト共モ又イカニナド世ノ中ニハウタガイ思フ程ニ、[二五]實朝卿ヤウ〳〵[二六]ヲトナシク成テ、[二七]ワレト世ノ[二八]事ドモ沙汰セントテ有《あり》ケルニ、[二九]仲章《なかあき》トテ光遠《みつとほ》ト云《いひ》シ者ノ子、[三〇]家《いへ》ヲ興《おこ》シテ儒家《じゆか》ニ入《いり》テ、菅家《くわんけ》ノ[三一]長守《ながもり》朝臣ガ弟子《でし》ニテ學問シタリトイハル丶者ノ有シガ、[三二]事《こと》ノエンドモ有ケレバニヤ、關東ノ將軍ノ[三三]師ニナリテ、常ニ下《くだ》リテ、事ノ外ニ[三四]武ノ方《かた》ヨリモ文ニ心ヲ入レタリケリ。仲章ハ京ニテハ[三五]飛脚ノ沙汰ナドシテ有ケリ。コレガ將軍ヲヤヤウニ漢家《かんか》ノ例引《ひき》テ敎《をしふ》ルナド、世ノ人沙汰シケル程ニ、又イカナルコトカト人[三六]思ヒタリケリ。實朝ハ又關東ニ不思議イデキテ、我ガ館《やかた》ミナ燒《やか》レテアヤウキ事有ケリ。[三七]義盛《よしもり》左衛門《さゑもん》ト云《いふ》[三八]三浦《みうら》ノ長者、義時ヲ深クソネミテウタンノ志有ケリ。[三九]タヾアラハレニアラハレヌト聞《きき》テ、ニハカニ建暦三年五月二日義時ガ家ニ[四〇]押寄《おしよせ》テケレバ、實朝一所ニテ有ケレバ、實朝面《おもて》ニ[四一]フタガリテタ丶カハセケレバ、當[四二]時アル程ノ武士ハミナ義時ガ方《かた》ニテ、二日戰ヒテ義盛ガ頸トリテケリ。[四三]ソレニ同意シタル[四四]兒玉《こだま》・[四五]横山ナンド云《いふ》者ハ皆ウセニケリ。其後又頭家ガ[四六]子ノ、[四七]葉上《えふじやう》上人ガモトニ法師《ほふし》ニ成《なり》テ有《あり》ケル、十四ニナリケルガ、[四八]義盛ガ方《かた》ニ打《うち》モラサレタル者ノアツマリテ、一心ニテ[四九]此禪師《このぜんじ》ヲ取《とり》テ打出《うちいで》ントシケル。又聞ヘテ皆ウタレニ

に心を入れた。三五 朝廷幕府の連絡者の意。仲章の飛脚、東鑑、正治二年十一月一日所見。三六 仲章はすぐれた儒者とは認められていなかった。「此儒(仲章)依レ無ニ殊文章一、無ニ才名之誉一。好ニ集書籍一詳ニ通百家九流一。不レ可レ卑」(明月記、建暦二年九月二十六日)。三七 和田義盛のこと。桓武平氏。三浦義明孫、椙本太郎義宗子。→三〇三頁注四一。左衛門尉任官建久元年十二月十一日(東鑑)。三八 三浦党の長者。→二五三頁注四五。三九 義時を討つ計画がただもう人に知られた。四〇「二日壬寅。…申刻和田左衛門尉義盛率ニ伴党一忽襲ニ将軍幕下一。…先囲ニ幕府南門并相州(義時)御第〈小町上〉西北両門一。…剰縦ニ火於御所一郭内室屋不レ残ニ一宇一焼亡。依レ之将軍家(実朝)入ニ御于右大将家(頼朝)法華堂一。…三日癸卯。…酉刻和田四郎左衛門尉義直〈年卅七〉…被ニ討取一〈父義盛〈年六十七〉殊歎息、…遂被レ討ニ于江戸左衛門尉能範所従一云々」(東鑑)。四一 ふさぐ。四二 義盛をさす。四三 →三〇〇頁注一六。児玉党の武士で義盛に味方したもの東鑑明示せず。四四 主として相模・南武蔵に本拠を持った武士の党。武蔵七党の一。義盛に与力し殺されたものの姓名東鑑所見。四五 僧栄実のこと。「九月十三日。和田左衛門尉義盛・土屋大学助義清等余類住ニ洛中一以ニ故金吾将軍頼家卿末子一〈号ニ禅師一童名千手〉為ニ大将軍一巧ニ叛逆一之由依レ有ニ其聞一前大膳大夫広元在京家人等襲ニ件旅亭一〈一条北辺〉…。禅師忽自殺。伴党又逃亡云々」(編年記、建保二年)。四六 栄西のこと。→二九七頁注三四。四七 義盛の味方であって討ち殺されずに残った。四八 底本「打モラサセタル」。諸本により改む。四九 栄実の通称。

ケリ。十四ニナル禪師ノ、自害イカメシクシテケリ。其後ハスコシシヅマリニケリ。

又[一]中宮ハ[二]世ニ大事ナル御病《おんやまひ》アリケルニ、御[三]セウトニテ[四]良尊法印《りやうそんほふいん》トテ、[五]寺《てら》法師[六]實慶《じつきやう》大僧正ガ弟子《でし》ニテアリケル人、師モ[七]テ、モウセテ、[八]大峯笙《おほみねしやう》ノ岩屋ナド[九]ヲコナイケルガ[一〇]御修法《みしゆほふ》シテ候《さふらひ》ケル、[一一]スヾロニ[一二]御加持《ごかぢ》ニ參《まゐる》タビニ、ウルハシク祈《いのり》モマイラセヌニ、[一三]御物《おんもの》ノ氣《け》ノアラハレケレバ、サラバトテ祈《いのり》マイラセテ[一四]シルシアリテ、[一五]アラタニ[一六]ヤマセ給《たまひ》ニケリ。[一七]平法印《ひらほふいん》ニテ有ケル、大僧都ニ賞《しやう》[一八]カウブリナドシテ有ケルホドニ、建保五年[一九]四月廿四日、忽《たちまち》ニ御懷妊アリテ又[二〇]皇女ヲウミ給ニケリ。猶《なほ》皇子カタキ事カナ。[二一]中〳〵テテノ殿ナドヲハセネバ、[二二]モシサモヤトコソ思ヒツルニナド、人モ思ヒタリケルホドニ、其次ノ年ノ正月ヨリ又御懷妊ト聞《きこ》ヘテ、十月十日寅ノ時ニ[二三]御産平安、皇子誕生思《おもひ》ノゴトクノ事出《いで》キニケリ。[二四]上皇コトニ[二五]待《まち》ヨロコバセ給テ、十一月廿六日ニヤガテ[二六]立坊《りつばう》有ケリ。清和ノ御時ヨリ[二七]一歳ノ立坊サダマレル事也。カヽルメデタキ事世ノ末《すゑ》ニ[二八]有《あり》ガタキ事カナ。猶[二九]世《よ》ハシバシアランズルニヤナド、上中下ノ人々思タリケリ。[三〇]御堂《みだう》ノ御ムスメニテ[三一]上東門院、一條院ノキサキニテ、後一條・後朱雀院二《ふた》トコロノ母后ニテ、又後朱雀院ニ上東門院ノ御[三二]弟《おとと》[三三]内侍ノカミトテ、後冷泉院ウミ申サレテ後ハ、[三四]一ノ人

一 順徳天皇中宮立子のこと。 二 非常に。
三 女から見て同腹の兄弟。
四 「良経—良尊。大僧正、法務、三井長吏、常住院、新熊野検校、三山検校、又号二大吉祥院一、一座宣、母宜秋門院女房左馬助政綱女」(尊卑)。
五 園城寺の僧。 六 宇多源氏。敦実親王—雅信—時中—朝任—朝実—朝俊—実慶。「四天王寺別当、僧正、三井長吏、桂園院」(尊卑)。
七 父良経をさす。 八 奈良県吉野郡十津川東の山脈。金峰山の頂上として修験の行場がある。
九 修行する。 一〇 密教で定められた規則によって壇を築き本尊を祭り所願を満足するように祈禱を行うこと。 一一 何となく。漫然。
一二 祈禱すること。
一三 人に取り付いてたたりをする生霊など。
一四 効能。 一五 顕著に。 一六 「止む」の敬語。
一七 普通の法印。大僧都を兼ねないものをさす。
一八 受ける。良尊大僧都補任日時不明。
一九 三月二十二日が正しい。 二〇 「三月廿二日己亥。申刻中宮(立子)於二一条室町御所一御産。女王」(仁和寺日次記)。 二一 かえって。 二二 あるいはそうもあろうか。皇子が誕生するか。 二三 「十日戊申。土、開。寅刻中宮(立子)御産平安。皇子(懐成)誕生云々」(業資王記)。 二四 後鳥羽上皇のこと。 二五 底本「侍」。文明本により改む。
二六 「十一月廿六日甲午。立二懐成親王一為二東宮一〈右大臣道家為レ傅〉」(仁和寺日次記)。
二七 摂政関白の娘が皇后等として生んだ皇子が一歳で皇太子になるのは清和天皇以来きまっている。事実は例外は多い。巻二参照。 二八 めったにない。 二九 世の中はしばらく存続する。
三〇 藤原道長のこと。 三一 彰子のこと。
三二 男女にかかわらず同じ親から生まれた年下の人。 三三 内侍督嬉子。↓一〇一頁注一一。

ノムスメ(入)内立后ハヲホカレド、スベテ御産ト云《いふ》コト絕ヘタリ。

[三五]四條宮　宇治殿娘　後冷泉院后。

[三六]小野皇(太)后宮　大二條殿女　同院后。

[三七]賀陽院　知足院殿女　鳥羽院院號ノ後。

[三八]皇嘉門院　法性寺殿女　崇德院后。

[三九]皇后宮　同女　二條院后。

コレラスベテ御産ナシ。

[四〇]宜秋門院　九條殿女　當院后。

コレハ[四一]春華門院ヲハシマシヽカド、先《さき》ニ其次第ヲ申《まうし》ツ。

[四二]此《この》中宮、[四三]後京極殿ムスメニテ、カクハジメ姫宮、後ニ皇子ニテ、東宮ニタヽセ給フ。返《かへす》〳〵有ガタキ事也。

サテ[四四]公經《きみつね》ノ大納言ハコノ立坊ノ[四五]春宮大夫ニナリテ、イミジクテ候《さふら》ハルヽニ、大方《おほかた》コノ人ハ[四六]閑院《かんゐん》ノ一家ノ中ニ、東宮大夫[四七]公實《きみざね》ノ嫡子ニタテヽ、[四八]トモヱノ車ナドツタヘタリケル中納言左衞門督[四九]通季《みちすゑ》ノ[五〇]スヂ也。[五一]中納言ニテ若死《わかじに》ヲシテ、[五二]待賢門院ノ時、[五三]外舅《ぐわいきう》フルマイモヱセズ、[五四]實能《さねよし》・[五五]實行《さねゆき》ナド云《いふ》弟共《ども》ノ方《かた》ニ、[五六]大臣大將モ出キニケリ。通季ノ子[五七]公通《きみみち》ハ大納言マデ成《なり》タレド、[五八]一《いちの》大納言マデニモ及バデ、

三四 摂政関白の別称。底本「ムスメ内立后」。諸本により改む。 三五 寛子。↓一八七頁注一八。 三六 底本「皇后宮」。文明本・天明本により改む。歓子。教通女。 三七 高陽院泰子。忠実女。 三八 聖子。忠通女。 三九 育子。忠通女。 四〇 任子。兼実女。後鳥羽天皇中宮。 四一 昇子。↓二八〇頁注二八。 四二 順徳天皇中宮立子のこと。 四三 九条良経のこと。 四四 ↓一二五頁注四一。 四五「大納言正二位藤公経〈四十八〉十一月廿六日兼任二春宮大夫一」(補任、建保六年)。 四六 藤原氏の支流の一。右大臣師輔九男公季の子孫。↓一五八頁注一二。 四七 堀河天皇の東宮(鳥羽)大夫。↓二〇二頁注六。 四八 輌絵紋の車。「厳親春宮大夫公実卿御記云、当家車文輌絵也。先公(実季)始而用レ之、相二伝于予一。当家止嫡一人可レ用也。所レ譲二通季一也」(尊卑、通季)。

四九 藤原公実三男、母従二位藤光子、堀河天皇乳母。兄実行の間に嫡庶の論があった。保安三年正月二十三日権中納言昇任、同年十二月二十一日左衛門督兼任。大治三年六月十七日薨、年三十九歳。 五〇 血筋。公経は通季の曾孫。

五一 通季のこと。

五二 璋子。通季同母妹。崇徳・後白河天皇御母。

五三 母方のおじ。↓三〇二頁注九。

五四 藤原公実四男。母従二位藤光子。

五五 藤原公実二男。母美濃守藤原基貞女。

五六 実能流は、実能・公能・実定・公継、実行流は、実行・公教・実房・公房が該当。

五七 藤原通季一男。母大納言忠教女。応保元年九月十三日権大納言昇任。仁安二年二月十一日辞任。承安三年四月九日薨。

五八 大納言の首席。「第一大納言」(台記、久安六年四月十二日)。

病有《やまひあり》テ[一]ウセヌ。其子《そのこ》ニ内大臣[二]實宗《さねむね》ハ出《いで》キタリ。[三]大臣ニ未《いまだ》ナラヌ方《かた》ナリトテカタカリシカド、其時又コレニマサリテ大臣ニナルベキ人モナカリシニ、此公經[四]院ノ近習《きんじふ》奉公[五]年《とし》ゴロニモナリシカバ、ヤウ〳〵ニ申《まうし》ツヽ、[六]中風《ちゆうぶう》ノ氣有《けあり》シカバ、實宗公内大臣ニナリニキ。[七]其子《そのこ》ニテ大將ヲ申《まうし》ケリ。且《かつ》ハ實行《さねゆき》ノ大相國息公教《きみのり》内大臣ノ[八]ソノカミノ例也。「[九]父《てて》ノ大臣[一〇]ユルサレニシ時、[一一]故攝政ハ[一二]三條ノ内府例ハ[一三]汝ニコソトタシカニ申候《まうしさふらひ》キ」ト申ケレバ、院モサモアリナント[一四]御約束アリケルヲ、[一五]卿二位ガヲトコニテ大相國入道、ヲトヽヲ子ニシテ[一六]師經《もろつね》大納言トテアルハ、公經ノ[一七]下臈《げらふ》ナルヲ、又申ベキ事ナレバトテ大將ニ申ケリ。未闕《いまだけつ》モナキ時[一八]カネゴトヲ各申ケリ。世ノ末ノナラヒ也。大方《おほかた》ハ[一九]官ハヌシノ心ニテ、[二〇]サセルトガナケレバ死闕ヲコソマツヲ、コノ世ニハナリツレバ辭セヨトテ、人ノ心ヲ[二一]ユカシテ、[二二]アマネキ政《まつりこと》ヨカルベシトテアレバ、コノ[二三]風儀《ふうぎ》ニ入《いり》ヌレバ、カネゴトノカク大事ニモナルニヤ。コノ間《あひだ》ニ院ノ[二四]北面《ほくめん》ニ[二五]忠綱《ただつな》トテ、メシツカイテ誠ニサセルコトナキ者ノ[二六]眞名《まな》ヲダニシラヌヲ、[二七]人從者《にんじゆうしや》ニテ諸家ノ[二八]前駈《ぜんく》ガ黨《たう》也ケリ。[二九]ソノカミ[三〇]位ノ御時ヨリ候《さふらひ》ナレテ、近クメシツカイケルユヱニ、[三一]内藏頭《くらのかみ》殿上人《てんじやうびと》マデナサレタルヲ[三二]御使ニテ、「太政入道カク申セバ、大將[三三]ニナシタバム事、コノタビハ不定《ふぢやう》ナリ」ト云《いふ》コトヲ、[三四]水無瀬殿《みなせどの》ニテ[三五]仰《おほせ》ツカハシタリケルハ、御約束變改ノ議

一 死ぬ。二 公通一男。母大蔵卿通基女。元久二年十一月二十四日内大臣昇任、同三年三月十三日辞任。十一月二十七日出家、建暦二年十二月八日薨。三 実宗の家は大臣になったものがないとの理由で任大臣はむずかしかった。四 後鳥羽上皇の近習としての奉仕。五 長年の間。六 ↓補注6-四九。七 公経は実宗の子として近衛大将任官を申請した。元久三年実宗内大臣辞任当時のこと。八 そのころ、当時。保元二年八月十九日太政大臣実行上表辞退、同日公教内大臣昇任をさす。九 公経が後鳥羽上皇に奏上した内容。一〇 義務が免除される。大臣辞任が認められたことをさす。一一 九条良経のこと。良経は実宗の辞退が公表される直前の三月七日薨。一二 三条公教が内大臣になった先例は公経にこそ適用されるべしの意。一三 底本「汝ニコフ」。文明本により改む。一四 当時公経の官は権中納言、近衛大将兼任は困難で権大納言に昇任する必要があり、事実元久三年三月二十八日除目で中納言に昇任した。一五 藤原兼子の夫の頼実。建保四年正月二十八日出家。一六 左大臣大炊御門経宗二男。↓一一四頁注一。師経権大納言昇任承元五年正月十八日。一七 官位身分の低い者。師経の権大納言昇任は公経より四年おそい。一八 約束の言葉。一九 任官は主人の意志による。二〇 たいした過失。二一 愉快にす。二二 恩恵が広く行きわたる。二三 慣習。二四 北面の武士のこと。二五 藤原氏内麿孫。内麿—真夏—浜雄—家宗—弘蔭—繁時—輔道—有国—資業—実綱—有綱—実義—信重—資綱—忠綱。「蔵、播磨伯耆等守、正四下、兵庫頭、左馬頭、内蔵頭、母盛資女、大学允」(尊卑)。二六 漢字。二七 人に随行する者の意か。本文誤脱か。二八 馬に乗って先導する者。二九 底本「フリ」。諸本により改む。

ニハアラズ、[三六]セメテモノ事ニテ有《あり》ケルヲ、[三七]其由《そのよし》ヲバツヤ〳〵トイハデ、偏《ひとへ》ニ御變改ノ[三八]定《ぢやう》ニ云《いひ》ケル間《あひだ》ニ、公經ノ大納言ハ[三九]アダニ心ウク思ヒテ、「サ候ハヾ片角《かたすみ》ニ出家入道ヲモシテコソハ候ハメ。世ニ候者ハ[四〇]タカキモ賤《いやしき》モ妻子ト云《いふ》事ヲ[四一]カナシミ思ヒ候ハ、[四二]實朝ガユカリノ者ニ候ヘバ、關東ニマカリテ命バカリハイキテモ候ヘカシ」ナド申テケリ。子ニテ中納言左衞門督[四三]實氏《さねうち》ト云《いふ》、詩作リ[四四]歌ヨミ、メデタキ誠《まこと》ノ人ナル、[四五]子ナド近習ニ候《さぶら》ハセテ持《もち》タル、カヤウニ云《いひ》ケルヲ其マヽニ[四六]申テ、君ヲオドシマイラセテ、「實朝ニ[四七]ウタエント申候」ナド云ナシテ、ヤガテ[四八]逆鱗《げきりん》有テ公經大納言ヲバ[四九]コメラレニケリ。コレハ建保五年十一月八日トカヤキコヘケリ。コノ事ハ大將ノアラソイバカリニハアラジ。[五〇]フカキヤウ有ゲナリケリ。[五一]院ノ御アトヲ[五二]當今《たうぎん》ノ外《ほか》ニツガバヤト思ハセ給フ[五三]宮ダチナドヲハシマス。[五四]スヂ〳〵アルニヤ。[五五]ハカ〴〵シクハシラネ共《ども》、院ハモトヨリカク位《くらゐ》ニツケマイラセラレショリ、コノ[五六]内《うち》ヲ御アトツグベキ君トハヒシトヲボシメシタルニナン。[五七]サテヤウ〳〵[五八]コノ事ヲ實朝キキテ大《おほい》ニ驚《おどろき》テ、[五九]シタシケレバ[六〇]ウキコトアルニ我妻《わがめ》モ子モ實朝ヲタノミテ[六一]身《み》バカリハ命《いのち》モイキヨト内々ニ申タランカラニ、[六二]、[六三]サウナク[六四]勅勘《ちよくかん》ニ及ビテ、[六五]年ゴロ申次《まうしつぎ》シテ、[六六]シウトノ信清ノ君アリシカド、公經ノ大納言ノ[六七]申次ハ又相違ナカリキ。今ヲイコメラルベキ様《やう》ナシト思《おもひ》テ、卿二位ヲヒシ

三〇 後鳥羽上皇が在位の時から忠綱は随侍した。三一 中務省管下の内蔵寮の長官。五位相当官。三二 院使。三三「たまふ」と同じ。三四 ↓二八五頁注六三。三五 後鳥羽上皇が公経に仰せつかわされた。三六 やむを得ねばこれだけでもと願うこと。三七 忠綱が少しもそのことを言わないで。三八 その通りであること。三九 いたずらに。四〇 身分が高い。四一 愛する。四二 公経妻全子は一条能保娘で、その母は頼朝妹、実氏はその子、実朝とは従姉に当たる。四三 建保六年十月九日権中納言昇任、同十二月九日左衛門督兼任。承久二年正月二十二日春宮権大夫転任、同二十六日左衛門督辞任。四四 建保五年十一月四日内裏御歌合に出仕。判者定家、歌人順徳天皇、家隆等。四五 実氏を後鳥羽上皇の側近に侍らせる。四六 忠綱が後鳥羽上皇にそのとおりに申した。四七 訴える。四八 後鳥羽上皇はお怒りになった。四九「権大納言正二位藤公経〈四十七〉十一月以後、依㆓院勘㆒籠居」(補任、建保五年)。建保六年正月十三日籠居ともいう(補任)。五〇 子細。事情。五一 後鳥羽上皇の跡目。五二 順徳天皇のこと。↓三一四頁注二三。五三 皇子ら。おもに頼仁親王をさす。五四 理由が多くある。五五 明確に。五六 順徳天皇をさす。五七 だんだんと。五八 公経の籠居をさす。五九 公経は実朝と親しい。六〇 自分の思うようにならず心が晴れない。六一 わが身、公経をさす。六二 したばかりに。六三 たやすく。六四 天皇のおとがめ。六五 信清は長年の間鎌倉幕府のことを朝廷にとりつぐ役をした。東鑑、建永二年六月二十二日参照。六六 信清は実朝の妻の父。六七「後鳥羽院御時、坊門内府(信清)并入道相国(公経)等一向申次之。奉行院司等御教書各遣㆓彼申次人㆒畢」(葉黄記、寛元四年三月十五日)。

ト敵《かたき》ニトリテ口惜《くちをし》キ由ヲ云《いひ》ケレバ、卿二位驚《おどろき》サハギテ、同《おなじ》キ六年二月十八日ニ申《まうし》ユルシテケリ。アリシ事ハタヾ我モ人モ夢ニナシテ忘レナント云《いふ》コトニテゾ有《あり》ケル。其同《おなじき》二月廿一日ニ、實朝母ハ熊野《くまの》へ參ラントテ京ニノボリタリケルニ、卿二位タビ〳〵ユキテヤウ〳〵ニ云ツヽ、尼ナル者ヲハジメテ三位セサセテ、四月十五日ニクダリニキ。二位ニナシテ鎌倉ノ二位殿トテ有ケリ。ハジメタル例カナト人云ケリ。カクテスグル程ニ仲章《なかあき》ト云者、使《つかひ》シテヲリノボリシツヽ、實朝先《まづ》ハコレヨリサキニ、中納言中將申《まうし》テナリヌ。サテ大將ニナラントテ、左大臣ノ大將ヲ兵仗《ひやうぢやう》ニカヘテ九條殿ノ例ナレバトテ、イソギアケテ左大將ニナサレヌ。ヤガテ大臣ニナラント申テ、ナランニ取《とり》テハ、内大臣ハ例ワロシ、重盛・宗盛ナド云モ、皆内大臣ナリケレバナド云《いふ》不思議ドモキコヱシ程ニ、九條殿ノ子ニ良輔《よしすけ》左大臣、日本國古今タグヒナキ學生《がくしやう》ニテ、左大臣一《いち》ノ上《かみ》ニテ朝《てう》ノ重寶《ちゆうはう》カナト思《おもひ》タリキ。昔師尹《もろただ》小一條左大臣、一條攝政右大臣ナリケルニ似タル物カナト、心アル人思ケリ。君モイミジト思食《おぼしめし》タリキ。八條院ニ母三位殿ト云シ人、母ノ方《かた》ノ御ムツビニテ、院中第一ノ者ニテ候《さふらひ》シカバ、女院ヨリ養立《やしなひたて》ラレマイラセテヲヒタチタリシ人ノ、同年ノ冬ゴロ、世ニモガサト云病《いふやまひ》ヲコリタリシヲ、大事《だいじ》ニハヅライテ十一月十一日ニウセ給《たまひ》ニケリ。師尹モカクウセラレタ

一 する。二 不本意。三 実朝の抗議、兼子の動揺、公経の赦免は他の史料に無所見。四「四日丙午。快霽。尼御台所(政子)御上洛、…是為二熊野山御斗藪一也。…〈同廿一日入洛給云々〉」(東鑑)。五「同(四月)十四日可レ令レ叙二従三位一之由宣下。…出家人叙位事、道鏡之外無レ之。女叙位者於二准后一者有二此例一。所謂安徳天皇御外祖母(時子)也。…十五日自二仙洞一可レ有二御対面一之由、雖レ被二仰下一、辺鄙老尼咫二尺竜顔一無二其益一不レ可レ然之旨被レ申レ之、抛二諸寺礼仏之志一即時下向給云々」(東鑑、二十九日)。六「十一月十三日辛巳。従三位平政子為二従二位一」(仁和寺日次記、建保六年)。七 →注五。八 →三〇五頁注二九。九 京都鎌倉間を下り上る。一〇「非参議正二位源実朝〈廿五〉右近中将、六月廿日任二権中納言一」(補任、建保四年)。→補注6-五〇。一一「十八日戊戌。晴。相州(義時)招二請広元朝臣一被レ仰云、将軍家(実朝)任大将事内々思食立云々」(東鑑、建保四年九月)。一二 九条道家のこと。「右大臣正二位藤道家〈廿六〉二月廿六日辞二申左大将一同日勅授帯剣、賜二左右近衛番長以下四人一為二随身一」(補任、建保六年)。一三 →八四頁注一三。一四 九条兼実の例。→補注6-五一。一五「権大納言正二位源実朝〈二十七〉正月十三日任、三月六日兼二左大将一。…十月九日任二内大臣一」(補任、建保六年)。一六 九条兼実四男。母八条院女房三位局。高階盛章女。建暦元年十月四日左大臣昇任、建保六年十一月十一日薨。一七 学者。→補注6-五二。一八 →九二頁注一。一九 伊尹のこと。→九二頁注八。二〇 →補注6-五三。二一 →二一六頁注五。二二 良輔の母。二三 親しみ。母と女院との関係をさす。→注一六。二四「八条院女房三位局、盛章朝臣娘、彼院無双

リケル、コレマデモ似タル事也。家《いへ》[三一]ニ皇子[三二]誕生十月十日アリテ、世ノヨロコビ又家[三三]ノヲコルニテ有シカバ、「一定《いちぢやう》我ハ死ナンズ。アヤシナガラ[三四]此《これ》ホドノ身ニナリ居《ゐ》タレバ、憂喜集ルㇾ門ニト云事我身《いふことわがみ》ニアタレリ」ト、死ナン[三五]トテノ前日イハレケリ。カヽル事出《いで》キテ左大臣闕《けつ》アリケレバ、内大臣實朝思《おもひ》ノゴトク右大臣[三六]ニナサレニケリ。サテ京[三七]ヘハノボラデ、コノ大將ノ拝賀ヲモ關東鎌倉ニイハイマイラセタル[三八]ニ、大臣ノ拝賀又イミジクモ[三九]テナシ、建保七年正月廿八日甲午トゲントテ、京ヨリ公卿《くぎやう》五人檳榔《びんらう》[四〇]ノ車グシツヽクダリ集リケリ。五人ハ、

大納言忠信《ただのぶ》[四一]　内大臣信清[四二]息。

中納言實氏[四三]　東宮大夫公經[四四]息。

宰相中將國通《くにみち》[四五]　故泰通《やすみち》[四六]大納言息　朝政舊妻夫[四七]也。

正三位光盛《みつもり》[四八]　頼盛大納言息。

刑部卿三位宗長《むねなが》[四九]　蹴鞠《けまり》[五〇]之料ニ本《もと》下向云々。

ユヽシクモテナシツヽ、拝賀[五一]トゲケル。夜ニ入《いり》テ奉幣終《ほうへいをはり》テ、寶前《はうぜん》ノ石橋ヲクダリテ、扈從《こしよう》ノ公卿《くぎやう》列立シタル前ヲ揖《い》[五二]シテ、下襲尻《したがさねのしりひき》引テ笏《しやく》モチテユキケルヲ、法師ノケウサウ[五三]・トキン[五四]ト云物《いふもの》シタル、馳《はせ》カヽリテ下ガサネノ尻ノ上ニノボリテ、カシラヲ一《いち》ノカタナニハ切《きり》テ、タフレ[五五]ケレバ、頸ヲウチヲトシテ取《とり》テケリ。ヲ[五六]

之寵臣也」(玉葉、文治元年九月二十日)。
二五「四日壬子。此日余(兼実)少児(良輔)参二八条院一為二御養子一」(玉葉、文治二年二月)。
二六 建保六年。
二七 疱瘡。天然痘のこと。二八 病気が重態になって。諸本「ワツライテ」。二九「十一日己卯。左大臣良輔公薨。年卅四。疱瘡」(仁和寺日次記)。
三〇 師尹が良輔と同じく左大臣で薨じたことをさすか。↓三〇六頁注二三。三一 九条家のこと。三二 懐成親王のこと。三三 盛んになること。
三四 見苦しい。三五 死ぬ前日。三六「十二月二日庚子。任大臣〈左大臣道家、右大臣実朝、内大臣家通〉」(仁和寺日次記、建保六年)。
三七 実朝は上京しない。三八 天明本頭注は「イハイマイラセタル」の次、「鶴岡八幡宮」等の語句脱落とする。実朝左大将拝賀建保六年六月二十七日。三九 取扱う。四〇「檳榔車。以二檳榔葉一巾(おお)ㇾ車也」(下学集)。↓補注6-五四。
四一 藤原信清一男。建保六年十二月九日権大納言昇任、承久三年七月二十四日出家。四二 ↓三〇二頁注八。四三 ↓三〇九頁注四三。四四 ↓一二五頁注四一。四五 藤原泰通二男。建保六年正月十三日参議昇任、左中将兼任、嘉禄元年七月六日権中納言昇任。四六 藤原氏頼宗孫。↓補注6-五五。四七 ↓三〇三頁注三三。四八 平頼盛男。承元五年正月五日正三位昇叙、承久四年正月六日従二位昇叙。四九 藤原氏師実孫。↓補注6-五六。五〇 ↓補注6-五七。五一「廿七日甲午。霽。入ㇾ夜雪降積二尺余。今日将軍家(実朝)右大臣為二拝賀一御二参鶴岳八幡宮一。酉刻御出」(東鑑)。
五二 ↓補注6-五八。五三 行装か。
五四 兜巾。修験道行者がかぶる小形のずきん。
五五 実朝が倒れた。↓補注6-五九。
五六 あとを追いながら。

イザマニ三四人ヲナジヤウナル者ノ出《いで》キテ、供ノ者ヲイチラシテ、コノ仲章《なかあき》ガ[一]前駈《ぜんく》シテ火フリテアリケルヲ義時ゾト思《おもひ》テ、同ジク切《きり》フセテコロシテ[二]ウセヌ。義時ハ太刀《たち》ヲ持《もち》テカタハラニ有《あり》ケルヲサヘ、中門ニトヾマレトテ留《と》メテケリ。大方《おほかた》用心セズサ云《いふ》バカリナシ。皆蛛《くも》ノ子ヲ散《ちら》スガゴトクニ、公卿《くぎやう》モ何モニゲニケリ。カシコク光盛《みつもり》ハコレヘハコデ、鳥居ニ[三]モウケテアリケレバ、ワガ[四]毛車《けぐるま》ニノリテカヘリニケリ。ミナ散々《ちりぢり》ニチリテ、鳥居ノ外《そと》ナル數萬《の》武士コレヲシラズ。[五]此《この》法師ハ、頼家ガ子ヲ[六]其《その》八幡ノ[七]別當《べつたう》ニナシテヲキタリケルガ、日ゴロ[八]ヲモイモチテ、今日カヽル本意《ほい》ヲトゲテケリ。一《いち》ノ刀《かたな》ノ時、「ヲヤノ敵《かたき》ハカクウツゾ」ト云《いひ》ケル、公卿ドモアザヤカニ皆聞《きき》ケリ。カクシ[九]チラ(シ)テ一《いち》ノ郎等《らうどう》トヲボシキ[一〇]義村《よしむら》三浦左衞門ト云者《いふもの》ノモトヘ、「[一一]ワレカクシツ。今ハ我コソハ大將軍ヨ。ソレヘユカン」ト云タリケレバ、コノ由《よし》ヲ[一二]義時ニ云テ、ヤガテ[一三]一人、コノ實朝ガ頸ヲ持《もち》タリケルニヤ、[一四]大雪ニテ雪ノツモリタル中ニ、[一五]岡山ノ有《あり》ケルヲコヱテ、義村ガモトヘキケル道ニ[一六]人ヲヤリテ打《うち》テケリ。[一七]トミニウタレズシテ切《きり》チラシ〳〵ニゲテ、義村ガ家ノ[一八]ハタ板ノモトマデキテ、ハタ板ヲコヘテイラントシケル所ニテウチトリテケリ。猶《なほ》〳〵頼朝[一九]ユヽシカリケル將軍カナ。ソレガ[二〇]ムマゴニテ、カヽル事シタル。武士ノ[二一]心ギハカヽル者出《いで》キ。又ヲロカニ[二二]用心ナクテ、文《ぶん》ノ方

一 底本「前馳」。諸本により改む。 二 消える。↓補注6-五九。 三 文明本「マウケ」。準備する。
四 檳榔毛車の略。↓三一一頁注四〇。
五 実朝を殺した公暁。 六 鶴岡八幡宮のこと。
七 「凡諸寺以二別当一為二長官一」(延喜式、玄蕃)。鶴岡八幡宮は当時宮寺。公暁別当就任、建保五年六月二十日(東鑑)。 八 長く思い続ける。
九 底本「シチラテ」。文明本・天明本により改む。「一ノ郎等」は、実朝第一の家臣。ことによると公暁の家臣の意か。↓補注6-六〇。
一〇 東鑑、元暦元年八月八日にその名が始見。和田義盛死後、幕府配下の武将の筆頭。↓三〇三頁注四一。 一一 ↓補注6-六〇。
一二 義村が義時に連絡した。 一三 公暁はただひとりで実朝の首を持ち義村の所に赴いた。
一四 ↓三一一頁注五一。 一五 ↓補注6-六〇。
一六 義村が人を派遣して公暁を討たせた。
一七 公暁はすぐ討たれなかった。 一八 鰭板。家の内部がそとから見えないようにする板塀の類。
一九 ひととおりではない。 二〇 公暁をさす。
二一 事に臨んでの心の様子。
二二 警戒すること。 二三 名誉を傷ける。
二四 ↓補注6-六〇。 二五 「鶴岳若宮」(東鑑、治承五年五月十三日)。 二六 僧が住む所。公暁の居所。
二七 「廿九日丙申。候二于鶴岡別当(公暁)坊一之悪僧等被レ糺二弾之一」(東鑑、建保七年一月)。
二八 夢のように思われる具体的な事実そのものをさす。 頼朝・良経の急死に続いてまたの意。
二九 早朝。「二月二日己亥。未時関東飛脚到来、天下物忩也」(百錬抄、建保七年)。
三〇 その人のいるところに。
三一 公経が水無瀬殿に赴いた。
三二 四天王寺のこと。大阪市天王寺区所在寺院。
三三 ああもったいない。

アリケル實朝ハ、又大臣ノ大将[二三]ケガシテケリ。又跡モナクウセヌルナリケリ。

[二四]實朝ガ頸ハ岡山ノ雪ノ中ヨリモトメ出《いだし》タリケリ。日頃《ひごろ》[二五]ワカ宮トゾコノ社ハ云ナライタリケル、其邊ニ[二六]房《ばう》ツクリテ居《ゐ》タリケルヘ[二七]ヨセテ、同意シタル者共ヲバ皆ウチテケリ。又焼《やき》ハライテケリ。カヽル[二八]夢ノ又出《いで》キテ、二月二日ノ[二九]ツトメテ京ヘ申《まうし》テ聞《きこ》ヘキ。院ハ水無瀬殿《みなせどの》ニヲハシマシケルニ、公經大納言ノ[三〇]ガリ實氏ナドガフミ有ケレバ、[三一]参《まゐ》リテサハギマドイテ申テケリ。コノ二日、卿二位ハ熊野《くまの》ヘ詣《まう》デシテ[三二]天王寺《てんわうじ》ニツキテ候《さふらひ》ケルニ、カクト告《つげ》ケレバ、カヘラントシケルヲ、[三三]「アナカシコ。ナカヘリソ」ト御使ヲ[三四]ヒ〱ニ三人マデハシレリケレバ、ヤガテマイリニケリ。サテコハフカシギノ[三五]ハザカナニテ有ケル程ニ、[三六]下向《げかう》ノ公卿モ又ヤウ〱皆[三七]上洛《じやうらく》シテケリ。サテ鎌倉ハ将軍ガ[三八]アトヲバ母堂ノ[三九]二位尼總領《にゐのあまそうりやう》シテ、[四〇]猶セウトノ義時右京権大夫[四一]サタシテアルベシト[四二]議定《ぎぢやう》シタルヨシキコヘケリ。[四三]其《その》夜《よ》次ノ日[四四]郎従《らうじゆう》出家スル者七八十人マデ有ケリ。[四五]サマアシカリケリ。廣元ハ[四六]大膳大夫トテ久シク有ケル。コノ先《さき》ニ目ヲヤミテ、[四七]大事《だいじ》ニテ目ハミズ成《なり》ニケリ。スコシハミルニヤナドニテ[四八]出家シテアンナレドモ、今ハ[四九]モトニハ似ヌナルベシ。[五〇]其子モ皆[五一]若〈ワカ〉〱トシテ出家シテケリ。入道ノヲヽ[五二]サ云バカリナシ。カヽルコト共アレバ、[五三]公卿ノ勅使タテラレケルニ、[五四]宸筆宣命《しんぴつせんみやう》ニハ文武ノ長《をさ》ノウセヌル[五五]ヨシ

三四　だんだんに。
三五　天明本「わざ」。行動。実朝の死をさす。
三六　鎌倉に赴いた忠信らのこと。
三七　「二月九日丙午新大納言〈忠信卿〉自二関東一入洛…」(百錬抄、建保七年)。三八　跡目。
三九　全部を受け継いで治める。
四〇　女から見て同母の兄弟。
四一　処置する。
四二　「十九日丙辰。依二禅定二品(政子)之仰一右京兆(義時)被三差二遣金窪兵衛尉行親以下御家人等於駿河国一。是為レ誅二戮阿野冠者(時元)一也」(東鑑、建保七年二月)。議定は建保七年二月十九日以前。四三　実朝殺害当夜。
四四　「武蔵守親広・左衛門大夫時広…以下御家人百余輩不レ堪二薨御之哀傷一遂二出家一也」(東鑑、建保七年正月二十八日)。
四五　出家御家人の多数に対する批判。
四六　宮内省大膳職の長官。五位相当官。
四七　重態。四八　「十一月十日甲申。晴。陸奥守(広元)依二獲麟一為二存命一出家〈法名覚阿〉…。十二月十日癸丑。晴。前大膳大夫入道覚阿所労平愈之間、今日沐浴。但眼精暗兮、不レ能レ分二黒白一云々」(東鑑、建保五年)。
四九　以前のような鋭い判断がないの意。
五〇　親広・時広等。
五一　大江時広等の年齢不明。
五二　「サマアシカリケリ」に対する語句。
五三　「三月廿六日辛酉。伊勢公卿勅使内大臣通光。〈有二宸筆宣命一〉」(仁和寺日次記、建保七年)。順徳天皇が伊勢大神宮に派遣。
五四　伊勢大神宮に奉る宣命を宸筆で書くのは一条天皇寛弘二年十二月十日の公卿勅使以来のこと(紀略、当日・江家次第内侍所御神楽事)。
五五　事情。

ニハ、去年冬左大臣良輔臣[一]、今年春實朝如レ此ウセヌル、ヲドロキヲボシメスヨシコソノセラレタリケレ。ヨシスケノヲトヾ誠ニヤン[二]ゴトナカリケル人カナ。カヽリケルホドニ、尼二位《あまにゐ》[三]使ヲ参ラスル。行光《ゆきみつ》[四]トテ年《とし》ゴロ政所《まんどころ》[五]ノ事サタセサセテイミジキ者トツカイケリ。成功《じやうごう》[六]マイラセテ信濃ノ守《かみ》ニナリタル者也。二品《にほん》ノ熊野詣《くまのまう》[七]デモ、奉行《ぶぎやう》シテノボリタリケル物《もの》ヲマイラセテ、「院[八]ノ宮コノ中《なか》ニサモ候《さふらひ》ヌベカランヲ、御下向候テ、ソレヲ将軍ニナシマイラセテ持《もち》[九]マイラセラレ候へ。将軍ガアト[一〇]ノ武士、イマハアリツキ[一一]テ数百[一二]候ガ、主人ヲウシナイ候テ、一《いち》定《ちやう》ヤウ〳〵ノ心モ出キ候ヌベシ。サテ[一三]コソノドマリ候ハメ」ト申《まうし》タリケリ。コノ事ハ、熊野詣《くまのまうで》ノレウニノボ[一四]リタリケルニ、實朝ガアリシ時、子モマウケヌニ、サ[一五]ヤアルベキナド、卿二位モ[一六]ノガタリシタリト聞《きこ》ヘシ名殘《なごり》[一七]ニヤ、カヽル事ヲ申タリケル。信清《のぶきよ》ノヲトヾノム[一八]スメニ西《にし》ノ御方《おんかた》トテ、院[一九]ニ候ヲバ卿二位子ニシタルガ腹ニ、院ノ宮[二〇]ウミマイラセタルヲ、スグル御前ト名付《なづけ》テ、卿二位ガヤシナイマイラセタル、ハジメハ三井寺ヘ法師ニナシマイラセントテアリケル、猶御元服有《あり》テ親[二一]王ニテヲハシマスヲ、モ[二二]テアツカイテ位《くらゐ》[二三]ノ心モ深ク、サラズハ将軍ニマ[二四]レナド思《おもふ》[二五]ニヤ。人ノニ[二六]クテカク推量ドモヲスルニコソ。イカデカマコトノ心アラン人サハ思フベキ。位アラソイバカリハ昔ヨリキコユル事ナレド、今

一 「臣」は衍字か。
二 捨てておかれない。特別である。
三 政子のこと。「二月十三日庚戌。寅刻信濃守行光上洛。是六条宮(雅成)冷泉宮(頼仁)両所之間、為二関東将軍一可下令二下向一御上也。禅定二位家(政子)令レ申給之使節也」(東鑑、建保七年)。
四 藤原氏乙麿孫。源頼朝政所執事行政子。
五 「建仁三年十月九日甲辰、快霽。今日将軍家(実朝)政所始也。…民部丞行光書二吉書一。…建保六年十二月廿日戊午。晴。去二日将軍家令レ任二右大臣一給。仍今日有二政所始一。右京兆(義時)幷当所執事信濃守行光…列座」(東鑑)。
六 成功年時未詳。「信濃守行光」、東鑑始見は建保四年正月十七日。前官民部大夫で表記の最後建保三年十二月十六日。
七 →三一〇頁注四。
八 雅成・頼仁両親王の中。→注三。
九 「マイラセ候へ」と同じ。
一〇 背後。支配下の意。
一一 住みつく。
一二 文明本・天明本「数万」。
一三 宮将軍が下向してこそ静かになる。
一四 政子が上京したが、行光も同行した。
一五 宮将軍を迎うべきである。
一六 兼子が政子に語ったと考えられるが、行光に語ったこともあり得る。
一七 あとかた。
一八 信清の娘は尊卑に十一人所見。西御方はそれに見えないが、法皇に従って隠岐国に赴いた。↓補注2-二五七。
一九 後鳥羽上皇のこと。
二〇 頼仁親王のこと。
二一 「三月二日。皇子被レ下二親王宣旨一〈御名字頼仁〉」(百錬抄、承元四年)。

ハソノ心有《ある》ベクモナシ、院ノ[二七]御氣色《みけしき》ヲミナガラハイカニ。サテ此宮所望ノコトヲ[二八]上皇キコシメシテ、「イカニ將來ニコノ日本國二ニ分《わけ》ル事ヲバ[二九]シヲカンゾ。コハイカニ」ト有マジキコトニヲボシメシテ、「ヱアラジ」トヲホセラレニケリ。其御返事ニ、「次〳〵ノ[三〇]タダノ人ハ、關白攝政ノ子ナリトモ申サムニシタガフベシ」ナド云《いふ》[三一]タヾノ御詞ノ有《あり》ケル。コレニ[三二]トリツキテ、又モトヨリ[三三]義村ガ思ヨリテ、「此上ハ[三四]何モ候マジ。[三五]左大臣殿ノ御子ノ[三六]三位ノ少將殿ヲ、ノボリテムカヘマイラセ候ナン」ト云ケリ。コノ心ニテカサネテ申ケルヤウハ、「左府ノ子息[三七]ユカリモ候。頼朝ガ妹ノ[三八]ムマゴウミ申タリ。宮カナウマジク候ハヾ、ソレヲクダシテ[三九]ヤシナイタテ候《さふらひ》テ、將軍ニテ君ノ御マモリニテ候ベシ」ト申テケリ。其後ヤウ〳〵ノ儀ドモ有テ、先ニモ御使ニクダリタリキトテ、[四〇]忠綱《ただつな》ヲ又[四一]御使ニクダシツカハサレタリケリ。サレドモ、「[四二]センハ[四三]タヾモト申シヽ左府ノ若君、ソレハアマタ候ナレバ、イヅレニテモ」ト[四四]申ツメケレバ、「サラバ誠《まこと》ニヨカリナン」トテ、二歳ナル[四五]若公《わかぎみ》、祖父公經ノ大納言ガモトニヤシナヒケルハ、正月[四六]寅《いん》月《げつ》ノ[四七]寅ノ歳《とし》寅《の》時ムマレテ、誠ニモツネノヲサナキ人ニモ似ヌ子ノ、[四八]占《うらなひ》ニモ[四九]宿曜《すくえう》ニモメデタク叶ヒタリトテ、ソレヲ、終《つひ》ニ六月廿五日ニ、武士ドモムカヘニノボリテ、[五〇]クダシツカハサレニケリ。京ヲ出《いづ》ル時ヨリクダリツクマデ、イササカ

二二 もてあます。
二三 即位させたいとの希望。↓三〇九頁注五三。
二四 でも。
二五 兼子が思ったのであろうか。
二六 うとましい。見苦しい。
二七 後鳥羽上皇の順徳天皇に対するお心持。
二八 後鳥羽上皇のこと。
二九 しておく。
三〇 普通の人。皇族に対して人臣をさす。
三一 直接のお言葉。
三二 手懸りを得る。
三三 国史大系は義時の誤りとする。
三四 文明本・天明本「何カ」。
三五 九条道家のこと。
三六 底本「三位ノ中将」。文明本・天明本により改む。道家一男教実のこと。「非参議従三位藤教実〈十〉四月八日叙。右少将如レ元。左大臣(道家)一男、母大納言公経卿女」(補任、承久元年)。
三七 血縁。関係。
三八 孫。道家室倫子は公経娘、能保室(頼朝妹)孫。 三九 養育しあげる。
四〇 ↓三〇八頁注二五。忠綱下向建保七年三月九日(東鑑)。
四一 忠綱再度下向日時不詳。 四二 結局。
四三 ひたすら。 四四 究極を言う。
四五 「左大臣〈道家公〉賢息〈二歳。母公経卿女。建保六年正月十六日寅刻誕生〉下二向関東一」(東鑑、承久元年七月十九日)。
四六 正月の異称。 四七 建保六年の干支は戊寅。
四八 鹿骨・亀甲などを使って吉凶を判断すること。 四九 二十八宿と九曜に別けられる星の運行によって日時・方角の吉凶と人の運命を判断すること。 五〇 「廿五日戊子。左大臣道家息〈二歳、号二三郎君一〉、下二向関東一」(仁和寺日次記)。

モ〳〵[一]ナクコヱナクテヤマレ[二]ニケリトテ、不可思議ノコトカナト云《いひ》ケリ。

サテ大納言公經ハ、其冬十月十三日、終《つひに》右大將ニナ[三]シタブベシトテ、「[四]ヨロコビ申《まうし》ノ出立《いでたち》[五]セヨ」ト仰《おほせ》[六]ラレニケリ。御熊野詣《みくまのまうで》[七]ノ後、十[八]一月十三日ノ除目《ぢもく》ニ、終ニ右大將ニナリテ、其《その》[九]十九日拜賀メデタクシテ、ヨノ人ニホメラレケリ。

コノ年ノ七[一〇]月十三日、俄ニ賴政ガムマゴノ賴茂大内《よりもちおほうち》[一一]ニ候《さふらひ》[一二]シヲ、謀反ノ心ヲコシテ我《われ》將軍ニナラント思《おもひ》タリト云コトアラハレテ、住京ノ武士ドモ申テ、院ヘ召《めし》ケレドマイラザリケレバ、大内裏ヲ押《おし》[一三]マハシテウチケルホドニ、内裏ニ火[一四]サシテ大内ヤケニケリ。左衞門尉盛時《もりとき》[一五]頸ヲ取《とり》テ參リニケリ。伊豫ノ武士河野《かうの》[一六]ト云ヲカ[一七]タライケルガ、カウ〳〵ト申タリケルト聞《きこ》ヘキ。

又院ハ八月ノコロヲイ、御惱《ごなう》[一八]ハヅライヲハシマシヽニ、「ヨク〳〵シヅカニ物ヲ案ズルニ、此《この》[一九]忠綱ト云《いふ》男ヲ、コ[二〇]レラ(ナ)ドニ殿上人《てんじやうびと》内藏頭《くらのかみ》マデナシタルヒガコトコソ、イカニ案ズルモ取《とり》ドコロモナキヒガコトナリケレト、サトリ思フ也」トテ、ヤガテ解官停任《げくわんちやうにん》[二一]シテ、御領國《ごりやうごく》[二二]サナガラメシテステラレニケリ。スコシモ心アル人々ハ殊勝〳〵ノ事カナトヲモヘリケレバニヤ、其《その》惱無爲無事ニ御平愈《へいゆ》アリケリ。此《この》關東ノ御使[二三]ノ間《あひだ》ニモ、ヤウ〳〵ノヒ[二四]ガコト奇謀ドモ聞《きこ》ヘキ。故[二五]後京極殿ノ子左[二六]府ノヲトヽハ、松殿ノム[二七]スメ北政所ノ腹ナリ。ソレヲ院[二八]ノ子ニセ

一　底本「ナリコヱ」。文明本により改む。
二　事を終りとする。
三　任命してくださる。
四　慶び申し。任官のお礼を言上すること。
五　身づくろい。
六　後鳥羽上皇が仰せられた。
七　「十月十六日戊寅。上皇(後鳥羽)幷七条院御熊野詣」(百錬抄)。
八　「大納言正二位藤公経〈四十九〉十一月十三日兼二右近大将一同十八日兼二右馬寮御監一」(補任)。
九　「十八日庚戌。参二右大将(公経)殿一明日拝賀事見三沙汰之人々送二前駈馬一」(常盤井相国記)。
一〇　「十三日丙午。未刻大内殿舎諸門已下、官蔵人方累代宝物・仁寿殿観音像等焼失。守護人右馬権頭頼茂朝臣有二謀反企一之由風聞之間、被二遣召一之処、忽合戦又放火。於二頼茂朝臣一者左衛門尉平宗成誅レ之」(仁和寺日次記)。
一一　→一二三頁注二八。
一二　底本「候ツシヲ」。天明本・河村本により改む。
一三　ぐるぐると周囲をとりまく。
一四　火をつける。
一五　仁和寺日次記は平宗成。→注一〇。
一六　伊予国守護河野通信の一族。当時在京したのは通信か息通政かは不明。
一七　他を説得してなかまに入れる。
一八　天明本「わつらひ」。「九月十二日甲辰。御室(道助)於二水無瀬殿一令レ修二孔雀経法一給。…去月十六日以後上皇(後鳥羽)御不予、依下令二弥留一御上也」(仁和寺日次記、承久元年)。
一九　→三〇八頁注二五。
二〇　底本「コレラトニ」。天明本・史料本により改む。
二一　「右中弁従四位下藤資頼、九・七内蔵頭」(弁官、承久元年)。

ントテ、[二九]メシトリテ忠綱ニヤシナハセラル、有《あり》。ソレヲ、オトナシクモアリ、將軍ニク[三〇]ダシ申サンナンド[三一]カマヘテ、ソラ事ノミ[三二]京イナカト申ケルモ聞ヘケリ。又頼茂トコトニカタライテ、アヤシキ事ニモ人モ思ケルニ、頼茂ガ後見《うしろみ》ノ[三三]法師カラメラレテ、ヤウ〳〵ノ事申ナンド聞ヘケルハ、披露モナクテ關東ヘ[三四]クダシツカハシテケリ。萬《よろづ》ノ事トリアツメテ忠綱ガ[三五]ウセヌルコト、不カ思ギノ君ノ御運、[三六]御案ノメデタサト、心アル人ハコレラノミメデタクゾ思タリケル。猶[三七]申《まうし》ユルサントスル卿ノ二位ヲゾ人ハ[三八]アザミケル。

サテ此《この》日本國ノ王臣武士ノ[三九]ナリユク事ハ、事ガラハコノカキツケテ侍ル次第ニテ、皆アラハレマカリヌレド、コレハヲリ〳〵道理ニ思ヒ[四〇]カナヘテ、然《しか》モ此《この》ヒガ事ノ世ヲ[四一]ハカリナシツルヨト、其《その》[四二]フシヲサトリテ心モツキテ、後ノ人ノ能《よく》〳〵ツヽシミテ世ヲ治メ、邪正ノコトハリ善惡ノ道理ヲワキマヘテ、末代ノ道理ニカナヒテ、佛神ノ利生《りしやう》[四三]ノ[四四]ウツハ物トナリテ、[四五]今《いま》百王ノ十六代ノコリタル程、佛法王法ヲ守リハテンコトノ、先《さき》カギリナキ利生ノ本意、佛神ノ[四六]冥應ニテ侍ルベケレバ、ソレヲ詮《せん》[四七]ニテカキヲキ侍《はべる》ナリ。ソノ[四八]ヤウハ事ヒロク侍レド、又〳〵[四九]次ザマニカキツクシ侍ベシ。[五〇]其《その》趣《おもむき》ニ[五一]ヒカレテハ、ミム人ハ[五二]ネブラレテヨモ見侍ラジ。コノ[五三]サキザマノ事ハヨキ物語ニテ、目モサメヌベク侍ルメリ。[五四]殘ル事

二二 院分知行国で忠綱が関係した分全部を召しあげた。
二三 忠綱が鎌倉幕府に院の使節として赴いた。
二四 朝廷幕府決裂の遠因となった長江・倉橋両荘地頭職改補の要求(東鑑、建保七年三月九日)も忠綱が仲介した。
二五 九条良経のことか。
二六 左府は道家。その弟は異母弟内大臣(当時権大納言)基家。
二七 基房女寿子。→二八五頁注六五。基家母。
二八 後鳥羽上皇の猶子。
二九 後鳥羽上皇が呼びよせた。
三〇 底本「クサシ」。文明本・史料本により改む。
三一 忠綱が前もって準備する。
三二 京都と鎌倉。
三三 氏名未詳。
三四 月日未詳。
三五 消える。
三六 お考えのみごとさ。
三七 忠綱をゆるすように申請する。
三八 あなどる。
三九 次第に移り行く。
四〇 適合させる。
四一 たくらみする。 四二 事がら。
四三 仏・菩薩が衆生に利益を与えること。
四四 人物。
四五 神武天皇より数えて順徳天皇は第八十四代と考えられた。→一一九頁。
四六 眼に見えない反応。
四七 究極。 四八 子細。事情。
四九 原意は一段と劣ること。この場合は次にの意。巻七をさす。 五〇 やりかた。書き方。
五一 心が引かれては。 五二 ねむる。
五三 さきの方のこと。 五四 書き残したことの多さ。

ノヲヽサヽカキツクサヌ恨《うらみ》ハ力ヲヨバズ。[一]サノミハイカヾ書《かき》ツクスベキナレバ、コレニテ人ノ物語ヲモ聞《きき》加エン人ハ、其[二]マコトソラ事モ心エヌベシ。コレニハカザリタル事、ソラコトヽ云《いふ》事、神佛テラシ給フラン、一《ひと》コトバモ侍ラヌ也。スコシ[三]ヲボツカナカルベキ事ハ、ヤガテ其趣[四]ミヘ侍《はべる》メリ。カキヲトス事ノヲヽサコソ猶[五]イヤマシク侍レ。サテコノ後《のち》ノヤウヲミルニ、世[六]ノナリマカランズルサマヽコノ[七]二十年ヨリ以來、[八]コトシ承久マデノ世ノ政《まつりこと》、人《ひと》ノ心バヘノヽ[九]ムクイユカンズル程ノ事ノ[一〇]アヤウサ申《まうす》カギリナシ。コマカニハ[一一]未來記《みらいき》ナレバ申《まうし》アテタランモ誠《まこと》シカラズ。タヾ八幡大菩薩ノ照見ニアラハレマカランズラン。ソノヤウヲ又カキツケツヽ、心アラン人ハシルシクハヘラルベキ也。

一　そうばかりはどうして書きつくすことができよう、できない。
二　真実かうそかもわかる。
三　はっきりしない。
四　様子。
五　いやに思われる。
六　成り行く。
七　承久元年を起点とすると、満二十年以前は頼朝が死んだ正治元年。
八　承久元年。
九　反応していく。
一〇　気がかり。
一一　将来のことを予言した書。

愚管抄（巻第七）

今カナニテ書事《かくこと》[一]タカキ様《やう》ナレド、世[二]ノウツリユク次第トヲ心ウベキヤウヲ、カキツケ侍《はべる》意趣ハ、惣ジテ僧[三]モ俗モ今ノ世ヲミルニ、智解《ちげ》[四]ノムゲニウセテ學問ト云《いふ》コトヲセヌナリ。學問ハ僧ノ顕密[五]ヲマナブモ、俗ノ紀傳《きでん》[六]・明經《みやうぎやう》[七]ヲナラフモ、コレヲ學スルニシタガイテ、智解ニテソノ心ヲウレバコソヲモシロクナリテセラル、コトナレ。スベテ末代《まつだい》ニハ犬ノ星[八]ヲマモルナンド云《いふ》ヤウナルコトニテヱ心ヘヌナリ。ソレハ又學[九]シトカクスル文《ぶん》[一〇]ハ、梵本《ぼんぼん》[一一]ヨリヲコリテ漢字ニテアレバ、コノ日本國ノ人ハコレヲヤハラゲテ和詞《やまとことば》[一二]ニナシテ心ウルモ、猶《なほ》[一二]ウルサクテ知解ノイルナル。明經ニ十三經《けい》[一三]トテ、孝經《かうきやう》[一四]・禮記《らいき》[一五]ヨリ、孔子ノ春秋《しゆんじう》[一六]トテ、左傳《さでん》[一七]・公羊《くやう》[一八]・穀《こく》[一九]ナド云モ、又紀傳ノ三史[二〇]、八代史[二一]乃至文選《もんぜん》[二二]・文集《もんじふ》[二三]・貞觀政要《ぢやうぐわんせいえう》[二四]コレラヲミテ心ヱン人ノタメニハ、カヤウノ事[二五]ハヲカシゴトニテヤミヌ。本朝[二六]ニトリテハ入鹿《いるか》[二七]ガ時、豐浦大臣《とよらのおとど》[二八]ノ家ニテ文書ミナヤケニシカドモ、舎人《とねり》[二九]親王ノトキ清人《きよひと》[三〇]ト日本記《にほんぎ》[三一]ヲナヲツクラレキ。又大朝臣安麿《おほのあそんやすまろ》[三二]ナド云《いふ》説モアリケル。ソレヨリウチツ

一 よく知られている。二 世が推移する順序とそれを理解する仕方。三 現在の僧侶・俗人の社会。四 智恵をもって悟ること。五 顕教と密教。六 史記・漢書など伝記書を学ぶこと。七 周易・論語など経書を学ぶこと。八 諺。犬は星から眼を放さずに見ていても、星が示している意味を知り得ない。賤しい者の及ばぬ望みをかけるをいう。九 文義不明。「学シテゾカカスル」か。一〇 文字。文章。一一 梵語の書物。一二 わずらわしい。一三 易経・書経・詩経・周易・儀礼・礼記・春秋左氏伝・春秋公羊伝・春秋穀梁伝・論語・孝経・爾雅・孟子をさすのが普通。一四 孔子が曾参に説いた孝道を曾参門人が記録したものという。一五 周末秦漢儒者の古礼に関する説を集めた書物。一六 魯の史官編集の編年体の史書で孔子が加筆したという。一七 春秋の注釈書で周末左丘明の作という。一八 春秋の注釈書で周末公羊高の作という。一九 穀梁伝のこと。魯の穀梁赤作、春秋の注釈書。二〇 史記・漢書・後漢書の総称。二一 晋書・宋書・斉書・梁書・陳書・周書・隋書・唐書の総称。二二 梁の昭明太子蕭統が秦漢三国の文章詩賦などを編集した書物。二三 白氏文集の略。唐の白居易の文集。二四 唐の太宗が群臣と政教の得失を論じた語を収め、治政の指南とした書物。呉兢の著。二五 和詞として理解すること。二六 日本の書物に関して。二七 蘇我入鹿が殺された時。二八 入鹿父蝦夷のこと。↓六〇頁注一三。二九 ↓六九頁注二五。三〇 紀清人のこと。「戊戌、詔二従六位上紀朝臣清人・三宅臣藤麻呂一令ㇾ撰二国史一」（続紀、和銅七年二月）。三一 正しくは日本書紀または日本紀。三二「太朝臣安万侶」（記序）。「夫日本書紀者…一品舎人親王〈浄御原天皇第五皇子也〉・従四位下勲五等太朝臣安麻呂等…奉ㇾ勅所ㇾ撰也」（弘仁私記序）。

ゞキ續日本記《しよくにほんぎ》五十巻ヲバ、初《はじめ》二十巻ハ中納言石川野足、次《つぎ》十四巻ハ右大臣繼縄《つぐなは》、日本《にほん》ノコリ十六巻ハ民部《みんぶ》大輔《おほすけ》菅野眞道、コレラ本體トハウケ給《たまはり》テツクリケリ。日本後記《こうき》ハ左大臣緒嗣《をつぎ》、續日本後記《しよくにほんこうき》ハ忠仁公《ちゆうじんこう》、文徳實錄《もんとくじつろく》ハ昭宣公《せうせんこう》、三代《さんだい》實錄ハ左大臣時平《ときひら》、カヤウニキコユ。又律令《りつりやう》ハ淡海公《たんかいこう》ツクラル。弘仁格式《こうにんきやくしき》ハ閑院大臣《かんゐんのおとど》冬嗣《ふゆつぎ》、貞觀《ぢやうぐわん》格ハ大納言氏宗《うぢむね》、延喜《えんぎ》格式ハ時平ツクリサシテアリケルヲバ、貞信《ていしん》公ツクリハテラレケリ。コノ外《ほか》ニモ官曹事類《くわんさうじるい》トカヤ云《いふ》文モアムナレドモ、持《もち》タル人モナキトカヤ。蓮華王院《れんげわうゐん》ノ寶藏《はうざう》ニハヲカレタルトキコユレド、取出《とりいだ》シテミムト云事ダニモナシ。スベテサスガニ内典《ないてん》・外典《げてん》ノ文籍《ぶんせき》ハ、一切經ナドモキラ〱トアムメレド、ヒハノクルミヲカ、へ、トナリノタカラヲカゾフルト申《まうす》コトニテ學スル人モナシ。サスガニコトニソノ家ニムマレタルモノハタシナムト思ヒタレド、ソノ義理ヲサトルコトハナシ。イヨ〱コレヨリ後《のち》、當時アル人ノ子孫ヲミルニ、イサ、カモヲヤノアトニイルベシトミユル人モナシ。コレヲ思フニ、中《なか》〱カヤウノ戲言《ざれこと》ニテカキヲキタランハ、イミジガホナラン學生《がくしやう》タチモ心ノ中ニハコ、ロヘヤスクテ、ヒトリヱミシテ才學ニモシテン物ヲトヲモヒヨリテ、中〱本文《ほんもん》ナドシキリニヒキテ才學氣色《けしき》モヨシナシ。マコトニモツヤ〱トシラヌ上ニ、ワレニテ人ヲシルニ物ノ道理ヲワキマヘシラン事ハカヤウ

一 正しくは続日本紀。現存本は四十巻。↓補注7-一。二 石川名足が正しい。三 藤原氏。↓七四頁注一一。四 民部省の次官。五 山守の子。続日本紀を完成して延暦十六年に上表した。↓補注7-一。六 底本「コレヲ」。諸本により改む。七 編集の主体。八 正しくは日本後紀。
九 藤原氏。↓八〇頁注二。
一〇 正しくは続日本後紀。一一 藤原良房のこと。↓八三頁注二〇。一二 正しくは日本文徳天皇実録。一三 藤原基経のこと。昭宣公は諡号。↓八五頁。一四 正しくは日本三代実録。
一五 藤原氏。↓八六頁。
一六 以上のものが編集の主体であった、といわれている。一七 大宝律令のこと。↓六八頁注一。
一八 藤原不比等の諡号。↓六九頁。不比等は大宝・養老二律令の制定に参与した。
一九 弘仁年間編集の格と式。
二〇「閑院の大臣と申」(大鏡、冬嗣)。「閑院」は冬嗣邸。「二条南、西洞院西一町、冬嗣大臣家」(拾芥抄)。二一 藤原氏。↓七八頁注八。「弘仁格十一巻、大納言藤原冬嗣等奏進。弘仁式卅巻、弘仁十一年奏進、大納言冬嗣卿撰」(本朝書籍目録)。二二「貞観格十二巻、大納言藤原氏宗奏進」(本朝書籍目録)。二三 藤原氏。不比等―房前―鳥養―小黒麿―葛野麿―氏宗。貞観十二年正月十三日右大臣、同十四年二月七日没。二四「延喜格十二巻、左大臣藤原時平等奏進。延喜式五十巻、延長五年左大臣忠平等奏進」(本朝書籍目録)。二五 作りかけて中途でやめる。二六 藤原忠平のこと。↓九〇頁。二七 作り終わる。
二八「官曹事類目録一部三十巻、延暦廿二年二月十五日、左大弁菅野真道等奏」(本朝法家文書目録)。続日本紀所収の雑例を類集し官庁の執務の参考にしたもの。十二世紀初頭編集の明衡往

ニテヤ、スコシモソノアト世ニノコルベキト思《おもひ》テ、コレハ書《かき》ツケ侍《はべる》ナリ。コレダニモコトバコソ假名ナルウヘニ、ムゲニヲカシク[五五]耳チカク侍レドモ、猶《なほ》心ハウヘニフカクコモリタルコト侍ランカシ。ソレヲモコノヲカシク[五六]アサキカタニテ[五七]スカシイダシテ、正意《しやうい》道理ヲワキマヘヨカシト思テ、タヾ一スヂヲワザト[五八]耳トヲキ事ヲバ心詞《こころことば》ニケヅリステヽ、世中《よのなか》ノ道理ノ次第ニツクリカヘラレテ、世ヲマモル、人ヲ[五九]モル事ヲ申侍《まうしはべる》ナルベシ。モシ萬ガ一ニコレニ心ヅキテ[六〇]コレコソ無下ナレ、本文少々ミバヤナド思フ人モイデコバ、[六一]イトヾ本意《ほい》ニ侍ラン。サアラン人ハコノ申タテタル内外典《ないげてん》ノ書籍アレバ、カナラズソレヲ御覧ズベシ。ソレモ[六二]寛平遺誡《くわんびやうゆゐかい》、[六三]二代御記《ぎよき》、[六四]九條殿《くでうどの》ノ遺誡、又[六五]名譽《めいよ》ノ[六六]職者《しきしや》ノ人ノ家々ノ日記、内典ニハ顯密ノ[六七]先徳《せんどく》タチノ[六八]抄物《せうもつ》ナドゾ、スコシ物ノ[六九]要ニハカナフベキ。ソレラヲワガ物ニミタテヽ、モシソレニ[七〇]アマル心ツキタラン人ゾ、本書ノ心ヲモ心ヘトクベキ。[七一]左右《さう》ナク[七二]フカタチシテ本書ヨリ道理ヲシル人ハ定《さだめて》侍ラジ。ムゲニ[七三]輕々《かろがろ》ナル事《こと》バ共《ども》ノヲヽクテ、ハタト・ムズト・キト・シヤクト・キヨトナド云《いふ》事ノミヲホクカキテ侍ル事ハ、[七四]和語《わご》ノ本體ニテハコレガ侍ベキトヲボユルナリ。[七五]訓《くん》ノヨミナレド、[七六]心ヲサシツメテ[七七]字尺《じしやく》ニアラハシタル事ハ、猶心ノ[七八]ヒロガヌナリ。[七九]眞名《まな》ノ文字ニハスグレヌコトバノムゲニタヾ事《こと》ナルヤウナルコトバコソ、

来に稀書として所見。二九 →二三九頁注六七。三〇 全体のこととして、そうは言っても。三一 仏教の経典のこと。三二 仏教以外の書籍。三三 書籍。三四 きわだっていること。三五 鶉・金翅雀のこと。三六 雀より小さいので胡桃を抱えてもついばめない。三六 なんの効果もないことのたとえ。三七 明経・紀伝道の家。三八 天明本・河村本「生れたる」。三九 好む。四〇 正しい筋道。四一 深く入り込む。四二 かえって。四三 ふざけていう言葉。四四 あっぱれな顔をしているらしい。四五 大学寮や氏の学院に在籍して官吏になる勉強をする者。四六 ひとり笑い。四七 学問知識。四八 古書所見の、典拠となる文章。四九 例にあげる。五〇 そぶり。五一 理由がない。よくない。五二 少しも。五三 自分を基準にして他人を計る。五四 このような戯言による。五五 わかりやすい。五六 心が浅薄な戯言のほうによって。五七 だましてひき出す。五八 理解困難な事実を削り、その意味とそれを表現することばだけとする。五九 守る。六〇 この戯言はまったくひどい。六一 いよいよ。六二 宇多天皇が寛平九年に醍醐天皇に譲位した時に作った教訓書。→一五四頁注九。六三 醍醐・村上天皇日記。六四 藤原師輔のこと。→九一頁注二八。公私について子孫を教訓した書。六五 底本「名擧」。天明本・河村本により改む。六六 物事をよくわきまえた人。六七 既に死んだ徳の高い僧侶。六八 書き抜き。六九 必要。七〇 あふれている意味に気づく。七一 底本「左右ナリ」。天明本・河村本により改む。たやすく。七二 語義不明。深く截(き)るの意か。七三 かるがるしい言葉。七四 日本語の真の姿。七五 漢字を国語に当てて読むこと。七六 意味を追い詰める。七七 字義の解釈。七八 広くならない。七九 漢字にすると他にまさって見えないことば。

日本國ノコトバノ本體ナルベケレ。ソノユヘハ、物ヲイヒツヾクルニ心ノヲホクコモリテ時《とき》ノ景氣《けいき》ヲアラハスコトハ、カヤウノコトバノサハ〳〵トシラスル事ニテ侍ル也。兒女子《じぢよし》ガ口遊《くいう》トテコレラヲオカシキコトニ申《まうす》ハ、詩歌ノマコトノ道《みち》ヲ本意《ほい》ニモチイル時ノコトナリ。愚癡《ぐち》無智《むち》ノ人ニモ物ノ道理ヲ心ノソコニシラセントテ、假名《かな》ニカキツクルオ、法ノコトニハタヾ心ヲエンカタノ眞實ノ要《えう》ヲ一《ひとつ》トルバカリナリ。コノヲカシ事《こと》ヲバタヾ一スヂニカク心得テミルベキナリ。ソノ中ニ代々ノウツリユク道理ヲバ、コヽロニウカブバカリハ申《まうし》ツ。ソレヲ又ヲシフサネテソノ心ノ詮《せん》ヲ申アラハサントヲモフニハ、神武ヨリ承久マデノコト、詮ヲトリツヽ、心ニウカブニシタガイテカキツケ侍《はべり》ヌ。ヲヽキニコ(レ)ヲワカツニ漢家《かんか》ニ三ノ道アリ。皇道・帝道・王道也。コノ三ノ道ニ、コノ日本國ノ帝王ヲ推知シテ擬《なぞらへ》アテヽ申サマホシケレド、ソレハ日本國ニハ、日本記已下《いげ》ノ風儀ニモヲトリ、ツヤ〳〵トナキ事ニテ中〳〵アシカリヌベシ。ソノ分際《ぶんざい》ハマタシリタカラン人ハ、ミナコノ假名ノ戯言《ざれこと》ニモソノホドヨナドハ思《おもひ》アハセラレムズル事ゾカシ。漢土《かんど》ニ衞鞅《ゑいあう》ト云《いふ》執政ノ臣ノ出《いで》コシガ(コ)トコソ、萬《よろづ》ノ事ノ器量ヲシル道ニハヨキ物語ニテ侍レ。秦代ニ孝公ヨキ臣ヲモトメ給ヒシカバ、景監《けいかん》ト云モノ衞鞅ヲモトメテマイラセタリ。見參《げざん》ニイリテ天下ヲ治メラ

一 その時や場所の気配。
二 さっぱりと明白に知らす。
三 口ずさみ。四 あり方。
五 根本とする。六 心の奥まで。
七 文明本「カキツクル寸法」。天明本「かきつくるを法」。
八 道理関係のことでは、ただ意味を理解する手段として、真実というかなめ一つを取上げる。
九 しめくくる。
一〇 究極の意味。一一 重要なものをとりあげる。
一二 底本「ヲヽキニコヲワツカニ」。天明本により改む。大別する。
一三 漢朝＝中国の帝室。
一四 三皇五帝が行なった国家統治の仕方。
一五 帝者が行なう国家統治の仕方。「無㆑為者帝」(管子)。
一六 夏・殷・周の三王が行なった政治の仕方。公明正大、無私無偏が特色。「為而無㆓所為㆒者王」(管子)。一七 正しくは日本紀。
一八 ならわし。一九 少しもないこと。
二〇 かえって。
二一 けじめをまた知りたい人。
二二 河村本「其人よなと」。
二三 公孫鞅のこと。戦国衛の人。刑名家。秦の孝公の左庶長となり、変法の令を定め賦税の法を改めた。商君と号した。『商子』五巻を著わす。
二四 底本「出コシカトコソ」。文明本・天明本により改む。二五 役にたつ才能。
二六 秦第十三代の王。商鞅を起用して政治を改め他の六国を併呑する勢いがあった。
二七 孝公の寵臣で楚王の一族。
二八 貴人に会うこと。→補注7-二。
二九 眠る。三〇 強いて。三一 底本「イラシム」とあり、「シ」みせけち。三二 時。

ルベキヤウヲ申《まうす》。孝公キコシメシテ御心ニカナハズトミユ。又参《まゐり》テ申ス。[二九]ウチネブリテキコシメシイレズ。第三度「[三〇]マゲテ今一度見参ニ[三一]イラム」ト申《まうし》テ令メレ参ラテ申ケルタビ[三二]、居《ゐ》[三三]ヨリ〳〵セサセ給《たまひ》テ、[三四]イミジクモチイラレケリ。サテヒシト天下ヲ治メテケリ。ソレハ一番ニハ帝道ヲトキテイサメ申ケリ。次ニハ王道ヲトキテヲシヘ申ケリ。コノ二タビ御心ニカナハズ。第三度ノタビコノ君カナハジトミマイラセテ、[三五]覇業《はげふ》ヲトキ申テ用ラレニケリ。秦ノ[三六]始皇《しくわう》ト申《まうす》キミモ覇業ノ君トコソ申ナレ。[三七]後ニ又[三八]魏ノ齊王《せいわう》ノ時ニ、[三九]范叔《はんしゆく》ト云《いふ》臣ノ世ヲトリタル。衛鞅ヲイミジキ者ト云《いひ》ケレド、[四〇]蔡澤《さいたく》ト云者イデキテ、「衛鞅ハイミジカリシガ、後ニ[四一]車《くるま》裂《ざき》ニセラレタリナド申スゾカシ。[四二]王臣モ[四三]一期生《いちごしやう》[四四]無爲《むゐ》[四五]無事《ぶじ》ニコトモナクテスグルコソハヨケレ」ト論ジテ、[四六]范叔ハ蔡澤ニ論《ろんじ》マケテ、サラバトテ世ノ政《まつりこと》ヲ蔡澤ニユヅリテイリコモリニケレバ、蔡澤ウケトリテ誠ニ王臣一生ハ[四七]ヲダシクテヤミニケリ。アハレ[四八]コノモシキ者ドモカナ。蔡澤ガ[四九]メデタキヨリモ、范叔ガ[五〇]我世《わがよ》ヲ道理ニヲレテ、去《さり》テノキケルコヽロ[五一]アリガタカルベシ。漢家《かんか》ノ[五二]聖人[五三]賢人ノアリサマコレニテミナシラルベシ。[五四]唐太宗《たいそう》ノ事ハ貞觀政要《ちやうぐわんせいえう》ニ[五五]アキラケシ。佛ノサトリニモ、[五六]菩薩《ぼさつ》ノ四十二位マデタツルモ、善惡ノサトリ分際ミナヲモヒシラルヽ事ナリ。今《いま》神武以後、延喜・天暦マデクダリツヽ、コノ世ヲ思ヒツヾクルニ、

三三 すわったまま近よる。 三四 非常によく。

三五 諸侯の旗頭となる政治の仕方。武力・権謀を用いる。

三六 名は政。秦王を継承後二十六年で六国を統一して皇帝と称し、諡号を廃してみずから始皇帝と号した。

三七 秦の孝公以後、ただし始皇帝以前。

三八 秦の昭王の誤りか。昭王は孝公より四代あと。誤りの原因は范叔が始め魏斉に仕えたことであろう。 三九 底本「范舛」。天明本・河村本により改む。以下同じ。戦国魏の人。名は雎。初め魏に仕え疑われて宰相魏斉から笞で打たれ死にかかったが逃れ秦の昭王に仕え宰相となる。のちに辞し蔡沢と代る。

四〇 戦国秦の人。善弁多智、昭王の時に范叔に代って宰相となったが、数月にて辞した。

四一 罪人の体を二台の牛車に分けしばって左右に引きさく刑。 四二 帝王の臣。

四三 一生涯の間。

四四 自然のままで作為することがないこと。

四五 変わったことがないこと。

四六 →補注7-三。

四七 おだやか。范叔の生涯のこと。

四八 好感が持てる。

四九 りっぱですばらしい。

五〇 道理に屈して自分が持っていた政権を離れて退く。 五一 まれである。

五二 知識徳望が最もすぐれ、万世にわたって万人の手本と仰がれる人。

五三 賢い人。徳が聖人につぐ人。

五四 第二代皇帝の李世民のこと。

五五 明白である。 五六 悟りを求めて仏道修行するものが発心してから仏の悟りを開くまでの四十二の階位。↓補注7-四。

心モコトバモ不レ及《バ》。サリナガラコノ代《よ》ニノゾミテヲモフニ、神武ヨリ成務マデ十三代ハ、王法・俗諦《ぞくたい》バカリニテイサヽカノヤウモナク、皇子〳〵ウチツヾキテ八百四十六年ハスギニケリ。仲哀ヨリ欽明マデ十七代ハ、トカクヲチアガリテ、安康・武烈ノ王《きみ》モマジラセタマイテ、又仁徳・仁賢メデタクテスギニケリ。三百九十四年ナリ。十三代ヨリモ十七代ハスクナシ。

サテ欽明ニ佛法ワタリハジメテ、敏達ヨリ、聖徳太子ノヲサナクヲハシマス五ツ六ツヨリワタルトコロノ經論《きやうろん》、ヒトヘニヲサナキ人ニウチマカセテ、ミトキテ王《きみ》ニ申サセタマイテ、敏達・用明・崇峻三代ハスギヌ。ソノ次ニ女帝《によてい》ノ推古ニヒシト太子ヲ攝政《せつしやう》ニテ、佛法ニ王法ハタモタレテヲハシマセバ、コノ敏達ヨリ桓武マデ二十一代、コノ平安ノ京ヘウツルマデヲ一段ニトラバ、ソノ間ハ二百卌六年、コレ又十七代ノ年ノカズヨリモスクナシ。コノヤウニテ世ノ道理ノウツリユク事ヲタテムニハ、一切ノ法ハタヾ道理ト云《いふ》二文字ガモツナリ。其《その》外《ほか》ニハナニモナキ也。ヒガコトノ道理ナルヲ、シリワカツコトノキハマレル大事ニテアルナリ。コノ道理ノ道ヲ、劫初《こふしよ》ヨリ劫末《こふまつ》ヘアユミクダリ、劫末ヨリ劫初ヘアユミノボルナリ。コレヲ又大小ノ國〳〵ノハジメヨリヲハリザマヘクダリユクナリ。コノ道理ヲタツルニ、ヤウ〳〵サマ〴〵ナルヲ心得ヌ人ニコヽロ

一 想像してみることも言葉に現わすこともできない。
二 いまの時代。
三 仏教側から国王の法令・政治を称する語。
四 真俗二諦のうち、世間的真理をさす仏語。末法灯明記では王法を俗諦とする。
五 子細、事情。
六 巻第一皇帝年代記、在位年数通算八四七年。
七 ともすれば落ちたりあがったりする。
八 巻第一皇帝年代記、在位年数通算三七七年。
九 仏教の道理。仏教の渡来→五八頁注八。
一〇 聖徳太子生年は欽明末年辛卯年→五八頁注一〇。五—六歳は敏達天皇即位四—五年。経論渡来→五九頁注一六。「七ツ八ツ」とすべきか。
一一 聖徳太子をさす。→補注7-五。
一二 見て理解する。
一三 敏達天皇のこと。六斎日制定を太子が奏したことをさす。→補注7-五。
一四 →六一頁注一五・一六。
一五 →一三七頁注九。
一六 巻第一皇帝年代記によると二十代。
一七 巻第一皇帝年代記によると敏達から桓武まで在位年数通算二三四年。
一八 仲哀から欽明までをさす。
一九 物事をあらわにする。
二〇 存在、規範、真理。
二一 永くその状態を保つ。
二二 道理にはずれた事も道理の顕現である。
二三 知って分別する。
二四 決定的。
二五 この世の初め。→補注7-六。
二六 この道理の道を。
二七 終末の方向。

ヱサセン[二八]レウニ、[二九]セウ〳〵心ヱヤスキヤウカキアラハシ侍《はべる》ベシ。

一、[三〇]冥顕《みやうけん》和合《わがふ》シテ道理ヲ道理ニテトヲス[三一]ヤウハハジメナリ。コレハ神武ヨリ十三代マデカ。

二、冥ノ道理ノ[三二]ユク〳〵トウツリユクヲ顕ノ人ハ[三三]ヱ心得ヌ道理、コレハ前後首尾ノタガヒ〳〵シテ、[三四]ヨキモヨクテモトヲラズ、ワロキモワロクテモハテヌヲ人ノヱ心得ヌナリ。コレハ仲哀ヨリ欽明マデカ。

三、顕ニハ道理カナトミナ人[三五]ユルシテアレド、[三六]冥衆《みやうしゆう》ノ御心ニハカナハヌ道理ナリ。コレハヨシト思《おもひ》テシツルコトノカナラズ後悔ノアルナリ。ソノ時道理ト思テスル人ノ、後ニヲモヒアハセテ[三七]サトリ知《しる》也。コレハ敏達ヨリ後一條院ノ[三八]御堂《みだう》ノ關白《くわんばく》マデカ。

四、當時[三九]サタシヌル間ハ、我モ人モヨキ道理ト思《おもふ》[四〇]ホドニ、智アル人ノイデキテ、コレコソイハレナケレト云《いふ》トキ、マコトニ[四一]サアリケリト思返《おもひかへ》ス道理ナリ。コレハ世ノ末ノ人ノ[四二]フカクアルベキヤウノ道理ナリ。コレマタ[四三]宇治殿《うぢどの》ヨリ鳥羽院ナドマデカ。

五、初《はじめ》ヨリ[四四]其儀《そのぎ》両方ニワカレテヒシ〳〵ト[四五]論ジテ[四六]ユリユクホドニ、サスガニ道理ハ一《ひとつ》コソアレバ、[四七]其《その》道理ヘイヽカチテヲコナフ道理ナリ。コレハ[四八]地體《ちたい》ニ道

二八 ため。
二九 少し。
三〇 眼に見えぬ道理と現世の人間が仲よくする。
三一 様態。
三二 すらすらと。
三三 理解できない。
三四 善いことも善いこととして理解されない。悪いことも悪いことでは終らない。
三五 許容する。
三六 眼に見えぬ神仏。
三七 冥衆の御心にかなわぬことを知る。
三八 藤原道長のこと。↓九八頁注七。
三九 底本「サタシスル」。天明本により改む。処置する。
四〇 うちに。
四一 そうであった。
四二 根本のあるべき状態。
四三 藤原頼通のこと。↓一七三頁注二〇。
四四 文明本「其議」。
四五 議論して事理の正否を定める。
四六 ゆれゆく。
四七 唯一の道理へ向って議論し勝って道理を実行する。
四八 本来。

理ヲシレルニハアラネド、[一]シカルベクテ威徳アル人ノ主人ナル時ハコレヲ用ル道理也。コレハ武士ノ世《よ》ノ方《かた》ノ頼朝マデカ。

六、カクノゴトク[二]分別シガタクテ、[三]トカクアルイハ論ジアルイハ未定《みてい》ニテスグルホドニ、ツイニ一方《いつぱう》ニツキテ[四]ヲコナフ時、[五]ワロキ心ノヒクカタニテ、[六]無道ヲ道理トアシク[七]ハカライテ、[八]ヒガコトニナルガ道理ナル道理ナリ。コレハスベテ世ノウツリユクサマノ[九]ヒガ事ガ道理ニテ、ワロキ[一〇]寸法ノ世々ヲ[一一]チクダル時ドキノ道理ナリ。コレ又後白河ヨリ[一二]コノ院ノ御位《おくらゐ》マデカ。

七、スベテハジメヨリヲモヒクワダツルトコロ、道理ト云《いふ》モノヲ[一三]ツヤ〳〵ワレモ人モシラヌアイダニ、タヾ[一四]アタルニシタガイテ後《あと》ヲカヘリミズ、腹《はらに》[一五]寸白《すばく》ナド[一六]ヤム人ノ、當時[一七]ヲコラヌトキ、ノドノカハケバトテ水ナドヲノミテシバシアレバ、ソノヤマイヲコリテ[一八]死行《しにゆく》ニモヲヨブ道理也。コレハコノ世ノ道理ナリ。サレバ今ハ道理イフモノハナキニヤ。[一九]コノヤウヲ、日本國ノ世ノハジメヨリ次第ニ[二〇]王臣ノ器量果報ヲトロヘユクニシタガイテ、カヽル道理ヲツクリカヘ〳〵シテ世ノ中ハスグルナリ。[二一]劫初劫末ノ道理ニ、佛法王法、[二二]上古《じやうこ》[二三]中古《ちゆうこ》、王臣[二四]萬民ノ器量ヲカクヒシトツクリ[二五]アラハスル也。サレバ[二六]トカク思《おもふ》トモカナフマジケレバ、カナハデカクヲチクダル也。カ

一 すぐれている。りっぱな。
二 道理を考えること。
三 あれやこれやと。
四 処理する。
五 悪い心が手に取って自分の方に引き寄せる時のきまったかた。
六 道理にそむくこと。
七 企てる。
八 道理にはずれたことになるのが道理という道理。→三二四頁注二二。
九 「ヒガ事ニナルガ道理」の略。
一〇 天明本「…時、法」。手順。だんどり。
一一 衰えなりさがる。
一二 後鳥羽上皇が天皇として在位した時＝建久九年まで。
一三 少しも。
一四 ぶつかる。出会う。
一五 回虫によって生ずる病気。
一六 病気になる。
一七 病気が起こらない。
一八 死ぬこと。
一九 この措辞の意味不明確。
二〇 帝王の臣の才能と幸運。
二一 劫初から劫末まで歩み下り劫末から劫初へ歩み昇る道理。→三二四頁注二五。
二二 おおむかし。寛平ごろまで。→一六六頁注三。
二三 なかむかし。延喜ごろから保元まで。→一六六頁。
二四 よろずの民、百姓。
二五 文明本「アハスル」。
二六 あれやこれやと願っても実現し得ないであろうから、今の世は正法を実現することができずに、このように衰えなりさがる。
二七 宗教的実践によって現世の罪障がほろび後

クハアレド内外典《ないげてん》ニ[二七]滅罪《めつざい》[二八]生善《しやうぜん》ト(イフ)道理、[二九]遮悪持善《しやあくちぜん》トイフ道理、[三〇]諸悪莫作《しよあくまくさ》、諸善奉行《しよぜんぶぎやう》トイフ佛説ノキラ〳〵トシテ、諸佛菩薩ノ[三一]利生[三二]方便《りしやうはうべん》トイフモノ、一定《いちぢやう》マタアルナリ。コレヲコノハジメノ[三三]道理ドモニコヽロヘアハスベキナリ。イカニ心得アハスベキゾトイフニ、サラニ〳〵人コレヲ[三四]オシフベカラズ。智恵アラン人ノワガ智解《ちげ》ニテシルベキナリ。タヾシ[三五]モシヤト[三六]心ノヲヨビコトバノユカンホドヲバ申《まうし》ヒラクベシ。[三七]大方《おほかた》フルキ昔ノコトハ、[三八]タヾカタハシヲキクニ皆ヨロヅハシラルヽ心バヘノ人ニテ、シルシヲク事キハメテ[三九]カスカ也。コレヲミテ申サムコトハ、[四〇]ヒトヘノスイリヤウノヤウナレバ、又此《この》コロノ人ハ[四一]信《しん》ヲオコサヌコトニテ侍ランズレバ、コマカニ申《まうし》ガタシ。[四二]ヲロ〳〵ハ、又ヤガテ事ノ[四三]ケズライヲバ、サヤウニヤト云《いふ》コトハカキツケ侍《はべり》ヌ。[四四]サテ(世ノ)スヱザマハ事ノシゲクナリテツクシガタク侍レドモ、清和ノ御時ハジメテ[四五]攝政ヲヽカレテ、良房《よしふさ》ノヲトヾイデキタマイシ後《のち》、ソノ御子ニテ[四六]昭宣公《せうせんこう》ノワガヲイノ[四七]陽成院ヲ[四八]オロシタテマツリテ、[四九]小松《こまつ》ノ御門《みかど》ヲタテ給イショリ後ノ事ヲ申《まうす》ベキ也。[五〇]先《まづ》道理ウツリユクコトヲ、地體《ちたい》ニヨク〳〵人ハ[五一]心ウベキ也。[五二]イカニ國王ト云《いふ》ハ、天下ノ[五三]サタヲシテ世ヲ[五四]シヅメ民ヲアハレムベキニ、[五五]トヲガウチナルヲサナキ人ヲ國王ニハセ[五六]ンゾト云《いふ》ダウリ侍《はべる》ゾカシ。次ニ國王トテ[五七]スヱマイラセテ後ハ、イカニワロクト

世の善根が生ずるという道理。
二八 底本「生善ト道理」。河村本により改む。
二九 滅罪生善と同意語。
三〇 七仏通戒偈。前句は消極的に悪を防ぐ止持戒、後句は積極的に善をなす作持戒を示す。なお後句は衆善奉行とするものが多い。
三一 神仏のめぐみ。
三二 仏が衆生を仏道に導くために行う便宜上の手段。
三三 最初にあげた劫初劫末の道理。
三四 教える。
三五 もしや智解で知る助けにもなるかと思って。
三六 心と言葉が行きとどく。
三七 上古のことは、これを記録したひとは。
三八 ほんのわずかを聞いて全体をさとる心の動きの人。 三九 しかと認めにくい。
四〇 もっぱらの推量のようで明確な文証がない。
四一 上古のことなどには信を持たない。
四二 不十分に。 四三 「ふるまへるけずらひともなるなり」(無名抄)。語義は不明であるが、趣向とか中核などの意か。
四四 底本「サテスユサマハ」。文明本・天明本により改む。世も末のほうになると。
四五 →一五二頁注四。 四六 藤原基経のこと。
四七 陽成天皇は基経妹高子の所生。→一五三頁注一六。 四八 退位させる。
四九 光孝天皇のこと。→八五頁注一八。
五〇 道理自体が推移変化する。
五一 底本「心ウクヘキ也」。文明本・天明本により改む。
五二 どうして。「センゾ」にかかる。
五三 さばき。 五四 落ち着かせる。
五五 十歳以下。
五六 しようぞ、しない。 五七 位につかせる。

モ、タヾ[一]サテコソアラメ。ソレヲワガ御心ヨリ[二]ヲコリテ[三]ヲリナントモ仰《おほせ》ラレヌニ、[四]ヲシオロシマイラスベキヤウナシ。[五]「コレヲ云《いふ》ゾカシ、[六]謀反《むほん》トハ」ト云《いふ》道理又[七]必然ノ事ニテ侍《はべる》ゾカシ。其《それ》ニコノ陽成院ヲオロシマイラセラレシヲバ、[八]イハレズ昭宣公《せうせんこう》ノ謀反ナリト申《まうす》人ヤハ[九]世《よ》々《よ》侍ル。[一〇]ツヤ〳〵トサモヲモハズ又申サヌゾカシ。御門ノ御タメカギリナキ[一一]功ニコソ申《まうし》ツタヘタレ。又幼主《えうしゅ》トテ四五ヨリ位《くらゐ》ニツカセ給《たまふ》ヲ、シカルベカラズ、[一二]モノサタスルホドニナラセ給《たまひ》テコソ、ト云《いふ》人ヤハ又侍ル。昔今《むかしいま》[一三]ツクマジキ人ヲ位ニツクル事ナケレバ、ヲサナシトテキラハヾ、王位バタヘナンズレバ、コノ道理ニヨリテヲサナキヲキラフコトナシ。コレラ[一四]二《ふたつ》ニテ物ノ道理ヲバシルベキナリ。大方《おほかた》世ノタメ人ノタメヨカルベキ[一五]ヤウヲ用ル。何ゴトニモ[一六]道理詮《せん》トハ申ナリ。[一七]世ト申《まうす》ト人ト申トハ、二《ふたつ》ノ物ニテハナキ也。世トハ人ヲ申也。ソノ人ニトリテ世トイワル、方《かた》ハ[一八]ヲホヤケ道理トテ、國ノマツリコトニ[一九]カヽリテ善悪ヲサダムルヲ[二〇]世トハ申也。人ト申ハ、[二一]世ノマツリコトニモノゾマズ、スベテ一切ノ諸人ノ家ノ内マデヲ[二二]ヲダシクアハレム方《かた》ノマツリコトヲ、又[二三]人トハ申ナリ。其人ノ中ニ國王ヨリハジメテ[二四]アヤシノ民マデ侍ゾカシ。ソレニ國王ニハ[二五]國王フルマイヨクセン人ノヨカルベキニ、日本國ノナラヒハ、國王[二六]種姓《しゆしやう》ノ人ナラヌ[二七]スヂヲ國王ニハスマジト、[二八]神ノ代《よ》ヨリサダメタ

一 そのままであるべきである。
二 始まる。 三 退位する。
四 強制退位させる。
五 天皇を強制退位させることを謀反とは言うのである。 六「謀反謂、謀レ危二国家一。謂、臣下将レ図二逆節一而有レ無レ君之心一、不三敢指二斥尊号一。故託云二国家一」(律疏、八虐)。天皇を殺し退けようと計画すること。
七 それ以外にはありようのないこと。
八 してはならない。無用な。
九 代々のこと。「世二」の誤記か。世間で。
一〇 決してそうは思わない。
一一 てがら。
一二 史料本「コトノ沙汰」。政務の処置。
一三 即位する。
一四 幼少の天皇は好ましくない、天皇になってはならないものを天皇としない、の二つの道理。
一五 内容のこと。
一六 究極の道理。
一七 対立的に考えられる社会と個人の関係について統一的考察を進める視点を提供したものとして、愚管抄の以下の所論は注目される。
一八 朝廷・国家の政治を支配する道理。
一九 関係する。
二〇 道理を「世」という。国政をさす。
二一 国の政治にも関係しない普通の庶民。
二二 安らかである。
二三 民政をさす。
二四 卑しい民。
二五 国王としての行動をりっぱにする人。
二六 すじょう。 二七 血筋のもの。
二八 日本書紀、神代巻所収の天照大神の神勅により瓊瓊杵尊の子孫が国主と定められたことをさす。

ル國ナリ。ソノ中《うち》ニハ又[29]ヲナジクハヨカランヲトネガフハ、又世ノナラヒ也。ソレニカナラズシモワレカラ[30]ノ手[31]ゴミニメデタクヲハシマス事ノカタケレバ、御[32]ウシロミヲ用テ大臣《おほおみ》[33]ト云《いふ》臣下ヲナ[34]シテ、仰合《おほせあはせ》ツヽ、世[35]ヲバヲコナヘトサダメツル也。コノ道理ニテ國王モアマリニワロクナラセ給ヌレバ、世ト人トノ果報[36]ニ[37]ヲサレテ、エ[38]タモタセタマハヌナリ。ソノワロキ國王ノ運ノツキサセタマウニ、マタヤウ〳〵ノサマノ侍ナリ。

[39]太神宮・八幡《はちまん》[40]大菩薩ノ御ヲシヘノヤウハ、「御ウシロミノ臣下トスコシモ心[41]ヲオカズヲハシマセ」トテ、魚水合體《ぎよすゐがつてい》[42]ノ禮《れい》ト云《いふ》コトヲサダメラレタル也。コ[43]レ計《ばかり》ニテ天下ノヲサマリミダル、事ハ侍ナリ。ア[44]マノコヤネノミコトニ、ア[45]マテルヲオン神ノ、「ト[46]ノ、ウチニサブライテヨクフセギマモレ」ト御一諾《いちだく》[47]ヲハ[48]ルカニシ、ス[49]ヘノタガウベキヤウノ露バカリモナキ道理ヲヱテ、藤氏《とうし》[50]ノ三功《さんこう》トイフ事イデキヌ。ソノ三《みつ》ト云ハ、大織冠《たいしよくくわん》[51]ノ入鹿《いるか》[52]ヲ誅《ちゆう》[53]シ給《たまひ》シコト、永手大臣《ながておとど》[54]・百河《ももかは》[55]ノ宰相ガ光仁天皇ヲタテマイラセシ事、昭宣公ノ光孝天皇ヲ又タテ給シコト、コノ三也。ハジメ二《ふたつ》ハ事ア[56]ガリタリ。昭宣公ノ御コトハ、淸和ノ後ニサ[57]ダカニノデキタル事也。ソノ後スベテ國王ノ御命《おんいのち》[58]ノミジカキ云[59]バカリナシ。五[60]十ニヲヨバセ給タル一人モナシ。位ヲオリサセ給テ後ハ、ミナ又ヒサシクヲハシマスメリ。

二九 同じ国王の血筋ならば国王としての行動がりっぱなかたを即位させたい。
三〇 われとわが身で。
三一 手組みと同意義。手はず。
三二 背後にあってその人を助け世話する人。
三三 ↓五〇頁注一。
三四 任命する。
三五 国の政治を処理する。
三六 運命、特に幸運。
三七 圧倒される。
三八 その地位を維持し得なくなる。
三九 伊勢大神宮のこと。↓四八頁注一六。天照大神をさす。
四〇 応神天皇のこと。↓五一頁注一九。
四一 警戒の心をもたない。
四二 ↓一四七頁注一七。
四三 底本「コレ肝要ニテ」。天明本により改む。
四四 天児屋根命。↓六三頁。
四五 天照大神。四六 天児屋根命と太玉命に賜わった天照大神の勅の一節。↓一四〇頁注九。
四七 承知して引受けること。
四八 遠くむかしに行なった。
四九 末代になって相違すべき事情が少しもない道理。五〇 藤原氏がなしとげた三つのてがら。
五一 藤原鎌足のこと。↓一四〇頁注一〇。
五二 蘇我蝦夷の子。
五三 罪あるものを殺すこと。
五四 藤原氏。↓七三頁注二七。
五五 藤原氏。↓七四頁注一。
五六 時代が古くさかのぼる。
五七 確かに。五八 ↓一四〇頁注八。
五九 言葉に言い尽されない。
六〇 在位のままで五十歳になった天皇は一人もない。五十五歳即位の光孝天皇は例外。

コレラハ皆人シリタレド、一ドニコヽロニウカブコトナケレバ、[一]ウルサキヤウナレド、コレヲマヅ申《まうし》アラハスベシ。

清和ハワヅカニ[二]御歳《おんとし》三十一、治《ムルコト》ニ天下《ヲ》一[三]十八年ナリ。

陽成ハ[四]八年ニテヲリサセ給《たまひ》ヌ。[五]八十一マデヲハシマセド[六]世モシラセタマハズ。

光孝ハタヾ[七]三年、コレハ[八]サラニイデキヲハシタル事ニテ、五十五ニテハジメテ[九]ツカセ給《たまふ》。

宇多ハ[一〇]三十年ニテ位ヲサリテ[一一]御出家、[一二]六十五マデヲハシマス。

醍醐ハ[一三]卅三年マデヒサシクテ、[一四]御年モ四十六ニテ、タヾコレバカリメデタキ事ニテヲハシマス。

朱雀ハ[一五]十六年ニテアレド[一六]卅ニテウセ給フ。

村上ハ[一七]廿一年ニテ[一八]四十二マデ也。

コレ延喜・天暦トテ、コレコソスコシナガクヲハシマセ。

冷泉ハ[一九]二年ニテ位ヲオリテ、[二〇]六十二マデヲワシマセド、タヾ陽成トヲナジ御事ナリ。

圓融ハ[二一]十五年ニテ[二二]卅四。

花山ハ[二三]二年ニテ[二四]四十一マデヲハシ[二五]マセド云《いふ》ニタラズ。

一　わずらわしい。
二　崩御時の年齢。↓八四頁注三。
三　↓八三頁。
四　在位年数。↓八四頁。
五　↓八五頁注一六。事実は八十二歳。
六　上皇として国を治める。
七　在位年数。↓八五頁。
八　天皇としてあらたに出現した。
九　即位する。
一〇　「十年」の誤記。在位年数。↓八五頁。
一一　↓八六頁注九。
一二　崩御時の年齢。↓八六頁注一〇。
一三　在位年数。↓八六頁。
一四　崩御時の年齢。↓八七頁。
一五　在位年数。↓八八頁。
一六　↓八九頁注二九。
一七　在位年数。↓八九頁。
一八　崩御時の年齢。↓九一頁注二四。
一九　↓九一頁。
二〇　底本「六十二ニテ」。文明本・天明本により改む。崩御時の年齢。↓九七頁注一五。
二一　在位年数。↓九二頁。
二二　崩御時の年齢。↓九三頁注二二。三十三が正しい。
二三　在位年数。↓九三頁。
二四　崩御時の年齢。↓一一五頁注一四。底本「四十一ニテ」。文明本により改む。
二五　底本「マスト」。天明本により改む。
二六　在位年数。↓九四頁。
二七　崩御時の年齢。↓九六頁注一三。
二八　即位時の年齢七歳。↓九四頁。幼主であったばかりで。
二九　在位年数。↓九七頁。
三〇　東宮在位二十四年間。↓九八頁注一。

一條ハ[二六]廿五年ニテ[二七]卅二、[二八]幼主ニテノミヲハシマスハ、ヒサシキモカイナシ。三條ハ[二九]五年ナリ。東宮ニテコソ[三〇]ヒサシクヲハシマセドモ又カイナシ。後一條ハ[三一]二十年ナレド[三二]廿九ニテ、又[三三]幼主ニテヒサシクヲハシマシキ。後朱雀ハ[三四]九年ニテ[三五]ヲトナシクヲハシマセドモ[三六]卅七、又[三七]ホドナシ。後冷泉ハ[三八]廿三年ニテ[三九]四十二、コレゾスコシホドアレド、ヒトヘニタヾ[四〇]宇治殿《うぢどの》ノ[四一]マヽナリ。

コノ國王ノ代々《よよ》ノワカ死《じに》ヲセサセ給《たまふ》ニテフカク心ウベキナリ。タカキモイヤシキモ、[四二]命《めい》ノタフルニスギテ、[四三]ツクリカタメタル道理ヲアラハスミチハアルマジキ也。[四四]日本國ノ政《まつりこと》ヲツクリカフル道理ト、[四五]ヲリヰノミカドノ世ヲシロシメスベキ時代ニヲチクダルコトノ[四六]マダシキホド、國王ノ六十七十マデモヲハシマサバ、[四七]攝籙《せつろく》ノ臣《しん》ノ[四八]世ヲオコナフト云《いふ》一段ノ世ハアルマジキ也。サスガニ君トナラセヲハシマシテ、五十六十マデ[四九]脱屣《だつし》モナクテアランニハ、タヾ昔ノマヽニテコソアルベケレ。誠《まこと》ニ御年ノワカクテ、ハジメハ幼主ノ[五〇]攝政ニテ、ヤウ〱[五一]サバカリニナラセ給ヘドモ、[五二]我ト世ヲシラムトヲボシメスホドノ御心ハエナシ。攝籙ノ臣ノ[五三]器量メデタクテ、[五四]ソノ御マツリ事ヲタスケテ、世ヲオサメラルレバ[五五]事モカケズ。サルホドニ君ハ卅[五六]ガウチトニテミナ[五七]ウセサセ給フ也。コレコソハ

三一 在位年数。↓九八頁。
三二 崩御時の年齢。↓九九頁。
三三 九歳で即位。↓九八頁注五。
三四 在位年数。↓一〇〇頁。
三五 即位の時は年を取って世なれていた。当時二十八歳。↓一〇〇頁。
三六 崩御時の年齢。↓一〇〇頁。
三七 在位期間が短い。
三八 在位年数。↓一〇一頁。
三九 崩御時の年齢。↓一〇二頁注二。四十四が正しい。
四〇 藤原頼通のこと。↓三二五頁注四三。
四一 思う通り。
四二 定まった運命がささえ得る以上に。
四三 寿命を堅固に改造するの意か。
四四 日本国の政治を改変する道理。その始めは後見の臣下を起用することであった。
四五 太上天皇が国を治めるべき時代に低下する。↓一五七頁注一五。
四六 まだその時期に達しない。日本国政改変の道理と上皇治政の時期の双方にかかる。
四七 底本「摂録ノ臣」。天明本により改む。以下「籙」を「録」と誤記するはいちいち注記せず。「籙」は予言を書いたもの。天子に代って籙をとるの意で摂政のこと。
四八 国政を処理する。
四九 帝王が退位すること。↓四三頁注一四。
五〇 底本「摂政マテ」。天明本により改む。
五一 それほどの年齢に。
五二 自分から。
五三 才能がすぐれている。
五四 若い天皇。 五五 不足しない。
五六 内外、前後。
五七 死ぬ。

[一]太神宮ノ、コノ[二]中《なか》ホドハ、[三]キミノ君ニテ昔ノゴトクヱアルマジケレバ、此《この》[四]レウニコソ神代《かみよ》ヨリ、「[五]ヨク殿内《とののうち》ヲフセギマモレ」トイヽテシカバ、[六]ソノ子孫ニ又カク器量[七]アイカナイテ、[八]ムマレアイ〳〵シテコノ[九]九條ノ右丞相《うじようしやう》ノ子孫ノ、君ノ政《まつりこと》ヲバタスケンズルゾト、[一〇]ツクリアハセラレタル也。サテソノ後、[一一]太上天皇ニテ世ヲシロシメスベシト又サダマリヌレバ、白河・鳥羽・後白河ト三代ハ[一二]七十六(十)五十ニミナ[一三]アマリ〳〵シテ世ヲバシロシメスニナン。サレバコノ[一四]コトハリハコレニテ心ヱラレヌ。サテ後三條院[一五]ヒサシクヲワシマスベキニ、事ヲバ[一六]キザシテ[一七]四十ニテウセヲハシマス事ゾ[一八]ヲボツカナケレド、ソレハ[一九]ムズト[二〇]世ノヲトロフベキ道理ノアラハル丶ナルベシ。後三條院御心ニヲボシメス[二一]ホドノアリケムハ、イカニメデタカリケム。サテ、[二二]トモイヘカクモイヘ、[二三]時ニトリテ、世ヲシロシメス君ト攝籙臣トヒシト一ツ御心ニテ、チガフコトノ返《かへす》〳〵侍《はべる》マジキヲ、別ニ[二四]院ノ近臣ト云物《いふもの》ノ、[二五]男女《なんによ》ニツケテイデキヌレバ、ソレガ[二六]中ニイテ、イカニモ〳〵コノ[二七]王臣ノ御中ヲアシク申《まうす》ナリ。アハレ[二八]俊明《としあき》卿マデハイミジカリケル人哉。[二九]コヽヲ詮ニハ君ノシロシメスベキナリ。今ハ又武者《むしや》ノイデキテ、[三〇]將軍トテ君ト[三一]攝籙ノ家トヲオシコメテ世ヲトリタルコトノ、[三二]世ノハテニハ侍ホドニ、[三三]此《この》武將ヲミナ[三四]ウシナイハテヽ、誰ニモ郎從《らうじゆう》トナルベキ武士バカリニナシテ、ソ

一 伊勢大神宮。ここでは天照大神。 二 清和以後をさす。 三 天皇が天皇として清和以前の昔のようにはあり得ない。 四 ため。 五 天照大神が天児屋根命らに下した勅の一節。→三二九頁注四六。 六 天児屋根命をさす。 七 適する。 八 天明本「生あひ」。その時期に生まれあわせる。 九 九条右大臣と同じ。師輔のこと。→九〇頁注一二。 一〇 天皇の寿命と摂籙の臣の出現とが調和するように作られた。 一一 太上天皇の資格で国を治める。 一二 底本「七十六五十」。文明本により改む。崩御時年齢、白河天皇七十七歳。→一〇四頁注八。鳥羽天皇五十四歳。→一〇七頁注二六。後白河天皇六十六歳。→一一九頁注一六。 一三 越える。 一四 道理。 一五 天皇親政を実現した後三条天皇は当然長く在位すべきであった。 一六 物事を始める。本来は自動詞。 一七 崩御時の年齢。→一〇三頁注一六。 一八 不審である。 一九 急に、勢い強く。 二〇 特に国の政治。おおやけ道理をさす。→三二八頁注一八。 二一 子細。 二二 何と言おうと。 二三 その場合にあたって。 二四 近習と同じ。上皇の側近に仕えるもの。その例、源氏の人々。→一九九頁注一七、俊明→二〇二頁注一五、顕隆→三三四頁注二〇、資賢→二三八頁注二四、成親→二四四頁注五、通親→二五〇頁注八、卿二位兼子→二五八頁注一五、泰経→二七〇頁注二九など。 二五 男も女も。 二六 天皇と摂籙臣との間。 二七 王と臣、天皇と摂籙臣。 二八 河村本「俊明卿はいみし…」。→二〇二頁注一五。

ノ将軍ニハ攝籙ノ臣ノ家ノ[三五]君公ヲナサレヌル事ノ、イカニモ〳〵[三六]宗廟神ノ、猶[三七]君臣合體《がってい》シテ昔ニカヘリテ、世ヲシバシヲサメントヲボシメシタルニテ侍レバ、ソノ[三八]始終ヲ申《まうし》トヲシ侍ベキ也。サレバ後三條院ハ[三九]四年、コレヨリノ事ヲコマカニ申ベシ。コノ後ハ[四〇]事カハリテ位《くらゐ》ヲリテ後、[四一]世ヲシラントヲボシメシクハダテ、、[四二]ワレハトクウセサセ給《たまひ》シカド、白河院[四三]七十七マデ世ヲシロシメシキ。コレハ[四四]臣下ノ御フルマイニナレバヒサシクヲハシマスナリ。

次《つぎに》鳥羽院又[四五]五十四マデヲ[四六]ハシマスベキニ、又後白河[四七]五代ノミカドノ父祖ニテ、[四八]六十六マデヲハシマス。太上天皇世ヲシロシメシテノ後、ソノ中ノ御子・御孫ノ位ノヒサシサ、[四九]トサノコトハ[五〇]ムヤクナレバ申《まうす》ニヲヨバズ。[五一]ワザトセンヤウニホドナクカハラセ給フメリ。ソノ次ニ[五二]コノ院ノ御世《みよ》ニ成《なり》テ、スデニ後白河院[五三]ウセサセヲハシマシテ後、[五四]承久マデスデニ廿八年ニナリ侍リヌル也。

延喜・天暦マデハ君臣合體[五五]魚水《ぎよすゐ》ノ儀マコトニメデタシトミユ。[五六]北野《きたの》ノ御事モ[五七]セメテ時平《ときひら》ト御心タガハヌカタノシルシナルベシ。

冷泉院ノ御後、ヒシト天下ハ[五八]執政臣《しつせいのしん》ニ[五九]ツキタリトミユ。[六〇]ソレニトリテ[六一]御堂《みだう》マデハ攝籙ノ御心ノ、時ノ君ヲ[六二]オモイアナヅリマイラスル心ノ[六三]サワ〳〵トナクテ、君ノアシクヲハシマス事ヲバ[六四]メデタク申《まうし》ナヲシ〳〵テヲハシマスヲ、君ノ[六五]アシ

二九 近臣の動きを詮じつめた重要なこととして。
三〇 征夷大将軍の略。頼朝以前に義仲が寿永三年正月八日(東鑑)に任命。
三一 河村本「摂籙臣」。
三二 世界の終末。三三 清盛・義仲・頼朝・頼家・実朝らをさす。三四 消滅させる。
三五 天明本「若君公」。頼経のこと。↓三一五頁注四五。
三六 皇室の祖神。天照大神・八幡大菩薩、それに天児屋根命を加える。
三七 君の天皇と臣の摂籙が一体となる。
三八 始めから終りまで申しあげる。
三九 在位年数。↓一〇二頁。
四〇 趣が変わる。四一 国を治める。
四二 後三条天皇自身は。四三 崩御時の年齢。
四四 院政をみる上皇の行動は天皇を補佐する臣下のそれと同じであるから、長命なのである。
四五 崩御時の年齢。
四六「ベキニ」の意味不明確。
四七 二条・六条・高倉・安徳・後鳥羽の五代。
四八 崩御時の年齢。四九「とくさ」の略。早い、短いこと。五〇 むだである。五一 ことさらにするようにまもなく。五二 後鳥羽上皇のこと。
五三 建久三年。↓一一九頁注一六。
五四 承久元年をさす。同年は建久三年から二十八年目に当たる。五五 ↓一四七頁注一七。
五六 菅原道真のこと。↓八八頁注一三。
五七 しいて。五八 執政は履仲天皇の代に始まる。↓五二頁注一一。「執政臣」は光孝天皇の条に所見し摂政と同意語。↓八五頁注二一。
五九 随従する。六〇 それに関して。
六一 藤原道長のこと。六二 重視しない。
六三 きれいに。六四 りっぱなように言い直す。
六五 不快に思う。

ク御心エテ、[一]圓融・[二]一條院ナドヨリ我ヲアナヅルカ、世ヲワガ心ニマカセヌコソ、ナドヲボシメシケルハミナ君ノ御[三]ヒガ事トミユ。

[四]宇治殿ノ後冷泉院ノ御時、世ヲヒシトトラセ給《たまひ》シ後ニ、スコシハ[五]君ヲアナヅリマイラセテ、[六]世ヲワガ世ニ思ハレケルカタノマジリニケルヨ、ナドミユ。

後三條院コレヲ[七]サ御ランジテ、[八]コノ事アレトヲボシメシテ、今ハタヾ[九]脱屣《だっし》ノ後《のち》ワレ世ヲシラントヲボシメシテケリ。サレドコノ[一〇]宇治ト後三條院トハサハヲボシメセドモ、[一一]アシカリケリ〳〵トミナ思ヒナヲシ〳〵シテ、[一二]王道ヘヲ[一三]トシスエテ世ノマツリコトハ[一四]ヤミ〳〵シケルヨ、ナドミユ。

[一五]白河院ノ後、[一六]ヒシト太上天皇ノ御心ノホカニ、[一七]臣下トイフモノ、センニタツ事ノナクテ、別ニ近臣トテ白河院ニハ初ハ[一八]俊明等モ候《さぶらふ》。[一九]スヱニハ[二〇]顯隆・[二一]顯頼ナド云物《いふもの》ドモイデキテ、[二二]本體ノ攝籙臣ヲ[二三]コノ[二四]シモザマノ人ノヲハシケルニ、又[二五]カナシウヲサレテヲソレハヾカリナガラ、又昔ノ[二六]スヱハサスガニツヨクノコリテ、鳥羽・後白河ノハジメ[二七]法性寺《ほっしゃうじ》ドノマデハアリケリトミユ。

コノ中ニ白河院ノ、[二八]知足院《ちそくゐん》ドノヲヒシト中アシク[二九]モテナシテ[三〇]ヲヒコメテ、ソノ知足院ノ子法性寺殿ヲ別ニトリハナツヤウニ[三一]ツカヒタテサセ給タル御ヒガ事ノ、ヒシト[三二]世ヲバウシナイツルニテ侍《はべる》ナリ。コレニツケテ[三三]サダカニ[三四]冥顯《みやうけん》ノ二《ふたつ》ノ

一 円融天皇が不快に思ったのは関白頼忠が決定した時の事情。↓一六三頁。 二 一条天皇が不快に思ったのは道長が妹の詮子を動かして伊周を排して内覧の宣旨を得たことを初めとして多い。↓一七〇頁以下。 三 事実と違ったこと。

四 藤原頼通のこと。 五 頼通が後冷泉天皇を軽視した具体的事実は愚管抄に記録されていない。弟の後三条天皇は頼通には私が多いとした。↓一八八頁注四。 六 国政を自分の支配するものと考えた。 七 頼通の施政をそのように見る。

八 確かに前記の事実がある。 九 退位すること。

一〇 宇治殿の略。 一一 対立したのは悪かったと思い直す。 一二 公明正大、無私無偏、王者の国家統治の仕方。 一三 帰着させ落ち着かせる。

一四 決着がつく。 一五 白河上皇が院政を始めたのちの意。 一六 政治は上皇の御心のままに行われたが、ほかにの意。 一七 執政臣＝摂政関白が先頭に立つ。 一八 ↓二〇二頁注一五。

一九 底本「スユ」。諸本により改む。

二〇 藤原氏高藤孫。高藤—定方—朝頼—為輔—宣孝—隆光—隆方—為房—顕隆。

二一 顕隆の一男。 二二 根本の摂政関白にも。

二三 愚かなさま。 二四 身分の低いもののような人。師通(↓二〇五頁注二八)、忠実・頼長(↓二一二頁)をさす。 二五 あわれにも摂政関白が近臣に押されて恐れ遠慮した。

二六 余勢。 二七 藤原忠通のこと。

二八 藤原忠実のこと。 二九 取扱う。

三〇 家に押し込む。白河法皇と忠実の衝突。↓二〇九頁注一九。 三一 用い、役につかす。

三二 国の政治、特に、おおやけ道理。↓三二八頁注一八。 三三 確かに。 三四 眼に見えぬ冥と、見える顕の二つの道理の違い。

三五 違い。 三六 表面。 三七 最後の時に。

道、邪神善神ノ御[三五]タガへ、[三六]色ニアラハレ内ニコモリテミユルナリ。サレドモ鳥羽院ハ[三七]最後ザマニヲボシメシシリケン、[三八]物《もの》ヲ法性寺殿ニ申《まうし》アワセテ、[三九]ソノ申サル、マ、ニテ、後白河院位ニツケマイラセテ、[四〇]立《たち》ナヲリヌベキトコロニ、[四一]カヤウニ成行《なりゆく》ハ世ノナヲルマジケレバ、スナハチ天下日本國ノ運ノ[四二]ツキハテ、、大亂ノイデキテ、ヒシト武者ノ世ニナリニシ也。ソノ後、攝籙ノ臣ト云物ノ、[四三]世《よの》中《なか》ニトリテ、三四番ニクダリタル威勢ニテ、[四四]キラモナク成《なり》ニシナリ。其後ワヅカニ[四五]松殿・[四六]九條殿コノ二人、イサ、カ[四七]一ノ人ニ似タル事ドモアレド、[四八]カク成ヌル上ノナサケニテコソアレ。松殿ハ平家ニ[四九]ウシナハレ、九條殿ハ[五〇]源將軍《げんしやうぐん》ニトリイダサレタル人ニテ、國王ノ御[五一](意)ニマカセテ、攝籙臣ヲ[五二]ワガ物ニタノミモシ、ニクミモスル[五三]スヂノコソ〱トウセヌル上ハ、ヨキモアシキモ[五四]ヲカシキ事ニテ今ハ[五五]ヤミヌルニ、タヾシバシ[五六]コノ院ノ後京極殿《ごきやうごくどの》良經ヲ[五七]攝籙ニナサレタリシコソ、コハメデタキ事カナトミエシホドニ、[五八]ユメノヤウニテ頓死セラレニキ。[五九]近衛殿ト云《いふ》父子ノ、[六〇]家ニハムマレテ、職《しき》ニハ居《ゐ》ナガラ、[六一]ツヤ〱ト[六二]カイハライテ、[六三]世ノヤウヲモ家ノナライヲモ、スベテシラズ、キカズ、ミズ、ナラハヌ人ニテ、シカモ家領《けりやう》文書カ、エテ、カク[六四]トラレヌ、[六五]カヘサレヌシテ、イマダウセズ[六六]シナデヲハスルニテ、ヒシト世ハ[六七]王臣ノ道ハウセハテヌルニテ侍《はべる》ヨト、サハ〱ト

三八 事がら。物事。 三九 忠通の奏上のとおりに。
四〇 世＝国の政治がもとのようによくなる。
四一 このようになって行く、乱世になっていくのは、国の政治がもとのようによくならないであろうことを示している。 四二 すべてなくなる。
四三 当世。 四四 底本「キラモナリ」。天明本により改む。「キラ」は威光の盛んなこと。
四五 藤原基房のこと。 四六 藤原兼実のこと。
四七 摂政関白の別名。 四八 摂政関白の威勢が三、四番にさがったので思いやりとして起きたことである。 四九 消滅さす。治承三年の政変で失脚させられたことをさす。→二四八頁注二一。
五〇 源頼朝のこと。頼朝の兼実推挙→二七〇頁注一五。 五一 底本「御ニ」。天明本により改む。
五二 自分のもの、味方とたよりにする。
五三 条理。 五四 こっけいである。ことによると「ヲナシキ」の誤記か。 五五 決着がつく。
五六 底本「ユノ院」。文明本・天明本により改む。
後鳥羽上皇のこと。 五七 良経の摂政就任→二八六頁注二〇以下。 五八 底本「文ノヤウ」。文明本・天明本により改む。良経の急死→二八九頁注三九。 五九 基通・家実をさすが、特に基通について。 六〇 摂政関白の家に生まれて。
六一 少しも。次の「シラズ」にかかる。
六二 一物も残さず取り去る。「何も」と同じ。「シラズ」にかかる。 六三 国の政治の仕方。
六四 基通の相続すべき所領が平盛子に奪われたことをさす。→二四一頁末以下。
六五 治承三年の政変で基通は摂政になり、この時に所領管理権を回復した。しかしその後、師家が摂政になった時は高陽院領だけを保持した。→二六一頁末以下。
六六 基通は天福元年、家実は仁治三年没。
六七 天皇と摂政関白協力治政の道。

ミユル也。ソレニ王モ臣モマヂカキ九條殿ノ世ノ事ヲ思ハレタリシ。[一]チカラノ正道ナルカタハ、[二]宗廟社稷《そうべうしやしよく》ノ本《もと》ナレバ、ソレガトヲルベキニヤ。

イマ[三]左大臣ノ[四]子ヲ武士ノ大將軍ニ、一定《いちぢやう》八幡大菩薩ノナサセ給ヒヌ。人ノスル事ニアラズ、一定神々《かみがみ》ノ[五]シイダサセ給ヒヌルヨトミユル、フカシギノ事ノイデキ侍リヌル也。コレヲ[六]近衞殿ナド云《いふ》[七]サタノホカノ者ハ、「ワガ家ニカ、ルコトナシ。[八]ハヂカ、ル、カ」イハル、ヲ、誠《まこと》ニナドヲモフ[九]人モアルトカヤ。ヲカシキ事トハ、タヾコレラナリ。ワガ身ウルハシク家ヲツギタル人ニテコソ、サヤウノ事ハヲロカナガラモイフベケレ。[一〇]平將軍《へいしやうぐん》ガ亂世ニ成《なり》サダマル[一一]謀反《むほん》ノ[一二]詮《せん》ニ、[一三]二位中將ヨリ、[一四]ツヤ〳〵物モシラヌ人ノ[一五]ワカ〳〵[一六]ヲロカ〳〵トシタルニ、攝籙ノ臣ノ名バカリサヅケラレテ、[一七]怨靈《をんりやう》ニ[一八]ワザトマモラレテ、ワガ家ウシナワン[一九]レウニ久シクイキタルゾト、ヱ思ヒシラヌホドノ身ニシテ、「家ノハヂ也」ナド[二〇]イハヾヤ、大菩薩ノ御心ニカナフベキ。[二一]不レ足ラ言フニト云《いふ》ハコレナリ。[二二]スコシハ、[二三]世ノウツリ物ノ[二四]道理ノカハリユクヤウハ、人コレヲワキマヘガタケレバ、[二五]ソノレウニ[二六]コレハカキツケ侍レド、コレヲミム人モワガ[二七]心ニイレ〳〵[二八]センズレバサラニ[二九]カナウマジ。コハイカヾシ侍《はべる》ベキ。サレバ攝籙家《せつろくけ》ト[三〇]武士家《ぶしけ》トヲヒトツニナシテ、文武[三一]兼行《けんかう》シテ世ヲマモリ、君ヲ[三二]ウシロミマイラスベキニナリヌルカトミ

一　武力をさす。武力の使用が正しい道理に従って行われるということは。
二　国家の祖神。ここでは国家。
三　藤原道家のこと。建保六年十二月二日左大臣昇任、承久三年七月七日解任。
四　頼経のこと。
五　しでかす。成し遂げる。
六　基通・家実父子のこと。
七　まったく問題にならないこと。
八　九条家は将来はじをかくであろう。
九　暗に後鳥羽上皇をさす。→補注7－七。
一〇　平清盛のこと。
一一　治承三年十一月の政変をさす。
一二　終局。
一三　政変当時の基通の官位。→二四八頁注九。
一四　少しも。
一五　たいそう子供じみている。
一六　知力が鈍く無智である。
一七　平家をさす。　一八　特別に。
一九　ために。
二〇　言っても八幡大菩薩の御心にかなわない。
二一　取り上げて論ずる価値がない。
二二　次の「コレハカキツケ」にかかる。
二三　世界の変化。
二四　物事の道理の変化。
二五　それを知らせるために。
二六　愚管抄をさす。
二七　深く心にとめる。　二八　しなければ。
二九　理解することは不可能であろう。
三〇　この場合は将軍家のこと。
三一　二様のことを一人で行うこと。
三二　背後にあってその人を助け世話する。
三三　帰着させ落ち着かせる。　三四　帰る。
三五　深山に住むと想定された妖怪。

ユルナリ。コレニツキテ昔ヲ思ヒイデ今ヲカヘリミテ、[三三]正意《しやうい》ニヲトシスヱテ邪ヲステ正ニ[三四]キスル道ヲヒシト心ウベキニアヒ成テ侍《はべる》ゾカシ。先《まづ》コレニツキテ、是《これ》ハ一定大菩薩ノ御計《おんはからひ》カ、[三五]天狗《てんぐ》・[三六]地狗《ちく》ノ又シハザカトフカクウタガウベシ。コノウタガイニツキテ、昔ヨリ怨靈ト云物ノ世ヲウシナイ人ヲホロボス[三七]道理ノ一ツ侍ヲ、先《まづ》佛神ニイノラルベキナリ。

[三八]百川《ももかは》ノ宰相イミジク[三九]光仁ヲタテ申《まうし》シト、又ソノ[四〇]アトノ王子[四一]立太子《りつたいし》論ゼシニ、桓武ヲバタテ[四二]ヲホセマイラセタレド、アマリニサタシスゴシテ、[四三]井上《ゐのかみ》ノ内親王ヲ[四四]穴ヲヱリテ獄ヲツクリテコメマイラセナンドセシカバ、[四五]現身《げんしん》ニ龍《りゆう》ニ成テ、ツイニ[四六]蹴コロサセ給フト云メリ。[四七]一條攝政ハ[四八]朝成《あさひら》ノ中納言ヲ[四九]生靈《いきすだま》ニ[五〇]マウケテ、[五一]義《のり》孝《たか》ノ少將マデウセヌト云メリ。[五二]アサヒラハ[五三]定方《さだかた》右大臣ノ子也。宰相ノ時ハ一條攝政ハ[五四]下臈《げらふ》ニテ[五五]競望《けいばう》ノアイダ[五六]放言《はうごん》シ申《まうし》タリケリ。大納言所望ノ[五七]時ハ攝籙臣ニナラレタルニマイリテ、昔ハサウナク[五八]上ヘノボル事モナカリケルニ良久《やや》シク庭ニ立《たち》テ、[五九]タマ〳〵ヨビ入《いれ》テアハレタルニ、大納言ニハ[六〇]ワガナルベキ道理ヲ[六一]立テケルヲウチキヽテ、「[六二]往年納言《わうねんなごんの》トキハ放言セラレキ。今ハ[六三]貴閣《きかく》ノ昇進ワガ心ニマカセタリ。世間ハハカリガタキ事ゾ」ト云《いひ》テ、ヤガテ内ヘイラレニケレバ、[六四]ナノメナラズ腹立《はらだち》テイデケル。車ニマヅ[六五]笏《しやく》ヲナゲイレケル二《ふたつ》ニワレニケリ。サ

三六 地中に住むと想定された妖怪。出典不明。
三七 筋道。 三八 藤原氏。→七四頁注一。
三九 →一四六頁。
四〇 家督。この場合は皇位をつぐもの。
四一 皇位をつぐべき皇子を決定すること。→補注7-八。 四二 やりとげる。
四三 光仁天皇皇后、聖武天皇皇女、母県犬養広刀自。 四四 穴をあける。
四五 →補注7-八。 四六 →補注7-八。
四七 藤原伊尹のこと。→九二頁注八。
四八 藤原氏高藤孫。高藤─定方─朝成。安和三年正月二十七日権中納言昇任、天禄二年十二月十五日中納言転任、天延二年四月五日没。「号㆓三条中納言㆒」(補任)。
四九 「窮鬼、イキスタマ、生霊〈同〉」(伊呂波字類抄)。→補注7-九。
五〇 身に持つ。 五一 藤原伊尹の子。→一八一頁注二六。天延二年九月十六日没(一代要記)。
五二 底本「アキヒラ」。河村本により改む。
五三 藤原高藤の二男。→八七頁。
五四 朝成は天徳二年閏七月二十八日、伊尹は天徳四年八月二十二日に参議昇任。
五五 競争して所望する。→補注7-九。
五六 言いたいことを自由に大声に言う。→補注7-九。 五七 年時不明。伊尹の摂政就任、天禄元年五月二十日。→九二頁注八。
五八 たやすく殿舎の上にのぼらなかった。→補注7-九。
五九 やっとのことで伊尹が朝成を呼び入れた。
六〇 朝成が大納言になるべき理由。
六一 言い出す。 六二 中納言を競望した時。
六三 あなた。 六四 一通りでなく朝成が立腹した。
六五 文武官が束帯着用の時に右手に持つ手板。長さ一尺あまりある。

テ生靈《いきすだま》トナレリ、トコソ[一]江帥《がうのそち》モカタリケレ。三條東洞院ハ[二]アサ平ガ家ノアトナリ。ソレヘハ一條攝政ノ子孫ハ[三]ノゾマズナド申《まうす》メリ。[四]元方《もとかた》ノ大納言ハ[五]天暦ノ第一皇子[六]廣平《ひろひら》親王ノ[七]外祖ニテ、冷泉院ヲ[八]トリツメマイラセタリ。[九]顯光大臣《あきみつのおとど》ハ[一〇]御堂《みだう》[一一]ノ靈《りやう》ニナレリ。[一二]小一條院御[一三]シウトナリシユヘナドカヤウニ申《まうす》也。サレドモ佛法ト云《いふ》モノ、サカリニテ、[一四]智行ノ僧ヲホカレバ、カヤウノ事ハ[一五]タヘレドモ、[一六]事ノホカナル事ヲバフセグメリ。[一七]マメヤカニ底ヨリタウトキ僧ヲタノミテ、[一八]三寶《さんばう》ノ益《やく》ヲバウル也。[一九]九條殿ハ[二〇]慈惠《じゑ》大師、御堂ハ[二一]三味和尚《さんまいくわしやう》・[二二]無動寺《むどうじ》座主、[二三]宇治殿ハ滋[二四]賀僧正ナド、[二五]カヤウニキコユメリ。[二六]フカク世ヲミルニハ、[二七]讃岐院、[二八]知足院ドノ、靈《りやう》ノサタノナクテ、タヾ[二九]我家《わがいへ》ヲウシナハント云《いふ》事ニテ、[三〇]法性寺殿《ほつしやうじどの》ハコナガラアマリニ[三一]器量ノ、[三二]手ガクベクモナケレバニヤ、[三三]ワガ御身ニハ[三四]アナガチノ事モナシ。[三五]中ノ殿ノ[三六]トクウセザマ、[三七]松殿・[三八]九條殿ノ事[三九]ニアハレヤウ、[四〇]コノイ殿ノタビ〳〵[四一]トラレ給ヒテ、今マデ命ヲ[四二]イケテ[四三]アソビテ[四四]コノ家ヲウシナハレヌル事ト、後白河一代[四五]アケクレ事[四六]ニアハセ給フコトナドハ、[四七]アラタニコノ怨靈《をんりやう》モ何モタヾ[四八]道理ヲウル方《かた》ノ[四九]コタウル事ニテ侍《はべる》ナリ。[五〇]一《ひ》トアタリハタヾ[五一]ヤス〳〵トアル事ノ[五二]一大事ニハナル也。[五三]サヌキヨリヨビカハシマイラセテ、京ニヲキタテマツリテ、[五四]國一ツナドマイラセテ、「御[五五]作善候《さぜんさふらふ》ベシ」[五六]ナドニテ歌ウチヨマセマイラセテア[五七]

一 大宰権帥大江匡房のこと。
二 朝成が正しい。朝成の家。↓補注7-九。
三 その場所に行かない。
四 底本「知方」。諸本も同じ。事実により改む。元方の経歴↓一七八頁注二。
五 村上天皇のこと。
六 底本「広季」。諸本同じ。事実により改む。
七 母方の父母。元方の娘元子は広平親王母。
八 はげしく迫る。↓一七七頁注五。
九 藤原兼通の子。↓九九頁注二五。
一〇 藤原道長に対して。
一一 怨霊のこと。
一二 ↓一〇〇頁注四。
一三 顕光娘延子は小一条院妃。
一四 底本「知行」。諸本により改む。智恵と行法兼備。
一五 神や怨霊などが禍を与える。
一六 案外なこと。
一七 誠実に。「タノム」にかかる。
一八 仏法僧の賜う利益。
一九 藤原師輔のこと。
二〇 良源のこと。↓九八頁注三。
二一 慶円のこと。↓九一頁注一七。
二二 慶命のこと。↓一〇〇頁注一。
二三 藤原頼通のこと。
二四 明尊のこと。↓一〇二頁注三。
二五 深く帰依した。
二六 国の政治を深く見ると。
二七 崇徳天皇のこと。
二八 忠実のこと。
二九 忠実の家を霊を鎮めることの評定がない。
三〇 藤原忠通のこと。
三一 才能がすぐれていて。
三二 忠実の怨霊が手をかけて、それに当たる。
三三 忠通自身のこと。
三四 あんまりひどい。
三五 藤原基実のこと。
三六 早死の仕方。↓二四一頁注六六。
三七 藤原基房のこと。
三八 藤原兼実のこと。
三九 重大な事件に遭遇する。基房は治承三年の政変、兼実は建久七年の政変で失脚したことをさす。
四〇 近衛基通のこと。
四一 基通が義仲・頼朝の圧力によって摂政関白を師家・兼実に奪われたことをさす。
四二 生かす。
四三 楽しいと思うことをして心を慰める。
四四 摂関家をさす。
四五 日常ふだんに。
四六 保元の乱を初めとして、平治の乱、成親陰謀、治承三年の政変、以仁王挙兵による内乱等ラマシカバ、カウホドノ事アルマジ。知足院殿ヲモ[五八]申《まうし》ウケテ、法性寺殿ノ御[五九]サタニハ、宇治ノ[六〇]常樂院《じやうらくゐん》ニ[六一]スヱ申テ、イマスコシ[六二]庄《しやう》ドモ、マイラセテ、ヲナジクアソビシテ[六三]管絃《くわんげん》モテナシテヲハシマサマシカバ、カウホドノ事ハアルマジキ也。法性寺殿ハ[六四]ワガヲヤナレバ、[六五]流刑《るけい》ノナキコソ[六六]ソマウノ事トヲモハレタリケルニヤ。ソレモ[六七]イハレタレド、[六八]我身《わがみ》ニアラタナルタヽリハナケレドモ、[六九]イカニモノヽハカライハ、コレホドノ[七〇]ヤウヲフカク[七一]思ヒトカヌトコロニ[七二]事ハイデクルナリ。[七三]人間界《にんげんかい》ニハ[七四]怨憎會苦《をんぞうゑく》、カナラズ[七五]ハタストコロナリ。タヾ口《くち》ニテ一言《いちごん》、ワレニマサリタル人ヲ過分《くわぶん》ニ放言《はうごん》シツレバ、當座ニ[七六]ムズトツキコロシテ命ヲウシナハルヽナリ。怨靈ト云《いふ》ハ、[七七]センハタヾ[七八]現世《げんぜ》ナガラフカク[七九]意趣ヲムスビテカタキニ[八〇]トリテ、小家《こいへ》ヨリ天下ニモヲヨビテ、ソノカタキヲ[八一]ホリマロバカサントシテ、讒言《ざんげん》ソラ事ヲツクリイダスニテ、[八二]世ノミダレ又人ノ損ズル事ハタヾヲナジ事ナリ。[八三]顯《あらは》ニソノムクイヲハタサネバ[八四]冥《みやう》ニナルバカリナリ。聖德太子ノ[八五]十七條ノ中ニ、「嫉妬《しつと》ヲヤメヨ、嫉妬ノ思ヒハソノキハナシ。カシコクヲロカナル事ハ、又タマキノハシナキガゴトシ。我一人エタリトナ思ヒソ」トイマシメテ、「寶《たから》アルモノヽウレヘハヤス〱トトホルナリ。石ヲ水ニナゲイルヽヤウ也。マヅシキ者ノウレヘハカタクテトホル事ナシ。水ニテ岩ヲウツヤウ也」ト仰《おほせ》ラレタル。

をさす。四七 神仏の霊験が著しいこと。
四八 正しく筋道を理解するもの。
四九 反応し得ることである。
五〇 一度その事やその人に当たってみること。事件が起きた当初のことをさす。
五一 きわめて容易なこと。五二 容易ならぬ大事件。
五三 崇徳上皇を讃岐から呼び変える。「ヨビカヘ(返)ス」の誤りか。五四 知行国のこと。
五五 善行を積むこと。写経・造寺・造像・法会・供養・讃嘆などを行うこと。
五六 おおかたそんなことで。五七 あったならば。
五八 願って預かる。五九 処置としては。
六〇 →補注7-一〇。六一 坐らせる。中に入れて他に移動しないようにする。六二 所領の荘園。
六三 音楽をする。六四 忠実は自分の親であるから。
六五 保元の乱の直後、忠実を流刑にする議があり、忠通が訴えてそれをさしとめた。→補注7-一一。六六 所望と書く。望み。天明本「まう」。猛に当てる。六七 もっともである。
六八 忠通自身には。六九 天明本「いかにも〱はからひは」。七〇 事情。子細。様子。
七一 考えて理解する。七二 事件。
七三 底本「人間男」。天明本・河村本により改む。人間の住む世界のこと。七四 底本「怨増会苦」。天明本・河村本により改む。八苦の一。うらみにくむものと会う苦しみ。七五 その目的を実現する。殺す。七六 急に力を込めて。七七 究極。
七八 この世に生きていながら。七九 恨みを生ずる。
八〇 えらび出す。する。八一 池に穴を掘りころばせる。八二 底本「世ノミタレヌ」。文明本・天明本により改む。八三 底本「顕とヱソノ…」。天明本により改む。眼に見えて。
八四 眼に見えない所で、しかえしが行われる。
八五 十七条憲法のこと。→補注7-一二。

コノ[一]三事ノセンニテハ侍ルヲ、世ノ[二]スヱザマ、當時ノ世間《せけん》ニハサルイマシメノアルカトダニモ思ハデ、ワザト[三]コレヲメデタキ事ニ思《おもひ》テ、スコシモ[四]タマシイアラント思ヒタル人ハ、物ネタミト[五]自是非他《じぜひた》ト[六]追従《つゐしよう》[七]マイナイトニテ、コレガヒトヘニ[八]世ヲモタンニハ[九]ナンノ候《さふら》ハンゾナ。[一〇]アザヤカ〱ト侍ルモノカナ。ヲサマレル世ニハ[一一]官人《くわんひと》ヲモトム、ミダレタル世ニハ人官ヲモトムト。コノ比《ころ》[一二]十人大納言[一三]三位五六十人、[一四]コ院ノ御時マデモ十人ガ内外ニテコソ侍《はべり》シカ。[一五]ユゲイノゼウ・ケビイシハカズモサダマラズ。一度ノ[一六]除目ヲミレバ、靫負尉《ゆげひのじよう》・[一七]兵衛尉四十人[一八]ニヲトルタビナシ。千人ニモナリヌラン。人官ヲモトメテ、[一九]ソクラウ[二〇]ワキザシヲ[二一]タヅネテネガフモノハ、近臣[二二]恪勤《かくご》ノ男女《なんによ》ニテアランニハ[二三]左右ニヲヨバヌコトゾカシ。[二四]サマデハヲモヒヨラズ。マコトニハ、末代惡世、武士ガ世ニナリハテヽ[二五]末法《まつぽふ》ニモイリニタレバ、タヾチリバカリ[二六]コノ道理ドモヲ君モヲボシメシイデヽ、コハイカニトヲドロキサメサセ給《たまひ》テ、[二七]サノミハイカニコノ[二八]邪魔惡靈《じやまあくりやう》ノ[二九]手ニモイルベキトヲボシメシ、近臣ノ男女モイサヽカヲドロケカシトノミコソ念願セラレ侍レ。又武士[三〇]將軍ヲウシナイテ、[三一]我身ニハヲソロシキ物モナクテ、[三二]地《ち》頭《とう》〱トテミナ日本國ノ[三三]所當《しよたう》[三四]トリモチタリ。[三五]院ノ御コトヲバ、近臣ノ[三六]ワキ、地頭ノ得分《とくぶん》ニテ[三七]コソグレバ、[三八]エマズト云《いふ》事ナシ。武士ナレバ、當時[三九]心《こころ》ニカナハヌ

一 嫉妬・忿怒・貪欲を押えることが仏教修行の究極。二 末のほう。
三 嫉妬・忿怒・貪欲をさす。四 思慮分別。
五 自分をよいとして他人を非とする。
六 こびへつらうこと。七 わいろ。
八 国を保つ。九 難。欠点、非難、災難。
一〇 てきぱきとしているものだ。
一一 官職が定まってそれに適する人を求む。
一二 底本「十々大納言」。文明本・天明本により改む。承久元年末現在、正権大納言の現任九人、前任四人。同二年末現任十一人、前任六人。
一三 承久元年末非参議三位四十三人。同二年末四十人。
一四 後白河法皇のこと。保元元年末非参議三位三人、寿永元年末十六人、同二年末八人、建久三年十五人。
一五 衛門尉のこと。上古宮中を守護するものが靫を負ったので、宮城衛門に当たる衛門尉をかく通称した。令制定員大少尉各二人。
一六 大臣以外の諸官職に人を任命する儀式。
一七 底本「兵部尉」。文明本により改む。兵衛府の尉官。
一八 に及ばない。
一九 贖労。財物を納官して官位を買うこと。
二〇 腰差と同じ。絹を巻物にした禄の一。もらったものは腰にさした。
二一 探し出し、それで官職を得ることを願う。
二二 底本「格勤」。→二三八頁注二五。
二三 あれやこれやとためらわない。
二四 そこまでになるとは思いもよらない。
二五 正像末三時の一。釈迦入滅後、時代が降って教があって悟りを得るものがない時。日本では永承七年に末法に入ったと観念された。
二六 怨霊・嫉妬・忿怒・貪欲・猟官についての筋道。

物《もの》ヲバ[四〇]ヲレ〳〵トニラミツレバ、手ムカイスル物ナシ。タヾ心ニマカセテント、ヒシト案ジタリト今ハミユメリ。サテコレラノヒガ事ノツモリテ大亂ニナリテ、コノ世ハ我モ人モホロビハテナンズラン。大ノ[四一]三災ハ[四二]マダシキ物ヲ、サスガニ佛法ノ[四三]ヲコナイモノコリタリ。宗廟《そうべう》社稷《しやしよく》ノ神モキラ〳〵トアンメリ。タヾイサヽカノ[四四]正意《しやうい》トリイダシテ、[四五]無顕《むけん》無道《むだう》ノ事スコシ[四六]ナノメニナリテ、サスガニ[四七]コレヲワキマヘタル人、僧俗ノ中ニ二三人四五人ナドハアルラン物ヲ、コレヲメシイダシテ、天下ニ[四八]ツカヘラレヨカシ。事ノ詮ニハ、人ノ[四九]一切《いつさい》智《ち》具足シテマコトノ賢人《けんじん》・聖人《せいじん》ハ[五〇]カナウマジ、スコシモ[五一]分《ぶん》〳〵ニ主トナラン人ハ、國王ヨリハジメマイラセテ、人ノヨシアシヲミシリテメシツカイヲハシマス御心一ツガ、[五二]ヤスカルベキ事ノ詮ニナル事ニテ侍ナリ。ソレガワザトスルヤウニ、何事ニモ、サナガラ[五三]カラスヲウニツカハル、コトニテ侍メレバ、[五四]ツヤ〳〵ト[五五]ヨノウセ侍リヌルゾトヨ。又道リト云物《いふもの》ハ[五六]ヤス〳〵ト侍ゾカシ。ソレワキマヘタラン[五七]臣下ニテ、武士ノ勢アランヲメシアツメテ仰セキカセバヤ。ソノ仰セコトバ、、「先《まづ》武士ト云モノハ、[五八]今ハ世ノ末ニ一定《いちぢやう》當時アルヤウニモチイラレテアルベキ世ノ末ニナリニタリトヒシトミユ。サレバ[五九]ソノヤウハ勿論也。ソノ上ニハコノ武士ヲワロシトヲボシメシテ、コレニマサリタルトモガライデクベキニアラズ。コ

二七 そうむやみと。
二八 求道心を妨げる悪魔。
二九 所有となる。
三〇 頼朝・頼家・実朝が死んだことをさす。
三一 武士自身。
三二 鎌倉幕府が文治元年の勅許により国郡や荘園に配置した役職で警察徴税に当たる。
三三 割当てられた租税年貢。
三四 責任を持って引き受ける。
三五 後鳥羽上皇関係のこと。
三六 わき腹のこと。
三七 くすぐる。武士がする。
三八 笑い顔にならないことはない。近臣のこと。
三九 思う通りにならない。
四〇 それぞれとそのかす言葉。あるいは自分が自分がの意か。
四一 水火風の三難、また飢饉・疫病・刀兵をいう。
四二 まだその時期に達していない。
四三 修法。 四四 「チリバカリコノ道理ドモ」と同意。→注二六。
四五 意味不明。無間の誤記か。無間地獄に落ちるようなこと。
四六 普通になる。 四七 正意をさす。
四八 奉仕する。
四九 一切万有を了知する最上完全の智。
五〇 出現不可能であろう。 五一 それぞれの分に応じて主となる。 五二 事を容易に進める最後のこつ。 五三 泳げない鳥を鵜として使う愚かさ。
五四 明白に。 五五 国は滅びると思うよ。
五六 容易に実現し得る。
五七 臣下をもって。
五八 現在は末世に当たり、武士が現在あろうように用いられるのが当然の末世になった。
五九 武士の現在のありかたは異論がない。

ノヤウニツケテモ世ノ[一]末ザマハイヨ〳〵ワロキ者ノミコソアランズレ。[二]コノトモガラホロボサンズル逆亂《げきらん》ハ[三]イカバカリノコトニテカハアルベキナレバ、冥《みやう》ニ[四]天道《てんだう》ノ御サタノホカニ、[五]顯《あらは》ニ汝等ヲニクヽ、モウタガイモヲボシメスコトハナキ也」。地頭ノ事コソ大事ナレ。コレハシヅカニ〳〵ヨク〳〵武士ニ仰合《おほせあはせ》テ御ハカライアルベキ也。[六]コレトヾメラレマイラセジトテ、[七]ムカヘビヲツクリテ朝家ヲオドシマイラスル事モアルベカラズ。サレバトテ又[八]ヲヂサセタマウベキコトニモアラヌナリ。タヾ[九]大方《おほかた》ノヤウノ武士ノトモガラガ、今ハ[一〇]正道ヲ存《ぞんず》べキ世ニナリタル也。[一一]コノ東宮、[一二]コノ將軍ト云《いふ》ハワヅカニ二歳ノ[一三]少人《せうにん》ナリ。コレヲツクリイデ給フコトハヒトヘニ[一四]宗廟《そうべう》ノ神ノ御サタアラハナル。東宮モ[一五]御母ハ[一六]ミナシ子ニナラレタリ。[一七]祈念スベキ人モナシ。[一八]外祖父《ぐわいそふ》ノ[一九]願力《ぐわんりき》ノ[二〇]コタフランヲバシラネドモ、カヽルコトイマイデキ給《たまふ》べシ[二一]ヤハ。[二二]將軍又カヽル死《しに》シテ源氏平氏ノ氏《うぢ》[二三]ツヤ〳〵トタユベシヤハ。ソノカハリニ[二四]コノ子ヲモチヰルベシヤハ。一定《いちぢやう》タヾコトニハアラヌ也。昔ヨリ[二五]ナリユク世ヲミルニ、[二六]スタレハテヽ又ヲコルベキ時ニアイアタリタリ。コレニ[二七]スギテハ[二八]ウセムトテハイカニウセムズルゾ。[二九]記典《きでん》・[三〇]明《みやう》經《ぎやう》モスコシハノコレリ。[三一]明法《みやうばふ》・[三二]法令《はふりやう》モチリバカリハアンメリ。[三三]顯密ノ僧徒モ又過失ナクキコユ。[三四]百王ヲカゾフルニイマ[三五]十六代ハノコレリ。今コノ[三六]二歳ノ人々

一 末の方なので。
二 この武士らを滅ぼそうとする動乱。討幕計画を暗にさす。
三 どれほどのことでもあり得ない。
四 天地主宰の上帝。
五 公然と。
六 武士が地頭を停止されまいとして。
七 迎え火。七月十三日夜盂蘭盆のために生家を訪れる精霊を迎えるためにたく火のこと。
八 朝廷が武士を恐れる。
九 だいたいの状態の武士。
一〇 正しい道理を知ることができる時代。
一一 承久元年当時二歳の皇太子懐成親王のこと。↓一二三頁注三六。
一二 承久元年当時二歳の藤原頼経 のこと。↓三一五頁注四五。
一三 幼いもの。
一四 皇室の祖神。
一五 順徳天皇中宮立子、九条良経女。
一六 親のない児。立子が早く父良経、母能保女の死にあったことをさす。
一七 皇子の出生を祈るものがない。
一八 母方の祖父。良経のこと。
一九 神仏に願をかけそれを実現する意気込。
二〇 応ずる、感応する。
二一 反語を示す。
二二 頼朝・頼家・実朝をさす。 二三 明白に。
二四 頼経を将軍に起用したことをさす。
二五 次第に移り行く。
二六 衰えきって再び盛んになる。
二七 まさる。これ以上にはの意。
二八 滅びようとしても、どのようにして滅びようぞ。
二九 正しくは紀伝。↓三一九頁注六。

ノ[三七]ヲトナシク成《なり》テ、世ヲバ[三八]ウシナイモハテ、ヲコシモタテムズルナリ。「ソレ今[三九]廿年マタンマデ武士ヒガコトスナ〳〵、ヒガコトセズハ[四〇]自餘ノ人ノヒガコトハトヾメヤスシ」ト仰《おほせ》キカセテ、神社・[四一]佛事、祠官《しくわん》・僧侶ニ[四二]ヨケラカナラン庄薗サラニ[四三]メヅラシクヨセタビテ、「コノ世ヲ猶《なほ》ウシナハン[四四]邪魔《じやま》ヲバ、神力・佛力ニテヲサヘ、惡人[四五]反道ノ心アラントモガラヲバ、ソノ心アラセヌサキニメシトレト祈念セヨ」ト、ヒシト仰ラレテ、コノ[四六]マイナイ[四七]獻芹《けんきん》スコシトヾメラレヨカシ。[四八]世ニヤスカリヌベキコトカナトコソ、神武ヨリケフマデノ事ガラヲ[四九]ミクダシテ思ヒツヾクルニ、[五〇]コノ道理ハサスガニノコリテ侍ル物《もの》ヲトサトラレ侍レ。[五一]アナヲ、ノ申《まうす》ベキコトノヲオサヤ。タヾチリバカリカキツケ侍《はべり》ヌ。[五二]コレヲコノ人々ヲトナシクヲハシマサンヲリ御覽ゼヨカシ。イカヾヲボシメサン。露バカリソラコトモナク、[五三]最眞實《さいしんじつ》ノ(眞實ノ)世ノナリユクサマ、カキツケタル人モ[五四]ヨモ侍ラジトテ、タヾ一スヂノ道理ト云コトノ侍《はべる》ヲカキ侍リヌル也。

又[五五]コトノセン一《ひとつ》侍リケリ。人ト申《まうす》モノハ、[五六]センガセンニハ[五七]ニルヲ友トスト申コトノ、ソノセンニテハ侍ナリ。ソレガ世ノ末ニ、ワロキ人ノ[五八]サナガラ一ツ心ニ同心合力シテコノ[五九]世ヲトリテ侍ニコソ。ヨキ人ハ又ヲナジクアイカタラヒテ同心ニ侍ベキニ、ヨキ人ノ[六〇]アラバヤハ合力ニモヲヨブベキ。アナカナシヤト思《おもひ》

三〇 ↓三一九頁注七。
三一 律令格式を講ずる学問。
三二 おきて。律令をさす。
三三 ↓三一九頁注五。
三四 代々多数の君主が原義。平安時代末期ごろから神武天皇から数えて百代が皇統連続の限度と考えられた。
三五 順徳天皇は巻二皇帝年代記(一三九頁)によると八十四代。 三六 懐成親王と藤原頼経のこと。
三七 年を取って世なれている。
三八 滅ぼしきることも、興し立てることもする。
三九 底本「廿年マタシマテ」。文明本・天明本により改む。今から二十年待とう、それまで武士よ道理にはずれた行為をするな。
四〇 武士以外の意。 四一 「仏寺」の誤記か。
四二 よけらくあらんの意。よかろう。
四三 めったになく多く寄付する。
四四 ↓三四〇頁注二八。 四五 天明本「反逆」。
四六 賄賂。 四七 つまらぬものであることを顧みず君主に献上すること。「野人美レ芹、願レ献二至尊一」(呂氏春秋)。 四八 非常に容易な。
四九 始めから終りの方まで見てくる。
五〇 劫初劫末の時運に遮悪持善の理が作り合わされていることをさす。
五一 なんと言うべきことの多いことよ。
五二 懐成親王と藤原頼経をさす。
五三 底本「最真実ノ世」。文明本により改む。
五四 よもや。 五五 究極の事実。
五六 詮が詮。最究極の意。
五七 似たもの夫婦の意。平家、巻一、鱸所見。ただし延慶本には見えない。 五八 全体。
五九 国の政治を自分のものとする。
六〇 あったならば合力することになるのであるが、ないからできない。

ツヽ、イサヽカ佛神ノ御[一]サタヲアフグバカリナリ。モチヰル時ハ[二]トラトナルベキ人ハサスガニ候《さふらふ》ランモノヲ、ヨキ物ハ世ノ[三]ヤウヲミテ[四]サシイデヌニコソ侍ラメ。[五]カクコノ世ノウセユク事ハ君モ近臣モソラコトニテ世ヲオコナハルメリ。ソラ事《こと》ト云物《いふもの》ハ[六]朝議《てうぎ》ノ方《かた》ニハイサヽカモナキコト也。ソラ事ト云物ヲモチヰラレンニハ、ヨキ人ノ世ニヰアルマジキ也。[七]サヤウノ事モ[八]中〳〵世ノ末ニハ、[九]民《たみ》ハ正直ナル將軍ノイデキテ、タヾサズハ、ナヲルカタアルマジキニ、[一〇]カヽル將軍ノカクイデクル事ハ[一一]大菩薩ノ御ハカラヒニテ、文武兼ジテ威勢アリテ世ヲマモリ君ヲマモルベキ[一二]攝籙ノ人ヲ[一三]マウケテ、世ノタメ人ノタメ君ノ御タメニ[一四]マイラセラルヽヲバ、君ノヱ御心得ヲハシマサヌニコソ。コレコソ[一五]ユヽシキ大事ニテ侍レ。コレハ君ノ御タメ攝籙臣ト將軍トヲナジ人ニテヨカルベシト、[一六]一定《いちぢやう》テラシ御サタノ侍ル物《もの》ヲ、ソノユヘアラハナリ。[一七]謀反《むほん》スヂノ心ハナク、シカモ威勢ツヨクシテ、君ノ[一八]御後見セサセムト也。カク御心ヱラレヨカシ。[一九]陽成院御事《おんこと》[二〇]テイナランタメナドコソ、イヨ〳〵メデタカルベケレ。ソレヲ[二一]フセギヲボシメシテハ、君コソ太神宮・八幡《はちまん》ノ御心ニハタガハセヲハシマサンズレ。コヽヲ[二二]構《かまへ》テ君ノサトラセタマウベキ也。コノ藤氏ノ攝籙ノ人ノ、君ノタメ謀反ノカタノ心ヅカイハ、ケヅリハテヽアルマジトサダメラレタルナリ。サテシカモ君ノワロ

一 処置。命令。
二 虎のこと。
三 状態。
四 そとに出る。
五 底本「アク」。諸本により改む。現在の世界がこのように滅びて行くことは、上皇も近臣もいつわりで政治を行なっているらしいことを示している。
六 底本「朝儀」。文明本により改む。朝廷での評議。
七 上皇や近臣がそらごとで国の政治を行なっていること。
八 かえって。
九 朝廷の支配組織の一員である臣ではなくて支配対象の人民のなかから出た、しかも正直な将軍。ことによると「民」は「武」の誤記か。
一〇 摂関家出身の将軍。
一一 八幡大菩薩のこと。
一二 摂関家出身の人。道家・頼経をさす。
一三 作り構える。
一四 八幡大菩薩が進上する。
一五 はなはだしい。
一六 見くらべる。
一七 摂関家出身の将軍には武将出身の将軍のように謀反方面の心はない。
一八 御後見をさせようという八幡大菩薩の意図。
一九 藤原基経が陽成天皇を退位させたこと。→一五二頁注一四以下。
二〇 などのようなことになるため。
二一 さからいとめる。
二二 よく気をつけて。
二三 公明正大無偏無私の政治の仕方。
二四 道理。
二五 祖神の命であることを示す。

[二三]王道ノ君ノ[二四]スヂヲタガヘズマモリタテ[二五]マツレニテ侍レバ、陽成院ノヤウニ[二六]ヲボシマサン君ハ御タメコソアシカランズレ。[二七]サル君ハ又ヲボロゲニハヲハシマスマジ。サホドナラン君ハ又ヨキ攝籙ヲソネミヲボシメサバ、[二八]ヤハカナハンズル。太神宮・大菩薩ノ御心ニテコソアランズレ。コノ道理ハスコシモタガウマジ。ヒシトサダマリタルコトニテ侍《はべる》ナリ。[二九]始終[三〇]ヲチタヽムズルヤウノ道理ヲモ、コノ世ノ末ノ、昔ヨリ[三一]ナリマカル道理ノ、宗廟社稷《そうべうしやしよく》ノ神ノテラサセ給フヤウヲモシラセ給ハデ、[三二]アサキ御サタトコソウケタマハリ侍レ。物《もの》ノ道理、吾國ノナリユクヤウハ、[三三]カクテコソヒシトハ[三四]落居《らつきよ》センズルコトニテ侍レ。[三五]法門ノ[三六]十如是《によぜ》ノ中ニモ、[三七]如是本末究竟《ほんまつくきやう》等《とう》ト申《まうす》コト也。カナラズ[三八]昔今ハカヘリアイテ、[三九]ヤウハ昔今ナレバカハルヤウナレドモ、[四〇]同《おなじ》スヂニカヘリテ[四一]モタフル事ニテ侍ナリ。大織冠《たいしよくくわん》ノ入鹿《いるか》ヲウタセ給《たまひ》テ、[四二]世ハヒシト[四三]遮悪持善《しやあくぢぜん》ノ事《こと》ハリニ[四四]ハカナヒニシゾカシ。今又コノ[四五]定《ちやう》ナルベキニコソ。コノヤウニテコソヒシト君臣合體《がつてい》ニテメデタカランズレ。[四六]猶《なほ》ヲロ〳〵コノ[四七]世《よ》ノヤウヲウケタマハレバ、攝籙ノ臣、[四八]テヲモテハモチキル由ニテ、[四九]底ニハ奇怪ノ物《もの》ニヲボシメシ[五〇]モテナシテ、近臣ハ攝籙臣ヲ讒言《ざんげん》スルヲ、[五一]君ノ御(意)ニカナフコト、シリテ[五二]世《よ》ヲウシナハルヽ事ハ、申《まうし》テモ〳〵イフバカ

二六 天明本「おはしまさん」。「ヲボシマス」は「思う」の尊敬語。
二七 りっぱな君ははっきりしない状態のままではおられまい。本性を現わすに相違ない。
二八 自分の意欲を実現できるであろうか、できない。 二九 常に。
三〇 復興しようとする道理。
三一 推移する道理。
三二 深く考えない君の御処置。
三三 このようにして。前述のことを実行して。
三四 おちつく。
三五 仏説。これは法華経方便品の所説。
三六 諸法(万象)そのままが実相(真理)であることを十方面(相・性・体・力・作・因・縁・果・報・本末究竟)から説くこと。
三七 十如是の一で、本の相から末の報までそれらの帰することは結局同一で実相にほかならないこと。
三八 過去と現在は表裏のごとく必ずかえりあう。
三九 外見。
四〇 血筋。
四一 持ちささえる。
四二 国の政治。
四三 →三二七頁注二九。
四四 天明本「叶ひしぞかし」。
四五 真理。二十年後に頼経が国の政治を動かし武士を押えることを予言する。
四六 不十分に。
四七 朝廷の政治。
四八 底本「ヲキテハ」。天明本により改む。表面。
四九 上皇の心の底。
五〇 取扱う。
五一 底本「君ノ御ニ」。天明本により改む。
五二 国の政治を滅ぼす。

リナキヒガコトニテ侍《はべる》也。コレハ内々小家《こいへ》ノ家主《いへぬし》、[一]隨分ノ後見《うしろみ》マデタヾヲ[二]ナジコトニテ侍也。[三]ソレガ隨分〳〵ノ後見ト主人トヒシトアヒ思ヒタル人ノ家ノヤウニ[四]ヲサマリヨキコトハ侍ラヌ也。マシテ文武兼行ノ大織冠ノ[五]苗裔《べうえい》ト、國王ノ御身ニテ不和ノ[六]ナカラヒニテ、タガイニ[七]心ヲヲキテアラント云《いふ》コトハ、[八]冥顯《みやうけん》、[九]首尾、[一〇]始中終、[一一]過現當、イサヽカモ[一二]事ノ道理ニカナフミチ侍リナンヤ。アハレ〳〵[一三]コノ道理コソ、イカニモ〳〵[一四]スヱニハヒシトツクリ[一五]マカランズラメトコソ、カネテヨリ[一六]心得《こころえ》フセテ侍レ。ソレガイカニ申《まうす》トモカナウマジキ事ニテ侍ルゾトヨ、世ノ末ニ世ノ中ハ[一七]ヲダシカルマジト云《いふ》道理ノ方《かた》へ、[一八]フヽトウツリ〳〵シ侍ナリ。ソレニ惡魔邪神《じやしん》ハヒシト[一九]ワロガラセント[二〇]取《とり》ナス處《ところ》ニ、[二一]時運《じうん》シカラシメヌレバ、又[二二]三寶善神《さんばうぜんじん》ノ[二三]化益《けやく》ノ力ヲヨバズ[二四]成《なり》テンズト、[二五]事イデキテハヲトロヘ〳〵シマカリテ、カク世ノ末ト云コトニナリクダリ侍ゾカシ。[二六]ソノヤウハ、時ノ君ノツヨク[二七]ウルサキ攝籙臣ヲ[二八]アラセジバヤトヲボシメス御心ノ、世ノ[二九]末ザマニハイヨ〳〵又ツヨクイデクルナリ。コノヒガ事ノユヽシキ大事《だいじ》ニテ侍也。ソレニ文武兼行ノ攝籙臣ノ[三〇]ツヨ〳〵トシテ、イカニモ〳〵ヱ[三一]引《ひき》ハタラカスマジキガ[三二]イデコムヤウニ、君ノ御意《ぎよい》ニカナハヌコトハナニゴトカハアルベキ。[三三]コヽニ[三四]世ハ損ゼンズルナリ。コノ道理ヲ返々《かへすがへす》君ノヲボシサトリテ、コノ御ヒガコトノ[三五]フ

一 分相応。
二 国政と家政は同一。→三二八頁注一七。
三 国政をさす。 四 落ち着き。
五 底本「苗薗」。天明本により改む。末孫。道家・頼経をさす。 六 交情。
七 うちとけないで隔てをおく。
八 眼に見えない世界と見える世界。
九 始めと終り、物事のなり行き。
一〇 始めと中と終り。
一一 過去・現在・当来の三世。以上の四語は、どこでもいつでもの意を表わす。
一二 事象一般の当然あるべき筋道。
一三 「ヒガコトニナルガ道理」と同意。→三二六頁注八。 一四 末世。
一五 行くであろう。
一六 理解し、それを隠している。
一七 穏やかである。
一八 天明本「ふと」。不意に。
一九 わるくしよう。
二〇 手にとってそのようにする。
二一 時のまわり合わせがそうさせる。
二二 仏法僧のこと。
二三 教え導いて利益を与えること。
二四 成ってしまうであろうと。「思われる」が略されている。
二五 事件が起って国の政治の力がなくなる。
二六 世の末に成りくだる子細。
二七 細かいことまでよく気がつく。
二八 あらしめまい。
二九 末のころ。 三〇 非常に強いこと。
三一 他人によって動かされる。
三二 出てくる事情には君の心に合わないことは何かあるか、決してない。
三三 この食い違いがあるところに。

ツトアルマジキ也。君ハ臣ヲ[三六]タテ、臣ハ君ヲタツル[三七]コトハリノヒシトアルゾカシ。コノコトハリヲコノ日本國ヲ昔ヨリサダメタル[三八]ヤウト、又コノ道理ニヨリテ先例ノサ[三九]ハ〳〵トミユルト、コレヲ一々ニ[四〇]ヲボシメシアハセテ、道理ヲ[四一]ダニモ[四二]コヽロヘトヲサセ給ヒナバメデタカルベキ也。[四三]トヲクハ伊勢大神宮ト[四四]鹿島《かしま》ノ大明神ト、[四五]チカクハ八幡《はちまん》大菩薩ト春日《かすが》ノ大明神ト、[四六]昔今《むかしいま》ヒシト[四七]議定《ぎぢやう》シテ世ヲバモタセ給フナリ。[四八]今文武兼行シテ君ノ御ウシロミアルベシト、コノ末代、[四九]トウツリカウウツリシモテマカリテ、カクサダメラレヌル事ハアラハナルコトゾカシ。ソレニ[五〇]漢家《かんか》ノ事ハタヾ詮《せん》ニハ[五一]ソノ器量ノ一事キハマレルヲトリテ、[五二]ソレガウチカチテ國王トハナルコトヽ、サダメタリ。コノ日本國ハ初《はじめ》ヨリ[五三]王胤《わういん》ハホカヘウツルコトナシ。[五四]臣下ノ家又サダメヲカレヌ。[五五]ソノマヽニテイカナル事イデクレドモケフマデタガハズ。[五六]百王ノイマ十六代ノコリタルホドハ、コノ[五七]ヤウハフツトタガウマジキ也。コヽニカヽル文武兼行ノ執政《しつせい》ヲツクリイダシテ、宗廟社稷《そうべうしやしよく》ノ神ノ[五八]マイラセラレヌルヲ、ニクミソネミヲボシメシテハ、[五九]君ハキミニテヱヲハシマスマジキナリ。日本ニモ臣ノ君ヲ[六〇]タツルミチゲ[六一]ニ〳〵ト二《ふたつ》アンメリ。一《ひとつ》ニハ先《まづ》清盛公ガ後白河院ヲ[六二]ワロガリマイラセテ、ソノ御子[六三]、御孫[六四]ニテ世ヲ治メントセシヤウ、[六五]木曾ガ又[六六]一《ひと》タヽカイニカチテ、

三四 国の政治がそこなわれる。三五 きっぱりと。三六 表面に出す。
三七 条理がしっかりと存在する。
三八 様式・手本であると。「ヲボシメシアハセテ」にかかる。
三九 さっぱりと、明白に。
四〇 君が考え合わす。四一 だけでも。
四二 理解し、それをやりとげる。
四三 神代をさす。四四 茨城県鹿島郡鹿島町鹿島神宮。主神武甕槌命(たけみかずちのみこと)。ほかに経津主命・天児屋根命を祭る。藤原氏氏神社の一。伊勢と鹿島の議定→一五五頁注二九。
四五 現代をさす。八幡と春日の議定は順徳中宮立子入内(二九六頁注六―九)と藤原頼経将軍任命(三一五頁注四五―五〇)をさす。
四六 神代と現代。
四七 底本「儀定」。天明本・河村本により改む。
四八 現代は摂関家が文武を兼ね行う。
四九 底本「トウツリカウウツシリモテ」。文明本により改む。ああ移りこう移りして行って(中島悦次著『愚管抄評釈』)。
五〇 中国の帝室。
五一 帝王となるものの才能一つがこの上ない。
五二 器量のまさっているもの。
五三 王となるべき血筋。五四 特に執政臣の家をさす。五五 国王・執政の家不変のまま。
五六 →三四二頁注三四。五七 状態は不意に変わらないはず。五八 進上する。
五九 君は君としてありえない。後鳥羽上皇の討幕計画が失敗することを予言している。
六〇 位につける。六一 もっともらしいものとして。
六二 悪いとする。六三 高倉天皇をさす。
六四 安徳天皇をさす。六五 源義仲のこと。
六六 法住寺殿合戦をさす。→二五九頁注四八。

[一]君ヲオシコメマイラセシスヂ、コノヤウハ君ヲタツトハ申スベクモナケレドモ、武士ガ心ノソコニ、世ヲ[二]シロシメスキミヲアラタメマイラスルニテアル也[三]。サレバ世ヲミダス方《かた》ニテタテマイラセ、世ヲ治《をさむ》ル方ニテタテマイラスル、二ノヤウ也。ミダス方ハ謀反《むほん》ノ義ナリ。ソレハスヱトヲル[四]道ナシ。イマ一《ひとつ》[五]ノ國ヲ治ルスヂニテタテマイラスルハ、昭宣公[六]ノ陽成院ヲオロシ[七]マイラセテ、小松《こまつ》[八]ノ御門《みかど》ヲタテマイラセ、永手大臣《ながたおとど》[九]・百川《ももかは》[一〇]宰相ト二人《ふたり》シテ光仁天皇ヲタテ[一一]マイラセシ、武烈ウセ[一二]給《たまひ》テ繼體天皇ヲ臣下[一三]ドモノモトメイデマイラセシ、コレラハ君ノタメ世ノタメニ、一定《いちぢやう》コノ君[一四]ワロク[一五]テカハラセ給ベシト、ソノ道理サダマリヌ。コ[一六]ノ君イデキ給テ、コノ日本國ハ始終《しじゆう》[一七]メデタカル[一八]ベシト云《いふ》道理ノヒシトサダマリシカバ、コレニヨリテ神明ノ冥《みやう》[一九]ニハ御サタアルニカハリマイラセテ、臣下ノ君ヲ立《たて》マイラセシナリ。サレバアヤマタズ[二〇]コノ御門[二一]ノ末[二二]コソハミナツガセ給テ、ケフ[二三]マデコノ世ハモタヘ[二四]ラレテ侍レ。サハ／＼[二五]トコノ二《ふたつ》ノヤウハ侍《はべる》ゾカシ。ソレニ今コノ文武兼行ノ攝籙ノイデキタランズルヲ、ヱテ[二六]君ノコレヲニクマンノ御心イデキナバ、コレガ日本國ノ運命ノキハマリ[二七]ニナリヌトカナシキ也。コノ攝籙臣ハ、イカニモ／＼[二八]君ニソムキテ謀反《むほん》ノ心ノヲコルマジキナリ。タヾスコシホヲゴハ[二九]ニテアナヅリニクヽ、コソアランズレ。ソレヲバ一同ニ[三〇]、事ニノゾミ[三一]

一　後白河法皇をさす。
二　国の政治をお治めになる。
三　…のである。
四　事をおわりまでやり通す。成功する。
五　底本「一と」。天明本により改む。
六　藤原基経のこと。
七　退位させる。
八　光孝天皇のこと。→八五頁注一八。
九　→七三頁注二七。
一〇　→七四頁注一。
一一　→一四六頁。
一二　死ぬ。
一三　→一三四頁。
一四　陽成・武烈天皇らをさす。
一五　けしからぬ。
一六　光孝・光仁・継体天皇らをさす。
一七　常々。終りには。
一八　賞美すべきである。
一九　眼に見えない世界。
二〇　まちがいなく。
二一　継体・光仁・光孝天皇らをさす。
二二　子孫。
二三　今日。
二四　もちさえられる。
二五　さっぱりと、明白に。
二六　ややもすると。
二七　終り。
二八　どんなことがあっても。
二九　天明本「ほうごは」。天明本頭注「ほうごハとは、その人の果報たゝまじく強制にして引動しがたく悔慢なる歎きをいうなり」。頑強として堅くるしい強い表情とする。
三〇　文明本「一伺ニ」。「一向ニ」の誤記か。「道理ニヨリテ」にかかる。

テ道理ニヨリテ萬《よろづ》ノコトノヲコナハルベキ也。[三二]一同ニ[三三]天道ニマカセマイラセテ、[三四]無道《むだう》ニ事ヲオコナハヾ[三五]冥罰《みやうばつ》ヲマタルベキナリ。[三六]末代ザマノ君ノ、ヒトヘニ御心ニマカセテ[三七]世ヲオコナハセ給テ事《こと》イデキナバ、百王マデヲダニ[三八]マチツケズシテ、世ノミダレンズル也。タヾ[三九]ハヾカラズ理ニマカセテヲホセフクメラレテ御覧ノアルベキ也。サテコソ[四〇]此代《このよ》ハシバシモヲサマランズレト、ヒシトコレハ[四一]神〳〵ノ御ハカライノアリテ、カクサタシナサレタルコトヨト、アキラカニ心ヱラル、ヲ、[四二]カマヘテ神明《しんめい》ノ御ハカライノ[四三]定《ぢやう》ニアイカナイテ、ヲボシメシハカライテ、[四四]世ヲ治メラルベキニテ侍ナリ。「[四五]冥衆《みやうしゆう》ハヲハシマサヌニコソ」ナド申《まうす》ハ、[四六]セメテアサマシキ時ウラミマイラセテ人ノイフ[四七]コトグサ也。誠《まこと》ニハ[四八]劫末《こふまつ》マデモ冥衆ノヲハシマサヌ[四九]世ハ[五〇]カタ時モアルマジキ[五一]。マシテカヤウニ[五二]道《みち》アルヤウニ人ノ物ヲハカライヲモフ時ハ、コトニ[五三]アラタニコソ[五四]當時モヲボユレ。コレハ[五五]サシツメテ[五六]コノ将軍ガコトヲ申ヤウナルハ、カヽルコトノ當時アレバ、ソレニ[五七]スガリテ申バカリ也。コノ心ハタヾイツモ〳〵[五八]コト将軍ニテモ[五九]コノヲモムキヲ心ヱテ、世ノ中ヲバ君ノモタセ給ベキゾカシ。将軍ガムホン心ノヲコリテ運ノツキン時ハ、又ヤス〳〵[六〇]トウシナハンズル也。實朝ガウセヤウニテ心得ラレヌ。平家ノホロビヤウモ[六一]アラハナリ。コレハ将軍ガ[六二]内外[六三]アヤマタザランヲ、ユヘナクニク

三一 対する。
三二 文明本「一同ニ」。「一向ニ」の誤記か。
三三 天地を主宰する上帝。
三四 文武兼行の摂関家が道理をはずれて政治を行う。
三五 神仏の力によって人が知らないうちに下る罰。 三六 末代のころ。
三七 国の政治を行う。
三八 待ってその人・時にあう。
三九 天皇は武士大将軍に遠慮しないで。
四〇 現代。
四一 天明本「神この」。
四二 よく心にかけて。
四三 真理。
四四 君は国を治める。
四五 人の眼に見えない諸天・諸神。
四六 きわめてなげかわしい。
四七 口ぐせ。
四八 この世の末。↓補注7-六。
四九 世界。
五〇 ひとときの半分。ちょっとの間。
五一 「ナリ」脱か。
五二 条理がたっているように。
五三 冥衆の存在が顕著に。
五四 現在も思われる。
五五 思いつめて、限定して。
五六 藤原頼経のこと。
五七 よりかかる。
五八 他の将軍。
五九 「冥衆ノヲハシマサヌ世ハカタ時モアルマジ」という趣意。
六〇 消滅させる、殺す。
六一 明白。 六二 幕府の内外に対して。
六三 処置を誤っていないであろう。

マレムコトノアシカランズルヤウヲコマカニ申《まうす》也。[一]コノスヂハワロキ男女《なんによ》ノ[二]近臣ノ引《ひき》イダサンズルナリ。コヽヲ[三]シロシメサンコトノ詮ニテハ侍《はべる》ベキ也。コハ[四]以《もつて》ノ外ノ事ドモカキツケ侍リヌル物カナ。[五]コレカク人ノ身ナガラモ、ワガスル事トハスコシモヲボヘ侍ラヌ也。申バカリナシ〳〵。アハレ[六]神佛モノヽ給フ世ナラバ、トイマイラセ[七]テマシ。

サテモ〳〵コノ世ノカハリノ繼目《つぎめ》ニ[八]ムマレアイテ、[九]世ノ中ノ(目ノ)マヘニカハリヌル事ヲ、カクケ[一〇]ザ〳〵トミ侍コトコソ、[一一]ヨニアハレニモアサマシクモヲボユレ。人ハ十三四マデハ[一二]サスガニヲサナキホド也。十五六バカリハ心アル人ハ皆ナニゴトモワキマヘシラルヽコト也。コノ[一三]五年ガアイダ、[一四]コレヲミキクニ、[一五]スベテムゲニ世ニ[一六]人ノウセハテヽ侍也。ソノ人ノウセユクツギ目コソ、イカニ申ベシトモナケレドモ、[一七]ヲロ〳〵、尤《もつとも》コノ世ノ人心ヱシラルヽ、ベキ[一八]フシナケレバ、思ヒイダシテ申シ[一九]ソフル也。[二〇]今ノ(世ノ)風儀ハ[二一]忠仁公ノ後《あと》ヲ申《まうす》ベキニヤ。

ソレハ[二二]猶上代《なほじやうだい》ナリ。一條院ノ[二三]四納言《なごん》ノコロコソハイミジキ事ニテ侍メレ。僧モソノ時ニアタリテ、[二四]弘法・[二五]慈覺・[二六]智證ノ末流ドモヽ、[二七]仁海《にんかい》・[二八]皇慶《くわうけい》・[二九]慶祚《けいそ》ナドアリケリ。僧俗ノアリサマ、イサヽカソノ風儀ノチリバカリヅヽモ、ノコリタルカトヲボユルハ、イツマデゾト云《いふ》ニ、家々ヲ[三〇]タヅヌベキニ、マヅハ攝籙

一 誤りのない将軍を上皇が理由なくにくむというしくみ。二 上皇の側近。三 上皇がお知りになることが究極。四 とんでもないこと。五 著者自身の事ながら。六 神仏が物を言われる世界ならば、問いまいらせたいの意。七「テマシ」の「テ」は不審。八 天明本「生れ」。九 底本「世ノ中ノマヘニ」。文明本により改む。一〇 きわめてはっきりと。一一 ほんとうにかなしくもなげかわしくも思われる。一二 そうは言っても。一三 →補注7-一三。一四 この世の移り変わりを見聞するに。一五 まったくわるくはなはだしく。一六 すぐれた人がなくなってしまった。一七 不十分に。「思ヒイダシテ」にかかる。一八 機会。一九 加える。二〇 底本「今ノ風儀」。文明本・天明本により改む。現代の外見。二一 藤原良房。→三二七頁。二二 上古と同意義。→三二六頁注二二。二三 →一六九頁注一六。二四 空海のこと。二五 円仁のこと。二六 底本「知証」。諸本により改む。円珍のこと。二七 →補注7-一四。二八 →補注7-一四。二九 →補注7-一四。三〇 詮索する。三一 その身その身。当人どものこと。三二 嫡子以外の実子。三三 摂関家等上位貴族に仕えて雑役を勤める中級朝臣の家格。→補注7-一五。三四 仏教の正しい教法。愚管抄では日本国の政治のあり方に関していい、上古・上代と関連させる。→一六六頁注三。三五 退位された天皇が国を治める時代。三六 白河法皇崩御の大治四年は慈円出生の久寿二年の二十六年前。慈円の身辺に法皇の治政時を知っているものがいたのは当然。三七 白河法皇の時代を正法と考えたことをさす。三八 子孫。→補注7-一六。三九 才能が同じ程度。四〇 弱い。四一 一度衰えたのち、また衰える。四二 摂政関白の別称。四三 →一一四頁注三。四四 →一一四頁注一。

臣ノ[三一]身々《みみ》、次ニハソノ[三二]庶子ドモノ末孫、源氏ノ家々、次々ノ[三三]諸大夫《しよだいぶ》ドモノ侍ル中ニハ、コノ世ノ人ハ白河院ノ御代ヲ[三四]正法《しやうぼふ》ニシタル也。尤《もつとも》可《シ》レ然《ル》〳〵。[三五]ヲリ居《ゐ》ノ御門《みかど》ノ御世《みよ》ニナリカハルツギ目ナリ。白河院ノ御世ニ候《さふらひ》ケン人ハチカクマデモ[三六]アリシカバ[三七]コレヲ心ウベシ。一條院ノ四納言ノスヘモ[三八]白河院ノハジメマデハ、[三九]ヲナジホドノコトノ、ヤウ〳〵[四〇]ウスクナルニテコソアレ。白河院御脱屣《だつし》ノ[四一]後一《のちひと》ヲチ〳〵クダレドモ、猶《なほ》マタソノアトハタガハズ。後白河院ノ御トキニナリテ、[四二]一《いち》ノ人《ひと》ハ法性寺殿《ほつしやうじどの》、一ノ人ノ庶子ノ末ハ[四三]花山院忠雅《ただまさ》、又[四四]經宗《つねむね》、[四五]伊通相國《これみちしやうこく》、[四六]閑院《かんゐん》ニハマヂカク[四七]公能《きみよし》子三人、[四八]實定《さねさだ》・[四九]實家《さねいへ》・[五〇]實守《さねもり》、[五一]公教《きみのり》子三人、[五二]實房《さねふさ》・[五三]實國《さねくに》・[五四]實綱《さねつな》、[五五]公通《きみみち》・[五六]實宗《さねむね》父子、[五七]コレラマデ。又源氏ニハ[五八]雅通《まさみち》公、諸大夫ニハ[五九]顯季《あきすゑ》ガ末ハ[六〇]隆季《たかすゑ》・[六一]重家《しげいへ》、[六二]勸修寺《くわじうじ》ニハ[六三]朝方《ともかた》・[六四]經房《つねふさ》、[六五]日野《ひの》ニハ[六六]資長《すけなが》・[六七]兼光《かねみつ》父子、コレラハ、見聞《みきき》シ人々ハ、コレラマデハチリバカリ昔ノ[六八]ニホヒハアリケルヤラムト、ソノ家〳〵ノヲホカタノ器量ハ[六九]ヲボヘキ。[七〇]中ノ難《なん》ドモハサタノ外《ほか》ナリ、[七一]光頼《みつより》大納言カツラノ入道トテアリシコソ、末代ニヌケイデヽ人ニ[七二]ホメラレシカ。二條院《にでうゐんの》時ハ、「世ノ事[七三]一同ニサタセヨ」ト云仰《いふおほせ》アリケルヲ、[七四]フツニ辭退シテ[七五]出家シテケルハ、誠《まこと》ニヨカリケルニヤ。タヾシ[七六]大納言ニナリタルコトコソ[七七]ヲボツカナケレ。「諸大夫ノ大納言ハ光頼ニゾハジマリタリ」ナンド人ニイハル[七八]メリマデ也。[七九]カヽラン人

四五 底本「伊道」。河村本により改む。↓二三七頁注四六。四六 ↓一五八頁注四。四七 ↓二二一頁注二五。四八 公能一男。↓一一八頁注六。四九 公能二男。大納言、建久四年三月十六日薨。五〇 公能三男。権中納言、元暦二年四月二十五日薨。五一 ↓二三〇頁注三三。五二 公教三男。↓一一八頁注七。五三 公教二男。↓二四七頁注四四。五四 公教一男。権中納言、治承四年十二月十九日薨。五五 ↓三〇七頁注五七。五六 公通一男。↓三〇八頁注二。五七 摂家とその庶子家では上記のものまでが昔の威光と香気を保った。五八 ↓一一五頁注一八。五九 ↓二〇九頁注二五。六〇 ↓二五〇頁注七。六一 顕季―顕輔―重家。非参議従三位、治承四年十二月二十一日薨。六二 内大臣藤原高藤の子孫をいう。山科勧修寺を菩提寺とする。六三 高藤―定方―朝頼―為輔―宣孝―隆光―隆方―為房―朝隆―朝方。権大納言、建仁元年二月十六日薨。六四 ↓二七六頁注三三。六五 右大臣藤原内麿の子孫をいう。日野法界寺を菩提寺とする。六六 内麿―真夏―浜雄―家宗―弘蔭―繁時―輔道―有国―資業―実綱―有信―家光―資長。権中納言、建久六年十月六日薨。六七 資長一男。権中納言、建久七年四月二十三日薨。六八 威光、気品。六九 自然に思われる。七〇 内部で行われている非難。七一 ↓一一〇頁注五。「大納言みつよりときこえ給し、…かしらおろしてかつらのさとにこもりゐ給なれ」(今鏡、巻三)。七二 光頼の力量評価、平治物語、上に所見。七三 文明本「一同」。「一向」の誤記か。七四 全く。七五 八月十四日出家(補任、長寛二年、光頼)。七六 八月十一日権大納言昇任(補任、永暦元年、光頼)。七七 不審である。七八 天明本「いはるめるまで也」。七九 光頼のように思慮深い人は大納言などにならないで。

ハナラデ候《さふらひ》ナンナドヤ思フベカラン。昔ハ諸大夫《しよだいぶ》ナニカト器量アル[一]士ヲバ[二]サタ
ナカリキ。[三]サヤウノコロハ勿論也。ヒサシクカヤウノ[四]品秩《ほんちつ》サダマリテ「諸大夫
ノ大納言ミツヨリニハジマリタル」ナドイハル丶事ハ、[五]上品《じやうぼん》ノ賢人《けんじん》ノイハルベ
キ事ニハナキゾカシ。末代ニハコノ[六]難《なん》ハアマリ也。イカサマニモヨク[七]ユルサレ
タリケル物ニコソ。コノ[八]人々ノ子共《こども》ノ世ニナリテハ、[九]ツヤ〳〵ト、[一〇]ムマレツキ
ヨリ父祖ノ[一一]氣分ノ器量ノケヅリステヽナキニ、[一二]ムマゴドモニナリテハ當時アル
人々ニテアレバ、[一三]トカクヨキ人トモ、ワロキ人トモ云《いふ》ニタラヌ事ニテ侍《はべる》也。サ
テ又[一四]一《いち》ノ人《ひと》ハ四五人マデナラビテイデキヌ。ソノ中ニ法性寺殿《ほつしやうじどの》ノ子共ノ攝政ニ
ナラレタル中ニ、[一五]中《なか》ノ殿《との》ノ子[一六]近衛殿《このゑどの》、又[一七]松殿《まつどの》・[一八]九條殿ノ子ドモニハ[一九]師家《もろいへ》・[二〇]良經《よしつね》
也。[二一]テヽトニ三人ノ中ニ九條殿ハ[二二]社稷《しやしよく》ノ心ニシミタリシカバニヤ、[二三]アニ二人《ふたり》ノ
子孫ニハ、[二四]人トヲボユル器量ハ一人モナシ。松殿ノ子ニ[二五]家房《いへふさ》トイヒシ中納言ゾ
ヨクモヤトキコヘシヲ、[二六]卅ニモヲヨバデ[二七]早世《さうせい》シテキ。九條殿ノ子ドモハ昔ノ[二八]ニ
ホヒニ[二九]ツキツベシ。三人マデトリ〳〵ニ[三〇]ナノメナラズコノ世ノ人ニハホメラレ
キ。[三一]良通内大臣ハ廿二ニテウセニシ。[三二]名譽在リ二人口一。[三三]良經又(執)政臣ニナリテ
[三四]同《おなじく》(能)藝群《ぐん》ニ[三五]ヌケタリキ。詩歌《しか》・[三六]能書《のうじよ》昔ニ[三七]ハヂズ、[三八]政理・[三九]公事父祖ヲツゲリ。
左大臣[四〇]良輔《よしすけ》ハ[四一]漢才古今《かんざえここん》ニ比類ナシトマデ人ヲモイタリキ。[四二]卅五ニテ早世。カヤ

一 官位俸禄を持ち人民の上に立つもの。
二 命令する。諸大夫に任命する。
三 器量あるものは諸大夫にならなかった昔、諸大夫が大納言にならなかったのは当然。
四 底本「品帙」。天明本・河村本により改む。
五 上等。
六 欠点は通常の程度を越えている。
七 認める。光頼の器量が高く評価されていることをさす。
八 忠通以下列記の人々をさす。
九 少しも。「ナキニ」にかかる。
一〇 天明本「生れつき」。
一一 気配。様子。
一二 孫。
一三 あれやこれやと。
一四 摂政関白の別称。
一五 基実のこと。
一六 基通のこと。
一七 基房のこと。
一八 兼実のこと。
一九 基房三男。↓一一七頁注三三。
二〇 兼実二男。↓一一八頁注一三。
二一 史料本「コトニ」。「テヽ」は父。基実・基房・兼実をさす。
二二 国家のことがその心にしみついていたからであろうか。「昔ノニホヒニツキツベシ」にかかる。
二三 基実・基房をさす。
二四 すぐれた人がら。
二五 母三条公教女。権中納言、建久七年七月二十二日薨。三十歳。
二六 公卿補任・尊卑分脈では三十歳で薨。
二七 若くて死ぬ。
二八 威光・気品。
二九 つき従ったのであろう。
三〇 ひととおりではなく。
三一 底本「良道」。河村本により改む。文治四年二月二十日薨。↓一一八頁注一一。
三二 よい評判は人が言い伝えている。
三三 底本「又政臣」。文明本・天明本により改む。
三四 底本「同芸群」。文明本・天明本により改む。
三五 ひいでる。
三六 文字を書くことがじょうずなこと。
三七 おとらない。
三八 政事を行うこと。
三九 儀式。
四〇 ↓三一〇頁注一六。
四一 中国の学問に通じていること。
四二 文治元年九月二十日誕生(玉葉)、三十四歳薨。
四三 こうなるに相違ない。衰えることをさす。

ウノ人ドモノ若《わか》ジニ、テ世ノ中カ[四三]ヽルベシトハシラレヌ。アナカナシ〳〵。今、良經後《のち》ノ京極殿《きやうごくどの》ノ子ニテ左[四四]大臣只《ただ》一人ノコリタルバカリニテ、コ[四五]トアニ〳〵ノ子息ハ人[四六]カタニテマヨフバカリニヤ。ソノホカ家々ニ一人モト[四七]ルベキ人ナシ。諸大夫家ニモツヤ〳〵ト人モナキ也。職事《しきじ》[四八]・辨[四九]官ノ名バカリハ昔[五〇]ナレド、任人《にんじん》[五一]ハナキガゴトシ。ヲ[五二]ノヅカラアリヌベキモ出家入道《しゆつけにふだう》トノミキコユ。ホリモトメバ三四人ナドハイデクル人モアリナンモノヲ、スベテ人[五三]ヲモトメラレバコソハ、アリテステラレタランコソ、タノモシクモキ[五四]コヱメ。サレバコハイカヾセンズルヤ、此《この》人ノナサヲバ。コノ中ニ實房《さねふさ》[五五]ハ左府入道トテイキノコリタルガ、タヾコノ世ノ人ノ心ニナリタルトカヤ。

僧中ニハ、山《やま》[五六]ニハ青蓮院座主《しやうれんゐんざす》[五七]ノ後《のち》ハ、イサヽカモニ[五八]ホウベキ人ナシ。ウ[五九]セテ後《のち》六十年ニヲホクアマリヌ。寺《てら》[六〇]ニハ行慶《ぎやうけい》[六一]・覺[六二]忠ノ後、又ツヤ〳〵トキコヘズ。東[六三]寺ニハ御室《おむろ》[六四]ニハ五[六五]宮マデ也。東[六六]寺長者《ちやうじや》ノ中ニハ、寛助《くわんじよ》[六七]・寛信《くわんしん》[六八]ナド云《いふ》人コソキコヘケレ。サ[六九]カリザマニハ理性《りしやう》[七〇]・三密ナドハ名譽アリケリ。南京《なんきやう》[七一]方ニハ惠信《ゑしん》[七二]法務《ほふむ》[七三]ナガサレテ後ハ、タレコソナド申《まうす》ベキ。寸[七四]法ニモヲヨバズ。覺[七五]珍ゾアシウモキコヘヌ。中[七六]〳〵當時法性寺殿ノ子ニテノコリタル信[七七]圓前大僧正、上《うへ》ナル人ノニホヒニモナリヌベキニコソ。又慈圓大僧正弟ニテ山ニハノコリタルニヤ。

四四 道家のこと。↓三三六頁注三。 四五 河村本「こそ」。異母兄、基実・基房をさす。 四六 人の形をしているだけで、だれを選ぶかとなると迷う。 四七 選び出す。 四八 蔵人所の頭および五位・六位の蔵人の総称。 四九 太政官内の一局で、八省の事務を管轄処理する。 五〇 昔と同じ。 五一 原義は、ねじけびと。ここでは適任者。 五二 多くの中には、まれに。 五三 すぐれた人を探し出されることがあってこそ、この世にあって用いられないことも楽しく思われる。 五四 底本「キコユメ」。文明本により改む。 五五 実房の左大臣辞任、出家↓一一八頁注七。嘉禄元年八月十七日薨。 五六 比叡山延暦寺のこと。 五七 天台座主第四十八世行玄のこと。↓一〇九頁注二三。 五八 光る。 五九 行玄がなくなった久寿二年から承久元年まで六十四年。 六〇 園城寺のこと。 六一 ↓二四〇頁注五。 六二 ↓一一三頁注一八。 六三 ↓二七九頁注三一。 六四 仁和寺のこと。 六五 覚性法親王のこと。↓二四〇頁注一五。 六六 東寺の僧の長。「大師(空海)曰、門徒之間、修学最初成出、為二長者一」(東宝記、七)。 六七 東寺長者第三十六代。↓補注7-一七。 六八 東寺長者第四十代。↓補注7-一七。 六九 盛んなころ。 七〇 理性房賢覚・三密房聖賢。↓補注7-一七。 七一 奈良の別称。 七二 底本「忠信」。事実により改む。興福寺別当第三十九世。慈円異母兄。↓補注7-一七。 七三 僧職の一。官符をもって任ぜられるのが例。定員二名で、正は東寺一長者をもって充てる。職務は僧綱の政を監理したと推測される。 七四 計ること。 七五 底本「寛珍」。文明本・天明本により改む。興福寺別当第四十一世。↓補注7-一七。 七六 かえって。 七七 興福寺別当第四十四世。慈円の異母兄。貞応三年十一月十九日没。

サレバコハイカニスベキ世ニカ侍ランコノ人ノナサヲ思ヒツヾクルニコソ、[一]アダニクサ〳〵心モナリテ、[二]マツベキ事モタノモシクモナケレバ、イマハ臨終《りんじゆう》[三]正念《しやうねん》ニテ、トク〳〵頓死ヲシ侍《はべら》ナバヤトノミコソヲボユレ。コノ世ノスヱニ、アザヤカニアナ[四]アサマシトミヘテ、カヽレバ[五]ナリニケリトヲボユルシルシニハ、攝籙[六]ヘタル人ノ四五人〳〵ナラビテ[七]ツヾラトシテ侍《はべる》ゾヤ。コレハ前官《ぜんぐわん》[八]ニテ一人アルダニモ猶《なほ》[九]アリガタキ職ドモヲ、小童《こわら》[一〇]べノウタヒテ[一一]マウコトバニモ、九條殿ノ攝政ノ時ハ、「入道《にふだう》[一二]殿下、小《せう》[一三]殿下、近衞《このゑ》[一四]殿下、當《たう》[一五]殿下」ト云《いひ》テマイケリ。ソレニ良經攝政ニ又[一六]ナラレニシカバ五人ニナリニキ。天台座主ニハ慈圓・[一七]實全・眞性《しんしやう》[一八]・承圓《じようゑん》[一九]・公圓《こうゑん》[二〇]ト五人アンメリ。[二一]ナラニハ信圓・雅縁《がえん》[二二]・覺憲《かくけん》[二三]・信憲《しんけん》[二四]・良圓《りやうゑん》[二五]アリキ。信憲モ覺憲ガ[二六]イキタリシニナリタリシヤラン。[二七]十大納言、[二八]十中納言、[二九]散三位五十人ニモヤナリヌラン。僧綱《そうがう》[三〇]ニハ正員《しやうゐん》[三一]ノ律師百五六十人ニナリヌルニヤ。[三二]故院御時《こゐんのおんとき》百法橋《ほつけう》[三三]ト云テ[三四]アザミケン事ノ[三五]ヤサシサヨ。僧正《そうじやう》[三六]故院御時マデモ五人ニハスギザリキ。當時正《しやう》僧正一度ニ五人イデキテ十三人マデアルニヤ。前《ぜん》僧正又十餘人アルニコソ、衞府《ゑふ》[三七]ハ[三八]カゾヘアラヌ程ナレバ、トカク申《まうす》ニヲヨバズ。官《くわん》[三九]人《ひと》ヲモトムト云《いふ》事ハイヒイダスベキ事ナラズ。人ノ官ヲモトムルモ今ハウセニケリ。成功《じやうごう》[四〇]〳〵ト猶[四一]モトムルニナサント云《いふ》人ナシ。サレバ半《なかば》ニモヲヨバデナス

一 いたずらに。二 期待することも実現がおぼつかない。三 死に面して雑念を払い捨て、ひたすら仏道に思いをかけること。四 なげかわしい。五 このような事態が生ずる。六 経験する。七 くさかずらのように。八 散官と同じ。官を辞したもの。九 めったにない。一〇 幼い子供。一一 舞う。一二 基房のこと。一三 師家のこと。一四 基通のこと。一五 兼実のこと。
一六 →二八六頁注二三。一七 天台座主第六十六世。承久三年五月十日入滅。→一二一頁注二一。
一八 天台座主第六十七世。寛喜元年六月十四日入滅。→一二一頁注二二。
一九 天台座主第六十八世。嘉禎二年十月十六日入滅。→一二一頁注二三。二〇 天台座主第七十世。嘉禎元年九月二十日入滅。→一二二頁。
二一 興福寺のこと。二二 底本「雅円」。事実により改む。興福寺別当第四十七世。貞応二年二月二十一日入滅。→補注7-一八。
二三 興福寺別当第四十五世。建暦元年十二月十七日入滅。→補注7-一八。
二四 興福寺別当第五十世。嘉禄元年九月十一日入滅。→補注7-一八。二五 興福寺別当第四十八世。承久二年正月十四日入滅。→補注7-一八。
二六 事実は覚憲死後二年。二七 →三四〇頁注一二。
二八 承久元年末現任正権中納言十名。
二九 →三四〇頁注一三。
三〇 「謂二僧綱一者僧正僧都律師也」(僧尼令義解)。「凡僧綱勘二知大寺雑事一」(延喜式、玄蕃)。
三一 →補注7-一九。三二 後白河法皇をさす。
三三 法橋上人位の略。律師相当僧位。
三四 驚きあきれる。三五 恥ずかしい。
三六 僧綱の一。僧官の最上級。→補注7-一九。
三七 六衛府に属する武官の称。→一〇五頁注二一。三八 天明本「かぞへあへぬ」。→三四〇頁注

ヲイミジキニ今ハシタルトカヤ。ソレニトリテ[四二]、コノ官位ノ事ハカクハアレドモ、サテアラル[四三]、事ニテアリケリ。又世ノスヱノ手本トモヲボヘタリ。大方《おほかた》心アル人ノナサコソ申《まうし》テモ〳〵カナシケレ。カヽレバ一《いち》[四四]ノ人《ひと》ノ子ノヲホサヨ。コノ慈圓僧正ノ座主《ざす》[四五]ニ成《なり》シマデハ、山ニハ昔ヨリカゾヘヨク、攝籙《せつろく》ノ家ノ人ノ座主ニナリタルハ、飯室《いひむろ》[四六]ノ僧正尋禪《じんぜん》[四七]ト、仁源《にんげん》[四八]・行玄《ぎやうげん》[四九]・慈圓トタヾ四人[五〇]トコソ申シカ。當時ハ山バカリニダニ、一[五一]ノ人ノ子一度ニナラビイデキテ十人ニモアマリヌラン。寺[五二]・奈良[五三]・仁和寺[五四]・醍醐[五五]ト四五十人ニモヤアマリヌラン。一度ニ攝籙の臣四五人マデ前官ナガラナラビテアランニハ道理ニテコソアレ。又宮《みや》[五六]タチハ入道親王トテ、御室《おむろ》[五七]ノ中ニモアリガタカリシヲ[五八]、山ニモ二人[五九]ナラビテヲハシマスメリ。新院[六〇]・當今《たうぎん》[六一]、又二宮[六二]・三宮[六三]ノ御子ナド云テ、數シラズヲサナキ宮[六四]〳〵、法師〳〵ニト、師共《しども》ノモトヘアテガハルメリ。世滅松[六五]ニ聖德太子ノカキヲカセ[六六]タマヘルモ、アハレ[六七]ニコソ、ヒシトカナイテミユレ[六八]。コレヲ昔ハ、サレバ人ノ子ヲマウケザリケルカト、世ニウタガウ人ヲオカリヌベシ。ヨク〳〵心ヘラルベキ也。昔ハ國王ノ御子[六九]〳〵ヲ、カレド、皆姓《せい》[七〇]ヲタマハセテタヾ[七一]ノ大臣公卿《おとゞくぎやう》ニモナサルレバ、親王タチノ御子モサタ[七二]ニヲヨバス。一ノ人ノ子モ家ヲツギテ、攝籙シテントヲ[七三]モハヌホカハ、ミナタヾノ凡人《ただびと》[七四]ニフルマハセテ、朝家《てうか》[七五]ニツカヘサ

一六以下。三九 →三四〇頁注一一。
四〇 受領の功を成すの意。官人が資財等を朝廷に献じて造営・大礼などの費用を助けて重任・任官・叙位を求めること。
四一 朝廷が成功に応ずるものを求めても、しようとするものがなく、予定の半分に達しない仕事をするのを特別によいとする。四二 関係する。
四三 あり得る。四四 摂政関白の別称。
四五 原義は学解優贍穎抜の僧。延暦寺・貞観寺・醍醐寺等に勅により置かれ、僧綱の監督を受けずに寺務を処理する。この場合は天台座主。
四六 比叡山横川所在の谷。→一六九頁注一一。
四七 →九四頁注一〇。四八 →一〇六頁注六。
四九 →一〇九頁注二三。五〇 文明本・天明本「トコソハ申シカ」。五一—五五 →補注7-二〇。
五六 皇族。五七 仁和寺のこと。
五八 めったにない。五九 承久元年当時の延暦寺に後鳥羽上皇皇子の道覚・尊快両親王がいた。
六〇 土御門上皇のこと。承久三年四月二十日順徳天皇譲位以前の称号。
六一 当代の天皇。順徳天皇をさす。
六二 高倉天皇第二皇子守貞親王のこと。→二五六頁注一九。六三 高倉天皇第三皇子惟明親王のこと。→二五六頁注二三。
六四 →補注7-二〇。六五 未詳。→補注7-二一。
六六 書いてのちに残す。未来記作成をさす。
六七 しみじみと物淋しい。六八 一致する。
六九 底本「御子ゝ」。天明本により改む。
七〇 底本「性」。諸本により改む。源氏賜姓をさす。七一 特別な人でないこと。
七二 親王として処置する。
七三 思いがけないものは。
七四 身分の低いもの。
七五 朝廷。

セラレキ。ツギ[一]〳〵ノ人ノ子モ人[二]ガマシカリヌベキ子ヲコソトリイダセ、サナキハタヾ[三]ハイシレテヤミ[四]〳〵スレバ、[五]アル人ハ皆ヨクテモテアツカフモナシ。今ノ世ニハ宮モ一ノ人ノ子モ、又次〳〵ノ人ノ子モ[六]サナガラ宮ブルマイ、攝籙ノ家嫡ブルマイニテ、次〳〵モ[七]ヨキヲヤノヤウナラセント、ワロキ子共ヲアテガイテ、コノヲヤ〳〵ノ取《とり》イダセバカクハアルナルベシ。又僧ノ中ニモソノ所ノ[八]長吏《ちやうり》ヲヘツレバ、又ソノ[九]門徒〳〵トテ、[一〇]出世《しゆつせ》ノ師弟ハ世間《せけん》ノ父子ナレバ、我モ〳〵トソノ[一一]タチワケノヲヽサヨ。サレバ人ナシトハ[一二]イカニモシカルベキ人ノヲホサコソトゾイフベキ。アハレ〳〵[一三]有若亡《うじやくまう》、有名《いうめい》無實《むじつ》ナドイフコトバヲ人[一四]ノ口《くち》ニツケテ云《いふ》ハ、タヾコノ[一五]レウニコソ。カヽレバイヨ〳〵[一六]緇素《しそ》ミナ怨敵《をんてき》ニシテ、[一七]闘諍《とうじやう》誠《まこと》ニ堅固ナリ。貴賤同《おなじ》ク無ク[一八]レ人シテ、[一九]言語《ごんご》スデニ道斷《だうだん》侍リヌルニナム。[二〇]シ、モテマカリテハ、[二一]物《もの》ノハテニハ問答シタルガ心ハナグサムナリ。

問、サレバ今ハチカラヲヨバズ、[二二]カウテ世ニナヲルマジキカ。

答、[二三]分《ぶん》ニハヤスクナホリナム。

問、スデニ世クダリハテタリ。人又[二四]ナカン也。[二五]アトモナクナリニタルニコソ。シカルニヤスクナヲリナントハイカニ。

答、分ニハトハサテ申《まうす》也。一定《いちぢやう》ヤス〳〵トナヲルベキ也。

一　摂政関白の次にある人。
二　相当の人物らしい。
三　這い痴れる。天明本頭注に「はいしれてハ日本紀に匍匐逶迤をはひもこよふとよめれバ、世に取いだされぬ人ハそこら匍匐〈はい〉まはりて世の癡者〈シレモノ〉にて有をいふ」とある。
四　終わる。
五　現在あるものは皆よく取扱わない。「ヨクテ」、河村本「よくそ」。
六　全体が皇族として行動する。
七　よい親のようにならせよう。
八　原義は役人の長。寺僧の長をさすことが多く、園城寺・勧修寺では住持をいう。
九　門人、教え子。
一〇　世俗を棄て仏道に入ったもの。
一一　裁ち分け。分派のこと。
一二　底本「イカニセ」。文明本により改む。
一三　あれどもなきがごとし。有名無実と同意語。
一四　衆人の評判。
一五　ため。
一六　黒衣と白衣。転じて僧侶と俗人。
一七　戦い争うこと。
一八　すぐれた人がない。
一九　言語では既に説明し得ない。
二〇　天明本傍注「為仕」。
二一　最後。
二二　かくては絶対に回復しまい。
二三　随分の略。ある程度の意。
二四　なくあらん。ないらしい。
二五　昔の香の痕跡。

問、ソノナヲランズルヤウ如何《いかに》。

答、人ハ[二六]ウセタレド、君ト攝籙臣《せつろくのしん》ト御心一《みこころひとつ》ニテ、コノアル人ノ中ニ[二七]ワロケレドモ、[二八]サリトテハ、僧俗ヲ[二九]カイヱリ〳〵シテ、ヨカラン人ヲ、タヾ鳥羽・白河ノコロノ官《つかさ》[三〇]ノ數《かず》ニメシツカイテ、ソノホカヲバ[三一]フツトステラルベキナリ。不《ふ》[三二]中用《ちゆうよう》ノ物ヲ[三三]マコトシクステハテヽ、[三四]目ヲダニミセラレズハ、[三五]メデタ〳〵トシテナヲランズル也。随分《ずゐぶん》ニナヲルト云《いふ》ハコレナリ。昔ノゴトクニハ、人ノナケレバ、カナフマジ。[三六]ヱリタヾシタランズル寸法ノ世コソハ[三七]ワロナガラ、ヨクナヲリタルコノ世ニテアランズレ。

問、コノ官ノヲヽサ、人ノヲヽサヲバ、イカニステヽトテハ[三八]ステラレンズルゾ。

答、スツト云ハ、[三九]フツトメシツカハズ。(サ)ル者ヤ世ニアラントモ[四〇]シロシメサルマジキ也。陽成院世《よ》[四一]ニヲハシマシテ、[四二]ヤウ〳〵ノ悪事セサセ給《たまひ》シカド、[四三]モノモイハデ聞《きき》イレザリシカバ、寛平《くわんびやう》・延喜《えんぎ》ノ世メデタクテアリキ。[四四]解官停任《げくわんちやうにん》ニモヲヨブマジ。[四五]タヾステラレヌニテ、「マコトニステラレタラン人ニハ、ナ[四六]アイシライソ」ト、ヱリトラレタラン人ニ、ヲホセフクメテ、[四七]サテ有《ある》ベキナリ。

問、ソノステラレ人アマリヲホクテ、ヨリアイテ謀反《むほん》[四八]ヤヲコシテ大事《だいじ》ニヤナラ

二六 なくなる。
二七 現在いる人に対して悪いが。
二八 そうかといって遠慮せずに。
二九 搔き選る。えらぶ。
三〇 官職の定員。
三一 すっぱりと。
三二 役に立たない。
三三 本当に。
三四 きのどくという心情を眼にあらわさなければ。
三五 りっぱに。
三六 選び整えるという手順を経た社会。
三七 悪いながら。
三八 捨てることができるだろうか。
三九 底本「メシツカハスル者ヤ」。文明本により改む。
四〇 「知っている」の尊敬語。
四一 生きておられる。
四二 いろいろの悪事。→一五二頁注一五。
四三 宇多・醍醐天皇は陽成上皇の悪事について言わず聞き入れなかった。
四四 官職を免ぜられること。
四五 捨てられた。
四六 つきあいをする。
四七 そのままにしておく。
四八 …などを起しておおごとにもなろう。

ンズラン。

答、武士ヲカクテモタセヲハシマシタルハ、ソノレウゾカシ。[一]スコシモサル氣色イカデカキコエザラン。キコエン時二三人[二]サラン者ヲ遠流《をんる》[三]セラレナバ、[四]ツヤ〳〵サル心ヲオコス人モアルマジキ也。

問、此義[五]ナリテ侍リ。[六]イミジ〳〵。タヾシタレカソノ人ヲバヱリトランズルゾ。

答、コレコソ大事ナレ。タヾシコレヱリテマイラスル人四五人ハ一定《いちぢやう》アリヌベシ。ソノ四五人ヨリアイテ、ヱリトリテマイラセタランヲ、君ダニモ[七]ツヨ〳〵ト[八]ハタラカサデ、[九]ヒシトモチヰサセ給ハヾ、ヤス〳〵トコノ世ハナヲランズルナリ。

問、解官《げくわん》セジトハイカニ。

答、ヱリイダサレム人ノ、[一〇]八座《はちざ》・[一一]辨官《べんくわん》・[一二]職事《しきじ》[一三]バカリニナル人候《さぶらふ》ラントコロコソ要《かなめ》[一四]ナレバ、ソレハ解官セラレナンズ。[一五]コトモヲロカヤ。ソノホカハ[一六]セメテ[一七]無沙汰《ぶさた》ナレト也。僧俗官《つかさ》ノ數ノサダメホドコソ大事ナレド、[一八]鳥羽院最中ノ數、[一九]末代ヨリヨキホド也。

一　少しでもそのようなきざしがあれば。
二　そういうもの。
三　伊豆・安房・常陸・佐渡・隠岐・土佐等の遠隔の地に流すことで、流刑の中で最も重い。
四　決して。「アルマジキ也」にかかる。
五　あまねく知られる。
六　はなはだよい。
七　非常に強いさま。
八　動かす、変えるの意。
九　しっかりと採用する。
一〇　参議の別称。「大同御宇(平城)罷二参議一置二五畿七道観察使一皆為二参議一云々。八人自レ此而始。依レ之有二八座之号一」(職原抄)。
一一　太政官内の一局で、八省の事務を管轄処理する。
一二　蔵人の総称。
一三　ほど、くらい。
一四　物事の大事なところ。
一五　もちろんのこと。
一六　しいて。
一七　処置せずにあれ。
一八　鳥羽上皇治世の最中。
一九　文明本・天明本「末代ヨキホト也」。

補注

1 巻第一

一 **夏十七王**（四一頁注七） 夏は極めて伝説的な中国の古王朝であるが、十七代の君主とするのが通説で、

1禹―2啓―3太康―4仲康―5相―6少康―7杼―8槐―9芒―10泄―11不降―12扃―13廑―14孔甲―15皐―16発―17桀

と続いたとする。「右夏自レ禹至レ桀十九主〈加二羿、寒浞一〉合四百三十二年」云々とする編年記のような数え方もある（漢書、律歴志・帝王世紀等）。なお史記、夏本紀の集解に「徐広曰従禹至桀十七君、十四世、駰案汲冢紀年曰有王与無王、用歳四百七十一年矣」とある（古本竹書紀年も四百七十一年）。

二 **殷曰レ商…六百十八年**（四一頁注八） その年代は二十八王・六百四十四年（歴代帝王年表）とも三十王・五百八年（今本竹書紀年）とも、「凡三十一世・六百余年」（史記、殷本紀集解）とも諸説がある。拾芥抄は二十八主・六百四十四年、明文抄は三十主・六百廿九年、編年記、二は三十帝・六百廿九年とする。史料本「三十王六百十八〈廿九歟〉年」。

三 **十二諸侯**（四一頁注一〇） 呉を十二諸侯の下に書いたのは、史記、巻十四、十二諸侯年表には呉をも表にのせてあるからである。史記、十二諸侯年表の索隠に「案篇言十二、実叙十三者、賤夷狄不数呉、又覇在後故也、不数而叙之者、闔閭覇盟上国故也」と注する。十二諸侯年表には魯・斉・晋・秦・楚・宋・衛・陳・蔡・曹・鄭・燕・呉の順序で年表を作る。

四 **元王時六国強**（四一頁注一二） 史記、巻十五、六国年表には「及三田常殺二簡公一、而相二斉国一、諸侯晏然弗レ討、海内争二於戦功一矣。三国終レ之卒分レ晋、田和亦滅レ斉而有レ之、六国之盛自レ此始…余於レ是因二秦記一、踵二春秋之後一、起二周元王一、表二六国時事一、訖二二世一、凡二百七十年、著二諸所レ聞興攘之端一」とあり、表では周元王元年を以て始めている。

五 **秦**（四一頁注一三） 秦は、明文抄の唐家世立には六君四十九年とし、「第四主蜂準長日滅六国始称皇帝」としている。又編年記、巻三にも「凡秦六君。四王。二帝〈昭襄・孝文・荘襄・始皇・二世・子嬰〉合五十年而〈起二乙巳一終二甲午一〉天下帰レ漢」としているのは、秦の昭王が西周を亡した紀元前二五六（乙巳）年から子嬰の治世紀元前二〇七年までで、五十年或いは「四十九年」が正しいと思う。史料本は五十六年の横に四十九歟と傍書する。

六 **漢**（四一頁注一四） 前漢は、1高祖邦、2恵帝盈、3太宗文帝恒、4景帝啓、5世宗武帝徹、6昭帝弗陵、7中宗宣帝啓、8元帝奭、9成帝鰲、10哀帝欣、11平帝衎、12孺子嬰までの十二主 恵帝の次に少帝恭を三代目、少帝弘を四代目とすれば十四主、ただし編年記、三、垂仁三十四年の条に「凡自二高祖一至二平帝一十二帝〈高祖・恵帝・呂后・文帝・景帝・武帝・昭帝・宣帝・元帝・成帝・哀帝・平帝〉合二百十一年〈起二乙未一終二乙丑一漢滅〉」としている。拾芥抄・明文抄は十四主二百十四年とする。

七 **後漢**（四二頁注一） 後漢（東漢）は、1世祖光武帝秀、2顕宗明帝荘、3粛宗章帝炟、4穆宗和帝肇、5殤帝隆、6恭宗安帝祐、7敬宗順帝保、8冲帝炳、9質帝纉、10成宗桓帝志、11霊帝宏、12献帝協の十二代百九十六年（文献通考・帝系考・帝号歴年）であるが、それ以外の少帝懿を恭宗の次に七代目とし、霊帝の次に廃帝弁を数えると十四代、拾芥抄・明文抄は十四主百九十五年とする。編年記、四、神功十九年には「凡自二光武一至二献帝一十三帝〈光武・明帝・章帝・和帝・殤帝・安帝・北卿・侯懿・順帝・質帝・桓帝・霊帝・献帝〉合一百九十五年而〈起二乙酉一終二己亥一〉。禅二位于魏一」とする。

八 **三雄**（四二頁注二） 後漢の末期黄巾の乱後群雄の中から魏・蜀漢・呉の三国がおこって来るが、三雄はその主である曹操・劉備・孫権の三人の

英雄を元来言ったのであるが、ここは三国と同じ意に使ってある。魏は五主四十五年(拾芥抄・明文抄)であり、曹操(太祖武帝)の子、曹丕(文帝)が後漢の献帝の禅譲(二二〇年)で華北に建国した時から、1文帝丕、2明帝叡、3廃帝芳、4廃帝髦、5元帝奐と続き、二六五年魏の司馬炎が元帝奐に禅譲させて晋の建国となった。その間五主四十五年。呉は孫権が二二九年江南建業(南京)で帝位につき、1大帝権、2会稽王(廃帝亮)、3景帝休、4帰命侯(烏程侯)皓と四帝続き、二八〇年晋の武帝(司馬炎)に亡ぼされた。三国が天下を三分し、権が自ら呉王を称した二二二年から数えると五十九年、二二九年から数えると五十二年となる。呉は四帝六十年(文献通考・拾芥抄)とも四主五十八年(明文抄)とする数え方もある。蜀(蜀漢)は劉備が蜀(四川省)で魏の建国と同時に帝位につき(二二一年)、その子後主禅が後を継いだが、二六三年魏に亡ぼされ、二帝共四十三年とするのが通説である。

九　**晋**(四二頁注三)　晋を十五帝百五十五年とするのは西晋・東晋を合せての数え方で、魏の権臣晋王司馬炎(武帝)が魏の元帝から譲り受け、二六五年洛陽に都し建国、以後、2恵帝衷、3懐帝熾、4愍帝鄴と四主続いたが、五胡の侵入で匈奴に懐帝は捕えられ愍帝が長安に即立したが間もなく降り(三一六年)亡びたが、一族の司馬睿は江南の建業で三一七年東晋を建国、元帝と称した。以後元帝(中宗)睿から、2明帝(粛宗)紹、3成帝(顕宗)衍、4康帝岳、5穆帝(孝宗)聃、6哀帝丕、7廃帝(海西王)奕、8簡文帝(太宗)昱、9孝武帝(烈宗)曜、10安帝(徳宗)、11恭帝徳文と続くが、劉裕が東晋の恭帝の禅譲で、宋を建国、南北朝時代となる。西晋は四代五十二年、東晋は十一代、百四年である。

10　**偽位**(四二頁注四)　五胡は匈奴(きょうど)・羯(けつ)・鮮卑(せんぴ)・氐(てい)・羌(きょう)の北方民族(夷)で西晋末に侵入して来た種族。その種族の建てた王朝の十六国は西晋末から宋の元嘉十六年までの百三十年、前趙(漢)・成漢(後蜀)・後趙・前燕・前涼・前秦・後燕(漢)・後秦・西秦・後涼・南涼・北涼・南燕・西涼・夏・北燕をいう(小学紺珠、歴代類十六国)かと思う。偽夏は夏(四〇七—四三一)で匈奴の赫連勃勃が建国、夏后氏の子孫と称し、大夏と称した国。前秦には女と傍注した理由は明瞭でない(或は前秦六代の六代の誤記か)。代は後の北魏であるが、五胡十六国の中に普通数えられないが、五胡十六国時代の王朝である。魏は五胡十六国時代には冉魏(ぜん)で、後趙の石虎の部下の漢族出身の石閔が建てた国(三五〇—三五二)。

一一　**南朝・北朝**(四二頁注七)　宋は八帝六十年(文献通考)というが、四二〇年劉裕が帝を称し、八代目の順帝斉汝陰王が蕭道成に禅譲を行い、蕭道成が南斉の高帝となる(四七九)まで、四二〇年から四七八年迄の間治世五十九年。「自二高祖一至二順帝一宋八主〈高祖・少帝・文帝・武帝・廃帝・明帝・廃帝・順帝〉合六十年而〈起二庚申一終二己未一〉禅二位于南斉一」(編年記、六、雄略二十三年)。「宋〈高祖武帝受二晋禅一、八主五十九年〉」(拾芥抄、上)。

魏(北魏・後魏)は道武帝(拓跋珪)が自立した年(三八六)から孝武帝が宇文泰に殺された五三四年までの間が百四十九年であるが、その間十四主百四十九年(拾芥抄)とも、「十二主〈道武・明元・太武・文成・献文・孝文・宣武・〔孝明〕・孝荘・前廃・〔後廃〕・武帝〉合一百三十九年」(編年記、七、安閑元年)ともあるが、更に東魏・西魏と分れ、西魏の三帝を加え十五帝と数えるのもある。「右魏十五帝共一百七十一年首二丙戌一尽二丙子一」(文献通考)。

南斉は四七九年蕭道成(太祖高帝)が宋の八代目の順帝の禅譲で建国、七代目の和帝の五〇二年に蕭衍(武帝)に譲り、七代二十四年で亡ぶ。「南斉〈太祖高帝受二宋禅一七主二十三年〉七主〈太祖・武帝・鬱林・海陵・明帝・廃帝・和帝〉合二十四年〈起二己未一終二壬午一〉禅二位于梁一」(編年記、六、武烈四年)。

西魏は後魏(北魏)の孝武帝が宇文泰に殺された後、五三五年に文帝をたてたが洛陽で高歓が孝静帝を擁立し、東魏となり、西魏は文帝—廃帝—恭帝と続く。宇文泰の子宇文覚が五五六年恭帝を廃し、北周を建てた。その間二十二年である。「西魏…自二文皇帝一至二恭帝一。三主〈文帝・廃帝・恭帝〉合二十二年〈起二乙卯一終二丙子一〉遜二位于周一」(編年記、七、欽明十七年)。「孝武帝崩、後二分、文帝号二西魏一三主合一十二年、孝静帝号二東魏一十七主百七十年」(拾芥抄)。

東魏は孝静帝が五三四年立ってから五五〇年斉王高洋が北斉を建てるまで十七年である。「東魏…一主十七年〈起二甲寅一終二庚午一〉。禅二位于北斉一」(編年記、七、欽明十一年)。

梁は蕭衍(しょうえん)が南斉の南康王(和帝)の禅譲で建国(五〇二)、武帝と称し、2簡文帝、3元帝と続くが、西魏に亡ぼされる(五五四)。更に敬帝が帝を称したが(五五五)、陳霸先に位を譲る(五五七)、なお岳陽蕭詧(しょうさつ)が五五五年西魏の支援で位に即き三代三十三年続く(後梁・北梁)。「高祖武帝受二

南斉禅二四主五十五年其後梁又三代三十三年一」(拾芥抄)。「梁四主〈武帝・文帝・元帝・敬帝〉合五十六年〈起二壬午一終二丁丑一〉遜二位于陳一」(編年記、七、欽明十八年)。「梁四帝共五十六年」(文献通考)。

後周(北周)は宇文泰の子宇文覚(孝閔帝)の建国(五五六)。1孝閔帝覚、2世宗明帝、3高祖武帝、4宣帝贇(いん)、5静帝闡と続くが、隋に亡ぼされる(五八一)。「受二西魏禅一五主二十五年」(拾芥抄)。「五主〈閔帝・明帝・武帝・宣帝・静帝〉合二十六年〈起二丙子一終二辛丑一〉遜二位于隋一」(編年記、七、敏達十年)。

陳は陳霸先が梁の禅譲で建国(五五七)、五主三十三年で隋に亡ぼされる(五八九)。「高祖武帝受二梁禅一五主合三十三年」(拾芥抄)。「陳…。自二武帝一至二後主一陳五主〈武帝・文帝・廃帝・宣帝・後主〉合三十三年〈起二丁丑一終二己酉一〉。開皇九年天下一統」(編年記、八、崇峻、二年)。

北斉は高歓(高祖)の子、高洋(顕祖文宣帝)が東魏の禅譲で建国、六主二十八年で周に亡ぼされる(五七七)、「顕祖文宣帝受二東魏禅一六主二十八年」(拾芥抄)。「自二文宣帝一至二幼主一六主〈文帝・廃帝・孝昭・成帝・後主・幼主〉合二十八年〈起二庚午一終二丁酉一〉」(編年記、七、敏達六年)。

一二 **五代**(四三頁注一〇) 梁(後梁)は朱全忠(朱温、太祖)が唐の哀帝にせまり、建国(九〇七)、太祖—友珪(庶人)—友貞(末帝)と続くが、晋王に亡ぼされる(九二三)。「受二大唐禅一三主十六年」(拾芥抄)とも、「自二太祖一至二小帝一四主〈太祖・庶人・末帝・小帝〉合十六年」(編年記、十五、延喜二十二年)とも、「二帝共十七年」(文献通考)ともいう。

後唐は梁の後をつぎ、李存勗(きょ)が建国(九二三)、1荘宗(存勗)、2明宗亶(嗣源)、3閔帝(従厚)、4末帝(従珂)と続くが石敬瑭に亡ぼさる(九三六)「四主十三年」(拾芥抄)。「自二荘宗一至二末帝一四主〈荘宗・明宗・閔帝・末帝〉合十三年」(編年記、十五、承平五年)。「四帝共十四年」(文献通考)。

後晋は石敬瑭が建国(九三六)、1高祖(敬瑭)、2出帝(重貴)と続くが、契丹の太宗に亡ぼされる(九四六)。「二主十一年」(拾芥抄)。「二帝共十一年」(文献通考)。

後漢は後晋の将劉知遠が後晋に代り自立、帝を称し(九四七)、その子隠帝の時、郭威に亡ぼされる(九五〇)。「二主四年」(拾芥抄)。「二帝共四年」(文献通考)。

後周は郭威が自立し(九五〇)、1太祖(威)、2世宗(柴栄)、3恭帝(柴宗訓)と続き、契丹の入冠で、趙匡胤が衆に擁立され(九六〇)宋の建国となる。「二主九年」(拾芥抄)。「高祖・世宗・恭帝已上三主。合九年」(編年記、十六、天徳三年)。「三世共九年」(文献通考)という。以上朱全忠が唐を滅し、九六〇年宋がおこるまでの時代をいう。

一三 **黄帝求二仙道一避レ位如レ脱レ屣云云**(四三頁注一五) 史記、巻二十八、封禅書、六には「黄帝僊《トナリ》、登《レリ》二于天一」「黄帝采二首山銅一鋳二鼎於荊山下一。鼎既成。有レ竜垂二胡髯一下迎二黄帝一。黄帝上騎《リル》。群臣後宮従上者七十余人、竜乃上去。余小臣不レ得レ上、乃悉持二竜髯一。竜髯抜堕、堕二黄帝之弓一。百姓仰望、黄帝既上レ天。乃抱二其弓与二胡髯一号《ブ》、故後世因名二其処一曰二鼎湖一。其弓曰二烏号一。於レ是天子曰、嗟乎、吾誠得レ如二黄帝一、吾視《ルコト》レ去《ツルヲ》二妻子一如《クナラント》レ脱《スル》レ躧《ヲ》耳」とあり、黄帝が竜に乗り、昇天した事が見える。黄帝が仙道を求めて位を避けたとあるのはこの詞句に依り書いたのであろう、なお「黄帝求仏道」云々となっている諸本の本文は誤りであろう。

一四 **踰年法**(四三頁注一六) 「嗣子位定二於初喪一、而改元必須レ踰レ年者、継二父之業一成二父之志一、不レ忍レ有レ変二於中年一也」(春秋左氏伝、桓公元年春王正月公即位、杜注)。趙翼著「陔余叢考」巻二十五、改元条参照。

一五 **隼総皇子…継体**(四三頁注一八) 継体の系譜はその即位前紀に「誉田天皇五世孫彦主人王之子也」とあるのが根本である。日本書紀も応神五世の孫とする。隼総—男大迹—私斐—彦主人の系譜をあげるのは愚管抄以外では水鏡がある。水鏡は略記をのみ材料として編集されたと言われているが、この部分の略記の記事は紀による。簾中抄には継体天皇条に「隼総別皇子の末、彦主人王の子」とあり、隼総別と彦主人の名のみが見える。十二世紀以降に成った史書は概ね水鏡によっているが、釈紀の編者卜部兼方は上宮記により、応神—若野毛二俣—大郎子—汗斯—継体の系譜を主張した。現在の皇統譜は釈紀によっている。男大迹・私斐の二王については古代史籍に見えない。

一六 **御母玉依姫**(四四頁注六) 扶桑略記抄、一には「神世第七帝之第三子。母海神之女玉依姫也。一云、生母早入レ海。玉依姫者養母云々」とあるのと関係のある文詞であるが、元来神代紀に豊玉姫が彦火々出見尊に産の際の姿を垣間見られ、恥じ海に帰った際に、女弟の玉依姫をして扶養させたとある一伝に依った。水鏡には「御母海神の女玉依姫也。又まことの御母はうみにいり給て、玉依姫はやしなひ奉り給へりけるとも申き」(神武)とある。なお「御母玉依姫〈海神大女〉、又云神世第七帝第三子、或云生母ハ海ニ入ニケリタマヨリヒメハ養母也云々」と文明本愚管抄にある。諸本は多くそうなっているが、一層扶桑略記と文詞が共通している。実母豊玉姫が海神大女であることと、海神小女玉依姫が養母であることの伝承が、歴代皇紀や編年記では混淆している。

一七　**如来滅後二百九十年ニ相当云々**（四四頁注九）　この神武天皇辛酉の年（紀元前六〇）が仏滅二百九十年に当るというのは、周穆王の五十三年壬申（紀元前九四九）を仏滅の年とした説で、中国では隋の費長房が歴代三宝紀、一（大正大蔵経、四十九巻、三三頁）に仏生誕について、六種の異説を挙げてあるが、その中周穆王五十三年説と匡王四年説（壬子。紀元前六一二）が我国では採用された。平安時代になり、末法思想が益〻信じられ、正法千年・像法千年の後に末法が来るとされ、殊に後冷泉天皇の永承七年（一〇五二）が周穆王五十三年壬申の仏滅から数えて二千一年目で、「今年始、入二末法一」（略記、永承七年）とあるように、末法の年に入るとされ、藤原資房（一〇〇七―一〇五七）の春記には永承七年八月長谷寺焼亡の段に「霊験所第一也。末法之最年有此事可恐之」と見える。

ただ神武元年が周朝の何年に当るかについては周僖王三年説と周蕙王十七年説の両説があり、共に長く主張された。僖王説の例は、編年記に「元年辛酉、如来滅後二百九十年、当二周僖王三年一也」とある如きで、なお蕙王説は歴代皇紀裏書に「神武〈七十六〉私案周恵王十七年歟。元年〈辛酉〉当周穆王五十三年壬申仏入滅後迄此天皇元年二百四十九年云々」などとある如きである。神武天皇の元年の干支を辛酉とすると、蕙王十七年に比定する方が妥当である。慈円が両説のうち僖王説を採用したのは、辛酉に注意した為であろう。なお、田村円澄著、日本仏教思想史研究〈浄土教篇〉所収の「末法思想の形成」参照、二六〇頁に釈迦入滅年数算定一覧の表が出ている。

一八　**手研耳命…此天皇位ニツカセ給ニケリ**（四四頁注一六）　「父御門うせ給て諒闇のほど世の政事を御兄のみこに申つけ給へりしを、この御兄のみこの、弟たちを失ひ奉らんとはかり給へりしを、この弟のみこ心え給て、御はてなどすぎて、みかど今ひとりの御兄のみことと御心をあはせて、かの兄のみこを射させ奉らせ給に、この兄のみこ、てをわなゝかし、え射給はずなりぬ。みかどそのゆみをとりて射殺し給つ。このえ射ずなりぬる兄のみことの給やう、われ兄なりといへども心弱くしてその身たへず、汝はあしき心持ちたる兄を既に失へり。すみやかに位につき給べしと申給しに、かたみに位をゆづりてたれもつき給はで、よとせすぐし給へりしかども、終にこのみかど兄の御すゝめにて位につき給へりしなり」（水鏡、綏靖）。歴代皇紀・簾中抄・編年記などは皇子四人と記すが、ここの文は水鏡に「この御兄のみこの、弟たちを失ひ奉らむと、…みかど今ひとりの御兄のみことと御心をあはせて…」による計算であろう。日本書紀には三皇子の名しか挙げず、古事記には五皇子、即ち「多芸志美々命、岐須美々命、日子八井命、神八井耳命、神沼河耳命」の名をあげるが、岐須美々命は説話中に活躍しない。

一九　**后三人。皇子四人**（四六頁注七）　「立二渟名底仲媛命一〈亦曰二渟名襲媛一〉為二皇后一。〈一書云、磯城県主葉江女川津媛。一書云、大間宿禰女糸井媛〉。先レ是、后生二二皇子一、第一曰二息石耳命一、第二曰二大日本彦耜友天皇一、第三曰二磯城津彦命一」（安寧紀）。簾中抄・歴代皇紀の、后三人、皇子四人説は書紀に見える后・皇子をそれぞれ別人と見たものである。以下皇帝年代記の后・皇子についてその記述は書紀に依らずに簾中抄に依っている。

二〇　**此時卅二年、孔子卒云々**（四六頁注一二）　孔子懿徳卅二年死去説は水鏡の外に歴代皇紀裏書にも見えるが、或説の孝昭七年死去説は何に拠ったかは不明である。編年記、三の孝昭の条に「六年辛未、周敬王四十一年也。四月十一日孔子滅二於魯国一。年七十三矣」とあるが、周敬王四十一年を誤って孝昭六年に比定したものである。

二一　**后三人**（四六頁注一三）　簾中抄などの后三人説は懿徳紀二年「立二天豊津媛命一為二皇后一。〈一云、磯城県主葉江男弟猪手女泉媛。一云、磯城県主太真稚彦女飯日媛也〉。后生二観松彦香殖稲天皇一〈一云、天皇母弟武石彦奇友背命〉」とある后名の三つの異伝を后三人としたものである。

二二　**后五人。男女御子六人**（四七頁注二五）　「后五人、男女のみこ六人」（簾中抄）。日本書紀は、后三人、皇子四人、皇女二人。愚管抄・簾中抄・歴代皇紀などの后五人は、異伝の后名をすべて別人として合計したもの。

二三　**此御門位ノ後病死スル物多シ。…此御時ナリ**（四八頁注七）　「此御門位につかせ給ひて国の人やみ死ぬる者多し。これによりて天照大神をかさぬひのさとにまつりたてまつる。又国々の社をさだめて神をあがめたてまつる。其後世おさまりて民ゆたかなり。かるがゆへにおほやけのみつぎ物をそなへ奉る。諸国に池をほり、舟をつくる事もこの御時よりはじまれり」と簾中抄、崇神条に見えるが、愚管抄のこの本文と比べると簾中抄から採られた文である事が察せられる（簾中抄は塵添壒囊抄、十三〈四十三〕 朝廷触穢ノ抜書ノ事条に「又資隆卿書二進八条院二簾中鈔ノ分同レ之」とあり、治承の頃撰されたという。和田英松著、本朝書籍目録考証及び島根大学論集(人文科学)3、友田吉之助「愚管抄皇帝年代記の原拠について」参照)。

二四 **此御時太神宮ヲ伊勢国五十鈴川ノ河上ニイハヒ奉ル。…使ヲマイラス**(四八頁注一六) 「此御時太神宮をはじめて伊勢国いすゞの河上にいはひ奉る。神の御をしへによりてなり。斎宮も是よりはじまる。昔より人のしぬるおりつかはれ人々をいきながらはかのうちにうづみこめける。それを此の御時にこれをとゞめて、べちの人かたをつくりてこめたりける。この御時、とこよの国よりくだものをたてまつれり。いまのたちばななり。唐へはじめて使をつかはしけり。又新羅よりつかひをたてまつれり。此御門の太郎の御子三十まで物のたまはず。そこにとりのなくを聞きてぞはじめて物いふ事ありと云へり」(簾中抄)。

二五 **阿陪臣等五代祖、…無二臣号一**(四九頁注二一) 「阿陪臣等五氏祖。奉詔議政。而惣称卿等猶無官号。廿五年二月。詔阿倍臣祖武渟川別。和珥臣祖彦国葺。中臣連祖大鹿島。物部連祖十千根。大伴連祖武日命等曰。人民富足。天下太平。諸卿等。宜議置神祇」(補任、垂仁)。垂仁紀二十五年には「春二月丁巳朔甲子、詔二阿倍臣遠祖武渟川別、和珥臣遠祖彦国葺、中臣連遠祖大鹿島、物部連遠祖十千根、大伴連遠祖武日、五大夫一曰」とある。なお歴代皇紀、垂仁条には「阿陪臣等五氏祖、奉詔議政云々。而惣称卿等猶無官号」とある。愚管抄の五代は五氏の誤り。

二六 **男ノスガタヲシテ…武内ヲモテ為二後見一**(五〇頁注一三) 「仲哀神のをしへによりて、新羅をうたむがため、竹紫におはします間、俄にうせ給ひぬ。皇后みづから軍をかへして渡らんとし給ふに、産月にあたれるに依りて、石を取りて帰りて後むまれ給へと誓ひ給ふに、たちまちおとこのかたちとなりて、新羅へ渡り給ひぬ。さて新羅高麗百済三の国をうちとりてかへり給ひて後、竹紫にて応神天皇はむまれさせ給ひぬ。その幼くおはします程、皇后世のまつりことをして武内大臣をうしろみとせり」(簾中抄、神功皇后)。

二七 **百済国ヨリキヌ、フ女、…馬等マイラセタリ**(五一頁注二〇) 応神紀十四年に百済王が縫衣工女、真毛津を貢し、十五年八月良馬を、又王仁が十六年春二月来朝した事等を指す。「十四年癸卯二月百済王貢二縫衣女工一」「十五年甲辰八月百済国貢二良馬二疋・典経諸物師博士等一」(略記、応神)。「此御時に百済よりきぬ縫女色々の物の師はかせなどを渡す。また経典よき馬などをまいらせたり」(簾中抄)。

二八 **諸国ニ蔵ヲ造事此御時也**(五二頁注一〇) 「六年…辛卯始建二蔵職一、因定二蔵部一」(履中紀)。「至二於後磐余稚桜朝一。三韓貢献奕レ世無レ絶。斎蔵之傍更建二内蔵一分二収官物一」(古語拾遺)。「此御時より采女いできたり大臣四人を置て世のまつりことをせさせらる国々に倉をつくらるゝ事是よりはじまる」(簾中抄)。

二九 **安康三年八月眉輪王殺二〔天〕王一逃二入円大臣家一**(五三頁注二八) 眉輪王(古事記に目弱王)は仁徳皇子の大草香皇子と中蒂(なかし)姫(長田大娘皇子)の間の子、安康帝は大草香皇子を殺して中蒂皇女を后とした事が安康紀に見え、本書の巻三にもこの物語が見える。略記を出典としている。一三三頁参照。「三年八月天王為香皇子男眉輪王所殺」「一書云三年八月眉輪王殺天皇逃入葛木大臣家因此大泊瀬天皇所殺」(歴代皇紀、安康)。「〈大臣〉葛城円大臣〈三年八月眉輪王殺天皇。逃入葛木円大臣家因此為大泊瀬天皇所殺。但初任年未詳。清寧天皇外祖也〉」(補任、安康)。なお次の補注1-三〇所引の簾中抄参照。

三〇 **兄ノ東宮ヲ殺シテ十二月十四日…位ニツキ給**(五三頁注二九) 兄の東宮は木梨軽太子、暴虐を行い婦女を淫したので穴穂皇子(安康)は襲い、太子は自死した(安康紀)。「兄のみこ東宮にたち給へりといへどもあしくおはしますによりて人したがはず。此御門東宮を殺して位につき給へり。御まゝこ眉輪王みかどをころし奉りて大泊瀬稚武王つはものをおこして眉輪王を円大臣の家にてころしつ。大臣同じくしぬ。おほかた此御時のみこたち失せ給へり」(簾中抄、安康)。「癸巳歳十二月十四日壬午。生年五十三即位〈明年甲午為二元年一〉…即位年十月。天皇殺二於同腹之兄皇太子木梨軽皇子一」(略記)。「兄太子雖立東宮依為悪人々不随之、仍殺東宮即位」(歴代皇紀、安康)。

三一 **比御門シラガオヒテ生給ヘリ**(五四頁注一〇) 「此御門しらがおひてむまれ給へり。かるがゆへにしらがとなづけたてまつる。ちゝのみかどあやしみてかしづきて東宮にすゑたてまつる。みこおはしまさぬによりて履中のむまご二人をよびとりて子にしたまへり。その二人は安康の御時世みだれたるによりて丹波国にうられ給へるをむかへ奉る也」(簾中抄、清寧)。

三　**御姉妹ノ女帝ヲ奉㆑立云々。号㆓飯豊天皇㆒云々**（五五頁注二四）　飯豊天皇は顕宗・仁賢の同母姉（市辺押羽皇子の子）。顕宗・仁賢が皇位を相譲って、姉飯豊を位につけた。「由㆑是天皇姉飯豊青皇女於㆓忍海角刺宮㆒臨朝秉政、自称㆓忍海飯豊青尊㆒」（顕宗紀）。この天皇は「不㆑戴㆓諸皇之系図㆒」であるが、略記・水鏡は二十四代に数えている。二十四代に数える理由は両書とも「日本紀には入れ奉りて侍るなれば次第に申し侍るなり」（水鏡）の如く言うが、日本書紀は顕宗の条の中に一言するにすぎない。古事記では清寧崩御の後、市辺押羽皇子の妹である飯豊王が角刺宮にあったと記す。なお市辺押羽皇子の妹としての飯豊皇女（青海皇女）は、日本書紀にも見える（履中紀）。日本書紀、清寧三年に「秋七月飯豊皇女於㆓角刺宮㆒与㆑夫初交、謂㆑人曰、一知㆓女道㆒、又安可㆑異、終不㆑願㆑交㆓於男㆒〈此曰㆑有㆑夫未㆑詳也〉」とある飯豊皇女はどちらともとれるが略記は顕宗の姉としている。

三　**限ナキ悪王也**（五六頁注五）　武烈天皇の暴逆は「長好㆓刑理㆒法令分明、日晏坐㆑朝、幽枉必達、断㆑獄得㆑情、又頻造㆓諸悪㆒不㆑脩㆓一善㆒、凡諸酷刑無㆑不㆓親覧㆒」（即位前紀）という評の外、書紀・略記・水鏡・簾中抄に挙げるところはすべて同じである。ここは簾中抄によったか。「此御門あく事をのみこのみてよき事なし。人を殺すを楽しみとし給ふ。或は人を木にのぼせて弓矢をもて射おとす、又木を切たをす、或は人を水にながしてほこをもてさしころす、或ははらめる女の腹をさきて見る。或は人のつめをぬきて土を堀らしむ」（簾中抄）。「或時は女をはだかになして板の上にすゑて、馬のゆゝしきわざするを見せさせ給ふに、そのかたに入りたる女は板をうるほすを御門これを憎みてやがて殺し給ひき。さなきをば召して宮づかへすべき由仰せありき。かやうのあさましく心うき事多かりし御世なり」（水鏡）。

亖　**応神五世ノ孫…継体天皇**（五六頁注一〇）　補注1―一五にもこの応神天皇から継体天皇の系図に就いて触れたが、釈紀、四の帝皇系図には、

- 応神天皇
  - 菟道稚郎姫皇女（仁徳妃）　母小甂媛（宅媛弟）
  - 稚渟毛二派皇子　母弟媛（河派仲彦子）
    - 大郎子　允恭后　安康雄略母
      - 彦主人王
        - 男大迹天皇継体　母振媛
    - 忍坂大中姫命　允恭妃
    - 衣通姫
  - 隼総別皇子（為㆓仁徳㆒被㆑殺）　母糸媛（桜井田部連男鉏妹）

とする。なお釈紀、十三の述義九、第十七には、

男大迹天皇。誉田天皇五世孫。彦主人王子也。母曰㆓振媛㆒。

上宮記曰。一云。凡牟都和希王娶㆓洷俣那加都比古女子名弟比売麻和加〈稚野毛二派皇子母〉㆒。生児若野毛二俣王。娶㆓母々恩己麻和加中比売〈大郎子以下四人母〉㆒。生児大郎子。一名意富々等王。妹践坂大中比弥王。弟田宮中比弥。弟布遅波良己等布斯郎女四人也。此意富々等王娶㆓中斯知命〈乎非王母〉㆒。生児乎非王。娶㆓牟義都国造名伊自牟良君女子。名久留比売命〈彦主人王母〉㆒。生㆓児汙斯王㆒。娶㆓伊久牟尼利比古大王㆒。生㆓児偉波都久和希。児偉波智和希。児伊波己里和気。児麻加和介。児阿加波智君。児乎波智君㆒。娶㆓余奴臣祖。名阿那尓比弥〈都奴牟斯君幷振媛母〉㆒。生児都奴牟斯君。妹布利比弥命也。汙斯王坐㆓弥乎国高島宮㆒時。聞㆓此布利比売命〈継体天皇母〉甚美女㆒。遣㆑人召㆔上自㆓三国坂井県㆒而娶所㆑生。伊波礼宮治㆓天下㆒乎富等大公王也。父汙斯王崩去而後。王母布利比弥命言曰。我独持㆓抱王子㆒在㆓无親族部之国㆒。唯我独難㆓養育㆒。比陁斯奉之云。尓将㆑下㆓去於在祖三国命坐多加牟久村㆒也。

- 凡牟都和希王（誉田天皇也）
  - 若野毛二俣王（稚野毛二派皇子也）　母弟比売麻和加
    - 大郎子（一名意富々等王）　母母々恩己麻和加中比売
      - 乎非王　母中斯知命
      - 汙斯王（彦主人王也）　母久留比売命
        - 乎富等大公王（継体　男大迹天皇也）　母振媛
      - 都奴牟斯君　母阿那尓比売
      - 布利比弥命（振媛也　継体母）　母同㆓都奴牟斯君㆒
    - 践坂大中比弥王　母同上　忍坂大中姫也
    - 田宮中比弥　母同上　田宮中姫也
    - 布遅波良己等布斯郎女　母同上　藤原乙琴節郎女也

兼方案㆑之。継体天皇之祖考。上宮記之外。更無㆓所見㆒。仍就㆓彼記㆒

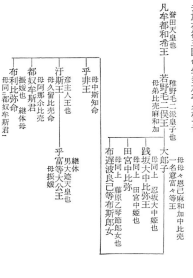

注レ之。母后。如二古事記一者。彦主人王之妹也。

とある。なお補注1－一五参照。

三五　**元年癸亥〈庚申イ〉**（五八頁注二）　欽明即位前紀に「四年冬十月武小広国押盾天皇（宣化）崩」とあって、欽明が山田皇后（安閑后）に即位を求める記事がある。これは「宣化四年（乙未）」であるのを、略記は「欽明四年」と解して「癸亥年（即ち欽明四年）即位〈庚申年為二元年一、経二四箇年一而已〉」と記し、空位が四年あるように解釈している。宣化崩は、宣化紀では四年春二月としつつ、欽明即位前紀では「四年冬十月」とするような矛盾もあり、略記の誤りには一応の理由もある。しかし、愚管抄は、略記の「癸亥年即位」という誤りをうけつつ、更に「元年癸亥」とする二重の誤りを犯していることになる。

三六　**此御時百済国ヨリ始テ仏経ヲ渡セリ**（五八頁注八）　欽明紀十三年に百済が釈迦仏経論等を献じ、試みに礼拝させたが、疫病がおこりなどしたので、仏像を難波の堀江に流し、寺を焼いたが、空に風雲無く大殿が焼けた。また十四年に樟木が茅渟海に浮かんでいたのを取り献じた、仏像二軀を作ったのが吉野寺の光を放つ樟像であるなどと見える。直接の出典は簾中抄か、殆んど同文。「此御時百済国よりはじめて仏経を渡し給へり。御門是をあがめたふとび給に、国のうちにあしき病おこり物部大臣奏して申、此国にはむかしより神をもてむねとす。いまあらためて仏をうやまふによりて神の御いかりをなし給へるにやと申。是によりて仏像を難波のほり江にながしすつ。寺をやきはらひつ。しかるあひだ空より火くだりて内裡やけぬ。其後和泉国にちぬの海のをかにひゞくこゑあり。いかづちのごとし。かゝやく事日の光にすぎたり。おほやけ使をつかはして見せさせ給ふに、くすの木の海にうかべるなり。それがかゝやけるなり。とりてもてまいりければ、すなはち仏をつくり給ふ。今の吉野の光像是なり」（簾中抄）。

三七　**此天皇終リノ年聖徳太子ハ生給ヘリ**（五八頁注一〇）　欽明天皇は三十二年（辛卯）四月崩、敏達天皇翌壬辰年四月即位。欽明三十二年正月一日、穴穂間人皇女（用明妃）は金色の僧（救世菩薩）の胎を借りると夢みて懐胎、翌壬辰年正月一日に生れたのが聖徳太子であると説く（水鏡・略記）。「此天皇終リノ年」という表現は、敏達を壬辰四月三日からと見てのものか、或いは間人皇女の懐胎をただちに出産に心理的にむすびつけての表現か。「廏戸の王子…則逆臣を平しも十六歳の時なり」（宴曲抄、十六）。

三八　**此御時、百済国ヨリ仏経・僧尼ワタセリ**（五九頁注一六）　「此御時百済より仏経法師尼などわたせり。守屋大臣等が申によりて仏像をやきうづみ法師尼をおひすつ。此日そらに雲なくして雨ふり、又天皇大臣よりはじめてあしきかさをやむもの国の中にみちたり。これは仏をやけるつみとぞいひける。たゞ蘇我の大臣のみぞ仏舎利をまうけてふかく仏法を信じておこなふ事をこたらざりけり。守屋と中あしくなりぬ。又高麗よりからすの羽にふみをかきて奉れり。文字大かた見えざりけり。船史祖王よく是をよめり。」（簾中抄）。

三九　**五月、守屋聖徳太子ト合戦。…其後仏法盛也**（六〇頁注二）　物部守屋は用明二年七月に蘇我馬子と廏戸皇子（聖徳太子）等の諸皇子に誅せられた（紀）。「此御時世の中みだれたり。欽明第十四御子穴穂皇子守屋大臣と乱をおこす。天皇うせ給ひて後蘇我馬子大臣廏戸皇子とはかりことをあはせて此守屋等をころして世のみだれをしづめつ。廏戸皇子と申は聖徳太子におはします。この御門の御子也」（簾中抄）。

四〇　**世ノ政ヲアヅケ奉ル**（六一頁注一六）　「此時廏戸豊聡耳皇子を東宮として世のまつりことをひとへにあづけ奉らる。この東宮は用明第一の子聖徳太子是也。太子仏法をさかりにひろめ御門より始て世の人堂をきほひつくる。四天王寺は此御時太子の作給ふ也。太子御まつりことをすなほにして国の人よろこばずと云事なし。十七ケ条の憲法を定をき給。法令のはじめなり。又かうぶり位のしな〴〵をさだめおく。又世の中のことをしるしおく。太子かくれ給ひて後、世おとろへ民もともしかりける。此御時百済よりこよみの本天文地理のふみどもを奉れり。又初て僧正僧都をなして、世の中寺と僧尼の事をしりさたせらる」（簾中抄）。

四一　**太子失給**（六一頁注二〇）　推古紀二十九年に「春二月己丑朔癸巳半夜廏戸豊聡耳皇子命薨二于斑鳩宮一」。法隆寺金堂釈迦仏光後像銘文には法興元三十二年二月二十二日（推古三十年）薨去とし、聖徳太子伝略には廿九年春二月遷化年四十九とする。水鏡にも「廿九年二月廿二日に太子うせたまひにき。御とし四十九」。

四二　**推古カクレ給テ後、此田村王御時群議ニシタガハヌ輩、此トヨラノ大臣軍ヲオコシテ打ハラヒテ**（六一頁注三二）　推古天皇の崩御後、帝位後継者について遺勅に従い、田村皇子（舒明）を立てようとする者と山背大兄王を立てようとする者があり、蘇我蝦夷は山背大兄王を立てようとする摩理勢臣父子を兵を遣り亡ぼした（舒明紀）。「大臣（蝦夷）与群臣定策立

田村王。於是大臣叔父蘇我境部臣麻理勢。欲立山背大兄王。不従群議。大臣興兵殺万理勢并二子。于時大臣男入鹿臣自執国政。威勝於父」(補任、推古)。

四三　**此御時大臣左右大臣ヲナサル**(六二頁注四)　「四年始置左右大臣。六月中大兄皇子与中臣鎌子連謀殺蘇我入鹿々々父蝦夷悉焼天皇紀国貨、六月大臣遂自殺。大兄皇子与鎌子連以計殺入鹿了。入鹿父豊浦大臣又自入火薨為大鬼。此皇子ハ天智天皇也、鎌子ハ大織冠也」(歴代皇紀)。「此御時はじめて左右大臣をなさる。豊浦大臣の子蘇我入鹿身づから国のまつりことをして大臣の位にもまされり。皇子等と乱をおこす。このゆへに中大兄皇子と中臣鎌子とはかりことをめぐらして入鹿をころしつ。入鹿が父豊浦大臣身づから火におち入てしぬ、大鬼となれり。此皇子と申は天智天皇也。鎌子は大職冠也」(簾中抄)。

四四　**此時年号始テアリ。大化五年。白雉五年**(六三頁注一八)　「此時はじめて年号あり。大化五年白雉五年也。又はじめて八省百官を定めをく。又国々のさかひみつぎ物をさだむ。唐より文書たから物おほくわたす。此御門仏事をあがめて神事をかろくし給ふ。丈六のぬひ仏を供養し、二千余人の僧尼をもて一切経をよましむ。その夜二千余のともしびを宮の中にともす。白雉五年正月にねずみおほくむれつゝなにはよりやまとの国へゆく。是はみやこうつりあらんとて其しるしとぞ云ける」(簾中抄)。「改二天豊財重日足姫天皇四年一為二大化元年一」(孝徳即位前紀)。「有二此嘉瑞一所以大赦二天下一改二元白雉一」(孝徳紀)。

四五　**此女帝始ニハ用明ノムマゴ高向ノ王ニ具シテ**(六四頁注二)　「此御門はじめには用明天皇のむまご高向王に具して、御子一人うみ玉へり。のちに舒明天皇の后としてみこ三人おはします。此御時のするに人おほくしにけり。豊浦大臣のれいのするとぞいひける。其れいはりうにのりて空をとびありきけり。みかどのうせ給ひて御わさの夜もおほかさをきて見ありきけるとぞ」(簾中抄)。

日本書紀・略記・編年記などは、豊浦大臣の霊の竜に乗る姿の怪異を元年のこととし(書紀は豊浦大臣の名を出さず)、霊により人が死んだことは七年とする(書紀は豊浦大臣の名を出さず)。歴代皇紀は「天皇元年五月空中有乗竜者貌似唐人―着青袖笠馳行時人云蘇我豊浦大臣霊云々―代末人多死亡此霊所為云々」と簡単な記述だが、ほぼ同じ。簾中抄のみ、人死と騎竜のことを一つにしている。「此天皇葬ノ夜」云々も書紀や略記と異なり、簾中抄とのみ一致する。「是夕於二朝倉山一有レ鬼著二大笠一臨二視喪儀一」(斉明紀)。

四六　**此御門孝養ノ御心深クシテ**(六四頁注一三)　「孝徳のはじめに東宮とす。斉明の御時猶東宮也。此御門孝養の御心ふかくして、六年まで位につき給はず。七年にぞ御即位ありける。后九人男女御子十四人。みこ大友皇子を太政大臣とす。此御時諸国百姓をさだめ民のかまどをしるしおく。東宮にておはします時、漏刻をつくれり。内大臣鎌足にはじめて藤原姓を給ふ。今の藤原氏みなこの末なり。此大臣やまひおもき時みゆきしてとぶらひ給けり」(簾中抄)。

四七　**失給テ後七年マデ国王モオハシマサヌニハ非ザルニヤ**(六五頁注一六)　別本「オハシマサヌニハ」の外、文明本「ヲハシマサヌニハ」。愚管抄は、斉明崩御の後七年間天智即位せずということを疑い、孝徳崩御の後、直ちに天智の即位すべきところを、母皇極の重祚(斉明)があり、その在位七年が孝徳と天智との間に介在し、それが七年間天智即位せずということの実態なのだろうと解するのである。六四頁に「七年マデ御即位シ給ハズ」と、簾中抄に依って記しながら、六五頁三行目からは、かく記したことへの、即ち簾中抄の記述への批判なのである。しかし、斉明七年崩御のとき「皇太子素服称レ制」(天智紀)、而して「七年春正月丙戌朔戊子皇太子即天皇位」(同)という次第で、斉明崩御後空位七年は現にあるわけである。頭注七に記したように、天智元年は皇太子称制元年であるのを、愚管抄は即位七年と誤解し、そのことの上に立って一種の論理化を試みたのである。

四八　**天智七年ニ東宮トス**…(六五頁注一九)　「天武天皇　治十五年。…天智七年に東宮とす。天智うせ給はんとする時位をゆづり奉らるといへども東宮うけとり給はず。后をも位につけ、もしは大友皇子をもつけ給べきよしを申給。御門なを東宮をすゝめ奉らんと心ざし給へるによりて、東宮あながちにその心なきよしを見せ奉らんがために出家して吉野山に入こもり給ぬ。かくてみかどつゐにかくれ給て後大友皇子よしの山をおそひ奉らんとするきこえあるによりて、東宮伊勢国にゆきむかひて太神宮を拝して美濃尾張の軍をおこして京へ帰り給ふに、大友皇子又いくさをおこして近江国にてふせぎ奉るあひだ皇子の大将軍にたゝかひまけぬ。皇子のくびをとりつ。その後大和国にかへりて位につき給へる也。后十人〈七イ〉男女御子十七人。此御時つしまの国よりはじめてしろかねを奉れり。年号あり。朱鳥一年。白鳳三年。朱鳥一年、大津の皇子世のまつりことをし給ふ。持統天皇のはじめに謀反してころされぬ。此皇子から国のふみをまねびこのみてはじめて詩賦をつくり給ける人なり」(簾中抄)。

四九 **朱雀一年〈元年壬申〉。白鳳十三年〈元年壬申。支干同レ前。年内改元歟〉**(六六頁注六) 「(元年)八月、天皇幸二野上宮一、立二年号一為二朱雀元年一、大宰府献二三足赤雀一、仍為二年号一」「(二年癸酉)三月、備後国進二白雉一、仍改為二白鳳元年一白鳳合至二十四年一」(略記)。「八月に御門野上の宮に移り給ひたりしに、筑紫より足三つある雀の赤きを奉りしかば、年号を朱雀元年とぞ申し侍りし。明くる年の三月に、備後国より白き雉子を奉りしかば、朱雀といふ年号を白鳳とぞかへられし」(水鏡)。日本書紀には、備後の国から白雉を献じたという記事を載せるが、両年号ともに見えない。略記や水鏡に従えば、白鳳の元年は癸酉である。ここの記述は、歴代皇紀の「朱雀一年〈元壬申〉、白鳳十三年〈元年壬申〉」に直接依ったものであろうか。そして、朱雀元年と白鳳元年が干支について重なってしまうのを、「支干同レ前、年内改元歟」というふうに論理化して説明したのであろう。天武元年を即位年(癸酉)と見る見方と、前年の壬申年と見る見方(紀はこれである)の混淆がどこかにあるようである。壬申を白鳳元年と見るものには、多武峯略記引後記・袖中抄所引帝王系図・師元年中行事・袋草紙・皇代記・編年記などがあり、愚管抄やその拠ったと思われる歴代皇紀もこれに属する。癸酉を白鳳元年とするものは、水鏡・略記のほかに興福寺略年代記・東寺王代記などがかぞえられている。私年号であるから明瞭ではなく、この他、「朱雀二年〈甲申　兵乱海賊始起又安居始行〉」(二中歴)によれば朱雀元年は天武十二年であり、「白鳳廿三年〈辛酉　対馬銀採観世音寺東院造〉」(二中歴)によると、斉明七年、即ち天智の皇太子称制元年が白鳳元年ということになる(如是院年代記も)。また「天武天皇即位元年白鳳十二〈癸未〉年」(興福寺伽藍縁起)、「白鳳二年〈壬申〉」(大神宮諸雑事記)。なお、「661, Facufô」として廿三年つづくと記すロ師文典は右に司じ(ロ師文典の日本年号は要法寺版倭漢皇統編年合運図に依る由であるが—土井忠生氏—、それはまた二中歴の年代暦にほぼ重なる)。「684, Xujacu」(ロ師文典)も二中歴と同じだが、それが六年続くとする点は異る。略記や水鏡は朱雀(一年)—白鳳(十四年)の順におくが、二中歴やロ師文典は白鳳(二十三年)—朱雀(二年、又六年)の順におく。赤雀、白雉を献上したという年号の所以と、次の赤雉を献上したことによる朱鳥の年号との間には、事情の共通性があり、事実の上、或いは解釈の上に混淆があるのであろう。山田孝雄氏は、朱雀と朱鳥を、同じ事実についての二様の伝えとされている。なお大織冠伝「白鳳五年秋八月云々」は孝徳五年に当るが、この白鳳は書紀に言う白雉であって、孝徳白雉を白鳳ということが奈良朝を通じて行われたと考えられている。朱雀・朱鳥が同じ事実についての伝えの二様であるならば、白雉・白鳳(天武朝の—)も二様の伝えと見ることができる。坂本太郎「白鳳朱雀年号考」(「日本古代史の基礎的研究下」所収)参照。

五〇 **朱鳥八年〈内一年〉**(六六頁注七) 「十五年丙戌。大倭国進二赤雉一。仍七月改為二朱鳥元年一」(略記)、「戊午、改レ元曰二朱鳥元年一」(天武紀)とあり、この年だけが日本紀では朱鳥(万葉集では持統天皇元年を朱鳥元年とし、朱鳥六年、七年などと見える)。補注2-五四参照。

五一 **諱菟野**(六六頁注九) 「高天原広野姫。諱菟野、鸕讃良、天智第二女、母越智娘蘇我山田大臣石川麿女也。天武后也」(歴代皇紀)。「いみな菟野又鸕野讃良とも」(簾中抄)。なお、持統の条は簾中抄によっている。「天智第二女、母越智娘蘇我山田大臣石川丸が女、高天原広野姫と申、いみな兎野又鸕野讃良とも藤原宮におはします、天武の后也。此御腹のみこ草壁皇子東宮にておはしますといへどもまづはゝ后位につき給ぬ。さる程に東宮うせ給ひて、そのこ軽太子を東宮にたつ。此御時又年号あり。朱鳥ののこり七年、大化四年、卯杖蹈歌などいふ事此御時よりはじまれり。高市皇子を太政大臣とす。天武の二子也。大化三年に位を東宮にゆづり奉りて太上天皇と申。おりゐの御門の尊号是よりはじまる。其後四年おはします」(簾中抄)。

五二 **中納言起レ自レ此云々**(六六頁注一三) 「中納言始置云々」と歴代皇紀にあり、「大納言…大神高市麿朝臣…一書云中納言」「中納言布施御主人朝臣…」。右大臣は多治比島真人、大納言は大神高市麿朝臣(補任・歴代皇紀)。

五三 **此御時年号アリ**(六七頁注一六) 「此御時年号アリ」に「朱鳥ノ」の前にあるべき詞句か。国史大系本訂正す。簾中抄(補注1-五一)参照。

五四 **朱鳥ノノコリ七年。大化四年〈元年乙未〉**(六七頁注一八) 朱鳥は八年の内、七年が持統帝の御代。ただし大化という年号は正史に載せず、私年号。「朱鳥残七年…〈乙未〉大化四年〈元年乙未〉」(歴代皇紀)とあり、持統帝九年乙未の年が大化元年らしい。「大化六年乙未」(二中歴)。ここの文は、右に引いた歴代皇紀や、補注1-五一に引いた簾中抄の「朱鳥ののこり七年、大化四年」に依るものであるが、朱鳥元年が天武丙戌十五年(日本書紀・略記・水鏡)であり、大化元年が持統乙未、即ち九年(歴代皇紀・二中歴)であるならば、朱鳥の残りは八年のはずである。その点、二中歴の「朱鳥九年」が正しい。ただ、天武十五年(朱鳥元)天武崩御、皇后臨朝称制に対して、翌丁亥年を紀は持統元年とし(持統紀に関しては朱鳥の年号が見られないが、これによると持統元年は朱鳥二年である)、万葉集引日本紀は持統元年を朱鳥元年とするような異伝がある。ために、例えば皇年代略記のように、「皇后臨朝〈…以二丁亥一為二元年一〉」としながら「朱鳥七〈二年丁亥受禅、不レ改元一至二八年甲午一〉」とも記すような混淆も生じるのである。なお、「大化四年」は、大化三年譲位、そのまま文武即位(歴代皇紀)であるから、持統朝にはそのうち三年ということになる。かくて文武条の「大化残一年」とは合う。けれど次の大宝までの間の「無年号三年」とは矛盾する。

五五　**諱軽**。…(六七頁注二二)　この条、簾中抄によるところが多い。「天武のむまご、東宮草壁皇子の第二子、母元明天皇也、天津足根大父と申、いみな軽、是も藤原宮におはします、大化三年二月に東宮とす、八月に位につく、年十五、后二人御子一人、此御時律令をさだめ、つかさくらゐにしたがひて人のきものをさだめらる、かうふりたぶことをとゞめて位記をたまひけり、年号も大宝より後つゞきて今にたへず」(簾中抄)。

五六　**内裏ニハスヾロニ天下太平ト云フ文イデ来リ**(七一頁注二五)　「天皇太上天皇詣東大寺行万僧会。天下泰平ト云文字内裏自出来」(歴代皇紀)。「三月戊辰天皇寝殿承塵之裏、天下大平四字自生」(続紀、天平宝字元年)。「此御時八幡大菩薩御託宣ありて宇佐より京へおはします。東大寺をおがませ給はんがため也。此日天皇太上天皇太后などみな東大寺にまいらせ玉ひて万僧会あり。内裡に天下太平と云文字いできたり」(簾中抄)。このことと、駿河の住人(金刺舎人麻自)が、「五月八日開二下帝釈標一知二天皇命百年息一」(続紀)という文字を蚕が描いたのを献上したことにより、八月十八日天平宝字と改元。

五七　**淡路廃帝**(七一頁注二七)　明治三年に淳仁天皇と諡号された天皇。天平宝字二年八月朔日即位、仲麿(押勝)と関係が深く天平宝字八年十月九日廃せられる。「天平宝字元年四月に東宮にたち給ふ。御年廿五。同二年八月一日位につき給ふ。御年廿六。位にて六年ぞおはしましゝ」(水鏡)。Faitai Tenvŏ(ロ師文典)。

五八　**諱大炊**(七一頁注二八)　「天武孫一品舎人親王第七子也。母大夫人山背上総守当麻老女也」「或本云広仁天皇諱大炊」(歴代皇紀)。「諱大炊 一云広仁天皇」(一代要記)。「天武のむまご。舎人親王第七子。母大夫人山背。上総守当麻老が女。いみな大炊。平城宮」(簾中抄)。

五九　**大師藤押勝**(七二頁注一)　藤原仲麿(七〇六―七六四)は次の如き系図であるが、

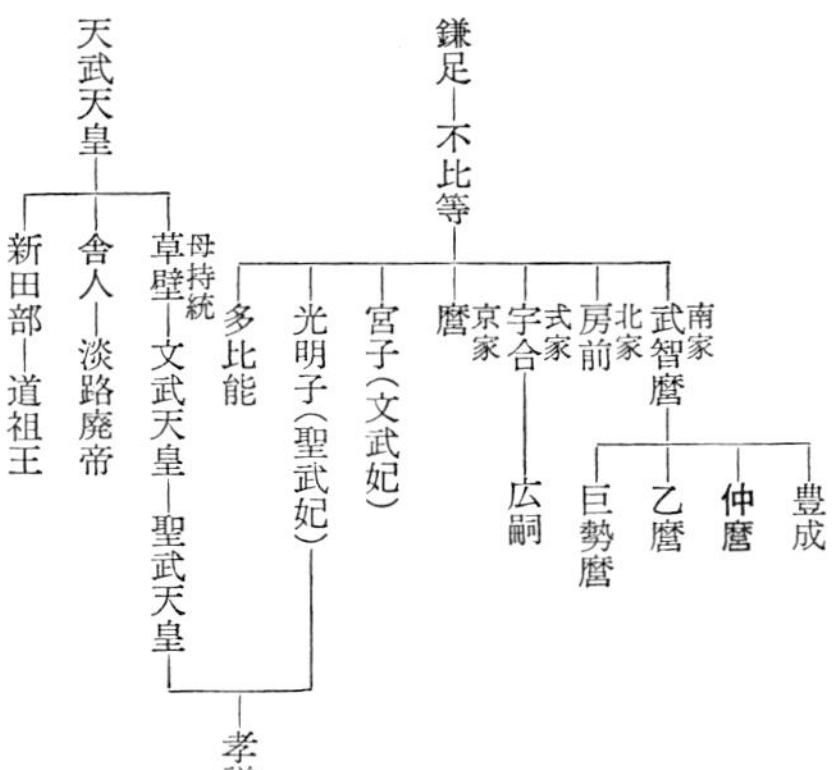

聖武天皇天平十二年、藤原広嗣の反し誅せられた後、次第に勢力を得、叔母光明皇后の信任を得、孝謙天皇の即位後、天平勝宝元年七月二日中納言を経ずして大納言となり、天平勝宝元年九月紫微中台の制を定められるや、名は皇后職であるが、政治上の実権をにぎっていた光明皇太后を背景とし、その令(長官)となって、政治的に非常な権力を得、更に橘諸兄が引退した翌天平勝宝八年五月三日の聖武上皇の崩御後、皇太子道祖(ふなど)王を廃し、仲麿の亡息真従(まより)の妻粟田諸姉(もろね)をめあわせた大炊王を皇太子とした。天平宝字元年五月紫微令を紫微内相と改め、内外

諸兵事を司る権をにぎってしまい、その七月橘諸兄の子奈良麿が叛乱をおこし、帝を廃し黄文王を立てようとしたが事前に事が洩れ、捕え殺された。大炊王の即位後、仲麿は紫微中台を坤宮官とし、紫微内相から大保(右大臣)に天平宝字二年八月廿五日なり、姓に恵美を加え名を押勝とする詔を賜わり功封三千戸、功田一百町を給され、天平宝字四年正月紫微内相より大師(太政大臣)となって実権をにぎったが道鏡の問題から、光明皇太后の崩後天平宝字六年(七六二)孝謙上皇と仲麿の擁する天皇は衝突し、上皇は六月三日詔を発して押勝の擁する天皇、大炊王を非難し、国家の大事と賞罰の二つは朕が行うと宣言した。仲麿はこの道鏡を除き、自己の勢力を回復しようとした。宝字八年九月二日、自ら都督四畿内三関近江丹波播磨国兵事使となり、武力をにぎり、諸国の兵士を二十人ずつ集め、武芸を簡閲すると称し、奏聞後私かにその数を益し、太政官の印を用いて行おうとしたのを、大外記高丘比良麿が禍が已れに及ぶのを懼れ、密奏したので、遂にクーデターの計画が事前に洩れ、近江に逃れたが、高島郡で斬殺された。この結果、道鏡は大臣禅師に任じられ、政界に乗出す。

2 巻第二

一 **大同四年四月一日受禅**（七八頁注四）　「桓武第二子。母平城とおなじ。いみな或加美野。平城の御時大同元年東宮にたゝせ給ふ。〈廿一〉。廿四にて位につかせ給ふ。弘仁四年四月位を太子にゆづりおりさせ給て、十九年おはします。御年五十七。承和九年七月十五日〈御年五十九〉前太上皇と申。又冷然朝とも」(簾中抄)。

二 **内麿**（七八頁注六）　「左大将。十月六日薨。在官七年。同九日贈太政大臣従一位。号後長岡大臣。…右大臣七年」(補任、弘仁三年)。「長岡大臣内麿」(二中歴、名人歴)。

三 **義真**（七八頁注一〇）　僧官補任には弘仁十三年四月五日天台座主となるとするも、座主記には天長元年四十六の時天台座主となったとする。初めて天台座主になった人。その著に『天台法華宗義集』等あり。治山は十年、弘仁十三年からとし、入滅の年を数えないとすると治山十一年。

四 **内宴始マレリ**（七八頁注一二）　後紀、弘仁三年二月十二日条に「辛丑、幸ニ神泉苑一、覧ニ花樹一、命ニ文人一賦レ詩、賜レ綿有レ差。花宴之節始ニ於此一矣」とあるを初めとする。「此御門ふみをつくりて手をよくかゝせ給ふ。はじめて内宴をおこなふ」(簾中抄)。

五 **先帝御不和**（七九頁注一六）　平城上皇は嵯峨即位の翌年、弘仁元年九月藤原仲成・薬子兄妹にそそのかされ、復位と平城遷都を企てて、遂に天皇方と上皇方の対立となる。天皇は三関を固め仲成を禁錮したので、上皇は怒り薬子と東国に下向しようとしたので朝廷は仲成を殺し、田村麿や文室(ふんや)綿麿の武将をつかわしたが、九月十二日上皇方の兵は逃亡し、上皇は平城宮に還られ剃髪、薬子は薬を仰ぎ自殺した。皇太子高岳親王は廃され、大伴親王を皇太子とし、十九日弘仁と改元。「九月依太上天皇命擬遷於平城。人心騒動十日固三関、即遣大納言田村麿等射殺参議右兵衛督仲成等。十日太上天皇旋宮剃髪入道、薬ニ自殺。上皇発軍赴東国。仍有之」(歴代皇紀)。「此御時はじめにみやこうつりのことによりてならの太上天皇と御中よからずなりぬ。太上天皇いくさをおこしてあづまの方へおはしましけり。是によりてみかど大納言田村麿宰相わたまろなどをつかはしてとゞめたてまつるあひだ、太上天皇の御方の大将軍仲成をころしつ。太上天皇出家せさせ給ひにけり。内侍のかみ薬子しぬ。薬子がすゝめによりて太上天皇もかゝる事はおぼしめしよりけるとぞ。その後東宮高岳親王をすてゝ御門の御おとゝ大つのみこを東宮とす。高岳親王はならの御門の御子なり。東宮とられて後法師になりて唐へわたりぬ。かしこにてかくれ給ひぬ。弘法大師の御弟子にて真如親王と申は此東宮なり」(簾中抄)。「嵯峨皇帝の御時、平城の先帝、内侍のかみのすゝめに依て、世を乱り給ひし時、既にこの京を他国へ移さんとせさせ給ひしを大臣公卿諸国の人民そむき申しかば遷されずしてやみにき」(平家、五、都遷)。

六　**内侍**(七九頁注一九)　「尚侍従三位藤原朝臣薬子常侍二帷房一、矯託百端、太上天皇甚愛、不レ知二其姧一還二都平城一、非二是太上天皇之旨一、天皇慮二其乱階一、擯二於宮外一、官位悉免焉、太上天皇大怒、遣レ使発二畿内幷紀伊国兵一与二薬子一同レ輿、自二川口道一向二於東国一士卒逃去者衆、知二事不一レ可レ遂、廻レ輿旋レ宮、落髪為二沙門一」(後紀、大同四年)。「薬子贈太政大臣種継之女、中納言藤原朝臣縄主之妻也。有二三男二女一、長女太上天皇為二太子一時、以レ選入レ宮、其後薬子以二東宮宣旨一、出二入臥内一、天皇私焉、皇統弥照天皇(桓武)慮二婬之傷一レ義、即令二駈逐一、天皇之嗣レ位、徴為二尚侍一、巧求二愛媚一、恩寵隆渥、所レ言之事、无レ不二聴容一、百司衆務、吐納自由、威福之盛、熏二灼四方一、属二倉卒之際一、与二天皇一同輦、知二衆悪之帰一レ己、遂仰レ薬而死」(後紀、弘仁元年九月十二日)。

七　**高丘親王**(七九頁注二〇)　「高岳親王〈平城天皇一男〉大同四年立太子。弘仁元年廃坊出家法名真如。貞観三年入唐。天慶五年在唐僧中瓘申状偁、親王已過震旦欲渡流沙到羅越国遷化云々」(二中歴、名人歴)。(元亨釈書十六、力遊・三代実録、元慶五年十月十三日。)高丘(古くから高岳とも書く)親王は平城天皇の第三皇子(七九九―八六五)で、廃せられて後、法名を真如と言い、東大寺に行き、三論、法相の教義を学び、禅林寺宗叡より経論の深意を伝えられ、更に空海を問い、弟子となり、両部の灌頂を受け、阿闍梨の位を得たという。斉衡二年九月には修理東大寺大仏司検校となり、落ちていた大仏の頭を修理、貞観三年には大仏供養の大法会を営んだ。更に入唐の志をおこし、貞観三年六月十九日奈良の禅院を出、四年七月太宰府を発し、宗叡と共に渡航、九月七日唐の明州につき、唐咸通六年(貞観七年)五月二十一日長安に至り、懿宗に謁し、阿闍梨法全を訪い、秘密灌頂を受け、留学僧円載により印度に行く官符を請い、咸通七年正月七日広州を発し、消息を絶った。後元慶五年に留学僧瓘遙が上申して、真如が途中流沙を渉らんとし、羅越国で寂したと伝えた。羅越国はマラヤ南端の国という。撰集抄等には虎に食われて死んだという説話になる。「高岳親王〈平城天皇々子大同四年立之出家渡唐逆旅之間遷化号真如親王〉」(大鏡裏書、二)。

八　**(仁明、嘉祥)三年三月廿一日崩御**(八一頁注二〇)　「嘉祥三年三月十九日天皇落飾入道。廿一日奉神璽於皇太子即日崩、年四十一。同廿四日葬於深草山陵。世号深草帝」(歴代皇紀)。

九　**円澄**(八一頁注二一)　「〈西塔〉円澄和尚〈私号寂光大師西塔建立主〉。治山三年。…師主伝教大師。承和元年甲寅三月十六日官牒云、右大臣宣奉勅以大法師円澄為彼寺伝法師者已上二代未被定座主職、但蒙可為伝法師之宣旨執行寺務、仍山上称座主云々、同三年丙辰十月廿六日入滅、年六十六」(続群天台座主記)。

一〇　**遍昭僧正出家**(八一頁注二三)　良岑宗貞(八一五―八九〇)は桓武天皇皇子、良岑安世の子。仁明天皇に仕えて蔵人頭であったが、嘉祚三年仁明天皇崩御の際に葬場から失踪出家、四祖慈覚の門に投じ更に安慧に従い三部の灌頂を受け、六祖智証等の弟子となり、三部の大法を習い、灌頂を重ねて受け、台密を興隆し、山城国山科の花山の元慶寺(花山寺)に住し、元慶八年朝廷に奏して年分度者三人を置いた。天台座主惟首、五大院先徳安然は遍昭の門に出で、安然は胎金及蘇悉地の大法を受けた。遍昭は天台教学、殊に密教史上で重要な人物である。光孝天皇の時仁和二年三月輦車で宮門に入るのを許される程知遇を賜った。元慶二年権僧正に任じられ、三年の後僧正となる(花山僧正と号す)。天台宗で僧綱に任じられた者の始という。古今集六歌仙の一人。仁明天皇の崩御の際の出家譚は大和物語その他に見える。寛平二年正月十日滅(僧綱補任抄・元亨釈書、釈家官班記)。「丙午、左近衛少将従五位上良岑朝臣宗貞、出家為レ僧。宗貞、先皇之寵臣也。先皇崩後、哀慕無レ已。自帰二仏理一以求二報恩一。時人愍レ焉」(文徳実録、嘉祥三年三月二十八日)。

一一　**恒貞親王**(八一頁注二四)　淳和天皇の第二皇子。藤原良房は妹の仁明天皇女御順子の子道康親王を皇太子とするため承和の変をたくみ、恒貞親王を廃した。嘉祥二年出家して真如法親王(高丘親王)に従学、恒寂親王という。嵯峨天皇の旧居嵯峨院を大覚寺として定額に列し、大覚寺の開祖となる。「皇太子恒貞淳和長子也。天長十年二月廿日立。年九。承和九年廃之。依伴継峰等謀反事也」(歴代皇紀、仁明)。「天長十・二立太子。

九歳。後廃レ之。承和九依橘逸勢謀反也。嘉祥二出家。法名恒寂。母皇后正子内親王。嵯峨天皇女」(紹運録)。恒貞親王伝参照。

一二　**東宮御方人謀反**(八一頁注二六)　嵯峨・淳和両上皇の崩後、承和九年七月十五日春宮坊帯刀伴健岑(ともこわみね)、但馬権守橘逸勢(はやなり)が皇太子恒貞(淳和の皇子)を奉じ東国に走って謀反をしようとし、弾正尹阿保親王が皇太后橘嘉智子に密告し、事前に洩れ嘉智子は藤原良房と議し、二十三日皇太子を廃し、逸勢を伊豆に健岑は隠岐に貶流した(続後紀、承和九年七月十七日等)。この結果、冬嗣の女順子(良房の妹)の腹に出来た、道康(文徳)が立坊する。実は良房の陰謀でないかという。この結果、良房の地位が伸び、外戚として重きをなしてくる。これを承和の変という。「方人」は味方の意。橘逸勢・伴健岑等を指す。巻三、仁明条にこの話が見える。

「同じき九年七月十五日に、嵯峨法皇うせさせ給ひにき。当代の御父に坐す。十七日平城天皇の御子に、阿保親王と申しし人、嵯峨の大后の御もとへ、御消息を奉りて申し給ふやう、「東宮の帯刀健岑と申すものまうできて、太上法皇既にうせさせ給ひぬ、世の中の乱れ出で来侍りなむず。東宮を東国へわたし奉らむ」と申すよしを告げ申し給ひしかば、忠仁公の中納言と申して坐せしを、后呼び申させ給ひて、阿保親王の文を御門に奉り給ひき。この事健岑と但馬権守橘逸勢と謀れりける事にて、東宮は知り給はざりけり。二十四日に事あらはれて、二十五日に但馬権守を伊豆国へ遣はし、健岑を隠岐へ遣はす。又中納言吉野宰相秋津など流されにき」(水鏡)。

一三　**弘法大師入定**(八二頁注一)　「大僧都伝燈大法師位空海、終二于紀伊国禅居一」(続後紀、承和二年三月廿一日)。「承和二年ト云フ年ノ三月廿一日ノ寅時ニ結跏趺坐シテ大日ノ定印ヲ結テ、内ニシテ入定、年六十二」(今昔、十一の二十五)。「承和二年三月廿一日寅剋結跏趺坐依大日本定印奄然入定云々歳六十一(二歳)」(歴代皇紀)。

一四　**(文徳)嘉祥三年三月廿一日受禅**(八二頁注四)　「嘉祥三年三月廿一日受禅。元東宮。四月即位於太極殿。廿四」(歴代皇紀)。「承和九年壬戌二月廿六日に御元服。同八月四日東宮にたちたまふ。御年十六」「仁明天皇御第一の皇子也。御母太皇太后藤原順子と申き。その后、左大臣贈正一位太政大臣冬嗣のおとゞの御女なり…これを五条后と申。伊勢物語に…」(大鏡、一、文徳)。

一五　**円仁**(八二頁注一二)　「治山十年」「仁寿四年甲戌四月三日官符云。伝燈大法師円仁。右大臣宣。奉レ勅。件法師宜レ定二彼寺座主一」「同八年丙戌七月十二日勅書諡号慈覚大師。…御入唐承和五年六月御歳四十五。同十四年御帰朝也」「貞観六年甲申正月十四日子時入滅。〈春秋七十一。夏臈四十九〉」(座主記)。(三代実録、貞観六年正月十四日参照。遷化の年七十二。)

一六　**忠仁公**(八三頁注二〇)　「うせたまひてのち御諡号忠仁公と申。又白河の大臣染殿大臣とも申つたへたり」(大鏡、二、良房)。「〈摂政准三宮〉太政大臣藤良房、天安二年十一月七日帝即位日以外祖輔導幼主摂行内外庶事。年五十五」「八年蒙摂政宣旨云云」(歴代皇紀)。

一七　**(良房)貞観八年八月十九日摂政詔云云**(八三頁注二一)　既に文徳天皇天安元年二月良房は右大臣から一躍太政大臣に任命された(補任)が、清和帝が九歳にして天安二年即位されるや、良房は万機の政を摂行した(補任)。補任、天安三年には「摂政太政大臣従一位藤良房」とするが、応天門の変の後、貞観八年八月十九日詔で正式に摂政となったとすべき。これが官職としての摂政を成立させる緒となる。また人臣として良房は太政大臣に任ぜられた初例とする。「十九日辛卯勅二太政大臣一摂二行天下之政一」(三代実録、貞観八年八月)。「八年蒙摂政宣旨云々」(歴代皇紀)。「八月十九日重勅摂行天下之政者」(補任、貞観八年)。「忠仁公〈良房東三条白河殿〉」(二中歴、名臣歴)。

「太政大臣は、令制においては、周知の如く「師二範一人一、儀二形四海一」云々という、極めて抽象的な職能しか与えられなかった。この性格は、八世紀に恵美押勝を太師に任じたとき、或は道鏡を太政大臣禅師に任じたときまでは、なおみとめられ、下って天安元年(八五七)二月藤原良房が太政大臣に任ぜられたときにも、良房の上表には、「臣聞、太政大臣者、君人取レ則、玉燭攸レ調、無二其人一則闕、誠有レ以也、爾惟臣列祖先臣、升二此位一者居多、皆以レ礼隔二於人存一号関二於身後一」とのべている。しかも彼は、後には「貞観之初、命二忠仁公一(良房)為レ相、三公当レ仁、百官総レ己」といわれ(文粋、四、永祚二年三月一七日入道、太政大臣辞職并封戸准三宮第二表)嘗て太政大臣であった大友皇子が「総二揆百官一」といわれたと同じ言葉でよばれていることを知るのである(懐風藻)。而して大友皇子の太政大臣は、執政官的な権能を有していたものであり、而して、「百官総己」なる言葉は、関白の異名であることも注意すべきであろう。日本紀略天慶四年(九四一)一一月二八日の条に、「詔、万機巨細、百官総已、皆関白於太政大臣〈忠平〉然後奏下、如仁和故事」とみえ、拾芥抄〈中末〉官位唐名の条に、「関白　博陸殿下　博陸侯　総己百官　執柄」とある。即ち良房の太政大臣は、さかのぼっては近江令の太政大臣の機能を復活し、下っては後の関白の権能を萌したものといえる。貞観八年(八六六)八月、太政大臣をして、天下之政を摂行せしむるの勅が出て、はじめて良房は、公法的に摂政の名を具えることになったが、これに対し良房は、二度の上表を上っている。良房が摂政になったのは、大鏡裏書や公卿補任では、貞観元年とし、貞観六年、天皇元服により一旦摂政を辞し、同八年八月に重ねて摂政の詔を賜わることを記しているのは、摂政の実の行われた貞観元年と、その名の与えられた貞観八年とを併せ調節しようとしたものであるという大日本史の説は、蓋し従うべきであろう。元来、後の摂政の性格からいえば、天皇の元服があればこれをやめるべきであるのに、却ってその効があるのは、摂政がアスカ時代における如き執政官的性格をなおのこしたものといわざるを得ない」(竹内理三著、律令制と貴族政権第Ⅱ部、摂政・関白)。

一八　**(良房)貞観十四年九月二日薨**(八三頁注二二)　「二日己巳。太政大臣従一位藤原朝臣良房薨于東一条第。年六十九。輟朝三日」(紀略、貞観十四年九月)。「太政大臣従一位藤良房〈六十九〉三月九日賜度者八十人。又大赦天下(為救病也)。九月四薨。在官廿五年。同四日贈正一位。号白河殿。又染殿。諡曰忠仁公。封美乃国。輟朝三ケ日。是日葬山城国愛宕郡白河辺。摂政十五年。或十四年」(補任、貞観十四年)。「策命曰。云々。正一位乃冠加贈云々。封以美濃天。為美濃公。諡曰忠仁。食封資人並如生存。」云々(紀略、貞観十四年九月四日)。十二月十三日には荷前幣を良房の墓にも献ず。

一九　**(良相)貞観九年十月十日薨**(八三頁注二四)　「十月十日薨。在官十一年。詔贈正一位。号西三条大臣」(補任、貞観九年)。

二〇　**基経**(八三頁注二五)　基経は冬嗣の子長良の子。叔父良房が男子がないので、養子となり相続。その妹高子は清和帝の后となる。長良は「斉衡二・七薨。五十七。贈太政大臣正一位枇杷」(尊卑)。「御このかみの長良の中納言ことの外にこえられ給けんおり、いかばかりからうおぼされ」(大鏡、二、良房)。応天門の変後、貞観八年十二月八日、基経は三十一歳で中納言、「超七人」(補任)、良房のもとで実権を握り、貞観十二年大納言、十四年八月二十五日右大臣。

二一　**伴善男**(八三頁注二七)　伴善男は伴国道の第五男。弘仁二年生。承和十五年(嘉祥元年)参議となる(補任)。貞観六年には五十「四歳で大納言、「民部卿皇太后宮大夫如元」(補任)。貞観八年閏三月十日応天門の焼失の際に、最初左大臣源信に嫌疑がかけられたが、八月三日左京人大宅首鷹取により伴宿禰善男とその子右衛門佐伴宿禰中庸が共謀して放火したと告げられ、九月二十二日善男・中庸等は遠流となり、善男は伊豆国、中庸は隠岐国に流された(三代実録)。良房はこの応天門の変を契機としてその地位を確立。伴大納言絵詞はこの事件を扱う。「九月廿三日配流伊豆国。同十年――薨(六十)」(補任、貞観八年)。「八年八月大納言善男焼応天門已発覚。大宅鷹取所告言也。配流善男於伊豆国、連坐者多」(歴代皇紀、清和)。「伴大納言〈善男〉」(二中歴、名人歴)。

二二　**安恵**(八三頁注三〇)　「金輪院、治山四年」。貞観六年円仁の入滅後、「貞観六年甲申二月十六日座主宣命〈年十六〉」。「十年戊子四月三日入滅」(座主記)。「延暦寺座主内供奉十禅師安慧卒。年六十四」(三代実録、貞観十年四月三日)。座主記によれば入滅の年六十四。歴代皇紀裏書に六十五。

二三　**円珍**(八四頁注一)　天台座主第五世(八一四―八九一)。在唐六年の帰朝後、貞観元年三井に一房を造り唐房と名づけたのが三井寺のもとで、後に天台宗寺門派の本山となった。円珍は晩唐密教を以て日本天台密教を発展させるのに功があった。本朝真言八家の一人(二中歴)。延長五年十二月増命の遺奏で、勅して智証大師と追謚。「讃岐国那珂郡金倉郷人。和気氏。母佐伯氏。空海阿闍梨姪也…貞観十年戊子六月三日座主宣命〈年五十五、臈四十六〉。…寛平二年庚戌十二月廿六日任少僧都。依寺家大衆奏状。天台座主僧都之初也。同三年辛亥十月廿九日入滅。〈春秋七十八〉。御入唐仁寿三年癸酉七月。御年三十九。天安三年己卯六月帰朝。四十五御年也」(座主記)。

二四　**(清和、元慶二年)十二(月四)日崩御**(八四頁注三)　正しくは、元慶四年十二月四日円覚寺で崩御。「太上天皇。清和。元慶二(三ォ)年五月八日於粟田入道。法名素真。四年十二月四日崩於円覚寺(粟田院)。歳卅一」(歴代皇紀)。

二五　**此御時八幡大菩薩男山ヘウツリワタラセ給**(八四頁注四)　「此御時大安寺法師行教八幡大菩薩をいのりこひて男山の石清水の宮にうつし奉つ

る」(簾中抄)。「貞観二年八幡太神託二宣行教一。始顕二於山城国夫山鳩峰一」(僧綱補任抄)。「去貞観二年故伝燈大法師位行教奉二為国家一特以懇誠。祈二請大菩薩一。奉レ移二此山宮一」(類聚三代格、一、貞観十八年八月十三日付太政官符)。三代実録、貞観十八年八月十三日条参照。

二六 **諱貞明。貞観十八年十一月廿九日受禅**(八四頁注六) 「諱貞明」「貞観十八年十一月廿九日受禅染殿院」(歴代皇紀)。「同十一年二月一日己丑御年二にて東宮にたゝせ給て、おなじき十八年丙申十一月廿九日くらゐにつかせ給ふ。御年九歳」(大鏡)。

二七 **(陽成)元慶六年正月二日御元服**(八四頁注七) 「元慶六年壬寅正月二日乙巳〈坎日也〉御元服。御年十五」(大鏡、一、陽成)。

二八 **母皇太后藤原高子**(八四頁注八) 「御母皇太后宮高子と申き。権中納言贈正一位太政大臣長良の御女也」(大鏡、一、陽成)。業平との恋愛事件で有名。「二条のきさいと申すはこの御事也」(大鏡、一、陽成)、高子は「同(元慶)六年正月七日為皇太后宮、寛平八年九月廿二日廃后位」(大鏡裏書)、紀略には「停廃皇太后藤原朝臣高子、清和后、陽成院母儀、事秘不レ知」とあるが、略記には「太上天皇之母儀皇太后藤原高子、与二東光寺善祐法師一竊交通云々。仍廃二后位一、…配二流伊豆講師一」という。高子は「延喜十年三月廿三日薨〈六十九〉天慶六年五月廿七日追復本位」(大鏡裏書)とあり、延喜十年六十九とすると寛平八年は実に五十五歳の老らくの恋で奔放な陽成の母としてふさわしい。「御母皇太后宮藤原高子、二条后、中納言長良の二女」(簾中抄)。

二九 **(基経)受禅同日摂政、後、関白**(八四頁注一〇) 「是日天皇譲二位於皇太子一、勅二右大臣従二位兼行左近衛大将藤原朝臣基経一、保二輔幼主一摂二行天子之政一、如二忠仁公故事一詔曰…」(三代実録、貞観十八年十一月廿九日)。

「公卿補任によれば、この年(貞観十四年)一一月二九日基経が良房の替として摂政となったことを注している。三代実録には、そのことは見えず、四年後の貞観一八年一一月二九日陽成天皇即位のときに、清和天皇から、「保二輔幼主一、摂二行天子之政一、如二忠仁公故事一」との勅があったことを記し、その宣命をあげている。公卿補任が、これを貞観一四年の条にかけたのは、明らかに誤ではあるが、しかしその誤は、良房の摂政を貞観元年にかけたと同じ考えから出たことは疑いなかろう。同書は、その貞観一八年の条にも、「十一月廿九日宣旨、摂二行天下之政一如レ旧」と注しているのをみれば、貞観一八年の勅をそのまま誤って一四年の条に移したものでないことは明らかである。貞観十八年には、左大臣源融が太政官の上首にいて、基経は次席の右大臣であった。宣命によれば、「左大臣源朝臣は、性たる蕭疎して、朝務を仕え奉るに耐えずと、先々に申し乞うこと慇懃なり。朕、且つその志を奪わんと欲せず。右大臣藤原朝臣は、内外の政を取持ちて、勤《いそ》しみ仕え奉ること夙夜おこたらず。又皇太子の舅氏なり。其の情操を見るに、幼主を寄せ託すべし。然らば則ち、少主の未だ万機を親しくせざるの間は、政を摂し、事を行わんこと、近く忠仁公〈良房〉の、朕の身を保佐せる如く、相扶け仕え奉るべし」とみえる。やがて、元慶四年(八八〇)基経は、太政大臣に任じたが、その策命には、

右大臣正二位藤原基経朝臣波朕之親舅奈利、忠貞心乎持弖御世御世与利天下政乎相安奈々比助奉事毋久奈利奴、又朕未レ及二初載一之時与利、輔導崇護供奉礼留所毋安利因レ茲掛畏太上天皇乃詔命乎持天、摂政乃職爾事与佐之治賜倍利、朕我食国乎平久安久、天照之治聞食須故波此大臣之力奈利、而所レ帯官波摂政乃職爾波不二相当一止、頃年参加利大坐都、今掛畏太上天皇乃詔旨爾毛、職波貴天官波賤天也波、久年乎歴倍岐、太政官乃其人止波、最此卿乎可レ謂止勅御命毋安利支、掛畏岐御命乃任仁、上給治給牟止去春夏間与利仰給大坐、而大臣乃懇爾加志許未利辞譲申仁依天今未天仁延来礼利今畏岐本御意早果行倍支物奈利止仰給不御命毋安利、故是以太政大臣官爾上給比治賜久止勅、但摂政之職波今毋弥益々爾勤奉仕礼止勅御命乎衆聞食止宣、

と三代実録にみえ、その地位が摂政にふさわしきものとされている。しかし基経は、太政大臣を拝辞してうけなかった。そのため太政官の奏事がとどこおってしまったので、公卿議定して、太政大臣の直廬について庶政を白さしめ、以後例となすとみえる(三代実録、元慶五年二月二一日条)。先の策命では、明らかに摂政の職は、今もいよいよ奉仕せよとのべているに拘わらず、公卿補任ではこの時を以て「関白」に任ずと註しているのも、公卿補任がその「実」によって註したものと思われることは、ここに「庶政を白す」とあることによってもうかがわれよう。後にのべるようにこの頃の摂政は、関白とも本質的に相異するものではなかったのである。元慶八年(八八四)五月、文章博士菅原道真・同善淵永貞・助教浄野宮雄・中原月雄・少外記大蔵善行・明法博士凡春宗・大内記菅野惟肖・明法博士忌部濬継等をして、太政大臣の職掌の有無と、唐の何

官に相当するかを勘奏せしめたところ、諸説一様に、太政大臣は分掌するところはないが、なお職事官であるということにほぼ一致した(三代実録)。而も具体的な職掌については、何等結論を得ることができず、翌月基経に賜わった宣命にも、

太政大臣藤原朝臣、先御世々々与利天下乎済助介、朝政乎総摂奉仕礼利、為二国家一建二大儀一、為二社稷一立二忠謀一天、不レ意外爾万機之政乎朕身爾授任天、存二閑退之心一執二高譲之節一、朕閔、定レ策之勲自レ古先録、又賞不レ踰レ月、是政之先止毛聞食須、大臣功績既高天、古之伊霍与利毛乃祖淡海公叔父美濃公(良房)与利毛益左利、朕将レ議二其賞一爾、大臣素懐二謙挹心一、必固辞退天、政事若壅世無加止也々美思保之天、本官乃任爾其職行牟止思保之天、所司爾令レ勘爾、師範訓導乃美爾波非安利介リ、内外之政無レ不レ統久毛有倍加利計利、仮使爾無レ所レ職久可レ有久止毛、朕耳目腹心爾所レ侍奈礼波、特分二朕憂一止毛思保須乎、自二今日一官庁爾坐天就天、万政領行比、入輔二朕躬一、出総二百官一倍之、応レ奏之事、応レ下之事、必先諮稟与、朕将二垂拱而仰レ成、

とあり、たとえ「所司の勘申によれば、道徳的な師範訓導ばかりでなく、内外の政すべざるはなき」ものであるとされても、やはり「たとえ職とする所無くあるべくとも」といわざるを得なかったところに、太政大臣の特殊な性格があり、この特殊な性格から来る機能を具体化するために、「総二百官一、応レ奏之事、応レ下之事、必先諮稟」と示さざるを得なかったのである。しかもこの事は、正しく後の関白の職掌であったのである。

生存中に太政大臣に任ぜられたものは、近くは基経の父良房の例がある。然しその折には、何等その職掌について明法博士を動員して勘申せしめる必要はなかったのに、基経の場合は、何故にこれを必要としたのであろうか。基経は、元慶四年太政大臣に任ぜられたが、再三上表してこれを固辞した。摂政たるの職はますます勤めよといわれながらも、それすらうけつけなかった。太政官の奏事はとどこおった。四年を経て、道真以下の学者をして太政大臣に職掌ありや否やを勘ぜしめた。勘申せしめたところで、令文による限りそれは抽象的な結論しか出でないのは当然である。そこで、所司の勘申は勘申として、基経をして政務に従わしめるよう、苦しい附会をした宣命が出された。この経過は、これから間もなくして同じ基経によっておこされた「阿衡事件」を連想させるのである。阿衡事件は、宇多天皇が即位した際、基経三代奉仕の功を称して関白の詔を下されたが、基経が当時の慣例に従って提出した辞表に対する勅答に、「宜以二阿衡之任一、為二卿之任一」とあったことが発端であった。この勅答は、時の文章博士橘広相がつくったものであったが、基経の家司藤原佐世は、「阿衡はただ位であって、政治にあずかる職掌はないものであるから基経は官職を解かれたものである」と基経を説いた。そこで基経は佐世の言に従って一切政治を視ず、有司が官奏を持ち来ってその決裁を求めても顧みないため、政治は忽ちとどこおること半年以上の久しきに及んだ。左大臣源融は博士善淵愛成・助教中原月雄に命じて、阿衡の職掌の有無を勘申させた。この両人の勘文では、阿衡は周の三公のことであって、その典職なしと論じた。これに対し広相は反駁文を上って、阿衡は朝政を執り万機を統べるものである、三公に典職のないのは周のみであって、その後の歴朝の官制、特に唐制では、三公の職は朝政を総摂するものであると論じた。先きに、元慶八年五月、博士等が太政大臣の職掌を勘申する際にも周の三公、唐の三師がひき出されていることは、興味深い。三善清行・紀長谷雄等も亦、阿衡に典職なし、との論に賛成し、事は天皇の希望する方向にむかわず、遂に天皇は勅答の作者橘広相が、天皇の意に背いて阿衡の言葉を用いたものであるから、基経が固辞するのも尤もな次第である、仍て改めて太政大臣(基経)が以後衆務を統べるようにという意味の宣命を下して事件が結着した。この事件の発端をつくった藤原佐世は、式家宇合の子孫で、清和・陽成・光孝・宇多の四朝に仕え、従四位下右大弁に至ったというから、元慶頃には、既に出仕していたことになる。貞観年中、基経の推挽によってようやく文章得業生に及第して儒林に入ったものであり、当時の碩儒都良香も、彼が儒林に入ったことを以て、藤にまきたてられなば我が流は成立たじと歎息したという。元慶に基経が太政大臣に任ぜられて出仕をやめ、菅原道真等をして太政大臣の職掌を勘申せしめねばならなかったことも、「阿衡」と同じような事情がひそんでいたのではなかろうか。

元慶八年六月、基経に下された勅は、関白の語は見えぬけれども、その与えられた職能は、正しく関白職である。関白の語は、仁和三年(八八七)十一月、宇多天皇より基経に下された詔を初見とする。公卿補任元慶四年の条に一一月八日基経の摂政を改めて関白となすと註しているけれども、三代実録にはその条なく、一二月四日太政大臣に任じたときの宣命をのせているのであるから、公卿補任の説の誤であることは明らかであ

ろう。仁和三年の詔書に、
朕以二涼徳一、奉二茲乾符一、臨二鳳扆一而如レ履二薄氷一、撫二竜軒一而若レ渉二淵水一、自レ非二太政大臣之保護扶持一、何得下恢二宝命於黄図一、正中璇璣於紫極上哉、嗚呼三代摂政、一レ心輸レ忠、先帝聖明、仰二其摂籙一、朕之冲眇、重以二孤煢一、其万機巨細、百官総レ己、皆関二白於太政大臣一、然後奏下、一如二旧事一、主者施行(政事要略、三〇)。
とあり、百官已れに総べ、皆太政大臣に関白して、然るのち奏し、或は下すこと、「一に旧事の如くせよ」とあることによって、その職能が、ここに新しく案出されたものではないことがわかる。果して、この詔に対する基経の上表文には、「太政大臣辞二摂政一第一表」と題せられ、その辞する事柄は、「万機巨細、関二白於臣一者、臣再三揣レ己、遂知レ不レ堪」というにある。この表文に対する勅答には、「太政大臣藤原卿、中務省昨進二表函一、披而読レ之、有レ辞二摂政一」とのべている(同上)。この勅答の中に、「阿衡」の句があり、紛議の発端が「阿衡者殷世三公官名、三公者坐而論レ道、無レ所レ典職一」とする学説によったことも、関白=阿衡=三公、三公=太政大臣ということを示し、この時期においては、摂政・関白・太政大臣の三者即一的に考えられていたことを示すものである。むしろ基経が、摂政となり、太政大臣となり、関白となった経過は、令制において余りに抽象的な太政大臣の具体的な職掌として、摂政・関白が案出されたものであると考えられるのである。これまで、貞観八年、天皇の年長じたのに却って摂政の詔が出されたのは、不思議であるとされたが、その実関白とひとしければ、何等差支えなかったわけである」(竹内理三著、律令制と貴族政権第Ⅱ部、摂政・関白)。

三〇 (基経、元慶)二年七月十七日賜二内舎人二人・左右近衛各六人一(八四頁注一一) 「進二右大臣従二位藤原朝臣基経爵一加二正二位一、又賜二随身兵仗一、是褒二美摂政一之意也」(三代実録、元慶二年七月十七日)。「七月十七日叙正二位。即賜随身内舎人二人。左右近衛各四人」(補任、元慶二年)。

三一 内舎人(八四頁注一二) 「摂政関白給二内舎人随身一侍。殊撰二其器一召二任之一。帯剣之官也」(職原抄)。

三二 (基経)有レ勅、任爵准三后如二忠仁公故事一(八四頁注一五) 「六年有勅。任賜爵准三宮如忠仁公故事」(歴代皇紀)。「但任人賜爵等並准二三宮一。一如二先帝策命忠仁公故事一」(三代実録、元慶六年二月一日)。「二月一日有勅。任人賜爵准三宮。如忠仁公之故事」(補任、元慶六年)。

三三 仁明第三子(八五頁注二〇) 「仁明第三子、太子にたゝず。御母贈皇太后宮藤原沢子、紀伊守総継女也」(簾中抄)。

三四 執政臣昭宣公基経(八五頁注二一) 「勅曰。天皇詔旨〈良万止〉云々。太政大臣藤原朝臣云々。自二今日一官庁爾坐天就天万政領行比。入輔二朕躬一。出総二百官一倍之」云々(紀略)。

三五 (基経)元慶八年十二月廿五日帝於レ内賀二大臣五十算一(八五頁注二二) 五十賀をしたのは三代実録及び紀略によれば翌仁和元年十二月廿五日。ただし「関白太政大臣従一位藤基経、四十九、二月廿三日重受関白詔。今日光孝天皇即位。…十二月廿五日帝於内殿賀大臣五十算」(補任、元慶八年)とし、歴代皇紀も元慶八年とする。皇紀によったか。

三六 (光孝、仁和)三年〈丁未〉八月廿六日〈丁卯〉巳二刻崩御(八五頁注二三) 「是日、…巳二刻天皇崩二於仁寿殿一、〈春秋五十八〉」(略記、仁和三年八月二十六日)。

三七 陽成院御物気強(八五頁注二四) 「(仁和)二年正月太政大臣献賀、男時平元服。十六。於仁寿殿帝手取(冠)加其首。陽成帝常依邪気朝務如廃。仍有此儀。光孝即位云々」(歴代皇紀)。「陽成院御物けしておはしますによりて大臣已下はからひて此御門をつけ奉れり」(簾中抄)。一五二頁参照。

陽成天皇に尋常でない挙動のあった事は天皇が源蔭の男益を格殺するという事件が三代実録にみえる。「十日癸酉、散位従五位下源朝臣蔭之男益侍二殿上一、猝然被二格殺一、禁省事秘、外人無レ知焉。益、帝乳母従五位下紀朝臣全子所レ生也」(三代実録、元慶七年十一月十日)。「此次談二雑事一語云、陽成院暴悪無双、二月祈年祭以前、自抜レ刀殺二害人一云々、依レ如レ此事一、昭宣公奪二天子位一授二小松天皇一也、于レ時諸卿出二異議一、事不レ一レ揆、融大臣深有二此心一、仗議大濫吹、爰参議諸葛懸二手於剣柄一、見二御服一云、今日事偏可レ随二太政大臣語一、若於下出二異議一之人上、忽可レ誅レ之云々、于レ時諸卿止二異議一、相率参二小松親王第一、奉レ迎レ之云々、昭宣公之外孫為二親王一、以レ被可レ奉二吹嘘一之由、入以疑レ之、而以二老欄之旧王一、令レ践二天子之位一、賢之至也、此事委細記先年所レ見也云々」(玉葉、承安二年十一月二十日)。この頃、基経は出仕せず、若き陽成と仲が悪かったらしい。この殺人事件の後、陽成は馬を愛好し、馬をよく養う者、馬術を愛する者を周囲に集めていたが、その者に不法が多かったので、基経は殺人事件の直後、参内して、放逐するという事件もおこる。「十六日己

卯、…于レ時、天皇愛好在レ馬、於二禁中閑処一、秘而令レ飼、以下右馬少允小野清如善養二御馬一、権少属紀正直好中馬術上、時時被レ喚侍二禁中一、蔭子藤原公門侍二奉階下一、常被二駈策一、清如等所レ行、甚多二不法一、太政大臣聞レ之、遽参二内裏一、駈二逐宮中庸猥群小一、清如等尤為二其先一焉」(三代実録、元慶七年十一月)。陽成退位後の御乱行。「廿五日、左大臣(融)奏曰、一日、陽成君乗二御馬一、直入二六条下人家一、陪従諸人捧二持杖鞭一、女人児童驚走、或分散、或隠竄云、悪主無レ益二於国一、廿九日、毎日有レ聞、陽成君院有二駿河介女子一、令二院人追二捕之一、極二陵轢一、甚憂也。以二琴絃一、面縛漬二于水底一云々」(略記、寛平元年十月)。「十二月二日。廿南扶持還来云、去廿九日、申時、始到二島下郡一、審問二事由一、郷人語云、太上(陽成)天皇御二此郷一、備後守藤原氏助之宅御在所也。率二若干従卒一、乱二入此宅一、家人士女、或遁二亡山沢一、或迯二迷道路一、氏助之宅無レ有二一人一、此為レ狩二取安倍山猪鹿一也。而夜以二松火炬一、時臨レ暮之間、還二御此宅一、但卒二童子十二人、廐舎人二人一、悉着二武装一、帯二弓矢一、相二分前後一、騎馬行列云々。今日以二件山一為二院禁野一。宇治継雄為二専当一。牓二示路頭一。行路之人往還艱難、動加二陵轢一愁吟之甚、胸憶何言レ口云々」(略記、寛平元年十二月)。

その他古事談、一にも陽成院邪気の説話(中外抄にも見える。古事談は中外抄から取材した)が、一つは璽筥を開かせた話と、一つは小松帝の位に即いた話として見える。「陽成院御邪気大事御坐之時。依レ不レ御二坐儲君一。昭宣公〈基経〉親王達ノモトへ行廻ツ、見二事体一給ニ、他ノ親王達ハサワギアヒテ、或装束シ、或ハ円座トリテ奔走シアハレタリケルニ、小松帝〈于時式部卿上野大守〉御許ニマヰラセ給タリケレバ、ヤブレタル御簾ノ内ニ、縁破タル畳ニ御坐シテ、本鳥二俣ニ取テ無二傾動気一御坐シケレバ、此親王コソ帝位ニハ即給ハメトテ御輿ヲ寄タリケレバ、鳳輦ニコソノラメトテ、葱花ニハ不二乗給一ハザリケリ。依二此事一。陣定之時。融左大臣〈嵯峨天皇第十三皇子〉有二帝位之志一云。被レ尋二近々皇胤一者。融等モ侍ハ云々。昭宣公云。雖レ為二皇胤一給レ姓、只人ニテ被レ仕ヌル人。即位之例如何云々。融巻レ舌止」(古事談、一)。中外抄は保延五年七月十日の条にこの古事談の話が見える。

三八　**光孝第三子**(八五頁注三〇)　兄は是忠・是貞。ただし「第七息定省、年廿一、扶二侍朕躬一」(三代実録、仁和三年八月二十五日)とあるが、「按以二光孝諸皇子賜レ姓次序一推レ之、帝之兄有二十余人一。而三代実録。御産部類記、為二第七子一者。蓋中宮班子所レ生有二数子一。而当二其七一歟。本書及他諸実録。為二第三子一者除二源氏一数レ之耳」(紹運録)。

三九　**母皇太后宮班子女王**(八五頁注三一)　「皇太后宮班子女王御事。光孝天皇后。宇多天皇母儀。式部卿仲野親王女。母贈正一位当麻氏。…昌泰三年四月一日崩。年四十八」云々(大鏡裏書)。仲野親王は「桓武天皇第十二皇子」(大鏡裏書)。「御母贈皇太后宮班子女王、式部卿仲野親王女」(簾中抄)。

四〇　**万機巨細百官惣己、皆先関白、然後奏下**(八五頁注三三)　仁和三年宇多天皇が即位されると万機巨細百官惣己は太政大臣に関《あずかり》白《もう》せよと詔を受ける。この際に阿衡の紛議をおこした。「時皇詔。万機巨細、百官惣己、関二白於太政大臣一。然後奏下」(紀略、仁和三年十一月廿一日)。「関白、元慶八年六月五日、大臣基経功績超レ古、云々、仁和三年八月廿六日、立二第七皇子一〈定省年廿一〉為二皇太子一、同日天皇崩、公受二遺詔一、十一月廿一日詔、万機巨細百官惣己皆先関白、然後奏下、一如二旧事一云々」(二中歴、公卿歴)。「十一月廿一日詔関白万機。去八月宇多院受禅(廿一)。同廿六日、関白上表。勅答云、社稷之臣宜以阿衡之任。左大弁参議広相卿作」(補任、仁和三年)。

四一　**(基経)寛平三年正月十三日薨**(八六頁注一)　「正月十三日薨(年五十六)。詔贈正一位階。封越前国。諡曰昭宣公。号堀川太政大臣。生年承和三年。丙辰。葬於山城宇治郡(摂政八年。関白十一年)」(補任、寛平三年)。

四二　**惟首**(八六頁注四)　天台座主第六世。「阿闍梨内供」「号二虚空蔵座主一。治山一年。…寛平四年〈壬子〉五月廿一日座主宣命〈年六十八。臈四十九〉。同五年、癸丑二月廿九日入滅〈年六十九〉」(座主記)。虚空蔵は「虚空蔵尾本願堂」(叡岳要記)、「東塔東谷虚空蔵尾大衆」(山門堂舎紀)、居た坊の名か。「虚空蔵尾座主」(天台法華宗相承血脈譜)。

四三　**猷憲**(八六頁注五)　天台座主第七世。「内供阿闍梨」「号二持念堂一。治山一年。…寛平五年癸丑三年廿五日宣命〈年六十七。臈四十七〉。同六年甲寅八月廿二日入滅〈六十八〉」(座主記)。入滅は寛平六年八月二十二日。

四四　**康済**(八六頁注六)　「律師」「蓮華房座主」「治山五年」「寛平六年甲子九月十二日宣命〈年六十七。臈四十八〉。…昌泰二年己未二月八日入滅〈七十二〉」(座主記)。

四五　**(宇多)昌泰三年月日御出家**(八六頁注九)　昌泰二年が正しい。「太上天

皇落飾入道。法諱金剛覚。権大僧都益信奉ㇾ授二三帰十善戒一」(略記、昌泰二年十月十四日)。紀略・文粋、七参照。紀略は昌泰二年十月二十四日とする。「宇多院昌泰二年十月四日出家。年卅三。于仁和寺権大僧都益授戒十五日…灌頂。同十一月廿四日於同寺受戒。同月依固辞停太上天皇号。三年十月祭南山」(歴代皇紀)。ただし簾中抄は「昌泰三年御出家。法名金剛覚」。

四六 **(宇多)承平九年崩御**(八六頁注一〇)　「十九日甲辰。戌時宇多院太上法皇崩二於仁和寺御室一。〈春秋六十五〉」(紀略、承平元年七月)。

四七 **此御時賀茂臨時祭始マレリ**(八六頁注一一)　加茂の臨時祭は十一月の下の酉に加茂神社で行う祭。大鏡、巻六、昔物語及裏書によると、宇多法皇が位に即かぬ前、神の託宣があり、自餘の神は一年に二度の祭をするが、自分は一度のみで、寂しいから、汝は秋の時に幣帛すべしというので、帝は身が賤しくて出来ぬと答えた所、必ず当に此事に任ずべきの由が有るべしと加茂の明神が答宣したが、その託宣の通り位に即いたので、寛平元年十一月二十一日己酉の日から祭る様になり、走馬等を奉ったとある(本大系大鏡、三九八頁及二五三頁)。「加茂の臨時の祭、まづ兼日に試楽調楽などいふ事あり。当日の儀式は、御禊の座など、石清水に同じ。霜月下の酉なるべけれど、御忌月なるゆゑに、しはすにとり行はる。石清水の時の如し」云々と建武年中行事にある様に、調楽と言い、前以て祭使・舞人・陪従等を選んで、楽所で歌舞を練習し、又試楽と言い、三日前(小野宮年中行事)、清涼殿の東庭で歌舞の練習があり、「社頭の儀はてて、使舞人帰りまゐりて、還立の儀あり」(建武年中行事)という様に、祭が終ってから還立の御神楽があった。

「加茂ノ臨時祭、先兼日に試楽調楽などいふ事有、当日の儀式御禊庭の座など石清水におなじ。社頭の儀はてゝ使舞人帰り参てかへり立の儀有り。孫廂に御倚子をたつ。御引直衣に御草鞋をめす。額の間より出御せさせ給ふ。階の間の通りの庭南北二行に座をしきて使舞人つく。うしろに本末の神楽の所作人陪従近衛召人つく。出御有りて公卿召しあれば、簀子長階に候す。階の下に頭已下つきて使舞人を召す。勧盃ありて神楽あり。庭燎よりはじめて朝倉其駒までうたふ。庭火にもろ歌あるべければ、人長作法あり。御神楽はてて禄有り。この祭のおこりは宇多の帝、いまだ王侍従と申し奉りし時、狩りし給ひけるに、加茂の大明神現じ給ひて、臨時の祭を賜ふべき由申させけるに、我はさやうの事知り侍らず帝へ申させ給へければ様ありて申也とてあがらせ給ひけるが、幾程なくして、おぼしめしも寄らぬ位に即かせ給ければ寛平元年十一月より臨時祭を奉らせ給ふ。其時の使は本院の大臣時平公いまだ右中将にてつとめ給ひけるとなん」(公事根源)。「廿一日己酉。臨時祭二賀茂二社一、以二右近衛権中将藤原朝臣時平一為ㇾ使」(紀略、寛平元年十一月)。「此御時かもの臨時の祭はじまれり」(簾中抄)。「さて後六年ばかりありてや、賀茂臨時のまつりはじまり侍りけん。くらゐにつかせをはしましゝとしとぞおぼえ侍る。その日酉日にて侍れば、やがて霜月のはての酉日にて侍るぞ」(大鏡、六、昔物語)。

四八 **長意**(八七頁注二六)　天台座主第九世。「法橋」「露地房座主」「治山七年」「昌泰二年己未十月八日宣命〈年六十四。臈四十八〉。延喜六年丙寅七月三日入滅〈七十一〉。同八年己巳四月贈二僧正法印大和尚位一」(座主記)。

四九 **増命**(八七頁注二九)　天台座主第十世。始め円仁に従い、後に円珍の弟子となり、三部の大法を伝えた。宇多・醍醐帝の帰依を受けた。法験にすぐれる。尊勝陀羅尼を誦するところ陽勝仙人が聴聞した(今昔、十三の三)、延喜の旱魃に祈雨、験があった(打聞集)、祈により岩を除いた(宇治拾遺、二)、その鉢の飯により病者を癒した(日本往生極楽記)などの説話が多い。二中歴には宿耀師(増命)易筮(貞観)験者(静観)として見える。滅後静観の号を賜う。「僧正」「〈諡号静観。千光院。智証同月〉治山十六年」「延喜六年丙寅十月十七日宣命〈年六十四。臈四十五〉。…同廿三年五月第三度辞表。六月聴許」「延長五年丁亥十一月十一日入滅〈八十五〉。辞二座主職一初例也〉」(座主記)。

五〇 **良勇**(八七頁注三一)　天台座主第十一世。「内供闍梨」「谷座主。治山一年八ヶ月」「智証大師門徒。…遍昭僧正弟子。延喜廿二年壬午八月五日宣命〈年六十八。臈五十〉。延長元年癸未三月六日入滅〈六十九〉」(座主記)。

五一 **玄鑒**(八七頁注三二)　天台座主第十二世。「法橋」「花山座主」「治山三年」「清和天皇侍臣也。御出家日同出家云々。師主水尾法皇。遍照良勇弟子。…延長元年癸未七月廿二日宣命〈年六十三。臈四十四〉。同四年丙戌二月十一日入滅〈六十六〉。天暦二年戊申十二月卅日贈二大僧都一」(座主記)。「花山」は花山寺(元慶寺)に居たから注した。

五二 **尊意**(八八頁注一)　尊意は菅原道真の説話で有名であるが、むしろ醍醐・朱雀天皇の帰依を受けた僧で、円珍につき戒を受け、修法を以て有名。座主記によると、天慶三年将門調伏に大威徳法を修した。「法性房。治山十四年。…延長四年丙戌五月十一日宣命〈年六十四。﨟四十〉。天慶三年庚子二月十四日入滅〈八十一。伝云七十五〉。同廿八日贈㆓僧正法印大和尚位㆒」(座主記)。「山門堂舎旧跡記云東塔南谷南光坊旧号法性房」(座主記注)。「験者…尊意〈座主〉」(二中歴、名人歴)。

五三　**延長八年六月廿六日清涼殿ニ雷落テ**(八八頁注五)　「諸卿侍㆓殿上㆒。各議㆓請雨之事㆒。午三刻。従㆓愛宕山上㆒黒雲起。急有㆓陰沢㆒。俄而雷声大鳴。堕㆓清涼殿坤第一柱上㆒。有㆓霹靂神火㆒。侍㆓殿上㆒之者。大納言正三位兼行民部卿藤原朝臣清貫衣焼胸裂夭亡。年六十四。又従四位下行右中弁兼内蔵頭平朝臣希世顔焼而臥。…自㆑是天皇不予」(紀略、延長八年六月廿六日)。「天皇避㆓清涼殿㆒。移㆓坐常寧殿㆒。依㆓去月雷震之事㆒也」(紀略、延長八年七月二日)。「未時。大納言民部卿藤原清貫〈年六十四。参議保則之四男也〉并右中弁内蔵頭平希世。及近衛二人。於㆓清涼殿㆒為㆑雷被㆑震。主上惶怖。玉体不悆。遷㆓幸常寧殿㆒。座主尊意依㆑勅候㆓於禁中㆒。毎夜献㆓于加持㆒。皇帝夢云。不動明王火焰赫奕。威猛厲声。加㆓持聖体㆒。夢内尊重。覚後聞㆓陀羅尼声㆒。此則天台座主尊意也。勅㆓左大臣㆒曰。朕夢如㆑斯。台山座主此不㆓凡人㆒〈已上伝〉」(略記、延長八年六月廿六日)。後にこの雷は菅公の怨霊とされる。「又きたの〻神にならせ給ひて、いとおそろしくかみなりひらめき、清涼殿におちかゝりぬとみえけるが、本院のおとゞ大刀をぬきさげて、いきても我つぎにこそものし給しか。今日神となり給へりとも、このよには我にところをき給べし。いかでかさらではあるべきぞとにらみやりてのたまひける」(大鏡、時平)。

五四　(**醍醐**)**延長八年九月廿二日脱屣**…(八八頁注九)　「天皇逃㆑位譲㆓於皇太子寛明親王㆒。詔曰。左大臣藤原朝臣〈忠平〉保㆓輔幼主㆒摂㆓行政事㆒。内侍執㆓剣璽㆒参㆓宣耀殿㆒。先帝御春秋卌六。今上八」(紀略、延長八年九月廿二日)。「今日依㆓太上皇不予㆒。大㆓赦天下㆒。卯刻。法皇幸㆓右近衛府㆒。未一刻。太上皇崩給。或云。落㆓御髪㆒。尊意為㆓戒師㆒。法皇還御。天下諒陰。法名金剛宝。見㆓重明記㆒」(紀略、延長八年九月廿九日)。「同(延長八年九月)二十九日落髪入道、御戒師天台座主尊意、法名金剛宝、即日崩、年四十六、十月十日葬㆓後山科陵㆒」(一代要記)。

五五　**徳政**(八八頁注一二)　「案㆓延喜天暦二朝之故事㆒」(文粋、巻六、源順)、「近訪㆓延喜天暦之故事㆒、遠問㆓周室漢家之遺風㆒」(同、大江匡衡)、「世の中の賢きみかどの御ためしに、もろこしには堯舜のみかどと申し、この国には延喜天暦とこそは申めれ」(大鏡、二、師尹)。

五六　(**忠平**)**受禅同日摂政詔**(八九頁注一七)　「廿八日詔。万機巨細。百官総㆑己。皆関㆓白於太政大臣㆒。然後奏下如㆓仁和故事㆒」(紀略、天慶四年十一月二十八日)。補任には「十月卅日辞摂政。十一月八日詔曰。万機巨細。百官惣己。関白太政大臣。然後奏下。一如忠仁公故事」(天慶四年)。補注2－五四の如く、忠平は延長八年左大臣で「保㆓輔幼主㆒摂㆓行政事㆒」の詔を受けたが、関白となるのは天慶四年、貞信公記によると関白になってからは余り政治に関与していない。

五七　**義海**(八九頁注二〇)　天台座主第十四世。「権律師」「山本座主。又無動寺。治山六年」「天慶三年庚子三月廿五日宣命〈年七十。﨟四十四〉、同九年丙午五月十日入滅。七十六」(座主記)。

五八　**延昌**(八九頁注二一)　俗姓江沼氏、加賀の人。修法を以て有名で、天慶四年純友の調伏を祈る。慈念僧正と諡される。「諡慈念。平等房。治山十八年」「天慶九年丙午十二月卅日宣命〈年六十七﨟〉。応和四年甲子正月十五日入滅。八十五。天元二年己卯八月廿七日賜㆓諡号㆒。依㆓慈恵奏㆒也」(座主記)。「西塔僧房記云、西塔南谷観泉房旧号平等房云」(座主記注)。「験者…慈念円昌僧正」(二中歴、名人歴)。その修業は本朝法華験記、上に書かれている。

五九　**賀茂社行幸此御時始マレリ**(八九頁注二二)　「此御時かもの行幸はじめてあり。将門純友など云謀反の輩あり。平貞盛橘遠保等うちて奉る。承平五年叡山の中堂やけたり」(簾中抄)。「五年四月廿九日始有賀茂行幸。禰宜等加㆓給爵位㆒。依㆓兵乱平和之賽㆒也」(歴代皇紀)。「天皇幸㆓加茂社㆒。奉㆓神宝幣帛走馬㆒。又有石清水臨時祭」(紀略、天慶五年四月二十九日)。「加茂〈朱雀院天慶五年四月廿九日或云承平五〉」(拾芥抄)。「諸社行幸。朱雀院加茂。天慶五・四・廿九」(二中歴)。

六〇　**石清水臨時祭始マレリ**(八九頁注二三)　「十四日丁卯。奉㆓幣於伊勢大神宮等㆒。依㆑賽㆓東国南海賊等伏誅之由㆒也」「廿七日庚辰。奉㆓幣宇佐八幡宮・香椎廟・石清水宮㆒。依㆑賽㆓東西賊徒討平之由㆒也」(紀略、天慶五年四月)。なお石清水臨時祭は天慶五年四月二十七日に始まるが、三十年後の天禄二年から毎年三月の中の午の日に行われる事となった。この祭には前に月次を撰んで調楽があり、又二日前、辰の日に試楽があり、歌舞を練習し、当日、勅使舞人陪従が参拝し、翌日還立の儀がある事は加茂の臨時の祭と似ていた。「三月…中午日石清水臨時祭事（若遇国忌用下午、有二午時、下午、遇国忌者用上午）」（北山抄）。「天慶五年四月廿七日はじめて此臨時の祭はありき。…しかるに天禄二年三月より毎年の事には成侍る也」（公事根源）。「八幡の臨時の祭、朱雀院の御時よりぞかし」（大鏡、六）。なお大鏡裏書参照。

六一　**平貞盛**（八九頁注二五）　「今日、信濃国馳駅来奏云。凶賊平将門。今月十三日於二下総国幸島一合戦之間、為二下野陸奥軍士平貞盛藤原秀郷等一、被二討殺一之由」（紀略、天慶三年二月二十五日）。「以二下野掾藤原秀郷一叙二従四位下一。以二常陸掾平貞盛一叙二従五位下一。並依下討二平将門一之功上也」（紀略、天慶三年三月九日）。

六二　**叡山根本中堂焼亡**（八九頁注二七）　「六日庚子。比叡山中堂失火。唐院傍堂舎四十余宇焼失」（紀略、承平五年三月六日）。「比叡山根本中堂火災。并傍堂舎四十余宇焼亡。但薬師仏像等衆人扶出不レ焼。建立以後百五十五年云々、一云五年焼」（略記、承平六年三月六日）。「（承平五年）三月六日天台山中堂唐院并諸院四十余宇焼亡。薬師毘沙門天等依奉取出不滅也」（歴代皇紀）。

六三　**（忠平）十四日詔賜二度者卅人一**（九〇頁注九）　「正月三日致仕。即日被返表。…三月十六日重致仕（沈病。在小一条亭）。八月十四日薨。七十。同十八日詔遣大納言清蔭中納言元方三木庶明等贈正一位。封信濃国。諡曰貞信公。生元慶四庚子。号小一条太政大臣（摂政十二年。関白八年）」（補任、天暦三年）。

六四　**天皇四年五月廿五日崩御**（九〇頁注一四）　「康保四年五月廿五日天皇於清涼殿崩、四十二。自五月十四日不予。出家法名覚貞。即日太子嗣祚凝華舎。六月四日葬於村上山陵（山城国葛野郡）。詔不置国忌」（歴代皇紀）。

六五　**鎮朝**（九一頁注一五）　「大僧都」「〈辻座主。又露地〉。治山七ケ月。左京人。橘氏。…康保元年甲子三月九日宣命〈年七十九﨟〉。十月五日入滅」（座主記）。「天台座主大僧都鎮朝卒、八十一。号辻座主」（紀略、康保元年十月五日）。「十八道立印鈔云、無動寺辻房（私云辻房無動寺歟）」（座主記注）。

六六　**喜慶**（九一頁注一六）　「権少僧都」「〈三昧座主〉。治山一年」「康保二年乙丑二月十五日宣命〈年七十七。﨟六十二〉。同三年丙寅七月十七日入滅〈七十八〉」（座主記）。紀略、康保三年七月十七日条参照。「北谷三昧座主」（門葉記、七十一、無動寺検校）。

六七　**良源**（九一頁注一七）　忠平・師輔が帰依し、師輔は天慶九年十月十八日叡山横川に法華三昧院を発願し建て（十九世座主尋禅は師輔の十男）、慈恵が出て横川は発展した。なお師輔の発願は巻三にも見え、慈円はこの事に、しばしば言及する。応和の宗論で南都の法蔵を宮中で破り天台の立場を主張し、また承平五年・康保三年に焼けた叡山の復興に努め中興の祖とする。天元四年、行基鑑真等以来二百余年にして大僧正に任ぜられた。横川は良源の時殊に整備され、山上の規律を正し二十六条式を定め、籠山結界の制を厳にして、広学竪義を定め、論義を奨励した。元三大師は正月三日入滅による称。魔除けの護符としてその像を今も張り、降魔大師とも、又その御廟より御廟大師ともいう。源信・覚運・尋禅・覚超をその門下の四哲という。「〈諡慈恵。定心房〉。治山十九年」「康保三年丙寅八月廿七日宣命〈年五十五。﨟三十九〉。永観三年乙酉正月三日入滅。〈春秋七十四〉。寛和三年丁亥二月十六日賜二諡号慈恵一。依二権僧正尋禅奏一也」（座主記）。

六八　**天徳四年九月廿三日大内焼亡**（九一頁注一八）　「内裏焼亡年々。村上〈天徳四年九月廿三日庚申夜、遷都以後始有此災、百六十七年〉」（九条家本延喜式、四十二後付）。「遷都の後百六十六年を経て村上天皇の御宇天徳四年九月廿三日子刻に内裏焼亡、火は左衛門陣より出来たりければ」（盛衰記、四十四）。「今夜亥三剋。内裏焼亡」（紀略、天徳四年九月二十三日）。「人代以後内裡焼亡三度也。難波宮、藤原宮、今平安宮也。遷都之後、既歴百七十年、始有此災」（略記、同年九月二十三日）。「天徳四年内裡焼亡あり。みやこうつりの後はじめてやけたるなり」（簾中抄）。「内裏炎上年々、村上天皇天徳四年九月廿三日亥時大内」（壬生新写古文書、三）。「〈裏書〉国史以後皇居焼亡廿四度〈内裏十四度、里亭九度、太政官朝所一度〉。〈村上一度〉天徳四年九月廿三日庚申夜、内裏初焼亡、内侍所并大刀契鈴印、累代宝物焼了、但霊鏡不損、従灰中求出也」（中右記、寛治八年十月二十四日）。

六九　**御体神鏡スコシモ損ジ給ハデ**（九一頁注二〇）　天徳四年の内裏の焼亡に九月二十四日神鏡及び太刀契等を灰燼の中から求めたが、神鏡は焼損じていたが、その真形は変じていなかったと紀略・略記等に見え、また神鏡が飛出て南殿の桜にかかったという説話が江次第・著聞集・盛衰記、巻四十四・直幹申文絵詞等に見える。「縫殿大允藤文紀参申云、去月廿四日依二宣旨一御二坐内裏一賢所三所。奉レ遷二縫殿寮一之間。内記奉レ納威所三所。一所鏡。件鏡雖レ在二猛火上一而不二涌損一(紀略、天徳四年十月三日)。「天徳内裏焼亡に神鏡みづからとびいで給ひて、なんでんの桜の木にかゝらせ給ひたりけるを、をのゝみや殿ひざまづきて、御目をふさぎて警蹕をたかくとなへて、御うへのきぬの袖をひろげて、うけまいらせられければ、すなはちとびかへりて御袖にいらせ給ひたりと申伝へて侍り。されど此事おぼつかなし。其日の御記に云、天徳四年九月廿四日申刻。重光朝臣来申云、火気頗消罷、至二温明殿一求レ之、瓦上有二鏡一面一。其径八寸。頭雖レ有二一瑕一、円規甚以分明。露出俯二破瓦上一。見レ之者無レ不レ驚。或御記かくのごとし。小野宮殿の事みえず。おぼつかなき事也」(著聞集、一)。著聞集に言う「其日の御記」の記事は略記に「御日記云」として記す。

七〇　**大葉椋木**(九一頁注二三)　南殿の桜とするのを大庭椋木と誤った。「大葉」は大庭の意で、内裏の神祇官の北にあたる所に椋の木が生えていたらしい。慈円はふと記憶ちがいして書いたのでなかったか。「あぢきなくをゝばのむくのきをうらめしと御覧じて赤日山のはにかたぶき涙にもくれつゝ還御あり」(北野根本縁起)とあるが、この北野根本縁起絵巻は慈円の筆という。「重盛力を得て大庭の椋の下まで攻めよせたり」(平治、中)。「大内ノ旧迹大庭ノ椋ノ木」(太平記、二十七)。「神祇官の北大庭の椋の木」(明徳記)。

七一　**(村上)康保四年五月廿五日崩御**(九一頁注二四)　「康保四年五月廿五日うせさせ給。〈四年。四十二〉」(簾中抄)。「癸丑。…巳刻。天皇崩二于清涼殿一。春秋卌二。在位廿一年。皇太子受二天祚於凝華舎一」(紀略、康保四年五月二十五日)。

七二　**小野宮**(九一頁注二七)　実頼は山城国愛宕郡小野(比叡山の麓)に住んだ惟喬親王の邸を伝領したので小野宮という。「小野宮〈大炊御門南烏丸東〉〈ィ実頼公伝領之〉惟喬親王家」(二中歴、名人歴)。天暦三年(九四九)から康保四年(九六七)まで十八年間左大臣、康保四年村上帝の崩後、冷泉帝の即位と共に関白、以後歴朝摂関を置き、藤原氏がなる。忠平の薨後、実頼は摂関になるが、悲しいかな、その女の朱雀女御慶子、村上女御述子には皇子が生まれず、外戚となれず、師輔の家系の方が外戚として栄える。小野家は礼儀・有職の家として続く。「大臣のくらゐにて廿七年天下執行、摂政関白し給て廿年ばかりやおはしましけん」(大鏡、実頼)。

七三　**九条殿**(九一頁注二八)　藤原師輔。「いはゆる九条殿におはします」(大鏡、師輔)。「九条殿〈九条坊門南町尻東師輔公家、抄云唐橋町〉」(二中歴)。

七四　**(冷泉)康保四年五月廿五日受禅**(九一頁注二九)　「応和三年二月廿八日元服十四。康保四年五月廿五日受禅、歳十八。於凝華舎得宝剣神璽等。十月一日即位於紫宸殿」「天暦四年五月廿四日誕生。母廿四。同七月廿四日為皇太子、歳一」(歴代皇紀)。「此天皇邪気おはしましければ、即位の時大極殿に出給ふ事もやすかるまじけるにや紫宸殿にて其礼ありき」(神皇正統記)。

七五　**(冷泉)安和二年月日脱屣**(九二頁注三)　「天皇譲二位於皇太子一〈新主円融〉於二襲芳舎一受禅。旧主〈冷泉〉年廿一。在位二年。新主年十一。令下太政大臣〈実頼〉摂中行政事上。如二貞信公〈忠平〉故事一。又立二弟師貞親王一為二皇太子一」(紀略、安和二年八月十三日)。「安和二年九月十三日おりさせ給。其後四十余年おはします。寛弘八年十一月廿四日にうせさせ給ける。御年六十二」(簾中抄)。「安和二年八月十三日天皇譲位於皇太子。同日立師貞親王為皇太子。御譲位宣命同載之。同十六日出御于冷泉院。年二十。自八歳御病纏二玉体一」(歴代皇紀)。なお補注4―三参照。

七六　**伊尹**(九二頁注八)　「号一条摂政」。九条右大臣師輔の一男、諡謙徳公。歌人としてもすぐれ、その私家集は一条摂政御集、後撰集の撰にもあずかり、和歌所別当となる。「今日詔令下右大臣藤原伊尹朝臣摂中行政事上」(紀略、天禄元年五月二十日)。「勅以二摂政右大臣一叙二従一位一。給二内舎人左右近衛一為二随身一」(同、天禄元年七月十三日)。「七月廿八日辞二大将一」(補任、天禄元年)。

七七　**(兼通)天禄三年二月廿七日任二内大臣一**(九二頁注一一)　「内大臣藤兼通元中納言天禄三年十一月廿七日任。四十八。不経大納言。十二月廿八日為延暦寺検校」(歴代皇紀)。「中納言藤原朝臣兼通蒙二関白宣旨一。即日任二内大臣一。不レ経二大納言一。年四十八。右大臣師輔二男也。超二於大納言兼右近大将藤原兼家卿等一。忽蒙二不次朝恩一。是依二母后之遺書一也。万機巨細偏委二関白一」(略記、天禄三年十一月二十六日)。古事談、二、臣節参照。

七八　**(兼通)天延二年三月廿六日為二関白一**(九二頁注一三)　「詔以二内大臣従二位藤原朝臣兼通一為二太政大臣一。叙二正二位一。又聴下乗レ輦参上レ宮」(紀略、天延二年二月二十八日)。「詔令下太政大臣一関中白万機上。又賜二内舎人左右近衛等一為二随身兵仗一」(紀略、天延二年三月二十六日)。

七九　**(兼通)貞元二年十一月四日(准三宮、同八日)薨**(九二頁注一四)　「詔。太政大臣〈兼通〉任人賜爵。准三后。勅左大臣賜二内舎人左右近衛等一為二随身兵仗二」(紀略、貞元二年十一月四日)。「依二太政大臣病一。大二赦天下一。老人賜レ物。大臣於二堀川院一薨。〈年五十三〉」(紀略、貞元二年十一月八日)。「奏二故太政大臣薨由一。…詔贈二正一位一。封二遠江国一為二遠江公一。謚曰二忠義公一。食封資人並同二生日一。本官如レ元」(紀略、貞元二年十一月二十日)。

八〇　**(頼忠)貞元二年十月十一日為二関白一**(九二頁注一六)　「太政大臣上表。請レ罷二関白一。勅許レ之。今日早旦。太政大臣自二桂芳坊一参二御在所一。巳刻。還二著同坊一。午時。左大臣頼忠参入。次権中納言藤原済時参入。著二桂芳坊一。権大納言朝光召二外記一。令レ固二諸陣一。於二桂芳坊一有二除目一。右近大将藤原兼家任二治部卿一。権中納言藤原済時任二右近大将一。以二大学頭高階真人成忠一任二能登権守一。以二左衛門佐藤原道綱一任二土佐権守一。以二藤原朝臣宣雅一任二左衛門佐一。奏二除目一了。太政大臣召二大内記菅原資忠一仰云。以二左大臣〈頼忠〉一可レ為二関白万機一者。奏二覧詔書一之後。召二中務輔一給レ之」(紀略、貞元二年十月十一日)。

八一　**兼家**(九三頁注一七)　師輔の三男、伊尹の弟。康保五(安和元)年四十歳にして非参議従三位。兄兼通を超える。兼家は貞元二年まで大納言であったが、兼通の指図で貞元二年十月十一日の除目で治部卿に移された。補任には「大納言藤兼家〈四十九〉。右大将。按察使十「一」月十一日坐事停右大将。遷民(治カ)部卿。〔頭書云〕大鏡曰兼家此時遷治部卿」(貞元二年)と見えているが、翌貞元三年また十月二日右大臣となった(補任)。

八二　**八幡平野行幸此御時ヨリ始マレリ**(九三頁注一九)　「天皇行二幸石清水八幡宮一有二男踏歌之遊一」(紀略、天元二年三月二十七日)。「天皇行二幸平野社一。社司加レ爵。以二施無畏寺一為二神宮寺一」(紀略、天元四年二月二十日)。「又諸社行幸…円融院〈石清水天元二・三・廿七。平野同四・二・廿〉」(二中歴、儀式歴)。「此御時初て八幡平野行幸あり」(簾中抄)。濫觴抄参照。

八三　**(円融)永観二年八月廿七日脱屣**(九三頁注二〇)　「天皇譲二位於皇太子一。皇太子自二閑院第一移二御堀河院一受禅。即日入二内裏一。儀一如二行幸一。先皇留二御堀河院一。此日立二懐仁親王一為二皇太子一。令下太政大臣藤原朝臣一関中白万機上。一如二朕時一」(紀略、永観二年八月二十七日)。

八四　**正暦三年二月十三日崩御**(九三頁注二二)　正暦二年三月十二日崩御。「今日法皇崩〈年卅三〉。逃位之後八年」(紀略、正暦二年二月十二日)。「永観二年八月廿七日おりさせ給ふ。寛和元年御なうによりて御出家。法名金剛法。その後七年おはします。正暦二年二月十八日崩御。年卅三」(簾中抄)。

八五　**此御時内裏焼亡**(九三頁注二四)　貞元元年五月十一日・天元三年十一月二十二日・天元五年十一月十七日の三度に内裏が焼亡した。「元年(貞元)五月十一日内裏焼亡。主上幸職曹司」(歴代皇紀)。「内裏やけて度々つくらせ給に、円融院の御時の事なり。…それもこの北野のあそばしたるとこそは申めりしか」(大鏡、時平)。

八六　**貞元元年五月十一日〈丁丑〉。内侍所ハ不二損減一**(九三頁注二五)　「子時、宮中火。殿上皆焼亡。…神鏡同焼損」(紀略、寛弘二年十一月十五日)。「依二内裏焼亡一。…奉レ求二賢所一之間。灰中神鏡二面奉レ求二出之一」(同、寛弘二年十一月十六日)。「左大臣仰二外記一云、神鏡焼損。可レ被二鋳改一歟。将乍レ焼可レ奉二安置一歟。仰二諸道一可レ令二勘申一者」(同、寛弘二年十一月十八日)。一条天皇の寛弘二年十一月十五日の事を誤り伝えているのであろう(中島悦次氏説)、というが村上天皇の天徳四年九月二十三日の火事を誤ったのであろう。「瓦上在二一面一径八寸許、頭雖レ有二小瑕一専無レ損」(略記)。「件鏡雖レ在二猛火上一而不二涌損一。即云伊勢御神…」(紀略)。

八七　**(頼忠)関白可レ如レ故之由…**(九四頁注三)　「先皇〈円融〉譲二位於今帝一〈先帝廿六。今帝十七〉。詔。令下太政大臣藤原朝臣〈頼忠〉一、百官惣レ已関中白万機上」(紀略、華山院)。「永観二年八月廿七日関白如旧〈花山御宇〉但不知万機」(大鏡裏書)。円融譲位とともに頼忠に関白を続けさせる詔が出たが、実際の政治は義懐の手になった。義懐は惟成の弁と共に政治に励みその期間は短かかったが、よく努めた。「花山院ハ以惟成雖行天下政」(中外抄)。

八八　**(義懐)越二道隆一**(九四頁注六)　永観二年に道隆は非参議従三位であるが、義懐は永観二年十月十七日正三位になる。「右近中将義懐叙三品」(小右記、永観二年十月十日)。「従三位藤義懐〈二十八〉十月十日叙(先坊亮労)。右中将如元。元蔵人頭。同十七日正三位(女叙位次臨時外舅)。故摂政太政大臣伊尹公五男」「九月四日禁色。九月廿四日右中将(加外)。十月十四日従三位(御即位次。先坊亮労。越階)」(補任、永観二年)。永観三年には非参議として道隆の上席。なお次に「任二参議一」とあるが、これに就いて、小右記に「小除目事、十四日、乙酉、早朝参殿、□(藤原頼忠)参内、有小除目事、秉燭左大臣雅信、参上御前、及丑剋罷出、所任官在別、但三位義懐任参議、中将如故、雖無其闕臨時所任歟、可奇々々、公卿定員十六人、而十九人、如何々々」(寛和元年九月)と書く。義懐はこの時、天皇践祚の時、蔵人頭となり、枢機の役目となり、翌三年九月十四日には参議、十二月二十七日には権中納言(補任)と早い昇進であった。「太政大臣雖レ有二関白之号一委二万機於義懐一」とあるが、この時頼忠をさし置いて、義懐が政治の実権をとり、「いみじうはなやぎ給ひし」と大鏡に書かれるのであるが、大鏡はその次に「花山院の御時のまつりごとは、たゞこの殿と惟成の弁として行ひ給ひければ、いといみじかりしぞかし。そのみかどをば「内をとりの外めでた」とぞ世の人申しし」(巻三、伊尹)とあり、花山院の内廷は劣っていたが、表向きは賢臣の補佐を得て立派であったとあり、物価問題や荘園の整理等に努力したらしく(補注3-九六参照)、五位摂政(勅撰作者部類)と言われる惟成と共に、花山院の劇的な短い治世を飾ったのであり、平治物語には信西の事を最初に述べているが、その比喩に「延喜天暦の二代にも越え、義懐惟成が三年にも過ぎたり」と延喜天暦の二代と相並んで引かれる。

八九 **(義懐、寛和)二年六月廿六日扈二法皇一御出家**(九四頁注八)　「六月廿四日於花山出家。(依天皇御出家也)。法名悟真(卅歳)。受戒後名寂真。寛弘五年七月十七日入滅(五十二歳)。頭三ケ月。三位中将二年。参議中将四ケ月。中納言〔二年〕」(補任、寛和二年)。

九〇 **尋禅**(九四頁注一〇)　「〈諡慈忍。飯室座主〉」「治山五年。九条右丞相第十男」「寛和元年乙酉二月廿七日宣命〈年四十二。臈二十八〉。永祚元年己丑九月八日上表辞二座主職幷権僧正等一雖レ及二再三一公家山門共不二聴許一。然而委二附印鎰於三綱一敢不二従事一。永以籠居云々。同二年二月十七日入滅〈四十八〉。寛弘四年丁未二月十五日賜諡号慈忍。依二前大僧都厳久奏一也」(座主記)。「是ハ九条殿ノ御子ニ尋禅飯室ノ権僧正ト申人ナリケリ」(曼殊院本是害房絵)。

九一 **此御門、寛和二年六月俄道心ヲ発サセ給テ、内裏ヲ出テ花山ニオワシマシテ御出家**(九四頁注一二)　「寛和二年六月廿二日にはかに位をさりて花山寺におはしまして出家せさせ給ふ。〈御名入覚〉。其後廿二年おはします。寛弘五年二月八日崩御。御年四十一」(簾中抄)。「今暁丑刻許天皇密々出二禁中一。向二東山華山寺一。落飾。于レ時蔵人左少弁藤原道兼奉レ従レ之。先二于天皇一。密奉二剣璽於東宮一。出二宮内一云々。〈年十九〉。翌日招二権僧正尋禅一。剃二御髪一。御僧名入覚。外舅中納言藤原義懐卿。蔵人権左中弁藤原惟成等。相次出家。義懐卿。法名悟真。惟成。法名悟妙。皇太子嗣レ祚」(紀略、寛和二年六月二十三日)。「二年六月廿二日帝偸以出家。権中納言義懐右少弁惟成不覚涙難抑両人出家。其廿二日夜右大臣参入大内。令固禁門。其明日有太子授位之宣命使。令右大臣摂政也」(歴代皇紀)。なお巻三に花山院出家の事は詳しい。

九二 **(兼家)寛和二年六月廿三日為二摂政一**(九五頁注一五)　「寛和二年六月廿三日庚申。華山天皇偸出二禁中一。奉二剣璽於新皇一。〈年七〉。外祖右大臣〈兼家〉参入。令下固二禁内一警備上。翌日。行二先帝譲位之礼一。右大臣藤原朝臣摂二行万機一。如二忠仁公故事一」(紀略、一条院)。「六月廿三日外孫皇太子践祚。廿四日為摂政。同日氏長者。廿八日賜随身内舎人二人。左右近衛府生各一人。番長二人。近衛各四人。七月廿日辞右大臣。猶為摂政。…八月廿五日勅准三宮賜年爵年官。幷賜左右近衛各二人。至年爵固辞不受」(補任、寛和二年)。

九三 **(兼家)永延二年三月廿五日宣旨、宜レ聴三乗レ輦出二入宮門陣省一**(九五頁注一七)　「三月廿五日聴輦車。於常寧殿被賀摂政六十算」(補任、永延二年)。「聴三摂政乗レ輦出二入宮門一。今日天皇於二常寧殿一賀二摂政六十算一」(紀略、永延二年三月二十五日)。

九四 **(兼家)正暦元年五月五日依レ病上表、辞二摂政一為二関白一**(九五頁注一八)　「五月五日辞摂政太政大臣。更詔関白。八日返関白。依病入道。法名如実。…七月二日薨(于東三条第)。摂政四年。関白一年。号法興院。又号東三条」(補任、永祚二年)。「入道太政大臣以二二条京極第一永為二仏寺一号二積善寺一」(紀略、正暦元年五月十日)。ただし紀略に積善寺とあるのは法興院の誤り。法興院の中に道隆が別に御堂を移し建てたのが積善寺である。

九五 **(道隆)長徳元年三月依レ病辞二関白一**(九五頁注二四)　「関白正二位藤原朝臣道隆依レ病入道。〈年四十三〉。中宮幷東宮女御行二啓彼里第一」(紀略、長徳元年四月六日)。「子刻。入道関白藤原朝臣道隆薨二南院一」(紀略、長徳元年四月十一日)。

九六 **(道兼)長徳元年四月廿七日為二関白一**(九五頁注二五)　「四月廿七日関白巨細雑事。同廿八日為氏長者。五月二日申慶賀。同八日薨于二条亭。…関白十二日。号粟田関白。又町尻関白。又二条関白。世云七日関白」(補任、正暦六年)。「大臣のくらゐにて五年関白と申て七日ぞおはしましゝかし」(大鏡、道兼)。

九七 **(頼忠)永祚元年六月十六日薨**(九五頁注二六)　頼忠は花山院が位を降りられると共に「六月廿三日止関白随身等(皇太子受禅日)。太政大臣如元」(補任)で、兼家が摂政となり実権をにぎり、一条天皇の代は太政大

臣であるが、永祚元年六月二十六日薨（紀略）。「七月廿日詔贈正一位。封駿河国。諡云廉義公。号三条太政大臣〈大臣十九年。関白十年〉」（補任、永祚元年）。

九八 **為光**（九五頁注二七） 「諡曰恒徳公。封相摸国。詔贈正一位。号後一条太政大臣。又法住寺（建立此寺）。右大臣六年太政大臣二年」（補任、正暦三年）。

九九 **（道長）長徳元年五月十一日蒙二内覧宣旨一**（九五頁注二八） 内覧宣旨は、太政官より公文書を天皇に奏する前、或いは宣下する前に内見する宣旨を受ける事。後には関白または摂政に下されるのが例となる。なお「天下及百官執行宣旨」もほぼ同じ意味を持つ事がある。「奏書以前。其文先見二関白一。謂二之内覧一。蒙二此宣旨一内覧宣旨ト云」（禁中方名目鈔）。一条帝の母后詮子が天皇を口説いて五月十一日道長に天下及百官執行の宣旨が下るようになった（栄花、四、見はてぬ夢・大鏡、五、道長）。巻三にこの事に関して逸話の記述がある。「内大臣正三位藤伊周…五月五日止内覧」「権大納言従二位藤道長〈三十〉…五月十一日宣旨、宮中雑事触権大納言道長卿可奉行者」（補任、長徳元年）。

一〇〇 **（道長）以二童子六人一為二随身一**（九五頁注三一） 「真実ニハ令辞随身之後、中隔ノ内ニ人従者ヲ不被入之時。童部ヨカリナムトテ。童部ヲ御共ニ令相具給也。是ヲ童随身ト人云也」（富家語談）。「河原のおとゞの例をまねびて童随身を賜ひける」（源氏、澪標）。（源氏物語に童随身が見える事は道長の童随身と関係づけて注意すべき事。）

一〇一 **（道長）長徳四年三月十三日上表返二上随身近衛幷内覧事等一**（九五頁注三二） 「左大臣病重。可二出家一之由被レ奏レ之。勅不レ許レ之。給二度者八十人一」（紀略、長徳四年三月四日）。「左大臣依レ病辞二随身一上表。勅答不レ許」（同、長徳四年三月五日）。「左大臣上表。大内記紀斉名作二勅答一」（同、長徳四年三月十二日）。「三月四日依病辞官職。停随身幷見内外文書。勅不許。七月又辞官。不許。又以蔵人頭左中弁行成朝臣被奏出家由。即被留之。給度者八十人。同五日重被上辞随身表」（補任、長徳四年）。

一〇二 **（道長）長保元年十二月十六日重賜二随身一如レ元**（九五頁注三三） 「左大臣正二位藤道長〈三十四〉三月十六日東三条院行幸」、左大臣道長に随身兵仗を賜う（紀略・世紀等）。「左大臣正二位藤道長〈三十四〉。三月十六日重給随身左右近衛等如元。府生各一人。近衛各六人」（補任、長保元年）。

一〇三 **（伊周）正暦五年八月廿八日。越二御堂一**（九六頁注一） 正暦四年は道長二十八、伊周二十。道長（御堂）は権大納言従二位、伊周は権大納言正三位。正暦五年になると道長は権大納言従二位であるが、伊周は内大臣正三位、「八月廿八日任超三人」（補任）であり、道長・済時・朝光を超える。翌長徳元年になると、父の関白道隆の病により、「三月九（廿九イ）日宣旨云。関白病間可行公事云々。四月五日給随身左右近衛各四人。十日服解（父）。五月五日止内覧。八月廿八日東宮傅（三条院）」（補任）。「わがうせ給しとし、長徳元年の事なり、御病重くなる際にうさにまいり給て、をのれかくまかりなりにて候程、この内大臣伊周のおとゞに百官幷天下執行の宣旨給べきよし申くださしめ給て我は出家せさせ給てしかば、この内大臣殿を関白殿とて、世の人集り参りし程に、粟田殿にわたりにしかば、手にすゑたる鷹をそらいたらんやうにて嘆かせ給ふ」（大鏡、巻四、道隆）とあり、伊周は三月九日内覧になった。この時道隆は伊周を関白にしたかったが、一条帝は許さなかった。「天気不許」（小右記、長徳元年三月十日）。「権大納言道頼卿仰二外記一云。太政官幷殿上奏下文書等。関白病間暫触二内大臣一奏下者」（紀略、長徳元年三月九日）。「内大臣随身、番長各一人、近衛各三人、可二差進一者」（紀略、長徳元年四月五日）。

一〇四 **東三条院、玉体不予シテ…**（九六頁注七） 紀略・小右記によると三月二十八日、東三条院の御悩で大赦を行う。詮子はこの時、年三十六歳。長保三年閏十二月二十二日崩。この時東三条院の御悩に呪詛する者があったと小右記に見える。「或人呪咀云々、人々厭物、自寝殿板敷下掘出云々」（小右記、長徳二年三月二十八日）。なお、この頃伊周の邸で私に太元師法を行って道長を調伏していたという（紀略・覚禅鈔、五・栄花、四、見はてぬ夢）。

一〇五 **厭魅**（九六頁注八） 「又云。有レ所二憎悪一。而造二厭魅一。及造二符書一呪咀。欲二以殺レ人者。各以二謀殺一論。減二二等一〈厭事多方。罕二能詳悉一。或刻二作人身一。繫レ手縛レ足。如レ此厭勝。事非二一緒一。魅者或仮二託鬼神一。或妄行二左道一之類。或呪或咀。欲二以殺レ人者〉」（政事要略、巻七十、蠱毒厭魅及巫覡等事）。「厭魅大逆」「厭魅乗輿」（続紀、光仁）。前項補注の小右記の厭物も同じ意か。「諸陣警固。内大臣伊周任二大宰権帥一。権中納言隆家貶二出雲権守一。是依下去正月奉レ射二華山院一幷呪二咀東三条院一〈厭物自板敷下取出云々〉私行二大元法一事上也。去二月先レ是令三勘二申両人罪名一」（百錬抄、長徳二年四月二十四日）。

一〇六 **法律乃仁ニ罪ベシ**（九六頁注九） 「東三条院玉体不予シテ厭魅呪咀云

々、須法律ノ任ニ罪給ヘシ」云々(皇代暦、一条)。「東三条院玉体不予シテ厭魅呪咀云云、須法律ノ任ニ罪給ベシ」(歴代皇紀)。

一〇七 **(伊周)長徳四年閏十二月十六日叙二本位一**(九六頁注一〇) 「前大宰権帥従二位藤伊周。正月十六日准大臣給封戸」(補任、寛弘五年)。「前太宰権帥従二位藤伊周。正月日叙正二位。二月廿日宣旨。不可令朝参。依呪咀事也。六月十九日宣旨。更聴朝参」(補任、寛弘六年)。「前太宰権帥正二位藤伊周。正月廿九日薨(卅七)。生年天延二年甲辰」(補任、寛弘七年)とあり、朝参を聴されたのは寛弘六年。

一〇八 **余慶**(九七頁注一六) 天元二年園城寺の長吏、四年法性寺の座主になったが、智証門であった為、慈覚門から異議が出て、関白頼忠の邸に山徒は至り乱暴したので、その公請を停められた。為に智証門下は比叡山を下りるという事件がおこり、余慶は法性寺座主を辞した。これから以後、山門・寺門(三井寺)の対抗が始まり、正暦四年八月一日遂に慈覚門徒は千手院房舎を焼き払い、智証門流を山から追払い、この後智証門徒は山に住まなかった。なお観音院は北岩倉大雲寺観音院。余慶の創立。「止事无キ験者余慶律師」(今昔、二十の第二)。「千光院ノ余慶〈ヨケイ〉律師」(是害房絵)。「智弁僧正名余慶」(二中歴、験者)。「諡智弁。観音院座主」。余慶には空也の折れた臂を直した話がある(打聞集)。

一〇九 **永祚元年九月廿九日宣命**(九七頁注一七) 永祚元年九月、十九代座主尋禅は上表して辞し、遂に籠居したので、朝廷は余慶を天台座主第二十世に任じたが、慈覚門徒は拒否し、九月二十九日座主の宣命使を追いかえしたので、朝使を検非違使に護衛させ、前唐院(慈覚廟)で宣命を下した(永祚の宣命)。余慶は寺務を行う事が出来ず、座主職を辞した。「永祚元年己丑九月廿九日宣命〈年七十一臈〉。勅使少納言源能保。十月一日登山之処。山徒数百人向二会水飲辺一追還了。同四月重写二宣命一差二時方一率二検非違使一令レ遂二宣命一了。同廿九日被レ下二宣命一。勅使在国於二前唐院一読之。〈山門所レ称永祚宣命是也〉。十二月廿日辞二座主職一。依二山徒一不二承引一也。正暦二年辛卯二月十八日入滅〈七十三〉」(座主記)。「寛弘四年二月十五日賜諡号智弁依観修奏也」(続類従本座主記)。

一一〇 **陽生**(九七頁注一九) 伊豆氏、伊豆の人。「〈竹林院〉。治山一年」「永祚元年己丑十二月廿七日宣命〈年七十七。臈六十五〉。正暦元年庚寅九月廿八日辞二座主職一。十月廿二日入滅。七十八」(座主記)。竹林院は「山門堂舎旧跡記云、西塔北尾竹林院堂〈釈迦堂北二丁半(今廃)〉」(座主記注)。

天台座主となった時これを悦ばず山王を恨んだという話がある(本朝法華験記、中)。

一一一 **暹賀**(九七頁注二〇) 「〈本覚坊〉。治山八年」「正暦元年十二月廿日宣命〈年七十七〉。…長徳四年戊戌八月一日入滅。〈八十五〉」(座主記)。「西塔僧房記云、本覚房西塔東谷慈恵大師嘗所レ住也。…至二于康保年中一付二院弟子暹賀一」(座主記注)。

一一二 **覚慶**(九七頁注二二) 慈恵の弟子。東陽坊を開いた。応和の宗論に問者となり法蔵と論戦した。また宋の奉先寺の源清法師が天台の疏五部を送って来たのに対して報陳し、瑕疵を指斥した(文粋参照)。「牒下太宋国杭州奉先寺。伝二天台智者教一講経論和尚上江匡衛」(文粋、十二)。「長保四年」は「長徳四年」の誤り。「〈東陽房〉。治山十六年」「長徳四年戊戌十月廿九日宣命〈年七十一〉。長和三年甲寅十一月廿三日入滅〈八十七〉」(座主記)。東陽坊は「華頂要略云。在二西塔北谷一。当坊覚慶座主本坊也(今廃)」(座主記注)。

一一三 **春日・大原野・松尾・北野、已上四社ヘ行幸此御時始レリ**(九七頁注二二) 「此御時春日大原野松尾北野などの行幸はじめてあり」(簾中抄)。「春日社始行幸、永祚元年三月廿二日。大原野、正暦四年十一月廿七日。松尾、寛弘八(元カ)年十月十四日。北野、同年十月廿一日。已上四社御時始之。七社行幸者賀茂(朱雀時始之)石清水平野円融時相加氏四社也」(歴代皇紀)。

一一四 **(一条)寛弘八年月日脱屣**(九七頁注二八) 「譲二位於皇太弟一依二御悩一也。於二一条院一有二此儀一。新帝即渡二御東三条第一。〈八月十一日入二御内裏一〉」(百錬抄、寛弘八年六月十三日)。「十九日先皇御出家。〈法名精進覚〉」(百錬抄)。二十二日一条院中殿で崩御、春秋三十二(紀略、寛弘八年六月二十二日)。

一一五 **慶円**(九八頁注三) 「後三昧座主」「治山五年」「長和三年甲寅十二月廿五日宣命〈年六十九〉。寛仁三年己未七月廿一日辞二大僧正幷座主一。九月入滅〈七十五〉」(座主記)。

一一六 **(道長、長和五年)六月十日准二三宮一**(九八頁注九) 寛仁元年三月摂政を辞し頼通が摂政となると共に、妻倫子と共に准三后となる。「勅左大臣年爵年官准三宮本封外。加二食邑三千戸一。以二内舎人左右近衛左右兵衛等一為二随身兵仗一。幷給二帯刀資人卅人一。如二忠仁公故事一。又室家源倫子本封外給二邑士三百戸。年爵内外官三分一」(紀略、長和五年六月十日)。

道長が准三宮の待遇をされた事は実に上東門院の令旨によったのである。即ち道長は倫子と共に、小右記、長和五年六月十日条に、

今日左大将頼通候母后簾前、召資平伝令旨云、摂政准三宮、可給年官年爵幷三千戸封、忠仁公例、又以左右兵衛舎人各六人為随身事、亦摂政北方可賜年官年爵幷本封外別給三百戸、恵子女王例也〈恵子華山法皇外祖母〉。

と見え、公卿補任の長和五年条にも、

左大臣正二位道長〈五十一〉正月廿九日詔令摂政。…六月十日勅。宜年官年爵一准三宮。又本封之外加食邑三千戸。以内舎人二人。左右近衛左右兵衛各六人。為随身兵仗。幷給帯仗資人卅人如忠仁公故事者。

とあり、良房の例にならい、准三宮の年官年爵を給わった。年官は毎年除目の際に皇族や公卿等に国司の掾・目・史生に任命する権利を与えることで、年爵は一定の人員に従五位下に叙する事を申請する権利を与えることで、言わば、推薦料であって、それを給せられた者はその官職への任料や叙料を収入としたので、一種の売官制度であり、貞観十三年に良房を准三宮にする事が公卿年給の古い例であった。内官は京官、外官は地方官、三分は掾(二分は目、一分は史生)という(八代国治、国史叢説所収「年給考」参照)。九四頁注一六参照。

二七 **(道長)源朝臣倫子賜封戸年爵**(九八頁注一〇)　道長の正妻、土御門左大臣源雅信の女。道長より二つ年長。頼通・教通・彰子・妍子(三条后)・威子(後一条后)・嬉子(後朱雀尚侍)等の母。「たゞ人と申せどみかど春宮の御祖母にて准三宮の御位にて年官年爵給はらせ給」(大鏡、道長)。

二八 **(道長、寛仁)三年三月廿一日出家**(九八頁注一七)　寛仁三年三月十八日の頃胸の病になり、二十一日に出家した。院源法印が戒師(小右記・大鏡、道長)。この頃から健康を害する様になるらしい。「前太政大臣従一位藤原朝臣道長落餝入道〈五十四。法名行観。後改㆓行覚㆒〉。依㆓胸病㆒也。戒師法印院源。剃㆓御頭㆒律師定基」(紀略、寛仁三年三月二十一日)。

二九 **無量寿院**(九八頁注一八)　法成寺の前名。無量寿仏、即ち阿弥陀仏を安置した阿弥陀堂の意。道長は出家の後に寛仁四年正月御堂の造営を始め、三月二十二日太皇太后彰子・皇太后妍子・中宮威子の行啓を仰ぎ落慶供養(紀略・左経記等)。更に十斎堂・三昧堂・金堂・五大堂を造営し、治安二年七月完成したのが法成寺(近衛北京極東にあった)。道長はこの御堂により御堂関白と称す(ただし事実は、内覧になったが関白にはならなかった)。

三〇 **(道長)十月十三日於㆓天台㆒受㆓菩薩戒㆒**(九八頁注二〇)　十月十三日の条は何かの誤り。寛仁四年十二月十三日道長は延暦寺に至り、十四日受戒している(左経記)。この時の事を指すかと思う。「入道前太政大臣自㆓台山㆒帰京。去十三日為㆑受㆓廻心戒㆒登山。七箇日間。被㆑修㆓七仏薬師法㆒也」(紀略、寛仁四年十二月二十一日)。「(寛仁)四年十月廿日入道大臣於台岳大乗戒壇廻心受戒。時座主院源法印」(歴代皇紀)。

三一 **(頼通)寛仁元年三月四日任㆓内大臣㆒。…十六日摂政。廿二日辞㆓大将㆒。賜㆓兵仗㆒。又聴㆓牛車㆒**(九九頁注二一)　道長の長子、母は倫子。寛仁元年二十六歳、内大臣となる。道隆の男伊周と同じく、その昇進は早い。補任には非参議として十五歳で名を出し、権中納言となるのは寛弘六年の十八歳、権大納言が長和二年、二十二歳、寛仁元年に内大臣、すぐに摂政となり、父はこの年十二月四日太政大臣となる。この時代が道長の全盛期で、寛仁二年十月十六日に、「此世乎は我世と所思望月乃虧たる事も無と思へは」と詠ずる(小右記)。「三月四日任。六日宣旨。左大将如元。十六日為摂政。廿二日辞大将」(補任)。父に代って三月十六日摂政。「摂政叙㆓従一位㆒。是日也。譲㆓摂政於内大臣㆒有㆓宣命㆒」(紀略、寛仁元年三月十六日)。「摂政内大臣上表。請㆑罷㆓左近大将㆒。勅許㆑之。即日宣命。依㆓寛和例㆒。可㆑列㆓左右大臣上㆒。又聴㆘乗㆓牛車㆒参㆗入宮門㆖、賜㆓左右近衛府生以下㆒。為㆓随身兵仗㆒。又権中納言藤原教通卿蒙㆘可㆑任㆓大将㆒宣旨㆖」(紀略、寛仁元年三月二十二日)。

三二 **実資**(九九頁注二六)　斎敏(ただとし)の四男、清慎公小野宮実頼(祖父)の養子。寛仁五年七月二十五日右大臣となる。道長と衝突しがちの三条天皇の信任を得た。小右記は実資の日記。後冷泉天皇の寛徳三年正月十八日薨、九十歳(補任)。

三三 **明救**(九九頁注二八)　天台座主第二十五世。三条天皇の眼疾の祈禱をし、僧正となる。「〈浄土寺座主〉治山一年」「寛仁三年己未十月廿日任㆓座主㆒〈年七十四。臈六十五〉。同四年庚申七月五日入滅〈七十五〉」(座主記)。「験者…明救〈僧正座主浄土寺〉」(二中歴、名人歴)。「名ヲバ明救ト云フ。延昌僧正ノ弟子トシテ止事无ク成リ上テ僧正マデ成ニケリ。浄土寺ノ僧正ト云ヒケリ亦大豆ノ僧正トモ云ヒケリトナム語リ伝ヘタリト也」(今昔、二十の一)。浄土寺は京都市左京区にあった。

三四 **院源**(九九頁注二九)　天台座主第二十六世。一条天皇の朝廷に信厚く、

道長法成寺落慶供養の際に講師を勤める。「説経…院源〈座主〉」(二中歴、名人歴)とあり、弁舌に巧みで満仲を出家させた説話(今昔、十九の四)等がある。慈恵の弟子。「寛仁四年庚申七月十七日宣命〈年七十。臈〉。万寿五年戊辰五月廿四日入滅〈七十八〉」(座主記)。「西塔僧房記云、西塔北尾谷大智院旧ニ号二西方院一。…座主院源僧正嘗テ所住也」(座主記注)。

一二五　**慶命**(一〇〇頁注一)　天台座主第二十七世。上東門院彰子東北院を建て、慶命が長元三年落慶供養の導師となる。「〈無動寺〉。治山十年」「万寿五年戊辰六月十九日宣命〈年六十四〉。長暦二年戊寅九月七日入滅〈七十四〉」(座主記)。その入滅後智証門徒明尊が座主となるという噂が出、衆徒が頼通邸に嗷訴した(略記等)が、教円が座主に補せられ収まった。長暦の争拒という。元亨釈書、黜争志参照。

一二六　**(後朱雀)寛徳二年正月十六日脱屣**(一〇一頁注八)　「二年正月十六日譲二位於皇太子一。依下自二去年冬一玉体不予上也」(百錬抄、寛徳二年)。「同十八日。太上天皇落餝入道。即刻崩二于東三条院一〈卅七〉」(百錬抄、寛徳二年)。

一二七　**(頼通)延久四年正月廿九日於二宇治一出家**(一〇一頁注一七)　「関白准三宮従一位藤頼通〈七十七〉。三月廿三日依病上表。辞退政無巨細可諮詢之勅。四月十六日勅答従所請者。即遁宇治別墅。延久四・四(正イ)・廿九出家。以権律師長宴為戒師。法名蓮華覚。後改寂覚。同六年二月二日薨(行年八十三)」(補任、治暦四年)。

一二八　**明尊**(一〇二頁注三)　天台座主第二十九世。小野道風の孫。智証門余慶の弟子。天喜二年平等院検校。藤原氏一門が帰依、長暦三年五月七日上東門院の剃髪の時の戒師。教円の滅後座主を望んだが、朝廷は暫く任ぜず、翌永承三年八月十一日座主に任ぜられるが、三日にして辞退。「号滋賀僧正」「暦三ケ日(暦とある時は入山しない意)」(座主記)。「永承三年戊子八月十一日宣命〈年七十八〉。勅使少納言藤永職。依二山僧騒動一不二登山一云々。口伝云。棄二置宣命於水飲辺一云々。同十三日辞退。康平六年癸卯六月十六日入滅〈九十三〉」(座主記)。

一二九　**源泉**(一〇二頁注五)　「〈法輪院〉歴二三ケ日一」「天喜元年癸巳十月廿六日宣命〈年七十八〉。勅使不二登山一。依二山上騒動一也。如二明尊之時一。挿二宣命木末一立二西坂本勧学堂西田中一云々。同廿八日辞二退座主一。同三年乙未三月十八日入滅〈八十〉」(座主記)。

一三〇　**勝範**(一〇二頁注一一)　「〈蓮実房〉。治山七年」「延久二年庚戌五月九日宣命〈年七十五〉。同六月八日参二前唐院一開二第一箱一。承保四年丁巳正月廿八日入滅〈八十二〉」(座主記)。「同(延久二年五月)九日権大僧都勝範為座主。其後弥園城寺懐遺恨」(歴代皇紀)。

一三一　**八幡放生会此御時ハジマル**(一〇三頁注一二)　「石清水の放生会に上卿、宰相、諸衛のすけなどたてさせ給ふ事もこの御時より始まり」(今鏡、二、たむけ)。「八幡放生会をはじめておこなはる」(簾中抄)。「(延久二年)八月十五日石清水放生会。自今年殊有宣旨。指遣上卿已下」(歴代皇紀)。

一三二　**日吉稲荷等行幸同始レリ**(一〇三頁注一三)　「行二幸日吉社一。座主検校大僧都勝範」(略記、延久三年十月二十九日)。「(延久二年)十一月廿九日有始日吉社行幸。兼日被置別当検校等事今日蒙勧賞、亦禰宜等給栄爵」(歴代皇紀)。「又日吉の行幸もあり、稲荷へもはじめて行幸」(簾中抄)。

一三三　**(後三条、延久)五年四月廿一日御出家**(一〇三頁注一六)　「上皇御出家〈法名金剛行〉。依二病急一也」(百錬抄、延久五年四月二十一日)。「太上皇崩二于高房朝臣大炊御門亭一〈四十〉。葬二神楽岡南麓一」(同、延久五年五月七日)。「同五年四月廿一日出家。同五月七日崩御。年四十」(簾中抄)。古事談、一参照。

一三四　**後三条院第一子**(一〇三頁注一九)　「後三条院第一皇子。母贈皇太后藤原茂子。贈太政大臣能信女〈実権中納言公成女〉」(百錬抄、白河)。「後三条院の太郎御母贈皇太后藤原茂子、権大納言能信女、実は中納言公成女也。しげの井の女御と申」(簾中抄)。能信は頼道の異母弟。

一三五　**(教通)承保二年九月廿五日薨**(一〇三頁注二〇)　「(承保二年)〈九月廿五日甲申卯刻薨。十月六日薨奏葬送。追贈正一位〉」(補任、承保二年)。

一三六　**師実**(一〇三頁注二一)　「左近大将。皇太子傅。九月廿六日宣旨。太政官所申文書。先触左大臣可奉行者。十月十三日渡長者印。同月十五日詔為関白。同廿七日辞大将。同日勅賜左右近府生各一人近衛四人為随身」(補任、承保二年)。

一三七　**(承保)元年十月三日上東門院崩**(一〇三頁注二四)　「上東門院於二法成寺阿弥陀堂一崩。年八十七也。六日庚午。葬二于大谷一」(略記、承保元年十月三日)。万寿三年正月十九日出家、法名清浄覚、上東門院と院号。

一三八　**覚円**(一〇四頁注一)　三井寺系。「〈宇治僧正〉。歴二三ケ日一、宇治殿二男」「承保四年丁巳二月五日宣命〈年四十七〉。勅使不レ能二登山一。以二下部一捨二置宣命於講堂庭一。自二賀茂河原一帰云々。同七日辞退。承徳二年丙子四月十六日入滅〈六十八〉」(座主記)。

一三九　**覚尋**（一〇四頁注二）　「〈金剛寿院〉。治山五年」「承保四年丁巳二月七日宣命〈年六十六〉。永保元年辛酉十一月日入滅〈七十〉」（座主記）。

一四〇　**今年六月四日山門大衆焼二失三井寺一事**（一〇四頁注三）　比叡山と三井寺の確執は余慶僧正の時から引続き、更に明尊の時三井寺戒壇問題がおこり、紛議が絶えず、永保元年正月に大津の下奴が山門の下人に凌辱され、四月十五日日吉の祭に叡山と三井寺の間に争が更に強まり、六月九日山徒が三井寺を襲い堂塔伽藍を焼いた。「開闢以来。世未レ有二如レ此之災禍一矣」（歴代皇紀・略記、永保元年六月九日）。以後争いが絶えなかった（山門三井確執記・略記・帥記等）。六月四日は覚尋の山門を追われた日。

一四一　**良真**（一〇四頁注七）　「天台座主房被切損云々」（師通記、寛治七年八月六日）。「号西京座主」（梶井門跡略系譜）。「西京の座主良真大僧正其比は円融房の僧都とて有験の僧ときこえしを」（平家、三）。（円融房は東坂本梶井にあった房）。「〈円融房〉。治山十二年」「永保元年辛酉十月廿五日宣命〈年六十歳〉。嘉保三年乙亥五月十三日入滅〈七十五〉」（座主記）。

一四二　**（白河）応徳三年十一月廿六日脱屣**（一〇四頁注八）　白河天皇の皇太子は後三条天皇の二子実仁親王が定められてあったが、応徳二年十一月八日疱瘡で薨去の後実子善仁親王（母藤原賢子）を、後三条上皇の輔仁親王（母源基子）を立てよとの遺言を無視し、応徳三年十一月二十六日皇太子として、即日譲位（当時天皇三十四歳、皇太子八歳）、嘉保三年八月九日出家東北院に移られる（四十四歳）。崇徳天皇の大治四年七月七日崩、七十七歳。院政は四十四年で、天皇の治世と共に五十八年。「若くより世をしらせ給ひて、院の後は堀河の院、鳥羽の院、讃岐の院御子うまごひゝごうちつゞき三代のみかどの御世法皇の御まつりごとのまゝ也」（今鏡、二、紅葉の御狩）。

一四三　**法勝寺ヲ立ラレテ大乗会等多ノ御仏事ヲオカル**（一〇四頁注一二）　承暦元年十二月十八日白河天皇の御願により法勝寺の創建供養を行い行幸。翌年十月三日大乗会（五部大乗経を講説讃嘆する法会）を修す。法勝寺の大乗会は天台の三会（円宗寺の法華会・最勝会と共に北京の三会ともいう）の一として十月二十四日より二十八日まで行う年中行事となった。「白河の御寺も勝れておほきにやおもてこゝのこし（八面九層）の塔など建てさせ給ひ、百体の御仏など常は供養せさせ給ふ」（今鏡、二、紅葉の御狩）。「十月廿四日、法勝寺大乗会始〈五日〉」（拾芥抄、年中行事）。栄花、三十九、布引の滝に「白河殿とて宇治殿の年頃領ぜさせ給し所に、故女院もおはしまし丶が、天狗ありなどいひし所を御堂建てさせ給ふ。この二年ばかり受領ども当りて、金堂は播磨守為家ぞ造りける。御堂も仏もなべてならず大きにおはします。疾く急ぎ造らせ給ひて十月廿余日（十二月十八日が正しい）供養ぜさせ給ふに、中宮も渡らせ給べく申させ給をさらでもとおぼしめしたれど」。本大系、栄花、下、補注五八二参照。

一四四　**此大乗会。講師ハ慈覚智証門人隔年為二講師一**（一〇四頁注一四）　「次賜二講師請一事。講師講者。南北各別之勅会也。受請以後。勤仕已前。称二擬講一。勤仕以後号二已講一也。…於二北京分一者。延暦園城両寺隔年勤レ之」（釈家官班記、下）。なお承暦二年十月六日の法勝寺大乗会は叡山暹教が講師であったという（初例抄）。

一四五　**維摩会**（一〇四頁注一七）　「十月十日斉明天皇四年戊午始之」（二中歴）。「桓武天皇。延暦廿一年正月庚午。勅。…自今以後。正月最勝王経幷十月維摩経二会。宜下請二六宗一以広中学業上」（類聚国史、百七十七、御斎会）。「其ノ最勝王経ヲ講ズル講師ニハ、山階寺ノ維摩会ノ去年ノ講師勤タル人ヲ用ル」（今昔、十二の四）。

一四六　**康和ニ五十ノ御賀アリケリ**（一〇五頁注一八）　「康和四年三月十八日堀河のみかど鳥羽に行幸せさせ給ひて、父の法皇の五十の御よはひをよろこび給ふなり」（今鏡、二、紅葉の御狩）。「康和四年三月十八日御幸鳥羽、賀法皇五十算」（百錬抄）。

一四七　**此御時院中ニ上下ノ北面ヲオカレテ**（一〇五頁注一九）　「北面は上古にはなかりけり。白河院の御時はじめておかれてより以降衛府共あまた候けり」（平家、一）。「此暁上皇有御幸鳥羽云々、今夕候院北面人々有田上逍遙興、此為御覧件事歟」（中右記、康和五年十月二十二日）。「北面。院ノ侍也。上北面ハ四位五位、下北面ハ六位也」（有職袖中鈔）。「上北面〈諸大夫〉下北面〈五六位皆譜代侍〉」（名目鈔）。

一四八　**師実**（一〇五頁注二八）　白河天皇の応徳三年十一月二十六日堀河天皇の受禅の日摂政、堀河天皇の寛治二年十二月十四日に「任太政大臣」、四十七歳（補任）。嘉保元年（寛治八年）「三月八日上表辞関白。許之。但随身兵仗如元。朝参如元」（補任）。代って師通が関白になる。「康和三年正月廿九日御ぐしおろさせ給ふ。二月十三日宇治にてうせさせ給ふ。御年六十におはしましき。大殿と申し、又後の宇治の入道殿とも、又京極殿とも申すなるべし」（今鏡、四、うすはな桜）。

一四九　**（師通）康和元年六月廿八日薨。卅八**（一〇五頁注三〇）　その薨去は

「にきみ」であると今鏡に見える。「四十にだに足らせたまはぬを、然るべき御よはひなり。かぎりある御いのちと申しながら、御にきみのほど、人の申し侍りしは」(今鏡、四、波の上のさかづき)。「六月二十一日、又後二条の関白殿御髪の際に悪しき御瘡出させ給て打ち臥せさせ給ひしが、同き二十七日、御年三十八にて終にかくれさせ給ひぬ」(平家、一)。

一五〇 **忠実**(一〇五頁注三一) 「後の二条殿の御つぎには、近く富家殿とておはしまし丶、入道おとゞおほぢの大殿、御子にし参らせ給ふと聞こえ給ひき」(今鏡、四、宇治の川瀬)。康和元年八月二十八日内覧宣旨。「権大納言正二位同(藤)忠実〈二十二〉左大将。六月廿八日服解。八月廿八日宣旨云。太政官所申文書。先触権大納言藤原朝臣奉行者。十月六日為氏長者」(補任、康和元年)。

一五一 **(忠実、康和)二年七月十七日任㆓右大臣㆒**(一〇五頁注三三) 七月十七日右大臣。「七月十七日任(宣命)。同日宣旨。依官次可列内大臣上者。同十八日宣旨云。如元可為左近大将」(補任、康和二年)。

一五二 **仁覚**(一〇六頁注三) 「〈一乗房〉。治山九年」「右大臣源師房公三男」「寛治七年癸酉九月十一日宣命〈四十九〉。康和四年壬午三月廿八日入滅〈五十八〉」(座主記)。

一五三 **慶朝**(一〇六頁注四) 天台座主第三十八世。長治元年八月八日大衆は寂場房を伐払い、慶朝を追出した(中右記、長治元年八月十三日)。長治二年閏二月五日座主職を辞した。「〈寂場房〉。治山二年」「康和四年壬午五月十三日宣命〈年七十六〉。嘉承二年丁亥九月廿四日入滅〈八十一〉」(座主記)。

一五四 **増誉**(一〇六頁注五) 天台座主第三十九世。智証門徒。明尊弟子。康和二年園城寺長吏。洛東聖護院を建てた人。寛治四年正月二十二日白河上皇熊野詣の先達をし、熊野三山の検校職となり修験道に尽した。「〈一乗房〉。歴㆓二ケ日㆒」「長治二年乙酉潤二月十四日宣命〈七十四〉。勅使明賢。依㆓山上騒動㆒不㆑及㆓登山㆒。不㆑知㆓何処㆒棄置。同十五日辞退了。永久四年丙申正月廿九日入滅〈八十五〉」(座主記)。

一五五 **仁源**(一〇六頁注六) 「長治二年乙酉潤二月十七日宣命〈四十八〉。天仁二年己丑三月九日入滅〈五十二〉」(座主記)。

一五六 **灌頂堂**(一〇六頁注八) 灌頂は受戒などの際香水を人の頭にそそぐ儀式。密法伝受の時に行うのが伝法灌頂。また結縁の為に行われるのが結縁灌頂。灌頂壇で花を諸尊に投げ結縁させる。その灌頂を行う所が灌頂堂。長治元年三月二十四日の結縁灌頂の際は仁和寺覚行法親王が大阿闍梨で、仁和寺の円堂院に阿闍梨五口を勧賞として寄せられた。「自今以後東寺天台各両年准㆓三会㆒一会㆓可㆑被㆑任㆓僧綱㆒之由宣旨」(釈家官班記、下)。「今日有行幸尊勝寺、是於灌頂堂依可被行結縁灌頂也、…従今年限永代毎年三月廿四日為式目可被行結縁灌頂也、今年胎蔵、明年金剛界、以勤此両会、小灌頂之人准三会已講、任次第可被補僧綱者、最前二ケ年東寺、次二ケ年延暦寺、次二ケ年薗城寺、三ケ寺人輪転可勤此事云々」(中右記、長治元年三月二十四日)とあり、東寺・延暦寺・園城寺三ヶ寺が二ヶ年ずつ勤めるはずであったが、天台衆徒の訴えにより、永久元年九月二十五日の宣旨で延暦・園城両寺のみが勤める事となったらしい。「永久元年九月廿五日宣旨。偏天台両寺〈延暦。園城〉可㆑勤㆑之云々。仍自今以後東寺不㆑勤㆓此御願㆒。〈依㆓天台衆徒訴㆒也〉今年大阿闍梨座主法印権大僧都〈山〉。仁豪。小阿闍梨〈山〉行厳」(釈家官班記)。拾芥抄・濫觴抄参照。

一五七 **弘法大師門流仁和寺観音院被㆑置㆑之**(一〇六頁注一〇) 同じ四灌頂の一である。仁和寺観音院灌頂は崇徳天皇の保延六年三月二十二日に初めて行われた。これは去年五月、妃美福門院藤原得子の皇子(崇徳第八皇子体仁、後の近衛天皇)の平産に二品覚行法親王の法験を賞し観音院に許されたのによる。「保延五年五月十四日定。保延六年三月廿二日観音院灌頂被㆑初㆑之。〈胎蔵〉。依㆓去年宣旨㆒也。院宣仁和寺宮。〈高野〉。美福門院御産御祈修㆓孔雀経法㆒。〈御室〉。同十八日王子御誕生。依㆓法験掲焉㆒被㆑行㆓勧賞㆒。東寺灌頂一会。春八日被㆑置㆓仁和寺観音院㆒。以㆓少灌頂阿舎梨㆒可㆑被㆑補㆓僧綱㆒之由。被㆑進㆓宣旨㆒。観音院供養治安二年。元是入道式部卿宮建立也。而今改焼失。為㆓上東門院御願㆒被㆑行㆓大法会㆒」(初例抄、下)。

一五八 **長治二年十月卅日、山大衆日吉神輿ヲグシマイラセテクダリケル事ノ始也**(一〇六頁注一一) 十月三十日延暦寺の衆徒は日吉神社の神輿を奉じて陽明門に至って、大宰権帥藤原季仲、石清水八幡宮の別当の光清、検非違使中原範政を流罪に処せられよと嗷訴した。これは季仲と光清が大宰府竈門宮の事件に関係した為であり、元来光清を天台座主慶朝が竈門宮の別当に任じた。長治元年慶朝は悪僧のため山を追われ、悪僧法薬禅師が竈門宮の別当に仲間から推されてなり、占領したので、六月二日季仲は宣旨を奉じて合戦し、矢が神輿にあたり、日吉神人が殺された。

為に六月十四日祇園会に祇園神人と中原範政の郎党が闘争した事件もからまり、十月三十日陽明門の騒動となった。一方この時石清水八幡宮の神人も待賢門に至り、光清を宥される事を訴え、山の大衆と互に争う事件が生じた(中右記、長治二年十月三十日)。「諸卿定下申大宰権帥季仲同ニ意于八幡別当光清一射ニ危竈門社神輿一殺ニ害日吉神人一事。幷竈門宮可レ為ニ八幡末社一哉否事上」(百錬抄、長治二年六月二日)。

一五九　**季仲**(一〇六頁注一二)　「太宰権帥。十一月一日停権中納言権帥。十二月廿八日配流周防国(依日吉社訴也)。同三年二月移配常陸国」(補任、長治二年)。「季仲配流周防、余従六人各遠流」(中右記、長治二年十二月二十九日)。

一六〇　**専当**(一〇六頁注一五)　「神人、宮仕、専当」(平家、一)。「是れ又南北山寺共に有り。皆下法師の多くは妻を帯たる者なり」(行状翼讃)。「専当〈ウダ〉下法師若輩タリト云ヘドモ杖ヲツクナリ」(驪驢嘶余)。

一六一　**八幡宮訴申之間、同三日還着了**(一〇六頁注一九)　「季仲。範政。光清可レ勘ニ罪名一。又光清可レ止ニ釐務一之由被ニ仰下一。仍大衆帰山」(百錬抄、長治二年十一月一日)。「光清不レ可レ勘ニ罪名一。依ニ余社訴一不レ可レ止ニ宮寺司一之由被ニ仰下一。且又八幡神民奉レ舁ニ出神輿於舞殿一。可ニ入洛一之由。有ニ其聞一之故也。範政停任」(百錬抄、長治二年十一月三日)。

一六二　**寛治六年始テ此風聞アリケレドモサモナシ**(一〇六頁注二〇)　寛治六年(一〇九二)比叡山の大衆が強訴するという噂があったが、そうでもない、の意。寛治六年左少弁藤原為房、官内少輔藤原仲実の下人が日吉社の所領の訴訟の取調に神人を凌辱し打擲したから、流罪に処せられるべき事を日吉の神人が九月十八日関白師実に訴え、結局二十八日為房を阿波権守、仲実を安芸権守とし、任国に流すという事件がおこった(後二条師通記・中右記等)。

一六三　**嘉保二ハ義綱ヲ訴ケリ**(一〇七頁注二三)　嘉保二年(一〇九五)美濃国司源義綱が庄園の事から比叡山を追討し、悪僧と合戦し、中堂の久住者円応を殺害した事から日吉神輿が京に入るの風聞が十月二十三日にあり、京都に十月二十四日山徒が入京し、中務丞源頼治が拒ぎ、山徒を射殺した。為に座主仁覚等僧綱は京より引上げ、衆徒は神輿を根本中堂にかつぎ上げ関白師通を呪詛した。「神輿御登山之事初度也」(座主記)。濫觴抄には神輿入洛の初例とするが、この時神輿は入洛しなかった。「神輿入洛。同年七月廿四日丙戌。叡山大衆引ニ率神人等一乱ニ入京中一之間。仰ニ中務丞頼治一令レ射ニ乱入一。廿五日丁亥奉ニ上神輿於中堂一」(濫觴抄)。平家、一、願立・中右記等参照。

一六四　**(忠実)永久元年四月十四日辞レ之**(一〇七頁注三〇)　「三月廿八日上表。請罷太政大臣職。不許。四月十一日又請。不許。四月十四日辞太政大臣。十二月廿六日止摂政為関白(帝御年十一)」(補任、天永四年)。底本「十二月廿六日止ニ摂政一為ニ関白一」が脱文か。

一六五　**忠通**(一〇七頁注三二)　「左大将。正月廿二日宣旨。権大納言源朝臣宣。奉勅。官中上下文書。先触内大臣。宜令奉行者。…三月五日関白詔。同被譲渡氏長者。同十一日被辞大将。即給随身兵仗。同日聴牛車。同十九日勧学院学生参賀。十月十三日上表」(補任、保安二年)。

一六六　**賢暹**(一〇七頁注三六)　「天仁二年三月廿二日宣命」が正しい。天仁三年四月二日大衆に違背し上表して座主職を辞した。十二月二十八日法性寺座主に還補された。教王房は「東塔僧房記云、東塔院北谷教王院旧号ニ教王房一」(座主記注)。「〈教王房〉。治山一年」「天仁二年己丑三月廿二日宣命〈八十一〉。天永三年壬辰十二月廿三日入滅〈八十四〉」(座主記)。

一六七　**仁豪**(一〇八頁注一)　「〈南勝房〉。治山十三年」「天仁三年庚寅五月十二日宣命〈年六十〉。保安二年辛巳十月四日入滅」(座主記)。南勝房は梨下、即ち梶井系の房。

一六八　**寛慶**(一〇八頁注三)　仁豪の死後二日にして座主。無動寺大乗房の出身。保安三年八月七日根本中堂の衆徒は寛慶の大乗房に押しよせ破壊し、追放。

一六九　**最勝寺**(一〇八頁注四)　「最勝寺結縁灌頂始。保安三・十二・十五日。於ニ最勝寺灌頂堂一被レ始ニ置胎蔵界結縁灌頂一。大阿舎梨慶実。自今以後付ニ尊勝寺灌頂阿舎梨一各可レ行ニ両界一也。最勝寺鳥羽院御願供養。元永元年十二月十七日大法会請ニ僧三百一有ニ舞楽一」(初例抄)。

一七〇　**右大臣ニ胡飲酒マハセラレテ**(一〇八頁注九)　雅定は著聞集、十八に鳥羽院で院が笛を吹いて胡飲酒を吹かせた時に、右府が柑子を箸にさし桴とし舞った事が見え、また今鏡、一、金のみのりにも雅定の父の雅実が胡飲酒を舞った話が見える。また雅定が胡飲酒をよく舞った話も今鏡、七、新枕に見える。

一七一　**我御笛**(一〇八頁注一〇)　鳥羽天皇は笛の上手であった事は著聞集、六、管絃歌舞の部に、八幡御幸の時御神楽に自ら笛を吹かれた事や、久安三年九月十二日の天王寺御幸の時の管絃に自ら笛を吹かれた事でも判る。

「御笛をぞえならず吹かせ給ひて、堀河院にも劣らずやおはしましけん」(今鏡、二、白川の花の宴)。

一七二　**資賢大皷ニ候ケリ**(一〇八頁注一一)　「鞠郢曲長笛和琴。歌人。千載新勅撰作者」(尊卑)とあるように諸芸に達していたらしいが、殊に今様は名人であったらしい(続古事談、一・十訓抄)。また鳥羽院が八幡行幸の時神楽に末拍子を取り、天王寺御幸の御遊に催馬楽を謡って御感に入った話などが著聞集、六に見える。永久二年生。

一七三　**保安四年正月廿八日受禅**(一〇八頁注一二)　鳥羽天皇は白河上皇の圧力で譲位、崇徳天皇は五歳。「保安四年正月廿八日於土御門受禅。歳五」(歴代皇紀)。簾中抄・百錬抄とも同じ。「保安四年正月廿八日に位に即かせ給ふ」「御母女院は中宮璋子と申しき。公実大納言の第三の御むすめ。鳥羽院位におはしまし丶時、法皇の御むすめとて参り給へりき」(今鏡、二、春のしらべ)。

一七四　**忠実**(一〇八頁注一三)　補注2―一六四参照。大治四年白河法皇が崩御になると復活し、天承元年十一月十七日鳥羽上皇は忠実を召見した(時信卿記)。二十五日随身兵仗を賜わる(補任)、時に五十四歳。保延六年二月十日には輦車を許された。「前太政大臣従一位藤忠実〈六十三〉。前関白。二月十日宣旨。聴乗輦車出入中重。六月五日勅。宜年官年爵一准三宮。又食邑三千戸。以内舎人二人左右近衛各六人為随身兵仗。幷給帯仗資人卅人。如忠仁公故事者。…十月二日於宇治別業出家。法名円理。保元元・七・十一去宇治向南京(依左府事也)。八月日隠居知足院幽閉。応保二・六・十八薨(八十五)」(補任、保延六年)。

一七五　**(大治)四年七月七日白河院崩御**(一〇九頁注一六)　「白河の法皇のおはしまし丶限りは世の中の御まつり事なかりしに、彼の院うせさせ給ひて後は、ひとへに世を知らせ給ひて、廿八年ぞおはしまし丶。白河の院おはしまし丶程は本院新院とて、ひとつ院に御かた〴〵にて三条室町殿におはしまし丶」(今鏡、二、白川の花の宴)。

一七六　**行尊**(一〇九頁注一九)　「小一条院御孫、侍従宰相(基平)子也」(著聞集、二)。永久四年園城寺長吏、大峰葛城の行者として有名。笛岩屋冬籠の始祖という。その験力には種々の説話が伝わり、歌人としても有名。明尊・覚円の弟子。「又その腹に平等院の僧正行尊とて、三井寺におはせしこそ名高き験者にておはせしか」(今鏡、八、源氏のみやすどころ)。「〈平等院〉。歴二六ケ日一」「保安四年癸卯十二月十八日宣命〈六十九〉。同廿三日申二拝賀一則辞。長承四年乙卯二月五日入滅〈八十一〉」(座主記)。

一七七　**忠尋**(一〇九頁注二一)　天台座主第四十六世。恵心流中興の祖。恵心椙生流の学匠。西塔北谷東陽房に住して円頓止観を研究、『漢光類聚鈔』四巻の著がある。「〈東陽坊〉。治山八年」「大治五年〈庚戌〉十二月廿九日宣命〈年六十六〉。保延四年〈戊午〉十月十四日入滅〈七十四〉」(座主記)。

一七八　**永治元年十二月七日脱屣ノ後**(一〇九頁注二五)　崇徳天皇は永治元年十二月七日譲位。鳥羽上皇が院政を取られる。元来鳥羽上皇は在位十五年六月で白河院の仰せにより退位して、五歳の帝崇徳天皇が即位された事や、また崇徳天皇は白河上皇の御胤であるとの噂(古事談)もあり、白河・鳥羽上皇の仲は不和であった。鳥羽上皇は退位後、美福門院得子を寵愛し、その腹に保延五年五月十八日に産れた皇子体仁を八月十七日皇太子とし、永治元年十二月七日即位、三歳。新院(崇徳)と本院(鳥羽)との間は益々不和になる。

一七九　**六勝寺**(一一一頁注一七)　「六勝寺トハ何ゾ。幷ニ誰ガ御願ゾヤ。法勝寺ハ白川天皇ノ御願。承暦元年〈丁巳〉十二月十八日ニ供養アリ。尊勝等ハ堀河院御願。康和四年〈壬午〉七月廿一日供養在レ之。円勝寺ハ鳥羽院后モ崇徳院ノ御母、待賢門院御願。大治三年〈戊申〉三月十三日供養。最勝寺ハ鳥羽院御願。(尊勝寺東)ハ元永元年〈戊戌〉十二月(十)七日ニ供養畢。成勝寺ハ崇徳院御願。保延五年〈己未〉十月(二)十六日ニ供養有リ。延勝寺ハ近衛院御願。久安五年〈己巳〉三月廿日ニ供養畢。以上六箇寺、皆勝ノ字アルニ依テ六勝寺ト云也」(壒嚢鈔、十二)。

一八〇　**久寿二年七月廿二日己巳受禅**(一一一頁注二二)　忠通は美福門院との計らいで雅仁親王を立てた。久寿二年七月二十四日高松殿で践祚。「三品雅仁親王受二宝位一、年廿九」(台記、久寿二年七月二十四日)。「久寿二年七月廿四日践祚〈年廿九〉。関白如レ元。此日止二左大臣内覧一。九月廿三日立二第一親王守仁一。為二皇太子一〈十三〉。二条院是也。先有二立親王一。十二月九日元服〉」(百錬抄)。

一八一　**(頼長)保元元年七月十一日合二戦官軍一**(一一一頁注二五)　「藤氏長者。二月二日被下如元可為左大臣之宣旨。上卿仰外記。七月十日自宇治参上皇新院御所。同十一日合戦之間流矢中頸。十四日於奈良坂害死(年卅七)。治承元・八・三贈太政大臣正一位。号宇治左大臣」(補任、久寿三年)。

一八二　**保元元年七月二日鳥羽院崩御**(一一一頁注二七)　「五月の末に故院の御悩みまさらせ給ひて、七月にうせさせ給ひし程に、世の中にさま〴〵申す事ども出できて、物騒がしく聞えしほどに、誠にいひしらぬいくさの事いできて、みかどの御方勝たせ給ひしかば」(今鏡、三、大内わたり)。

一八三 **御堂号二蓮華(王)院一**(一一二頁注三) 「千体の千手観音の御堂たてさせ給ひて、天竜八部衆などいきてはたらかすといふばかりこそは侍るなれ。鳥羽院の千体の観音だにこそありがたく聞こえ侍りしに、千手の御堂こそおぼろげの事とも聞こえ侍らね」(今鏡、三、内宴)。「太上皇供二養蓮花王院一〈准二御斎会一有二行幸一〉」(百錬抄、長寛二年十二月十七日)。「平重盛〈二十七〉。右兵衛督。二月十七日正三位(院御願蓮華王院造作国司国盛譲。供養日)」(補任、長寛二年)。

一八四 **閼伽水涌出**(一一二頁注四) 「(永万元年)六月蓮華王院有甘露水沸出事」(歴代皇紀)。「八日蓮花王院西砌醴泉涌出。承仕有二夢想一。貴賤汲レ之」(百錬抄、永万元年六月八日)。なお著聞集、二にもこの事が見える。

一八五 **此君ハ一身阿闍梨ニ成テ**(一一二頁注六) 「太上法皇令レ補二阿闍梨一給。前大僧正覚忠放解文也。被レ下下准二親王一宣旨上」(百錬抄、承安二年十月十一日)。玉葉には「希代之珍事上代末レ有二如レ此事一」(承安二年十月十一日)とする。

一八六 **公顕大僧正**(一一二頁注七) 園城寺長吏第三十五代・三十九代。安芸権守源顕康子。本覚院僧正と号す。天台座主第六十世。寿永元年園城寺長吏。治承元年四天王寺別当。建久四年九月十七日寂。「子刻許前権僧正公顕房焼亡、放火」(山槐記、治承二年五月二十九日)。治承二年二月一日頃に、公顕僧正から、後白河法皇が、園城寺に行幸し、秘密灌頂を受けるはず、という風聞が伝わり、為に延暦寺衆徒は正月二十日蜂起し、園城寺を焼こうとしたので、遂に延引され、九年後の文治三年八月二十二日四天王寺で伝法灌頂を前権僧正公顕から受けられた。「太上法皇於二園城寺一。可下令レ入二灌頂大壇一給上之由被二仰下一。而天台大衆蜂起訴訟。仍園城寺沙弥如レ旧可レ受二天台戒一之申被二仰下一。三井寺承伏進二請之一。依レ之天台和合可レ令レ遂二御願一之由。再三雖レ被レ仰。山門不二承引一。発二向三井寺一。可二焼払一之由結構。仍御灌頂可二延引一之由被二仰下一也」(百錬抄、治承二年二月一日)。「今年最勝講不レ召延暦寺僧捧二山門訴状一訴二申之一。上皇去春於二園城寺一。可レ有二御灌頂一之由被二仰下一之処。依二山門蜂起一不レ被レ果二遂其事一。依二彼罪科一不レ被レ召之由有二勅答一」(百錬抄、治承二年五月二十日)。「園城寺沙弥可レ受二天台戒一之由、去春進二請文一。而其後無二其儀一如何之由。被レ尋二覚讃僧正一。而園城寺申云。両門不和之上。不レ可二受戒一。然而如二院宣一。遂二灌頂御願一。両寺和与者。何不二受戒一哉之由申レ之畢。而其後無二和与一。遂妨二御願一畢。争可二受戒一哉。云々」(百錬抄、治承二年五月二十二日)。

「伝聞延暦寺衆徒猶以蜂起、是法皇来月一日於二薗城寺一可レ伝二受秘密灌頂於公顕権僧正一、妬二其事一、彼日以前可レ焼二三井寺一云々、依二其事一、今日遣二僧綱以下於山上一、可レ被レ加二制止一云々、若尚不レ拘二制法一者、延暦寺僧徒、天台仏法、云レ顕云レ密、永可レ被二弁置一、以二智証門徒一可レ足云々、竊案レ之、王化如二鴻毛一、豈従二勅命一、就レ中平禅門依二此事一雖レ有二勅喚一、敢以不二動揺一。因レ茲山僧弥得二其力一云々」(玉葉、治承二年正月二十日)。「薗城寺僧於二延暦寺一可二受戒一之由、被二仰下一、頗有二承伏之気一、仍可被レ仰下可レ進二請文一之由上之処、為二山門一被レ成妨事等、如レ本可レ被二返付一者、申下可レ進二請文一之由上云々、因レ茲御幸必定停止云々、山僧今明猶可レ焼二三井寺一云々、王化已廃、誠是乱世之至也、可レ悲々々」(同、治承二年二月五日)。

「さる程に法皇は三井寺の公顕僧正を御師範として真言の秘法を伝受せさせましく〳〵けるが、大日経、金剛頂経、蘇悉地経、此三部の秘法をうけさせ給ひて、九月四日三井寺にて御灌頂あるべしとぞ聞えける。山門の大衆憤申し、昔より御灌頂御受戒、みな当山にしてとげさせましますす事先規也。就レ中に山王の化導は受戒灌頂のためなり。しかるを今三井寺にてとげさせましまさば寺を一向焼払ふべしとぞ申ける。「是無益なり」とて、御加行を結願して、おぼしめしとゞまらせ給ひぬ。さりながらも猶御本意なればとて、三井寺の公顕僧正をめし具して天王寺へ御幸なつて、五智光院をたて、亀井の水を五瓶の智水として、仏法最初の霊地にてぞ伝法灌頂はとげさせましく〳〵ける」(平家、二、山門滅亡)。

一八七 **(二条、同)元年九月廿三日立坊**(一一二頁注九) 「九月廿三日立二第一親王守仁一。為二皇太子一〈十三〉。二条院是也。先有二立親王一。十二月九日元服〉」(百錬抄、久寿二年)。

一八八 **基実。譲位日蒙二関白詔**一(一一二頁注一〇) 「二条のみかど位につかせ給ひしに、父おとゞの譲りにて、保元三年八月十六日、関白になり給ふ。御とし十六とぞきこえ侍りし。昔よりかくきびはにて、なり給へる一人、これや始にておはしますらん」(今鏡、五、藤の初花)。「皇太子傅。八月十一日詔為関白氏長者。又賜随身兵仗十人。止傅(依践祚也)。同日宣旨云。関白如元。十二月五日詔為関白(春秋十六)」(補任、保元三年)。

一八九　**（基実）平治元年八月十一日任二左大臣一**（一一二頁注一一）　「今日有任大臣事、…太政大臣〈伊通元左〉、左大臣〈基実元右〉、右大臣〈公能、第三大納言也、以近衛大将超越宗能重通〉、内大臣〈基房第四大納言、…参議清盛〈非参議第二、超越親隆卿、于時城外、去比詣安芸国伊津久島云々〉」（山槐記、永暦元年八月十一日）。

一九〇　**（基実）長寛二年閏十月十七日辞二左大臣一**（一一二頁注一二）　「二月十九日服解（父）。三月廿九日復任。閏十月七日上表。辞左大臣。以弟兼実卿申任内大臣」（補任、長寛二年）。「長寛二年閏十月十七日辞左大臣」（歴代皇紀）。玉葉にも「上表」の記事は見え、閏十月十七日とある。補任の「辞左大臣」を閏十月七日とするは誤りか。

一九一　**覚忠**（一一三頁注一八）　天台座主第五十世に任じられたが、延暦寺の衆徒は小乗戒の者は大乗戒の和尚となすべからずと拒否し、三日で辞す。園城寺長吏第三十二世。平等院執行。「〈宇治僧正〉歴二三ケ日一」「大殿〈忠通〉息。智証門徒。増智僧正弟子」「応保二年〈壬子〉潤二月一日宣命〈年四十五〉。宣命結二付月輪寺鳥居一云々。同三日辞之。山門殊騒動。雖レ辞二其職一不レ可レ載二座主籍一之由訴申之。受二小乗戒一者依レ不レ可二大乗戒和尚一也。治承元年〈丁酉〉十月十六日入滅〈六十〉」（座主記）。

一九二　**重輸**（一一三頁注一九）　「〈禅智房〉。治山四ケ月」「応保二年〈壬午〉潤二月三日宣命〈六十七〉。同四月廿八日辞畢。長寛二年〈甲申〉正月五日入滅〈六十九〉」（座主記）。

一九三　**快修**（一一三頁注二〇）　「西妙法院綾小路祖師僧正」「〈本覚院〉。治山三年」「応保二年壬午五月卅日任座主〈年六十三〉」「（長寛二年）十月五日大衆伐大房追却山門寺務依中堂衆禁獄事」（続類従本座主記）。

一九四　**（応保）三年九月二日焼二三井寺一、第四度**（一一三頁注二一）　「権僧正覚忠〈園城寺。大殿息〉補二天台座主一。延暦寺衆徒蜂起。仍覚忠進二解状一。以二重愉一補レ之」（百錬抄、応保二年閏二月一日）。「延暦寺衆徒不レ被レ召二返覚忠宣旨一者。可レ焼二失園城寺一之由訴レ之。被レ問二人々一」（同、閏二月七日）。「延暦寺大衆発二向園城寺一。焼二払本堂已下一。事起二覚忠僧正座主事一。去三日園城寺衆徒追二捕大津東浦一斬二神人首一之故也。三井寺焼亡、承保・保安・保延・応保〈但改二長寛一之後也〉已上四个度」（同、長寛元年六月九日）。

一九五　**俊円**（一一三頁注二二）　天台座主第五十三世。長寛二年閏十月十三日天台座主に任じられた。この代、永万元年八月九日、山徒は清水寺を焼き、山徒と興福寺の争いとなる。永万の額打の論という。「〈常住金剛院〉。治山二年」「長寛二年甲申潤十月十三日宣命〈五十八〉。仁安元年丙戌八月廿八日入滅〈六十〉」（座主記）。

一九六　**（六条）永万元年六月廿五日受禅**（一一三頁注二三）　「二歳例。今度始レ之」（百錬抄、永万元年六月二十五日）。「廿三におはしまし〻年、御病重りて若宮にゆづり申させ給ひて、幾ばくもおはしまさゞりき」（今鏡、三、花園のにほひ）。

一九七　**母不二分明一**（一一三頁注二五）　「御母大蔵大輔伊岐兼盛女」（簾中抄）。「この帝の御母、徳大寺の左大臣の御むすめと申すめりしも、うるはしき女御などに参り給へるにはあらで、忍びて僅に参り給へるなるべし。さればたしかにもえうけ給はり侍らず。帝尋ねいで奉りて後、中宮養ひ奉り給ひて、母后におはしますなる」（今鏡、三、花園のにほひ）。「母中宮育子。忠通公女。実大蔵大輔伊岐善盛女」（紹運録）。「是によつて大蔵大輔伊吉兼盛が娘の腹に今上一宮の二歳にならせ給ふがまし〳〵けるを、太子にたてまいらせ給ふべしときこえし程に、同六月廿五日俄に親王の宣旨くだされて、やがて其夜受禅ありしかば、天下なにとなうあはてたるさまなり。」（平家、一、額打）。「十七日。於二関白第一定二立太子事一。〈今上第二皇子。去年誕生。母故左大臣実能公女。実大蔵大輔藤原義盛女〉継母中宮〈育子〉養為レ子」（百錬抄、永万元年六月）。

一九八　**清盛**（一一三頁注三〇）　「正四位上刑部卿忠盛朝臣一男」（補任）。永暦元年八月十一日太宰大弐より参議（但し大弐はもとのまま）、正三位。長寛三年八月十七日権大納言。永万二年十一月十一日内大臣、四十九歳。仁安二年二月十一日五十歳にして左右大臣を経ず従一位太政大臣として基房の次に位する。「二月十一日任（二日宣旨。元内大臣）。同日従一位宣命。即日宣命云。以左右近衛府生各一人近衛各四人為随身。又聴輦車。同十四日拝賀云々。五月十七日上表。辞太政大臣并兵仗輦車。即勅許（五十）」（補任、仁安二年）。「太政大臣清盛〈元内大臣〉、賜二兵仗一、〈府生已下如二執政臣一〉、蒙二輦車宣旨一叙二一位一」（玉葉、仁安二年二月十一日）。「左右を経ずして内大臣より太政大臣従一位にあがる。大将にあらねども兵仗を給て随身を召具す、牛車輦車の宣旨を蒙て乗りながら宮中を出入す。偏に執政の臣の如し」（平家、一、鱸）。

一九九　**兼実**（一一四頁注二）　「前太政大臣忠通公三男。母藤仲光女（家女房）」（補任、永暦元年）。六条天皇の永万二年十八歳で右大臣。「十一月十一日任。同十四日皇太子傅如元」（補任、永万二年）。

二〇〇　**忠雅**（一一四頁注三）　「故権中納言忠宗卿二男」（補任、康治元年）。仁安二年四十四歳にして大納言から内大臣。「二月十一日任（元大納言）。同日如旧兼右大将」（補任、仁安二年）。

二〇一　**明雲**（一一四頁注六）　安元三年（治承元年）四月十三日延暦寺衆徒が、白山中宮涌泉寺と加賀目代師経との衝突が原因で、日吉・白山神輿を奉じ、加賀守藤原師高及びその父西光法師を流す事を請う為に入洛し、宮門を犯し戦闘がおこり、衆徒は神輿を二条路次に棄て去った。「自二去夜半一台山衆徒、参レ洛集会、祇陀林寺、即欲レ参二陣口一之間、為二官兵一被二射散一、東西分散、神輿等棄二置路次一云々、件神輿射二立矢一云々、古来雖レ有二衆徒騒動一、未下無二其矢中一神輿上之例上、尤可レ懼々々」（玉葉、安元三年四月十三日）。このため朝廷は師高を尾張に流し神輿を射た輩を禁獄すると共に、五月五日明雲は勅勘を蒙り座主職等を停廃籠禁され、十一日その罪名を勘申させ、所領を没官、覚快法親王を座主とし、五月二十一日還俗、伊豆に流す事にしたが、二十三日衆徒は明雲を粟津勢多の辺で奪い比叡山に帰った。しかし成親等の清盛打倒の事件が発覚した為に、六月五日神輿は本社に帰り、明雲は召還され、大原に籠居。その流罪は沙汰止みとなる。「〈円融房〉。治山十年」「仁安二年丁亥二月十五日宣命〈五十三〉」（座主記）。

二〇二　**（基房）治承三年十一月十六日停二関白氏長者一**（一一四頁注九）　この清盛クーデターの原因は基実の没後、平家と親しい近衛家の基実未亡人の盛子（清盛女）が相続していた旧摂関領を盛子の没後、院領とし、重盛の没後知行国である越前を没収し、また基房の子の八歳の師家を十月九日権中納言にした為であると。「或人云、白川殿所領已下事、皆悉可レ為二内御沙汰一云々、愚推相叶了、可レ悲々々、但春日大明神、定有二御計一歟」（玉葉、治承三年六月二十日）。（白川准后盛子は六月十七日に薨去した。）「凡世間物忩無レ極云々、無レ聞二実説一、子刻人伝云、天下大事出来云々、不レ聞二委事一之間、寅刻大夫史隆職注送曰、

関白藤基通、内大臣同、氏長者同。止二関白一、藤基房。止二権中納言中将等一、同師家。上卿権中納言雅頼、職事中宮権亮通親、詔書宣命等、権弁兼光作レ之云々、

余披二見此状一之処、仰天伏地、猶以不二信受一、夢歟非レ夢歟、無レ所二弁存一、此事由来者、法皇収二公越前国一、〈故入道内大臣知行国、維盛朝臣伝レ之〉、幷被レ補二白川殿倉預一、〈前大舎人頭兼盛〉、已上両事、法皇過怠云々、三位中将師家、超二二位中将基通一任二中納言一、師家年僅八歳、古今無レ例、是博陸之罪科也、凡此外法皇与二博陸一同意、被レ乱二国政一之由、入道相国攀縁云々、然之間昨日夕、禅門率二数千騎随兵一、入洛之後、天下皷騒、洛中遽動、敢不レ可レ云、今日及二昏黒一、中宮、東宮（両宮）、忽欲レ幸二八条亭一、自被レ奉二相具一、可レ赴二鎮西方一之由風聞、已両宮行啓供奉諸司、出車已下、参二集禁中一騒動云々、爰禅門使重衡朝臣、奏二内裏一曰、近日愚僧偏以棄置、見二朝政之体一、不レ可二安堵一、世間蒙二罪科一之後、悔而可レ無レ益、不レ如下賜二身暇一隠中居辺地上、仍為レ奉レ具二両宮一、所レ催二儲行啓一也者、忽遣二勅使一、被レ仰二此儀可レ被レ行之状一、即以召二上卿已下一、有二詔書宣命等之沙汰一云々、〈其実自二今旦一、右将軍及若州等、数遍往還、内々議定之後、被レ進レ使云々〉、国家之敗由二官邪一、誠哉此言」（玉葉、治承三年十一月十五日）。

二〇三　**（基房）於二（川尻）辺一出家**（一一四頁注一〇）　「鳥羽の辺ふる河といふ所にて御出家あり」（平家、三、大臣被流）。「晩頭、左衛門権佐光長来曰、前大納言邦綱卿頻申二勧前関白出家一之由所二伝承一也者、後聞、今日於古河宿出家給云々」（山槐記、治承三年十一月二十一日）。「前関白昨日出家入道、大原聖人〈世謂二本覚房一〉奉レ授レ戒云云、今旦被二下向一了云々」（玉葉、治承三年十一月二十二日）。

二〇四　**基通**（一一四頁注一三）　「頭中将通親朝臣仰云、関白藤氏長者、中納言中将等停任、又仰下云、内大臣ニ従二位藤原朝臣基通、関白ニ同人、氏長者同人」（山槐記、治承三年十一月十六日）。「故中殿の御子二位中将基通は入道の婿にておはしければ大臣関白になし奉る。…非参議二位中将より大中納言を経ずして大臣関白になり給ふ事いまだ承り及ばず。普賢寺殿の御事也。上卿の宰相、大外記、大夫史に至るまで皆あきれたる様にぞ見えたりける」（平家、三、大臣流罪）。

二〇五　**師長**（一一五頁注一五）　悪左府頼長の子。保元の乱に流されて土佐国に居たが、長寛二年六月二十七ヨ召還、仁安元年十一月三日権大納言、安元三年三月五日内大臣より太政大臣になるが、治承三年十一月十七日清盛により基房と同じく解官、尾張の井戸田に流される（盛衰記、十二）。出家して理覚という（尊卑）。養和元年三月京都に還る（玉葉、治承五年三月二十七日）。「十一月十七日有事解官宣旨。流浪。即被追出宮城。十二月十一日於尾張国出家」（補任、治承三年）。なお師長は音曲、琵琶・箏の

名人であった。建久三年七月十九日薨。

二〇六　**（重盛、治承三年）五月廿五日（出家）**（一一五頁注二〇）　「内大臣出家、〈年四十（二）〉、依二病悩一放留也」（玉葉、治承三年五月二十五日）。「今暁入道内府薨去云々、或説去夜云々」（玉葉、治承三年七月二十九日）。「三月十一日依病上表。五月廿五日出家。八月一日薨（年四十三）。号小松内大臣」（補任、治承三年）。

二〇七　**覚快親王**（一一五頁注二二）　鳥羽法皇第七皇子で母は八幡の法印光清女。青蓮院行玄の弟子。明雲が解却された後に座主となるが、治承三年十一月罷められる。「〈青蓮院〉。治山三年」「安元三年丁酉五月十一日宣命〈四十四〉。治承三年己亥十一月十一日辞之。養和元年辛丑十一月六日入滅〈四十八〉」（座主記）。

二〇八　**呪願明雲**（一一六頁注五）　呪願師。法会の際に施主の願いに従い、その福利を祈る旨を書いた法文（呪願文）をよむ。導師がつとめることが多い。「同年（承安三年）十一月廿日建春門院新御願、最勝光院供養、導師覚珍（興福寺別当前権僧正）、呪願明雲（山座主権僧正）」（歴代皇紀）。

二〇九　**安元三年月日、大極殿焼亡事**（一一六頁注六）　玉葉によると乾（西北）の方に靡いたとあり、大内裏の方に炎上して行き、「五条以南之火焔、及二八省諸司一之条未曾有未曾有」（玉葉）と書き、閑院の内裏、錦小路大宮の関白基房以下公卿の家は十四ヶ所で、京中の三分の一にわたり、火事は翌二十九日辰刻に及ぶもなお消えず、翌年治承二年四月二十四日の京都大火を次郎焼亡というに対し、太郎焼亡という（清獬眼抄）。この太郎焼亡で大極殿もなくなった。「閏四月廿八日夜大内裏焼亡事。自樋口富小路火起京中三分一焼失。其中公卿十五人其外殿上人幷可然人家等不知其数。凡二万余家焼亡町数一百八十余町。次移大内大極殿朱雀門会昌応天門八省廊諸寮真言院等焼了」（歴代皇紀）。

二一〇　**大極殿焼亡事**（一一六頁注七）　「九間四面。朝堂院ノ正殿八省院ト云是也。又中台の最大殿ト云。鴛鴦の瓦をふき金瑠玉礎也。八省院トハ天子聴朝即位又大嘗会朝賀節会以下の公事奉幣御斎会季御読経なども此所にて行はるゝ也」（大内裏抄）。

貞観十八年四月十日に焼失して以後、後冷泉天皇の康平元年二月二十六日の新造内裏が焼亡した時大極殿が焼け、後三条天皇の御代に大極殿をまた造営され、延久元年四月十四日葺瓦始（改元部類）。「大極殿さきの帝の御時、火事侍りしのち、十年過ぐるまで侍りしに、位につかせ給ひて、いつしか造りはじめさせ給ひて、よとせといふに造り建てさせ給ひにしかば」（今鏡、二、たむけ）。即ち延久四年四月三日に出来た（略記）。次に後白河天皇の保元二年三月十八日内裏造営の宣旨を下し、十月八日造営された（今鏡、三、すべらきの下）。「大内は久く修造なくして殿舎傾危し、楼閣も荒廃せり。牛馬の牧、雉兎の栖と成たりしを、信西一両年が間に修造して遷幸をなしたてまつる外、埦中の部、大極殿・豊楽院…不日なりし事」（平治、上）。

二一一　**安芸国イツクシマへ御幸**（一一六頁注八）　治承四年三月十九日高倉上皇は厳島神社に御幸、四月九日還御。この時の御幸は平家の信仰する厳島神社に参って、後白河法皇を鳥羽離宮に押し籠めた清盛の心を和げる為と、平家、四の厳島御幸、盛衰記、二十三に見える。なお福原遷都の後九月二十一日にも再び厳島へ御幸される。後に福原に「グシマヒラセテ」とあるから、九月二十一日の御幸を指すと思われる。仏事とあるのは厳島で祈願の法会をされた事を指す。

二一二　**神筆ノ御願文アソバシテ、御仏事アリケリ**（一一六頁注一〇）　「治承四年九月高倉の院厳島に御幸ありけり。御願文みづから御草ありて、殿下〈普賢寺殿〉清書させ給ひける。希代の事にや」（著聞集、一）。「新院参二詣安芸伊都岐島一〈第二度〉」（百錬抄）。

二一三　**漢才殊ニ、御学問アテ**（一一六頁注一一）　高倉天皇は詩文にすぐれて居た事は著聞集、四に見え、「風月の御才は昔にも恥ぢぬ御事とぞ世の人申ける」とあり、治承二年六月十七日中殿の御会には御製の詩があった事が玉葉・著聞集、四、文学部によりわかる。漢才は中国の学問をいうが、ここは特に詩文に長じている事を指す。

二一四　**（安徳）治承四年二月廿一日受禅**（一一六頁注一四）　治承三年十一月十五日の清盛のクーデターの夜、中宮徳子と東宮両宮をつれ出し、自分の八条亭に引き取り鎮西に赴くという噂が伝わったが、清盛は重衡を使として天皇に福原に遷都の意志のある事を申しあげ、二十日法皇を鳥羽殿に幽閉し、遂に二月二十一日高倉天皇を押下し奉り（平家、四）、東宮は三歳で践祚し、清盛は外祖父として権力をふるう。

二一五　**母中宮徳子**（一一六頁注一六）　清盛の二女。承安元年十二月二日法皇の御猶子とし、十二月十四日入内、時に十七歳。高倉天皇は十一歳。安徳天皇は治承二年十一月十二日の誕生。十二月八日親王となり、二十五日皇太子として立坊。

二六　**摂政基通**(一一六頁注一七)　「二月廿一日止関白為摂政(新帝受禅日)。勅授兵仗如故之由宣下。四月廿一日従一位(御即位次。歳廿一)」(補任、治承四年)。

二七　**宗盛**(一一六頁注一八)　養和二年九月四日権大納言正二位還任、十月三日内大臣、正二位。「十月三日任(越上﨟五人任)。同七日賜左右近衛番長各一人近衛各四人為随身兵仗」(補任、養和二年)。

二八　**宝剣ハシヅミテウセヌ**(一一七頁注二四)　「其夜の子刻に内侍所、しるしの御箱太政官の庁へ入らせ給ふ。宝剣は失にけり。神璽は海上に浮びたりけるを片岡太郎経春が取上げ奉りたりけるとぞ聞えし」(平家、十一、内侍所都入)。「又内侍所神璽雖二御坐一宝剣紛失。愚慮之所レ覃奉レ捜二求之一」(東鑑、文治元年四月十一日)。

二九　**内侍所ハ時忠トリテマイリニケリ**(一一七頁注二六)　「其後軍士等乱二入御船一。或者欲レ奉レ開二賢所一。于レ時両眼忽暗而神心惘然。平大納言〈時忠〉。加二制止一之間。彼等退去訖」(東鑑、文治元年三月二十四日)。

三〇　**基通**。**寿永二年十一月廿一日止二摂政藤氏長者一**(一一七頁注三二)　「又義仲内々示云、世間事申二合松殿一毎事可レ致二沙汰一云云」(玉葉、寿永二年十一月二十一日)。「権大納言師家任二内大臣一、可レ為二摂政一之由被二仰下一了云々」(同、十一月二十二日)。「伝聞内大臣非二解官一借用云々、…借官始レ之」(同、十一月二十三日)。

三一　**師家**。**寿永二年十一月廿一日任二内大臣一為二摂政一**(一一七頁注三三)　松殿基房公の三男。寿永二年に十二歳。補注2-二二〇の如く、義仲は世間の事を松殿に相談した。また平家、八に松殿の姫君を取って聟に押成るとあり、徳大寺実定の内大臣職を借り奉って、大臣摂政にしたので、人の口に借(るか)大臣と言ったとある。「正三位同師家〈十二〉。十一月廿一日詔為摂政幷氏長者。十二月一日勅授帯剣。八日叙従二位。聴牛車。賜兵仗」(補任、寿永二年)。

三二　(**基通**)**文治二年三月十二日止二摂政氏長者一**(一一七頁注三六)　「安達新三郎為二飛脚一上洛。被レ申条々。可レ被レ下二摂政詔於右府一之事在二其内一歟。…当摂政殿本自為二平氏縁人一。関東有二御隔心一之処。去年義経顕二逆心一之時給二追討宣旨一。偏依二彼御議奏一之由風聞。仍可レ被二挙申一之趣。内々被レ啓二右府一。而不レ可レ叶二時宜一之旨。右府雖レ有二御猶予一。遂被レ申之歟云々」(東鑑、文治二年二月二十七日)。

三三　(**兼実**)**文治元年十二月廿八日内覧**(一一七頁注三七)　右大臣兼実は、後白河法皇が義経の奏聞で頼朝追討の院宣を出す事に反対した事が、頼朝の信任を得、文治元年十二月六日付の頼朝の返礼書状に、内覧宣旨を下さる可しとあり、十二月二十八日内覧宣旨が兼実に下った。「今日所レ申者只自二叡慮一不レ起事、更非二本意一之由、幷密二通関東一之疑恐申之趣等也」(玉葉、文治元年十二月二十八日)。

三四　(**兼実**、**文治**)**二年二月廿二日為二摂政一**(一一七頁注三八)　「三月十二日為摂政幷氏長者。同十六日可列左大臣上之由宣下。賜随身。聴牛車。同十六日勅賜左右近衛府生各一人近衛各四人為兵仗随身」(補任、文治二年)。

三五　(**兼実**、**建久**)**七年十一月廿五日止二関白氏長者一**(一一七頁注四一)　外祖土御門通親は兼実に陰謀ありと上奏し、建久七年十一月二十五日兼実四十八歳で関白を罷められ、前摂政基通が関白・氏長者となる。翌二十六日慈円は天台座主を辞す。「関白従一位藤兼実〈四十八〉。十一月廿五日止之。無上表事」(補任、建久七年)。二八〇頁参照。

三六　(**兼実**)**建仁二年正月廿七日出家**(一一八頁注一)　「散位前太政大臣従一位藤兼実〈五十四〉。正月廿八日出家。法名円証(承元元・四・五薨、五十八)」(補任、建仁二年)。

三七　(**経宗**)**寿永三年十一月十七日聴二輦車一**(一一八頁注四)　「伝聞、左大臣先蒙二輦車宣旨一、而忽不レ能レ調レ車之由被レ申、仍被レ改二下牛車宣旨一云々、甚過分事也、依二自由申状一被レ改二宣旨一、朝廷之軽忽爰而炳焉者歟」(玉葉、寿永元年十一月二十四日)。

三八　**俊堯**(一一九頁注一七)　木曾義仲の吹挙により座主に任じられたが、寿永三年正月二十日義仲が戦死した翌二十一日、延暦寺の三塔の大衆が本房双照房を追却した。「〈五智院〉。歴二卅ケ日一」「寿永二年癸卯十二月十日宣命〈六十六〉。文治二年丙午三月廿五日入滅〈六十九〉」(座主記)。

三九　**顕真**(一一九頁注二〇)　梶井門徒。承安三年に官職を辞し、大原に隠棲していたが、文治六年三月、大原に下った勅使の宣命により止むなく座主につく。「文治六年庚戌三月七日宣命〈六十〉。建久三年十一月十四日入滅〈六十二〉」(座主記)。

四〇　**阿闍梨承仁親王**(一一九頁注二二)　梶井門徒。後白河院の皇子、明雲の弟子。顕真に灌頂を受ける。二十八歳で座主。「〈円融房〉。治山五ケ月」「建久七年丙辰十一月卅日宣命〈年廿八。﨟十六〉。卅未満初例也。同八年丁巳四月廿七日入滅〈廿九〉」(座主記)。

四一　**承元元年月日御堂供養アリ**(一二〇頁注三)　承元元年十一月二十七日

後鳥羽上皇は高陽院から白河殿新御堂(最勝四天王院)に移られ、ついで新御堂供養を行わせられる。「最勝四天王院供養習礼、仍上皇御幸」(百錬抄、承元元年十一月二十三日)。「上皇御堂御所御移徙也」(同、十一月二十七日)。「承元二年霜月には白河殿の御堂供養なり」(家長日記)。「三条白川の橋に関東調伏の堂を建てゝ最勝四天王院と名づけらる」(承久記)。

二三二 **(土御門)建久九年正月十一日受禅**(一二〇頁注六) 建久六年十二月二日皇子為仁誕生、建久九年正月十一日幕府の反対を押しきり閑院において受禅。「無親王宣旨立坊事」(百錬抄、建久九年正月十一日)。「後鳥羽院御位すべらんと思食ける比、七日御精進ありて毎夜石灰の壇にて神宮の御拝ありて、土御門院と光台院の御室〈道助法親王〉俗名長仁親王とて御座す。継体いづれにてかおはしますべきと。くじをとらせ給たりければ、土御門院なるべしととらせ給ぬ」(五代帝王物語)。「譲位事、譲国等事、自レ元不レ及二沙汰一云々、幼主不二甘心一之由、東方頻雖レ令レ申、綸旨懇切、公朝法師下向之時、被レ仰二子細一之時、慭承諾申、然而、皇子之中、未レ被レ定二其人一、関東許可之後、敢取二孔子賦一、又被レ行二御占一、皆以二能円孫一為二吉兆一云々、仍被二一定一了、此旨以二飛脚一被レ仰二関東一了、不レ待二彼帰来一、来十一日可レ有二伝国之事一云々、桑門之外孫曾無レ例、而通親卿為レ振二外祖之威一、〈嫁二彼外祖母一了故也〉、二三歳践祚、為二不吉例一之由申出云云、〈信清孫三歳、範季孫二歳〉、而博陸又饗応、尤可レ被レ忌例、不レ可レ及二外祖之沙汰一之由、再三被二申行一、是則其息新侍従兼基、為二桑門之孫一、世人為二奇異一、為レ休二其嘲一、忘二帝者之瑕瑾一、同二通親謀一云々、愚哉、以二小人入魂一、為二小童之才学一、国家之滅亡挙レ足可レ待歟、於二占卜之吉兆、及孔子賦等之条一者、如レ此之事、只依二根元之邪正一、有二霊告之真偽一也、通親忽補二後院別当一、禁裏仙洞可レ在二掌中一歟、彼卿日来猶執二国柄一、〈世称二源博陸一、又謂二土御門一〉、今仮二外祖之号一、独二歩天下一之体、只可レ以レ目歟」(玉葉、建久九年正月七日)。

二三三 **(慈円)還補**(一二一頁注二〇) 「第六十五前権僧正慈円〈青蓮院〉治山二年、建仁元年辛酉二月十八日還二補座主一〈年四十七。第二度〉。宣命勅使少納言源重定」(座主記)。還補の日は十八・十九両日のうちいずれとも決し得ない。

二三四 **実全**(一二一頁注二一) 徳大寺公能の子。公季…実成…公成…実季…公実—実能—公能—実全。「第六十六法印実全〈妙法院権僧正修験〉建仁二年壬戌七月十三日任二座主一〈年六十二。臈四十九。超二僧正真性、法印実円等一〉。宣命勅使少納言源信定。…治山二年八月廿五日上表辞二退座主職一〈付二蔵人左少弁光親一〉即被レ送二印鎰一。是依二行学相戦一山門擾乱之故也」(座主記)。

二三五 **真性**(一二一頁注二二) 「真性大僧正、高倉宮以仁親王御子、…始梶井入室、…後為二慈円僧正附弟一、…同月(建仁三年八月)廿八日補二天台座主一、…元久元年十二月廿二日任二大僧正一、同二年十一月廿八日辞二座主一」(座主記)。

二三六 **承円**(一二一頁注二三) 「第六十八法印権大僧都承円〈円融房権僧正菩提院関白基房公息〉元久二年乙丑十二月十三日任二座主一〈年廿六。臈十六〉。…建暦元年十二月廿八日上表、辞二退座主幷法務等一、…同二年壬申正月十五日重上表、遂辞二退両職一」(座主記)。

二三七 **(土御門)御母カタ、ウチタヘ**(一二一頁注二八) 土御門天皇御母在子の実父法印能円は正治元年八月二十四日死去(明月記、二十六日)、実母範子は同二年八月四日死去(猪隈関白記、五日)、養父源通親は建仁二年十月二十一日(百錬抄)薨去したことをさす。

二三八 **アラハナル法師ノ孫位ニツカセ給事ハナシ**(一二一頁注二九) 僧能円の明白な外孫である為仁親王の即位については、朝廷の内外で当時から批判があった。玉葉、建久九年正月七日に次の記事がある。「又被レ行二御占一皆以二能円孫一為二吉兆一云々。仍被二一定一了。…桑門之外孫曾無レ例」。

二三九 **(順徳)承元二年十二月廿五日御元服**(一二一頁注三四) 「承元二年十二月廿五日、天晴。此日皇太弟有二御元服事一〈守成、御年十二、上皇(後鳥羽)皇子、母修明門院(重子)也〉」(猪隈関白記)。

二四〇 **母修明門院、贈左大臣範季女**(一二一頁注三五) 藤原重子。後鳥羽上皇妃。貞嗣—高仁—保蔭—道明—尹文—永頼—能通—実範—季綱—友実—能兼—範季—重子。「六月七日、有二院号定一有二准后勅書事一、従二位藤原親子(重子)号二修明門院一」(百錬抄、建永二年)。範季は元久二年五月十日薨去(補任)。外孫順徳天皇即位により建暦元年五月二十六日贈左大臣正一位(玉蘂)。

二四一 **南京衆徒山門衆徒清水寺相論事出来**(一二二頁注七) 「同(建暦三年)十月廿日清水法師両三人寺を天台の末寺に寄によりて、山門の使入来する故に、南都発向して延暦寺を焼はらはんとするに、官軍をつかはしてふせがるゝ間、同十一月廿日宇治より帰了」(六代勝事記)。

二四二 **山門ノ事ヲ此奥ニ一帖カキアラハシ侍ル也**(一二三頁注二二) この一

帖については解説II巻次編成に詳記した。その遺文と推定されるものが門葉記抄、一にあり、荻野懐之氏によって紹介された。

「愚管抄第七云、愚(尊円)云、為レ知ニ勧学講由来一、今以ニ彼御抄要段一加ニ載此一巻一也」。無動寺検校ニテ慈円法印ヲハシケル。法性寺ドノノ子ニテアレバニヤ、当時摂政(兼実)一腹一父ノ兄弟ニテ、卅八ニナリケルヲ権僧正ニナサレテ座主ニ成ニケリ。頼朝ノ将軍トイミジク和歌ナドヨミカハシテ、知己ニナラレニケレバ、カタ〳〵ヲリニアヒタリケリ。出家ノハジメヨリ遁世ヲノミ心ニカタ(マヽ)ケル人ニテ、一日モ、治山ノアヒダ、興隆仏法ノ外ニ他ノ思ナシトテ、勧学講トイフ無ニ無三前代未聞ナル講ヲハジメテ、イマヽデ卅年バカリニナルラムニ、山門仏法ヲバユルガズ、タヾコノ講バカリゾヒカヘタルゾト、他門マデモ沙汰セラレケリ。藤島トイフ所、越前国白山ニ将軍ヨセタル所アリケルヲ、頼朝京ニノボリタリケルニ対面シテ、イミジクイヒアハセテ、又コノ勧学講ノ用途ニモヨセサセテ、宣旨ナドマデ申下テ、マヅ千石ヲ沙汰シイダシテ、百人ノ結衆ヲ三塔ニムスビテ、ハジメテヲコナヒケルホドニ、兄弟ノ摂政、世ヲウシナヒテ入コモラレケルトキ、ナニモミナ辞シハラヒテ、ノガレニケリ。弁雅ガ時、勧学講ヲトヾメテ、ソノ供米ヲ千僧供ニヒカムトイフ大衆ノ申状トテ申ケレド、通親サスガニ「イカデサル事アラム」トテアリニケレバ、其年、千石ノ供米イヅカタヘモヒカズシテ、ウセニシトコロヘ、サウナク慈円僧正カヘシナサレニケリ。コノタビハ勧学講供米布施トリアハセテ、千石ノ用途ニ沙汰シナシテ、イヨ〳〵メデタクトリナシヲコナヒテ、又辞退シテ弟子ノ実全法印ヲ座主ニナシテ、前ノ座主トヒトツ心ニテ、修造興隆ノ事ハ、猶座主ハサリタリトモ沙汰セヨトテ、勧学講ハタヾ門跡ニツケテ沙汰セヨ、我ハジメタル事ハサコソアレトイフ事ニテアリケレバ、「サニコソ候ナレ」トテアリケレド、私アテ我門跡ニツケントイフ、モトヨリノ本意ハナシ、サテヨカルベクバ山王大師ノ御計ナリトテアリケルヲ、実全沙汰セバヤト思タリケリト聞テ、「ソレコソヨク候ハメ」トテ、ヨ(マヽ)ロコゾカナハジトミトリテ、沙汰モセズシテ、一年ヲミケルホドニ、ツギノ年ノ秋、堂衆・学生ガタタカヒ、マタヒキイダシテ、山ウセニケリ。「コノ勧学講トイフ事ハ此門跡ニツケテ、カクヲコナヒ候ニヨリテ、此門跡ハカク梨下トヲトラズ候ハ、梶井ノ富有ノ対揚ニモ成候ナリ。サスガニ仏法ノカタハ此講ニノコリテ候ヘバ、カクマデモ候ヲ、座主ニタヾツケラレ候ナバ、コノカタハクサ〳〵ト成候ナン。サテ一方ニ帰シ候テコソ、山ハ総ノタメハヨリ(マヽ)候ハメ。此由ヲツブサニ申テ、我方マケタリト人イフトモ、両方ヲナジヤウニツヨクテハ、トマル事アルマジ。我方ヲナキニナシテ、我山ヲマボラムズルコソ、マコトノ心ニテアラムズレ」ト申サレケレドモ、又サカシキ人イデキテ、「コレヲモチヒラレ候バカリニテハ、承円座主ヲ前大僧正(慈円)ノ弟子ニナシテ、サテコソハ此講、門跡ヲトリハナチテ、座主ニツケラル、マツリコトハ、山ノタメ始終モヨク候ハメ」ナド云沙汰イデキテ、沙汰モナカリケリ。

二四三　**此大内炎上今度相加テ十五ヶ度**(一二三頁注二五)　十五ヶ度の大内裏焼亡は次のとおりである。

(1)天徳四年九月二十三日(紀略)。(2)貞元元年五月十一日(紀略)。(3)天元三年十一月二十二日(百錬抄)。(4)天元五年十一月十七日(紀略)。(5)長保元年六月十四日(紀略)。(6)長保三年十一月十八日(紀略)。(7)寛弘二年十一月十五日(紀略)。(8)長和三年二月九日(紀略)。(9)長和四年十一月十七日(紀略)。(10)長暦三年六月二十七日(略記)。(11)長久三年十二月八日(略記)。(12)永承三年十一月二日(略記)。(13)天喜六年二月二十六日(略記)。(14)永保二年七月二十九日(略記)。(15)承久元年七月二十五日。安元三年四月二十八日の大極殿以下の焼亡は百錬抄「大内免ニ其難一」により大内裏の火災に入れない。

二四四　**(仲恭)承久三年辛巳四月廿日〈甲戌〉受禅**(一二三頁注三六)　「四月廿日甲戌。今日有ニ御譲位事一。申刻内大臣(通光)以下参入〈天皇(順徳)大炊殿〉皇太子〈懐成〉御ニ閑院一被レ渡ニ剣璽一。新摂政(道家)已下諸卿相ニ従之一」(百錬抄)。

二四五　**太上天皇三人初例云々。法皇ニテ令レ置給事ハ先例多云々**(一二四頁注一三)　この時以前、三人の太上天皇の例は、花山天皇が退位した寛和二年六月二十三日以後、円融上皇崩御の正暦二年二月十二日まで存し、それ以外にはない。しかしそれも円融・花山両上皇ともに出家し花山上皇は太上天皇の尊号を受けることを辞された。尊号を受けた上皇が三人そろったのは、この時が初例。

二四六　**孫王即位、光仁以後無ニ此例ニ云々**(一二四頁注一七)　貞応三年正月二十日に慈円が四天王寺聖霊院に参籠して本尊の聖徳太子に対して読んだ願文には「光仁天皇之後、卅七代、未レ聞ニ孫王之践祚一」とある。

二四七　**入道守貞親王**（一二四頁注一八）　治承三年二月二十八日誕生、御母七条院殖子、後鳥羽天皇同母、修理大夫藤原信隆女。「今日修理大夫信隆女〈内女房、母故大蔵卿通基朝臣女〉生二皇子一云々。其所五条坊門北大宮西、大宮面大舎人頭兼盛宅云々。右兵衛督知盛卿可レ奉レ養云々」（山槐記）。

二四八　**摂政家実。受禅前日、七月八日、以二前帝（仲恭）詔一還任云々**（一二四頁注二三）　「承久三年七月九日辛卯践祚。…固関・警固・節会事無レ之〈先帝不レ御、仍無沙汰歟〉。…戌刻皇子（茂仁）自二北白川親王（守貞）宮一遷二御閑院一。摂政（家実）於二旧主一被レ仰云々。今朝参二持明院一被レ申レ慶云々。蔵人已下被レ仰事无二所見一」（践祚部類抄、後堀河）。

二四九　**無二節会一、無二宣命一、無二警固一、無二固関一**（一二四頁注二四―二六）　譲位節会は旧主の御所で行なわれた。

節会の儀式あり。大臣陣の座にして内記をめして宣命の草をたてまつらしむ。内覧奏聞あり、返し給て清書しても又内覧奏聞あり。定れる事也。…天皇南殿に出御、この日は御簾をかけてあらはにおはしまさず。近衛次将も縫腋の袍に壺胡籙を負て陣を引く。常の節会には替る事なり（代始和抄、御譲位事）。

譲位宣命は旧主御所での節会で下されるのが慣例であった。譲位の直前に行なわれる警固も旧主の勅命で行なわれた。固関は逢坂・鈴鹿・不破などの関に使者を派遣し警備すること。

警固といふは、或は兼日、或は当日に上卿陣に着て六府の将佐をめして司々かためまもりまつれと仰すれば、将佐称唯してしりぞく。是を警固となづくる也。警固は譲位にかぎらず、毎年の賀茂祭以下、ことある時行はるゝ事也。

固関といふは、関々をかたむる事なり。むかしは奥州の蝦夷やゝもすれば都に乱入せんとせし事のありしによりて、その用心のため東山・東海の関をかためしむるなり。今は伊勢の鈴鹿の関、近江の逢坂の関、美濃の不破の関を専らまもらしむるなり（代始和抄、御譲位事）。

二五〇　**左大臣家通**（一二四頁注三六）・**右大臣藤原公継**（一二五頁注三七）・**内大臣藤原公経**（一二五頁注四一）　「閏十月十日、斯日以二右大将公経卿一為二内大臣一〈於二一条室町前摂政（道家）第一有二大饗一。去七月通光上表替〉。家通公為二左大臣一〈元右〉。公継右大臣〈還任〉」（承久三年四年日次記、承久三年）。

二五一　**貞応二年。〈元年壬午〉。四月十三日改元**（一二五頁注四二）　「四月十三日、辛卯、改二承久四年一為二貞応元年一。大蔵卿為長卿択申之。周易文」（承久三年四年日次記）。

二五二　**円基**（一二五頁注四三）　「第七十三権僧正円基…治山六年〈近衛殿下基通公息〉…承久三年〈辛巳〉八月廿七日任二座主一〈年三十六。臈廿七〉。宣命勅使少納言藤原実茂。九月三日登山…同七日、於二浄土寺房一請二宣命一」（座主記）。

二五三　**入道親王尊快年十八ナルヲ被レ補二天台座主一**（一二五頁注四四・五〇）　「入道無品尊快親王〈円融房、後鳥羽院第七皇子、母修明門院（重子）、承円座主入室受法灌頂〉…同（承久）三年四月廿六日補二天台座主一。…但、廃帝（仲恭）御即位之後、未レ被レ行二僧事一未レ被レ下二宣命一之間、未レ請二宣命一。…天下大乱之後、山門未二落居一之間、七月八日法眼仁全遁二寺務一不レ従レ事、山上・坂本事無レ人二于成敗一。仍兵仗禁制幷敗軍捜索間事、四至内日代幷公文・所司等施行之。其後依二衆命一、仁全猶従二寺務一。自恣・盂盆座主未レ補之間、寺家行之」（座主記）。

「元久元年四月二日誕生」（百錬抄）。

二五四　**五月十五日ニ乱起リテ六月ニ武士打入テ**（一二五頁注四九）　「五月十五日戊戌。未刻自二一院（後鳥羽）一遣二官兵一被レ討二大夫尉光季一。是陸奥守義時朝臣背二勅命一乱二天下政一可レ被二追討一之由有レ議。依レ為二縁者一先被レ誅二光季一。…土御門院・新院（順徳）・宮々同時渡二御高陽院一、即義時朝臣追討宣旨、被レ下二五畿七道一。六月十五日戊辰。武士等皆以乱入、官兵等各放二火宿館一逃隠」（百錬抄）。

二五五　**世人迷惑云々**（一二五頁注五五）　慈円は後鳥羽上皇の討幕計画が失敗することを信じてそれに反対し愚管抄を著わしたのであるが、予言の通り上皇側が敗北し、慈円が最も頼みとした仲恭天皇・九条道家の失脚という事態が生ずると、慈円の落胆失望は見る眼も痛々しいほどであった。ここに世人とは自分をさして言った、としてよい。解説参照。

二五六　**十三日御下向云々。但ウルハシキヤウハナクテ令二首途一給**（一二五頁注五九）　「同（承久三年七月）十三日に、隠岐国へうつし奉るに、ものゝふ御こしに立そひて先途をすゝめまうせり。…みゆきのふりにし跡をたづねれバ、鳥羽より西はさだまれる式にて、ものゝふのありきをまなび給ひしぞかし」（六代勝事記）。

二五七　**女房両三云々**（一二五頁注六二）　承久記流布本には、一女房一人、伊賀局」、同前田家本には「亀菊殿」、同慈光寺本には「女房ニハ西ノ御方、大夫殿、女官ヤウノ者マイリケリ」、東鑑にも「女房両三輩」(補注2−二五八)とあって、一・二・三人説がある。伊賀局は亀菊で、巻六に「院ノ小御所ノ女房」(二九四頁)と書かれているのと同一人物。以後十六年にわたって後鳥羽法皇の側近く仕えた女である。西御方は、三一四頁注一八に所見し、藤原信清女、冷泉宮頼仁親王の母である。なお平戸記、寛元三年十月二十四日条には次のとおり記すが、侍女と西御方の注は相互に入れ違っている。

後鳥羽院侍女〈故信清公女、冷泉宮母儀也〉。西御(方)〈法皇御遠行之時、為二御共一参二候隠州一。崩御之後帰洛…〉密々有二御渡一。

二五八 **義茂法師参カハリテ清範帰京云々**(一二五頁注六三) 「七月十三日乙未、上皇(後鳥羽)自二鳥羽行宮一遷二御隠岐国一。…御共女房両三輩、内蔵頭清範入道也。但彼入道自レ路次一俄被二召返一之間、施薬院使長成入道、左衛門尉能茂入道等追令二参上一」(東鑑、承久三年)。

二五九 **五月比阿波国ヘウツラセ給フ由聞ユ**(一二六頁注三) 土御門上皇阿波国遷幸は両説があって、一つは百錬抄「承久三年閏十月十日、奉レ遷二土佐国一、同十四日、奉レ遷二阿波国一」のごとく、土佐国に遷幸の予定が変更して阿波国に定まったとするもので、一代要記・皇年代略記もこれに同じ。他は愚管抄のごとく翌貞応元年五月移幸とするもので、東鑑、貞応元年五月二十七日・鎌倉年代記も同様である。

二六〇 **漢高祖ノ父ノ太公ノ例**(一二六頁注七) 「六年、高祖五日一朝二太公一、如二家人父子礼一。太公家令説二太公一曰、天無二二日一、土無二二王一。今高祖雖レ子人主也。太公雖レ父人臣也。奈何令三人主拝二人臣一。如レ此則威重不レ行。後高祖朝、太公擁レ篲迎レ門却行。高祖大驚、下扶二太公一。太公曰、帝人主也。奈何以レ我乱二天下法一。於レ是高祖乃尊二太公一、為二太上皇一」(史記、漢高祖紀)。

二六一 **同**(**貞応三年六月**)**十七日夕、**(**義時**)**息男武蔵守泰時下二向関東一畢。同十九日**(**義時**)**舎弟相模守時房同下向了**(一二六頁注一九) 「泰時、六月十七日下二向関東一。時房、六月十九日下二向関東一」(将軍執権次第、元仁元年、六波羅)。

3 巻第三

一 **神ノ御代ハシラズ、人代トナリテ…**(一二九頁注四) 「今百王ノ十六代ノコリタル程」(三一七頁)。「百王ヲカゾフルニイマ十六代ハノコレリ」(三四二頁)。「百王之残十五代末法之始百余年」(門葉記、貞応元年啓白文)。「彦波瀲武鸕鷀草葺不合尊…釈迦仏の世に出たまふ事、此御時の末にあたれり。百王をはしますべしとぞ」(前田家本水鏡)。「人代、百王おはしますべし」(簾中抄)。この百王が百代の王の意に使用されて来るのは、既に梁の宝志和尚の讖という野馬台の詩が行われていた平安末期かららしく、江談抄、五には「宝志野馬台讖。天命在二三公一。百王流畢竭。猿犬称二英雄二」と見えて居り、更に聖徳太子未来記なるものが平安期末から流布して来ているのであり、末法思想とからまって、百王説が鎌倉初期には行われる様になる。玉葉、建久元年十一月九日条には「謁二頼朝卿一、所レ示之事等、依二八幡御託宣一、一向奉レ帰レ君事、可レ守二百王一云々、是指二帝王一也、仍当今御事、無双可レ奉レ仰之レ」と見える。(和田英松著、国史国文の研究所収「聖徳太子未来記之研究」・国学院雑誌、四二(昭和十一年)五、六号、西田長男「百王思想、その超克」・文化、二七号、大森志朗「中世末法観としての百王思想」等参照)。

二 **槐**(一三〇頁注一一) 槐は、黒川本伊呂波字類抄には「槐〈クワイ〉 芳枝〈エンジュ〉」とあり、黒本本節用集には「槐〈エンジュ〉」とあり豆科の落葉喬木。由原八幡縁起には「十月ト申ニ鵜羽ヲモテウブ屋ヲ造リ。槐木ヲサカサマニ立テ取ツカセ給テ皇子ヲウミ奉リ給フ。彼木ハヤガテ生テ今ニアリ、彼所ヲウミノ宮ト名付タリ」とあり、こういう伝承が八幡縁起にあったらしい。

三 **カヽル因縁ハ和合スル也**(一三一頁注二一) 和合は「因縁合成」という仏教語などから来た語か。因は結果を招く一番の原因、縁は因を助ける結果を生じさせる助縁。この二つが合して結果を生ずるのが因縁合成である。この前後、末代の人に知らせようとして、女性でも才能のある人は国王となり、また母后の存生中はその意志に従い、孝行をつくすというもとの由来がそこに生まれて来たのだというほどの意であろう。後にも「カヤウナラデハカナフマジキ因縁ドモノカク和合スルミチ」(一六三頁)とある。

四　**御在生ノ時太子ニ立給フ宇治皇太子也**(一三一頁注二六)　この所、底本「御在生ノ時(太子ニと傍記)立給フ太子(太子の二字、みせけち)宇治皇太子也」とあり、他本で訂正した跡がある。阿波本は「御在世ノ時立給フ太子宇治皇太子也」とあり、元来は「御在世ノ時立給フ太子宇治皇太子也」とあったと思う。その方が意味が通じる。
　応神天皇は四十年正月に大山守命と大鷦鷯尊(後の仁徳)を召して、年長の子と年少の子とどちらがかわいいかと尋ねる。その意を察した大鷦鷯尊の、年少の子の方がかわいいという答により、「天皇大悦曰、汝言寔合二朕之心一…甲子、立二菟道稚郎子一為レ嗣、…以二大鷦鷯尊一為二太子輔一之、令レ知二国事一」(応神紀)。

五　**大草香ノ皇子ハ、安康ノヲト、ナリ**(一三三頁注一二)

- 仁徳
  - 履中
    - 市辺押羽皇子
      - 飯豊青尊
      - 仁賢(億計)
      - 顕宗(弘計)
    - 御馬皇子
    - 青海皇子
    - 中蒂(なかし)姫(大草香皇子后)
  - 住吉仲皇子
  - 反正
  - 允恭
    - 木梨軽皇太子
    - 安康(穴穂天皇)
    - 雄略─清寧
  - **大草香皇子**─眉輪王

六　**聖徳太子、スヱニ御ムマゴニテムマレ給**(一三五頁注九)　「三十三年と申ししに聖徳太子はらまれ給ひき。御父の用明天皇はこの御門の第四の御子と申ししなり」(水鏡、上、欽明)。「壬辰の年四月三日位に即きたまふ。世をしりたまふ事十四年なり。今年正月一日ぞ聖徳太子は生れ給ひし。父の用明天皇は御門の御弟にて、未だ皇子と申ししなり。御母、宮のうちを遊びありかせ給ひしに、厩の前にて御心にいさゝかも覚えさせ給ふ事もなくて、俄に生れさせ給ひしなり」(水鏡、中、敏達)。「二年癸巳二月十五日。平旦。豊日皇子一男耳聡王子生始二歳。合掌東向。称二南無仏一。〈是聖徳太子也〉」(略記、三、敏達)。六一頁注一五参照。なお聖徳太子観音化身説は既に最澄の顕戒論に見られるという(福井康順著、東洋思想の研究所収「太子教学に関する一二の研究」参照)。

七　**アラハニドシタ、カヒニテ、サルフシギモアリケレバ、コレハヲボツカナカラズ**(一三六頁注四)　「ドシタ、カヒ」は「ドシイクサ」かとも思うが、阿波本「アラハマトヒタ、カヒ」は「ニ」を「マ」に、「シ」を「ヒ」に誤った。なお「マト」の部分に傍書「ニシイ」とあるが傍書する部分をたがえている。文明本「アラハニトシタ、カヒ」、史料本「あらはにしたかひて」、天明本「あらはにしたゝかひて」。

八　**御マナコシカ〲也…猪ノ子ヲコロシテ、アレガヤウニワガニクキ者イツセンズラン**(一三九頁注一五)　「五年冬十月癸酉朔丙子、有レ献二山猪一。天皇指レ猪詔曰、何時如レ断二此猪之頸一、断二朕所レ嫌之人一。多設二兵杖一有レ異二於常一。壬午、蘇我馬子宿禰聞二天皇所レ詔、恐レ嫌二於己一。招二聚儻者一謀レ弑二天皇一」(崇峻紀)。「十月に人の猪を奉りたりしを御門御らんじて「いつか猪の首を斬るが如くに、わがきらふ所の人をたちうしなふべき」と宣はせしかば…」(水鏡、中、崇峻)。

九　**御母ハ大織冠ノムマゴ不比等ノ大臣ノムスメナリ**(一四四頁注一)　「母曰二藤原夫人一。贈太政大臣不比等之女也。和銅七年六月立為二皇太子一。于時年十四」(続紀、神亀元年)。

一〇　**元明ノ時ハヲサナクオハシマス**(一四四頁注三)　「九月二日庚辰。禅二位於氷高内親王一。詔曰。以二此神器一。欲レ譲二皇太子一。而年歯幼稚。未レ離二深宮一。因レ茲伝二位于氷高内親王一矣」(略記、和銅八年)。

一一　**僧尼ノ度者ヲ給セナドスルコトハコノ御時也**(一四四頁注七)　日本紀略、延暦十二年四月の条に「丙子。制。自今以後。年分度者。非レ習二漢音一。勿レ令二得度一」とあり、平安初期以前からあったと考えられる。続紀聖武天皇、天平十三年閏三月二十四日条に「甲戌。奉二八幡神宮秘錦冠一頭、金字最勝王経・法華経各一部、度者十人、封戸馬五疋一」とある。僧尼度者を賜うとは、各宗諸大寺に得度者を許すことであるが、続紀元正天皇、養老四年正月条に「丁巳、始授二僧尼公験一」とあり、簾中抄に「此御時百官にさくをもたせらる。又女のき物をさだめおく。僧尼に公験をさだめらる」、歴代皇紀に「此時僧尼授出家公験」と見える。これに依拠した記述。公験は、又僧尼が出家して受戒した時に官より賜わる証明書。「癸未。詔、治部省奏、授二公験一、僧尼多有二濫吹一、唯成二学業一者、一十五

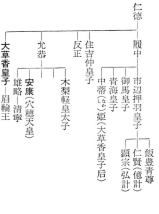

人、宜レ授二公験一自余停レ之」(続紀、養老四年八月)。

一二　**コノ御時仏法ハサカリナリ**(一四四頁注九)　「此御時吉備大臣玄昉法師など唐へわたりて一切経論五千余巻幷文籍やう〳〵の物おほくわたせり。東大寺の大仏をつくらる。みちの国より始てこがねを参らす。行基菩薩此御時の人也。初めて諸国の国分(尼イ)寺をつくりて世のいのりをす」(簾中抄、聖武)に依った。なお扶桑略記、天平七年の条に「四月辛亥日。入唐留学生従八位下々道朝臣真備献二唐礼一百卅巻。…幷種々書跡。要物等一。不レ能二具載一。留学之間歴二十九年一。…又沙門玄昉同以帰朝。持二度経論章疏五千余巻幷仏像等一。悉献二太政官一」とある。

一三　**行基菩薩諸国ノ国分寺ヲツクル**(一四四頁注一三)　補注3－一二所引の簾中抄には「行基菩薩此御時の人也。初めて諸国の国分(尼ィ)寺をつくりて世のいのりをす」とあるのを誤読した。「初めて」からは別の事項であるが、一つにした。又東大寺は発願の聖武(観音)、それをすすめた良弁(弥勒)、供養の講師波羅門僧正(普賢)、講師を辞退した行基(文殊)の四聖による建立だという説話もあり、行基は東大寺盧舎那仏勧進に歩くから、混淆の条件は十分あったのである。

一四　**八幡大菩薩、託宣有テ、東大寺ヲオガマセ給ンタメニ宇佐ヨリ京ヘオワシマスト云リ**(一四四頁注一六)　「十一月己酉。八幡大神託宣向レ京。十二月戊寅。…迎二八幡神於平群郡一。是日入京、即於二宮南梨原宮一造二新殿一以為二神宮一。…丁亥。八幡大神禰宜尼大神朝臣社女…拝二東大寺一。天皇・太上天皇・太后同亦行幸」(続紀、天平勝宝元年)と見えるが、ここは簾中抄に依った。「此御時八幡大菩薩御託宣ありて宇佐より京へおはします。東大寺をおがませ給はんが為也。此は天皇太上天皇太后などみな東大寺にまいらせ玉ひて万僧会あり。内裡に天下太平と云文字いできたり」(簾中抄)。

一五　**御遺勅ニテ孝謙天皇ノ御サタニテ、天武天皇孫、一品新田部親王御子式部卿道祖王ト申ケルヲ立太子有ケルホドニ**…(一四五頁注二〇)　「天武天皇―新田部親王〈一品。天平七九薨。母五百重媛。鎌足公女〉―道祖王〈中務卿。従四位上。大膳大夫。天平勝宝八・五・二立太子〉」(紹運録)。「先是太上天皇出家、遺詔立中務卿道祖王為皇太子。即位十一月(日ィ)廃之」「皇太子。道祖王、廃之。天武孫一品新田部皇子男也」(歴代皇紀、孝謙)。「乙卯。是日太上天皇崩二於寝殿一。遺詔以二中務卿従四位上道祖〈フナド〉王一為二皇太子一」(続紀、天平勝宝八歳五月)。「三月…丁丑。皇太子道祖王身居二諒闇一、志在二淫縦一、雖レ加二教勅一、曾無二改悔一。於レ是勅召二群臣一以示二先帝遺詔一。因問二廃不之事一。右大臣已下同奏云、不三敢乖二違顧命之旨一。是日廃二皇太子一以レ王帰レ第」(続紀、天平宝字元年)。

一六　**道祖王**(一四五頁注二一)　「然而彼帝姫阿倍天皇、並大后御世之天平勝宝九年八月十八日、改為二天平宝字元年一。即儲君道祖親王、従二大宮之□殿一出、投二居獄一殺死」(霊異記、下、三十八)。「孝謙天皇の御時、東宮は新田部親王の子道祖王とておはせしに、聖武天皇うせさせ給ひて、諒闇にてありしに、この東宮、この程をも憚りたまはず、女の方にのみ乱れ給へりしかば、孝謙天皇「をりふしも知り給はず、かくなおはせそ」と申させ給ひしかども、つゆそのことに従ひ給はざりしかば、天平勝宝九年三月二十九日、大臣以下、「この東宮は聖武天皇の御すゝめにて立て奉りき。しかるにその事をも思ひしり給はず、かくみだりがはしき心のし給へるをば、いかゞし奉るべき」と宣はせしに、人々皆「唯仰せ事にしたがふべし」と申ししかば、東宮をとり奉り給ひて」(水鏡、下、廃帝)。なお七一頁、淡路廃帝参照。

一七　**此女帝道鏡ト云法師ヲ愛セサセ給テ**(一四五頁注二五)　慈円の時代には既に称徳天皇の道鏡寵愛譚はとんでもない説話となっていたらしい。この愚管抄と関係のあるらしい古事談はその冒頭にこの話が見えて、称徳天皇は道鏡の陰を不足に思召されて、暑預即ちやまのいもで陰形、というからハリカタみたいなものであろう、それを使われたが、「折籠」即ち陰中に折れこもって、腫れふたがり、大事に及んだ。その時、百済国の医師で小手尼という、手が嬰児の手の様な尼が見奉って、帝の病は癒ると言い、手に油を塗って、これを取らんと欲した所、右中弁藤原百川はこの尼は霊狐であると「抜レ剣切二尼肩一」、即ち剣で尼の肩に切りつけたというので、「仍無レ療。帝崩」、病気をなおす事が出来ず、帝が崩御したというのである。この話は水鏡の称徳天皇条に、「同じき四年三月十五日に御門由義の宮に行幸ありき。道鏡日にそへて御覚えさかりにて、世の中既に失せなむとせしを百川憂へ歎きしかども、力も及ばざりしに、道鏡御門の心をいよ〳〵ゆかし奉らむとて、思ひかけぬものを奉れたりしに、あさましきこと出で来て、奈良の京へ還らせおはしまして、様々の御薬どもありしかども、そのしるし更に見えざりしに、ある尼一人いで来りて、いみじき事どもを申して、「安くおこたり給ひなむ」と申ししを、百川怒りて追ひ出してき。御門つひにこの事にて八月四日失せさせ給ひにき。細かに申さばおそりも侍り、この事は百川の伝にぞこまかに書きたるとうけたまはる」とあり、同じ様に、道鏡が女帝を満足させようと、おもひもかけぬものを奉り、あさましいことが出来たというのであり、水鏡の異本、前田家本では、道鏡が如意輪経の信心をし、行を大和国平群郡の梟の岩屋で三年間行って王位を志したが、三年に満ちても国王の宣旨を蒙らないので、この経文が虚妄と思い、本尊の如意輪を捨て、本尊の上に尿をかけた時、カハチ(蚊蜂)が飛んで来て道鏡の閇の先を刺したのでその刺傷より「大物」になったとか、女帝が「只人ニテハ御座ズシテ権化ノ御事ニテ御座ケント覚ヘタリシ事ハ」とて女帝の御開門が大きくて、「又例ノ如クニ彼法師ガ頭ヲ御開門ニ入給タリケルニ、其内ハ都率ノ内院ノ四十九院ノ浄土ニテ見ヘケル事コソ末代マデノ世物語ニテ不思議中ノ不思議ナリケレ」という話迄書いてある。この古事談や、水鏡に見える百川伝の話に就いては、日本紀略、前編十二の光仁天皇、宝亀元年八月条に、

百川伝。云々。宝亀元年三月十五日、天皇聖躰不予、不レ視レ朝百余日。天皇愛二道鏡法師一将レ失二天下一。道鏡欲レ快二帝心一。於二由義宮一以二雑物一進レ之、不レ得レ抜。於レ是宝命白頽、医薬無レ験。或尼一人出来云、梓木作二金筋一塗レ油挟出、則全二宝命一。百川竊逐却。皇帝遂八月四日崩。

とあり、日本紀略の出来る頃にはこういう話が行われていたらしく、(人物叢書、横田健一著「道鏡」参照)。なお道鏡の巨根に就いては新猿楽記に「但昔道鏡院雖レ有法王之賞」という詞句が白太の陽物の記述に関して見える(滝川政次郎著、倩笑至味所収、「道鏡巨根説のおこり」参照)のであり、平安期に相当に発展していたのであろう。

一八　**法王ノ位ヲサヅケ、法師ドモニ俗ノ官ヲナシ**(一四五頁注二六)　天平神護二年十月道鏡を法王とし、円興は法臣、基真は法参議とし、法王の月料は供御(天皇)、法臣は大納言、法参議は参議に准じた(続紀)。「法筋師をみなかんたちめなどになさる」(簾中抄)。水鏡には「十一月に大嘗会ありしに…出家の人も相雑りてつかはるべきよし仰せられき」(水鏡、下、称徳)とある。

一九　**西大寺ノ不空羂索ノモノガタリモ有リ**(一四五頁注二七)　「西大寺者。天平神護元年。称徳帝建。鋳二四天王銅像一。長七尺。三像已成。只増長天王一像不レ成。改鋳六度。遂不レ就〈ラナ〉。至二第七度一。帝親幸二治〈ヤ〉処一誓言。朕若因二是功勲一来世転二女身一成二仏道一。手攬〈カイテ〉二熟銅一無二傷損一而像成矣。若不レ然。手爛〈タヾレテ〉像不レ成。便以二玉手一攪〈カク〉二洋銅一。御手無ッテレ傷ルコト。像便成ル。見聞無レ不二嗟嘆一」(元亨釈書、二十八、西大寺)。「不空羂索〈摂籙家藤氏人殊用之〉」(大法秘事写)とあるが、藤原氏は房前が南円堂の不空羂索と四天王を作った(江談抄、一)とあり、特に信仰したので間違えたか。

称徳天皇は水鏡によると、「今年西大寺をつくり給ひて、金銅の四天王を鋳奉り給ひしに、三体は成り給ひて、今一体の七度まで鋳損はれ給ひしかば、御門誓ひ給ひて、「もし仏の徳によりて、永く女の身をすてて仏となるべくば、銅のわくに我が手をいれむ。この度鋳られ給へ。もしこの願ひかなふべからずは、我が手焼けて損はるべし」と宣ひしに、御手にいさゝかなる疵なくして、天王の像成り給ひにき」(称徳天皇条)とあり、称徳天皇は仏であると慈円はしたのであろう。

「同年(天平神護元年)天皇造二西大寺一。安二置供三養七尺金銅四天王像一。件天等像三躰。奉レ鋳如レ意成畢。今一躰至二于七度一鋳損未レ熟。天皇誓曰。朕若依二此功徳一。永異二女身一。可レ成二仏道一者。銅沸入レ手。今度鋳成。若願不レ可レ階者。朕手焼損。以レ之為レ験矣。爰御手无レ疵。天像成了。見者聴者称歎罔レ極。〈彼寺記〉」(略記)。

二〇　**房前・宇合ノ子タチニテ永手・百川トテ…**(一四六頁注一)　「そ(長親王の子、文屋浄三)の弟の宰相大市と申しゝを、さらば即け申さむと申すに、大市うけひき給ひしかば、既に宣命を読むべきになりて、百川・永手・良継、この人々心をひとつにて、目をくはせて、密かに白壁王を太子と定め申す由の宣命を作りて」(水鏡、光仁)。巻七に「藤氏ノ三功トイフ事イデキヌ。ソノ三ト云ハ、大織冠ノ入鹿ヲ誅シ給シコト、永手大臣・百河ノ宰相ガ光仁天皇ヲタテマイラセシ事、昭宣公ノ光孝天皇ヲ又タテ給シコト、コノ三也」(三二九頁)とある。

二一　**先帝高野天皇詔曰、宜下以二大納言白壁王一立中皇太子上云々**(一四六頁注三)　「高野天皇遺詔曰。宜三大納言白壁王立二皇太子一。是諸王中年歯長上。有二先帝功一故可レ立二皇太子一」(略記、光仁)に依る。「癸巳。天皇崩二于西宮寝殿一、春秋五十三、左大臣従一位藤原朝臣永手、右大臣正二位吉備朝臣真備、参議兵部卿従三位藤原朝臣宿奈麻呂、参議民部卿従三位藤原朝臣縄麻呂、参議式部卿従三位石上朝臣宅嗣、近衛大将従三位藤原朝臣蔵下麻呂等、定二策禁中一、立レ諱為二皇太子一。左大臣従一位藤原朝臣永手受二遺宣一曰、今詔久、事卒爾爾有依天、諸臣等議天、白壁王波、諸王乃中爾

年歯毛長奈利、又先帝乃功毛在故爾、太子止定天奏波、奏流麻爾麻爾宣給布止勅久止宣」（続紀、称徳、宝亀元年八月）。

二二　**無二無三**（一四六頁注六）　「十方仏土中。唯有二一乗法一。無レ二亦無レ三。除二仏方便説一」（法華経、方便品）に依った詞句。

二三　**灌頂道場**（一四六頁注九）　弘法大師が天長六年（八二九）に大唐内道場に准じて宮中で秘法を修することを奏し（年中行事秘抄）、承和元年更に宮中に曼陀羅道場を置くことを奏したのが真言院の起源で、大内裏八省院の北にあった。ここで後七日の御修法を行った。

二四　**天台宗菩薩戒**（一四六頁注一〇）　「同（弘仁）九年季春廻二小乗儀式一永為二菩薩僧一奏二四条式一聖主給二表式於僧綱一僧綱対奏在レ別。記云今日放二捨二百五十戒之威儀一依二四安楽行一而捨二比丘鉄鉢一依二木鉢一而行云々。同十年〈己亥〉奏下聞可レ伝二授菩薩大戒一之由上。諸宗有レ諍、裁許不レ速。因レ之造二顕戒論一重以進奏」（座主記、宗祖伝教）。

二五　**後七日法ヲ真言院トテ大内ニ立テハジメナドセラレタル**（一四六頁注一一）　「真言院の御修法はじまる。後七日の法といふ。蔵人して御衣つかはす。御ひとへを衣ばこに入れて、あけのつなにて是をゆふ」（建武年中行事、二、正月八日）。「真言院ノ御修法、同日（八日也）、是も今日より七日おこなはる。今年金剛界なれば、明年は胎蔵界、年々に替る〳〵修せらる。後七日の御修法とは此事也。天長六年に弘法大師大唐の内道場に准じて真言院を宮中に申立てられて承和元年より大師則此法をはじめ行る」（公事根元）。

二六　**大内**（一四六頁注一二）　「大内裏、〈拾芥抄京程ノ図ニ云、南北十町、一条ヨリ出二条ニ至ル。東西八町、東大宮ヨリ西大宮ニ至ル云云〉」（鳳闕見聞図説）。今は北は今出川より南は丸太町に至り東は寺町より、西は烏丸に至る。

二七　**熾盛光法**（一四六頁注一四）　熾盛光は金輪仏頂尊（一字金輪）で、仏身の毛孔より熾盛の光明を放ち諸天を折伏するという、その如来を本尊として曼荼羅をかざり、天変地異、息災除難等の為に祈る修法（阿娑縛抄、五十八）。嘉祥三年慈覚が入唐して伝え、比叡山東塔総持院でこの法を修した。爾来山門を鎮護国家の道場というはこれに依るという。山門四箇大法の一。

二八　**尊星王法**（一四六頁注一五）　「此法ハ三井寺秘法也」（阿娑縛抄、百四十四）。「熾盛尊星王者天台宗行之。…熾盛光〈天台慈覚大師〉、尊星王〈園城寺〉」（二中歴、四恒例御修法）。「三井寺大法智証大師流尊星王法花」（慈円筆（伏見宮家）大法秘事写）。「尊星王法者。三井智証之流。聖護院・円満院・常住院等可レ為二園城寺長吏一之門跡」（尺素往来）。

二九　**一蔀**（一四七頁注二三）　この一蔀というのは所謂讖緯思想に依り生じた語で、三善清行の革命勘文に「一、今年当二大変革年一事。易緯云、辛酉為二革命一。甲子為二革命一。鄭玄曰、天道不レ遠、三五而反。六甲為二一元一。四六二六交相乗。七元有二三変一。三七相乗。廿一元為二一蔀一。合千三百廿年」などとあり、二十一元が一蔀とする。一蔀を六十年とするのは何に依ったか不明。なお詩経、大雅文王序の「文王、文王受命作周也」とある疏に「依二三統暦一七十六歳為二一蔀一、二十蔀為二一紀一」。「月分成レ閏、閏七而尽其歳十九名レ之曰レ章。章首分尽四レ之俱終。名レ之曰レ蔀」（後漢書、志第三律暦、下）

三〇　**人寿十歳ニ減ジハテ、**（一四八頁注六）　水鏡は最初に「人の命の八万歳ありしが、百年といふに一年の命のつゞまり〳〵して、十歳になるを一の小劫とは申すなり。さて十歳より、又百年に一年の命をそへて八万歳になりぬ。これをも一の小劫と申す。この二の小劫を合はせて、一の中劫とは申すなり。さて世の始まる時をば成劫と申して、この中劫と申しつる程を二十過すなり」云々とこの劫に就いて、四劫を長々と説明している。「人の寿は八万歳なり。それがやう〳〵減じもていきて、百歳になる時、ほとけはいでおはしますなり」（大鏡、六）。

世界の成立から破滅の時までを成劫（じょうごう）・住劫（じゅうごう）・壊劫（えこう）・空劫（くうごう）の四劫に分け、最初人の寿命は八万四千歳を最長寿とし、百歳を得るごとに一歳を減じ、人間の命が十歳に至る時が最低で、更に百年に一歳ずつを増し、寿命が八万四千歳になる増減の期間を一小劫とし、二十小劫を一中劫、三中劫を一大劫とし、その中劫ごとに成・住・壊・空の四劫があると大智度論などに説く。

三一　**ミヤコウツリノアヒダ、イマダヒシトモオチヰヌホド**…（一五〇頁注三）　平城は譲位の後、太上天皇として平城宮に遷都しようとし、これが薬子の意に出たものとして、嵯峨天皇は薬子を追放、これを怒って太上天皇は畿内紀伊の兵をあげ、重祚を意図したが、成らず剃髪。「二所朝庭乎母言隔氐遂爾波大乱可レ起、又先帝乃万代宮止定賜閉流平安京乎、棄賜比停賜氐之平城古京爾遷左牟止奏勧氐」（後紀、弘仁元年九月十日詔）。

三二　**嵯峨東宮ノアヒダ、平城国主ノ時、東宮ヲ可レ奉レ廃レ之ヨシ沙汰有リ**

ケリト…(一五〇頁注六)　「御門位に即き給ひし日、御弟の嵯峨のみかどを東宮に立て申させ給ひたりしを、御門棄て奉らむの御心ありしに冬嗣の東宮の傅にておはせしが、「かかる事なむと」告げ給ひしかば、東宮おぢおそり給ひて、「いかゞせむずる」と宣はせしかば、冬嗣「この事今日あす既に侍るべき事にこそ、人の力の及ぶべきにあらず。父みかどの陵に祈り申し給ふべきなり」と申し給ひしかば、東宮日の御装束奉りて庭におりて、遙かに柏原の方を拝し、雨しづくと泣き憂へ申させ給ひしに、俄かに煙世の中にみちて、夜の如くになりにしかば、御門驚きをのゝき給ひて、御占ありしに、「柏原の御祟り」と占ひ申ししかば、御門大きに驚き給ひて、この事を陵に悔い申させ給ひしかば、三日ありて煙やう〳〵うせにき」(水鏡、下、平城)。

三三　**傅**(一五〇頁注八)　「傅一人…本朝只置二傅一人一。相当雖レ為二正四位上一勅任官也。尤為レ重。為二三公一之人兼レ之。大納言兼任雖レ多二先例一。中古已来邂逅也」(職原抄、東宮)。

冬嗣は「大同元・五・十九従五下、即任春宮大進。同二年正・廿三春宮亮」(尊卑)とあり、傅とあるのは春宮大進を誤ったか、令義解、東宮職員令には「傅一人、〈掌下以二道徳一輔中導東宮上〉」とあり、摂政関白、或は三公などが兼ね任ぜられた(故実拾要、十三)。

三四　**神泉**(一五〇頁注一一)　「神泉院。〈天子遊覧所、以二近衛次将一為二別当一乾臨閣謂二之正殿一云云〉(拾芥抄、中)。「辛丑。幸二神泉苑一。覧二花樹一、命二文人一賦レ詩。賜レ綿有レ差。花宴之節始二於此一矣」(後紀、弘仁三年二月)。

承和五年十一月二十九日、皇太子恒貞が内裏で加冠した翌日、嵯峨上皇は神泉苑に遊び、隼を放ち、水禽を撃たせ遊興したが、仁明天皇が御馬四疋等を献じた(続後紀)。西田直二郎著、京都史蹟の研究所収「神泉苑」(京都史蹟勝地調査会報告、第七冊にも)参照。

三五　**タチハキ**(**帯刀**)(一五一頁注一六)　「先レ是弾正尹三品阿保親王緘レ書、上二呈嵯峨太皇太后一。太后喚二中納言正三位藤原朝臣良房於御前一、密賜二緘書一以伝二奏之一。其詞曰、今月十日、伴健岑来語云、嵯峨太上皇今将二登遐一。国家之乱在レ可レ待也。請奉二皇子一入二東国一者。書中詞多、不レ可二具載一」(続後紀、承和九年七月十七日)。

三六　**但馬権守橘逸勢**(一五一頁注一八)　逸勢(普通はやなりと訓す)は橘諸兄の曾孫、承和年中に従五位下、七年四月但馬中(橘逸勢伝)、「以二従五位下橘朝臣逸勢一為二但馬権守一」(続後紀、承和七年四月二日)。九年七月七日に伴健岑と共に謀反の疑で捕えられ(承和の変)、二十八日「除二本姓一、賜二非人姓一、流二於伊豆国一」(続後紀)。配流の途で死ぬが、嘉祥三年正月十五日正五位下に追贈(文徳実録)。(なお遣唐使に従い入唐した逸勢に就いては、唐書日本伝参照。)文徳代、仁寿三年五月二十五日、従四位下に加増。清和代、貞観五年五月二十日には神泉苑に御霊会が行われ、御霊の一つとして祀られる(三代実録)、なお能書として有名で三筆の一という。逸勢の女のことは発心集、八にも見え、また大内門額を書いた事は江談抄、一・著聞集、七等に見え、夜鶴庭訓抄によると十二門の内、安嘉・偉鑒・達智門を書いた。

三七　**嵯峨ト淳和トハ、スコブルソノヲモムキオハシケル**(一五一頁注二八)　嵯峨が弟淳和に譲位し、その子恒世親王を東宮にしようとしたこと(恒世は固辞して、結局嵯峨の子正良親王、後の仁明が淳和の皇太子となる)を指す。「位をこそ東宮にて坐せば、限りありて譲り奉り給はめ、我が御子のおはしまさぬにてもなきに、弟の御子を東宮にさへ立て奉らむとし給ひし御心は有り難かりし事なり」(水鏡、下、嵯峨)。

三八　**恵亮**(一五二頁注一)　この恵亮の位争いの祈禱の話は平家物語、八、名虎に見えて、惟喬親王の為には東寺の長者柿本の紀僧正真済が、惟仁親王の為には外祖忠仁公の御持僧比叡山の恵亮和尚が祈ったとあるが、また流布本保元物語、上にも「恵亮脳を砕けば、清和帝祚に備る」とあり、またこの愚管抄に見える事は注意すべきこと。江談抄、二、天安皇帝有下譲二位于惟喬親王一之志上事の真済僧都が小野親王(惟喬)の為に祈り、真雅僧都が東宮の護持僧となり、祈ったという話から出たらしいが、特に平家物語との関係で注意すべき事。その伝記は明確でないが、二中歴、四に依ると、西塔院主として慈覚大師につぎ、「恵亮〈和尚廿三年、貞観元不任院主前執知院事補任院主後并治院廿六年〉」とあり、比叡山西塔院主の初めであった(官班記、上)らしく、また「安慧・慧亮〈已上二人最初阿闍梨〉」とも二中歴、十三、密教にあり、仁寿四年十一月十四日慈覚大師の奏により、安恵(慧)と共に伝灯大法師になる。叡岳要記に依ると、承和十四年八月十四日の定心院供養にその名が見え、また西塔宝幢院はその建立で、宝幢院検校、即ち西塔院主として初代に数えられる人で、「貞観元年依大唐風儀任之。同二年五月廿六日入滅。年四十九。治二年。号大楽大師。又云宝幢(院)和尚。寂光大師慈覚大師御弟子」(法中補任、僧官補任、宝幢院検校次第恵亮)とあり、内供奉十禅師であった人。その著というのに仏土義私記・大楽和尚残聲集・授菩薩戒儀等があるという(山口光円著、日本天台宗典目録)。現在比叡山西塔には恵亮堂という堂があり、元亀の兵厄にも難を免れた小堂であるが、清和帝即位祈願をした所と言い伝える。なお、江談抄にも恵亮の事は見えず、むしろ真済真雅が祈った事の方が真実。「其後慈覚大師為二伝教之瀉瓶一、猶為レ捜二瑜伽之奥旨於異域一。去承和年中入唐。同荷二担顕密一帰朝之後、依レ経二奏聞一被レ下二官符一。被レ授二安慧〈金輪院座主〉、恵亮〈西塔院主始。号大楽大師〉承雲〈梨下和尚。号睿南大師〉等一。自レ爾以来脈譜相続。自二池上阿闍梨一、乍血脈分二四流一」(山密往来)。なお元亨釈書、十二、慧亮・阿娑縛抄、百三十、大威徳条・天台霞標、二の二等参照。

三九　**昭宣公蔵人頭ニテ**…(一五二頁注一二)「…無レ幾帝崩。太子続レ位。後応天門有レ火。良相右大臣伴大納言計謀欲レ退二信左大臣一。共参二陣座一。時後太政大臣〈基経〉為二近衛中将兼参議一。良相大臣急召レ之。仰云、応天門失火左大臣所為也。急就レ第召レ之。中将対云、太政大臣知レ之歟。良相大臣云、太政大臣偏信二仏法一必不三知二行如レ此事一。中将則知下太政大臣不二預知一之由上報云、事是非レ軽、不レ蒙二太政大臣処分一難二輙承行一。遂辞出到二職曹司一令レ諮二太政大臣一。〻〻驚令二人奏一曰、左大臣是陛下之大功之臣也。今不レ知二其罪一、忽被レ戮、未レ審レ因二何事一。若左大臣必可レ見レ誅老臣先伏レ罪。帝初不レ知。聞大驚恠報詔以三不レ知之由一。於是事遂定矣」(大鏡裏書、四品惟喬親王東宮諍事)。なお宇治拾遺、十の一の説話に「ゆるし給御使に頭中将馬にのりながらはせまうでければ」とある頭中将も、この場合基経を指しているのかも知れぬ。基経が頭中将とする伝えがあったのであろう。

四〇　**我身ハ無下ニ聖主ノ器量ニアラズ**(一五四頁注三)「十七日丙戌。即位。…即送二勅書於太政大臣一云。今日之事。平安令レ果。歓喜無レ涯。先有二遺託之命一。況余已為二孤子一。而思レ随二教之命一耳。如レ此之言。若有二辞退一。更亦不レ住二世間一。小子不レ摂二世間之政一。抛二小君之号一。迯二隠山林一、是所レ念也〈已上御記〉」(略記、仁和三年十一月十七日)。

四一　**ソノ太郎ノ時平ト菅丞相トヲ内覧ノ臣ニサダメラレテ**(一五四頁注八)「このおとゞ左大臣の位にて年いとわかくおはします。菅原のおとゞは右大臣の位にておはします。そのおり帝、御年いとわかくおはします。左右の大臣によの政をおこなうべきよし宣旨くださしめ給へりしに」(大鏡、二、時平)。

四二　**十三ニテイマダ御元服モナカリケルヲ**…(一五四頁注一〇)「七月三日。丙子。卯二剋。皇太子於二清涼殿一加二元服一。〈年十三〉。午剋。天皇御二紫宸殿一。譲二位於皇太子敦仁親王一。宣制如二常儀一。遜位之後。遷二御弘徽殿一。于時春秋卅一。在位十二年」(紀略、寛平九年)。なお八六頁、醍醐条参照。

四三　**官外記ノ日記**(一五四頁注一二)　官は太政官の意。「官ニ忩ギ参ルニ」(今昔、二十七の九)という風に使われる。外記は「大外記二人。掌下勘二詔奏一。及読二申公文一勘二署文案一検中出稽失上。少外記二人。掌同二大外記一」(職員令太政官)とあり。太政官の官人(役人)で、元来少納言局(太政官は左弁官局、右弁官局、少納言局から成る)に属し(少納言局は少納言・大外記・少外記・史生から成る)、大外記は太政官の奏文を勘え造り、又公文を読む事を司り、又文案を勘え書くなどの役目をする役で、平安末期には中原、清原の二氏が任ぜられる(局務家という)様になる。外記の事務を司る所が外記庁(外記局)と言い、建春門の外にあった。

外記日記に就いては台記の久安三年六月十七日条に「令レ書二外記日記一事、〈継絶〉、余在二仗座一之間〈参議署二定文一程〉召二大外記師安朝臣於軾一、仰曰、近代外記日記絶不レ書、後世、何以知二朝家之事一、自二今日一後記レ之、可レ無二闕怠一、師安言曰、上古、当直史生記レ之、中古以来、依レ無二俸禄一、史生不レ直、是以、六位外記書レ之、至二于故織部正通景一書レ之、其後、絶不レ書、仰曰、雖レ須レ令二史生書一、其俸禄、非二上卿之力所一レ及、任二中古之例一、可レ令二六位外記書一也、師安書曰、是宛二最末外記之役一、令レ書レ之如何、仰曰、善矣、令レ書二殿上日記一、并奏、去月上日、不レ可レ過二三日一事、〈継絶〉、於二太后御在所一、〈奏二蔵人所別当賀一之後〉、召二範家一、仰曰、近代、殿上日記絶不レ書、自二今日一後、任レ旧可レ令レ書、番日記、又近代、奏二去月上日及晦一、緩怠之甚也、自レ今而後、必三日可レ奏レ之」とあり、頼長が外記日記は近代久しく絶えて居ったが、再興する様に大外記中原師安に沙汰したが、師安は上古は当直の史生が書いたが、中古以来俸禄がないので、史生の当直が廃され、その後六位外記が書き、故織部正通景に及んだが、その後絶えて書かないと答えたので、頼長は上古の制で史生に書かせるべきであるが、その俸禄は上卿の力で及ぶ所ではないから、中古の例に任せて六位の外記に書かせるべきであるなど答えた事が見える。日本紀略や本朝世紀は外記日記が素材となっている。なお江談抄、二一にも外記日記についての記述がある。「外記と云は禁中太政官と云役所の右筆の頭也」(貞丈、四)。「外記…太政官中有二三

局一。左右弁官〈左右大史掌二其局一〉外記是也。近代左大史兼二左右一。此云二官務一。外記上首此云二局務一。仍令レ称二両局一也。外記恒例臨時公事除目叙位等事奉行之官也。尤為二重職一。近代清中両家任二其職一。於二少外記一者。彼両家輩。同門生等依二器量一任レ之」(職原抄、上)。補注4-二〇八参照。

四四　**天神ハ…観音ノ化現ニテ**(一五五頁注一七)　「世曰。十一面観自在霊応」(元亨釈書、北野天神)。「さても本地申せば観世音のすいしやく、十一面の尊容なり。法性の高山よりおりて西方の補処をしめし極楽の禅刹よりいてゝ天満天神とあらはれ」(北野根本縁起)。「聖徳太子、大織冠、北野天神、慈恵和尚皆是観世音化現、施無畏方便也」(門葉記、貞応元年啓白文)。

四五　**天神ノ霊ノ時平ニツカセ給タリケルヲ、浄蔵ガ加持シテ、シタ、カニセメケレバ**(一五五頁注二二)　「爰請二善相公男僧浄蔵一令二加持一矣。然間、菅丞相之霊白昼顕レ形従二左右耳一、出二現青竜一謂二善相公一言、不レ用二尊閤諷諫一坐二左降罪一今得二天帝裁許一欲レ抑二怨敵一、而尊閤男浄蔵、屡致二加持一宜レ加二制止一、爰浄蔵依二父之誡一退出已畢。則時左大臣時平薨」(略記、延喜九年四月四日)。

四六　**貞信公、家ヲ伝ヘ、内覧摂政アヤニクニ繁昌シテ…**(一五五頁注二五)　「貞信公は本院の大臣の御おとゝにて右大弁にてまし〳〵き。さらに子の上の謀計にともなはず菅丞相と心を一にてたがひに消息をかよはしてへだつこゝろましまさず。このゆゑに貞信心とはねんごろに契をむすびて、ことに御一家をまもりさいはい給へば、家門に摂政たえずして天下をば心にまかせ給たれ」(建久本北野縁起)。「十二月四日。安楽寺託宣云々。…同三日。夜半。雷公大鳴。…漸及二寅刻一。禰宜長子託宣云。寺司等可レ召者。大宮司安倍近忠託宣旨。仰云、云々。我常思レ昔、其心不レ安元者。是昌泰三年正月三日朱雀院行幸日事也。〈具如二上記一〉。其事漏聞。年内成レ謀。明年有二左遷事一。…我行レ西時。故貞信公為二右大弁一。歎二我遠行一。遥通二消息一。不レ同二兄左大臣謀計一。由レ此彼家子々孫々摂政不レ絶」(略記、正暦三年)。正暦三年十二月四日御託宣の記の中には、「我西行の時、故貞信公は右大弁にて深く我遠行を嘆きて、更に兄の謀計に同ぜざりき。たがひに消息の状を通はし、終に懇懃を結き。彼家の子孫は摂政たえずして朝家にみてり、我ため心ざしある輩を何ぞ守護せざらんやとのせられたり」(十訓抄、六)。

四七　**一夜松オヒテ…**(一五六頁注七)　「天暦九年三月十一日。亦着二近江比良神人良種子年七歳一。託曰。我昔任二右大臣一先夢下松生二我身一而種折上。是以我知下昇二三公官一又逢中左遷上既爾。以レ故我欲レ居之地必当レ生レ松也。与二良種婢文子一戮レ力一レ心造二立神殿一」(菅家御伝記)。「一夜松社。在二本殿未申方一。世人称二梅宮一。村上天皇天暦九年乙卯三月十二日神託曰、於二北野右近馬場一一夜松千本順レ生。果如二其言一。遂建レ社」(雍州府志、三)。

四八　**弘法大師門流真言ノ道ヲキハメテ**(一五六頁注一二)　「弘法大師四代ノ弟子益信僧正ヲ御師ニテ東寺ニシテ灌頂セサセ給。又智証大師ノ弟子増命僧正ニモ…比叡山ニテウケサセ給ヘリ。弘法ノ流ヲムネトセサセ給ケレバ、其御法流トテ今ニタエズ、仁和寺ニ伝侍ハ是ナリ。…シカレバ法皇ハ両流ノ法主ニマシマス也。王位ヲサリテ釈門ニ入コトハ其例オホシ。カク法流ノ正統トナリ、シカモ御子孫継体シ給ヘル、有ガタキタメシニヤ」(神皇正統記、宇多)。

「法皇廻心御受戒。醍醐八年〈延喜五〉。四月十四日。於二叡山一以二増命阿闍梨一為レ師。壇上現二紫金光一。見者奇レ之。翌日〈十五日〉。受二両部大法一御」「上皇灌頂。醍醐二年己未〈昌泰二〉。十月十四日。太上天皇入道。法諱金剛覚。大僧都益信奉レ授二三帰十善一。翌日〈十五日〉。於二東寺一御灌頂。十月廿一日。法皇御二幸東大寺一。廿四日甲寅。於二同寺一御受戒。上表停二尊号一」(濫觴抄)。

四九　**キ、入サセオハシマサズトコソハ申伝テ侍メレ**(一五七頁注一三)　「昌泰四年辛酉正月廿五日。右大臣菅原朝臣任二太宰権帥一。坐レ事。年五十八。…同日宇多法皇馳二参内裡一。然左右諸陣警固不レ通。仍法皇敷二草座於陣頭侍従所西門一向レ北。終日御レ庭。左大弁紀朝臣長谷雄侍二門前陣一。火長以上不レ下二榻座一。晩景法皇還二御本院一」(略記、醍醐)。

五〇　**日蔵ガ夢記**(一五七頁注一八)　日蔵は三善清行(きよゆき)の弟。本名道賢、扶桑略記、天慶四年三月の条に道賢上人冥途記が引かれ、金峰山に入り修行していた時、天慶四年八月気息通ぜず、冥土に至り、金峰山浄土の蔵王菩薩や菅公の化身である日本太政威徳天に会い、更に地獄を見たが、鉄窟に延喜帝を初め君臣四人に会い、道真の怨心の根元が自分なので、今この苦を受けていると語ったと見える。この話は北野天神縁起の諸本十訓抄、五に見え、日蔵上人蘇生談として太平記等にも見える。夢記というのはこの蘇生談を指す。

五一　**我身コソ短祚ニウケタリトモ**(一五七頁注二三)　「九条右丞相ハ貞信公

二男。上ニ小野宮殿〈実頼〉御坐。其上我身ハ短祚者也。一定此兄ニハ先立なんすと令知給。若さ程の賢者ニ成候ぬれば如此事ハ一定被知事ニ候、何況師檀已慈恵大師也。大師誠ニ其寿命を奉延と令祈請給ハ争無其験哉とこそは末代之不審にて候へども真実に其運極ぬれば凡不叶事にて候也。其までも皆師檀相互令知給也。而九条殿則今閑院御前祖太政大臣〈公季〉御母儀ハ村上御姉妹延喜御娘也、其ニ被執聟給程の世おほひの右大臣、其御子伊尹〈一条摂政〉兼通〈堀川関白〉兼家〈大入道殿〉如此三人子息ヲ令持給、各々器量あはれ物也、天下も取てんとこそは思食けめ、又冷泉円融等御母儀我娘にて母后には成なんとこそは御覧しけめ、仍南都の方には非長者、非摂録(籙下同ジ)仏法之利生ハ全無自是非他、以有縁知其成就とこそは、正義を令覚給けめ、仍攀登横川峯大師と御約諾、三昧院ヲ御興隆、一向継躰の君摂録臣可有我家と令誓願給て、於大衆中打火、打火一番ニ付之、令桃常燈給之後、三人子息皆為長者、摂録臣其第三男大入道殿家ニ付候て、于今未断絶候そかし」(慈鎮被遣西園寺太相国状)。

五二 **観音ノ化身ノ叡山ノ慈恵大師**(一五七頁注二四) 慈恵大師が観音の化身であるという事は鎌倉時代に入って行われて来たのであり、この愚管抄以前には見当らぬが、鎌倉期に入ると、例えば是害房絵詞に「今ノ慈恵大師ハ十一面ノ化身ニシテ」とか、又「大師自讃文云、本体如意輪、出首楞厳定、破生死魔怨、現作魔王身」(恵心全集所収、恵心作沓冠式)などとあり、観音化身説が流布した。なお日本高僧伝には「三光天子之現身」とあり、古事談、三には「優鉢羅竜王之所変」とある。なお天台座主記(続類従)には大僧正に任ぜられた時「我朝登二此崇班一者行基菩薩也。其次弘法大師入滅之後追又賜上人。此二人者権現大士也。和尚初継二聖跡一匪二直人一也」とある。補注3-四四参照。

五三 **慈恵大師ト師檀ノ契フカクシテ**…(一五七頁注二五) 「天暦三年大相国薨逝。和尚侍二彼喪家一。九条有丞相依二先公之遺託一。又以師二事和尚一。…同八年九条右丞相二楞厳峯一。欽二仰大師一。歴二覧地勢一。忽登願二念草創法華三昧堂一。丞相於二大衆中一自敲二石火一誓曰。願依二此三昧之力一将レ伝二我一家之栄一[ヽ]国王国母。太子皇子。槐路棘位。栄華昌熾。継レ踵不レ継。充二衍朝家一。若素願潜通。適有二鏡谷之応一者。所レ敲石火不レ過二三度一而有二効験一。一敲之間。忽焉出レ火。在在緇素。尽以抃躍。丞相手自挑レ燈。蘭釭之影応二棘誠一而昭晰。自レ是丞相家門。英雄角存。無レ違二本願一。便以二此堂一附二属和尚一」(慈慧大僧正伝)。なお元亨釈書、四、良源伝参照。

五四 **横川**(一五七頁注二七) 嘉祥元年慈覚大師は横川に首楞厳院を建立したのが始まりであるが、承平五年・康保三年の大火で荒廃に帰していたのを慈恵大師は横川の復興につとめ、師輔はこの法華三昧堂を、その子兼家は恵心院を寄進し、以後横川は東塔・西塔と並び盛んになった。

五五 **楞厳三昧院**(一五七頁注二八) 法華三昧は法華懺法のことで、天台宗では法華懺法を例時作法と共に日常修する。その法華三昧を四種三昧の一として専ら修する堂で、半行半坐三昧堂ともいう。比叡山には三塔にそれぞれあったが、横川のそれは常行三昧堂と共に天暦八年師輔が帰依し、建てたので、葺檜皮七間講堂であった(叡岳要記、下)。「九条殿立楞厳院御堂、立木幡三昧、後三条院立円宗寺、宇治殿立平等院、仍御子孫繁昌也」(中外抄)。江談抄、二に「九条殿燧火事」と題目だけあるはこの事か。

五六 **火ウチノ火ヲウチテ**(一五八頁注一) 「天慶九年、藤僕射師輔、於二楞厳院一営二法華三昧堂一、集レ衆撃二火燧一而誓曰、若因二三昧力一光二栄家族一所レ撃之火不レ過レ三。便撃レ之。応レ手火星迸出。不レ至二于再一。僕射便手以二此火一点二長明燈一。于レ今不レ滅」(元亨釈書、四、良源)。九暦逸文に、天暦八年十月十八日条に「戌刻初行法三昧、未作堂、仍構立借屋所行也、予打火一度打着、見聞者感歎」とあり、この事は本当であった。

五七 **サレバソノ御女ノ腹ニ、冷泉・円融両帝ヨリハジメテ、後冷泉院マデ、継体守文ノ君、内覧摂籙ノ臣アザヤカニサカリナリ**(一五八頁注二)

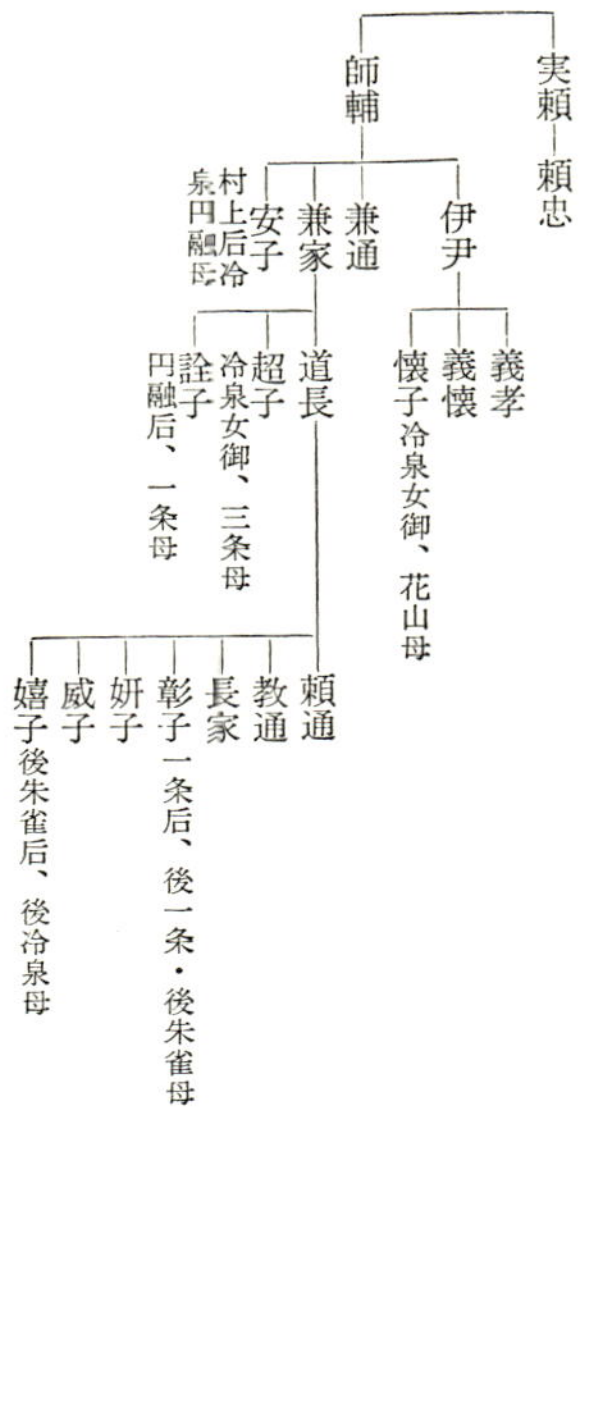

五八　**継体守文ノ君**（一五八頁注三）　「自レ古受レ命帝王及継レ体守レ文之君、非二独内徳茂一也。蓋亦有二外戚之助一焉」（史記、外戚世家）。

五九　**閑院ノ大臣**（一五八頁注四）　「九条右相丞。師輔公十男」（尊卑）とするが、大鏡には「このおとゞたゞいまの閑院のおとゞにおはします。これ九条殿の十一郎君、母宮ばらにおはします」（三、太政大臣公季）。なお補注3－六三参照。

六〇　**又白川・鳥羽・後白川**…（一五八頁注五）

公季（母康子内親王）―実成―公成―┬実季―┬公実―┬実行
　　　　　　　　　　　　　　　　├頼仁　├保実　├通季
　　　　　　　　　　　　　　　　├慶信　├仲実　├実能
　　　　　　　　　　　　　　　　└茂子（後三条女御　白河母）　└苡子（堀河妃、鳥羽母）　└璋子（鳥羽中宮　崇徳後白河母）

六一　**当院伝テオハシマスモ**（一五八頁注六）　七条院殖子。「後白川院妃。後鳥羽・後高倉両院母后。高倉院御時典侍。国母七条院」（尊卑）。

道隆―隆家―経輔―師信―経忠―信輔―信隆―┬信清
　　　　　　　　　　　　　　　　　　　　├長経
　　　　　　　　　　　　　　　　　　　　├親輔
　　　　　　　　　　　　　　　　　　　　├隆清
　　　　　　　　　　　　　　　　　　　　└殖子

六二　**延喜ノ御ムスメ**（一五八頁注一〇）　「一品康子内親王事。醍醐第十四皇女。母皇后穏子。昭宣公女。延喜廿年誕生。…同（天暦）九年七月配右大臣〈師輔公〉及世不許之。天徳元年六月六日生仁義公即薨〈年卅九〉。同十日乙丑葬礼」（大鏡裏書）。「二代のみかどの御いもうとにおはします。さて内ずみしてかしづかれおはしましゝを九条殿は女房をかたらひて、みそかにまいりたまへりしぞかし」（大鏡、三、公季）。また中外抄には「康子内親王公季母ニハ九条殿はしのびやかにはあはせ給たりければ、延木聞付て、殿壷より令退出給了」とあり、「又九条殿は閑のおほきにおはしましければ康子はあはせ給たりける時は天下童談ありけり」とも見える。

六三　**閑院**（一五八頁注一一）　閑院家は後に西園寺氏が出、清華（花族）として重きをなした。その祖先が公季で、道長の叔父に当るが、寛仁五年八月十日の宣により、太政大臣として関白左大臣頼通の上についた。これは特殊な例（職原抄、上）で、「異なる花族」であった。花族は単に貴族というほどの意。「八月十宣。可列太政大臣下者。廿一日宣旨。官外記侍従所宜陽殿座可敷太政大臣次者（横座）」（補任、寛仁五（治安元）年関白頼通）。「閑院〈二条南西洞院西一町、冬嗣大臣家〉、金岡畳二水石一公季公伝領云々」（拾芥抄、中、諸名所部）。

六四　**藤氏長者**（一五九頁注一七）　氏長者の権能に就いては氏神の祭祀及氏寺の管理、大学（勧学院の如き）の管理、第三に氏爵の推挙などであったが、忠実が忠通の氏長者を奪って、左大臣頼長に氏長者を授けた際、次の補注に見られる如く「摂政者天子所レ授、我不レ得レ奪レ之、氏長者我所レ譲、無レ有二勅宣一、然則取二長者官一授レ爾、何有レ所二怖憚一矣」（台記、久安六年九月二十六日）と言っている（竹内理三著、律令制と貴族制第Ⅱ部所収「氏長者」参照）。「藤氏長者。蒙二摂政関白詔一之光為二其仁一。仍別不レ及二宣下一也。但宇治左大臣〈頼長〉。非二摂関一為二長者一。宣下之例初二於此一乎」（職原抄、下）。補注4－一〇六参照。

六五　**朱器台盤**（一五九頁注一八）　「入道大相国〈忠実〉取二藤氏長者印并朱器大盤一渡二左大臣〈頼長〉一。此間喧咜多端」（百錬抄、久安六年九月二十六日）。「未時許、禅閤曰、摂政於レ我不孝、我心深怨、而年来忍レ之無レ報、今媚諂、暗可レ譲二摂政一之由、数度〈十許度云々〉非三唯無二許諾一、亦有二不義之報命一。是以将絶二父子之義一。摂政者天子所レ授、我不レ得レ奪レ之。氏長者我所レ譲、無レ有二勅宣一。然則取二長者官一授レ爾、何有レ所二怖憚一矣。余且諫且辞、禅閤不レ聴、即召二仲行・頼賢・仲賢等一、仰下可レ取二出長者官渡左券・朱器・台盤・権衡等一之由上、…」（台記、久安六年九月二十六日）。なお兵範記、保元三年八月十一日条も参照。「十九日甲午任大臣、又持参朱器台盤等」（御堂御記抄、長徳元年六月）。

六六　**印**（一五九頁注一九）　「壬寅、巳時始用氏印、院別当令覧入院学生名簿、即下了」（御堂御記抄、長徳元年六月二十七日）。なお水左記、承保二年十月三日条（補注4－七八所引）参照。

六七　**内覧**（一五九頁注二〇）　「内覧とは、関白は必内覧宣下ある也。さるによりて万機の政まづ関白に申て、次奏聞する也」（官職難儀）。ただし摂関が必ず氏長者となったのは頼忠が貞元二年再度なった以後の事。

六八　**漢ノ宣帝ノ時、霍光ガマヅアヅカリキカシメテノチニ奏セヨト、ウケ**

タマハリケル例ナルベシ（一五九頁注二五・二六）「漢昭帝幼而即位、博陸侯霍光奉二武帝遺詔一摂レ政如二周公故事一然乃以二周公旦霍光一為二濫觴一是也、関白者漢宣帝立霍光猶執レ政。非二幼主一之故霍光還レ政。宣帝猶重二其人一令レ関二白万機一。関白之号自レ此而始云々」（職原抄、上）。

六九 **霍光**（一六九頁注二六） 霍光（―紀元前六八）は匈奴討伐で有名な将軍、霍去病の異母帝、兄去病の死後、光禄大夫となり、武帝に仕える事、二十余年、武帝の死の際、帝は大司馬大将軍として博陸侯に封ぜられ、上官桀、桑弘羊と共に遺詔を受け八歳の昭帝を補佐した。その娘を上官桀の子の安の妻とし、出来た子を昭帝の皇后とし、外祖となったが、燕王の変を生じ、上官桀父子、桑弘羊を殺し、その権力を確立した。子の無い昭帝の死後、武帝の孫の昌邑王賀を位に即けたが、淫行が多いのですぐに廃し、武帝の曾孫宣帝（孝宣皇帝）を位に即けた。霍はこの時、その娘を皇后とし、外戚となり、権勢をほしいままにした。

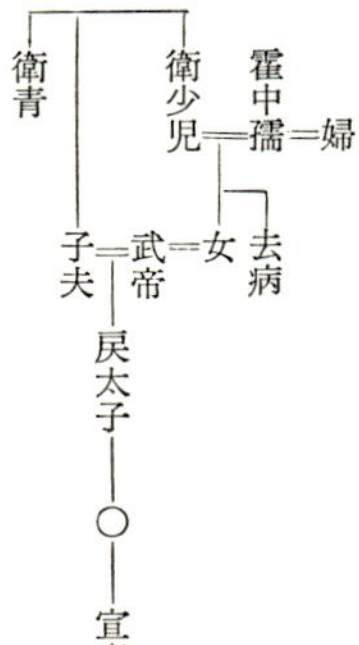

「光坐二庭中一会二丞相以下一、議定レ所レ立、広陵王已前不レ用、及燕刺王反誅、其子不レ在二議中一、近親唯有二衛太子孫号二皇曾孫一、在二民間一咸称述焉、光遂復与二丞相敞等一上奏曰、礼曰、人道親レ親、故尊レ祖、尊レ祖故敬レ宗、大宗亡レ嗣、択二支子孫賢者一為レ嗣、孝武皇帝曾孫病已、武帝時有レ詔、掖庭養視、至レ今年十八、師二受詩、論語、孝経一、躬行二節倹一、慈仁愛レ人、可下以嗣二孝昭皇帝後一奉二承祖宗廟一子中万姓上、臣昧死以聞、皇太后詔曰、可、光遣二宗正劉徳一至二曾孫家尚冠里一、洗沐賜二御衣一、太僕以二軨猟車一迎二曾孫一、就二斎宗正府一、入二未央宮一見二皇太后一、封為二陽武侯一、已而光奉二上皇帝璽綬一、謁二于高廟一、是為二孝宣皇帝一、明年下レ詔曰、夫褒二有徳一賞二元功一古今通誼也、大司馬大将軍光、宿衛忠正宣徳明恩、守レ節秉レ誼以安二宗廟一、其以二河北東武陽一益二封光万七千戸一与二故所レ食、凡二万戸、賞賜前後黄金七千斤銭六千万雑繒三万疋奴婢百七十人馬二千疋、甲第一区、自二昭帝時一光子禹及兄孫雲皆中郎将、雲弟山奉車都尉侍中領二胡越兵一、光両女壻為二東西宮衛尉一、昆弟諸壻外孫皆奉朝請為二諸曹大夫騎都尉給事中一、党親連レ体根二拠於朝廷一、光自二後元一秉二持万機一、及二上即位一、廼帰レ政上謙譲不レ受、諸事皆先関二白光一、然後奏二御天子一、光毎二朝見一上虚レ己斂レ容礼下之已甚、光秉レ政前後二十年、地節二年春病篤、車駕自臨二問光病一、上為レ之涕泣、光上書謝恩」（前漢書、六十八、霍光）。

七〇 **一ノカミ**（一五九頁注二九）「宮中事一向左大臣統二領之一。故云二一上一。関白之人為二左大臣一之時右大臣行二一上事一。是依二関白与奪一也」（職原抄、上）。貞信公忠平は醍醐天皇の延長二年から左大臣。「一上。〈摂関ナラザル第一ノ大臣ヲ云〉」（禁中方名目鈔校註、下）。

七一 **知足院殿**（一六〇頁注三）「権大納言同（藤）忠実〈二十二〉〈左大将。六月廿八日服解。八月廿八日宣旨云。太政官所申文書。先触権大納言藤原朝臣奉行者。十月六日為氏長者〉」（補任、承徳三年）。補注2―一五〇参照。

七二 **仁王会**（一六〇頁注六） 仁王会は鎮護国家の為仁王護国般若波羅蜜多経を講讃する法会。百座を設け、大極殿や紫宸殿・清涼殿で行なう（公事根源）。「浄蔵既知二将門降伏一。公家被レ修二仁王大会一為二浄蔵待賢門講師一」（略記、天慶三年正月二十二日）。「天慶三年正月廿二日。於横川為調伏坂東賊首平将門、限二七日修大威徳法、将門帯弓箭、立燈明之上。人々驚見之焉。俄爾流鏑之声指東而去。便知調伏之必然矣。依此事、公家被修仁王会、撰大法師為待賢門講師、其日将門入京云云。大法師奏曰、令進将門首也。果如其言」（拾遺往生伝、中、大法師浄蔵）。

七三 **兼通ハアニナガラ弟ノ兼家ニコエラレテ**…（一六〇頁注一二） 公卿補任には冷泉天皇の康保五年には兼家の名のみあり、四十歳、非参議従三位で、「十一月廿三日叙。蔵人頭左中将如故（超兄兼通）」とあり、翌安和二年にも中納言で、「二月七日任、元三位中将。不経三木。同日兼春宮大夫左近中将蔵人頭等如元」とあり、兄より上位にあり、兄兼通はこの年初めてその名が見え、参議正四位下である。後に「立太子の坊官」とあるのは天徳二年九月四日兼春宮亮となった事か。ただし兼家はその後で春宮亮とはなっていない。春宮亮となるのは康保四年二月五日。

七四 **蔵人頭モ中納言マデカケテオハシケリ**（一六一頁注二〇）「東三条摂政〈兼家〉為二蔵人頭一叙二三位一。〈帯二中将一〉後任二中納言一。猶為二蔵人頭一。是希代之例也」（職原抄、下）。

七五 **円融院位ノ御時、一条摂政所労大事ニナリヌトキ、テ、仮名ノフミヲ**

持テマイリテ…（一六一頁注二二）　「一条摂政薨逝之時。二郎〈堀川殿〉ハ中納言。三郎〈法興院殿〉ハ大納言大将也。摂籙之運。人望在二大将一。而堀川殿閑暇参二入御前一。取二出先后御書一令レ覧。件状云。関白者次第ノマヽに可レ候云々。円融院御二覧之一涕泣給。被レ仰下云レ可レ有二忌許一之由上。中納言大称唯下レ庭。拝舞退出給畢。職事殿上人等皆悉相従云々。関白之間六ヶ年。薨卒之刻。已閉レ眼之由以二浮説一。法興院令二参内一。堀川殿聞レ之。存下被二来訪一之由上。欲レ譲二関白一。而無二其儀一。渡二門前一被二参内一。堀川殿大怒。忽被レ扶二四人一。参内奏二事由一。譲二関白於廉義公一。法興院殿ヲバ罷二大将一令レ任二治部卿一云々。済時卿任二右大将一云々」（古事談、二）。

七六　**摂籙ハ次第ノマヽニ候ベシ**（一六一頁注二五）　「御覧ずるまゝにいとあはれげにおぼしめしたる御けしきにて「故宮の御手よな」と仰せられ、おん文をば取り入らせ給ひにけりとこそは」（流布本大鏡、兼通）。

七七　**右大将ハキクワイノモノニ候**（一六二頁注九）　なお補注3-七五所引の古事談の外にこの辺流布本大鏡（東松本には見えない）の兼通伝の中の文詞と関係がある様な気がする。「堀川殿、はては我失せ給はむとて、関白をば、御いとこの頼忠の大臣に譲り給ひしこそ、世の人いみじきひが事とそしり申しゝか。この向ひをる侍の言ふやう、東三条殿のつかさとり奉らせ給ひし程の事は、ことわりとこそ承りしか。おのれがおほぢ親はかの殿の年頃の者にて侍りしかば、こまかに承り給はりしは、この殿達の兄弟の御中、年頃の官位の劣り優りの程に、御中あしくて過ぎさせ給ひし間に、堀川殿の御病重くならせ給ひて、今は限りにておはしましゝ程に、東の方に前追ふ音のすれば、御前に候ふ人達、「誰ぞ」などいふ程に、「東三条の大将殿参らせ給ふ」と人の申しければ、殿聞かせ給ひて、「年頃中らひよからずして過ぎつるに、今は限りになりたると聞きて、訪ひにおはするにこそは」とて、御前なる苦しき物とりやり、おほとのごもりたる所ひきつくろひなどして、入れ奉らむと待ち給ふに、「早く過ぎて内へ参らせ給ひぬ」と人の申すに、いとあさましく心憂くて、御前に候ふ人々もをこがましと思ふらむ。「おはしたらば、関白など譲る事も申さむとこそ思ひつるに、かゝればこそ、年ごろ中らひよからで、過ぎつれ。あさましく、安からぬことなり」とて限りの様にて、臥し給へる人の「かきおこせ」と宣へば、人々あやしと思ふ程に、「車にさうぞくせよ、御前もよほせ」と仰せらるれば、物のつかせ給へるか、うつし心もなくて仰せらるゝかと、あやしく見奉る程に、御かうぶり召し寄せて、装束などせさせ給ひて、内へ参らせ給ひて、陣のうちは君達にかゝりて、滝口の陣の方より御前へ参らせ給ひて、昆明池の障子のもとにさし出でさせ給へるに、昼の御座に東三条大将御前に候ひ給ふ程なりけり。この大将殿は、堀川殿既に失せさせ給ひぬと聞かせ給ひて、内に関白の事申さむと思ひ給ひて、この殿の門を通りて参りて申し奉る程に、堀川殿の目をつゞらかにさし出で給へるに、御門も大将もいとあさましく思し召す。大将はうち見るまゝに、立ちて鬼の間の方におはしぬ。関白御前についゐ給ひて、御けしきいとあしくて、「最後の除目行ひに参り給へるなり」とて、蔵人の頭召して、関白には頼忠の大臣、東三条殿の大将をとりて、小一条の済時の中納言を大将になし聞ゆる宣旨下して、東三条殿をば治部卿になし聞え出でさせ給ひて程なく失せ給ひしぞかし。心意地にておはせし殿にて、さばかり限りにおはせしに、ねたさに内に参りて申させ給ひし程、こと人はすべうもなかりし事ぞかし。さればこそ東三条殿つかさとり給ふ事も、ひたぶるに堀川殿の、非常の御心にも侍らず。事の故はかくなり。関白は次第のまゝにといふ御文おぼし召しより、御妹の宮に申してとり給へるも、最後におぼす事どもして失せ給へる程も、思ひ侍るに心づよくかしこくおはしましける殿なり」とあるのは愚管抄の文詞と共通した所があるのが注意される。なお栄花物語〔一〕、花山尋ぬる中納言にも「かゝる程に堀川殿御心地いと悩しうおぼされて、御心の中におぼしける様、「如何でかこの東三条の大将、我命も知らず、なきやうにしなしてこの左の大臣を我次の一の人にてあらせん」とおぼす心ありて、帝に常に「この右大将が兼家は、冷泉院の御子を持ち奉りて、ともすれば、これを〳〵と言ひ思ひ、祈すること」と言ひ告げ給ひて、帝は堀河の院におはしましければ、我は悩しとて里におはしますに、わりなく参らせ給ふて、この東三条の大将の不能を奏し給て、「かゝる人は世にありては公の御ために大事出で来侍りなん、かやうの事はいましめたるこそよけれ」など奏し給ひて、貞元二年十月十一日大納言の大将をとり奉り給ひて、治部卿になし奉り給つ。無官の定になし聞えまほしけれど、さすがにその事とさしたる事のなければ、おぼしあまりて斯くまでもなし聞え給へるなりけり。御心のまゝにだにあらば、「いみじき筑紫九国までも」とおぼせど、過なければなりけり。御代りの大将には、小一条のおとゞの御子の済時の中納言なり給ひぬ。東三条の治部卿は御門閉ぢて、あさましういみじき世の中をねたうわりなくおぼしむせびたり」と、同じ様な事が見える。なお補注2-八一参照。

七八　**小一条大臣師尹ハ、九条殿ノ御弟ナリ。ソノ人ノ子ニ済時トテ中納言ナル人アリケリ**（一六二頁注一〇）

忠平
- 実頼
- 師保
- 師輔
  - 伊尹
  - 兼通
  - 兼家―道長
  - 安子村上后、冷泉・円融母
- 師氏
- 師尹
  - 定時
  - 済時

七九　**治部卿**（一六四頁注六）「卿一人…四位以上任レ之。多為二公卿兼官一」「治部省。…当時此省所レ掌。雅楽事。僧尼度縁庿陵等事也」（職原抄、上）。兼家を治部卿に下した事は日本紀略、貞元二年十月十一日条に見える。九二頁、円融条参照。なお兼通と兼家と仲の悪かったことは補注3-七七所引、外にも栄花物語に「この東三条殿、関白殿との御中ことに悪しきを、世の人あやしきことに思ひ聞えたり。「いかでこの大将をなくしてばや」とぞ御心にかかりて大殿はおぼしけれど、いかでかは。東三条殿は、「猶いかでこの中姫君を内に参らせん。いひもてゆけば何の恐しかるべきぞ」とおぼしとりて、人知れずおぼし急ぎけり。されどそのけしき人に見せ聞かせ給はず。この堀河殿と東三条殿とはたゞ閑院をぞ隔てたりければ、東三条に参る馬車をば、大殿には「それ参りたり、かれまうづなり」といふ事を聞しめして、「それかれこそ追従するものはあなれ」など、くせぐ〳〵しう宣はすれば、いと恐しき事にて、夜などぞ忍びて参る人もありける」（栄花、二、花山尋ぬる中納言）。

八〇　**固関**（一六四頁注九）「八月廿五日固関警固」（紀略）。「固関〈コゲン〉〈有二天下吉凶之事一時、固二三関一会坂。不破。鈴鹿〉。此時又有二警固一。載レ右。賀茂祭恒例義也」（名目鈔）。

八一　**内弁モヲコナハレザリケルアヒダ**（一六四頁注一一）「花山院永観二年八月廿七日受禅〈新主堀川院当日自閑院参入旧主御同宿〉。〈新帝即日入二御大内一。有二営車事一。新造レ之。有二拝表儀一〉。上卿右大臣藤原朝臣〈兼家公〉。内弁権大納言右大将藤原済時卿。宣命使中納言民部卿藤原文範卿」「廿五日警固。固関。右大臣行レ之。」（践祚部類抄）。

八二　**義懐中納言コソハ、外舅ナレバ…**（一六五頁注一八）永観二年「八月廿日侍従。廿七日蔵人頭（東宮亮。依践祚也）」「十月十日叙（先坊亮労）。右中将如元。元蔵人頭。同十七日正三位（女叙位次。臨時外舅）」（補任、永観二年に非参議として）。「花山院の御時のまつりごとはたゞこの殿（義懐）と惟成の弁としてをこなひたまひければ、いといみじかりしぞかし」（大鏡、三、伊尹）。「花山院の御時中納言義懐は外戚、権右中弁惟成は近臣にて、をの〳〵天下の権をとれり」（著聞集、十三）。この時義懐と惟成の弁が実権をにぎり、永観二年十一月二十八日、物価の安定の為破銭を嫌い、格後の庄園を停止し（紀略、同年同月六日、二十八日）、又寛和二年三月二十八日には京都中の沽価法を定めた（紀略・本朝世紀・西宮記、二十一）など短期間だが、その執政に見るべきものがあった。

八三　**為光ノムスメ最愛ニオボシメシケル后ニヲクレサセ給テ…**（一六五頁注二六）　為光（恒徳公）の娘忯子に就いては栄花物語、二、花山尋ぬる中納言に「一条の大納言は、母もおはせぬ姫君を我御ふところにておほし奉り給へれば、よろづいとつゝましき世の御心もちゐなれば、つゝましう思しながら、今のみかどの御をぢ義懐中納言は、かの一条大納言の大い君の御をとこにてものし給ひければ、それをたよりにて常に中納言をせめさせ給なりけり。さてやう〳〵思ほし立つべし。…かゝる程に一条の大納言の御姫君したてゝ参らせ給ふ。この姫君は小野宮の大臣清慎公の御太郎敦敏の少将の御女の腹に男君女君とおはしけるなり。手かきのすけまさの兵部卿の御妹の君の御腹なりけり。父殿は九条どのゝ九郎君為光と聞ゆ」とあり、為光と亡くなった母（敦敏女）との間に生まれた子で、義懐の妻はその姉であった。

大鏡、三、為光には「御男子七人、女君五人おはしき。をんな二所は佐理の兵部卿の御いもうとのはら、いま三所は一条摂政の御むすめのはらにおはします。おとこ君達の御母、みなあかれ〳〵におはしましき」とあり、又栄花物語、四、見果てぬ夢に一条摂政の伊尹女の腹に別の女君、三女である寝殿の上の事が見え鷹司殿の上という四女とがあった事が見えるが、この女君の事に就いては情熱的な花山院の事件として後に見えて来る。

八四　**二郎子**（**道兼**）（一六五頁注二八）「永観二・正・十蔵人。八月廿五日従五上（冷泉院御給。女叙位次）。廿七日新帝蔵人（践祚日）。十月十日正五下（東宮御給）。卅日左少弁。寛和二・六・廿三蔵人頭（譲位日）」（補任、寛和二年）。七日関白という事については、九五頁注二五参照。

八五　**五位蔵人**（一六五頁注二九）　小弁二人。「名家譜第任レ之。多者先補二五位蔵人一。乃任レ弁也。蔵人帯レ之。頗清撰也。近衛中少将中有二才名一之人遷二任弁官一。或兼レ之。為二規模一矣。五位弁叙二四位一之日去二其職一者也。近代多叙留。」（職原抄）。

「小弁。近衛少将。廷尉佐。少納言。侍従。坊大進。五位蔵人中。好レ文者被レ登二用之一。四位少弁。〈始レ自二有蔭一〉。兼二受領一例。〈始レ自二輔尹一〉。為二蔵人頭一例。〈粟田左大臣〉」（官職秘抄、上）。

「左右中弁。〈尚書中丞〉。是も諸事を奉行する職也。職事の兼官也。名家の人々是に任ず。公達三家の人々近比は任ぜず。これも先例はおほき也」（百寮訓要抄）。

八六　**職事**（一六五頁注三〇）　「次廷尉佐。次補五位蔵人次任弁官」（職原抄、下、蔵人所）。「廷尉佐ヨリ蔵人ニ補シテ弁官ヲカヌルモノハ至極規模也」（有職袖中鈔）。

八七　**恵心僧都ノ道心ゴロニテ**（一六六頁注八）　この頃、寛和二年（九八六）は恵心が往生要集を著していた前後で、また永延二年（九八八）六月十五日の記を有する横川首楞厳院二十五三昧式があり、最も活躍した頃であり、慶滋保胤（寛和二年四月二十二日）を初め多くの人が寛和二年頃に出家したのはその影響か。「世の中の人いみじく道心起して尼法師になり果てぬとのみ聞ゆ」（栄花、二、花山尋ぬる中納言）。本大系栄花、上巻、補注一一三参照。

八八　**厳久僧都**（一六六頁注九）　本大系栄花、上巻、補注一一五参照。「向二花山寺一落飾入道、法号入覚、蔵人左少弁藤原道兼、僧厳久二人陪従」（略記、寛和元年六月二十二日）。「向二華山寺一出家、…僧厳久蔵人左少弁道兼扈従」（百錬抄、寛和元年六月二十二日）。「厳久〈山〉、号花（山）大僧都〈寛弘元年五月二十四日上表権大僧都譲官、以源信任少僧都〉」（栄花、勘物）。

八九　**妻子珍宝及王位、臨二命終時一不レ随者**（一六七頁注一〇）　この事は栄花物語にも「説経を常に花山の厳久阿闍梨を召しつゝせさせ給。御心のうちの道心限なくおはします。「妻子珍宝及王位」といふ事を御口の端にかけさせ給へるも…」（二、花山尋ぬる中納言）。十訓抄、六では「妻子珍宝及王位、臨二命終時一不レ随者」と書いた扇を道兼が所持して居り、それを見てより花山院に出家の志が甚くなったと暗示的な記述。

九〇　**提婆品**（一六七頁注一二）　法華経、提婆達多品、第十二に、釈迦は昔法華経を聞く為に提婆達多の前身阿私仙人に仕えた事や提婆達多が無間地獄にあるも、後に成仏し天王如来と号することや八歳の竜女の成仏を説く。

九一　**オボシメシカヘルトイフトモ、御発心ノ一念ハクチ候マジ**（一六七頁注一五）　「初発心時便成正覚、一知一切法真実之性且定慧身不由他悟」と晋華厳経、梵行品にいう思想。天台では初発心住を十住の一とし重んじる。

九二　**不軽ノ縁ダニモツキニハ得道シテコソ候ヘ**（一六七頁注一七）　常不軽菩薩は常に不軽の行（礼拝）をし、見る所の比丘・比丘尼・在家を礼拝・讃嘆し、人々が辱しめの言をするも、なお礼拝し、命が終る時にも威音王仏の法華経を説くを聞き、六根清浄を得、四衆（比丘・比丘尼・優婆塞・優婆夷）の為に説くと、皆帰依し、作仏した、仏が言うのには今の我身はこれであると法華経、常不軽菩薩品に見える。

九三　**ヤブレドモナヲタモツニナリ候ゾカシ**（一六七頁注一九）　この詞に就いては日本歴史、一五三号（昭和三十六年三月）の多賀宗隼「慈円と密教思想（続々）」に「また「愚管抄(三)（花山天皇条）」に「卉戒コソセンニテハ候へ、ヤブレドモナヲタモツニナリ候ゾカシ」といつてゐるのは、同じく安然の「普通菩薩戒義広釈」が大乗戒を讃して「有二受法一終無二破法一」といひ、また「一受永固、終不二犯失一」の語をうけてゐるものであらう」とある。

九四　**寛和二年六月廿二日〈庚申〉夜半ニ、蔵人左少弁道兼、厳久法師トニ人御車ノシリニノセテ、大内裏ヲイデサセ給ケルニハ**（一六七頁注二二）　この所は扶桑略記と大鏡に依ったかと思うが、なお同様記述のある文献もあげておく。「夜天皇偸出二宮中一。向二華山寺一出家〈年十九。法名入覚〉。僧厳久。蔵人左少弁道兼扈従。以二左少将道綱一献二剣璽於東宮一。道兼之謀也。権中納言義懐。左中弁惟成追参二華山寺一。同以出家」（百錬抄、寛和二年六月二十二日）。「廿三日庚申。今暁丑剋許。天皇密々出二禁中一。向二東山華山寺一落飾。于レ時蔵人左少弁藤原道兼奉レ従レ之。先二于天皇一。密奉二剣璽於東宮一。出二宮内一云々。〈年十九〉。翌日。招二権僧正尋禅一剃二御髪一。御僧名入覚。外舅中納言藤原義懐卿。蔵人権左中弁藤原惟成等。相次出家。義懐卿。法名悟真。惟成法名悟妙。皇太子嗣レ祚」（紀略、寛和二年六月二十三日）。「廿八日乙丑。詔書。太上天皇尊号。不下奉二辞書一給上」「月日。華山院法皇著二藁履一登二台山一。座主以下僧綱等相従者卅許人。諸人掩レ涙嗚咽」（紀略、寛和二年六月）。

「花山院御出家。寛和二年六月廿三日事也。子時許。主上私令レ出二御

在所一給。蔵人左少弁道兼。天台僧厳久候二御共一〈厳久候二御車側一。厳久遣車也。道兼騎馬云々〉向二御花山一。即以二厳久一令レ剃二御頭一給云々。此間。右大臣〈法興院殿〉参二春宮一。固二諸陣一禁二出入一云々。権中納言義懐〈一条摂政五男〉。権右中弁惟成〈右大（少イ）弁雅材男〉等。後朝尋二参花山寺一。同以出家。未時許。頭中将実資参入。即候二御前一。仰云。是已遂二宿念一也。全不レ知二世間誹謗一。但尊号及封等事。更不レ可二受容一。暫可レ住二横川一者。中納言法師云。御在位之間。浴二無レ涯之朝恩一。今遇二辞退之時一。若改二奉レ従之誠一者。本意相違歟。仍所二出家一也。亦移二朝市一。更無二其益一歟云々。惟成所レ陳同レ之云々。此御出家之発心ハ。弘徽殿女御〈恒徳公女〉鍾愛之間忽薨逝。仍御悲歎之処。町尻殿〔道兼〕得二便宜一。書二世間無常法文〈妻子珍宝及王位臨二命終時一不レ随者等ノ文也〉等一奉レ見。被レ勧二申御出家事一。師共出家可二御共申一之由被二契申一云々。而令レ剃二御首一給之後申云。オトヾニカハラヌガタ。今一度ミエテ可二帰参一之由申テ。逐電云々。其時。我ヲハカルナリケリトテ。涕泣給云々。亦令レ出二御在所一給之時。弘徽殿手跡取忘ニケリ。還入テトラント被レ仰ケレバ。又道兼申云。剣璽已渡二春宮御方一云々。イマハカナヒ候ハジト申ケリ。又已欲二令レ出給一之時。有明ノ月クマナキ影ヲサスガ見所ニ思食テ立ヤスラハセ給ノ間。村雲ノ月ノ面ヲ隠タリケレバ。我願已満ト被レ仰テ。貞観殿ノ高妻戸ヨリ令二躍下一給テ。自二北陣一上御門ヲ東ヘ令レ渡給云々」（古事談、一）。

九五　**モノガタリニハ…**（一六七頁注二四）「藤壺の上の御局の小戸より出でさせ給ひけるに、有明の月のいみじくあかかりければ、「顕証にこそありけれ。いかゞすべからん」と仰せられけるを、「さりとて、とまらせ給ふべきやう侍らず、神璽宝剣わたり給ぬるには」と粟田殿のさはがし申給けるは」云々（大鏡、一、花山院）。

九六　**中納言義懐・左中弁惟成ハ、ヤガテ華山ニマイリテスナハチ出家シテ**（一六八頁注一〇）「権中納言従二位同（藤）義懐。六月廿四日於花山出家（依天皇御出家也）。法名悟真（卅歳）。受戒後名寂真。寛弘五年七月十七日入滅（五十二歳）。頭三ケ月。三位中将二年。参議中将四ケ月。中納言（二年）」（補任、寛和二年）。惟成は藤原氏魚名公流、雅材の息で、本の名惟賢。母は摂津守中正女（尊卑）であるから兼家の妻と姉妹のはず。その逸話は江談抄に種々見える。義懐・惟成は共に新進気鋭で政治につとめ「世号五位摂政」（勅撰作者部類）と言われた程。出家した時、義懐は三十歳、惟成は「永祚元年十一月一日卒。卅七」（尊卑）とあり、三十七歳で卒か。なお詩に於いては、先鳴の一人と称された（本朝麗藻、下）。なおその逸話の二三を引く。

「円融院末朝政辞事。円融院末、朝政甚乱。〈花山〉寛和二年之間、天下之政忽反二淳素一、多是惟成弁之力云々。天下于今受二其賚一云々」「惟成〈法名悟妙〉・華山院〈法諱入覚〉・義懐中納言〈法名悟真〉…式大者〈惟成字云々〉」（江談抄、二）。

「花山院ハ以惟成雖行天下政」云々（中外抄）。

「惟成弁清貧之時。妻室廻二善巧一。不レ令レ恥云々。而花山院令二即位一給之刻、離別之為二満仲之聟一。因レ茲件旧妻成レ忿、請二貴布祢一祈申云、不レ可二忽卒一、只今成二乞食一給ト云。百ケ日参詣之間、夢ニ示給ハク、件惟成無レ極幸人也、何忽成二乞食一哉、スコシキ有二構事一云々、不レ歴二幾程一花山院御出家。惟成同出家、行頭陀云々。爰件旧妻、弁入道長楽寺辺ニコソ乞食スナレト聞得天響一前白米少々随身シテ、隠居テ抱入テ談二往事一。或哭或怨云々。入道承諾云々」（古事談、二）。

九七　**義懐ハ飯室ノ安楽五僧ニナリニケリ**（一六九頁注一一）「さても中納言も添ひ奉り給はず、飯室といふ所にやがて籠り居給ぬ。惟成入道は聖よりもけにめでたく行ひてあり。花山院は御受戒、この冬とぞおぼしめしける」（栄花、二、花山尋ぬる中納言）。「御おちの入道中納言はたぐひきこえ給はず、我は飯室といふ所に住み給ひて、いみじく世の中あらまほしう、出家の本意はかくこそと見えて居給へり」（同、三、さまぐの悦）。

「花山院御時、中納言義懐外戚惟成弁近習之臣、各執二天下之権一。而院竊出二内裏一幸二花山一出家。両人聞出追参上。院已為二比丘一。惟成本鳥ヲ切。又義懐語云、在二外戚一、執権御座つるに、更為二外人一交二世間衆一見ぐるしかるべし。早出家。義懐存之由称て。同出家。依二人教訓一したればいかゞと世人思けるも始終尊くて過云々。飯室に住て詠歌、「みし人もわすれのみする古里に心ながくもきたる春かな」。惟成後には賀茂祭日、わさづのもちて一条大路を渡ると云々」（袋草紙、上）。

安楽五僧は「安楽五僧〈安和元年。入道中納言顕基等定二置五僧式一云々〉」（叡岳要記、下）とある。但し顕基は補任によると後一条天皇の長元九年四月二十二日出家、永承二年九月三日入滅で、安和元年には生まれていない。

九八　**永祚二年五月四日出家シテ**（一六九頁注一七）「五月五日辞摂政太政大

臣。更詔関白。八日迄関白。依病入道。法名如実。…七月二日薨〈于東三条邸〉。摂政四年。関白一年。号法興院。又号東三条」(補任、永祚二年、兼家)。

九九　**内大臣道隆ニ関白ユヅリテ**(一六九頁注一八)　「関白太政大臣従一位藤原朝臣兼家落餝入道〈年六十二〉。法名如実。同日詔三令内大臣藤原朝臣道隆関二白万機一」(紀略、正暦元年五月八日)。

道隆が関白になった際の逸話。「大入道殿臨終召二有国一曰。子息之中以二誰人一可レ譲二摂籙一乎。有国申云。令二執権一者。町尻殿歟云々。是道兼之事也云々。又令レ問二惟仲一。惟仲申云。如レ此事可レ有二次第之理一也云々。令レ問二大夫史国平一。国平申旨同二惟仲一。依二二人之説一遂被レ譲二中中関白〈道隆〉一。関白摂籙之後被レ仰云。我以二長嫡一当二此任一。是理運之事也。何足二喜悦一。只以レ可レ報二有国之怨一為レ悦耳云々。故無二幾程一及二除名一。父子被レ奪二官職一云々」(江談抄、一)。

一〇〇　**道隆ハ中関白ト申**(一六九頁注一九)　二中歴、一、公卿歴には「後入道殿〈道隆、大入道殿一男、永祚二年五月関白、同廿六日摂政、関白七年、一云中関白、一条之舅〉」とあり、また別に基実を中関白とするが、普通道隆の称。「故中関白殿〈道隆〉東三条つくらせ給て」(大鏡、二、実頼)。

一〇一　**伊周帥内大臣**(一六九頁注二〇)　「権大納言道頼卿仰二外記一云。太政官幷殿上奏下文書等。関白病間暫触二内大臣一奏下者」(紀略、長徳元年三月九日)。「三月廿九日(九日の誤)宣旨云。関白煩病。仍巨細雑事。先触内大臣伊周可奉行者…」(補任、正暦六年、道隆)。「三月八日の宣旨に「関白病の間殿上及百官執行」とある由宣旨下りぬれば内大臣殿よろづにまつりごち給」(栄花、四、見果てぬ夢)。「長徳元年のことなり、御やまひをもくなるきはに、内にもまいり給ひて「をのれかくまかりなりにて候ほどこの内大臣伊周のおとゞに百官幷天下執行の宣旨たぶべき」由申下さしめ給て、我は出家せさせ給てしかば、この内大臣殿を関白殿とて世の人集まり参りし程に粟田殿にわたりにしかば」(大鏡、四、道隆)。

一〇二　**儀同三司**(一六九頁注二一)　大鏡裏書、四の儀同三司伊周公事には「寛弘二年二月廿三日宣旨云、列大臣下預朝議者」とあるが、紀略に依ると二月廿五日条に「今日左大臣仰二外記一云、前大宰権帥従二位伊周宜レ列二大納言上一者」とあり、御堂関白記も二月廿五日条に「前帥藤原朝臣座次可列大臣下大納言上由、仰外記行利」とあり、小右記、同日条に「伊祐朝臣云、外帥伊周可列大臣下大納言上之宣旨下之者、候内之間承此事、若是入御後事歟」とあり、寛弘二年二月二十五日の事である。なお職原抄には、「准大臣者。…帥内大臣〈伊周〉帰京之後、寛弘二年列二朝参大臣ノ下大納言ノ上一。五年准二大臣一賜二封戸一千戸一。自称二儀同三司一、其後絶久」とある。

「一条廿三年乙巳〈寛弘二〉二月廿五日勅。前内大臣伊周公可レ為二大臣座下大納言座上一状云々」(濫觴抄)。

一〇三　**東三条院ト申ハ、女院ノハジメハコノ女院也**(一六九頁注二三)　「御年も三十ばかりにおはしまし、おりゐの帝に准へて女院と聞へさす。さて年官年爵得させ給ふべきなり。女院の判官代などにかたほならず選びなさせ給へり」(栄花、四、見果てぬ夢)。

「東三条院〈藤詮子〉。円融后。一条母。東三条関白兼家第二女。母摂津守藤仲正〈山蔭卿七男也〉。女。貞元二、十一月四日為二女御一。寛和二・七・五為二皇太后一。正暦二・九・十六為レ尼〈年卅一。今年二月十二日円融有二御事一〉。同日院号。年官年爵封戸如二太上天皇一。〈或九・一丁酉院号同五日入道云云〉。長保三・閏十二・廿二御事。年四十」(女院小伝)。この時、正暦二年九月十六日東三条院院号定の時、別当三人、判官代四人、主典代等を院司として任じた(大日本史料二ノ二、八一九頁、院号定部類記所引後小記参照)。「〈東三条院女院号始〉女御詮子」(歴代皇紀)。

一〇四　**花山院ノアヒダノコトモ、ワガ結構ナラネド、時ニアヒテチヽノタメイミジカリケン**(一七〇頁注二)　大鏡には、兼家が死んだ時道兼が、「後撰、古今ひろげて興言しあそびて露歎かせ給はざりけり。その故は花山院をば我こそすかしおろし奉りたれ。されば関白をゆづらせ給ふべきなりといふ御うらみなりけり」(大鏡、四、道兼)とある。なお道兼に就いては、江談抄、二に「華山院出二禁中一被レ向二花山一事。被レ命云、粟田関白扈二従花山院一、出二禁中一被レ向二華山寺一之時、大入道殿以二平維敏一被レ為ド止二出家一之使上時人見二維敏之気色一万人不敵云々」とあり、道兼が出家しない様に、大鏡によれば、「なにがしかゞしといふいみじき源氏の武者達」を兼家は後につけさせたという、兎に角花山院の脱屣にはこの道兼がよく働いた。

一〇五　**唐才ハヨクテ詩ナドハ、イミジクツクラレケレド**(一七〇頁注六)　二中歴、十二、詩人歴には、公卿の条に「儀同三司〈伊周〉」とあり、五家集の一に儀同三司をあげ、本朝文粋、十一に「一条院御時。中宮御産百日和歌序」が儀同三司作として見え、本朝麗藻にもその作品が見える。江談抄、五に「斉信常庶ニ幾帥殿(伊周)一…斉信常被レ称云、帥殿以ニ文章一被レ許云々…」「又帥殿常示云、公任斉信可レ謂ニ詩敵一」云々などと見え、江談抄、四や著聞集、八、好色第十一にも詩に関する逸話が見える。大鏡、四、道隆には「この殿(伊周)も御才日本にはあまらせ給へりしかば」云々とある。

一〇六　**身ヲ摂籙ノ臣ニヲカレナバ、ヨハヲダシカルベキ**(一七〇頁注一一)　伊周に就いては悪評があったと当時の歴史物語に出る。「かくて小千代君(伊周)内大臣になり給ひぬ。御年廿ばかりなり。中宮大夫殿(道長)いとことのほかにあさましうおぼされて、ことに出で交らはせ給はずなりもてゆく」(栄花、四、見果てぬ夢)。又道兼が関白になった時、「世の人も「かくてこれぞあべい事、いかでか、ちごにまつりごとをさせ給やうはあらん」と申思へり」(同、四、見果てぬ夢)という有様、道兼が関白になった時伊周に就いて「父おとゞ(道隆)の御やまひの程、天下執行の宣旨くだり給へりしに、をのづから、さてもやおはしまさまし。それに又おとゞ失せ給ひにしかば、いかでかみどり子のやうなる殿の世の政し給はんとて粟田殿にわたりにしぞかし」(大鏡、五、道長)。

一〇七　**イモウトノ女院**(一七〇頁注一三)　「女院は入道殿をとりわき奉らせ給て、いみじう思申させ給へりしかば、帥殿はうと〳〵しくもてなさせ給へりけり」云々(大鏡、五、道長)。

「五郎君(道長)三位中将にて、御かたちよりはじめ御心ざまなど、兄君達を如何に見奉りおぼすにかあらん、ひきたがへ、様々いみじうらう〳〵じう(おゝしう)道心もおはし、わが御方に心よせある人などを心ことにおぼし顧みはぐくませ給へり。御心ざますべてなべてならず、あべき限の御心ざまなり。后の宮(詮子)も、とりわき思ひ聞え給ひて、我御子と聞え給ひて、心ことに何事も思ひ聞えさせ給へり」(栄花、三、さま〴〵の悦び)。

一〇八　**蔵人頭俊賢**(一七〇頁注一七)　「西宮左大臣〈高明公〉男、母九条右大臣〈師輔公〉女」(大鏡裏書)。四納言の一、正暦三年八月二十八日蔵人頭(補任)。万寿四年六月十三日卒。これは「俊賢為ニ五位蔵人一之時、中関白被レ問云、誰人補レ頭テ為ニ公家一可レ有ニ忠節一哉。俊賢答云、無下過ニ於俊賢一者上。仍為ニ五位頭一」「俊賢卿蒙ニ中関白恩一。五位而補ニ蔵人頭一、越ニ多人一。思ニ此恩一而入道殿蒙ニ内覧宣旨一給日睡眠云々。傷ニ帥殿事一之故云々。ソノラネブリウチシテキタリ。帥内大臣事故云々」(古事談、三)とあり、道隆の力で蔵人頭となったから、道長が内覧の宣旨を蒙った時いねむりしてごまかしたという。なお長徳元年権左中弁から参議となる(補任)。道長第二夫人明子の兄であり、道長の共力者。「近日上下云、斉信、俊賢両(人)於左相府宿所、毎日讒言尊卑、就中俊賢如狂」(小右記、寛弘八年七月二十六日)。寛弘四年の道長の金峰山詣には唯一人の上達部として随行、公任と共に三条天皇譲位のことで道長に協力する。この時代の四納言はすべて道長の意志で動いた。

一〇九　**女院ハ御目ノヘンタヾナラデ…**(一七〇頁注一九)　「されば上の御局にのぼらせ「こなたへ」とは申させ給はで、われ(詮子)夜のおとゞに入らせ給ひて、泣く〳〵申させ給、その日は入道殿は上の御局に候はせ給、いと久しく出でさせ給はねば、御胸つぶれさせ給ける程に、戸を押し開けて、出でさせ給ける御顔は赤み、濡れつやめかせ給ながら、御口はこゝろよく笑ませ給ひて、「あはや宣旨下りぬ」とこそ申させ給けれ」(大鏡、五、道長)。「大納言道長卿蒙ニ関白詔一之由云々、仍取ニ案内一、頭弁示送云、非ニ関白詔一、宮中雑事准堀川大臣例可行也者」(小右記、長徳元年五月十一日)。「五月十一日宣旨。宮中雑事触権大納言道長卿可奉行者。六月五日兼宣旨。十九日右大臣」(補任、正暦六年、権大納言道長)。「五月十一日にぞ左大将天下及び百官施行といふ宣旨下りて、今は関白殿と聞えさせて、又並ぶ人なき御有様なり。…女院も昔より御心ざしとりわき聞えさせ給へりし事なれば、「年頃の本意なり」とおぼしめしたり」(栄花、四、見果てぬ夢)。

一一〇　**ヤガテソノ年程ナク右大臣ニナラレニケリ**(一七一頁注二四)　「大将殿は六月十九日に右大臣にならせ給ひぬ」(栄花、四、見果てぬ夢)。「十九日、甲午、任大臣、又持参朱器台盤等」(御堂御記抄、長徳元年六月)。「承宣命事〈以大納言道長為右大臣…〉」(小右記、長徳元年六月十九日)。「右大臣従二位道長〈三十〉六月十九日任。為氏長者。同廿日大将如元」(補任、正暦六年)。

一一一　**華山院ヲ射マイラセタリケルナリケリ**(一七二頁注一)　「今夜華山法皇密幸ニ故太政大臣恒徳公家一之間、内大臣幷中納言隆家従人等、奉レ射ニ法皇御在所一」(紀略、長徳二年正月十六日)。この事は栄花物語、四、見果てぬ夢に詳しい。「…この院の鷹司殿より月いと明きに御馬にて帰らせ給けるを、「威し聞えん」とおぼし掟てけるものは、弓矢といふものしてとかくし給ひければ、御衣の袖より矢は通りにけり」。なお本大系栄花、上巻、補注二五四参照。

二二　**コノ事ヲバヒシトカクシタルヲ**（一七二頁注八）「これを公にも殿にもいとよう申させ給ひつべけれど、事ざまのもとよりよからぬ事の起りなれば、恥づかしうおぼされて、「この事散らさじ、後代の恥なり」と忍ばせ給ひけれど、殿にも公にも聞召して、おほかたこの頃の人の口に入りたる事はこれになんありける」（栄花、四、見果てぬ夢）。

二三　**御堂ノ御アダウカナト人思ヒタリケレバ**（一七二頁注一二）　大鏡、四、道隆には配流より隆家が帰った後、加茂の祭に道長が隆家と同車して「ひとゝせのことは、をのれが申おこなふとぞ世の中に言ひ侍ける。そこにも然かぞおぼしけん、されど、さもなかりし事なり。宣旨ならぬ事一言にてもくはへて侍らましかば、この御社にかくて参りなましや」と釈明するところがある。

二四　**ヲノ〳〵ノチニハメシカヘサレテ**（一七二頁注一三）「廿五日己丑。詔。大㆓赦天下㆒。常赦所不免者咸赦㆓除之㆒。依㆓東三条院御不予㆒也。少内記大江昌言草㆑詔。廿六日。庚寅。…今日大赦。依㆓東三条院御悩㆒也」（紀略、長徳三年三月）。「某日大宰権帥伊周、出雲権守隆家被㆓召返㆒之」（同、長徳三年四月）。「四月五日前帥、出雲権守等可㆓召返㆒之由宣下。去月廿五日依㆓東三条院御悩㆒。非常赦可㆑潤㆓恩詔㆒哉否、令㆘諸卿㆒定申㆖。遂有㆓恩免㆒」（百錬抄、長徳三年）。なお九六頁、内大臣伊周及関係補注参照。

二五　**隆家ハ帥ニナリテクダリナンドシテ**（一七二頁注一五）「この隆家中納言は月頃目をいみじう煩ひ給ひて…「唐の人はいみじう目をなんつくろひ侍る。さておはしましてつくろはせ給へ」と、さるべき人々も聞えさせければ、内にも奏せさせ給ひ、中宮にも申させ給ければ、…大殿もまことにおぼされば、こと人にあるべき事ならずとてなり給ひぬ」（栄花、十二、玉の村菊）。

「御目のそこなはれ給にしこそ、いと〳〵あたらしかりしか。万につくろはせ給ひしかど、え止ませ給はで、御まじらひ絶え給へる頃、大弐の闕いできて、人〳〵のぞみのゝしりしに、「唐人の目つくろふがあなるに見せん」とおぼして、「こゝろみにならばや」と申し給ふければ、三条院の御時にて、又いとをしくやおぼしめしけん、二言となくならせ給てしぞかし」（大鏡、四、道隆）。

「更闌北隣納言（隆家）来談、多愁、目恙猶遂不愈、為之何如者、有遠任之案」（小右記、長和二年八月十三日）。

「入夜権中納言〈隆家〉来談云、所労目十分之七八減者、深有鎮西之興」（同、長和二年九月八日）。「按察納言（隆家）示送云、従昨日精進、廿九日可参熊野、帰洛期可及三月者、或云、目猶無減云々」（同、長和三年正月廿日）。「〈中納言隆家依目病参熊野〉」（同、長和三年二月九日）。「按察使納言着布衣来、談参熊野之事、亦目頗雖減、不可出仕、都督望尤深、此問所陳甚多」（同、長和三年三月六日）。「中納言隆家任大宰帥、大弐親信辞退替、…」（同、長和三年十一月七日）。

なお栄花物語、十二、玉の村菊には「かくて帥中納言、祭の又の日下り給ふべければ、さるべき所〴〵より、御馬のはなむけの御装束どもある中に、中宮もとより御心寄せ思ひ聞えさせ給へりければ、さべき装束せさせ給て、御扇に「涼しさは生の松原勝るとも添ふる扇の風な忘れそ」。かくて我はかちより、北の方をば船より下し給ふ」。

「中納言従二位同（藤原）隆家〈三十七〉大宰権帥。四月廿二日叙正二位（赴任之日有此賞）」（補任、長和四年）。

「和歌一首贈㆓帥納言㆒、其返太憐、落涙難㆑禁、使㆓随身近衛扶明被㆑物〈単衣袴等〉」（小右記、長和四年四月二十四日）。

二六　**イヒシラズトクツキテ**（一七二頁注一六）　当時の博多は対宋貿易でにぎわっていたと思うが、例えば長和四年九月二十三日隆家が例進の率分以外に公家に献上したものを小右記にあげている。「帥昨献公家之物、例進率分絹七百余疋外、唐皮々籠一荷、蘇芳台、同杒螺鈿、件皮籠有懸子、其上居小皮籠八合、以唐錦推〈小皮籠〉筥上、筥内納種々香、丁子百余両、麝香十臍、甘松衣香、甲香、沉香、今二種、若鬱金薫陸歟〈為親云、不覚者〉、懸子下納種々唐錦綾等、従左府被伝献、又奉左相府之物、絹千疋、檳榔五裹、色革十枚、中宮帥宮一品宮又奉種々者」（小右記、長和四年九月廿四日）。これを見ると舶来の贅沢品であった。以て隆家が富貴になった事が想像される。「昨夕前大弐惟憲妻入京、即参内云々、惟憲明後日入洛、随身珍宝不㆑知㆓其数㆒云々。九国二嶋物掃㆑底奪取、唐物又同已似㆑忘㆑恥、近代似㆓富人㆒為㆓賢者㆒」（小右記、長元二年七月十一日）とあるのは、参考となる。

二七　**三光欲㆑明覆㆓重雲㆒大精暗**（一七三頁注二〇）　古事談、一、王道后宮の条には、「一条院崩御之後、御手習ノ反古ドモノ御手筥ニ入テアリケルヲ、入道殿御覧ジケル中ニ叢蘭〈臣範也〉欲㆑茂秋風吹破。王事欲㆑章讒臣乱㆑国〈或説三光欲明黒雲覆光〉トアソバシタリケルヲ。吾事ヲ思食テ令㆑書給タリケリトテ令レ破給ケリ」とある。貞観政要、杜讒佞、二十三第一章に「叢蘭欲茂。秋風敗之。王者欲明。讒人蔽之」と見え、また帝範、去讒篇にも同詞句が引かれる。

二八　**氏長者・関白摂政ナル、カナラズ公卿引率シテ令ニ参詣ニテ、竪義、例講御聴聞一切ニハヾカラル、事ナシ**（一七四頁注三・四）　法成寺八講はここに「氏長者関白摂政ナル、カナラズ公卿引率シテ」参詣する例であったが、例えば康和三年二月十三日藤原師実が死んだ時の翌年、康和四年十二月の場合に、中右記に興味のある記述が見られる。

「二日　参殿下、仰云、欲参御堂之処、内府民部卿伝送云、神今食以前、執柄之人入大伽藍条不快、宇治殿、前二条殿、依為父忌日、不憚之令参給也、故大殿依為孫、猶為近親令参給也、後二条殿令参給条不吉也、而又治部卿被申云、御堂御八講長者令参給、是第一之厳重事也、従宇治殿以後、令参此御八講給、執柄不絶之相也、若不令参給者、此事陵遅之因縁也、定如法性寺法興院八講罷成者、已為嗚呼事歟者、人々説難思得間、昨今不参也、只去月晦日許参了、雖然付祭主親定朝臣令祈申也、下官承此事、不申左右、予独参御堂、民部卿以下被参也、依為五巻日、取捧物行道、公卿五六人参仕、入夜参内府、是右大臣殿御使也、令参御堂給事可申合者、内大臣被申云、猶神今食以前不可令参給者、其次世間事数刻被談、及深更帰参右大臣殿、内府被申旨令申了、帰家。

三日　早旦詣民部卿御許、是殿下御使也、参御堂給条、又依被申合也、御返事云、如前日申猶可有憚者、参右大臣殿、民部卿被申之旨命〈令申カ〉給云、件事両方難思得間、心中祈請之処、一日夜夢想、太皇太后被仰云、御堂之事欲陵遅条大歎也、返々悲歎之体夢中示給、則夢忽驚、此事如何、予申云、太后者藤氏之后、只独令残世間之人也、彼太后仰者、定如氏明神、御堂入道殿全告申給也、於此御夢想者、早可令参給、右宰相中将被申旨又如此、仍殿下申時許着衣冠参御堂給、内大臣又着衣冠被参、公卿七八人参会、有天台竪義、竪者延暦寺僧、探題権少僧都慶増、問者薗城寺範延、済意、定暹、覚心、範心」（康和四年十二月）。

法成寺八講は「執柄不絶之相」であった。

「応徳二年十二月一日法成寺竪義、法相宗〈覚信関白息〉三日天台宗竪義〈証観左大臣息〉等奉仕」（年中行事秘抄）。

なお保元の乱のあった前年、久寿二年には氏長者左府が参じなかったが、「法成寺結願云々、今年御八講毎事略儀云々、長者左府不令参給、無両宗竪義、蓋是白川院御時、当時入道殿長者間、勅勘御籠居之年、不令参給、又無竪義之例云々」（兵範記、久寿二年十二月四日、裏書）とあり、恒例の天台宗と法相宗の竪義も行われなかった。

なお忠実が白河院から勅勘を受けた保安元年十二月の法成寺八講は「今夕御堂御八講如形被行云々、依世間事不被催大夫諸司官人、又上達部殿上人全不参也。年来未有如此事、講師定暹已講、行事職事一人参入、無御堂竪義云々」（中右記、保安元年十一月廿九日）という有様であり、なお大治二年十二月の法成寺八講について、「御堂事七八年逐年陵遅、誠可歎也、但天之令然、何事之為哉、藤氏繁昌御堂御時許歟、其後帝王不生此家給、是可然事歟、已講々師之間、五ケ日無風雨難、誠欣感、為入道大相国後胤之僧、勤仕此講師、希有之例也」（同、大治二年十二月四日）とあり、なおこの十二月に神今食がある為問題になった事は中右記、仏事部類の法成寺八講、天仁元年十一月卅日条に「今日殿下不令参給也、是大嘗会一月斉及今日之故也」とあり、又十二月二日条に「摂政殿神今食之間、令参御堂給条議定、而故大殿摂政之時、令参給也。仍付彼例令参給也」とある。

4 巻第四

一 **御目ニコトアリテ**（一七七頁注九） 「上はともすれば、御心あやまりがちに、御物のけ様々に起らせ給へば、静心なく思召され、内裏を夜昼に急がせ給ふは、下りゐさせ給はんの御心にて、内を造り出でざらんがいと口惜しくおぼしめさるるなるべし」（栄花、十二、玉村菊）、「天皇即位以後耳目共不レ明」（略記、長和二年十二月二十六日）。この時は明救の修法でよくなったが、「長和四年乙卯、夏月以来主上御目有レ恙、一日万機殆以闕如」（同、長和四年）、「主上御目弥昏黒御座」（小右記、長和四年七月十一日）、「遠近物已不覚」（同、長和四年八月）など見える。「主上御目冷泉院御邪気所レ為云々、託二女房一顕露、多レ所レ申、々事云々、移レ人之間御目明云々」（小右記、長和四年五月四日）。「仰云、故冷泉院御気出来」（御堂、長和四年六月二十九日）。

二 **元方大納言…悪霊トナリニケルニヤ**（一七八頁注二） 「かくて東宮（冷泉院）四つにおはしまし丶年の三月に、元方大納言なくなりにしかば、その後、一の宮（広平）も女御（祐姫）もうち続き失せ給にしぞかし。そのけにこそはあめれ、東宮いとうたてき御もののけにて、ともすれば御心地あやまりしけり」（栄花、一、月の宴）。

「御もののけどもいと数多かるにも、かの元方大納言の霊いといみじくおどろ〳〵しく、いみじきけはひにて、あへてあらせ奉るべきけしきなし。東宮をもいみじげに申し思へり」（同、月の宴）。

「元方民部卿の御孫、儲の君にておはする頃、みかどの御庚申せさせ給ふに、この民部卿参り給へり。さらなり、九条殿さぶらはせ給て、人々あまたさぶらひ給ひて攤打たせ給ふついでに、冷泉院のはらまれおはしましたる程にて、さらぬだに世人如何と思ひ申たるに、九条殿「いで今宵の攤つかうまつらん」と仰せらる丶まヽに、「このはらまれ給へるみこ男におはしますべくば、でう六いでこ」とて打たせ給へりけるに、たゞ一度にいで来るものか。ありとある人、目を見交してめで感じもてはやしたまひ、御みづからもいみじとおぼしたりけるに、この民部卿の御けしきいとあしうなりて、色もいと青くこそなりたりけれ。さて後に霊にいでまして、「その夜やがて、胸に釘は打ちてき」とこそ、宣ひけれ」（大鏡、三、師輔）。

「この院のかくおぼしたちぬること（小一条院の東宮辞位）かつは殿下（道長）の御報のはやくおはしますにをされたまへる、又おほくは元方の民部卿の霊のつかうまつるなり」（大鏡、二、師尹）。

「冷泉院の御物ぐるはしうまし〳〵、花山の法皇の十禅万乗の帝位をすべらせ給しは、元方民部卿が霊とかや」（平家、三、赦文）。

「八月廿九日。太上皇御出家。〈廿九。法名金剛法〉。小記云、上皇御悩自令レ称給曰。元方卿霊者所レ陳無レ知。又良源僧正之霊有下含二怨忿一事上云々」（百錬抄、寛和元年）。

「〈円融院御悩、自称元方霊給事〉廿七日、己亥、寅時許参院、依御薬、人々云、従此丑時許御悩発云々、御薬躰不似例御悩、御自令称給曰、元方卿霊者、所陳無量、又有可備叡聞之事、仍偸閑参内、奏聞、則帰参院、今夜還御西対、其間事不可記、巳時以後頗宜御坐、酉時以後又更発」（小右記、寛和元年八月二十八日）。

なお巻七に「元方ノ大納言ハ天暦ノ第一皇子広平親王ノ外祖ニテ冷泉院ヲトリツメマイラセタリ」（三三八頁）。

三 **冷泉院ハ御物怪ニヨリテ**（一七八頁注五） 冷泉院が即位の前から、狂気であったらしい事は種々の記述があり、神皇正統記には「コノ天皇邪気オハシケレバ、即位ノ時大極殿ニ出給コトモタヤスカルマジカリケルニヤ紫宸殿ニテ其礼アリキ。二年バカリシテ譲国。六十三歳ォハシマシキ」（冷泉条）と書く通り、安和二年八月十三日脱屣、寛弘八年十月二十四日崩御（紀略には春秋六十二歳）とあるわけであるが、醍醐の田中氏蔵の元亨四年具注暦裏書（大日本史料、寛弘八年十月二十四日条所引）には「雖狂給、有復尋常時、太美麗之人也云々、為太子狂乱之初、終日不顧足傷蹴鞠、欲留於梁上、人々初恠、又参上清涼殿、昇炬火屋上而坐御、天暦御消息返事、書玉茎形給、是等狂乱之始也、大嘗会御禊之日、復尋常渡給〈美麗無極〉懐子女御参給、狂乱之後、生三条院幷為尊、敦道等親王」という記述があるほどで、江談抄、二には、在位の時に御璽の結緒を解き開こうとしたので、兼家がこれを止めたとか、続古事談、一には「シルシノ筥ノカラゲ」を解いてあけようとした所、筥から白雲が立ったので棄てたのを紀氏の内侍が元の如くからげ、又宝剣を抜こうとしたとかいうような話も見え（なお富家語談にも同話が見える）、尋常でなかったらしい。「シルシノ筥ノカラゲ」を解こうとしたことについては「冷泉院ウツシ心ナクオハシマシケレバニヤ」という批評がある（続古事談）。

「自八歳御病纏玉体」(歴代皇紀)。

「みかど例の御心地におはします折は、先帝にいとよう似奉らせ給へり。御かたちこれは今少し勝らせ給へり。あたらみかどの御物の怪いみじくおはしますのみぞ、よに心憂きことなる」(栄花、一、月の宴)。

「この御道心(花山院の出家)こそうしろめたけれ。出家入道も皆例の事なれど、これはいかにぞやあるを御心ざまの折々出で来るは、こと〴〵ならじ、たゞ冷泉院の御物の怪のせさせ給ふなるべし」(栄花、二、花山尋ぬる中納言)。

「この頃冷泉院悩ませ給ふといふ事こそ出で来たれば、世にいみじきことなり。常の御有様なれば、「さりともけしうはおはしまさじ」など、おぼしたゆめど、猶おぼつかなしとて、殿の御前参らせ給て、見奉らせ給へば、いみじう苦しげなる御けしきにおはしますを、いかに〳〵と見奉らせ給程に、歌をぞ放ちあげて謡はせ給ふ。珍らしき事ならねど、「あないみじのわざや」と見えさせ給ふは、猶御けしきなども例の御有様には変らせ給と、ことに見えさせ給へば、いとうたて覚えさせ給に、さすがに見知り奉らせ給へるも恐しうて、急ぎ出でさせ給ぬ。…十月廿四日、冷泉院うせさせ給ぬ」(栄花、十、ひかげのかづら)。

「「古より今にかぎりもなくおはします殿の、たゞ冷泉院の御有様のみぞ、いと心うく口惜しきことにてはおはします」と言へば、侍、「されど、ことの例には、まづその御時をこそは引かるめれ」といへば、「それはいかでかはさらでは侍らん。そのみかどのいでおはしましたればこそ、この藤氏のとのばらいまにさかへおはしませ…さらば元方卿・桓算供奉をぞ追ひのけさせ給ふべきな」」(大鏡、三、師輔)。

「又いづれの御願とかの絵に、飯室の僧正(尋禅)たふとくおはする事かくとて、冷泉院の御太刀抜かせ給へるに、僧正逃げ給へるあとに、とどまれる三衣筥のもとにて、みかど物の怪にうたせ給ひたる所の色紙形、これはえかゝじとて、文字もかゝれでまだに侍なり」(今鏡、五、みかさの松)。(この冷泉院が尋禅を切ろうとした話は、続本朝往生伝にも見える。)

「清慎公記云。康保四年七月廿二日。宰相中将〈延光〉来言二雑事一。次言二主上追レ日本病発給之由一。左兵衛佐佐理云。高声歌二給田中之井戸或法用二云々。左衛門督〈師氏〉又来云。今日候二殿上辺之渡殿一。放歌御声甚高。其御歌者。子奈良波云云。近衛官人皆承二御声一。頗以不便。明日可レ有二除目二云々。如レ此之間何被レ行二公事一乎云々。往代聞二武猛暴悪之主一。未レ聞二狂乱之君一。如レ此之間。外戚不善之輩競二成昇進之望一。左衛門督云。藤納言〈伊尹〉望二大納言一云々。入レ夜後。右少将為光朝臣来云。明日除目一昨右大将〈師尹〉与二藤大納言〈在衡〉一議定畢之由伝承云々。揚名関白早可レ被二停止一之者也。

今案。冷泉天皇は民部卿元方が怨霊によりて、狂乱におはしましける時、外戚の人々〈九条殿一族也〉官位昇進等の事を議定せしかば、小野宮殿〈実頼〉此時関白にありながら見処し給ひし故に、述懐し侍りて、揚名関白はやくやめらるべしと記せられ侍る」(源語秘訣)。

「さは三条院の院の御すゑはたえねとおぼしめしをきてさせ給か、いとあさましくかなしき御ことなり。かゝる御心のつかせ給はこと〴〵ならじ、たゞ冷泉院の御もののけなどのおもはせたてまつるなり」(大鏡、二、師尹)。

なお僧綱補任の円融天皇条に「〈裏書〉余慶筑紫人。千手院天台宗明仙律師弟子。冷泉院御薬験者之賞。元方民部卿令二降伏一賞也」とあり、冷泉院の崩御の時には智証の系統の余慶が元方の霊のたたりを降伏するために祈禱したらしい。もっとも冷泉院には師輔の霊もついていて、地震を予知して院を守ったともある(続古事談、一)。

四 **行幸ナルベキニテアリケルヲ**(一七八頁注九) 「吉日して今日明日の程に行幸あるべき由を仰らるれば、大殿「それげに候ふべき事なれども、すべて行幸はおぼしかけ給ふべきにあらず。御もののけいと〳〵恐し。見奉らせ給ふとも、御心の例におはしまさばこそあらめ」など申させ給ふにつけても、あはれにおぼしめされて打ち泣かせ給ふも、いみじき理の御有様なり」(栄花、十、ひかげのかづら)。

五 **閑院ノ太政大臣公季**(一七九頁注一六)

「寛仁四年〈庚申〉

関白 正二位藤頼通〈二十九〉七月十九日上表。壬十二月卅日勅答不許。

内大臣

左大臣 正二位同顕光〈七十七〉

右大臣 正二位同公季〈六十四〉皇大弟傅。

大納言 正二位同道綱〈六十六〉皇大后宮大夫。十月十三日依病出家。十六日薨。

同実資〈六十四〉右大将。

同斉信〈五十四〉十一月廿九日転。大夫如元。

権大納言正二位同斉信　　中宮大夫。按察使。十一・廿九転正。
　同公任〈五十五〉
　同教通〈二十五〉左大将。春宮大夫。二月廿三日乙巳酉二点着座。
〔正二位〕同行成〈四十九〉十一月廿九日任。十二月卅日勅授帯剣。
中納言　正二位同行成　　権帥。侍従(去年去之歟)。十一月廿九任権大納言。
　同隆家〈四十二〉
権中納言正二位同頼宗〈二十八〉左衛門督。使別当。大皇大后宮権大夫。四月七日
　　辞別当。
　源経房〈五十二〉皇大后宮権大夫。十一月四日去権大夫。同廿九日
　　兼任大宰権帥(去大夫)。
　藤能信〈二十六〉中宮権大夫。九月十九兼左兵衛督。
寛仁五年〈辛酉　二月二日改元為治安元。依当革命〉
太政大臣従一位藤**公季**〈六十五〉七月廿五日任。即日聴輦車。
関　白　正二位同**頼通**〈三十〉正七従一位。八月十宣。可列太政大臣下者。廿一日
　　宣旨。官外記侍従所宜陽殿座可敷太政大臣次者(横座)。
左大臣　正二位同顕光〈七十八〉正月七従一位。五月廿依病上表。廿四日出家。廿
　　五日重上表。甍(凡上表四度)無甍奏(在官廿六年。
　　歴三代)。号堀川左大臣。
　　七月廿五日任。
　従一位同**頼通**
右大臣　正二位同**公季**
　同実資〈六十五〉七月廿五日任(去九日蒙兼宣旨)。廿八日右大将
　　皇大弟傅。正月七日従一位。七・廿五任太政大臣。
　　如元。八月廿九日兼皇大弟傅。
内大臣　正二位同頼通
　同教通〈二十六〉七月廿五日任。同廿八日左大将如元。
　　正月七日従一位。七月廿五日転左大臣。
大納言　正二位同実資〈六十五〉右大将。任右大臣。
　同斉信〈五十五〉中宮大夫。二月一日丙午酉時着座。
権大納言正二位同公任〈五十六〉正月廿八日兼按察使。
　同行成〈五十〉
　同教通〈二十六〉左大将。春宮大夫。七月廿五日任内大臣。
　同頼宗〈二十九〉七月廿五日任。廿八日大皇大后宮権大夫如元。八
　　月廿九日兼春宮大夫。
　同能信〈二十七〉七月廿五日任。廿八日中宮権大夫如元」。(補任)

公季は寛仁四年には右大臣として、頼通・顕光の次に位しているが、寛仁五年(治安元年)には右大臣から七月二十五日に太政大臣に任じられて、関白頼通の上座に位している事が判り、宜陽殿の公卿の座が頼通は太政大臣の次に敷くべしとの宣旨が八月二十一日に出た事が判る。これに就いて職原抄に「…執柄必蒙二一座宣旨一故称二一人一〈又云二一所一〉。然而閑院太政大臣〈公季〉著二関白内大臣〈頼通宇治殿〉上一。久我太政大臣〈雅実〉。著二関白右大臣〈忠通公法性寺殿〉上一。是邂逅例也」とする。「関白可レ列二其大臣上一由被二宣下一常事也。同位幷関白為二下﨟一時事也。関白為二上﨟一時ハ不レ然。又関白可レ列二其大臣下一由有二宣下事一。有二其例一。即宇治関白頼通可レ列二太政大臣公季下一由被二宣下一。法成寺供養時如レ此着歟」(世俗浅深秘抄)。

六　**太政大臣ニテ摂籙臣ナル宇治殿ノカミニツケラレタリケレバ**(一七九頁注一七)　前注の如く公季は頼通の上座についたが、古事談、二には次のような話を載せる。「法成寺殿金堂供養〈治安二年七月十四日〉日。入道殿執レ盃進居二太政大臣〈公季〉前一。権大納言行成卿執二瓶子一。入道殿被レ仰云。久無レ出二交盃酒座一。今日殊有レ所レ思。慇以勧盃。言未レ了落涙難レ禁云々」。「仰云、其人乃上ニ列せよと云宣旨ハ常事也。其人ノ下列せよと云宣旨如何。予申云、不覚候。但宇治殿大臣時、依摂政、列左右大上、而公季任太政大臣、列太政大臣下由宣旨候も、未見正文。仰云、尤然ナリ。法成寺供養日、公季ハ太政大臣ニテ賜随身テ宇治之上被列也」(中外抄)。

七　**四納言**(一七九頁注一八)　「今案保光、重光、延光〈謂二之延喜之時三光一〉又斉信、公任、行成、俊賢〈謂二之一条院時之四賢一〉(手、俊賢行成云々謂二之一条院時四納言二云々〉」(二中歴、十三、名臣)。「この四人の大納言たちよな、斉信・公任・行成・俊賢など申君だちはまたさらなり」(大鏡、六、昔物語)。

八　**ヌキマダラモナキ四人**(一七九頁注一九)　底本・文明本・史料本「ヌキマタラモナキ」、河村本「ぬきまたたもなき」、天明本「す〈イぬ〉きまたに〈イち〉もなき」、上野本「ぬ〈伴す〉きまたら〈伴に〉もなき」。優劣区別のつけがたい意か、或は「抜キ・マダラ」のない意か、「緯マダラ」ともとれるが、その意未詳。

九　**コノ左大臣高明謀反ノ心アリテ…**(一八〇頁注二)　この安和の変は紀略によると、安和二年三月二十五日に左大臣を兼ねた近衛大将、源高明を突如として大宰員外帥に左遷し、右大臣藤原師尹を左大臣にし、大納言

在衡を右大臣とした。これは左馬助源満仲・前武蔵介藤原善時等が中務少輔源連・橘繁延(敏延)等の謀反の由を密告し、右大臣以下諸卿忽に参入し、諸陣三寮警固、固関等の事を行い、参議文範をして密告文を太政大臣職曹司につかわし、諸門の出入を禁じ、検非違使が繁延・蓮茂等を捕え、その結果参議文範保光の大弁が左衛門府で勘問し、隠し切れず、その罪に伏し、又検非違使源満季(満仲の弟)が前相摸介の藤原千晴(藤原秀郷の子らしい)とその男久頼及び随兵を捕え、禁獄させ、禁中で大騒動で殆んど天慶の乱の如くであったとあり、二十六日に高明は出家し、二十七日に密告賞に満仲は正五位下、藤原善時は従五位下に任じられ、四月二日には、藤原千晴を隠岐国に、僧蓮茂を佐渡国に配流した。そして四月三日には五畿七道諸国に謀反党類の源連・平貞節を追討すべき事と、下野国の故藤原秀郷子孫に教喩を加えるべき官符を出している。これだけの事件であるが、満仲等の密告を謀反に仕上げた陰謀であろうと言われている。

「(三月)廿五日壬寅。以㆓左大臣兼左近衛大将源高明㆒。為㆓大宰員外帥㆒。以㆓右大臣藤原師尹㆒為㆓左大臣㆒。以㆓大納言同在衡㆒為㆓右大臣㆒。左馬助源満仲。前武蔵介藤原善時等。密告㆓中務少輔源連・橘繁延等謀反由㆒。仍右大臣以下諸卿忽以参入。被㆑行㆓諸陣三寮警固々関等事㆒。令㆘㆓参議文範㆒。遣㆗密告文於太政大臣職曹司㆖。諸門禁㆓出入㆒。検非違使捕㆓進繁延僧蓮茂等㆒。仍参議文範。保光〈両大弁也〉於㆓左衛門府㆒勘㆓問之㆒。無㆑所㆑避。伏㆓其罪㆒。又検非違使源満季捕㆓進前相摸介藤原千晴。男久頼。及随兵等㆒禁獄。又召㆓内記㆒有㆓勅符木契等事㆒。禁中騒動。殆如㆓天慶之大乱㆒。廿六日癸卯。文範・保光重以勘㆓問繁延等㆒。又令㆑出㆓春宮読経僧等㆒、左右馬寮御馬各十疋置㆑鞍、令㆑候㆓左衛門陣職㆒、又武射人々、令㆑候㆓鳥曹司㆒、今日丞相〈高明〉出家。…廿七日甲辰。行㆓密告賞叙位㆒。正五位下源満仲。従五位下藤原善時等也。又繁延。千晴等貫戸可㆓勘申㆒之由。被㆓宣下㆒畢。廿八日乙巳。謀反之輩父母兄弟所当罪可㆓勘申㆒之由。可㆑仰㆓明法博士㆒者。廿九日丙午。有㆓大索事㆒。卅日丁未。近江国進㆓固関覆奏解文㆒。四月一日戊申。無㆓旬事㆒。警固之故也。午刻。員外帥〈高明〉西宮家焼亡。所㆑残雑舎両三也。橘繁延配㆓流土佐国㆒。…二日己酉。藤原千晴配㆓流隠岐国㆒。僧蓮茂配㆓流佐渡国㆒。三日庚戌。五畿七道諸国可㆑追㆓討謀反党類源連・平貞節㆒。并下野国可㆑加㆑教㆓喩故藤原秀郷子孫㆒官符等也。…七日甲寅。擬階奏。新任左大臣〈師尹〉行㆑之。…九日丙辰。於㆓建礼門前㆒大祓。依㆓謀反流罪事㆒也。十一日戊午。固関使覆奏。今日。小除目。又有㆑勅。都子・敏子内親王等給㆓絹卅疋㆒。件内親王等。同㆓居前帥〈高明〉家㆒之間焼亡了。仍給㆑之。…十七日甲子。発㆓遣諸陵使㆒。依㆓謀反事㆒也。廿日丁卯。源連・橘繁延・僧蓮茂等進㆓怠状㆒了。…(五月)九日丁酉。前帥〈高明〉息子但馬権介致賢忽出家。…十四日庚寅。開関解陣」(紀略、安和二年)。

「帝御物の怪いとおどろ〳〵しうおはしませば、然るべき殿上人、殿原、たゆまず夜昼さぶらひ給ふ。いとけ恐しくおはしますに、「今日下りさせ給ふ、明日下りさせ給ふ」とのみ、聞きにくゝ申思へるに、…今年は安和二年とぞ言ふめるに、位にて三年にこそはならせ給ひぬれば、いかなるべき御有様にかとのみ見えさせ給へり。かかる程に世の中にいと怪しからぬ事をぞ言ひ出でたるや。それは源氏の左の大臣の、式部卿宮の御事をおぼして、帝を傾け奉らんとおぼし構ふといふ事出で来て、世にいと聞きにくゝのゝしる。「いでや、世に然る怪しからぬ事あらじ」など、世人申思ふ程に、仏神の御ゆるしにや、げに御心の中にもあるまじき御心やありけん、三月廿六日にこの左大臣殿に検非違使うち囲みて、宣命読みののしりて、「みかどを傾け奉らんと構ふる罪によりて、太宰権帥になして流し遣はす」といふ事を読みのゝしる」(栄花、一、月の宴)。

10　**冷泉院ホドナク御物怪ニテ御薬シゲヽレバ**(一八〇頁注三)　物怪については補注4-三参照。高明配流の前年、康保五年には「此天皇従㆓東宮時㆒有㆓御悩㆒、今年春比、御薬尤劇、于㆑時有㆓香山聖人㆒。只以㆓菓子㆒為㆑食。不㆑用㆓火熟之食㆒。又不㆑洗㆑手。其験殊勝云々。由㆓夢告㆒有㆑勅、令㆑侍㆓殿上㆒。王公卿相送㆓百味美服㆒供養、而数月祗候更無㆓其験㆒、密隠逃去、世云、習㆓多波天法㆒者也、又時人云、事有云々、不㆑注㆑之」(略記)。この香山上人は今昔、二十の三の、「祭天狗僧」である。もっとも今昔では円融院の事とする。

11　**武蔵介藤善時**(一八〇頁注六)　「廿六日。左大臣源朝臣高明坐㆑事遷㆓太宰権帥㆒。年五十六。是依㆓左馬助源満仲。前武蔵介藤原良時等之密告㆒也云々。左降之除目以前。午時。左府先以出家。同一男左兵衛佐忠賢同以入道。雖㆑然不㆑改㆓官符文㆒。猶早役㆓左遷㆒。追使右衛門尉藤原為儀。迄㆓山埼㆒使右衛門佐大江朝臣澄景也。逆主僧連茂。中務少輔橘朝臣敏延。左兵衛大尉源朝臣連。前相摸権介藤原千晴等也。即流㆓連茂於伊豆国㆒。配㆓敏延於土左国㆒。流㆓千晴於隠岐国㆒。配㆓連前於佐渡国㆒。凡縁坐者有㆑数。

同日右大臣藤原朝臣師尹任㆓左大臣㆒。年五十也。同日。大納言藤原朝臣在衡任㆓右大臣㆒。年七十九。大僧都如無之子也」(略記、安和二年三月二十六日)。

一二 **左大臣ハ左遷セラレテ、大宰権帥ニ成テ**(一八〇頁注七) 「左大臣正二位源高明〈五十六〉左大将。三月廿六日貶大宰権帥。即日入道。請留。不許。准俗赴任所。天禄二・十・廿九官符。三年四月廿帰京。殊有賜封戸。天元三・十二・十六薨。六十九」(補任、安和二年)。

一三 **遠流**(一八〇頁注八) 遠流は延喜式、二十九に「凡流移人者。省定㆓配所㆒申㆑官。具録㆓犯状㆒。下㆓符所在幷配所㆒。…其路程者従㆑京為㆑計。伊豆〈去㆑京七百七十里〉安房〈一千一百九十里〉常陸〈一千五百七十五里〉佐渡〈一千三百廿五里〉隠岐〈九百一十里〉土佐等国〈一千二百廿五里〉為㆓遠流㆒」とあり、流刑には近流、中流、遠流があった(続紀、神亀元年三月条参照)。この時僧蓮茂は伊豆国、橘敏延は土佐国、藤原千晴は隠岐国、源連は佐渡国に流されたというから(補注4―一一参照)何れも遠流。

一四 **ユカリツ、カハレテ**(一八〇頁注九) この所諸本皆同詞句であるが、何か脱落がある様に思う。縁故があって使われての意であろうか。なお考えるべきである。

一五 **世ノ人ノサタシケルコトハ**(一八〇頁注一一) 「そのゆへは式部卿の宮みかどにゐさせ給ひなば、西宮殿のぞうに世の中うつりて、源氏の御栄えになりぬべければ、御舅達の魂深く非道に御おとゝをば引きこしまうさせたてまつらせ給へるぞかし」(大鏡、三、師輔)。

一六 **小一条左大臣師尹、九条殿ノ子ドモ三人、小野宮ノ子ドモ**(一八〇頁注一二) 安和の変は補注4―九のような経過であるが、この事件の首謀者が誰であったかは甚だ問題であり、明確には判らない。ただ愚管抄は小一条師尹(安和二年に、この変以前は「右大臣正二位」「右大将、皇太子傅」、この変後「三月廿六日転左大将、幷左大臣」(補任)、当時五十歳)と、九条殿の子、即ち当時は権大納言伊尹(三月二十六日正大納言に転じ、「兼右大将、十一月十一日転左大将」(補任)。当時四十六歳)と中納言兼蔵人の兼家(当時四十一歳)と、参議の兼通(当時四十五歳)、小野宮の子ども(当時小野宮の子としては中納言頼忠、四十六歳、参議斉敏、四十二歳が補任に見えている)等の所為とする。大鏡ではこの安和の変については巻三の師輔条に「その故は式部卿の宮(為平)みかどにゐさせ給ひなば、西宮殿のぞうに世の中移りて、源氏の御さかへになりぬべければ、御舅達の、魂深く非道に御おとゝ(円融)をばひきこし申させたてまつらせ給へるぞかし」とあり、御おじ達、即ち「九条殿ノ子ドモ三人」としているのであり、伊尹・兼通・兼家を指すが、愚管抄はこれを承けた詞句であろう。もっとも兼家・兼通には関係している明証はないが、兼家はこの頃中納言兼蔵人で、前年は三位中将兼蔵人頭という初めての例の任官であり、また安和の変の前年その女超子を入内させて居るなど当時、注目すべき地位にあった事は事実であり、関係なしとは断定出来ない。伊尹はその女懐子を冷泉院に入れて、師貞親王が安和元年に生まれていたのであり、その立太子をはかれば為平親王と対立するわけであった。師尹は実頼と高明に次ぐ位置にあり、実頼は当時七十歳、関白太政大臣であったが、安和元年六月の頃、「日来天皇時々御悩、太政大臣又如㆑此」(紀略、六月十四日)であり、病気勝ちであったらしい。だから、師輔は女安子を村上中宮とし、その妹二人を高明の室とし、高明と近い関係にあったとしても、また実頼は「小野の宮の大臣、女御の御事(女御安子が村上中宮となったこと)を口惜しく思したり」(栄花、一、月の宴)としても、実頼は、またその子達は果してこの事件に関係していたかどうか吟味する必要があろう。少くとも実頼は外戚でないのであり、「揚名関白早可㆑被㆓停止㆒之者也」(源語秘訣所引清慎公記)とされる関白であったのである。師輔(天徳四年薨)・安子(康和元年崩)・村上(高明は村上の弟)が相ついで世を去って、冷泉即位となった時に、高明の婿である為平親王を止め、守平親王(円融)を擁立し、源氏を抑えようとした者が居た事は事実であった。師尹は「その御事の乱れは、この小一条のおとゞのいひ出で給へるとぞ世の人聞えし」(大鏡、二、師尹)とあり、「左大臣源高明…坐㆑事左㆓遷太宰権帥㆒…或記云、師尹大臣所為云々」(編年記)というふうに批評されている。満仲は天徳四年に武蔵権守(古事談、四)であったが、むしろ藤原秀郷の子千晴をおとし入れる事が目的で、満仲の密告が始まったとも考えられ、ともかく具体的な行動はここから起ったのであり、その結果、師尹は左大臣に転じ、伊尹は大納言に転じた。師貞親王は円融院受禅の安和二年八月十三日を以て東宮となっている。後の花山院である。

一七 **俊賢**(一八〇頁注一六) 正暦三年八月二十八日俊賢は蔵人頭に任ぜられた(補任)が、これは「誰人補㆑頭テ為㆓公家㆒可㆑有㆓忠節㆒哉」という中関白道隆(時に摂政)の問に対する自薦が通ったのだという(古事談、二)。

そのため、道長が内覧の宣旨をうけた時は狸寝入をしていたという(補注3－一〇八)。後には道長と親しく、「昨日左相府被座宇治…大納言斉信、頼通、公任、中納言俊賢、行成、教通、参議公信等追従、有和哥云々」(小右記、長和四年十月十三日)というふうに行動をともにするだけでなく、道長が三条院の譲位をせまった時の協力者であった。道長と対立的であった小野宮実資は、そういう俊賢を非難している。「資平云、主上密々被仰云、日来左大臣頻責催譲位事、太奇事也…又被仰云、大納言公任、中納言俊賢、為吾多不善事、催左大臣令責吾禅位、此事不安、仍訴申神明、□身及子孫不宜歟」(小右記、長和四年十月二日)。彼は、一条院の時同様、三条院の「顧問臣」であることを願い奏上し、聞き入れられなかったので、道長とともに譲位を計ったのだという(小右記、寛弘八年七月二十六日)。俊賢もまた実資を讒することがあったらしい。「源中納言俊賢、為下官頻有讒舌、未得其心」(同、七月十九日)。「近日上下云、斉信、俊賢両(人)於左相府宿所、毎日讒言尊卑、就中俊賢如狂」(同、七月二十六日)。

一八　**カヽル器量トモノアイ〳〵ヌル世ヲ**(一八一頁注二三)　「一条院は御心ばゑも、御能もすぐれておはしましける上に然るべきにや侍りけむ、上達部、殿上人、道々の博士、たけきもののふまで、世にありがたき人のみ多く侍りける頃になむおはしましける。…藤民部卿(斉信)・四条大納言(公任)・源大納言(俊賢)・侍従大納言(行成)などいふ人たち」(今鏡、九、からうた)。「時之得レ人也於レ斯為レ盛。親王則後中書王〈具平〉。上宰則左相〈道長〉儀同三司〈伊周〉。九卿則右将軍実資。右金吾斉信。左金吾公任。源納言俊賢。拾遺納言行成。左大丞扶義。平納言惟仲。霜台相公有国等之輩。朝抗二議廊廟一。夕預二参風月一。雲客則実成。頼定。相方。明理。管絃則道方。済政。時中。高遠。信明。信義。文士則匡衡。以言。斉名。宣義。積善。為憲。為時。孝道。相如。道済。和歌則道信。実方。長能。輔親。式部。衛門。曾禰好忠。画工則巨勢弘高。舞人則大伴兼時。秦身高。多良茂。同政方。異能則私宗平。三宅時弘。伊勢多世。越智経世。公侯恒世。参春時正。真上勝岡。大井光遠。秦経正。近衛則下野重行。尾張兼時。播摩保信。物部武文。尾張兼国。下野公時。陰陽則賀茂光栄。安陪晴明。有験之僧則観修。勝算。深覚。真言則寛朝。慶円。能説之師則清範。静昭。院源。覚縁。学徳則源信。覚運。実因。慶祚。安海。清仲。医方則丹波重雅。和気正世。明法則允亮。允正。明経則善澄。広澄。武士則満仲。満正。維衡。致頼。頼光。皆是天下之一物也」(続本朝往生伝)。

一九　**斉信**(一八一頁注二四)　四納言の一、恒徳公藤原為光の次男、長元八年三月二十七日薨、六十九歳。大納言、民部卿、中宮大夫(補任・大鏡、三、裏書一)。「斉信ノ民部卿大納言ト云人有リ、身ノ才有テ文章ニ達ルニ依テ」(今昔、二十四の二十九)。「この中納言になり給へるもいと世おぼえあり、よき人にておはしき」(大鏡、三、為光)。

斉信は一条院から愛され、その昇進は早かった。長保二年、兄誠信を超えて権中納言となり(誠信はその恨のうちに死ぬ―大鏡、三、為光・十訓抄、九)、六年公任を超えて従二位となり(松尾平野行幸行事賞―補任)、七年には権大納言として大納言実資に次いだ。斉信はまた、一条院のことを常に「心中欲レ推二挙人一、得レ□二竜顔一時、先有下可レ反レ淳二素天下一之勅命上、仍抑二私心一」(続本朝往生伝)と言っていた。彰子が入内した時中宮大夫となったように道長と親しく、「近日上下云、斉信俊賢両(人)於左相府宿所、毎日讒言尊卑、就中俊賢如狂…」(小右記、寛弘八年七月二十六日)と実資から非難されていることもある。少くとも道長同心のものと思われていた。その所行はかなり傍若無人であったが、人はそれを許していた。「所行甚高、召二随身於小庭一仕レ之、毎事如二大将一、誦二鳳凰池上之月之句一、俳二佪禁庭一、人莫レ不二歎伏一、為二神仙中人一」(古事談、二)。蔵人頭を望んだ、時俊賢の自薦に破れた(古事談、二)とか、公任と詩敵だと伊周に批評された(江談抄、五)とか、失錯を扇に書いて披露した行成を恨んだ(古事談、一・著聞集、四)とか、四納言相互における逸話が伝えられている。また、漢詩・漢文の才が讃えられている。例えば、道隆の仏事の折、「金谷花に酔し地、花は春毎に匂ひて主かへらず」と詠んで人々に涙をしぼらせた(十訓抄、一)など多い。

二〇　**公任**(一八一頁注二五)　寛弘元年、松尾平野行幸行事賞として、斉信が公任を超え従二位となったとき、公任は出仕をやめ、翌二年七月二十一日、中納言を上めることを請うて上表した。上表の文章は大江匡衡に誂えた。「彼人(公任)ゆゝしく矯飭ある人也、わがみの先祖やんごとなきものにて有ながら、沈淪の旨をかゝざる歟、早く此旨を書べし」という赤染衛門の忠告により、「臣は五代の太政大臣の嫡男也、曩祖忠仁公より以来」という書き出しで現在の沈淪を叙したところ、公任はその出来に満足したという(十訓抄、七)。結局、上表は返され、公任をも従二位に叙する(時光を超えて)ことで落着。御堂関白記に「是雖非朝議有採用人也、仍被行之」(七月二十一日)とあり、公任は参賀の後、道長の許へ趣いている。叙位には道長の手が働いたのであろう。「時ノ人云ケル、イマダ昔モアラザル事也、コエラル、恥ヲ雪ノミニアラズ、カヘリテ光ヲナムマスト云ケリ」(続古事談、二)という批評は、小右記のままである。公任の「矯餝」は、蹴鞠の会で、懸の外におちた鞠を、「大臣大将の子ならざらん人とるべし」と言って行成を嘆かせた(十訓抄、五)ことにもあらわれている。古代歌学の大成者として、和歌に関する逸話は、大井川行幸の時の三舟の才のこと(袋草子・十訓抄・古事談・著聞集など)を初めとして多い。源経信は公任から判詞のことなどを教えられたというが(袋草子)、経信もまた三舟の才として世に称されている。道長とは近く、長保元年十月二十八日、道長第で彰子入内のための和歌の撰定があった時、実資は、それに応じた公任を小野宮流の立場から批判している。「上達部依左府命献和哥、往古不聞事也、何況於法皇御製哉…又右衛門督(公任)是廷尉、異凡人、近来気色猶似追従、一家之風豈如此乎、嗟乎痛哉」(小右記、長保元年十月二十八日)。道長との和歌贈答も多い。

二　**行成**(一八一頁注二六)　「本朝入木相承之大祖能筆本朝祖三跡内号権跡是也」(尊卑)。

父義孝は、天延二年九月十六日、従五位下右少将として、その兄左少将挙賢と同日に死んだ。朝成の怨霊によると言われ(続古事談・宝物集)、死後、人の夢にあらわれて詩歌を詠んだと伝えられる(江談抄・袋草子・今昔物語など)。蹴鞠の会で公任に、大臣大将の子ならざらん人と言われ、行成は、「たんめいなるこそ口惜けれ、少将いきたらましかば三公の位をばきらはれざらまし」と嘆いた(十訓抄、五)。若く沈淪の時、出家を思ったが、俊賢の励ましと挙達により「為二下﨟無官四位一被レ補レ頭」、納言に任じられてから、暫く俊賢より上位したが、恩を思って上座にはつかなかった(古事談、二)。行成の蔵人頭補任については、実方の無礼を堪えた行成を一条院が知ったためという伝えもある(古事談、二・十訓抄、八)。道長と近く、彰子入内にあたっては、道長と一条院と詮子の間に立ってことを伝える一方、立后の次第を道長に示したりし、道長から感謝されている。「丞相命云、此事雖不承指期日、承一定之由、汝恩至也、大都候顧問之後、触事難見芳意之深、不能示其悦、今在斯時、弥知厚恩、於汝一身事無所思、我有数子之幼稚、汝亦有数子、若有天命有如此事之時、必可報此恩、亦如兄弟可相思之由、可仰含者、欣悦給旨甚多」(権記、長保元年十二月七日)。某所の額を勅命によって書こうとしたところ、佐理の生霊に悩まされた(江談抄、三)といった書に関する伝えが多い。

三　**ソノ外ノ能芸トリ〴〵ニ人ニスグレタリ**(一八一頁注二七)　「四納言と聞えしは、斉信、公任、俊賢、行成也。漢の四皓の世に仕たらんも此人〳〵にはいかゞ勝らむとぞ見えける」(十訓抄、一)。

三　**テル中将、ヒカル少将**(一八一頁注三一)　「今日。左大臣養子右近権中将源成信。与二右大臣顕光息男右近少将藤原重家一。相伴。向二三井寺一出家。仍両大臣驚向二彼寺一」(紀略、長保三年二月四日)。古事談・権記等にその詳細は出る。

「一条院御時、長保比、右中将成信〈村上皇子兵部卿致平親王男母左大臣雅信女御堂猶子廿三〉。左少将重家〈堀川左大臣顕光男母規子内親王廿五〉同心示合出家、発心之根元。有二仗座定一之日、両人立聞レ之。一条左大臣一上ニテ四納言面々吐二才学ヲ一ケルヲ聞テ、致二奉公一昇進セントハ思ケルハ、身ノ恥ヲ不レ存ナリケリトテ、共出家云々。先到二霊山寺一。剃レ頭之後、共在二三井寺一云々。或説、於二三井寺一慶祚阿闍梨室剃レ之云々。行成卿夢ニ、此重家可二出家一之由談給ト見テ、御堂ノ御許ニ詣逢テ、カヽル夢ヲコソ見侍ツレト談給ケレバ、少将打咲テ、マサシキ御夢ニコソ侍ルナレト答給テ、翌日剃頭云々。或説ニ云。此両人三井慶祚ノ室ニ往合ント契リタリケルニ、中将ハトク往テ待給ケレド、夜フクルマデニミエザリケレバ、自猶予事ナドアルニヤトテ、先出家シテ暁帰ントスルトキ、少将ハ霜ニヌレテ来タリケリ。中将新発(意)イカニヤヨベハ待カネ申テナン。先遂侍リニシト被レ示ケレバ、親ニイトマコハヌハ不孝之由承バ、伺侍シニ、昨日シモ便宜アシキ事侍テ暮ニシカバ、日ヲタガヘジトテ、ヨベ髪ヲバ切侍ナリトゾ被レ答ケル」(古事談、一)。

照中将、光少将の出家譚は出自が貴族の公達で当時から余程有名であったらしく、上掲の古事談の説話は愚管抄と関係があるらしく思えるが、なお当時の藤原行成の日記権記には詳しく見えている。即ち「先日右府所借給年中行事、付二先少将〈重家〉一、令伝奏、退出、成信少将来談之間通夜」(権記、長保三年二月三日)。

「或云々、権中将先少将相共夜行、于今未帰参、有出家之疑云々。尾張守〈匡衡〉、参云、出家云々事已実也者、詣左府、々々今朝退出給。只今向三井寺給、中将於此寺入道云々、即候御車後、入夜帰京、右府又同向給、少将共入道之故也。今日兵部大輔兼隆朝臣詣霊山、途中落馬云々、左府帰給之次寄其宅訪給。

従四位上行右近衛権中将兼備中守源朝臣成信、入道兵部卿致平親王第二子、母入道左大臣源雅信之女也、当時左丞相猶子也〈依彼外家之縁愛顧〉才学雖乏、情操可取、去年丞相累月有恙、亜将于朝于夕嘗薬無遑、及其病疔(痾ィ)無損、夏過秋来、近侍童僕緩怠疎略、亜将毎見人心之変改、励情匪懈、僅及八月中丞相之病平癒、其後未経幾程早以遁世、在俗旧朋等到訪之時、相語云、栄華有余、門胤無止之人、受病臨危之時、曾無一分之益、殆欲失二世之計、丞相嘗薬(臥疾)之初(日)、弟子発心之初、今遂宿念、諸仏冥護也、于時年廿三。

従四位下行左近衛少将兼美作守藤原朝臣重家、右大臣唯一子也、母天暦第五内親王也、年来雖有本意不能入道、去月晦与成信朝臣要束已定、一夜同道到三井寺、遂以剃髪、所謂親友知識之誘引者歟、時年廿五」(同、二月四日)。

「又詣右府奉訪少将出家之事、報以心神不覚由不謁、大蔵卿〈正光〉、蔵人弁〈朝経〉、自三井寺帰詣此殿、蔵人弁即出、束帯而共車参内、成房少将参会、同宿終夜談」(同、二月五日)。

「自内退出、与蔵人弁赴三井寺、相謁両入道亜将、又奉謁入道宮」(同、二月十四日)。

「与右中弁赴八省、実撿掃治之次、入豊楽院、巡見殿堂、破壊尤盛。瓦松垣衣不異華清之春色、蔓草滋露宛如枯蘇之秋心、或人云、近曾成信重家両士将時々来見此院、其時不知有何情到其処、凡失境界、雖有心思、不如眼看、不能発心之切、為催無常観到此歟」(同、三月五日)。

「早朝院還御、赴三井寺、相逢両将殊逢中将談心事、触事催涙、入夜帰洛」(同、三月二十四日)。

「中将自此日籠飯室」(同、四月一日)。

「鶏鳴出洛、日出到三井寺。相逢入道中将、亦逢少将、衝黒帰洛」(同、七月二十五日)。

とあり、左丞相即ち道長の養子となっていた、入道兵部卿致平親王の第二子、母は入道左大臣源雅信女の右近衛権中将源成信と右大臣藤原顕光の一子で母を天暦第五内親王、即ち盛子内親王を母とする左近衛少将藤原重家が相共に携えて三井寺に向って出家したというのであり、古事談によれば、愚管抄と同じく、四納言が面々で才学を吐いているのを見て、悲観して、霊山寺に至って頭を剃り、後三井寺に行ったというのであり、続古事談によると、内より豊楽院に行って、豊楽院の荒廃しているのを見て、無常の観念をおこしたとあり、道長や顕光はあわてて三井寺に行って説得したが無駄で空しく帰京したというのであるが、権記では長保三年三月五日条に豊楽院を見て無常観を催したからであろうかとする。

「又少将時叙と聞こえたまひし源氏の、一条のおとゞの御子、大原の御室などきこえて、やんごとなき真言師におはしき。又村上の兵部卿致平のみこの、成信の中将、又堀川関白のうまごにやおはしけむ、重家の少将とて、左大臣のひとり子におはせし、もろともに仏道に一つ御心に、契り申し給ひて、三井寺の慶祚あざりの室におはして、世をそむきなんと、のたまひければ、名高くおはする君だちにおはするに、便なく侍りなんと否び申しけれど、かねて御ぐしをきりておはしければ、慶祚阿闍梨、ゆるし聞こえてけり。照る中将、光る少将など申しけるとかや。中将は廿三、今ひとりは廿五におはしけるとかや。行成大納言の御夢に、重家の消息とて、世をそむきなんといふ事、のたまへりけるを、御堂のおとゞの御許におはしあひて、「かゝる夢こそ見侍りつれ」と、語りきこえ給ひければ、少将うち笑ひて、「まさしき御夢に侍り。然思ふ」などのたまはせける、次の夜、寺の大阿闍梨の房へおはしたるとなん。年ごろの御心ざしの上に、時の一の人の、わづらひ給ふだに、人もたゆむ事多く、世のたのみなきやうに、覚えたまふ事の、心ぼそくおぼえ給ひて、さばかり惜しかるべき公達の、その御年のほどに、おもほしとり、行ひすまし給へりし、あはれなどいふ言も、よろしかりしことぞかし。

此の事を、又人の申し侍りしは、斉信・公任・俊賢・行成ときこえ給ひし大納言たち、陣の座にて、世の定めなどしたまひけるを、立ち聞き給ひて、位高くのぼらんと思ふは、身の恥を知らぬにこそありけれ。かやうに、世のさだめなどせんことも、えをよぶべくもおぼえず、後の世をぞ思ひとるべかりける。など思ひて出でたまひける夜、重家の少将、御親の大臣殿に、いとま申し給ひけるを、大方とゞめらるべきけしきも、なかりければ、えとゞめ給はざりけるとも聞こえ侍りき。行成大納言の御日記には、さきに申しつるやうにぞ侍るなる。これはこと人の語りはべりしなり。四条大納言の御歌など侍りしかとよ。御集などには見え侍らん。又飯室の入道中納言の御子、成房の中将の君も、おやの中納言の同じ深き谷に入り居つゝ、室ならべて行ひ給ひしぞかし」(今鏡、五、苔の衣)。

なおこの説話は後にあげるように続古事談・今鏡・発心集に見えるが、大原少将と重家と混合したのは今鏡の記述が頭にあったためではなかろうか。

「一条院御時、権中将成信光少将重家ト云ワカキ有職ノ殿上人アリケリ。サソヒイデテ内裏ヨリ霊山寺ニ行テ、カシラヲロシテ三井寺ニ向ニケリ。中将ハトシ廿二、少将ハ廿五也。時ノ左右大臣ノ御子也。父ノ大臣ヲノ〳〵オドロキサハギテ、三井寺ニ馳向ヒ給ケリ。権中将ハ村上ノ御子入道兵部卿親王(致平)ノ御子也。一条左大臣(雅信)ノ女ノ御ハラナリ。左大臣殿(道長)ノ上ノ姉妹也。コレニヨリテ左大臣トシゴロ子ニシ給ヘリ。才学フカヽラネドモ、心バヘ人ニスグレタリ。去ニシ年ノ夏、左大臣殿ヤヽヒサシクナヤミ給シ時、此中将朝夕アトマクラニツキソヒテ、アツカヒタテマツル事ヲコタラズ。月カサナリ日ツモリテ秋ニモナリユクニ、ツカウマツル人、或ハ看病ノ心ウミ、或ハイエガタキ事ヲウタガヒテ、ソノコヽロザシカハリユクヲミテ、コノ中将世ノハカナク人ノ心サダメナキ事ヲカヘリミテ思ヤウ、カバカリ官位権勢ナラブ事ナキ御身ダニ、病ヲウケツレバスコシノヤクナシ。二世ノハカリゴトヲウシナフ。シカジ仏道ニイラムニハト。コレヨリ世ヲイトフ心ヲキザシハジメシナリトゾノ給ケル。光少将ハ右大臣顕光ノヒトリ子ナリ。村上第五ノ内親王(盛子)ノ御腹也。コノ人モトシゴロ此心アリケルヲ、中将トチギリヲナシテ、オナジクユキテカシラソラレニケリ。善知識アヘルナルベシ。コレヨリサキニ此中将少将ノトキドキ内ヨリ豊楽院ニユキテミマハリケリ。人ナニノ心トシラズ。後ニコレヲ思ニ、カノ所ヤブレカタブケルコトアダカモ姑蘇台ノゴトシ。無常ノ観念ヲマシテ、イヨ〳〵発心ヲカタクセムタメナルベシ。出家ノ前ノ日、頭弁行成外記ノマツリゴトニツキテテシ〔バ脱歟〕シネブラレケル夢ニ、人アリテフミヲトラセケレバ、タレガフミゾトヽヘバ、権中将ノフミトイフ。夢心地ニ出家ノヨシツゲタルト思テオドロキニケリ。サテ中将ニアヒテユメヲカタラレケレバ、中将ワラヒテ、マサユメニコソ侍ラメトイヒケリ。月ゴロ出家ノ心フカキヨシヲコノ弁ニモカタラレケル也」(続古事談、一、臣節)。

「成信〈ナリノブ〉重家〈シゲイエ〉同時ニ出家スル事　兵部〈ヒヤウブキヤウ〉致平〈ムネヒラ〉親王ノ御子成信中将ト堀川右大臣ノ子ニテ重家ノ少将トキコエケル人、時ニトリテ類〈タグヒ〉ナキ若人〈ワカヒト〉ナリケレバ、テル中将ヒカル少将トテ、同シサマニゾイハレ給ヒケル。此二人ヲナジ時ニ心ヲ発〈ヲコ〉シテ世ヲ背カン事ヲイヒ合セ給フ。心ザシハ一ナレド発心ノヲコリハ異ナリケリ。少将ハ時ノ一ノ人ノオモクワヅラヒ給ヒケルニ、ソノカゲニカクレタル人ノ、憂アルサマヲウケトリ給フベキ方ノ、御ユカリノ人ノケシキナドヲ見給ヒケルニ、ヲシムモソネムモ心ウキ習ナリトオボシケルヨリ、ヲノヅカライトフ事トナリニケリ。中将ハ斉信〈ムネノブ〉。公任〈キンタウ〉。俊賢〈トシカタ〉。行成ナド聞ヘテ、イミジカリケル人ヽ陣ノ座ニテ、朝〈チヤウ〉ノサダメドモ折〳〵才覚ヲハキテ、イミジカリケルヲタチキヽテ、司位〈ツカサクラヒ〉ハ高ク昇ラント思ハヾ、身ノ恥ヲ知ヌニコソアリケレ。此人ヽニハイカニモ及ブベクモアラズ、サテ世ニ有テハ何ニカハセン。彼世ヲ願フベカリケリト思トリ給ケル也。此二人ソノ日ト定メテ、三井寺ノ慶祚阿闍梨〈キヤウソアジヤリ〉ノモトヘ行アハント契給ヘリ。重家ノ君オソク見ヘケレバ、夜ニ入ルマデ待カネテ、ヲノヅカラ思ワヅラフ事ノアルナメリト、本意ナクオボシナガラ、独阿闍梨ノ室ニイタリテ、カシラヲロサント聞ユ。阿闍梨アタラシキ御様ナルノミニ非ズ、名高クヲハスルノミナレバ、ビンナク侍リナムトテイナビ申ケレバ、白地〈アカラサマ〉ニ立出ル様ニテミヅカラ髪ヲキリテ、カクナム罷成タルトアリケル時ゾ、云甲斐〈イヒカヒ〉ナクテ許キコヘケル。カクテ暁帰ラントシ給ヒケル時、露ニソホヌレツヽ重家少将ヲハシタリ。イカニ遅ハ夜フクルマデ待タテマツリシカド。若タメラヒ給フ事ナドノ侍カトテ、サキニナン仕リタルト有ケレバ、サヤウニ契リ聞ヘテイカデカハ日ヲバタガヘ侍ラン、ヲトヾニ暇乞奉ラデハ罪エヌベク思給テ、ツキデヲハカラヒ侍シカバ、日ヲタガヘジトテ夜部モトユヒヲバ切侍リトテナム見セ給ヒケル。中将ハ廿二、少将ハ廿五トゾ。サシモスグレ、サルベキ人ダニモ、アタラシカルベキヲ、カク同ジ心ニテ形ヲヤツシ給ヒツレバ、阿闍梨ナミダヲ落シツヽ、且ハオシミ且ハ哀ミケリ。此少将先モトユヒヲキリテ、ヤハラカブリヲシテ、クラキマギレニ父ノ大臣ニ暇ヲ乞給ヒケレバ、ヲノヅカラ其気色ヤアラハレタリケン、イカニ云トモトマルベキ様ニモ見ヘザリシカバ、エトヾメズナリニキトゾノ給ヒケル」(発心集、五)。

二四　**杖儀**(一八一頁注三六)　杖儀(仗儀)は公卿が陣座(仗座)で政務を評議しあい、決定する事。陣定、陣議ともいう。「仗議〈於レ陣有レ之〉」(名目鈔)。仗は兵仗の仗、左右近衛陣(多く左近衛陣)にある座について評定裁決したからいう。朝政はここで主に決められた。上卿が勅を奉じて外記に命じて公卿の諸卿を参会するように廻告し、当日の会議には上卿から勅旨を伝え、若し文書があるなら、下から見させ、諸卿が意見を下位の者から述べてゆき、きまった事を上卿が定文(さだめぶみ)に書いて、蔵人頭をして奏聞させた(補注4-五九所引西宮記その他・江家次第、十八、陣定事参照)。「陣坐。是節会官位神事等都テ諸ノ公事ノ時上卿於二此座一其事ヲ被レ取行一也」(故実拾要、二)。

二五 **大原ノ少将入道寂源**(一八二頁注四) 少将聖とも、少将入道・入道少将など言われた人。尊卑分脈によると左大臣雅信の子時叙。「右少〈中イ〉将従五下」「(出家寂源一イ)勝林院本願上人、皇慶弟子」(尊卑)。

左経記、寛仁四年閏十二月二十四日条に、

「参大原。関白殿、四条大納言、左大将同令詣給。是入道少将日来被行講説、為見聞也。〈被補彼御読経闕請云々、執筆左中弁〉昨入道殿御座云々、入夜人々帰京。〈少将自書泥法花経一部(泥上脱金若銀歟)、請五口僧、五箇日被講説也。覚空、覚超、日助、遍救、摂源闍梨也〉」。

とあり、著聞集、二にも少将聖常行三昧の事とあり、大原勝林院を開いた人。

「釈寂源、左僕射雅信之子也。俗名時信。以二門業一早上二羽林一。俄厭二世相一、従二池上皇慶一学二顕密之教一。長和二年、入二太原山一創二勝林院一、六時行道。一日、毗沙門天執レ蓋随レ後。其天降之室今猶存。臨終之時。紫雲垂二布床上一云」(元亨釈書、十一、勝林院寂源)。

「又少将時叙と聞え給ひし源氏の、一条のおとゞの御子、大原の御室などきこえて、やんごとなき真言師におはしき」(今鏡、五、苔の衣)。

「少将源時叙者、一条左大臣雅信之五男。母朝忠卿之女也。天元年中、生年十九、捨世出家。〈法名寂源〉住于大原。俗呼云大原入道。有一禅門、名勝林院。自占蘭若、始結草庵。行四種三昧、向四十余年矣。于時三月背(有イ)二禁。医師見之、謂可療治。入道云、悪瘡者多年之望也。住於正念、為遂往生也。我本立誓願、何更求医方哉者。至四月四日、香湯沐浴、着新浄衣、招門弟子。撃磬合殺、十念成就、忽兮滅矣」(拾遺往生伝、中)。

二六 **(行成ハ中納言ニテ)御病ノユカヘチカクメシヨセテ**(一八二頁注一三) 一条院と行成との問答に就いては大鏡、一、後一条院条に「一の親王をなん春宮とすべけれども後見申すべき人のなきにより、思ひがけず。されば二宮をばたて〳〵まつるなり」とあり、なお栄花、九、いはかげ及び権記、寛弘八年五月二十七日条参照。

「未始之前有召、候御前、仰云、可譲位之由一定已成、一親王事可如何哉、即奏云、此皇子事所思食歎尤可然、抑忠仁公寛大長者也、昔水尾天皇者文徳天皇第四子也、天皇愛姫紀氏所産第一皇子、依其母愛亦被優寵、帝有以正嫡令嗣皇統之志、然而第四皇子以外祖父忠仁公朝家重臣之故、遂得為儲弐、今左大臣者亦当今重臣外戚其人也、以外孫第二皇子定応欲為儲宮、尤可然也、今聖上雖欲以嫡為儲、丞相未必早承引、当有御悩、時代忽変事若嗷々、如不得弓矢之者、於議無益、徒不可令労神襟、仁和先帝依有皇運、雖及老年遂登帝位、恒貞親王始備儲弐、終被弃置、前代得失略如此、如此大事只任宗廟社稷之神、非敢人力之所及者也、但故皇后宮外戚高氏之先、依斎宮事為其後胤之者、皆以不和也、今為皇子非無所怖、能可被祈謝太神宮也、猶有憐之御意、給年官年爵幷年給受領之吏等、令一両宮臣得恪勤之便、是上計也者、是亦自去春一両年来毎有難雍容、所被仰、亦所上奏之旨耳、即重勅曰、汝以此旨仰左大臣哉如何、即奏曰、左右可随仰、但如是之事、以御意旨而可賜仰事歟、因有天許、未参御前之間、於大盤所辺女房等有悲泣之声、驚問、兵衛典侍云、御悩雖非殊重、忽可有時代之変云々、仍女官愁歎也、此間主上出御昼御座、蒙仰、々次有難忍之事等、今朝左大臣参東宮、被申御譲位案内云々、此事自昨所発也云々、匡衡朝臣易筮日、豊之明夷、豊卦不快云々、占者相示云、此卦延喜天暦竟御薬、共所遇也、加之今年当移変之年、殊可慎御之由、去春所奏也云々、此等旨左大臣覚悟、於二間与権僧正見占文、共以泣涕、于時上御夜大殿内、自御几帳帷綻御覧此事、有疑思之事、〈御病重困可有大故之歟趣也〉即御悩弥令重給、于時有此遜位之議云々、依昨重日、今朝達此案内云々、後聞、后宮奉怨丞相給云々、此案内為達東宮、自御前被参之道、経上御廬之前、縦雖承此議、非可云何事、々是大事也、若無隔心可被示也、而為隠秘無被示告之趣云々、此間事雖甚多、不能子細之耳」(権記、寛弘八年五月二十七日)。

二七 **彗星東西ノ天ニミヘケルヨリ**(一八三頁注一九) 「中旬連夜彗星見二東西天一」(紀略、永祚元年七月)。「永延三年七月十二日見東方」(山槐記、治承二年正月七日彗星年々の条)。このため八月八日永延から永祚に改元。

「依二彗星天変一也」(略記、永延三年八月八日)。

二八 **永祚の風**(一八三頁注二〇) 一条天皇の永祚元年(九八九)八月十三日の夜

の大風災は古今未曾有のものだったらしく、「十三日。夜。天下大風。宮城闕門楼閣。堂舎殿廊。及諸司舎屋垣門。万人家宅。諸寺諸社皆以顚倒。無二一舎立一。抜レ樹頽レ山。又有二洪水高潮一。畿内海浜河辺民煙畜田。為レ之皆没。死亡損害。天下大災。古今無レ双。平城京薬師寺金堂上層重閣為二大風一被二吹落一矣」(略記、永祚元年八月十三日)。

「十三日辛酉。酉戌刻。大風。宮城門舎多以顚倒。承明門東西廊。建礼門。弓場殿。左近陣前軒廊。日華門御輿宿。朝集堂。応天門東西廊卅間。会昌門。同東西廊卅七間。儀鸞門。同東西廊卅間。豊楽殿東西廊十四間。美福。朱雀。皇嘉。偉鑒門。達智門。真言院。幷諸司雑舎。左右京人家。顚倒破壊。不レ可二勝計一。又鴨河堤所々流損。賀茂上下社御殿幷雑舎。石清水御殿東西廊顚倒。又祇園天神堂同以顚倒。一条北辺堂舎。東西山寺皆以顚倒。又洪水高潮。畿内海浜河辺民烟。人畜田畝為レ之皆没。死亡損害。天下大災。古今無レ比」(紀略、永祚元年八月十三日)。とあり、京都の宮城、大内裏の諸堂を吹き荒れ、薬師寺など近畿地方の諸寺社をも破壊し、洪水高潮等天下の大災であったらしく、如是院年代記には「大風戊ノ時ヨリ子ニ至ル」、小右記には「自西時許大風及子終止」とあり、長時間吹き荒れたらしい。この時には今昔物語、十九、比叡山大鐘には、「永祚元年〈己丑〉八月ノ十三日、大風吹テ、所々ノ堂舎・宝塔、門々戸々ヲ吹倒シケルニ、此ノ大鐘ヲ吹辷バシテ、南ノ谷ニ吹落シテケリ」とあり、撰集抄、七、宗順阿闍梨信二泊瀬観音一遁二災難一事の条には宗順阿闍梨という比叡山の僧が、泊瀬の観音に参詣して、夢の告により、「永祚の風とて末の世迄も聞ゆる風」に、鐘が落ち、宗順の坊も打ちひさがれたが、持仏堂で勤めていた宗順の上に本尊の等身の観音が覆い助けた話が見え、恐らく比叡山の東塔の大講堂の鐘が谷底迄吹き落された事により発生した霊験説話であり、室町時代になると、

「あたりを払ふその勢は**永祚〈エイソ〉の風が**芝をまくり、古木をさきしに異ならず」(島原文庫本鴉鷺合戦)。

「**永祚の大風**吹き来つて御殿の灯は一燈も残らず消えて御座る」(和泉流狂言、弓矢)。

という具合に比喩として使われることになる。

元　**山門ニ智証・慈覚門人大事イデキテ**（一八三頁注二一）　これに就いては、九七頁の一条の条の山座主余慶の条に、

「山座主〈観音院・三井〉権大僧都余慶。諡号二智弁一。権僧正。永祚元年九月廿九日宣命。七十一。同十二月廿六日辞退。山僧不レ用之故也。此後智証大師門人トキ、シハ座主ナレドモナガク不二寺務一」。

とある通りであるが、その始めは余慶権少僧都が天元二年(九七九)園城寺の長吏となり、更に四年法性寺の座主になったが、智証門であった為、慈覚門から異議が出た事に始まる。関白頼忠の邸に慈覚門の山徒が至り乱暴したので、その公請を停められた。為に智証門下は比叡山を下るという事件がおこり、余慶は法性寺座主を辞した。これから以後、山門・寺門(三井寺)の対抗が始まり、正暦四年八月遂に慈覚門徒は千手院房舎を焼き払い、智証門流を山から追払い、この後智証門徒は山に住まなかったという事件があり、以後山門と寺門は中世に至るまで、深刻な対立をする事となる。その始めは天元四年十一月二十八日余慶を法性寺座主に任じた事に始まるので、

「十一月廿八日補二法性寺座主一。智証大師門徒始任二此職一。于時慈覚門徒騒動。山上大衆引率参二向関白里第一。僧徒失レ礼有二濫吹事一。仍供奉僧綱等被レ停二公請一云々。両門相別初歟。不レ遂二拝堂一辞退云々」

と僧綱補任抄出の天元四年条に見えるのであり、又寺門高僧記、一には、

「余慶権僧正。筑前国早良郡人。寛平九年丁巳誕生。天元二年補長吏。時権少僧都〈年六十一治十二〉号観音院。立精舎六宇。講堂。〈六天〉。五大堂。法華堂。〈普賢〉。阿弥陀堂。真言堂。〈両界〉。灌頂堂。〈大日〉。永祚元年補天台座主。天元三年以観音院為円融院御願寺。被置阿闍梨四口。同四年十二月補法性寺座主。自是慈覚智証両門不和之事出来。正暦二年辛卯閏二月十八日入寂。年七十三。有四人上足。観脩・勝算・慶祚・穆算也」。

なる記述もあり、余慶がその験力により朝廷貴族に非常な信任を得たらしいのであるが、まず法性寺座主に任ぜられた時に、慈覚門徒から異議が出た事に端を発する。この事は扶桑略記の天元四年条にも、

「十二月。権大僧都余慶任二法性寺座主一。于レ時慈覚〈円仁〉大師門徒云。法性寺座主者。建立太政大臣〈忠平〉貞信公以二慈覚大師門人一而補二任之一。仍長者四代之間。奏二任座主九人一。他門不レ交。而第五長者。当時太政大臣〈頼忠〉誤違二旧跡一。以二智証大師門徒余慶一奏二任第十座主一。仍慈覚大師門徒僧綱阿闍梨等廿二人。諸院諸寺従僧百六十余人引率。参二向関白太政大臣里第一。僧徒失レ礼。有二濫吹事一。因レ玆供奉之僧綱等召二仰綱所一。被レ停二公請一。其後不レ幾経レ日。権大僧都余慶辞二法性寺座主一。

天元五年壬午正月九日。蔵人掃部助平恒昌有レ勅登二延暦寺一。入レ夜。留二宿千手院中一。十日早朝。召二仰三綱一云。奉二綸命一偁。伝聞。千手院無二一人住僧一。智証大師経蔵法文有二紛失疑一。宜下仰二三綱一令中守二護之一者上。三綱等為レ恐二勅命一。可レ令下近辺住僧一守護上之状。進二申文一耳。仍廿一人為二一番一。各守二五箇日夜一。可二守護一之状。帖二示彼蔵近辺住僧百廿六人一畢。勅使蔵人帰洛已了。又綸旨偁。座主良源所行。可レ焼二亡千手院経蔵幷観音院一乗寺一之事。可レ殺二害余慶穆筭等五人一之事。已有二其聞一。極以不レ善者。座主大僧正良源献二請奏一云。伏尋二内外典一。放火殺害。是罪中之大罪。仏教之所レ誡。身壊命終。必堕二地獄一。多劫受レ苦。設入二死門一。不レ可レ犯二悪逆罪一。況至二法性寺事一。門徒愁申之旨。不レ為二各身利益名聞一。只為レ令レ不レ墜二一門旧跡一也。望請天裁。早被レ召二問奏聞之人一。憔故弁二申虚偽之旨一矣」。

とあり、

又寺門伝記、補録第十九には、

「両門不和之事。円融院御宇天元四年十二月。敕二権僧正余慶一任二法性寺座主一。時慈覚之徒奏言。初太政大臣貞信公。〈昭宣公男忠平〉。創二法性寺一。以二西塔院主弁日大法師一為二座主一。爾来連綿九代任二此職一。而今始補二智証門人一。慈覚一門所レ失レ望也。

敕答曰。初貞信公創レ寺。不三必附二慈覚一門一。唯是撰二智行兼具者一任レ職。然慈覚之門多レ人。幸相続領レ之。今余慶亦有二智行誉一。因而補レ之。何必守二一門一乎。徒衆一百余人。又向二檀越廉義〈カドヨシ〉公家一。濫吹甚。帝聞レ之激怒。詔停二止慈覚一門僧綱阿闍梨二十五人。諸寺諸院供僧一百六十余人之封職一。従レ是山上両徒。拒争日喧。於レ是智証門人避レ山。各住二于別院一。余慶率二其門人一移二観音院一。勝算率二其門人一住二修学院一。観修及門人移二解脱寺一。穆算及門人住二一乗寺一。余衆数百人。猶在二山上一護二大師遺跡一。五年正月九日。敕差二蔵人掃部助恒昌一上二叡山一。召二仰三綱一令レ守二千手院経蔵一。此孽也猶有二其根一。康保四年六月会。専寺探題始。宣下。座主良源。精二撰探題人一。智証門人禅芸已講当二其任一。精二撰竪者一。是亦在二智証之門一。如二一山無一レ人。慈覚之徒深恨。是両門不和根源也」。

とあり、

又園城寺伝記、六にも、

「一叡山内論議事。余慶権僧正。天台座主。円融院御宇。始行二内論議一。天元四年補二任法性寺座主一之処。慈覚門徒訴奏曰。覚大師門徒已九代補任。今当二十代一。証大師門徒始補任之条。大〈オホヒニ〉愁訴也。百王之政〈マツリコト〉。三代已上之例不二改動一。況及二八九代一哉。勅答曰。慈覚門徒自然之補任也。乱訴之企〈クハタテ〉甚以不レ可レ然。仍山門諸院諸寺供僧百六十余人幷僧綱廿二人被二停止一。公請被レ除二其職一畢。是両門不和根源也。依レ之余慶僧正門徒数百人退〈シリソイ〉二叡山一。石蔵観音院住。勝筭僧都門弟数十人住二修覚院一〈北白川〉。観修権律師三十余人住二解脱寺一。穆筭権律師幷門徒住二一乗寺一。猶残三百余人住二千手院一。正暦四年七月。慶祚離山住二石蔵一。賀延〈阿闍梨〉山本ニ住。忠増〈供奉〉同レ之」。

とあり、慈覚門徒の乱暴に耐えず、智証の門徒は山を下り、余慶は観音院、勝算は修学院、観修は解脱寺、穆算は一乗寺に移り、余衆はなお山に止ったが、翌天元五年正月九日朝廷は掃部助恒昌を山上につかわし、智証大師の千手院経蔵を守らしめた。その時も良源が命じ、千手院経蔵を守らしめたが、良源が命じ、千手院経蔵や観音院・一乗院等を焼き、余慶等を殺すという風聞が立ったので、良源は偽であると上奏した。

かくて余慶は扶桑略記によれば、法性寺座主を辞退する事となり、騒動は一旦静まったらしい。しかし朝廷の余慶に対する信任は厚く、遂に天台座主尋禅が永祚元年九月八日辞表を出し、籠居するに及び、九月二十九日余慶を天台座主に任じ(小右記、天台座主記)、宣命使少納言源能遠が山に登ったのを、途中水飲の辺で慈覚大師の門徒数百人が追返し、宣命を破り棄てられた(小右記)ので、十月三日(四日ともいう)、重ねて少納言時方を山に検非違使二人をつかわした。しかし編年記によれば「然而衆徒不二承引二」という有様であり、座主記によれば、十月二十九日には右大弁藤原在国を延暦寺につかわし、慈覚の門徒をなだめた。前唐院に於て宣命を読ましめ、小右記によれば余慶はその前日灌頂を行ったが、暗夜に矢を放つものがあり、「近以合戦」という有様であり、十二月二十日、三ヶ月にして余慶は座主職を辞した。この時在国が読んだ宣命には獅子身中の虫という句があり、永祚の宣命といい、名高い。

さて、続いて四年の後、既に余慶は正暦二年に死し、正暦四年になると、七月二十八日の事、余慶の弟子の成算童子という者が、観音院や一乗寺、修学院に近い赤山明神を鎮守とする赤山禅院の住人を「打凌」し、更に慈覚大師の笠杖や赤山明神の表衣等の霊物を損失したので、門徒の僧綱阿闍梨等は成算を召送るべき牒を修学院の勝算の所に送ったので、八月八日成算の過契(謝罪の書状)を進じて来たという。所が赤山禅院の住僧平代が比叡山の院源阿闍梨の所に参り来ていうには観音院と修学院の内に検非違使放免や着鈦(足かせや首かせをつけた放免の類)の兵士等を数多籠め置き、近辺を損亡し、禅院を囲み、住人を打凌する等、猛威を振い乱暴し、又往還の法師や童子の山上に上送する雑物を件の兵士が奪ったと言って来たというような事件がおこった(続群書類従、三十五文集所載院源の奏状)。

「慈覚大師門徒僧綱阿闍梨等謹言、請被殊蒙、天恩且召問権少僧都勝算且追捕僧成算状、右禅院者、是慈覚大師入唐求法之時、登赤山花院祈願山神。帰朝之日、赤山明神為鎮守所建立也。自爾以来、百七箇年于今矣。蓋是為鎮護国家興隆天台也。彼院霊物、大師笠杖。赤山明神表衣笏等、是四種也。而件成算、七月廿八日、発遣数多悪人打凌住人、損失笠杖等。因玆門徒僧綱阿闍梨等、共悲聖跡之澆薄、可召送成算之由、牒送勝算所、即報示旨、頗無首尾。爰以今月八日、成算過契伝以進之。其事異礼。件師過是極重。須自候辺下進上件状也。然而為存宥免之法。同九日、伝教大師廟供之次、大衆前啓事由。擬且免之間、禅院住僧平代参来申云、観音修学両院内、籠置検非違使放免着駄数多兵士等、即損亡近辺、囲来禅院、打凌住人等、不堪其威猛、迯去已了云々。又往還法師并童子面々愁申云、上送山上雑物、皆為件兵士被奪取之、兼又打損上下諸人、往還不通者。抑令進過契之旨、為弁申彼失物、及不令成後過也。而濫悪之盛、弥倍於前。今案事情、勝算若知弟子成算之不可、弥可加呵嘖者也。憚院(禅慰)之内、重出其乱逆。又両院之間、履置数千兵士、打凌往還諸人者。此度偏是勝算所為、前事料知。必亦同意乎。山上之陵遅、門徒之大愁、莫過於斯。須先奏聞、公家、然而今年怪意多端、天下不静。若勝算承伏、召進成算者、可無何事。而率数多兵士、所濫行不可勝計。重撿案内、故九条丞相深発誓願、為大師白衣弟子。又故入道大相国為白衣弟子。願云、子々孫々、久固帝王皇后之基。生々世々、永弘大師遺跡之道者。是以帝王皇后出御一門、大臣諸卿多連次第。是非大師之加護門徒之祈願哉。望請特蒙、天恩、且被召問勝算、且追捕成算、将令返進損失之霊物等。謹請、処分。正暦四年八月十四日阿闍梨伝燈大法師院源」(三十五文集)。

これが原因で慈覚門徒は八月十日比叡山の千手院房舎を焼き払い、なおそこに居た一千余人の僧侶を追い出し、権少僧都勝算の房等を焼き亡い、又千手院等四十余宇を破壊し(略記)、智証門徒は完全に比叡山を退き、慶祚等は山の下の北石蔵の大雲寺に住むという結果になり、いくばくもなく園城寺にも遷り、以後深刻な対立が始まるわけであるが、特に智証系の僧侶は加持祈禱の霊験説話が伝わっているように、その験力に依って、怨霊の跳梁するこの頃盛に活躍し、穆算等の余慶の弟子は、道長一門に非常に重用され、紫式部日記等にもその事がありありと判るのである。この結果、その加持祈禱の伝統が近世まで続いて、現代の京都北郊の岩倉の精神病院となるという次第は全く興味のある事である。

この後、天台座主記等によると、二十七世慶命が長暦二年九月入滅した後、十月に寺門系の明尊が座主に任じられるといううわさが山徒にたち、山徒が嗷訴するという(長暦の争拒)事件がおこり、二十八世座主に教円が任じられ、一旦は収ったが、この頃三井寺戒壇問題がおこり始め、これがからまり、教円の寂後、永承三年八月十一日二十九世座主に明尊が任じられると、比叡山は大騒動となり、「歴三箇日」にして座主を辞退するという有様であって、三十世源心の後も寺門系の源泉が三十一世として「歴三箇日」、つづいて三十四世覚円(頼通の三男)が「歴三箇日」という有様で、遂に一〇四頁の白河条に見えるように、山門は三井寺を焼き打ちにするという事件となるのであるが、これは後に出て来るように、頼豪の三井寺戒壇の事件と関係して来る。

ただし現存の愚管抄には寺門派と山門の対立は余り書いていないが、慈円にとってもこの事件は重大事件で、恐らくこの後の山門対寺門の対立は巻二の終に言う「山門ノ事ヲ此奥ニ一帖カキアラハシ侍ル也」(一二三頁)とあるその所に力をこめて詳説したのだろう。

三〇 **智証門徒千光院ミナハライハテタリ**(一八三頁注二二) 「同(正暦)四年〈癸巳〉八月一日慈覚門人等切二払千手院〈東塔西谷〉坊舎一并追二却門徒一千余人一了。其後智証門人等各占二別所一不レ住二叡山一壊二坊舎四十余宇一」(天台座主記、暹賀条)。

但し濫觴抄、下には、

「智証門人別住。〈三井寺〉。 一条八年癸巳〈正暦四〉八月十日比依二観音院十禅師成算童子無実小事一。禅林寺住僧平代致レ愁。仍慈覚門徒等焼二払千光院房舎一。并門人一千余人僧侶等追二出山門一已了。権少僧都勝算。阿闍梨満高。明肇。僧連代房。〈已上〉。四坊焼レ之。千光院四十余宇。蓮華院〈冷泉院御願〉。仏眼院〈式部卿是忠親王建立〉故座主良勇房。前少僧都房算。穆算。故阿闍梨倫誉。故已講実定。阿闍梨寿勢。堪延等房砕二

壊之一。智証門人等各占二別処一。不レ住二叡山一。〈已上〉」と詳しく出て居り、千光院とある。千光院としたのは依拠した文献があったのであろう。

三一　**千光院**（一八三頁注二三）　千手院の誤りとも見られるが、別に千光院は天台座主第十世増命（智証門徒）の居た坊から出た名か。なお余慶の坊は千手院であったらしい。「千手院〈今之千手堂是也。今在二園城寺一〉葺檜皮五間。本願伝教大師。安二置千手観音聖観音像一躰一」（叡岳要記、下）。「只今ノ止事无キ験者余慶律師ト云人也。山ノ千寿院ヨリ内ノ御修法行ヒニ下ル、也」（今昔、二十の二）。

三二　**正暦五年、長徳元年ツヾキテ、大疫癘ヲコリテ**（一八三頁注二四）　「自去四月至七月京師死者過半。五位以上六十七人」「今年自正月至十二月天下疫癘最盛。起レ自二鎮西一遍二満七道一」（紀略、正暦五年）。「はかなく年も暮れて正暦五年といふ。いかなるにか今年世の中騒しう、春よりわづらふ人々多く、道大路にもゆゝしき物ども多かり」（栄花、四、みはてぬゆめ）。

正暦四年に始まって正暦五年春に至って、疫病（天然痘という）はなおも大流行の兆を示し、「自正月至十二月、天下疫癘、起自鎮西遍満七道、五位以上七十余人疫死」（略記、正暦五年）、「自正月至十二月、天下疫死者尤盛、起自鎮西及京師、四五六七月之間殊盛、死者過半、五位已上六十余人也、道路置死骸」（百錬抄、正暦五年）というように、鎮西・九州から流行を始めたらしく、猖獗をきわめ、京都の道路には死人が満ち（世紀、四月二十四日）、仁王会その他祈禱奉幣の行事が多く見られ、疫神の横行との妖言があり、上卿から庶民に至るまで、門戸を閉じ往還せず（世紀、六月十六日）、「去三月以後、京畿外国疫癘滋発病死無レ際。仍或恐二奇夢一閉レ門或称二物忓一不レ仕、如レ此之間上下無レ勤」（世紀、六月十日）という有様で、政治は渋滞し、北野船岡山で御霊会を行い、疫神を安んじようとした（紀略・世紀、六月二十七日）など、一年間の記事は疫病関係の記録のみで、翌年四・五月に至っては殊に猖獗も甚しい。

三三　**長徳元年ニ八人マデ人ノウセタル事**（一八三頁注二五）　「今年自二四月一至二五月一疾疫殊盛、至二于七月一頗散。納言以上薨者二人。四位七人。五位五十四人。六位以下僧侶等不レ可二勝計一。但不レ及二下人一」（紀略、長徳元年七月二十三日）。

「四五月之間、疫疾殊盛。納言已上薨者八人。関白道隆・道兼、左大臣重信、大納言済時・朝光・道頼、中納言保光・伊渉等也。又四位五位侍臣幷六十余人、至二于七月一漸散」（百錬抄、長徳元年五月八日）。

「かくて長徳元年正月より世の中いと騒しうなりたちぬれば、残るべうも思ひたらぬ、いとあはれなり。…今年はまづ下人などはいといみじうたゞこの頃の程にうせはてぬらんと見ゆ。四位五位などの亡くなるをば更にも言はず、今は上にあがりぬべしなどいふ」（栄花、四、みはてぬゆめ）。

「その年の祭の前より、世の中極めて騒しきに、又の年いとゞいみじくなりたちにしぞかし。先は大臣・公卿多くうせ給へりしに、まして四位・五位の程は数やは知りし。先づその年失せ給へる殿原の御数、閑院の大納言（朝光）、三月廿八日。中関白殿、四月十日。これはよの疫（え）にはおはしまさず、たゞ同じ折のさしあはせたりし事なり。小一条左大将済時卿は四月廿三日。六条左大臣殿（重信）・粟田右大臣殿（道兼）・桃園中納言保光卿、この三人は五月八日一度に失せ給ふ。山井大納言殿（道頼）、六月十一日ぞかし。又あらじ、あがりての世にかく大臣・公卿七八人、二三月の中にかきはらひ給ふこと、希有なりし業なり」（大鏡、五、道長）。

三四　**大納言朝光**（一八三頁注二六）　「又堀河関白殿の御二郎、兵部卿有明親王の御女のはらの君、中宮の御一腹にはおはせず。これは又、閑院大将朝光（ｱｻﾐﾂ）とぞ申しし。…いみじかりし御よおぼえにて、御まじらひの程など、事の外にきらめき給き」（大鏡、三、兼通）、「頭、左大将、按察使」「蔵、大納言正二位」「母兵部卿有明親王女従二位能子女王」「長徳元・三・廿薨、号閑院大将」（尊卑）。尊卑は「アサテル」と訓じ、「トモミツ」とも訓じられるが、愚管抄は後に「アサミツ」と仮名書き。「廿日丙寅。正二位大納言藤原朝臣朝光薨。〈年卌五〉」（紀略、長徳元年三月）。「三月廿日薨于枇杷第」（補任）。

三五　**最勝講**（一八四頁注九）　最勝講は平安期から中世にわたって宮中清涼殿で毎年五月に五日間、十講、金光明最勝王経を講じて国家の平安を祈る重要な仏教行事で、仙洞最勝講、法勝寺御八講と共に三講と言われた行事である。この愚管抄では寛弘とあるが、長保四年五月七日臨時御読経（紀略）は金光明最勝王経の講義（権記）であり、「公家最勝講始、一条院長保四年五月七日被レ始二行之一。最勝講方蔵人沙汰。是者頭可二奉行一也。御本尊中尊釈迦。脇士毗沙門吉祥。或寛弘七年始レ之云々。実説可レ尋レ之」(初例抄)とあり、初例抄には長保四年五月七日とし、寛弘七年との説もあげる。元亨釈書、二十五、永延(一条)皇帝条に「二十有三年。…夏六月定レ講二最勝王経于内殿一。…寛弘六年六月十九。延二名徳宮中一。講二論最勝王経一五日。立為レ式。先代或行或止、自レ今為レ例。故書レ定」とあり、寛弘六年六月十九日に行われたとする。その他師光年中行事には寛弘四年八月十四日とするなど、諸説があるが、大体寛弘の頃より行われたらしい。江家次第、七、五月最勝講とある条には「(頭書)最勝講、寛弘六年以来被レ行也。此前或行或止、不定也。後朱雀院御時、四天王化現、故御帳四角儲二四天座一云々。講五ヶ日、兼日有二日時僧名定等一、於二昼御座一被レ定レ之、無二陣儀一」とある。

「この月に最勝講おこなはる。かねて日次をさだむ。もやの御れんたかくあげて、御帳のかたびらまきて、御ざをとりのけて本尊をかけたり。四ヶ大寺〈東大・興福・延暦・園城〉僧の中にけいこのきこえある、かねて撰さだむ。証義の座〈両面〉北にあり。講師の座二三間東西にしく〈みどり〉。ちやうしゆのざ南のかべにそへたり〈きべり〉。石ばいのだんのつぼのふたをかへす。かねちやうしゆのかみにたつ。つきしこれにつく。上達部殿上に候て事のよし申てかね仰すめり。でゐのすけ地下は青璅門よりのぼる。堂童子の座北面にしけり。堂どうじはかねてその人を定て、五日までの人をかきて、殿上の柱にをす也。上達部御前の座に着、僧のぼる。先唄散花などありて、かう読師座にのぼりて、論義あり。証義ことはりてかねとおほすれば、ことはてゝ行香あり。常のごとし。僧かんだちめみなしぞく。夕座朝座のごとし。中宮おはしませば、二間をうへの御局にしつらひて、鳥居障子とりのけて、道場にむきてをしいだしあり。おものの御木丁をいだす。御ちやうもん所は、夜のおとゞ也。五日の間日ごとにおなじ。結願行香禄あり」(建武年中行事、最勝講)。

三六 **中関白ハアサミツ・ナリトキノ二人左右大将ト、アケクレ酒モリヨリホカノコトモナクテスギラレケリ**(一八四頁注一一) 「中関白以二酒宴一為レ事。賀茂詣之時。酔而寝二車中一。冠抜在レ傍。臨下欲二下車一之期上。入道殿被二驚申一。驚而以二扇妻一掻レ鬢。猶如二水鬢一。以二朝光済時等一常為二酒敵一。仍曰。極楽ニ按察小一条等アラバ可レ詣。不レ然者不レ及レ願云々」(古事談、二、臣節)。

「をのこは上戸ひとつの輿のことにすれど、過ぎぬるはいと不便なる折侍るや。祭のかへさ御覧ずとて、小一条大将(済時)、閑院大将(朝光)とひとつ御車にて、むらさい野に出でさせ給ぬ。烏のついゐたる形を瓶に作らせ給て、興あるものにおぼして、ともすれば御みき入れてめす。今日もそれにてまいらする。もてはやさせ給ふ程に、あまりやう〳〵過ぎさせ給てのちは、御車のしり、まへの簾みなあげて、三所ながら、御もとどり放ちておはしましけるは、いとこそみぐるしかりけれ。大方この大将殿たちの参り給へる、世の常にて出で給ふをば、いと本意なく、口惜しき事におぼしめしたりけり。ものもおぼえず、御装束もひきみだりて、車さしよせつゝ、人にかゝれて乗り給をぞ、いと興あることにせける。…それに、この殿の御上戸はよくおはしましける。その御こゝろさせ給ひのなを終りまでも忘れさせ給はざりけるにや、御病づきて失せ給ひける時、西にかきむけ奉りて、「念仏申させ給へ」と人〳〵のすゝめ奉りければ、「済時、朝光なんどもや極楽にはあらんずらん」と仰せられけるこそあはれなれ。」(大鏡、四、道隆)。

「中関白はかく酒をこのみ給ひて、つねのことぐさに、極楽世界に按察なくば、われ又往生すべからずとぞ仰られける」(著聞集、十八)。同じく著聞集に、春日行幸に供奉した時も車の内で沈酔、剣をはずして威儀がなかったこと、道長はその車におよび乗せられたが、おそれ有りとして下りて供奉、後にこの時の作法によって、自分は神恩をこうむったのだと語ったとある。

三七 **悪霊トナリニケリトゾ人ハカタリ侍ルメル**(一八六頁注三) 「又、太郎君、長徳二年七月廿一日、右大臣にならせ給にき。御年七十八にてや失せおはしましけん。失せ給てこの五年ばかりにやなりぬらん。悪霊の左大臣殿と申伝へたる、いと心うき御名なりかし」(大鏡、三、兼通)とあるが、治安元年五月二十六日薨。その薨後、顕光とその娘延子は怨霊となり、しばしば道長の一家に祟った事は栄花物語等に詳しい。例えば小一条院母皇后娍子、女御寛子の病の折に、

「堀河のおとゞ、女御(小一条院女御延子)やなど、ひき連れて、いとおどろ〳〵しき御けはひ有様にてのゝしり給へば、いとをしうかたはらいたうのみ思召す」(栄花、二十四、わかばえ)。寛子の死の際に「御もののけどもいといみじう「し得たり〳〵」と堀河のをとゞ、女御もろごゑに「今ぞ胸あく」と叫びののしり給ふ」(栄花、二十五、嶺の月)。東宮妃嬉子の病の折、「院にはこの事ども聞しめして堀河の大臣、女御やとさし続き、いと恐しきけはひにおはすらんを返々かたはらいたく苦しうお

ぼしやらせ給ふ」(栄花、二十五、嶺の月)。皇太后枇杷殿妍子の病の折に「御もののけは堀川のおとゞの御けはひに女御さし続き出で給ひて、言ひ続け給ふ事どもいと恐し」(栄花、二十九、たまのかざり)。後冷泉天皇が瘧病にかかった時には「御物のけども移りて様々の名乗して、左大臣殿、冷泉院などうちつけ事する御物のけあり」(栄花、三十六、根合)。

「顕光左大臣は小一条院の女御あらそひによって御堂関白を恨み奉りて悪霊と成て一夜の内にこと〴〵く白髪に成給けんこそいとおそろしけれ」(十訓抄、九)。「顕光大臣ハ御堂ノ霊ニナレリ」(三三八頁)。

三八 **摂籙ヲ大二条殿**…(一八六頁注一二) 宇治関白頼通は一〇一頁の後冷泉条に見えるとおり、治暦三年十二月(七十六歳)に関白を辞そうとし、遂に翌四年「三月廿三日依病上表」「四月十六日勅答従レ所レ請者」(補任)というわけで、頼通と仲のわるかったという(今鏡)大二条殿教通は、治暦四年後三条の践祚とともに四月十六日「詔為関白」となる次第であるが、頼通は内心は自分の子の師実に関白職をわたしたかったらしい。師実は康平三年、十九歳で四人を超え内大臣となり、康平八年二十四歳で右大臣、治暦四年には二十七歳で教通の次に位して右大臣となっているのであるが、古事談によるとこの時上東門院彰子が、一役を買って、教通に関白職をわたさざるを得なかったらしい。

「宇治殿関白ヲバ直ニ京極殿ニ奉レ譲トオボシテ、上東門院ニモ其由令レ申給ケレバ、女院御クシケヅラセテ御トノゴモリタルガ、此事ヲ聞食テ、不受之気色御坐シテ、俄令レ起給テ、御硯紙召寄テ忽令レ進御書於内裏一給ケリ。其状云、オトヾ被レ申事候トモ不レ可レ有二御承引一。故禅門慥被二申置一之旨候也。仍不レ被レ許二譲事一。遂後冷泉院御宇被レ譲二大二条一云々」(古事談、二)。

なお、教通に譲ることは道長の遺言であり、また教通の後には師実に譲るよう頼通は教通に約束させようとしたらしい。

三九 **通房ノ大将**(一八六頁注一三) 「殿の中納言殿は員より外の権大納言にならせ給へり。かたち有様人にすぐれ給へり」(栄花、三十四、暮まつほし)。「この大臣の御子、太郎にて右大将通房と申し。十八にてうせさせ給ひにき。御母右兵衛督憲定の女なり。設けの関白、一の人の太郎君にて、あへなくなり給ひにしかば、世もくれふたがりたるけしきなりしぞかし。年もまだ二十にだにならせ給はぬに、和歌などをかしく詠ませ給ひけるさへ、いとあはれに思ひ出でられさせ給ふ」(今鏡、四、梅の匂)。

公卿補任の「長暦三年権中納言従二位」十五歳が初見。一本には「長元十年非参議従三位、十三歳、右中将、十月廿三日叙〈上東門院行幸賞〉」とある。長久三年十月二十七日権大納言(正二位)、十八歳、長久四年兼右大将、長久五年四月二十四日、二十歳で薨。扶桑略記は二十七日。死後、父頼通の夢にあらわれて「燈の光はあまた見えしかどくらき闇にもまどふ比かな」の歌を詠んだ(袋草子)。

四〇 **陽明門院**(一八七頁注一六) 「東宮におはしまし丶時の御息所に、この御堂の六の君(嬉子)まゐり給ひて、内侍の督と聞え給ひし、後冷泉院の今の東宮におはしまし丶生み置き奉りて失せ給ひにしかば、この宮は其後参り給へるなり」(今鏡、一、初春)。

道長二女妍子の姫君として、道長に愛され、道長は遺言の中でその前途を心配している。陽明門院が中宮となった時、能信は正二位権大納言として中宮大夫を兼ね、嫄子が中宮となり、禎子が皇后冊立の時は皇后宮大夫となった。禎子は道長の孫に当るが、当代の頼通とは間接的にしか血がつながらない。それが次に言う「ノキ」である。その日常も頼通の養女中宮嫄子との関係において、日陰におかれている。中宮になった嫄子が弘徽殿に住むことになり、もと弘徽殿にいた禎子は内裏を出る。「中宮には前栽合・菊合などせさせ給て、おかしきこと多かり。皇后宮(禎子)には万をよそに聞かせ給ひて、思しめしなげくことかぎりなし」(栄花、三十四、暮まつほし)。後朱雀院は自分の病気のときも、禎子の看護を受けることを頼通に遠慮している。

四一 **四条宮**(一八七頁注一八) 「誠の御娘は四条宮と申しき。大殿(通房)のひとつ御腹(憲定女)なり。伏見の修理のかみ、俊綱と聞えし人も、一つ御腹におはしき」(今鏡、四、伏見の雪の朝)。「其後宇治殿御娘四条宮不奉生王子、以後断絶二百年」(門葉記、慈鎮和尚被遣西園寺太相国状)。

四二 **後朱雀ノ御ヤマイヲモクテ…後三条ノ御事ノナニトモサタモナカリケルニ**(一八七頁注一九) 「後朱雀院依二御薬危急一。被レ奉レ譲二位於春宮一之時。新帝御事。幷新春宮御事等。宇治殿ニ被二仰置一之処。春宮御事被レ仰之時者。不下令レ申二御返事一給上有二不受之色一云々。オロカナルベキ事ニハアラズ。心ヲ不レ可レ分二一君一之由也」(古事談、一)。

四三 **能信ノ大納言**(一八七頁注二一) 頼通が太政大臣をうけ、拝舞の時、教通は地に跪いていた。「未レ聞二大臣跪レ地之例一」と能信は非難した。教通は「以二宇治殿一可レ存レ親之由。入道殿慥所レ被レ仰也。跪レ父者常礼也。

如二春宮大夫一争聞二入道殿仰事一哉」と答えた(古事談、二)。頼通とは仲がわるかったらしく、能信の従僕の濫行に関して、頼通と仏事の座で喧嘩したりしている(小右記、万寿三年七月八日)が、その対立がもっともあらわになるのは、後冷泉皇后禎子と中宮嫄子の場合である。能信は禎子が中宮となった時、正二位権大納言兼中宮大夫、皇后冊立により皇后宮大夫となり、中宮嫄子の後見(養父)頼通と対立する。本文の次条、禎子の腹なる男二宮を次の東宮とする為の非常手段は、頼通の反対をおし切るためのものであった。

四四　**二宮御出家ノ御師**(一八七頁注二三)　「此の次の帝後三条院にぞおはしましゝ。まだ御子におはしましゝ時、父の帝後朱雀院、先の年の冬よりわづらはせ給ひて、むつきの十日あまりの比、位避らせ給ひて、みこの宮に譲り申させ給ふとばかりにて、東宮の立たせ給ふ事は、ともかくも聞えざりけるを、能信大納言とて、宇治殿などの御弟の、高松の腹におはせしが、御前にまゐりて「二宮をいづれの僧にか付け奉りはべるべき」と聞えさせ給ひけるに、「坊にこそは立てめ。僧にはいかゞ付けむ。関白(頼通)の、東宮の事はしづかにと云へば、後にこそは」と仰せられけるを、「けふ立たせ給はずば、かなふまじき事に侍り」と申し給ひければ、「さらば今日」とてなん東宮は立たせ給ひける。やがて大夫には、その能信大納言なり給へりき。君の御為、たゆみなく、勧めたてまつり給けむ。いとありがたし。されば白河院は、まことにや、大夫どのとぞ仰せられけるとぞ人は申し侍りし。二ノ宮とは後三条院の御事なり。この帝は後朱雀院の第二の皇子におはします。御母太皇太后宮禎子の内親王と申す。陽明門院この御事なり」(今鏡、一、司召)とあるのと関係ある文。

四五　**昔ハ君ハ政理カシコク…**(一八八頁注三)　三二九頁に「ソノ後スベテ国王ノ御命ノミジカキ云バカリナシ。五十ニヲヨバセ給タル一人モナシ」。

四六　**延久四年十二月八日御譲位**(一八八頁注五)　一〇三頁後三条の条には諸本「延久四年十月六日脱屣」とあるが、勿論十二月八日が正しい。なお、一〇四頁の白河条には「後三条院オリサセ給テ後、世ヲ知食サントスル程ニ、程ナクカクレサセ給フ」とあり、後三条に院政の意志があったとする。この点については史家により種々に論ぜられて来ているが、十二月八日譲位後、十二月二十日に院行幸定、二十一日に院庁始があり、二十五日に院庁の官人が決められたのであり、後の院政時代の院庁と何等相違がない形なのである。為房卿記(大御記)、延久四年十二月の条には

「廿日、甲午、今日有院行幸定。

廿一日、乙未、今日亥刻有院庁始事〈日時勘文、別当実政朝臣奏覧下之〉殿上居饌、公卿別当五人〈能長、資綱、資仲、伊房、実季〉幷院司等六位已上着盃雀之後別当実政朝臣顕綱朝臣、判官代忠季、宗基、為房、資清、師季、須久任主典代等着庁屋(座敷)〈敷紫端畳立屏風〉座定之後居清肴〈院蔵人役之〉二巡之後公文長立庁前召院掌二声院掌唯称退出入返抄於覧莒持参主典代伝取別当以下次第加署次判官代為房令売件吉書於主典代参殿上、公卿別当次第加署以下給庁了次分散。

今日申刻始有院御秡〈行事判官代為房使中務大輔隆憲〉又仰内匠寮造進文判〈在任日文判先ゝ(之イ)雖非渡物被渡新宮了、仍新被造之〉。

又以少納言公経令書時簡立西中門南腋御膳棚立西傍。

又亥刻南御倉町立三丈坎屋。

〈内膳御竈神事〉又子刻被渡内膳御竈神別当顕綱朝臣判官代忠季主典代蔵人公文等彼司奉迎之

〈東宮御竈神事〉又同刻東宮御竈神被渡之矣。

廿四日…

〈御随身夜行事〉従今夜御随身守番可勤仕夜行之事被仰下了。

廿五日、巳亥入夜被定院事以春宮権大夫資仲卿被申殿下、

庁

別当　公基朝臣　蔵人〈検非違使志紀成任宗岳信良〉

御廏

別当　参議基長卿

仕所

預造酒正重任

昇殿

経平朝臣　敦家朝臣　章親　時綱　為季　政成等也」

とあり、翌延久五年正月には、

「八日戊子今日未刻太上皇渡御母儀仙院御所是御譲位之後始有御観謁也〈仙院御内大臣二条亭〉

(中略)

又被定院事

昇殿　前参川守基家朝臣

判官代　勘解由次官時綱　尾張守惟経朝臣

蔵人〈刑部丞俊範　蔭子藤原惟信　公基朝臣子〉左衛門尉佐家　蔭孫同家房〈先坊帯刀長〉…主典代書見覧公卿七人殿上人十二人諸大夫卌五人〈已上明且奏之〉諸司三分卅二人〈不奏之〉廿三日癸卯今日被始院蔵人所〈在位之時衆等皆　悉応召雑色所衆者〉」とあり、仰々しい。

四七　**同五年二月廿日住吉詣トテ、陽明門院グシマイラセテ…イカバカリ神モウレシト思ラン**…(一八八頁注六・八)　「二月廿日甲午。太上天皇。陽明門院。一品内親王有二御住吉詣事一。其次詣二天王寺八幡宮一。関白前大臣国同以供奉。縦観之者路頭架レ肩。廿七日。還二御洛陽一」(略記、延久五年)。

この歌、次の経信の歌と共に後拾遺集、十八、雑四・栄花、三十八、松のしづえ・今鏡、二、たむけ等に見える、但し初句「住吉の神も」。

四八　**ムナシキ船ヲ**(一八九頁注九)　俊頼髄脳にこの歌をあげて「是は後三条院の御住吉詣によませ給ひける歌なり。むなしき舟とはおりゐの帝を申すなり。その心は位にておはします程は船に物を多くつめれば海をわたるにおそりのあるなり。その荷を取りおろしつれば風吹き浪高けれども、おそりのなきにたとふるなり」。

四九　**ヲキツ風フキニケラシナ**…(一八九頁注一〇)　この歌、生新で新古今風の先駆をなすが、後拾遺集・経信集等の外に、歌学書に秀歌として見え近代秀歌・十訓抄、十の五・著聞集、五、和歌部六等にあげられる。「当座の秀歌なりけり」(十訓抄)。

五〇　**震筆宣命ヲアソバシテ**(一八九頁注一五)　「後三条院宸筆ノ宣命ヲカキテ太神宮ヘタテマツラムトセサセ給ケル時、江中納言ノ御前ニ候ケルニ、ヨミキカセサセ給ニ、「我クラキニツキテ後ニ、一事トシテ僻事セズ」ト云事ヲカヽセ給ヘリケレバ、匡房卿「コノ御コトハイカヾ侍ルベカラム」ト申ケレバ、事ノホカニ逆鱗アリテ、「何事ヲ思テカクハ云ゾ」ト問セ給ケレバ、「実政ニ常陸ノ弁隆方ヲコエサセラレタル事ハイカニ」ト申タリケル時、御気色スコシナヲリテ、サルコトアリト思食イデタルサマニテ、ヨミモハテズ、宣命ハモチテウチヘイラセ給ニケリ。此事ハ此君イマダ春宮ニオハシケルトキ春日詣ノアリケルニ、泉ノ木津ニテ隆方実政フナアソビヲシテ事ヲ出シテケリ。今モ昔モ勧修寺氏ノハラノアシサハ。隆方ノ実政ヲノルコトバニ、「サマデモナキマチザイハヒノ同ジヤウカナ」ト云テケリ。実政ハ多年ノ春宮ノ学士老者也ケレバ云ケル也。実政ナク〳〵此事ヲウタヘ申テケリ。是ヲヤスカラズオボシメシツメテ、御位ニツカセ給テ後、隆方ヲコサレタリケル也。君モ此事ヲ深クオボシ知ケルニヤ。其御時マデハ、出居ノ御座ニテ、供御ハマイリケルニ、「御前ニ誰カ候」ト問セ給ケレバ、「隆方候」ト人ノ申ケルニ、「ソレニ向テエ物クハジ」ト仰ラレテ、内ニテゾ供御ハマイリケル。ソレヨリヤウ〳〵コノ儀ハイデキニケリ」(続古事談、一)。

五一　**匡房江中納言ハアリケルニ**(一八九頁注一七)　匡房(長久二年―天永二年十一月五日)は二十七歳で東宮学士「治暦三・二・六任東宮学士。同四・四・十九補蔵人(後三条天皇受禅日。先坊学士)」(補任、寛治二年)。

匡房は下﨟の時に世を恨んで山の中に入っていたのを経任の推しで東宮に参ったが、「宮も喜ばせ給ひて、やがて殿上して、人のよそひなど借りてぞ、ふだにもつきける。さて夜昼文の道の御友にてなん侍りける」(今鏡、一、司召)。

五二　**実政**(一八九頁注一九)　今鏡の司召では匡房が後三条院を諫めた事は見えない。なお任官勘例によると学士二度例に実政卿とある。治暦五年にも東宮学士となり後三条の信任が厚かった。後、寛治二年二月太宰大弐の時、宇佐八幡宮の神輿を射たと訴えられ、十一月伊豆に配流。寛治七年二月十八日薨。

「大弐実政は東宮の御時の学士にて侍りしを、時なくおはしませば、かまへて参りよらぬ事にならむと思ひけるに、さすが、いたはしくて甲斐守に侍りければ、かの国よりのぼりて参るまじき心がまへしけるに、下りける、餞(はなむけ)せさせたまふとて、

州民縦発二甘棠詠一、莫レ忘多年風月遊

と作らせ給へりけるになむ。え忘れ参らせざりける。甘棠の詠とは、から国に国の守になりける人の宿れりける所に、やまなしの木のおひたりけるを、その人の都へかへりてのち、政事うるはしく、しのばしかりければ、このなしの木伐る事なかれ、かの人の宿れりし所なり、といふ歌をうたひけるとなむ。扨みかど位につかせ給ひてのち、「左中弁に加へさせ給へ」と申しければ、「つゆばかりも、理(ことわり)なき事をばすまじきに、いかでかかる事をば申すぞ。正左中弁に始めてならむ事、あるまじき」由仰せられければ、蔵人の頭にて、資仲の中納言侍りけるが、重ねて申しけるは、「実政申す事なむ侍る。木津のわたりの事を、一日にても思ひ知り侍らむ」と奏しければ、其の折おもほししづめさせたまひて、

計らはせ給ふ御けしきなりけり。昔実政は東宮の春日の使に罷り下りけり。隆方は弁にて罷りけるに、実政まづ船など設けて渡らむとしけるを、隆方おしさまたげて、「待ち幸ひする者、何に急ぐぞ」など、ないがしろに申し侍りければ、辛くおもひて、かくなむと申したりけるを、おもほし出(だい)して、此のことわり天照る御神に申しうけむとて、左中弁には加へさせ給ひてけり。隆方はかりなき心ばへにて、殿上に司召(つかさめし)のふみ出(だい)されたるを、上達部たち、かつ〴〵見給ひて、「何になりけり、かれに成りにたり」などのたまはせけるを、「隆方つかうまつりて侍らむ」など、得たりがほにいひけるを、「さもあらぬ者のかみに加はりたるぞ」など人々侍りければ、うちしめりて出でにけり。次のあしたの陪膳(はいぜん)は、隆方が番にて侍りけるを、「よも参らじ。こと人を催せ」と仰せられけるほどに、午の時よりさきに、隆方まゐり侍りければ、みかどさすがにおもほしめして、日ごろは御ゆする召して、うるはしく御鬢かかせたまひて、たしかにつかせたまふ御心に、けふは待ちけれども、程すぎて出でさせたまへりけるに、陪膳つかうまつりて、弁も辞し申して、こもり侍りにけりとなむ」(今鏡、一、司召)。

五三 **隆方**(一八九頁注二〇) 藤原隆光の子、「承暦二十二卒」(尊卑)、続古事談、一には「常陸ノ弁隆方」「今モ昔モ勧修寺氏ノアシサハ」云々とあり、勧修寺高藤公流。弁官補任によると、治暦元年〈乙巳〉の条に伊房の次に、「右中弁〈中弁直任例〉従四位下同、隆方。〈十二月八日任。(元備後守。年五十二)〉備中守隆元朝臣二男。母前但馬守国挙女。寛徳元・正・卅任二右衛門少尉一。〈春宮蔵人〉。同二・正・十六補二蔵人一。同二・廿六遷二左尉一。四月十一□□□使宣旨。永承元・二・七叙二従五位下一。□□□蔵人。同十一日任二周防守一。同七・十日兼二中宮権大進一。同六・十一叙二従五位上一。〈治国賞〉。同七・正・五叙二正五下一。天喜二・二・廿二任二右衛門権佐一。権大進如レ元。同五・十・二九補二蔵人一。康平二・二・五叙二正五上一。〈府労〉。同三・二・廿一兼二周防介一。同六・二・廿六遷二備後守一叙二従四下一。去二権佐権大進一。治暦元・十・二八任二右中弁一。〈元備後守。於二任国一任レ之〉」。

とあり、以後治暦三年には「二月廿五日従四上(興福寺供養日被行事賞)」とあり、後三条院の延久元年には、

「権左中弁正四位下同、隆方。〈十二月十七日任。四月十七日装束使。八月九日正四下(石清水賀茂行幸行事賞)〉」。

とあり、大江匡房はこの年に始めて二十八にしてその下位に名を出し、

「右少弁正五位下大江匡房。〈十二月十七日任。(年廿八)。左衛門権佐東宮学士如レ故〉」。

とあり、翌々延久三年になると隆方は、

「権左中弁正四位下同、隆方。〈備中介。三月廿七日為二修理右宮城使一〉」。

翌延久四年には、

「〈帝侍読中弁直任例。受領兼弁官例〉

左中弁正四位下同実政。〈十二月二日任。文章博士東宮学士近江守如レ故〉。

権左中弁正四位下同、隆方。〈修理右宮城使備中権介。正月十五日昇殿〉」。

とあり、始めて実政は隆方の上に名をあらわしている。この頃の事件であろうか。

五四 **告文**(一八九頁注二一) 告文は「是天子ノ御神文ノ義也。今ノ代ノ起請文ノ如ニハ非ス。只其旨ヲ紙ニ遊サレテ神祇ニ告サセ給フ事也。後醍醐東士ノ憤ヲ休ラレン為ニ御告文ヲ下サレシト也。是天子御告文濫觴也」(故実拾要、二)。

五五 **又我御身ニ仰ラレケルハ、隆国ガ二男隆綱ガ年ワカクテ、ヲヤバカリノ者ドモヲコヘテ、宰相中将ニテアル事ハ、宇治殿(ノ)マツリコトユ、シキヒガコト、ヲモイシ程ニ**(一九〇頁注五) 「宇治大納言隆国。後冷泉院御在位之間。誇二朝恩無レ弐之故。奉二為春宮(後三条)一。於レ事頗有二奇恠事等一云々。而受禅之後。為レ思二食多年之御意趣一。於二彼子息等一。以二事次一可レ被レ処二罪科一之由有二叡慮一。于レ時権中納言隆俊卿聞下召参二祇殿上一之由上。竊自二小蔀一伺覧之処。容顔勝二於人一。体骨超二於倫一。着座之後。更不二顧眄一。只正レ笏居。惣日々参仕。陣中公事。一身奉行。殆如レ無二傍人一。於二末代一無双之卿相也。若不二召仕一者。極朝家之損也ト御覧ジテ。舎弟宰相中将隆綱ヲ令レ相二待事次一之処。斎宮寮申。射二殺狐一陣定之時。隆綱卿執レ筆書二定文一。其詞云。雖レ有二飲羽之号一。未レ見二首丘之実一云々。叡二覧此筆一之後。叡感之余。剰被レ許二近習一了。於レ今者三男四位少将俊明可レ被レ果二御素懐一之由思食之処。忽内裏焼亡。主上駕二腰輿一。雖レ令二出御一。雑人等群二入于南庭一。無二其隙一之間。不レ能二御安座一。令レ立二于御輿一給。于レ時俊明朝臣頗遅参シテ。奉レ見レ令レ立二于御輿一。自執レ弓走廻

歐ニ雑人一。退散之時。則令ニ安座一御云々。入御之後。被レ仰云。今日依ニ俊明之徳一不レ見レ恥。是依ニ運之未レ尽。俊明所ニ参入一也云々。如レ此間。三人皆以為ニ近臣一。無ニ比レ肩人一云々」(古事談、一)。

「古ヘ野干ヲ神ノ礼トナシタル社ノホトリニテキツネヲ射タルモノアリケリ。コノモノトガアリナシノ事。陣ノ定ニ及テ。諸卿サマ〴〵ニ申ケル中ニ帥大納言経信卿申テ云ク。白竜之魚。勢懸ニ預諸之密網一ト計リウチ云テキラレタリケリ。イミジキ神ナリトテモ。キツネノスガタニテハシリ出タラムヲ射タラムハ。ナニノトガカアラント云心ナリ。此事ハ竜ノ魚ノスガタニナリテ浪ニタハブレテウカビイデタリケルホドニ。預諸ト云モノノアミヲヒキケルニカヽリテカナシキメヲミテ。大海ニカヘリテ竜王ニウタヘケレバ。竜王コトハリテ云ク。ナニシニカ魚ノスガタトハナリケル。サレバコソアミニハカヽレ。今ヨリノチサル事ヲスマジキナリト云ケリ。今カク云ハ此事也。又或人申テ云ク。射タリト云トモ。其野干マサシク死タルヲミズ。トガヲモカラズト申。此日ノ定文ハ宰相中将隆綱ゾカキケル。此人ノカタチヲカクニ。雖レ聞ニ飲羽之号一。未レ見ニ首丘之実一トイフ秀句ハイデクルナリ。後三条院ハコノ定文ヲ御覧ジテ。余リニ感ゼサセ給テ。隆綱ガ宰相中将ヲ過分ニ思ケルハユヽシキ僻事也ケリ。伊勢太神宮正八幡宮イカヾオボシ召ケントゾ仰セラレケル」(続古事談、二)。

五六 **隆綱**(一九〇頁注六) 隆綱は「権大納言隆国卿二男、母同隆俊卿(母は故左大弁源経頼卿女)」(補任、治暦四年)。「隆綱ハ才智ハアリケレドモ。心バヘスコシアトナカリケリ。雑色ノコハキ装束シテ晴ワタルヲヨニウラヤマシキ事ニ云テ。宇治ノ離宮ノ祭ニ雑色ノ装束ヲ一具儲テ卿相ノ床下ニツキタリケルガ。俄ニタチテカタガタニヨリテ。ハタト装束シテ。馬長ノトモニカチニテユヽシクネリテ。ワタリ〳〵ケレバ。モトヨリミメヨキ人ニテアリケレバ。見物ノモノドモコレヲミテ。ユヽシキ雑色カナト云ノヽシレドモ。スベテミシル人ナシ。ヲノヅカラゾユヽシク。宰相中将殿ニ似タルモノカナト云モノアリケレドモ。アマリニ思ヨラヌ事ナレバ。イクホドナクシテコトスギニケリ。コノモシキ事ハ。カナシクミエテケリ」(続古事談、二)。

五七 **ヲヤバカリノ者ドモヲコヘテ、宰相中将ニテアル事ハ**(一九〇頁注七) 参議で近衛中将を兼任した者が宰相中将。「宰相中将などは大臣の家可レ然人の成事也(百寮訓要抄)。この場合隆綱は、補任によると、後冷泉院代、治暦四年参議に初めてなる。「四月十七日任。元頭左中将修理権大夫。中将権大夫等如元」(補任、治暦四年)。翌五年の後三条院代に「二月廿六日還兼右近(権中将)」(補任)。十訓抄、十には定文に「雖レ聞…」と書いたので中将を許されたとあるが、如何。宰相中将であるのは治暦四年以後であるが、補注4―五八の如く延久四年の事件である。

五八 **大神宮ノウタヘ出キテ**(一九〇頁注九) これは延久四年十二月頃の事件で、藤原仲季が伊勢斎宮の辺で白霊狐を射殺した罪で、十二月七日土佐国に配流された事件である。

「辛巳。前大和守藤原成資男三郎仲季。於ニ伊勢斎宮辺一依下射ニ殺白霊狐ニ之罪過上。配ニ流土佐国一」(略記、延久四年十二月七日)。

「延久四年於伊勢斎宮寮前大和守成資三男藤原仲季射殺霊狐〈号白専女〉〈シラタ ウメ〉勘罪名在仗儀而流土佐国云々例」(山槐記、治承二年閏六月五日)。

五九 **定メ文**(一九〇頁注一一) 陣の定(仗議)の際には公卿諸卿が決めた事を上卿が参議に書かせ定文とし、頭蔵人に渡し天皇に奏上する。「上卿奉勅仰外記、廻告諸卿、々々参会、上卿以伝勅旨、若有文書以其文見下、諸卿一々陳所懐之理、自下申上〈旧例自上定下〉、上卿或令参議書定申旨、付頭蔵人奏聞、軽事以詞奏〈延木十六、十二於蔵人所被定行幸日時初有陣定〉」(西宮記、七、陣定事)。

六〇 **未レ知ニ丘首之実一**(一九〇頁注一三) 「古之人有レ言曰狐死正丘首。仁也」(礼記、檀弓上、三)(狐は死ぬ時、自分の穴のある丘の方に首を向けて本を忘れない)。「鳥飛反レ郷、兎走帰レ窟、狐死首レ丘、寒将翔レ水、各哀ニ其所レ生」(淮南子、十七、説林訓)等による詞句。

六一 **礼記**(一九〇頁注一五) 五経の一。中国古代の礼制に関する説を集大成したもの。大載礼記と小載礼記があり現在は四十九編の小載礼記を普通礼記という。

六二 **宇治殿ヲバフカク御意趣ドモアリケルニヤトゾ人ハ思ヒナラヒタル**(一九一頁注二〇) 「後三条ノ院位に即かせ給ひてぞ、年ごろの御心よからぬ事どもにて宇治に(頼通は)こもりゐさせ給ひて」(今鏡、四、梅のにほひ)。

「春とまらせ給にし宇治の行幸せさせ給。十月九日(治暦三年)なり。めでたしなども世の常也。いふにもおろかなれば、物損ひにもやとて。世の変る程の事どももなく、俄に宇治の人おぼしめす事のみ出で来たるこそ怪しけれ。後冷泉院の末の世には、宇治殿入り居させ給て世の沙汰もせさせ給はず、春宮と御中悪しうおはしましければ、その程の御事ども書きにくうわづらはしくて、え作らざりけるなめりとぞ人申し。春宮とは後三条院の御事也」(栄花、三十七、けぶりの後)。

とあり、後三条院の春宮時代に頼通と仲が悪かったらしい。

また頼通が平等院を建て、宇県(宇治県《うぢあがた》)辺を多く寺領に入れた時、後三条院は「争恣ニサル事有哉トテ、遣二官使一可二検注一之由被二仰下一ケリ」、その時、頼通は平等院大門の前に「錦平張ナド打テ、種々儲ドモ用意シテ雖レ待二官使一」、官使は頼通を恐れて参向しなかった(古事談、一)。後三条院崩御の時、頼通は食を止め、箸を立て末代の賢主と嘆息した。その時の古事談の批評は「後三条院宇治殿於レ事無二挙容一然而猶所二嘆息給一也」。

六三　**進ノ命ブ**(一九一頁注二四)　「いかなる世のやうにか、関白殿いとさもて出で顕れてにはあらねど、尼上の御方に候ふ人を忍びつゝいみじうおぼしめすといふ事出で来て、常にたゞならで子など生み給といふ事聞ゆれど、上の御方におぼしめさん事をつゝませ給なるべし」(栄花、三十一、殿上の花見)。「大将殿(通房)の外の公達は大殿(師実)のひとつ御はら(為成女)におはしましき。おほ殿の御末こそは、いまに一の人継がせ給ふめれ。その御報に押されて、大将殿もとく隠れ給ひにけるにこそ」(今鏡、四、伏見の雪の朝)。(本大系栄花、下巻、補注三六七参照。)天喜二年五月十九日逝去らしい(春記)。(本大系栄花、下巻、補注五一三参照。)なお、新訂増補国史大系月報四十八(昭和四十一年六月。国史大系五十八巻付録所載)に角田文衛「関白師実の母」がある。

六四　**定綱**(一九一頁注二六)　実頼流藤原経家の子として定綱は「正四位上、播磨守」「母従二藤祇子、実宇治関白子也、母従二祇子、京極関白同母」(尊卑)。承保四年十月三日に伊予守兼任内蔵頭(中右記)。

六五　**信家ノ子ニナサレニケリ**(一九一頁注二七)　(頼通の養子の)信家の子として忠綱は「実者宇治関白子近江守春宮亮、正四位下、母従三祇子。応徳元卒」(尊卑)。

六六　**俊綱ヲバ讃岐守橘俊遠子ニナサレタル**(一九一頁注二八)　頼通の子、俊綱は「為橘俊遠子。修理大夫正四上。号伏見修理大夫水石得風骨」(尊卑)。嘉保元年七月十四日卒。和歌にも達し、その伏見邸は名園(今鏡・中右記)で、後に師実に伝わり、白河院の御所となり、後白河院が伏見殿とし、後嵯峨院が仙洞御所として持明院統に伝わる、その邸で和歌をしきりにしたという。その女は源師忠の夫人、その(師忠)女が三宮輔仁の妃(中右記、康和四年正月十日)。

「今日辰時許、修理大夫俊綱朝臣臥見亭已以焼亡、件処風流勝他、水石幽奇也、悉為煨燼、誠惜哉」(中右記、寛治七年十二月二十四日)。

六七　**家忠**(一九一頁注二九)　家忠は師実の子。花山院流の祖。「牛車左衛督中宮大夫右大将皇后宮大夫左大臣正二位」「母美乃守源頼国女、保延二年五月十二日出家、同年同月二十四日薨、七十五、号花山院」(尊卑)、その子忠宗、忠能の母は「播磨守定綱女」(尊卑)。

六八　**花山院**(一九一頁注三一)　この邸(近衛東洞院)は貞保親王の家で、貞信公が伝領し、花山院も住み、師実に伝わり、家忠に更に伝わった。著聞集、十九に依ると、「花の盛には色々様々にて、錦を山に被へるに似たり。これによりて花山の号はありと申すめる」。

貞信公記の延長三年三月一日条に「橘中将告法皇許賜故式部卿(貞保親王)宮之由」と忠平が貞保親王から伝えており、拾芥抄に「華山院、近衛南東洞院東一町、本名東一条(家)云云、式部卿貞保親王家、貞信公伝領之住、小一条之東号二之東ノ家一、九条殿令二給外家一ニテ冷泉院此所ニテ立坊一、花山院伝二領之一」とある。この所に師実が邸宅を上棟した事は、百練抄、康平四年八月一日条に「華山院上棟」とあり、また吉部秘訓抄、四、粟田口相国禅門(忠雅公)言談条々事の条には建久二・三・廿八、…

「今日相国禅門密談事〈花山院根元事〉　花山院元是彼法皇御所為板棟門四角植萩架垣土棟上殖嬰麦四条宮令伝給〈先是不被示之〉京極大殿康平之比令作此舎屋給。常為御在所称近衛殿、而堀河院御兄宮於此亭薨去、依此事無御居住、舎屋破壊、播摩守定綱朝臣申云、此亭可被弃置哉加修理可為三位中将〈左府事也定綱聟也〉亭、依有許容加修理、舎屋ハ大殿御領也地ハ四条宮御領也。仍予彼宮造進宇治法定院為其替給件地、而当世無回禄之難所只此亭也、予尋申云、有七星位之由承之如何、被答云、大殿被仰有行云、此亭不可有火事難之由相存如何、有行云所存同前云々、件七星位有棟木云々、依此事示否不知之…」。

とあり、また大槐秘抄には、

「忠雅中納言のゐて候花山院と申所は京極の太政大臣の内大臣に任たる最前のとしの封戸をもちてつくりたるやに候。家は我力をもちてつくりたるが、はへは候とぞ申事に候が、これぞ封をもてつくりたる所にて、其まゝにいまだ焼けぬ家にて候」。

とあり、師実が内大臣になる康平三年の前の年から作ったというのである。

吉部秘訓抄及百錬抄によると、康平四年八月には花山院が出来上ったらしいが、その前に康平二年四月十三日に権大納言信家の山井第が焼けて居り、一九七頁注二〇に注した通り、師家は康平二年三月二十日の頃、信家の養女、麗子と結婚し、信家の家が焼けた後、花山院が建てられ、後に定綱が住んだらしい。師実の養女賢子が敦文親王を承保元年十月に生んだ時、賢子は十月十六日、尤も栄花、三十九、布引の滝には「伊予守の家記)のはここであろうか、下辺りなる所なり」とあり、下京とする。永保二年四月十三日には太皇太后寛子も堀河院から花山院に移り住んでいる(為房卿記)、なお吉部秘訓抄によると三位中将家忠(家忠が三位中将であったのは承暦四年八月二十八日以後)が定綱の聟となり永保年間には定綱は住んでいたのであろう。なお七星の位があるとされた(北斗七星は妙見信仰などから魔除けの力があると信じられたらしい)ので、古来からの名邸に加えて修理をしたのであろう。

究　長宴僧都(一九二頁注一)　天台宗の僧、密教史上で大原流を伝えた、皇慶門下にも属す、大原に居、勝林上綱、大原僧都と言う。四十帖口決を編。「少僧都長宴、永保元年四月二日卒、六十七、号大原僧都、去治暦元年十二月任律師慶命弟子以延殷皇慶為受法師」(歴代皇紀、二、白河院裏書)。

「一長宴僧都。〈或号二俗林上綱一。居二住上(勝賦)林院一故也〉。俗姓小野。伊賀守守経子息。〈或系図守久〉。

僧綱補任。康平八年十二月卅日任二権律師一。〈年五十〉。治暦三年十一月任二元慶寺別当一。〈于時律師〉。承保三年十二月廿日任二少僧都一。

皇慶阿闍梨受法灌頂嫡弟也。灌頂弟子卅八人云々。小山清(僧賦)都流。従二大原少将入道最源一伝二受之一。又山本座主義海流。従二延胤法橋一伝二受之一。永保元年四月二日入滅。年六十六」(明匠略伝、上)。

七〇　葉衣ノ鎮シタル家ナリ(一九二頁注二)　葉衣鎮は被葉衣観音(三十三観音の一)を本尊として、二十八夜叉を眷属として大臣などの家屋を守るために修する事の多い修法。「始自康平八年七月二十四日於右大臣殿新寝殿〈花山院也〉大原阿闍梨被レ修二葉衣法一」(阿娑縛抄、九十三)。「如意輪、葉衣観音、請雨経」(拾芥抄、下、御修法)。

葉衣観音に就いては、次に図に示した通りであるが、葉衣観自在菩薩経(大正二十No一四四八)に依ると「其像作二天女形一。首戴二宝冠一。冠有二無量寿仏一。瓔珞環釧。荘二厳其身一。身有二円光一。光焔囲繞。像有二四臂一。右第一手。当レ心持二吉祥果一第二手作二施願手一。左第一手。持二鉞斧一。第二手持二羂索一。坐二蓮華上一」。

とあり、葉衣観自在菩薩とも言い、現図胎蔵界曼荼羅中では観音院第三行の東端に位置するが、首に宝冠を戴き、冠に無量寿仏があり、手は四つあり、蓮華上に座している。この像を本尊とし、除疫病、護持国王等のために修する法を葉衣法と言い、特に護持国王、大臣諸卿安穏のために修するので安鎮法とも葉衣鎮とも言い、又鎮宅のために修するので鎮宅法とも言う。

前記の如く、葉衣鎮を康平八年に右大臣の新寝殿で修したと阿娑縛抄、九十三にあるが、なお同書二百十五には、

「康平八年七月二十四日於二左大臣殿新寝殿〈華山院也〉大原阿闍梨修之」とある。康平八年七月の左大臣は教通に当るが、右大臣は頼宗が二月に死に、師実が六月三日右大臣に転じたから、師実に当る。なお拾芥抄、中の諸名所部には、

「富家殿〈フケドノ〉〈民部卿忠文家也。小野宮ニ有レ故不レ参云云(也)天台長豪(宴)僧都修二安鎮法一〉」

とも。一本に依れば長宴僧都の名が見える。

七一　右兵衛督憲定ト云人ノムスメ也(一九二頁注六)　憲定は「従三、右兵衛督、母左大臣高明女」(尊卑)。「故式部卿の宮(為平)の故(右)兵衛督の女の腹なりけり。殿に二所候ひ給ひけるを姉君は則理の但馬守の妻にておはす。一所は若君(通房)生み奉り給てければ、やがて参り給はず」(栄花、三十二、謌合)。

七二　陽明門院ヲバ内裏ヘモインマイラセラレザリケリ(一九二頁注一二)　禎子は後朱雀院践祚の後に久しく内裏へ入らずに、時めいている嫄子が長暦三年八月二十八日に崩じ、女御教通女生子が一時退出した長久元年十二月十八日の頃、二の宮の御文始の際に、やっと入内する。なお後の「カヘリイラセヲワシマシテ」は嫄子が中宮として弘徽殿に入った時、内裏を退いたから言う。「入々云、皇后宮此四年不参入給、已如棄置果

上陽人、依故中宮参入給事也、而彼宮忽然已逝給、其後内府女御参入、仍又遲々、而今彼女御、忽有事故退出、仍此宮参入給、不計事等也、世間不定如浮雲、不可愁不可悦歟、無益々々」(春記、長久元年十二月十八日)。(栄花、三十四、暮まつほし。本大系下巻、補注四六四参照)。

七三　**高倉ノ北政所**(一九三頁注一七)　隆姫は寛治元年十一月二十二日に薨逝(略記・栄花、四十、紫野)。「今日未時許、宇治殿北政所薨了〈九十三、但依節会不披露云々〉」(中右記)。「今日従一位隆姫子女王薨逝、宇治前大相国室、号二之高倉殿北政所一」(世紀)。

七四　**ヨノスケモナクテ、春宮御元服アレド、女御ニハ**(一九三頁注二二)　尊仁親王の元服は永承元年十二月十九日(東宮冠礼部類記)、この時公成の女茂子が能信の養女として東宮に入る。「大夫密談云、東宮御元服後、可有副臥云々。故公成卿女〈故知光朝臣外孫云々〉已為我猶子。以此女欲令参入也。先日中執柄。已可許。又申女院。又同前。雖然不披露。臨期可令参入者。此事極見苦事也。大夫之実女何事之有哉。今以公成女令参入。是為東宮大謬事也。甚不便事也。猶難叶歟。臨時必有事訪歟云々」(東宮冠礼部類記所引資房卿記、永承元年十一月二十二日)。

七五　**スコシ昇進シニクキ事**(一九三頁注二六)　大江至孝が威儀師観峯の女の宅に強姧しようとして、押入り、従者を出して能信は至孝の側に加勢し乱暴させた。為に道長から勘当を受けている(小右記、長和五年五月二十五日・二十六日)。「昇進シニクキ事」とは斯かる類を指すか。(西岡虎之助著、日本文学に於ける生活史の研究所収「大鏡の著作年代とその著者」参照。)

七六　**賢子ノ中宮**(一九四頁注五)　「この帝(堀河)の御母、権中納言隆俊の御娘の腹に六条の右の大臣(顕房)の御娘におはしましゝ、大殿(師実)の子にし奉りて延久三年三月九日、御年十五にて、白河院東宮におはしましゝ、御息所に参らせ給へり。同じ五年七月廿三日女御と聞え給ひて、四位の位賜はり給ふ。承保元年六月廿日后に立ち給ふ。御年十八におはしましき」(今鏡、二、所々の御寺)。

賢子と師実の関係を図示すると左の如くであり、賢子が道長の血統をも引く事が判る。

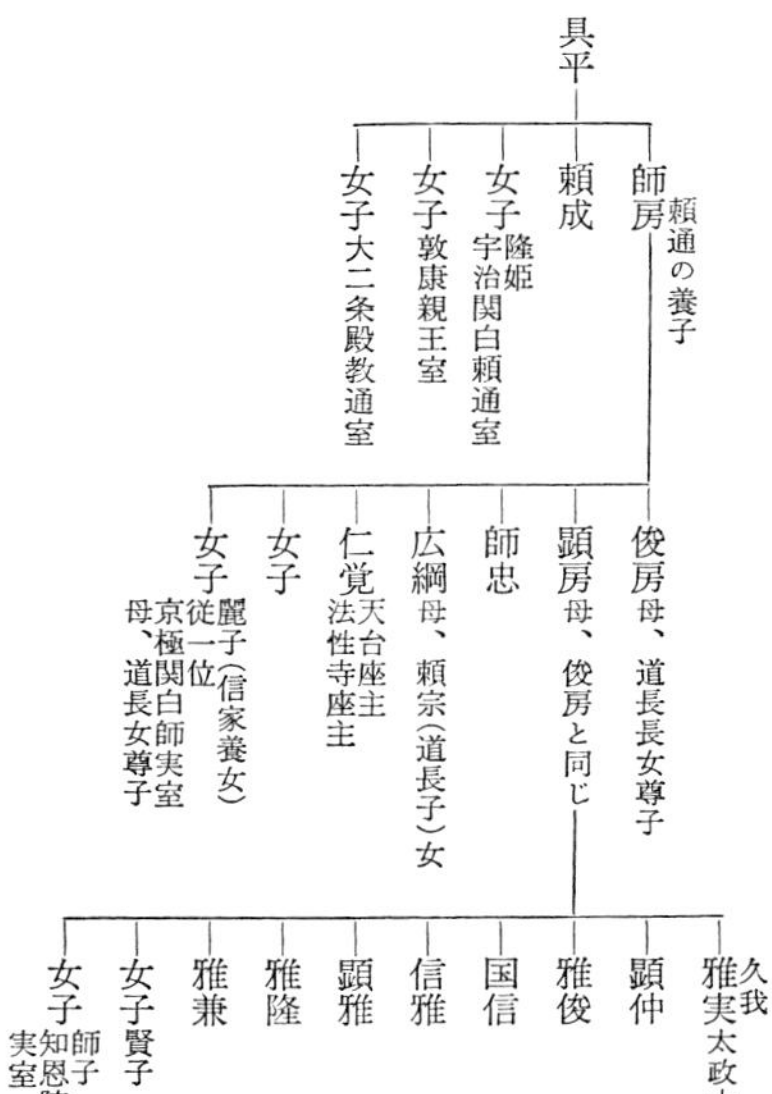

「今の右大臣殿(師房)の二郎(顕房)、中納言にて左兵衛督にてものし給ふ。この左大殿の上(麗子)の御せうとなり。その御姫君(賢子)を大殿の上、子にし奉らせ給て、春宮に参らせ給べしと聞えつるを、俄にこの晦日の日、内より疾く参らせ奉らせ給へとありければ、この三月九日参らせ給ふ」(栄花、三十八、松のしづえ)。

「左大臣藤原師実朝臣取二左兵衛督源顕房卿息女〈賢子〉一為二養女一。令レ入二皇太子宮一」(略記、延久三年三月九日)。

七七　**ヲボエガラノタグヒナク**(一九四頁注六)　中宮に上った時は「内よりは、「とく入らせ給へ」とのみ聞きにくきまで申させ給ふ。御使夜昼もわかず隙もなく、「昔も今も覚おはすなどいはれ給ふ人々ものし給ひしかど、いとかくたぐひは又なかりき」とぞ、内のふる人も世人も申しける」(栄花、三十九、布引の滝)。

その死に際しては、「賢子中宮者寵愛異レ他之故、於二禁裏一薨給也。雖レ為二御悩危急一、不レ被レ許二退出一也。閉眼之時、猶抱二御屍一。不下令二起避一給上云々」、例のない事として俊明は諫めたが、「例ハ自レ此コソ始ラメ」と答えたという(古事談、二)。(なお賢子の崩御と白河帝の悲嘆については、栄花、四十、紫野。本大系五三七―五三八頁参照)。

「十五日壬子。中宮俄有二御悩一。邪気所為云々。仍右大臣等飛蹄参洛」(略記、永保四年九月)。

「廿二日己未。卯時。中宮源賢子三条内裡崩。于レ時年二十八歳。主上悲泣。数日不レ召二御膳一。廿四日辛酉。主上悶絶。天下騒動。歴二数刻一後復二御尋常一。毎月廿二日。丈六弥陀仏各一躰造立。毎度修二曼荼羅供一。為二中宮職御菩提一也。周忌之間、天下之政皆以廃務、帝依レ含レ悲。久絶二世上風波一。試是希代事焉」（略記、永保四年九月）。

七八 **二条殿ノ子ノ信長太政大臣ナドノ方ザマヱヤ、ウツランズランナド人思ヒタリケル**（一九四頁注七） 信長は教通の一子、寛治八年九月三日薨、七十三歳。白河院承暦四年八月十四日、五十九歳で太政大臣。その前に承保二年九月二十五日教通が薨じ、十月十五日師実は三十四歳で関白となる。教通は信長に関白を譲りたかったらしい。

古事談、二によると、頼通が土御門右府師房を使いとして関白を教通に譲ろうとした時、一度は信受されず、二度目は涙をこぼしたという。さて頼通が老衰して後に、延久の比、今に於ては契約の如く、摂籙を師実に譲らるべし、存命の時に心安く見とどけて置きたいと言うたが、返答に天気を伺うべしとて奏問した所、許されず、頼通は恨を含んで薨じた。教通はその薨ずる承保二年に内府信長に関白職を譲る約束をしたので、師実は愁嘆して出家しようとした。この間に白河天皇は中宮賢子の方に渡御された時、賢子が泣き訴え、忽ち関白の宣旨が左府に下ったという。即ち古事談には、

「宇治殿（頼通）使二土御門右府（師房）一。令レ譲二摂籙於大二条殿（教通）一給之時〈入道殿遺言趣云々〉一度ハ猶不レ被二信受一。第二度之時及二零涙一被二悦申一云々。而老衰之後、延久比自二宇治殿一被レ申云。於レ今者如二契約一可レ被レ譲二摂籙於左府一（京極殿）、存命之時心安可二見直一云々。返答云。此事私難レ申二左右一。可レ伺二天気一トテ。奏聞之処。不レ許云々。仍宇治殿被レ遺レ恨、遂薨給畢。大二条殿又薨逝之時。〈承保二年〉御二約束於内府（九条内太政イ大臣）一〈信長云々〉仍左府愁歎欲二出家一。此間天皇渡二御中宮御方宮（賢子）一。御削櫛之間。御涙御ハダヘヲトホリテ御畳ヌレニケリ。主上令レ奉レ驚問給云。宮令レ申給云、左府（宮養父）モ大納言（六条右府）モ倶可二出家一云々。仍吾モ失二面目一不レ能二祗候一之間、退出同可二出家一云々。依レ之召二宮御方職事一。忽被レ仰下可レ下二関白宣旨於左府一之由上云々」。

とあるのである。また白河天皇の承保二年の公卿補任に、

「承保二年〈乙卯〉

関白 従一位 藤教通〈八十〉 九月廿五日甲申卯刻薨。十月六日薨奏葬送。追贈正一位。

関白左大臣 従一位 同師実〈三十四〉左近大将。皇太子傅。九月廿六日宣旨。太政官所申文書。先触左大臣可奉行者。十月十三日渡長者印。同月十五日詔為関白。同廿七日辞大将。同日勅賜左右近府生各一人近衛四人為随身。

右大臣 従一位 源師房〈六十八〉右大将。十一月七日勅聴乗牛車出入闈門。十二月十五日還左大将。兼皇太子傅（関白左大臣辞替）。

内大臣 正二位 藤信長〈五十四〉十二月十四日復任。同十五日任右大将。同十九日参内奏慶賀。

権大納言正二位 同俊家〈五十七〉民部卿。

同能長〈五十四〉春宮大夫。

源俊房〈四十一〉

藤忠家〈四十三〉」。

とあり、水左記には、

「廿五日。…卯時許関白殿薨逝給云々、年八十。廿六日。…卯刻許右大臣殿令参左府給、予同参入、頃之退出、申刻又参入、今日須被下関白之詔也、而自本所未被薨奏之間、先官中雑事上下文書等、被下可内覧左大臣之宣旨云々、上卿権中納言経信卿、召仰此由於弁外記等云々」（水左記、承保二年九月）。

「…予右大臣殿御消息示皇太后宮権大夫云、明日可被渡朱器大盤也、而可被相副家司一人歟、返事云、明日内府御衰日也、除卯酉之外可被奉渡歟、予為令申此由又参左府、被仰云、明日以後無可然之日次、縦雖彼衰日何有憚哉（水左記、承保二年十月二日）」。

とあり、この時内府信長は朱器台盤等を渡すのにいい顔をしなかったらしい。九月二十六日に内覧の宣旨、十月十五日に詔して、正式に師実は関白となった（略記・百錬抄）。

師実が関白になった承保二年から、承暦四年まで信長は内大臣であったが、八月十四日太政大臣に任じられ、十月九日の宣旨で関白左大臣の下に列すべき宣旨が下った。即ち公卿補任に、

「承暦四年〈庚申〉

太政大臣正二位 藤信長〈五十九〉八月十四日任。十月日宣旨。可列関白左大臣下者。

関白左大臣 従一位 同師実〈三十九〉

右大臣　正二位　同俊家〈六十二〉八月一日予蒙勅語。同十四日任。

内大臣　正二位　同信長〈五十九〉右大将。八月十四日任太政大臣。

　　同能長〈五十九〉八月十四日任。同廿二日兼皇太子傅」。

とあり、また水左記、承暦四年十月九日条には、

「此日関白左大臣可列太政大臣上之由被下宣旨云々、依寛和例有此事云々」。

とあり、これについて古事談、二に、

「破二焼檳榔車一之事。九条大相国〈信長〉。為レ列二京極殿(師実)之上一。拝二太政大臣一。有二公事一之日。着二装束一欲二参仕一之間。或人告云。関白被レ下二一座宣旨一云々。仍今者不レ能二出仕一トテ。檳榔車ヲ引二出大路一被レ焼レ之」。

とあり、師実が一座宣旨を被ったので怒って出仕の檳榔の車を焼いたという逸話が見える。

栄花、三十九、布引の滝にも、

「九月廿四日(承保二年)に左大殿(京極大殿、師実)大井河に紅葉御覧じにおはしますとて、殿上人・上達部参り集り、殿も例ならずなべてならぬ狩の御衣奉らんとせさせ給程に、関白殿(教通)御風のけしきおはしますとあれば、とまらせ給ぬ。三四日ばかりありて失せさせ給ぬれば、左大殿関白の宣旨かぶらせ給ぬ。朱器台盤などもて渡り、めでたき事限なし。内大殿(信長)に譲り奉らまほしくおぼしけめど、宇治関白殿の譲らせ給し御心をおぼしめせば、いかでかは。又さりとも、内の御けしきなどのさるべきにもあらず。故院(後三条院)の御時に「内大殿になん譲らせ給べかんなる」など、聞えし折にも「宇治殿の聞かせ給はんがかたはらいたき事」とぞの給はせける。御心いとなだらかによくおはしましけり。一院(後三条院)いとあざやかにすぐ〳〵しく、人に従はせ給べき御心にもおはしまさざりしかば、関白殿もえ御心にもまかせさせ給はずなどありしかど、末になるまゝには御仲らゐよくおはしまして、御心地の程もつと候はせ給ひ、たち去らせ給折は尋ね申させ給ける。されば、故院の御事を思へばとて、東宮をも、ものへ渡らせ給へば、参らせ給ひなどせさせ給けり」。

とある。

七九　延久ノ宣旨斗(一九四頁注八)　「斗升法可レ拠二用長保例一之由下知」(略記、延久四年九月二十九日)。「延久四年今年斗升寸法被定之」(東寺長者補任)。「九月。被レ定二斗升法一」(編年記、後三条、延久二年)。「延久善政ニハ、先器物ヲ被レ作ケリ。資仲卿蔵人頭ニテ奉二行之一云々。升ヲ召寄テ取廻々々御覧ジテ簾ヲ折テ寸法ナドサヽセ給ケリ。米ヲバ穀倉院ヨリ召寄テ、於殿上小庭、貫首以下蔵人出納ナド見沙汰シテ小舎人タマダスキシテハカリケリ。本米ヲバ加美屋紙ニ裹テモテマヰリタリケレバ、叡覧アリテ、被レ加二勅封一テゾ御持僧ノ許ナドヘツカハサレタリケル。斛器ハ方櫃ヲ差テ石ヲ括テサゲテオモシニテ跨木ニ懸テ於二穀倉院一国々ノ米ヲバ被レ納ケリ。仍何石トハ用二石字一也。件器石等于レ今有二穀倉院一云々」(古事談、一)。
延久の宣旨斗については、宝月圭吾著、中世量制史の研究、第一章第五節、「宣旨斗条・菅政友「宣旨斗考」(史学雑誌一編十二号、明治二十三年)参照。

八〇　延久ノ記録所(一九四頁注一二)　後三条院の荘園整理は、扶桑略記や百錬抄による延久元年二月二十三日発符説と、東南院文書による同閏十月十一日説とがある。前者は「勅止二寛徳二年以後新立荘園一。縦雖二彼年以往一、若券契不二分明一、於二国務一有レ妨者、同停二止之一」(略記)とあって、後者は、「右、去治暦五年三月廿三日下二五畿七道諸国一官符偁、寛徳二年以後新立庄園永可二停止一者、加以雖二往古庄園一、券契不レ明有レ妨二国務一者、厳加二禁制一、同以停止者、官符到来之日、早可レ進二本公験一之由、先日雖レ加レ催于レ今不二進上一者、重所レ仰如レ件、厳制重畳、不レ可二延息一故宣。延久元年閏十月十一日」(東南院文書、三ノ五)とあってほぼ同内容であるが、東大寺文書によると、延久元年八月二十九日、筑前国嘉麻郡観世音寺領の検注が二月二十二日官符によったとあり、その官符の内容は「神社仏寺院宮王臣家諸庄園、或停二止寛徳二年以後之新立庄一、或嫌二僥倖地一相二博膈腴一、或恣駈二平民一籠二隠公田一、或無二定坪備一庄、或諸庄園所在領主、田畠惣数、慥注二子細一可レ経二言上一之由被レ下二宣旨一由」ということで、閏十月十一日の官符に対して、準備的な意味をもつと言う。従って、官符は三月二十二(三)日と閏十月十一日の二度にわたって出され、略記所収のものは、閏十月十一日のものを誤って入れたのだと解釈されている(竹内理三著、律令制と貴族政権第Ⅱ部所収「院庁政権と荘園」参照)。広大な荘園を持っていた頼通家(補注4－八五)の抵抗は愚管抄に記す如くであったろうけれど、「左少弁時範申云、昨日御返事(師実からの)云、庄薗文書後三条御時〈延久之比〉、依召所進也。望其時、不

進上之条有相違者、披見可然之文書、可令奏者也」(師通記、康和元年六月十三日)のように、文書を提出しており、「右衛門権佐知綱来云、殿下(師実)御消息云、土井庄事被仰也。件所者後三条院記録(所脱カ)之創被停止也、被立為之如何」(師通記、寛治五年十二月十二日)の如く停止されたところもあった。

「(二月)廿三日。可レ停二止寛徳二年以後新立庄園一。縦雖二彼年以往一。立券不二分明一。於二国務一有レ妨者。同停止之由宣下」(百錬抄・延久元年)。「閏二月十一日。始置二記録庄園券契所一。定二寄人等一」(百錬抄、延久元年)。「同(延久元年)正月廿三日停止此。寛徳二年以後新立庄園」(歴代皇紀、後三条)。

八一 **一ノ所**(一九五頁注一九) 「一の所に時めく人もえ安くはあらねど、そはよかめり」(枕草子、一五七段くるしげなるもの)。

八二 **庄園**(一九五頁注二〇) 貴族や、社寺などが所有して居た、私的な、不輸租、雑役免除などの特権を有した一円領有地の称。

八三 **受領**(一九五頁注二一) 地方の国司(国司の交替の際に、前国司の解由状を受領する意という)。公領からの徴税が重要任務で「受領は倒るる所に土を摑め」(今昔)と言われた。

八四 **強縁**(一九五頁注二三) 「郎等、本ノ妻ハ有ケレド、強縁ヲ取ト思テ、喜ブ事限リ無シ」(今昔、二十六の五)。「近年或号二官挙一或称二強縁一猥以二非器人一補二其職一」(円覚寺文書、文和三年九月二十三日付)。「俗家強縁之輩申預寺領等」(慈円、貞応元年遺言状)。

八五 **ヨセタビ候ヒシカバ**(一九五頁注二四) 頼通一家の所領の大であった事は「天下□地悉為一家領、公領無立錐地歟、可悲之世也」(小右記、万寿二、七、十一)の詞句が証として引かれる。なお補注参考I-4所収慈円自筆消息に「後三条院のハじめて宇治入道五十年世を沙汰して…さにこそとて」とあり、愚管抄のこの辺と同趣旨の詞句が見える。

八六 **氏ノ長者**(**教通**)(一九五頁注二七) 氏長者については一五九頁注一七参照。その権能は氏神の祭祀及び氏寺の管理、大学の管理、氏爵の推挙等であった(なお詳しくは、竹内理三著、律令制と貴族政権第II部所収「氏長者」参照)。

「藤氏長者、蒙二摂政関白詔一之人為二其仁一、仍別不レ及二宣下一也」(職原抄)。「藤氏長者本非二宣下事一、只相譲事也。而保元大乱之時法性寺殿(忠通)又執行之時、被レ下二宣旨一、其後如レ此」(山槐記、寿永二年十一月二十一日)。

なお教通は「十三日。左大臣藤原朝臣教通依二関白前太政大臣頼通朝臣之譲一。為二藤氏長者一。朱器台盤幷譜第荘苑等伝レ之」(略記、康平七年十二月)。

公卿補任には、

「康平七年〈甲辰〉

関白　従一位　藤頼通〈七十三〉七(四イ)月八(廿二イ)日上表辞職。十二月十三日譲氏長者於左大臣。

左大臣　従一位　同教通〈六十九〉皇太弟傅。十二月十三日氏長者印請之」。

摂関時代における氏長者は、摂関と必ずしも一致するものではなかった。摂関と同日に氏長者となったものとしては、頼忠(二回目)・兼家・頼通、摂関の翌日に氏長者となったものに、道兼、やや時をへだててなったものに道隆(数日後)・道長(一ヶ月後)があり、逆に、氏長者になって後摂関となったものに、兼通(一ヶ月後)・実頼・教通(数年後)がある。また、頼忠(一回目)は、氏長者となって後、摂関になるまえに長者を譲っている(藤木邦彦・井上光貞編、政治史I)。

八七 **氏寺**(一九五頁注二八) 氏寺は一氏族の菩提寺をいい、興福寺の如きは藤原氏の氏寺として代表的で、その他菅原氏の道明寺や和気氏の神護寺、日野氏の法界寺等は皆それである。江談抄には藤氏氏寺として次のような記事がある。

「藤氏氏寺事、又云、藤氏人々被レ始事、自レ古尚在。大織冠建二興福寺・法華寺・施薬院一。淡海公建二佐保殿一。閑院大臣〈冬嗣〉立二勧学院一始二南円堂一。忠仁公(良房)始二長講会一。昭宣公点二木幡墓一。房前宰相手自作二南円堂不空羂索幷四天王一。貞信公立二法性寺一。九条右府建二楞厳院一。大入道殿建二法興院一。中関白建二積善寺一。入道殿(道長)造二木幡塔三昧堂一、建二法成寺一。宇治殿建二平等院一」(江談抄、一)。

なお続古事談、一には、

「御即位(後三条)ノ後サマザマノ善政ヲオコナハレケル ナカニ、諸国ノ重任ノ功ト云事長ク停止セラレケル時、興福寺ノ南円堂ヲツクレリケルニ、国ノ重任ヲ関白大二条殿マゲテ申サセ給ケルニ、事カタクシテタビタビニナリケレバ、主上逆鱗ニヲヨビテ仰ラレテ云ク、関白摂政ノオモクオソロシキ事ハ、帝ノ外祖ナドナルコソアレ、我ハナニトオモハムゾトテ、御ヒゲヲイカラカシテ、事ノ外ニ御ムヅカリアリケレバ、殿座ヲタチテイデサセ給トテ、大声ヲハナチテノ給ハク、藤氏ノ上達部ミナマカリタテ、春日大明神ノ御威ハケフウセハテヌルゾトイヒカケテ出給ケレバ、氏ノ公卿マコトニモ一人モノコラズ皆座ヲタチテ、殿ノ御トモニ出ケレバ、事ガラオビタヾシクゾアリケル。主上是ヲキコシ食テ、関白殿幷ニ藤氏ノ諸卿ヲメシカヘシテ、南円堂ノ成功ヲユルサレニケリ。殿ノ御威モ君ノ御心バヘモアラハレテ、時ニトリテイミジキ事ニテナンアリケル」。

とあるが、この話と愚管抄の氏寺についての争いの話とは何等か関係があるような気がする。

八八　**除目終頭、関白攀縁**（一九六頁注八）　攀縁は「三条院御時、入道殿参給被二申請一事等不レ許、攀縁令二退出一給」（古事談、一）の如く使われ、怒る意である。「凡此外法皇与二博陸一同意、被レ乱二国政一之由、入道相国攀縁云々」（玉葉、治承三年十一月十五日）、「攀縁〈不吉詞〉」（字類抄・枳園本節用集等へ部）。

八九　**近習**（一九九頁注一八）　この賢子が中宮に入った事を契機として、又宇治殿頼通は「後中書王具平ノムコニテ、ソノ御子土御門ノ右府師房ヲ子ニシテ」（一九七頁）いた事などと相まって、藤原氏と衝突する事なく、また後三条の藤原氏を抑えようとする意志も働き、村上源氏は除々に要路の地位を占めて来、白河天皇の永保三年（一〇八三）には源俊房が正月二十六日に左大臣、顕房は右大臣と兄弟並び立ち、「御堂の御女は多く后、国母にてのみおはしますに、此の殿の北の方（尊子、頼通の異母妹でその養女）のみこそ、たゞ人におはしませば、いと〳〵やんごとなし、その御腹に、堀川の左のおとゞ俊房、六条の右のおとゞ顕房と申して、兄弟並び給へりき」（今鏡、七、うたゝね）。更に顕房の子、雅実は、父顕房が堀河天皇の寛治六年「十二月依病辞大将」（補任）で、右大将を辞したので、寛治七年（一〇九三）十一月二十日には補任によると顕房と雅実の間には、師実の子師通、源経信、藤原宗俊、源師忠が居たにも拘わらず、それ等を超えて三十五歳で右近衛大将となった。その時に、「人々被談云、新大将此年之間、被拝任事誠大運也。祖父故土御門右府（師房）五十余任大将、厳親右府（顕房）卅余任此職、至此納言者已卅余也。随及子孫弥以早速也。就中時之二三の人子姪為大将之事誠未曾有也。右相府幸不可思議歟」（中右記、寛治七年十一月二十一日）と書かれ、更に同じく寛治七年十二月二十七日に左大臣俊房が左近衛大将を兼ねた事については「左右大臣、左右大将、源氏同時相竝例、未有此事。今年春日御社頻恠異、興福寺大衆乱逆、若是此徵歟。加之大納言五人之中、三人已源氏、六衛府督五人已源氏、七弁之中四人也。他門誠希有之例也。為藤氏甚有懼之故歟」（中右記、寛治七年十二月二十七日）とあり、康和四年（一一〇二）六月二十三日の臨時除目に、顕房の男の顕雅が二十九歳で参議に任ぜられた時には、「近代公卿廿四人、源氏之人過半歟、未有如此事歟、但天之令然也」（中右記、康和四年六月二十三日）とあり、源氏の進出という事が目立った現象であった。近習というものが院政時代に入って権力を振うという事は目立って来た歴史的事実であったが、三三二頁には摂籙臣の外に「別ニ院ノ近臣ト云物ノ、男女ニツケテイデキヌレバ」とある事は屢々引用される。院政時代の特長として近臣や受領階級が目立って進出して来る事は著しい現象で、後の方にも六条修理大夫顕季や長実卿の名が見えて来る。

九〇　**頼豪アザリ**（二〇〇頁注八）　頼豪の伝記については、寺門伝記補録、十五に、

「阿闍梨頼豪〈実相坊〉

頼豪、長門守有家子、権僧正心誉入室弟子也。密行宗匠、験徳声播二于世一。長暦元年十二月十五日、投二礼法橋行円一入壇受職。〈慶暹同夜〉受後以レ法伝二付明証、慶耀、円範、行尊、快誉、斉尊、公伊、行勝等三十五人一。応徳元年仲冬四日、仏前結跏趺坐、手持二五鈷杵一寂而取レ滅、年八十有一」。

とあり、白河天皇の応徳元年まで生きていた人らしい（華頂要略によると応徳元年五月四日寂であるが）。三井寺系の実相院を継いだ人で、諸門跡譜にも行円法橋の次に見え、心誉—行円—頼豪—行勝—勝運—公顕と実相院の血脈が続く。ただし、ここに見えるような事実は記録には全く見えない。むしろ、寺門伝記補録、一に、

「報酬怨家

後朱雀院御宇。寺門奏二請建二三摩耶戒壇一。朝廷問二立不於諸宗一。皆以奏レ可焉。独山徒不レ肯。因レ茲朝議未レ決。敕裁送レ年。至二後三条院御時一。寺門怠訴。朝家不レ容。聖断如レ忘。於レ是覚円〈円満院大僧正〉。静園〈真如院権僧正〉、頼豪〈実相房阿闍梨〉等。深抱二憂愁一。蟄居不レ出。新羅明神社頭。大鳴動焉。延久四年春。聖躬不予。帝太驚懼。今冬。詔建二一寺于三井一。題二聖願寺一。永置二三口阿闍梨一。〈十一月廿九日宣下〉。以祈二請玉体平復一。叡慮尚未レ堪二恐怖一。以二十二月八日一遁レ位。受二太上天皇

号㆒。然而御悩。未㆓曾減㆒。仍又差㆓兵部少輔藤原朝臣通俊㆒。為㆓宣命使㆒。往㆓新羅神祠㆒。以㆑贖㆑罪焉。明年夏四月。復進㆓宣命㆒。宥㆑神無㆑験。今茲五月七日太上天皇崩」。

とあるような事の方が真実で、三井寺の戒壇問題に努力した人だったらしい。なお、中外抄には、

「又仰云、新羅明神ハ入定神にて無止御神也。我者先年所労時有事験。仍在俗之間奉幣也。又宇治殿御祈ニ。頼豪阿闍梨参入タリケレバ。自宝殿妻戸衣袖指出たりけり。又後三条院事。御最後にをこたりの文など令書御云々」。(続古事談、四にも同じ話が引かれる。)

とあり、後三条院の崩御される頃延久四、五年の頃活躍した人らしく、水左記の承暦元年(承保四年)十月の条には、

「廿日丁酉。自夜雨降、寅時許前駈人々来、卯初向三井寺、今日小童可出家之故也、午剋許着真如院、相次法印〈長多仁〉、被入坐〈今日自京被入也〉、此間羞膳〈法印所被設也〉、事了予向菩提房迎小童、相具斉覚僧都向頼豪阿闍梨房〈房名実相〉、法印同被坐、頃之小童着童装束着座、先奉拝氏神并国王等退去、又着僧装束帰着本座剃頭〈名証観〉、頼豪闍梨為戒師、此間闍梨感涙難禁、事了戒師闍梨有引出物〈馬一疋〉、申剋許帰真如院、又羞膳、同刻終帰京、戌時許着家、此間共人人分散〈刑部大輔忠俊朝臣、皇后宮亮定兼朝臣、左馬助家綱、右衛門佐清綱、参河権守隆長、大内記敦基、肥前権守季綱、治部丞知実、兵部丞説家、木工允俊章、右衛門尉宗盛等也〉、法印同今夜被帰京了。

廿一日戊戌。晴、辰刻許参南殿、頃之帰、送書状於三井寺実相房、是昨日小童出家間事感歎未尽之由也、未剋許公範僧都入坐、先之法印被坐、各相遇言談」。

とあり、水左記の著者源俊房の息子が出家した時の戒師となっている。頼豪が戒壇問題から恨んで死んだという事は、全くの説話であるらしく、巻三の清和帝(惟仁)の為に恵亮が「ナヅキヲ護摩ノ火ニイレタリ」(一五二頁)とあるのと同じように、この頼豪の話も平家物語とよく似ており、両者に直接関係があるのでないかと思う。これについては既に後藤丹治博士の著書、戦記物語の研究「平家物語出典考」(昭和十一年刊)で愚管抄との関係にふれ、

「愚管抄と平家物語と異なつた記事もないことはない(松殿復讐の事に関し、愚管抄は重盛の所為とし、平家物語は清盛の所為としたなどは有名な相違点である)が、酷似する部分も随分と多い。それを一々茲に指摘するのは余りに煩雑になるから省略するが、たゞその代表としてあげたいのは頼豪阿闍梨に関する記載である。愚管抄巻四にある頼豪憤死の一条は、平家物語の諸本にある話柄と不思議な程似てゐる。全文は長くなるから、その一部分を対照させる。

(愚管抄)

頼豪ヨロコビテコノ勧賞ニ三井寺ニ戒壇ヲタテヽ、年来ノ本意ヲトゲント申ケルヲ、コハイカニカヨウノ勧賞トヤハ思召ス、一度ニ僧正ニナラントモ云ヤウナル事コソアレ、コレハ山門ノ衆徒訴申テ両門徒ノアラソイ、仏法滅尽ノシルシヲバイカデカ行ハレントテ勅許ナカリケレバ、頼豪是ヲ思テコソ御祈ハシテ候ヘ、カナイ候マジクバ今ハ思ヒ死ニコソ候ナレ、死候ナバ祈リ出シマイラセテ候王子ハ取リマイラセ候ナンズトテ、三井ニ帰リ入テ、持仏堂ニコモリ居ニケリ、是ヲ聞召シテ、匡房コソ師檀ノ契リフカヽランナレ、ソレシテナグサメントテ匡房ヲメシテツカハサレケレバ、イソギ三井寺ノ房ヘ行ムカヒテ、匡房コソ御使ニ参リテ候ヘトテ縁ニ尻ヲカケテアリケルニ、持仏堂ノアカリ障子ゴマノ烟ニフスボリテ、ナニトナク身ノ毛ダチテヲボヘケルニ、シバシバカリ有テ、アラヽカニアカリ障子ヲアケテ出タルヲミレバ、目ハクボ

(平家物語)

三井寺に戒壇建立のよしを奏聞す。一階僧正などのことをも、申さむずるかとこそおぼしめしつるに、これこそ存じの外の所望なれ。およそ皇子誕生あつて、祚を継がしめむも、海内無事をおぼしめす御ゆゑなり。今、汝が所望を達せば、山門憤つて世上もしづかなるべからず。両門ともに合戦せば、天台の仏法ほろびなむずとて、きこしめしも入れざりけり。頼豪こは口惜しきことにこそあんなれとて、急ぎ三井寺に走り帰つて、干死にゝせむとす。主上大に驚かせ給ひて、江帥匡房の卿その時は未だ美作守と聞えしを召して、汝は頼豪に師壇の契あるなれば、行きてこしらへて見よと仰せければ、畏り承つて、急ぎ三井寺に行き向ひ、頼豪阿闍梨が宿房に行きて、勅定のおもむき、仰せふくめむとすれば、以ての外にふすぼつたる持仏堂に立てこもり、おそろしげなる声して、天子にたはむれの言なし、綸言汗の如しとこそ承

マリヲチ入テ面ノ性モ見エズ、白髪ノカミハナガクヲホシテ、ナンデウ仰ノ候ハンズルゾト申キリ候ニキ、カヽル口惜キ事ハイカデカ候ハントテ返リ入リニケレバ、

りて候へ、これほどの所望かなはざらむにおいては、わが祈り出したてまつつたる皇子なれば、取りたてまつつて、魔道へこそ行かむずらめとて、つひに対面もせざりけり。(流布本巻三頼豪の事)

単に流布本のみでなく、延慶本・盛衰記など皆愚管抄と同文である。盛衰記の如きは、匡房と頼豪との対面の事を叙して「匡房卿……彼坊に罷向ひて見れば、蔀遣戸も立下し、纔に持仏堂計に人ありがほ也。明障子も護摩の煙に薫じて、何となく貴く身毛竪てぞ覚えける。美作守、持仏堂の大床にたゝずみて、匡房参り侍る由申しけれ共、暫は音もせず。頼豪良久しく有つて、荒らかに障子をあけて出で給へり。目はくぼ〳〵と落入りて白髪は永々と生延びて、銀の針を琢立てたる如し。手足の爪も切らず、身の垢も積りて、顔の正体もなし。天狗とかやもかくやと覚えて物おそろし」とあつて、愚管抄と酷似する所が特に多い。かくて何人も、是等両書の直接関係を否定する訳にゆくまい。

一体、この頼豪阿闍梨が戒壇の許されないのを怨み、自分が祈り出しまゐらせた敦文親王を咒咀し奉つたといふ説は、妄誕にして史実ではない。敦文親王の薨ぜられたのは、承暦元年九月六日であつたが、親王は決して頼豪の咒咀からなくなられたのでなく、源俊房の水左記にも見える如く瘡によつて御早世あそばされたのである。栄花物語・扶桑略記・一代要記・歴代皇紀等にも、皆さう書いてある。これを頼豪の悪霊とするのは実に愚管抄と平家物語とのみであるが、しかもそこには大きな破綻がある。愚管抄・平家物語では頼豪先づ憤死して後親王薨去し給うたやうに記してあるが、頼豪の入滅したのは応徳元年五月四日で、敦文親王の薨去された承暦元年よりも八年も後であるし、また親王薨去の同年十月廿日に頼豪は源俊房の子証覚に戒を授けてゐたりなどするから、旁と以て愚管抄等の所説が歴史上の事実でないのは明白である。殊に当時の正確な文献には前述の如く一様に親王は疱瘡でおなくなりになつたと記してゐるから、頼豪が戒壇の勅許されぬを憤り、親王を取り返し奉りまたこれを頼豪自身も死んだとするのは信ずべからざる俗説と断じてよからう。また頼豪の側から見ると、寺門伝記補録等の確実な僧伝では、頼豪は応徳元年に仏前に結跏趺坐し、手に五胡杵を持ち、寂して滅を取つた、年八十有一となつて居り、憤死したといふやうな事実は少しもない。

つまるところ頼豪阿闍梨の事に関しては愚管抄と平家物語とは誤つた事実を殆ど同じ文章で書いてゐるのだから、両書の間に直接的な交渉のあつた事が察せられる」。

とある事を引用して置く。むしろ愚管抄の作者は原平家物語の説話を基にして書いていると考えるべきでないか。

なお延慶本、第二本十二、白河院三井寺頼豪ニ皇子ヲ被祈事の文章は頭注にも引用したが、より共通した部分がある事は愚管抄との関係で注意される。

なお、本朝皇胤紹運録にも、「敦文親王…承暦元・八・六薨、依二頼豪阿闍梨悪霊一也」と見える。「頼豪阿闍梨…白川院皇子敦文親王依二頼豪祈禱一、承保元・十二・廿六御産平安。又就二戒壇之事一含レ怨、依二頼豪咒咀一。承暦元・八・六敦文四歳而薨云々。頼豪為レ鼠人是也」(諸門跡譜、実相院)。

九一 **王子又三歳ニナラセ給フ、ウセヲハシマシニケレバ**(二〇一頁注一九)

「二日己酉。晴、巳剋許春宮大進有宗来、依物忌帰了、又和泉守宗基来云、明日欲罷申之処、若宮御悩未宜御云々、仍所憚思給也者、予云、若宮御悩不宜御云々、相尋可左右也者、未剋許永義闍梨於御前誦法華経、此間邪気附人忽然云、祇薗貴布禰等御祟云々。

三日庚戌。晴、早旦奉黄牛一頭於祇薗、御前御心地之間有御祟之故也、巳剋許参博陸殿、所悩之後今日初所参入也、良久帰、午剋許遣喚賀茂神主成経、称只今来之由、未剋許成経来、貴布禰御体〈鋳金銅〉、幷銀竜等、附件成経奉貴布禰、是此御心地之間有其祟之故也、未剋許宰相源中将来、皰瘡之後今日初出行云々、同剋外記史生持来可覆奏赦之詔書、予加名帰給了、入夜民部卿来給、予対面、頃之被出了、戌終参高倉殿、即帰了、初今日所参也。長多仁法印為使行慶被示給云、御心地如何、申昨今有減気由了、被出京云々。

此日依若宮御悩、被奉幣帛神馬等於諸社〈石清水、賀茂、平野、稲荷、春日(加奉御剣一腰)、大原野、祇薗、貴布禰〉、有告文、大内記敦基作之云々。

四日辛亥。晴、御心地頗宜、今日博陸行百座仁王講云云、是若宮御祈云

々、申剋許法印被入来、相次宰相源中将来、相遇謝遣、自今夜欲始観音供、而令道栄占其吉凶之処、申不快之由、仍今夜止了、懺法如常、入夜若宮頗令苦給云々、今夜修鬼気祭。

五日壬子。晴、辰剋許参博陸殿、若宮従夜前殊令苦給之故也、良久帰、今日令僧五口〈行尊・斉覚・永義・良覚・永有〉、転読般若心経千巻、廻向行疫神、未剋許結願、各有布施、申終参殿、入夜帰家、先之修懺法了、又及深更修鬼気祭。

参殿之次殿被示給云、若宮御心地実無為方事也、予申云、只能可令祈請給也者、種々御祈禱誠以不可勝計、白河御願来十月五日依可被供養、雖被忩造営之功、依若宮御心地事暫被止申云々。

此日高倉殿御逆修今日当六七日、御経供養如前、講師円豪法橋、布施七疋、自余如前々云々。

六日癸丑。晴、早旦参博陸殿、若宮御心地殊令苦給、大略憑少御歟、人々済々、良久帰家、未刻許奉十列走馬於祇薗之御前、御心地間令致祟給之由有其告之故也、申初参博陸殿、先之博陸参内給、良久帰給、此間諸山僧等満尊勝陁羅尼呪、予奉見若宮御体、更無可令存給之気色、博陸、幷上、皇后宮大夫、御乳母等悲歎之気不可陳尽、見者心肝如舂、酉剋許女房等揚鳴咽之声、戌終御非常了、御年四歳、哀哭之至言語道絶、予依不可触穢忩退出。

予所令修延命供、今日満一七日、尚令延了」(水左記、承保四年九月)。

九二　**西京座主良真**(二〇一頁注二〇)　良真は西京座主と言われた、梨下(天台座主記)、即ち梶井門跡の人であると共に青蓮院の系譜の人。明快―良真―琳豪(華頂要略、五五、上)。「将亦尊勝陀羅尼供養御導師事目出候。此御願去康和元年隆明僧正参勤可レ謂ニ元初一候歟。但西京座主〈良真〉御勤仕之由粗見ニ旧記一候云云如何」(山密往来)。「釈良真。姓源氏。永長元年三月。承保帝幸ニ西京禅房一」(元亨釈書、十六)。「西京ノ座主ノ申ケル。斎院ノキタニ安国寺ト云所ニ薬師仏オハシマス云々」(続古事談、四)。一〇四頁白河条、権大僧都良真参照。

「西京座主〈自ニ承暦一至ニ永長一、白川、堀川〉、座主大僧都法印大和尚良真者、俗姓源氏、光孝天皇第一皇子式部卿一品是忠親王之後胤、父兵部丞正六位上通輔也、住ニ東塔南谷僧都良円房一為ニ弟子一、後仕ニ事座主慶命一登壇受戒、承暦三年、白川天皇延ニ屈和尚於仁寿殿一、修ニ七仏薬師法一…和尚同年(永長元年)五月十三日奄然遷化、年七十五」(明匠略伝)。「釈良真、姓源氏、永長元年三月、承保帝(白河)幸ニ西京禅房一、真以ニ所レ伝南天竺国竜智阿闍梨五鈷杵一献ニ於帝一、帝大悦」(元亨釈書、十六)。良真は、「承暦三年七月十六日為護持僧、去年斉覚(源道斉の子、寺門)卒替、当時春宮護持僧也」(護持僧次第)とあるように、白河の護持僧となるまえに東宮(堀河)の護持僧であったらしい。従って「承暦元年祈皇太子降誕、堀河帝降誕」(本朝高僧伝、下)のように伝えられるのであろう。祈禱による堀河誕生の話は、義範に関しても伝えられる。「承暦三年、皇后妊焉、五月二十七日、詔ニ義範一加護、範修ニ孔雀明王法一、逾レ期無レ産、範行ニ散事一、七月初九、皇子平誕、寛治帝(堀河)是也。散後六日、世猶言ニ範効一」(元亨釈書、二十五)。義範は魚名流、東宮大夫師方男、応徳三年十一月二十一日東寺にて権少僧都、寛治二年閏十月五日卒(東寺長者補任)。堀河院の護持僧として、卒した時は大僧都兼宣旨(護持僧次第)。「(白河は)法文などをも誠しく習はせ給ひけるにこそ。良真座主に六十巻といひて、法華経の心とける文受けさせ給へりけるに、西の京に籠りゐ給ひて、比叡の山の大衆の許さざりければ、さて居給へりける所とぶらはせ給ひけり。西院の仏拝ませ給ふついでとてぞ御幸ありける」(今鏡、二、釣りせぬ浦々)。補注2―一四一参照。

九三　**後二条殿又事ノホカニ引ハリタル人ニテ**(二〇四頁注九)　師通の性格については本朝世紀に次引の如く、「嘉保永長間天下粛然」とあるのが引用され、同じような事は平家物語にも「御心の猛さ、理の強さ、さしもゆゆしき人にてましましけれども、まめやかに事の急になりしかば、御命を惜しませ給ひけるなり。まことに惜しかるべし。四十にだにも満たせ給はで、大殿に先立ち参らせ給ふこそ悲しけれ」(巻一、願立)と書かれる。次引の如く、今鏡には「おりゐのみかどの門に車立つる様やはある」とか、また後二条師通記、永長元年正月十一日条に「民部卿来臨、蔵人事令申事由、随御定可有左右也。有非理時、可申道理也。於件事者可随御定者也」と道理を以て、遠慮なく批評するような師通で、「たけく」という詞が彼の性格にあっていた。その日記を読むと勉学の様子が伺われ、書き方が生真面目で、その点は忠実などと性格が大分異っていたように思う。

「このおとゞ心ばへたけく、姿も御能もすぐれてなんおはしましける」(今鏡、四、波の上の盃)。「この院(白河)は父の太上天皇世をしらせ給ひし事、いくばくもおはしまさず。先の御なごりにて、一の人のわがまゝに行ひ給ふもおはせねば、若くより世を知らせ給ひて、院の後は堀河院、鳥羽院、讃岐院、御子うまごひゝご、打続き三代の帝の御世、法皇の御まつりごとのまゝ也、かく久しく世を知らせ給ふ事は、昔も類ひなき御有様なり。後二条のおとど(師通)ぞ「おり位のみかどの門に車立つるやうやはある」など宣はせける。それ隠れ給ひて後は、少しもいき音などたつる人やは侍りし」(同、二、紅葉の御狩)。

「廿八日己亥。関白従一位行内大臣藤原師通公薨。公者。前太政大臣従一位藤原師実公一男。母従一位行右大臣源師房公女也。延久二年七月廿八日為二殿上小舎人一。四年正月廿五日加二元服一。即日叙二従五位上一。又聴二昇殿幷禁色雑袍一。東宮昇殿同レ之。四月廿二日任二侍従一。六月廿二日任二右近衛少将一。七月廿四日転二中将一。十二月八日聴二新帝昇殿一。禁色同レ之。五年正月七日依二親父左大臣譲一。叙二正五位下一。卅日以二東宮御給一。叙二従四位下一。二月日還昇。十二月廿八日聴二東宮殿上一。六年正月廿八日叙二従四位上一。六月廿五日以下中宮従二東三条第一初入内賞上。叙二正四位下一。承保元年十一月十六日兼二近江介一。二年正月十九日叙二従三位一。行二幸東三条第一日以二左大臣譲一也。三年十月廿四日行二幸大井河一日以二左大臣譲一叙二正三位一。承暦元年正月兼二備後権守一。三月抽二任参議一。十二月十三日任二権中納言一。即兼二左近大将一。三年十月廿五日叙二従二位一。以下去元年行二幸稲荷祇園等社一行事賞上也。十一月廿五日兼二中宮大夫一。四年叙二正二位一。八月十四日任二権大納言一。大将大夫等如レ故。永保三年正月廿六日任二内大臣一。廿七日大将如レ元。寛治七年十二月廿一日上疏請レ停二大将一。勅許レ之。廿八日勅授二帯剣一。嘉保元年三月九日詔為二関白一。十一日得二氏長者印一。廿二日勅賜二左右近衛府生各一人一。近衛各四人為二随身兵仗一。三年正月七日叙二従一位一。同日可レ列二左大臣(俊房)上一之由。被レ下二宣旨一。公受性豁達。好レ賢愛レ士。以レ仁施レ人。以レ徳加レ物。**多進二文学之士一。漸退二世利之人一。嘉保永長間。天下粛然。機務余暇。好学不レ倦。**就二権中納言大江匡房卿一。受二経史説一。以二儒宗一也。又召二大学頭惟宗孝言朝臣一令二侍且読一。凡厥百家莫レ不二通覧一。又巧二篆隷一。能長二糸竹一。就二大宰帥経信卿一。学二琵琶一。論二其骨法一有二藍青一。又体貟閑麗。容儀魁梧。匡房卿僉語レ人云。望二公威容一。殆不レ類二本朝人一。恨不レ令レ見二殊俗之人一。薨時春秋卅八。天与二其才一不レ与レ寿。嗟乎惜哉」(本朝世紀、康和元年六月)。

九四　郁芳門院ト申女院ヲハシマシケルガ、云フバカリナクカナシフヲモイマイラセラレケルニ(二〇四頁注一一)

「六日。終日候内、入夜参入女院、見参参(衍ヵ)女房達之次、暫以言談、御悩猶不宜云々、夜半許帰家、一寝之間車馬馳走道路、乍驚聞之、新女院御悩甚重、已令断入御者、則馳参院、御誦経使々走散東西、人々済々参入、徘徊西中門辺、左大臣被参入、漸及鶏鳴両殿下同令参仕給。七日。寅時許民部卿〈俊明〉被命云、事已一定也、汝為太神事行事、早可退出、則参内、人々又被参集。**女院者諱媞子、太上皇第一最愛之女**、今上同産妹也、母故中宮賢子、承保三年四月五日庚寅生、後為内親王、承暦二年三月十六日敕准三宮、賜年官年爵幷千戸封、同八月二日卜定伊勢斎王、同十九日告太神宮、三年九月八日禊東河、入野宮、四年九月十五日参向〈天皇幸大極殿〉、在伊勢国間毎有御禊、殿上地下人々多依敕参仕、応徳元年九月廿二日依母后崩退斎宮。十一月十三日幸(奉ヵ)使依母喪退斎宮由有其詔、十二月四日帰京。寛治五年正月廿二日立為中宮〈依今上母儀用延喜七年温子中宮例也、年十六、於大炊殿三ケ日有饗饌〉。同七年正月十九日為郁芳門院〈院司殿上後日定之、毎年給受領一人、于時御六条殿〉。嘉保三年八月七日寅時許俄崩于六条殿寝殿〈年廿一、従去月廿二日御身有温気、兼又令労邪気給也〉、**伝聞、進退美麗、風容甚盛、性本寛仁、接心好施、因之上皇殊他子也、天下盛権只在此人、而七八年来毎春令労邪気、仏神祈請逐年無止**、今当斯時已令崩給、生死無常誠如春夢歟、仰天伏地歎而有余、**上皇此後御神心迷乱、不知東西給云々**、吁嗟哀哉」(中右記、永長元年八月)。

白河院が郁芳門院を愛した事はこの中右記の文詞が尽しており、注釈はいらない。白河院は翌々月遂に出家されようとする。

九五　増誉(二〇四頁注一二)　増誉は園城寺系の天台座主第三十九世園城寺長吏二十六世で明尊の弟子、一乗寺僧正と言い、験者として有名、「壮齢大峰葛城難行苦行、花族入山前代未曾有大僧正是始也」(寺門高僧伝)。「大嶺は二度通られけり」(宇治拾遺、五の九)とあり、白河院熊野御幸(寛治四年正月十六日)にも供奉した、「兼二顕密修験三宗一」(寺門伝記補録)と言う験徳の名僧。

「法務前大僧正増誉〈千光院一乗寺聖護院開祖〉　二十六世

増誉。権大納言藤経輔子。関白道隆曾孫。隆明大僧正之甥也。年始六歳。

入二乗延法橋之室一。於二唐院内場一。礼二別当僧行円一。薙染受戒。業兼二顕密修験三宗一。就レ中。精勤之声在二於修験一而早播。至レ得二熊野三山撿挍職一。創二聖護院一。請二三所権現一為二修験道鎮護一。大紹二隆師道一。為二白河堀河護持僧一。至二大僧正一管二法務一。号二一乗寺大僧正一。延久元年十二月九日。従二錦織僧正行観一受二阿闍梨位灌頂一。時年三十八。白河院承保元年十二月二十七日。敕授二権少僧都一。為二護持僧一。時四十三。翌年正月十四日。叙二法印大和尚位一。賞二護持労一也。承暦四年蒙レ敕建二明王院一。即置二阿闍梨三口一。応徳三年十一月二十一日任二権大僧都一。是亦賞二護持一也。堀河院寛治元年。亦為二護持僧一。四年白河太上皇〈応徳三御脱屣〉臨二幸熊野山一。召レ誉為二御先達一。於レ是補二熊野三山撿挍職一。此職以レ誉為レ始。自レ是為二寺門永任職一。八年七月十三日補二四天王寺別当職一。永長元年十二月二十九日任二権僧正一。賜二法務一。承徳二年十一月十一日任二広隆寺別当一。康和二年六月補二長吏一〈治十六〉。三年法皇於二鳥羽殿一行二二十双番論義一。時誉為二証誠一座一。四年五月十三日任二僧正一。同日補二法成寺執印一。十一月二十三日行二大堂内論義一〈静耀厳算〉誉又為二証義一。五年正月十六日藤氏苡子。誕二生皇子一〈苡子贈皇后。大納言実季女也。皇子宗仁親王。登祚鳥羽天皇〉。同六日苡子頓逝。主上不レ勝二悲歎一。馳レ使召レ誉。参候。敕曰。至二寿限一者命也。仏神尚不レ能レ救レ之。朕望依二公法救一一遂二応対一。誉奉レ命。不レ辞執二念珠一対二已骸一。高声念言。吾疇昔立二利他大誓一。入二祖堂一修二両界秘法一。即毎二界会尊一誦二満神呪一洛叉一。自レ厥以降。苦修辛勤莫レ不レ為也。今当二君王御願一。帰二命三宝一。祈二請救護一。仰願。界会塵数聖衆。酬二嚢誓之功一。今明示レ験。言辞未レ訖。藤氏忽蘇。開二双眸一仰二竜顔一。恭告二恩別一。有レ気可二半時一。遂以両目閉。修験掲焉。感声震二於宮中一。長治二年閏二月。任二天台座主一。五月十九日転レ大。同日補二尊勝。梵釈。崇福寺等。都十三箇寺別当職一。如レ此寵賞之盛。今古未レ聞也。六月二十九日聴二輦車一。誉以申二改牛車宣一。主上御瘧加持賞也。時七十四。嘉承二年参二仕最勝講証義一。天仁二年十一月召二内論義一。八旬暮景尚臨二論場一。耆徳云高徳云。実無二比倫一者歟。永久四年二月十九日帰寂。年八十有五。後人評曰。明誉一双。所謂。白河堀河聖代。隆明増誉。同事レ朝。寵恩所レ臨亦是明誉一双。白河院即位初。擢レ明為二護持僧一。同日誉亦任二同職一。其後賞二護持労一。明叙二法印一。同日誉亦叙レ之。後復賞レ労。明任二権大僧都一。同日誉亦任レ之。承暦年中。明奉レ敕創二羅惹院一。置二阿闍梨三口一。誉亦蒙レ敕建二明王院一。置二阿闍梨三口一。堀河院登祚初。敕レ明為二護持僧一。同時誉亦任二同職一。承徳年中以レ明補二嵯峨別当一。同年誉亦補二広隆寺別当一。明誉一双。希代之例者歟」(寺門伝記補録、十三)。

「権律師増誉、承保元年十二月廿七日任権少僧都、護持、年四十三」(護持僧次第)とあって、白河院の護持僧、ついで堀河院の護持僧をもつとめている。次の隆明も、両帝についての護持僧であり、「俗呼曰、一乗寺(増誉)御室戸(隆明)、白河堀河之御宇無二無三之験徳也」(寺門高僧記、四)とある。

六 **隆明**(二〇四頁注一三) 御室戸僧正という、承徳二年園城寺長吏、増誉とともに生仏と言われた(宇治拾遺、五の九)。白川院に信任された。

「前大僧正隆明〈円満院羅惹院御室戸寺〉　二十五世

隆明。権中納言藤隆家之子。関白道隆之孫。大僧正明尊弟子也。名二於修験一。為レ護二持白河堀河二朝一。至二大僧正一。中二興御室戸寺一。建二立羅惹院一。仍即名二御室戸僧正一。又号二羅惹院僧正一。永承六年六月二日。拜二父師大僧正一灌二頂于唐院一。其後補二蓮台院初阿闍梨一。延久二年任二権律師一。承保元年十二月二十七日。白河天皇補二護持僧一。時権少僧都。年五十三。翌年正月十四日叙二法印一。賞二護持労一也。承暦四年八月。創二羅惹院一為二天皇御願寺一。置二阿闍梨三口一。応徳三年十一月二十一日任二権大僧都一。時六十五。是亦賞レ労也。寛治元年。堀河天皇召為二護持僧一。時法印権大僧都。同二年白河太上皇御二幸高野山一。敕レ明為二御導師一。初名二延暦寺慶朝僧都一。依二野山僧徒之奏一改レ朝召レ明。三年。上皇登二御比叡山一。於二山上一上皇腰痛俄発。山上験徳振レ力加持。御痛未レ息。弥以甚焉。上下驚騒。仙輿下レ山。馳レ使召レ明。明参二向途中一。及レ入二御洞宮一。護念加持。痛悩立息。和適如レ常。四年上皇再二興羅惹院一。置二阿闍梨五口一。加二前三口一。都為二八口一。三月二十六日宣下。是去永保元年。為二山寇一堂宇回禄。仍今及二于斯一焉。五年五月六日任二権僧正一。時年七十二。嘉保二年十一月二十五日。聴二輦車一。時七十六。是天皇御悩加持之賞也。永長元年参二仕最勝講証義一。承徳二年四月授二僧正一。補二長吏一〈治二〉。時七十九。今年補二嵯峨釈迦堂別当一。在任之間故《ママ》二刻釈迦仏像一。安二置御室戸山寺一。康和元年十一月二十二日。於二唐院一伝二授阿闍梨位灌頂於御室戸宮静証一〈白河皇子〉。四年五月十三日加レ大。五年十二月任二梵釈寺別当一。長治元年法皇〈永長元年御出家〉腰痛更発。復敕レ明加持。限以二七日一。修二五大尊秘法一。御悩不レ日而癒。明数度効験。名誉播二於朝野一。独輔仁親王。不レ信二明之修験一。唯疑下有二異術一而所上為。或夜夢。異相童子来忿怒跋扈。

謂二親王一曰。隆明〈大聖明王行者。世世生生。積レ功行満。可レ謂。不動変身也。汝若不レ信者。明王被レ罰。覚已大恐怖。悔二謝先非一。其後帰敬逾二于人一矣。今茲四月八日聴二牛車一。御悩持念之賞也。同九月十六日取レ滅。年八十有五。補曰。釈書曰。寛治二年二月二十七日。白河上皇入二金剛峰一。以二布帛一賜二寺衆一。宣二僧都隆明一啓白。緇素傾聴。六年七月上皇幸二金峰一。敕二僧正隆明一。慶二讃宸書金字妙法蓮華経及五部大乗経一。因施二百袈裟于百沙門一。嘉保二年八月帝瘧。隆明加癒。賞二封戸一。十一月帝疾。又加癒。聴二輦車一。帝賜二御車一。賀拝之日乗レ之。永長元年八月上皇出家。十月受二沙弥戒于隆明一。長治元年夏四月。大僧正隆明聴二牛車一。秋九月隆明寂」(寺門伝記補録、十三)。

九七　**山ノ良真ヲメシテ**(二〇四頁注一四)　良真は天台座主三十六世。嘉保三年(永長元年)五月十三日入滅は郁芳院の八月七日崩御以前。この時、良真を召した事は不明。良真については補注4―九二に注したが、なお富家語談に「仰云、世間御覧シタルナカニイミシト思召事ハ…験者之増誉・隆明。但平等院行尊、近ハ其験勝歟。山座主ニハ良真学生真言貴人也」云々とあり、加持祈禱にすぐれていたらしい。

九八　**久住者**(二〇四頁注一五)　根本中堂に居る一紀十二年の籠山の修業(久修業)をすました僧。「今天台法華宗、年分学生、並回心向大初修業者、一十二年令レ住二深山四種三昧院一、得業以後、利他之故、仮二受小律儀一許二仮住二兼行寺一」(山家学生式、四条式)。

九九　**ヤガテ御出家アリケルニ**(二〇五頁注一六)　白河院は人々の制止を聞かずに出家された。「九日〈丙寅〉　行向江中納言許言談大事、次参大納言、又参左大将殿一条殿等、入夜帰家之後蔵人弁時範送書状云、早参内可祇候、是殿下御気色者、則馳参、殿下令候給、聞従此申刻許上皇欲出家給有御気色、人々参集、固以制申云々、丑時許周防守経忠朝臣(経忠朝臣為御使参内之間不申案内参御前了、従此穢已到来禁中也、奇恠之由人々所被談也、と傍記)馳参内、於朝干飯方只今上皇御出家事令遂御了由奏聞、則又乍驚従内御使往反〈頭中将〉、殿下令馳参給、上皇御出家後則有御幸、令渡東北院御也〈東北院者是故上東門院御堂也、在法成寺北〉、今夕宿仕」(中右記、永長元年八月九日)。

一〇〇　**重祚ノ御心ザシモアリヌベカリケルヲ**(二〇五頁注一八)　白河院は鳥羽院が生まれぬ前、堀河院が万一の時には重祚しようと決心していた。「今夜御物語之次、及二法皇(鳥羽院)誕生時事一、仰云、朕未レ生以前、故堀川院被二疾病一也、天下帰二心於三宮一〈輔仁親王〉、故白川院深歎仰云、朕雖二出家一未二受戒一、又不レ名二法名一、若陛下不レ諱之事者、重祚有二何事一乎、又見レ后無レ子、年闌納二朕母贈后(苡子)一、朕在レ孕時、贈后母〈大納言実季妻〉祈二生レ男於賀茂之明神一、夢中居二衣袖一通二言語一、他日又夢、当レ生レ男、可レ取下在二間木一之物上、夢驚、探二間木一得二銀竜一〈作物也〉其竜伝在二朕許一、又以二夢中明神所レ居之衣一為二御体一作レ社、在二坊門亭一、朕于レ今進二御供一、又女人入二来贈后家一、逢二女房一曰、将レ生レ男、貴不レ可レ言、右尻可レ有レ疵、女房走、告二故春宮大夫公実一、公実急欲レ謁レ女、女不レ知レ所レ之、人以為レ神、不レ経二幾程一生レ朕、右尻有レ疵、其疵于レ今尚在、如レ此奇異事甚多、朕生非二人力一也」(台記、康治元年五月十六日)。

一〇一　**光信**(二〇五頁注二〇)　「号土岐　号出羽判官　出羽守　従五上　使左衛門尉　叙留」「母左衛門尉家実女大治五年配流土左国被召返之後昇進世号土左判官」「鳥羽院四天王其一也」「保安(保延の誤)元・十・十一卒六十四」(尊卑)とあり、清和源氏、光国(久安三年十二月十二日卒、八十五と尊卑にある)の子。土岐氏の祖、大治五年、検非違使であったが、十一月二十三日土佐に流された(中右記、大治五年十一月十九日及廿三日条)。

一〇二　**為義**(二〇五頁注二一)　永長元年生、義親の六男であるが、義親が天仁元年追討使平正盛により、出雲蜘戸で攻め殺されたので、祖父義家は叔父義忠の継嗣としたが、義忠は義家の弟義光と不和、二十六歳で殺されたので、義家は家督を継がせ、天仁二年二月二十三日十四歳の為義は近江の甲賀山に叔父義綱を攻め、その功により三月十日左衛門尉(殿暦)。「十八にて栗籠山より奈良法師追返したりし軍功に、検非違使に補」せられた(本大系保元物語一三六頁)という。

三宮事件の頃永久二年には為義は十九歳。永久元年四月に延暦寺の大衆が神輿を奉じて法皇の御所に迫った時に、白河法皇の命で検非違使源光国・平忠盛と共に源為義は禦いでいる。「久安三年七月十九日。祇候入道殿御前。〈宇治小松殿〉御物語之次、仰云、故白川院御時ニ、山大衆入籠祇園。而遣忠盛為義被追出了。其時我夢云、炎魔法王令登天台山給者、彼時籠居、仍不申出也」「康治二年四月十八日。夜為義参入。条々仰師元申次畢、其次仰云、如為義ハ強不可執廷尉也。天下ノ固ニテ候へば、時々出来テ、受領ナドニ可任也」(中外抄)。

一〇三 **三宮輔仁親王**（二〇五頁注二四） 後三条の遺志は三宮輔仁親王を白河の東宮とすることであったらしい。白河（貞仁）の東宮は白河受禅と同時に異母弟（母は梅壺女御、源基子）第二皇子実仁であった。更に後三条の脱屣後、延久五年正月十九日には基子の腹に第三皇子輔仁が誕生したのであった。然るに後三条は同年五月七日に崩御。この時、実仁が皇位に即いた時は輔仁を皇太子とするように遺詔があったという（盛衰記、十六）。これについては後三条に藤原氏の血を受けない皇子を位に即けようとする考えがあったからであろうという。

今、愚管抄に見えるように実仁が生まれた翌月に、後三条の妃に奉るようにとの発言で、師実は欣喜雀躍して養女の賢子を奉り、顕房女であるが藤原氏の血をも引く賢子が東宮貞仁の妃となったのであるが、後三条は藤原氏を外戚とさせない為にもか、僅か二歳の実仁を貞仁（白河）が即位の日に、同日に皇太子とした。賢子と白河との間には承保元年（一〇七四）に、ここに見える敦文（あつふみ）、三年には若死した媞子が生まれ、承暦元年（一〇七七）九月六日には敦文親王は薨じたが、承暦三年七月九日に第二皇子善仁（堀河）の降誕を見たのであった。一方、皇太子実仁の東宮傅の師実が承保二年十月、教通の薨去により関白となり、十二月十五日左近衛大将に転補した源師房が皇太子傅、師房の薨後には承暦四年八月二十二日に後三条の信任の厚かった藤原能長が内大臣で皇太子傅を兼ね、後三条の外戚の藤原実季が春宮大夫となった。翌永保元年八月二十一日には皇太子が元服した。一方輔仁は三歳で承保三年十二月に親王宣下（今鏡）となった。ところが中宮賢子が応徳元年（一〇八四）九月二十二日に崩じ、白河は悲嘆が甚しいが、実の子が皇太子でない為、位を譲らない。しかるにこの翌年応徳二年十一月八日に東宮実仁が十五歳を以て薨去した事を契機として、白河は譲位を考えられ、応徳三年十一月二十六日、急に実子の善仁親王を皇太子として、即日譲位、堀河が帝位につき、寛治五年（一〇九二）十月二十五日には、同母妹篤子内親王が三十二歳を以て十三歳の堀河の后とし、白河は院政をとるようになる。そして年の甚だしく異る篤子にには皇子が出来なかったが、女御苡子との間には白河待望の皇子（鳥羽）が出来、堀河東宮となり、忠実が東宮傅となって公実が春宮大夫となった。一方三宮輔仁は、寛治元年六月二日祖母陽明門院御所、二条室町で元服、十六歳。康和四年（一一〇二）正月十三日に村上源氏の源師忠女を三宮に納れている。しかるに、康和五年正月十六日苡子に皇子が生まれ、六月九日親王宣下、宗仁（鳥羽）と命名、八月十七日に皇太子とした。一方、堀河天皇は健康がすぐれず、嘉承二年七月十九日堀河殿に二十九歳で崩御。鳥羽が即位したが、この頃、「天下帰二心於三宮一」（台記、康治元年五月十六日）というわけで、永久元年に千手丸の事件がおこって来た。それはこの年の十月三日に皇后宮の御所に落書があり、主上を犯し奉らんと構える人があり、醍醐座主勝覚のもとに居る千手丸という童をそそのかしているというのであり、千手丸を搦めて問いただすと、左大臣俊房の子の醍醐の仁寛という阿闍梨があって、三宮の護持僧であり、去る九月頃に事件がおこるようにし向けていたが、思うようにならなかったので、千手丸を参内させ、天皇を犯し奉ろうとし、千手丸は三度参内したけれども、便宜なく、罷り帰ったというのであり、仁寛・勝覚も俊房の子であり、輔仁の舅に当る（前大納言中宮大夫）師忠は俊房の弟であり、基平を介して輔仁と従兄弟に当る師時（皇后宮権亮）も俊房の子であった。この事件が発覚して仁寛は伊豆に、千手丸は佐渡に流罪となった。この時村上源氏も亦追求されようとしたが、大蔵卿藤原為房の制止でとどめられた（盛衰記）。永久二年十一月八日には左大臣俊房、その男師時・師重等が去年仁寛阿闍梨の事に連座したのを上皇の仰により許して出仕させている（殿暦・中右記）。仁寛は永久二年三月二十三日伊豆で投身自害と伝わる（中右記、永久二年四月十四日）。そして輔仁も閉門した。「此後、三宮〈輔仁〉閉門而永久二年御幸富家之時依仰開御門御覧」（百錬抄、永久元年頭書）。

やがて、白河法皇は輔仁への同情から、師忠女との間に生まれた有仁王を猶子とし、鳥羽院に皇子が生れるに及んで、源の賜姓と従三位叙位、右近衛権中将任官があった（中右記・補任、元永二年八月十四日）。

輔仁は元永二年十一月二十四日出家、二十八日薨。「或人告云、三宮輔仁親王午時許薨給〈年卅七、塩小路烏丸亭〉、吁嗟哀哉、風月之遊已滅天下了、母堂女御基子年七十一、于今現存也、哀泣之歎定難堪歟、生死無常以之可知」（中右記）。「女房云、今朝所催進率烈帰来云、宮已非常給云々、乍驚馳参、招源兵衛佐美濃権守問子細、中納言殿源兵衛佐其刻不奉対、権守奉懸仏云々、巳時許暗誦提婆品二返、其後洗御手、取念珠御念仏漸告給、仍停水暫奉抱之間、南首西面安然気絶給云々」（長秋記、元永二年十一月廿八日。長秋記は師時の日記）。

「加様に目出き御事に御坐（おはしまし）しかども、帝位につかせ給ふ御運は、然る可き御宿報なれば、さてこそやませ給ひしか、謀叛をば起させ給はず。後三条院の第三の王子、輔仁親王は白河院には御弟なり。めでたき人にて御坐すを、春宮御位の後には、必ず此のみこを太子に立て奉る可しと後三条院返々白河院に御遺言ありければ、院も確に御言請(ことうけ)あり。親王の宮も必ず御譲を受けさせ給ふべき由、思しめしけるに、東宮実仁、永保元年八月十五日に、御年十一にて御元服ありしが、応徳二年十一月八日十五にて隠れさせ給しかば、後三条院の御遺言に任せ、三宮輔仁太子に立たせ給ふべかりしを其の御沙汰無し。承保元年十二月十六日に、白川院の一宮、敦文親王御誕生、今上后腹の、一の御子にて御坐しかば、太子に立たせ給べかりしかども、承暦元年八月六日、御とし四歳にて失せ給けり。同じき三年七月七日、堀川院御誕生あり、同じき十一月三日、親王の宣旨を下されにければ、とにかくに、三宮引違へられ給へり。堀川院も八歳まで太子にも立たせ給はず、親王にて、応徳三年十一月廿六日に御譲を受けさせ給て軈(やが)て其日春宮に立たせ給ふ。寛治三年正月五日、御年十一にて御元服有りけり。三宮には御位にこそ叶はずとも、太子にもと思召しけるに、寛治元年六月二日、三宮陽明門院にて御元服有りしに、太子の御沙汰にも及ばざりしかば、輔仁親王御位空しくして、仁和寺の花園と云ふ所に住ませ給ひけり。白川法皇より、何にいつとなく、さ程に引籠らせ給ふにか、時々は御出仕なんども候ふべしとて、国庄あまた進らせ被れける御返事に、

有㆑花有㆑猷山中友　無㆑愁無㆑歎世上情

と申させ給ひたり。すべて詩歌管絃に長じ御坐ししかば、世にもなく官もなき人々は、院内の御事よりも、中々珍らしく思ひ奉りて、参り通ふ人多かりければ、時の人、三宮の百大夫とぞ申しける。御位相違有りしかども、世の乱はなかりしものを。三宮の御子花園左大臣有仁を白川院の御前にて元服させ進らせ、源氏の姓を奉らせ給ひて、無位より一度に三位して、やがて中将になし奉りけり。是は三宮輔仁親王の御怨を休め奉り、又後三条院の御遺言をも恐れさせ給ひけるにこそ」(盛衰記、十六)。

「その女御(基子)の御腹に、御子あまたおはしき。東宮と申して、延久三年二月に生まれ給ひて、同じき四年十二月に、御年二つと申しし、東宮(実仁)に立ち給ひき。永保元年八月に御元服せさせ給ふ。応徳二年十一月八日、十五におはしまししに、隠れさせ給ひにき。平等院の僧正(行尊)は、女御の御せうとなれば、東宮の御忌にこもり給ひて、御はて過ぎて、人々散りけるに、常陸の乳母におくり給ふときこえ侍りし、

思ひきや春の宮人名のみして花より先に散らむものとは

と詠み給ひたりける返し、御めのと、

花よりも散り〳〵になる身をしらで千年の春と頼みつるかな

とぞ聞き侍りし。これは白河院の異腹の御弟、後三条院の第二の御子なり。東宮と同じ腹に、第三の御子おはしき。輔仁親王と申しき。延久五年正月に生れ給へり。承保二年十二月に親王の宣旨かぶり給ふ。この御子は、ざえおはして、詩など作り給ふこと、昔の中務の宮などのやうにおはしき。歌よみ給ふこともすぐれ給へりき。円宗寺(後三条院の御願寺)の花を見給ひて、

植ゑおきし君もなき世に年へたる花や我が身のたぐひなるらむ

と詠み給へるこそ、いとあはれに聞え侍りしか。かやうの御歌ども、木工頭(俊頼)の撰びて奉れる金葉集に、輔仁のみこと書きたりければ、白河院は「いかにここに見む程、かくは書きたるぞ」と仰せられければ三宮とぞかき奉れる。御中らひは、能くもおはしまさざりしかども、御おとうとなればなるべし。詩などは、数知らずめでたく侍るなり。「よろこびもなく、憂へもなし、世上の心」とかや作り給へりけるを、中御堂(覚行法親王)と申しておはせしが、宣ひけるは、「うれへこそあれ」と宣はせけれど、位には必ずしも、帝の御子なれど、つぎ給ふ事ならねば、ものしり給へる人は、歎きとおぼすべからず。かの仁和寺の宮の、利口にこそあれ。何事かは御望みもあらむな」(今鏡、八、源氏のみやすどころ)。

「諸卿定㆓申阿闍梨仁寛罪名㆒、配㆓流伊豆国㆒、党類同処㆓流罪㆒、是去四日院御所有㆓落書㆒、仁寛相㆓語勝覚僧都大童子千手丸㆒、欲㆑危㆓国家㆒。事依㆓露顕㆒遣㆓撿非違使盛重㆒所㆓搦取㆒也」(百錬抄、永久元年十一月廿二日)。

「去三日、皇后御方有㆓落書㆒、件書云、主上を奉㆑犯と有㆓構人㆒、件事ハ或人乃醍醐座主勝覚許に千手丸と云童アリ、件童をスカシテ構事也と書也、件書を自㆓皇后宮㆒院に令㆑奉給也、仍有㆓沙汰㆒、雖㆓落書㆒司㆑被㆑尋由有㆓御定㆒、件千手丸を被㆑搦了、被㆑問㆓件童㆒、申云、件事実事也、事ハ左府男醍醐に任観阿闍梨と申人候、件人は三宮御持僧也、件人申云、去九月比に世間事相待間已遅々、此事無㆑術、然者参内志且可㆑奉㆑犯と申候也、仍両三度参内して候ひしかども無㆓便宜㆒天罷帰了申、仍醍醐を固天、件阿闍梨任観を、師醍醐座主勝覚に仰天召間、先検非違使〈重時・盛重〉為㆓守

護二道々行向之間、件阿闍梨去レ房間行向天、盛重搦取了」(殿暦、永久元年十月五日)。

「早(旦)別当宿所来云、只今可レ参、忩参院、有二此沙汰一、内々被レ問二件阿闍梨一之処、申云、全不レ候事也と申、但詞始終相違極多、仍件阿闍梨盛重許に令レ候」(同、十月六日)。

「自レ院別当来、阿闍梨沙汰、猶依二大事一、馳二参民部卿一、依レ召又馳参、数剋有二其沙汰一、雖レ然今日被レ勘二公卿勅使日時一、仍被レ行二罪科一、尤可レ有レ憚之由、人々所レ申也、仍延引了」(同、十月七日)。

「公卿勅使奉行弁頭弁也、而阿闍梨任観沙汰、件人可二奉行一、仍以二実光一可勤仕奉幣事之由仰二頭弁一了」(同、十月八日)。

「依レ召参院、民部卿、内府、別当、大蔵卿参会、阿闍梨任観沙汰…任観沙汰、以後日有二沙汰一者、及二晩頭一退出」(同、十月十日)。

「早旦参二御前一、即参院、有二任観等沙汰一、及二申剋許一退出…入レ夜別当、頭弁相具来、是院御使也、任観沙汰也、抑今日々次不レ宜也、雖レ然依レ有二先例一、欲レ被レ行二罪科一之処、為二院之御衰日一上、可レ被レ尋所従、或未二召取一、或被二尋問一之間延引云々、其由也、御返事申云、追候何等事候乎」(同、十月十七日)。

「今夜任観罪科を可被行也、雖然可被問事等極多、仍延引、上達部参陣、雖然皆以退出、余又不参仕」(同、十月十九日)。

「依仁観沙汰、別当従今朝候院云々、重被勘問仁観所従、皆如例打問云々、今朝従民部卿許有使、世間無用事也」(同、十月廿日)。

「早旦参院、雖物忌依軽也、数剋之後退出還家、…頭弁来去、任観罪科事申次」(同、十月廿一日)。

「今日被行任観罪科、上達部両三人参陣、有定、被行之、任観配流伊豆大島、千手丸佐渡国、皆暫候検非違使許」(同、十月廿二日)。

「辰剋許別当来、自院於御使来也、仁観等類沙汰也」(同、十一月七日)。

「内府参陣、有不堪申文、〈左府此間依仁寛事不被出仕〉」(同、十二月十九日)。

「後聞、醍醐仁寛阿闍梨被追捕云々、梁園辺奉仕故云々、可恐々々、莫言々々」(長秋記、永久二年十月五日)。

一〇四　**行幸ニハ義家、義綱ナドミソカニ御コシノ辺**…(二〇五頁注二五)

義家は多田満仲の孫頼義の子。母は「上野介平直方女」(尊卑)。中外抄にも「義家母者直方娘也」(仁平四年四月廿九日)とある。義家については「父頼義朝臣参詣八幡宗廟、於社壇賜三寸霊剣之由蒙感夢之告、且晨於其枕牀得一柄小剣、仰神徳拭感涙即安置此霊宝為一家珍璧焉、自蒙彼霊夢之月、妻室懐胞即令出生男子畢、今義家朝臣是也。仍七歳春於祖神社壇、依加首服号八幡太郎云々」(尊卑)。義綱については「号賀茂二郎、父於賀茂社令加首服之故也」「天仁元・二依義忠殺害虚名、為義蒙追討宣旨発向之時、雖栖籠甲賀山、忽剃髪降為義、五人子息於其場各自害、依陳謝配流佐渡国之後、長承元年重被追討、仍自害畢」(尊卑)とある。

彼等が行幸を警衛したことは、例えば永保元年十月十四日の石清水行幸に際し、「今日石清水行幸也。…下野前守義家朝臣同義綱等依宣旨雖供奉、依無本官各為博陸前駈、至于郎等々者相後候云々、…行幸還御入夜之間、義家脱束帯着布衣、帯弓箭祇候御輿辺云々、是山三井寺僧等乱逆之間、自被恐卒然之□歟、又左衛門大夫公清同帯弓箭候博陸御車辺云々」(水左記)、「大井御門内、着餟牛皮、負弓箭之輩群居〈各馬索立門内〉、是下野前司義家承仰可扈従云々〈後聞、為殿下御車前駈郎等頗供奉云々〉、是希事也〈末代作法不可量云〉」(帥記)、「八幡行幸、義家朝臣著二布衣一、候二鳳輦近辺一、其外武士多供二奉陣中一依二大衆事一也」(百錬抄)、「白川院位ノ御時、山三井寺ノ大衆オコタリケルコロ、八幡行幸アリケルニ、宣旨ニテ下野前司義家ツカウマツリケルニ、本官ナキ物ニテ殿ノ前駈ヲゾシタリケル。還御ノ時束帯ヲヌギテ衣冠ニテ胡籙オヒテ御輿チカクサブラヒケルニ、ヤナグヒノウシロヲバコシノウヘヨリヒキマハシタリケルヲナン、ミル人イミジキトホメケル」(続古事談、五)、また同年十二月四日の春日行幸にも、「辰剋行幸如例、出御朱雀門之間、下野前守義家朝臣郎等百人許、帯弓箭被甲冑在門西辺、是近日例歟」(水左記)、「殿下御車、次去一町許有武者卅人、又郎等相弁五六十人、是義家郎等云々」(帥記)のように見える。「義家はいみじかりける物にこそ有けれ。山大衆のをこたりたりける時に、衣冠をして内に参じたりけるには、衣冠のはこしの上に胡籙の緒をわたして負たりければ、吉したりと時人のゝしりけり」(中外抄)、「白河院の世をむしろの如くに巻きてもたせおはしましたりしが、なお武者をたてゝ、おほよそたゆませおはしまさゞりしに候」(大槐秘抄)とか、物の怪に悩む白河院が義家の黒塗の弓矢一張を枕上に立てて襲われなくなった(古事談)といった説話に反映している。源氏が摂関家にも近づいたことは、先の石清水行幸の時に、本官がなかったので師実の前駈の資格で義家が参加したと記されていることからも明らかである。中外抄にも「夜為義参入」(康治二年四月十八日)のごとき記事があるし、頼宗の許で囲碁していて盗賊をとらえた(古事談・十訓抄)といった話もある。とにかく義家の武勇が鳴り響いていた事は「おなじき源氏と申せども、八幡太郎はおそろしや」(梁塵秘抄)と謡われ、「天下第一武勇之士也」(中右記、承徳二年十月廿三日)と評されるのである。

義綱は一方、「殿下前駈二人〈公俊朝臣・義綱朝臣〉」(師通記別記、寛治五年正月一日)のごとく師実の前駆を、寛治六年二月六日に忠実が春日祭上卿として奈良へ赴いた時には「義綱朝臣武者廿人也云々」(同)、同年四月二十日の師実の賀茂参詣にも「義綱朝臣、能遠朝臣、検非違使忠章、随身猲袴」(同)、同七年八月十四日の石清水放生会前日の奉幣にも「陪膳義綱」(同)というふうに摂関家に関連している。その武力の故であろう。義家と義綱とは寛治五年六月に合戦に及ぼうとする。「義家朝臣与義綱朝臣有闘合戦之由、城境被固関、世間騒動不静云々」(師通記別記。六月十一日)。翌十二日、両者の申状を得て事の次第を議定、「給二宣旨一於五畿七道一、停下止前陸奥守義家随兵入京、幷諸国百姓以二田畠公験一、好寄二義家朝臣一事上、件由緒、藤原実清与二清原則清一、相二論河内国領所一之間、義家朝臣与二舎弟義綱一互レ権、両方争レ威之間、欲レ企二攻伐一。天下之騒動、莫レ大二於此一」(百錬抄)。加えて、後三年役の恩賞、官符の沙汰が義家になく、寛治六年五月には義家の荘園が停止される。一方義綱は、六年陸奥守、寛治七年には平師妙・師季の叛乱を鎮定した功で従四位下に叙せられる。こうした両者への処遇の差は、源氏の武力、時には経済力を院政、或いは摂関家に利用される一方源氏が庄園領主として政治力を備えて来つつあったことに対する対策として、その分裂を策したものと解されている。義家は承徳二年に至って正四位下に叙せられる。

「今日行幸石清水、去三月延行也。前下野守義家朝臣奉仕、殿下前駈、其随兵五十騎在御車之後、渡路頭、御輿之御後交侍臣、其外廷尉幷諸衛三分已上堪武芸之輩供奉近衛陣申、是三井寺濫僧依有蜂起之聞有此事歟、布衣武士扈従鳳輿未曾聞之事歟〈又武士等数多候諸陣了留守〉」(為房卿記、永保元年十月十四日)。「今日午剋行幸賀茂御社〈予供奉御後〉其議如恒右大将自下御社被退出依令労座也。上下神主浴勧賞〈加階歟〉臨昏自下御社臨幸上御社之間、義家朝臣束帯垂緌帯弓箭剣等供奉于御輿之左副御綱暫不進止人、驚耳目況随兵卅騎許著冑交御後侍臣之左右、未弁可否者也。又頼俊候禁中之留守者」(同、永保元年十月十九日)。

一〇五 **山ノ大衆ウタヘシテ**(二〇五頁注二六) 白河天皇代、永保元年当時園城寺と延暦寺が争っている時であるが、九月十四日、検非違使とともに前下野守源義家を園城寺に遣し、悪僧を逮捕し、更に十月十一日石清水八幡行幸に際し、弟の義綱とともに供奉し、園城寺僧徒に備える等、しばしば行幸に従ったらしい。宇治拾遺、四の一四にも、白河院の義家の弓を召された話が見える。当時頼義の男美濃守源義綱が美濃国で延暦寺に属する庄園の事から延暦寺に訴えられ、流罪に処せられん事を願ったが退けられたので更に嘉保三年十月二十四日、「日吉社の神民並諸司之下僧」がこの事を訴えに下山し、武士がこれを防いだが、源頼治の郎徒が「僧三人禰宜一人」を射、残りの悪僧は祇園林に逃げ入ったが、この時延慶本平家等によるとその禰宜の中に日吉社の末社八王子社の禰宜友実が居た。翌二十五日神輿を根本中堂に昇ぎあげた。この時仲胤が表白を奉り、「後二条の関白殿に鏑矢一つ放ちあて給へ」と祈誓したが、翌日師通は重き病を受け、大殿の北政所(師通の母、麗子)が日吉社に参籠したが、七日に満ずる夜陸奥国より上った童巫子が託宣したが、「かれ等(神人)が当る所の箭は、しかしながら和光垂跡の御膚に立つたるなり。まことそらごとは是をみよ」と言い、肩をぬいだ所、左の脇の下、「大きなるかはらけの口斗うげのいてぞみえたりける」(平家、一、願立)とある、伝説的な史実が愚管抄に見えるのは平家との関係からも注意すべき事。なお愚管抄ではそれを「イデ〱ヤメミセン」と表現しているが、「ヤメ」は箭目で矢傷、矢の跡。Yame, Frechada, ou final da frechada(日葡)。「此ノ御社ノ御箭目負ナム物ゾ」(今昔、二十八の一)。

一〇六 **知足院ドノ、大納言ニテヲハシケルニ**(二〇六頁注一) 「八月廿八日宣旨云、太政官所申文書、先触権大納言藤原朝臣奉行者。十月六日為氏長者」(補任、承徳三年)。これより先寛治八年三月八日、師実は関白を辞し(五十三歳)、九日に師通が内大臣で関白となる(三十三歳)。承徳三年六月二十八日師通が突然と「にきみ(面皰)」(今鏡、四、宇治の川瀬)で死んだ時(三十八歳)、師実(五十八歳)は出家しているので散位のままに前関白、若き権大納言忠実は「入道おとゞおほぢの大殿、御子にし参らせ給ふと聞え給ひき」(今鏡、四、宇治の川瀬)、師実の猶子となり、康和元年(承徳三年)八月二十八日に左近衛大将藤原忠実に内覧の宣旨が下り、十月六日に氏長者、「八月廿八日。官中上下文書触二左大将忠実卿一。可二奏下一之由宣下。十月八日為二氏長者一」(百錬抄、康和元年)。「六日、甲辰。前関白内大臣後家渡二氏長者印契等於左大将家一。又被レ補二家司職事既司等一」(本朝世紀、康和元年十月)。「(八月)廿八日、…改元〈康和〉今日左大将殿太政官文書宣旨被下〈上卿中宮大夫〉」。「(九月)三日、参左大将殿内覧文書」「(十月)六日、…朱器大盤被渡左大将殿」(中右記目録、康和元年)。師実が康和三年に急死し、忠実が関白となるのは長治二年十二月二十五日、二十八歳で、その間五年の空白があり、その間に白河の専政体制は一層進行したのであり、「法王已在、世間之事相分両方」(中右記、嘉承二年七月十九日)、末代の聖主といわれた堀河帝の周囲と白河院の近臣と二つに分れるという状態となる。「廿五日、右大臣忠実為二関白一」(百錬抄、長治二年十二月)。

一〇七　**鳥羽院、白河院ノ御アトニ世ヲシロシメシテ**(二〇六頁注一四)　鳥羽院は白河院の在世中は思うようにならなかったが、白河院の崩後、院政を思うようにとることとなる。そして、白河院政下には宇治に隠居していた忠実は再び鳥羽院により召され、遂に長承元年二月十四日に文書を内覧するようになり、その女の泰子を鳥羽院の女御とする。

一〇八　**十二年ノタ、カイ**(二〇七頁注二五)　所謂前九年の役を指す。安倍頼時の子、貞任が永承六年(一〇五一)に奥州に出兵した源頼義と天喜四年に戦い、康平五年厨川柵で貞任を敗死させた戦役を指す。古く十二年合戦と言い、古事談・宇治拾遺・東鑑等にその名が見える。但しその年の数え方が問題で、「昔班超之平二西域一也、早封二千戸之侯一、今頼義之征二東夷一、盍賜二重任之賞一、彼送二三十年一以彰レ功、此歴二十三年一以立レ勲」(続文粋、六、頼義朝臣依二征夷功一申二伊予重任一状)は十三年とする。康平七年の凱旋の年から逆算すると、天喜元年(一〇五三)までが十二年だが、貞任の誅に伏した康平五年(一〇六二)より逆算すると永承六年が十二年で十二年の戦と称したのか。若し貞任の余党を翦滅した年康平六年までを数えると十三年となる。

一〇九　**知足院ドノ、ムスメ**(二〇七頁注三〇)　以下の記述によると、初め鳥羽院が即位した時に、白河院は忠実女、泰子を后に進ぜよと命じたのを固辞したというのである。恐らく女に対して中々で而も当時とかくの噂があった白河院を忠実は警戒したのであろうか。愚管抄では鳥羽院の幼時の非行に原因を帰しているのであるが、それに待賢門院入内問題がからまって来る。

忠実女の泰子は女院小伝に高陽院とある人である。

一一〇　**公実ノムスメ**(二〇七頁注三四)　公実の娘は待賢門院璋子であるが、今鏡、四、宇治の川瀬によると、「白河院の御世に、后御息所など隠れさせ給ひて、さる方々もおはせざりしに、白川殿ときこえ給ふ人おはしましき。その人待賢門院をば養ひ奉り給ひて、院も御むすめとてもてなし聞えさせ給ひしなり。その白川殿あさましき御すぐせおはしける人なるべし。宣旨などは下されざりけれども、世の人は祇園の女御とぞ申めりし。もとよりかの院の、うちの局わたりにおはしけるをはつかに御覧じつけさせ給ひて、三千の寵愛ひとりのみなり。たゞ人におはせざるべし。賀茂の女御と世には言ひて、うれしき、いはひをとて、姉弟後につづきて聞えしが、それは彼の社の司、重助がむすめどもにて、女房に参りたりしかば、御目近かりしを、これははつかに御覧じつけられて、それがやうにはなくて、これは殊の外におもき様に聞え給ひき。かの御さたにて、その女院(待賢門院)もならびなくおはしましき。代々の国母(崇徳・後白河)にておはしましければ、理りと申しながら、いかばかりかは栄えさせ給ひし。幼くては白河院の御ふところに御足さし入れて、昼も御殿ごもりたれば、殿など参らせ給ひたるにも、「こゝにずちなき事の侍りて、え自づから申さず」などいらへてぞおはしましける。おとなにならせ給ひても、類ひなく聞こえ侍りき」とあり、祇園女御に養育されたらしい(祇園女御については和田英松著、国史国文の研究所収「祇園女御」参照)。その待賢門院璋子は永久五年十二月三日従三位に叙せられ、十二月十三日に入内したが、忠実の殿暦には次のような記事が見えるので、大日本史料に依り抄する。

「裏書、…院姫君(璋子)〈是故公実卿女也、母二位(光子)、件人隆方女也〉、件人可参女御云々。件人本是内府(忠通)に可合給云々。而両三度延引。事体内府に不相叶歟、件姫君心不落居歟、仍可為女御云々」(殿暦、永久五年九月廿七日)。

「藤中納言(宗忠)来、内府通院姫君間事、件相違、件人可入内歟。是本支度也。但件人奇怪有聞、仍不進者也。亥剋沐浴して中春日御社、余(忠実)姫君(泰子)・内府事也」(同、十月十日)。

「藤中納言来、昨日御返事奏院、只可随御定。未剋許還来云、已相違、入内一定歟。件院姫君備後守季通盗通之云、世間人皆所知也。不可思義(議)也。凡種々有聞、雖難真々(之ヵ)世間皆所知也」(同、十月十一日)。

「申剋許参鳥羽。…院祇薗女御同姫君去自十日精進云々、明後日被参云々、入内祈歟、世間入内一定云々。件人奇怪同風(有閏)、備後守季通々云々」(同、十月十五日)。

「今日御覧童。…内府夜前有召、仍彼人相具参内。…欲退出之間、頭弁顕隆云、院姫君入内云々。件人備守季通(題)、奇怪不可思義女御歟。又宮律師僧(増)賢童子童又通之云々。凡世間沙汰也。実奇怪不可思義人歟。末代沙汰不可書尽者也」(同、十一月十九日)。

「雨甚降、仍今日試楽停止。依院仰也。…此間院・内入内沙汰也」(同、十一月廿三日)。

「今日於院入内定也。仍着衣冠、未剋許参院。於殿上有此事。能俊書定文、左府(源俊房)令沙汰定了。彼ひめき(み)(璋子)ます叙三位。頭中将(宗輔)参入、有禄。此間余候北面方。使退出之後、余参法成寺」(同、十二月一日)。

「女御内之間沙汰有院云々。件女御奇怪人歟。来十三日上皇木工権守季実宅渡給云々。是入内間依近辺也。是心乎極不得心、乱行人入内、必不御近辺とも有何事乎。雖御坐近辺、備後守通事、於末とりかへすべきニあらず。御在所近辺条無由事歟。日本第一奇怪事歟」(同、十二月四日)。

「不出行、依物忌也、皇后宮行啓院白河御所、依腰結役也」(同、十二月十二日)。

「今朝姫君析始仏〈愛染王〉、今日造了、始修法也。裏書、申剋許着束帯参院。依入内也。申了程従内有御使〈四位少将忠宗書使也〉。其儀如常。勧盃〈一献権右中弁伊通、二献右衛門督、三献藤大納言経実〉、及秉燭、東御堂泉御所〈方ニ、自夜前皇后宮御坐ス。而着裳腰結析也、渡給此御所〉、此間余依仰参内、其間事不記。参内候御前。戌了程入内云々、不見、仍不記。主上入御夜大殿之後、参院退出。後聞、入内之後、上達部有饗事云々、三献云々。今夜衾役〈民部卿〉(宗通)御さうか(い)イタク人同、仍彼卿妻参内裏候云々、今夜民部(卿)着柳下襲如何、是心葬物也、可有憚歟、不知案内人如此、不覚也」(同、十二月十三日)。

「申剋許着直衣参院、参内、退出。女御方有云々、余不向」(同、十二月十四日)。

「去鹿怪異物忌也。雖然主上始渡給女御方、仍参入。請十五口僧、転読大般若経。又書仏二体〈愛染王・不空羂索〉、供養平等院。於法成寺祈之。召陰陽師家栄身カタメ。午時着衣冠参内。女御方儀不見。後朝使頭中将宗輔、有御返事。其後主上渡給。右府(雅実)・藤大納言経実・民部卿(宗通)・新大納言仲実参入、候御共。中将(源)雅定取御剣、〈昼御座釼也、前行〉、入御之後、暫之後令帰給。余随身(忠実)着褐衣、前駈束帯。裏書、事了下女御宣旨。頭弁顕隆仰右府。氏公卿有拝云々。其後向女御方。頃之参院、退出。院御気色吉様見。女御事令響応故也」(同、十二月十七日)。

「辛未、天晴、不出行、大般若読経、今日結願了」(同、十二月十八日)。今日除目也、仍参院。裏書、…新女御於彼方、此日来有病気、をめかる、極見苦歟、始入内以実不便也、凡奇怪事等甚多歟」(同、十二月廿日)。

これに依ると、公実の娘、璋子は永久五年十二月一日従三位、十三日入内し、十七日女御となったが、その前に法性寺殿忠通、即ち慈円の父に「ムコトラン」、即ち璋子の婿とする話があり、両三度延引した事が判るが、中右記、永久二年八月三日の条に「又被仰云、中納言中将経営日次之事、内々可云合関白也〈光平所注申之日次、有其数中、頗有思食煩事由也〉」とあり、次いで殿暦永久二年十二月三日の条に「午剋許自院於御使大蔵卿、主上御所弁中納言結婚事也、大略御返事奏了」とあり、次いで永久三年二月三十日条に「別当午剋釆、為院御使〈造作之間事、大納言ムコトリノ間雑事也〉」とあり、既に、永久二、三年の頃から公実の女璋子と忠通の結婚問題がおこり、行き悩んでいたらしいそして、璋子の入内の頃、璋子が備後守季通に密通という噂があったので、忠実は「奇怪不可思義女御歟」とも書いている。この事が原因か、娘の泰子を「エマイラセジ」という事になるので、忠実も姫君と内府の事を春日明神に祈っている(十月十日条)。

なお古事談に依ると、璋子と白河院は密通し、崇徳院は白河院の子であり、鳥羽院は崇徳を叔父子と言ったというのである。「待賢門院(大納言公実女、母左中弁隆方女)ハ、白川院御猶子之儀ニテ令二入内一給。其間法皇令二密通一給。人皆知レ之歟。崇徳院ハ白川院御胤子云々。鳥羽院モ其由ヲ知食テ、叔父子トゾ令レ申給ケル。依レ之大略不快ニテ令レ止給畢云々。鳥羽院最後ニモ惟方〈于レ時廷尉佐〉ヲ召テ、汝許ゾト思天被レ仰也。閉眼之後、アナ賢新院ニミスナト仰事アリケリ。如レ案新院奉レ見ト被レ仰ケレド、御遺言旨候トテ掛廻不レ奉レ入云々」(古事談、二)。

崇徳と鳥羽は仲が悪く、保元の乱の原因がここにも生じて来る。鳥羽は待賢門院の死後、美福門院を寵愛する。

一一 **ナエミヤ**(二〇八頁注二) 「伝聞、今日法皇第二親王薨云々、有レ筋無レ骨、先年出家云々」(台記、康治二年十月十九日)。「十八日辛丑。入道君仁親王薨二六条院一〈時年十九〉。親王者太上法皇第三子也。母待賢門院〈璋子〉。自二幼少一至二今年一足痿頑、加以瘖瘂、不レ加二元服一出家。法皇幷上皇有二錫紵事一。主上幼稚御之間無二此事一」(本朝世紀、康治二年十月十八日)。「出家号二痿王一」(紹運録)。「その生み奉り給へる宮々は一の御子は讃岐院におはします。二の御子は御目くらくなり給ひて幼くてかくれ給ひにき。三の御子は若宮と申しておはしましゝ、幼くよりなえさせ給ひて、起き伏しも人のまゝにてものも仰せられでおはしましゝ、十六にて御ぐしおろさせ給ひて、失せさせ給ひにき。第五のみこは本仁親王と申しゝ、わらはより出家し給ひて、仁和寺の法親王(覚性)と申すなるべし」(今鏡、六、志賀のみそぎ)。

一二 **白河院ノ御時、御クマノモウデトイフコトハジマリテ**(二〇八頁注六) 熊野詣には宇多法皇・花山法皇の御幸が既に有名であったが、院政時代になって白河院は寛治四年正月二十二日御幸(二月二十六日還御)、譲位後は永久四年十月、同五年十月、元永元年九月、同二年九月、保安元年十月、天治二年十一月、大治二年二月、同三年二月など在位の時から九度の御幸をされた。「本院御熊野詣。寛治四年正月廿二日、永久四年十月廿六日、同五年十月廿二日、元永元年閏九月六日、同二年十月十五日、保安元年十月三日、天治二年十一月九日〈三院第三王子〉」(中右記、大治二年二月三日)とあり、忠実は「毎年御熊野詣、実不可思議事也」(殿暦、元永元年九月廿八日)と評する。鳥羽院に至っては一生に十八度の熊野御幸。

一三 **イヅレノタビニカ、信ヲイダシテ宝前ニヲハシマシケルニ**(二〇八頁注八) 保元物語では鳥羽院が久寿二年の冬の頃熊野詣をされたとしているが(但し鎌倉本は仁平三年春二月とする)、鳥羽院の熊野参詣は十八度、その最後は仁平三年正月二十八日、熊野に出発され、二月二十九日熊野より還御。久寿二年には二月十六日美福門院が熊野詣の精進始をされている(兵範記)が、詳しい事は判らない。

半井本保元物語に依ると、

「久寿二年冬ノ比、法皇熊野ヘ御参詣アリケリ。証誠院ノ御前ニ通夜申サセ給ヒケルニ、夜半バカリニ神殿ノ御戸ヲ排テ、白クウツクシキ小キ左ノ御手ヲ指出シテ、ウチカヘシ〳〵三度セサセ給テ、「是ハイカニ〳〵」トヲウセラレケルガ、御夢想ノ告アリ。法皇大ニ驚キ思食メサレテ、御先達ニ仰テ、「是ニヨキ巫女ヤアル。召セ。権現勧請シ奉ラン」ト仰ラレケレバ、本ハ美作国ノ住人、イワカノ板トテ、山内無双ノカンナギヲ召テマイラスル。「御不審ノ事アリ。キト占申セ」ト被仰ケレバ、寅刻ヨリ権現ヲヲロシ進スルニ、日中過マデヲリサセ給ハズ。諸人目ヲスマシ、如何ニトミル所ニ、良久ク有リテ、権現已ニヲリサセ給ヌ。カンナギ法皇ニ向奉リテ、歌占ヲ出シタリケリ。

手ニ結ブ水ニヤドレル月影ハアルヤナキカノ世ニハ有ケル

トテ、左ノ手ヲ上テ、三度打返〳〵、「是ハ如何〳〵」ト申ケレバ、真実権現ノ御託宣ナリト思食シテ、法皇イソギ御座ヲスベラセ給ヒケリ。御手ヲ合テ、「我申ス処是也。サテ如何候ベキ」ト申サセ給ヘバ、「明年必ズ崩御アルベシ。其後ハ世ノ中手ノウラヲカヘスガ如クナランズルゾ」ト託宣有ケレバ、ソノ時法皇ヲ始奉テ、御供ニ候ケル公卿殿上人、皆御涙ヲナガサセ給テ、「サテ明年ハイツノ程ニカ」ト申シ給ヘバ、巫女取アヘズ、

夏ハツル扇ヤ秋ノ白露トイツカサキニカ置キマサルベキ

「夏ノ終リ秋ノ始」トゾ被仰ケル。公卿殿上人「如何ニカシテ、其御難ヲノガレ御命延サセ給ベキ」ト泣々問奉リケレバ、「定業カギリアリ、我力不及」トテ、権現ヤガテアガラセ給ヌ。法皇御心中サコソカナシク被思食ケメ」

とあり、鳥羽院の事とする。愚管抄の方も、「世ノスヱニハ」云々とあるのは保元の乱とすると、或いは本大系の保元物語、補注一三に説くが如く、主語の転換があるのかも知れない。或いは逆に保元物語、原保元の或形態に依って慈円は斯かる記述をしたとする事も可能かも知れない。

一四 **ヨカノイタトテ**(二〇八頁注一一) 天明本「よりのいた」。文明本・史料本「ヨカノイタ」とある。なお半井本保元物語では「イワカノ板」、金毘羅本保元物語では「伊岡の板」とある。「イタ」は巫を意味する語、「いたこ」「いたか」「神のよりいた」とも関係があるか。源平盛衰記、十

一に静憲法印が熊野詣に皆石という児の事を聞いた所、「母にて侍し者は夕霧の板とて山上無双の御子(み)、一生不犯の女にて候し」と答えたと見え、熊野山では巫女を板と言ったらしい。通親筆、熊野懐紙(藤田美術館蔵)の「たまかきにきみがみゆきのいろをそへゆふかけてしも神のよりいた」、又「み熊野の空しきことはあらじかしむしたれいた(虫垂れの衣をつけた熊野の巫女)のはこぶあゆみは」(山家集)など何れも熊野の巫女を詠じた。

一二五　知足院ドノ当時関白ナルヲハタト勅勘アリテ(二〇九頁注一九)　「夜及深更依召参殿下。被仰云、昨日治部卿為院御使来云、此事全不可有者、申承了之由也。自本存心中也者。夜半退出、件事従去年秋主上被仰出也。其後風聞世間衆口嗷々。上皇御気色不快者」(中右記、保安元年十一月九日)。

「今朝院従鳥羽御幸中宮御所三条烏丸亭。…其後晩頭又還御鳥羽云々。予未出仕間不参也。晩頭宗成従内馳来云、今日祇候内御物忌間、左大臣俄参仗座、召大外記師遠幷右中弁雅兼朝臣、仰下云、関白可停止文書内覧事者、仍乍驚馳来也。加賀介家定朝臣聞此事、為告事馳参殿下了。予聞件旨神心迷乱、不知前後、入夜相具宗成、従東御門方馳参、於東面見参殿下。凡不被仰左右、只運尽之由被仰許也。次参三条殿、申件旨、夜半帰家。衆口嗷々、是天之令然也。後聞、左大臣未時参仗座、先召大外記師遠仰下云、太政官所申之文書、宜停止内覧関白者。次右中弁源雅兼朝臣被仰件旨、右中弁仰左大史重基、大夫史不出仕間也」(同、保安元年十一月十二日)。

「保安元年十一月十二日にやありけん。夜をこめて院よりとて「堀川のおとゞ(俊房)俄にまゐり給へ」と御使ありて、おとゞ(忠実)内覧とゞむべき由を仰せ下し給ひけり。白河院失せさせ給ひて、鳥羽院世を知らせ給ひし時にぞ、富家より出でさせ給ひし、待賢門院をさなくおはしましゝを、白河院養ひ奉り給ひて、鳥羽院位におはしましゝ、女御に奉り給ふ程に、入道おほきおとゞの御むすめ(泰子)女御に奉らんとせさせ給ふと聞ゆるによりて、関白うちとめ申させ給ふとぞ聞こえ侍りし」(今鏡、四、宇治の川瀬)。

「十一月十三日。関白〈忠実〉可レ止二内覧一之由宣下〈二年正月如レ元之由宣下〉」(百錬抄、保安元年)。「関白、従一位、藤忠実〈四十三〉十一月十二日有宣旨。内覧事停止之。上卿左大臣。今日率川祭也」(補任、保安元年)。

なお忠実は内覧宣旨をとめられた時、春日明神に祈念、大明神が北政所に霊託して「今一世はあるべきなり」と両三度仰せられたが、「果して更に又御出仕ありて、天下の政を執らせ給ひにけり」と著聞集、一に見える。

一二六　花山院左府家忠(二〇九頁注二一)　家忠は前にも「大ハリマ定綱がムコニ花山院ノ家忠ノヲトゞ」(一九一頁)と見える。保安元年には「大納言、正二位〈五十九〉、右大将、皇后宮大夫」(補任)。

一二七　顕隆(二〇九頁注二二)　院の近臣として実力者。「夜の関白」(今鏡)といわれた。「父故三木(参議)大蔵卿為房卿二男、母故美乃守頼国朝臣女」。散位非参議として補任、保安元年に始めてその名が見えるが、白河院の近臣として権勢並ぶ者がなく、保安三年正月二十三日参議、保安四年権中納言(五十二歳)、大治四年正月十五日薨(五十八歳)。その薨時、「抑去保安元年十一月自魚水之契忽変(忠実が勅勘を受けた事)、威振一天、富満四海、世間貴賤無不傾首」(中右記)と書かれ、その妻悦子は鳥羽院(宗仁)の乳母で、鳥羽院は左少弁左衛門権佐顕隆の五条北高倉西角で生まれる。なお顕隆の子、顕頼も白河と鳥羽院の別当、殊に鳥羽の近臣、その子光頼・惟方は後白河の近臣。巻七に「別ニ近臣トテ白河院ニハ初ハ俊明等モ候。スヱニハ顕隆・顕頼ナド云物ドモイデキテ、本体ノ摂籙臣ヲコノシモザマノ人ノヲハシケルニ、又カナシウヲサレテヲソレハゞカリナガラ」(三三四頁)。「白河鳥羽御代、顕隆顕頼等令二相続一、致二院中無弐之奉公一乎」(夕郎故実)。

一二八　宰相カムコナリ。(二〇九頁注二六)　顕季の子の家保。宰相は参議。「家保為御乳母子、近習無双恩似載山而以高」(永昌記、大治四年七月十五日)とあり、顕季、その子の長実は白河院の近臣、家保の三男家成は鳥羽院の近臣として威を振った。その家保の女子が忠宗の室で花山院太政大臣忠雅、中山忠親(山槐記の著者)の母。

家保は保延二年八月十四日薨。「参議、従三位、同家保〈五十七〉。修理大夫。近江権守。正月廿二日辞三木。以外孫忠雅申任右少将。七月一日出家。八月十四日薨」(補任、保延二年)。

一二九　勅勘(二一〇頁注一)　勅勘は天子より叱責を受けることだが「勅勘無二風情一不レ見二天気一閉門之外無レ他」(禁秘抄、中)。「勅勘〈天子依レ仰曰レ蒙二勘気一〉」(禁中方名目抄)。

一三〇　**大治四年正月九日摂政ノムスメ入内**（二一〇頁注八）　大治四年正月九日忠通の子従三位聖子が崇徳院に入内し、十六日女御、大治五年二月二十一日に中宮となる。当時崇徳は十一歳、聖子は九歳（女院小伝）。「女御今夜有三ケ夜餅事云々…執柄女子入内事、去永承五年四条宮之後七十余年久絶也、□当此殿下時初有此事、誠知天運令然、大幸之人也」（中右記、大治四年正月十六日）。「皇嘉門院〈藤聖子〉。崇徳后。近衛准母。法性寺関白第一女。母大納言宗通卿女。従三位藤宗子。大治三・十一・九叙二従三位一〈八〉。同四・正・十六為二女御一〈九〉。同五・二・廿一為二中宮一。永治元・十二・廿七為二皇太后一〈天皇即位日。年廿一〉。久安六・二・廿七甲戌院号〈廿九〉。保元・元・十・十一垂尼〈清浄恵〉。長寛元・十二・廿六為レ尼〈四十二〉。養和元・十二・五御事〈年六十〉」（女院小伝）。

一三一　**白河院崩御**（二一〇頁注九）　白河院は三条烏丸殿で七月七日崩御。「御在位十四年、院号後四十三年、政自出叡慮、全不依相門」（中右記、大治四年七月十五日）。「今思太上天皇威儀、已同人主、就中我上皇已専政主也」（同、天仁元年十月廿八日）。「但理非決断、賞罰分明、愛悪ヲ掲焉、貧富顕然也、依男女之殊寵多、已天下之品秩破也」（同、大治四年七月七日）というデスポット。

一三二　**知足院ドノハコトニミヤヅカヘテトリイラセ給ケレバ**（二一〇頁注一二）　「今夕大殿依召初参院給云々。関白殿并中将殿（頼長）御共者。去保安元年十一月御籠居、于今十二年、今日始御出仕、君臣合体之儀已又相叶、為天下之大慶也。大殿御直衣、前駈六人」（中右記、大治六年（天承元年）十一月十七日）。「今夜大殿有御随身勅書、上卿大納言能俊卿、大内記宗光作勅書草、清書後給中務少輔重基、左右近衛府生各一人、近衛各四人云々」（同、十一月廿一日）。「散位。前太政大臣、従一位、藤忠実〈五十四〉、前関白。十一月九日詔賜左右近府生番長各一人近衛各三人。為随身兵仗。十二（十一　時信記）月十七日初参上院。依為密儀直衣（自故院御時籠居十二ケ年）。同廿五日給兵仗随身被申慶賀。上皇御対面賜御馬」（補任、天承元年）。「散位。前太政大臣、従一位、藤忠実〈五十五〉、正月十四日内覧如元奏下文書。七月十八日上表。辞随身兵仗。勅許」（補任、天承二年）。

「今日大殿文書所内覧由、以頭弁被仰下、是院宣也、依為密儀強上卿不奉行、只以頭弁被仰也、且是依無先例、大殿今日御有業六条坊門亭歟、人々不参也。頭弁申院宣之後、御覧吉書」（中右記、長承元年正月十四日）。

一三三　**賀陽院**（二一一頁注一三）　賀陽院は宛字。高陽院泰子三十九歳で上皇に嫁ぐ。鳥羽院は三十一歳。本名勲子。「長承二・六・十九入二上皇宮一〈卅九〉。同三・三・二従四位下准三宮〈四十〉。于時御名勲子。十九日為二皇后宮一。于時泰子。保延五・七・廿八丙午院号〈四十五〉。同七年五・五為レ尼〈清浄理主、四十七〉。久寿二・十二・二十六御事〈年六十一〉」（女院小伝）。

「自女院有御書〈前太相国長女参院事〉前太相国長女可被入上皇之由、上皇所示給也、是於予非歎非歓、是又年来所存心也、但故院及御閉眼刻、不可有此事之由所令遺言也。而今令背彼御意給、只是我在世之所為也、但此事忽不可披露、委旨又可被仰者」（長秋記、長承二年六月二日）とあり、鳥羽院の特別の思召で六月二十九日入内、七月九日女御。翌長承三年三月十九日皇后。本名勲子を泰子とする。長秋記には長承二年六月四日条に「上心帰新女院（待賢門院）御運縮」と書く。「白河院隠れさせ給ひてこそ、ほいの如く、殿の姫君たてまつり給ひて、女御の宣旨かうぶり給ふ」（今鏡、四、宇治の川瀬）。

なお翌長承三年三月二日従四位下、准三宮、十九日、皇后となり、頼長が皇后宮大夫となるが、長秋記には「太上皇以夫人立后例未聞、者随仰可令左右、上卿以内記令申関白（忠通）、々々又被申太相国、各不案得、無詳仰、令明重申云、且前太相国仕三代朝、奉公尤高、仍以娘子准后之由例載、何事候歟、太相国可然之由答給云々、其次被愁、関白如此事量定可被行之処、一行不被口入、尤遺恨也。且博陸於此事有不請気云々、上皇又不入御心、只太相国枉被申請也、立后事度々雖被申請、無左右仰、而近日以家成朝臣、内々被重申、有此恩許云々」（長秋記、長承三年三月二日）とあり、その立后には中々むつかしい事情もあったのである。しかし忠実と鳥羽院の仲は好く、むしろ忠実が上皇にとり入るという有様で荘園を上皇に寄進したりする（台記、久安六年十月十二日）。

一三四　**白川院ノ天永三年三月十六日ノ御賀**（二一一頁注一五）　「予倩見御賀儀式、誠希代之勝事、千載之一遇也、昔法王久雖在世、未有孫帝賀算之礼、如我上皇者、再逢子帝孫帝之世久、賀五十六十之算、尋之倭漢、問之古今、未有如此事、在座老少皆垂感涙、就中両日無風雨難、天地和合歟」（中右記、天永三年三月十九日）。

一三五　**閑院ノ人々**（二一一頁注一八）　閑院家は茂子・苡子が、それぞれ後三条・堀河女御となり、また院の近臣顕隆と血縁を結び、例えば顕隆の女は璋子の兄の実能の妻であり、また後白河女御琮子・後白河中宮忻子・近衛后の公能女などを出し、歴代外戚となり、繁栄してくる。

一二六　**天承二年正月三日ナンタヾ一度出仕セラレタリ**（二一一頁注二三）「三日…未時、参大殿御所東三条殿。…大殿則出御〈螺鈿細剣、瑠璃束紺地緒、打下襲〉、被仰人々云、行歩不叶也、車欲乗、依無礼早可被出者、依此仰人々或被出、或立隠、予、治部卿、民部卿、…引関白殿以下〈紺地緒、打下襲〉諸卿、参入従院御所三条烏丸第西門〈院御所西対也〉、左大臣、右大臣、大納言実行卿、左兵衛督実能卿、列立西中門外相加、爰大殿召藤中納言長実卿、被奏拝礼由□大略行歩不叶之間、不能立庭中、早不待人々列、先可拝上歟、大殿立寝殿南階前庭給、関白殿〈頗依南給〉以下諸卿列立之間、大殿早拝舞、此間殿下予以下諸卿以下及殿上人居地、大殿舞踏之間、関白進寄令扶持給、万人属目、或有感涙人、未見我身為太政大臣被扶子太政大臣、今日勝事只在此事、大殿令舞踏進退有度」（中右記、長承元年正月三日）。

長承元年正月十四日、文書内覧の院宣を受ける。補注4－一二二の中右記、長承元年正月十四日の条参照。

一二七　**家礼**（二一二頁注六）「家礼と云は公家にある事也。家礼と書ていへに礼するとよむ也。五摂家方の家よりわかれ出たる公家衆、其外家がら軽き公家衆、家へ心やすく出入て禁裏の政事の故実を習ひ申すために其家を頼みて出入する人を家礼と被申也。又家来と誤也。本字は家礼也。又家頼と書も誤也。家礼の字本なり」（貞丈、二）。

一二八　**頼長ノ公、日本第一大学生**（二一二頁注七）「今日所レ見、及二一千三十巻一、因所レ見之書目六載レ左、自今而後、十二月晦日録二一年所レ学、可レ続二載暦奥一」（台記、康治二年九月廿九日）。

一二九　**テ、ノ殿ニサイアイナリケリ**（二一二頁注九）「巳刻参二御前一賜二菓子律令格式巻文復抄一、仰云、此律令格式、故殿〈京極〉御物、又賜二除目叙位官奏格記等一〈除目叙位一合官奏一合〉、仰云、是家重宝也、此中有二一本書一、此書須レ与二摂政一、然身既居二摂録之任一不レ可レ行二如レ此公事一、雖レ与無レ益、又汝生二二男一料知伝二我家一者汝乎、故長所二附属一也」（台記、天養二年四月十八日）。

一三〇　**ツカハサレタリケレバ（忠実と忠通のやりとり）**（二一三頁注一四）これより前、左大臣頼長は久安六年（一一五〇）正月十日漸く養女多子（公能女で頼長の妻幸子の姪。十一歳）を入内させ、三月十四日皇后とし、外祖父となろうとしたが、一方兄の忠通も美福門院に養われていた呈子（権大納言伊通の子。二十歳）を養女とし、美福門院の庇護のもとに養女とし、四月二十一日入内させ、忠通対忠実・頼長の間は益々疎遠になりつつあった。その頃、四月十二日、左大臣を辞し、実能を内大臣に昇進するよう鳥羽法皇に書を呈したりしていった（台記）のは摂籙の座への野心があったからであろうが、父忠実は悦ばず、実現しなかった。そして、一方忠実は頼長に摂籙を譲与するように、忠通に対し交渉していたらしい。台記の久安六年九月四日条には「早旦禅閤仰曰、此間為レ知二所レ求（頼長に摂政を譲渡させる事）成不一、下レ右就レ寝、欲レ得二正夢一〈下レ右就寝所レ夢必実〉有二三吉夢一、成就無レ疑、即賜二法王手書一披見之処、其中有二摂政殿報状一、被レ用下可レ従二御定一之由上」とあり、頼長が鳥羽法皇の手書を忠実の所で披見した所、法皇の御定に従う可き由の忠通の返報が書かれてあったというのであるが、台記の同年九月二十五日の条には「法皇手書、副二摂政報状一、賜二禅閤一、摂政報状曰、可レ被二収公一、不レ能二譲与一云々。禅閤見レ之大怒」とあり、鳥羽法皇の手書には法皇の方から収公するならともかく、譲与する事は出来ないとの忠通の返事が得られないとしている。忠実は怒り、両者は正面衝突となる。

一三一　**久安六年九月廿五日**（二一三頁注一六）久安六年九月二十六日、忠通の返事に怒った忠実は頼長を伴い、宇治より京都に上り、藤原氏の公邸東三条院に入る。そして高陽院泰子も呼び寄せ、日頃目をかけている源為義を呼び寄せ御倉町に警固させた上、「禅閤曰、摂政於レ我不孝、我心深怨、而年来忍レ之無レ報、今媚諂、暗可レ譲二摂政一之由、数度〈十許度云々〉、非三唯無二許諾一、亦有二不義之報命一、是以将レ絶二父子之義一、摂政者天子所レ授、我不レ得レ奪レ之、氏長者我所レ譲、無レ有二勅宣一、然則、取二長者官一、授レ爾、何有レ所二怖憚一矣、余且謙且辞、禅閤不レ聴、即召二仲行・頼賢・仲賢等一、仰下可レ取二出長者官渡左券、朱器台盤、権衡等一之由上、頼賢言、此物所レ納之倉鎰、置二摂政殿下々家司宅一、為レ之如何、禅閤作レ色曰、早破レ鏁、即仲行等率向、須臾、頼賢来言、試覓二倉辺一、自得二旧鎰一、可三以開二此倉鏁一、禅閤悦曰、天授二印爾一也、此間賀陽院渡御、持二参朱器等一、戊時有成朝臣、持二来朱器等一、授レ禄謝レ之、先レ之禅閤上二書法皇一曰、摂政不レ従二愚臣之命一、不孝尤甚、是以既絶二父子義一、仍授二長者官於左大臣一畢」（台記、久安六年九月廿六日）とあり、東三条邸において、倉を強引に開き、長者の印等を押収し、忠通と義絶し、頼長に氏長者を与えるという非常手段を敢行する。

「廿七日、…上皇使㆓教長卿㆒賀㆓長者事㆒、又藤大納言〈宗輔〉・顕親・師親・師能朝臣来賀、又太相国・右相府、送使示㆑賀」とあり、翌日、崇徳院は賀詞を寄せる。また「上㆓書法皇㆒、奏㆓昨日事㆒、恐喜相交、難㆑弁㆓善悪㆒之状」とあり、鳥羽院に書を呈した所、「手書曰、昨日事、尤可㆓喜悦㆒、来月二日、必可㆑参云々、禅閤曰、法皇手書曰、摂政不義、公之所為可㆑謂㆑得㆑理」とある。忠実は十月十二日には先年摂政に与えた家地庄園を法皇に献ずるという処置にも出る。

一三二　**東三条**(二一三頁注一七)　藤原氏の長者が歴代伝世した公邸で、公の儀礼にしばしば使用。兼家が伝領し、師実、師通、忠実、忠通、頼長と伝えられ、寝殿造の代表的邸園(類聚雑要抄に指図が見え、年中行事絵巻にもその図が見える)。仁安元年十二月二十四日炎上。氏長者の印もここに保管された。「東三条殿などをも取り返して鍵などの無かりけるにや、御倉の戸割りなどぞし給ふと聞え侍りし」(今鏡、五、飾太刀)。

一三三　**久安七年正月ニ内覧ハナラビタル例モアレバニテ**(二一三頁注二一)　「或曰、摂政上表致仕、使㆓右少将行通朝臣献㆓内裏㆒、其後、頭弁朝隆朝臣、参㆓鳥羽㆒奏㆓上表事㆒、法皇無㆓許仰㆒、朝隆偽称㆑疾、退㆓忠盛朝臣宿廬㆒、因㆑之、今日無㆓勅答㆒云々」(台記、久安六年十二月八日)。「伝聞、去九日有㆓勅答㆒云々、停㆓摂政㆒、又関白除目官奏、猶如㆓摂政儀㆒云云」(同、久安六年十二月十二日)とあり、鳥羽院は忠通を摂政から関白に任じ、一方十二月二十四日には「禅閤請㆓余内覧等於法皇㆒、々々手詔曰、明春内覧宣旨事者、自㆑此仰下、更不㆑可㆑有㆓其煩㆒之由、存恐給也」と台記にあり、忠実は法皇に頼長の内覧を請い、正月十日には「今日余蒙㆓内覧㆒」と台記にあるが、本朝世紀、久安七年正月十日条には「蔵人頭右大弁朝隆朝臣来仰云、官中雑事先触㆓左大臣㆒宜㆓奉行㆒者〈左府頭弁先参院。承㆑勅参陣。頭弁不㆑奏㆓主上㆒。又不㆑触㆓申関白㆒。依㆓上皇御直宣下㆒云々〉」とあり、頼長は内覧に任ぜられ、十六日に内覧の慶を奏している。この関白と内覧が別々になった事を愚管抄では内覧が二人と言っているので、今鏡にも次の補注に引くように「ふたり並びて内覧の宣旨などかうぶり給ひ」てとあるのである。これは鳥羽院の巧みな摂関操縦策であり、離間策であったのであるという。

一三四　**内覧ハナラビタル例**(二一三頁注二三)　「正月十六日宣旨云、官中雑事、先触左大臣可奉行者。同廿四日賜左右近府生各一人近衛各四人為随身兵仗者、氏長者」(補任、久安七年)。「ふたり並びて内覧の宣旨などかうぶり給ひ、随身給はりなどし給ひき」(今鏡、五、飾太刀)。

一三五　**長実中納言ガムスメヲコトニ最愛ニヲボシメシテ**(二一三頁注二四)　「巳時参法金剛院、…其後退出、対越後尼公、彼堂依為巡路也、彼後家申相語云、鍾愛女子有院寵、雖施家門面目云々」(長秋記、長承三年八月十四日)とあり、長承三年の頃から鳥羽院の寵を得たか。保延元年十二月四日得子は皇女を誕生、二年正月十九日叡子と命名、内親王とし、母得子を従三位にした。五年五月十八日第八皇子体仁を降誕、八月十七日皇太子とし、二十七日母得子は女御となる。

一三六　**ソノ御子ノヨシニテ…サタシマイラセケルニ**(二一三頁注二六)　「日に添へて珍らかなるちごの御かたちなるにつけても、いかでかすがやかにみこの宮にも、位にもとおぼせども、后腹に御子達あまたおはしますを、さし超ゆべきならねば、思しめし煩ふ程に、当帝の御子になし奉り給ふ事いできて、みな月の廿六日、御子内へ入らせ給ふ。御ともに上達部、殿上人選びて、帝のみゆきにも心ことなり。都の内、車も去りあへず、見るもの所もなき程になむはべりける。内へ入らせ給ふに、てぐるまの宣旨など、蔵人おほせつゝ、既に参らせ給ひて、中宮(皇嘉門院)を御母にて、まだ御子も生ませ給はねば、珍らしく養ひ申させ給ふ。后の親にては関白殿(忠通)おはしませば、御子のおほぢにて、かた〴〵帝も后も御子おはしまさぬに、院も御心ゆかせ給ひて、いと心よき事いできて、いつしか八月十七日、東宮に立たせ給ふ。昭陽舎に御しつらひありて渡らせ給ふ。大夫には堀川の大納言(師頼)なり給ふ。御母のをぢにをはしまして、殊に撰ばせ給へるなり。御母、女御の宣旨かぶり給ふ。ねがひの御まゝなり」(今鏡、三、男山)。

一三七　**皇太弟**(二一四頁注一)　「もとの女院(待賢門院・高陽院)ふた所も、かた〴〵に軽からぬさまにおはしますに、今の女院の時めかせ給ひて、近衛のみかど生み奉らせ給へる。東宮に立て奉りて位ゆづり奉らせ給ふ。その日辰の時より、上達部、さま〴〵の司々参り集るに、内より院こ度々御使蔵人の中務少輔とかいふ人、かはる〴〵参り、又六位の蔵人、御文ささげつゝ参る程に、日くれがたにぞ神璽宝剣など、東宮の御所昭陽舎へ、上達部引きつゞきてわたり給ひける。みかどの御養ひ子、例なき事とて、皇太弟とぞ宣命にはのせられ侍りける」(今鏡、二、八重の汐路)。

一三八　**一ノ上**(二一四頁注三)　「左大臣ヲ云フ也但シ右大臣ヲ一ノ上ト云フ事

モアリ時ニヨル摂政ノ次ヲ一ノ上トイヘバ左府摂政タル時ハ右大臣ヲ一ノ上ト云フ太政大臣摂政ナレバ左大臣勿論也一ノ大臣ハ左大臣ヲ云フ」(禁中方名目鈔)。「一上〈イチノカミ〉摂関ナラザル第一ノ大臣ヲ云」(禁中方名目鈔)。

一三九 **内弁**(二一四頁注五) 「内弁〈ナイベン〉。公事之日於二宮中一執事之大臣也。叙位除目始節会之時於二承明門一専弁一ノ大臣曰二之内弁一」(禁中方名目鈔)、第二位の大臣は外弁で承明門の外に於いて諸事を行う。

一四〇 **「ナヲコレハ関白ガスル」トヲボシメシテ**(二一四頁注九) この時近衛帝は失明しようとし、忠通から鳥羽法皇に雅仁親王(後白河)の息童に譲位させる事を申請させたが、法皇は許さず、忠通の再三の請奏に忠実入道と相談してと答えられたので、忠通は奏する事を止めてしまったという事件がおこって居り、法皇は忠実に伝えて、天子の疾というのは偽で、幼主を立てて政を摂るかと疑っている(台記、仁平三年九月廿三日)。

一四一 **備前国バカリウチシリテ**(二一四頁注一一) 鹿田庄は、古来から殿下渡領として氏長者に伝領された土地。「備前国鹿田庄者…氏之長者代々伝知、以二其応輪一充二用大原野二季祭饗、興福寺長講法花両会粁一」(朝野群載、七、寛和二年十一月二十一日、藤原兼家仰書)。

一四二 **昔ハ法性寺殿ノ子ニシテヲハシケレバ**(二一四頁注一四) 「此故ニ関白殿ト左大臣殿ト御兄弟ノ上、父子ノ御契約アリテ礼儀深ク御座ケレドモ、後ニハ御中不快ニゾキコエシ」(半井本保元物語、上)。「廿三日、大殿若君成摂政殿御子給」(中右記目録、天治二年四月)。「この御童名はあやぎみと申しけるに富家殿法性寺殿、親子の御中、後にこそ違はせ給へりしか、始めは左の大臣、御子にせさせ奉り給ひける頃」(今鏡、五、飾太刀)。

一四三 **礼ハトリカヘサズト礼記ノ文ナリ**(二一四頁注一五) 「礼聞レ取二於人一。不レ聞レ取レ人礼聞二来学一。不レ聞二往教一」(礼記、曲礼上)が出典か(中島悦次著、愚管抄評釈)。

一四四 **ソノシルシ**(二一五頁注一八) 「サレバ御兄ノ法性寺殿ノ詩歌ニタクミニテ、御手跡モウツク敷遊バサレケルヲソシリ申サセ給フト覚ヘテ、詩歌ハ閑中ノ翫ナリ、朝儀ノ要事ニアラズ。手跡ハ又一旦ノ興也。賢人必ズ是ニヰトマヲカヽズトテ、我身ハ宗ト全経マナビ、仁義礼智信ヲタヾシクシ、賞罰勲功ヲ分給フ。政務キリトヲシニシテ、万人ノ純謬ヲゾ正サル。カヽリケレバ、悪左大臣殿トゾ申ケル」(半井本保元物語、上)

一四五 **法勝寺御幸**(二一五頁注一九) これについては何時か判らぬが、宇治拾遺、八の大膳大夫先駆間事には、法勝寺千僧供養に宇治左大臣が参った時、前の車が礼節を尽さなかったからと言って、頼長の随身の橘以長が馬よりおりずに追い抜いた話が見える。愚管抄では、「法勝寺御幸ニ実衡中納言ガ車ヤブリ」とある。高松中納言実衡が亡くなったのは康治元年二月八日であり、それ以前(尤もその翌日二月九日にも法勝寺千僧御読経に法皇・上皇の御幸があり(台記)、その前の年の永治元年二月九日にも千僧御読経に両院の臨幸(北院御室日記)があった)のことと考えられる。しかし家成の従者とおこした事件が仁平元年九月であるから、実衡の在世した康治元年(一一四二)以前と仁平元年(一一五一)とは十年程の間がある。実衡が車を破っても、「家成ナドヲバヱセジ物ヲ」と言ったとあるのは、両方の事件がかなり近くなくてはならぬ。実衡の車を破ったというのは或いは慈円の記憶違いか何かの誤りでなかったか。

一四六 **実衡中納言ガ車ヤブリ**(二一五頁注二〇) 閑院公季流権大納言仲実の息、仲実は「又号高松号桟敷」(尊卑)、なお高松中納言から八条大相国実行の雑色がヒタマユという檳榔車を奪った話が古事談、一に見える。

一四七 **寵人家成中納言**(二一五頁注二一) 家成は白河院の近臣長実の弟、家保の三男で鳥羽院の寵臣。その子隆季は長承二年九月二十一日「任但馬守」、時に十七歳(補任、保元三年)という具合。その子隆季・成親は後白河院の近臣。「今日入道中納言家成卿薨、年四十八、天下無双之幸人也」(台記、久寿元年五月廿九日)、「〈天下事一向帰家成、道路以目〉」(長秋記、大治四年八月四日)。

「中納言家成卿今日遁世年来飲水、近来陪増、已及危急有此事云々…生年四十八所帯第一中納言也」(兵範記、仁平四年五月七日)とあり、富有でもあった。

一四八 **家成中納言ガ家ツイブクシタリケレバ**(二一五頁注二二) 仁平元年七月十二日左衛門督家成の家人が頼長の雑色を搦め取ったので、九月八日頼長の従者が家成の邸に乱入した。

「今日。左大臣家雑色二人為二左衛門督家成卿家人一被二陵辱一云々」(世紀、仁平元年七月十二日)。「今朝、左大臣自二皇后宮御所一被レ帰二土御門亭一之間、於二左衛門督家成卿門前一忽闘乱出来。左府陪従乱二入金吾亭(家成の邸)一。殆及二羞辱一云々、衆口嗷々、筆端難レ記」(同、九月八日)。

「十四日、左衛門督家成卿雑色九人禁獄、去十二日依レ搦二取左大臣下部一也」(百錬抄、仁平元年七月)。「九月八日、左大臣過二家成卿門前一之間、左大臣雑人乱二入彼卿家一致二濫行一。為レ報二先日会稽一也」(百錬抄)。

一四九 **院ノ御心ニウトミヲボシメシニケリ**(二一五頁注二四)　頼長は鳥羽院に内心うとんじられた。(この頃仁平元年九月の頃、鳥羽院に関白忠通が、頼長は少僧都静経に「近日可レ有二譲位一」と語ったという書状を季房の書状を副え差出し、院は忠実にその書状を賜わったと宇槐記抄、仁平元年九月二十日条に見える。譲位の問題がおこりかけていたらしい。)

一五〇 **公春**(二一五頁注二九)　公春はお気に入りの随身であった。「法皇御登山…予於二入宿屋一、改二装束一着二烏帽一登レ坂、窮屈不レ知レ所レ為、被レ扶二公春一〈左近府生〉所二以多一レ力也、公春無二疲色一」(台記、康治元年五月十一日)。

「秦公春といひける随身、宇治の左大臣殿につかふまつりけるが、御くつをまいらせけるが、御沓のしきに千鳥をかゝれたりけるを見て、

沓のうちにもとふちとりかな

と言ひたりけるを、とりつぐ殿上人もものも言はざりけるに、おほい殿、しばし御くつはき給はで、

難波なるあしの入江を思ひ出て

と仰られたりける、いとやさしかりけり」(今物語)とあり、近衛の舎人(左近衛府の府生)で頼長に可愛がられたらしく、保元の乱の時その邸宅が捜索される。「左近府生秦公春」(台記、天養二年十二月十七日)。

一五一 **久寿二年七月ニウセ給ニケルハ**(二一五頁注三二)　久寿二年七月二十三日近衛院崩御。「主上去六月以後御不予、以不食為本体、毎事乖例、経日尫弱、已為朝之大事」(兵範記、仁平三年八月廿一日)。「主上御薬近日増御、今夕美福門院有入内御幸」(同、久寿二年七月十八日)。

仁平三年八月の頃から近衛帝は不予で、八月二十日仁王経法、二十一日孔雀法を行い、平癒を祈る(兵範記)、眼病で失明せんとした為。「此のみかど御みめも御心ばへもいとなつかしくおはしましけるに、末になりて、御目を御覧ぜざりければ、かたぐ〵の御祈りも御薬も然るべきにや、かひなくて末ざまには、年の始の行幸などもせさせ給はずなりにけり。摂政殿たぐひなく思ひ奉らせ給ふ。みかどもおろかならず、思ひかはさせ給ひて、殿の御弟にこめられさせ給ひて、藤氏の長者なども、のかせ給ひたるを、幼き御心になげかせ給ふ。殿もみかどの例ならぬ御事をなげかせ給ふ程に、十七にやおはしましけむ、初秋の末に日頃例ならぬ事おはしまして、隠れさせ給ひぬれば、世の中はやみに惑へる心地しあへるなるべし」(今鏡、三、虫の音)とあるように、遂に十七歳で崩御する。

一五二 **コノサフガ呪咀ナリト人イヽケリ**(二一五頁注三三)　「親隆朝臣来語曰、所三以法皇悪二禅閤及殿下〈余〉一者先帝崩後、人寄二帝巫口一、巫曰、先年人為レ詛レ朕打二釘於愛宕護山天公像目一、故朕目不レ明、遂以即レ世、法皇聞二食其事一、使三人見二件像一、既有二其釘一、即召二愛宕護山住僧一問レ之、僧申云、五六年之前、有夜中□□□□□□□、美福門院及関白、疑二入道及左大臣所為一、□法皇悪レ之、雖レ難レ取レ信、天下道俗所レ申如レ此、先日成隆朝臣略□此事、今聞二両人説一、□畏不レ少、但禅閤及余、唯知二愛宕護山天公飛行一、未レ知三愛宕護山有二天公像一、何況祈請乎、蒼天在レ上、白日照□□怖々」(台記、久寿二年八月廿七日)。

これによると、近衛帝が巫の口に乗り移って、人が朕をのろう為に釘を愛宕護(あたご)山の天公(天狗の類か)の像の目に打ったので、朕の目が明らかでなく、遂に世を去ったというので、法皇は人をつかわし、件の像を見た所、既にその釘があったので、愛宕護山の住僧を召して問うた所、五、六年の前夜中に打った者があるとか何とか答えたので、美福門院(近衛の母)と関白忠通は忠実と頼長の所為と疑い、法皇は二人を憎んでいるという事があったらしい。そして、そのうわさを世間で皆しているなと頼長は書くのである。

「宇治左府被レ奉レ呪二咀近衛院一之旼。古神祇乃不レ預二官幣一ヤ御坐スルト被レ尋之間。愛太子竹明神四所権現ヲ奉二尋出一呪二咀之一。仍天皇崩給畢。然而左府不レ経二幾程一中二天矢一薨畢云々」(古事談、五)。

一五三 **内覧辞表ヲアゲタリケルヲ**(二一五頁注三四)　頼長は既に久寿二年四月二十七日、五月三日、十日の三度左大臣辞任を上表(忠通に対する牽制)、而も五月十四日に文書を内覧している(台記)。しかし近衛崩御、後白河即位により、久寿三年二月の除目下名(じもく おりな)に前左大臣を還任、単なる平(ひら)の大臣に落ちてしまう。この時、六月一日に頼長の妻の幸子が死に、七月二十三日に近衛の崩御に会い、頼長は兼長と共に自分の直盧(宮中における控室)で待っていたが、なお妻の服忌の期間なので、殿上の間に出る事は都合が悪いと蔵人頭光頼から申し渡され、密々に退出している。こうして新帝を定める会議にはタッチ出来ず、頼長の父忠実は宇治から鳥羽へ、鳥羽から高陽院泰子のもとへとあたふたとかけずり廻るが無駄である。そして、頼長は新帝の践祚と共に内覧を止められ(補

任)、また近衛帝を呪詛したと鳥羽法皇に信ぜられ(前補注)、その信用を失い、内覧を得ようと法皇に色々と頼み込み、社寺に祈請したりして、春日社に立願し、この事が成就する時は細川庄を寄進する事を約束している(台記、九月十七日)。忠実も頼長の為に鳥羽法皇に奏請し(台記、十月六日)、また忠実は勝尊に東三条邸で聖観音護摩を修させる(台記、十二月十七日)など、種々手段をつくしていたが、久寿三年の二月二日に至って、「左大臣如レ元」という詔が出たに過ぎなかった(山槐記)。一方忠通は「此間蔵人頭左中弁光頼朝臣、為法皇御使参上、新帝事、且可有沙汰、高松殿可為新帝宮之旧被申殿下了〈但儲君未聞云々〉」(兵範記、久寿二年七月二十三日)とあり、新帝についての沙汰を行っている。そして、新帝として初めは二条天皇、即ち雅仁の子、守仁を帝位に即けるのが、美福門院と忠通の考えであったらしいが、まずその父の後白河を立てる次第となったのである。

「晩頭大納言伊通卿…参会殿上、〈前左大臣、中納言大将(息兼長)参内令候直廬給、依被着北政所服、被相憚歟、殿上可有憚之由、頭弁光頼朝臣令申云々、都参内之条、有傍難歟、随又両人密々被退出了〉、此間蔵人頭左中弁光頼朝臣、為法皇御使参上、新帝事、且可有沙汰、高松殿可為新帝宮之由被申殿下了、〈但儲君未聞云々〉、又旧主凶事、大納言伊通卿可奉行之由、同被申殿下了、次頭弁仰大納言、入夜供奉諸司参入、〈頭弁仰上卿、上卿宣下官外記、両方歟〉、此間殿下召御装束、又於鳥羽院、入道右府、権大納言公教卿等召御前、有王者議定、御消息両三度往反殿下之間、鶏鳴天曙、劔璽奉渡、依無白昼儀、公卿以下退出、于時辰刻也」(兵範記、久寿二年七月二十三日)。「天子崩、年十七、余幷大将、中納言中将参内、次余参二宿高陽院一、鶏鳴後禅閤渡御、〈自二宇治一参二鳥羽一、自二鳥羽一渡御也〉」(台記、久寿二年七月二十三日)。「左大臣、従一位同(藤頼長〈三十六〉〈藤氏長者。四月廿七日上表。辞大臣内覧兵仗等。不許。五月二日重上表停兵仗(同三日上表被止兵仗。有勅答ィ)(同三日云々くし无)同十日重(第三度)辞大臣。無勅答。七月止内覧。依天祚改也〉」(補任、久寿二年)。

「蔵人右少弁資長、左大臣如元之由、於膝突仰上卿藤中納言〈季成〉云々、頗有誇(謗か)難之輩、本是左相府辞表被献先帝了、件表不被宣下、又不返給之間昇霞、然者彼表在日記御厨子〈為渡物〉取件表可被返相府歟、将又職事向彼亭直可仰其由歟、辞表依不被宣下、外記不知子細事歟、尤為奇々々、且可訪先達事也、上卿被仰下記云々、近代公事多以如此云々、或人断腸云々」(山槐記、久寿三年二月二日)。「左大臣従一位同頼長〈三十七〉藤氏長者。二月二日被下如元可為左大臣之宣旨。上卿仰外記」(補任、久寿三年)。

一五四 **四宮**(二一六頁注二)　四宮雅仁親王(後白河院)、母は待賢門院璋子、大治二年九月十一日に三条烏丸で誕生、久寿二年には既に二十九歳。

一五五 **新院〈崇徳〉ニ同宿シテヲハシマシケルガ**(二一六頁注三)　「于時、宮中御門東洞院太上天皇御同宿也」(兵範記、久寿二年七月二十四日)。「久安元年八月廿二日。待賢門院うせさせ給しかば…五十日過しほどに、崇徳院の新院と申し時一つ所にわが許に在るべきやうに仰せられしかば」(梁塵秘抄口伝集、十)。

一五六 **八条院ヒメ宮**(二一六頁注五)　八条院暲子内親王は建暦元年六月二十六日崩御、七十五歳であるが、女院小伝には、

「八条院〈暲子〉、鳥羽第三女、母長実卿女、美福門院。保延四・四・九為二内親王一〈年二〉。勅別当中納言伊通。同五・十二・廿着袴。久安二・四・十六准三后。保元二・五・十九為レ尼。〈廿一。金剛観〉。応保元・十二・十六乙卯院号。〈依二准母一直有二此事一。兼問二公卿一殊有二沙汰一。年廿五〉。建暦元・六御事」。

とあり、近衛帝と同母。今鏡には、

「始めかやの院養ひ申させ給ひしは、叡子内親王と聞え給ひし。失せさせ給ひにき。其次の姫宮は暲子内親王、八条院と申すなるべし。院にやがて養ひ申させ給ひて、朝夕の御なぐさめなるべし。幼くて物などうつくしう仰せられて、「若宮は東宮になりたり。われは東宮の姉になりたり」など、仰せられければ、院は「さる司やはあるべき」など興じ申させ給ひけるなどぞ聞え侍りし。この宮、保延三年ひのとの巳の年に生まれさせ給ひて、保元二年六月御ぐしおろさせ給ふ。御とし廿一とぞ聞えさせ給ひし。応保元年十二月に院号聞えさせ給ふ。二条のみかどの御母とて、后に立たせ給はねども、女院と申すなるべし。小一条院の、東宮より院と申しゝやうなるべし」(今鏡、三、虫の音)。

とある。准母の未婚内親王を准三宮から宣下して院号を奉った。なお古事談、一に、

「近衛院崩御之時、後白川院ハ帝位韵外ニ御ケリ。〈中院入道申詞云々〉。八条院ヲヤ女帝ニスヱタテマツルベキ。又二条院ノ、今宮(雅仁)

ノ小宮(守仁)トテ御坐ケルヲヤ可㆑奉㆑付ナド沙汰アリケルニ、法性寺殿今宮ノ后腹ニテ御坐スルヲ乍㆑被㆑奉㆑置。争可㆑及㆓異議㆒ト、令㆓計申㆒給、受禅云々」。

とあり、この記事と愚管抄の記述は何等か関係があるように思う。なお山槐記、永暦元年十二月四日の条に、

「次向太政大臣〈伊通公〉亭、〈九条北、掘川東堂也〉、於仏前被謁、〈着重服小直衣、中納言伊実卿薨之故也、仍此間被坐此堂也〉、被申旨同入道太政大臣、以此旨令申也、内々被命云、若被尋所思之気色者、以外非道之由所申也、仍可在勅定之由申也止可申、覚信依三会巡任僧正者、非超越上臈、先例不覚悟事也、数刻及他言談、又被命云、美福門院崩事可被行廃朝許云々、是普通后宮儀也、養祖母不可有錫紵之由法家勘申、尤理也、然而服者依恩云々、朱雀院幸太后之時、令奉問思食置事御、太后被仰云、不見宮在位之時事遺恨也者、朱雀院為叶彼御意趣忽遜位、村上践祚、仍天暦御時為先院宣、参内人先可参院之由被宣下、依母后一言忽有即位事、依難令謝彼恩給、雖無例有忌月云々、而当今即位事故鳥羽院思食立者、女院自襁褓中被奉養育、依思食彼院事也、而父不即位子即位事雖有先例、無乍置見存父其子即位之例、仍当院有践祚、相継当今有即位、云院云内、彼恩争可令謝尽給哉、普通儀無術有鬱事歟」。

とあるが、これに依ると、十一月二十三日崩御の美福門院の喪事について、山槐記の著者、中山忠親に太政大臣藤原伊通が、当今(二条)の即位を故鳥羽院が思し召し立ったのは、美福門院が襁褓の中から当今を養育し奉られたので、彼の院(美福門院)の事を思食したからであり、しかし父が即位しないで、子が即位した事は先例があったが、見存(在世)中の父を置いて、その子が即位した例は無いので、当院(後白河)が即位したのであるから、院(後白河)といい、内(二条)といい、どうして美福門院の恩に謝し尽し給わないでよかろうか云々と語って、美福門院に関して、廃朝を決議した時、法家が当今二条帝の養祖母に当るから、天皇の錫紵の儀はあるべからずと勘申したのに対し、伊通は法家の勘申は一応理があるが、服忌はやはり恩に依るべきであると言っているので、ここに後白河院の即位について微妙な問題が語られており、美福門院の意向が大いに働いたと見るべきである。なお兵範記には久寿二年七月二十三日の近衛帝の崩御の条には「此間蔵人頭左中弁光頼朝臣、為法皇御使参上、新帝事、且可有沙汰、高松殿可為新帝宮之由被申殿下了。〈但儲君未聞云々〉」とあり、八月二十二日「於院有立太子議定、右大弁朝隆卿奉其仰云々」とあるが、既に今宮、即ち雅仁が帝位に昇ったという事は守仁が皇太子になる前提であったのであろう。愚管抄は古事談と同じく忠通が計申したとあるのであるが、これは古事談との関係においても注意しなくてはならない。

なお今鏡、三、虫の音には次のようにある。

「鳥羽院には次のみかど定めさせ給ふに、誠にや侍りけむ。女院の御事のいたはしさにや。姫君(八条院)を女帝にやあるべきなどさへ計らはせ給ふ。又仁和寺の若宮(覚性)をなど定めさせ給ひけれど理りなくて、ひと日は過ぎて、世の中恨みたる御有様なるべし」。

一五七　**新院一宮**(二一六頁注六)　重仁親王は新院(崇徳院)一宮であったが、「重仁親王〈上皇第一親王〉著袴、年五歳、未始参㆓新院㆒〈三条〉、同刻終、幸㆓皇后宮㆒〈白川新造宮一昨遷御所〉、公卿以下、皆束帯、上皇冠、直衣、薄色織物指貫、出㆓紅打衣㆒、御随身布衣、冠、須㆑著㆓褐衣㆒也、著袴之儀一如㆑旧、上皇陪膳別当公教、親王陪膳権中納言公能、上皇渡御時、余及両大将、依㆓法皇命㆒、御共也。法皇御㆓簾中㆒、上皇結㆑腰云々、事了、供㆓皇后御前物㆒云々、有㆓御遊㆒、笙左大将、今日著袴親王者、故法勝寺執行法印信縁、外孫也。其母号㆓兵衛佐㆒、上皇之愛、于㆑今不㆑衰云云。此親王、自㆓降誕時㆒、皇后以為㆑子云々、今日事不㆓具記㆒、後代可㆑借㆓憲方、顕遠記㆒」(台記、天養元年十月廿八日)とあり、皇后即ち美福門院が養って子としていたので、「伝聞、今日、重仁親王加㆓元服㆒、被㆑用㆓黄袍㆒如㆓余所㆑奏、右大臣加冠、親王叙㆓三品㆒云々、依㆓美福門院所㆑養也」(台記、久安六年十二月一日)とも見える。

一五八　**二条院**(二一六頁注七)　「三品雅仁親王室〈故大納言経実卿女。左府猶子也〉於㆓三条高倉第㆒誕㆓男子㆒」(世紀、康治二年六月十七日)。「三品雅仁親王室家夭亡〈年廿八〉。産後煩㆓疱瘡㆒之故云々。左相府〈有仁〉養為㆑子。所㆑配㆓合親王㆒也」(同、同年六月廿四日)。「雅仁親王夫人生㆑男」(台記、康治二年六月十八日)。「雅仁親王夫人薨、産後疱瘡、余哀慟、以㆓不幸短命㆒也」(同、同年六月二十四日)。

「今日、於㆓一院殿上㆒、三品雅仁親王男孫王有㆓着㆑袴給定㆒。仍院別当左大将雅定卿及侍従中納言成通卿参㆓着殿上座㆒。先被㆑勘㆓日時㆒。次蔵人持㆓参硯続帋例文等㆒。次左大将令㆔参議忠基卿書㆓定文㆒。被㆑用㆓新院若宮之例㆒云々。此間右大将、新大納言、左兵衛督、右兵衛督等追参入。孫王御

前物。参議経定朝臣可レ令二調進一由被レ定了。件孫王、一院所下令二収養一給上也。仍有二此沙汰一也」(世紀、久安五年六月二十四日)。「或人記云。今日、今宮之若宮〈三品雅仁親王子孫王也〉。有二御着袴事一。於二白河北殿一被レ行二此儀一。酉剋。予参仕、先レ之。公卿両三輩参二着女院殿上一。兼居レ饌。此間群卿被二参入一。少時新院御幸〈為御腰結也。…〉。…件孫王者、美福門院之御養子也」(世紀、久安六年十二月十三日)。「当院一宮女院〈美福〉所二養育一也。仍立二太子一事、女院掌レ之。而此三年以来左大臣不レ勤二女院事一。料朕即レ世之後、左大臣為二太子女院等一不レ尽レ忠、何故望レ傅乎」(台記、久寿二年九月八日)。

「今日、雅仁親王之子孫王〈生年九歳。一院令二収養一給〉。為二信法親王弟子一。初向二仁和寺一。権大納言公教―、中納言公能―、参議経宗朝臣。雅通―等扈従、雲客卅許人前駈云々」(世紀、仁平元年十月十四日)。「仁平元年十月十四日、始渡二御仁和寺一、久寿二年八月四日還御」(一代要記、二条天皇)。

「その帝(二条院)の御母、生みおき奉り給ひて、うせ給ひにしより、鳥羽の女院養ひ奉り給ひて、幼くおはしまししし時は、仁和寺におはしまして、五の宮(覚性法親王)の御弟子にて、倶舎頌など、さとく読ませ給ひて、軸々読みつくさせ給ひて、そのこゝろ説きあらはせるふみどもをさへ伝へうけさせ給ひて、智恵深くおはしましけり。院位に即かせ給ひしかば、当今の一の宮にておはします上に、美福門院の御養ひ子にて、近衛の帝の御かはりともおぼしめして、この宮に、位をも譲らせたまへらむと計らはせ給ひければ、都へかへり出でさせ給ひて、みこの宮、たからの位など伝へさせ給へりき。末の世の賢王におはしますとこそ、うけたまはりしか。御心ばへも深くおはしまし、動かしがたくなむおはしましける。二十三におはしまし御年、御病重くて、若宮にゆづり申させ給ひて、幾ばくもおはしまさざりき。よき人は、時世にもあはせ給はで、久しくもおはしまさざりけるにや。末の世、いとくちをしく、帝の御位は、限りある事なれど、あまり世を疾く受けとりておはしましけるにや。又太上天皇朝にのぞませ給ふ、常の事なるに、御心にもかなはせ給はず、世の乱れ直させ給ふ程といひながら、あまりに侍りけるにや。二条院とぞ申すなる。…此の帝の御母は、大納言経実の御むすめ、その御母、東宮大夫公実の御むすめなり。その大納言の中の君は、花園の左のおとゞの北の方なれば、姉の姫宮を子にして、院の今宮とておはしまししに、奉られたりしなり。この帝、生みおき奉りてうせ給ひにき。后の位贈られ給ひて、贈皇太后宮懿子と申すなるべし。御おやの按察大納言も、おほきおとゞ、おほき一つの位贈られ給へるとなむうけたまはる。さる事やあらむとも知らで、うせ給ひにしかども、やんごとなき位そへられ給へり。御末の盛りなるべし。はかなくて消えさせ給ひにし露の御命も、后贈られ給へば、生きて成り給へるも、昔がたりになりぬれば、残り給ふ御名は、同じ事なるべし」(今鏡、三、花園の匂ひ)。

これ等の記事から守仁親王が美福門院の養子で、後白河の即位は二条を立てる事の前提であり、むしろ美福門院と忠通が重要な役割を背後にしていた事が考えられる。なお補注4―一五六所引山槐記参照。

一五九　**主上ノ御事カナシミナガラ、例ニマカセテ、雅仁親王新院御所ニヲハシマシケル、ムカヘマイラセテ**(二一六頁注一一)　「早旦前蔵人頭光頼朝臣、為法皇御使、以第四親王雅仁可令登用之由、被申殿下。即同朝臣新帝雑事、依院宣申行。殿下且任先例、且随当時便、被評定之。今朝、従鳥羽院、被献御車前駈殿上人於今宮。于時、宮、中御門東洞院太上天皇御同宿也。御出立之間事、出率爾且拵悦、且営々云々。未刻宮行啓高松殿」(兵範記、久寿二年七月二十四日)。

一六〇　**高松殿**(二一六頁注一二)　「高松殿〈三条坊門南西洞院東或云姉小路北高明左大臣家〉」(二中歴)。「久寿二年七月廿五日位に即かせ給ふ。御年廿九におはしましき。…院の仰せごとにて、内大臣とて、徳大寺のおとゞおはせし、具し奉りて、まづ高松殿にわたり給ふ。夜に入りて上達部引きつれて参り給ひて、近衛の内裏へ渡らせおはします。十月廿六日御即位ありて東宮(二条)に立たせ給ふ。大嘗会などありて年も替りぬれば、院(鳥羽)の姫宮(姝子)東宮の女御に参り給ふ。高松院と申す御事なり」(今鏡、三、大内わたり)。

一六一　**七月ノ二日ウセ給ヒケル**(二一七頁注一七)　「今日申刻、法皇崩御於鳥羽安楽寿院御所、春秋五十四、頃年之間、寝膳乖例、去五月廿二日以後経日大漸終以晏駕」(兵範記、保元元年七月二日)。「近衛のみかど隠れさせ給ひしかば、思し召し歎きて、鳥羽に籠りゐさせ給ひて、年の始にも門廊などさして人も参らざりき。御とし五十四迄ぞおはしましける」(今鏡、二、鳥羽の御賀)。

一六二　**サナシトテモ君モ思召ケン**(二一七頁注二一)　この時近衛院は警戒を

して武士を五月頃から召されていたらしい。七月二日に近衛院は崩御するが、兵範記、保元元年七月五日の条に、

「蔵人大輔雅頼奉勅、召仰検非違使等令停止京中武士、左衛門尉平基盛、右衛門尉惟繁、源義康等、参入奉了。

去月朔以後、依院宣、下野守義朝幷義康等参宿陣頭守護禁中、又出雲守光保朝臣、和泉守盛兼（信兼の父）、此外源氏平氏輩、皆悉率随兵祗候于鳥羽殿、蓋是法皇崩後、上皇左府同心発軍、欲奉傾国家、其儀風聞、旁被用心也」

とあり、六月一日の頃から源義朝や義康が院宣に依り禁中に参り守護し、出雲守光保や盛兼等が鳥羽殿を警衛していたらしい。

一六三　**キタヲモテニハ…**（二一七頁注二二）　北面、院御所の北面には院を警護する武士が白河院の時から置かれていた、一〇五頁の白河条、補注2―一四七参照。「上北面以㆓殿上北面㆒為㆓二箇間㆒為㆓其所㆒、下北面制㆓北築地㆒有㆓五間屋㆒以㆓件屋㆒為㆓其所㆒」（為経卿記、寛元四年二月二十一日）。

一六四　**為義**（二一七頁注二三）　「前大夫尉源為義」（兵範記、保元元年七月十日）、「前左衛門尉源朝臣為義」（同、保元元年七月十一日）と見える。久寿元年十一月廿六日為朝の乱行により、右衛門尉を解官（台記・兵範記）、「依故院勘責各籠居」（兵範記、保元元年七月十日）。

一六五　**祭文ヲカ、セテ、美福門院ニマイラセラレニケリ**（二一七頁注二五）　「近衛のみかど隠れさせ給ひて、歎かせ給ひしに次の年（保元元年）鳥羽院失せさせ給ひし時は、北面に候ふと候ふ下﨟どもかきたてゝ、院のおはしまさゞらんには、確に女院（美福門院）に候へとて渡され侍りけり」（今鏡、三、虫の音）とあるのもこの時の事か。この時「鳥羽院遺詔」（兵範記、保元元年七月十一日）があったらしい。

一六六　**入道信西ト云学生**（二一七頁注二六）　藤原通憲。南家流藤原実兼の子、長門守高階経敏の養子となるが、後復姓、高階重仲女との間に俊憲、貞憲、是憲、静賢、澄憲等を設け、紀二位との間に成範、脩範を設ける。天養元年七月廿二日出家「依氏神崇」、信西と法名。本朝世紀を編し、法曹類林を著わす、「達諸道才人也」（尊卑）。

一六七　**紀ノ二位**（二一七頁注二七）　「此のみかど御乳人は修理の守基隆のむすめ、大蔵卿師隆のむすめなど二三人おはしけれど、或は罷り出で、或は隠れなどして、紀の御（従二位朝子）とて、御乳の人と聞えしがをとこにて、かの少納言通憲の子あまた生みなどして今は御めのとにて、八十島の使などせられければ」（今鏡、三、内宴）。

一六八　**安楽寿院**（二一七頁注二九）　保延三年十月十五日鳥羽院は安楽寿院を落慶供養（中右記）、鳥羽離宮東殿の一画で、保延五年二月二十二日鳥羽東殿三重塔が成り、法皇の骨を収める所とする。「これで東殿の一画は輪奐の美をなし、上皇は終焉の場所としておゝむねこゝに居住された」（村山修一著、平安京、一六〇頁）。

一六九　**ソノ時新院マイラセ給タリケレドモ**（二一八頁注一）　この時崇徳院は簾外より還御された。「今日御暝目之間、新院臨幸、然而自簾外還御云々、渡御々塔之間、又不臨幸」（兵範記、久寿三年七月二日）。なお六月三日にも「入夜新院御幸鳥羽殿、即還御、或人云、御幸成田中殿被申事由、不幸院御所、何況不及御対面云々」（兵範記、久寿三年六月三日）。

一七〇　**鳥羽ノ南殿**（二一八頁注二）　鳥羽離宮の内で最初に作られたのが南殿であり、鳥羽離宮は賀茂川より引いた池を中心に、南に南殿、北に北殿、東に安楽寿院を中心とする壮大な宮殿であった。

当時の賀茂川の流れは、安楽寿院の東側を南流、やがて西南に曲って下鳥羽横大路あたりに向っていたらしい。従って鳥羽離宮は、その旧賀茂川と現賀茂川のさしはさむような位置、東北、南西にやや長円形となる地形の中にあった。南殿は、現京阪国道が鳥羽大橋から南下し、久我大橋から赤池部落を通って伏見市街へのびる東西の道に合するあたりにあった。即ち、現小枝橋を渡って東行する道のあたりが中路と呼ばれたもので、これを北限とし、小枝橋のすぐ東の小枝部落を通るように南北に通じる道が作路と呼ばれ（これは朱雀大路に至る）、これを西限とし、現赤池部落の線を南限とし、東は池に臨んでいたのが南殿地区と推量されている。証金剛院・馬場殿・金剛心院はこの地区に含まれる。

一七一　**勝光明院**（二一八頁注三）　勝光明院は安楽寿院の近く、長承三年着工して三年目の保延二年三月二十三日に落慶供養、今は幻の宮殿である鳥羽離宮は平安期最後の文化の結論として善美を極めたが、鳳凰堂を模した勝光明院は殊に豪華で（続文粋）、その庭園は離宮四季の庭園の中、春を象徴していた。

一七二　**光安ガムスメノ土佐殿トイヒケル女房**（二一八頁注九）　「尊卑分脈に源光保の女子に後鳥羽院土佐局とある人か、後は誤だらう」（中島悦次著、愚管抄評釈、二一九六頁）。

「その年（永暦元年）の六月にやありけん。出雲守光保、その子光宗な

どいひし源氏の武者なりし人、筑紫へつかはして、はては如何になりにけるとかや。その人の女とかや、妹とかやなる人の鳥羽院にときめく人にて、いとほしみの余りにや、二条院、東宮とておはしまし〻御めのとにて、位につかせ給ひにしかば、内侍のすけなど聞えき。そのゆかりにて時にあへりしに、内の御方どもの、かく事にあへりしかばにや。又源氏どもの然るべく失せんとてにやありけん。又さばかりの少納言埋れたる索めいでたるにやよりけん」(今鏡、三、ひなの別れ)。

とあり、源光保の女が鳥羽院に時めく人であった。光保は光国の子。

一七三　**民部卿入道**(二一八頁注一一)　親範は嘉応三年(一一七一)「四月七日民部卿」(補任)、三十四歳、承安四年に「六月五日依病出家(卅八)」。承久二・九・廿八薨(八十四)」(補任)、八十四まで生きる。

一七四　**田中殿ノ御所**(二一九頁注二二)　「今夕鳥羽殿北田中桟敷御所御渡也、出雲守経隆朝臣募功造進之」(兵範記、仁平二年六月四日)とあり、経隆の手により成る。北殿の中らしいが、正確な場所は不明。

「今日、初七日ニ成ケレバ、御仏事被行トテ、大夫史師経ニ仰テ、鳥羽田中殿ニテ御仏事被行ケルニ、新院一所ニワタラセ給ナガラ、出サセ給ハザリケレバ、人弥怪ヲナス」(半井本保元、上)。

一七五　**七月九日鳥羽ヲイデ、**(二一九頁注二三)　兵範記によると、「九日戊申夜半、上皇自鳥羽田中御所、密々御幸白川前斎院御所〈斎院去二日渡御鳥羽殿了〉上下成奇、親疎不知云々」とあり、七月九日に田中御所より前斎院御所に入ったとあり、半井本保元物語、上にも「夜ニ入テ新院鳥羽ノ田中殿ヨリ白川ノ前斎院ノ行啓ト披露セヨトテ」云々とあり、鳥羽院皇女詢子内親王の御所に幸した。

一七六　**徳大寺ノ左府**(二一九頁注二九)　左大臣徳大寺実能、保元元年九月十三日内大臣より左大臣に転ず(補任)、閑院公実の子、徳大寺(徳大寺は仁和寺中の小寺名)家の祖。その女幸子は頼長の室であったが、前年六月一日死。保元二年「七月十五日依病出家。九月二日入滅。于時在仁和堂小堂。号徳大寺左大臣」(補任)。法名真理(尊卑)、薨時六十二歳。

一七七　**ノブカヌ**(二一九頁注三〇)　「十九日臨時除目…。左衛門権少尉平信兼〈還着、去年二月一日、依左府乗会解官〉」(兵範記、久寿三年五月十九日)。「鳥羽殿ヨリ右大将公教卿、藤宰相光頼卿二人御使ニテ、八条烏丸ノ美福門院ノ御所ヘ進セテ、右少弁惟方ヲ以テ、故院ノ御遺誡ヲ申出ル。新院ト内裏トノ御中アシカルベキ事ヲ兼テ御心得ヤ有リケン、兵乱出来バ、内ヘ可参武士ノ交名ヲ御自筆ニテ注置セ給タル故也ケリ。義朝、義康、頼政、重成、季実、維繁、実俊、資経、信兼、光信也。此内下野守源義朝、陸奥判官義康、故院ノ仰ニテ、去六月ヨリ内裏ヲ守護シ奉ル」(半井本保元、上)。

一七八　**夜半ニ宇治ヨリ**(二一九頁注三二)　「晩頭、左府自宇県参入」(兵範記、保元元年七月十日)。「左大臣殿ハ宇治ニテ新院白河殿ヘ入セ給トキコシメシテ、式部大夫盛教ヲ御使ニテ、一定白川北殿ヘ入セ給タルカトテ進セ給ケリ。北殿トハ大炊御門ヨリハ北、川原ヨリハ東、春日ヲカケテ作タル御所也」(半井本保元、上)。

一七九　**為義ヲ**…(二一九頁注三三)　「戌刻為義〈武士在共〉未レ称レ臣ニ于余一、以レ臣ニ于禅閤一、所ニ傭具一也、帰レ家仰ニ為義一云〈以ニ季通朝臣一伝レ之〉、今日吉日也、以レ之可レ用ニ初参一、更不レ可ニ初参一者、為義曰唯」(台記、康治二年六月三十日)。

一八〇　**教長**(二一九頁注三四)　「参議、正三位、同(藤)教長〈四十八〉〈右近中将。阿波権守。正月廿七日辞両官。還左京大夫。七月十一日朝自新院御所退出。即出家〈法名観蓮〉八月三日配流常陸国〈応保二・三・七召返経七年五十四〉〉」(補任、保元元年)。

「四条の民部卿(忠教)の御子は、又俊明の大納言の女の腹に、宰相中将教長ときこえ給ひし、後には左京のかみになりて、讃岐院のことどもおはしまし〻に、かしらおろし給ひて、常陸の浮島とかやに流され給へりし、帰りのぼり給ひて、高野にすみ給ふときこえ給ふ。和歌の道にすぐれておはするなるべし。手かきにもおはすとぞ、ところ〴〵の額などもかき給ふなり。…教長の卿、わらは名は文珠君ときこえき。殿上人におはせしも道心おはして、をとこながら、ひじりにおはすと聞え給ひしかば、いかばかり尊くおはすらん」(今鏡、五、水茎)。

なお多賀宗隼著、鎌倉時代の思想と文化所収「参議藤原教長伝」参照。

一八一　**四郎左衛門ヨリカタ**(二一九頁注三五)　「又前大夫尉源為義、前左衛門尉同頼賢、八郎同為知、九郎冠者等引率初参」(兵範記、保元元年七月十日)。

一八二　**源八タメトモナリ**(二二〇頁注一)　「源為朝居ニ豊後国一騒ニ擾宰府一。威ニ脅管内一。仍可レ禁ニ遏与力輩一之由、賜ニ宣旨於大宰府一」(百錬抄、久寿二年四月三日)。「〈裏書〉頭弁依院宣、宣下大夫尉為義停任事、男為知於鎮西

為事濫行、其間不加制止、不召進之犯也」(兵範記、久寿元年十一月二十六日)。「今日、右衛門尉為義〈五位〉解官、依二其子為朝、鎮西濫行事一也」(台記、久寿元年十一月二十六日)。

一八三 **嫡子ノヨシトモ**(二二〇頁注二) 「五日甲辰、蔵人大輔雅頼奉勅、召仰検非違使等令停止京中武士、左衛門尉平基盛、右衛門尉惟繁、源義康等、参入奉了、去月朔以後、依院宣、下野守義朝幷義康等、参宿陣頭守護禁中、又出雲守光保朝臣、和泉守盛兼、此外源氏平氏輩、皆悉率随兵祗候于鳥羽殿、蓋是法皇崩後、上皇左府同心発軍、欲奉傾国家、其儀風聞、労被用心也」(兵範記、保元元年七月五日)。

一八四 **アシガラノ山**(二二〇頁注九) 足柄山。相模国足柄上郡の矢倉、明神、明星辺一帯の山称、昌泰二年九月上野国碓氷峠と共に関が設けられた。箱根に連る要害の地。

金刀比羅本保元物語には、為義に対する仙洞の談合が二度描かれている。初度は、教長を使として仙洞に加担することを求める条(流布本巻上、新院為義を召さるる事に相当する)であり、再度は、義朝夜討の条における軍評定である。流布本・半井本などはこの後者を欠く。この部分が愚管抄の内容に近い。「仮令案じ候に、内裏に参集兵共、其数候といふとも、思ふにさこそ候らめ。為義此勢をもつてなどかふせがで候べき。若叶がたくして、此御所を出させ給はゞ、南都へ御幸をなし奉り、宇治橋を引て、暫世間を御覧候か。それになをかなはず候はゞ、東国へ御幸をなし奉り、あしがら、箱根をきりふさぎ、東八箇国の相伝の家人等相催して、都へ返入まいらせ候はん事、案の内に候」(本大系保元、中、九七頁)と為義が言っているのは愚管抄の記述と非常に近い、注目すべき事実。この場合、保元、原保元物語の様なものが何かあって、それを慈円が参照したとすべきか、とにかくこの前後、保元物語と共通の描写がある。なお「カウカノ山」への言及は保元諸本、初度の談合の条にあり、「マチイクサ」が不利であることは、諸本、軍評定において為朝の言葉として描いている。

一八五 **為義ニシタガハヌモノ候ハズ**(二二〇頁注一一) 特に十二年の合戦以来、関東武士が源氏に加勢し、主従の契約をした。頼義、義家と共に相模国大庭御厨を支配した梶原、大庭氏の祖、鎌倉権五郎景政や、三浦党の祖、三浦為次や山内首藤氏(東鑑、治承四年十一月二十六日)等が出兵。「因二判官代労一為二相模守一、俗好二武勇一、民多帰服、頼義朝臣威風大行、拒捍之類皆如二奴僕一、而愛レ士好レ施、会坂以東弓馬之士大半為二門客一」(陸奥話記)。

一八六 **ヒガキノ冠者**(二二〇頁注一五) なお本朝世紀、康治二年六月十三日条に「源頼盛〈字檜垣太郎〉源惟正〈字辻二郎〉忽企二合戦一。件両人源家末葉。各仮二武士名一者也。共祗二候入道大相国辺一。依二口論一結二意趣一也。於二宇治双子墓辺一張レ陣相待云々。雖レ有二戦闘之名一、已同二児子之戯一。無レ成互解散。左衛門尉源為義依二大相国命一召二禁檜垣太郎々等一畢」とある。この頼盛字檜垣太郎は多田源氏行国の子であるが、檜垣冠者と何か関係があるか。なお荘園志料によると、大和国の添上郡、城下郡に檜垣荘の名が見える。

一八七 **吉野ノ勢**(二二〇頁注一六) 「明日興福寺ノ信実幷ニ玄実、大将ニテ、吉野遠津河ノ指矢三町遠矢八町奴原相具シテ千余騎ノ勢ニテ参ナルガ」(半井本保元、上)。

一八八 **家弘**(二二〇頁注一八) 「右衛門大夫平家弘」(兵範記、保元元年七月二十七日)。正弘の子(尊卑)。「散位平家弘…家弘為義忽補判官代」(兵範記、保元元年七月十日)。

一八九 **忠正**(二二〇頁注一九) 平忠正。「禅閤(忠実)召二忠正一賜レ馬、依二十三日夜執レ賊也」(台記、久安六年五月十八日)。その子長盛は崇徳院北面(尊卑)。

正盛―┬―忠盛―清盛
　　　└―忠正―長盛

一九〇 **十一日ノ暁**(二二一頁注二六) 「鶏鳴清盛朝臣、義朝義康等軍兵都六百余騎発向白河」(兵範記、保元元年七月十一日)。

一九一 **下野守義朝ハヨロコビテ…**(二二一頁注二八) この所例えば半井本保元、上には「内裏ニテ義朝兵共ノ中ニ打立テ、紅ノ扇ノ日出シタルヲ開キツカウテ申ケルハ、我生テ此事ニ合身ノ幸也。私ノ合戦ニハ朝威ニ恐テ、思様ニモ振舞ハズ。今宣旨ヲ蒙テ朝敵ヲ平ゲ、賞ニ預ラン事、是家ノ面目也。芸ヲ此時ニホドコシ、命只今捨テ名ヲ後代ニ上、賞ヲ子孫ニ施スベシトゾ悦ケル」とあり、共通した文詞がある、注意すべき点。

一九二 **三条内裏ヨリ**(二二一頁注三〇) 三条内裏とあるが、禁裏は、高松殿の筈、この時、「此間主上召腰輿、遷幸東三条殿」(兵範記、保元元年七月十一日)とあり、一旦東三条殿に移る。三条内裏は「本院(白河)新院(鳥羽)とて、ひとつ院に御かたぐ\にて三条室町殿にぞおはしまして」(今鏡、二、白川の花の宴)とあり、三条烏丸に近い、室町にあった邸。大治元年八月十日白河法皇は新造室町殿に御幸、ここで崩御。慈円は時々感ちがいをする。

一九三　**重成**(二二一頁注三三)　「号佐渡、式部大夫、昇殿、式部丞従五下近江守一男也、母宗成女、号八島」(尊卑)。「保元乱之時候禁裏御方、平治乱之時依信頼語与同義朝合戦也後相伴没落之路於美乃国子康森辺被取籠土民等自害」(尊卑)。

「安芸守清盛朝臣、兵庫頭源頼政、佐渡式部大夫同重成ハ故院ノ御遺言ノ内ナリシカバトテ、女院ヨリ内裏ヘ進セラル」(半井本保元、上)。

一九四　**頼賢**(二二一頁注三六)　「南面ハ大炊ノ御門ノ末ニ両門アリ。東ヘヨリタル門ヲバ前平馬助忠正父子五人、摂津国源氏多田蔵人大夫頼憲承ル。都合其勢百騎ニハスギズ、同西ヘヨリタル門ヲバ為朝一人シテ承ル。西面ハ川原ナリ。為義父子六人シテ承ル。其勢モ百騎計ゾアリケル」(半井本保元、上)。

一九五　**御ムロノ宮ヱワタラセ給ヒケリ**(二二二頁注六)　「覚性法親王〈本名信法、又号泉殿御室〉。大師十二世。法皇八世。紫金台寺。鳥羽院第五皇子。母待賢門院。大納言公実女。大治四・閏七・廿生。保延元年三・廿七入室。〈七歳〉。同六年六・廿二出家〈十二歳〉。保元三・三・一直叙二品〈卅歳〉。仁安二・十二・十三初任総法務給。同日賜綱所。嘉応元寂〈四十一歳〉。廿九歳御弟子入寺。〈歌人也〉」(仁和寺御室系譜)。「上皇出御仁和寺五宮、五宮此間御坐鳥羽殿、上皇自仁和寺、被献御札於五宮、被申内、即可被奉守護由、被申彼宮、彼宮固辞、仍移居寛遍法務土橋旧房、式部大夫源重成依勅定、奉守護之」(兵範記、保元元年七月十三日)。「同十一日太上天皇於白河軍敗出家。竄仁和寺辺」(補任、保元元年)。

一九六　**上ノ御サタニテカクナル事ノハジメナリ**(二二二頁注一二)　「次令関白前太政大臣藤原朝臣可為氏長者由被宣下、此例未曾有事也。今度新議、尤未珍重無極云々」(兵範記、保元元年七月十一日)、「関白従一位藤忠通〈六十〉〈七月十一日依宣旨更為藤氏長者〉」(補任、保元元年)。

一九七　**土佐源太シゲザネガ子ナリ**(二二二頁注一四)　「トサ」は「サド」の誤りか。重実は尊卑分脈に「鳥羽院武者所、同院御時四天王其一也。保延三・々勅勘、号八島」「佐渡源太冠者」とあり、又「承暦三・八与父相共相随国房於美乃国合戦」とあり、その子、重定は「号山田先生、筑後守左兵衛」「依搦進鎮西八郎為朝之賞任筑後守」とある。猶重定が腕に七星のほくろがあるから不覚をしなかったとあるが、例えば「あらおもしろの天竺の七曜の星は曇るとも心の月は曇らじと、今三尺の剣を抜いて悪魔を払ふその為に」(秋田県由利郡熊野神社神楽歌)などは魔除けの信仰の歌で、古くから魔除けの力があるとする。

この源重実は清和源氏満政流、満仲の子孫で、歴代武功のあった武士であった。

なお半井本保元、中にも、頼長が矢に中った条には、

「新院ハ先立セ給ヌ。左府ハサガリテ落サセ給ニ、誰ガ放矢共ナキ矢ノ流来テ、左府ノ御頭ノ骨ニ立ケルゾ浅猿シキ。成隆矢ヲ抜テ捨ツ。御魂消シテ、手綱モ不知、鐙モフマセ給ズ。成隆シバシゾカヽヘ奉リタリケル。馬ハイサミハヤル。左府ハ弱セ給フ。終ニ馬ヨリ落シ奉リヌ。血ノ流ルヽ事、水ヲ流スニ似タリ。白綾ノ御狩衣血ニ染リテ紅也。只今迄ユヽシゲニ見ヘサセ給ツル御気色、今ハ云甲斐ナク成セ給ニケリ。忠正ガハセ通ケルニ、君ノカク成セ給ヌルヲヤト盛憲詞ヲ懸ケレバ、馬ヨリ下リテダキ上奉テ、馬ニ乗奉ラントスレ共、イカニモ叶セ給ハネバ、地ニ伏セ奉リ泣居タリ。小監物信頼ト云者、松ガ崎ノ方ヘ馳セ通リケルガ、是ヲ見テ、馬ヨリ下テ、御馬ニカキ乗進セントシケレ共、少モハタラカセ給ネバ、経憲ト二人シテ、近キ小家ニ掻入進テ、灸治シ奉ナントテ、御疵ヲ見奉バ、左ノ耳ノ下ノ程ヨリシテ、右ノ喉ヘ通リタル。御馬ニ召タル人ニ下リ様ニ矢ノ立事只事ナラズ、神矢ニ当セ給タル歟ト申ケリ。此矢ハ近江源氏八島ニ有ケル佐渡兵衛重貞ガ、遠矢ニ射タリケルガ、東門ノカフキ打シテ落ケルガ、下様ニ当リケルニヤ、佐渡ノ兵衛尉法性寺殿ニ申ケルハ、両馬ニ召テ候ツル人射進テ候ヘバ、サキ馬ニ奉テ候ツル、白襖ノ御狩衣ニテ、コヘ太ラカニ渡ラセ給ツルヲ射進セテ候ト申バ、左府ニコソ有ラメ。朝敵ヲ打タル者ハ世ニ有ゾトゾ被仰ケル」。

とあり、佐渡兵衛重貞が射たとする。

一九八　**悪左府ハカツラガハノ梅ツト云所ヨリ小船ニノセテ**(二二二頁注一七・一八)

「左府死生日来未定、被召出之輩、各称申趣、皆有疑殆、顕憲息僧玄顕申云、十一日合戦庭被疵、十二日経廻西山辺、十三日於大井河辺乗船、同日申刻付木津辺、先申事由於入道殿、依不知食、扶持輩渡申千覚律師房、其後一夜悩乱、十四日巳刻許薨去、即夜乗輿竊葬於般若山辺、骨肉

五体併雖不違、直殯了者、依此申状、今朝差定官使史生幷滝口三人、相具彼玄顕遣南京了」(兵範記、保元元年七月二十一日)。

「十二日、左大臣殿未ダ死終給ハズ、猶目計ハタラキ給ケリ。纔ニ宣事トテハ、入道殿ニ見ヘ奉リ見奉テ死ナバヤト被仰ケレバ、承ニ付テ悲カリケレバ、何ニモシテ南都マデ渡シ奉可トハ覚ヘネ共、若伝事モ有バ此有様ヲモ見セ進ゼントテ、昨日ノ如ク車ニ乗奉テ、嵯峨ヲ出ルニ、釈迦堂ノ前ニテ、僧徒アマタ出デ来テ、御車ヲ留進ルヲ、様々ニ乞請テ、梅津ニ行テ帷ヲ賃ニカキテ、小船二艘借テ組合テ、柴切入テ木コリ船ト号テ下ス。日暮ニケレバ、鴨川尻ニゾ止マリケル。明ル十三日木津河ニ入テ柞ノ森ノ辺ニシテ図書允俊成シテ、富家殿ニ今一度御対面申サセ給ハントテ渡ラセ給フ候。限ノ御在様ヲモ御覧ゼラルベキノ由被申タレ共、此事中々見奉ラジト被仰ケル御心程コソ推量ラルレ。走出テモ迎進度思食サレケレ共、余ノ心ウサニ、何トテカ入道ヲモ見共思ベキ。入道モ見エン共思ヌヲ。ヤレ俊成ヨ、氏長者タル程ノ人、兵仗ノ前ニ懸ル事ヤ有。サ様ノ不運ノ者ニ対面セン事コソナカリナン。目ニモ見ヘズ、音ニモ聞ヘザラン方へ可行ト被仰テ、御涙ニ咽バセ給ケリ。実ニサコソ思食ケメ。承モ悲カリケリ。俊成走返テ、此様ヲ申ケレバ、左府打ウナヅカセ給テ、御気色替セ給テ、御舌ノ崎ヲ食切リ血ヲハキ出サセ給フ。何ナル御心向共難心得、威シカリケリ。サテ何へ渡奉べシ共ナク東西暮テ覚ケル。千覚律師ヲ尋ケレ共無ケレバ、松室ノ玄顕得業ニ尋合ケレバ、急参テ輿ニ舁乗奉テ南都へ入奉ル。玄顕ガ坊ハ寺中隅院ナリケレバ、人目ヲ恐、近キ程ナル小家ニ舁入進テ、様々ニイタワリ奉リ、御飯湯ナンド勧奉レ共、露計モ御喉へ入サセ給ズ。玄顕見奉ニ悲テ、御枕ノ上ニ参テ、玄顕ガ参テ候ハ君ハ御覧候ヤト高ラカニ申ケレバ、打ウナヅカセ給へ共、見知給タル御気色ニ非ズ。七月十四日卯時ニハ彼小家ニ入奉リタリケルガ、終ニ其日ノ午時計ニ失サセ給ヌ。玄顕ヲ始テ、悲ヨリ外ノ事ハナシ。サテモ置奉べキ事ナラネバ、夜ニ入テ忍ツヽ、般若野ノ五三昧ト云所へ渡奉テ、土葬ニシ奉テ泣々帰ヌ。経憲ハ最後ノ宮仕シテ、軈而出家シテ禅定院ニ御座ス。入道殿ニ参テ、左府ノ日来ノ最後御有様共泣々語申ケレバ、御袖ヲ顔ニ押当テ御涙ニ咽テシバシ物モ不被仰。近ク参レト召テ、何ニヤ死ニケルナ。云置ク事ハ無リケルカ。我身カウ成ニ付テモ子共ノ事何ニ覚束無思置ケン。何計カ此世ニ執ノ留ケンナ。サリ共暫ハ死ナジ物ヲト思テコソ見ザリツル。サテハ死ニケル事ヨ。我膝ノ上ニテ死スベカリケルニ、只今死ニケル者ニ合デ入道ガロ説ヲシケルクヤシサヨ。哀レ摂政関白ヲモシテ、天下ノ事ヲ今一度取行ハンヲ見聞トコソ思シニ、命ノ長キモ由無事ニテ有ケリ。カヽル事ヲ見聞ハト被仰モ終ズ泣セ給フ。争カロ惜シカラザルベキ」(半井本保元、中)。

一九九 **ツネノリ**(二二二頁注一九)　経憲。頼長の兄、顕憲の子、盛憲の弟。藤原氏惟孝(高藤公四代孫)流。「新院ノ御所ニ参コモル人々ニハ、左大臣頼長左京大夫教長…蔵人大夫経憲」(半井本保元、上)とあり、「佐渡守散位従五」(尊卑)、兵範記、保元元年七月二十七日条に「散位経憲」、八月三日「経憲〈隠岐、志能景〉」とあり隠岐に配流。「蔵人大夫経憲が車をとりよせのせたてまつり、嵯峨のかたへわたしたてまつる。経憲が父、顕憲が山荘の住僧を尋けれ共、なかりければ、あたりなる小家におろしたてまつッて、日も暮にければ、今夜はこゝにとゞまりぬ」(本大系保元、中、一二一頁)。

二〇〇 **般若道**(二二二頁注二〇)　「悪左府御歳卅七と申し保元々年七月十四日の午の剋にはかなくうせ給。夜に入てのち、般若野の五三昧に送収たてまつり、各ちり〳〵に成てンげり」(本大系保元、中、一三一頁)。

二〇一 **図書允利成**(二二三頁注二八)　兵範記に依ると、七月八日条に「今日蔵人左衛門尉俊成幷義朝随兵等、押入東三条検知没官了」、又十三日条に「蔵人俊成召問云々」とあり、頼長に俊成は帯同しなかったが、保元では「また明る十三日、柞の森の辺より、図書允俊成をもつて、富家殿に告申されたりければ」(本大系保元、中、一三〇頁)とあり、愚管抄と同じく頼長の伴をした事になる。俊成でないとすれば、不明。図書寮は中務省に属する役所、その四等官の判官が丞(允)。

二〇二 **為義ハ義朝ガリニゲテキタリケルヲ**(二二三頁注三〇)　為義は東坂本から比叡山に上り、出家入道したと保元物語に見える。「為義在大津辺由、座主被申上、仍義朝以下武士数百騎馳向、夜半帰洛、無実云々」(兵範記、保元元年七月十三日)。「為義出来義朝許、即奏聞、依勅定令候義朝宿所、日来流浪、横川辺出家云々」(兵範記、保元元年七月十六日)。

二〇三 **カクテ新院ヲバサヌキノ国ヘナガシタテマツラレニケリ**(二二三頁注三二)　「今夕、入道、太上天皇、被奉移讃岐国、兼日公家有御沙汰、当日五位蔵人資長、依勅定参向仁和寺御在所奉出之、晩頭出御、網代御車〈御乳母子保成車召之〉女房同車、右衛門尉貞宗候御後、又式部大夫重成、率武士数十騎奉囲繞、於鳥羽辺乗船、乗船後、一向讃岐国司沙汰、殊可奉

守護由、被仰下了、重成帰参了」(兵範記、保元元年七月二十三日)。

「天皇我詔旨止、掛畏岐石清水爾御坐世留八幡大菩薩乃(「広前爾」脱か)恐美恐美毛申賜波久止申、前左大臣藤原頼長朝臣、偏巧二暴悪一美、妄図二逆節一弖、太上天皇(崇徳天皇)乎奏(奉か)レ勧弖、天下乎擾乱志、国家乎謀危之由、云云之説嗷々多レ端志、然間、去七月九日夜、太上天皇、偸出二城南之離宮一弖、忽幸二洛東之旧院一弖占二戦場於其処一女、結二軍陣於其中一弖、頼長朝臣度、成二狼戻之群一弖、企二梟悪之謀一、因レ茲弖、同十一日、為レ禦二凶徒一爾、差二遣官軍一須、而依二宗廟之鎮護一利、蒙二社稷之冥助一弖、謀反之輩、即以退散志奴、頼長朝臣波、中二流矢一弖終二其命一爾岐、是則神之所レ誅奈利、寔非二人之所一レ為須、廿三日爾、太上天皇乎波讃岐国爾奉二遷送一留、其外党類、或仰二刑官一弖召捕倍、或帰二王化一志弖来服須、即令下三明法博士等一勘中申所当罪名上爾、拠二無首徒(従か)律一、各可レ処二斬刑一之由乎奏世利、然而、殊仁有レ所レ念、右近衛大将藤原兼長朝臣以下十三人乎波、一等減弖遠流罪爾治賜布、合戦之輩、散位平朝臣忠貞以下二十人乎波、考二古跡於弘仁一倍、訪二時議於群卿一弖、且法律能任爾、処二斬罪一世利、夫法令駁レ俗之始奈利、刑罰波懲レ悪之基奈利、若寄重爾依弖優志、職高加為爾有波、中夏乎毛難レ治久、後昆乎毛叵レ徴加良牟、是為二眇身一爾不レ行須、唯国家爾無レ私良牟止奈利、即可レ告二申此由一之処爾、依レ憚二穢気一弖、于レ今延怠世利、故是以吉日良辰乎択定弖、参議従三位源朝臣師仲、散位従五位下源朝臣経時等乎差レ使弖、礼代乃大幣乎令二捧持一奉レ出賜布、掛畏岐大𦬇、此等状乎平久安久聞食弖、干戈永戢利、玉燭克調弖、放二馬於華山之陽一比、反二俗於栗陸之昔一志弖、天皇朝庭乎、宝位無レ動久、常磐堅磐爾、夜守日守護幸倍奉賜倍止、恐美恐美毛申賜波久止申。

保元元年閏九月八日

大内記藤原信重作」。

(石清水文書之一、八幡宮寺宣命告文部類第六、本)

二〇四 **知足院ニウチコメラレニケリ**(二二三頁注三四) 知足院は紫野雲林院の近くにあった寺らしく、「祭のかへさ…雲林院・知足院などのもとに立てる車ども」(枕草子、二二二段、祭のかへさ)とあり、西宮記には「延喜十八年十月十九日幸二北野…乗輿到知足院南…到船岡下輿就軽幄座…」(十七、野行幸)とある。なお、兵範記、久寿二年八月二日にその縁起について、「知足院事、法印仰云、建立事不知時代、已経数百歳歟、伝聞、一尺余不動明王自然踊出、其時無止聖人帰依恭敬造立小堂安置之、其後仏師見聞恵更造立同等身像、奉籠其御身中、今本仏是也。其後千乗朝臣、急有心願、造立等身釈迦像、安置其傍、其後又三尺如意輪、自然又涌出、相加給、仍見在本尊三体也云々、是薗城寺別院也」とあり、藤原武智麿流の千乗〈チジ〉、尊卑分脈によると、従五位下左少弁、岱雄〈ムオ〉の子で、従四位下左中弁木工頭であった人が建立したらしい。

二〇五 **教長メシトリテヤウヤウノスイモンアリケル**(二二四頁注一) 「又右京大夫教長卿、同於広隆寺辺出家、今同参上、左衛門尉季実召具之、其儀如成隆、但不被召問、可有議定云々」(兵範記、保元元年七月十四日)。「今夕教長入道被問注之、其儀、以東三条西中門廊、准官庁為其座、北遣戸下横切敷大弁座、西壁下敷中少弁上官等座、右大弁朝隆卿着座〈母重服〉左中弁雅教朝臣〈頭〉右少弁資長〈蔵人〉左大史小槻師経、以下同着座〈北上東面〉教長入道相対大夫史座令召候、次大弁問之、其詞云、去十一日、於新院御在所、整儲軍兵、欲奉危国家子細、依実弁申者、教長出詞、文章生史執筆注之云々、此外子細不能委細」(兵範記、保元元年七月十五日)。この時、東三条殿で官の庁に準じて、弁官・大夫史・大外記等が尋問した。

二〇六 **長者**(二二四頁注四) 太政官の史、史生、官掌等の長で官務という。左大史が左右弁官局を総轄し、上首の左大史が長者、官務と称された。「官長者職の事。小槻氏累代相続也。晨照宿禰・同晴富、五条の坊門壬生に居住す。是は前官務也。当官務長興宿禰は、綾小路大宮に私宅あり。近来は土御門大宮也。日本国中神社仏寺の草創縁起及五畿七道の荘園田畠等に付て御尋の時。古今の法令文書を引勘侍て申上る重役也。仍官外記を両局と号す」(公武大体略記、諸道)。

二〇七 **大夫史**(二二四頁注五) 太政官の官人である史は六位相当であるが、五位相当の者を特に大夫史、又は史大夫といい、多く小槻氏が任ぜられた重職であった。外記と同じく太政官の文書を司るが、大外記・少外記は少納言局に属し、左大史・左少史は左弁官局、右大史・右少史は右弁官局に属す。その関係を図示すれば次の如し。

太政大臣
左大臣 (長官)
右大臣
大納言(次官)

少納言 大外記 少外記 史生
左大弁 左中弁 左少弁 左大史 左少史 左史生
右大弁 右中弁 右少弁 右大史 右少史 右史生

(左右弁官少納言を判官、左右大少史・大少外記を主典、史生とその下に有左官掌・左使部・右官掌・右使部を雑任という。)

「史八人〈左右〉大史各二人〈相当正六位上、唐名尚書左右大都事〉。中古以来、小槻宿禰為二一史一。行二官中事一。謂二之官務一。多是五位也。其余彼一族及門徒等依二器量一任レ之。凡官務者、太政官文書悉知レ之。枢要之重職也。小槻氏称二禰家一。宿禰之義也」(職原抄)。「除目左大史二人転任下(了カ)、二人六位也、例左大史一人五位也」(小右記、寛弘八年二月四日)。「上卿の宰相・大外記・大夫史にいたるまで、みなあきれたるさまにぞみえたりける」(平家、三、大臣流罪)。「いまは昔、主計頭小槻当平といふ人ありけり。…主計頭、主税頭、助、大夫史には、異人はきしろふべきやうもなかんめり(大夫史には小槻氏以外はなれなかった)」(宇治拾遺、十の九)。

二〇八 **大外記**(二二四頁注六) 大外記は太政官に属し、文書の作製に当るが、六位相当。清原氏・中原氏が任ぜられる。平安末期には太政官の三局が大外記にひきいられる外記局と左大史にひきいられる弁官局とになってゆき、官長者がその長として臨むようになって来ていたので、愚管抄でも「長者・大夫史(長者以外の左大史など)・大外記」と書いたのであろう。

「外記〈大二人。相当正六位上。近代五位。少二人。相当正七位上。唐名外史〉。太政官中有二三局一。左右弁官〈左右大史掌二其局一〉外記是也。近代左大史兼二左右一。此云二官務一。外記上首此云二局務一。仍令レ称二両局一也。外記恒例臨時公事除目叙位等事奉行之官也。尤為二重職一。近代清中両家任二其職一。於二少外記一者。彼両家輩。同門生等。依二器量一任レ之」(職原抄)。「大外記。往年多以二文章生一任レ之。近代以二明経譜第者一任レ之。五位二人例。〈始レ自二広人・田使・師平等一〉。兼二大夫史一例。〈広人〉。兼二受領一例。〈始レ自二比良麿一〉。歴レ史者任例。〈春正・清方〉。六位外記叙留例。〈三統・理平〉。権大外記例。〈安成〉。両度任例。〈久義・義行・頼隆・定俊〉。三度任例。〈田使・師忠〉」(官職秘鈔)。

「大外記〈外史二人〉清家中家両流なり来る。上首の外記をば局務と申す。天下の文書をかき、近き先例を勘へ、よろづの公事を奉行す。其家ならでは更他人のならぬ官也。昔より重代の仁の外は任る事なし。外記局に古今の文書をさめ侍れば、天下の明鏡の職也。二人可レ有。或三人四人も有」(百寮訓要抄)。

「外記。諸事ヲ記ス事ヲ主リ恒例ノ公事臨時ノ叙位除目等ノ事ヲ奉行ス。又宣旨ヲ書ク役也。先例ヲ考フル役ナレバ昔ヨリ定マリタル其家ニアラズシテ是ニ任ズル事ナシ。古今ノ文書ヲヲサメ天下ノ明鏡タル職也。位階ハ五位ニ叙スル也。大外記・少外記アリ、大三人或ハ四人、少三人ナリ、唐名、外史、門下録事」(有職袖中鈔)。

「諸道の中に大少外記史は清原、中原両氏、累代の家業也。当代清三位業忠〈法名常忠〉は、昔の清大外記頼業〈法名翌順〉が苗裔也。中家には師郷〈法名覚順〉・師世・師勝・師藤・師有等也。何も経典の儒者を兼じて、明法・明経道博士に任じて天下の公事を記録し、四書五経等の読書に参仕す。其外公武の御沙汰、賞罰の次第、御尋に付て、旧記を引勘侍て注進申重職也」(公武大体略記、諸道)。

なお補注3-四三参照。

5　巻第五

一　**懺法行ヒナドセサセ給ヒケリ**(二二五頁注一二)　「五月十四日。於㆓内裏㆒供㆓養七宝御塔㆒。即又行㆓御懺法㆒。希代例也。殊有㆓叡念㆒所㆑被㆑行也」(百錬抄、保元二年)。

二　**引イラレニケリ**(二二五頁注二一)　白河法皇が関白忠通を「昔心ノ人」と評した時期は明確でない。関白拝命直後と推定されるが、当時の記録類には所見しない。しかし保安三年七月二十二日の「大学寮廟堂頽壊」、十二月十五日の「外記庁侍従所修造以後始有㆑政」(百錬抄)の事実、同年七月に「内裏御修理、来月十三日以前可㆓造畢㆒」(朝野群載、九)の発令があったことからすると、このころであったと推測される。

三　**二年ガ程**(二二五頁注二六)　「清澄注進、代々内裏造畢年限事。一、大内…保元二年二月十八日事始、同年三月廿六日上棟、同年十月八日遷幸」(園太暦、貞和二年七月廿一日)。

四　**算**(二二六頁注一)　「唐算ト云ハ和漢トモニ中古迄用ヒ来ル算法ナリ。紙ニ竪横ノ筋ヲ図シ其内ニ横ニ大小数ヲ列ネ書シ、竪ニ方廉隅及ビ三乗四乗五乗ノ位次ヲ書テ算盤トシ、其上ニ算木ヲ布キ、一ヨリ五、五ヨリ九、各竪横ノ列ネ様有テ不㆑紛如クシ、皆九々ノ数ヲ以テス。演段ノ位数繁多ニテモ、此法ヲ以テ不㆑成コトナシ」(籌算式)。

五　**諸国ニスクナ〳〵トアテ、**(二二六頁注六)　「つぎのとし(保元二年)…十月におほうちつくりいだしてわたらせ給。殿や門などの額は関白殿(忠通)かゝせ給。宮つくりたる国司など七十二人とかくらゐ給けり」(今鏡、三)。造大内裏勧賞の詳細は兵範記、保元二年十月二十二日・同二十七日に所見。

六　**内宴**(二二六頁注八)　「廿二日。被㆑行㆓内宴㆒長元七年以後歴㆓百廿三年㆒、今被㆓興行㆒。一昨日依㆑雨延引。関白(忠通)幷太政大臣(宗輔)已下為㆓文人㆒」(百錬抄、保元三年正月)。他に今鏡、三にも所見。

七　**妓女**(二二六頁注九)　「五月廿九日、覧㆓内教坊舞姫㆒近代断絶。興㆓行之㆒」(百錬抄、保元三年)。

八　**アサマシキ程ニ御寵**(二二六頁注一九)　「近来都に権中納言兼中宮権大夫右衛門督藤原朝臣信頼卿と云人おはしけり。…文にあらず武にあらず。能もなく芸もなく、只朝恩にのみほこり、父祖は年闌齢傾て纔に従三位までこそ至りしが、是は后の宮の宮司・蔵人頭・宰相中将・衛府督、検非違使別当より纔に三箇年が間に経上て、年二十七にして中納言右衛門督にいたれり」(平治物語、上)。

九　**俊憲等才智文章ナド…**(二二六頁注二九)　「俊憲卿書㆓内宴序㆒〈西岳草嫩馬嘶㆓周年之風㆒。上林花馥鳳馴㆓漢日之露㆒。ト〉之時、持㆓来通憲入道之許㆒令㆓見合㆒ケレバ、一見之後、刻限已至、早清書ト云ケレバ、猶一両返読ナドシテ、有㆓沈思之気㆒。起後、入道云、コヽガ法師ニハマサリタルゾトテ涕泣云々。件序、入道モ書儲、懐中ニ持タリケレド、尚劣タリケレバ不㆓取出㆒云々」「安芸守基明(俊憲男)嬰子之時、正月戴餅之間、少納言入道(信西)祝言、才学者如㆓祖父㆒文章者如㆑父云々」(古事談、六)。

一〇　**記録所オコシ立テ**(二二六頁注三一)　今鏡、三、おほうちわたりには後白河天皇の治績として「記録所とて後三条院のれいにて、かみは左大将公教、弁三人、より人などいふものあまたおかれ侍て、よの事をしたゝめさせ給」と記する。平治物語、上には信西(通憲)の事業として「記録所をおき、訴訟を評定し理非を勘決す」とある。

一一　**信西ガ子**(二二六頁注三三)　尊卑分脈によると通憲子息十五人。俊憲、貞憲、成範以外、少納言是憲、参議脩範、法印静賢、同澄憲、光憲、法橋寛敏、憲曜、権僧正覚憲、権大僧都明遍、権僧正勝賢、行憲、憲慶。僧になったもの十名。

一二　**意趣コボリニケルナル**(二二六頁注三七)　天明本欄外注「浚明案に意趣こほりける、諸本同じ。さらば凝〈コ、ル〉の意にて有べし。籠と似て少しく異也。氷の凝結などいふに同じ。然し下に意趣の籠らざらんと有に依ば書誤にても有べし」。

一三　**吉峰ノ往生院**(二二七頁注四二)　「治承三年四月廿七日…向㆓善峯別所㆒。…経㆓善峯本堂前㆒、…有㆓一草菴㆒。…去㆓此菴室㆒五六町、在㆓西北山上㆒号㆓往生院㆒。女人不㆑登㆓此坂上㆒。…件持仏堂西南方…岸下有㆓三間菴室㆒。故信乃入道〈少納言入道信西子〉入滅所也。臨終正念云々」(山槐記)。

一四　**シゲノリ(成範)ヲ清盛ガムコニナシテケルナリ**(二二七頁注五四)　平家物語、一、吾身栄花(本大系上巻、九三頁)に清盛の娘につき次の記事がある。「一人は桜町の中納言成範卿の北の方にておはすべかりしが、八歳の時御約束斗にて、平治のみだれ以後引ちがへられ、花山院の左大臣殿(兼雅)の御台盤所にならせ給て、君達あまたまし〳〵けり」。

一五　**執権**(二二七頁注六六)　「記録所弁事、延久保元共蔵人弁為㆓執権㆒」(玉

葉、文治三年二月十七日)。保元の記録所執権は蔵人と弁官を兼ねた俊憲が在任した。しかし「天下ノ執権」とは記録所弁のことではなく、院庁の権勢を自由にしたものの意である。

一六 **師仲源中納言**(二二八頁注六) 「信頼、信西が御前にて申ける事を洩聞、やすからぬ事に思ひ、伏見の源中納言師仲卿をかたらひ、所労とて常は伏見に籠居て、馳引、逸物の馬の上にて敵に押並、引組て落る様、武芸のみちをぞ習ける。是は偏に信西をほろぼさむ為の謀なり」(平治物語、上。本大系一九二頁)。

一七 **(統子内親王)母后ノヨシトテ立后**(二二八頁注一三) 「としもかはりぬれば(保元元年)…前斎院とていまの上西門院をはしましゝを、御母にしたてまつらせ給とぞうけ給はりし。はゝ后美福門院をはしませば、べちの御母は、なくてもおはしますべけれども、いますこしねんごろなる御心にや侍けん」(今鏡、三)。「皇后統子内親王保元々年二月三日准母儀」(編年記、廿一、後白河)。

一八 **重成**(二二八頁注一五) 「佐渡式部大夫重成御車の前後を守護し奉り大内へ御幸なしまいらせて、一品の御書所に打籠たてまつる」(平治物語、上。本大系一九四頁)。

一九 **光基**(二二八頁注一六) 「蔵人、従五下、伊豆伊賀守、使左衛門尉叙留、母藤原佐実女、保元乱候二内裏一」(尊卑)。

二〇 **季実**(二二八頁注一七) 「左衛門少尉保延六・四・三、使宣仁平三・正・廿八、使従五下平治元・正・廿六叙留、母下毛野敦俊女、平治元・十二・卅被二斬首一了。保元乱ノ時祗二候禁中一為二官軍一発向、則召二進教長卿一。保元元・八・二停任。是少納言入道信西天王寺参詣共事依レ令二辞退一、申沙汰之、籠居。平治元・十二月信頼謀反同意。仍還任、又任二河内守一。信頼敗北、仍又解官」(尊卑)。

二一 **一本御書所**(二二八頁注一八) 「一本御書所 在二侍従所南一有二公卿別当・預弁書手・熟食一。世間書一本進二公家一進二月奏一。仁王会相分書二呪願一」(西宮記、臨時五)。

二二 **重成ハ後ニ死タル所ヲ人ニシラレズ**(二二八頁注一九) 「保元乱之時、候二禁裏御方一、平治乱之時、依二信頼語一与二同義朝一、合戦之後、相伴没落之路、於二美濃国子康森辺一依レ被レ取二籠土民等一、自害」(尊卑、重成)。自害のさまは平治物語、中(本大系二五五頁)に詳しい。愚管抄のこの記事はそれを前提としているかもしれない。

二三 **師光**(二二八頁注二六) 「侍子為二公卿子一例、依二勅定一為レ子。少納言入道信西家従也。後白川院近習、為二伝奏一。北面、仙洞御倉預、左衛門尉、元小舎人童」(尊卑、師光)。「故少納言信西がもとにめしつかひける師光・成景と云者あり。師光は阿波国の在庁、成景は京の者、熟根いやしき下﨟なり。健児童もしは格勤者などにて召つかはれけるが、さかしかりしによつて、師光は左衛門尉、成景は右衛門尉とて、二人一度に靫負尉になりぬ」(平家物語、一。本大系上巻、一二六頁)。

二四 **成景**(二二八頁注二七) 「少納言通憲家人。依二父盛重例一童形之時候二北面一。鳥羽院御寵童、後白河院御代被レ召二近習一聴二奏事一云々」(尊卑、成景)。

二五 **田原**(二二八頁注三二) 「伊賀と山城の境田原が奥へぞ入給ふ。石堂山の後、志賀楽が嶺を遙にわけ入に天変あり」(平治物語、上。本大系一九九頁)。「件信西於二志加良木山一自害。前出雲守光保所二尋出一也」(百錬抄、平治元年十二月十七日)。

二六 **本星命位**(二二九頁注三九) ことによると本命星位を誤ったのかもしれない。本命星は北斗七星に金輪星・妙見星を併せた称。平治物語、上(本大系一九九頁)には「天変あり。木生(星)寿命亥にあって、大伯経典(天)におかせる時は、忠臣君に替奉るといふ天変也」と記している。

二七 **御書所**(二二九頁注四五) 当時内裏に内御書所が設置せられていたことは皇代記、後白河に「保元二年十月廿六日戊午、始被レ置二内御書所一」と記されているので知られる。しかし以前も設置されたことがあり、西宮記、臨時五に「内御書所、在二承香殿東片庇一、延喜始、依レ勅有二仰事一、有二別当・開闔衆等一。熟食、或仰二穀倉院一令レ買二進旧位禄一充二雑用一同二楽所一」とある。

二八 **除目行ヒテ**(二二九頁注四七) 信頼が除目を行ったのは平治元年十二月十四日である。古活字本平治物語、上(本大系四〇八頁)には「やがて除目おこなはる。信頼卿は、もとよりのぞみを懸たりしかば、大臣大将をかねたりき。左馬頭義朝は、幡磨国をたまはて幡磨守になる。…」とある。

二九 **頼朝**(二二九頁注四九) 「保元三・二・三皇后宮権少進(上西門院立后日、歳十二)、同四・正・廿九兼二右近将監一。同二月十三日止二少進一。補二上西門院蔵人(本宮院号日)一、同三月一日服解(母)。同六月廿八補二蔵人一、同十二月十四日任二右兵衛権佐一。同廿八日解官。永暦元・三・十一配二流伊豆国一

…」(補任、元暦二年、源頼朝)。頼朝が右兵衛権佐に任じられたのは平治元年十二月十四日。

三〇　**夫コシカキ人ニ語リテ**(二二九頁注五二)　信西の隠れ場発見に関し平治物語、上(本大系二〇〇―二〇一頁)には異説が示されている。秘密を洩らしたのは輿かき夫ではなく、通憲の形見を持って帰京する舎人成沢が光保らに捕えられ白状したことになっている。

三一　**光康**(二二九頁注五三)　「出雲守、従五下、使左衛門尉、昇殿、平治乱与二同信頼卿一。永暦元・十一座レ事配二流薩摩国一於二川尻一被レ誅了」(尊卑、光保)。

三二　**ワタシ**(二二九頁注六二)　日葡辞書「トガニンヲカラメテ、オヲチ(大路)ヲワタス」。通憲の首の大路渡しは平治元年十二月十七日に行われた。百錬抄、同日条「少納言入道信西首、廷尉於二川原一請取、渡二大路一懸二西獄門前樹一」。

三三　**男、法師ノ子ドモ数ヲツクシテ諸国ヘナガシテケリ**(二二九頁注六三)　通憲の子息らの流罪は平治元年十二月二十二日に決定した。その名と配流先きを記しているのは平治物語、上(本大系二一二―二一三頁)であるが、公卿補任等によると、事実は次のとおりに決定した。一男俊憲は越後国のちに阿波国、三男成範は下野国、五男脩範は隠岐、是憲は佐渡国、僧静賢は安房国のちに丹波国、僧寛敏は上野国、僧覚憲は伊豆国、僧憲曜は陸奥国、僧勝賢は安芸国、僧澄憲は下野国、僧明遍は越後国。

三四　**熊野詣**(二二九頁注六六)　清盛の熊野詣出発の年月日は平治物語、上(本大系一九三頁)の「平治元年十二月四日、太宰大弐清盛は子息重盛相具して年籠と志し、熊野へ参詣せられけり」以外に徴すべき史料がない。

三五　**思ヒワヅラヒテ**(二三〇頁注六)　信頼・義朝謀反の報道に接した清盛の苦慮について平治物語、上(本大系二〇七頁)に詳しい。注目されるのは愚管抄と同じく、「熊野の別当湛増田辺にあり。御使を立られければ、兵二十騎たてまつる。湯浅権守宗重卅余騎馳参。彼是百余騎になり給ふ」と湛増・宗重の協力を伝えていることである。

三六　**基盛**(二三〇頁注七)　かれは早世して公卿にならなかったので、官職の経歴は明確でない。現在判明する範囲では保元三年八月五日の除目で大和守(兵範記)、同年十二月二十九日に淡路守(兵範記)に任ぜられている。基盛が越前守に任ぜられたのは平治乱の翌年の永暦元年十二月二十九日の除目においてであった(山槐記)。越前守以前の基盛の任国は遠江国であった。淡路守から遠江守に変わった事情は不明であるが、ことによると平治乱直後の永暦元年正月二十一日かもしれない。この日の除目で弟の宗盛が遠江守から淡路守に遷任しているからである。いずれにしても、平治乱当時に基盛が越前守でなかったことは確実である。なお基盛は越前守に在任中、応保二年三月十七日に死んだ(山槐記)。

三七　**宗盛**(二三〇頁注八)　宗盛は、公卿補任によると、平治乱以前、保元二年十月二十二日に叙爵されたのみで官職に任補されていなかった。乱の直後の平治元年十二月二十七日の除目で勲功として遠江守に任ぜられ、翌永暦元年正月二十一日に淡路守に移った。したがって愚管抄が淡路守とするのは乱当時の事実を記したのではない。宗盛の出生日時は不明であるが、久安三年の出生で平治乱当時十三歳であったことは、公卿補任所載の年齢から推測される。

三八　**湯浅ノ権守ト云テ宗重**(二三〇頁注一三)　湯浅氏系図では宗重以前は記載がない。宗重の参加については補注5―三五参照。

三九　**熊野ノ湛快**(二三〇頁注一六)　熊野山は本宮・新宮・那智の三山にわかれ、それを総括するものとして検校があるが、別当は弘仁三年に快慶が任じられて以来、在地人が起用され、血統相続したことが多かった。湛快は第十八代であって、その父長快は第十五代別当であった。熊野山別当と源平両氏との関係は東鑑、元暦二年二月十九日の記事にその一端が現われている。

四〇　**腹巻**(二三〇頁注二二)　腹巻鎧の形状について本朝軍器考、甲冑に次の記事がある。「其制大ヤウハ鎧ニカハラネド、前ヨリ左右ニ繞リテ後ニテ引合ス。又背板トイフモノヲモテ後ノ透間ヲフサグ事、タトヘバ鎧ノ脇立ノ如シ」。

四一　**文覚**(二三〇頁注二三)　文覚は摂津河内に勢力があった渡辺党武士の一族で上西門院の侍として朝廷に仕えた。平家物語、五(本大系三五三頁)には次の記事がある。「彼文覚と申は、もとは渡辺の遠藤左近将監茂遠が子、遠藤武者盛遠とて、上西門院の衆也」。

四二　**八条太政大臣**(二三〇頁注三四)　三条実行の邸宅は八条北万里小路西にあった。山槐記、永暦元年十二月四日に次の記事がある。「次向二入道前太政大臣(実行)亭一〈八条北、万里小路西〉」。

実行は久安六年八月二十一日太政大臣昇任、保元二年八月九日上表辞退、永暦元年正月三十日出家、応保二年七月二十八日薨去。実行の通称

が八条太政大臣であったことは公卿補任、永暦元年の条に徴証があって確実である。

四三 **惟方**（二三〇頁注四二） 惟方は二条天皇が東宮となった久寿二年九月二十三日に春宮大進となった。兵範記、同日に次の記事がある。「立太子事、今上(後白河)一宮守仁親王…今朝親王(守仁)渡御、法皇(鳥羽)御同車、…被レ行二除目一。…大進正五位下藤原惟方〈兼二右衛門権佐・遠江守・院判官代一〉」。

四四 **信頼同心**（二三一頁注四四） 惟方らが信頼同心をよそおったことについて平治物語、上(本大系二〇一頁)には次のごとくしるされている。「出雲前司光泰、信頼に此由(信西死体発見)申せば、同(十二月)十四日別当惟方同車して、光泰の宿所神楽岡へ行向て実検、必定なれば、十五日には大路をわたし、獄門に懸らるべしと定めらる」。

四五 **知通・尹明**（二三一頁注五二・五四） 知通の家系は尊卑分脈に次のごとく記載されている。「貞嗣―高仁―保蔭―道明―尹文―永頼―能通―実範―季綱―尹通―知通。蔵・策・文・式、正五下、常陸介、東(宮)学士、母所監忠季女、永治元・十一・廿一卒、四十」。

知通子の尹明の経歴は次のごとくしるされている。「蔵・策・式、安徳天皇鎮西御坐之時、補二蔵人一、兵部少輔、文章生、母花園左府(有仁)家女房昭」。

四六 **非蔵人**（二三一頁注五五） 職原抄は次のごとく記す。「蔵人所、非蔵人〈無二員数一〉 重代諸大夫之中、未レ補二蔵人一之間、先遂二昇殿一、此云二非蔵人一」。

四七 **六波羅へ行幸** （二三一頁注六二） 日時について百錬抄は次のごとく記す。「廿五日夜主上・中宮(姝子)偸出二御清盛朝臣六波羅亭一、上皇(後白河)渡二御仁和寺一」。

四八 **牛飼バカリ**（二三一頁注六六） 行幸の車には必ず附添うはずの随身・車副などが用意されなかったことをさす。

四九 **伊予内侍**（二三二頁注二五） 清和源氏。尊卑分脈によると、家系は次のとおりである。「貞純親王―経基王―満仲―頼親―頼房―頼俊―頼治―親弘―女子〈伊予内侍〉」。

父の親弘は摂津国豊島に住し豊島を名のり、久寿二年十二月二十五日の除目において相模守の重任が認められた。兄の親治は大和国宇野に住し、保元乱に先だって左大臣頼長側の有勢者として保元元年七月六日に平基盛によって捕えられた。伊予内侍がいつ二条天皇の内侍となったかは今のところ不明である。保延五年生まれであったから平治元年の乱当時は二十一歳であった。二条天皇崩御後は内侍は六条天皇に仕え、仁安三年二月十九日に高倉天皇が受禅すると新帝に奉仕し(兵範記)、勾当内侍として活躍したが、安元元年八月十日三十七歳で病没した(山槐記)。地方武士出身の内侍として、その行実が少しでも判明しているのは注目される。

五〇 **シルシ(璽)ノ御ハコ**（二三二頁注二九） 璽筥に納めるものは多く神体と観念されていた。中右記、大治二年十月十四日に次の記事がある。「両宰相参入、則持二来草一披見之処、以二八幡璽御筥一為二御正体一之由、書入也」。愚管抄のこの場合は、神器の八坂瓊曲玉を納めた箱のことである。その例証の一は、讃岐典侍日記、上に嘉承二年七月六日堀河天皇のこととして、「枕がみなるしるしのはこを御むねの上におかせ給ひたれば、ことにいかにたへさせ給ふらんとみゆるまで、御むねのゆるぐさまぞ、ことのほかに見えさせ給ふ」との記事があげられる。その形状を記載しているのは花園天皇宸記、応長二年二月十八日が唯一である。

五一 **玄象**（二三三頁注三七） 禁秘御抄に次の記事がある。「累代宝物也。置二中殿御厨子一。根源様、人不レ知レ之。掃部頭貞敏渡唐之時所レ渡琵琶二面、其一歟。紫檀直甲也。大宋人云、紫檀大概不レ可レ過二六七寸一、直甲之条不レ信云々。但此甲非二只物紫檀一也。凡此琵琶云レ体云レ声、不可説未曾有物也。為二霊物一人為レ跡之時有二貴人一如何跡ニハスルゾト云テ入二人夢一、皆著二直衣一人也。霊物中越レ他、以二不浄手一不レ可レ取。昔無レ覆、自二近比一有二沙汰一有二覆幷台一〈紫唐綾無文也。台摺貝〉。此琵琶霊験、内裏焼亡之時飛出。撥面文消、所々有二赤色一、不レ知二其絵一。代々有二沙汰一未レ決。俊房公曰、良通云琵琶、移二玄上一、彼撥面文不レ可レ違。彼唐人打レ毬形也。或云、玄象呑二青鉢之水一所レ謂号二玄象一。又玄上宰相献二延喜帝一仍号二玄上一。両説也。但妙音院入道(師長)付二玄上説一歟」。

五二 **スヾカ(鈴鹿)**（二三三頁注三八） 禁秘御抄、上に「一鈴鹿、与二玄上一同累代宝物也。但毎年御神楽、万人用レ之。子細不レ及二玄上一」とある。

五三 **ダイトケイ(大刀契)**（二三三頁注四〇） 禁秘御抄、上、大刀契に「大刀契。匡房記、顕実曰、鉾剣三尺、或二尺、総十、其中一剣背有レ銘。北斗左青竜右白虎。其外不レ見。是自二百済一所レ被レ渡二剣之一歟。日月護身之剣、三公闘戦之剣歟。但節刀可レ有二其外一。注二青竜一之条、似二六典所レ称之傳

符一。若遣二大将軍一之時、可レ用歟。通俊曰、長徳連署之説、以レ之為二大刀一。匡房曰、長徳連署不レ見歟云々已上。鈴印、同記、俊実・通俊曰、件鈴太有レ興物也。或六角、或八角云々〈以上〉。少納言伺二見之一歟。又節刀鎰。天暦帝(村上)付二宝剣一帯取、不レ離二御身一云々。誠我国至極宝物者也」とある。大刀は百済国から献上された二剣の一で背に銘文があり、大将軍に授けられる節刀として用いられる説があったこと、契は鈴であり、村上天皇の時には宝剣に付していたことが知られる。

なお契については日本紀略、天徳四年十月三日の条に温明殿被災後の事実として「其中有二節刀契七十四枚一皆魚形也。自二背中一別レ両各有レ銘、併全不レ損。長各二寸余許。八枚金、十四枚銀、五十二枚銀塗物」の記事がある。

五四　**殿上ノ御倚子**(二三三頁注四二・三九)　殿上の御倚子は天皇在位の象徴の一つと考えられ、譲位の時に新帝の方に渡される慣例であった。兵範記、仁安三年二月十九日には譲位する六条天皇から新帝高倉天皇に渡されたものとして「今日被レ渡二御物等一。玄上・鈴鹿・笛筥〈在二納物一〉・御硯筥・御剣〈献二摂政殿(基房)一自二殿下一又被レ献レ之〉・獅子形・大床子三脚・同御厨子二脚・日記御厨子二脚・四季御屏風・殿上御倚子・御帳二基〈昼御座・夜御殿〉・夜大殿燈楼四・小板敷前燈楼・膳棚・時簡〈杭四〉・御笏筥・式筥。已上見在」があげられている。

五五　**中ノ殿…六条摂政・中院**(二三三頁注五六)　基実の称号について今鏡、五、ふぢのはつはなは次のとおりに記している。「六条の摂政と申なるべし。またなかの摂政殿と申人もはべり。太郎におはせしかど、中の関白と申しやうなるべし。このつぎの一の人には、いまの摂政おとゞ(基房)をはします」。中院摂政については百錬抄、養和元年二月十七日に「従三位通子〈故中院摂政女〉有二准三宮事一。依レ可レ為二帝准母儀一也」。

五六　**青蓮院・白河房**(二三四頁注二・九)　前身は比叡山延暦寺東塔南谷にあった青蓮房である。この房の創建年時は不明であるが、寛治六年(一〇九二)に既に存在していたことは確実である。山城国八瀬刀祢乙犬丸はこの年の九月三日付解で青蓮房僧都政所に対して、大僧正に申請して杣夫役免除が実現するように要望した。青蓮房僧都がだれであるかは明らかでないが、行玄が生まれたのは、寛治六年から五年後の承徳元年であるから、行玄でないことは確実である。行玄は関白藤原師実の息であって寛慶・忠尋に師事した。行玄がいつこの房を相続したかはつまびらかではないが、房から院への改称は行玄の時に行われた、と推測される。行玄の孫弟子に当たる慈円は寿永二年(一一八三)七月二十五日をもって、師の覚快法親王から相続した山上の青蓮院に初めて移徙した。

現在青蓮院が存在する京都市東山区粟田口三条坊町に堂舎が建立されたのは、寺伝によると、仁平三年(一一五三)十月であり、鳥羽法皇の命によって法皇第七皇子で行玄に入室した覚快法親王所用の房舎として建立されたのが初めである、という。この建立については確証はないが、当時行玄が付近の大谷に房舎を持ち、この年の十月五日に焼失したことが本朝世紀に所見する。ことによると寺伝はこの事実と関連があるかもしれない。いずれにしてもこの房舎は、覚快法親王が保有し親王から慈円に譲られた白河房(玉葉、寿永二年七月廿五日所見)であることは確実であろう。しかし慈円は白河房のほかにも十楽院を相続し、吉水房を創建したので、現在の房舎がそのいずれに当たるかもつまびらかでない。また現在の青蓮院がいつごろから山上の青蓮院に代って青蓮院本坊となったかも確実なことは不明である。

五七　**法性寺座主**(二三四頁注五)　覚快が法性寺座主となったのは華頂要略によると久安六年十月十七日、座主を弟子道快(慈円)に譲ったのは治承二年閏六月二十九日である。

五八　**日本第一ノ不覚人**(二三四頁注一二)　義朝が信頼を罵倒したことについて平治物語、中(本大系二四一頁)に東国に逃走しようとする義朝が信頼に対して「「日本一の不覚仁、かゝる大事をおもひ立て、我身も損じ、人をもうしなはんとするに、にくひ男かな。」とて、大の鞭をぬきいだし、信頼の弓手のほうさきをしたゝかにこそうたれけり。信頼卿返事もし給はず、鞭にてうたるゝ処をしさすり〳〵ぞせられける」と振舞ったとしている。

五九　**ダイトケイ(大刀契)ノ唐櫃ノ小鈎**(二三四頁注一六)　大刀契のうち節刀には鎰が付属し村上天皇が常に肌身を離さず持っていたことは補注5―五三所収の禁秘御抄に見えている。しかし大刀契を納める唐櫃には元来鎖鎰がなかったようである。中右記、寛治八年十一月一日には「参内、先付二内侍所一召二集古老女官等一問二節刀櫃本様一之処、申云、長四尺許黒漆〈但、其中朱〉無二鎖鎰一只以レ綱結レ之者、則以二此旨一可レ作之由召二仰行事史一了」と記載されている。

六〇　**唐櫃ノ小鈎ヲ守刀ニ付タリケル**(二三四頁注一七)　大刀契唐櫃付属の鈎

を守刀に付したのはだれであるか。愚管抄の本文では不明であるが、十三世紀に著わされた塵袋には「平治ノ乱ニハ信頼ガ大刀契ノ櫃ノカギヲ腰ニツケタリケルヲ師中納言(師仲)コヒトリタリ。後ニ成親卿トリテ院(後白河)ニマキラセタリケル。成親ガコトニアヒケルニハ、ソレヲ奉公ダテニシテ、トガヲユリント申シケルト申也」とあって、信頼と明示している。

六一　**内侍所ノ御体**(二三四頁注一九)　師仲が内侍所の神鏡を懐抱したことについて、百錬抄、永暦元年四月二十九日に「内侍所神鏡奉レ納二新造辛櫃一。去年十二月廿六日信頼卿乱逆之間、師仲卿破二御辛櫃一奉レ取二御体一於二桂辺一経二一宿一。其後奉レ渡二清盛朝臣六波羅亭一造二仮御辛櫃一奉レ納。自二師仲卿姉小路東洞院家一所レ還二御温明殿一也」とある。また古事談、一には「平治乱逆之時、師仲卿奉レ取二内侍所一奉レ安二置家〈姉小路北、東洞院西南角云々〉之車寄妻戸中一。其体新外居〈足高〉之上敷二薦一枚一乍レ裹奉レ置云々。翌日奉二尋出一、内侍一人博士已下女官等参二仕之一、奉二裹替一之後、渡二御大内一。供奉職事一人近将二人云々」とある。

六二　**馬ノシリニウチグシテ**(二三四頁注二五)　義朝が武装し郎等を伴って出陣したのは六波羅攻撃のためと思われるが、平家側の大内裏攻撃より前に行われたとは思われないので、この「馬ノシリニ」以下「ウチワカレニケリ」の文章は錯簡か、それとも著者慈円の事実誤記かもしれない。

六三　**六波羅ヨリハヤガテ内裏ヘヨセケリ**(二三五頁注二六)　平氏側の大内裏攻撃について百錬抄、平治元年十二月廿六日に「遣二官軍於大内一追二討信頼卿已下輩一。官軍分散。信頼兵乗レ勝襲来。合二戦于六条河原一。信頼義朝等敗北」として、攻撃側が一時敗北したことを示している。平治物語、中(本大系二二一頁以下)には待賢門の合戦が詳述されている。

六四　**堀河ノ材木**(二三五頁注三三)　堀河には材木商人が座を組織して営業し祇園社神人として活躍した。「同(元慶)三年感之余、被二寄二附堀河十二町一云。以レ流為二神領敷地一、以二材木商人等一被レ補二神人一〈左右方三百六十人〉」(祇園社記)。平治乱近くの史料としては玉葉、治承四年正月二十四日に「五条堀川〈後院町〉可レ有二造営一、而堀川材木商人、依レ為二陣中一可レ不レ通」が注目される。

重盛の堀河材木場での行動については平治物語、中(本大系二二七頁)に次の記事がある。「重盛はせのびみ給へば、弓手には逆木じうまんして、前は堀河、うしろは悪源太(義平)・鎌田兵衛(正清)すきもなくつゞゐて、主従三騎くきやうの逸物どもにて、堀河をつとこす…」。

六五　**ヨニタノモシカリケレ**(二三五頁注五二)　清盛の六波羅亭内の行動について平治物語、中(本大系二三六頁)には次の記事がある。「清盛宣ひける、「かひ〲しく防ぐ者なければこそ、敵は是まで近付らめ。清盛さらばかけん。」とて、かちんのひたゝれに黒糸おどしの鎧に、黒漆の太刀はき、くろづはの矢をゝい、ぬりごめどうのゆみもって、黒の馬に黒くらをかせてのり給へり。「何が源氏の大将軍ぞ。かう申すは大宰大弐清盛。げざむ。」とぞのたまひける」。

六六　**大原ノ千束ガガケ**(二三五頁注五七)　義朝の近江潜行について平治物語、中(本大系二四〇頁)には「西塔法師此由(義朝軍敗北)をきゝ、「信頼・義朝おつるなり。いざやとゞめん。」とて、一二百人千束がけにまちかけたり」との記事がある。

六七　**重輪僧正**(二三五頁注六一)　平治の乱当時、重輪が法印であり護持僧でもなかったことは護持僧次第に「二条院、保元三年八月十一日御受禅、不動法〈山〉前権僧正最雲、永暦二年五月廿四日以二法印重輪〈右衛門佐重隆子〉一被レ改二始不動法一。最雲親王替」とあることで判明する。

六八　**六条河原ニテヤガテ頸(信頼)キリテケリ**(二三六頁注一九)　信頼が六条河原で斬首されたことについて平治物語、中(本大系二四五頁)に次の記事がある。「信頼このよし(成親放免)きゝ、「信頼をも申たすけ給へ。」と申されければ、重盛、「あれほどの不覚仁、たすけをき給ふとも何事候べき。ゆるさるべうや候らむ。」と申されければ、清盛宣ひけるは、「今度の謀叛の大将なり。君も御ゆるしなし。いかがわたくしにはゆるすべき。とう〱切。」とぞ宣ひける。此うへはとてちからをよばず、信頼卿六条河原に引すへたり。…松浦の太郎重俊切てにてありしが、太刀のあてどもおぼえねば、をさへてかきくびにぞしてんげる」。

六九　**(成親)トガモイトナカリケリ**(二三六頁注二三)　成親は十二月二十七日に越後守・右近衛中将を解官された(補任)。

七〇　**(忠致)湯ワカシテアブサントシケル**(二三六頁注三二・三七)　義朝・正清の最後について平治物語、下(本大系二六一頁以下)に詳しい。

七一　**(義朝頸)東ノ獄門ノアテノ木ニカケタリケル**(二三七頁注三九・四〇)　義朝の首を東獄門に梟首したことについて、百錬抄、平治二年正月九日に「前左馬頭義朝幷郎従正清等者、廷尉請取、懸二東獄門前樹一」。古活字本平治物語、下(本大系四四七頁)には「九日、平大夫兼行…これらを始て検非違使八人ゆきむかて頸をうけとり、西洞院を上りにわたし、左の獄門の樗の木にぞかけたりける」とある。

獄門前で梟首が行われる時に首懸けに用いられる樹種について、その名を明記した日記は少ない。康平六年(一〇六三)二月十六日に行われた安倍貞任等梟首の水左記などは例外である。ただしそれは「至二于西獄一穏樹梟レ之」としている。穏は樗の誤写かもしれない。樗は材質が悪く樹皮が粗で漆に似て葉に臭気がある。しかし箋注倭名類聚抄、十、木類が指摘しているように、古訓は「ぬて」である。ぬては白膠木とも書き、うるし科の小喬木で高さ六メートルぐらいになる。愚管抄が「アテ」とするのは「ヌテ」の誤写かもしれない。ただし平治物語絵詞では信西の梟首を記して、「西獄門のあふちの木にかく」としている。あふちは楝の訓であって、樗の訓にも用いられている。「ぬて」と「あふち」が樹種として異なる以上、いずれが事実に当たっているか今のところ判定し得ない。

七二　**九条ノ大相国伊通**(二三七頁注四六)　伊通は大槐秘鈔の著者として知られている。この書は二条天皇に奉った政道の指南書であり十七条憲法にならって帝王の心得十七条を示している。しかし以前かれが時世に受け入れなかった時に奇異な行動をしたことが多かった。今鏡、六、ふぢなみの下、ゆみのね所見の井叙位はそのなかでも注目される。

井叙位の話は平治物語、上(本大系一九七頁)にも見え、平治物語と今鏡との関係を示すものである。

七三　**(二条天皇)美福門院ノ御所八条殿ヘ行幸**(二三七頁注五一)　「今日行二幸頼盛卿八条室町亭一。件所元是顕隆卿家。顕能相二伝之一、平治比為二美福門院御所一。二条院御在位之間、暫為二皇居一。而頼盛卿申二請八条院(暲子)一所二新造一也」(百錬抄、治承五年二月十七日)。

七四　**八条堀河ノ顕長卿ガ家**(二三七頁注五五)　「今夜為二御方違一行二幸鳥羽北殿一。先々幸二八条堀河顕長卿家一。而彼近辺有二稲荷旅所一、仍有二此議一」(山槐記、仁安二年四月廿三日)。

七五　**大路御覧ジテ下スナンドメシヨセラレケレバ**(二三七頁注五七)　古活字本平治物語、下(本大系四五八頁)に次の記事がある。「院は顕長卿の宿所に御座ありけるが、つねは御桟敷に出させ給て行人の往来を御覧ぜられて、なぐさませ給けるに、二月廿日の比、内裏よりの御使とて打付てけり」。

七六　**堀河ノ板**(二三七頁注六〇)　補注5-六四所見の堀河材木商人が持っていた板の意である。天明本が正しいとすると、堀河通にある桟敷の意となる。

七七　**ワガ(後白河上皇)世ニアリナシハコノ惟方・経宗ニアリ**(二三七頁注六三)　古活字本平治物語、下(本大系四五八頁)には次のごとき記事がある。「主上はおさなくましませば、是程の御はからひあるべし共覚えず。是しかしながら経宗・惟方がしわざと思食。いましめてまいらせよ」。

後白河上皇・二条天皇対立については百錬抄に次の記事がある。「二条天皇〈諱守仁〉、…凡御在位之間、天下政務一向執行、不レ奏二上皇(後白河)一被レ仰二合関白(基実)一」。

七八　**法性寺殿モオハシマシケル**(二三七頁注六五)　経宗・惟方逮捕決定に忠通が介入したことについては今鏡、三、すべらぎの下、ひなのわかれに次の記事がある。「よみなしづまりて内の御まつりごとのまゝなりしに、みかどの御はゝかた、また御めのとなどいひて、大納言経宗別当惟方などいふひとふたり、よをなびかせりしほどに、院(後白河)の御ため御心にたがひて、あまりなることゞもやありけん。ふたりながら内にさぶらはれける夜、あさましくきこえしに、いかなる事かあらんずらんときこえけれど、法性寺のおほきをとゞ(忠通)のせちに申やはらげ給て、をの〳〵ながされて…」。

なお古活字本平治物語、下(本大系四五八頁)には死刑反対の忠通の発言が収められている。

七九　**清盛又思フヤウドモ、アリケン**(二三八頁注一)　経宗・惟方逮捕について清盛の勅答は古活字本平治物語、下(本大系四五八頁)に所見する。

八〇　**忠景**(二三八頁注二)　大隅国台明寺文書、応保二年五月十五日台明寺住僧等解に次の記事がある。「篤房雖レ為二篤定末孫一不レ受二継郡司職一私訴二阿多平権守忠景一、以二彼之武威一乍レ置二相伝郡司一分二領半郡一」。

八一　**信西ガ子ドモハ又カズヲ尽シテメシカヘシテケリ**(二三八頁注一二)　通憲子息等の召還決定が何時なされたかについて直接の史料はないが、のちに公卿に昇進した三男成範が下野国から召し返されたのは、公卿補任によると、永暦元年二月二十二日であった。

八二　**惟方ヲバ中小別当ト云名付テ**(二三八頁注一五)　古活字本平治物語、上(本大系四二一頁)に次のとおりの記事がある。「此人は生得勢ちいさくおはしければ、小別当とぞ人申ける。それに信頼卿にくみして、院・内をおしこめ奉る中媒をなし、今又ぬすみいだしまいらする中媒せられければ、時の人、中小別当とぞいひける。大宮左大臣伊通公は、「此の中は中媒の中にてはあらじ。忠臣の忠にてぞあるらん。光頼の諫によて、たちまちにあやまてあらため、賢者の余薫をもて、忠臣のふるまひをなせば。」とぞの給ひける」。

八三　**(二条天皇ノ)御カタチヲカキテノロヒマイラスル**(二三八頁注一九)　人形(ひとかた)を呪咀の時に用いる風習は以前から存在した。人形に削り目鼻を墨で描いた木片に木釘を打ち呪咀に用いられたものが平城宮跡から発見されている(大和文化研究、五三号参照)。呪咀の的である人物の肖像画を作り、それをもって呪咀したことは他に史料がなお見いだされていないが、藤原忠実の母は、夫の師通が太政大臣藤原信長娘に自分をみかえた時に、これを恨み、自分の父右大臣大宮俊家の肖像画を描かせ、これを供養礼拝して、報復の成就を祈ったことがある。台記、天養二年十二月二十四日所載の記事は、それに関係している。

八四　**資賢**(二三八頁注二四)　敦実親王—雅信—時中—済政—資通—政長—有賢—資賢。応保元年正月二十七日従三位昇叙、修理大夫、応保二年六月二日解官、同二十三日信濃国配流、除名(補任)。

八五　**時忠**(二三八頁注二九)　葛原親王—高棟王—惟範—時望—直材—親信—行義—範国—経方—知信—時信—時忠。「兵部権大輔正五位下贈左大臣時信一男。…永暦元・四・三右衛門権佐、即使宣旨、同十月三日兼㆓右少弁㆒、同二・四・一正五下(前待賢門院大治五ノ未給)、九月十五日解官、応保二・六・廿三配㆓流出雲国㆒」(補任)。

八六　**(時忠ノ)ユ、シキ過言**(二三八頁注三三)　高倉天皇誕生の時に平時忠らがしたという失言は、源平盛衰記によると、次のごときものであった。「応保元年九月十五日ニハ左馬権頭平頼盛、右少弁時忠解官セラレケリ。是ハ高倉院ノ宮ニテオハシケルヲ、太子ニ立奉ラント謀ケル故ナリ。又上皇(後白河)政務ヲ聞召ルベカラザルノ由清盛卿申行ケリ。君ノ威忽ニ廃レ臣ノ驕速ニイチジルシ。同日除目ニ信範〈出羽守平知盛子〉ヲ以テ右少弁ニ任ゼラレ時忠ヲ以テ五位ノ蔵人ニ補セラルベキノ由、院(後白河)ヨリ執申サセ給ケルニ、彼両人ヲバ解官セラレテ、長方〈中納言藤顕長子〉ヲ以テ右少弁ニ任ゼラレ重方〈藤顕能子〉ヲ以テ五位ノ蔵人ニ補セラレケリ。天子ニハ父母ナシ。上皇ノ仰ナレバトテ政務ニ私存ズベカラズト仰ケルトゾ聞エシ」。

これは源平盛衰記以外にはない記事であるが、その記述のうちには事実でないことがあり、どこまで信頼し得るか問題である。しかし時忠が生まれたばかりの皇子の立太子を望んで失言したことは事実であろう。

八七　**資賢・時忠ハ応保二年六月廿三日ニ流サレニケリ**(二三九頁注三五)　二三八頁注一七以下ここまでの記事は、延慶本平家物語、第一本八、主上々皇御中不快之事、付二代ノ后ニ立給事の次記本文とほぼ同文である。「猿程に又主上(二条)を呪咀し奉る由聞へ有て賀茂上の社に主上の御形を書て種々の事共をする由、実長卿聞出て奏聞せられたりければ、巫男一人搦取て事の子細を召問に、院(後白河)の近習者資長卿など云格勤の人々の所為也と白状したりければ、資長卿修理大夫解官せられぬ。又時忠卿妹小弁殿、高倉院恨(うみ)奉せける時、過言したりしとて、其前年解官せられたりけり。加様の事共行相て、資時・時忠二人応保二年六月廿三日一度に被流にけり」。

長門本平家物語・源平盛衰記にもほぼ同一の本文が収められている。参考源平盛衰記もこの一致を指摘しているが、最近の平家物語の研究ではほとんど注目されていない。その理由は明らかでないが、一方流・八坂流の諸本にはこの記事がないことが関係しているであろう。

八八　**関白(基実)ヲバ清盛オサナキムスメ(盛子)ニムコトリ**(二三九頁注三六・三七)　「女子従三盛子、准三宮、高倉院准母、六条摂政(基実)北政所、号㆓白川殿㆒」(尊卑、平清盛)。基実と盛子との結婚は、長寛二年当時の史料がないために、愚管抄以外にその日時を確かめることはできない。当時基実は公卿補任によると、二十二歳であった。盛子の生年月日は不詳であるが、玉葉、治承三年六月十八日によると、死去の際二十四歳であったことが知られる。それから逆算すると結婚当時は九歳であった。文字どおりおさない娘であった。

八九　**押小路東洞院ニ皇居ツクリ**(二三九頁注四一)　「遷㆓幸新造里内〈押小路南、東洞院西〉㆒、本御㆓坐関白(基実)第〈土御門南、東洞院東、号㆓高倉殿〉㆒」(百錬抄、応保二年三月二十八日)

九〇　**千手観音千体ノ御堂**(二三九頁注五五)　千手観音は千手千眼観世音ともいう。利他方便の広大なことを千手で、化導の智の円満なことを千眼で現わしている。後白河上皇が千手観音千体堂を建てる宿願を持たれたのは、父鳥羽法皇が得長寿院を建て千一体の聖観音像を安置されたのにならわれたことは今鏡、三、すべらぎの下、内宴の記事で判明する。

九一　**清盛奉リテ備前国ニテ(蓮花王院)ツクリテマイラセケレバ**(二三九頁注

五六）　蓮華王院造営当時、備前国を知行していたものは不明であるが、平氏の一門で備前守に任ぜられたものも見当たらない。山槐記、治承三年十二月十四日によって、関白基実の家司で清盛に取り入って権大納言になった藤原邦綱が当時備前国を知行していたことが知られる。邦綱の死後、だれが知行したかは不明であるが、平氏滅亡後は、後白河法皇の御分国であった。二七八頁注二七参照。

九二　**（二条天皇蓮華王院）行幸**（二三九頁注五九）　二三九頁注五七所引の百錬抄によると、落慶供養当日行幸があったことになる。しかし百錬抄以外の史料には行幸の事実は所見しない。百錬抄の行幸は御幸の誤りであろう。

九三　**寺ヅカサ**（二三九頁注六〇）　寺司の初見は推古天皇紀、四年十一月である。「法興寺造竟、則以二大臣（馬子）男善徳臣一拝二寺司一。是日恵慈・恵聡二僧始住二於法興寺一」。僧尼令には寺司の規定がなく、代って三綱・鎮が置かれることになった。また令に規定はないが、奈良時代末期から諸大寺に置かれた俗別当も広義の寺司に含まれる。

九四　**親範**（二三九頁注六三）　葛原親王―高棟王―惟範―時望―直材―親信―行義―行親―定家―時範―実親―範家―親範。長寛二年正月二十一日蔵人頭昇任、同三年正月二十三日参議転任。

九五　**御使**（二三九頁注六六）　普通の解釈ならば後白河上皇の叡慮を二条天皇に伝える使者を親範が勤めたことになる。しかしことによると、親範が供養当日、天皇の勅使となったことがあり、そのことを示したのかもしれない。

九六　**蓮華王院**（二三九頁注六七・六八）　俗称三十三間堂で知られる。その寺地は、太政大臣藤原為光が永延二年三月十六日に建立供養した法住寺内の一角を占めて定められた。後白河上皇は平治の乱後、法住寺の堂舎を中心に十余町をこめ入れて御所を作り永暦二年四月十三日に移徙された（山槐記、同日）。注目すべきは殿内に信頼の旧宅が移建されて南殿とされたことである。百錬抄、仁安二年正月十九日には次のとおり記録されている。「上皇（後白河）御二移徙法住寺南殿一。件御所、元壊二取故信頼卿中御門屋一被レ立レ之。而依二狭少一周防守季盛所二造進一也」。

九七　**コマノ僧正行慶**（二四〇頁注五）　今鏡、八、みこたち、はら〴〵のみこに次の記事があり、後白河天皇の真言の師であったこと、狛僧正と呼ばれたこと、歌にすぐれたことを記している。

みゐでらの大僧正行慶ときこえ給しもおはしき。びちうのかみ政長ときこえし人のむすめのはらにおはす。これも真言よくならひ給へるなるべし。この院（後白河）もこの僧正にぞ御をこなひのことなどうけさせ給ときこえし。ほうしやうじのおとゞ（忠通）御ぐしおろし給て、御かいのしにし給ともきこえき。こまの僧正ともなひて天王じへまいり給けるに、なにはをすぎ給とて、

　ゆふぐれになにはわたりをきてみればたゞうすゞみのあしでなりけり

となむきこえし。ことゝころのゆふべのゝぞみよりも、なにはのあしでとみえけん。げにときこえ侍り。かへるかりのうすゞみ、ゆふぐれのあしでになりたるもやさしくきこえ侍。

九八　**（蓮華王院ノ）中尊ノ丈六**（二四〇頁注一〇）　長寛二年創建当時の中尊千手観音像の法量は他に史料がなく詳細不明であるが、文永年間再建の現在の蓮華王院から推すと丈六の座像であったに相違ない。

九九　**御面相ヲ手ヅカラナヲサレケリ**（二四〇頁注一一）　二三九頁注五四以下ここまでの本文もまた延慶本平家物語、第一本八、主上々皇御中不快之事、付二代ノ后ニ立給事の次記本文とほぼ同一である。「又法皇（後白河）多年御宿願にて千手観音千躰御堂を造らむと思食、清盛に仰て備前国をもて被レ造けり。長寛二年十二月十七日御供養あり。行幸成し奉らむと法皇被二思食一けれども、主上（二条）なじかはとて御耳にも聞入させ給はざりけり。寺官勧賞被レ申けれども其御沙汰にも不レ及ば。親範が職事奉行しけるを御堂の御所へ召し、勧賞の事はいかにと被二仰下一ければ、親範が計にては候はぬ由、申て畏て候ければ、法皇御泪を浮させ給て「何のにくさにかほどまでは思食したるらむ」と仰の有けるこそ哀なれ。此堂を蓮花王院とぞ名付られける。胡摩僧正行慶と云し人は白河院の御子也。三井門跡には左右なき有智徳行の人なりければ法皇殊に憑み思食て真言の御師にてをはしけるが、此御堂をば取沙汰し給て千躰中尊の丈六の面像をば自らきざみ顕はされたりける、と承こそ目出けれ」。

長門本平家物語・源平盛衰記にほぼ同一本文があることをはじめ、参考源平盛衰記が注目していること、延慶本系以外の諸本に見えないことは補注5－八七と同じ。

一〇〇　**六宮**（**道恵法親王**）（二四〇頁注一四）　「鳥羽院―〈寺〉道恵法親王、六宮、法輪寺、母女房美乃、八幡別当光清女」（紹運録）。

一〇一　**（二条天皇）仁和寺ノ五宮（覚性法親王）ヘワタリハジメ**…（二四〇頁注一五—一九）　覚性法親王の系譜は「鳥羽院—〈仁〉本仁親王、二品、出家、法名信法、改㆓覚性㆒。号㆓紫金台寺御室㆒。五宮是也。母同（待賢門院）」（紹運録）。守仁親王の入室は仁平元年十月十日であった。本朝世紀、同日には次の記事がある。「今日雅仁親王（後白河）之子、孫王（守仁）〈生年九歳、一院（鳥羽）令㆓収養㆒給〉。為㆓信法親王弟子㆒、初向㆓仁和寺㆒」。また今鏡、三、すべらぎの下、花薗匂にも所見する。

此御門（二条）の御母うみをきたてまつりてうせ給にしより鳥羽の女院（美福）やしなひたてまつり給ひて、をさなくをはしましゝほど、にわじにをはしまして、五の宮（覚性）の御弟子にて倶舎のずなどをよませ給て、ぢくぢくよみつくさせ給て、そのこゝろときあらはせるふみどもをさへ、つたへうけさせ給て、ちゑふかくをはしましけり。院（後白河）くらゐにつかせ給しかば、当今（後白河）の一のみこにてをはしますうへに、女院の御やしなひごにて、このゐのみかどの御かはりともおぼしめして、此宮にくらゐをもをよぼしたてまつらんとはからはせ給ければ、みやこへかへりいでさせ給て、みこの宮、たからのくらゐなどつたへたもたせ給き。

守仁親王の立太子は久寿二年九月二十三日に鳥羽殿で行われた。兵範記、同日に次の記事がある。

立太子事、今上（後白河）一宮守仁親王…鳥羽南殿為㆓御在所㆒兼日奉㆓仕御装束㆒。去夕法皇（鳥羽）幷美福門院御幸、今朝親王渡御、法皇御同車。

一〇二　**（覚性法親王）ヒシト候ハセ給**（二四〇頁注二五）　親王が二条天皇の側近にあって数多く修法に当たったことは御室相承記（紫金台寺御室）に詳しい。応保二年閏二月十四日土御門内裏での孔雀経法、同年五月三日押小路東洞院での五壇法、同年十月十七日押小路内裏での孔雀経法、同年十二月二十三日押小路内裏での愛染王法、長寛元年九月二十一日仁和寺での孔雀経読経、同二年七月七日の一字金輪法、同年八月一日仁和寺喜多院での孔雀経法、同年十月十五日の大威徳法、同三年五月一日内裏での孔雀経法、同八日清涼殿二間での愛染王法、同十八日仁和寺での不動像百体造立などの事実が知られている。

一〇三　**（覚性法親王）天王寺別当トリテナラセ給**（二四〇頁注二八）　当時の日記所見の史料がないので、裏面の事情は判明しない。四天王寺別当次第（四天王寺所蔵）によれば、覚性法親王は長寛二年正月十四日に道慧法親王に代って天王寺検校（別当）に就任した、とあるが、交替の事情は明記されていない。

また御室相承記・仁和寺御伝も補任の事実をしるすのみである。

一〇四　**（経宗）人ガラ**（二四〇頁注三九）　今鏡、五、ふぢなみの中、花のやまに次の記事がある。「その（経実）御は、みのゝかみ基貞のむすめなり。其大納言（経実）の御むすめは、公実の春宮の大夫のおほい君のはらにをはせしを、院（後白河）の宮とてをはしましゝにまいり給て、二条の御門うみたてまつりてかくれ給にき。きさきをくられ給て、ちゝの大納言殿はをほきをとゞをくられ給へるとぞ。その贈后のひとつ御はらにをはすなる、このごろつねむねのひだりのをとゞときこえ給。二条の院の御をぢにてをはせしうへに、我からもはか〴〵しくをはするにや。よき上達部とぞきこえ給める。をやの大納言殿もあにの中納言（経定）殿もものなどかき給こともをはせずときこえしに、これはふみにもたづさはり給へるとぞきこえ給」。

一〇五　**法性寺殿ノオトムスメ入内立后**…（二四一頁注五四以下）　二条天皇中宮育子は藤原忠通の二女であるが、末の娘であり、愛娘であったと思われる。育子の入内は応保元年十二月十七日に行われた。山槐記、同日に次の記事がある。「今夜三位殿〈大殿（忠通）第二御女、母儀前上野守顕俊女、号㆓督殿㆒。大殿女房也〉入内事、為㆓関白（基実）御猶子之儀㆒有㆓御沙汰㆒御名育子、御歳十六。可㆑有㆓入内事㆒」。

育子の立后は応保二年二月十九日に行われた。帝王編年記、二条院に「中宮藤育子〈法性寺殿（忠通）女…同（応保）二年二月十九日立后、十七〉」とある。二条天皇崩御後も育子は中宮の地位を保った。今鏡、三、すべらぎの下、花薗匂に、そのことが所見する。

一〇六　**（二条天皇）二歳ナル皇子**（二四一頁注五九）　百錬抄、永万元年六月に次の記事がある。「十七日、於㆓関白（基実）第㆒定㆓立太子事〈今上第二皇子、去年誕生、母故左大臣実能公女、実大蔵大輔藤原義盛女〉㆒。継母中宮〈育子〉養、為㆑子。廿五日、譲㆓位第二親王順仁〈二歳〉㆒。先雖㆑可㆑有㆓立坊㆒依㆓主上（二条）御不予危急㆒、俄有㆓此儀㆒。二歳例、今度始㆑之」。

一〇七　**（六条天皇）御母ハタレトモサダカニキコエズ**（二四一頁注六〇）　今鏡、三、すべらぎの下、花薗匂に次の記事がある。「このみかど（六条）の御母、徳大寺の左のをとゞの御むすめと申めりしも、うるはしき女御などにまいり給へるにはあらで、しのびてはつかにまいり給へりけるなるべし。されば、たしかにもえうけ給はらず」。

一〇八 **清盛ハ大納言ニナリニケリ**（二四一頁注六二）「権大納言従二位平清盛〈四十八〉八月十七日任。兵部卿皇太后宮権大夫已上如ㇾ元」（補任）。

清盛の権大納言昇任は平家物語にも言及されていないし、当時の日記顕広王記も除目が行われた事実を記録するのみである。さして注目されなかったのであろう。

一〇九 **（清盛）内大臣ニ任**（二四一頁注六四）巻二皇帝年代記、六条天皇（一一三頁）は正しく永万二（仁安元）年十一月十一日とする。公卿補任・兵範記にも十一日とする。

一一〇 **其年ノ七月廿六日俄ニコノ摂政（基実）ノウセラレニケレバ**（二四一頁注六六）巻二皇帝年代記、六条天皇（一一三頁注二七）には年記を正しく永万二年七月廿六日薨としている。今鏡、五、ふぢなみの中、ふぢのはつはなに次の記述があり、その死が突然であったことを強調している。「永万元年六月みかど（二条）くらゐみこ（六条）にゆづりたてまつらせ給し日摂政にならせ給。同二年七月廿六日御年廿四にてかくれさせたまひにき。…いとめでたくきゝたてまつりしほどに、ゆめのやうにてかくれさせ給にし、いとかなしくこそ」。

しかし基実が七月五日に発病し二十六日に薨去したことは兵範記、仁安元年九月廿六日所収の月忌供養願文に「然間今年七月五日疾棘、下旬六日一旦殂落」としていることで判明する。

一一一 **（藤原）邦綱**（二四一頁注六八）冬嗣―良門―利基―兼輔―雅正―為時―惟規―貞職―盛綱―盛国―邦綱。邦綱の父盛国の官位は右馬権助従五位に過ぎなかった。官人としての邦綱の生涯は長承四年文章生として始まったが、保元の乱後、和泉守となり永暦元年二月二十八日に越後守、翌二年四月三日伊予守、同八月十二日右京大夫、応保二年正月二十七日播磨守、同二十九日中宮亮、永万元年七月二十五日蔵人頭、翌二年正月十二日に参議に任ぜられ、基実薨去の時は参議右京大夫であった。邦綱が忠通に重用されたことは愚管抄以外に所見はないが、その側近であったことは山槐記、応保元年十二月五日・六日・十三日・十六日に所見する。

一一二 **（摂関家所領）カタぐ゛ニワカレテ…**（二四二頁注一一三）近衛家文書、建長五年十月二十一日付家領注進目録付載伝領系図によると、基実が忠通から相続した家領は、妹の二条天皇中宮育子が父忠通から譲られた証菩提院領・一条殿領以外のすべての所領であった。しかし忠通はその父忠実がかれをきらい、弟の頼長を偏愛し氏長者を伝えたために、家領の相続は遅れ、保元の乱後、初めてこれを取得した。忠実以前の摂関家領は殿下渡領のほかに、忠実の娘で鳥羽天皇皇后の高陽院泰子が忠実から相続した高陽院領を初めとして、同じく摂関家女子が相続した所領が多かった。

一一三 **松殿**（二四二頁注一二）承安三年十二月十六日に基房が新造して移居した邸宅が松殿のあとであった。玉葉、同日に「此日関白（基房）新造家移徙也。…此家〈松殿跡也。中御門南、烏丸東角也〉」の記事がある。

一一四 **鎮西**（二四二頁注二一）天平十四年正月五日に大宰府が廃止されたのち、翌十五年十二月二十六日に鎮西府が置かれ将軍・副将が任命され、同十六年正月二十三日には将軍らの官位配当・禄料、同二十六日に府印、九月三十日には駅鈴が定められた（続日本紀）。しかしその後の鎮西府の沿革は不明であるが、天平十七年六月五日に大宰府が復活した（続日本紀）のに伴って、廃止されたものと推測される。

一一五 **東三条ノ御所**（二四二頁注二四）藤原良房がこの邸を初めて建て忠平・兼家が伝領した。拾芥抄には「東三条、一条院誕生所、或重明親王家云々。二条南、町西、南北二町、忠仁公（良房）、貞信公（忠平）、大入道殿（兼家）伝二領之一」としるされている。良房がいつこの邸を建てたかは明らかでない。兼家が伝領したあと娘の円融天皇皇后詮子がここで一条天皇を生んだ。大鏡、一（本大系五三頁）には「このみかど（一条）天元三年庚辰六月一日兼家のおとゞの東三条の家にてむまれさせ給」とある。忠実はこれを忠通に譲ったのちに取りもどして頼長に与えた。今鏡、五、ふぢなみの中、かざりたちに「東三条などをもとりかへして、かぎなどのなかりけるにや、みくらのとわりなどぞしたまふ、ときこえ侍し」とある。保元の乱後は再び忠通の手に帰し、忠通から基実に譲られた。

一一六 **近衛殿**（二四二頁注二七）関白基通以後、その子孫が近衛を家号としたのは、基通が治承三年十一月十六日に初めて関白に任ぜられた当時、「近衛北室町東」（山槐記）の亭に住んでいたからである。この亭は祖父の忠通が領した近衛殿（宇治拾遺物語。本大系二三七頁）の一部であったと推測される。基通は父基実の満中陰後、六条殿に移ったが（兵範記、仁安元年九月十五日）、その後は近衛殿に住したようである。家司の平信範が近衛殿に参上しているのは、それを示している（兵範記、仁安元年九月二十五日）。

一二七　**東三条ニワタシマイラセテ、仁安二年十月十日東宮ニタテマイラセテケリ**（二四二頁注四〇・四一）　「自レ夜降雨。有二立太子事一。太上天皇第二皇子憲仁…御年六歳、去年十二月為二親王一、今於二東三条亭一有二其儀一。自二東山七条末御所一行二啓彼亭一」（兵範記、仁安元年十月十日）。愚管抄が仁安二年とするのは元年の誤りである。

一二八　**（清盛）出家**（二四二頁注四二）　玉葉、仁安三年二月九日と十一日・十七日には次のごとく記されている。

九日〈壬寅〉晴、参二東宮一。自二去二日一前太相国（清盛）悩二寸白一云々。一昨頗以減気、自二昨日一又増気云々。事外六借云々。天下大事歟。上皇（後白河）来十六日可レ有二御下向一云々。

十一日〈甲辰〉、参二東宮一。前太相国中時許出家云々。所悩重故歟。…猶々前太相国所労天下大事只在二此事一也。此人夭亡之後、弥以衰弊歟。

十七日〈庚戌〉晴、未刻許参二東宮一相二合女房一談二譲位事等一。昨日俄出来事云々。上皇有二思食事〈御出家事歟〉一。且因レ之令レ急給。又前大相国入道所悩已危急、雖レ不レ増二日比一、更非レ有二減気一。且彼人夭亡之後、天下可レ乱。依二如レ此等之事一頗急思食事歟云々。

一二九　**四歳ノ内（六条）ヲオロシマイラセテ**（二四二頁注四五）　譲位は仁安三年二月十九日に行われた。「天晴。今日可レ有二御譲位事一。其儀、予蒙二院宣一自二一昨日一致二沙汰一。…春宮〈諱憲仁、春秋八歳、母女御滋子〉自二東山七条御所一行二啓此殿（閑院）一」（兵範記）。

一三〇　**（六条）ウセ給ニケリ**（二四三頁注四七）　安元二年七月十七日。「新院（六条）崩御〈御年十三、号二六条院一、二条院御子、童形〉。日来御二院（後白河）御所一、而依二痢病一出二御邦綱卿東山亭一於二件所一有二此事一」（百錬抄）。

一三一　**邦綱ガムスメ嫡女—大夫三位**（二四三頁注四八）　「邦綱—成子。母壱岐守公俊女、従三典侍、六条院御乳母、参議成頼室、号二大夫三位一」（尊卑）。

一三二　**成頼**（二四三頁注五〇）　顕隆—顕頼—成頼。成頼は承安四年正月五日に出家した。顕広王記、同日には「参議成頼卿出家〈年卅九〉。大兄入道大納言（光頼）〈同心斉蓮也〉於二此所一出家云云」とある。玉葉、三月十九日に「智詮阿闍梨来、入道相公成頼病悩之間事、所二語示一也。偏天魔之所為歟。可レ悲云々。但当時有二減気一云々」とある。成頼の病悩に関する物語は伝わらない。注目されるのは、平家勘文録が成頼を平家物語の作者としていることと、平家物語、五（本大系上巻、三四三頁）に、権中納言源雅頼青侍が見た節刀召還の奇夢について成頼が述べたことを伝えていることである。

周知のように源中納言雅頼青侍の夢想は菅茶山以来、平家物語成立の時期を明らかにするかぎと目されている。愚管抄が「成頼入道ガ出家ニハ物語ドモアレド無益ナリ」とするのは、出家の動機を伝えたもののようであるが、ことによると、この奇夢を是認したという平家物語の所伝をさしたのかもしれない。

一三三　**（邦綱）二ノムスメ—別当ノ三位**（二四三頁注五一）　「邦綱—邦子。母同（壱岐守公俊女）。従三典侍、高倉院御乳母、号二別当三位一」（尊卑）。

邦子が憲仁親王（高倉）の乳母となった時期は不明であるが、仁安元年十月十日親王が東宮になった時に昇殿を許されたもののなかに乳母が二人おり、一人は重盛妻の藤原経子であるが、いま一人の綱子とあるのは邦子のことであろう（兵範記）。

一三四　**邦綱ハ…**（二四三頁注五四以下）　長寛二年二月十九日に忠通が薨去した当時、邦綱は、右京大夫で播磨守・中宮亮を兼任し、正四位下であった。六条天皇が即位すると、摂政基実の下で永万元年七月二十五日に蔵人頭となり、翌二年正月十二日参議で右京大夫を兼ねたことは補注5-一一に所見。その後、同年六月六日従三位に昇進、八月二十七日に参議を辞したが、同年（仁安元）十月十日春宮権大夫となり、十一月三日正三位に昇った。基実は永万二年七月二十六日に薨じている。

一三五　**（建春門院）先ハ皇后宮、ノチニ院号国母**（二四三頁注六二・六三）　平滋子は仁安二年正月二十日に女御宣下（兵範記）、同三年三月二十日の高倉天皇即位当日に皇太后となった。百錬抄、同日に「女御平滋子〈廿七〉為二皇太后宮一」とある。嘉応元年四月十二日に院号宣下、建春門院を称した。兵範記、同日に「皇太后宮（滋子）院号也。…奉二殿下（基房）仰一直仰二左府（経宗）一云、改二皇太后宮職一可レ奉レ号二建春門院一」とある。建春門院が宗盛を子にしたとは当然猶子にしたことである。このことは延慶本平家物語、第一本十三、建春門院皇子春宮之事に「院号有て建春門院とぞ申ける。相国（清盛）の次男宗盛彼女院御子にせさせ給たりければにや、平家殊にもてなし申されけり」と所見する。

一三六　**平太相国入道ガムスメ（徳子）ヲ入内**（二四三頁注六五）

十二月二日〈壬寅〉天晴。此日、於二院殿上〈法住寺殿〉一、被レ定二女御入内雑事一。…此女御、平入道（清盛）姫也。而重盛為レ子、又院（後白河）

為レ子、依二永久例一有二沙汰一也…。十四日〈甲寅〉天晴。此日、院姫君（徳子）入内也（玉葉、承安元年）。二月十日〈己酉〉天晴。此日有下冊二命皇后一事上。〈女御徳子為二中宮一以二皇后宮（忻子）一為二皇太后宮一、以二中宮（育子）一為二皇后一。本皇太后宮不二御座一也〉（玉葉、承安二年二月十日）。

一二七　**母ノ二位（平時子）日吉ニ百日祈**…（二四三頁注六八以下）「建礼門院后に立せ給ひしかば、何にもして皇子誕生あて位に即奉り、外祖父にて弥世を手に挙らむと思われければ、入道（清盛）・二位殿（時子）日吉社に百日の日詣をして、祈申されけれども、其もしるし無りけるほどに、さりともなどか我祈申むに、叶わざるべきとて、殊に憑進られたる安芸国の一宮、厳島社へ月詣を初て被二祈申一けるに、三ケ月が内に中宮（徳子）たゞならず成らせ給て、例の厳重の事共有けるとかや。誠に代々の后宮余タ渡せおわしましけれども、皇子誕生の例希なる事也」（延慶本第二本十一、「皇子親王ノ宣旨蒙給事」）。

平家物語で日吉・厳島両社祈願を記すのは延慶本系三本以外、屋代本である。覚一本（本大系上巻、二二三頁）は厳島社のみをあげている。このことも覚一本などが省略本であることを示している。

一二八　**（清盛）安芸国厳島ヲコトニ信仰**（二四三頁注七五）「弟子清盛敬白。…伏惟、安芸国伊都伎嶋大明神、…凡厥霊験威神、言語道断者也。於レ是弟子本有二因縁一、専致二欽仰一利生掲焉、久保二家門之福縁一。夢感無レ誤、早験二子弟之栄華一。今生之願望已満、来世之妙果宜レ期」（長寛二年九月、平家納経願文）。

一二九　**治承二年十一月十一日六波羅ニテ皇子（安徳）誕生**（二四三頁注八〇）玉葉、治承二年十一月十二日に「辰刻、頭中将告送云、中宮（徳子）有二御産気一者。…法皇仰云、已皇子降誕、早可三告二申此旨一者」とあり、十二日である。

一三〇　**建春門院**…**瘡ヤミテ**（二四四頁注一一）「日来御不予云々。所々堅根出給、而此両三日胸幷腹腋等二禁更発、今夜有二灸治一云々」（玉葉、安元二年六月十三日）。

一三一　**康頼**（二四四頁注一八）　尊卑分脈にはその名は見えない。平氏で検非違使であったことは、成親らといっしょに逮捕された時の玉葉、安元三年六月四日に「同（検非違使・左衛門尉）平康頼」と所見する。延慶本平家物語、第一本廿二、成親卿人々語テ鹿谷ニ寄会事には次のごとくしるされている。

成親卿気色替て立れけるが、御前なる瓶子を狩衣の袖に係て倒したりけるを、法皇あれは何にと仰有ければ、不二取敢一平氏すでに倒れて候と被レ申たりければ、法皇御ゑつぼに入せをはしまして、康頼参て当弁仕れと仰ありしかば、康頼が能なればつい立て凡近来は平氏が余り多候て、もてゑひて候と申たりければ、成親卿さて其をばいかゞすべきと被レ申、康頼それをば頸を取には不レ如とて、瓶子の頸を取て入にけり。法皇も興に入せ給て、着座の人々もえみまけてぞ咲はれける。静憲法印ばかりぞ浅猿と思て物も宣はず声をも被レ出ざりける。彼康頼は阿波国住人にて品さしもなき者なりけれども、諸道に心得たる者にて、君に近く被二召仕一進せて、検非違使五位の尉まで成にけり。末座に候けるを被二召出一けるも、時に取ては面目とぞ見えし、土の穴を掘て云なる事だにも漏と云へり。ましてさほどの座席なればなじかは隠あるべき、空怖くぞ覚る。

一三二　**俊寛**一**僧都**（二四四頁注二三・二四）　尊卑分脈には「法印権大僧都」とあるが、逮捕された当時の玉葉、安元三年六月四日には「法勝寺執行僧都俊寛」、百錬抄、同三日には「法勝寺執行権少僧都俊寛」とある。

一三三　**静賢**（二四四頁注三一）　尊卑分脈には「母同二俊憲一（近江守高階重仲女）。法印、法勝寺執行、依二信頼卿乱一配二平治元・十二安房国一但下二向丹波一云々」とある。法印に叙せられた時は不詳であるが、法勝寺執行には、俊寛失脚直後の安元三年六月十八日に任ぜられている（玉葉）。ただし再任かもしれない。蓮華王院執行は尊卑分脈に所見しないが、鹿谷事件の直後も蓮華王院上座であって治承元年十二月十七日に行われた院内五重塔供養の時には、その譲として俊寛の子の寛敏が法眼に叙せられた（玉葉）。注目すべきは静賢についての愚管抄の記述のこの部分が延慶本平家物語、第一本廿二の次の部分と一致することである。

其比静憲法印と申ける人は、故少納言入道信西が子息也。万事思知て振舞人にて有ければ、平相国も殊に用て世中の事共時々云合せられけり。法皇の御気色もよくて蓮花王院執行にもなされなどして、天下の御政常に被二仰合一けるに、…。

一三四　**（多田行綱）告**（二四五頁注四三）　行綱が成親らの密謀に当初から加わっていたことは平家物語、一、鹿谷（本大系上巻、一二四頁以下）に詳しい。当時清盛は西八条にいたとし、行綱は西八条に清盛を尋ね密告した、としている。

　延慶本第一末七の記述も同旨であるが、やや異なっており、「五月廿九日夜打深て太政入道(清盛)の許へ行向て、行綱こそ可レ申事あて参て候へと申ければ」として、清盛の住所を西八条と特定していない。源平盛衰記、五、行綱中言事は「同(五月)二十七日ニ蔵人(行綱)鞭ヲ上テ福原へ下向ス。入道ノ宿所ニ行向テ申入べキ事侍テ行綱下向ト申ケレバ」として福原下向を伝えている。

一三五　**安元三年六月二日カトヨ、西光法師ヲヨビトリテ**(二四五頁注四五・四六)　「六月一日〈己巳〉天晴。辰刻、人伝云、今暁、入道相国(清盛)坐二八条亭一召二取師光法師〈法名西光、法皇第一近臣也。加賀守師高父〉一、禁二固之一、被レ問二年来之間所レ積之凶悪事一、並今度配二流明雲一及讒二邪万人於法皇一如レ此了間、非常不敵事等云々。又今日招二寄成親卿一同以禁錮、殆及二面縛一云々…。二日〈庚午〉雨下。去夜半刎二西光頸一了。又成親卿流二遣備前国一相二副武士両三人一云々。或云、西光被二尋問一之間、可レ危二入道相国一之由、法皇(後白河)及近臣等令二謀議一之由、承伏」(玉葉、安元三年)。

一三六　**(西光)ヤ行ニカケテ**(二四五頁注四八)　延慶本平家物語、第一末十一、西光法師搦取事は「ふときしもとを以て七十五度の考訊を加たり。西光心は武かりけれども本より問損せられける上、枳身にしみて術なかりければ残なく落にけり。白状四五枚に被レ記たり」とする。愚管抄の本文との間に一脈の関連が感ぜられる。

一三七　**(西光)頸切テケリ**(二四五頁注五三)　延慶本平家物語、第一末廿、西光頸被切事は「左衛門入道西光をば其夜松浦太郎重俊に仰て朱雀の大路に引出して首を刎らる」とする。覚一本巻二、西光被斬(本大系上巻、一五六頁)は「松浦太郎重俊承て足手をはさみ、さま〳〵にいためとふ。もとよりあらがひ申さぬうへ、糺問はきびしかりけり。残なうこそ申けれ。白状四五枚に記せられ、やがて、「しやつが口をさけ」とて口をさかれ、五条西朱雀にしてきられにけり」とする。延慶本の記事は簡単であるが愚管抄に近い。

一三八　**コノ日ハ…大衆西坂本マデクダリテ**…(二四五頁注五四以下)　「大衆一昨夕、下二垂松辺一、以二使者一示二送入道(清盛)許一云、令レ伐レ敵給之条、喜悦不レ少、若有下可二罷入一之事上者、承レ仰可レ支二一方一云々」(玉葉、安元三年六月三日)。

一三九　**諒闇ニテ…(成親)諒闇ノナヲシニテ、ヨニヨクテキタリケリ**(二四五頁注六四)　延慶本平家物語、第一末十、新大納言事・覚一本(本大系上巻、一五三—四頁)成親逮捕の記事は愚管抄と一致しない。源平盛衰記、五、成親已下被二召捕一事は諒闇の直垂着用を記していることで一致する。

一四〇　**(重盛成親)コノタビモ御命バカリノ事ハ申候ハン**…(二四五頁注六九・七〇)　「二日、…或云、成親於レ路可レ失之由云々。又云、左大将重盛平に申請云々。此間説縦横也。難レ取二実説一歟。五日、…内大臣(重盛)辞二左大将一云々。其息少将維盛朝臣為レ使云々。十一日、…俊寛僧都停任云々。余問云、成親卿無二停任一如何。(隆職)申云、是禅門(清盛)依二私意趣一遂二其志一。仍自二公家一不レ被二停任一、於二自余之輩一者、自レ上有二御沙汰一云々。或人云、成親在二備前国一。于レ今存命。内府密々送二衣裳之類一云々」(玉葉、安元三年六月)。

一四一　**(成親)死亡**(二四五頁注七一)　延慶本平家物語、第一末卅四、成親卿被レ失給事は「七月十九日に坊の後に穴を深く掘らせて穴の底にひしを植て上に仮橋を渡て其上に土をはねかけて年来ふみ付たる道の様にこしらへて置たりけるを、大納言入道知給はで通りさまに其上を歩給とて、落入給たりけるを、用意したりける事なれば、やがて土を上にはねかけて埋奉りにけり。隠しけれども世に披露しけり」とする。覚一本(本大系上巻、一八九頁)は「其さひごの有さま、やう〳〵に聞えけり。酒に毒を入てすゝめたりければ、かなはざりければ、岸の二丈ばかりありける下にひしをうへて、うへよりつきおとし奉れば、ひしにつらぬかてうせ給ひぬ」とする。酒を飲ませたことは、覚一本・城方本にのみ所見する。

一四二　**硫黄島ト云所ヘヤリテ**(二四六頁注一)　油黄島とも書き、現在では鬼界ケ嶋・竹島・黒島の総称となっている。俊寛・康頼の流罪発令は玉葉・山槐記・百錬抄などに所見せず、鎌倉時代後期編集の帝王編年記、治承元年に次のごとく記載されている。「少将成経朝臣〈成親卿息〉・俊寛僧都〈具平親王五代孫、木寺法印寛雅子〉・平康頼法師、已上三人配二流鬼海嶋一」。

一四三　**崇徳院ト云名ヲバ宣下**…(二四六頁注四以下)　「七月廿九日。讃岐院奉レ号二崇徳院一。宇治左府(頼長)贈官位〈太政大臣正一位〉事宣下。天下不レ静依レ有二彼怨霊一也」(百錬抄、安元三年)。
　注目されるのは覚一本(本大系上巻、二一一頁)を初めとして城方本も追号贈官を翌治承二年の安徳天皇誕生に結びつけているが、延慶本第一末卅六、讃岐院之御事・同卅八、宇治悪左府贈官等事は、事実のとおり安元三年鹿谷事件直後とする。

一四四　**成勝寺御八講**（二四六頁注六）　成勝寺は六勝寺の一で崇徳天皇御願寺として保延五年十月二十六日に落慶供養が行なわれた。一〇九頁注二六参照。旧地は京都市左京区岡崎成勝寺町。崇徳天皇追善の八講は治承元年八月二十二日に行なわれた。「廿二日、始於二成勝寺一被レ行二御八講一、為二崇徳院御菩提一也」（百錬抄）。

一四五　**コノ年京中大焼亡**（二四六頁注八）　「四月廿八日亥刻、火起レ自二樋口富小路一、火焔如レ飛。八省・大極殿・小安殿・青竜白虎楼・応天会昌朱雀門・大学寮・神祇官八神殿・真言院・民部省・式部省・南門・大膳職・勧学院等払レ地焼亡。大内免二其難一。此外公卿家十余家為二灰燼一」（百錬抄）。方丈記、二（本大系二四頁）にも著名な記述がある。

一四六　**（清盛）西光ガ白状ヲ持テ院へ参リテ**（二四六頁注一二）　愚管抄所伝のように清盛みずから参院したかどうかは不明である。玉葉等同時の史料にも参院を思わせる記事はない。平家物語も覚一本巻二、教訓状（本大系上巻、一六九頁以下）を初めとして、延慶本・源平盛衰記等もいずれも清盛が武力をもって参院しようとしたのを重盛が諫止したとしている。

一四七　**右兵衛督光能卿**（二四六頁注一四）　道長—長家—忠家—長家—忠家—俊忠—忠成—光能。鹿谷事件当時蔵人頭右中将。参議として右兵衛督兼任治承三年十月九日。

一四八　**小松内府重盛**（二四六頁注一八）　「六月廿一日天晴。入道内府（重盛）所悩猶殊重云々。法皇密密有三臨二幸彼亭〈小松〉一云々」（山槐記、治承三年）。

一四九　**（重盛）ウセニケリ**（二四六頁注一九）　百錬抄、治承三年八月一日は「入道内大臣重盛公薨」とする。帝王編年記・公卿補任・尊卑分脈等も同じく一日とし、平家物語も諸本ともに一日とする。ひとり玉葉のみ七月二十九日早朝死去とする。重盛が厭世心を強く持っていたことは、山槐記、治承三年五月二十五日に「前内大臣正二位平重盛〈年四十二〉依レ病出家。…日来不食云々。去二月東宮（安徳）御百日出仕、其後籠居、三月被レ参二熊野一。□申二後世事一云々。於二精進屋一食事、頗復例之間、反吐レ血。其後又不食、遂レ日枯槁云々」とある。熊野詣については延慶本平家物語、第二本廿一、小松殿熊野詣事・廿二、小松殿熊野詣由来事に詳しい。

一五〇　**基家**（二四六頁注二一）　道長—頼宗—俊家—基頼—通基—基家。嘉応二年七月二十六日左近衛権中将、承安二年正月二十三日従三位、安元二年三月六日正三位、寿永元年十月三日参議、寿永二年十一月二十八日解任、元暦元年九月十八日参議、文治四年十月十四日権中納言、文治五年七月十日辞任、建仁元年八月十三日出家、建保二年二月二十六日薨去。尊卑分脈によると、基家の三女に「三位中将平資盛女」の注が付されている。女は妾の誤記であろう。嘉応二年当時、基家は三十九歳。資盛は十三歳であったと伝えられている。平家物語は資盛が基家の婿であったとはしない。

基家が持明院三位中将と称したのは、承安二年正月二十三日から寿永元年十月三日までのことである。

一五一　**（資盛）ウタレテ車ノ簾切レナドシタル事**（二四六頁注二九）　延慶本平家物語、第一本十六、平家殿下ニ恥見セ奉ル事では、基房と資盛の最初の出会は嘉応二年十月十六日、基房が法住寺殿から中御門東洞院の邸への帰途、資盛は蓮台野で鷹狩を終え六波羅へ帰る途中のこととしている。事実は嘉応二年七月三日、基房が法勝寺に赴こうとした時のことであった。玉葉、同日と五日には次のとおりにしるされている。

三日〈辛巳〉今日、法勝寺御八講初也。有二御幸一、摂政（基房）被レ参二法勝寺一之間、於二途中一越前守資盛〈重盛卿嫡男〉乗二女車一相逢、而摂政舎人居飼等打二破彼車一事及二恥辱一云々。摂政帰レ家之後、以二右少弁兼光一為レ使相二具舎人居飼等一遣二重盛卿之許一任レ法可レ被二勘当一云々。亜相（重盛）返上云々。

五日〈癸丑〉…人々云、乗逢事、大納言（重盛）殊鬱云々。仍摂政、上臈随身幷前駆七人勘当。但随身被レ下二廏政所等一云々。又舎人居飼給二検非違使一云々。

基房側が陳謝したにもかかわらず、重盛の憤慨は休まらず、七月十五日にも基房が法成寺に赴く途上で恥辱を与える計画を立て、基房は外出を中止したほどであった（玉葉、翌日）。十月二十一日、基房が主上高倉天皇御元服の定に参内する途上、大炊御門堀河の辺で重盛側の武士がその行列を襲撃し前駆らを馬から引き落し五人のうち四人のもとどりを切った。その詳細は玉葉の当日・翌日の記事に詳しい。この事件のため御元服定は中止されて二十五日に行われた（玉葉）。

一五二　**サル不思議（重盛狼藉）アリシカド世ニ沙汰モナシ**（二四七頁注三五）　「世」を朝廷とすると朝議で不問に付したことになる。玉葉を見ても朝議で取り上げていない。しかし平家物語と愚管抄との密接な関係を思うと、「世」とは世間と解し、平家物語では清盛の所為と虚構していることを暗にさしている、とするのが妥当であろう。

一五三　**コノフシギ(重盛狼藉)コノ後ノチノ事ドモノ始**(二四七頁注三七)　周知のように平家物語はすべてこの事件を清盛の所為とし平家悪行の始(本大系上巻、一二〇頁)とする。清盛と重盛の相違はあるが、愚管抄もこれを平家の悪行の始まりとすることでは平家物語と一致する。愚管抄が平家物語を参照していることは、この一致でも判明する。

一五四　**(忠雅、基房)ムコニトリ申テケリ**(二四七頁注五一)　承安元年八月十日に実現した。玉葉、同日に次の記事がある。「今日、摂政(基房)娶二前太相国(忠雅)嫡女(忠子)一云々」。

一五五　**師家ト云子ウミテ**(二四七頁注五二)　師家は承安二年六月二十日に出生したが(玉葉)、その前月の五月から出生が問題になり、伊勢神宮に公卿勅使差遣の時期が議せられたことがあり(玉葉、二十九日)、出生当日の祈禱も厳重であった(玉葉)。特に人眼をひいたのは二十六日に行われた七夜のものものしさであって、玉葉、翌日の記事によると、帝王降誕の例に准じて行われた。同旨のことは玉葉、七月五日・八日の記事にも所見する。

一五六　**カヽル事ドモ出キニケリ**(二四七頁注五四)　治承三年十月九日に師家が権中納言に昇任した直後に発生した事件といえば、清盛が上洛し院政を停止し基房らを解官し流罪に処したことである。「カヽル事ドモ」とはそれをさしているとも受けとられる。事実、師家の急速な任官が内外の反感、清盛の憤激をかい、基房の失脚となったことは、玉葉、治承三年十月九日・十一月十五日の記事によって明白である。注目すべきは延慶本平家物語、第二本廿六、院ヨリ入道ノ許へ静憲法印被レ遣事・廿七、入道卿相雲客四十余人解官事が、師家の中納言昇任について玉葉とほぼ同じことを指摘していることである。覚一本も「法印問答」「行隆之沙汰」でこのことに触れているが、簡単である(本大系上巻、二五三・二五九頁)。

しかし文脈からすると、「カヽルコト」をこのように解するのは不自然である。慈円の文章表現では、婿取・師家出生・八歳中納言をさしたとするのが妥当であろう。

一五七　**家礼**(二四七頁注六三)　この語の原義は、史記の漢高祖本紀六年に「高祖、五日一朝二太公一、如二家人父子礼一」とあるごとく、子が親を敬い礼することである。日本では親に准じて他人をも敬い礼することに用いられた。源氏物語、藤裏葉(本大系三、一八九頁)にも所見する。ほかに中右記、康和四年正月二十日、台記、久安三年六月五日等にも見える。解釈としては安斎随筆、後篇二「一家礼　貞丈云、諸家の公家衆、公事の法式故実を習はんがために摂家方へ親しく付したがひ、出入して官仕せらるゝを家礼と云も、子の父を敬する如く摂家を礼する故也」がある。

一五八　**白河殿(平盛子)…家ツクリテ**(二四七頁注六九)　「十日、北政所(盛子)白川新造押小路殿御渡也。故殿(基実)梅津御所去秋以後壊渡、所レ被二造立一也。春宮権大夫(邦綱)私力之上、加二御荘園勤一急出来也」(兵範記、仁安二年十一月)。

一五九　**白河殿(平盛子)…ウセラレニケリ**(二四七頁注七〇)

子剋白川殿〈准母、故六条摂政(基実)室、六波羅入道大相国(清盛)女〉於二白河亭〈延勝寺…〉一薨逝。日来重悩憔悴□、于レ時入道相国被レ参二伊都岐島一之間也(山槐記、治承三年六月十七日)。

件准后(盛子)自二去春比一煩二不食一漸々増気。典薬頭定成加二灸治一。然而猶依レ不レ減、又加二護身一渡二邪気一、其後雖レ有二少減一、不レ及二始終一遂以亡去。天下之人謂、以二異姓之身一、伝二預藤氏之家一、氏明神悪レ之、遂致二此罰一云々。余所レ思者、若大明神咎二此事一者、何十四年之間、不レ与二其罰一。何況此後、彼資財所領等豈被レ付二藤氏一乎。計以為二公家之沙汰一歟。以レ之思レ之、神明之罰似レ無レ所レ拠。抑或人伝云、入道相国(清盛)先年之比夢曰、自二賀茂大明神一賜以二一之宝山一、其山高大、而難レ入二門内一、心底奇レ之問二子細使者一、々々答云、我是春日大明神之御使也。…暫可レ預二置此宝山一也云々。件山上、藤花盛開、悉以掩レ之者。其後与二故摂政(基実)一親昵、不レ経二幾程一摂政薨逝之刻、以後彼家可レ属二禅門(清盛)一之由、被レ下二院宣一之日、理須レ致二遁避一也。而以二先年之夢一案レ之、我朝之神明所レ被二量定一之事、定以有レ様歟。辞退還以可レ有レ恐。仍慭受二取之一暫所二守護一也。為レ主之人可二受継一者、定其期至歟。以二人意一輙不レ能二進退一之由、禅門被二密語一云々〈此事雖二伝語一真実之説也〉。余以二暫字一案レ之、仮伝預之人已以亡没、至二此時一、財主可二出来一歟。為レ宗之所可レ被レ付二氏長者(基房)一、其外所々任レ理尤可レ被二配分一也。理之所レ当、未二処分一之地也。故摂政男女子息有二其数一尤可レ被二配分一。二品亜将(基通)已為二成人之息一為レ宗文書庄園可レ被二伝預一之仁也。而此事更不レ可レ叶歟。如公家被二伝預一歟。是以、万事沙汰之趣所二愚推一也。更以不レ可レ違。努力努力、悲哉、此時藤氏之家門滅尽了。末代之事、神明天道、不レ有二沙汰之限一歟(玉葉、治承三年六月十八日)。

兼実は二十日の玉葉にも、白川殿所領以下が高倉天皇の沙汰になるとの風聞があることを記している。事実は法皇がその所領の管理権を取得したらしく、白川殿倉預として前大舎人頭兼盛を補した(玉葉、治承三年十一月十五日)。

一六〇　**小松内府**(**重盛**)…**年比シリケル越前国**…**メサレニケリ**(二四七頁注七三)　平重盛がいつから越前国を知行していたかは不明であるが、二男資盛が嘉応二年七月三日に基房と乗りあった時に(玉葉)越前守であったことからすると、かなり早い時からと推測される。重盛の死後、嫡子維盛が相続したが、後白河法皇が収公した(玉葉、治承三年十一月十五日)。

一六一　**松殿申サル、旨アリケリ**(二四七頁注七五)　盛子の死後、基房は摂関家の当主として当然その遺領相続を主張し後白河法皇に運動した、と推測されるが、そのことを直接に示す当時の史料は今のところない。

一六二　**入道**(**清盛**)…**ニハカニノボリテ**(二四八頁注五)　治承三年十一月十四日のことであった。「入道大相国(清盛)率二数千軍兵一自二福原一上洛、被レ着二八条亭一。京師怖恐、衆口嗷々。或曰、故内大臣(重盛)所レ賜之越前国、法皇(後白河)召二取之一、大成レ怨、又白川殿(盛子)庄園、法皇又有二御沙汰一、又除目間非拠等、不二甘心一云々」(山槐記)。

一六三　**十一月十九日ニ解官ノ除目**(二四八頁注七)　山槐記・玉葉等によると、基房の解官、基通の任官が決定したのは、十一月十六日の未明で、宣命・詔も同日付けで出されている。愚管抄、二の皇帝年代記(一一四頁)も十六日としている。十九日に行われた除目で解官されたのは、玉葉・山槐記によると、検非違使中原清重ら三人と伊勢守大中臣忠清にすぎない。それに対して十七日の除目で解官されたのは、太政大臣藤原師長らを始めとして多数の公卿・殿上人・地下人にわたっている。清盛弟の右衛門督平頼盛も含まれている。

一六四　**同廿一日ニ任官除目**(二四八頁注八)　十一月二十一日に除目が行われた形跡はない。十九日深夜の除目で兼実の息良通が権中納言右大将に任ぜられたことが注目される。

基通が関白昇進以前、非参議従二位右近衛権中将で二十歳であったことは公卿補任によって確かめられる。山槐記、十六日には「堀川関白(兼通)自二中納言一任二内大臣一。自二非参議一任二大臣一、幷任二摂録一事、今度始レ之。…今夜関白詔大外記師尚〈五位〉持二参右二位中将(基通)亭〈近衛北室町東〉一」とある。

清盛が兼実に対して基通を支持するように要望したことは玉葉に所見しない。しかし良通が権中納言右大将に任じられた時、清盛は十一月二十日付書状でこれを兼実に即報し、その任官が清盛の示唆に基づくことを暗示したが、兼実はその日記に次のとおりに感懐を記している。

余披二見此状一之処、先仰天之外無二他事一生涯之恥辱、於二諸身一極了。万事不レ及二沙汰一之間、此事出来、為レ被レ塞二余之鬱一歟。須二固辞一也。而若辞遁之者、忽可レ当二絞斬之罪一。加レ之聊中心有二所存一、仍只悦恐之由、自書二返報一遣了。

基通は同月二十三日に兼実に対して次のとおりに述べ、今後の示教援助を要望した。

故殿(基実)令レ隠給之後、一向相二憑御辺(兼実)一所二罷過一也。然間不慮事(基房解官)出来。年来一切籠居、万事不レ審。於レ今者弥所レ仰二御恩言一也。

これによると、扶持を要望したのは基通であるが、慈円は清盛の示唆と解した。

一六五　**関白**(**基房**)**ヲバ備前国ヘナガス**…(二四八頁注二一—二六)　基房は関白を停任されたあと十八日に大宰権帥に遷任、九州に配流されることとなった(玉葉)。邦綱がこの処置決定に参与したかどうか、当時の史料では確かめられない。十九日に基房は鳥羽南辺に移った。玉葉、当日には「前関白(基房)被レ逗二留鳥羽南辺一云々」とある。二十一日に古河にて基房が出家したのは邦綱の勧めによった(山槐記)。翌日の玉葉には「前関白(基房)昨日出家入道、大原聖人〈世謂二本覚房一〉奉レ授レ戒云々。今日被二下向一了」とあり、本覚房縁忍が出家の戒師を勧めたことを伝えている。基房は福原から淡路国を経て備前国に移り、そこにとどまった。山槐記、治承三年十二月十四日に次の記事がある。「前関白(基房)自二淡路一已渡二備前一給云々。備前国者前大納言邦綱卿知行国也。仍申二請禅門(清盛)一奉レ渡也」。

一六六　**院ノ近習ノ輩散々ニ国々ヘヤリテ**(二四八頁注二七)　玉葉、十一月十八日に次の記事がある。「流人、太宰権帥藤原基房〈有二宣命一、配二流本国一〉・平業房〈伊豆〉。被レ追二却関外一人々、資賢・雅賢・資時・信賢」。ほかに前太政大臣藤原師長が宮城を追い出されて尾張国で出家した(補任)。

一六七 **院ヲバソノ廿日鳥羽殿ニ御幸ナシテ**(二四八頁注二九―三一) 山槐記、治承三年十一月二十日に次の記事がある。「辰刻許、奉レ渡二法皇(後白河)於鳥羽一云々。院辺人歎息云々」。

幽閉中の法皇の動静については、玉葉・山槐記ともに記事がない。平家物語は延慶本第二本卅、法皇ヲ鳥羽ヱ押籠奉ル事以下を初めとして諸本ことごとく詳記している。延慶本は、法皇の母后待賢門院以来の侍女左衛門佐のみが侍したとし、覚一本(本大系上巻、二六二頁)は藤原通憲室紀伊二位が侍し、その子の静憲・成範・脩範(本大系上巻、二六九頁)が伺候したことを記している。

一六八 **浄土寺ノ二位(栄子)**(二四八頁注三四) 「高市親王―長屋王―桑田王―礒部王―石見王―峯緒―茂範―師尚―良臣―敏忠―業遠―成章―章行―章尋―澄雲〈山、法印〉―女子〈従二、栄子、宣陽門院幷教成卿母〉」(尊卑)。

栄子は初め後白河法皇側近の平業房に嫁して業兼・教成を生んだ。業房は東山浄土寺に堂を造り安元元年八月十一日に後白河法皇・建春門院の御幸を仰いだことがある(山槐記)。栄子がいつ法皇の後宮に入ったかは不明であるが、業房は法皇の鳥羽殿幽閉に先だって解官、伊豆に流されている。山槐記、治承四年三月十七日によると、この日より四、五日以前に清盛は女房二人が後白河法皇の側近に仕えるのを認めたが、その一人が丹後局(栄子)であった。栄子が浄土寺二位と称したのは、後白河法皇皇女覲子内親王生母として従二位に叙せられた建久二年六月二十六日(玉葉)以後である。丹後局としてその活動が公卿らの日記に所見するのは、法皇の院政が再開する治承四年十二月十八日以後であるが、玉葉、治承五年七月二十三日に「故業房妻堂供養」と所見するのは早い部類に属する。次いで同、寿永元年十二月十九日の「女房浄土寺堂可レ有レ額〈浄金剛院〉、可レ令二書進一者、申二承了之由一〈件女房御愛物也。其名丹波〉」が注目される。丹波は丹後の誤記であろう。栄子が丹後として玉葉に初見するのは元暦元年七月二十五日の「兼光ハ法皇(後白河)無双之寵女丹後之聟也」である。

一六九 **高倉ノ宮(以仁王)**(二四八頁注三六) 高倉天皇在位中に成った今鏡、八、みこたちには以仁王の生母高倉三位と所生の皇子女について次のとおり記している。

いまの一院(後白河)の宮たちは、あまたおはしますとぞ、きさきばらのほかには、たかくらの三位とますなる御はらに、にわじの宮(守覚)御むろつたへておはしますなり。まだわかくおはしますに、御をこなひのかたも梵字などもよくかゝせ給ときこえさせ給。つぎに御元服させ給へるおはしますなるも、御ふみにもたづさはらせ給ひ、御てなどかゝせ給ときこえさせ給。その宮(以仁)も宮たちまうけまさせたまへるとぞ。おなじ三位の御はらにをんな宮もあまたおはしますなるべし。

延慶本平家物語、第二中八、頼政入道宮ニ謀叛申勧事付令旨事には次のごとく記していて、慈円がそれを参照して愚管抄の本文をなしたことを思わせる。

一院(後白河)第二の御子以仁王と申は、御母は加賀大納言季成卿御娘とかや。三条高倉の御所に渡らせ給ければ高倉の宮とぞ申ける。去永萬元年十二月十六日御年十五と申しに皇太后宮(多子)の近衛河原の御所にて忍て御元服有しが、御年卅にならせ給ぬれども、未だ親王の宣旨をだにも蒙らせ給はず、御手跡などうつくしくあそばして、和漢の才秀給へる仁にてをはせしかば、位にも即ましく〳〵たらば末代の賢王とも申べしなど申人々有けれども、此世には継子にて打籠られさせ給て、花の下の春の遊には宸筆下て手から御製を書き、月の前の秋の宴には、玉笛を吹て自から雅音を操り詩歌管絃に御心をなぐさめてぞ過させ給ける。

覚一本(本大系上巻、二七八―二七九頁)も同一旨趣であるが、高倉三位を季成の娘と断定していること、王が不遇であった原因を「故建春門院の御そねみ」と明言していることが注目される。

以仁王が即位を希望していたことは反乱当時既に言われた。玉葉、治承四年六月十日に次の記事がある。「件男(相少納言宗綱)年来好相レ人。彼宮(以仁)必可レ受レ国之由、奉レ相。如レ此之乱逆根源在二此相一歟。不可々々」。相少納言が王の人相を判断したことは延慶本第二中八にも覚一本(本大系上巻、二八一頁)にも所見する。

以仁王はかつて天台座主最雲親王の弟子となったことがあり、その因縁で九条太政大臣信長が建立した九条の城興寺(常興寺、南区東九条烏丸町)を親王から伝領していた。それが治承三年十一月の政変によって後白河法皇の院政停止、天台座主明雲の復任が決定すると、城興寺に対する以仁王の権利は奪われ明雲に与えられることになった。山槐記、治承三年十一月二十五日にそのことが所見する。明雲がこのようなことを企てたのは、平氏の支持を得て座主に復任した余勢を利用したのであろうが、それが王の平氏に対する反感をあふったことは当然に推測される。

一七〇　コノ宮(以仁)ヲサウナクナガシマイラセン…(二四九頁注四二以下)

治承四年五月十五日のことであった。

亥剋自レ京下人走来云、高倉宮〈一院(後白河)御子、故高倉三位腹、新院(高倉)御兄也〉、有二配流事一。只今検非違使兼綱〈大夫尉〉光長向二三条北高倉西亭一。武士等囲之者。後聞、今日可レ有二免物一之由、被二仰下一。仍官人等着レ冠参レ陣、…実者無二免物一被三仰二下宮御事一。…晩頭参二向彼宮一之処、皆閇レ門、無二答之人一。仍光長令三踏二開高倉面小門一之間、左兵衛尉信連射レ之。被レ疵者有二両三人一。宮不二御坐一早以令二遁出一給畢云々(山槐記)。

以仁王は園城寺(三井寺)に逃亡した。

十六日、…伝聞、高倉宮去夜検非違使未レ向二其家一以前、竊逃去、向二三井寺一。彼寺衆徒守護、可レ奉三将登二天台山一、両寺大衆可レ企二謀叛一云々…。

十七日、…伝聞、昨日巳刻許、八条宮〈円恵法親王是也〉以二使者一示二宗盛・時忠等卿一云々、高倉宮所二御座一三井寺平等院也。可レ被二出京一之由、所二沙汰一也云々者。因レ茲時忠卿為二彼御迎一進レ人〈内匠助某、実名可レ尋〉。又宗盛卿武士五十騎許着二副彼使一遣レ之。即八条宮下二法師原三人一相二具之一秉燭首途、子刻到二彼寺一。但不レ入二寺中一群二集小関外一、先以示下証之下法師達参二御迎一之状上。即帰来云、今日日没以前、大衆卅人許相率、渡二御京御所一畢、早可レ被レ帰云々。仍別当使幷武士等参二八条宮一先申二此由一。宮被レ答云、可レ被二出洛一之由、衆徒相議所レ申也。而忽思変、已凶徒等切二我房一了。其事無レ隠、於レ今者非二力之所レ及、自レ上任レ法可レ有二沙汰一云々(玉葉)。

兼綱が頼政実子でなく甥・養子であったことは、玉葉、承安二年二月十日に所見する。

頼政が挙兵したのは、園城寺攻撃に参加の命を受けた五月二十一日の夜半であった。

去夜半頼政入道引二卒子息等〈正綱・宗頼不二相伴一〉一参二籠三井寺一。已天下大事歟(玉葉、二十二日)。

今暁源三位入道〈頼政〉率二男伊豆守仲綱以下五十余騎一向二三井寺一参二高倉宮一云々。…東北方有レ火。頼政入道家〈近衛南、河原東〉云々。暁逃去、不レ令レ為レ見二其跡一。自令レ指レ火云々(山槐記、二十二日)。

廿日、源三位入道・同子息伊豆守仲綱・源大夫判官兼綱・六条蔵人仲頼・其子蔵人大郎仲光・渡辺党等を相具して、夜に入て近衛河原の宿所に火を懸て三井寺へは参りにけり(延慶本平家、第二中十三)。

一七一　(以仁王)奈良ヲサシテオハシマシケル…(二四九頁注五九―六一)　その日時は頼政が参加した二十二日から三日後の二十五日の夜であった。

山槐記、二十六日に「去夜半許、高倉宮出二園城寺一令レ向二南都一給、日来、延暦寺衆徒有二同心之疑一、而昨朝座主僧正明雲登山制二止此事一、一向承伏。聞二此旨一忽被レ向二南都一云々。又日来有二同心之聞一也」とある。ところが平家物語は延慶本第二中十八、宮南都へ落給事の次記の記事を初めとし他の本も二十三日に出発としている。

廿三日高倉宮は大衆同心せばかくてもおはしますべきに、山門心替りの上は薗城寺ばかりにては弱ければ、源三位入道頼政・伊豆守仲綱・大夫判官兼綱…三百余騎にて落させ給。

ただしその究極の行先は当時の日記、平家物語ともに奈良とし、吉野というのは今のところ愚管抄以外に所見しない。当時の状勢では王が奈良を過ぎて吉野をさすとは考えられないが、注目されるのは延慶本を初めとして平家物語の諸本が以仁王の園城寺への潜行に関連して、吉野に潜幸した天武天皇の故事に触れていることである。そのことが慈円をして吉野を思わせたのかもしれない。このようなことも平家物語と愚管抄との関連を示すものかもしれない。

園城寺側から六波羅へ夜襲する計画は延慶本第二中十五、三井寺ヨリ六波羅へ寄トスル事以下、諸本に詳しい。その日時は明記されていない。山槐記、二十三日に「午剋北山科焼亡、下人云、法皇御所云々。自二園城寺一焼レ之。武士等向レ寺之時於二彼所一可レ調レ陣。仍焼レ之」、二十四日の「今夜丑刻許頼政入道菩提寿院堂放火云々」とあるのは、それが事実であることと、日時を示したものである。

この夜打の出立がおそくなったのは、平家物語によると、園城寺僧で平氏に好意を持った一能房阿闍梨心海が永僉議をしたのが原因であった。松坂にて夜が明けた、とするのは、覚一本(本大系上巻、三〇六頁)が「大手は松坂よりとてかへす」とするのと一致する。愚管抄の記事は平家物語所伝の永僉議を既知の事実と前提している。平家物語が愚管抄より以前に成立している傍証の一として注目される。

一七二　**(以仁王)廿四日ニ宇治ヘ落サセ給**…(二四九頁注六四以下)　以仁王・頼政が宇治に到着したのは二十四日であったとするのは事実ではない。前記の山槐記、二十六日も玉葉、同日も共に二十五日夜とする。平家物語は延慶本が前記のように王の園城寺出発を二十三日としているから、宇治到着は明記していないが、二十四日ということになろう。愚管抄が二十四日と明記しているのは、当時の日記を根拠にしたのではなく、おそらく平家物語の記述によったものであろう。宇治に一夜滞在についても延慶本第二中十八、宮南都へ落給事付宇治ニテ合戦ノ事で補注5—一七一所引の本文に続いて「宇治と寺(園城)との間にて六度まで落馬せさせ給ふ。此程御寝ならざりける故也。宇治橋三間引てかいたてにかき、其間宮をば平等院に入進せて御寝なし奉る」とするのによったのであろう。

宇治での合戦は二十六日午前に行われた。山槐記、同日は補注5—一七一所引の記事に続いて「聞其告、飛驒守景家・上総守忠清等発向宇治之間、宮先渡橋給。彼方甲兵引橋、景家責寄、於橋上合戦之間、忠景又追来、伴類十余騎作時、打入馬於河中。橋上方有歩渡瀬。或又雖深淵以馬筏郎等二百余騎渡河。於平等院前合戦。景家得頼政入道頸、忠清得兼綱〈大夫尉〉頸。平等院廊自害者有三人、其人一人着浄衣無頸、有疑、頼政男伊豆守仲綱死生不詳。又宮遁入南都給」と戦況を記している。

頼政の軍勢は「敵軍僅五十余騎、皆以不顧死、敢無乞生之色」(玉葉)であったが、攻める平氏の軍は二百余騎であった(山槐記)。

馬筏については前掲の山槐記、二十六日に所見するが、その実際の組み方については延慶本第二中十八、宮南都へ落給事付宇治ニテ合戦ノ事に足利又太郎忠綱の言として次のとおりに記されている。

加様の大河を渡にはつよき馬を面に立、よはき馬を下に立て、肩を並べ手を取くみて渡すべし。其中に馬も弱て流れむをば弓のはずを指出て取付せよ。余たか力を一に合すべし。馬の足のとつかむ程は手綱をくれて歩ませよ。馬足浮ば手綱をすくふて游がせよ。我等渡すと見るならば、敵矢ぶすまを作て射んずらむ。射るとも手向なせよ。射向の袖をかたきに当て向矢を防がせよ。向のはたみむとて内甲のすき間射らるな。さればとてうつぶきすごして手辺の穴射らるな。馬の頭さがらば弓のうらはずを投懸て引上よ。つよく引き引かつぐな。馬より落んとせば、童すがりに取付てさうつにしど乗さがれ。かねにな渡そ、押流さるな。すぢかへさまに水の尾に付て渡せや〳〵。

覚一本(本大系上巻、三一二頁)には「馬筏をつくる」とあり、延慶本より簡略の文章ではあるが、馬筏の組み方を説いている。

仲綱の死は、前掲の山槐記当日の記事によると、死生不詳であった。延慶本は「伊豆守仲綱も討れぬ」とし、覚一本(本大系上巻、三一六頁)も「伊豆守仲綱もいた手あまたおひ、平等院の釣殿にて自害す。その頸をば、しも河辺の藤三郎清親とて大床のしたへぞなげ入ける」としている。愚管抄は仲綱自害の場所を「殿上ノ廊」とするが、玉葉には平等院執行良俊の朝廷への報告として「殿上廊内自殺之者三人相残、其中有無首之者一人、疑者宮(以仁)歟」とあり、これは仲綱と認められる。

一七三　**ニヱ野ノ池ヲ過ル程ニテ、追ツキテ宮ヲバ打トリマイラセテケリ**(二四九頁注七一以下)　奈良に向かって逃げる以仁王に平氏の軍が追いつき、その首を取ったのは、山槐記、二十七日によると山城国綴喜郡綺田(かばた)の川原であった。

行隆云、只今自南京已講〈失名〉申送摂政(基通)云、頼政子二人〈失名〉舎人男一人落来、件舎人申云、宮(以仁)着藍摺水干・小袴・生小袖給、於加幡河原被打取給了者。被相尋件事之処、無見知宮之人。件元服人在打取之輩中之由、所承也者。

平氏の軍の追いついたところが贄野池を過ぎたところというのは平家物語である。延慶本第二中廿一、宮被誅給事は、王は光明山の鳥居の前で流矢に当たりなくなったとしながら、随従の佐大夫宗信が「馬を捨てにえ野の池の南のはたの水の中に入て草にて面をかくしてわなゝき伏り」いたところ、「浄衣きたる死人の頸もなきを舁て通りけるをみれば宮の御むくろ」なることを知ったことを録している。覚一本(本大系上巻、三一八頁)も平松家旧蔵本も同じことを伝えている。

王の死を確認するために王を攻撃した軍に従軍した元服人が起用されて実検した(山槐記、二十七日)。平家物語は延慶本第二中廿一、宮被誅給事を初めとして諸本ともに典薬頭定成と王の妾らが証言・実検したとしている。

愚管抄は王の学問の師であった日野宗業が同じ役を果たしたとする。宗業は内麿—真夏—浜雄—家宗—弘蔭—繁時—輔道—有国—資業—実綱

―有信―宗光―経尹―宗業の系譜を持ち親鸞のおじであるが、文章生として摂関家に仕えたので(玉葉、承安三年五月二十一日)、慈円はその関係を通じてこの事実を知ったに相違ない。

以仁王の生存説は、頼朝らの反逆の報が京都に達した直後の京都でひろまったが(玉葉、治承四年九月二十三日)、義仲の入京を最後として、王の生存説は消失した。

一七四　**(園城)寺ヘハ武士イレテ…ヤキハラハセテキ**(二五〇頁注二以下)　五月二十七、八両日の園城寺焼打は山槐記以外に当時の日記には所見がない。延慶本平家物語、第二末卅、平家三井寺ヲ焼払事には「去五月高倉宮を奉二扶持一事によりて三井寺責めらるべしと沙汰有ければ、大衆発て大津の南北の浦にかひたてをかき、矢倉をかきて防ぐべき由結構す」として焼打のことには触れていない。それに対して覚一本(本大系上巻、三二八頁)には五月二十七日の事実として三井寺炎上を描いている。しかしそれは十一月十七日のこととして延慶本が記している園城寺焼打をほぼそのままに転載したにすぎない。覚一本らの諸本が延慶本系の原平家物語の記事を手直してできたことの一証である。ただし延慶本が十一月十七日園城寺焼却とするのは事実と異なり、平氏が園城寺の周辺と寺門房舎を焼いたのは、玉葉によると、治承四年十二月十一日である(玉葉、翌日)。

園城・興福両寺への報復を議する公卿僉議は、五月二十七日に高倉上皇御所で行われた。その詳細は当日の玉葉によって知られる。隆季は、中納言藤原家成(二一五頁注二二)の一男で当時は権大納言、高倉上皇の別当であった(補任)。通親も当時は参議で同じく高倉上皇の別当であった。かれらの発言は強硬なものであった。通親の発言は、山槐記によると、高倉上皇の仰詞そのままであった。それに対する兼実の発言は玉葉に詳記されているが、山槐記によると、通親とほぼ同じ発言をした実宗と似ていた。したがって愚管抄所載の兼実発言は、玉葉・山槐記などによって記したものではないであろう。なお「愚詞」は「尽レ詞」の誤写かといわれている(塩見薫、史林43-2「愚管抄のカナについて」)。

平家物語では、延慶本第二中廿九、源三位入道謀叛之由来事の末尾に「南都の大衆以外に騒動しければ、入道(清盛)余りに不レ安事に被レ思ければ、三井寺・南都の衆徒の張本を可レ被二召禁一之由、其沙汰有けり」の記事が唯一である。「王法仏法如二牛角一」は平家物語の他の箇所に用いられている。延慶本は第一末五、山門大衆座主奉二取返一事に「仏法王法牛角也」と見え、その他の諸本にも同じところに所見する。

一七五　**(福原)都ウツリ**(二五〇頁注一八以下)　遷都のうわさがひろまり始めたのは以仁王がまだ園城寺内にいた治承四年五月二十三日ごろであって、この日に権中納言雅頼が兼実にそのことを伝えている(玉葉)。三十日には権大納言邦綱が兼実に六月三日福原行幸に決定したことを報じたが、続いて左少弁藤原行隆が二日に変更されたことを知らせた(玉葉)。遷都当日の状況は百錬抄に記載されている。

還都の希望が積極的に表明され始めたのは、頼朝らが挙兵するよりも以前であって、八月十二日の玉葉は、権大納言藤原隆季・同平時忠らがそれを清盛に伝え拒否されたことを録している。還都を議する公卿僉議が行われたのは、十一月十二日であった。当日の吉記によると、「自レ院(後白河)有レ召…帥(隆季)云、有二帰都之議一、但前大納言(邦綱)為二御使一向二禅閤(清盛)一畢、可三相二待帰参一者。然間、殿下(基通)令レ参給、数刻雖レ似レ有二沙汰一、無下被二仰下一之趣上。…深更蔵人弁(行隆)示送云、帰都一定也」という状態であった。左大弁長方が清盛の意中を推測して還都を発言したのはこの時であろう。

清盛としては、還都の可否で子息の宗盛とも争ったと伝えられた(玉葉、十一月五日)あとだけに還都には賛成しなかったと推測される。それが急転して還都が実現したについて兼実はその理由を推測している(玉葉、十一月二十六日)。十一月二十三日に福原を出発した天皇・上皇らを京都にあって二十六日に迎えた右大臣藤原兼実はその感想を日記玉葉に次のようにもらしている。

今有二此還都一天之下、四海之中、王侯卿相、緇素貴賤、道俗男女、老少都鄙、莫レ不二歓娯一。

一七六　**南都ヘヨセテ焼ハラヒテキ**(二五〇頁注二四)　「蔵人頭重衡朝臣追二討南都一、是彼衆徒等背二朝威一謀反之由、依レ有二其聞一合戦。…今日東大・興福寺堂舎僧房不レ残二一宇一悉以焼払。仏法之滅亡偏在二此時一」(百錬抄、治承四年十二月二十八日)。

一七七　**宮(以仁)ノ宣**(二五一頁注三九)　宣旨は原則として勅旨を伝えること、そのために作成された文書をいう。以仁王の場合は、最勝王勅として前伊豆守源仲綱が命を受けて、四月九日に東海・東山・北陸三道諸国源氏ならびに群兵に対して下文の形式で発したものが東鑑、治承四年四月二十七日に収められている。

一七八　**平宗清…（頼朝）モトメ出シテ**（二五一頁注四七）　古活字本平治物語、下（本大系四五〇頁）に逮捕の事情が記述されている。

　頼盛の母が頼朝の助命を歎願したことは平治物語に詳しいが、延慶本平家物語、第二中卅七、太政入道院ノ御所ニ参給事に清盛が高倉上皇に奏したことばの中に次のごとく表現されているのが注目される。

　頼朝と申候奴は、江州より尋出して候しを、入道が継母池尼と申候し者、彼頼朝を見候て、余りに無慚がり候て、此冠者我に預けよ敵を生て見よとこそ申せと、たりふし申候しかば、実に源氏の胤をさのみ可レ断にもあらず、其上入道私の敵にも非ず、只君の仰を重くする故にこそあれ、と存候て、流罪に申宥て伊豆国へ流遣候ぬ。其時十三と承候き。かね付たる小冠者の生直垂小袴着て候しに、入道事の子細尋候しかば、いかゞ候けむ、其事の起りつや〳〵不レ知、と申候之間、実にも拙き者にて候へば、よも知候はじ、と青道心を成し候…。

平治物語は頼朝助命の池尼の意志を清盛に伝えたのは重盛とし、頼盛は再度嘆願の時に重盛に同行したことになっている（本大系四五三―四五四頁）。頼朝が頼盛をも深く頼んだのは当然であるが、延慶本によると、清盛が頼朝を直接に訊問した結果、清盛がにわか仏心を起こして助命したことになっている。ことによると、愚管抄の頼盛は清盛の誤記かもしれない。

一七九　**頼朝、コノ宮（以仁）ノ宣旨ト云物ヲモテ来リケルヲ見テ**（二五二頁注七）　東鑑、治承四年四月二十七日が唯一の史料である。

一八〇　**光能**（二五二頁注九以下）　福原遷都後に恩免された（補任）。光能の政治活動が活発になるのは十二月十八日、清盛の奏請によって後白河法皇の院政が再開したのちのことである。

　光能が後白河法皇の意向を体して文覚を介して頼朝と交渉した、というのは、周知のように平家物語の諸本が一致して伝えていることである。延慶本第二末一、兵衛佐頼朝発二謀叛一由来事に「四五月の程は高倉宮の宣旨を賜てもてなされたりけるほどに、宮失せさせ給て後、一院（後白河）の院宣を被レ下事有けり。其故は、年来の宿意もさる事にて、高雄文学が勧とぞ聞へし」とし、また同七、文学兵衛佐ニ相奉ル事には、「文学申けるは、院の近習者に前右衛門督光能卿と云人あり、彼仁に内々ゆかりありて年来申承事あり、彼仁の許へ密にまかりて、此由（勅勘免除の頼朝の希望）を申べし」とあり、同八、文学京上シテ院宣申賜事には治承四年七月六日付の院宣の本文が収められている。

　　可三早追二討清盛入道幷一類一事

右彼一類非三忽二緒朝家一失二神威一亡二仏法一既為二仏神怨敵一、且為二王法朝敵一。仍仰二前右兵衛佐源頼朝一、宜下令三追二討彼輩一、早奉レ息中逆鱗上之状、依二院宣一執奉如レ件。

　　治承四年七月六日　　前右兵衛督藤原光能奉

　前右兵衛佐殿

覚一本（本大系上巻、三五三・三六三頁）では、延慶本と本文は異なるが、同一旨趣のことを簡潔に述べている。平松家旧蔵本もほぼ同じである。平家物語の所伝が事実でないことは、東鑑や神護寺文覚四十五箇条起請が全然それに触れていないことからして確実である。慈円が愚管抄のなかでこのような所伝を明確に否認したことは、かれが愚管抄を著す以前に平家物語が成立しており、その記事の真偽について、慈円が批判をしたことを示すものである。

一八一　**高雄（神護寺）ノ事ス、メスゴシテ…**（二五二頁注一三以下）　当寺は鳥羽天皇の院政下において弾圧を受け一時壊滅にも等しい状態となったことがあった。その年時・原因などは不明であるが、文覚が元暦二年正月十九日に制定した四十五箇条起請によると、かれは仁安三年秋から当寺に住し再興に着手した。六年めの承安三年夏（玉葉によると四月二十九日）に文覚は後白河法皇の法住寺殿に推参し荘園の寄付を強く要望し、希望が認められないかぎり退去しないと主張して罪に問われ、源頼政が知行する伊豆国に流された。文覚は六年めの治承二年にゆるされて帰京したが、中宮徳子の安徳天皇分べんによる大赦によるものと思われる。文覚は寿永元年十一月二十二日に後白河法皇が蓮華王院に御幸した時に堂内に進入して荘園寄進の確約を受けることに成功し、神護寺の再興もようやく軌道に乗った。

　文覚が頼朝に近づいたのは、承安三年五月から治承二年まで伊豆国にいた間のことであった。その詳細を伝える史料はないが、延慶本平家物語、第二末七、文学兵衛佐ニ相奉ル事の記事もその一端を伝えるものである。

　文覚の弟子の中、上覚は湯浅宗重の子であって（一三〇頁注二五）、出自も明確であるが、千覚は不明である。神護寺文書、五九号（元仁元年）十一月三十日付上覚房行慈書状に「当寺（神護）にハ故上人（文覚）御房始て御居住候しにハ、道勝房・行慈こそ随逐しまいらせて候しが、後には専覚房阿闍梨も来住して候き」と所見する。文覚の初期の弟子である。

一八二　**梶原平三景時**（二五二頁注二六）　高望王—良茂—良正—致成—景成—景正—景経—景長—景時。梶原の家名は住郷相模国鎌倉郡梶原郷に基づく。なお景時は、東鑑によると、治承四年八月二十三、四両日の石橋山合戦には平氏方につき頼朝の危機を救ったが、頼朝側に加わったのは治承五年正月十一日である。平家物語は延慶本第二末十三、石橋山合戦事を初めとして、長門本・源平盛衰記のみが景時のこの時の内応を伝え、他の諸本には所見しない。

一八三　**土肥次郎実平**（二五二頁注二七）　良平の子。高望王・良平間の系譜不詳。相模国足柄下郡土肥郷に住した。実平は、東鑑によると、治承四年八月六日に所見する。平家物語では延慶本平家物語、第二中卅五、右兵衛佐謀叛発ス事には頼朝に味方したものとして、「伊豆国住人北条四郎時政・土肥次郎実平を先とし」としている。一方流・城方流諸本には実平の名が見えない。

一八四　**北条四郎時政**（二五二頁注二八）　貞盛—維将—維時—直方—聖範—時直—時家—時方—時政。北条の家名は伊豆国田方郡北条に基づく。時政の長女政子は頼朝の妻。

一八五　**畠山荘司（重能）、小山田別当（有重）ト云者兄弟ニテアリケリ**（二五二頁注三一—三四）　重能・有重の系譜は、高望王—良文—忠頼—将恒—武基—武綱—重綱—重弘—重能〈畠山庄司〉（尊卑）。有重は重能の弟で小山田別当と称した。また重忠は重能の子で、同庄司二郎と称した。重能兄弟が頼朝挙兵当時に在京していたことは、延慶本平家物語、第二中卅五、右兵衛佐謀叛発ス事に「畠山庄司重能・大（小）山田別当有重折節在京したりけるが、申けるは、何事かは候べき。相親しく候へば、北条四郎（時政）が一類計こそ候らめ。其外は誰か付て輙く朝敵と成候べきと申ければ、げにもと云人もあり、いざとよ何かあらむずらむ、大事に及ぬと云人もあり。寄合々々さゝやきけり」とあることで知られる。他の諸本もこの事実を伝えている。

しかし畠山重忠が石橋山合戦に参加し頼朝を箱根山に追いあげた、と愚管抄がするのは、東鑑所載の戦況と異なるし、延慶本を初め平家物語とも一致しない。重忠は鎌倉で三浦義明の子供らの軍と交戦した。

一八六　**上総ノ介ノ八郎広経**（二五三頁注四三）　高望王—良文—忠頼—忠恒—恒将—常永—常時—常澄—広常。「上総介、号二介八郎一」（尊卑）。

石橋山敗戦後、頼朝は実平を伴って安房国に渡り丸御厨に入り上総国に移って広常を臣とすることは、東鑑に詳しい。平家物語は延慶本が第二末十六、兵衛佐安房国へ落給事、同十八、三浦ノ人々兵衛佐ニ尋合奉事、同十九、上総介弘経佐殿ノ許参事に所出する。他の諸本は省略している。

頼朝が広常の来服が遅いことを責め、広常を心服させたことは東鑑・延慶本平家物語の双方に所見する。延慶本によると、頼朝は一万六千余騎の軍勢を得たという。

一八七　**三浦党**（二五三頁注四五）　党の中心となる三浦氏は、高望王—良茂—良正—公義—為次—義次—義明—義澄の家系をもって頼朝挙兵の当時に及んだ。義明・義澄らが石橋山合戦に参加しようとして三浦を出発し鎌倉で畠山重忠と戦い、安房にて頼朝に会ったことは東鑑に所見するが、平家物語では、延慶本第二末十四、小壺坂合戦之事、同十五、衣笠城合戦之事、同十八、三浦ノ人々兵衛佐ニ尋合奉事が詳しく、覚一本（本大系上巻、三四五頁）では簡略に触れているにすぎない。

一八八　**木曾冠者義仲**（二五三頁注五三）　義仲の挙兵は東鑑、治承四年九月七日に所見する。義仲の成人については次のごとくしるされている。

源氏木曾冠者義仲主者、帯刀先生義賢二男也。義賢去久寿二年八月於二武蔵国大倉館一為二鎌倉悪源太義平主一被二討亡一。于レ時義仲為二三歳嬰児一、乳母夫中三権守兼遠懐レ之遁二于信濃国木曾一令レ養二育之一。

延慶本平家物語、第三本七、木曾義仲成長スル事にも同じことが所見する。他の諸本も同じい。

義仲がその後、以仁王の王子を擁し、入京後王子の即位を要請して拒否されたことは玉葉、寿永二年八月十四日に所見する。

平家物語では延慶本第二中廿四、高倉宮ノ御子達事の「一人は高倉宮の御乳母の夫讃岐前司重季奉レ具て北国へ落下給へりしをば、木曾（義仲）もてなし奉て越中国宮崎と云所に御所を立て居奉りつゝ、御元服ありければ木曾宮とぞ申ける。又は還俗の宮とも申けり」とするのを初め、他の諸本も同じく言及する。

一八九　**追討ノ宣旨下シテ頼朝ウタン…**（二五三頁注六一以下）　玉葉、治承四年九月十一日によると、この宣旨は九月五日付で発せられている。平家物語では延慶本第二末廿一、頼朝可二追討一之由被レ下二官符一事が玉葉とほぼ同文のものを収めている。ただし日付が異なる。他の諸本は宣旨に触れない。

追討使維盛が福原を出発したのは玉葉によると九月二十一日、京都出発は同二十九日であった。山槐記は九月二十二日福原出発、二十九日京都出発とする。平家物語は延慶本第二末廿三、惟盛以下東国へ向事が九月十七日福原出発、同十八日京都着とし、京都出発の日を明記しない。長門本は十九日、他の諸本は二十日京都出発とする。盛衰記だけは二十二日福原出発、二十三日京都着、二十四、五、六日は滞在としている。

平氏の軍が福原・京都を出発した時に見物するものがいたかどうかについては、玉葉・山槐記ともに記事がない。それに対して平家物語は延慶本第二末廿三、惟盛以下東国へ向事を初めとして諸本ともに見物人が数多く維盛の武装が美麗であったことを述べている。

慈円の富士川の戦についての知識が、兄兼実の日記玉葉所見のものと同一であることは、浮島原・東国武士降服についての記事が一致することで判明する。東鑑、十月二十日によると、頼朝が駿河国賀嶋に到着し、維盛らは富士川西岸に陣したとし、浮島原の地名は所見しない。平家物語でも浮島原が所見するのは頼朝の陣所としてである。維盛らの軍が川沼に集った水鳥の羽音に驚いて戦わずに敗退したことは、治承四年当時からやかましく言われたことで、山槐記、十一月六日に所見する。

維盛の軍に従った東国武士の多くがこの戦を機として平氏側を離れて頼朝に従ったことは、玉葉に所見し、平氏敗走の主原因はそれであったとする。延慶本平家物語、第二末廿八、平家人々京へ上付事も「在京したりける関東の武士、少々惟盛に付て下たりけるが、小山四郎朝政以下多く源氏の方へ付にければ、弥勢かさなりにけり」として小山朝政の名をあげている。敗戦後、維盛が入京したのは十一月五日で、その惨めなさまについては玉葉・山槐記ともに詳しい。

一九〇 **平相国入道ハ…温病大事ニテ程ナク薨逝**…(二五三頁注六七―七〇) 清盛の病報が京都に達したのは治承五年二月二十七日であった(玉葉)。その前日には宗盛以下の一族が関東に下向することが決定していた。二十八日には重態の報が入り、閏二月一日には危篤とうわさされた。四日には死亡の報道がひろまったが、五日に確報が伝わった。四日が死去の当日である。百錬抄、四日は「入道太政大臣〈清盛公、法名浄海〉薨。〈年六十四〉。天下走騒。日来有二所悩一身熱如レ火。世以為下焼二東大興福一之現報上」としている。愚管抄が五日死去とした原因は不明である。延慶本平家物語、第三本十三、太政入道他界事には二月二十七日発病したとしているが、死期を明記していない。他の諸本も同様である。

清盛は死去に先だって、治承四年十二月十八日に後白河法皇に奏請して法皇が以前のように政務を見ることを要請した(玉葉)。それまで院政を処理した高倉上皇が病弱でそれに堪えられなかったからである。しかし長く反目した法皇側近と清盛側が速急に融和することは困難であって、翌年正月七日には法皇近日の第一の近習者といわれていた左衛門尉知康らを清盛が逮捕した(玉葉)。

高倉上皇は正月十四日に崩御した。当日の玉葉には次のように記されている。

寅刻人告云、新院(高倉)已崩御者。…卯刻使帰来云、事已一定、丑終寅始程事云々。

三日後の十七日には、天下の万機は法皇が聴取する旨発表された(百錬抄)。事実の朝政の処理は前年の七月二十九日に高倉上皇から委任を受けた摂政近衛基通が統宰した(百錬抄)。法皇の院政が名実共に再開したのは清盛の死後であって、その具体的に現われたのは、閏二月六日の後白河法皇御所院上での関東乱逆僉議であった(玉葉)。

清盛はその死にあたって、使者をもって法皇に、自分の死後は万事宗盛に命令してあるから、すべてのことは宗盛と計って処理するように奏請したが、法皇から明確な回答が得られず、法皇と宗盛が衝突するのではないか、と風聞がたった(玉葉)。

延慶本平家物語、第三本十七、太政入道白河院御子ナル事には「同(閏二月)六日宗盛院(後白河)に奏せられけるは、入道已に薨候ぬ、天下の御政務今は御計たるべきよし被レ申けるに、院の殿上にて兵乱事被二定申一」とある。

一九一 **東国、北陸道ミナフタガリテ**(二五三頁注七二) 治承四年に始まった源氏の反乱が与えた最も深刻な影響は、地方の治安が悪化し交通が途絶したことによって、京都への物資輸送事情が悪化したことである。その上に治承四年五月から七月にわたった日でりが凶作を生み、方丈記に描写されているように悲惨な飢饉状態を現出した。

一九二 **トナミ(礪波)山ノイクサ**(二五四頁注四・五) この山は富山県礪波郡石動町所在。北陸道を根拠地として反抗する義仲を追討する軍は維盛を主帥として四月十七日に進発した(百錬抄)。

五月十六日〈己卯〉、去十一日官軍前鋒乗レ勝入二越中国一。木曾冠者義仲・十郎蔵人行家及他源氏等迎戦、官軍敗績、過半死了。六月四日、伝聞、北陸官軍悉以敗績。今暁飛脚到来、官兵之妻子等悲泣無レ極云々。此事去一日云々。早速風聞雖レ有レ疑、六波羅之気色事損云々。五日、…前飛騨守有安来、語二官軍敗亡之子細一、四万余騎之勢、帯二甲冑一之武士僅四五騎許、其外過半死傷、其残皆悉棄二物具一交二山林一。大略争二其鋒一甲兵等併以被二伐取一了云々。盛俊・景家・忠経等〈已上三人彼家第一之勇士等也〉各小帷ニ前ヲ結テ本鳥ヲ引クダシ天逃去、希有雖二存命一不レ伴二僕従一人一云々。凡事体非二直也事一誠蒙二天之攻一歟。□□敵軍纔不レ及二五千騎一云々。彼三人郎等・大将軍等相二争権盛一之間、有二此敗一云々(玉葉)。

愚管抄の記述は玉葉の記事よりも簡単であるが、おそらく、それと同一の源に基づくものであろう。平家物語は延慶本第三末八、為二木曾追討一軍兵向二北国一事以下、同十三実盛打死スル事を初め諸本ともに詳述する。

一九三　**事火急ニナリテ**(二五四頁注七・八)　「七月廿一日、今夜、法皇臨二幸法住寺殿一。事火急之時、可レ有二行幸一之故云々。廿四日、此一両日江州武士登二台嶽一今夜可レ有二夜打一之由風聞。仍忽行二幸法住寺御所一給、及二暁天一云々」(玉葉)。

安徳天皇が当初行幸したのは愚管抄がいう六波羅の平氏邸ではなく法住寺殿であった。注目されるのは延慶本平家物語、第三末廿一、惟盛北方事も「廿四日亥時計に忍て六はらへ行幸なる」としていることである。ところが他の諸本は六波羅行幸を省略している。事実、安徳天皇が法住寺殿から六波羅泉殿に移ったのは、二十五日の辰刻以後のことであった(吉記)。愚管抄が玉葉の記事といっしょに延慶本の記事を参照したことは、おそらく事実であろう。

一九四　**山シナガタメニ大納言頼盛**(二五四頁注九以下)　頼盛が山科防禦に派遣されたのは、吉記によると七月二十二日夜である。「午刻許、平中納言〈知盛〉・三位中将〈重衡〉等向二勢多一共着二甲冑一両人勢及二二千騎一云々。又入レ夜按察大納言〈頼盛〉下向、今夜各宿二山科辺一云々」。これによると、平氏一家が会合したのは、七月二十二日であったに相違ない。頼盛は当初拒否したが結局出陣したことは、平家物語には全然所見しない。

頼盛が治承三年十一月十五日の政変で清盛から重大な嫌疑を受けていたことは、十六日に解官され、続いて十一月二十二日にその所領全部が収公された(玉葉)と伝えられたことで知られる。頼盛は翌四年正月二十三日に朝廷出仕を許された(補任)。頼盛がいつ清盛に対して軍事に関係しないと誓ったかは不明であるが、治承四年五月十五日に発覚した以仁王の謀反では、十六日の王逮捕に頼盛は活躍しており(玉葉)、二十一日には園城寺攻撃の大将の一人として頼盛もあげられている。福原遷都の時は頼盛の家が高倉上皇の御所となっているから(玉葉、治承五年六月十四日)、上皇に奏聞とは高倉上皇に対してであった。

一九五　**ヒソカニ法住寺殿ヲイデサセ給**(二五四頁注二〇以下)　「又北面者之中、祗二候彼辺(宗盛)一之輩等令レ伺二形勢一云々。行幸成之間、偸以出御、令レ参二新熊野・新日吉等一給、儲二御輿一経二鞍馬路一先令レ渡二横川一給。右馬頭資時朝臣・大夫尉知康等之外、他人不レ候。於二山上一権僧正俊堯・法印尊澄等殊以早参云々。次第御巡拝了、着二御東塔円融房一云々」(吉記、二十五日)。

平家物語は延慶本第三末廿三、法皇忍テ鞍馬へ御幸事、同卅四、法皇天台山ニ登御座事を初めとして諸本いずれも詳述している。愚管抄の記事は吉記とほぼ一致する。

法皇に随従した知康の俗称が鼓兵衛であったことの直接の徴証にはならないが、延慶本平家物語、第四、廿二、木曾都ニテ悪行振舞事に「木曾此度は気色あれて目も持あげず、わ御使をば誰とこそ問、壱岐判官知康と申なりと云ければ、や殿、わ殿を鼓判官と京童部の云なるは、万の人に被レ打たうかはられたうか、鼓にてもわせ、銅拍子にてもわせ、義仲が申たる旨を院(後白河)に申されねばこそ、さ様に狼藉をする〳〵と云沙汰あるなれ」と所見する。他の諸本にも同じことが見える。知康は衛門尉であって兵衛尉ではないから、鼓兵衛よりは鼓判官のほうが事実に当っているかもしれない。

法皇の叡山潜幸後、登山した公卿は、吉記、二十五日によると、この日に入道関白基房が法印尊澄・顕家を伴い参候、次は関白基通、同二十六日によると、当日は右大臣兼実・権大納言兼雅・同宗家・前権中納言源雅頼・参議左中将源通親・参議左大弁経房・大蔵卿泰経らであった。

一九六　**暁ニコノ事**(後白河法皇脱出)**アヤメ出シテ六ハラサハギテ**(二五四頁注二六以下)　「廿五日…行幸事雖レ不レ聞二慥説一、風聞云、院(後白河)密幸之由、及二辰時一前内府(宗盛)聞レ之、差二左中将清経一行幸早可レ成之由被レ申。殿下(基通)令三宿二侍直廬一給。公卿已下諸司不レ可レ候。可二何様一乎

之由、有二御返答一不レ及二是非一可レ為二御車一之由、重被レ申レ之。殿下忽昇給、主上(安徳)御乗車、御乳母二人幷按察局・御乳人一人〈遠江〉剣璽等御同車、事次第筆墨難レ及歟。平大納言〈時忠〉忽自二里亭一参上、内侍所〈取二御鏡許一〉幷玄上・鈴鹿・御笛筥・御倚子・時簡等令レ取レ之。一身奉二行之一。職事等雖レ宿二近辺一皆以逃去。殿下同令二扈従一給。即遷二御六波羅泉亭一建礼門院・八条殿等駕二別車一連レ轅。一族人々周章馳出、非二武士一人、平大納言幷息中将時実朝臣之外不レ聞。殿下同令二扈従一給、…而自二途中一西レ轅逐電、物忩之間、武士等不レ知二此旨一。…殿下遂令二登山一給、以二恵光房一為二御所一臨レ夕新三位中将資盛卿〈率二舎兄維盛卿及舎弟等一云々…〉、及肥後守貞能率二八百余騎軍兵一自二山崎辺一引帰、入二住蓮華王院一相二逢源氏一可二合戦一云々。或説、可レ然卿相等各可レ虜之由風聞、洛中重以騒動、皆悉以逃走。或説、小松内府子息等可二帰降一之由云々。〈不二申達一之由、後日聞レ之〉。又可三焼二払京中一之由風聞。然而無二指所為一各迎二取妻子等一、翌日天曙之後、猶以下向、其勢過半落了。真竜先勢之謂歟。然而帰入之条、感気人相交云々。廿六日戊子。晴。自二早旦一山僧等下レ京、路次狼籍不レ可レ勝レ計。或称二降将縁辺一放火、或号二物取一追捕、人家一宇無二全所一。眼前見二天下滅亡一。嗟乎悲哉。予亭免二此殃一、偏仏神冥助也」(吉記)。

平家物語は延慶本第三末廿四、平家都落ル事、同廿五、惟盛与妻子余波惜事、同廿六、頼盛道ヨリ返給事、同廿七、近衛殿道ヨリ還御ナル事、同廿八、筑後守貞能都へ帰リ登ル事を初め、諸本ともに詳記する。

頼盛留京のいきさつは愚管抄以外、平家物語に記事が見いだされるのみで、吉記・玉葉には所見しない。しかも愚管抄と平家物語の記事は一致した点がない。なお帰服を申し出た頼盛の処置について、七月二十八日に蓮華王院の院御所で議せられた(吉記)。

資盛が後白河法皇に特にかわいがられた徴として百錬抄、養和元年十月十一日「於レ院(後白河)書二柿葉於心経千巻一供養、納二俵十二一為レ被レ入二東海西海一也。是依二資盛朝臣夢想一也」の記事があげられる。また玉葉、寿永二年十一月十二日には、資盛が法皇側近知康に対して、法皇への愛情を訴えたことが録されている。

一九七 **八条院ノヲチノ宰相**(二五五頁注四八)　村上源氏。「為平親王—頼定—定季—国房—女子〈八条院御乳母、白宰相是也。法印寛雅妾也〉」(尊卑)。宰相局が頼盛のしうとめというからには、その娘が頼盛の妻であったと思われるが、それを証明する直接の史料はない。頼盛が八条院の後見をしていたことは、治承四年五月の以仁王の謀反に関連して十六日に八条院御所が捜索された時に、頼盛の妻が院に赴いて女院を頼盛邸に伴ったと伝えられたことからも推測される。頼盛の妻が宰相局の娘であって、そのことから頼盛が八条院の後見をした、と推測される。

一九八 **(後白河法皇)御下京**(二五六頁注一一四)　「辰刻参二御所〈円融房〉一。…還御遅々者、洛中物忩不レ可レ休之由、忽有二沙汰一而今日帰忌日也、可レ有レ憚否、被レ問二陰陽権助済憲・大舎人頭業俊等一之処、不三還二御御所一者、不レ可レ有レ憚。…被レ行二御卜一之処、今日還御者吉也、遅々不快。…又山座主(明雲)及永弁・智海幷山僧等同申二此旨一云々。依二此事一猶空経二時刻一。…及二未刻一一定之由風聞、次出御。…院着二御蓮華王院一依二帰忌日一不三還二御々所一也…」(吉記、二十七日)。

平家物語は延慶本第三末卅四、法皇天台山ニ登御座事付御入洛事が法皇の下山を二十八日とするのを初めとして、諸本共に二十八日とする。

玉葉、二十八日「今日、義仲・行家等自二南北一〈義仲北・行家南〉、入レ京云々」によると、義仲らの入京は二十八日であった。かれらの院御所参上も同日午後行なわれた(吉記)。

歴代皇紀、二十八日の「木曾(義仲)以二六条西洞院信業之家一為二宿所一、渡二六条堀川伯耆局家元殿下(基通)御所一」によると、義仲は信業の家を宿所とし伯耆局家に移ったことになる。平家物語の延慶本第三末卅五、義仲行家ニ可三追二討平家一之由仰ラル、事は、「義仲は大膳大夫信業が六条西洞院の亭を賜て洛中を警固す」とするのを初めとして、六条西洞院説を取る。基通は院宣によって三十日に五条亭に移っている(吉記)。ことによると義仲は最初信業家、次に伯耆局家に移ったのかもしれない。

一九九 **コノ京ニ国主ナクテハイカデカアラン**…(二五六頁注一二以下)　後鳥羽天皇践祚の詳細は玉葉に所見する。七月三十日に後白河法皇御所蓮華王院での議定に際して、新主践祚の必要を兼実が発言した。八月六日に参院した兼実に対して、法皇は、西下した安徳天皇の還御を待つか剣璽がなくとも新主を立てるかについて、うらないをし、神祇官・陰陽寮に諮問したが、答申は一致しないので、いかにすべきかと下問した。兼実は、天子の位は一日もむなしくすべきでなく、政務の違乱はそれに基づいている、との見解のもとに即刻新帝擁立を主張した。十日法皇御所で行なわれた左大臣経宗・右大臣兼実・内大臣実定の議定によって践祚の細目が決定した。肝心の践祚すべき皇子について、法皇は高倉天皇の皇子で当時在京した二人のうちをと考えたが、義仲が以仁王王子の木曾宮を強く推すので、十四日に法皇は大蔵卿泰経を使として兼実に下問した。兼実はそれに対して、法皇の意志のままにすべきである、として意見を述べることを拒否した。十八日に践祚を議する議定が行なわれたが、兼実は欠席した。議定の詳報は翌日の玉葉に所見する。議定終了後、改めて入道関白基房・摂政基通・左大臣経宗(右大臣兼実不参)が参入し、践祚すべき皇子について法皇の諮問を受けた。法皇は、丹波局(玉葉は「御愛物遊君、今号㆓六条殿㆒」とする)の夢に信隆娘所生の四歳の第四皇子(尊成)に松枝を持って行幸があったとのことで第四皇子を選んだが、神祇官・陰陽寮のうらないはともに義範娘が生んだ五歳の第三皇子(惟明)を取り、義仲は依然として木曾宮を推した。評定の結果、改めてうらないを行なったところ、第四皇子が当った。このようにして第四皇子すなわち後鳥羽天皇の践祚が決定した。義仲がこの決定に不満であったことは二十日の玉葉に所見する。

平家物語は延慶本第四、一、高倉院第四宮可㆓位付給㆒之由事に愚管抄とほぼ一致する記事がある。

寿永二年八月五日、高倉院の御子先帝(安徳)之外、三所御座けるを、二宮(守貞)をば為ㇾ奉㆓儲君㆒、平家取奉て西国におわしましけり。三四宮奉ㇾ迎、法皇(後白河)見まいらせければ、三宮(惟明)はをびたゞしく法皇を面嫌まひらせて、六借せ給ければ、疾々とて入帰せ給にけり。四宮(後鳥羽)は法皇の是へと仰有ければ、無㆓左右㆒法皇の御膝の上に渡らせ給て、なつかしげに思まひらせ給たりけり。我末ならざらんには、かゝる老法師をばなにしにかなつかしく可ㇾ思、此宮ぞ我孫なりけるとて、御ぐしをかきなでゝ、故院(高倉)少く御せしに少も不ㇾ違、只今の事の様にこそ覚ゆれ。かゝる忘形見を留置給けるを、今まで不ㇾ見ける事よとて、御涙を流させ給へば、浄土寺二位殿其時は丹後殿と申て御前に候給けるも、是を見奉つゝ、とかふの沙汰にも不ㇾ可ㇾ及、御位は此宮にてこそ渡せ給はめ、と申給ければ、さこそ有めとて定せ給にけり。

他の諸本も延慶本と同じことを記載する。慈円が愚管抄のこの部分を著述する際に、玉葉の記事を採用せずに平家物語と一致する記述をなしたことは、後鳥羽天皇践祚という重大事だけに特に注目される。

守貞親王は当初、平知盛が養育したが(山槐記、治承三年二月二十八日)、都退去当時は第四皇子尊成親王といっしょに法印能円が養育していたといわれている(延慶本平家物語、第四、一、高倉院第四宮可㆓位付給㆒之由事)。愚管抄が平時子をもって守貞親王の養育者とするのは、能円が時子と同母であって、その猶子であることと関係があろう(二五六頁注二〇)。能円は平氏の都退去にあたって守貞親王と同行したが、後白河法皇近臣の範季との間には尊成親王の乳母であった能円の妻範子が範季のめいに当たるところから、連絡があり、範季は寿永二年十二月七日に兼実に対して、能円が平氏の動静を報じたことを語った(玉葉)。範季が、愚管抄(二五七頁注六八)によると、後鳥羽天皇の養育者とされているのは、この関係による。能円は壇浦合戦まで平家に従い(東鑑)、帰京後、元暦二年五月二十日に備中国に流された(玉葉、二十一日)。

寿永二年八月二十日挙行の後鳥羽天皇践祚については玉葉の記事が詳密である。それによると「今日之事、依ㇾ為㆓新儀㆒左大臣(経宗)造㆓進次第㆒就㆓彼趣㆒可ㇾ行云々」。左大臣経宗が次第を造った。兼実は出仕しなかった。延慶本平家物語、第四、九、四宮践祚有事は、特に経宗・兼実の名をあげず、この践祚が異例なことを強調し、「本の摂政近衛殿替給はず御前に候給て万づ執行はせ給ふ」としている。愚管抄にいう範季が践祚のことを沙汰したとは、玉葉・平家物語双方に所見しない。

後白河法皇が近衛基通を見捨てずに重用したのについて、兼実は日記玉葉、寿永二年八月二日にうがった観察を述べている。

伝聞、摂政(基通)有㆓二ケ条之由緒㆒不ㇾ可㆓動揺㆒云々。一者、去月廿日比、前内府(宗盛)及重衡等密議云、奉ㇾ具㆓法皇(後白河)㆒可ㇾ赴㆓海西㆒、若又可ㇾ参㆓住法皇宮㆒云々。聞㆓如ㇾ此之評定㆒以㆓女房㆒〈故邦綱卿愛物、白川殿(盛子)女房冷泉局〉密告㆓法皇㆒可ㇾ被ㇾ報㆓此功㆒云々。一者、法皇艶㆓摂政㆒依㆓其愛念㆒可㆓抽賞㆒云々。雖ㇾ為㆓秘事㆒希異之珍事、為ㇾ令ㇾ知㆓子孫㆒所㆓記置㆒也。

三〇〇 **義仲ハ頼朝ヲ敵ニ思ヒケリ**(二五八頁注一九以下)　義仲と頼朝との関係は挙兵当初から悪かったが、決定的に悪化したのは、入京直後に行なわれた朝廷の恩賞が頼朝を第一とし義仲を第二としたことが原因であった(玉葉、寿永二年七月三十日)。

後鳥羽天皇践祚直後の九月三日には頼朝が上京し、義仲と立ち合うとの風聞がひろまり大乱必至と騒がれた。同五日には平氏が四国・淡路・

安芸・周防・長門・九州諸国の与力を得て来年八月京上すると報ぜられた。義仲は法皇の勅命によって二十日京都を出発して平氏追討に下向したが、備前国で敗戦したとの報が十月十七日京都に伝わった。宗盛が義仲のもとに使を送って投降助命を申出たと京都に報ぜられたのは閏十月二日であったが、十四日には義仲敗戦が報ぜられ京中が騒動した。義仲は十五日に入京し十六日に参院したが、十八日には範季が兼実を訪問し、途絶している京都への物資輸送を打開するために法皇が播磨国に御幸し南西国の住人らを招来する、法皇側近の案を披露し、兼実は頼朝を刺激したり誤解させたりする危険を考えた。平氏と義仲と同盟説は二十一日に流布したが、義仲はそれを背景にして法皇に対して頼朝追討宣旨の発布を強く迫り、京中の動揺はさらに激しくなった。法皇はそれを許可しないままに法住寺殿合戦に発展する。

三〇一 **法住寺殿へ…ハタトヨセテケリ**(二五九頁注四八以下) 法住寺殿の警衛が厳重になったのは、寿永二年十一月十五日であった。当日の玉葉は「武士守護遂レ日不レ懈云々。院中上下、或不レ受、或甘心、両様云々」と録し、武士守護について院内の意見が分かれていたことを伝えている。翌十六日になると、警戒はさらに厳重となり、「今夕所々堀レ埋構二釘抜一、別段之沙汰云々。此事天狗之所為歟。偏被レ招レ禍也。不レ能二左右一」と兼実は歎いた。十七日には義仲が院御所を襲撃するという風聞が院御所に、また院から義仲を討つであろう、といううわさが義仲側にひろまり、京中の騒動はいや増しに激しくなった。兼実はこれは、「君構レ城集レ兵被レ驚二衆之心一」という至愚の政の帰結であるとし、これを招いた「小人之計」を非難した。十八日兼実は召されて参院し、義仲・頼朝への対策、院御所への行幸の適不適についての諮問に答え、院中警固が行き過ぎであること、行幸は反対であると述べた。十八日の吉記にも「院中武士多田蔵人大夫行綱已下済々焉相従。…仁和寺宮(守覚)已下宮々幷山座主(明雲)及他僧綱僧徒各相二具武士一、候二辻々一或引二防雑役車一或引二逆毛木一掘レ堰。警固之躰非二言語之所レ及一也」と記している。

十九日早朝義仲が攻撃するとの風聞が伝わり、午刻すぎ実現した。申刻には院側が敗北し法皇も捕えられ、五条東洞院の摂政基通邸に移された。兼実は、このような乱はかつてなかったとし、「義仲者是天之誡二不徳之君一使也。其身滅亡又以忽然歟」と歎息した。

慈円はこの乱の間、法住寺殿にほど近い法性寺にいたようである(玉葉、十九日)。愚管抄の記述はかれ自身の見聞に基づく、と推測される。平家物語は延慶本第四、廿三、木曾可レ滅由法皇御結構事、同廿四、木曾怠状ヲ書シテ送二山門一事、同廿五、木曾法住寺殿へ押寄事を初めとし諸本ともに記述している。慈円が愚管抄のこの部分を記述するに当って平家物語を参照したか否かは明らかでないが、延慶本が義仲の寄手を記して「木曾が軍の吉例には、陣を立には七手に分て末は一手二手に行と云けり。先今井四郎を大将軍として三百余騎を以て御所の東瓦坂の方へぞ廻しける。残六手に一になりたるらも、一千余騎には不レ過けり」とするのに対して、愚管抄が「千騎内五百余騎」と記述しているのは、原平家物語を参照した可能性があることを思わせる。

志田三郎先生義広は、寿永二年に頼朝と決裂したあと、義仲と行動を共にした。寿永二年十月九日玉葉によると、頼朝は「三郎先生義広」が上洛したことについて朝廷に抗議した。義仲は閏十月二十二日に参院して法皇に対して義広を平氏追討使に起用することを進言した(玉葉、二十三日)。十一月十九日の法住寺殿合戦においての義広の活動は愚管抄以外に所見がない。

この合戦で義仲方に逮捕された朝臣として玉葉にその名が所見するのは、雅賢・資時・頼実らにすぎない。

美濃守信行は、道隆—隆家—経輔—師信—経忠—信輔—信行の家系に属する。信行の戦死については、延慶本に「越前守信行と云人在けり。布衣に下結て在けるが、共に具したりつる侍も雑色も何か失にけむ、一人も不レ見。一方よりは武士せめ来る。一方よりは黒煙覆へり。いかにすべき様もなうて大垣の在けるを超む〳〵としける程に、なじかは可レ被レ越。後より前へ射貫れて空様に倒て死にけるこそ無慚なれ」とある。法皇側の武士で抗戦したのは、吉記によると、伯耆守光長・同子息廷尉光経ぐらいで、それ以外の武士は逃げ去った、という。

法皇の法住寺殿脱出は、吉記に次のごとく記されている。

法皇駕二御車一指レ東臨幸、参会公卿十余人…義仲於二清隆卿堂辺一追参、脱二甲冑一参会、有二申旨一。於二新御所辺一駕二御車一。于レ時公卿修理大夫親信卿・殿上人四五輩在二御供一、渡二御摂政(基通)五条亭一云々。

延慶本の記事は吉記と少し異なっている。

法皇は御輿に召て南門より出させ給けるを武士多く懸責ければ御力者も命のをしかりければ御輿を捨てはうく逃失にけり。…豊後少将宗長計ぞ木蘭地の直垂小袴に結上て御共に候われける。宗長は元よりしたゝかなる人にて法皇に少も不レ奉レ離けり。武士間近追懸て既に危かりければ、小将立向て、是は院に渡せ給ぞ、誤仕るな、と被レ申たりければ、武士共馬より下て畏る。何者ぞと尋ければ、信乃国住人根井小野太幷楯六郎親忠が弟八島四郎行綱と申者にて候と申、二人参て御輿に手あげまひらせて五条内裏へ奉レ渡守護し奉る。宗長計ぞ御共には候われける。其外人は不レ見二一人一大方とかく申量吏に無し。

愚管抄が「ウルハシク」とするのは、義仲が甲冑を脱して法皇の前に出たことをさすか、それとも、禰井らの行動をさすかは明確ではないが、義仲の名をあげていないから、禰井らのことを言っている可能性の方が高い。

愚管抄が法皇を清浄光院から六条西洞院信業家に直ちに移したとするのは事実と一致しない。玉葉・吉記・延慶本平家物語共に五条東洞院基通亭に移したとする。法皇が五条亭から六条西洞院業忠(信業の子)家に移ったのは十二月十日であった(吉記)。慈円が記憶に任せてこの部分を書いたために、このような誤りを犯したのであろう。

明雲と円恵法親王の死について延慶本の記述は次のとおりである。

天台座主明雲僧正は香染の御衣に皆水精の御念珠持給て殿上の小侍の棟戸を差出て馬に乗とし給けるが、楯六郎が放矢に御腰骨を射させて犬居に倒れ給けるを兵よてやがて御首を取奉る。寺長吏円恵法親王は御輿にて東門より出させ給けるを、兵馳つゝいて追落し奉りければ、小家の内へ逃入せ給けるを、根井の小野太が射る矢に左の御耳根をかせぎに射貫かれ給てうつぶしに臥給けるを、兵よて御首を切奉てけり。

梶井宮承仁法親王については玉葉・吉記・延慶本ともに記述がない。

義仲が明雲の頸を見たあと、西洞院川に捨てさせたことについて、延慶本では、円恵法親王の首級といっしょに六条河原にさらしたことになっている。吉記二十一日の記事「今日伯耆守光長已下首百余、懸二五条河原一人以目云々。義仲検知云々」によると懸首は事実であるが、明雲らの首がさらされたことは言及されていない。しかし吉記の著者は二十一日ではなお明雲らの死を知らなかったとも考えられる。

明雲らがこのような死をとげたことに対して、兼実は玉葉、二十二日に次のように記している。

抑今度之乱、其詮只在二明雲・円恵之誅一未レ聞二貴種高僧遭レ如レ此之難一。為二仏法一為二希代之瑕瑾一可レ悲々々。

また、円恵法親王が尊星王法の祭文のなかで法皇の危難に代ろうと述べたことについて、延慶本第四、廿七、宰相修憲出家シテ法皇御許ヘ参事を初めとして平家物語の諸本は、明雲の死は法皇に代ったものとの法皇の述懐を収めている。

三〇二　**源馬助俊光**(二六〇頁注一二)　「敦実親王―雅信―時中―朝任―朝実―実基―成実―俊光(正五下、左馬助、母、承久三年為二政景一被レ殺了)」(尊卑)。少将房に当るものは系譜に見えない。承久三年に死んだ俊光を生存者として記述していることは、愚管抄承久乱前成稿説の一つの支証である。

三〇三　**明雲ハ山ニテ座主アラソイテ快修トタ、カイシテ**(二六〇頁注二〇)　華頂要略に「同(仁安)二年(丁亥)西塔横川悪僧欲レ免二座主一之由風聞之間、東塔衆徒以二五仏院政所幷小谷岡本一為二城郭一。正月一日、東西両塔衆徒行二逢於千光院一合戦。…同十六日赤袴党類襲二来東塔一、於二政所・岡本両所一同時合戦。無レ程被二追帰一乎。寄来之輩所レ被二討取一廿九人、生虜九人。其後西塔之間、塔下城郭落了。…三月廿日、城郭等引却了」(天台座主記)と見える。

三〇四　**カルノ大臣**(二六一頁注四八)　延慶本平家物語、第四、廿九、松殿御子師家摂政ニ成シ給事は異説を伝えている。

折節、大臣あかざりければ、後徳大寺の左大臣実定内大臣にておわしけるを、暫く借て成り給たりければ、昔はかるの大臣と云人ありき。是をばかるゝ大臣と云べし、とぞ時人申ける。かやうの事をば大宮の大相国伊通こそ宣しに、其人をはせね、と申人もありけるにや。

即興の狂歌などをよむことで有名であった伊通のことに触れているのが注目される。

三〇五　**松殿世ヲオコナハルベキニテ有リキ…**(二六一頁注四九以下)　基房は治承三年十一月の政変で備前国に流されたが、以仁王の決起、頼朝の挙兵、福原遷都の失敗などの重大な情勢変化のあと、治承四年十二月四日備前国から帰京が許された(山槐記)。清盛はまもなく病死したが、基房に代って摂政になった基通の地位は法皇の支持もあって安定し、基房が再び朝廷に返り咲く機会は容易に来なかった。寿永二年七月二十五日に後白河法皇が延暦寺に潜幸すると、基房はいち早く延暦寺に参候している(吉記)。基房は八月二日に法皇に対して子息師家の摂政任命を要望し拒否されたが(玉葉)、義仲との提携はこのころから始まった、と考えられる。師家は八月二十五日の除目で権大納言に昇任したが、基房と義仲の協力が明確になったのは法住寺殿合戦直後である。十一月十九日夜基房は義仲の迎えによって法皇御所の五条亭に参宿し、二十一日に義仲は参院した静賢に対して、「世間事、申二合松殿一毎事可レ致二沙汰一」と表明した(玉葉)。翌二十二日に師家の内大臣摂政が実現した。

愚管抄が俊経の参議昇任を善政とするのは、吉記、当日が「今日被レ行二臨時除目一善政相交之由。世以称美。入道殿(基房)殊令二申沙汰一給之故云々」とするのと一致する。俊経の家系は「内麿―真夏―浜雄―家宗―弘蔭―繁時―輔道―有国―広業―家経―正家―俊信―顕業―俊経」である。

師家の摂政就任に関連して摂関家領の処置が問題となった。義仲は法皇が基通を支持していることを考慮したのであろう、その家領に違乱しないと約したが、師家は政所下文をもって摂関家領のうち八十余所を義仲に与えることを明らかにし(玉葉、十一月二十八日)、その歓心を得て情勢を有利にしようとした。しかし事実は、高陽院領などは師家に与えられず、基通が依然保持した(吉記、十二月二日)。この間のいきさつを示すのが愚管抄の記事であって、法皇がその影響力を行使したために、このような決定になった。高陽院領は建長五年十月二十一日付近衛家所領目録によると、泰子の父忠実から四条宮寛子旧領を譲られたものである。この目録によると、泰子の同母弟忠通が泰子の猶子となった事実は確かめられないが、久寿二年十二月十六日に泰子がなくなったあと、直ちにその遺領を相続したことになっている。基実が泰子の所領を相続したことはない。基実が相続したのは父忠通が長寛二年二月十九日が没したあととすべきであろう。

二〇六　**頼朝コノ事キ、テ…(義仲)打取テ頸トリテキ**(二六二頁注一五以下)

法住寺殿合戦の報が頼朝側に達したのは、玉葉、十二月一日によると、院北面下臈大江公朝が伊勢国で十一月二十一日に頼朝代官の九郎義経・斎院次官中原親能らと会してそれを伝えたことによる。義経は公朝に対して頼朝に知らせ頼朝の指示によって入京すると答えたが、翌三年正月六日には、その軍が美濃国墨俣に達した、との報が京に入った(玉葉)。当時の義仲は行家とも反目しており、平氏と同盟して頼朝・行家の軍勢に対抗することを計画したが、義仲は法皇を具して北国に下向するつもりである、と平氏は考えて、それに同意しなかった。そのために義仲は兵力を分散して京都を守らざるを得なかった。延慶本平家物語、第五本七、兵衛佐ノ軍兵等付宇治勢田事によると、東国軍兵六万余騎に対して「木曾が方には折節都に勢ぞなかりける。…今井四郎兼平五百余騎の勢を相具て勢多を固に差遣す。方等三郎先生義広・仁科高梨小田次郎等三百余騎にて宇治を固に向けり。京には力者廿余人を支度して若の事有ば院を奉レ取て西国へ御幸なし奉むと用意して、上野国住人那波太郎弘澄を始として義仲が勢百騎には過りけり」であった。

義経は宇治に向ったが、その進撃がすみやかであったことは、玉葉、寿永三年正月二十日に「卯刻人告云、東軍已付二勢多一、未レ渡二西地一云々。相次人云、田原手已着二宇治一云々。詞未レ訖、六条川原武士等馳走云々。仍遣レ人令レ見之処、事已実。…即東軍等追来、自二大和大路一入レ京〈於二九条河原辺一者、一切無二狼藉一、最冥加也〉。不レ廻レ踵到二六条末一了。義仲勢元不レ幾、而勢多・田原分二二手一、其上為レ討二行家一又分レ勢、独身在京之間、遭二此殃一。先参二院中一、可レ有二御幸一之由、已欲レ寄二御輿一之間、敵軍已襲来、仍義仲奉レ弃レ院、周章対戦之間、所二相従一之軍僅卅卌騎、依レ不レ及二敵対一不レ射二一矢一落了。…為レ加二勢多手一赴レ東之間、於二阿波津野辺一被二伐取一了」と記しているので明らかである。ただし、だれが義仲を討ち取ったかはしるされていない。

東鑑・平家物語ともに義仲の討ち手を石田為久とするのに対して、愚管抄のみ義経が追い伊勢三郎が討ち取ったとする。慈円が何によってこの記述をしたかは明らかでない。

義仲の首が渡されたのは、百錬抄によると正月二十六日であった。延慶本第五本十二、義仲等頸渡事も同日のこととし、「法皇御車を六条東洞院にたてゝ、被二御覧一」としている。

二〇七　**寿永三年二月六日…(福原)ヲシカケテ行ムカイテケリ**(二六三頁注三三以下)

「二月八日…未明、人走来云、自二式部権少輔範季朝臣許一申云、此夜半許、自二梶原平三景時許一進二飛脚一申云、平氏皆悉伐取了云々。其後午刻許、定能卿来、語二合戦子細一。一番自二九郎許一告申〈搦手也。先落二丹波城一、次落二一谷一云々〉、次加羽冠者申二案内一〈大手、自二浜地一寄二福原一云々〉、自二辰刻一至二巳刻一猶不レ及二一時一無レ程被二責落一了。多田行綱自二山方一寄、最前被レ落二山手一云々。大略籠城中之者不レ残二一人一。但素乗船之人々四五十艘許在二島辺一云々。而依レ不レ可二廻得一放レ火焼死了。

疑内府(宗盛)等歟云々。所二伐取一之輩交名未二注進一仍不レ進云々。剣璽内侍所安否同以未レ聞云々。九日。…今日、三位中将重衡入京、着二褐直垂小袴一云々。即禁二固土肥二郎実平〈頼朝郎従、為レ宗者也〉許一云々」(玉葉)。

合戦の勝敗が決定したのは七日の辰巳刻の間であるが、玉葉で明確にならないのは開戦の日時である。東鑑、五日はその深夜から六日未明にかけて義経が攻撃を始めたとしている。東鑑の記事は延慶本第五本二十、源氏三草山幷一谷追落事以下を初め平家物語の諸本と同じ内容である。愚管抄も六日とする。

この合戦で戦死した平氏の将は、東鑑、寿永三年二月十五日によると、通盛・忠度・経俊・経正・師盛・教経・敦盛・知章・業盛・盛俊の十人である。延慶本第五本廿九、平家ノ人々ノ頸共取懸ル事は教経を欠き、家貞の名が見えている。醍醐寺雑事記および平家物語によれば教経は壇の浦で戦死している。

二〇八　**寿永三年四月十六日ニ、崇徳院幷宇治贈太政大臣宝殿ツクリテ**(二六三頁注四七以下)　保元の乱で敗れた崇徳上皇や藤原頼長の怨霊の活動が恐れられ始めたのは藤原成親らの陰謀が発覚した直後であり、崇徳院の諡号決定や贈官位が行なわれたが(二四六頁注三一七)、改めてそれへの恐怖が高まったのは法住寺殿合戦の直後であった。兼実はこの合戦を天狗の所為に帰したが(補注5-二〇一)、吉記の著者藤原経房はその日記十九日に次のとおりに記した。

今年闘諍堅固、当二百卅三年一。而保元已後連々雖レ有二逆乱一何時可レ及二今度一哉。於二根元一者、故不レ記レ之。偏是讃岐院怨霊之所為歟。天照太神不二令レ奉レ守給一雖二先世御果報一可レ悲可レ歎。

経房の感想は、朝臣の多くが共感したものであったらしく、十一月二十五日に行なわれた議定で怨霊への措置が議せられ(百錬抄)、十二月二十九日には保元乱戦場の春日河原に敷地を定めて廟の建築工事が始まった。

今日奉二為崇徳院幷宇治左府一春日河原〈保元戦場〉可レ被レ建二仁祠一事始也。明年正月十三日可レ有二棟上一。同十七日遷宮、院司式部権少輔範季朝臣奉行云々(吉記)。

当初の完成予定日時は、義仲敗死の事件や神体・奉行をいかにするかの論議もあって遅延し寿永三年四月十五日に遷宮が行なわれた。神体・奉行の論議は四月一日の吉記に所見するが、重要なのは次記の十五日の吉記である。

今日崇徳院・宇治左大臣為レ崇二霊神一建二仁祠一有二遷宮一。…遷宮之間儀可レ尋注一。院司権大納言〈兼雅〉・式部権少輔範季朝臣奉行之。神祇大副卜部兼友宿禰被レ補二社司一、備二其事一。又被レ補二僧官一其名可レ尋注一。故入道教長卿〈彼院御寵女兵衛佐猶子也〉天下擾乱之後、彼院幷槐門悪霊可レ奉レ祝二神霊一之由、故光能卿為レ頭之時、被レ仰二合人々一、其後行隆朝臣又奉行。…今偏為二院御沙汰一範季朝臣奉行、未レ知二可否一…。

遷宮を四月十六日とするのは一代要記である。霊蛇出現・兼友夢想のことは吉記、二十五日に所見する。

人々談云、去廿一日崇徳院神殿下、蛇七岐出、其中一白。翌日聞二此旨一範季朝臣欲二奏聞一之処、…其夜夢想、彼院御二座宝殿内一、其御体憔不レ令二見給一令二會比伏一給、宇治左府令レ着二夏衣冠一給、被レ談二世上事一、有二不便思食之気一云々。件夢子細、範季朝臣委注記云々。可レ尋レ之。又同夜神祇大副兼友夢、神祇官とおぼしき所、兼友与二範季一祇候、両人懐中ニ蛇入之由、見レ之。件所雖レ存二本官一為二此新社一云々。

明確を欠くのは、綾小路河原に建てられた崇徳院御影堂である。東鑑、元暦二年四月二十九日および五月一日に所見する崇徳院法華堂との異同も明らかでない。烏丸殿とは、前記の吉記所見の兵衛佐局と同一人なるべく、今鏡によると、重仁親王の生母に当たる。崇徳院廟はのちに粟田宮となるが、御影堂はのちに光堂に移り六波羅密寺に合併された、と推測される。

なお平家物語は延慶本第五末廿二、崇徳院神ト崇奉ル事を初めとし諸本共に崇徳院廟建立にふれている。御影堂にはふれていない。

二〇九　**ダン(壇)ノ浦ト云フ所ニテ船ノイクサ**(二六四頁注四以下)　平氏と勝敗を決するには船合戦が必要なことは頼朝も痛感しており、元暦二年正月六日に西海の範頼に送った書状のなかで、二月十日ごろに兵船を出発させることを伝えた(東鑑)。しかし九州での情勢は源氏側に有利に展開しないために計画は進まなかったが、義経が二月十九日に讃岐国屋島の奇襲で勝利を得てから急転し、義経は熊野別当湛増・周防国在庁船所五郎正利両配下の兵船をもって三月二十四日壇浦で平氏と戦った。合戦は当時の慣習で以前に矢合の時刻が定められ、壇浦の場合、覚一本平家物語、鶏合壇浦合戦(本大系下巻、三二八頁)には「元暦二年三月廿四日の卯剋に門司赤間の関にて源平矢合とぞさだめける」とある。ただし延慶本第六本十五、壇浦合戦事にはこのような打合せの事実は所見しない。

合戦の状況は玉葉・醍醐寺雑事記等に当時の記事がある。

去三月廿四日於二長門国一平家与二源氏一合戦、平家被レ打了。源氏大将軍九郎判官義経。
生取　内大臣宗盛・右衛門督清宗・大納言時忠・讃岐中将時実・内蔵頭・二位僧都全真・法勝寺執行能円・阿波民部大夫成良・藤内左衛門信康・女院(徳子)・若宮(守貞)。
降人　源大夫判官季定・摂津判官盛澄。
自害　中納言教盛・中納言知盛・能登守教経。
殺人　左馬頭行盛・小松少将有盛・備中吉備津宮神主・権藤内定綱・同舎弟・菊池次郎、刎レ頸者八百五十人。
不レ知二行方一人　先帝(安徳)・八条院(暲子、八条殿時子の誤記)・修理大夫経盛。
内侍所(御坐)、進止(神璽)同、宝剣不レ見、女院(徳子)、二宮(守貞)。
(醍醐寺雑事記)

戦況の実際は東鑑、当日にも詳記されている。平家物語も、延慶本を初めとして諸本共に鮮やかに描いている。両者の記述で一致しないのは、東鑑が安徳天皇を抱いて入水したのは按察局とするのに対して、平家物語が二位尼時子とすることである。愚管抄は平家物語と一致する。宗盛が水練に長じて死に得なかったことも平家物語に所見する。

尹明娘の内侍が璽御宮内部の実検に立合ったことは、慈円が建仁四年正月一日に宇治小川房で記した慈鎮和尚夢想記に所見する。

尹明法師女子為二内侍一之間、粗伺見レ之。二懸子也。上下各入二珠玉四果一、都合玉八果在レ之云々。

平時忠が神鏡を保持したことは慈円が前記の夢想記の前文で次のように述べている。

此時内侍所大納言時忠奉レ取レ之、安穏上洛。

海底に没した宝剣については、元暦二年五月六日の二十二社奉幣で特にその出現を祈請したのを手始めに(玉葉)、奉幣も多く行なわれたが、大規模であったのは、文治三年六月三日東鑑所記の事実の、厳嶋社神主佐伯景弘に命じて海人をもって捜査することにし西海道諸国の地頭に粮米を課したことである。この事実は玉葉・百錬抄、同年七月二十日にも所見する。しかし宝剣はついに発見されなかった。このことは平家物語も延慶本第六本十九、霊剣等事に「水練に長ぜる者を召てかづき求れども見へ給わず」としているのを初めとして諸本ともに触れている。慈円が愚管抄で海人の潜水に言及したのも、それをさしたものであろう。

三〇　**イツクシマト云フハ竜王ノムスメ**(二六五頁注四一―四五)　「安芸国ノ一宮伊都岐嶋ノ明神ノ託宣云、我ハ娑伽羅竜王ノ第一ノ女子也」(醍醐寺新要録、第二、山上清滝宮篇神秘類厳嶋明神託宣事)。同様の所伝は源平盛衰記、十三、入道信二厳島一並垂跡事にも所見。

安徳天皇が竜王の変身であった、との当時の伝説について徴すべきは延慶本平家物語、第六本の記事である。

或人又申けるは、異国には多く如レ此重花と申し帝は民間より出たりき。高祖も大公が子なりしかども、位に即備き。吾朝には人臣の子として位に践事未だ無とぞ承る。此は正き御裳濯川の御流、かゝるべしやとぞ人申ける(十七、安徳天皇事、付生虜共京上事)。

或僧等の申けるは、「昔出雲国にして素戔嗚尊に被レ切奉たりし大蛇霊剣を惜む執心深して八の頭八の尾を標示として、人王八十代の後、八歳の帝と成て、霊剣を取返て海底に入にけり」とぞ申ける。九重の淵底の竜神の宝と成にければ、再人間に帰らざるも理とこそ覚けれ(十九、霊剣等事)。

覚一本(本大系下巻、三四九頁)にも同旨の文所見。

愚管抄のこの部分の記事は延慶本によって作られた、と推測される。

三一　**宗盛ヲバ六月廿三日ニ、コノセタノ辺ニテ頸キリテケリ…**(二六六頁注三一以下)　京都に処刑決定が伝わったのは元暦二年六月二十二日であるが、二十三日には宗盛・清宗の首が検非違使庁に渡され、後白河法皇もそれを見た(玉葉)。愚管抄が六月二十三日に宗盛の処刑が行なわれたとするのは誤記と思われる。平家物語は延慶本第六本卅四、大臣殿父子並重衡卿京帰上事付宗盛等被レ切事が宗盛処刑の日を明記せず、長門本は二十日、他本は二十一・二十二日の両説を取っている。

重衡処刑の日時・場所・監督者についての愚管抄の記事は、東鑑が伝えるところと一致する。延慶本第六本卅五、重衡卿日野北方ノ許ニ行事、卅六、重衡卿被レ切事を初め平家物語の諸本が伝える逸話の大筋が愚管抄の前半とほぼ同じことも注目に値する。この部分の愚管抄の記事が平家物語と範源(その子俊範は慈円の側近者の一人)から聞いた話とを基にして成ったことは、まず確実である。

頼政の子頼兼が重衡護送使を命ぜられたのは東鑑、元暦二年六月九日所見。頼兼が監督して日野醍醐中間の重衡の住居に立ち寄るいきさつについて延慶本は次のごとく記している。

本三位中将(重衡)をば南都の大衆の中に出して頸を切て奈良坂に係べしとて、源三位入道子息蔵人大夫頼兼が奉にて具て上らる。京へは不レ可レ奉レ入とて醍醐路をすぢかえに南都へおわしけるに、…三位中将守護の武士に宣けるは、…年来相具たりし者日野の西大門に有ときく。…と泣々宣ければ、武士共もさすが石木ならねば、各涙を流てなにかは苦く候べきとて免し奉てけり。中将なのめならず喜給て、大夫三位の局の許へ尋おわしけり。彼大夫三位と申は、故五条大納言邦綱卿御娘大納言典侍殿には姉也。…よにしほれてみへ給に是に召替よとて、合の小袖白帷取出て奉給ければ、中将うれしくもとて、

ぬぎかふる衣もいまはなにかせん是を限の信物ともへば

と打詠給て、道すがら着給たりけるねりぬきの小袖にぬぎ替給へば、北方是を取て最後の形見と覚くて御かほに押あてゝぞ、もだへこがれ給ける。

二二 **(元暦二年)大地震**(二六八頁注六以下)　「文治元年七月に、平氏無レ残滅て西国静ぬ。国は随二国司一庄は領家之進退也。上下安堵而思し程に、九日午時計に大地振をびたゞしくして良久し」(延慶本平家物語、第六末一、大地振オビタヾシキ事)。

根本中堂の被害は、玉葉、当日に「又聞、天台山中堂燈、承仕法師取レ之、不レ令レ消云々。但於二堂舎廻廊一者多以破損、其外所々堂場悉破壊顚倒云々」とする。

当時、この地震を竜王動と解したことに参考となるのは、山槐記、当日所載の七月十日天文博士安倍晴光提出の勘文中に「地動者、竜所レ動也」とあったことである。清盛が竜になり地震を起こしたとは、平家物語にも所見しない。しかし延慶本第六末一、大地振オビタヾシキ事にも「今度之事は是より後も可レ有レ類とも不レ覚、平家の怨霊にて世中の可レ失之由申あへり」とある。同二、天台山七宝ノ塔婆事にも「抑今度の大地振之間に天台山に不思議の事あり。惣持院の七宝の塔婆に仏舎利を奉二安置一けるを、…今度の大地振之間に此竜落て過にし貞元之比取て昇りにし馬脳の扉の以て来て七宝の塔婆に立て舎利をば取て昇りぬ。…衆徒僉議而、此の御舎利を奉レ取事は、近江の水海の竜神共のし態にてぞ有らむ。…僉議しける夜の夢に、水海の竜神共多く集て申す、此御舎利を取奉る事は、全く我等が態に非ず。伊勢の海に侍る竜の宿執あるに依て是を取奉れり。吾等が誤らざる事を愁申すと、衆徒の夢にぞ見たりける。彼宿執と申すは、伝教大師桓武天皇御宇延暦廿三年に渡唐して天台山の行満大師に相奉て秘密を伝へ仏舎利を相承して我朝へ帰り給しに、漢家本願の境にて竜神来て此御舎利を留奉むとす。…其後今四百余歳の春秋を送れり。遂に彼の宿執の為に被レ取ぬ。口惜かりし事共也」とある。愚管抄の所説はこの二説を混同したものであろう。

二三 **平家知行所領カキタテ、、没官ノ所ト名付**(二六八頁注二五以下)　平氏の旧領を没官したことについての当時の直接史料はない。延慶本平家物語、第四、九、四宮践祚有事付義仲行家ニ勲功ヲ給事は後鳥羽天皇の践祚の細目を決定した寿永二年八月十八日の事実として次のごとく記している。

同日平家没官の所領等源氏輩に分給ふ。総て五百余所なり。義仲には百四十余所、行家には九十ケ所也。…尤頼朝之所存を可二思慮一歟とぞ人々申あわれける。

頼朝が平氏の没官領処分に対してどのような意見を持ち朝廷に要望を提出したかについては、当時の史料に明記がなく、東鑑も肝心の寿永二年の分が欠けているので、判明しない。平氏の没官領が全部頼朝に与えられたのは、当然、義仲が敗死した寿永三年正月二十日以後でなければならない。その意味で注目されるのは、延慶本第五末七、公家ヨリ関東へ条々被レ仰事に次の文書が収められていることである。

平家所知事

一　文書紛失幷義仲行家等給事

右子細載二目録一畢。

一　庄領惣数之事

右彼ノ一族知行ノ庄領及二数百ケ所一之由、世間ニ風聞ス。而院宮幷ニ摂録家之庄薗、或ハ私芳恩ノ知行在之。或所従等致二慇懃一輩ニ預之事、如レ此所々者全非二御進止一是本所左右也。仍惣数ニ注入計也。又院御領庄々等、近年逆乱之間、有レ限相伝之預所・本主等、依レ令二愁歎一少々是返給。依レ之除レ之。或損亡事非レ無二由緒一間、少々是ヲ沙汰給フ。

一　諸国家領等事

右一門之人々数ケ国務之間、或為レ増二田数一、一旦家領之由、雖レ有レ之、無三指文書二又無二相伝一。仍得替之時、領司争無シ二其愁歎一乎。帯二開発荒野文書一所々外、国ニ被二帰附一者、可レ為二善政一歟。

一　相伝之家領事

右文書紛失之間、不レ被二空ニ注付一。且大概此中候歟。

一　東国領事

右御存知アル旨被レ残レ之畢。他之国々未レ補。又以同前。於レ今者可下令二領知一給上。縦雖レ非二平家知行之地一、東国御領山内庄以下便宜之御領、随レ被二申請一可レ有二御下文一。於二御年貢一者、可下令二進済一給上。以前条々仰旨如レ斯。仍執達如レ件。

元暦元年〈甲辰〉三月七日　　　　前大蔵卿奉

前右兵衛佐殿

この文書は元暦元年甲辰の注記を初めとして措辞にも若干不審の点があるが、それは平家物語伝写の間に生じた錯誤と考えられないことはない。この文書がこの時に作られ、後白河法皇の意向を頼朝に伝えたものであることは、まず疑いない。文書の形式・内容には不審がないからである。平家没官領が頼朝に与えられたことが確かめられるのは、東鑑によると、寿永三年四月六日である。また三月は頼朝と後白河法皇との間に政治交渉があったことは三月二十三日の玉葉によって知られる。平家没官領全部が頼朝に付与されたのは、この交渉がまとまった結果であるに相違ない。そのことを示す史料として、延慶本所収の前記の文書はもっと重視する要がある。

二四　頼盛大納言ハ頼朝ガリクダリニケリ（三六八頁注三〇以下）　頼盛は寿永二年十月十八日に京都を逐電して鎌倉に下向したが、義仲がかれを捕えようとしたことがその動機であった、とは愚管抄だけが伝えている。東鑑のこの部分は欠け、平家物語も延慶本第五末廿三、池大納言関東へ下給事が下向を元暦元年五月三日とするのを初めとして、他の諸本も同様に元暦元年五月とし、事実と一致しない。頼朝との会見記事も、頼盛が宗清を伴わなかったことを残念がったことを延慶本は強調している。愚管抄のこの部分の記事は玉葉、寿永二年十一月二・六日の記事と基本が一致する。

二日〈壬辰〉。天晴。伝聞、頼朝去月五日出二鎌倉城一已京上、宿二旅館一及二三ケ夜一而頼盛卿行向、議定、依二粮料芻等不レ可レ叶、忽停二止上洛一帰二入本城一了。其替出二立九郎御曹司一〈誰人哉、可二尋聞一。〉已令二上洛一云々。

六日。…或人云、頼盛已来二着鎌倉一。…頼朝…対面、郎従五十人許群二居頼朝後一云々。其後頼盛宿二相模国府一。去二頼朝城一一日之行程云々。能保宿二悪禅師(全成)家一云々。去二頼朝居一二町許云々。此事為二修行者説一雅頼卿所二注送一也。

能保は藤原氏頼宗流で、頼宗―俊家―基頼―通基―通重―能保の系譜である。皇太后宮権亮になったのは仁安二年十二月十三日、左馬頭を兼任したのは、寿永三年三月二十七日であった。

二五　九郎判官（義経）タチマチニ頼朝ヲソムク（二六九頁注三七以下）　義経らが頼朝にそむく心を生じた原因は、一の谷の戦ののちに頼朝が義経をうとんじ、壇の浦合戦のあと義経が東下したのに会見を拒否したことであるが、義経・行家らの反逆が公然となったのは文治元年十月十三日(玉葉)である。義経は十一日と十三日の両度にわたり法皇に訴えて頼朝追討の宣旨を要求し(玉葉、十七日)、十八日にこれを得た。十九日の玉葉には次のごとくしるされている。

早旦隆職注二送追討宣旨一。其状云、文治元年十月十八日宣旨

従二位源頼朝卿偏耀二武威一已忽二諸朝憲一、宜三前備前守源朝臣行家・左衛門少尉同朝臣義経等追二討彼卿一。

蔵人頭右大弁兼皇后宮亮藤原光雅奉

上卿左大臣(経宗)者

宣旨発布可否について法皇の諮問を受けた左大臣経宗・内大臣実定は参院して、在京唯一の武士義経の要求を拒否し得ないとして、発布に同意したが(玉葉、十九日)、参院しなかった右大臣兼実は院使高階泰経に対して、宣旨発布には同意し得ないと明言した(玉葉)。愚管抄所記の兼実発言に相当する個所をその日記から掲記する。

余申曰、被レ下二追討宣旨一事者、罪犯二八虐一為レ敵二於国家一之者、蒙二此宣旨一者也。頼朝若有二重科一者可レ被レ下二宣旨一、何及二異議一。若又無二指罪科一者、可レ被二追討一之由、更以難二量申一。

兼実が勅問に答えたのは十七日の早朝であったが、その夜亥刻になって土佐房昌俊の義経宅夜襲が起きた(玉葉)。昌俊夜襲の状況は、延慶本平家物語、第六末九、土佐房昌俊判官許へ寄事を初めとして他の諸本も詳記し義経の奮戦を記するが、延慶本は十月十一日のこととしている。

なお愚管抄が「キスサヘラレテ」とするのに対して、天明本頭注には「遁れにけれどきずさえられてと八本皆同じ。今按にその害ハまぬかれたれども、疵負せられ世にせばめられて行先もさえられたれバ人も与力せぬを云成べし」とある。

義経・行家らが京都を退去したのは、十一月三日早朝辰刻であった(玉葉)。その前日の二日午後、兼実は院使定長の訪問を受け、明暁義経らが九州に下向するについて院宣を要求していることを聞いた。

三日。…自㆓去夜㆒洛中貴賤多以逃隠。今暁、九郎等下向之間、為㆑疑㆓狼藉㆒也。…辰刻、前備前守源行家・伊与守兼左衛門尉〈大夫尉也。従五位下〉同義経〈為㆓殿上侍臣㆒〉等、各申㆓身暇㆒赴㆓西海㆒訖。…院中已下諸家、京中悉以安穏。義経等之所行、実以可㆑謂㆓義士㆒歟。…若如㆓以前風聞㆒者、王侯卿相一人而不㆑可㆑全㆑身。

四日。…今日又武士等追㆓行義経㆒云々。伝聞、昨日、於㆓河尻辺㆒与㆓太田㆒合戦、義経得㆑利、打破、通了云々。

五日。…九郎等於㆑室乗船畢。

八日。…伝聞、義経・行家等去五日夜乗船、宿㆓大物辺㆒追行之武士等寄㆓宿近辺在家㆒…未㆓合戦㆒之間、自㆓夜半㆒大風吹来、九郎等所㆑乗之船併損亡、一艘而無㆑全、船過半入㆑海、其中、義経・行家等乗㆓小船一艘㆒指㆓和泉浦㆒逃去了(玉葉)。

二六　**十郎蔵人行家**(二六九頁注五七以下)　行家は挙兵当初、尾張・参河の軍勢を率い美濃国墨俣で戦って敗れ、その後もそのあたりで活動したが、寿永二年五月以後は義仲といっしょに行動した(玉葉、寿永二年五月十六日)。延慶本平家物語、第三末七、兵衛佐与㆓木曾㆒不和ニ成事によると、頼朝・義仲不和の原因は行家が義仲側についたことである、という。行家は義仲が法住寺殿を攻撃する以前にそれと別れたために滅亡を免れたが、義経が頼朝と不和となると、それと合流した。

行家が逮捕されたのは、玉葉、文治二年五月十五日によると、和泉国においてである。「於㆓和泉国㆒搦㆓得備前々司行家㆒了。北条時政代官平六傔仗時貞相親者、国人相共捕㆑之也」。それを慈円が北石蔵とした事情は不明であるが、玉葉、同年六月六日によると、義経が石倉辺に隠れていた、と風聞されていた。それを混同したのかもしれない。平家物語は延慶本第六末廿二、十郎蔵人行家被㆑搦事を初め諸本ともに和泉国にて逮捕としている。

二七　**九郎ハシバシハトカクレツ、アリキケル**(二六九頁注六二)　義経が京都周辺諸処に隠れたあと、文治二年閏七月には比叡山にあるとうわさされ(玉葉、二日)、その詮索が始まったが、十二日には慈円が摂政兼実に対して「無動寺悪僧財修又以逃脱了」と報告し(玉葉)、以後連日にわたってその処置を論じた(玉葉)。

義経が畿内から陸奥国まで逃げ得たのは秀衡の援助によった。東鑑、文治三年二月十日に次の記事がある。

前伊予守義顕(義経)日来隠㆓住所々㆒度々遁㆓追捕使之害㆒訖。遂経㆓伊勢・美濃等国㆒、赴㆓奥州㆒。是依㆑恃㆓陸奥守秀衡入道権勢㆒也。

義経が泰衡に襲撃され死んだのは文治五年閏四月三十日、頼朝にその報が達したのは五月二十二日である(東鑑)。

二八　**頼朝追討ノ宣旨クダシタル人〻、皆勅勘候ベキ由申シタリケリ**(二七〇頁注一六以下)　頼朝は文治元年十二月六日に議奏の公卿設置、兼実に内覧宣下、追討宣旨関係朝臣解官を要求することに決してそのむねを院奏して実現した(東鑑)。

解官されたうち、宣旨発布を直接に奉行した蔵人頭光雅は、顕隆―顕頼―光頼―光雅の系譜である。寿永二年十二月十日蔵人頭、文治元年十二月二十九日解かれた。隆職の系譜は、奉親―貞行―孝信―祐俊―盛仲―政重―隆職である。祖先以来、大夫史を世襲した。兼実は隆職と交渉が多く、玉葉にも記事が多い。

二九　**庄司次郎重忠コソ…クビトリテ参タリケレ**(二七一頁注五五)　東鑑によると、頼朝が国衡を討ち取ったのは文治五年八月十日の夜である。国衡は陸奥国伊達郡阿津賀志山の合戦で頼朝の軍に敗れ敗走の途中、柴田郡大高宮の付近で和田義盛に追付かれ、矢で射られたあと、畠山重忠の門客(平家物語では鳥帽子子。本大系下巻、二七一頁注一一)大串次郎重親によって首を切られた。東鑑によると、頼朝の面前で義盛・重忠の両人が功を争い義盛の功が事実上認められている。愚管抄と東鑑の記事が完全には一致しない一例である。

一　**摂籙ノ前途ニハ必ズ達スベキ告**（二七三頁注一〇・一一）　玉葉、治承四年三月四日「今日、愛染王百万遍終レ功了。自二去年十二月二日一始レ之。今日九十一日也。今日実厳闍梨来、告二吉夢一可レ信」。同、三年十二月二日「去夜有二最吉夢一女房見レ之」。

二　**法皇ニハ心シヅカニ見参ニ入テ**（二七三頁注一六―二二）　当時の例として摂政関白と法皇が第三者を交えずに対面することは少なかった。ことに兼実と後白河法皇は早くから政治についての見解が異なっていたので、そのような事実を玉葉に発見することは容易でない。拝賀直後ではその事実はない。注目されるのは、玉葉、文治二年十二月十日の兼実奏上と同十三日の後白河法皇の勅答である。ことによると、慈円はそのことをさしたのかもしれない。

十日〈癸未〉天晴。召二左少弁定長一有下申二入法皇一事上。天下政可レ反二淳素一之趣也。此事実嗚呼第一事也。然而雖二身命一可レ代二天下一之由、祈二申仏神一先了。仍忘レ逆二叡慮一愍達二天聴一只奉レ任二太神宮・春日大明神一者也。…十三日〈丙戌〉。…入レ夜定長来、先日所レ申之可レ被レ施二徳化一之間事、御返事也。其仰大慇懃。所レ申皆可レ然。摂籙之初、聊有下置二思食一御心事上。然而漸聞食、聞二子細一、誠無二汝過失一又其後万機之間無レ私、難レ有思食、偏二天之令レ然之由、思食者也。加レ之殊有二奉公之志一之由、令レ申云々。尤為二本意一。自今以後、一向所二相憑一也。…朕年来之間、不レ留二心於政途一只委二任於近臣一。大略可レ謂二有若亡一。是世之所レ知也。今申二行理国之政一尤所二庶幾一也。太神宮・熊野権現可レ有二知見一。更不レ置レ心、自今以後、一向所二委任一也云々者。奉二勅命一之処、不レ知レ措二手足一已以仰天。…参院、以二定長一入二見参一又申二除目之間事一。於二大事一者、条々被二仰切一也。大都善政也。（下略）

兼実と丹後局高階栄子とが会見したのは、玉葉によると、その事実はきわめて少ない。兼実は文治元年十二月二十八日、頼朝が自己を内覧に推挙したことを知った翌日に栄子に面会することを求めて事実上拒否された。玉葉で面談が明記されているのは、文治四年二月十八日・建久二年九月七日・閏十二月十二日・同三年二月十八日などである。愚管抄にいう事実は何時のことかは明らかではない。

三　**御サキグシテ一員ニテアリケリ**（二七四頁注三以下）　玉葉、二十七日には次のとおりに記されている。「次内府（良通）移馬居飼十四人〈相並〉。次同舎人十四人〈相並。寄布朽葉上下、紫杏葉裏、形木、萌木袙、守二制符一同二余（兼実）舎人一〉。次近衛馬寮一員以下随身十四人、〈府生以下八人着二蘇芳狩袴一。抑件随身在二前駈之後一同二余儀一。前駈員少、随身何不二前行一哉。然而、且依二近例一且守二予儀一。尚在二前駈之後、御前之前一云々〉。馬寮一員、允・属・府生・長上等也。次召使二人〈左右相並〉。次官掌二人〈左右相並〉。次前駈十人〈五位八人、六位二人、永久四年例如レ此〉。次左近衛少将宗国・左馬助助実〈相並〉。次外記〈大外記師尚〉、史〈右大史成定相並〉。次少納言頼房・左少弁親雅〈相並。已上布袴〉。次内府車」。

四　**二月ノ廿日ノ暁、コノ内大臣（良通）ネ死ニ頓死**（二七四頁注一五以下）「二月十九日〈乙酉〉。…亥刻大原上人〈本成房湛斅〉来、仍余（兼実）謁レ之。此間内府（良通）猶在二女房（兼実室良通母）前一、及二子刻一帰二我方一云々。…小時内府方女房〈帥〉周章走来、告二大臣殿絶入之由一、余劇速而行向、見レ之。身冷気絶、一塵無レ憑。余誦二尊勝陀羅尼一在レ傍。事已一定」「廿日〈丙戌〉。…抑内大臣正二位兼行左近衛大将藤原良通ハ僕之家督也。…自二幼年一志レ学、和漢之典籍無レ不二渉猟一。見任卿相之中、其才無二及レ半之人一歟。文章是得二天骨一詩句多在二人口一。加レ之従二宗家卿一伝二歌曲道之奥旨一不レ残二纖芥一。又就二楽人宗賢一屡習二竜笛骨法一稟体漸欲レ達二宮商之道一。近日又学二和語一所レ詠之歌、纔雖レ不レ過二両三一風情入二幽玄一。…年齢僅廿二、雖レ云二儒士一勤レ学難レ及者歟。国家之棟梁、末代之重臣也。…愚父（兼実）出仕、偏被レ扶二相府（良通）一。今遭二此喪一、誠是家之尽也。運之拙也。…於レ今者永絶二一生之希望一偏期二九品之託生一」（玉葉、文治四年）。

五　**皇嘉門院ニヤシナイタテラレテ、ソノ御アトサナガラツギタル子**（二七四頁注二四・二五）　良通は仁安二年十一月六日出生（玉葉）。承安五年三月七日皇嘉門院御所で元服したが、その前日に女院は「小童（良通）自二襁褓之昔一、偏致二撫育之礼一専為二我（聖子）嫡子一」として正五位下宣下を要望して実現した。女院は養和元年十二月四日に崩御したが、治承四年五月十一日に処分状を作製し所領のほとんど全部を良通に譲ることを定め、養和元年九月二十日には後白河法皇の承認を得た（平安遺文、第三九一三号）。

六　**頼朝モ女子アムナリ**（二七五頁注三九）　尊卑分脈によると頼朝に二女が

あり、二人ともに生母不明、長女には「木曾義仲朝臣息清水冠者義基室」、次女には「蒙二女御宣旨一」と注している。東鑑所見の大姫は長女、乙姫は次女に相当すると推定されるが、二人共に東鑑に出生の記事はない。ただ乙姫は正治元年六月三十日になくなった時の東鑑の記事によると、十四歳であったとのことであるから、文治二年の出生となるが、当年の東鑑には該当の記事がないので、この年齢もどこまで信頼し得るか疑問である。大姫は東鑑に多く記事があり、幼い時に義仲の息の志水冠者義高の妻となり、まもなく寡婦になっているが、年齢は明記がなく、生年不明である。

七　**アラタニトゲンズルツゲ**（二七五頁注四三）　良通の急死で絶望に陥った兼実が、中陰中に神仏の霊告を得て前途に希望を見いだしたことは、玉葉、文治四年四月四日に「此暁、女房（兼実室）見二最吉夢一、祈二請春日大明神一事、一事已上有二納受一之由也」とあることで事実であったことが知られる。九日にもまた兼実は吉夢を見た。五月十四日に兼実の一家は除服したが、十六日の夜から天台座主全玄をして姫御前すなわち任子のために普賢延命供を修せしめた。

八　**諸卿ニ意見メシ**（二七五頁注四八）　初期の事例としては摂政就任一年後の文治三年三月四日に院宣をもって、「在官奉公之人」「遁世人」に対して、政務批判を求めたことがあげられる（玉葉）。

九　**記録所殊ニトリヲコナイテアリケリ**（二七五頁注四九・五〇）　記録所設置を推進したのは頼朝とその側近であった。頼朝は文治二年四月三十日付消息（東鑑）で議奏の公卿に対して善政興行を要望したが、頼朝側では具体策として社寺修造と記録所設置の腹案があったらしく、東鑑、六月九日所収の勅答には「一、記録所事、先日被二計申一之時、被レ仰二摂政（兼実）一訖。諸方訴訟尤可レ被二決断一歟。重可レ有二急沙汰一之由、被レ申訖」とある。しかし事実はその設置は遅れ、文治三年二月二十八日にようやく実現した（玉葉）。遅延の理由は明らかでないが、兼実もそれほど熱心でなかったらしく、文治二年十二月十一日には明春二月設置を奏聞した（玉葉）。しかし寄人の選考にあたって、保元の例によって十二人の定員を提案したのは注目される（玉葉、文治三年二月五日）。

一〇　**六波羅平相国ガ跡**（二七五頁注五五以下）　東鑑によると、頼朝は六波羅亭新造奉行の法橋昌寛を七月十二日に鎌倉を出発上京させたが、敷地は容易にきまらず、九月二十日になって故池大納言頼盛の旧跡と決定した。もちろん全体としては清盛六波羅邸の遺跡の内に含まれる。

一一　**七日イリケルヤウ**（二七五頁注六〇以下）　頼朝入京の様子は東鑑同日に詳しい。愚管抄の記事が細目にわたってそれと一致するのが注目される。兼実は見物しなかったので、玉葉の記事は参照すべきものが少ない。東鑑で注目されるのは「次先陣、畠山次郎重忠〈著二黒糸威甲一、家子一人郎等十人等相具之〉。次先陣随兵、〈三騎列レ之。一騎別張替持、一騎冑腹巻行縢、又小舎人童、上髪、負二征箭一著二行縢一各在レ前。其外不レ具二郎従一〉」として一番三騎ずつ六十番、百八十騎の随兵の名を列記していることである。後陣の随兵は三騎ずつ四十六番百三十八騎であった。頼朝の服装は「折烏帽子、絹紺青丹打水干袴、紅衣、夏毛行縢、染羽野箭、黒馬楚鞦、水豹毛泥障」としるされている。

一二　**大臣モ何モニテアリケレド、ワガ心ニイミジクハカライ申ケリ**（二七六頁注七）　兼実は頼朝の初度上洛にあたり授官すべしとの意見を持ち、十一月四日に後白河法皇に奏上した（玉葉）。兼実が何を授官しようと考えたかは明らかでないが、このことについて法皇から下問すべき公卿の範囲を右大将兼任の右大臣花山院兼雅と頼朝の伝奏を勤める民部卿吉田経房に限定することを兼実が主張したことは、大臣の授官をも考慮したことを暗示する。頼朝は以前から任官の内命を拝辞したが、この時も辞退の意を表明し、除目が行なわれる以前に内裏を退出し、経房奉の院宣が権大納言昇任勅授帯剣を報ずると、即刻請文を提出して大納言辞任の意を明らかにした（東鑑）。

一三　**メヅラシキ式**（二七六頁注一一以下）　頼朝拝賀の行列の詳細は東鑑、十二月一日に詳しい。愚管抄の記事でそれと異なるのは、前駈十人がすべて院北面の武士であったとすることである。東鑑によると、北面武士は八人であとの二人は七条院非蔵人範清と前参河守範頼であった。秦兼平は「依二清撰一被レ下之」の注がある。頼朝が車後に従えた侍七人は「三浦介義澄、千葉新介胤正、左衛門尉祐経、前右馬允遠元、前左衛門尉基清、葛西三郎清重、八田太郎朝重」であった。

一四　**内裏ニマイリアイテ、殿下ト世ノ政ノ作ベキヤウハナドフカク申承ケリ**（二七六頁注三〇・三一）　頼朝が参内し兼実と懇談したのは、十一月九日・十二月十一日の二度である（玉葉・東鑑）。「九日。謁二頼朝卿一。所レ示之事等、依二八幡御託宣一一向奉レ帰レ君事、可レ守二百王一云々。是指二帝王一也。仍当今御事無双可レ奉レ仰レ之。然者当時法皇執二天下政一給。仍

先奉レ帰二法皇一也。天子ハ如二春宮一也。法皇御万歳之後、又可レ奉レ帰二主上一、当時モ全非二疎略一云々。又下官辺事、外相雖レ表二疎遠之由一、其実全無二疎簡一。深有二存旨一、依レ恐二射山之聞一故示二疎略之趣一也云々。又天下遂可二直立一、当今幼年、御尊下又余算猶遙。頼朝又有レ運バ政何不レ反二淳素一哉。当時ハ偏奉レ任二法皇一之間、万事不レ可レ叶云々。而所レ示之旨太甚深也。又云、義朝逆罪、是依レ恐二王命一也。依レ逆雖レ亡二其身一、其忠又不レ空。仍頼朝已為二朝大将軍一也云々」（玉葉）。

一五 **経房大納言ハジメヨリ京ノ申次**（二七六頁注三三・三四） 経房の系譜は、高藤―定方―朝頼―為輔―宣孝―隆光―隆方―為房―為隆―光房―経房。元暦元年九月十八日権中納言、建久九年十一月十四日権大納言昇任（補任）。東鑑に経房が所見するのは元暦二年四月二十四日の「藤中納言〈経房〉」が初めてであるが、正しくは新藤中納言とすべきである。東鑑、同年三月四日の同日付頼朝消息の宛名の藤中納言から判ずると経房にあてたのではなく定能である。しかし注目されるのは東鑑、文治元年九月十八日の記事である。これは経房が以前から頼朝と連絡があったが、経房が中納言任官を希望したので、この時に頼朝が吹挙した、というのである。経房が権中納言になったのは前年の九月十八日であるから、この記事は何か誤りを犯している。黄門は大宰権帥の誤記であろう。もし黄門が誤りでないとすると、元暦元年九月ごろから経房は頼朝と密接に連絡したことになる。平家物語は延慶本第六末十五、吉田大納言経房卿事以下、諸本ともに頼朝が経房を信頼したことをあげている。

慈円がここで経房と頼朝との交際がそれほど親密でなかったことを具体的事実をあげて強調したのは、ことによると、平家物語が経房をあまりにも賞讃しているのに対する批判であるかもしれない。

一六 **大功田百町宣下**（二七七頁注五二） 「凡功田大功世々不レ絶」（田令義解）。頼朝に大功田百町賜与を発議したのは兼実であって、朝議は出発前日に決定したが、日次がよくないので出発の当日の十四日の早朝に宣下することになった（玉葉、建久元年十二月十二日・十三日）。

一七 **御悩ノ間行幸ナリツヽ、世ノ事ミナ主上ニ申ヲカレテケレバ**（二七八頁注一八・一九） 「二月十八日〈辛酉〉。雨下、終日不レ止。未明行二幸於法皇宮〈六条西洞院亭〉一。蓋被レ訪二御悩一也。依二上皇母后等病一臨幸例頗以邂逅。…法皇太悦給云々。…数刻御対面、有二小御遊一〈主上（後鳥羽）御笛、女房安芸弾レ箏。法皇并親能・教成等今様、院御音如レ例〉。申刻還御之後、丹二品（栄子）為二法皇御使一参上、有レ被レ申事等一。〈余（兼実）依二院御気色一候二御前一故承二詔旨一依二女房（栄子）示一也〉。白川御堂等・蓮華王院・法華堂・鳥羽・法住寺等皆可レ為二公家御沙汰一。自余散在所領等、宮達有二分給事等一随二聞食及一面々可レ有二御沙汰一云々。…重又渡二御院御方一無レ程還御。今度被三申二置人々事一、〈宣陽門院・親能・教成等事也。敢無二他人事一云々〉。亥刻還御。…」（玉葉）。

一八 **播磨ハ文学、備前ハ俊乗ニ給ハセテケリ**（二七九頁注三七・四五） 東寺の修理は文治五年の朝議により着手に決定し十二月二十四日に院使勅使が東寺に派遣され文覚の主宰によって始められたが、建久二年十二月二十八日に灌頂堂の修理が竣功した（東宝記、三、当寺代々修造次第）。文覚はその間にも鎌倉に下向して頼朝から建久二年十二月十一日付の結縁状を得た。法皇崩御後の建久三年八月二十七日には、仁和寺宮守覚法親王が使を鎌倉に送って修造促進を催促した（仁和寺文書）。文覚もまた頼朝に対して院分の備前国寄付を申出たが（東鑑、建久四年正月十四日）、頼朝から兼実に対して備前・播磨両国寄付について交渉があり、建久四年四月十日に決定した。当時の事情は玉葉前後の記事に詳しくしるされている。

一九 **（文覚・頼朝）アサタニユキアイテ…**（二七九頁注四一・四二） 平家物語、特に延慶本・長門本、源平盛衰記は両人の交際を詳述する。延慶本第二末七、文学兵衛佐ニ相奉ル事は両人の出会を次のとおりに伝える。

北条蛭が島の傍に那古耶ヵ崎と云処に那古耶寺とて観音の霊地御します。文学彼の所へ行て諸人を勧て草堂を一宇造て毗沙門の像を安置して平家を呪咀しけり。我ゆるされを蒙らざらむかぎりは白地にも里へ出じと誓て行すましてぞ侍りける。…この堂のそばに又温屋を立て一万人に浴す。或時折烏帽子に紺小袖二きて白き小袴に足駄はきて黒漆野太刀脇にかひはさみて杖突たる男一人来て、湯屋の左右を見廻す。文学は目も持あげず釜の火たきて居たり。又たかしこかひ付て黒ぬりの弓持たる冠者一人来る。先にきたりつる人の下人とおぼしくて共にあり。小童部共、兵衛佐殿こそおわしたれ、と云てさゝやくめり。其時さては聞ゆる人にこそと思て、やわら顔をもて上てみければ、彼人湯にをり又共にある男来て、や御房湯の呪願とかやして人にあむせまひらせよ、といへば、かやうの乞食法師近く参らむも恐あり、かひけに湯をくみてたべ、こゝにてもともかくも呪願のまねかたせむ、と云ければ、云が如にして湯を浴らる。未余人はよらず、共の男は文学がそばに居て火にあたる。文学忍やかに是は流れておわしますなる兵衛佐殿歟と問ければ、男にが咲て物もいわず。文学これぞ此入道が相伝の主よ、と云ける時、男申けるは、主ならば見知奉給たるらむに事あたらしく問給物哉、と云ければ、文学申けるは、そよ此殿少くおわしまし〻ほどは宮仕き。かやうに乞食法師になりて後は、国々迷ありくほどに参よる事もなし。よにをとなしくなられたり。人は名乗のよかるべきぞ。頼朝と云名の吉ぞ、大将軍の相もおわすめり。君に申て貴賤上下集る温屋なむどへ出給らめ。人は憶持あるこそよけれ。法師とても敵にてあらむは可レ難歟。人に頸はし切られうとて不覚の人哉、と云ければ、此男不思議の聖のひた心哉と思へども、とかく云にも不レ及して、あまり雑人多候に、はや上らせ給へ、と主を勧て立所に、此由を主にさゝやきたりけるにや、此男立返て、里に出たらむ時には必尋ておわせよ、と文学が耳にさゝやきければ、そよや、殿下りはては見参に入らばやと思しかども、さすが事しげく推参せむも無レ骨て罷過つるに、今日の便宜に御目にかゝりぬる事こそうれしけれ。隙には必ず可レ参、先に申つるそゞろ事口より外へもらし給なとぞ云ける。其後、兵衛佐はづかしく覚しければ、彼温へはおわせず。卅日計過て文覚里に出たりつる次にさらぬ様にて兵衛佐の許へ尋来て、佐法花経読て被レ居たる所へ被レ入たりければ、文学手をすりて尤本意に候、貴候とてさめざめと泣、酒菓子躰の物取出して被レ勧て後、さて御房今日は閑に居て世間の物語して遊給へ、つれ〴〵なるに、と宣ければ、文学兵衛佐の膝近居よて申けるは、花一時人一時と申譬あり。平家は世末になりたりとみゆ。太政入道嫡子小松内大臣こそ謀も賢く心も強にて、父の跡をも可レ継人にておわせし…。

以下は覚一本(本大系平家物語、上巻、三六三頁)とほぼ同じで、義朝の骸骨を見せる段になるのであるが、頼朝が挙兵の意志を示したことについても、延慶本の次の叙述は注目される。

文学申けるは、是こそは殿の父の故下野殿の頭よ。…念仏読経の声は魂魄に聞へて滅罪の道となられぬらむ、とてさめざめと泣ければ、人の心を引見む料に何となく云かと思たれば、まめやかに志の有ける事の哀さよ。定て此世一の事にてはあらじ、と被レ思ければ、一定はしらねども父の頭と聞よりなつかしく覚へて、直垂の袖をひろげて泣〳〵請取て経机の上に並て吾身を打覆て、哀なりける契哉とて涙をぞ浮べられける。後にこそ謀とも知せけれ、其時は実と被レ思ければ自ら其後は打解られにけり。又と契て文学帰りぬ。さて彼首を箱に入て仏前にをきて兵衛佐被レ誓けるは、試に我父の首にておわしまさば、頼朝に冥加を授け給へ、頼朝世にあらば過にし御恥をも雪め奉り後生をも助奉らむとて、仏経に次ては花を供し香を焼て供養せらる。

以下は覚一本にも所見の勅勘免除の要望である。

二〇　**アサマシク人ヲノリ悪口ノ者ニテ**(二七九頁注四八)　文覚の暴言の最もよい例は承安三年四月二十九日の後白河法皇御所でのそれであり、伊豆国流罪の原因となった。同日の玉葉は次のごとく記している。

高尾聖人文覚、参ニ院中一眼前所ニ望千石庄一依レ無ニ許容一吐ニ種々悪言一殆放ニ言朝家一云々。仍北面輩承レ仰搦捕之。凌礫給ニ検非違使一云々。是又天魔之所為也。

二一　**興福寺供養**…(二七九頁注五九―六一)　兼実は九月二十一日出京、同日春日社参、翌二十二日に興福寺供養に参列したが、玉葉の記事は肝心の法会の部分が欠けている。

廿二日雨降。今日興福寺供養也。左右府(実房・兼雅)幷左右大将(良経・頼実)以下公卿廿六人参列云々。殿下(兼実)昨日〈廿一日〉令ニ下向一給、即春日社御参云々。中納言已下騎馬云々(仲資王記)。

中納言参議等騎馬前駆の先例となった道長の社参は、いつをさすか明らかでない。

二二　**東大寺供養**(二八〇頁注一以下)　「十二日〈丁酉〉。甘露相竝。午上天晴。未刻以後雨下。此日東大寺供養也。…即駕ニ鳳輦一幸ニ大仏殿一。以ニ七条院別当権中納言親宗卿一申ニ事由一。…下御之後、先御ニ大床子御座一、即渡ニ御七条院御方一」(玉葉)。「三月四日己丑。天晴。…鎌倉将軍(頼朝)為ニ東大寺供養結縁一上洛。…秉燭之程入ニ御六波羅御亭一。見物車殆不レ得レ旋云々。十二日丁酉、朝雨霽、午以後雨頻降、地震。今日東大寺供養也。…寅一点和田左衛門尉義盛・梶原平三景時催ニ具数万騎壮士一警ニ固寺四面近郷一。日出以後、将軍家御参堂、御乗車也…」(東鑑)。「十二日丁酉。…今日東大寺供養也。…鎌倉将軍南大門内西腋岡上構ニ桟敷一見物云々。但女房(政子)許見物、将軍在ニ宿所東南院一不レ渡云々。今日武士四面廻廊去ニ檀下一護、又著ニ甲冑一連居、不レ令ニ出ニ入雑人一。仍結会庭儀式厳重也」(東大寺続要録、八、供養編、建久記)。

二三　**中宮御産…御祈前代ニモスギタリケリ**（二八〇頁注一七）　「抑日来可ニ皇子降誕一之由、或有ニ霊夢一或依ニ天変一同謳ニ歌之一。亦御祈等超ニ過先例一、御修法及ニ卅壇一〈御祈等目録有レ別〉。其外不レ可ニ勝計一。寛弘以降、藤氏后妃無ニ此儀一。今有ニ此事一定皇子御歟之由、世推レ之。今如レ此、頗以似ニ遺恨一」（三長記、建久六年八月十三日）。

二四　**同（建久）七年冬ノ比コト共出キニケリ**（二八〇頁注三〇以下）　九条兼実の関白罷免、近衛基通関白復任、中宮内裏退出の一連の事件が起きたことをいう。玉葉・東鑑の記事が欠けているため、この事件の正確な経過は知りがたい。頼朝が長女大姫の入内を希望し通親に通信したことなどはその最たるものである。通親が刑部卿三位範子を妻にした時期も不明である。後白河法皇崩御の時に近臣が播磨・備前両国に大きな荘園を新立しようとし、兼実がそれを倒したことは愚管抄以外に所見しないが、法皇崩御後、備前守仲国が蓮華王院内に新御堂を建て建久四年三月九日に供養を行なったこと（心記）、建久六年四月二十一日に頼朝が宣陽門院に対して長講堂領七荘の復活に同意したこと（東鑑）があり、これらの事実は相互に関連があろう。

成経・実教など家格が諸大夫出身の朝臣が、藤原時平以来、摂政関白のほとんど全部が任官した宰相中将（その例は二中歴所見）に任官したのに対して、兼実がその判断に基づいて辞退させたことは玉葉、建久四年十二月六日に所見する。「六日〈己亥〉。晴。…今日召ニ実教卿成経卿等一仰下可レ被レ停ニ中将一之間事上。実教避ニ参議中将両職一申下可レ任ニ衛府督一之由上。成経其子任ニ兵衛佐一其身叙ニ正三位一可レ避ニ両職一之由、申レ之」。

兼実が関白を罷免されるとのうわさは建久七年十一月十八日以前からひろまっていたが、この日に隠退が内定した（三長記）。中宮任子の内裏退出は二十三日に決定し翌日未明に行なわれた（三長記）。

二十五日に関白の宣下が行なわれたが、宣下に当たるべき蔵人頭の長兼は忌避され、五位蔵人の朝経が召された。長兼は日記三長記に次のとおり記している。「関白詔事、上卿土御門大納言（通親）、右少弁親国・蔵人佐朝経等奉行、大内記宗業・大外記師直参仕也。今朝以ニ頭右兵衛督（高能）一令ニ辞申一給云々。不レ被レ進ニ御上表一云々。抑殿下（兼実）以ニ伊尹之曩行一、奉レ佐ニ万機一給。世属ニ静謐一政反ニ淳素一。忽納ニ邪佞之諫一退ニ忠直之臣一」。

二五　**関東ノ頼朝ニハイタウタシカナルユルサレモナカリケルニヤ…**（二八二頁注二六・三〇）　後鳥羽天皇譲位、土御門天皇即位について朝幕間の折衝は、東鑑が欠け、玉葉も建久八年夏以後の部分がないために詳細が判明しない。交渉が最終段階に入った建久九年正月一日以後のことが玉葉等の日記を通じておぼろげに知られるのみである。それによると、正月四日には頼朝から朝廷に対する回答が到着し、それといっしょに兼実・慈円にも消息が届いた。頼朝は朝廷に対する回答のなかで、後鳥羽天皇の退位は承認するが、代って践祚するのは天皇の皇兄守貞・惟明両親王のいずれかであり、後鳥羽天皇の皇子は新帝の皇太子に立てるとの提案を行なった。要するに頼朝は幼主は甘心しない、との意見を以前から持っていたが、この時もそれを貫徹しようとしたのである。ただ従来この事実が注目されなかったのは、玉葉、六日の記事にあいまいな点があったからである。それが確かめられたのは慈円が承久二年に西園寺公経に送った消息のなかで、頼朝の過失を論じた部分が参照されて以来のことである。

能円の死については明月記、正治元年八月二十六日に次のごとく記している。「廿六日未時許主計頭資元入来、隔ニ障子一談話、能円法印死去云々。〈一昨日比歟〉。其娘督殿（在子）猶昨日在ニ禁裏一之由、有ニ其聞一云々」。

二六　**通親ハ右大将ニ成ニキ**（二八四頁注三以下）　「廿日、天晴。…未時許除目、頭権大夫（親経）、承レ仰、内ニ覧殿下（基通）一、即参内、可ニ書下一由、有ニ院宣一云々。其後、隆保朝臣参入、申ニ必定入滅一由、飛脚到来云々。除目此事以前之由、有ニ沙汰一云々。今朝早々右大将（頼実）上表…右近大将通親、中将頼家…遭レ喪之人、本官猶以服解、今聞ニ薨由一、被ニ任官一、頗背ニ人倫之儀一歟。…後聞、内覧極僻事也。此除目并十四日僧事不ニ内覧一」（明月記）。

二七　**能保入道、高能卿ナドガ跡ノタメニムゲニアシカリケレバ**（二八四頁注一一以下）　基清は後藤実基の養子であるが、系譜は、尊卑分脈によると、秀郷―千常―文脩―文行―公光―公清―季清―康清―仲清―基清。経歴は「実父佐藤内舎人仲清也。左衛門尉叙留、左兵衛尉、従五上」である。政経・義成の系譜は中原・小野の姓以外知られていない。

梶原景季とこの騒ぎとの関係は愚管抄以外に所見しないので詳しいことは判明しないが、ことによると頼朝の死を報ずる幕府使節として西上したことがあったかもしれない。いずれにしても通親に基清らを告げ口をしたのは景季であったに相違ない。

明月記によると、通親が右大将に任じられた正月二十日の二日後の二十二日から不安の事態が生じた。

廿二日。巷説云、院中物忩、上辺有二兵革之疑一。御祈千万、被レ引二神馬一。新大将（通親）籠二候御所一不レ出二里亭一是有レ事故云々。

広元の出生は諸説があって明確でない。玉葉、寿永三年三月二十三日には前明法博士広季の子としている。しかし尊卑分脈は「中原家系図云、広元者明法博士中原広季第四男也。今按、広元者散位従四位上大江朝臣維光之子也。而広季養為レ子。故号二中原一也。順徳院建保四年七月依二其請一、而勅改二中原姓一而復二本大江姓一故後子孫皆為二大江氏一」としている。

広元が通親と親しかったことは、建久二年四月一日の除目で広元が通親の支持によって明法博士と左衛門大尉に任ぜられたことで知られる。

因幡前司中原広元〈大博士広季男也。頼朝卿腹心也〉。任二明法博士〈剰任無二先例一歟〉。幷左衛門大尉一〈上古任二大尉一、近代頗希。為義任二大尉一云々〉。即蒙二使宣旨一。此事如何。家已文筆之士也。所レ期大外記・明経博士也。而今之所レ任驚二天下之耳目一。此事通親卿為二追従一加二諷諫一云々。人縦加二教訓一、身自不レ可レ用歟。或云、遂可レ転二靫負佐一是允亮等例也云々。凡非二言語之所一レ及。恐頼朝卿運命欲レ尽歟。誠是師子中虫如レ喰二師子一歟。可レ悲々々（玉葉）。

一条家の郎等三人は正治元年二月十四日に逮捕された。その事に当ったのは、新中将頼家の雑色であり、三人を院御所に渡したあと、三月四日に関東に下向させたが、最後の処分は明確でない。

二月十四日。武士等相二具左衛門尉中原政経・藤原基清・小野義賢（義成）一参二院御所一。是件三人可レ乱二世間一之由、有二其聞一之故也。各預二賜武士一（百錬抄）。

三月四日。天晴。三人金吾（政経・基清・義成）昨今下二向関東一云々。不二同道一各武士等預レ之相具。此輩七人〈父子〉解官云々。廿二日。天晴。被レ遣二関東一金吾三人、不二請取一自レ路追上、左右可レ随二勅定一由申レ之。或云、斬罪云々（明月記）。

公経・保家・隆保の閉門は二月十七日に発令された。また文覚を検非使庁の監視下においたのはその前夜であった。

十七日。今暁宰相中将〈公経卿〉・保家朝臣・隆保朝臣被レ止二出仕一云々。巷説、公卿七人可二滅亡一。不レ知二誰人一。文学上人〈年来依二前大将（頼朝）之帰依一其威光充二満天下一諸人追従僧也〉。夜前検非違使可二守護一之由被二宣下一云々。別当（通資）相二倶官人一参院、夜半許廷尉三人承レ之云々（明月記）。

隆保の流罪はやや遅れて、五月二十一日に決定実行された。理由は後鳥羽上皇に対する謀反を計画したことにありとされ（皇帝紀抄）、四月二十三日には上皇の前で通親が隆保らを糺明した（明月記、二十六日）。

基清らの処分で判明しているのは、基清が三月五日に讃岐国守護職を罷免されたこと（東鑑）、文覚が三月十九日に佐渡国に流されたこと（百錬抄）がおもであるが、基清は早くゆるされたらしく、東鑑、正治二年二月二十六日の将軍頼家鶴岡八幡宮社参随従の中にその名が見える。文覚には建仁二年十二月二十五日に召返の宣旨が発せられた（東寺長者補任）。隆保も建仁三年六月二十五日に本位に復した（百錬抄）。基清は同年十二月三十日の除目で左衛門尉に復任した（明月記）。

二八 **宗頼**（二八五頁注五七） 顕隆—顕頼—光頼—宗頼。成頼の猶子（尊卑）。建久九年十二月九日権中納言、建仁二年七月二十三日権大納言昇任、同三年正月二十一日出家、同二十九日薨（補任）。

二九 **水無瀬殿**（二八五頁注六三） 後鳥羽上皇・左大臣九条良経・内大臣久我通親三者出席の和歌会の一例として建仁二年九月十三日明月記所収の事実をあげる。翌月二十一日に通親は急逝した。「十三日朝天漸晴。…午終許著二布衣一頻被三相二待彼（良経）御参一。以二遊女宿屋一為二彼御休息所一。時刻漸移、申始許御参云々。僧正（慈円）御房先参給、次大臣（良経）殿〈御車〉。有家・資家御共、直令三参二行御所一給。入道（俊成）殿早可二参給一由有二仰事一、頻申二此由一御参之後、出御（後鳥羽）。…作者之外、内府（通親）被二著座一。…」。

三〇 **建仁二年（十月）廿一日ニ、通親公等ウセニケリ**（二八六頁注四） 通親薨去の日時は十月二十日・二十一日の両説がある。薨去当時の猪隈関白記は二十日とする。「廿一日壬辰。…去夜内大臣通親薨卒云々。指所労不レ聞。昨日参院、大略頓死歟。生年五十四」。

百錬抄は愚管抄と同じく二十一日説をとる。なお「通親公」の下に「等」を付したのは理解しがたいが、万葉集などに見る親愛の情を示したものかもしれない。

三一 **九条殿ハ又（北）政所ニヲクレテ出家**（二八六頁注一七・一八） 兼実に関係深い藤原定家は明月記、正月二十八日に次のように記している。「入道

(俊成)殿渡御。午時許隆信朝臣使者来云、夜前九条殿(兼実)於ニ法性寺一御出家由、聞及歟者。入道殿還御之後、申始許参ニ入法性寺月輪殿〈新御堂〉一。夜前御仏事等訖。子時許御ニ此御堂ニ法然房(源空)参入、被レ遂ニ御本意一、奈良法印(良円)奉レ剃給云々。…貴賤妻室四十九日遁世事、頗不レ聞ニ其例一。去年秋此事天下謳歌、無レ実。而秖招ニ世嘲一。今度如レ此、頗不レ可レ然者也」。

三二　**宗頼大納言…正月卅日ウセニケリ**(二八七頁注三三)　宗頼の発病死去について明月記、建仁三年正月は次のごとく記している。「十九日申時許典薬頭(時成)来、…語云、新大納言(宗頼)足甚不便。御熊野詣上道、於ニ発心門王子一依ニ寒気一踏ニ入足於材燈之火一不レ覚而其指焼損了。…帰洛以後、其足已如レ無…。廿九日天晴。下人等云、入道大納言(宗頼)薨云々。或云ニ夜前事一」。

三三　**太相国ヨリザネノ七条院辺ニ申ヨリテ**(二八七頁注三四・三五)　頼実の七条院接近は詳細不明であるが、東進記、建仁三年六月二十八日によると、頼実が傅をしていた東宮守成親王が、この日から七条院御所の三条殿に行啓したことがあり、長期に七条院と同居したことなどが、頼実の女院接近、兼子との婚約を生んだかもしれない。両者の同棲が人に知られたのは建仁三年末であった。明月記、十二月三十日には「太政大臣(頼実)通ニ于卿三品(兼子)一〈不レ聞ニ其日一、歳内事云々。有ニ年来妻室一経ニ卅年一〉。夫妻共旧年四十九」と記されている。

三四　**中御門京極ニイヅクニモマサリタルヤウナル家**(二八八頁注二五)　九条良経が中御門京極殿造営に着手したのは建仁三年冬であったらしく、上棟は十一月二十七日の前後に行なわれた(明月記)。竣功はそれから二年後である。造営の一端は元久二年七月以後の明月記に散見する。南庭池(七月二十一日)、公卿座畳敷(八月十六日)、松樹(八月二十五日)、桐樹(九月二十日)、桜木(九月二十三・二十九日)がそれである。兼実は十二月十六日に中御門京極殿を訪ね山池を歴覧した(十二月十六日)。

三五　**曲水ノ宴**…(二八八頁注二八・三九)　九条良経が新邸で行なわんとした曲水宴は寛治年間(年時不明)に行なわれた以後、中絶していたようである。三長記によると、良経は元久三年二月十三日にその邸で評定を開き、寛治の時に大江匡房が作った式により行なうことを定め、南庭に新しく溝を掘ること、水鳥形彩色の羽爵(杯)を作ることを定めた。評定はその後しばしば行なわれ、二月二十四日には作文も催されたが、宴当日の諸題はなかなかに決定せず、三十日になって「羽觴随レ波」と決定した。当日の三月三日は、日次がよくないとの議があったが、当日になって熊野本宮が二月二十八日に焼失したことが判明し、延期となった。

三月七日未明に良経がにわかに死んだことについては源家長日記に詳細な記事がある。

さても〳〵元久三年ことしのやよひ七日はいかなる月日なりけん。摂政(良経)殿夢のやうにてやませ給ひにしかば、六日は参らせ給て、よの御政日めもすに申させ給ふ。日くるゝほどにぞ出させ給ひにし。さてよるの御ましにいらせ給てより、やがておどろかせ給はず。…七日のあしたに例よりはおそくおどろかせ給ければ、ちかく候女房たち参りておこし参らせるゝ。さらにひえはてさせ給てければ、うまの時ばかりにこそ、はじめて世にのゝしりたちて、馬車のはしりさわぐおと、世中もひゞくばかりに侍しか。をりふし北のまんどころ(寿子)も春日のみ社に御こもりの程なりければ、女房もとほらかにふしたりければ、あやしき事もやわたらせ給ひけん。あやめきく人もなかりけるこそ、かひなき事なれど、たとしへなくかなしくおぼえ侍れば、君(後鳥羽)の御なげきにおぼしめいたるさま、いへばおろかなり。…この程、前大僧正(慈円)のもとに申させ給ふ御せいどもあまた侍り。大僧正御房より、

つのくにのなにはのあしのみをつくしこやうき事のしるしなるらん

はるのよの夢におどろく名のみしてさめぬは人の心なりけり

御返事

つのくにのあしかりけりなたのみこし人もなきさぞいとゞ住うき

大かたのうき世を夢としる人のなければこそは袖をほすらめ

三六　**仲国法師…妻ニツカセ給テ…スデニイハ、レントスル事**(二九一頁注五七以下)　仲国妻が後白河法皇の託宣なるものをいいふらしたのは、元久三年から七、八年以前の正治元・二年ごろからであって、当時の明月記(二九一頁注六〇)にも所見する。それが九条良経急死の直後に朝議の主題となったのは疑もなく急死による世上の動揺が原因であった。三長記(二九〇頁注一六)によると、仲国妻は良経の死をもたらしたのは後白河法皇の所為であると言いふらした。

公卿僉議は四月二十一日に院御所で行なわれた。当日の猪隈関白記は議定の一端を録している。

後白河院有㆓御託宣事㆒其間事有㆓沙汰㆒。刑部権大輔仲国妻㆓此七八年間有㆓此事㆒…可㆑被㆑崇㆓神社㆒之由也。其外他事少々相交、此間頗御託宣事、少々似㆑有㆓符合㆒也。…此事可㆑有㆓議定㆒、仍被㆑召㆓人々㆒。…可㆑被㆑崇㆓神社㆒哉否之由、被㆑問㆑之。内府(忠経)以下各被㆑崇㆓神社㆒之条、可㆑宜之由申之。但春宮大夫(公継)先有㆓御祈請㆒之後、可㆑有㆓沙汰㆒之由、計申㆑之。各無㆓別子細㆒。其後人々退出。

慈円が頼実に送った書状については三長記、建永元年五月十日に三条長兼に語った慈円の意見のなかに次のごとく録されている。

参㆓前大僧正(慈円)御房㆒令㆓閑談㆒給。後白川院御廟可㆑被㆑立哉否事、上皇(後鳥羽)叡慮未㆓一決㆒給。仲国妻女称㆓御託宣㆒之由、浄土寺二品〈宣陽門院御母儀也〉。結構、公卿議奏、春宮大夫(公継)之外□可㆑被㆑立㆑廟云々。彼狂女(仲国妻)云、廟尊崇不㆑可㆑劣㆓石清水㆒云々。…此事已天魔所為也。天下滅只可㆑起㆑自㆓此事㆒。依被㆔仰㆓遣前相国(頼実)許㆒之御机案令㆓取出㆒給。予申云、…執柄(家実)御辺与㆓彼女二品㆒同心結構事云々。其故ハ大殿(基通)有㆓御遁世之御志㆒。而彼狂女云、件志忽不㆑可㆑然、摂㆓行天下㆒之運已在㆑近之由、去頃称㆑之。而果如㆓狂女言㆒、仍大殿令㆑成㆓其信㆒給云々。

後白河法皇の託宣なるものは信じ得ないと決定したのは、慈円の献言にもよるが、後鳥羽上皇がこの間に熊野に御幸になり権現に祈請してその指示を得たことも大きく働いた。上皇は五月一日に出発し十六日に帰京したが(三長記)、二十日に聖断が下った。当日の猪隈関白記は次のごとく記している。

後白河院御託宣事、於㆓熊野㆒有㆓種々御祈請㆒而不快也。仍不㆑可㆑有㆓沙汰㆒之由、有㆑仰也。刑部権大輔仲国解官、被㆑追㆓洛中㆒、妻同㆑之。

三七　**法然ハ…大谷ト云東山ニテ入滅シテケリ**(二九五頁注四六―五〇)　源空の赦免入滅を記した史料としては親鸞の著、教行信証後序が信頼し得る最も古い史料と従来されてきた。

建暦辛未歳(元年)子月(十一月)中旬第七日蒙㆓勅免㆒入洛已後、空居㆓洛陽東山西麓鳥部野北辺大谷㆒。同二年壬申寅月(正月)下旬第五日午時入滅。奇瑞不㆑可㆓勝計㆒、見㆓別伝㆒。

それによると教行信証以前に源空の伝記が成立していたことになるが、別伝とは何を指すか不明であった。最近古写本が発見されたことにより次記の知恩講私記をさすことはほぼ明らかになった。

三四年来、耳目蒙昧、而近㆓大漸期㆒聞㆑音見㆑色忽以分明。人聞曰、今度往生極楽決定歟。答曰、彼土我本国、定可㆓還住㆒、観音・勢至等聖衆来現在㆓眼前㆒之由示㆑之。聞㆓紫雲現㆒便語云、我往生者為㆓諸衆生㆒也。又臨㆓其期㆒三日三夜、或一時、或半時、高声念仏、聞者皆驚。…明日往生之由、依㆓夢想告㆒驚来逢㆓終焉㆒者五六余輩也。臨終時唱㆓四句文㆒…着㆓慈覚大師九条袈裟㆒頭北面西、如㆑眠取㆑滅。…于㆑時建暦二年正月二十五日午正中也。春秋八十。

なお西方指南抄・黒谷上人語燈録には諸人夢想・臨終行儀を詳記している。

増賀は多武峰に住し長保五年六月九日八十歳で入滅した。その往生については本朝法華験記、下に詳しい。

後臨㆓命終時㆒十余日已前兼知㆓其時㆒。…是聖人面色微笑、喜悦無㆑限、集㆓諸大衆㆒不審慇懃。愚老増賀年来所㆑願、早去㆓此界㆒往㆓生西方㆒。其事在㆓今明㆒。尤所㆓喜申㆒。即修㆓講筵㆒勤㆓修念仏㆒又番㆓論義㆒談㆓論深義㆒或興㆓和歌㆒令㆑歌㆓別歌㆒。聖自唱㆓和歌㆒。…如㆑是種々与㆓諸大衆㆒遊戯既畢。令㆑散㆓大衆㆒入㆓於静室㆒坐㆓於縄床㆒誦㆓法華経㆒手結㆓金剛合掌印㆒、坐禅、乍㆑居入滅。年八十余矣。

なお今昔物語集、十二(本大系本、三、一八一頁)にも同じ逸話が収められている。

三八　**空アミダ(阿弥陀)仏ガ念仏ヲイチラサントテ、ニゲマドハセナドスメリ**(二九五頁注五四以下)　明月記、建保五年三月二十九日には次のとおり記されている。「近年天下有㆘称㆓空阿弥陀仏㆒念仏㆖事。件僧結㆓党類㆒多集㆓檀越㆒。天下之貴賤競而結縁、殊占㆓故宗通卿後家所㆑造之堂〈九条、世称㆓大宮相国堂㆒〉㆒為㆓其道場㆒。是隆信朝臣娘・九条院所㆑生尼公為㆓念仏宗之張本㆒之故也。世称㆓二条院姫宮㆒。緇素道俗月来集会、而山門衆徒又聞㆓此事㆒、成㆓欝憤㆒。或云、訴訟申㆓仙洞㆒無㆓御制止㆒云々。成㆓群議㆒欲㆑妨㆓其事㆒由、風聞之間、去十八日行㆓幸鳥羽殿㆒松明光数多、向㆑南。彼念仏衆等存㆓山僧之炬火之由㆒。叫喚馳㆓走東西㆒、抱㆓仏像㆒懐㆓黒衣㆒而逃散云々。可㆑謂㆓勝事㆒」。

三九　**東大寺ノ俊乗房ハ…南無阿弥陀仏ト名ノリテ**(二九五頁注五六以下)　重源が阿号を他人に授与するのは寿永二年ごろから始まった。南無阿弥陀仏作善集には「阿弥陀仏名付㆓日本国貴賤上下㆒事、建仁二年始㆑之成㆓廿年㆒」とある。その動機は不明であるが、源空聖人私日記には大原談義の時に天台座主顕真が発議したとし、法然上人伝絵詞などは、死後閻魔王で名を聞かれた時に仏名を唱えるためと説明している。
　順魔逆魔は辞書には所見しない。魔にしたごう、魔にさからうの意と思われる。

四〇　**九条殿…久シク病ニネテ…臨終ハヨクテウセニケリ**（二九六頁注三）　兼実は源空が流罪になる以前、建永元年五月初めから病床にあり、六月七日には参殿した藤原定家に対して、女房丹後を通じて「病已獲麟、不㆑能㆓物語㆒」と伝えたほどであった。定家は二十七日にも参殿し障子を隔ててその声を聞いたがその声は弱く、死んだ良経のことを語った（明月記）。源空の流罪がその心の痛手となったのは当然である。その臨終について当時の記録には記載がない。

四一　**長房宰相奉行**（二九七頁注三七）　長房の系譜は、高藤―定方―朝頼―為輔―宣孝―隆光―隆方―為房―為隆―光房―光長―長房である。母参議藤原俊経卿女。元久元年四月十二日参議に、承元三年正月十三日民部卿に転任し、同四年九月二十二日に出家した。長房が造法勝寺を奉行したことについては、愚管抄以外に所見がない。ことによると奉行は造東大寺に参与したことかもしれない。
　章玄は藤原氏実頼流に属し、静俊という法勝寺執行の子である。章玄の死が感動を与えたことは猪隈関白記・明月記にも所見する。

四二　**承元四年九月卅日…彗星**（二九八頁注二）　「九月卅日乙卯、晴。陰陽権助（安倍）晴光来云、今日戌剋まで、日入程より有㆓天変㆒。…永万以後未㆑有㆓此例㆒、彗星出㆓西方㆒也。十月一日丙辰、天晴。彗星今夜も見㆓西方㆒。…或人云、依㆓天変㆒可㆑有㆓御譲位㆒事云々」（玉蘂、承元四年）。

四三　**忽ニ御譲位ノ事ヲコナハレテ、承元四年十一月廿五日ニ受禅**（二九八頁注九）　東宮守成親王妃立子兄道家はその日記玉蘂、承元四年十一月二十三・二十五日に次のとおり記している。「廿三日。天晴。子刻許自㆓大納言（兼宗）許㆒告送云、今日関白（家実）参入、出㆓御前㆒、大相国（頼実）議定、御譲位事可㆑為㆓明後日廿五日㆒之由、被㆓仰下㆒了。聞㆓此事㆒悦涙数行。不㆑知㆓手舞足踏㆒也。廿五日己酉。…是日天皇（土御門）譲㆓国於皇太弟（守成）㆒日也」。

四四　**大嘗会**（二九八頁注一七）　令義解神祇令に「凡天皇即位、惣祭㆓天神地祇㆒。〈謂、即位之後仲冬乃祭、下条所㆑謂大嘗者、毎㆑世一年、国司行㆑事、是也〉」とみえる。建暦元年八月十一日大嘗会国郡卜定（百錬抄）、同二十四日行事所始（業資王記）、九月二日習礼、三日大祓、二十五日論義、十月十二日国莊園実否定、十九日大内行幸、二十二日御禊（玉蘂）と進行した。

四五　**範光中納言弁ナリシ時、御ツカイニツカハシナドシテ有ケル**（二九九頁注四六）　範光が弁官に在任したのは、弁官補任によると、正治二年三月六日権右中弁昇任から同四月一日大蔵卿遷任までの短期間である。この間に頼家の任官もなかったし、範光の東下も考えられない。愚管抄の弁は、亮の誤記であったかもしれない。範光は正治二年四月十五日に春宮亮を兼任したが、翌建仁元年三月十七日に大宰大弐に遷任した。頼家の従三位左衛門督昇叙はその間に当たる。ただし東鑑には範光東下の事実は記せられていない。
　なお頼家は建仁二年七月二十三日に従二位に昇叙されたが、同日に範光は参議に任ぜられた。頼家の昇叙の報は八月二日に鎌倉に達したが（東鑑）、範光は当時在京した（明月記、七月二十九日）。範光東下は正治二年と推定される。

四六　**元久元年十一月三日（実朝室東下）**（三〇二頁注二二―一七）　実朝の妻として足利義兼の娘が候補にあげられたが、実朝は京都から迎えることを主張してこれを拒否した（東鑑、元久元年八月四日）。信清の娘が将軍家御台所と決定し北条政範以下が西上したのは十月十四日であった（東鑑）。時政も同行した（仲資王記、十一月三日）。
　十二月十日の出立は明月記・仲資王記、同日に詳しい。法勝寺西大路に増円が作った桟敷や行列の華美が詳記されている。「今日巳時信清卿娘下㆓向関東㆒出㆓立於卿三位（兼子）岡前家㆒。上皇（後鳥羽）御桟敷法勝寺西大路鳥居西、増円法眼作㆑之。馬助〈亡者〉（政範）大刀、去比施㆓与仏師㆒。件大刀以㆓銭卅貫㆒買取、御引出物献㆑之云々。…前陣侍九人…各華麗過差、無㆑物㆑取㆑喩。無㆑非㆓金銀錦繡㆒」（明月記）。

四七　**トモマサ（朝政）トテ源氏ニテ有ケル**（三〇三頁注三三以下）　朝政は清和源氏、頼義―義光―盛義―義信―朝政の系譜を持ち、兄惟義は文治元年八月十六日に頼朝の家人として初めて国司を受領した一人であり、相模守に任じられた。朝政が頼朝の猶子となったことは東鑑に所見しない。京都守護として朝政が武功をたてたのは、元久元年三・四月に起きた伊賀・伊勢両国平氏残党の反乱の際であった。朝政は賞として伊勢国守護に任じられた。朝政が後鳥羽上皇の笠懸に出仕したことは、当時の日記等には所見しないが、朝政は元久元年十月二十六日の京官除目で右衛門佐に任ぜられている(明月記)。

時政の後妻牧御方が所生の他の娘を公卿殿上人の妻とした、というのは、尊卑分脈によると摂政師家妾や大納言実宣室となった女子をさすのであろう。

実朝殺害、朝政擁立の陰謀は東鑑に次のごとく所見する。「閏七月十九日甲辰。晴。牧御方廻二奸謀一以二朝雅一為二関東将軍一可レ奉レ謀二当将軍家一〈于レ時遠州(時政)亭御座〉之由、有二其聞一仍尼御台所(政子)遣二長沼五郎宗政・結城七郎朝光・三浦兵衛尉義村・同九郎胤義・天野六郎政景等一被レ奉レ迎二羽林(実朝)一即入二御相州(義時)亭一之間、遠州所レ被二召聚一之勇士悉以参二入彼所一、奉三守二護将軍家(実朝)一。同日丑尅遠州俄以令二落餝一給。〈年六十八〉。同時出家之輩不レ可二勝計一。廿日乙巳。晴。辰尅遠州禅室下二向伊豆北条郡一給。今日相州令レ奉三執二権事一給云々」。

四八　**(畠山)重忠…終ニワレトコソ死ニケレ**(三〇四頁注一八・一九)　元久二年六月二十二日のこと。「廿二日戊申、…畠山次郎重忠参上之由風聞之間、於二路次一可レ誅之由有二其沙汰一。相州(義時)已下被二進発一、軍兵悉以従レ之。…午刻各於二武蔵国二俣河一相二逢于重忠一。…相従之輩二男小次郎重秀…已下百三十四騎。…及二申刻一、愛甲三郎季隆之所レ発箭中二重忠〈年四十二〉之身一。季隆即取二彼首一献二相州之陣一」(東鑑)。

四九　**中風ノ気有シカバ、実宗公内大臣ニナリニキ**(三〇八頁注六)　建暦二年十二月八日実宗薨去に際し九条道家は日記玉蘂、当日に次のごとく記し、任大臣の事情を明らかにしている。「今日申時入道内大臣〈実宗〉入滅。年六十四。…新院(土御門)御在位之初、下﨟(通親)超二任大臣一。仍籠居。其後又中風不二出仕一。建仁二年内大臣通親薨闕、可レ任二大臣一之由有レ勅。而朔旦在レ前、件日必可二出仕一之故〈右大臣家実不レ可二出仕一故也。左大臣故殿(良経)重服〉難レ叶〈依二中風一也〉。辞退、人以為レ奇。仍隆忠任了。其後経二数年一、元久之頃任大臣絶、已六代、興レ家。可レ謂二高人一歟」。

五〇　**実朝先ハコレヨリサキニ、中納言中将申テナリヌ**(三一〇頁注一〇)　東鑑、建保四年九月十八日には実朝の中納言中将任官を議した義時と広元との密談を録している。その中に広元の次の発言が注目される。

於二当代(実朝)一無二指勲功一而匪下啻管二領諸国一給上。昇二中納言中将一御。非二摂関御息子一者、於二凡人一不レ可レ有二此儀一。争遁二嬰害積殃之両篇一給乎。

北畠親房も広元と同一の批判をした。

中将、…執柄息、若一世二世源氏、中納言時兼レ之。凡人兼レ之、実朝公是也。非常之極也(職原抄、下、左右近衛府)。

五一　**九条殿ノ例ナレバトテ、イソギアケテ左大将ニナサレヌ**(三一〇頁注一四・一五)　九条兼実の例として、この際にあげられたのは仁安元年十月二十一日に内大臣兼実が左大将を辞し随身兵仗を給されたことであろう。兼実は辞任直前の十月十日に皇太子傅を兼任した。道家が左大将を辞退したころには妹立子の懐妊が確かめられており(三〇六頁注二三)、近く皇子誕生・立坊を期待し得る状態にあった。

五二　**良輔左大臣、日本国古今タグヒナキ学生**(三一〇頁注一七)　良輔の学問精励を示す一つの史料は三長記、元久三年四月二十三日である。「八条大納言(良輔)殿御不例之由、大進語之。仍帰路之次参。令二出逢一給。被レ休二御学問一可レ被レ専二御養性一之由、再三申レ之。御所労御脚病所為之由、医師申レ之。御身内常苦之由、被レ仰。御稽古全経正義、尤有レ恐之事也。御文談移レ時。予申二漢書収説一」。

五三　**師尹小一条左大臣、一条摂政右大臣ナリケルニ似タル**(三一〇頁注二〇)　良経弟の良輔と良経嫡子の道家が左右大臣として同時に在任したのは、師輔弟の師尹と師輔嫡子の伊尹が左右大臣であったのと似ている。

五四　**檳榔ノ車**(三一一頁注四〇)　東鑑、建保六年十二月二十一日によると翌年正月に行なわれる鶴岡八幡宮での実朝の右大臣拝賀に用いられる装束・御車以下調度は後鳥羽上皇から下賜されたから、この車も同じく勅賜されたものと思われる。

五五　**泰通大納言**(三一一頁注四六)　系譜は、頼宗―俊家―宗通―伊通―為通―泰通。正治元年六月二十二日権大納言昇任、建仁二年七月二十三日辞退、承元二年六月二十日出家、承元四年九月三十日薨。

五六　**刑部卿三位宗長**(三一一頁注四九)　承元二年十二月九日刑部卿昇任、建保二年三月二十八日従三位昇叙、嘉禄元年八月二十二日出家、同二十六日薨。なお承元三年三月二十一日の東鑑に宗長は実朝の御鞠衆として所見する。

五七　**蹴鞠**(三一一頁注五〇)　鹿の皮をなめして作った鞠を足の甲の先きで蹴上げて落さないようにする遊戯。宗長を家祖とする難波家と雅経を家祖とする飛鳥井家が鞠道を支配した。将軍頼家・実朝はともにこの遊戯を愛した。

五八 揖シテ、下襲尻引テ笏モチテユキケル（三一一頁注五二以下） 笏を持って上体を少し前に屈して敬意を表する礼を揖という。下襲は束帯を着用した際に半臂の下に着用する衣で、背部の裾は長く袍の下に出て、歩行の時はこれを引くようになっている。笏は主として束帯着用の時に右手に持つ一尺余の細長い板のこと。

五九 カシラヲ一ノカタナニハ切テ、タフレケレバ、頸ヲウチヲトシテ取テケリ（三一一頁注五五以下） 実朝の最後を具体的に描写した記録としては承久記_上_がある。

去程ニ若宮ノ石橋ノ辺ニ近ヅカセ給フ時、美僧イヅクヨリ来ル共ナク御ウシロニ立添ヒ進セケルガ、左右ナク頸ヲ打ヲトシ進ラス。一太刀ハ笏ニテアハセ給ヒヌ。次ノ太刀ニ切ラセラレ給フ。又次ノ刀ニ文章博士仲章被レ切ニケリ。

仲章が殺されたのは、公暁が義時と誤認したからであるが、東鑑によると、義時は前駈として実朝の車の直前を行進したが、八幡宮に到着すると、心神不例を理由として太刀持の役を仲章に譲って退出したことになっている。愚管抄が太刀持の義時が参宮しなかったのは実朝側の抑止が理由であったように記しているのは、公暁の意図推測とともに承久記以下には見られないことである。

六〇 ワレカクシツ。今ハ我コソハ大将軍ヨ。ソレヘユカン（三一二頁注九以下） 公暁と義村の関係は東鑑・承久記にも所見し、その真相の究明は実朝暗殺のなぞを解く重要のかぎでもある。東鑑、二十七日の関係記事は、次の通りである。

爰阿闍梨（公暁）持ニ彼（実朝）御首一被レ向ニ于後見備中阿闍梨之雪下北谷宅一…被レ遣ニ使者弥源太兵衛尉〈闍梨乳母子〉於義村一。今有ニ将軍之闕一、吾専当ニ東関之長一也。早可レ廻ニ計議一之由、被ニ示合一。是義村息男駒若丸依レ列ニ門弟一被レ恃ニ其好一之故歟。義村聞ニ此事一…先可レ有レ光ニ臨于蓬屋一且可レ献ニ御迎兵士一之由、申之。…義村発ニ使者一件趣告ニ于右京兆（義時）一。…義村令レ撰ニ勇敢之器一、差ニ長尾新六定景於討手一…相ニ具雑賀次郎〈西国住人、強力者也〉以下郎従五人一。…阿闍梨者義村使遅引之間、登ニ鶴岳後面之峯一擬レ至ニ于義村宅一。仍与ニ定景一相ニ逢途中一、雑賀次郎忽懐ニ阿闍梨一互諍ニ雌雄一之処、定景取ニ太刀一梟ニ阿闍梨〈着ニ素絹衣腹巻一年廿云々〉首一。

7 巻第七

一 続日本紀五十巻（三二〇頁注一） 慈円が続日本紀の巻数を五十巻と誤記したのは、類聚国史、巻一四七所収の前後両度の修史上表を誤って解釈したのに基づく。

桓武天皇延暦十三年八月癸丑、右大臣従二位兼行皇太子傅中衛大将藤原朝臣継縄等奉レ勅修ニ国史一成、詣レ闕拝表曰。…戻扆高居、凝レ旒広慮、修ニ国史之墜業一補ニ帝典之欠文一爰命ニ臣与ニ正五位上行民部大輔兼皇太子学士左兵衛佐伊予守臣菅野朝臣真道…一銓ニ次其事一以継ニ先典一。若夫襲山肇レ基以降、浄原御寓之前…前史所レ著、粲然可レ知。除レ自ニ文武天皇一訖ニ于聖武皇帝一、記註不レ昧、余烈存焉。但起レ自ニ宝字一至ニ宝亀一、廃帝受禅、〓ニ遺風於簡策一、南朝登祚、闕ニ茂実於従誦一。是以故中納言従三位兼行兵部卿石川朝臣名足…等奉レ詔編緝、合成ニ廿巻一唯存ニ案牘一類無ニ綱紀一。臣等更奉ニ天勅一、重以討論、芟ニ其蕪穢一以撮ニ機要一摭ニ其遺逸一以補ニ闕漏一…勒成ニ一十四巻一。繋ニ於前史之末一其目如レ左。…十六年二月己巳、先レ是重勅ニ従四位下行民部大輔兼左兵衛督皇太子学士菅野朝臣真道…等一撰ニ続日本紀一至レ是而成。上表曰。…戻扆余閑、留ニ神国典一爰勅ニ真道等一銓ニ次其事一奉ニ揚先業一。夫自ニ宝字二年一至ニ延暦十年一卅四年廿巻、前年勒成奏上。但初起ニ文武天皇元年歳次丁酉一尽ニ宝字元年丁酉一惣六十一年、所レ有曹案卅巻、語多ニ米塩一事亦疎漏。前朝詔ニ故中納言従三位石川朝臣名足…等一分レ帙修撰、以継ニ前紀一而因ニ循旧案一竟無ニ刊正一。其所レ上者、唯廿九巻而已。宝字元年之紀、全亡不レ存。臣等捜ニ故実於司存一、詢ニ前聞於旧老一綴ニ叙残簡一補ニ緝欠文一。…凡所ニ刊削一廿巻、并レ前九十五年卅巻、始レ自ニ草創一迄ニ于断筆一七ニ年於茲ニ油素惣畢、其目如レ別。

二 （衛鞅）見参ニイリテ天下ヲ治メラルベキヤウヲ申（三二二頁注二八以下） 「衛鞅曰、吾説レ公以ニ帝道一。其志不ニ開悟一矣。後五日復求レ見レ鞅。鞅復見ニ孝公一、益愈。然而未レ中レ旨。…鞅曰、吾説ニ公以ニ王道一而未レ入也。請、復見レ鞅。鞅復見ニ孝公一。孝公善レ之而未レ用也。罷而去。孝公謂ニ景監一曰、汝客善、可ニ与語一矣。鞅曰、吾説レ公以ニ覇道一、其意欲レ用レ之矣。誠復見レ我、我知レ之矣。衛鞅復見ニ孝公一。公与語、不レ自知ニ厀（膝）之前ニ於席一也。語数日不レ厭」（史記、巻六八、商君列伝）。

三　**范叔ハ蔡沢ニ論マケテ**（三二三頁注四六）　范叔・蔡沢の論争は史記、巻七九、范雎蔡沢列伝に詳しい。その要点は次の通りである。
蔡沢入、則揖二応侯（范叔）一。…蔡沢曰、…夫、商君（衛鞅）為二秦孝公一明二法令一、禁二姦本一、尊爵必賞、有罪必罰。平二権衡一正二度量一調二軽重一決二裂阡陌一以静二生民之業一而一二其俗一、勧二民耕農一利レ土、一室無二二事一、力レ田稸積、習二戦陳之事一。是以兵動而地広、兵休而国富。故秦無レ敵二於天下一、立二威諸侯一、成二秦国之業一、功已成矣。而遂以車裂。…此皆君（范叔）之所二明知一也。今君相レ秦、…君之功極矣。…君何不下以二此時一帰二相印一、譲二賢者一而授レ之退而巌居川観上。…応侯曰善。…范雎（叔）免レ相。昭王新説二蔡沢計画一、遂拝為二秦相一東収二周室一。蔡沢相レ秦数月、人或悪レ之、懼レ誅、乃謝レ病帰二相印一。

四　**菩薩ノ四十二位**（三二三頁注五六）　その数は諸経論によって異なるが、瓔珞本業経の五十二位説が最も整っている。十信心・十心住・十行心・十廻向心・十地心・等覚・妙覚がそれであるが、経論によっては四十一位とするものがある。愚管抄が四十二位とするのは誤記であろう。

五　**ヲサナキ人（聖徳太子）ニウチマカセテ、ミトキテ王ニ申サセタマイテ**（三二四頁注一一・一三）　出典と推定される聖徳太子伝暦には次のとおりの記事がある。「（敏達）六年〈丁酉〉冬十月。遣二百済国一大別王持二経論幷律師・禅師・比丘尼等一、還来。此由奏レ状、太子侍二天皇床下一奏曰、児情欲レ見二持来経論一天皇問レ之、何由。太子奏曰、児昔在レ漢住二衡山峰一歴二数十年一、修二行仏道一。仏之垂レ教、非レ有非レ无、諸善奉行、諸悪莫レ作、故今欲レ見二百済所レ献仏経菩薩諸論一。天皇太奇問レ之、汝年六歳、独在二朕前一。何日在レ漢、何以詐言。太子奏曰、児之前身、意之所レ慮。天皇拍レ手太異。所レ聞群臣亦太鳴レ舌拍レ手而奇。七年〈戊戌〉、百済経論数百巻持来、上奏。春二月、太子焼香披見、日別一二巻、至レ冬一遍了。奏曰、月八日・十四日・十五日・廿三日・廿九日・卅日、是為二六斎一。此日梵天帝釈降、見二国政一、故禁二殺生一。是仁之基也。仁与レ聖其心近矣。天皇大悦、下二勅天下一、此日令レ禁二殺生之事一」。

六　**劫初ヨリ劫末ヘアユミクダリ、劫末ヨリ劫初ヘアユミノボルナリ**（三二四頁注二五・三二六頁注二一）　劫の原義はきわめて長い時間であるが、世界ができあがったままで住しつつある間を住劫、住劫の次に世界が壊れつつある間が壊劫、次に空無のままで続く間が空劫、次に世界のできつつある間が成劫である。成劫の初めが劫初、空劫の末が劫末である。

七　**誠ニナドヲモフ人モアルトカヤ**（三三六頁注九）　後鳥羽上皇を暗にさしたことは、慈円が承久二年に西園寺公経に与えた消息（門葉記所収）の中の一節で判明する。
院（後鳥羽）御意ハいかにも〳〵小僧許、其真実ヲ令レ知人ハ不レ候也。以外ニあしく候也。此将軍（頼経）下向事は叡慮底ニハひしと不レ行候也。先此事ヲバ左府（道家）恥哉と近衛入道（基通）被レ申けるを道理とひしと思食て候也。いかにもいかにも某が奇謀にて計出して木作てしいだしたる事也。猶武士不レ入二我手一無二本意一事哉不レ安事哉とは決定々々思食て候也。是などをさしもあらじと令レ存給事は以外御ひが事にて、御不覚之至極にて可レ候也。雖レ然長厳僧正夢ニ八幡大菩薩「世の事ハあしくも不レ計ニ、君為レ我御信力薄キ也」と被レ仰、神慮のひしと冥ニつよく居て候之間、我君御不覚御不信ハ、力不レ及候へども、此御案の色にも引いださせ給ハず。只今事に不レ成にてこそ候へ。此御案ハ猶遂レ日つよるにこそ候めれ。仍只今世間大事ハ可レ候也。但大菩薩如レ此御沙汰候へば、世間大事ニ猶御不得心可二顕現一候ハヾ其以前ニ君御聖運ハ決定々々尽候なんずる也。其趣、諸人夢想多以承集候也。可レ悲々々。申而有レ余々々。

八　**立太子論ゼシニ、桓武ヲバタテヲホセマイラセタレド**（三三七頁注四一・四五・四六）　続日本紀によると、光仁天皇は即位直後の宝亀元年十一月六日に井上内親王を皇后に、翌二年正月二十三日に皇后所生の他戸親王を皇太子と定めたが、宝亀三年三月二日に皇后は巫蠱に坐したとの理由で廃せられ、皇太子もそれに関連して同年五月二十七日に廃され庶人とされた。山部親王すなわち桓武天皇が皇太子に定まったのは宝亀四年正月二日である。井上内親王と他戸王はこの年の十月十九日に大和国宇智郡没官宅に幽閉されたが、同六年四月二十七日ともに没した。その事情については記述がない。
百川が山部親王の立太子に深く関与したことは、その没した宝亀十年七月九日の記事に「天皇（光仁）甚信二任之一委以二腹心一。内外機務莫レ不二関知一。今上（桓武）之居二東宮一也、特属レ心焉。于レ時上不予、已経二累月一。百川憂形二於色一医薬祈禱、備尽二心力一。上由レ是重レ之。及レ薨甚悼惜焉」（続紀）としていることで推測されるが、立太子にあたってどのように動いたかは具体的に記録されていない。

愚管抄とほぼ同時に成立したと推定されている水鏡には、怪奇な伝説を収め、百川のやりすぎを強調している。慈円は愚管抄を著述するにあたって水鏡を参照したとは思われるが、愚管抄の具体的記事である、百川が穴を掘って獄を作って内親王を押し込めたというのは、水鏡に所見せず、前田家本だけが「后ヲバ暫ク縫殿寮ニ渡シ籠テコラシ進」としている。井上内親王が現身に竜となったことは、専修寺本水鏡に「井上の后うせ給にき。井上内親王が現身に竜になり給にき」とあるのと一致するが、その竜が百川を蹴殺したことは水鏡に所見しない。井上内親王が現身に竜になったというのは帝王編年記、光仁天皇の条に所見する。注目されるのは平家物語が延慶本第一末卅九、三条院ノ御事を初めとして、諸本一様に井上内親王を怨霊の活動の顕著な例としていることである。

九 (朝成)競望ノアイダ放言シ申タリケリ(三三七頁注五五・五六・五八・三三八頁注二) 朝成と伊尹の対立については、大鏡・古事談にも所見する。大綱は諸書ともに同じであるが細目は異なっている。競望の対象も愚管抄は中納言とするが、大鏡は蔵人頭、古事談は参議とする。この点で愚管抄の記述は大鏡・古事談と一致しないが、他の点では次記の古事談、巻二とおおむね同一で、大鏡とは著しく異なる。「一条摂政(伊尹)与二朝成卿〈右大臣定方男〉一共競二望参議一之時〈天暦〉、多陳二伊尹不レ中レ用之由一。其後、朝成参二一条摂政第一。為三望二申大納言闕一也。丞相良久不二相逢一。数刻之後、適以面謁。朝成立下申任二大納言一条々之理上。丞相無レ所レ答。而云、奉公之道尤可レ謂レ有レ興、昔競二望同官一時、多雖レ被二訴訟一、今度大納言事可レ在二予心一云々。朝成懐レ恥成レ怒退出。乗車之時、先投二入笏一。其笏自二中央一破裂。其後、摂政受レ病薨逝。是朝成生霊云々。依レ之、今一条摂政子孫不レ入二朝成旧宅三条西洞院一也。〈所レ謂鬼殿歟〉。朝成卿為二一条摂政一発二悪心一之時、其足忽大ニ成テ不レ能レ着レ沓。仍足ノサキニ懸テ退出云々」。

朝成のかつての放言については大鏡は触れない。愚管抄が昔は殿舎の上に昇ることもなかったとするのは大鏡(本大系一四一頁)に「はやうの人は、われよりたかき所にまうでては、こなたへとなきかぎりは、うへにものぼらで、しもにたてることになんありける」とあるのと一致する。大江匡房が朝成の生霊について語ったことは、他の史料に見えない。

10 宇治ノ常楽院(三三九頁注六〇) 成楽院とも書く。兵範記、仁安二年四月十一日に次の通り所見する。「今日上皇(後白河)為二御方違一可レ幸二宇治一。仍下官(信範)為二御儲一早旦向二宇治成楽院一」。

一一 (忠実)流刑ノナキコソ(三三九頁注六五) 愚管抄(二二三頁注二七)の記述によると、保元の乱の当時、忠実は宇治・奈良にあって積極的に活動しなかったことになっているが、乱当時の直接史料である兵範記によると、乱が起る以前から忠実は頼長と共謀して荘園の軍兵を集めたといわれていた(保元元年七月八日)。乱後、七月十七日に忠実・頼長所領没官の勅が発せられたのはそのためである。しかしその後に忠実をどのように処置したかについては兵範記に記事がなく、愚管抄(二二三頁注三三)によると、忠通の処置として知足院にうちこめたことになっている。しかし流刑の朝議があったと推測されることは、古活字本保元物語、巻下、大相国御上洛の事(本大系三九三頁)に「八月八日、宇治の大相国(忠実)富家殿に帰りすませ給べきよし、内々申させ給へ共、天気ゆりず。あまさへ南都にて悪党をもよほし給ひけるとて、配所へつかはさるべきよし、宣下せられければ、信西、関白殿(忠通)へ参て此よし申せば、殿下、父を配所へつかはして、其子摂禄をつかまつらん事、面目なきよし仰ければ信西此よしを奏問す。関白さやうに申されば、さながらこそあらめと仰なりければ」と記していることで推測される。

一二 聖徳太子ノ十七条(三三九頁注八五) 慈円がここで引用したのは、次の三条である。

十四曰、群臣百寮、無レ有二嫉妬一。我既嫉レ人。人亦嫉レ我。嫉妬之患、不レ知二其極一。

十曰、絶レ忿棄レ瞋、不レ怒二人違一。人皆有レ心。心各有レ執。彼是則我非。我是則彼非。我必非レ聖。彼必非レ愚。共是凡夫耳。是非之理、詎能可レ定。相共賢愚、如二鐶无一レ端。是以彼人雖レ瞋、還恐二我失一。我独雖レ得、従レ衆同挙。

五曰、絶レ饕棄レ欲、明弁二訴訟一。其百姓之訟、一日千事。一日尚爾。況乎累レ歳。頃治レ訟者、得レ利為レ常。見レ賄聴レ讞。便有レ財之訟、如二石投一レ水。乏者之訟、似二水投一レ石。是以貧民、則不レ知二所由一。臣道亦於レ焉闕。

「如二鐶无一レ端」は賢愚を区別しがたいことを言ったもので、鐶は輪型の装身具で指などにはめる。たまきは玉や鈴を紐に通じて作った腕飾りのこと。「我一人エタリトナ思ヒソ」は憲法の本文を少し離れている。「宝」は原文では財となっている。「ウレヘ」は訴訟のこと。

一三 コノ五年ガアイダ(三五〇頁注一三) 諸本ともに同一であるが、そのままでは文意が通じない。村岡博士は「五年」を「五十年」の誤写とし、著者慈円が十五、六歳で成人し道理を弁知するようになってから承久元年六十五歳当時までのことを回顧したものとされた。

一四 **仁海・皇慶・慶祚**(三五〇頁注二七―二九) 仁海は東密諸流中の小野流の始祖。曼荼羅寺開基。和泉国で生まれ高野山に登り永祚二年に醍醐寺延命院元杲から伝法灌頂を受け小野に曼荼羅寺を建てた。請雨で霊験をあらわし雨僧正といわれた。東大寺別当・東寺長者を歴任して永承元年入滅した。歳九十二。

釈仁海。事二元杲闍梨一稟二密学一博錯二綜衆流一。醍醐之側、小野之地、海啓二密講之席一四来受業之者多、世号二小野密派一。寛仁二年六月旱、敕於二神泉苑一修二請雨経法一、大雨下三日夜。…以二先長暦二年一為二僧正一、時人呼二雨僧正一。…永承元年五月十六日滅。年九十二(釈書、巻四)。

皇慶は俗姓橘氏、阿衡紛議で名高い広相のひまご、書写山僧性空のおいである。七歳の時に延暦寺に入り台密を学び、筑前国で景雲に師事して東密をも修め、丹波国池上大日寺に住して、谷阿闍梨と称された。永承四年七月二十六日入滅、歳七十三。

釈皇慶。姓橘氏、黄門侍郎広相之曾孫、性空法師之姪也。…甫七歳登二睿山一。…従二東塔院静真一学二秘密宗一、至二護摩灌頂梵字悉曇一莫レ不二研究一。…世以レ慶為二慈覚七代冢嗣一。慶游二鎮西一有二景雲阿闍梨一、東寺密伝之魁也。就探焉。雲器レ之、悉付二秘奥一。…万寿中在二波州一刺史章任祝レ朝令レ修二十臂毗沙門法一。天子感二霊夢一賜二僧官一…永承四年七月二十六日滅。寿七十三(釈書、巻五)。

慶祚は園城寺の僧であって、俗姓中原氏。園城寺長吏余慶に師事してその法統を継いだ。寛仁三年十二月二十二日入滅、歳六十五。

釈慶祚。門下録事中師元之子也。邃二顕密一正暦四年両門(山・寺)相孽。祚率レ徒移二大雲寺一不レ幾又還二園城寺一。…三井之道此時為レ熾、徒属益繁。…寛仁元年十月修二法華十講一。…其日丞相左僕射藤公(補任によると顕光、事実は道長)率二官僚一預聴。…寛仁三年十二月二十二日滅。年六十五(釈書、巻四)。

一五 **諸大夫**(三五一頁注三三) その定義は時代によって異なっている。令制では五位以上のものを大夫と呼び(公式令)、また職・坊の長官も大夫とした(職員令)。諸大夫の用例は早く宇津保・源氏等の物語に所見するが、注目されるのは大鏡(本大系一三一頁)が、道長の発言として次の通りに述べていることである。

さらざらましかば、このごろわづかにわれらも諸大夫ばかりになりいでゝ、ところ〴〵の御前雑役につられありきなまし。

これによると、少なくとも大鏡成立当時までに諸大夫は摂関家等上級貴族に仕えて雑役を勤める身分と観念されるように変っている。平治物語、上(本大系一九二頁)には、藤原通憲の言のなかに「諸大夫の大納言になる例絶て久く成ぬ」ということが言われている。諸大夫の家格固定は十二世紀に既に始まっていた。その後半期に活躍した九条伊通は著書大槐秘抄のなかで次の通りに述べている。

よき諸大夫とあやしのきむだちとは、はるかに絶席したる者にてなん候ける。然るを白河院のおほむ世に、おめのとに顕季卿が子孫をひきあげさせおはしましゝあひだに、なまきむだちは申にも及ばず、つみゆりたる人どもゝ、くびかきつめられて候し故に、いづれもいづれも、たゞ同じ事の、いま少しなりよきにて、へしふせられて候なり。然れば、ひとつにかゝるべき事とは、しろしめすまじ、とおぼゆる事にてなむ候。見し代まで、五節などの殿上の座には、諸大夫は座をよしあるきむだちにはゆづりて、下にこそゐ候しか。諸大夫の上居このみはじめ候事も、顕季の三位のし出したる事にこそ候めれ。

顕季の子孫が中心となって諸大夫の家格向上を実現したこと、十四世紀前半期の諸大夫一般については職原抄、下に詳しい。

一六 **四納言ノスヘ**(三五一頁注三八) 白河天皇即位当時、四納言の子孫で公卿に列したのは、行成孫の権中納言伊房、公任曾孫の参議公定、斉信孫の参議公房、俊賢曾孫の権中納言家賢だけである。かれらの子孫は伊房の世尊寺家が書道で現われただけであった。

一七 **寛助・寛信…理性・三密…恵信…覚珍**(三五三頁注六七・六八・七〇・七二・七五)

寛助の系譜。宇多源氏。敦実親王―雅信―時中―済政―資通―師賢―寛助。「仁、護持、東寺一長者、大僧正法務、号二成就院一。世人号二法関白一。天治二・正・十五入滅、六十九歳」(尊卑)。

寛信の系譜。藤原氏高藤流。高藤―定方―朝頼―為輔―宣孝―隆光―隆方―為房―寛信。「勧、法務、東寺一長、法印権大僧都」(尊卑)。仁平三年三月七日入滅。「今夕、法印権大僧都寛信入滅云々。顕密両道之宿徳也」(本朝世紀)。

理性房賢覚と三密房聖賢の二人は兄弟であって、十二世紀前半醍醐寺の三綱であった僧賢円の子である。賢覚は醍醐寺理性院流の、聖賢は金剛王院流の祖である。

杲宝記云、理性院ハ賢覚法眼ノ親父賢円威儀師住坊也。賢覚ノ仮名理性房ト云。依テ名二理性院一也。三宝院権僧正(勝覚)三人付法ノ中、随分受法ノ人也(醍醐寺新要録、巻十二、理性院篇)。

一院務次第事、本願聖賢〈号二三密房一〉。

一聖賢事、聚記云、仰云、此金剛王院始也。如レ此有智ノ人也。…有職補任抄云、…聖賢三密房久安三年正月四日入滅、六十五云々(醍醐寺新要録、巻十一、金剛王院篇)。

恵信。「大僧正、法務、興福寺別当。一乗院玄覚僧正資、本名覚継。為二興福寺別当一時依二衆徒訴一停二任官職一、配二伊豆国一経二多年一帰レ京間、於二途中一入滅。五十八」(尊卑)。興福寺衆徒反抗長寛元年七月二十五日。恵信罷免、尋範補任長寛二年五月十一日(興福寺略年代記)、恵信の別当尋範攻撃仁安二年三月十日(兵範記、五月十三日)、恵信伊豆国配流決定仁安二年五月十五日(兵範記)、承安元年九月二十五日遠江国にて入滅(玉葉、同年十月十九日)。

覚珍の系譜。藤原氏公季流。公季―実成―公成―実季―公実―実隆―覚珍。「興、興福寺別当、権僧正」(尊卑)。興福寺別当昇任承安三年八月二十三日(玉葉)、入滅安元元年十月二十四日(興福寺略年代記)。

一八 雅縁・覚憲・信憲・良円(三五四頁注二二―二五)

雅縁の系譜・略歴。村上源氏。具平親王―師房―顕房―雅実―雅定―雅通―雅縁。「内大臣源雅通息。(建久九年)十二月廿日(別当)任。于レ時法印大僧都、住二西院一号二二条僧正一六十一。…(貞応二年)二月七日雅円(縁)辞二別当一同廿一日入滅。八十一」(興福寺略年代記)。

覚憲の略歴。「少納言藤通憲息。(文治五年)五月廿八日(別当)任。于レ時法印大僧都。五十九。住二宝積院一号二壺坂僧正一。…(建暦元年)十二月十七日入滅。八十二」(興福寺略年代記)。

信憲の系譜。興福寺寺務次第・同略年代記には注記がない。尊卑分脈には両説を伝える。(1)藤原通憲―俊憲―信憲。(2)藤原冬嗣―良世―恒佐―懐忠―邦昌―邦恒―義綱―信陽―信玄―信憲。「信憲(建暦三年)十二月五日(別当)任。于レ時前権僧正。六十九。住二宝積院一号二修禅院僧正一」(興福寺略年代記)。「信憲…嘉禄元年九月十一日、於二修禅院一入滅。八十一」(興福寺別当次第)。

良円の略歴。「良円、後法性寺殿(兼実)御息。(建永二年)正月廿二日(別当)任。于レ時権僧正。住二一乗院一。…(承久二年)正月十四日入滅」(興福寺略年代記)。

一九 僧綱ニハ正員ノ律師…(三五四頁注三一以下) 僧正は徳望ある僧を選んでこれに任じ、僧尼を法をもって規制し正に帰せしめようとしたものである。僧綱の定員は弘仁十年十二月二十五日付太政官符(類聚三代格)によって僧正一人・大僧都一人・少僧都一人・律師四人と初めて定められた。その後の定員増加は僧綱補任抄出(群書類従)応徳元年には「此時法橋始廿人也」とし、同三年には次のごとく記している。

正員僧綱卅人也。不レ可レ過レ之由、宣下。見在僧正三人、大僧都五人之中、法印二人、少僧都八人、律師十四人。

玉葉、嘉応二年五月二十七日には次のごとく書かれている。

一昨日有二僧事一云々。披二見聞書一。興福寺権別当法印覚珍任二権僧正一。六僧正希代事也。未曾有云々。此外大小僧都・律師・法印・法眼・法橋凡其数不レ知二幾多一。

二〇 一ノ人ノ子一度ニナラビイデキテ(三五五頁注五一―五五・六四) 尊卑分脈によると、摂関家出身の諸大寺僧には、承久元年当時次のものが確かめられる。

延暦寺。忠通子慈円、基房子仁慶・承円・最守、基通子円基、師家子澄快・承澄、兼実子良快等。

園城寺。基房子良観、基通子円忠・円浄・静忠、良経子良尊・道慶等。

興福寺。忠通子信円、基房子実尊、兼実子良円、基通子実信等。

東大寺。基房子聖尊等。

仁和寺。基房子道弘、兼実子良恵等。

醍醐寺。師家子勝尊等。

なお守貞・惟明両親王の幼い王子が入寺した例の一として建保四年十二月十六日に仁和寺に入寺した守貞親王の王子道深法親王がある(仁和寺日次記)。

二一 世滅松(三五五頁注六五) 聖徳太子が書きおいた未来記の書名かと推測されるが、今のところ世滅松なる書は発見されていない。天明本は世滅松に注して「本法歟」として、原本には世滅法とあったかと推測しているが、法よりは相のほうが原字に近いかもしれない。

参考（□は虫損、―は難読を示す）

I　愚管抄関係慈円自筆消息（断簡）

1　此童事、御沙汰次第凡不レ能二左右一候。恐悦至、申ても〳〵難レ尽候。先拝二見大臣殿御書一之処、落涙之外、無二他事一候。能程ニ被二仰含一候ける次第、申に付て事も宜様ニ覚候。彼御意之趣ヲ能程ニも又漏聞候人ニも官符事被二思食一、寸法被レ知候ぬる。今生面目、依二此事一極メ候了。可レ然候ける次第也。抑至レ今者、無二左右一請取候て、さて候べきよし、一切不レ存候也。第一ニハ殿下御意不審ニ候。自レ始不意ニ不可（「不可」二字ミセケチ）不可説事ニ罷成候了て、種〻に勧（下欠）

2　（上欠）不レ可レ被レ存、又不レ可二計申一。昌雲跡の貴重ニ覚候。此門跡被二弄捨一之上者、何事ニ付てかハ可レ令二申承一哉と返答申候□。勿論候。如レ此心際にて上ニも下ニも被二 ―嘲（「嘲」ミセケチ、「弄」を上記）一給歟。吉々案じて僻案してけりと、君ニも被二聞直一まいらせ給べき也と申て候也。而只今恒円来申候。尤有二其謂一とて事外承伏気候云々。自今以後も如レ此事不得心ニ候事ハ第一不レ受思給候。愚身事、君ニ一旦僻事を聞食て御意ニ違事候ハ候もし候覧。其ハ力不レ及候。又遂以被二聞食直一候覧。真実ニ不得心ニ存じ候て（「候て」二字ミセケチ、「て申」と傍記）上事、一事以上不レ候。君も定、其条無二御覚悟一候歟。而仁（「仁」ミセケチ）此僧正及二四十一之後、始入来人候之間、不レ叶二進止一候て、度〻（下欠）

3　（上欠）候許に候。文書によるべく候はゞ、皆たゞ可レ被二停止一□と申かへして候けるに、あだに御支度相違して其後吉々御案候て、これを及二沙汰一ハ一の人と申家ハ皆うせて、かつは君の御威もうせなんとて、今更ニ入道前大相国（頼通）領をバ除候了。宣旨のくだりて一所領ハ□しと、をちゐて候事ニて候に候。今山門非道理、皆被レ下二記録所一て及二御沙汰一候へバ、おほかた山門の滅亡ニうたがひなく可二罷成一事ニて候に候。是一。次学生ニ堂衆が狼藉せんハ、おのれらにまかす学生がとがにてあらんずるぞと仰のあるを、いさゝかも堂衆閑候なバ、わざとのいさかひめてにて、身のうせんをしらず、実ニ中堂・講堂ニも火をさしつくることにならんずるにて候ニ候。是二。又堂衆が猶一定ニこもり候はんずるを、君仰ニてしづめ候はんずる事ハ、此所ヲおさへられたるハいかにと申候こそ、君も仰せし□□（下欠）

4　（上欠）きに候。それがおそれのにて候歟。かねておぼしめしゆるさるべく候。たゞし今の御書をひらき□□んニこそ、この定ニ御成敗候はゞ、そもなどかとおぼゆるかたも候へ。次三ヶ庄此きわニ御沙汰候らん事ハ□□〳〵あしく候なんとおぼえ候ニ候。第一ニハ道理にてこそ此御沙汰に候べき事にて候ニ、其道理と申候事の為二山門一以外惣の巨害にて候也。誠ニ他人・他所の無道のあふりやうをも尤可レ有二御沙汰一事ニて候也。而存候事ハ後三条院のハじめて宇治入道（頼通）五十年世を沙汰して、いたく庄〻おほくたてゝ候事をたゞさんとて、記録所と申所をバ被二始置一候て其ニつきて、日本国庄薗の文書皆まいらせよと被レ召て候に、宇治入道申云、我庄〻ニハ文書候はず、五十年君に後見進じ候し間、諸人の有二訴詔一ハ皆領ニせよぞと申候しかバ、さにこそとて（下欠）

5　（上欠）なづけ候て、西塔尺迦堂衆のしたしきものゝかぎり、悪事ニかならず与力せんとて、四十人宝号したると申候。このごろは八十人ニなりたると申候がなかに、ことならんものを十廿人もめしとれと、広□に可レ被二仰下一候て今一重ひしと御沙汰候べきに候。是二。此二ヶ条をまめやかに御沙汰候はゞ、たゞこれにてもやがてしづまりぬべく候ニ候。されバ此定ニてや候べき。次庄主之間ハさてよに候事を、我　宮僧正なさんと思て、かく色々とおも□ハじとて、まかるべからん事申さで、ゐる□□□きりて被二仰下一候。かたじけな□□□事□申ても〳〵かぎりなく候。□□□□□まめやかにかくおぼしめされ□□□□□ず候なんにハ他事も何事□□□□申人候なんや。申かぎ□□□□□□この庄ゝの事ハこの□□□□□□まかり□□□(下欠)

6 (上欠)されバ□□□□□□□□□□□をりに□□□□□□□□□□□□□大事の□□□□□□□□□□のとき□□□□□□□□□□□□□べき。され□□□□ニ如レ仰、被二仰下一て令二辞申一者、被レ補候はんも宜や候べき。是□間事ハかさねて可レ随二御計一にて候はゞよく候なん。誠ニ候次第ハこれニハすぎ候はぬに候。さらに〳〵わたくし候まじ。たゞしこのついでニ申おき候。承円法印・実全等が門人のはかなき事ニさまたげあしくて候はんずるニ候。それにはいろにいでゝせらるゝ□候まじ。又さい〳〵の□□□□□□さたしにくゝ大事も□□をり申候はんずるをバ、したゝかに御沙汰候べきニ候。この堂衆・学生が事ハいかにも〳〵おとゝしの二月よりこその七月までのやうにハえしづめ候まじ(下欠)

7 (上欠)布施供米も真実ニ候はゞ第一広大御修善と覚候也。恒例御仏事ニハ用途之躰ニ可レ随候。先一度如レ此被レ行候て其験力をも人ゝをも聞食て無レ誰有レ誉之―(下欠)

II 慈円消息写

1 (上欠)金泥□□□□□□進上候て御―□須之由、悦承候也。抑御布施など間、何様御沙汰候哉。可二沙汰一事不足之条、可二注給一候也。忩ゝ承存者、可レ令二沙汰進一者也。穴賢、、、。

(草　名)

2 菓子者御徒然御なぐさみに候はんと思給候。

可二言上一候之処、仰恐悦候ゝゝ。草子只如二修学者一ならで上ざまの所作とせんと思給、毎日ならずとも時ゝ令レ渡給者、一二巻づゝ令二転読一給哉。自二今日一請二円能法印一発願ヲバせんとし候也。

3 両人出家如二本意一遂候了。子職ハ賢実宰相房、祇徳ハ顕覚土左房、如レ此付て候也。各定令二出京一之時、令二参社一候歟。御不審もそ候とて令二注進一候。毎事又ゝ可二言上一候。

(草　名)

4 今朝御進発、毎事無二違乱一候歟云ゝ。先神妙、護摩も漸七ケ日、于レ今候歟。初後夜御はたし候歟。如何ゝゝ。慈賢参祇、神妙候しかバ可二下京一候也。京ニも大切事多候歟。立義ハ已被レ始之由、申て候しかバ、二品返事如レ此申て候き。

(草　名)

5 八月ニ被二申定一之由、穏便殊勝之儀ニ候也。道理も可レ然候。人ゝ――ハ別にて候〳〵候。人ゝ(「人ゝ」二字ミセケチ、「抑」と傍記)只今大符可レ来候と申含了。八条故大臣之亭、尼上常ニも不レ令レ坐。令二借申一給、可レ宜候歟。其ハ九条之近額也。其ニ御候へかしと思給候。然者来月入道殿御忌日御作善之次など可レ宜候。一定神妙ニ候なんと存候。忩言上之間、他事止了。

6 御祈之間、宗之大法等事、院御所へ令二注進一て候し案に草紙候しハ、若其御所にや候らん。可レ見事候。皮子等求候。不レ見候也。為二御覧一進上してもやと思給候て、令レ申候也。候者此使可二申請一候。恐々謹言。

(草　名)

7 下名聞書進之候。無二指事一候歟。神妙候〳〵。宮僧正今日尊勝陀羅尼導師いつしかゆかしく候。只今見物者申候。夏懸八人其中有職二人後之二人上童中、無念分無之候。凡不二尋常一歟ゝゝ。大以世上外

童二人々々、僧正二人〈宗雲・覚三〉有職二人四両扈従云々。只今承及候へバ注進候也。

（草　名）

8 二合進上候。只今二位法印（尊長）謁候。山雪想像まいらせ候。歳末随レ躰可レ参之由、存候。□□慈円不参之間ハ其山ニ不レ可レ入候〳〵。閑ニ一合に入て可二下預一候也。きみたき事も候也。護摩要事、被二御見解一候哉。定不レ被二御心得一事も多候歟。被レ召二慈賢一者可二聞食一候。恐々謹言。

正月廿四日

（草　名）

9 尊実・法詮未二下尋一候らん。長祇候以外候。

例の是等進候。慈賢明日可二参仰一之由、承候。明日尊長法印入わかし候。令レ参二夜宿一候けり。申候て悦承候。御行法被——語候ける。返々殊勝候。毎事不レ可レ尽二帋上一候。恐々謹言。

（草　名）

10 如レ此時々便候者、可レ蒙レ仰候也。御下向も何事候哉と思給候也。然者、絵悉出来之後、可レ有二御下向一候哉。公請仰、可相計也。近日此所労、于レ今不快覚候。仍毎事忩沙汰之事不二庶幾一候也。

（草　名）

11 如レ此本尊者、可レ入レ宮事候。仍俄令レ造レ之入まいらせて奉請候也。——已極熱、登山志候へども、相計事にて候。近日小悩、失二東西一候。飲等進候。

12 御自啚不動明王先驚レ目候。拝見昨日見候之間、今朝以二吉日一行水之間、開眼。仍遅々、恐思給候。今ハ不可説〳〵候哉。御布施扇十枚珍重とゝ。以二一本一為二仏布施一給二承仕一渡レ僧候了。尚々不可説ととと。尚為レ其子細可二言上一候也。

（花　押）

13 以外久々不二言上一之様ニ覚候。近日前々令レ申候。世間のなりまかり候事、乱世之後、次第など書て可レ給二御覧一之由、存候。已書候了。中書之後、忩可レ進候也。可二語申一人不レ候。申ならひに仰、預ニ入て又いか事を令レ申候也。中々それハあしく候。如レ此事ハ無レ仰事てのく上の事とて候也。書了候にたれバ今はほど候まじ。一合進候。如レ此物見てを待候。近々不レ見。仍弥久不二言上一候也。

（草　名）

14 明還阿闍梨弟子・右兵衛督公雅卿猶子一昨日相具、来臨候き。殊忩て為レ入二見参一令二登山一候。此者殊可二申入一之由、——仍所二言上一也。恐々謹言。

（草　名）

15 熟柿進候。諸事今ハ徒然も仕候。令——候歟。——。

（草　名）

16 二盞進之。無二指事一候間、不二言上一候也。御学問のミ候間、承悦候。子職結候也。恐々謹言。

（草　名）

私申。

此事内々申入候了。勅許候也。件慶尋法眼来月三日天王寺拝堂扈従、為——例、其以前必可下令二　宣下一給上候。恐々謹言。

17 十禅師宝前百ケ日如法経供養、ゆかしく始行候了云々。此大善遂候者、定天下も安堵候歟。上人（阿妙）願念も以外貴候也。愚管抄可レ給候。一見事候也。慥候らん法師便ニ可二下預一候也。毎事此苦痛に興醒候了。恐々謹言。

五月一日　（草名）

18 女房返事如レ此毎事始終可レ宜歟。□□□某《マヽ》ハ偏頗などハあしと覚悟候也。今ハ西院此　院宣自レ是下知ヲ不レ用。如此――申帳本の真実を可レ令レ在レ之、無ニ僻事一聞候。可ニ注進一之由、可下令ニ仰聞一給上候。返々可レ密レ之云々。明旦可ニ参上一候也。今ハ非ニ御神事一之吉｜而聞て可レ申之由、返□可レ被レ仰候也。

（草名）

19 指事候はずとて書絶、不ニ言上一候へバ、無下ニ無ニ本意一之様ニ候。又誠ニもさして可ニ申承一ハ候はでのミ罷過候。便脚之時、自レ其も時々可レ蒙レ仰候歟。

絵のいつとなげに候上、丹者不足候歟。頗纏レ頭候了。いかにも〳〵してかくて候、甲斐にハ来月之中可ニ御沙汰一之由、存思給候也。

廿九日　（草名）

20 二品昨日ハ引上て発候了。仍今日御｜重院ハ一定延引云々。今定日ハ未レ聞候。其も明日之躰にぞ随候はんずらん。御祈不レ始以前に、有ニ此事一。神妙々々候。定日今度承定候後、護摩物具可レ下候也。

21 勿論〳〵本尊告とひしと心得候了。為レ悦多端□□

只今申ニ返事一候後、きと悟《さとり》を開候了。魔縁所為にてハあれ。又一方ハ本尊告たまふなりけるに、愚身一向籠居猶すべかりける也けるに而、院仰難ニ打棄一とて、于レ今猶予、以外僻事なりける。今ハひし〳〵と思立て、先今明、西山へ可レ迎なりけて、其之間事、忩〳〵可ニ申合一也。早々可ニ令レ渡給一候。〳〵。只今、湯ニ下候了。やがて入ニ道場一、懺法例時了、可ニ罷出一也。其程を計て可ニ令レ渡給一也。恐々謹言。

22 今暁御帰洛之由、披露。仍只今欲レ令レ進ニ慈賢一候之処、請泉御使に来臨、御帰洛不定の――、仍令レ申候也。此後御御気色如何とと。一事一向御宜にて候也。飛脚誰人候哉。別して金吾御使参候哉。彼御下向、二品熊野詣被ニ帰参一々々。殊勝々々。

（草名）

23 今年も不ニ登山一候。尤遺恨候。但子細見参之時、可ニ言上一候。然者有ニ其理一〳〵とぞ思食られ候はんずらん。慈賢等毎事令レ申候歟。此行法等了候なバ、心閑可ニ参上一候也。世上事なども御不審も候らん。今ハ毎事知食て、可レ被レ納ニ御意底一。尤可レ宜候も□□只今非レ可ニ□闕一候へバ、さての□罷過候者也。明春毎事心閑ニ可ニ言上一候。紙――にも定令ニ出来一両□、是ニハ今ハ万事略存之間、罷過候也。高名墨毛進上候也。

（草名）

24 寄木太郎丸止事子小童殊存旨候て、令ニ初参一候也。始終可レ有ニ御糸惜一人之由、可ニ申奉一之由、申候。仍執申候也。尤神妙候。恐々謹言。

十一月三日　（草名）

人々御中

25 花李木態御尋候て、沙汰預候。返々以外候〳〵。則遣候了。定殊被ニ悦申一候歟。歳可ニ登山一候事、□□□□十ニ八九ハ必可レ令レ参候也。子細期ニ参仕之次一候。恐々謹言。

（草名）

26 一合進上候。無下ニ如レ此物不レ見、不レ令ニ参上一候はぬ仰候をも、久不ニ言上一候。

点札早世□□□□定修弥辞候了。其旨令レ申ニ僧正一候也。恐々謹言。

六月十三日　　　　　　　　　　　　（草　名）

人々御中

27　又々可ニ言上一候。恐々謹言。　　　　　（草　名）

如レ此之上ニ此冬明春之間、得レ暇、参ニ天王寺一、暫可レ候之由、存候也。其時令ニ出洛一候歟。

来十四日聖円母堂忌日とて、年々修ニ五悔法一候也。前ゝ祗候之輩、召ニ集於□□御所一、慈円令ニ執行一候。定に御存知候て可レ被レ修候。且為レ遣ニ御徒一、且為レ備ニ亡魂之面目一候也。其御所ハさすがに俄北堂郎ニハ勝候歟。如何々々。此宿所以外□□□□、不レ可レ説候也。勧学講ニハ隆真・良仙ニ美度鈍色装束調給候之間、入レ興、各出仕、尽ニ文理一成敗□□殊勝候けるに、先々無為了。諸山暫参籠之□□□□。此宿所狭候へど、ハウなく拵出候也。同宿申候也。仍万事――候〳〵。毎事、又々可ニ言上一候。恐惶謹言。

（草　名）

28　是等進候。慈賢ハ明日・明後之間、可レ令レ参候也。近日殊毎事御祈念存給候也。慈賢参上之時、毎事可ニ言上一候。

（草　名）

〔附載〕

阿波國文庫本　愚管抄　下

（本書巻第三にあたる）

愚管抄　下

（改行・清濁・句讀點などのほかは、できる限り原本通りに翻刻することに努めた。）

　年ニソヘ日ニソヘテハ、物ノ道理ヲノミ思ツヾケテ、老ノネザメヲモナグサメツヽ、イトヾ、年モカタブキマカルマヽニハ、世中モヒサシクミテ侍レバ、昔ヨリウツリマカル道理モアハレニオボエテ、神ノ御代ハシラズ、人代トナリテ神武天皇ノ御後、百王トキコユル、スデニノコリスクナク、八十四代ニモ成ニケルナカニ、保元ノ亂イデキテノチノコトモ、マタ世繼ガモノガタリト申モノモ（「ヲイ」と傍記）カキツギタル人ナシ。少々アリトカヤウケタマハレドモ、イマダエミ侍ラズ。ソレハミナタヾヨキ事ヲノミシルサントテ侍レバ、保元以後ノコトハミナ亂世ニテ侍レバ、ワロキ事ニテノミアランズルヲハバカリテ、人モ申ヲカヌニヤトヲロカニ覺テ、ヒトスヂニ世ノウツリカハリオトロヘクダルコトハリ、ヒトスヂヲ申サバヤトオモヒテ思ヒツヾクレバ、マコトニイハレテノミ覺ユルヲ、カクハ人ノオモイハテ、此道理ニソムク心ノミアリテ、イトヾ世モミダレヲダシカラヌコトニテノミ侍レバ、コレヲ思ツヾクル心ヲモヤスメント思テカキツケ侍也。皇代年代記アレバヒキアワセツヽミテフカク心ウベキナリ。

　神武ヨリ成務天皇マデハ十三代、御子ノ王子ツガセ給ヘリ。第十四ノ仲哀ハ景行ノ御ムマゴニテゾツガセ給ケル。成務ハ御子オハシマサデ、成務四十八年ニゾ仲哀ヲバ東宮ニタテ給ケル。景行ノ御子ノフタ子ニテムマレオハシマシケル次郎ノ御子ヲバ日本《ヤマト》武尊《タケノミコト》ト申ケル。御年卅ニテシロキトリニノ（「ナイ」と傍記）リソラヘノボリテウセ給ニケリ。仲哀ハソノ御子ナリ。コノ仲哀ノ后ニハ神功皇后ヲゾシタマヒケル。コノ皇后ハ開化天皇ノ五世ノムマゴ息長《ヲキナガ》ノ宿禰ノムスメナリ。應神天皇ヲハラミ給テ、チウアイノ御ヲシエニヨリテ、仲哀ウセ給テノチ「シバシナムマレ給ソ」トテ、女ノ御身ニテ男ノスガタヲツクリテ、新羅・高麗・百濟ノ三國ヲバウチトリ給テ後ニ、筑紫ニカヘリテウミノミヤノ槐ニトリスガリテゾ、應神天皇ヲバウミタテマツリ給ケル。サテ神功皇ハ、仲哀ノ後、應神ヲ東宮ニタテヽ、六十九年ガアイダ攝政シテ世ヲバオサメテウセ給テ後、應神位ニツキテ四十一年、御年ハ百十歳マデオハシマシケリ。仲哀ハ神ノ御ヲシヘニテ新羅等ノ國ヲウチトラントテ、ツクシニオハシマシテニワカニウセ給ニケリ。マヅコノ次第ヲ思ヒツヾクルニ、最道理ハ十三代成務マデ、繼體正道ノマヽニテ、一向國王世ヲ一人シテ輔佐ナクテ事カケザルベシ。仲哀ノ御トキ、國王御子ナクバ孫（「別イ」と傍記）子ヲモチヰルベシトイフ道理イデキヌ。仲哀神ノヲシヘヲカウブラセオハシマシナガラ、其節ヲトゲズシテニハカニウセ給ニケリ。コレハ如是ノアイダ、神ノヲシヘヲ信ゼサセ給ハヌ事オホクテ、ウセ給ニケリトナン。サテ皇后ハ女ノ身ニテ王子ヲハラミナガラ、イクサノ大將軍セサセ給ベシヤハ。ムマレサセ給テ後マタ六十年マデ、皇后ヲ國主ニテオハシマスベシヤハ。コレハナニ事モサダメナキ道理ヲヤウ〳〵アラハサレケルナルベシ。男女ニヨラズ天性器量ヲサキトスベキ道理、又母ノ后ノオハシマサンホド、タヾソレニマカセテ御孝養アルベキ道理、コレラノ道理ヲ末代ノ人ニシラセントテカヽル因縁ハ和合スル也。コノ道理ヲ又カクシモ、サトル人ナシ。次ニ成務ノサキ、景行ノ御時、ハジメテ武内大臣ヲヲカル。

コレマタ臣下イデクベキ道理ナリ。武内ハ第八ノ孝元天皇ノヤシハ子ナリ。

サテ應神ノ御ノチ清寧マデ八代ハ、皇子々々ツガセ給フ。仁徳ノ御子ハ三人マデ位ニツカセ給フ。顯宗ノ御時、コレハ又履中ノムマゴナリ。仁徳天皇ハ、應神ウセオハシマシテノチ、御在生ノ時立給フ太子宇治皇太子也。ソレコソハ則卽位セサセ給ベカリケンニ、仁徳ハアニヽテオハシマシケレバニヤ、仁徳ヲ「位ニツカセ給」ト申サセ給ケリ。仁徳ハ「太子ニ立給タリ。イカデサルコト候ハン」ト、互位ニツカントイフアラソヒコソアル事ヲ、コレハワレハツカジ〳〵トイフアラソヒニ、三年マデムナシク年ヲヘニケレバ、宇治ノ太子カクノミ論ジテ國王オハシマサデトシフル事、民ノタメナゲキナリ、我身ヅカラ死ナントノタマヒテウセ給ニケリ。コレヲ仁徳キコシメシテ、サハギマドヒテワタラセ給タリケレバ、三日ニナリケルガタチマチニイキカヘリテ御物ガタリアリテ、猶ツキニウセ給ニケリ。其後仁徳ハ位ニツキテ八十七年マデオハシマシケリ。コノ次第コソ心モコトバモヲヨバネ。人トイフモノハ、身ヅカラヲワスレテ他ヲシルヲ實道トハ申侍也。コノ宇治太子ノ御心バヘヲアラワサンレウニ、太子ニ立マイラセラレケルニヤトコソ推知セラレ侍レ。應神ナドノ御アトノコトハ、サダメテカミヾミオボシメシケン、日本國ノ正法ニコソ侍メレ。

ソノヽチ御子タチ三人ミナ御位ニツカセ給フ。武内大臣コノ御時マデ候ヘケリ。二百八十四年ヲヘテカクレタル所ヲシラズトコソ申ヲキタレ。ツギ〳〵ニ履中・反正・允恭《インギヤウ》ト三人アニヨリヲトヽザマヘ御位ニテ、安康ハ允恭《インギヤウ》ノ第二皇子ニテオハシマシケルガ、第一ノ太子ヲコロシタテマツリテ位ニツカセ給ニケリ。ユヽシノ仁徳ノ御ムマゴナガラ、ニサセ給ハズナドアサマシク覺ユルモシルク、三年ノホドニ、マヽコノ眉輪王トテ七歳ニナラセ給ケルトゾ申ツタヘタル、コノマユワノ王ニコロサレ給ニケリ。又スナハチ圓《ツブラ》ノ大臣ノ家ニテマユワモツブラモコロサレニケリ。ワヅカ二三年ノホドノ亂逆、コレモ世ノスヱヲ又コトノハジメニヲシヘヲケルニヤ。マユワノ王ノチヽ大草香ノ皇子ハ、安康ノヲトヽナリ。コノヲトヽヲコロシテソノメヲトリテ后ニシテ、樓ノウヘニタノシミテモノガタリシテコノマヽコノマユワオトナシクナリテ、思トコロヤアランズラントヲホセラレケルヲ、ロウノシタニテキヽテ、母ノヒザヲマクラニシテ、サケニヱヒテフシ給ケルヲ、ハシリノボリテ御カタハラニアリケルタチヲトリテ、クビヲウチキリタテマツリテ、ツブラノ大臣ノ家ヘニゲテオハシタリケリト申ツタヘタリ。カヘス〴〵コノ事ハ思ヒ知ルベキ事ドモカナ。

ソノ次ニ雄略天皇ハ安康ノヲトヽニテ、位ニツキテ世ヲオサメタマヘリ。次ニ清寧天皇ハ雄略ノ御子ニテツガセ給タリケルガ、皇子ヲエマウケ給ハデ、履中天皇ノ御マゴ二人ヲムカエトリテ子ニシテ、アニノ仁賢ヲ東宮ニタテヽ、ヲトヽノ顯宗ハ皇子ニテオハシマシケリ。コノ二人ハ安康ノ世ノ亂ニオソレテ、播磨・丹波ナドニニゲカクレテオハシケルヲ、タヅネイダシタテマツリケルガ、清寧ウセ給テ、兄ノ東宮コソハツガセ給ベキヲ、カタク辭シテヲトヽノ顯宗ニユヅリ給ケルアヒダニ、タガヒニタワマズオハシマシケレバ、イモウトノ女帝ヲ二月ニ位ニツケタテマツリテアリケルガ、其年ノ十二月ニウセサセ給ニケレバニヤ、ツネノ皇代記ニモミエズ、人モイトシラヌサマ也。飯豐天皇トゾ申ケル。コレハ甲子ノトシトゾシルセル。

サテ次年ノ乙丑ノ歳ノ正月一日、顯宗天皇位ニツカセ給ヌ。アニノ東宮ナルヲヽキテ、ヲトヽノタヾノ皇子ニタテヽオハシマスヽヲ、サノミタガヒニユヅリテモイカヾハ、群臣タチモコトニスヽメ申ケレバ、アニノ御命、臣下ノハカラヒニシタガヒテ、ツキニツカセ給ニケリ。サレドワヅカニ三年ニテ崩御アリケレバ、ツギニ皇太子ノ仁賢天皇位ニテ、十一年ニテカクレサセ給ニケリ。コレヲ思フニ、カナラズ位ノ御運ヲノ〳〵オハシマシケルニ、ヲトヽハ御命ミジカク、アニハ御命ノナガケレバ、ソノ運命ニヒカレテカクハアリケルニコソ。人ノ命ト果報トハ、カナラズシモツクリアハセヌ事也。末代ザマニコソツギ〳〵ノ職位マデコノコトハリハミエ侍レ。

サテ仁賢ノ太子ニ武烈天皇ト申、イフバカリナキ惡王ノイデキテ、十ニテ位ニツキ、十八マデオハシマシケレバ、群臣ナゲクヨリ外ノ事ナカリケルホドニ、皇子モマウケタマハデウセ給ニケレバ、國王ノタネナクテ世ノナゲキニテ、臣下アツマリテ越前國ニ應神天王ノ五世ノ皇子オハシマシケルヲ、モトメイダシマイラセテ位ニツケマイラセタル。繼體天王ト申テコノサキ〴〵ヨリハ久シク廿五年タモチ給テ、トシゴロヰナカニテ民ノ様ヲモヨク〳〵シロシメシテ、コノ御時コトニ國モヨクオサマリテ、皇子三人ミナ次第ニ位ニツカセ給ニケリ。安閑《アンカン》・宣化《センクワ》・欽明《キンメイ》ナリ。アニ二人ハホドモナシ。欽明天皇ノ御時ハジメテ佛法コノ國ニ渡テ、聖德太子、スヱニ御ムマゴニテムマレ給ショリ、コノ國ハ佛法ニマボラレテ今マデタモテリトゾミヘ侍ル。

仁徳〈三〉天皇八十七年タモタセ給テノチ、履中ヨリ宣化マデ十二代、無下位ノ御治天下程ナシ、允恭ゾ四十二年久シクオハシマス。此十二代ノ間ニハ、安康・武烈ナノメナラズアシキ御代ナリ。顯宗・仁賢ハ仁德ト宇治太子トノ例ヲオボシメシテメデタケレドマタ程ナシ。コレヲハカリミルニ、一期一段ノヲトロフルツギメニコソ。人代ノハジメ成務マデハ、サハ〳〵ト皇子〳〵ツガセ給テ正法トミエタリ。仲哀ハハジメテ國王ノムマゴニテツガセ給フ。神功皇后又開化ノ五世ノ女帝ハジマリテ、應神天皇イデオハシマシテ、今ハ我國ハ神代ノ氣分アルマジ、ヒトヘニ人ノ心タヾアシニテオトロヘンズラントオボシメシテ、佛法ノワタランマデトマモラセ給ケレドモ、代々ノ聖運ホドナクテ、允恭・雄略ナド王孫モツヾカズ、又子孫ヲモトメナドシテ、其後佛法ワタリナドシテ國王バカリハ治天下相應シガタクテ、聖德太子東宮ニハ立ナガラ、推古天皇女帝ニテ卅六年ヲオサメオハシマシテ、崇峻天皇コロサレ給フコトナドイデキナガラ世ヲオサメ、佛法ヲウケヨロコバザリシ守屋ノ臣ヲバ、聖德太子十六ニテ蘇我大臣ト同心シテ、タヽカヒウシナヒテ、佛法ヲオコシハジメテ、ヤガテイマニイタルマデサカリナリ。

コノ崇峻天皇ノ馬子ノ大臣ニコロサレ給テ、大臣ニスコシノトガモヲコナワレズ、ヨキ事ヲシタルテイニテサテヤミタルコトハイカニトモ、昔ノ人モコレヲアヤメサタシヲクベシ。イマノ人モ又コレヲ心得ベシ。日本國ニハ當時國王ヲコロシマイラセタル事ハオホカタナシ。又アルマジトヒシトサダメタルクニナリ。ソレニコノ王ト安康天皇トバカリ也。ソノ安康ハ七歳ナルムマゴノマユワノ王ニコロサレ給ニケルハ、ヤガテマユワノ王モソノ時コロサレニケレバイカヾワセン。ソノ眉輪モ七歳ノ人也。マヽコニテオヤノカタキナレバ、道理モアザヤカナリ。又安康ハ一定アニノ位ニツクベキ東宮ニテオハシマスヲコロシテ位ニツキテ、ワヅカニ中一年ノ程ニ眉輪ノ王ノチヽヲモコロシテ眉輪ノ母ヲトリナドシチラシテ、アラハマド（「ニシィ」と傍記）ヒタ、カヒニテ、サルフシギモアリケレバ、コレハヲボツカナガラニ、コノ崇峻ノコロサレ給フヤウハ、時ノ大臣ヲコロサントオボシケルヲキヽカザドリテ、ソノ大臣ノ國王ヲコロシマヒラセタルニテアリ。ソレニスコシノトガモナクテ、ツヽラトシテアルベシヤハ。ナカニモ聖徳太子オハシマスオリニテ、太子ハイカニ、サテハ御サタモナクテヤガテ馬子トヒトツ心ニテオハシマシケルゾト、ヨニ心エヌ事ニテアルナリ。サテ其後カヽリケレバトテ、コレヲ例ト思フヲモムキツヤ／＼トナシ。

　コノコトヲフカク案ズルニ、タヾセンハ佛法ニテ王法ヲバマモランズルゾ。佛法ナクテハ、佛法ノワタリヌルウヘニハ、王法ハエアルマジキゾトイフコトハリヲアラハサンレウト、又物ノ道理ニハ一定輕重ノアルヲ、オモキニツキテカロキヲスツルゾト、コノコトハリトコノ二ヲヒシトアラハカサレタルニテ侍ナリ。コレヲバタレガアラハスベキゾトイフニ、觀音ノ化身聖德太子ノアラハサセ給ベケレバ、カクアリケルヨトサダカニ心得ラルヽナリ。其故ハ、イミジキ權者トハ其人ウセテノチニコソ思、聖徳太子イミジトハ申セドモ其時ハタヾノ人ニコソ思マイラセテアルガ、オサナクテサスガニオサナ振舞ヲモシテコソハオハシマスニ、ワズカニ十六歳ノ御時マサシク佛法ヲコロシケル守屋ヲウタルヽモ、オトナシキ大臣ノ世ニ威勢アリテ、我見タリタル馬子大臣ノヒトツ心ニテサタセシコソ、大菩薩ハセンノ御チカラニハナリニシカ。佛法ニ歸シタル大臣ノ手本ニテ、コノ馬子ノミ（「臣ィ」と傍記）ハ侍ケリトアラハナリ。コノ大臣ヲ、スコシモ德モオハシマサズ、タヾ欽明ノ御子トイフバカリニテ位ニツカセ給タル國王ノ、コノ臣ヲコロサントセサセ給フ時、馬子大臣佛法ヲ信ジタルチカラニテ、カヽル王ヲ我ガコロサレヌサキニウシナヒタテマツリツルニテ侍レバ、唯コノヲモムキナリ。サラバ守屋ガヤウニ、コノ國ノ佛法ヲ令滅給フユエトテカクアレカシトイフベキハ、ソレハヱサルマジキ也。佛法ト王法トヲヒタハダノカタキニナシテ、佛法カチヌトイハン事ハ、カヘリテ佛法ノタメキズ也。守屋等ヲコロスコトハ、佛法ノコロスニハアラズ。王法ノワロキ臣下ヲウシナヒ給也。王法ノタメノ寶ヲホロボス故也。モノヽ道理ヲタツルヤウハコレガマコトノ道理ニテハ侍也。

　ツギニ世間ノ道理ノ輕重ヲタツルニ、欽明ノ御子ニテ敏達・推古イモウトセウトニテ、シカモ妻后ニテ推古天王ノオハシマス。イカニイモウトヲバ妻ニハシタマヒケルゾト云コトハ、其比ナドマデハ是ヲハヾカルベシト云事ナカリケルナルベシ。加樣ノ禮儀ハノチザマニ、コトニ佛法ナドアラハレテ後定ラルヽ也。其ニ神功皇后ノ例モ有。推古ノヤガテ御卽位ハアルベキナリ。サレド用明ハ太子ノ御チヽニテモトモシカルベシトテツギ給ヌ。サレド二年ニテ程ナシ。太子カヽミ給ケン。ソノウエハ又崇峻ヲオサエラルベキヤウナクテマタツギ給ド、太子相シマイラセテ、程アラジ、兵ヤクモオハシマスベシ、御マナコシカ／＼也ナド申サレヌ。ソレヲ信ジ給デ、猪ノ子ヲコロシテ、アレガヤウニワガニクキ者イツセンズラント仰ラレヌ。コノ王ウセ給バ、推古女帝ニツキテ太子執政シテ、佛法王法守ベキ道理ノヲモサガ、其時ニトリテヒキハタラカザルベクモナキ道理ニテアリケルナリ。ソレヲコロシツル事ハ、コノ馬子大臣ヨキコトヲシツルヨトコソ、世ノ人思ケメ。シラズ又推古ノ御氣色モヤマジリタリケントマデ、道理ノヲサル、ナリ。コノ佛法ノカタ王法ノカタ二道ノ道理ノカクヒシトユキアヒヌレバ、太子ハアテサゾカシトテモノモイハデ、臣下ノ沙汰ヲ御ランジケンニ、コノ道理ニオチタチヌレバ、アテサゾカシニテアリケルヨトユルガズ見ユル也。ソノスヂニテ、其後佛法ト王法ト中アシキ事ツユナシ。カヽレバトテ、國王ヲオカサントイフ心オコス人ナシ。コトアラバ又イマ〳〵シキコトナレバ、人コレヲサタセズ。若シサタセント思バ、コノ道理アザヤカナリニテ侍ケルナルベシト心エヌル也。コレニツキテ、馬子ニトガヲ行ハレバ、コノ災ヲ常ノサイニモテナスニナランコト本意ナカルベシ。タヾヲシハカルベシ。父ノ王ノシナセ給ヒタルヲ、キテ、サタモセズシテ守屋ガクビヲキリ、多ノ合戰ヲシテ人ヲコロシテ、其後御サウソウナドアルベシヤハ。佛道ヲカクフタギタレバ、ソレヲウチアケテコソヲクリマイラセメトオボシメシケレ。道理コソ誠ニ目出ケレ。權者ノシヲカセ給コト又ワロキ例ニナルベシヤハ。サテ世ノスヱニマタコレニタガハヌコトイデコバ、サコソハ又アランズランメ。太子ノオハシマサヾラン世ニハ、カヽルコトハアルマジ。太子ノオハシマシナガラ、カヽルコトニテスギニシカバコソ、ソレガアシキ例ニハナラネ。コヽヲカク心ウベキ也。大方カウホドノ事ニ、トガナドヲ、コナハレナバ、サルコトノアルベキカト世ノ常ノ因果ノ道理ナランコト道理カナハズ。中〳〵カヽル國王ハ、カクナラセ給コソ道理ヤトテアレバコソ、コノ世マデモ沙汰ノ外ニテハ、アルコトナレ。マメヤカノ道理ノ是ホドキハマラン時ハ、又イマモ〳〵ヨロヅハヲソルベキコト也。ヨノスヱノ國王ノ、我玉體ニカギリテツヨ〳〵シカラズオハシマスハ、造意至極ノ、トガヲ國王ニアラセジト、太神宮ノ御ハカラヒノ有テ、カヤウノコトハイデコヌゾト心得ベキ也。

サテコノヽチ、臣家ノイデキテ世ヲオサムベキ時代ニツヨクナリイル時、サテマタ天照太神アマノコヤネノ春日ノ大明神ニ同侍殿内能爲防護ト御一諾ヲハリニシカバ、臣家ニテ王ヲタスケタテマツラルベキ期イタリテ、大織冠ハ聖德太子ニツヾキテ生レ給テ、又女帝ノ皇極天皇御時、天智天皇ノ東宮ニテオハシマスト、二人シテ、世ヲ、シヲコナヒケル入鹿ガクビヲ節會ノニハニテ身ヅカラキラセ給ヒシニヨリ、唯國王之威勢バカリニテコノ日本國ハ(「モイ」と傍記)アルマジ、タヾミダレニミダレナンズ、臣下ノハカラヒニ佛法ノ力ヲ合テ、トオボシメシケルコトノハジメハアラハニ心得ラレタリ。サレバソノヲモムキノマヽニテ、今日マデモ侍ニコソ。

皇極ト申ハ、敏達ノヤシハゴ、舒明ノ后ニテ、天智天皇ヲウミタテマツリテ東宮ニタテヽヤガテ位ニツキテオハシマシケルハ、神功皇后ノ例ヲ、ヽハレケルトアラハニミエ侍リ。次ニハ天智位ニツカセ給ベケレドモ、孝德天皇、天智ノオヂニテ皇極ノ御ヲトヽナリケルガ、王位ノ御運モアリ、其德モオハシマシケレバニヤ、ソレヲサキダテヽ位ニツケマイラセテ十年、其後猶、御母ノ皇極ヲ重祚ニテ又七年、コノタビノ御名ハ齊明《セイメイ》ト申ケリ。重祚ノハジマル事モコノ女帝ノ時也。天智ハ孝養ノ御心フカクテ、御母ノ御門ウセオハシマシテ後、ナヲ七年ノ後ニ位ニツカセ給ヒケルニ、大織冠ハヒシト御マツリコトヲタスケテ、藤原ノ姓ヲハジメテ給リテ、内大臣ト云事モコレニハジマリテオハシマシケリ。天智ハ十年タモチ給フニ、第八年ニ大織冠ウセ給時、行幸成テナク〳〵ワカレヲオシミ、イトモカシコクカタジケナキ御ナサケニテコソ侍ケレ。サテ又天智ノ御ヲト丶、ハラモヤガテ齊明天皇ニテオハシマシケル天武天皇ヲ、東宮トシテ御位ヒキウツシ給フベカリケルヲ、天智ノ御子太友王子トテオハシケルヲバ太政大臣ニナシテオハシマシケルガ、御心ノウルハシカラザリケルヲヤ天武ハ御ランジケン、位ヲ辭シ給テ御出家アリテ、吉野山ニコモリイサセ給ケレバ、天智大ニナゲキナガラ崩御ヲハリテ後、太友王子イクサヲオコシテ吉野山ヲセメタテマツラントスル時、太友王子ノキサキニテハ、ヤガテ天武天皇ノ御ムスメノオハシマシケレバ、御父ノヤガテコロサレ給ハン事ヲカナシミヤオボシメシケン、カヽルコトイデキタルヨシヲシノビヤカニ芳野山ヘツゲマイラセラレタリケルトゾ申傳ヘタル。是ヲキヽテ「コハイカニ我ハ我トヨシナク思テ出家ニ及テトリコモリタルヲ、カクセメラレ候コソ」トテ、吉野山ヲ出テ出家ノカタチヲナヲシテ、伊勢太神宮ヲオガミタマヒテ、美濃・尾張ノ勢ヲモヨホシオコシテ、近江國ニ太友王子イクサヲマウケ給タリケルニヨセタヽカヒテ、天武天皇ノ御カタカチニケレバ、太友皇子ノクビヲトリテ、其時ノ左右大臣、太友皇子ノ御方ニテ有ケルヲモ、オナジクヽビヲトリ、或流シナドシテ、ヤガテ位ニツキテ世ヲオサメ給テ十五年オハシマシケルニモ、大織冠ノ御子孫タチコソハ、偏ニ輔佐ニハ候ハセ給ケメ。淡海公ハ无下ニマダシクヤオハシマシケン。加様ノ次第ヲバ、カクミチヲヤリテ正道ドモヲ申ヒラクウヘハ、ヒロクシラント思ハン人ハカンガヘミルベキ事也。

イカニモ〳〵天武ノ御心バヘハ、スグレタル人ニオハシマシケリ。無益トオボシメス方ハ、宇治ノ太子ノゴトシ。ナヲソレヲサエモチキヌ人ニアワセ給時ハ、我國ウセナンズトツヨクオボシメシテ、ウチカタセタマウ方ハ、又唐ノ太宗ニコトナラズオハシマシケレバニヤ、天智天王モ御子ノ太友皇子ヲサシヲキテ、世ノヌシニハトオボシメシケリ。天智ノ御遺誡コソ、マコトニスヱトヲリケレバ、女帝モ二人マデ持統・元明マデ位ニオハシマスメリ。ツギニ持統天皇位ニツカセ給。是ハ女帝ナリ。天智ノ第二ノ御女ナリ。ヤガテ天武ノ后ニテオハシマシケルガ、王子ヲウミ給ヘリケル。草壁ノ王子ト申ケルヲ東宮ニ立テ、マヅ例ノ事ニテ御母位ニツキテオハシマシケル程ニ、草壁ノ皇子東宮ニテ程ナクウセ給ニケレバ、カナシミナガラ其御子ヲ東宮ニ又タテ給ケルハ、卽文武天皇ナリ。コノ文武ノ御時ヨリ大寶ト云年號ハイデキテ、其後ハ年號タエズシテイマヽデ有也。文武位後、太上天皇ト云尊號給リテ、太上天皇ノハジマリハ、コノ持統ノ女帝ノ御時也。文武ノ王子ニテ聖武天皇ハイデキテオハシマセドモ、二人女帝ヲツケタテマツル。元明・元正也。元明ハ天智ノ御女メ、文武ノ御母ナリ。元正ハ文武ノアネ、ヤガテ御母ハ元明天皇也。聖武ハシバラク東宮ニテ、御母ハ大織冠ノムマゴ不比等ノ大臣ノムスメナリ。是ヨリ大織冠子孫ミナ國王ノ御母トハナリニケリ。ヲノヅカラコト人マジレドモ、今日マデモ藤原ノウヂノミ國母ニテオハシマスナリ。聖武ノ東宮ニテ、世ヲバオサメタマフ。元明ノ時ハヲサナクオハシマス。スエザマニハ世ヲヲコナヒ給。元正御時ハ偏ニ東宮ノ御マヽニテ、コノ御時百官ニ笏ヲモタセ、女人ノ衣裝ヲサダメ、僧尼ノ度者ヲ給セナドスルコトハコノ御時也。サテ聖武ハ廿五ノ御歲、養老八年甲子二月四日甲午大極殿ニテ御卽位有ケリ。廿五年タモタセ給。コノ御時佛法ハサカリナリ。吉備大臣・玄昉僧正等入唐シテ、五千巻一切經ヲワタサル。東大寺作ラレタリ。行基菩薩諸國ノ國分寺ヲツクル。カヤウニシテ佛法ハコノ御時ニサカリニキコユ。皇子オハシマサデ、皇女ニ位ヲユヅリテ、天平勝寶ノトシオリサセ給テ八年オハシマス。孝謙天皇是也。コノ御時、八幡大菩薩、託宣有テ、東大寺ヲオガマセ給ンタメニ宇佐ヨリ京ヘオワシマスト云リ。コノ時、太上天皇・主上・皇后、皆東大寺ヘマイラセオワシマシタリケリ。内裏ニ天下大平ト云文字スヾロニイデキタリケリ。

　聖武天皇ハ位オリサセ給テ、太上天皇ニテ八年マデオハシマシテウセサセ給ケル後、御遺勅ニテ孝謙天皇ノ御サタニテ、天武天皇孫、一品新田部親王御子式部卿道祖王ト申ケルヲ立太子有ケルホドニ、イカニオハシマシケルニカ、聖武御追善以下事モ无下ニ思イレ給ハズ、コトニヲキテ勅命ニモカナワヌ事ニテ有ケレバ、東宮ヲトヾメテコト人ヲ立マイラセント、公卿ドモニオホセアワセケル中ニ、大炊王ト申ケルヲ東宮ニタテ位ヲ又ユヅリ給ケルホドニ、又其大炊王悪キ御心オコリテ、ヱミノ大臣ト一心ニテ、孝謙ヲソムキ給ケレバ、王位ヲカヘシトリテ淡路國ニナガシマイラセテ、重祚シテ位ニカヘリツキ給ニケリ。淡路廢帝ト云帝王ハ是也。

　孝謙ヲバコノタビハ稱德天王ト申ケル。此女帝道鏡ト云法師ヲ愛サセ給テ、法王ノ位ヲサヅケ、法師ドモニ俗ノ官ヲナシナドシテ、サマアシキコトオホカリ。ヱミノ大臣ノオボエモ道鏡ニトラレテアシザマニナリニケルニヤ。タヾ人ニハオワシマサズ。西大寺ノ不空羂索ト御モノガタリモ有。コレラハミナイヒフリタル事ドモナリ。カウホドノコトハ後例ニモナラズ。イカニモ權化ノ事ドモト、コノサカヒノコトヲバ心得ベキ也。コノタビハ位五年ニテ、御歳五十三ニテウセ給ケル。

　後ニ位ニツクベキ人ナクテ、ヤウ〱ニ群臣ハカラヒケル中ニ、房前・宇合ノ子タチニテ永手・百川トテヌキイデタル人々有テ、天智天皇ノ御ムマゴニテ絁基《セキ》ノ皇子ノ御子ニテ王大納言トテオハシケルヲ、位ニハツケタテマツリタリケル。光仁天王ト申ハ是也。先帝高野天皇詔曰、宜以大納言白壁王立皇太子云云。是ハ百川ハカル處也。則位ニツキテ十二年タモチテ、其御子ニテ桓武天皇ハ東宮ニテ位ヒキウツシテ、此平安城タイラノ京ヘ初テ都ウツリ有テ、此桓武ノ御後、コノ京ノ後ハ、女帝モオハシマサズ、又ムマゴノ位ト云事モナシ。ツヾキ〱シテアニヲト、ツガセ給ツヽ、國母ハミナ大織冠ノナガレノ大臣ドモノ女メニテ、ヒシト國オサマリ、民アツクテメデタカリケリ。今日マデモソノマヽ、ハタガハヌヲモムキ也。是ハ此御時延暦年中ニ、傳教・弘法ト申両大師、唐ニワタリテ天台宗ト云、無二無三、一代教主釋迦如來ノ出世ノ御本懐ノ至極無雙ノ教門、眞言宗トテ又一切眞俗二諦ヲサナガラ一宗ニコメタル三世諸佛ノ己證ノ眞言宗トヲバ、コノ二人大師ワタシ給テ、両人灌頂道場ヲオコシ、天台宗菩薩戒ヲヒロメ、後七日法ヲ眞言院トテ大内ニ立テハジメナドセラレタル、シルシニテ偏ニ侍也。ツヾキテ慈覺大師、智證大師、又々ワタリテ熾盛光法、尊星王法ナドヲ、コナイテ君ヲ守リ、國オサマリテ侍也。

　其後ヤウ〱ノイランオホカレドモ、王法佛法ハタガヒニマモリテ、臣下ノ家魚水合體ノタガウコトナクテ、カクメデタキ國ニテ侍レドモ、次第ニオトロヘテ、今ハ王法佛法ナキガゴトクナリユクヤウヲ、サラニ又コマカニ申侍べキ也。大方ハ日本國ノヤウハ、ヨク／＼心得テ佛法ノ中ノ深義ノ大事ヲ悟リテ、菩提心ヲオコシテ佛道ヘハイルヤウニ、スコシモタガハズ、コノ世間ノ事モ侍ルヲ、ソノ儘ニタガエズ心ウベキニテ有ルヲ、ツヤ／＼トコノ韻ニ入テ心得ントスル人モナシ。サレバ又エ心得デノミ侍レバ、カクハ又ウセマカル也。コレ又法爾ノ様ナレバ、力ハヲヨバネドモ、佛法ニミナ對治ノ法ヲトク事也。又世間ハ一部《ボウ》ト申テ一部ガホドヲバ六十年ト申、支干オナジ年ニメグリカヘルホドナリ。コノホドヲハカラヒ、次第ニオトロヘテハ又オコリ／＼シテ、オコルタビハ、オトロヘタリツルヲ、スコシモチオコシ／＼シテノミコソ、今日マデ世モ人モ侍ルメレ。タトヘバ百王ト申ニツキテ、コレヲ心得ヌ人ニ心得サセンレウニタトヘヲトリテ申サバ、百帖ノカミヲヽキテ、次第ニツカフホドニ、イマ一二デウニナリテ又マフケクワフルタビハ、九十帖ヲマフケテツカヒ、又ソレツキテマウクルタビハ八十帖ヲマフケ、或ハアマリニオトロヘテ又オコルニ、タトヘバ一帖ノコリテ其一帖イマハ十枚バカリニナリテ後、九十四五帖ヲモマウケナントセンヲバ、オトロヘキハマリテ殊ニヨクオコリイヅルニタトウベシ。或七八十帖ニナリテツカウホドニ、イマダミナハツキズ、六七十帖ツキテ、今十二十帖モノコリタルホドニ、四五十帖ヲ又マフケクハヘンヲバ、イタクオトロヘハテヌサキニ、又イタウ目出カラズヒキカヘタルニハアラデヨキサマニヲチタチタランニタトフベキニテ侍也。詮ズル所ハ、唐土モ天竺モ、三國ノ風儀、南州ノ盛衰ノコトハリハ、オトロヘテハヲコリ、／＼テハオトロヘ、カク次第ニシテ、ハテハ人壽十歳ニ減ジハテヽ、劫末ニナリテ又次第ニオゴリイデ／＼シテ、人壽八萬歳マデオゴリアガリ侍也。ソノ中ノ百王ノアヒダノ盛衰モ、ソノ心ザシ道理ノユクトコロハ、コノ定ニテ侍也。是ヲ晝夜毎月ニ顯サントテ、月ノヒカリハカケテハミチ、／＼テハカクルコトニテ侍也。コノ道理ヲヒシト心得ルマヘニハ、一切事ノ證據ハミナカクノミ侍也。盛者必衰會者定離ト云コトハリハ、是ニテ侍也。是ヲ心得テ法門ノ佛道ニ皆イルヽマデサトリ侍べキナリ。コノ心ヲ得テ後々ノヤウモ御覽ズベキニヤ。

神武ヨリ成務マデ十三代ハ、ヒシト正法ノ王位ナリ。自仲哀光仁マデ三十六代ハ、トカクウツリテヤウ／＼ノコトハリヲアラハスニテ侍也。コノアヒダ女帝イデキテ重祚トテ、フタヽビ位ニツカセ給コトモ、女帝ノ皇極ト孝謙トニテ侍ルメリ。女人此國ヲバ入眼スト申傳ヘタルハ是也。其故ヲ佛法ニイレテ心得ルニ、人界ノ生ト申ハ、母ノ腹ニヤドリテ人ハイデクル事ニテ侍也。コノ母ノ苦、イヒヤル方ナシ。此苦ヲウケテ人ヲウミイダス。コノ人ノ中ニ因果善惡アヒマジリテ、惡人善人ハイデクル中ニ、二乘・菩薩ノヒジリモ有、調達、クカリノ外道モ有。是ハミナ女人母ノ恩ナリ。是ニヨリテ母ヲヤシナヒウヤマヒスベキ道理ノアラハルヽニテ侍也。妻后母后ヲ兼ジタルヨリ、神功皇后モ皇極天王モ位ニツカセオハシマス也。ヨキ臣家ノヲコナフベキガアルトキハ、ワザト女帝ニテ侍べシ。神功皇后ニハ武內、推古天王ニハ聖德太子、皇極天皇ニハ大織冠、カクイデアハセ給ニケン。

サテ桓武ノ後ハ、ヒシト大織冠ノ御子孫臣下ニテゾイタマフト申ハ、ミナ又妻后ト申ハ、コノ大臣ノ家ニ妻后母后ヲヽキテ、誠ノ女帝ハ末代アシカランズレバ、其ノ后ノ父ヲ內覽ニシテ令用タランコソ、女人入眼ノ、孝養報恩ノ方モ謙行シテヨカラメトツクリテ、末代ザマトカクマモラセ給ト、ヒシト心得ベキニテ侍也。サテ又王位ノ正法ノ、末代ニ次第ニウセテ、國王ノ御身ノフルマヒニテ、萬機ノ沙汰ノユカヌヤウニナルトキ、脱屣ノ後ニ大上天皇ナガラ、主上ヲ子ニモチテ、ミダリガハシクハヾカラズ世ヲシラントイフハカラヒヲモ、後三條天皇ハシイダサセ給也。コレハミナ王法ヲオトロフルウヘニ又オコシタルツギメ〳〵ニ、ヤウカハリテメヅラシクテ、シバシ〳〵世ヲオサメラルベキ道理ノアラハルヽナリ。

サテ桓武ノ御子三人、平城・嵯峨、御中コトノハジメニアシカリケリ。ミヤコウツリノアヒダ、イマダヒシトモオチキヌホド、御心〳〵ニテアシクナリヌ。ソレモ平城ノ内侍督藥子ガ處爲トイフ。アシキコトヲモ女人ノ入眼ニハナル也。嵯峨東宮ノアヒダ、平城國主ノ時、東宮ヲ可奉廢ヨシ沙汰有ケリト、後中書王ノ御物語アリケリ。ソレハ傳大臣冬嗣申スヽメテ、「事火急ニ候、可令申宗廟」トテ、桓武ノ聖廟ヲ拜シテ東宮訴申給シカバ、天下ミダレユキテ、平城コノ御ヒガ事ヲ思カヘラセ給ニケリトナンカタラセ給ニケリ。

一番ニミナ末代ノヲモムキヲバアラハサルヽナリ。

次淳和ト嵯峨トハ、アヤニクニ御中ヨクテ、二人脱屣ノ後ハ、ユキアヒツヽ、神泉ニテアソバセ給ケリ。サテ仁明ハ嵯峨ノ御子ニテ位ニ付テ、又淳和ノ御子ヲ東宮ニタテラレテアルホドニ、淳和ハ承和七年五月八日ニカクレ給ヌ。嵯峨ハ又同九年七月十五日ニ崩御ヲハリニケリ。コノ二人ノ太上皇ノウセサセ給ヲヤマタレケン、コノ東宮ノ御方人發覺ノ事アリケルヲ、其後イツシカ中一日アリテ、十七日ニ阿保親王ノ、當今ノ仁明ノ御母ニツゲマイラセラルヽ事アリケリ。東宮ノタチハキ健岑《コハミネ》ト云モノマイリテ申タリケル。ワガヽタ人ニナント思ケルニヤ。但馬權守橘逸勢《トシナリ》・大納言藤原愛發《ヨシチカ》・中納言同吉野ナドイフ人々謀反オコシテ、東宮イソギ位ニツケタテマツラント云コトヲ、オコストイフ事イデキテ、大皇太后宮イソギ中納言良房ヲメシテ、カヽル事ト仰ラレアハセテ、コノ人〳〵皆ナガサレニケリ。橘逸勢《トシナリ》伊豆ノ嶋ヘナドツカハサレテ、大納言ヨシチカ解官ノトコロニ、良房ハ大納言ニナレニケリ。東宮ハ十六ニナラセ給ケレバ、我御心ヨリハオコラズモアリケン。コノ東宮ヲバ恒貞親王トゾ申ケル。太子ノ冷泉院ニオハシマスヘマイラレタリケルニ申サレケレバ、ワレシラズト仰ラレケレド、コノ御レウニコレラガ支度スル事アラハレニケレバ、參議正躬王ニ勅シテ、東宮ヲバ送廢シマイラセラレニケリ。サテ同四日道康親王ト云ハ文德天皇也。是ヲ東宮ニ立マイラセラレニケリ。アハレ〳〵カマヘテ仁德ノ御世マデコソナカラメ、仁德ハ平野大明神也、仁賢・顯宗ノ御心ヅカヒニテアラバヤ、嵯峨ト淳和トハ、スコブルソノヲモムキオハシケルトゾ申傳テ侍レ。

サテ文德ノ王子ニテ清和イデキ給。コノトキ山ノ惠亮和尚ハ、御イノリシテナヅキヲ護摩ノ火ニイレタリナド申傳タリ。一歳ニテ東宮ニタヽセ給ケリ。九歳ニテ位ニツカセ給ケレバ、幼主ノ攝政ハ日本國ニハイマダナケレバ、漢家ノ成王ノ御時ノ周公旦ノ例ヲモチキテ、母后ノ父ニテ忠仁公良房ヲハジメテ攝政ニヲカレケリ。其後攝政關白トイフコトハイデキタルナリ。ソレモハジメハタヾ内覽臣ニヲカレテ、マコトシク攝政ノ詔クダサルヽコトハ、七年ヘテ後、貞觀八年八月十九日ニテアリケルトゾ日記ニハ侍ナル。コノ御時伴大納言善男、應天門ヤキテ信ノ大臣ニ仰テ、スデニナガサレントシケルコト、ソノアヒダニハ良相《アフ》ト申右大臣ハ良房ノヲト丶ニテ、イリコモラレテ後天下ノマツリコト良相ニウチマカセテアリケルニ、天皇伴大納言ガ申コトヲマコト丶オボシメシテ、カウ〳〵トオホセラレケルヲウタガヒオモハデ、ユ丶シキ失錯セラレタリケリ。ソレヲバ昭宣公藏人頭ニテキ丶オドロキテ、白川殿ヘハセマイリツゲ申テコソ善男ガコトハアラハレニケレ。コレラハ人皆シリタレバコマカニシルサズ。

サテ清和ハ、十八年タモチテ、廿六ニテ又太子ノ陽成院ノ九歳ノ御年御讓位有テ、廿九ニテ御出家有テ、三十一ニテウセサセ給ニケリ。コノ陽成院、九ニテ位ニツキテ八年十六マデノアヒダ、昔ノ武烈天皇ノゴトクナノメナラズアサマシクオハシマシケレバ、オヂニテ昭宣公基經ハ攝政ニテ諸卿群儀有テ、「是ハ御モノ丶ケノカクアレテオハシマセバ、イカヾ國主ニテ國ヲモオサメオハシマスベキ」トテナンヲロシマイラセントテヤウ〳〵ニ沙汰有リケルニ、仁明ノ御子ニテ時康親王トテ式部卿宮ニテオハシマシケルヲムカヘトリテ、位ニツケマイラセラレニケリ。コレハ光孝天王也。五十五ニテ位ニツカセ給テ、三年アリテ五十八ニテウセサセ給ケリ。

サテソノ御子ニテ宇多天皇ト申寛平法皇ハ、廿一ニテ位ニツキテオハシマシケル。此小松ノ御門、御病ヲモリテウセサセ給ケルニハ、御子アマタオハシマシケレドモ、位ヲツガセンコトヲバサダカニモエオホセラレズ、イマ我カクキミトアフガル丶コトモ、コノオトヾノシワザナレバ、イマハカラヒ申テントオボシメシケルニヤ、御病ノムシロニ昭宣公マイリ給テ、「位ハタレニカ御ユヅリ候ベキ」ト申サレケルニ、「ソノ事也、唯御ハカラヒニコソ」ト仰ラレケレバ、寛平ハ王ノ侍從トテ、第三ノ御子ニテオハシマシケルヲ、「ソレニテオハシマスベク候、ヨキ君ニテオハシマスベキ」ヨシ申サレケレバ、カギリナクヨロコバセ給テ、ヤガテヨビマイラセテソノヨシ申サセ給ケリ。寛平ノ御記ニハ、左ノ手ニテハ公ガ手ヲトリ、右ノ手ニテハ朕ガ手ヲトラヘサセ給テ、ナク〳〵「公ガ恩マコトニフカシ、ヨク〳〵是ヲシラセ給ヘ」ト申ヲカレケルヨシコソカ丶セ給タンナレ。中々カヤウノコトハ、カク其御記ヲミヌ人マデモレキク事ノカタハシヲカキツケタルニテ、マサシク御記ヲミン人モミアハセタラバ、ワガ物ニナリテアハレニ侍ナリ。

サテ寛平ハ位ニツカセオハシマシケルハジメヨリ、「我身ハ無下ニ聖主ノ器量ニアラズ」トテ、「トクオリナン」トツネニ昭宣公ニオホセアハセケルヲ、「イカデカサル事候ン」トノミ申サレケレバ、「サラバ一向ニ世ノマツリゴトヲシテタベ」トウチマカセテオハシマシケル程ニ、十年タモチオハシマシケル第六年ニ、昭宣公ウセ給ニケレバ、ソノ太郎ノ時平ト菅承相トヲ內覽ノ臣ニサダメラレテ、遺誡カ丶セ給テ三十一ニテオリサセ給テ、延喜ノ御門ハ醍醐天皇ト申ニ御讓位アリケレバ、十三ニテイマダ御元服モナカリケルヲ、今日只元服ヲシテ位ニツカントテ、ニハカニ御元服アリテ攝政ヲモチヰラレズ、寛平ノ御遺誡ノマ丶ニ時平ト天神トニ、マツリコトヲオホセアハセテアリケルホドニ、十七ノ御歳、延喜元年ニ北野ノ御事イデキニケリ。ソノ事ハ御カドユ丶シキワガ御ヒガ事、大事ヲシイダシタリトヤオボシメシケン、スベテ北野ノ御事、諸家、官外記ノ日記ヲミナヤケトテ被燒ニケレバ、タシカニコノ事ヲシレル人ナシ。サレドモ少々マジリテミユル處モアリ。又カウホドノコトアレバ、人ノ口傳ニイヒツタヘ〳〵シタルコトニテアレバ、事ノセンハミナミユルニヤ。權者タチノムマレテ、カヽルコトハアリケルニヤ。サレドコト人ヲ權者ト云コトハナシ。天神ハウタガヒナキ觀音ノ化現ニテ、末代ザマノ王法マヂカクマモラントオボシメシテ、カヽルコトハアリケリトアラハニ知ルヽ也。時平ノ讒言ト云事ハ一定也。淨藏法師傳ニモ見タリ。サリナガラ八年マデハヱトラセ給ザリケルニヤ。天神ノ靈ノ時平ニツカセ給タリケルヲ、淨藏ガ加持シテ、シタヽカニセメケレバ、佛法威驗ニカチガタクテ、淨藏ガ父ノ善宰相清行存日ナリケレバ、善相公ニ汝ガ子ノ僧ヨビノケヨトネンゴロニ託宣シテオホセラレケレバ、淨藏モヲソレテサリニケル後、ツキニ時平ウセ給ニケルトコソミエテ侍メレ。コノ御心ナラバ、スベテ內覽臣、攝錄ノ家ハ、天神ノ御カタキニテウシナハルベキニテコソアルニ、ヤガテ時平ノ弟ノ貞信公、家ヲ傳ヘ、內覽攝政アヤニクニ繁昌シテ、子孫タフルコトナク、イマヽデメデタクテスギラルヽコトヲフカク案ズルニハ、日本國小國也、內覽ノ臣二人ナラビテハ一定アシカルベシ、ソノ中ニ太神宮鹿嶋ノ御一諾ハ、スヱマデタガフベキコトニアラズ、大織冠ノ御アトヲフカクマモラントテ、時平ノ讒口ニワザトイリテ御身ヲウシナヒテ、シカモ攝錄ノ家ヲマモラセ給ナリ。アザ〳〵トハ時平コソカク心モアシケレ、貞信公ハ弟ニテ、菅承相ノツクシヘオハシマシケルニモ、ウチ〳〵ニ貞信公ハ御音信有テ、申カヨハシナドセラルレバ、ソレヲバイカヾハアタミ思ハント云ヲモムキ也。コレモスナハチコトノ眞實ヲコソイヘ。賢ガ子、賢ナラズトコソ云ヘ。オホカタノ內覽臣、攝錄ノ家ヲカタキニトランコトハ、世間ノ愚者ノ法也。眞實ヲコソトオボシメス、ヂノトヲサルヽ事ヲ、カクトモマメヤカニ心得人ナシ。コレラヲ返々マコトノ道理ニイレテ、カク心得ベキナリ。サレバマヂカクコノ大內ノ北野ニ、一夜ニ松オヒテワタラセ給テ、行幸ナル神トナラセ給テ、人ノ無實ヲタヾサセオハシマス。コトニ攝錄ノ臣ノフカクウヤマヒ、フカク頼ミマイラセラルベキ神トコソアラハニ心得侍レ。カヤウノ方便教門ノ化導ナラデ、ヒトエニ劫初劫末ノマヽニテハ、南州衆生ノ果報ノ勝劣モ、壽命長短モ、カクテコソ敬神歸佛像フカクシテ、出離成佛ノ果位ニハ至ルベケレド、カヤウノサカヒニ入テ心ウル日ハ、一々ニソノフシ〳〵ハタガフコトナシ。

サテ寛平ハ卅一ニテ御出家アリテ、弘法大師門流眞言ノミチヲキハメテ、承平九年ニ御年六十五ニテ御入滅トコソ承ハレ。北野ノ御事ノトキ、內裏ニマイラセオハシマシテ、イカニカヽルコトハト申サレケレドモ、國ノマツリゴトヲユヅリタマヒテノチハ、シラセオハシマスマジトコソサダメラレテ候ヘトテ、キヽ入サセオハシマサズトコソハ申傳テ侍メレ。ツキニヱ申イレサセ給ハズ。申ツグ人ナカリケリトゾ申ヌル。ソレモ心ハタヾコノ御心ニテヲコナハレケルナリケリ。昔ヨリオリヰノ御門ニナリテ、ヨノ事シラセ給コトハナキナリ。ヨノスヱニナリテカクナルベシトイフコトモ、イマダオボシメシヨラザリケン。君ハ臣ヲウタガヒ、臣ハ君ヲヘツラフコトノイデキタリテ、中ニ太上天皇世ヲシロシメス也。メデタクウツリユクナルベシ。コノ北野ノ御事ハ日藏ガ夢記人モチキネドモ、又ヒガコトニハアラヌナルベシ。延喜ハ卅三年マデタモタセ給タリ。其後ハ三十年ニヲヨビテヒサシキ御位ハナシ。

コノ貞信公御子ニ小野宮・九條殿トテオハスメリ。此事ドモハ、ヨツギノ鏡ノ巻ニコマ〴〵トカキタレバ申ニヲヨバネドモ、ツジ〳〵ノアフトコロヲバ申ベキニヤ。弟ノ九條右承相、アニノ小野宮殿ニサキダチテ一定ウセナンズトシラセ給テ、「我身コソ短祚ニウケタリトモ、我子孫ニ攝政ヲバ傳ン、又我子孫ヲ帝ノ外戚トハナサン」トチカヒテ、觀音ノ化身ノ叡山ノ慈惠大師ト師檀ノ契フカクシテ、横川ノ峯ニ楞嚴三昧院ト云寺ヲ立テヽ、九條殿ノ御存日ニハ法華堂バカリヲマヅヽクリテ、ノボリテ大衆ノ中ニテ火ウチノ火ヲウチテ、「我ガ此願成就スベクハ三度ガ中ニツケ」トテウタセ給ケルニ、一番ニ火ウチツケテ法華堂ノ常燈ニツケラレタリ。イマニキエズト申傳ヘタリ。サレバソノ御女ノ腹ニ、冷泉・圓融兩帝ヨリハジメテ、後冷泉院マデ、繼體守文ノ君、內覽攝錄ノ臣アザヤカニサカリナリ。其後、閑院ノ大臣ノカタニウツリテ、又白川・鳥羽・後白川・太上天王ナガラ世ヲシロシメス君ニハオハシマス。後白川ノツギニハ、當院傳テオハシマスモ、中關白道隆御筋ナリ、コノ日本國觀音ノ利生方便ハ、聖德太子ヨリハジメテ、大織冠・菅承相・慈惠大僧正カクノミ侍ル事ヲフカク思シル人ナシ。アハレ〳〵王臣ミナカヤウノ事ヲフカク信ジテ、聊モユガマズ、正道ノ御案ダニモアラバ、刧初刧末ノ時運ハ不及力、中間ノ不運不慮ノ交難ハ侍ラジモノヲ。サラレバヨクヲコナハルヽ世ハ、ミナ友ハ德ニカタヅトテノミコソ侍レ。ソノ九條右承相ノ世ヲボヘハ、ナラブ人モナカリケレバニヤ、延喜ノ御ムスメ、村上ノ內裏ニ御同宿ニテアリケルヲ、ハジメハシノビヤカナレドモ後ニハアラハレニケリ。內親王ニテ弘徽殿ニスヘマヒラセラレタリケル也。閑院ノ太政大臣公季ト申ハソノ御ハラナリ。閑院コトナル華族ノ人トヨニ云コトハ、コノ故ナリト申メレ。サテコノ九條右承相師輔ノ公ノ家ニ攝錄ノ臣ノツキニケル事ハ、小野宮殿ウセ給テ、九條殿ノ嫡子一條攝政伊尹攝政ニナリ、又コレハ圓融院ノ外舅ニテ右大臣ニテ有レバ、九條殿ハ攝錄セザリシカバ、ナドニテカタヲナラブベキモノナクテ、カクハ侍ナリ。地體ハ藤氏長者トイフコトハ、上ヨリナサルヽコトナシ。家ノ一ナル人ニ次第ニ朱器臺盤・印ナドヲワタシ〳〵スルコトナリ。ソノ人又オナジク內覽ノ臣トハナル也。關白攝政ト云コトハ、必シモタエズナルコトニハアラズ。攝政ハ幼主ノ時バカリナリ。忠仁公ノ後ハ、タヾ藤氏長者內覽ノ臣ニナリヌルヲ一ノ人トハ申ナリ。內覽モカナラズシモナキコト也。關白ハ昭宣公攝政ノ後ニ關白ノ詔ハヽジマリケリ。漢ノ宣帝ノ時、霍公ガマヅアヅカリキカシメテノチニ奏セヨト、ウケタマハリケル例ナルベシ。小野宮殿ノ攝政ヲヘズシテ關白詔ハジマリケルヲバ、ヲソレ申サレケリ。サレバ延喜ノ御時、々平ウセ給テノチト、天曆ノ御時トニハ內覽臣ダニナシ。マシテ攝政關白ト云ツカサモナサレズ、唯藤氏長者一ノカミニテ、延喜ノ御時ハ貞信公、後ニコソ朱雀院八ニテ御位ナレバ攝政ニナラセ給ヘ。村上ニハハジメハ貞信公關白如元トテ有ケレド、ウセサセ給テ後ハ、左大臣ニテ小野宮殿コソハタヾ一ノ上ニテ事ヲコナヒテ、冷泉院御時、直關白ノ詔有ケリ。時ノ君ノ御器量ガラニテ、カツハヲカルヽコト也。ヨノスヱハミナ君モ昔ニハニサセ給ズ、マコトノ聖主ハアリガタケレバ、イマハ様ノ事ト攝政關白ノ名ハタフルコトナシ。ソレモ御堂ノハジメ、一條院、三條院、知足院殿ノハジメ、堀川院、コノフタヽビハ內覽バカリニテ、關白ニハナラセ給ザリケリ。ヤサシキコト也。

貞信公ノ御事ハ、イカニモ〳〵タヾウチアル人ニハオハセズ。將門ガ謀反ノ時、禁中ニ仁王會アリケル。コトヲ、コナヒ給ケルニ、コエバカリニテヲコナヒ給テ、身ハ人ニミエ給ハザリケリ。隱形ノ法ナド成就シタル人ハ、カクヤト覺ケルハ、タシカニイヒツタエタルコト也。又小野宮ドノヽウセラレタリケルトキ、トブラヒノタメ門ニ人オホクキタリアツマリタリケルガ、昔ハ德有ル人ノウセタルニハ、擧哀トイヒテ、アツマレル人、聲ヲアゲテ哀傷スルコトアリケレド、今ハサル人モナキニ、コノ時門外ニアツマレル貴賤上下、擧哀ノ聲ヲノヅカライデキテカナシミケルコソ、天下ニナゲクベキコトキハマリニケリト人ハ申ケレ。カヤウノコトハ思シルベキコト也。

九條殿ノ御子堀川ノ關白兼通、法興院殿兼家、コノフタリ次第タガヒタルコトヾモニテ、ナカアシクオハシケリ。兼通ハアニナガラ弟ノ兼家ニコエラレテ、オヒタヽレタルコトハサダメテ樣アリケン。オロ〳〵人ノヲモヒナラヒタルコトハ、冷泉・圓融兩帝ハ、此人々ノヲヒニテオハシマセバ、ヲヂニテ立太子ノ坊官ドモニナラレケルニ、アニナレバ先冷泉院ノニテ堀川殿ハ候ハルヽホドニ、イカナルコトカアリケン、御氣色ヨロシカラデ、東宮亮ヲトヾメラレニケリ。ソノ處ニ法興院殿ハナリテ、ヤガテ受禪ノトキ藏人頭ニナリテコエ給ニケル也。大方兼家ハヨロヅニツケテヲシガラノカチタル人ニテ、藏人頭モ中納言マデカケテオハシケリ。大納言大將ニテオハシケルトキニ、兼通ハ中納言ニテ有ケルニ、圓融院位ノ御時、一條攝政所勞大事ニナリヌトキヽテ、假名ノフミヲモチテマイリテ、鬼ノ間ニタヽセ給タリケルトキ、マイラセラレタリケルヲヒキヒロゲテ御覽ジケレバ、「攝籙ハ次第ノマヽニ候ベシ」トカヽレタリケリ。御母ノ中宮ノ御手ニテアリケル。ウセサセ給ヌルヲ思ヒイデツヽコイマイラセサセ給ケルオリフシ、カヽルフミヲ御母ノ皇后ニカヽセマイラセテモタレタリケルヲマイラセテ、イミジクカシコカリケル人カナトヨニモ申ケリ。是ヲ御覽ジテ、一條攝政ノ病カギリニナリニケレバ、左右ナク中納言ナル人ニ內覽ヲ仰ラレテ、大納言ヲヘズシテ中納言ヨリ弟ノ大納言ノ大將ヲコエテ內大臣ニナリテ、天延二年ニ關白ノ詔クダリケル。法興院殿ハ、是ヲヤスカラヌコトニ思ヒキラレタリケルホドニ、貞元二年ニ關白病ヲモリテスデニトキコヘケルニ、トリツクロヒテ、法興院大入道殿ハ大將大納言ニテ內裏ヘマイラレケルヲ、人ノ「コノヤマイノトブラヒニ、コレハオハスルカ」トイヒケルハ、サモヤトオモハレケルホドニ、ハヤウ參內トイヒケルヲキヽテ、病ノムシロヨリニワカニ內ヘマイラントテマイラレケル。トモノモノマデ「コハイカニ」トアヤシミ思ケレバ、四人ニカヽリテタヾマイリニマイラレケレバ、內裏ニハ「殿下ノ御出」トノヽシリケルヲ、弟ノ大將、「スデニシヌルトキク人タヾイマ參內ヒガ事ナラン」トオモハレケルホドニ、マコトニマイラレケレバ、サワギテイデラレニケリ。マイリテ御前ニサブラヒテ、「最後ニ除目申ヲコナヒ候ント思給テマイリテ候也。ヤヽ人マイレ。チカキ公卿モヨヲセ、除目ノアランズルゾ」トアリケレバ、アヤシミ思テ人々マイレリケルニ、少々事ドモ申テ、「右大將ハキクワイノモノニ候。メサレ候ベキ也。大將所望ノ人ヤ候。ハヾカラズ申セ」トタカクイハレケルニ、タレカハサウナク申サン。ソノヲソレテアリケルニ、小一條大臣師尹ハ九條殿ノ御弟ナリ。ソノ人ノ子ニ濟時トテ中納言ナル人アリケリ。コノ人オモヒケルヤウ、

「コノトキナラデハ、イツカワレ大將ヲユルサレン。申テン」ト思テ、カサネテ、「イカニ大將所望ノ人ノ候ハヌカ。タヾ申セ」トイハレケルタビ、濟時トタカク名ノリイダシタリケレバ、「メデタシ〳〵、トク〳〵」トテ、右大將ニ濟時トカキテゲリ。執筆ハタレニカアリケン。ソレマデノ日記ナキニヤ。タヾシ、マサシキ除目ハ直慮ニテヲコナハレケルニヤ。サテ、「關白ニハ賴忠其仁ニアタリテ候大臣ニテ候。異儀候マジ。ユヅリ候也」トテ、ヤガテ關白詔申下サレケレバ、主上ハ「コハイカニ」ト返々ヲソロシクオボシメシテ、又申サルヽ事イタクヒガコトナラズヤオボシメシケン、申マヽニヲコナハレニケリ。コ皇后ノ御フミニ次第ノマヽトアリケルハタガヒタレド、コノツギオナジ事ゾ、ナドヤオボシメシケン。コノ冷泉・圓融ノ御母ハ案子中宮トテ、九條殿ノ御女ナリ。大方ハ一條攝政病ノアヒダ、御前ニアニヲトヽ二人候テ、コノツギノ攝錄ヲコトバヲイダシツヽイサカヒ論ゼラレケル。濟時大將ガ日記ニハ、各放言ニヲヨブナドカキタルトカヤ。最後除目ハオボツカナケレド、ヲコナハレタル樣ハ疑ナシ。カヤウノ意趣、ヨノタメ人ノタメ、國ノオトロエ、道理ノトホラヌコトナレドモ、コノ賴忠三條關白ヨニユルサレ、ヨキ人ニテ、小野宮殿ノ子ニテ、ソノ運ノアリケルガ、ヽヤウナラデハカナフマジキ因緣ドモノカク和合スルミチハ、コレモ道理ナル方侍ベキニヤ。サテ、三條關白賴忠ハ貞元二年十一月十一日、關白ノ詔クダリテ、一條院位ニツカセ給ケルマデ、十年歟オハシケル程ニ、一條院踐祚ノトキ、ツイニ大入道殿ハ、サウナキ道理ニテ攝錄ニナラレニケレバ、チカラヲヨバデアリケリ。

抑圓融院ノ華山院ニ御讓位アリケリ。大方ハコノ攝錄臣ムマゴニテ、アニヲトヽミナオハシマス、位ヲ其弟ニ讓セ給フトキハ、ヤガテアニノ皇子ヲ太子ニ立テ、東宮トシテノミ、ノチ〳〵モオホク侍メリ。冷泉院オリサセ給テ、圓融院位ニツカセタマヘバ、ヤガテ冷泉院ノ御子花山院ヲ東宮ニタテマイラセテ、花山院ニ又位ヲユヅラセ給フトキハ、圓融院太子一條院ヲ東宮ニハタテラレケルニナン。故大入道殿ハ、アニノ堀川殿ノ爲ニヲヒコメラレテノチハ、治部卿ニナサレテ、サテ花山院ト申ハ、御母ハ一條攝政ノムスメ、冷泉院ノ后也。コノ時法興院ドノハ、ヤガテ攝錄セント思ハセ給ケレドモ、猶關白如元ト云仰ニテアリケレバ、法興院ドノハ右大臣ニテ、前日固(「因イ」と傍記)關事ヲコナヒ給ケルニ、關白如元トヽ給テ、ヤガテ出仕ヲトヾメテ、節會ノ內辨モヲコナハレザリケルアヒダニ、ツギノ人ヲコナフベカリケルヲ、左大臣ト弟ノ大納言ト、雅信・重信ノ二人ハ服氣ニテ出仕ナカリケリ。爲光・朝光兩大納言ハ、サハリヲ申テイデニケレバ、濟時コソハ、ナヲ四大納言ニテヲコナヒ侍ケレ。コノ濟時ハ大入道殿ノタメニハ、ハヾカラヌ人ニコソ。ソレモ道理ノユクトコロナレバ、ニクカルベキニアラズ。忠仁公、清和ノ御門日本國ノ幼主ノハジメ、外祖ニテハジメテ攝政モヲカレテノチ、コノ攝政ノ家ニ帝ノ外祖外舅ナラン大臣ノアランカ、ヽナラズ〳〵執政ノ臣ナルベキ道理ハ、ヒシトツクリカタメタル道理ニテ、一度モサナキコトハナシ。此花山院ニハ義懷中納言コソハ、外舅ナレバ執政スベケレドモ、踐祚ノ時ハ藏人頭ニコソ、ハジメテ四位侍從ニテ任ジテ、ヤガテトク中納言ニナリテ、三條關白ハ如元トテオハシケレドモ、國ノ政ハヲサエテ義懷ヲコナヒケルホドニ、ワヅカニ中一年ニテ不可思議ノヤウイデキニケレバ、イフバカリナシ。大入道殿コノツギメニト日比ノ遺恨ヲオボシケメドモ、外祖外舅ニモアラズ。小野宮殿ノ子、九條殿ノ子タヾオナジコトナレバ、モト宿老ニナリテ、關白ナランヲコフベキヤウナシトヲボシメシケルモ道理ニテ、コノトキハヤミニケルホドニ、花山院ハ十九ニテ爲光ノムスメ最愛ニオボシメシケル后ニヲクレサセ給テ、カギリナク道心ヲオコサセ給テ、ヨニモアラジトオボシメシテ、ウチナガメツヽオハシケルニ、大入道殿ノ身ノ運ノヲソキコトヲ常ニナゲカセタマヒケル、二郎子ニテ粟田殿七日關白トイハルヽ人ハ、ソノ時五位藏人・左少辨トテ、時ノ職事ナレバ、チカクミヤヅカヒテオハシケルニ、「世ノアヂキナク出家シテ佛道ニ入ナント思フ」トノミ仰ラレケルヲキヽテ、オリヲエタリトコソハ思ハレケメ。昔モ今モ心キヽテハカリコトアル人ハ、我トダニコソ不可思議ノ事ヲモ思ヨリツヽシイダスコトナレ。コレハ君ノサホドニオボシメス御氣色ナレバ、タガヒニワカキ心ニ、又青道心トテ、ソノ比ヨリコノ比マデモ、人ノ心バヘハ只オナジコトニヤ。ソレモカヽルオリフシ〳〵侍ベシ。コノ比ハムゲニアラヌ事也。

寛平マデハ上古正法ノスエトオボユ。延喜・天暦ハソノスヱ、中古ノハジメニテ、メデタクテシカモ又ケヂカクモナリケリ。冷泉・圓融ヨリ白川・鳥羽ノ院マデノ人ノ心ハ、タヾオナジヤウニコソミユレ。後白川御スヱヨリムゲニナリヲトリテ、コノ十廿年ハツヤ〳〵トアラヌコトニナリケルニコソ。サレバ花山院青道心ヲヲコシ給ケンモ、ミナヲシハカラル。粟田殿ノ同心シテ申スヽメラレケンモアラハナリ。一定カク申サレケルトハキカネドモ、カヤウノコトハ道理キハマリテ、ソノコトバヲツクルコトハ、天竺唐土ノコトヲコヽニテ口キヽタル說經師ノ申ニナレバ、カノ國々ノコトバニテハナケレドモ、道理ノ詮ノタガハヌホドノコトハ、ゲニ〳〵トイフヲコソハ正說トハ申コトナレバ、サコソ申サレケメ。惠心僧都ノ道心ゴロニテ、嚴久僧都ト申人アリケル。ソノ人ナドメサレテ道心發心ノヤウナドタヅネラレンニハ、サコソ申ケメ。「經文ニハ、妻子珍寶及王位、臨命終時不隨者トコソハ申候ヘ。法花經ノ序品ニモ、悉捨王位、令(「亦イ」と傍記)隨出家、發大乘意、常臨梵行ト、キテ候ニハ候ハズヤ。提婆品ニハ、時有阿私仙、來白於大王、我有微妙法、世間所希有、卽便隨仙人、供給於所須トコソハ申テ候。釋迦佛モ、我小出家得阿釋(「耨イ」と傍記)菩薩トコソハ我御身ノ事ヲモトカセ給へ。カヽル御心ヲコリ候、難入佛道ヘハイラセタモフベキニ候。オボシメシカヘルトイフトモ、御發心ノ一念ハクチ候マジ。妙法ニスギタル教候ズ。不輕ノ緣ダニモツヰニハ得道シテコソ候へ。菩薩戒コソセンニテハ候ヘ。ヤブレドモナヲタモツニナリ候ゾカシ。サレバコソ受法ハアレド捨法ハナシトハ申候ヘバ、タヾマコトシクオボシメシタチ候バ、トク〳〵トゲサセ給へ」ナドコソハ、アサユフ申サレケメ。其上ハ、「君一定御出家ニヲヨビ候ハヾ、ヤガテ道兼モ出家シテ、佛法修行ノ御同行トハナリマイラセ候ベシ。緣ノフカクオハシマセバコソ、王臣ノカタニテモ、ケフハ君ニツカヘ候へ」ナド申サレケレバ、イトヾ御心ヲゴリテ、時イタリテ寛和二年六月廿二日庚申夜半ニ、藏人左少辨道兼、嚴久法師ト二人御車ノシリニノセテ、大內裏ヲイデサセ給ケルニハ、縫殿陣ヨリトコソハ申スメレ。モノガタリニハ、スデニナニ殿トカヤノホドニテ、「イタクニハカナリ。ナヲシバシ案ズベキニヤ」ト仰ラレケレバ、道兼ハ、「璽劔スデニ東宮御方ヘワタサレ候ヌルニハ候ハズヤ。イマハカナヒ候ハジ」ト申サレケレバ、「マコトニ〱」トテイデサセ給ケルトコソハ申ツタエタレ。スデニトオボシメシケルトキ、道隆・道綱コノ人タチヲマウケテ、「イマハ璽劔ワタサルベクヤ」ト申テ、道隆・道綱兩種ヲモチテ、東宮一條院御方凝花舍ヘマイラレケレバ、右大臣マイリテ諸門ヲトヂテ、御堂ノ兵衞佐(「兵部卿イ」と傍記)ニテオハシケルヲ頼忠ノモトヘハツカハシテ、「カヽル大事イデキヌ」トハツゲ給テゲリ。サテ立王ノ儀ニナリニケレバ、トカクイフバカリナシ。一條院七歳ニテオハシマセバ、攝政ニナリテ、コノタビハ此右大臣兼家ハ外祖ナレバ頼忠ハ思ヒヨラレヌコトニテ、ヒシト世ハヲチヰニケリ。サテ花山ト云ハ、元慶寺ニテ御グシオロサレニケレバ、ヤガテ道兼モ出家センズトオボシメシケルヲ、ナク〱、「イマ一度オヤヲミ候ハヾヤ。ワガスガタヲモイマ一度ミエ候ハヾヤ。サ候ハズハ不孝ノ身ニナリ候ハヾ、三寶モアシトヤオボシメスベクヤ候ラン。君ノ御出家トウケ給ハリ候ナバ、道兼ヲトヾムルコト候マジ。程ナクカヘリマイリ候ハン」トテタヽレケレバ、「イカニ我ヲスカシツルナ」ト仰ラレケレバ、「イカデカサルコト候ハン」トテ鞭ヲ揚テカヘリニケリ。ナニシニカハ又マイルベキ。コノコトヲ聞テ中納言義懷・左中辨惟成ハ、ヤガテ華山ニマイリテスナハチ出家シテ、コノ二人ハイサヽカノキズナク佛道ニ入トホリニケリ。義懷ハ飯室ノ安樂寺ノ僧ニナリニケリ。惟成ハ賀茂祭ノワサヅノヒジリシテワタルホドニナリニケリトコソハ申侍メレ。華山法皇ハノチニハサマアシク思カヘリテオハシマシケルト、又ハジメモノチ〱モメデタクヲコナハセオハシマスオリ〱アリケレバ、サダメテ佛道ニハイラセ給ニケンカシ。

カクテ一條院ハ位ノ後、コノ大入道殿ヒシト世ヲトラレニケルノチ〱、宇治殿マデヲ見ルニ、サラニ〱イフバカリナク、一ノ人ノ家ノサカリニ世モヲダシク、人ノ心モハナレハテタルサマニ、アシキコトモナク、正道ヲマモリテ世ヲオサメラレテ、一門ノ人々モワザトシタランヤウニ、トリ〲ニヨキ人ドモニテ、四納言ト云モ三人ハ一門也。カクテ世ハオサマリケルトミエ、サテ大入道殿ハ永祚二年五月四日出家シテ、嫡子内大臣道隆ニ關白ユヅリテ、同七月二日ウセ給ニケリ。道隆ハ中關白ト申。ソノ子伊周帥内大臣ト云。ナガサレテ後、義同三司ト云。コノ人ニ内覽ノ宣旨ヲ申ナサレタリケレドモ、ヲトヽノ道兼ハ右大臣、コノ伊周ハ内大臣ニテアリケル。一條院ノ御母ハ東三條院ト申ハ、女院ノハジメハコノ女院也。コレハ兼家ノムスメニテ、圓融院ノ后也。コノ女院ノ御ハカラヒノマヽニテ世ハアリケリトナン申ツタエタリ。道兼同御セウトニテ、ナニトナク、花山院ノアヒダノコトモ、ワガ結構ナラネド、時ニアヒテチヽノタメイミジカリケン。右大臣上臈ナレバ、内大臣伊周人ガラヤマト心バヘハワロカリケル人ナリ、カラザヘハヨクテ詩ナドハイミジクツクラレケレド、右大臣ヲコユベキナラネバ、左(「右イ」と傍記)大臣關白ニハナリニケレド、長德元年四月廿七日ニナリテ、五月八日ウセラレニケレバ、ヨノ人七日關白トイヒケリ。

其後、内大臣ニテ伊周、モト内覽ノ宣旨カウブリタル人ニテアリケルニ、大納言ニテ御堂ハオハシケルハ、道兼・道隆ノ弟ナリ。ヲヂノ大納言、ソノ器量拔群シテ、ヨモ人モユルシタリケリ。我身モコノトキ、「伊周執政臣タラバ、世ハミダレウセナンズルガ、身ヲ攝錄ニヲカレナバ、ヨヲダシカルベキ」ト、サメ〱トオホセラレケリ。イモウトノ女院、當今ノ母后ニテ、ヒシトカクオボシメシタリケルヲ、主上ノ思フヤウニモ御ユルシナクテアリケルホドニ、イタク申サレケルヲウルサクヤオボシメシケン、アサガレヒヲタヽセ給テ、ヒノ御座ノカタニオハシマシテ、藏人頭俊賢ヲ御マヘニメシテ、御モノガタリアリケル處へ、ヨルノヲトヾノツマドヲアケテ、女院ハ御目ノヘンタヾナラデ、「イカニヨノタメ君ノタメヨク候ベキコトヲカク申候ヲバ、キコシメシイレヌサマニハ候ゾ。コノギニ候ハバイマハナガクカヤウノコトモ申候マジ。心ウクヽチオシキコトニ候モノカナ」ト申サセ給ケルトキ、キナヲラセ給テ、「イカデカコレホドニオホセラレンコトヲバ、イナビ申候ベキ。ハヤクオホセクダシ候ハン」ト、内ノ御氣色モマメヤカニナリテオホセラレケレバ、女院ノワタラセ給ト心エテ、御前ニ候ケル俊賢タチノキケルヲ、「サラバヤガテ藏人頭俊賢候メリ、メシオハシマセ。申キカセ候ハン」ト申サセ給ケレバ、「ヤ、トシカタコレヘマイレ」トメシケレバマイリタリケルニ、女院ノ、「大納言道長ニ太政官文書ハ奏セヨト、ヽクオホセクダセ」ト仰ラレケレバ、俊賢タカクキセウシテマカリタチテ、ヤガテ仰下ケレバ、女院ハアサガレヒノ方ヘカヘラセ給テ、御堂ハ大納言ノ左大將ニテ、コノ左右ウケタマハラントテ、候マウケテオハシケルニ、女院ハ御袖ニテハ御涙ヲノゴヒテ、御目ハナキ御口ハエミテ、「ハヤク仰下サンヌルゾ」トオホセラレケレバ、カシコマリテイデサセ給ニケリ。シバシ大納言ニテ内覽臣ニテ、ヤガテソノ年程ナク右大臣ニナラレニケリ。内覽臣ナレバ内大臣ヲコエラレニケルナリ。

長德二年四月ニ、伊周内大臣トヲトヽノ隆家トハ左遷セラレテ、内大臣ハ太宰權帥、中納言隆家ハ出雲權守ニナリテ、ヲノ〳〵ナガサレニケルコトハ、華山院ヲ射マヒラセタリケルナリケリ。ソノ事ノヲコリハ、法性寺太政大臣爲光ハ恒德公トゾ申、コノ人ニ三人ムスメアリケリ、一女ハ花山院ニ道心ヲコサセマヒラスル人ニテ、ウセ給テノチ道心サメサセ給テ、其中ノムスメニカヨハセ給ニケルニ、又三ノムスメヲ伊周ノ大臣カヨヒケルヲ、「コノ院ノヤガテコノ三ノムスメノ方ヘモオハシマス」ト人ノイヒケルヲ、ヤスカラズ思テ、ヲトヽノ隆家帥ハ十六ニテアリケルニ、「イカヾセンズル。ヤスカラズ」トイヒケルホドニ、隆家ノワカク、イカラキヤウナル人ニテ、ウカヾヒテユミヤヲモチテ射マイラセタリケレバ、御袖ヲツイヂニイツケタリケリ。アヤウナガラニゲサセ給テ、コノ事ヲバヒシトカクシタリケルヲ、ヤウ〳〵披露シテ、サホドノコトイカデカサテアルベキニテ、サタドモアリテ、コノコトハアリケルトイヒツタヘタリケレド、小野宮ノ記ニハ、ヤガテソノ夜ヨリキコエテ、正月十三日除目ニ内大臣圓座トラレタリケリ。モトモシカルベシト時ノ人イヒケリ。コマカニソノ日記ニハ侍レバ、ソレヲミルベキ也。コノトガナレド、御堂ノ御アタウ(「ケイ」と傍記)カナト人思ヒタリケレバ、返々イタマセ給ケリ。ヲノ〳〵ノチニハメシカヘサレテ、内大臣ハ義同三司ト云位ヲタマハリ、隆家ハ帥ニナリテクダリナドシテ、富有人ニナンイハレケリ。帥ニナリテツクシヘクダリテ、イヒシラズトクツキテノボリタリケルニ、イツシカ御堂ヘマイリタリケルニ、イデアハセ給タリケレバ、イトモ申事ハナクテ名府ヲカキテ、フトコロヨリトリイダシマイラセテイデニケリ。イミジク心カシコカリケル人ナリトコソウケタマハレ。

カヽリケルホドニ、一條院ウセサセ給テ後ニ、御堂ハ御遺物ドモノサタアリケルニ、御手箱ノアリケルヲヒラキ御覽ジケルニ、宸筆ノ宣命メカシキ物ヲカヽセオハシマシタリケルハジメニ、三光欲明、覆重雲大精暗トアソバサレタリケルヲ御覽ジテ、次ザマヲヨマセタマハデ、ヤガテマキコメテヤキアゲラレニケリトコソ、宇治殿ハ隆國宇治大納言ニハカタリ給ケルト、隆國ハ記シテ侍ナレ。大方御堂御事ハ、タトヘバ唐ノ太宗ノ世ヲヽコシテ、我ハ堯舜ニヒトシトマデオモハセ給タリケルト申ヤウニ、御堂ハ昭宣公ニモ大織冠マデニモヲトラヌホドニ、正道ニ理ノ外ナル御心ナカリケルトミユ。ワガ威光威勢トイフハ、サナガラ君ノ御威也。王威ノスヱヲウケテコソカクハアレト、ワタクシナクオボシケルナリ。ソノ證據ハ、萬壽四年十二月四日ウセサセ給ケル御臨終ニアラハナリ。思ノゴトク出家シテ多年、九體ノ丈六堂法成寺ノ無量壽院ノ中堂(「尊イ」と傍記)ノ御前ヲ閉眼ノ所ニシテ、屛風ヲタテヽ脇足ニヨリカヽリテ、法衣ヲタヾシクシテキナガラ御閉眼アリケルコトハ、ムカシモイマモカヽル臨終ノタメシアルベシヤハ。十二月四日ナルニ、十二月ハ神今食ノ神事トテキビシケレバ、閏朔日其齊イミジクキビシクテ、攝政關白公家同事ニテアルニ、法成寺ノ御八講トテ南北二京ノ竪義ヲカレタルニ、大伽藍ノ佛前ノ法會ニ、氏長者・關白攝政ナル、カナラズ公卿引率シテ令參詣テ、竪義、例講御聽聞一切ニハヾカラルヽ事ナシ。伊勢太神宮是ヲユルシオボシメスナリ。コレコソハ人間界ノ中ニソノ人ノ德ト云手本ニテ侍メレ。カヽル德ハスコシモワタクシニケガレテ、爲朝家不忠ナラン人アリナンヤ。返々ヤンゴトナキコト也。コレハ一條院モアルマヽニ御覽ジシラセ給ハデ、カヽル宣命メカシキモノヲカキヲカセ給テ、トクウセサセ給ニケルニ、御堂ハ其後久シクタモチテ、子孫ノ繁昌、臨終正念タグヒナキヲ、御心ノ中ニ是ヲフカクミトホシテ、「イカニゾヤ、悪心モヲコサジ。ワレトヾマリテカク御追福イトナム。タカキモイヤシキモ御心バヘノニズモアル。又イカニゾヤ、キカフコトハスコシモイカニトオモフベキコトナラズ」トテ、マキコメテ、ヤキアゲサセ給ヒケンヲバ、伊勢太神宮・八幡大菩薩モアハレニマモラセ給ケントコソアラハニサトラレ侍レ。サレバコソ其後萬壽ノ歳マデヒサシクタモチテ、サル臨終ヲモ人ニハキカレサセ給ヘ。

貞治六年六月廿五日以正本一校畢　　之盛

日本古典文学大系 86
愚管抄

1967年 1月25日 第1刷発行
1988年 6月10日 第19刷発行
1992年 11月9日 新装版第1刷発行
2016年 9月13日 オンデマンド版発行

校注者 岡見正雄《おかみまさお》 赤松俊秀《あかまつとしひで》

発行者 岡本 厚

発行所 株式会社 岩波書店
〒101-8002 東京都千代田区一ツ橋 2-5-5
電話案内 03-5210-4000
http://www.iwanami.co.jp/

印刷／製本・法令印刷

ISBN 978-4-00-730497-2 Printed in Japan